楊剛 著
周光明 全棋梓 整理

楊剛集（上）

荊楚文庫

荊楚文庫編纂出版委員會
華中科技大學出版社

楊 剛 集
YANGGANG JI

圖書在版編目（CIP）數據

楊剛集/楊剛著；周光明，全棋梓整理.
—武漢：華中科技大學出版社，2024.3
（荊楚文庫）
ISBN 978-7-5680-9939-4

Ⅰ.①楊…
Ⅱ.①楊… ②周… ③全…
Ⅲ.①中國文學-現代文學-作品綜合集
Ⅳ.①I216.2

中國國家版本館CIP數據核字（2024）第008361號

項目編輯：	李　鵬　周清濤　錢　坤
責任編輯：	李　鵬
整體設計：	范漢成　曾顯惠　思　蒙
責任校對：	封力煊
責任印製：	周治超
出版發行：	華中科技大學出版社
地　　址：	武漢市東湖新技術開發區華工科技園華工園六路
電　　話：	027-81321913　郵編：430223
排　　版：	武漢正風天下文化發展有限公司
印　　刷：	湖北新華印務有限公司
開　　本：	720毫米×1000毫米　1/16
印　　張：	98.25　　　　插頁：6　　字數：1415千字
版　　次：	2024年3月第1版　　印次：2024年3月第1次印刷
定　　價：	599.00元（全三冊）

《荆楚文庫》工作委員會
主　　　任：王蒙徽
副　主　任：諸葛宇傑　琚朝暉
成　　　員：韓　進　張世偉　丁　輝　鄧務貴　黄劍雄
　　　　　　李述永　趙凌雲　謝紅星　劉仲初　黄國斌
辦公室
主　　　任：鄧務貴
副　主　任：趙紅兵　陶宏家　周百義

《荆楚文庫》編纂出版委員會
主　　　任：王蒙徽
副　主　任：諸葛宇傑　琚朝暉
總　編　輯：馮天瑜
副總編輯：熊召政　鄧務貴
編委（以姓氏筆畫爲序）：　朱　英　邱久欽　何曉明
　　　　　　周百義　周國林　周積明　宗福邦　郭齊勇
　　　　　　陳　偉　陳　鋒　張建民　陽海清　彭南生
　　　　　　湯旭巖　趙德馨　劉玉堂

《荆楚文庫》編輯部
主　　　任：周百義
副　主　任：周鳳榮　周國林　胡　磊
成　　　員：李爾鋼　鄒華清　蔡夏初　王建懷　鄒典佐
　　　　　　梁瑩雪　丁　峰
美術總監：王開元

出版説明

湖北乃九省通衢，北學南學交會融通之地，文明昌盛，歷代文獻豐厚。守望傳統，編纂荆楚文獻，湖北淵源有自。清同治年間設立官書局，以整理鄉邦文獻爲旨趣。光緒年間張之洞督鄂後，以崇文書局推進典籍集成，湖北鄉賢身體力行之，編纂《湖北文徵》，集元明清三代湖北先哲遺作，收兩千七百餘作者文八千餘篇，洋洋六百萬言。盧氏兄弟輯録湖北先賢之作而成《湖北先正遺書》。至當代，武漢多所大學、圖書館在鄉邦典籍整理方面亦多所用力。爲傳承和弘揚優秀傳統文化，湖北省委、省政府決定編纂大型歷史文獻叢書《荆楚文庫》。

《荆楚文庫》以"搶救、保護、整理、出版"湖北文獻爲宗旨，分三編集藏。

甲、文獻編。收録歷代鄂籍人士著述，長期寓居湖北人士著述，省外人士探究湖北著述。包括傳世文獻、出土文獻和民間文獻。

乙、方志編。收録歷代省志、府縣志等。

丙、研究編。收録今人研究評述荆楚人物、史地、風物的學術著作和工具書及圖册。

文獻編、方志編録籍以1949年爲下限。

研究編簡體橫排，文獻編繁體橫排，方志編影印或點校出版。

《荆楚文庫》編纂出版委員會
2015年11月

前　言

一、楊剛生平簡介

　　楊剛出身於官宦人家，其祖楊東禄爲鄉間秀才，兼行醫。其父楊會康（1866—1939）爲舉人，伯父楊介康爲光緒二十八年進士。其兄羊棗（楊潮，1900—1946）① 爲著名的軍事評論家。楊剛祖籍湖北沔陽（今仙桃），1905年1月30日②生於江西九江③，本名楊季徵，其父時任九江府官員。武昌首義後，楊剛回到故鄉，在沔陽舊式大家庭中度過了自己的少年時代。

　　1922年，因其父在南昌爲官，楊剛就讀於當地的一所教會女子學校。離開家塾，進入新學堂，是她人生中的一件大事，用她的話說，就是"生活開始熱鬧起來了"④。事實上，她的世界觀也發生了重大轉變，她改名楊繽，皈依了基督，對《聖經》比對四書五經要熟得多。她在葆靈女中成績優異，又是學生社團領袖。不過，她後來似乎對自己的這段

---

① 楊潮兄妹十人，楊潮排行第四，楊剛排行第六。
② 關於楊剛的生日有不同説法，我們傾向於光緒三十年臘月二十五日，即公曆1905年1月30日。
③ 關於楊剛的出生地也有分歧，我們傾向於九江説。
④ 自傳體小説《挑戰》（又名"女兒"）第一章的標題。

中學經歷有所忌諱。① 她需要重新解釋"上帝"。②

1927年，她的家庭發生了一場重大變故。北伐軍攻佔武昌後不久，她的父親被捕入獄了。其父一度官至湖北省代理省長，於是成爲衆矢之的。楊剛急忙從學校趕回，參與營救。但大革命最終摧毀了這個舊式大家庭，楊剛與其父也漸行漸遠。

"一九二八年，經三哥的幫助，我進入了燕京大學，主修英國文學。"③ 按楊剛在葆靈的學業成績，她是可以免試上燕大的。④楊剛在燕大期間，與美籍女教授包貴思（Grave M. Boynton）結下了深厚的友誼，"楊剛是她最喜歡的得意門生"⑤，包貴思對簡·奧斯丁（1775—1817，英國小說家）的熱愛也影響了她。但楊剛與她的英文老師的分歧也是公開的。她於1928年底加入中國共產黨，編入清華燕京支部。⑥ 1930年曾因參加五四國際勞動節示威遊行而被捕，出獄後她積極參與北方左聯的工作。1932年春，《北方青年》創刊，通訊處爲楊剛的燕大宿舍，收件人改名"楊剛"，她遂以此筆名行世。

1933年春，楊剛大學畢業後到上海，遊說其兄羊棗加入中國共產黨，一起參加上海左聯的工作。在上海期間，因世界反帝大同盟開會，楊剛結識了著名的國際左翼人士史沫特萊（1892—1950），後者正在寫作《中國紅軍在前進》（對江西共產黨革命的長篇報導）。不久，蕭乾

---

① 比如，在《一個年輕的中國共產黨員的自傳》中，她從"童年"直接跳到"獄中"，缺了"中學"一節。

② "我相信上帝，可我有我心中的上帝——那就是幾千年來受苦受難、如今纔找到一綫光明的中國人民……"轉引自張威：《光榮與夢想：一代新聞人的歷史終結》，清華大學出版社，2012年版，第390頁。

③ 參見《一個年輕的中國共產黨員的自傳》。

④ "關於升學問題，葆靈女校與燕京大學約定，凡畢業成績優秀者，可以不必參加入學考試，直接進入燕大。"廖鴻英：《憶楊剛》，《福建師範大學學報（哲學社會科學版）》，1982年第3期。

⑤ 蕭乾：《楊剛與包貴思——一場奇特的中美友誼》，《新文學史料》，1982年第2期。

⑥ 《新聞界人物（十）》，新華出版社，1989年版，第15—16頁。

(1910—1999)來信邀請她參與翻譯埃德加·斯諾（1905—1972）主編的《活的中國：中國現代短篇小說選》。蕭乾是楊剛在燕大的學弟，兩人相識於包貴思教授的詩歌朗誦會。

此前楊剛在北平期間，結識了來自福建的鄭侃、鄭佩兄弟，並與前者結婚。1934 年，女兒鄭光迪誕生。1935 年 5 月，因好友侃嬻的關係，又認識了著名學者顧頡剛（1893—1980），當年 9 月參加了通俗讀物編刊社的工作。① 通俗讀物編刊社於 1933 年 10 月成立，其前身爲三户書社。該社除編輯各種宣傳抗戰救亡小册子外，還出版《民衆週報》和《大衆知識》（半月刊）。當時，顧頡剛也因楊剛的關係，較早看到了《西行漫記》的部分手稿。② 1936 年夏秋間，綏遠局勢緊張起來，楊剛遂有西北之行。

全面抗戰爆發後，楊剛再到上海。其間一度參加了塔斯社上海分社的工作。1939 年夏，好友蕭乾推薦她去香港編輯《文藝》副刊，得到了中共南方局的批准。當年 9 月，楊剛正式接任《文藝》副刊主編一職。③由於蕭乾的關係，楊剛與《大公報》淵源很深。《大公報》的《文藝》副刊原是 1933 年由楊振聲（1890—1956）、沈從文（1902—1988）創辦的，1935 年蕭乾加入編輯部。楊剛要讓《文藝》副刊"披上戰袍，環上甲胄"④，它最終也確實由"紳士"變成了"戰士"⑤。楊剛先後發起關於

---

① 參見《顧頡剛日記》（第三卷：1933—1937），聯經出版事業股份有限公司，2007 年版，第 341、389 頁。
② "到楊繽處，同到史諾（Edgar Snow）處吃飯。看共產黨照片，十一時歸。"同上，第 569 頁。
③ 楊剛在香港版同時負責《文藝》與《學生界》兩個副刊，《文藝》每週二、四、六出刊，《學生界》每週一、三、五出刊，週日則爲《文藝》綜合版，主要刊登書評和國際問題專論。參見《新聞界人物（十）》，第 38 頁。
④ 《大公報》副刊戰鬥性的增强，也是抗戰大環境使然。此前，張季鸞（1888—1941）請陳紀瀅主持漢口版副刊時，就已有明確的指示，並親自命名《戰綫》。參見樊善標：《從香港〈大公報·文藝〉（1938—1941）編輯策略的本地面向檢討南來文人在香港的"實績"說》，《台灣文學研究》，2014 年第 6 期。
⑤ 《重申〈文藝〉意旨》，《大公報》（香港）1939 年 9 月 4 日。

"民族文藝"問題、"反新式風花雪月"的大討論①，震動香港文壇。

香港淪陷後，楊剛轉移到桂林，繼續編輯《文藝》（桂林版）副刊。其間，與澳大利亞記者貝却敵（Wilfred Burchett，1911—1973）一道去東南的閩浙贛交界地區採訪。② 此前她有過對上海工人的採訪（1933年），有過對西北邊地的採訪（1936年），這次是以《大公報》戰地記者身份進行採訪。女記者楊剛正式登場了。

1943年3月，楊剛來到重慶，繼續主持《文藝》（桂渝兩版）副刊，兼任《大公報》的外交記者。③ 同時，她也接受中共南方局的直接領導，從事統戰工作。1944年3月，在費正清（John King Fairbank，1907—1991）的幫助下，獲得哈佛大學獎學金，7月赴美學習。1945年6月，到紐約參加聯合國成立大會的胡政之（1889—1949）聘請楊剛爲《大公報》駐美特派記者。

1948年9月，楊剛回到香港，遵照黨組織的指示，推動《大公報》"起義"。1949年1月，主持天津《大公報》改組工作。④ 當年5月，作爲軍代表接管上海《大公報》。⑤ 9月，作爲新聞界唯一的女代表⑥出席中國人民政治協商會議第一屆全體會議。1950年10月，任周恩來總理辦公室主任秘書。1954年，任中共中央宣傳部國際宣傳處處長。1955年初，調任《人民日報》副總編輯，負責國際宣傳工作。1956年，由主管

---

① 楊剛主編的另一份副刊《學生界》刊出由《文藝青年》擬定的"新式風花雪月討論大綱"，也參與了這場文壇論戰。參見《新聞界人物（十）》，第47頁。

② 貝却敵是由愛潑斯坦夫人邱茉莉介紹來的，他本想找一個無官方背景的翻譯陪同採訪，不料楊剛却自告奮勇地以《大公報》戰地記者的身份一同前往，兼做翻譯。參見《新聞界人物（十）》，第56頁。

③ 參見《新聞界人物（十）》，第65頁。

④ 天津《大公報》改組爲《進步日報》，張琴南（1900—1956）續任總編輯，楊剛任黨組書記、副總編輯。

⑤ 6月17日，上海《大公報》發表《新生宣言》，宣告《大公報》進入新時代。

⑥ 正式代表12人：胡喬木、金仲華、陳克寒、張磐石、鄧拓、惲逸群、楊剛、邵宗漢、徐邁進、劉尊棋、王芸生、趙超構。候補代表2人：徐鑄成、儲安平。

國際部改爲主管文藝部。當年,當選爲中共八大代表。① 1957 年 10 月 7 日,正值大規模反右運動在全國轟轟烈烈開展之際,楊剛不幸去世,終年 52 歲。

二、楊剛的著述

收入這部《楊剛集》中最早的一篇作品是《一個年輕的中國共產黨員的自傳》,是楊剛在 1931 年用英文寫作的,其生前未發表。這份《自傳》僅有"童年""獄中"兩節,存於包貴思教授處,是蕭乾在 1979 年訪美時發現的。② 楊剛正式發表的較早的一篇作品是《一塊石頭》,是她在 1932 年 4 月份寫作的短篇小說,1933 年 12 月發表在《現代》(第 4 卷第 2 期)。③ 差不多同時,她發表了《關於〈母親〉》④,評論了作家丁玲(1904—1986)的小說寫作特色。稍後的一篇是《日記拾遺》,爲英文短篇小說,署名"失名"(Shih Ming)⑤,編入《活的中國》。1935 年此篇小說改名爲《肉刑》,用中文發表於《國聞週報》。⑥

名著《傲慢與偏見》有很多中譯本,楊剛的譯本是最早的。⑦ 楊剛在就讀燕京大學不久,即着手翻譯這本英文小說,並得到翻譯課老師吳

---

① 中國共產黨第八次全國代表大會於 1956 年 9 月 15—27 日在北京召開,出席代表 1026 人,代表黨員 1073 萬。
② 參見文潔若譯:《一個年輕的中國共產黨員的自傳》,《新文學史料》,1982 年第 2 期。
③ 姚辛編著:《左聯詞典》,光明日報出版社,1994 年版,第 109 頁。
④ (上海)現代文藝研究社編:《文藝》月刊,1933 年 10 月 15 日。
⑤ 1938—1939 年間,楊剛將毛澤東的《論持久戰》譯爲英文,也用此署名。
⑥ 中文稿有些改動,畢竟讀者對象不同。後來,文潔若重譯了英文稿。參見《新文學史料》,1982 年第 2 期。
⑦ 據說《傲慢與偏見》有十幾個中文譯本。參見閻銳:《〈傲慢與偏見〉楊繽和孫致禮譯本的比較研究——基於圖里的翻譯規範理論》,華南理工大學碩士論文,2015 年。

宓（1894—1978）的鼓勵，在譯著出版時吳教授"又親自逐句對校"。①1935—1936 年間，楊剛還有多種譯著單行本問世，均署名"楊繽"，由青年協會書局出版，如《個人道德與社會改造》（Reinhold Niebuhr 原著）、《蘇聯的宗教與無神論》以及《忠的哲學》（洛依思原著）。這應該是作爲左聯成員的楊剛，在此前所制定的東方問題、馬克思主義問題翻譯計劃的階段性成果。②

上海孤島時期，楊剛步入其文藝創作的高峰。散文集《沸騰的夢》，1939 年 4 月由上海好華圖書公司出版。楊剛富於激情、戰鬥性和藝術想像力，《沸騰的夢》中所彙集的 20 篇作品，很多可以説就是散文詩。其中，《此馬非凡馬》一篇，獲得了很高的評價。③同年 2 月，中篇小説《公孫鞅》由上海文化生活出版社出版，這篇小説的初稿可能寫於通俗讀物編刊社時期。上海文化生活出版社還出版了她的《我站在地球中央》（1940 年）和小説集《桓秀外傳》（1941 年），均爲孤島時期的作品。④《我站在地球中央》是一首 800 行的長詩，想像奇特，氣勢恢宏。雖然詩作語言不够洗練，但無論取材、構思還是篇幅，都稱得上是五四後中國新詩壇的"罕見之作"。⑤

之後就是楊剛的兩本通訊作品集，一本是《東南行》，另一本是《美國札記》。《東南行》於 1943 年由桂林文苑出版社出版，收集了楊剛在 1942 年 7 月至 9 月的 12 篇戰地通訊，包括多篇未能見報的作品，使她成

---

① 《後記》，1935 年 2 月 26 日。奧斯登著，楊繽譯：《傲慢與偏見》，商務印書館，1935 年版，第 534 頁。

② 參見宋俊娟：《楊剛傳論》，華東師範大學碩士論文，2008 年，第 4 頁。

③ 胡喬木（1912—1992）稱其"可以編入中學語文課本"。參見《楊剛文集》胡喬木序，人民文學出版社，1984 年版。

④ 《我站在地球中央》篇末注明寫於"一九三九年四月二十日"。而《桓秀外傳》可能也是北平時期的舊作。參見盧豫冬：《憶羊棗楊剛兄妹》，《福建師範大學學報（哲學社會科學版）》，1984 年第 4 期。

⑤ 張伯海：《一位新文學的辛勤耕耘者——讀〈楊剛文集〉》，《人民日報》1984 年 11 月 26 日。

爲了1940年代的名記者。《美國札記》於1951年由世界知識出版社出版，主要收集了楊剛在1946年至1948年間的14篇美國通訊。《美國札記》"是楊剛新聞生涯的巔峰之作"①，它不僅使楊剛成爲著名的國際新聞記者，也使她成爲了著名的美國問題研究專家。

新中國成立之後，從政的楊剛發表作品日漸稀少。② 在她不幸去世25年之後，鄭光迪從她母親的美國友人那裏意外地獲得了楊剛在美期間寫下的長篇自傳體小說。小說基本完稿，祇是總題尚未擬定。1987年譯爲中文，譯者以《挑戰》爲總題，先在《小説界》上連載，第二年由人民文學出版社出版單行本。同時，英文原稿由外文出版社出版，題爲《女兒》（*Daughter：an autobiographical novel*），似乎英文版的題目更恰當一些。③

總之，楊剛是小説家。《楊剛集》收錄16篇小説，短篇、中篇、長篇，一應俱全。寫於留美期間的自傳體長篇小説《挑戰》（又名"女兒"），充分展示了主人公革命青年黎品生豐富的內心世界。楊剛是詩人。《楊剛集》所收16首詩歌，反映了她在新詩創作上達到了相當高的水準，其中《我站在地球中央》，長篇巨制，激情澎湃。楊剛是文藝編輯。從1939年至1944年，她先後擔任《大公報》香港版、桂林版、重慶版的《文藝》副刊的主編，編、寫、評，三位一體。楊剛是記者。《楊剛集》收錄90篇新聞通訊，如果説，《東南行》使她成爲傑出的戰地記者，那《美國劄記》不僅使她成爲國際新聞報導的名記者，還使她成爲了傑出的美國問題研究專家。因此，楊剛既在五四以來的新文藝各領域具有全面而較高的造詣，同時，也是二十世紀三、四十年代新聞界中一

---

① 《新聞界人物（十）》，第75頁。
② 《毛主席和我們在一起》，報導了開國大典的空前盛況，刊於上海《大公報》1949年10月6日，這是楊剛新聞通訊的"擱筆之作"。參見《新聞界人物（十）》，第98頁。
③ 有學者認爲，從小説主人公黎品生的成長經歷來看，題目應該定爲"女兒"或"新女性"之類。參見倪婷婷：《楊剛英語自傳性文本的標題問題及其他》，《中國現代文學論叢》，2011年第1期。

位叱咤風雲的人物，世人並稱其與浦熙修（1910—1970）、彭子岡（1914—1988）爲"三劍客"，可謂傳神。

三、楊剛文集的編輯

第一本楊剛文集是人民文學出版社於 1984 年出版的，名爲《楊剛文集》。其編輯工作似乎從文革一結束就着手了，直到 1982 年春纔算完成。據蕭乾説，他主要做的是作品編選方面的工作，而由張伯海（1932— ，山東掖縣人）負責文集的整理，包括校勘工作。① 此書共分 5 輯，凡 56 篇，41.1 萬字。

第二本楊剛文集名爲《萬木無聲待雨來》，由北京聯合出版公司於 2021 年出版。這本文集作爲"百部紅色經典"之一，是爲慶祝中國共産黨成立 100 週年而編印的"文學經典力作"。② 此書收録楊剛作品 30 篇，17.4 萬字，篇幅不及前書的一半。

本書定名爲《楊剛集》，以區别於此前已有的各種楊剛文集，作爲"荆楚文庫"的一種，將由華中科技大學出版社出版，約 142 萬字。本書收録楊剛作品 188 篇，分小説（16）、詩歌（16）、散文（33）、評論（33）和通訊（90）5 類，共 3 册。各類作品均按發表或寫作時間的先後順序排列，同期發表者按版面前後排列，題下皆標明底本信息。其文本内容經整理者和編輯審讀，字句殘缺或難以辨認者，用□表示；少數確係錯訛者，則逕行改正。

依文庫編纂體例，原則上，譯著不收，1949 年之後的作品不收，民國時期不能確認作者的以及原稿字跡模糊不清、難以轉録的，也一律不收。以上未收者，除單行本外，現存目於書末，以俟來者。

《楊剛集》蒐録文章較多，工作量較大，雖經我等之種種努力，錯誤

---

① 《楊剛文集·編後記》，1982 年 3 月。
② 《萬木無聲待雨來·出版前言》，2021 年 7 月。

仍在所難免。敬請各位讀者批評指正！

　　華中科技大學出版社的周清濤社長一直關心本書的編輯工作，錢坤同志、李鵬同志自始至終地認真負責，武漢大學圖書館王以君老師幫忙搜羅民國版本，在此我們表示衷心地感謝！文爽、唐軼、王琦、尹鶴、賈夢夢、周海若、徐明濤、劉克登等同學也參與了部分的搜錄或校對工作，一併致謝！

整理者

2023 年 10 月於珞珈山

目　錄

小說卷 ………………………………………………… 1
　一塊石頭 …………………………………………… 3
　肉刑 ………………………………………………… 9
　異伏 ………………………………………………… 18
　殉 …………………………………………………… 42
　愛香 ………………………………………………… 48
　太太的問題 ………………………………………… 55
　翁媳 ………………………………………………… 59
　母難 ………………………………………………… 70
　天真的嘴唇 ………………………………………… 81
　公孫鞅 ……………………………………………… 88
　拯救 ………………………………………………… 120
　桓秀外傳 …………………………………………… 124
　黃黴村的故事 ……………………………………… 162
　生長 ………………………………………………… 195
　無題（遺稿）……………………………………… 220
　挑戰（又名"女兒"）……………………………… 247

詩歌卷 ………………………………………………………………… 597
　我不信 ……………………………………………………………… 599
　靈魂的對話 ………………………………………………………… 602
　我站在地球中央 …………………………………………………… 605
　望—— ……………………………………………………………… 634
　仁 …………………………………………………………………… 638
　晦晨——寫給被日寇屠殺的戰士們 ……………………………… 640
　船夫曲 ……………………………………………………………… 642
　尋求 ………………………………………………………………… 644
　願望 ………………………………………………………………… 646
　給賣報女孩 ………………………………………………………… 647
　哭四哥 ……………………………………………………………… 649
　我知道你沒有死去，哥哥！ ……………………………………… 653
　獻孫夫人 …………………………………………………………… 656
　爲聞一多李公樸被暗殺 …………………………………………… 659
　辛苦呵，我的祖國 ………………………………………………… 663
　一首寫不完的詩——紀念法蘭西人民的旗子 …………………… 667

散文卷 ………………………………………………………………… 673
　一個年輕的中國共產黨員的自傳 ………………………………… 675
　牢騷 ………………………………………………………………… 692
　默 …………………………………………………………………… 695
　南海的石室 ………………………………………………………… 698
　此馬非凡馬 ………………………………………………………… 703
　五月——民族鬬爭的頂點 ………………………………………… 705
　沒有哭泣的餘裕 …………………………………………………… 707
　紅色的熱情 ………………………………………………………… 709
　沸騰的夢 …………………………………………………………… 711

灰燼	714
偉大	715
生命的受難	718
星	721
祭——一位朋友逝世百日祭	723
北風	725
焚書燬信離北平	727
北平呵，我的母親！	733
一九三九年第一天的上海	737
天的兒子	740
壯烈的完成	742
上海的鬼	744
上海——巨大爆裂的前夜	746
追	749
別上海	753
上海的痙攣症	757
追念許地山先生	763
上警報課的一天	767
悼羅曼·羅蘭	772
我的哥哥羊棗之死——敬致顧祝同將軍一封信	775
爲羊棗冤獄謹告新聞界同業	777
關於"羊棗新聞獎金"——美國來鴻	780
楊剛的信	782
致杜魯門總統	784

評論卷 ································ 787

關於《母親》	789
擷茵·奧斯登評傳	796

論現實——讀盧潮的《田地》 ……………………………… 804
亨利・巴比塞 ………………………………………………… 808
境與真 ………………………………………………………… 815
讀《孟實文鈔》——物我・距離 …………………………… 823
現實的偵探 …………………………………………………… 835
評《活的中國》 ……………………………………………… 837
關於"差不多" ……………………………………………… 843
批評的更生 …………………………………………………… 849
冒險與裁判 …………………………………………………… 854
《里門拾記》 ………………………………………………… 857
歲 ……………………………………………………………… 863
向不參戰的作家們要什麼？ ………………………………… 866
《沸騰的夢》序 ……………………………………………… 872
抗戰與中國文學 ……………………………………………… 878
《續西行漫記》 ……………………………………………… 881
重申《文藝》意旨 …………………………………………… 887
見證——《我站在地球中央》代序 ………………………… 892
反新式風花雪月——對香港文藝青年的一個挑戰 ………… 897
感覺得太少了！ ……………………………………………… 901
薑薤——《桓秀外傳》代序 ………………………………… 904
書與世界 ……………………………………………………… 906
歸來獻辭 ……………………………………………………… 909
一個智識份子的自白——代序《永恒的北斗》 …………… 911
陳訴——《東南行》代後記 ………………………………… 916
美國文藝的趨向 ……………………………………………… 918
梅蘭芳 ………………………………………………………… 920
毒藥與小米——讀報觀點需要解放 ………………………… 926

對華國際借款團之史的檢討 …………………………………… 930
國防與中國資源問題 ……………………………………………… 967
創造的戰爭 ………………………………………………………… 976
論擴大綏遠戰爭之必要 …………………………………………… 981

通訊卷 ……………………………………………………………… 987
綏行日簡 …………………………………………………………… 989
從河北新村到五原拾記 …………………………………………… 1010
上海寫給香港——孤島通訊 ……………………………………… 1021
戰時英國勞工問題 ………………………………………………… 1025
戰地通信之一：萬木無聲之贛東前綫 …………………………… 1035
戰地通信之二：將軍樹下　大覺庵中——記羅卓英將軍談話 …… 1039
戰地通信之三：大戰荷湖圩 ……………………………………… 1042
戰地通信之四：姚顯微之死——人生自古誰無死，留取丹心照汗青
  …………………………………………………………………… 1046
戰地通信之五、六、七：請看敵人的"新秩序"——崇仁—宜黃—
南城 ……………………………………………………………… 1050
戰地通信之八：漂泊東南天地間——浙贛學生在建陽 ………… 1061
戰地通信之九：浙贛戰役中的敵情 ……………………………… 1066
福州行 ……………………………………………………………… 1080
從閩北到閩南 ……………………………………………………… 1086
贛南一重天 ………………………………………………………… 1095
辛苦了，台灣兄弟們！ …………………………………………… 1100
旅行的災難 ………………………………………………………… 1107
中農在江西的厄運 ………………………………………………… 1113
走過貴州高原 ……………………………………………………… 1116
重慶——國際的霧城 ……………………………………………… 1120
雲集華府　霧擁陪都——冷淡就是死亡，我們必須關心 ……… 1124

重工業與工業重——在中國興業公司的一個早晨 …………… 1128

這些人是我們的朋友——記重慶的外籍記者群 ………………… 1136

暴風雨的日子——關於義大利政變 ……………………………… 1141

從婦女工作談到三國會議——華德女議員訪問記 ……………… 1145

明暗交流——記美國人海中的星沫 ……………………………… 1148

爭自由的浪潮——美國國務院提名案 …………………………… 1158

處置日本問題 ………………………………………………………… 1163

解決日本必須徹底 …………………………………………………… 1166

從波斯灣到丹吉爾 …………………………………………………… 1168

怎樣處置日本？美國輿論分三派 ………………………………… 1174

美英財政經濟商談 …………………………………………………… 1176

批評麥帥對日政策 美國輿論引起激辯 ………………………… 1179

訪問賽珍珠夫婦 談中國近代文學 ……………………………… 1181

白宮的記者招待會 …………………………………………………… 1185

美勞資糾紛仍嚴重 …………………………………………………… 1187

美國的經濟復員——美國的全民就業與中國的繁榮強大和平不可分離 …………………………………………………………… 1191

力的歧途 ……………………………………………………………… 1202

荷印問題與英美 ……………………………………………………… 1207

美國工潮的激盪 ……………………………………………………… 1209

紐約選舉 ……………………………………………………………… 1212

美國鋼鐵業工潮 ……………………………………………………… 1219

我存美古書將運回 …………………………………………………… 1221

年初談美國總統 ……………………………………………………… 1222

美內長辭職內幕 ……………………………………………………… 1226

美物價政策檢討 ……………………………………………………… 1228

大西洋的浪潮——記世界最大工會的選舉 …………………… 1230

美國對蘇聯將採雙重政策	1237
油災	1239
震撼全美的煤礦工潮路易士與資方停戰十五天	1243
美國物價控制在動盪中	1245
記美國一小城	1251
鹽的果實——米得蘭	1259
美國農村生活又一角——在明尼梭達	1265
紅河的黑土	1270
煩惱的美國人的煩惱	1275
寒夏深秋——論美國選舉	1280
晦明初冬	1286
美國對華政策何去何從？	1291
下坡與上坡——本年美國工商農業展望	1299
動盪的國際現狀與美國最近的外交傾向——從美國希土借款說起	1305
雲冥冥兮欲雨——美國對華政策現階段	1316
從杜魯門主義到馬歇爾方案	1323
魏德邁錦囊	1333
美國與德國	1337
走索上的馬歇爾方案（上）：論巴黎十六國會議	1347
走索上的馬歇爾方案（中）：美英法德衝激圈	1355
走索上的馬歇爾方案（下）：心猶豫而狐疑兮——美國	1369
共和黨援華運動	1380
美國第三黨——和平、進步、繁榮	1389
美國糧價下坡——乍暖還寒時候，最難將息	1405
總統的災難	1411
美國援華政策新動向——從世界政策看對華問題	1419

音樂與人……………………………………………………………… 1429
和雾盪漾——記美國政海中的一波…………………………………… 1436
從美國共和黨大會說起——杜威和華倫上臺………………………… 1441
關於威爾遜總統輪的一個報告——請看我們所受的遭遇！………… 1449
在馬尼拉港……………………………………………………………… 1459
我們到了珍珠港………………………………………………………… 1464
在美國的僑民——天堂裏弱小民族問題的一面……………………… 1469
杜魯門的衛隊…………………………………………………………… 1478
蓓蒂——美國社會問題的縮影………………………………………… 1480
在錢的自由下面——美國的思想控制………………………………… 1487
美國工人運動的低潮…………………………………………………… 1498
京滬即景………………………………………………………………… 1504
在美國的"自由"………………………………………………………… 1509
就是這樣我們過了江——記陳毅將軍講渡江準備…………………… 1514
學會高爾基……………………………………………………………… 1520
從"七·七"想起精神上的一致性……………………………………… 1522
給上海人的一封信——毛主席和我們在一起………………………… 1527
在美國南方……………………………………………………………… 1532

附錄……………………………………………………………………… 1540

小説巻

一塊石頭[*]

他姓黎。

"老黎這東西又是幾個禮拜不來了!"——我們當中的一個說,老黎的名字叫什麽,大概誰也不知道,關於他作爲挨罵和議論的中心的,常常是"老黎"兩個字。

"咯,咯,咯"——輕輕三下子,我們當中有一個嘴裏連連說着"他來了",就走去開了門上的鎖,別的人把白布窗帘拉上。

沉默。

"又是三個禮拜不來,你們!"

"你們這是官僚主義。"

"……所以你們是忽視這邊的事情……"

"……"

"……"

這一切就像雨點般從我們的嘴裏落到老黎頭上。他當然沒有避雨處,也不要避。他仰着一張充滿了棱角和陷坑的臉去迎受這些暴粒。臉皮像長江一帶的人的上毛房用的黃手紙。眼裏刻着許多紅絲。

雨點似乎有些下得不安,停了。

老黎自然要開口的,一面說,一面把他那配着紅絲的大眼印在下雨的人們心上。問題結束了,我們各人心裏像抽絲似的總有句話在那兒迴蕩:

"——我們自己的確是脫不了倚賴主義。"

不知什麽時候,已經又開始了另一個問題的爭辯。人們在一陣紅頭

---

[*] 原載《現代》1933 年 12 月 1 日。

漲臉、努眼突唇的當中，壓低了喉嚨死勁嚷。老黎的黃紙臉也有絲絲紅，他坐在某一位的牀腳下，翹起腦袋，眼更大，紅絲也更紅。

"給他警告！"一個拳頭落在桌上，伴着這四個字的低吼。

"我不同意！"跟着是一串理由。

"我同意，對於消極怠工的份子，應該毫不客氣的制裁和肅清，這是紀律。"

理由和意見，像連珠砲發出來，壓喉嚨的力量失了作用，於是朝着窗子努嘴唇，拿指頭擱在嘴皮上，用手把空氣朝下壓的姿勢之類，都表演出來了。

"請讓我發言。"——老黎靠着牀的腿，仍然是那平平無奇的男中音，像求情的樣子，又像命令。

"……戴了彰明較著的帽子，他們嗅着吠着……要給他開闢新的環境，訓練他原有的能力去作新的工作……"

負氣的心覺着他的話不對，又想不出理由來駁，少年人的剛性，少爺脾氣，小姐驕性都在真實的理論面前封住了出路。

以後，老黎和那素稱爲"弔郞當"的消極份子走了。

也不知過了多少日子。人脫了壓骨頭的棉皮袍子，換上了輕衫，但有的人却乾脆的在空氣裏賣弄他們的皮肉，汗在太陽底下蒸發得熱氣騰騰地。

有一天，弔郞當來了。穿一件藍布大褂，包得下他兩個。帶一頂氈帽，踏進門，就把帽子丟在桌上，擦汗。

說了三句話，又叮囑了一下子，來不及等我把椅子拉開讓坐，拿起帽子反身他就走了。我站在門口，望着弔郞當那邁動得起勁的兩條腿出神。我有幾個月沒看見他了，最近我搬到城裏來，纔又合他發生關係，這是第二次見面。

第三天，我特意換了件衣服出門。目的地是那兒一所最漂亮的公園。

沿着那太平洋的小孫子走。一片的大荷葉，綠滿了水面，搖肩扭頸互相調弄，簇擁着張開嫩嘴呵呵笑的紅蓮，柳條俯身在摸他們的臉。

"嚇，好漂亮！"弔郎當扶着自行車站在我面前微笑。

"好一個巡風的！"我似乎是要報復他那麼突然的驚我一下。

"你真的資產階級化。"

我笑了一笑。今天他也資產階級化了一點，穿的月白竹布大褂，不知那兒得來的一頂草帽也帶在頭上了。還有，老黎更資產階級化得鮮明。他穿得一身西裝，領上是白綢子領巾，頭髮油亮伏貼，嘴上翹起一根紙煙。迎面走來，手平胸部一彎，直着背脊哈哈腰。

碰了頭，交代了一句話就過去了。我和弔郎當順着海子邊走過假山石，到一個傍着許多紅磚洋房，面着另一片荷葉蓮花的茶館裏坐下。

鋪着雪白的檯布，一條長長的檯子上排了一道陣綫的瓜子、花生、糖、點心之類，旁邊茶几上還大包小包堆着。弔郎當走了。

刮達、刮達的皮鞋聲和着異樣蒼老的北方話音在敲我的耳鼓，同時大蒜氣也往鼻孔裏鑽。兩個巡警不需請教的走進來了。接着就另有幾位資產階級化的人們也進來。大家異樣的看着那兩位"武裝同志"，同時他們也走過來問訊。

雖然是茶會，也得有公安局的許可，但是那兩位衝着茶點的面上，説開會祇管開會，但是他們要在這兒監督。

於是有的人就過去和他們坐下來攀談。老黎來了，弔郎當也來了，還有那為了他而開"茶會"的那人，還有一些別的人們。

漂亮的老黎擺開方步，扯下領巾在手上旋舞，又擦擦嘴，就混在那位他面前，哈一哈腰，順手牽他的衣服，往外一送，口裏低低噓出兩個字：

"你走！"

那位點點頭，望着窗外哼歌兒似的溜着就出去了。

"但是你？"——另外一個人焦急的看着老黎。他像沒聽見的抓着腦袋就搖了一下頭，沿墙走着，順便在窗外看了一過，撈了一把瓜子，一面嗑，一面説：

"畢業同學都到齊了，爲什麼我們還不開會？"

"開會！"——大家異口同聲説。

"開會，我們的主席還没來呢。"——一位似乎是在校同學的樣子説着。但是主席馬上就來了。

歡送辭、答辭、笑話、汽水、茶、水餃攪成一團，和着悶氣朝肚裏吞。老黎却跑去和那巡警撩天，撩着撩着就打聽到他們監督了之後的任務去了。

"我們回去還要寫什麼報告呢？也是苦差！"説着就嘆氣。

"兩個月不關餉，還什麼事都得幹！"另外一個説。

接着又是我們這頭爆發了一個大鬨笑，拍掌，不知是那位的笑話講得好。

到底主席宣佈了散會，老黎最後在那兒算賬。

北方的街道老是灰撲撲的，天總是吼着風，風從垃圾堆，從煤堆，從郊外枯乾的田裏，從張家口，從長城外，含着滿腮滿嘴的土，來噴在北平的街道上，道兒就越來越髒。到了夏天，被雨天作惡似的嘔下來的雨，就纏着這些土，像是遊子找着了家。誰要不小心踏着它們，它們就吱□一下子，跳起來踢在人腿上。

老黎的鞋上，襪上，灰布長衫衣脚，被踢得一點點的□滿了痕，他像是不覺得，扶着車，由他的腿在□他。

我擦他的車過，推了一下。

"怎麼？"忽然看見是我，他笑起來，隨又恢復了原來的樣子。

"怎樣？"我反問。

"我想離開這兒。"

"哦。"

"上你那兒去坐坐吧。"他照例偏着腦袋徵求同意的樣子看我。

轉過胡同就是我的住處。

他捧着杯子咕嘟咕嘟喝了兩碗涼開水。

"要調你走?"我坐在他對面問。

"不。我想。"

"爲什麼?"

他臉上一紅,嘴皮動一動,似乎在微笑。

"今天在街口碰見我家裏人。"

"你的家在這兒?"我張大了眼睛,怪極了。大半年從沒聽過說他的家,現在却突然在這兒出現。

他點點頭。

"我的家住在慈慧殿。我從來避免上那兒去,今天無意中在後門大街碰見了我的妻,她也不敢就認我,却拿兩眼死盯住我,我加緊踏幾腳,就跑走了。"

"你的妻不能跟你一道幹嗎?"

他苦悶的笑,搖搖頭,又倒一杯開水喝。

"不但是妻,我還有個四歲的小孩,我離家的時候纔在他媽肚裏,今天也跟着在街上,牽着他媽的衣服,光着頭,在雨裏面的搭的搭的走。"

說着他就拿眼望院子裏的天,沉重的雲,像濕了的絮塊,黏在天上。

"也不知世上有多少這樣有父親的孤兒呢。"我說。

"原是。所以我要走,我這兒還有父親母親。可是我心總有些捨不得,要是把那孩子帶着,準可把他弄成一個小同志。對不對?"

我笑。

"可是現在他就祇有希望作個替祖父母捧靈牌的孝孫,你的意思是這樣?"我說。

他的眼更加紅了,像有些濕,可是他也笑,說:

"那倒不一定。我希望他也是個願意掉腦袋,不願意彎膝頭的。"

"讓他到社會裏衝去罷,可是你得決定你的。"

他又倒了一杯水喝了,要了一根煙抽,一個指頭在桌上敲着,敲着,口裏哼着。

人們把輕衫脫了，夾衣也脫了。又馱上了皮的、棉的、毛的、絨的，綁上了內的、外的無數層。也有人死命找些破片破條，來掩覆他們那幾乎早已凍損了知覺的皮肉。

弔郎當叫我到他那兒去，除了我以外，另外還有一個人，弔郎當說還有個人沒來，得等一會兒。

隨手拖起一本《國際通訊》來看。

"老黎死了，知道嗎？"

"真的！"——我和那人同時問。

弔郎當要哭似的撇了撇嘴，當作招呼我們的笑。

"在那兒死的？"——我問。

"夏天就調走了。在那邊就出事情。"

沉默。

我的心像鉛塊般壓着，又像一面鏡子，映出了一張挺着大骨頭，窪着深坑的黃紙臉，還有一對常常因過勞而帶着紅絲的大眼睛。我的心塞滿了垃圾。

弔郎當一口氣說了好多話，講着老黎的事情，好像要把他心裏的什麼石頭、砂礫、泥塊，磨得他心疼的東西，一下子都掀出去纔好的。

"老黎，咳，一個好人！"那一位像無可奈何的說。

"老黎真……"弔郎當說了半截咽住了。過一會兒他又說：

"他們把他拿去，用細繩子弔住大指頭，弔在半空打，大指頭都弔斷了一個。第三天就做掉了，在半夜裏。"

我憤激的兩眼射住弔郎當，好像他就是屠殺老黎的人，恨不得一口把它吞下去。

門上響。

"好，我們幹我們的罷"，弔郎當起身開門說。

一九三二・四・十四夜

肉　　刑[*]

　　五月二十四，刮風　青一起來就出去了，這漫長的五月日子又該我自己一人伴着無盡的飢餓、嘔吐和提心弔膽來挨受了。挨到了晚上，也許回來的是幾個便衣偵探和憲兵帶個兩條胳膊被綑住了的他。這事縱使今天不發生明天也依然會出現！我痛苦地在木板牀上翻來覆去，想使那刻刻翻騰要嘔吐的胃腸比較安適一些，同時我也可以暫時逃掉那種摳心挖肝不住嘔吐的活罪。但是辦不到！凡有小孩病的人定知我這是如何妄想。

　　青自從發現我嘔吐的原因之後，他的瘦額平添了許多縐紋。他常常睜起大眼注視我，我問他，他就說："没有什麽。你好好休養，快好起來，你的事有人代替了你。"他嘴上說，我却看出他爲難的樣子。我知道這富貴病在這樣的日子發生增加了當前的情勢許多想像不到的麻煩。在事情緊急、環境本身就是仇敵的時候，凡屬於個人的問題，往往能妨及整個。於今事實上這種病不但把我從堆積的事務裏拉出來，且需要把他也變成病榻前的奴隸，以一身兼當老媽、看護、厨子、聽差，又要東奔西跑仗朋友的好心，弄一二毛錢作病中的使用費；那麽兩個人的問題所給與整個集體的影響，該是如何值得他焦心痛苦的事！最近日子越來越迫近，一些嚴厲的督責從早六點就把他趕出門去，到深夜纔能拖起沉重得像死驢樣的身體走回來；痛苦使我失去了理性，因此又和他吵鬧。

　　我們所住的算是沙灘一帶公寓特有的房間！三面北房中間的一個，没有一個透氣的窗口，把那對着院子的房門打開，院子裏誰都可以看清屋裏的一切；不開，就不用想空氣和太陽。因爲兩旁的屋子與中間的構

---

[*] 原載《國聞週報》1935 年 4 月 15 日。

成一個凹字形,太陽全叫兩邊的截奪去了。屋子裏又窄又小,一張牀,一張桌,躺在牀上伸手就可以從桌上取東西,這是這小屋裏特有的方便。

我們已有兩個月不能繳納四元大洋的房租了。伙計早已停止來打掃。整個屋子完全變成個荒廢的破土地廟。糊頂棚的白紙掉下一大塊來懸掛在半空中,紙上面又弔下許多塵絲;房頂泥塊隨時掉下來撒下滿地的土泥,老鼠在上面打架,冷不防一摔下地,鼠屍就和泥塊滾在一堆,祇好讓它在屋裏被五月的天氣蒸得發臭,等晚上青來拖出去。屋子裏一切東西都堆上一層塵土,蜘蛛到處佈網,在我牀上大大方方爬着工作,似乎要把這空屋子用蛛網充實起來;除了我自己的嘔吐聲外,也仗這蜘蛛和老鼠來刺破這一屋子堅實的寂寞。

我們的左鄰大概是位北大學生,和房東有點瓜葛,所以他的房錢可以欠下不成問題。但他的家信要受房東檢查,有掛號信就被沒收,且代他把錢取出,代他保管;這位先生似乎不在乎這事,還是紅紅胖胖,常常從房東那兒討點錢來打白乾,買些肥滷雞,關起房門自斟自飲,飲一回又拉一陣絃子,唱一陣。好容易把四兩白乾喝完後,他把大腿一拍,哈的嘆一口長氣,接着就聽見他呼魯呼魯在打鼾了。有時討不到錢,並且挨一頓教訓,那麼就準會聽見他嘶……哈……嘶……哈……的噓氣。這時節他是躺在牀上看頂棚,心裏想着蘇秦、韓信,還是在估計窗櫺上一顆釘子,可不可以懸樑自盡,那誰知道?

右邊的一位是北大的戲劇家,整天不大在家,一回來就唱大花臉,又去鬚生,有時弔起嗓門,他又扭扭捏捏唱青衣或花旦了。他頗擅長交際,時常買東西請房東同吃,順便幫房東咒罵別的房客。老是說:"呀,你的房錢早已該付,我早上的確記住了要上銀行,一轉身又忘了。你看,這不是我帶的存摺?"於是他哈哈哈很自然的笑起來。房東祇得說"嘿,嘿,不要緊"就完了。他又交際伙計,常叫他來給他一把花生,和他打聽東南小屋裏那洋車夫的老婆每月騙去他多少錢;西屋裏那學戲的女人到那兒弔膀子去了,打扮得是個什麼樣子;又打聽房東和別的房客種種事情。對於這些問題那伙計總是繪聲繪影的回答,據說那洋車夫的兒子簡直就是他自己的骨血。"他媽的，我的兒子叫他作爸爸，哈哈。"對於我，這位先生也不缺少注意。聽我在嘔吐，他就大大嘆口氣，"唉，怎麼受得了！"他自言自語説。隨後他又拍拍壁板，從壁縫裏低聲説："女士，姐姐，我來伺候你好麽？唉，太痛苦了。"見我老不理他，他就改用咒罵，説我們吵了他。我們把壁縫糊起來，他又劃開偷看。

　　滿院子終日打雞罵狗，吵架，打孩子，抄麻雀，唱古書，直如一個沸騰的湯鍋。祇有我這小屋是荒涼、黴暗，和堵塞呼息的窒悶。肚子餓到發熱又發冷，連膽汁都吐不出來，但還是找不到一片舊燒餅。這樣的生活，這樣的無意義和苦惱，我竟能忍受這多時！爲什麼我早不想起現在侵入我腦裏的這可怕的幻想？

　　五月二十五　昨晚青的樣子特別萎靡。一進門就橫倒在牀上，把帶回的兩筒掛麵丢在一邊。人更瘦了些，就像一根高竹竿；兩隻眼像兩個吞人的黑洞，佔着了整個面孔。我問他吃了飯没有，他説一天吃了六塊燒餅。於是他打起精神來給我煮掛麵，我祇吃了半碗又大吐起來。我竭盡全力挖肝鏤肺的嘔，眼珠像要被擠出眶外，頭都沉重火熱，冷汗直流，鼻水、眼淚、口涎全不斷的衝出，四肢發抖。我見青東抓西爬，痛苦痙攣的手脚一齊亂動，又要扶我，又要倒漱口水，又要拿手巾，又要給我擦拭，一時弄衣服，一時拖痰盂，往往就打翻了茶碗或掉了東西在地下。

　　這一夜我没合眼，那可怕的幻想固執的盤據在我腦裏，引誘我要把它自己顯出成爲一件事實。我一夜揉肚子，希望伏着的小生命能隨這蹂躪而死掉。我該是如何殘忍！我的心在跳。自然我是個女人，我喜歡由我自己迸發出一條新生命，正如一切作家們創造他們的名世作品一樣，不，更多，因爲他將要作自然的執行者，也就是自然最高的形式——人！這小人以自己柔嫩的哭聲，好奇的小眼和睡的微笑向世界提出他那純美有力的生存要求，在這要求之前，一切天上地下的強有力者都應該俯首。從月經停潮，第一聲嘔吐的時候起，我的心葉就顫動，嗓子裏要求發出極大的聲音來宣告這件事實。這新生命雖是無私而偉大的，但它偏要將自己最初第一個微笑顯給我看，而我，被它稱爲母親！這樣的光榮和喜悦，誰有權利誰又有力量來拒絕？我沒有，一切女人也都沒有；除非大自然的本身，人類的全生命到了難產時期，要求一切個别生命付與自己的代價！

由這樣的轉念所生的幻想，像毒針一樣猛刺入我的腦中，痛苦和傷心夾攻我，覺悟在心底發出長睡初醒時的呻吟。最初我曾經自命爲覺悟過，要結結實實作個人，其實那是假的。祇在生命走到了極端，個别的意義是不可能，也是不該有的時候，祇在人該用牙齒來扯碎自己的心臟，使之不能發生個人情緒上的感覺時，纔可以提到覺悟。人到了這時候，總該明白在這樣年頭，一個失了自由的窮人生下孩子，無非祇能妨礙自己的生命活動，自己的孩子似乎就是仇人的助手，專門來增加自己的鎖鍊和壓迫。而同時那窮苦失了自由的孩子自己，活下去也就祇有飢餓、恥辱、折磨、無知和一切不適意的情緒與事實在等候他。到了這時候，生命如何纔適宜於存在，乃是全人類的問題了。而我還要以可笑的母愛來自己騙自己！來滿足個人的自我張大狂。

我知道青今天會遇見一位可以使我那幻想實現的高麗朋友。他一起牀，我就請他去叫那人來。我沒想到我的話叫他駭了一跳。他照例用眼釘着我，手插在褲袋裏不動。過了好一會，他突然説："打胎不行！"説完就拿起臉盆預備出去。"非打不可！"聽見我這話，他反身擱下臉盆，坐在牀上緊執着我的雙手，深刻而有表情的眼光注視我，像憐惜又像責問。我一口氣説下去："我們不能也不該……"他不讓我説完，連忙雙手捧住我的嘴，半伏在我的身上，低聲説："我知道，可是，可是，我們都……"他搖了一下頭，想了想，又説："不；……可是你很願……嗯……嗯，那些都算不了什麽……可是，叫老李來這兒作，環境太不方便，又危險……"他像還有很多話要説，却説不下去，我也不能開口。所有兩人腦中的話，似乎都相互糾成一團，都不值一説。彼此對看着不知有多少時間，然後我見一顆大淚在他眼中發閃。板壁上發出唏唏嗦嗦的聲音，我知道那位高鄰又在壁縫中偷看我們。青朝那板壁斜了一眼，站起身拍着我的臂說："回頭看罷，一回我煮點掛麵你吃了，我好上課去。"

　　五月二十六　這是怎麼說？青！白天不回，晚上也不回來了。我就這麼一個人在木板上爬，吐，就這麼白日黑夜讓破洗臉架、積灰的火酒爐、退了色的紅綠掛麵紙、爛了的菠菜等等佔據我的眼光，讓各種喧呼、打罵、號唱折磨我的耳朵。我向誰申訴？又有什麼可以申訴？埋在這陰沉的古墓裏，我難道還企圖找出從前在人群中生活的意義麼？

　　平時雖在極忙，青白天不能回住處，晚上無論多晚多遠，也一定要回來。為着深夜要人開門，我們被伙計糟蹋了不知多少次。可是昨天晚上我從十一點起就望着房門，一面數着時鐘一點一點的敲去，直到五點。焦急在我心上爬，留下它燒烙的火傷，時間又一針一針的在那火傷上挨擦。公寓大門不斷的開，不斷的關，發出一種低沉的抱有委屈的聲音，隨着就有腳步在院子裏走動。皮鞋的高昂，無根鞋的閑散，布鞋的柔順全不能表現青那疲倦而又匆忙的腳步。沒有腳步聲，反覺更有希望一點。

　　一種預示的憂患纏住了我這昏亂的想像，把那最可能又最可怕的結果，不斷塞入腦中。我本用不着浪費頭腦去愁什麼撞汽車、倒斃、瘋狗咬的事情。可是為了不願落於仇者掌中，我倒故意搜尋這些意外來矇混自己。既混不了，我就願意有一個人來，即使是帶着被捆綁的他同來的先生們也好。因為他們的粗獷兇橫會把我所要知道的一切告訴我，來打破這壓死人的窒悶，切斷這找不到着落的疑慮。以我這樣失了分量的時間和沒把握的生命，有什麼值得愛惜？難道黑暗的監房，和那拉屎、吃窩頭的動作都受限制的獄中生活，於我的現狀不是最合調的麼？

　　啊，老李來了！

　　老李那張總是笑笑的紅的臉，帶來了不好的消息。這個人的寬額和濃眉都縐着，長眼角斜伸入鬢邊去。一進門就摸摸肚子，衝着我一點頭說："嗯！"我搖搖頭。李！我準備着聽你所要報告的消息。一個快要淹死在自己的思慮裏的人，見什麼都想抓一把！

五月二十七早　昨天老李忽忽跑去公寓，證明了我一天一夜的猜疑，青已經遭了那件意中事。我的心平靜而又興奮。本想在那公寓住下去，也許這失掉了機能的生命會就這麼了結了它自己。但是無論我有如何殘酷，勇氣和狠心還不肯使我宣告自己的死刑。生命雖在亂石縫裏和刀鋒似的冰凌中鑽覓出路，鑽的力量又是那麼微弱，可是因爲世上有那種尊貴的新東西要去取到手，同時有些人也毫不懈怠的在努力散佈他們的醜惡和殘暴，以抵抗那尊貴東西出現，那麼即使我的生命已經是到了死的邊睡，我還是不甘心叫它就死去。不甘心！僅僅爲着不甘心！並且老李又説搬到他那兒去了，他的妻，那產科大夫可以給我打胎。這樣的消息特別是在青已經失了活動力的時候，更加鼓起我的勇氣和意志。倘若一個人的生命不能不暫時停止作用，馬上就有別的新的力量代替它，那麼醜惡與殘暴儘管雄厚，強有力生命的堆積，也一定可以勝過它了。

　　昨天老李把我搬來，將他們自己的牀讓給我睡了。他的妻又高，又大，又胖，臉色灰黃，每一部分的肥胖都像鼓脹着從沒洗過的猪腸。窄眼，厚的灰色嘴唇，一切都和她丈夫成個反比。她比老李在中國住的日子少，見人就不自然的笑，説半句話留下半句讓老李補足。她聽見我要作的那件事就楞了好一會，接着連搖了幾十次頭，同時由那小眼裏簌、簌、簌，冷不防掉下一大串淚珠來。那婦人匆忙把眼一擦就摟住我歇斯底里的搖，嘴裏連嚷"不要，不要，不要⋯⋯"老李把她拉過去，用柔聲極其溫軟的説了半天。這位太太在老李的慰安下，像一個沒娘的女孩兒似的哀泣。她到底仁慈的應許了。

　　昨晚上他兩人睡在我牀前幾條凳上，李太太把自己的經驗講給我聽。她今年三十九歲了，也是欺人的母愛使她盼望極了有個小孩。每一次有了身孕，她都是從最早的時候起就發生種種可以致死人的毛病。她母家不理她，因爲她違反命令，把他們花錢替她買的醫學博士頭銜無代價的交給老李，作了他的助手。而老李又窮，又忙，又常要東逃西躲，不能在家。她腹中的小孩，她的病就全歸這不健康的身體單獨支持。沒有醫藥，沒有安慰和養料，結果總是把一個個未成熟的小生命用病毒死，要不然就掉了。最後一次爲了她老李請假去海濱，他們用盡心力和物力，結果居然勝利的生了一個小寶寶，養到了七個月，長得又白又胖，會笑會叫了。但是就像命運是他們的死敵，正在這白胖好玩的時候，孩子就跟他爸爸媽媽一齊被拉進監牢去，不到十天，這纔滿七個月的嬰兒就死在獄中。從那以後他們逃到中國來，她的耳瘡更加利害，又得了子宮病，大夫不許她再生孩子。這可憐的異邦人頻說頻拭淚，她的丈夫無可奈何的拍着她，低柔的和她說些什麼，又像要幫她剖盡積鬱，時常找適當的中國話，把她的意思轉達出來。

　　今天一早我吃了一粒白色圓柱形的藥。據李說若是一二個月的身孕，吃下去當時見效，有兩粒就能了結這件事。三個月以上的要每天吃一粒，吃三天。有時也許還沒效，得用手術。

　　下午這五月的南風吹得人口鼻出火，四肢骨縫中都像有長了毛的蟲在穿爬，似乎生活力不甘幽閉要找出路。頭腦沉重，眼又昏花，常見許多可怕的現象。又像看見青在受刑。他被綁在一條木凳上，被兩個兵按着，另一個老兵偏着腰，瞇着眼用一個細嘴大瓷壺朝他的鼻孔灌辣椒水，他却死命掙扎，咕嚕咕嚕像牛叫。頭擺動，唇角被繩子割破流血。同時紅色的辣水流入眼中，又從那兒沁出更紅的來。灌死了又把他弄活，又問，又灌。而我被兩個憲兵抓着，站在旁邊，看他這麼生死不得，好幾次他們把我推到他面前去，用皮鞭抽我，捉我的手拿辣水去灌他，叫他說出地址。他的臉青一塊，紫一塊，紅一塊，夾着許多裂痕血跡弄成一張醜極了的臉譜。他似乎全不認識我，死木木的眼光對我沒表情也沒動作。這怪極了！既已連我都撈到，還問他要的是什麼住址？一個人已經被處治到失了形體和知覺，還要去承受那種過分非人的殘暴，偏要他親口說出那已在別人掌握中的事實！這我不能忍受，我真不能忍受。他們繼續鞭打我，疼痛激怒和不了解使我大聲喊叫，跳躍。忽然一下輕鬆，我發現自己在李太太的懷抱中，她張皇的撐起小眼，連問"什麼?!什麼?!"

青，呀，青！他必是以為肚子裏的東西定使我無法逃避，就決定用肉體的毀滅，去為那已經空無所有的地址保存秘密了！

五月二十八，刮風　這風太豈有此理，叫人一時熱，一時冷，身上又流汗，又煩躁。吐出來的東西似乎發臭。風吼着推打窗户，扯碎窗紙，叫我老想到昨天夢中那些人的呼喝，和青的被撕裂的面孔。生命自己有這樣殘酷的支持性，定要驅遣可憐的肉體去忍受一切受不盡的宰割。仇人們也就利用這種慘酷，來痛快而悠久的滿足他們的殘暴慾。此外還有些人為着求自己的希望延長，也總願親友們能更長久的在酷虐無情之下，用軟弱得可怕的肉體去支持那吃人的痛苦，這倒叫愛！

發了兩天燒，李太太要不給我藥吃，我不肯。我急於要使青在死亡道上嘆一口寬容自己的氣，為着他的愛已經又踏上了他的路程；同時又不願挨時間，妨碍老李們的事情，因此反而一口吞了兩粒。

夜十二點　小馮匆匆跑來，發現我在這兒似乎眉一皺。他是來通知老李搬家的，同時來找李太太。前天他送東西，騎車到北河沿轉角，迎面一輛車飛來撞到他輪上。那人立刻扯住他大嚷大叫，要上閣子去。他死勁把車掀在那人身上，自己在警戒網中借小胡同和屋頂的方便逃出來，左臂被拉破了一大塊，腫爛起來，他不敢上醫院。李太太給他洗了，上了藥，他又叮嚀了要搬就走了。

五月卅日　一個禮拜的日記換了三個寫的地方。這時我在這不到一丈見方的小土屋裏，沿墻土地上躺着十幾個蓬頭污面的女犯人。鎖住的柵門外是一個扛槍的兵士，他在外面踱來踱去，不時朝我望望，哼一聲說"好好躺下"。他的聲音很温和，我不怕；我還是用這根髮針在這塊薄紙板上刺寫；我要趕快，怕天亮了之後，我的命運會使我再也寫不成了。

二十八晚上，老李們自然不能馬上就搬。二十九我的肚子起始疼；李太太忙亂的準備許多事，預備胎兒離身。晚上連老李也在家要幫忙。忽然大門捶打整天，我們來不及作何準備時，穿黑大褂黃綠制服的已站滿了一屋子，中間夾着被綑綁的小馮……

……咳，頭疼……

病苦不能感動人來改善我的遭遇，帶着在死亡和血泊裏掙扎的腹中小生命，我被押送到這兒來，和朋友們分開了。一進來，立刻我就看出這兒有個人和我是同樣情形，她已經暈死在牆脚下，腿張得大開，褲子和衣服全是血，褲襠裏有許多看不清的血肉塊。腫了的兩隻手攤放在膝上，全是青紫大泡；在她半合着的眼下，掛着白漿似的眼淚，嘴唇僵硬的張開，白沫和涎塗滿一下巴。約略聽說她是個女房東，有了六個月的身孕。最近她的房客某學生因為犯了該殺頭的危害民國嫌疑偷跑了，官家便着落在這大肚子女人身上要他。把她抓來，抽了皮鞭，又打了竹板，結果就擺在這兒，醫官不在家，沒有人來理會。

呀，血流出來了，幹嗎還想吐！……

我真願休息一下，肚子太疼了，像被刀子在矕割。白蛉和蜈蚣蟲什麼都攻擊我，週身麻癢，週身刺痛，週身麻木發熱。全個身子像掉在毒蛇口裏似的。腰部像有石頭要爆炸，腦子裏有團烈火在燃燒……但我不可停手，軍笳在吹起身號，今天是什麼日子！五月一天的黎明……。

咦，窗上是什麼黑影……。

三，二十八

異　伏*

序　曲

　　天國的鐘聲還沒嚮，衆天使已經分班在上帝的寶殿前侍候。左邊爲首的是管理人間一切的天使加百列，右邊爲首的是管理天使和魔鬼一切的天使拉非爾。他們都背插白翅，腰掛利劍，兩道青白色的冷光繞着他們的頭在晃蕩，青的臉，緊閉的嘴唇，紋風不動的挺立着，各人的眼光時時惡意的在偵刺他們所領着的天使之群。

　　在死一樣的寂默中時時聽見嘁嘁喳喳的聲音，天使之群不時的交頭接耳，像是在打聽什麼新聞，驚詫的吁聲，失望的嘆息，於不知間就溜出他們的嗓子，又刺激起新的注意，有的惡意的笑，像是稱願的樣子，有的連鼻子帶眉毛都移成一團，有的臉上紅一陣白一陣，像是在怕。拿脚在地下頓的也有。加百列雖是綳着臉挺着腰板子，並且時時手按寶劍，睜起圓眼恨恨的瞪住那些動亂不安的天使們，其實也制不住頭上的白光鉅烈的震動，顯露出自己的惶急和不安。拉非爾有時命令天使們不準説話，有時看看加百列，感覺到從對方的目光中流露出失了主宰的焦懊，心中更覺受了無限的壓迫，下意識的就把眼光移視東北天邊，從那兒下去是地球的極端，魔鬼的新宅。

　　"這年月真是天國的黴運，"他心裏想，"從前我和天使米加爾把撒旦趕入地底三十三層的地獄裏去的時候，所有天上地下的供養獻祭全歸我們，是何等的威風？詩人米爾敦簡直崇拜我們到五體投地了。可是現在撒旦和他的那些小子們，竟又這樣的得勢，把他們的地獄都搬到地球上

---

*　原載《文學季刊》1935 年 6 月 16 日、9 月 16 日。

來了，使我們少了一部分衣食的來源，連天國也因之受了影響，大大的不景氣——將來——唉！——"

"噹！"天國的鐘聲響了，拉非爾知道上帝要升寶座，急忙收攝心神，直直的舉起頭。

上帝身高丈八，腦袋上面頂着一頂冲天金翅冠，冠上綴着羊油熬成的祖母綠，身上披的一件金蟒皮長袍，龐大而突出的肚皮上繫一條蟒皮帶，帶中間嵌上幾顆獻祭上來的小兒眼睛，兩扇翅膀竪立寶座後像一架屏。上帝的臉是白的，和月下的死人一般的白，一般的冷，一般的叫人抖顫。在這樣一張臉上却火一般閃灼着血色的眼睛。猪肝似的嘴唇在震動，上帝在發怒。

上帝說話，聲音如獅吼。

"拉非爾，加百利，我差遣米加爾到人間去找亞伯，問他為什麽不獻祭，問他為什麽不盡量搜集膏血，獻上寶座。米加爾去了許久，至今沒有回音。難道他不知天國裏現在一切恐慌，奴隸天使們整天作亂嗎？他不知因為缺少生命的膏血，我的顏色都變得像死人了嗎？難道不知道你們頭上的光圈都在低弱和動搖？你們這些死東西！撒旦的勢力已經搬到了地球上，倘若人間再不跟我獻祭，你們以為天國還能支持得住麽？！"

天使們戰戰兢兢，一齊倒身下拜，叩了二十四個響頭。

"我的主，我的主，……"拉非爾還沒說完，上帝又吼了：

"你們這些不忠的東西，平日祇知道借我的威權，吃得紅頭大肚，穿金帶玉，現在人間不給我們獻祭，你們就不管了。難道金的玉的堆在身上，就能夠塞滿了肚皮？還有蛾米加，我叫他變條大蟒去南壇香島，叫人間把他們最精華的膏血——小兒獻上來，他也祇獻過幾次，就沒有消息。我想人間的生命樹，早已由我拿來鎖在菜園裏，叫基路伯他們兩人守住，難道他們還有什麽辦法可以抵抗我？"上帝是氣極了，雖然拉非爾、加百列連連叩頭，請求息怒，上帝祇是不理會。

"聖哉，聖哉，聖哉，全能的大主宰上帝！"拉非爾倒底找着開口的機會，"昨晚天使米加爾已經回來，有很多消息報告，並且帶來了天使蛾米加的消息，他現在天宮外，等着上帝的召見。"

"真的？"上帝喜歡得很，"你們爲什麽不早説？你們這班東西快叫他進來。"

天使們又叩了幾個頭，站起來，站起來，拉非爾就往外走。

"加百列，"上帝又説，"這都是你的責任，你不好好的弄，鬧得人間我的那些僕從都放任起來，連獻祭都成了難事，以後要是這樣，你可……"

天使拉非爾領着天使米加爾走來了。米加爾一隻翅膀剩了半截，另一隻在地下拖着，頭上聖光圈没有了，光腦袋，披頭散髮像一叢亂草，尖骨臉，實在難看。上帝見這樣子，一顆心骨突骨突的跳，好像要躍出口來似的。米加爾搶上幾步，就拜在寶座下面。

"我的主，我的上帝，事情不好的很。在人間亞伯整天和他的弟兄鬥作亂，該隱從撒旦那兒跑回來了，大大的受了那惡魔的鼓勵和幫助，和亞伯爲難，北壇已經鬧到不像樣子。撒旦又教南壇的奴隸們，以西固爲首，殺了蛾米加。南壇主的使者塞特，不但不壓迫他們，反而幫着幹。現在該隱、西固、塞特以及許多奴隸都在一塊，商量怎樣殺掉亞伯，來天國搶生命樹呢。這生命樹的秘密之類，通通由撒旦告訴了他們。"

上帝霍的從寶座上跳起身，手指米加爾用裂帛般的聲音喊叫：

"你的話可是真的？連塞特也是那樣的？"

所有的天使們一齊就跪在寶座下震顫，米加爾一面碰頭一面説道：

"主，全能的上帝，這完全是真的。我的確不知塞特爲什麽是這樣，但我看見他和該隱、西固那一幫亂賊們，他們同謀屠殺蛾米加。因爲我要看這件事，所以被他們發覺了，他們又要殺我。主看，我的聖光没有了，還有我身上的這些傷痕，我的全能的主。"

"萬能的上帝，"拉非爾又説，"所有這些事一定是真的，都是撒旦幹的。並且，撒旦這種專門和天使爲仇之類的事，連天使裏都看得出一些來。昨天我巡查伊甸園外葡萄酒工廠的時候，就聽見三三兩兩奴隸天使們談論，説的話同撒旦差不多，撒旦是與他們同在了。"

"説什麼?"上帝焦急的問了,所有的天使還是伏在那兒發抖。

"全能的主,他們的那些話,不敢上辱主的耳朶。"拉非爾說。

"胡說!叫你講怕什麼呢?"

"聖明的上帝,請不要生氣。他們說上帝是吸血的鬼,葡萄酒是他們的血作成的。他們說上帝不但在天使裏吸血,也跑到人間去專門找人間奴隸們的膏血來肥養自己。他們聽說祇有撒旦和他的種子所在的地方沒有被吸血的危險,說撒旦是他們好朋友。他們還說要派天使去人間幫助那些奴隸們作亂呢!"

"派了嗎?"上帝一雙眼瞪着拉非爾,幾乎要把他吞下去的樣子。

"大概還沒有吧,我沒聽見説。"

"好,拉非爾,我把他們交給你,你要帶領你手下的天使們好好的防守他們,不叫他們有機會派人去。最要緊的你現在先不要跟他們硬幹,因爲我們要專門對付撒旦和人間的奴隸們。"

於是上帝決定了親自去人間察看情形,所有的天使們都三呼舞蹈,頌揚上帝的神威,然後上帝退朝。

一

起初上帝巡行人間,覺着那是一片大好的地方,應該歸主,纔能顯耀上帝的榮光。那時上帝的侍臣亞伯拉罕已經死了,上帝要從他的兒子們中間挑一個出來,使他專門領導人間歸主的事業。於是就打算到亞伯家裏去,因爲他是亞伯拉罕的一個好兒子,並且常常把最好的膏羊獻給上帝。

上帝要到來了,主的使者加百列便先向亞伯顯現,告訴他。亞伯知道這是千載一時的機會,便連忙命人拿了一片鑼,到屋外大敲,他所有的弟兄們聽見鑼聲,一齊跑到亞伯那裏,像塞特、以諾、雅各,還有一些別的弟兄,素日和亞伯相好的一群都來了,甚至如亞伯的哥哥鐵匠該隱和以掃、挪莫這一班平日跟亞伯不大對頭的人們,也都齊集。

"什麼事？亞伯？"

"打鑼幹什麼？"

"亞伯，又是燔祭了請我們吃東西麼？"

嘈嘈雜雜各人搶着問，使亞伯來不及回答，這些人各自找地方坐下之後，亞伯滿屋一看：塞特坐在牆邊，抱着手，眼望屋樑；該隱席地在黑角裏坐着，兩眼在釘着自己，以掃和挪莫靠牆站着，其餘的人們都在嬉嬉哈哈，連說帶笑。亞伯臉一紅，說：

"明天清早有位客人來，我請兄弟們陪客。"

"好呀，"以諾嚷起來，"我是最喜歡陪客的。你要多殺幾隻羊纔好，祇是瘟羊是要不得的，別鬧到我們害瘟病。"

"你就是這一套，"亞伯看見他兄弟那豬八戒的樣子就有氣，回頭又望屋角上，"該隱，你贊成不贊成？"

"你請誰？"該隱說，那角落上背着光，全是黑的，但他注視亞伯。亞伯覺着他的眼光，像黑夜裏射出來的兩道電。

"並不是我請，今天有天使來了，說上帝明天清早會到我們這裏來巡視。"

"上帝！"該隱喊，"那專門要人類獻活祭，專門吸取膏血和生命的上帝？！"

"話不是那樣說的，該隱！"塞特斜視該隱冷然說。

"那麼該怎樣？"以掃問。

"上帝雖然吸血，與我們有什麼壞處？他並不吸我們的血。比如說，該隱、以掃你們去和奴隸攪在一塊，我們也不罵你們自低身分，我們還是兄弟，這不是一樣的？於我們有什麼不利？"

"塞特兄弟，"亞伯知道鐵匠該隱的性子急，連忙接嘴，"你的話也不對。我們獻祭，那就是為自己的利益？我們也是為許多的人們求福。"

"哼！好說。"該隱冷笑，以掃、挪莫也笑。以掃說：

"你真好，你為了奴隸們，每年白白燒死幾百隻大肥羊……"

挪莫看見亞伯臉上一陣紅一陣白，心裏替他難受，連忙把以掃擰了一把，叫他別説，就聽見雅各搖頭晃腦的在説話：

"兄弟們別吵了，其實也不怪上帝，也不能怪亞伯。試想從古至今，那有個上帝不要獻祭的？要不有人間的生命和膏血，誰能肥頭漲腦，養成個統治世界的上帝呢？亞伯，也難怪他，倘若他沒有權，沒有勢，於是奴隸們就要作他的主人，他爲了自己去求上帝，這算不了他的罪孽。"——雅各一邊摸着沒有鬍子的下巴，一面搖腿。

挪莫把該隱一拖，説：

"我們走吧。"

該隱緊緊的咬住牙關，也不走。

"現在什麼都別説了，"亞伯見大家都不作聲，以爲雅各的意見已經勝利了。"我已經預備好了香湯，請大家就在這裏沐浴，準備接待上帝，好顯出我們的虔敬。"

屋子裏登時一陣轟亂，嘩噠嘩噠弟兄都搶先朝後面擠，祇有該隱他們都起身朝外走。

"你們不進去沐浴麼？"亞伯問。

"我們明天早上來，他來他的，爲什麼用得着我們洗澡歡迎他？"該隱邊説邊走，頭也不回。

"可是今天晚上還要商量當面獻祭的事呢。"亞伯跑出門去喊。該隱他們已經拐彎不見了。

這一夜亞伯完全沒有睡覺，收拾祭壇，預備妥當了獻祭一切以後，自己纔用上等的香水和羊奶，從髮杪直到脚尖都洗透，换好了衣服。天色近亮，把兄弟們叫起來，領起奴隸們，一班班排在大門外等候。那時冷風陣陣，溜進他們的脖子裏，像鬼的手指頭，各人不住的把腦袋朝衣領裏面塞。有時也看看天，天漆黑，像塊大鐵板，但總覺從那兒似乎有什麼飛霞放射出來，各人心裏因此又緊張，又衝動，又急，在肚子裏喊着上帝是吸血鬼，駡他還不快些出現的也有。

像被撕破的一樣，從黑鐵板衝下一道白電，漫浸這守候的一群。大家一驚，但馬上就明白了這是怎麼回事，精神立刻活動的鼓舞起來，趁電光朝天上望，什麼也不見，祇覺一片銀針往眼裏插。於是彼此互看了一下，臉上都浮着微笑。電光隨即滅了，大地又落在黑鐵板底下。

以後，黑的鐵板漫漫淡成了鉛皮，覆在頭上；一帚冷風死勁刷他們的臉，接着乒乒乓乓，從上面掉下一陣灰白的雹子打在頭上。大家知道上帝快來了，都冒冷把頸子從衣領裏伸出來，仰面看天；雹子停了，遠遠地一隻白梟，擎着兩隻紅眼，流光似的飛下，嗷了一聲，垂下翅膀站住了，這是報信的天使加百列。

隨着，忽嘟忽嘟，天空裏響起了無邊的翅翼扇動聲，湖一樣的風，湧灌這迎候的一群，帶了威壯的高歌：

"聖哉，聖哉，聖哉，全能大主宰，……！"

"聖哉，聖哉，……！"這翹酸了頸項的一群，也不知不覺跟着唱，天空地下，登時廻應地震盪起來。空中似乎有無數的蛛絲網交織成一種濛濛的青灰色的霧，透過霧，隱隱看見一派白雲成"金"字形，尖頂朝下，兩翼波動，那雪白的"金"字，瀑一樣朝地面飛奔，慢慢看得出在"金"字的尖頂是上帝，其餘是大小男女天使。眾人都提起心，咽住呼吸，各人的身子，似乎被幾千根緊張到挺硬了的神經綫撐架住了，在被扯破，皮在爆裂。少停，上帝之群的金字塔近了地面，猛的，白光繞"金"字一轉，上帝已站在眾人面前。

上帝，圓眼睛，血盆嘴，鼻尖像鷹的嘴鈎，水銀色的臉，雉尾樣的頭髮，用一個白骨串成的髮圈扎住，兩翼展開，覆蓋那俯伏迎候的一群，這樣，地下就顯得是一片白，除了上帝的腰圍，那是白楊葉和凌霄籐織成的。

以後，就是燔祭。亞伯和兄弟們領起奴隸，請上帝去受祭。大家走近圍墻的時候，就聽見咩咩咪咪，一片羊的呻吟，像是半死人，用勁都發不出大聲來似的。這樣的聲音，你聽了不會頭痛，不會耳聾，也不會心跳，它包圍你，使你恨不得一頭朝這聲板撞去，無論是聲板破碎或腦袋開花都行，祇要再不聽見它就好。會叫你感覺到像有一把毛刷在心口掃來掃去。上帝的眉毛在縐着。

"這是什麼聲音？"他問。

"這是我的羊群，打算用來獻祭。"亞伯惶恐的回答。

上帝不響。大家進了圍牆，迎面一所高壇，離地三級，圓的，當中立着一個龐大的鐵鼎，裏面燒起熊熊的火燄，像幾隻赤紅的胳膊在打架。走上壇去，鼎的前面，弓形的排跪了十幾隻雪一般淨的大肥羊，正中間的一隻最大。它們的腿都屈曲的綁着，正像自願跪在那兒的一樣。壇下沿圍牆兩邊，許多白羊，被綁着，一個靠一個躺在那兒，遠看去像是白雲鋪在地上了。

"這聲音好難聽，"上帝說，"壇上有了，壇下這些作什麼？"

"我和兄弟們每人獻祭上帝一隻最大的羊，此外小一點的還有我所有的羊都在這祭壇兩旁，祇要主上帝喜歡，我願意把他們都獻上。"這是亞伯的回答。

上帝把壇上的羊一看，果然都是非常之好的。毛片潔白光滑，顯出羊是特別的肥大。特別是中間那隻羊，羊角彎成半圓形，直到頭頂，再彎出來，然後像兩根朝笏立在頂心，配上兩張三角形的羊臉，恰是又雄壯，又謙微。它的眼也好，很亮。上帝看它，它也看着上帝，忽然，兩顆大淚毫無防備的從它眼角裏落下來。

上帝把手一揮，走下壇去，吩咐趕快燔祭。亞伯弟兄們立刻親自動手各人把自己的羊提起，看着那鐵鼎裏面在搶、打、扭、結的火頭，大塊大塊的火片結成一團，往上洶湧，有時射出一溜火箭，有時灑出一球火花，小火蛇兒從火雲裏鑽出跳進，火舐着鼎的這邊，立刻又搶到那邊，像一隻發了狂的獅子，搖散滿頭火毛，裂開火唇，亂咬那鼎的四週，且伸出赤紅的爪來拏鼎外的人，火餓了，要抓些新生命撕裂。

正這當兒，亞伯頭一個照準火口，把那掉着淚大羊噗噸丟下去，火立刻把他吞滅；別的人也照樣作，火就歡樂的唧唧呀呀笑起來，吐出了暢快的青煙，紅的火，藍的火，黃的火，白的火，火花火星，火抽出來的絲，火滾出來的圈，火裝出來的鬼臉，火噴出來的骨屑，攪成一團，舞在一塊，火在禁食節的前夜狂歡。

上帝站在壇前，水銀色的臉被火映成發亮的紅銅色，他的血眼睛射出刺目的火光，他赤黑的嘴唇在顫動，紅鼻子在扇，他在笑。於是週圍的天使們圍着上帝舞蹈起來，有的飛上天空長嘯，有的飛在上帝頂上盤舞，有的在地上擁抱，男女天使趁此捉對兒跳舞，趁上帝不見，親親愛愛的彼此相互吻了又吻，男的翅膀圍裹住女的，女的斂翼擁在對方的胸間，大翅膀溫撫他們的一切；找不着對象的女天使們便唱歌，頌讚上帝全能萬有的神威，同時也偷哼些失戀的喪歌；找不着對象的男天使則溜去壇邊，偷嘗些燔祭。奴隸們在四週奏起音樂，亞伯們在壇上應着節拍，圍繞鐵鼎一邊舞，一邊唱，望着壇下跳舞的男女天使們，各人恨自己不能把家裏最美的女奴摟在懷裏。他們一面舞，一面又用棍杖把沉在鼎底的羊骨羊肉挑起來，讓它們完全燒化，有人挑起燒剩的羊灰灑向四方。祭壇兩旁躺着的羊群，在這樣興奮的刺激下，也大聲的叫，挣扎着，想來參加這喜樂的勝利之群。讓上帝的祝福充滿世界吧，神與人同歡了！

　　上帝看見亞伯兄弟們，一個個把自己的羊丟下去，却不見該隱、以掃和挪莫，也不見他們的羊。

　　"亞伯！"上帝向那正在壇上拉着兄弟們旋舞的亞伯一聲吼，像猛然落下的一個雷震，立刻把所有人間天上的歡聲都打滅，飛的急忙落下，舞的站住，偷食的像吞了一塊石頭，擁抱的像頭上爆裂了一個炸彈，亞伯們飛一般從台上跑下，站在主的面前發抖。

　　"亞伯，你們給我獻祭，是敷衍我麼？爲什麼有的來了，有的不來？"

　　"主上帝，"亞伯連忙跪下説，"不要提起該隱那些東西了。他是個頑徒，他是個不虔敬的罪犯，我叫他沐浴換衣，準備迎主獻祭，他不但不肯，並且大罵，他罵我也罵上帝，主的教條，他完全丟在腦後了。他領着那兩個也作主面前的罪人。"

　　"哼，"上帝冷笑説，"我早就知道他不是好東西，他是不能够繼承你的父親侍奉我的。當初我本要叫亞伯拉罕把他獻祭給我，不想留下他，居然敢和我作起對來，我倒要看看他倒底是怎樣利害。雅各去把他叫來。"

"上帝，萬有的主，"塞特站在亞伯旁邊説，"該隱這一伙，上帝要趕快把他們除掉纔好，留下了，將來是很大的禍根。他現在有房不住，有馬不騎，有羊不要，專門好跟奴隸們混在一起，常常爲了奴隸和自己親兄弟吵嚷，他騙得那些下流種子都喜歡他，這是很危險的。"

上帝看塞特，他有張尖臉，高顴骨，整個臉充滿了棱角和坑窪，眼珠像一對深洞裏的老鼠，滴溜溜轉。上帝對他點點頭説：

"你們自己也要當心。"

塞特覺着碰了釘子，臉一紅，回過頭，亞伯在笑，他肚子咽了口恨氣，就不作聲。這時一個奴隸雙手舉過頭頂一隻盤，走到亞伯面前跪下，亞伯接過盤，跪奉在上帝面前。

盤中間是一具燔過了的腦髓，松黃色，每一條腦紋都有紅絲盤着，盤到中間，頂出一個骨雕的小王冕，雕得極其精緻細巧，此外，四圍全是些晶子寶石之類。

"主上帝，"亞伯説，"這是我至誠的給上帝獻的寶，中間的腦和冕，是我把自己的兒子爲主獻祭了之後作的。"

上帝點點頭，塞特和別的兄弟們却異樣的微笑。上帝叫亞伯擡頭，拿起盤中腦穌，拿一塊給他，亞伯説了感謝辭，接來就放在嘴裏。上帝也吃了。叫拉非爾天使把東西收下，吩咐停止燔祭，上帝要給人間祝福。

衆天使擁護上帝走上祭壇，亞伯、塞特和許多兄弟們圍立壇下，上帝叫亞伯上壇。

"亞伯，"上帝伸出大手擱在亞伯頭頂心，"你是我的選民，你愛我勝過了你的親生兒子，你一切都奉行我的旨意；我要榮耀你，使你作我最光榮的僕人；天上地下一切的奴隸，都要因你的榮耀而頌揚我，崇拜我是天上地下至高的統治者。因此我選你作我的大祭師，所有你父親的平原、山林、宮殿、羊群和一切奴隸都交給你，你要供奉我，牧養我交給你的羊群，你在北壇居住，你是總祭師。"

亞伯捧着要笑出來的心叩了頭，上帝又叫塞特，連叫了兩聲，他纔聽見，也走上壇來。

"塞特，"上帝說，"你聰明強幹，必能替我掃除魔鬼，榮耀我的名字，我要你去南壇做祭師，替亞伯管理那兒的羊群和奴隸。你要記着我是天上地下全能的權威，你得供奉我的一切，我再派天使蛾米加去幫助你。"

塞特也高聲說了些頌揚上帝的話，一面偷着望兄弟們做鬼臉，明明白白的。以諾他們都很焦急的翹盼自己的福份，同時嫉妒和艷羨的火也在燒他們的眼睛。上帝接着又祝福了其他的人們，以後又叫亞伯：

"亞伯，按說該隱我應該祝福他，他是你父親的長子。可是他現在完全變成了撒旦的種子，我就不能饒恕他。所有應該歸他的東西，現在都歸你承受，他和他的一群，以後要作你最下等的奴隸。"

"全能的上帝，"塞特說，"該隱和他的一群，留在奴隸中間是非常不好的。不如把他趕到地獄裏去，用地獄裏燒紅紅的鐵鍊子鎖住他，使他永遠不能解脫。"

上帝哈哈大笑，拍拍塞特，說就照這樣辦也好。這時該隱們已經和雅各到了，因為兄弟們都在壇上，就往壇上走。

"站住！"——上帝吩咐："撒旦的種子，不準上我的祭壇！"上帝把大翅一搖，天使們雲一般散開，鼓起翅翼連接着，排排圍住了祭壇。該隱立刻站住，朝上面喊：

"所謂的上帝，什麼是撒旦？誰是他的種子？"

亞伯們都不自覺的抖顫，怕上帝會馬上降下雷砲電火。塞特偷眼看上帝，他的眼在射火花，翅上的羽毛在震動。

"該隱，上帝的罪人！"該隱正抱着兩手挺立在壇下，却聽見頭上有人叫，原來御前天使加百列飛在空中對他說話。他望了一望，不理他。

"該隱，上帝的罪人！你父親是上帝的忠僕，於今你對上帝說話，該去壇前跪下，求主的憐憫。"

該隱不理會，仍然朝上面高聲喊：

"所謂的上帝，什麼是撒旦？誰是他的種子？"

"起初上帝創造世界，"加百列說，仍然在空中盤旋，"屬於上帝，撒旦那魔賊，不聽上帝的管轄，破壞上帝的威信，要把上帝的權能智慧偷給奴隸們。他是上帝的叛賊。你，在全能的主前，這樣的幹，難道還能說不是他的種子？"

"嚄，上帝和上帝的種子，你們好不害臊。"該隱一頓脚，指着那天使說，"起初森林是我們闢的，巖石是我們開的，我們從樹枝間挪到自己親手架起來的房子裏，我們喂了羊，我們集經驗作了知識，這些於今都是上帝創造的了，所以你們要燒死我們的羊，要燒死我們的子女，要喝我們的血。我們是撒旦的種子，我們是上帝的叛賊！"

"沒有上帝創造世界，於今能有你麼？"加百列問。

"沒有我們勞苦生活，於今能有上帝麼？"以掃問。

"加百列，"上帝叫，"不用和他辯那些。你問他，他們沒有能力，沒有智慧，沒有規矩法令，憑他們那一群奴隸，他們能勞苦什麼？生活……？"

"所謂的上帝，"該隱不待他說完便讓，"你把人間的智慧菓子搶去，鎖在樂園裏，你和你的種子們霸佔了智慧，霸佔了我們生命的源泉，因此你能製出法令來強迫我們去作你的奴隸，替你釀造鮮紅的葡萄酒漿，替你培養肥白的羊群，沒有我們的勞苦，就有你的權能了麼？你把我們的血液拿去，培植你那樂園裏的智慧菓，你的智慧菓越肥壯，我們就越枯焦了。我們不要你的智慧，鎖在你那樂園裏的智慧菓，總有一天被奪出來，屬於我們！"

上帝像暴風般震怒，扇起翅膀，旋到該隱面前立定，大小天使圍隨着。這使亞伯的奴隸們也不知不覺的圍上來，上帝的眼火一樣向四面燃燒，駭得那些奴隸們又退下去。

"哼，你們不要我的智慧？好，我有權力命令你們受我的支配。你們要奪回智慧菓，好！你看！看你們那一群東西，在我的眼光面前逃避！你們說大話，祇要我的辯護士一張嘴，你們就心甘情願作奴隸。我命我的祭師用鐵鞭洗刷你們，我命我的牧奴用甜水膠住你們的舌子，我驅使天上地下的雷電砲火像暴風雨般鞭打你們的頭！我用洪水冲沒你們！"

該隱咬着牙，回頭一望，成片的奴隸們被亞伯他們用鞭子朝遠處趕，不許圍上來。自己週圍祇有以掃和挪莫，在團團的天使陣中，塞特在旁邊看，冷笑。該隱擡頭，面對上帝伸出一隻拳頭。

　　"對！你什麼都有。你會用智慧，你會用祭師，你用牧奴，你也能使雷電砲火一切的一切。但是，這些都是我們給你的，在我們不知不覺間，你把我們的什麼都偷去了。你看見這個拳頭麼？等我們都知道你是賊子，你是殺人犯，並不是什麼上帝的時候，我們就有千千萬萬，萬萬千千這樣的東西，溶成一個鉅大的拳頭炸彈，在你頭上爆發！"

　　"你說！"上帝一把抓住該隱的拳頭，"你們今天倒底獻祭不獻？！"

　　"不獻！不獻！不獻！"三人同時説，以掃摸着上帝翅上一根羽毛，死勁一扯，上帝像痙攣般跳起來，撒下該隱的拳頭。命加百列即刻把他們綑起，丟進地獄裏去。

二

　　被加百列倒栽葱的擲下地獄來，該隱、以掃、挪莫跌在地坑中完全失去了知覺。許久的時候都有什麼東西不斷在他們耳鼓上打着，他們的意識神經開始恢復作用。耳邊的聲音像一種含怒的雷吼，漸漸近了，四面朝他們圍攻，慢慢可以聽得見水頭相擊的聲音。該隱首先把眼睛睜開，帶着鐵鍊縱身跳起來一看：黑暗，一個龐大的、推擠不開的黑暗屹立在他眼前。水聲在頭上鳴暗作勢，像要倒下來似的。山上面降下細勻而持久的雨粉，灑在身上滾燙如針刺。底下是沸水的泥蕩。很明顯的，在這深厚浩渺的黑暗中，沒有任何其他生物；這兒祇有寂寞、煎煮、飢餓、死亡！自有宇宙以來，一切叛逆份子都是這樣受着神的支配，將他們的靈魂付給了永恒無邊的黑暗！

　　三個人悲憤的站在那煮人的泥蕩中，祇有摸索着相互緊緊握住手，將彼此的手疊在彼此的心上，使奸毒的失望不致於乘空前來襲擊。呼吸雖祇能發出很謙柔的低聲，已經能穿透雄渾的水聲給他們一些安慰。

"兄弟們!"以掃悲壯的叫,"這就是我們抗拒惡勢力的結果,這就是我們爲人類爭生存的出路麼?大自然將它的權能付與吸血者,是不是不要宇宙間有剛勁勇烈的生命存在?是不是鼓勵罪惡去無例外的統治宇宙?!"

"人類怕要完了吧?"挪莫恍惚的説,"吸血者得了統治罪惡的權利,生物的辛苦和死亡就是上帝的勝利了。"

該隱在黑暗中環顧,憤激和悲哀更番的笞打他,他却用極大的忍耐不露出一點神色。將兄弟們的手握得更緊,他叫起來説:

"啊,你們是我的兄弟們,那有着火一樣的熱情和海一樣自由願望的兄弟們麼?熊熊的熔爐邊同鍊過意志的兄弟們啊!沉重的黑暗壓折了你們的神經?酷烈的炮烙燒毁了你們剛烈的心臟?你們的疑問從那兒來,你們的哀嘆將向那裏去呢?將投在那蓋世的罪惡者的壓害之下,去作他的俘虜?將爲我們那彌天的大敵作見證,證明他的一切是合理的?啊,兄弟們,忘了以先我們所過的日子麼?當我們在奔放雄豪的海上跳舞,在廣泛的綠原上和小白羊嬉笑?力量和意志在我們並不是小,頑鐵也會被我們折服,變得柔馴乖覺,供給我們一切的滿足和歡欣。突然,這爆發户的虐者起來了。他利用我們那懶惰、愚懦而自私的兄弟們來主宰我們的命運。他散布無知和軟弱,生命和智慧全不在我們的掌中。人類滅亡了,現生存的一切都是奴隸。神是一隻無感覺、無能力的怪物,他祇能預備永恒的黑暗與炮烙來對待一切的叛徒。注意他就是要鎮住奴隸的憤悶不安,來建立他至高全能合理的存在,難道我們不知道麼?我聽説天宮中叛徒多於地上,但恨無知和軟弱造成了我們的悲哀。廣大的人群祇能承認自己的煎熬困苦爲本分而悲恨的捱下去!兄弟們,告訴我,即使我們的生存是一種錯誤,難道我們不能橫着心,咬緊牙,無論如何,也要爲自己這錯誤的存在而戰鬥麼?!"

該隱切齒的説,憤怒的淚珠一顆一顆落在泥蕩中。頭上的水聲在號叫,腳下的蒸汽在唏嘘;壯烈和凄憤的氛圍爲這人間天上悲壯的叛徒呼訴。兄弟三人却沉默着,忍受極大的痛苦,相互破開了彼此的鐵鍊,開始在蕩中摸索行動。沒有領導，也沒有方向。他們三個人牽成一排，該隱在右，挪莫居中，以掃在左。每邁一步，三個人必各伸出能抽調出來的手和脚，儘遠的去探摸。有時能探到較乾硬的沙洲，總爲太小了或上面什麼都沒有，不能不犧牲了暫時的舒服仍在泥蕩中前進。有時能探到一塊石頭，雖是滾燙的也必拾起來，用力拋擲出去，再傾聽石頭落下的響聲。起初石頭拋出去就如被鬼手從半途接去了似的，什麼回音都聽不見，後來漸聽到有時是吧吱一下，打在水上；有時則回聲結實，是掉在地上，但這又不足喜，因爲也許仍是小而空寂的沙洲。除了這兩種單調的回音之外，再也不能由石子找出新的道理來。在這無頭無尾的地獄裏，極度的痛苦使他們精力疲倦耗竭，祇得在遇着的小灘上憩憩。石子以前是朝一個方向擲去，現在改來擲向各方面，忽然有一下聽見回聲是唏嗦唏嗦，像是落在森茂的草中，再擲一塊去，仍是同樣的聲音。三個人抱着極大的希望就朝那聲音走去；走了很久，伸出去的手脚就碰着了東西，像蘆葦，葦葉非常鋒利。人處在漆黑的煎熬中，最極度的禍事也不過是由身體被疼痛宰割所毀滅罷了，鋒利的葦葉所能做的也祇這一點點。

　　突然，前面葦叢中閃灼着一顆、兩顆赤紅的火星子，刺破了這整塊的黑暗。三個人狂喜，待要排開葦葉前進，即便有更大的罪也不在意，却見那紅星子一顆顆在增多，並朝他們閃灼着飛來。三人彼此相看，在黯鬱的紅光中，竟發現了一個深紅壯大的人。他有寬厚骨突不平的肩，墳起的胸部和粗壯帶毛的四肢。他的臉部有一付極其強力堅決的輪廓。他不等詰問就走近前來，用誠摯的表現抹去他們的疑慮，拉住他們的手走去一個小沙洲上坐下。他的紅光四溢，使人看出所謂的葦蕩全是劍鋒。泥蕩中另有一條泥汙的路，漸遠却漸乾，直伸到不可見的地平綫去。這壯夫帶着誠懇的笑，指着葦蕩那邊：

　　"堅決的叛逆者，你看，沸蕩的那邊，地平上那一溜光茫四射的太陽的火綫。不是在那太陽光中，有一件紅色的旌帶飄揚，如一隻火赤的鳳凰再生，在招展他新的翅翼？那兒是人類新的勝利，是地獄可以變爲奴隸的天堂。神爲此非常駭怕，故在這兒撒下這一片劍的叢林。劍林全没有什麼隔絕地獄和天堂的作用，但我却不鼓勵你們現在就到那天堂去。那泥汙的一條道是你們所該走的，讓我送你們往那兒走，我好告訴你們以生命的秘密。"

三個人隨着他起來走，雖是週身上下疼痛酸楚不堪，都咬着牙不去顧惜，仍由泥蕩中走上那小路去，一面聽那人講許多真確的事實。他講着宇宙，講着人間，又講出神和撒旦與人們種種關係。最後他說：

"祇因生命與智慧鎖在伊甸園中，暴力與欺騙所以都屬於神，而無知和軟弱則歸於人。這是一切苦惱的根源。人們為此該特別努力。人間天上一切奴隸們全需要被撒旦的靈魂浸透，用自己的力量把這生命和智慧奪為已有，降下一個偉大的、從古未聞的上帝的滅亡！"

沉默中三個人各把思慮埋在一些撈不着頭緒的念頭裏。因為小路不似以前那麼的崎嶇泥濘，行程也喚不起他們的注意。逐漸的光明也自然而然的被他們忽視着。

"現在，"那壯夫却又開口，"人間已在我們面前，成千萬的奴隸們在憤悶苦惱中，不可避免的勞作和反抗就要開始了。"說完，他忽然展開一對紅亮的大翅翼，飛舉在白雲中，向北去了。

三個人爽然的發現自己已經在人間的平原上。眼前是廣大的田隴和成片的草原。但田隴都荒廢乾裂，坑坑窪窪，有些凋殘的禾稻，七歪八倒，散在田裏，像禿頭上的毛髮。草原也破碎零亂，草全枯倒在地，變為死硬焦黃。紫黑的血跡斑駁。斷腿殘手，破顱骨和碎馬蹄等拋棄得到處都是。一二隻喪了家的瘦羊，在枯草中躑躅悲啼。

這慘傷的景象使他們納悶，想不出原因來，後面却聽見人馬的奔馳。他們回頭看見塵沙裏一大隊人，有的騎馬，有的跑着，行列散亂也沒有旗幟，隊陣中還夾着一些狼狽的羊兒在顛顛竄竄的跟着，狂奔下來。他們三個人被捕捉了，可是挪莫遠遠就叫起來："啊，塞特。"

塞特的面容十分憔悴，但那對深陷的眼，仍射出精銳的光。乍見兄弟們他楞了一楞，但是馬上他的眼珠一轉，快快跳下地來，一面高興的歡迎他們，一面叫弄馬來他們騎着，和自己並肩走，又問：

"該隱，我記得他把你們丟下地獄了，你們怎樣出來的？"

該隱把逃出的情形約略講了幾句。塞特用眼睛和腦子作討論，却用點頭來回答他。等該隱說完，他說：

"這些，該隱你當然能比我更清楚的知道，你是去和奴隸們在一塊的。可是我也不是傻子，我的意思以為神要亞伯作他的使者是他的失算，却是我們的得力處。亞伯精於聽命奉承，於人事却醜惡無當——"

"看你的樣子，像和誰打過仗的，"以掃懷疑的看他。

塞特不作遊疑的回答："自然，當機會到來時，我必得領起奴隸們來。自從他巴結到了總祭師地位時，他的氣焰和殘惡可真了得。他天天殺人宰牛獻祭，和其他的祭師們尋釁，混戰，又挑撥兄弟們自相殘殺，驅遣奴隸去當兵服役，弄得死傷滿地。人民經常在勞苦和死亡中，都極其不滿和憤恨。你們的下地獄，也更加激勵他們，因此我纔進攻他，可是反被他打敗了。也好，我倒因此得了教訓。"

他是個精利人，不能擺出自己缺少敏感和見識。該隱是蹙着眉，緊着筋肉在凝視空氣。塞特知道他的那對眼所凝視的是一架天枰。天枰所挑的是真實的法碼，和自己的言語及言語中的情緒。塞特將另一種感覺藏在心裏，却坦摯的說：

"我知道我從前有些錯誤，不是言語能糾正過來的。我也沒有什麼可說。但我有一位好友，他可以明瞭我的一切。"於是他掉頭叫："西固！"

隨着地下的應聲，跑過一位青年，這是個令人注目的男子。他有深秀的眼角，濃厚的睫毛，筋肉牢靠堅固；如果聰明在他的眼中閃灼，勇敢就在他那堅硬的顎骨上作勢。一種南方人的新鮮土壤氣，在他的週圍散布下芬芳，他像個新近纔丟下鋤頭把的誠摯少年。該隱一見就喜歡這人，連忙要下馬來招呼他。他却笑嘻嘻用手按住他，說：

"不用，不用，我喜歡走，你在馬上我們一樣可以談話，你瞧，我有這麼高，"說時他果真問了該隱他們來去情節，他們大略地說給他聽。他天真的高興着說：

"這真好，大家都是一路人！在我們那兒，蛾米加天使作着神的代理人，也是惡毒裏挑出來的惡毒。塞特該早除掉他，我們的朋友都是這樣的意思。依我說，這邊的情形可以緩些，總要先除了他。"

該隱爲這青年的坦白和他對塞特親熱的口吻吃驚。在他敏捷的腦中，對這青年有了一個大體的結論。爲的要趕快回到南壇去，就決定把需要瞭解、決定的一切都收拾起來，等到了的時候再說。

在南壇，生活是在兩種壓力底下的。廣大的人民被蛾米加逼得神經衰弱的憤怒着。爲神所要的活祭，他必得從奴隸中搜刮新鮮的、飽和着青春的祭物。凡奴隸所有的牲畜，都屬於上帝的名下；他鼓勵，甚至於強迫人們獻上壯盛的男女和柔嫩的小孩。食肉飲血在神們原不算什麼，人在神眼中的價值不過是一群豬在牧豬奴眼中罷了。盲目的憤怒在散布。如果祭師不能爲人民消除這無邊的禍災，祭師或神定有不是處。因爲人民已經作到了不敢愛惜自己的血肉的地步，神的貪饞與酷虐仍是有加無止。

蛾米加天使有他自己的念頭：祭師不好好按時備下豐盛的祭筵，未免令天使在上帝面前受罪。這一點，塞特是有本分瞭解的。天使的糧祿不夠，神如何能養活大批的天使天軍？祭師難道就想不到神的困難？祭師既執意不爲神作想，神的旨意，當然用不着特別眷顧這愚蠢和大膽的人。

塞特爲這些情勢焦迫着。他怨着天的分配不公平，也恨着人的桀驁不馴。處在他的地位上，又不允許再有遊疑和敷衍的時間，自然他立刻得決定要令那有權威的尊重自己。奴隸們的優點，不僅在於他有可供飲食的血肉筋力，他們的狠處，倒是更值得注意的。神對於這方面的智識，竟糊塗到不像樣子。

該隱對於祭師的熱烈，從沒取消過懷疑。他深知地位富厚有多大的誘惑性，塞特對這誘惑性的反映力是怎樣，他也知道。但他不爲此遊疑。他很用心在西固的身上，時常和他在一起，兩人之間不久已有了一種同類相求的自然感情。該隱將撒旦告訴他的一點不遺漏的講給他聽。他們商量着先派以掃、挪莫秘密回北壇去作各種物質上、精神上的準備。目前祇他和西固、塞特在南壇，計議把這方面的禍害先消滅。這一層，依該隱的意見，需得所有的人齊心來幹，西固以自己是本地人，便決定由他去招集這些人來。某一天早上被選定作會期，在野外山腳下集合。那山上是森陰的樹林，後面是海水，前面是有一帶小山脈環抱着的平谷。

那天清早，該隱夾在一群赴會的人中，自己向山谷走去。遠遠的西固跑過來拉着手說：

"人多極了，差不多都是自己跑來的。"該隱笑着答應他。果然他前面鋪着是一片廣大的人的森林，與墨綠的樹林，都融成一片像一股盛大浪潮。明亮的刀槍和弓箭在閃灼。在山坡上有幾塊大石，並可用來作講臺。人齊了，塞特也來了，西固就跳上石頭去大聲叫：

"今天我們兄弟們都這樣齊心，我們高興。神既然要我們的血和肉，我們祇好拼着命和他幹一幹，對不對？現在我們的該隱兄弟有許多話要講。"說完他跳下來，招招手要該隱上去。

該隱在北壇下地獄，以後又走出來了的情節，這些人已聽到各式各樣的報告，這引起他們的興趣，都翹起脚來，看這瘦骨嶙峋的人聳立在同樣精瘦、同樣堅強的大石旁邊。

該隱本會說着滔滔不絕的話的人。他有熱情使言語發生黏性。他列舉神在各處利用人們的敗類所造的災害；反復陳述生命樹的秘密，指出零散、孤獨和屈伏怎樣會令人類滅亡；最後他提到蛾米加的災禍，他喊着說：

"殺死蛾米加，剷除神的一切使者從僕，奪回生命樹，制定神類永恒的滅亡，然後，人類纔有正當生活的日子。"該隱剛說完，忽見底下那歡呼拍掌的人群頭上，掠過一抹鳥翼形的陰影。他擡頭一望，認得那高舉在半空中，微顫着兩翼的是報信天使米加爾。他立刻朝那汪汪波動的人潮打了一個招呼，人衆便混亂的叫罵詛咒起來，有的還舉起槍刀。善放火箭的人比什麼還快就射上一列火箭去。天使正張皇要逃，火箭已着了他的翅翼，天使哀叫一聲，幾乎要倒栽下地來。翅上羽毛引起火在空中燃燒，像一片紅霞，他忍着強烈的痛苦，帶着火，朝後飛去。人群也吼叫着趕上去，還沒爬上山頭祇見海上冒起一股煙，米加爾已不見了。衆人趁勢便預備船隻，準備過海去圍攻蛾米加。

蛾米加本也是一位能飛的天使，上帝偏叫他變了大蟒霸佔島上，爲的罪惡與醜劣較容易發生關係。他的確盡本分作到神的使命，可惡塞特總沒有忠誠的心。那祭師鼓勵人民不來祭祀，百姓的懈怠和愁怨，他更能由海風中嗅得出來。這一天，平靜的海上，忽聽見吆喝的喧鬧，約隱約現是海那邊人類發出來的，全不是平日獻祭求福時的哀禱，反之倒像含着些有力的恫駭。蛾米加從島中爬出來，想看看是怎麼樣的一回事。來到海灘上，却除了空寂的海在無端鼓着狂瀾，海中湧出餘煙之外，什麼都沒有。天使心中有種莫測的疑懼，精神黯淡的躺在灘上，想想該如何處置這情勢。

蛾米加夢着：地中心有一所半圓形劇場；劇中臺上高坐三個人，一個頭上頂着一彎新月，中間一位舉着一柄脫了一頭的啞鈴，另一位穿的嚴整的制服。三個人神情都非常嚴肅。在他們面前嘈雜的擠着無數的乞丐、娼妓、孤兒、寡婦和小偷等，大家都舉着一張訴狀，要搶先投上去。地上是光明的，太陽光是金紅。祇有他身後一片污池仍然濃濁可怕，他自己就是把守這池的人。他回頭，看見池水從底分開，顯出一條平坦的道路；一個雪白稚嫩的嬰兒嘴裏含着一張訴狀，用柔弱的小手小脚順那道路慢慢爬來。她爬一爬，又朝上望一望，臉上閃着天真而光輝的微笑。這景象如一個惡兆般襲擊蛾米加，他即轉身要把那嬰兒重抛下污水去，但當他把嬰兒一舉起來，那孩子就大哭着一手向他嘴上抓去，疼痛將天使弄得叫着醒來，不及睜眼，就覺得有件東西——鋒銳的利刃插進嘴裏，由喉管直破下肚腸去。他强力的扭着，打着滾，狂擺——粗壯的尾來鞭擊灘沙，沙粒曳起煙塵，飛竄入海底去逃亂。他看見許多奴隸橫着刀槍，架着弓箭，遠遠站着注視他；他看見海中泊着無數船隻，船中也有許多人，都注意在他身上。週圍都是敵人，他祇可以拼命來了結自己。他噴着毒涎，集盡全身的力朝着該隱、西固們噴去，靈捷的人類早已跑遠，四週的弓箭却如亂蜂似的齊集在他身上。惡蟒眼望着人類飽載了勝利的面容，他喘息着，輾轉搓磨在他自己作成的泥坑中，吐出無儘量的黑血，死了。

　　爲着這成功，大家儘量的以慶祝來吸收鼓勵和決心。該隱和西固爲人民所愛戴。他們興致奮發的要準備去攻亞伯。北壇的消息傳來，說亞伯兄弟爭戰不止，奴隸們都恨他們入骨。蛾米加的消息不久就到了他們那裏，奴隸們被這事刺激得要發狂，他們祇盼着這邊趕快去。這些消息使一切人歡喜，祇有塞特却加重了憂愁。他看出最近的情形會使他落到不重要的坑洞裏去，奴隸的張狂將把他變成替人墊脚板的東西。他瞭解若沒有幫助，自己終於會被人吞掉，但現在神已經離他太遠了。他悔恨讓他們殺了蛾米加，這失錯是不能挽救了的，他祇可這樣下去，到必要的時候再去説。

尾　　聲

　　上帝帶了加百列親自到人間來。在他的聖靈的智慧裏，已知蛾米加那邊沒有希望，所以直接到北壇來。遠遠的就聽見震雷似的喧聲，從地下衝上大股濃煙和火頭，幾乎使他看不清下面是怎麽回事。他避開煙頭，朝街上飛去。滿街上闖來闖去都是人，由各街、各胡同、各房子口中，吐出許多人，女人們攙抱着小孩，唧唧呱呱，笑着講着朝大壇那兒跑，你擠我，我推你，小孩被擠得哭叫。還有一隊穿着藍衣衫褲的青年壯夫，四個人一排，每人頸上繫一根紅帶子，執着一根木棍，鼓起胸脯，直着腿，數着步子雄赳赳地走來。街上的人們都爲他們開道，默然的對他們表示尊敬。

　　到處都不見亞伯，不見別的祭師們。

　　神決定上大祭師家裏去，但加百列惶恐的説：

　　"至高至聖的主上帝，請聽我卑微的意見：大祭師家已經不能去了。他那裏找不出一個主的選民，祭師全家都不見，他的房子被火燒着，亂賊們在那兒打槍。奴隸們已是硬着心背棄了他們的神，求主降下雷電砲火懲罰他們。"

暴風雨掛在神的眉尖上，神吩咐去大壇。

從前為主焚祭的大祭壇上，一列高坐著以掃、挪莫、西固、塞特以及別的叛徒。該隱站在壇前揮拳嚷叫，正如他以前對自己的那樣子，吐着污毀神的言語和下劣狂妄意見。底下，呵，那無邊的人頭的海，那海灣上群聚的風帆似的旗幟，被該隱猛烈的熱情所鼓動，正如狂風鼓着巨浪；該隱的拳頭揮向東，人頭齊聚東；向西，人頭齊轉西。這磅礴雄厚的人類的力，全聚在他們自己的領袖腕下。全能的上帝，不免要懷着驚懼來打主意了。

臺上的塞特却使他心裏一寬。他看出他的表情充滿了恐懼、不平、妒嫉和着急。但是他說起話來時，神就知道他的用處也很小。他的言語被人忽視，大家的情緒與想像都不會集中在他身上。要說令他去把這成千成萬的已經被撒旦入了心人再領回來，他絕沒有這力量，不，恐怕誰都沒有，人間是需要毀滅定了。

那天晚上，四野寂靜，所有的人都裹在被中去作新鮮狂妄的夢，祇有塞特一人在林邊躑躅，他時時仰首看天，嘆着哀痛不平的氣。天上地下都包裹在厚重的黑暗裏，都在作夢。神到那兒去了呢？神呵，他們鞭打你的使者，殺害了你的祭師，他們把你的信徒們拋在雲際和海中，把他們趕得流離四散，如乞兒如歌女似的無家可歸。於今祇剩了我，他們又要迫害我。神呵，你的慈悲消逝了麼？你不可憐你的僕人？全能的聖者呵，為什麼將你的暴風雨和烈燄收藏起來，竟讓你的使徒受魔鬼的挾制和威迫？魔鬼的靈魂掌住了奴隸們的心，他們藐視神的威嚴，把你的祭壇變作魔鬼的寶座來侮辱你；你的祭壇，那供獻你滋潤和馨香的寶器現在完全是枯涸憔悴，被人們踐踏，他們要將它溶為搶奪生命和智慧的武器；他們是盜賊，放心的掠奪神賜給使者的一切，大家分贓。神呵，你將甘心情願把至高、至光榮的威嚴讓給撒旦，由世人歌頌上帝滅亡麼？"

塞特痛切的哀禱着，悲嘆着，却不知神正在林中考察他。神由林中叫出來説：

"塞特，你在悲怨什麽呢？禍害難道不是由於你的私心和無知而來的麽？你毀了你父亞伯拉罕的基業，污了我的名，你還怎樣呢？我爲人類的不忠不義而憤恨，我已經決定毀滅這人類了！"

塞特苦苦的陳訴，將自己背叛神的責任全歸之於亞伯和該隱，以自己的無知及得不到上帝的直接幫助爲請怨的理由。他巧妙的暗示給神自己的用處，以對證亞伯的荒唐。他這樣堅持的説着，神心中不免沉吟。天國的不興盛，奴隸天使的變亂，他一刻都不能抛開心頭，果真毀滅人類，天國的前途必遭撒旦以暴動和擾亂毀滅。上帝温和的叫：

"塞特，人間流行着不仁不義，我不能再賜給他們放縱的機會了。爲了你父亞伯拉罕，我命你挑選你的親戚朋友和僕人，帶着一切能奉獻的生物，走進我賜給你的方舟中去。因爲我要用洪水來毀掉所有的叛徒。"

對於這道命令，再没有別人比塞特更高興了。他感謝了神，滿載着喜樂和希望回到他家中。連夜吩咐他的女人、孩子及所有的人們來收拾，凡可以攜帶的生物，或多或少，都運入方舟去，人也下去，東西也下去；最後，他忽然想起西固來。那誠實勇壯的青年雖然早入了該隱一伙，塞特爲着某種深心，却想把他攏在自己手下，準備將來。天將黎明，他命人去把西固找來。塞特家裏忙亂的情狀，使這位坦摯的青年吃驚。

"你家遭了盜麽？"他急問。

"倒是預防會遭盜。"塞特狡笑。

"什麽意思？"

"近來情勢令我看出神要替亞伯報仇。昨晚我夢見神吩咐將所有天窗打開，讓天河中的水從各處倒灌世界。"

"那你要使大家準備呵，"西固跳起要走，塞特却把他抓住説：

"我不過作了個夢，並非有真消息。即便有報復的事，説不定是烈火或洪水，我不可以擾亂人心。我看，你跟我看看形勢吧。"

"跟你逃不更好麽？！"西固紅起臉冷笑。他掙脱了塞特的手就跑到該隱家裏來，叫他即刻招集人民來作準備。

該隱睜着大眼定定的看着西固，他說：

"西固兄弟，這話由塞特講出，洪水一定是他勾引來的。幸虧我們還不是無路可走。野外的林木很多，我們趕緊派人去扎筏。"該隱馬上跑去大壇中將警鐘鳴動，沉重的鐘聲散播整個北壇，立刻從好夢中把所有的男女都喚起來，大家連衣服都扯不正，齊往外跑，奔到大壇去。該隱在祭壇上高聲喊：

"兄弟們，大家按東西南北站開，不要亂了群。塞特和神用洪水來毀滅人類了。讓我們齊心上林子去，男的砍樹扎筏子，女的編繩，西固、以掃、挪莫，你們分領着東西南三隊趕緊去工作，我領北隊和剩下的人們搬東西。大家需要沉定的工作，這就是我們的生命呵。祇要我們作得好，即使殘酷的毒流能毀了我們目前的勝利，終有一天，我們要報復，報復這瀰漫宇宙的深仇。我們將要報復得比火山的爆發更猛烈，更澈底。"

人類被暴怒和恐懼抓住了，大家開始朝野外狂奔。腦子裏容不下詛咒和悲哀，生命的鐵鎚在頭上打，一點力量都不容浪費到噴泡沫、揉眼淚上面去。他們瘋狂的將複雜的、不可抑制的情緒，用劈砍樹林來發洩。肥大的叢林登時像中了風的胖子一樣，嘩然的頹倒在人們腳前。女人們靈快地將樹皮編成繩；男人們則鼓起筋肉來砍剖，來綑扎；小孩子奔來奔去的傳遞言語和東西，這樣，筏子在千千萬萬人的努力中成形。這時候黑雲已冪蓋了天空，閃電偏又撕破它而吼出震地的雷轟，豪雨隨震雷衝下，暴風挾着它狂暴的鞭打那整片為生命奮爭的人類。江與河都在澎漲，群山齊裂開大口，在嘔吐着洶湧的洪流。

殉[*]

靠窗一張長桌，不能肯定是書桌，或飯檯，或洗臉架。桌上散鋪一堆文稿，橫七豎八躺着幾隻禿頭木筆、舊鋼筆和開着的紅墨水罐。桌旁圍坐的四個人似乎目神都集中在這堆文稿上。有一位橫担起一支醮了紅墨水的木筆，另一隻手按着張寫下幾行題目的稿紙，似乎要寫下去，但他的眼却注意看着坐在他兩旁的那三個人。少時桌左方那位舉着一張文稿在指指點點的姑娘，忽然住了興奮的嘴，指着坐在對面牀頭的一位說："老李怎麼回事？他老是心不在焉似的。"

這一聲喚起的許多注意和自己的覺醒，使老李紅色的雙頰像更紅了一些。他歪一歪頭，把長的眼角擠了一擠，匆忙把支着下巴的手拿開，結結巴巴的說："嗯，精神……不好的樣子，嗯，是不是？"他的嗓音生硬，一貫的高亢無平仄，老是利用一些重複口語，免得在一組字眼說出了之後，再來拼湊第二組的時間，會惹出一場無味而窘人的沉默。

這幾篇文章在一二天內要發出去。今天審查中，發現許多關於理論和文字上的問題，幾個人就在紅頭漲臉用壓沉了的聲音爭論。爭論中老李用了全力來歪起耳朵聽人家的話，把這些話撿入腦中，同時又從腦裏搜出有意義的東西來講。平時他這樣努力必有許多東西說出來，使人忽略了他的結巴、重複與生硬而不住的點頭，眼睛釘在他身上，瞬也不會瞬一下。今天可不。他越努力，腦裏越亂。他費力要把別人的話撿入腦中，半路上這些話總是被自己的心事擠掉，闖到他眼前來的總是他太太出醫院的問題。這樣弄得他頭痛燥熱，耳朵發喊；他祇好靠在窗上，眼望別處。他那不安的沉默與失神惹起了抗議，誰又能以為奇怪？

---

[*] 原載《國聞週報》1935 年 7 月 22 日。

散會後各人照例要帶一兩篇文章回去修改，明天早上交齊。對於這任務老李不能、也不願推脫，他拿了自己的一份走出屋子，就聽見房東家的鐘叮的敲了一點。這骨突的一下鐘登時像電流打中了他的腿，他立刻變計不回家，奔去左近給太太買了二十子一把的花，三步併做兩步的跑去醫院。跑進去見掛鐘還衹一點半，纔放心領了牌號，在該站的地方站住了。

肚子餓是可以忍的，唯有如何把與醫院服務機關交涉的經過告訴太太，如何去令她失望痛苦的問題，實在熬煎他。他太太的肺病已近第三期，醫院要他弄她出去休養，三等病房是不能給人養病的，和他太太説了，又給他的間接通訊地點去了幾封信叫他來搬她出院；而太太也正願意這樣。因爲丈夫沒有直接通訊處，因爲她既有不屬於東洋人的黄色皮膚和面孔，却又不通中國語言，也没有中國聲調，而同時她們偏要説自己是中國人，遂使她從看護、聽差、病人等等受了不少的揶揄、冷落、懷疑和粗糙無禮。究竟他們把她當作什麼？由那些掛下嘴角的狡笑，橫過來的怒目，作手勢的侮辱之類，她衹曉得自己是落在另一種人類中，這種人的奸毒殘酷，正不下於她們的宗主，那些有權威的黄人。處在這類習於把人當罪犯或喪家狗的人們中間，她的病是衹有更深下去的了。

出院，這無上命令所要的就是錢。家裏凡應該拿去換錢、也可以換點錢的東西都已去净。一位同志叫他去找服務機關請求免費出院，結果也沒希望。太太進院時，他爲了自己的國籍和無正當職業的情形，怕惹起有危險性的懷疑，就填了一大篇謊。他萬萬料不到這些服務機關的尖鼻子先生們會去調查的。對於老李的請求，昨天和他接頭的那位先生壁起嘴唇，把頭搖得像個博浪鼓似的。老李亢起嗓子苦苦解釋，用許多重詞重句，結巴得臉上紅了又紅。那人却衹管翻閱面前的文件，理也不大一理。最後他把椅子一推，站起來説：

"先生，你不用净問我'是不是'了。你説話像外國人，我很難懂。我們没法子，又找不出你的實際情形。有人要免費住院，你想我們能依他們麽？對不住，我還有事呢。"説完他狡猾而抱歉的笑着，敲起皮鞋出去了。

　　兩點鐘已到，老李疾步跑上他所熟習的病房去。他的太太那猪腸似的灰白面皮鬆軟得縐成幾疊了。她支在枕上，正是直勾勾的朝門那兒望着。等他一到跟前，她就抓住他的兩手問服務機關交涉如何。又告訴他這幾天更不能吃，耳朵又發聾，不回去真不成。老李摸摸她的耳朵，又看了一看，縐着眉苦笑着說："別着急呵，一兩天總有辦法的。"這話馬上招起她用眼淚鼻涕和咒罵來反抗，說老李沒心肝，自己在家拉四絃琴，舒服，竟不肯想像一下她在院中所受的孤獨和迫害。"你難道忍心動那四絃琴？你受得了那自拉自唱的感覺麼？"但是後來她又痛苦地撫着老李，說自己害了他。臨走的時候，她咽咽噎噎的叮囑他，三天之內定要設法弄她出去。"再不出去，我怕沒有出院的日子了呵！"他走到過道上，還聽見她這樣嗚咽着，夾着有看護的責罵聲，他祇得縐起濃眉掛着長眼角走出來。

　　四絃琴，四絃琴。這動心的東西被太太提出來，十分的打動了老李。他由醫院走回來之後，發愣的朝那琴望着，以後鄭鄭重重由墻上把它取下，用一塊絨布將琴週身細細的擦拭。擦完了，又用手慢慢抹去絨布屑，再用絨布醮了一點白凡士林細細勻勻的抹上琴去，瑪瑙色的琴身就如少女的面頰似的鮮潤起來，似乎要對他笑。他理了一下琴弓，把琴擱上肩頭，動手要拉，但立時一種複雜的念頭使他放下手，抱住琴又用絨布抹了幾下，將它擱回琴匣去，推在一旁。自己咬着嘴唇，從口袋裏把文章拿出來打開，抱着頭用很小的聲音來念它；他以爲這樣可以使自己的精神集中到文章上去，但是結果他祇有站起來在滿屋裏走圈子。他不是不知道他還有這最後的一件寶貝可以救自己的妻出院，可是這架琴呀……這架琴！因爲某種關係他被作地主的父母驅逐出來，流到哈爾濱，在一家俄國酒店當了侍者。仗聰明，仗特殊嗜好他學會了這琴。以後他回了K地。當他的妻帶着醫學博士頭銜第一次和他同居時，她特地把自己的醫生文憑賣了，替他買了這架四絃琴。若問十幾年中在琴裏沁入了兩人多少的悲歡苦樂，這張琴陪伴安慰了兩人多少的孤寂和担慮，鼓勵堅定了他兩人多少的勇氣和意志,即使那身受者也道不清楚。現在他似乎要這琴盡它最後的勞役了。爲了妻出院的幾十元錢,他借了錢往 K 地她母家打電報。沒有回信,又給自己家裏打,也沒消息。他從同鄉朋友轉托人借,他登小廣告要教書,幾番幾次他爲自己一切所有的破書破衣服估價,最後他跑去服務機關碰釘子。在這期間,他不是沒想到這四絃琴過,然而他下不了那狠心。這東西是他們全生命的一部分呢。可是此刻他實在想不出窟眼去鑽。一個人已經爲了理想的緣故,向一切現社會關係告了別,對一切有權力有金錢的宣了戰。到了這一定需要現社會關係,需要權力或金錢賞臉時,自然是山窮水盡,走投無路了。連自己的妻尚不知那天就要失掉,怎樣能保全得了四絃琴!

老李提着四絃琴在街上徬徨着。他碰了幾個釘子。首先他跑去外國樂器店,人家聽說他要押琴,那高貴的西洋老闆連撇嘴都不屑於撇,就打發他走了。他祇好跑到寒酸些的中國店來。伙計們看見一位紅紅面孔、濃眉毛長眼的音樂家提的四絃琴走進來,很文雅而有禮的招待。他却紅起臉,把眼角擠一下,不自然的笑着將琴一舉說:

"押這個,是不是?"

伙計們對看着笑了一笑。一個人把琴接去,打開,一面看一面問:"是押是賣,你說!"

"押的樣子,不是嗎?"老李有些高興。

"押?沒那規矩。你那兒人?"

"雲南人,不是規矩?……"正在窘的當兒,掌櫃的走了過來,他把琴翻來覆去的看,又敲又摸。然後擡頭問:"你押多少?""一百塊的樣子,呢?""哼,賣一百塊行了,你爲什麼不賣?"老李把頭一歪,濃眉縐了一下。他有許多理由決定不賣,但不願和這人講。"那麼,押罷,二十元,三個月。"掌櫃的又簡短的說。老李瞪起大眼,看着那人笑了笑,低下頭輕輕搖了一下,就收起琴又走出去,朝別的地方跑。一直跑到晚上,他纔知道說二十元的那家,還算最好的。

第二天早上老李從惡夢中被驚醒了。院子裏有人叫。聽聲音是昨天會議席上那橫担木筆的老張。老李把眼一擦，纔想起昨晚一整夜沒睡覺，約定的文稿沒給人送去。他起來開了門，老張進來就收起攤放在桌上的文章說："好，你不送去，還要我來取。""不好交的，嗯，不是改好的樣子，是不是？"老李說着從一個釘頭上拉下一條黑毛巾，使勁在臉上擦了一陣。對於老張問爲什麼還沒改的問題，他祇能偏着頭，用一隻手撮頭髮，半晌把頭一搖說："嗯……寫不出……嗯……"

老張放下文章，看了老李好一會，帶着有表情的樣子說："老李，你太太究竟幾時出院？你的情形怎麼了？"

老李扶着牀沿坐下，低頭不答。一會他擡起頭望着老張笑一笑，說"沒有錢，嗯……"，於是他紅起臉結結巴巴的把服務機關的回話，把押琴的經過都告訴了老張。老張留心聽着。聽完，他儘管直起眼望着窗外，不講什麼。等老李打了臉水進來時，他一把抓住他的臂說："你把琴交給我。我去走一趟，成不成，下午回你信。"他於是夾了琴，老李送他到院中，眼望着他把那十幾年來從沒離過身旁的四絃琴拿走了。

下午兩點多鐘老張喜孜孜的走來，手上空了。老李心中一喜，但馬上又一陣酸痛，幾乎弔下眼淚，老張掏給他一張紙條說："這是人家的收據。說好了，五十元，一年爲期。這是取錢的條子。明天上午九點拿這兩張紙條去取錢，帶個圖章。"他剛轉身要走，又想起什麼事，就說："那篇文章你能改好麼？明天早上，或者晚上。好，晚上罷，給我送去行不行？"老李給了肯定答覆，他就走了。

這時老李真顧不及酸甜苦辣，他一口氣奔到醫院去。由特別許可見他太太，把這重要消息告訴她，叫她準備明天十點鐘出院。那可憐的女人被這太好了的消息，弄得幾乎又發起歇斯底里來。她立刻咭咭呱呱的交代老李許多事，如何收拾屋子，如何疊牀，如何她真高興，如何她會快好起來。最後她又告訴他出院的手續是如何如何，她可以在十點鐘之前就準備好，等他一來就走。又千叮嚀萬叮嚀他千萬別慢了一秒鐘，她會眼巴巴盼着的……十分鐘真不夠說許多高興的話，老李又被看護趕走了。倒也不要緊，好在是明天就回家。

第二天老李帶了條子出門，又帶了那改好的文章，取了錢要順道把文章送去，不要再耽擱發稿的時間。他到那家樂器店接過那艱難的錢時，很希望最後一次能見着那琴，但是沒有。從那兒出來纔九點半，他就走上老張家去。這平常頗熱鬧的雜院現在空空靜靜，一個人沒有。他走到老張窗外，輕輕叫"老張!"一聲沒完，就聽見後面一陣飛快的脚步聲。他來不及掉頭，一隻手已經被人抓住，隨着繩子就反綁過來。同時老張的屋門一開，幾個憲兵豎在門口，用槍口對着他。一會兒，老李被兩名憲兵押出門，正聽得房東的鐘叮……叮……叮……敲了十下。

愛　　香*

　　臘月二十九晚上，陳太史第的前院是異常的靜寂。廳堂黑暗，由堂屋左右的正房裏，都有燈光從那面臨天井的小窗戶透出來；小窗戶祇有一尺來寬，三尺來長，所能透出的燈光微小得很，一點不能令光景顯出什麼熱鬧。各房間有時可以聽見鼠子在地板上跑。倒是由右手正房中，時時透出一兩聲悠長的嘆息，給這所近乎寂滅的邸第，加上了幾分悽慘和抑鬱。

　　"愛香，愛香！要痾！"低弱遲慢的小孩呼聲從右首拖院子裏傳出來，却沒有人答應。孩子吃力的叫了幾聲，却"嗯——嗯——"的哼着哭起來，同時牀在響。前邊正房裏的太太，一位面孔黃瘦、眉彎鼻直的中年婦人，一面接聲叫"愛香，"一面自己走到拖院子裏來。那三歲大的女孩子正爬在一張寬大的□棚牀上，雜在一些被褥衣服中間，翹起瘦棱棱的小腦袋，深陷的眼中掛着眼淚朝娘看一看，抽抽噎噎的說："痾……痾把把，娘娘！"

　　"忍住，忍一點；愛香！"但她已經知道太晚了，疾忙走到牀前，將孩子從被中抱出，要給他披衣。孩子大聲的、沉重的哼着；忽然她用非常吃力的哭聲說："我忍不住——"立時綠色的液汁由她下身衝了出來。做娘的罵了一聲"冤孽呵，又不死！"忙着把孩子抱下擱在牀邊左首一隻瓦罐上，給她披好衣服。

　　這時前房裏"哄哇，哄哇"，一個嬰兒哭喊起來。煩惱刻在太太臉上；她躊躇的把那染了綠色糞汁的紅被扯過來，但嬰兒更加堅決的大聲哭叫，像有種不能忍受的焦苦在咬她。這位辛苦的母親到底起身要走；

---

* 原載《國聞週報》1935 年 11 月 18 日。

這時那病孩子却光起兩隻可憐的眼望望她，慢慢伸出一隻手給她的娘說：「娘，娘，我喜歡你。」接著她又指指前屋說：「小妹妹在哭。」

做娘的全不在一種作答覆的心緒中。她看了孩子一眼，自己說：「那女人又死到那裏現眼去了？叫她不出去，總要不安分，去闖禍。」於是她抽回脚步，走到通堂屋後身的門邊去大聲喊：「愛香！」空洞的大房子裏傳來一些回聲，近乎一種訕笑。焦急在她心裏變成了憤怒。她索性走到堂屋後身去叫「愛香！愛香！愛香！」一會兒從後院子倉屋邊氣急敗壞的跑出一個青年女子來，年紀約二十多歲，橫的面孔將臃腫傳染了鼻頭和嘴唇。她穿着一件破毛藍粗布罩褂，不夠長，在膝上垂着裏面的紫花大布棉襖，由那棉襖的邊沿又絮絮掛掛弔出一些棉花來。她有一對鱔魚脚，尖頭鞋翹得很高，以致將鞋跟都踏在脚底下去，那鞋兒就變成了一雙拖鞋；加之她裏的一條大黑布棉褲，因此無論她跑得如何急，也不過等於往前爬。但是一分鐘內，太太已經抓住了她的粗大辮子，劈面刷下滿滿的幾個嘴巴。她罵：「死女人，你倒好，你把小姐丟了不管，跑到厨房裏去。那裏在踏豆餅，輪得到你份上麼？不爭氣、不安分的東西！」罵完又是幾下子。愛香不敢大聲哭，她祇是抽抽噎噎的捧着那火烙似的面皮，候太太轉了身，自己纔懷着悲憤走進拖院子去。

孩子還在瓦罐上坐着。牀裏邊那小紅呢被塗上一片糞跡，牀單也染上了，牀外邊她自己的厚藍被上也星星點點沾了不少。愛香看看這些新近剛洗淨了預備過年的東西，看看那縮在罐子上的小猴兒似的孩子，感覺着自己是一條被縛在磨坊裏的驢。孩子一直就拿眼跟着她，見她骨堵着嘴自去坐下，不來理會她，便哽哽的似乎要哭，那聲音柔弱得可憐。愛香又怕被前屋聽見，趕快把她從罐子上抱起來，堵着鼻子替她收拾好了，從牀右首紅色衣櫥裏另拿出一牀小被打發她仍然睡在牀裏邊去。自己坐在牀左首傍着一張兩尺多長神櫃形的紅色小長桌，癡癡的對那盞洋爐儘看。人間的生活還沒有發現這丫頭的存在；祇有困苦和辛酸一邊一個夾着她，強迫她用毒虐與勞苦來磨滅自己。

從自己知道想念媽媽的時候起，愛香就覺得週圍的環境與她無分。

她所見所聞的都是些生面孔、惡聲音；手掌常常無從預防的落在身上。夢境都使她提心弔膽。把事情作好，似乎是絕對超出她的能力以外的要求，因此她也是絕對不能叫支使她的人不望着她咬牙切齒，橫鼻子豎眼睛。並且愛香的女主人名義上是太太，實際上也是頭上頂了無數磨盤的人。北院的姨太太是老爺的寵者；同時老太太——那權威的當家人，因爲姨太太會生兒子，也把她當作家門福星。因此太太和一切屬於她一系統的份子都成了地底下的人物。她的孩子們沒有適當的看顧，她的丫頭更是毫無保障。即使年歲已經到了該受人尊重的時候，愛香還是會被那些姨太太的孩子們在夏天正午時拖去跪在天井裏石頭上。別的丫頭們祇受自己直接主人的折磨，愛香却是大家拿來洩憤和開心的工具。太太不能保護自己的丫頭，唯一的辦法是交代她陪侍病了的孩子，不許她出去走動，免得見着那些特權階級，惹出禍來。既禁不絕這些走動，於是她反因一種變態心理而氣恨愛香，更加打她。環境使愛香神經衰弱的懼怕着一切，但青年血性又使她幾乎老是感覺着憤恨，不甘心。

　　她定定的看着燈，憤激的淚珠一顆一顆沉重的往下落。她不能想什麼。腦子裏在騰沸，其中翻滾着一個執着的念頭：爲什麼她要活得比別人更不值價？爲什麼別人能吃她不能吃，別人能玩她不能玩？明明一家子許多人都在廚房湊熱鬧，平香、來香替老太太裝煙，吃老太太剩下的餅；來安——姨太太的丫頭，替姨太太將大盤鷄絲炒豆餅端上北院去，得意不過似的。偏偏她就祇能躲在一邊偸看！偏偏她跑到廚房去白站一站就有挨嘴巴的罪狀！她心裏越想越有氣。雖有極大的恐懼鎭壓她，還是勝不過她的憤恨。她決定偏要再跑去廚房一趟。孩子這時已經睡着了。她略定定神，便輕輕站起，小心的一步換一步挪到門前，將門開一點，由那兒挨身擠出去。纔要轉身，就覺着身後有人。愛香提起那吧噠吧噠快要撞碎了的一顆心，剛預備再縮進去，一隻手已把她的背拉住，另一隻握住了她的嘴。她馬上轉身將那人使勁撐了一下，便被那人拉着摸摸索索來到倉屋前面給老太太停棺材的空屋裏來。

　　"你又被打了？"福保——那挑水的雇工問，伸手撫摸她那腫脹的臉。

"問什麼？難道不曉得？"她把福保推開了。那一個啞了一會，又問："你又出來做閑傢伙？"隨又趕快改口說："你不要到廚房去了，我跟你拿幾塊餅來。老太太在那裏看守得很緊。剛纔還打了來香，又罰她跪，說她偷。你要是等她碰見，更不得了。"

"我不，我偏要去！我倒不一定要吃。為什麼別人過年有得玩，有得吃，我就不能？不要你拿，我要去！"

"我是好意，好怕你去了也是白的，不敢拿，也拿不到手，等等太太又來叫你。"

"不要你管！"她一頓腳把福保的手一推，"打死我不與你相干。橫豎我是一條命在他們手上。我怕閑傢伙？打死了更好。我到閻王那裏去告狀，追他們一家人的命報仇！你趁早躲開些。"結尾幾句話差不多是用哭說的。說完，她擦着淚開了門，就跑出去。

廚房當中一隻高腳獨凳上巍然的坐着那位將近七十的老太太。她一手拿着一片碎豆餅，另一手支着拐杖在那兒東看西看。常常揚起一張四方大臉，□起那片特厚的下唇吩咐工作者們好生愛惜東西，不許偷懶。有時她也走下獨凳，背拖着拐杖，各處踱來踱去，瞇起一對細篾片似的窄眼，俯身將人們的工作拿來察看，像一位極嚴格的監考官。獨凳兩旁，一邊是平香捧着水煙袋失神的站着；另一邊來香光膝頭跪在幾塊木柴上，半跪半伏的在那兒拭淚。她似乎已經被老太太忘記了。

佔據了廚房後部的是一列有四個大灶門的大灶。掌灶的周姐在第一口灶旁高凳上坐着，用一片三寸多長的蚌殼從一個瓦盆中舀起那綠豆和上白米磨成的漿，在鍋中慢慢劃一個直徑約一尺的大圓圈，隨畫隨倒漿入鍋裏去。熱力立刻把那薄薄一層的漿烘成一張軟餅。周姐把餅略略推動幾下，又把它翻過來烤烤就提起來，攤在笥篹上，算得了。此時廚房裏串來串去都是人。廚房的前部是又一工作場。聽差、老媽子、丫頭、打雜、挑水的全在，福保也在。他們有的在推磨磨漿，餵磨；有的扎把子，往第一口灶門那熊熊的火裏添柴；有的舀漿，收餅疊餅；在靠壁案板上切餅和在小煤爐上炒餅的也有；還有人在攤開晒簞、簸羅和堂窩，將切的餅絲撒開，令它乾了好保存。雖然這樣的忙碌，但是很明顯的是有不少人在趁火打劫。撈一張餅，趁老太太眼不見，快快咬一大口，又塞回板帶裏去；有些人却不那麼自私，他們是寧可弄張餅，你咬一口，我咬一口。尤其是那些男人不講臉，簡直把自己咬過的故意遞給一位非相好的女人，邀得她橫起眼來打一掌，又笑着罵一句"作死的！"有些女人們則從相好男人的褲腰裏搶，這搶來的又被別個劃着臉羞她的女人搶了去。大家嘻嘻哈哈，打打罵罵，禁令和偵察反而增加了得采時的狂歡。老太太的聲威和細小眼睛，在這男女工人群中全然失了作用。由她那伸得怪長的下唇和緊閉的嘴，可以看出她藏蓄了有不少的憤怒。

這時倉屋與厨房間的過道上，響起了一陣小孩的跑步聲、嘻笑聲。這是在家學裏讀夜書的孩子們回來了。老太太柱着拐杖迎出去。那些連跑帶跳的孩子們一見她出來，有幾個撥轉頭就跑了。一個天靈蓋上垂着一根紅繩細辮子的男孩却跳着撲在老太太懷中喊：

"老媽，老媽，我吃豆餅，要糖，要肉，要炒來吃，煮來吃，要吃許多。"不等老太太回話，他撒手又竄進厨房朝灶上跑。忽然他站住了，拿四個指頭塞在嘴裏，伸出另一隻食指，指着灶背一個人嚷：

"老媽，來，來，你看愛香，她在偷餅。快點來，她想跑。你跑，你跑！"說時他就跑過去扯住愛香的衣服，將頭頂在她身上，一面招手叫老太太。愛香緊着臉挣扎要逃，口裏祇叫："六少爺，饒我罷！我沒有，沒有。"她來不及挣脫，老太太已是鼓着腮帮子，划着拐杖，忙亂的趕上來。她拖出愛香的手來，沒有什麼；扯開她的衣服來搜也沒有。六少爺掀起嘴巴叫："我明明看見她偷了的，明明看見，等我來找。"他跑去灶背將笤箕鍋蓋亂丟，到底給他在第三口鍋鍋蓋底下發現一團豆餅。老太太一把扯出來，惡狠狠將它舉到愛香鼻頭上罵："這是閙傢伙？婊子養的雜種兒子！沒得你脹的？你要偷！這是供你的？供你們這些雜種子的？"正在罵得熱鬧，却聽見有大叫愛香的聲音，老太太擡頭一看，見是太太一個近身的老媽子在厨房門口叫，曉得是太太打發來的。正像火上加了油，她一言不發，把一團豆餅劈面摔在愛香臉上，掄起拐杖就打。似乎拐杖不盡興，她又拖起一根劈柴來，照愛香沒頭沒臉一口氣打下去。被打的抱頭閃避，大聲嚎叫，顯得狼狽不堪，那六少爺卻看得有趣，他就提起腳朝愛香腿灣一踢，噗嗵，愛香跪在地上了；於是哈，哈，哈，他就大笑起來，滿廚房的男女僕人們都看着這一幕不去解救，忿怒燃燒起他們的眼睛：

"這樣子要打死人了！"

"好兇！由她打，打死了該她賠命，那怕她有錢有勢。""王子犯法，庶民同罪！"他們憤恨的私語着。

此時愛香已是被打得不能站起來了。老太太將劈柴衝廚房門那兒一擲，將那驚呆了的叫人的老媽子駭了一跳。打人的吼吼的喘着氣説：

"好，你太太護她！我一打就來叫。好，去，我去見她。平香！把這娼婦養的拖到她太太那裏去！這是她教出來的好強盜女人，我還管不得，走！"

對於太太這真是一場意外的飛災。她正因爲病孩子要拉的事又在拖院子裏弄弄，心裏恨着愛香，計劃把她鎖在這屋裏，免得净跑；看見老太太這浩浩蕩蕩的一隊押走囚犯直奔上來，少不得壓下滿心的憎恨與氣苦，低頭認罪，應許重重的處罰那丫頭，此外她自然還有本分領受一切惡意的用狠毒和粗劣字眼湊成的語言。

愛香回到拖院子去，孩子又要拉。她顧不得一身疼痛抱她坐下瓦罐了，自己又支持着用水給孩子擦被，因爲被又髒了。她擦一回，歇一回。無底的黑暗，無邊的昏黄朦籠住了她。她想着自己的身世，推測自己的前途。既是生命的本身就是自己的仇敵，那麽人類的仇恨那一輩子能消滅呢？生人在世上的苦惱那一世能减輕呢？活着豈不是幫助人磨滅自己麽？但是也好，活着罷。倚着這仇恨來活下去，雖然是磨滅自己，但是有眼睛的仇恨必然會領着自己倒底去報復一切該報復的！偏偏要活着，爲的仇恨。

愛香糊裏糊塗的像聽見門輕輕響一下。她對着那門看，門稍稍開了一點，一隻手伸進來，擱了一包東西在地上又縮出去了。她扶着桌子過去，將那包東西拿來一看，原來又是幾張豆餅！她忘形的使勁將它擲在地下，却把孩子驚了起來。孩子看看地下，是她慌張的在那兒拾餅，便喊喊的說：＂豆餅，我要。＂一面伸出小手來。愛香戰抖的向她搖手，她不懂，反而哼着哭起來。前屋裏立刻厲聲問：＂又在怎麼搞？＂愛香又恨又怕，急把整張豆餅塞入孩子嘴裏，心裏想：＂你脹罷！＂一方也爲的不使孩子哭，她就繼續不斷的塞，塞，孩子來不及咽，一張嘴便給豆餅擠成了一個大皮球，豆餅還是不斷的塞進去。孩子翻着白眼將頭亂搖，兩隻手在嗓子裏亂抓，嗓子裏咕嚕咕嚕的，鼻翼抽風似的搧動。這景象愛香全不懂是怎麼回事，她還是塞着，一面拍着孩子的背。馬上孩子兩眼一插，手足發冷下去，口裏還填着一團大皮球似的豆餅。

太太的問題[*]

太太這天的樣子很難看。嘴撅出來使塗在那兒的一點臙脂跟這唇皮的拉開而擴張,就像戲臺那些大花臉的血盆嘴。塗了墨的眉毛,因爲蹙着就像一堆炭,靠粉和面膏。臉上本是細嫩的,現在也縐出幾條粉痕,尤其因爲這天的粉塗得特別不精緻,縐痕使粉像要剝落的樣子。唉,太太的樣子真醜,劉媽心裏想太太必是受了先生的氣,平常大家怪好的,勸勸太太別氣了:

"咳,太太幹什麼呀?好好的過日子罷咧……,"

話沒完,太太呼的站起來就走出去了,嘴裏咕噥什麼聽不見。

太太自然受了先生的氣。這天早上先生起來在外屋看報,桌上排的全是孩子的奶瓶、奶糕、濾器、瓶刷諸如此類,報紙沒處放。先生想這老媽子太糟了,爽性連孩子的東西也不收去煮了。就叫劉媽拿去煮。劉媽在屋裏掃地,說:"擱着吧,我掃了地,得開稀飯呢。"這句話把先生氣得翻白眼,立刻先生就板起臉來到孩子屋裏去對太太發話,意思說太太待媽子太好,把他慣得沒規矩,也懶:

"……還是這樣,作什麼好人,慣得不能用了,待下人該有待下人的方法的,都不知道。"說完就呼啦呼啦出着氣跑出去了。

這問題雖然把太太的臉弄得那樣醜,却還沒有對於劉媽發生影響。她掃了地,收拾了屋子,又開稀飯。又領了錢去買菜,又燒鍋下米,揀菜。總而言之,她還是怡怡然一分鐘都不空的作她每天缺不了的事。從早上六點起,到晚上十點,也許更晚爲止,把每分每秒的時間都爲四塊錢一月的代價獻給主人。主人也從來沒駡她,太太並且有時讓她在自己

---

[*] 原載《文藝大路》1935 年 11 月 29 日。

屋裏攤起臉來大聲說笑。吃飯時常把有肉的菜剩一星半點給她，要不然就叫她拿雞子去吃。夜裏十一二點鐘打發她出去買花生，也大方的給她一把。洗衣服就叫她不要趕急。太太又讓她叫自己的孩子是小弟弟，不叫少爺。雖然一天到晚累得腰酸骨痛，也不會多得一文錢，但是劉媽覺得倒還自得。因爲她可以像一般人一樣，生活得由自己一點，不用提心弔膽，拿主人的臉色來決定自己的呼吸。她作夢都沒想到就因爲她自由一些，叫先生和太太擔了不少的心事。

太太記得小的時候讀過孔夫子的話"唯女子與小人爲難養也，近之則不遜……"，但也記得在中學讀《聖經》說要"愛人如己"。後來在大學裏，又聽見什麼天賦人權、自由、平等、博愛。太太是聰明人，正當大家都罵孔夫子的時候，她爲着那老頭子這句話，定了他不少的罪，同時要在實行上來反對他，就對劉媽標明了她的主張要待她平等。若是劉媽要過分小心一些，她就在心裏想："呀，人真是有點奴性，好好人不作，要那麼鬼頭鬼腦當奴才。"雖然這樣想却並沒有真正的不滿意。她知道她的辦法是很成功，也很經濟，很合理化。

滿意的時期不久就過去了。太太開始覺着劉媽在不該說的時候來說，不該哭的時候哭，並且有時居然批評太太，叫起太太先生說話時，就你呀我的。叫她作事，她總不肯一聽見聲音就馬上站在面前來聽令，她像是要她自己來支配她的時間似的。叫小弟弟，甚至有時也叫小寶寶或名字。尤其傷心的是雞子完得非常快，菜常常要大批買。一切吃用似乎都浪費得非常。譬如有一次有個朋友來吃飯，有肉的菜都吃光了，太太祇得又對劉媽說："你自己作點菜吃好了。"於是她裝送客走過厨房，從外面看進去，唉，天哪，劉媽炒了一大盤西紅柿雞子在吃哩。她痛心的檢查一下，發現雞子又祇有十來個了。

"這種人真是忘其所以。孔子的話真不錯呵！"太太以爲自己好心討不到好報。你用心待她，她却不肯替你省一點。她就不安分，忘了自己是奴才了。因爲好的奴才是應該把主人的"恩惠"，自動的當作自己頭上更沉重的鎖鏈的。要不然，人爲什麼要待下人好。太太想了許久。

第二天。先生和太太吃飯的時候，劉媽被叫上來了。他兩個人的樣子都很高興。劉媽進來時，太太假裝沒看見，不理她，兀自看着先生的臉上說說笑笑。先生嘻着臉，回答她多半是外國話，就是中國話裏面嵌了外國字眼的，末了太太纔掉過頭來，把笑收起，故意用帶分量的聲音說：

　　"劉媽，現在我們都有事，很忙，小⋯⋯小少爺要人抱，我加你五毛錢一個月，⋯⋯"看了劉媽一眼纔又說："你可以上來抱他，還有，以後你吃飯就在這兒吃，不要搬去廚房了。廚房太髒，吃了不衛生。"太太突然就截住了，像這命令已是恩威並至，千穩萬妥了的。

　　劉媽一想，自己從早上六點到十二點半吃飯一點閒空都沒有。吃完飯，洗碗收拾東西，洗衣服、尿布，縫補，買菜，燒飯又開飯，打洗澡水，真找不出一絲的工夫，又要抱孩子。可惜自己沒生得四隻手呵。她想了一想，但也還是答應了，爲着五毛錢，她打算以後再睡晚一些，早上提早五點鐘起來洗衣服什麼的。

　　先生吃完飯臨上公事房的時候，又再三叮囑太太。說既然多給了她錢也要花得值得，可別再讓她那麼自由了，孩子得總要她抱，閑時也得總捆着臉，叫她不敢插進話來。還有可別再讓她躲在廚房裏吃好的。總而言之不好唱高調去和老媽子平等呵。

　　日子對於劉媽越來越沉重，她在天還没亮時就起來洗衣服，有時洗不完又得打主人的臉水。她默默的收拾屋子，默默的作飯，默默的抱孩子，默默的跑街。祇在有跑出街上去時纔有她說話的機會。別的時候她的嘴如果要開，就是去請命令，她的耳朵如果要聽，也就是去受命令。生命在她就祇有一具肉體，幾條手足，她的本分就是把一架肉體在每天十七八個鐘頭之内爲別人的口腹來永無變化的轉動。她不許有情緒上的抑鬱，她不許有心情的放縱，她不許有表露自己的意見的機會，她不許按自己認爲更經濟、更好的方法處置她的肢體活動。她是一頭蒙了眼推磨的驢，可是她却没有驢那麼安分。她感覺得日子的本身對於她成了一套枷鎖。先生的嗔責，太太的數落偵查，都是這枷鎖上的一環。即有時她抱着孩子，因爲孩子的笑而引得她來張嘴，太太也總要哼一聲；再不然就："不要那樣，劉媽，你的呼吸跑到孩子嘴裏去了。"說時還伸長鼻子，鼓起嘴。

先生和太太態度的變化，劉媽自然感覺到了。於是她決心不再吃他們的雞子，剩下的菜，也往往不吃，鄙夷的留給她們再吃一頓。買菜時，她簡短的用沉重的口氣把所買來的菜一件件從給價到買成爲止，報賬報得一絲不漏，不使他們懷有疑自己的機會。她絕口不提孩子的稱呼，主人家的事，她絕對的一個字不參加意見。有時太太在門口要買拔火罐或青菜，常常看着劉媽，想她告訴自己應給多少價，可是又不肯問她。劉媽也堅執一種冷峻的態度，不開口。再不，就沉下臉走開去。真的，劉媽就是四塊半錢一月買來的一架肉體，幹麼她要超出這範圍去充買菜的軍師？人心換人心，別人不拿劉媽當人，幹嗎劉媽要用人心來報他們？

劉媽的沒規矩由放縱轉成了冷酷傲蔑。起初她鑒於主人的變化而採取默默態度時，先生和太太頗自愛五毛錢政策的成功。同時也更信這種人是奴性的，但這種堅持的沉默不合作，慢慢又打破了他們的自信，而對與劉媽發生了動搖。劉媽的工作時間到月了。那天早上劉媽冷冷靜靜的抱了一包衣服進來，恭恭敬敬爲說請太太收好，那是洗好了、熨好了的衣服，又請太太去察她的箱給她工錢，因爲她要走了。

我們知道一個小家庭裏發生了這種老媽問題是多麼麻煩的。他們不能出大工錢，沒多交際，又不敢用多老媽，又怕弄揩油的受損失，尤其要命的是自己又不能親自包辦一個老媽的事，而要作先生太太。所以劉媽這冷冷的幾句話自然是要主人的心跳起來呵。

"爲什麼你要走？嫌錢少了嗎？"

"錢多錢少都一樣。拿錢當奴才，不拿錢不當，我們窮人就是這樣子。"

翁　　媳[*]

　　向着七月的大地，夕陽抖下了一領金紅軟紗。由西首暗赭的城牆矮着身子蜿蜒爬來，牽起金紗一角籠在自己的綠頭髮上，蓋在菜圃上，又鋪滿嫩青的水面。水在笑，又似乎在煩惱，一棵棵或金或墨的小酒渦一窩一鼓的。除了池西一段灰色園牆外，菜畦繞池織成了一張翠錦。豆架上挑出粉紫的小豆花，瓜田却探起了蛾黃。但是無論黃綠也罷，青紫也罷，連水的笑窩兒都不是例外，在夕陽的餘照裏，大家似乎都暗暗透出一身日暮的慵倦，仿佛時候到了，應該把精神收拾起來，爲明早的太陽鼓舞。

　　挑菜摘瓜的男女孩子都拿起小板凳，提着筐兒、籃子跟大人們回家走，許多年青人跑着，笑呵呵跟家裏人打招呼，叫他們快快吃了飯，帶上板凳、茶壺到南門街上搶位子去。祇有池南豆架下，那采蛾眉豆的女孩子還坐在板凳上，不打算動身。三分是采豆的姿勢，七成她在東張西望，一副盼望的神氣。一條烏滑油膩的肥壯大辮在舊玉藍布衫兒上擺來擺去，青春的肉把衫兒撐圓了，又從短衩那裏探出了半張豐滑的面孔，有一隻污泥小手在那兒摸摸。女孩子一皺眉，低頭把那小手扯開，橫了那蹲在身旁的七歲孩子一眼，又別過頭往西看去。那孩子站起身，扳過她那月兒樣飽滿的面孔說：

　　"人家都走了，月兒，我們回去，姆媽說了今兒要早些的。"

　　"你要走，你先回去就是，"女孩了把頭一扭，鼓出圓紅的小嘴說，"我是不去的。我饒給死打着那鬼熱鬧。"說時她偏鑽進豆架裏去，做樣子要摘一掛垂鐮樣的豆兒，沒有摘，又縮出來四處望望，神情顯得有些

---

[*] 原載《榴火文藝》1936 年 6 月。

焦躁。那孩子可更煩，他把住月兒的手臂說：

"我不哩，我要你跟我回去。月兒，你走呀。"

"我不走的。月兒，月兒，"她凹起嘴學他，"像人是你養的！我比你大十一二歲，有你叫我月兒的？"

"我偏要叫。月兒，月兒，月兒。嗯！看你怎搞。嗯，你是我的老婆，怕我不曉得！"他斜眼看月兒，扁起嘴來作了個狡猾的笑。月兒的圓臉飛紅了。她鼓起眼把孩子死勁一推，嘴裏小聲罵："嚼你姆媽的蛆！"孩子哇的哭着由地上爬起來，往西由通南門街的田徑上跑去，邊哭邊嚷：

"好，你打我，你罵我，我告訴姆媽去。賤×，婊子養的月兒打我。"

月兒起初有些慌亂，忙挽籃立起要追，一轉念，她又站住了，看着孩子跑去的後影啐了一口涎水，說道：

"報喪去罷，打也打不死。你那老框骨娘今兒不曉得跟和尚們忙成哄鬼樣子，還有人來替你伸冤。"說完她定睛朝孩子跑去的方向看，極望由罩牆邊轉出她心愛的什麼來。望一回又探頭朝池子那方看，透過濃綠的柳陰，葫蘆形的池中漂起半面紅霞。往盡北看，葫蘆柄彎彎曲曲伸出去長聯了劉家池子，由那兒又灌進玉帶河裏去。幾乎使葫蘆柄和它正身分家了的是一座名叫猛狗臺的半島。葫蘆柄若是小池子，用大池子去稱呼葫蘆頭自然是義不容辭的，雖然它們都姓李。月兒把這些看得很清楚。她接到感覺的密報，用偵探似的眼睛守候池子那面以及灰色的牆角下，以爲可以抓到一些撫慰。可是爲什麼呢？各處都祇見一些荷鋤回家半生不熟的人和扛起板凳拍着蒲扇向南門街走去的別家男女。女孩子們遠遠招呼她，她也作出笑聲回答她們，可是心裏厭她們多事，她怎樣甘心走開呢，一層，應分的喜悅還沒到手。再一層，那頑皮孩子哭回去了，月兒怕是得擔點心，寧願在外面多磨一會。那個她五歲起就叫媽的女人把慈心善意都使在菩薩身上，對生活，對別人祇留下了數落和暴怒。尤其月兒從五歲起，就擔任了望郎子的職務，她偏左望一個女兒，右望還是個女兒，足足望了八年，到朱大娘四十歲上纔生了個兒子。在職務上八年不能生出一點效果，誰看來都不能把這當做盡本分，所以在工作上、待遇上使月兒受不漂亮的分配，朱大娘也不能說沒理由。

月兒不知道望郎子是什麼。人人都這麼叫她，她也答應得高興。她和兩個小女孩同牀，睡在朱香哥、朱大娘一屋裏。夜裏常被一些嘀嘀咕咕、古哩古怪的聲音鬧得害怕，睡不好，就東想西想。朱香哥好像頂好，總要親熱朱大娘，朱大娘可不然，她好像多餘了他，不是罵，就是數落。朱香哥偏偏泥聲軟氣，求她什麼的神氣。她想一回也想不通。田地裏的孩子容易長。月兒一天天大，她的心和身子一起變。聽見人叫望郎子，她起始羞得很，彷彿討嫌又彷彿不是，心裏開了一眼不知有多深的企望的井。她知道朱大娘也是個望郎子，望來了一位朱香哥。幻想常領她去一重境界裏，在那兒她見着她所望的郎也是個寬肩厚背的粗壯男人，有個山字形的圓大頭頂和晶利的眼鋒。那人也會給她親熱和顧惜。朱大娘火炎炎盼她望郎，她也好奇而貪饞的望着，心裏竄出許多揣測。她希奇將來怎樣會和那郎睡在一張牀上，這男人會用溫暖與輕鬆吹煦自己。可是自己呢？對了，她不會象朱大娘，她打點了一千個好心與溫存，爲那位未來的男子。

她的願望不久實現了。牛奶子開始呱呱亂叫的那天，伯娘、嬸娘們都冲她道喜，說她的郎好福相，將來好日子過不完呢。她紅着臉低下頭笑笑的，不能拒絕又不敢承受人的祝賀，連小孩都不敢去看，竟似自己就是個新娘子了的。這一天，朱大娘特地給了她一碗肉吃。

月兒還是跟朱大娘他們一屋睡。夜裏爲了孩子，多添一些意外的事，日裏又要下田，生活沒有輕減，反更沉重了。日子一長，夜裏還出了新花樣。有時由夢中，她竟被打架驚醒，見朱香哥赤身露體，怒目橫眉，坐在牀上吐氣；朱大娘却惡惡毒毒，哭着罵醜話，弄得鄰舍敲牆打壁。朱大娘又把一張嘴搬到鄰人家身上，就得香哥把她踢打一頓，自己奔出門去了，纔算完結。這樣時候，月兒總是包起頭，全身縮緊不敢呼吸，免得火星飛到自己頭上。在心裏，她簡直公然替朱香哥委屈。朱大娘越來越喜歡跟和尚齋公走廟上香，弄佛事，特別是城隍廟，一去幾天不回，那長老是頂會招待女信士的。她常不在家裏落脚，田上的事全靠香哥，夜裏還不給他好睡。她一回來，看不見丈夫紅勃勃茁壯的大腿，不理會那一壁懸崖的前額下，熠熠如電，被生命之火燒燃了的眼睛；她就祇會齜牙咧嘴，咒咒罵罵數不清。若逢香哥和她對壘，使她氣不出，月兒定逃不掉一場苦打。爲這個，香哥若看見了，往往又和她鬧起來。朱香哥四十剛靠邊，比哪個小伙子都莽壯，在田裏，在水裏，他那小蚱蜢樣的筋力就不容他半點懶散，作工總比人溜刷威風。月兒似看出這個壯男子一身紅韌的筋肉裏，長了有無數鮮紅的小嘴成天嘰嘰呱呱講心事。她很奇怪，爲什麼朱大娘和它們老在一起都聽不出它們講的是什麼？她覺得自己滿能懂。小嘴說得非常清楚，她聽得也極其透徹。田裏作事，是月兒最快活的時候，因爲香哥也總在田裏，一家子吃力作活的，實在說祇有他兩個。太陽一偏西，田裏幾擔水挑完了，香哥就鬆快的走來，幫月兒薅草挑菜。遇到下種子，清理田地這類大規模活動時，多半就是這兩人從早到晚在一起。月兒愛打脆哈哈，香哥會講野故事。祇要沒有人，彼此的手就漸漸略去了不必要的嫌疑，兩張嘴除了談談笑笑吃生瓜之外，也多了一些用處。越來香哥越替月兒抵制朱大娘，月兒自然也往他懷裏愈擠愈緊。月兒把牛奶子和香哥比較在一處時，心裏就有疑問：牛奶子是不是香哥生的呢？牛奶子將來能長成一個男人麼？守住他長了幾年，還是這麼二尺多高。一包突大梆硬的肚子像面鼓，支在兩條細黃的腿上。一張嘴，祇會頑皮糊塗，告謊狀，害自己挨打。她不相信自己所望的郎就是這個乾猴子，這樣安置或是騙她的或是錯。她不能要閻王錯派下來的人。看見他哭哭啼啼跑去，她非但不可憐他，反而得意，心裏的釘子拔掉了似的。她扶着豆架癡站在那兒，想着心裏的事情，便在一團疑問的週圍，慢慢打下許多問號。一條大白貓"刷"的由木槿叢邊溜過去了，把她駭了一跳。嫩荷色的木槿花顫顫搖了幾下，又靜靜站住了，沒說什麼。月兒悶悶走去木槿旁，采下了一朵粉紅的大木槿花，試試要插在自己的玉藍大襟上面。

"月兒！"爽朗的男子呼聲撥動月兒耳弦，全部血液立即由心裏奔出來貫注臉上髮際，湧進了每一條肢體，連指尖兒都染紅了。她矜持着慢慢回頭看去，見綠雲的柳陰如柄傘罩住了一個色如紫銅、熊臂鹿腰的壯年男人，他的背景托在一片銀灰色、鏡平的水面上。他一隻手在擦拭臉上的水，另一隻提的是衣服，全身精赤，祇有腰際一條短褲濕漉漉貼在肉上，刻出了圓的臀、粗莽的大腿。由那斬齊挺拔的前額下，射出火樣的眼光吸住了月兒，她轉身迎上前去。那一個早已笑着幾步跑過來，圓大的頭頂上立滿了水珠，順前額一顆顆滑走下來，叫月兒好笑。她問：

"又打鼓泅去了？"

"嗯。"說時又笑，"我本來想駭你一下的。嗯？駭你你會怎樣？"

"還說！等都把人等死了。田裏人都走了，他們說去搶位子。臺已經搭了吧？"

"哪里？"那個把衣服丟在地下，坐在小板凳上換。月兒扭過臉去摘豆兒花說：

"'哪里'，那麼怎弄到安置黑了纔來？"

"真是的，臺還沒搭好，我跟老婆娘又嚷了一餐。老娼婦拿城隍菩薩挾制我，我纔不受她挾制呢。他姆媽的屍！"

"又嚷哄事？"月兒掉轉頭來問。

"老女人定要我今日夜裏擡福施，見鬼！她說是法師派的。法師是脫塵，我曉得他勢力大，城隍廟的長老。他爲哄事派我這個缺？不過是老女人捨不得幾碗黍米粥，幾個饃饃。我不靠他們吃飯，有工夫陪到做那些事，深更半夜擡得累死人？婊子養的臭×，跟和尚們鬧些哄鬼，老子察出來了，連男帶女一個不留！"他一面說一面站起來，眼睛一閃一熠，眉毛也一落一挺。

"你看你說得幾駭人。"月兒把大辮子一拋，做個不然的神氣坐下去說，"爲麼事要弄死人家？我不喜歡。我們過我們的，他們過他們的，井水不犯河水，犯不着。"

香哥在她頭上輕輕打了一下，說："不懂事。你怕我們的事，他們曉得了會饒過了我們呵？我祇怕還躲得過，你呢？"

"你不是說我們走嗎？"月兒翹起頭來問，"我看我無做哄錯事，我不怕。你到哪里，我到哪里。姆媽喜歡和尚，我喜歡你，這不是一樣的？你看鬼牛奶子今兒還欺我，説我……"她面色漲紅了，撅起嘴，把腰裏衣服扯了一扯。

"説你哄傢伙？慢着，慢着，你真曉得你姆媽跟和尚的事嗎？"

"他説……他説我是他老婆……"她低下頭去，到底哭出來，又説："我就這樣受人受鬼的欺！"

朱香哥罵了一聲"小雜種！"聳起眉尖默然望着遠處，兩隻手在身旁死力搓着。過一會他用決然的樣子説："你不要哭了，月兒。我們是要走的。不光祇你受欺，這雜種南門也不是地方。我老早就説過要走，就是這點田，這點菜是我們兩人親手拌大的，連土粑子都抓熱了，有點捨不得。現在祇好不説它了，怕的日子一挨久了，有個風吹草動，這雜種地方你受不得。"

"那，我們幾時走呢？"月兒仰起臉來問，淚珠子似乎在笑。

"我明兒去張家溝子去，那邊我有朋友。我跟他説好了，玉帶河裏我有條船，我們起黑早上船，到溝子裏住幾天，再下省去……"他忽然抑住了，在想什麽。月兒把他一推説："總不説了唦？"他嗜了一下子説："下省去，不管那些雜種兒子們，隨他們鬧去罷。"

這時由西跳着跑來一個七八歲的赤身小孩，邊跑邊唱：

      "朱老婆，矮梭梭。
      梳的頭，燕子窩；
      手提小桶下河坡，
      清水不舀舀漩渦；
      一頭走，一頭摸——
      心裏祇想脱塵哥！"

一面唱，一面轉過木槿條外幾棵樹背後去了。歌聲還在田野裏浮着，像不留蹤跡的雲縷。

朱香哥頭上連剃得溜光的青皮都紅透了，拳頭打在手心，他咬住牙齒說："你聽！"月兒却彎下腰去拿起板凳，挽上蛾眉豆籃兒說："聽麽事？曉得唱的是那一個？我們回去吧。你不是還要幫忙搭臺嗎？"說完，她就先走了。朱香哥看着月兒的背影好一息，纔歎了口氣說："管他娘的，祇要不碰在老子手裏就罷了。"

這時月兒忽又想起一件事，她放下板凳，挽着籃子走回來問："咦，你今兒叫我等你是哄事，說了啊？"一句話提醒了那一位，他笑笑把胸一拍說："該死，都忘了。向來散福施是在大池子裏頭，今兒不要到老地方去。"說時四望一下，又在月兒耳邊說了幾個字。月兒笑了笑，提着籃子快跑了。

說是街，南門街不是作買賣的所在。靠西是一色粉白磚牆，隔兩三丈遠，就用黑灰塗出一個門，這樣作成了十幾家門户。祇有盡北一家牆是亂磚堆起來，也沒有粉，那是月兒們一家的窩處。朱大娘祇用力量去供菩薩，這些家事她是不管的。靠東可是一色漂亮的水磨洋灰圍牆，敞開兩座極巍峨的八字朝門。焰口臺就搭在北首大朝門下，祇有一尺來高。臺上臺下的準備都已齊了，法師還未到。因爲看焰口的人把板凳椅子堆在臺前，塞了臺口，朱香哥和幾個人嚷着，叫着，要臺口的人們搬開，很費力的在人空裏擠。他留神四看，發現月兒領着三個女孩，一個牛奶子，把板凳挪到臺右面去了。牛奶子站在板凳上跳脚，唏哩呼嗒，連哭帶罵的，兩隻拳頭像敲鼓似的在月兒頭上亂打，月兒一面要扶住他，一面又要躲開他的拳頭，樣子異常狼狽。口裏直喊：

"牛奶子，你看你不聽話，我告訴姆媽的。"

"告訴姆媽，告訴姆媽，去，去，我不怕。呃……呃……你欺我，你搬我的板凳，不許我看焰口，騷×女人，你偷野男人！"

這句話撥出了一個野性的大哈哈，撐破了四圍男女的幾十張嘴。有誰喝了聲彩：

"好呀，朱家牛奶子比他老子還強，這一點兒大就會管老婆了。喂，好牛奶子，Troi①呀！這一個！"

牛奶子看見那人摔出來的大拇指，眼淚還釘在眼角上就哈的笑着，得意的屈起丁拐在月兒額上連敲連敲，也望那人把大拇指一摔說：

"嘔，這一個！Troi呀！"

月兒又羞又氣，整個臉連脖子全漲得通紅，淚珠子在眼裏跑，她偏咬緊嘴唇，不許它們溜出來。她把牛奶子一推，拿腿就走，說："我盡你去！"剛好這時朱香哥已經由人堆裏鑽過來，叫住了月兒，又一把抓住了牛奶子的脖子，把他轉過來問：

"你在鬧哄事？你？"黑紫的怒容虎在朱香哥臉上，聲音也巉峭得很，把牛奶子駭呆了，他吃吃的又哭起來，說：

"呃……月兒……她搶我的板凳，呃……她叫我牛奶子……"

月兒這時也忍不住眼淚。她恨恨的把牙齒一挫說："說白話的亂舌根子！"

香哥鼓起眼在牛奶子頭子釘了幾個丁拐，說：

"她那裏搶你板凳？明明見你亂打人。你再敢這樣着！"說時嗩呐號筒嗚哩嗚啦響起來，法師來了。大家都笑呵呵拍手歡迎。牛奶子由凳上看去見母親跟在法師背後，便提提褲子跳下來，奔出去叫：

"姆媽，姆媽，看月兒呵，月兒叫爺爺打我，姆媽！"喊着就把他母親拉進來，指着月兒說："她，她……"說時看了他父親一眼，便縮住了，擠在母親肘下。

高鼻子、薄嘴唇的朱大娘走到月兒跟前，把她的辮子一扯，月兒像準備好了的，又開腿站着，見朱大娘扯辮子，便雙手搶住她的辮往懷裏奪，朱大娘小腳，被她拉拉扯扯站不住，便舍了辮子，擰住她豐滿的嫩頰一扭，罵：

"婊子養的小女人，你好大膽呀！"話沒說完，她手已被朱香哥打下，香哥銳眼直射她臉上，殺神似的命令說：

---

① 此處拼音讀"拽"。

"少打些！問也不問清楚，瞎打人！你問問鄉親仔裏看。"朱大娘直瞪眼看着香哥那威勢棱棱的前額，好一會不說，也不作什麼，旁邊的人就把他們朝兩邊拉，說：

"算了罷，娃兒們的事隨他們自己去，他們自己還要過日子，兩口子那裏跟得他們一生？"

朱香哥墨起臉把他們推開說："我這回就不饒她，看這潑婦今兒有無一點理！硬想磨死人家的女娃子。"

這時有好幾個男女由法師背後走來叫："朱伯娘，法師點你，快點去吧。香哥，香哥，你不要祇爲個小媳婦子跟朱伯娘鬧呀，這不像個樣子。"

"好，"朱大娘趁此把腿一抽說，"好，朱香，你又衞護小女人了。今日我認了你的，我怕打破長老的法事。是狠的，明日到城隍廟裏來！"

"到城隍廟去就去。隨便那裏都可得的，要打人，要磨人就不行。哪個打人，我打哪個。"

朱大娘牽着牛奶子匆匆的走，指着月兒說："小女人，看我明兒跟你算帳就是！"月兒把嘴一撇，自己也賭氣走回家去了。朱香哥又在焰口裏耗了些時，纔找到月兒，兩個人重上楊家池子去。

鑽進了黑忽忽、被叢草封閉的猛狗臺時，兩人纔好像找到了自己的家，心裏安貼下來。在森密的地方，他們找了一塊軟草地坐下。草長了一二尺高，把四圍都從他們隔絕了。這裏沒有打罵的手，也沒有批評的眼睛。人可以安安逸逸把心思交給草林保管，它不會令它去爲了什麼小媳婦、公公等等來發愁。感情和心到了這幽僻的所在，着實爲兩個靈魂忙碌起來，靈魂裏要注入靈魂，生命中要融合生命。兩個人把彼此的需要打成了一副命運的結子，苦是它，樂也是它；生是它，死更不能不是。

他兩人爲明天的事又說了些話，就都在草上睡着了。不知過了多久，月兒由失了知覺中，忽被疼痛刺醒，她哎喲的銳叫，純反應的把脚一縮。兩人不及開口，一盞咬眼的馬燈已經瞪視着他們，火焰封鎖了他們的視綫。人聲聽來很嘈雜，還有"阿彌陀佛"夾在裏面。一時有一個聲音把他們的注意挑出來：

"朱香呀！"是那個打燈的人，"朱伯娘，朱伯娘，你來看你們朱香吵。"

"該死！該死！這不是朱香跟他們月兒嗎？這纔該死呢。"一個女人吐了口涎，做個鬼臉走開。

月兒、朱香早已經站起來了。眼中容下了燈光，看清了面前一堆人。當面掛在蓮花帽下的是脱塵法師的黃蠟臉。他的鼻眼全没什麽了不起，可是他却被權威選中了。凡吃齋的有理由懇求他支配，凡不吃齋的也從他手裏領菩薩的禍福。在他週圍還有幾對和尚與善男信女。岸上大燈籠底下有兩個大桶，一隻桶上橫了一條扁擔。

月兒見朱大娘走過來，以爲她不知要如何打鬧。誰知她不聲不響，看了看，忽然抱住自己號叫起來：

"兒呀，兒呀，你總好偷你自己的爺吵？又當菩薩的面，你不是特爲得罪菩薩？你做出這種無法無天的事，哪里活得成？叫我哪里做人去呀？這都是你邪神附體，瘋了迷了啊！"

月兒不曉得自己所犯的罪過有多重。也曾有女人跟男人睡覺，被活埋過，月兒總以爲是由於那女人同幾個男人睡的原因，如若祇和一個男人睡，是没有問題的。她並没跟許多男人睡過。再説朱香也和普通男人不同。朱香哥是處處都叫人合意，叫人越看越恨不得粘在他身上。他又好，跟月兒的親老子一樣疼惜她。和他躺在一起，令她快活，平心説，就是玉皇大帝見了都不會有氣的。她以爲自己並不是跟男人睡覺，却是喜歡朱香哥。這兩個裏頭有天大的分別。怎麽能説她跟朱香在一起就活不成？她把朱大娘一推，心裏恨她總是騙自己，什麽望郎子也是她弄的。她把朱大娘推倒地下，剛要罵，却聽脱塵和尚把錫杖一敲，做出鎮壓邪神的姿勢斷喝一聲：

"左右與我把淫夫淫婦抓住。"以後他就做出善良的樣子，垂眉合十的説法道：

"善哉，善哉。本法師奉菩薩旨意來此李家池中散布福施，爲人祈福。今因李府老夫人在大池放生，故移錫來此猛狗臺施福。不料遇此妖邪淫女，翁媳通姦，毀滅人倫；五漏血污，大傷佛法。若非九尾狐精出世，定爲玉石琵琶還魂。致我全鄉衆生得罪神佛，禍福難保。今宜將此妖狐飛刀斬首，永絕禍根。但念伊母朱王氏歸佛心誠，賜與全屍，拋置池內，謝罪鬼神。急急如律令，敕！"

月兒聽見他這麼念念有辭，像道士趕鬼，心裏好笑，她不曉得他念的是什麼。但是她見朱香哥在挣扎得利害，又見有人來抓她，女人們在指指點點叫她是狐狸精，她奇怪極了。一面被人擁着走，一面問：

"我是狐狸精？這是麼話？我是狐狸精？哪個説的？脫塵，你這鬼和尚，你自己纔是狐狸精，怎麼説我？你那回還跑到我們屋裏……"脫塵一錫杖打下來，把她幾乎打暈了，嘴也被他們堵住。衆人擁她到池邊，她亂擺着頭，朝朱香哥亂抓手。可是朱香哥也被幾個人抓住了，死挣也挣不動。脫塵走到池口，將杖一舉，說偈道：

"苦海無邊，回頭是岸，叫那淫女子下去罷。"

"撲通！"這執強的少女就落下水裏去了，她剛落下，一個和尚忽失聲喊："呵，她嘴裏塞滿了東西，怕不得死。"爲這，男男女女就議論起來，爭着往池裏月光被擊破了的地方看，巴不得見那水波快快平靜，漂出那狐狸的原形來。當大家這樣把注意力往池裏傾灌的時候，誰也想不到比閃電更快，一個倒栽葱，脫塵法師插進水裏；跟着，如燕子撲水，朱香也竄入月兒沉落的水窩裏去。衆人連驚喊都失掉了。見那金綫穿走的水窩在暴烈的狂跳，朱香哥那滑壯溜刷的腿和臂，像四隻活躍的魚兒一樣，托起了一段嫩嫩的人身。

母　　難*

　　吳媽失掉了生活上的平衡。這平衡即便是不講理，無情義，且在高壓力底下的，對於一位受够顛倒日子的窮女人，也還是值得大書特書的事；吳媽却又把它失掉了，原因是早上由北平來的一封快信。打那時起，她的心似乎片片粉碎，不能照顧自己的責任。洗冬菰就很馬糊，無力照以先那麽連反面的摺縫裏，都用手指每一摺每一縫細細洗上三四次纔罷。熨衣服，她將左手食指燙傷了；熨斗又把雪白的衣服帶上了淚點和灶泥，要重洗。往日拿桶上前院去提水，她沒曾憐惜過那對纏得和竹棍似的小脚，盡讓粗石斷轉在脚指上磨不覺疼。疼不是沒有，祗因有個頑固的念頭梗在心裏，定要用這對小脚去挑起自己面前那一擔沉重的光陰，所以疼痛就失了身分。到今天，她心一軟弱，人也不濟；身體各部都仇視作工，更不用提起那對最受苦的小脚了。

　　在過去，她每天拿出結結實實的十六個鐘頭向主人換取一份口糧和每月四元工錢，她不慚愧，也不忿恨，以爲得來的是她所應有，拿出去也是她的本分；但是今天她起始嫌惡工作的煩重累贅，同時又怪怨自己工作不盡心，白吃了人家的糧食。

　　先生催了幾次，纔把一頓例外誤了點的午飯開出去了，以後她對太太提出了辭呈。太太平日雖不把工人看得特別重，倒頗留戀吳媽的細心、負責、沉默和能幹。她問她怎麽突然想到辭工去，這個月還未滿呢。

　　"家裏來信叫我回去。"吳媽低下頭説。

　　"打那兒來的？幹嗎這會子要你就回去？"

　　"且北平我表姐那打來的，説我的孩子走了，且櫃上自個兒走了！"

---

*　原載《國聞週報》1936 年 7 月 20 日。

她的聲音微顫，擡頭看太太一眼。她長得白淨面孔，高鼻子，大眼睛；眼珠突露，人受她注目時，會覺得那眼光有些強梁無理，一臉的秀俊因此小小受了點傷。現在眼皮微微青種，眼中潤潤的，倒把這缺點掩住了，吸引人的關切。

"怎麼走了的？他在櫃上作什麼事？"吳媽沒回答，太太轉口又說："要說是你兒子走了，你回去也沒用哇。"

"是！沒用呢。孩子在修那個寫字機器的櫃上學買賣，纔十一二歲，沒個人，他能奔那兒去，您想？我不去，我這孩子不是完了麼！"

"他爸爸呢？"連在看報的先生和太太齊聲問。

"他爸爸……他爸早沒了！"末了是用勁說的，隨又低下頭似乎躱閉那兩人哀憐的眼光。屋中有半秒鐘的沉默。接着太太義形於色的說道：

"吳媽，你先別算賬，我先給你五天假，你去北平弄清楚了情形再說罷。許是你兒子受了虐待，你可以請律師跟打字機店裏打官司，把兒子追回來的。"

"好，請律師！我可沒那份錢。"吳媽臉一紅，要笑笑不出，唇邊怪彆扭的扯起幾條笑紋。"再說，規矩收徒弟打死無論的。您說我有什麼理講呢？我講了人家就得跟我算飯錢。"

"真的麼？"太太詫怪極了，"真的麼？"又問先生。先生看看吳媽，將報紙落在膝上，搖頭說："那是舊規矩。依現行新法律無效。吳媽，你滿可以告到公安局，把掌櫃的押個幾天，他就上勁幫你找孩子了，因爲虐待生徒是有罪的，懂麼？"這尊嚴的聲口把吳媽鎭住了，她不信；同時太太又寬慰她，說這樣她的孩子很快就會找到的，她可不用下活了。吳媽狐狐的應了幾個"是"，領了五天的假去北平。

烈風挾着黃沙黑煤衝打那狂突奔馳的火車，窗外是一片陰黃。綠色稻苗都變得晦闇如土，嫩枝在風裏婉轉顚播，斷續的哀啼不已。被黃霧包圍了的太陽有時露出錫箔色又青又腫的面孔，令人駭怕。有幾所黃土屋，矮矮蠢蠢，似黃風沙的下走小卒，偶在車窗前探望一下，即又縮身不見，令人彷彿身後有鬼跟住似的心裏發毛。廣大的平原上這時沒有一樣活物，沒有一個人，祇有這列火車在孤獨的呼號奔命。

三等車廂裏有包裹、鋪蓋捲、大蔴布口袋、扁擔筐兒，再加以老少各色、胖瘦不齊的男女，車子就擠成一段實木，有人想由窗口丟進一個小孩子來都不能。吳媽夾上衣包，擠在靠茅房的角落裏屈腿盤坐椅上。該放腿的地方現在是兩個大籮筐：一個塞的被褥、粗糠枕頭、梳頭盒，還露出一隻粗大碗的碗唇；另一個也是滿的，中間還坐着一個紅胖小孩，雙手捧一個花泥人頭在唂得起勁。對面椅上一男一女，農家裝束，女的大敞前胸，懷中一個孩子已是睡着了，奶頭由他嘴裏滑出來，掛在他鼻上。吳媽看看窗外，覺得自己心裏也是那麼灰黃陰冷，粘滯不開，便回眼看那唂泥人兒的胖小孩。她想起自己的孩子這麼兩三歲時，瘦得一把骨。他爸每天給她母子倆一茶杯米作整天的糧食，給的時候咒着說：

"哼！老子不給你們吃，老子是得餓死你兩個的！"

可是她每次聽了這話，每次必自己肚裏起誓：

"看吧！餓不死的。娘兒倆一個也不能叫你餓死！"

她把所有的米都為孩子煮粥，留在家給他一人吃。自己趁上山打柴，偷偷跟表姐扱茶殼，一個大子兒五斤。一天扱幾十斤，碰好上百斤，賣幾弔錢，央表姐給買點餅子、窩窩頭。雖如此，她可不敢在外面呆，得趕緊打够柴斤就快回去，怕人使黑心給孩子委屈。到下雨下雪時，娘兒倆真捱餓，真偷。所有可吃的東西都收在婆婆媽屋裏，有一次，偷了一隻米餅子要給孩子吃，却被婆婆撞見了。罵了一場不算，還告訴她丈夫，那橫人就抄起刀子來攮她，把她從頭到尾用扁擔亂打了一頓。饒這麼着孩子總算大起來，祇得四五歲就會幫娘了。娘上山，孩子抽住娘的衣角爬；打柴，他在旁跟着抓撿枯枝；不時說些各樣有意無意的言語，燃起娘心裏的熱情和希望。娘要趕急打柴，就差兒子去跟表姐扱茶殼。年齡小，可會爬樹，有表姐帶，一天扱的錢竟比他娘弄的還多呢。自然，兒子大了，四歲就挣錢養娘，他的食量也跟着長，同時陪娘捱打受罵的能力也愈來愈增加。娘心上多了一針痛，但精神反更加堅强。現在她不祇有一個乖覺知心的兒子，她還有個同難者，她的朋友和同工。這難友小則小，却是她的安慰和希望，她前途的明燈，心坎上的愛人！

後來連這情形不能繼續了。寡婦表姐上城裏去作工，孩子扱茶殼沒人帶，未免貪頑誤時間。母子兩人扱茶殼的事被她丈夫發覺了時，那心在別個女人身上的男人就把大煙和嗎啡燃燒起來的力量全用去打老婆和兒子。他把那兩人鎖在屋裏，夜裏驅他們去村頭挑水。起初他不差那孩子去，祇叫他女人摸黑去挑完十挑水纔許睡覺。

"老子讓你白天出去，你偷老子的工夫拿錢供你自己。哼！老子這口飯是容易吃的麼？瞧着吧，咱得要你死！"說時他咬牙把拳頭突伸到她臉上晃了幾晃。她祇是一偏頭避開，不討饒，也不還罵；她身旁的兒子却哇的一聲哭起來，撲上去把娘腰抱住，像要搜娘在懷裏保護她的。他父親沒叫他挑水。他見天黑了，娘挑起水桶出門，就趕緊拿起小提水簍跟在後面，來來回回在娘背後跑。一直到水挑完了，娘揩揩臉上的汗，把他抱回屋裏，母子兩人摟緊去睡覺，這一天纔算完結。這時家裏人都已安歇，那男人去他的外家去了，打罵、恐懼與憤恨也都暫時退貶，去尋它們自己的休息。

這種日子若聽其自便，也許得陪吳媽爬進土去爲止。可是事實上不久這女人就打算把它劃個段落。在她短短的生命中，她知道自己在輕工上會作粗細活計，燒過飯，洗過衣服；重的她能挑水、打柴、刨土、下種子、抓草、收糧食；掙錢的事兒上，她也有本事爬上幾丈高的棗樹去扱茶殼。凡是一個人爲了活命，從五臟到皮膚四肢所需要的一切，她都能用自己一雙手去鼓搗齊全。她有堅強的筋骨和風霜雨雪全不畏忌的皮肉，仗着這些她用盡自己的精力去抵抗痛苦、悲傷、勞累和磨難，造成他人的安閑；不但是她，連她兒子嫩小的力氣她都捨得拿去花在姓田的一家人頭上，至於把孩子致成了毛病。可是結果，她的婆、她的丈夫反倒有一切雄心和權利來作踐他們，抑辱他們，而他們祇能卑卑怯怯，冒起生命的危險在這兩人手下領一份吃不飽的殘飯！既是力氣和能耐足以了當一個人的身口，何以不把它拿去換點平安和爭氣的日子來過，却要伏在婆婆丈夫腳前，力氣去得越多，生命反過得越賤？精力到了不能養命時候，凡有生命的人都不得不另起主意了。

她知道鄉下有些女人離了家，去城裏謀活命。她親眼看見她表姐拋下孩子在姥姥家，隻身進城去，幾年來積下了好幾塊錢，還帶信叫她也去。眼前她若要靠自己吃自己的飯，怕祇有這條路可走了。她得帶上孩子，她生命中同苦樂、共患難的唯一朋友一齊脫離陷坑；她還得多用心照顧疼惜孩子，補報他從前在自己的艱苦上所抗的那一挑致命的重擔。

吳媽眼望窗外，腦裏苦自在回想過去的辛苦。猛然耳邊一聲：

"賣麵包呀，買麵包！"

吳媽一驚，四下看看，纔記起她的兒子，她那生活上唯一的旅伴和慰安已經丟了，沒有了，怕今生今世再也不能回到她身邊來了！祇有十二歲，常犯臍眼流水的毛病，沒人扶助，身邊連一文錢都沒有！

"眼看這熱烘烘的麵包，就知道他餓壞了，買來也遞不到他嘴裏呀！"

想着，淚水就漫上來，覺得什麽照顧疼惜都是自己騙自己的想頭。幾年的傭工生活把人弄得茫茫如喪家狗，由這家走到那家。因爲雖說用氣力換自己的生活，而出錢的人總不肯對人家的氣力懷點好意。在他們看來，不管你出的什麽代價，你在我手裏吃飯就得由我擺佈。自己已是流浪，孩子當然更說不上好。拖來拖去，好容易前年冬天這新掌櫃的纔衝着是同鄉，把他收到櫃上去。指望學點本事，將來好過自己的日子，誰料孩子又委屈，自己不言語，走掉。兒不知娘在那兒，沒處找娘；娘不知兒在那裏，也沒處找兒去。天生來是血肉膠在一起的一雙親人，被人事拆散，變成誰也不能顧誰的兩個陌路了！

她一路昏昏沉沉，頭腦紛亂不堪，並不知火車走了些什麽地方。對面的座位空了，腿幾時垂下都不知道。一時火車拉長了嗓子高唱起來，緩步的搖進了北平。

大風仍在呼嚎不止。

吳媽下了車迎風走，要先上表姐那兒去打聽消息。表姐現在已是四十多歲了，在一個人家作打雜老媽，論人生經驗，她可說已經嘗得夠了。

衰瘦在她臉上刻下了古舊的轍痕，但熱忱還在她的濃眉大眼中伸手。吳媽來得這樣快，似乎給了她莫大的安慰和高興，急忙招呼她去下房裏坐好，打聽她沒吃東西，又自己趕緊跑出去買燒餅果子來給她吃。當它忙着倒茶倒水讓吃的時候，她的嘴也冗忙的啟閉，把寫信的因果經過全講給她聽，結尾她嘆口氣：

"唉，瞧着是那兒說起！這孩子，沒打沒罵的，早上出去撒尿，不言語就走了。咱們姐兒可想不到。這是怎麼說的，你看！"頓一頓，她又說："倒是也別着急，沒用。招字帖兒也帖出去了，這不是？他掌櫃的也撒下人找去了，說是不該丟總是不會丟的，別着急，急壞了沒用。"一面說一面拿起茶杯朝吳媽手裏遞來。

吳媽搖頭不接，盡自端詳那紅字條兒，揣想不到裏面寫的是些什麼，卻像有一張嘴在字裏行間顫動，似乎要告訴她關於她兒子的秘密。良久良久，她輕輕哼一口氣，朝那糊得不見天日，被風吹得咕嚕咕嚕的窗戶望一望，使藍布絹子將眼擦擦說：

"窮人命苦就是。我是怕來了也沒招兒，不來又不好過。祇好眼瞧着孩子丟罷了！"

"不知鄉下怎樣，孩子會不會家走呢。"表姐說時，將濃眉梢搭了下來。

"不會，不會的。"吳媽如受了刺的連連說，並趕快縮上腿盤坐在木板上像躲閉襲擊。"可憐的孩子，他要回家麼？不會的，家裏他有誰呀？"

"他爸前些時候又來了，真新鮮。不知且那兒打聽到我在這兒。前幾時，前兩個月吧，又來了，打聽你，還着我要孩子的下落。"

吳媽掉轉臉，一隻拳頭打在手心，瞪起兩隻突出的大眼看她表姐，聲音發抖說：

"您告訴他了？您告給他孩子的下落了麼？"

"那兒啦？那兒啦？"老的把脖子一扭，一撇嘴說："我瘋了麼？我告他？我是告訴你他那樣子寒慘着呢。他媽跟他們老大去了。他扎嗎啡扎到臉黑，發死。"

"他那娘兒們呢?"吳媽綳住臉問。

"說沒了,不要他了。要不他凈來找你娘兒倆哪?"

"哼,他找咱們!"她忍住了。隨後那突出的大眼射出了凌厲的憤怒:"我有氣力總奔得出咱們娘兒倆來。知他安的什麼主意。"

表姐沉沉不語,過了一會她點點頭說:"可是呢,那可沒個好……"

吳媽忽然觸起了什麼似的抓住表姐的手問:"您瞧他眼時會在城裏不?"

"沒有。他窮死,得有那麼些個子兒奔呢。"

"您說怎麼着?我得找孩子,要碰着了可沒個好,祇有跟他拼命,您說是不是?"

"倒是我忘了。你見了掌櫃的麼?"

"沒哪,一下車就奔您這下來的。您說我是得去找他不是?"吳媽注目看表姐,切望她的回答。

"找是找,可也沒法兒。那掌櫃的橫着呢。昨天我上他那下去。我說:'掌櫃的,怕總得撒下人去呢。'你瞧我這也不爲得罪。他可板起臉不言語。好一會子纔開口:'王奶奶,您知道咱們小買賣,賠不起那麼些個糧食。孩子還不愛呆,走哪。那兩三年他吃我的,住我的,難道我還有個對人不住?'隨說隨擱下這紅字帖兒說:'這不是尋字帖兒?我怎麼沒撒下人去?吳奶奶就跟我打官司,我也有我的理!'你瞧,就這麼唏哩呼嚕一大堆,還橫着一堆殺猪眼把煙桿在桌上打得山響。真沒說的,告訴你。"她把手一拍,起身自己也拿根旱煙管抽起來。

"他有什麼理,您沒問他?"吳媽放下腿伸直了腰。

"好,你說我真去問他!"她含着煙嘴慢慢轉過臉去,大不以爲然的樣子。

"怎麼問不得?說是要跟他打官司孩子纔追得回的。"吳媽的臉紅了。

"咳,老妹子,你還是這麼着,三十了哪。咱們打官司先別講輸贏。你把名兒姓兒、村兒門牌往上一報,你自己去班房一坐,有十個你都逃不了你爺們的手!"她斜着眼睛看吳媽,掛下嘴角點點頭,意思說:"你情願嗎?"

一句話將吳媽的頭又按了下去了。這些言語竟比那念書人說的理沉重森冷的多,在心頭的天枰上它很快的壓下去,壓下去,直壓得心底發疼、發凍,所有剩餘的希望都被它壓得粉碎了!

肺腑裏插滿了針刺與蒺藜。她不能吃飯,辭了表姐冒風找掌櫃的去。櫃上無人,祇有個十來歲左右的瘦孩,慘白窪眼,摳着細身子,端的滿滿一大瓦盆髒水,歪歪咧咧,潑潑撒撒,從通後屋的門口磨過來。他咬緊下唇,用全力在端那盆水,臉上挣得發青。污油漆黑的衣服已濕了一大片。他不敢擡起頭,祇是斜眼在考察該走的路徑和方向。吳媽用悲憫的眼光將他打量了一下,溫聲叫他:

"孩子,掌櫃的在家麼?"

孩子挑眼望望她,趕緊低下去看住自己的盆,一搖說:"不在。"

"上那下去了,知道嗎?"

"不。"

"你認得傻子嗎,孩子?"說時她走到孩子身邊去。

孩子站住了,擡頭詫異的看她一眼,仍端水朝街門走,很吃力的說:"傻子哥……受…受不了……走哪,昨天一大早……"

此時街門猛然衝開,砉的撞擊在瓦盆上,連盆連水帶小孩全都嘩啷哎呀摔在地下,跟着由門口闖進來一個人,她楞在櫃檯邊不知是怎麼回事。見一個士林布裩子白净年輕的女人,搶在地下抱起個水淋鷄似是的小孩,扯出條藍布絹子在給他按住額上的血。滿地汪洋泛着黑水,裏面浸幾塊破綠瓦片。屋後跑出幾個人在亂嚷,後門邊還伸了幾顆小腦袋在探望,不敢出現。這人纔知是出了點岔,臉上顯出一抹悼恐,急忙蹲下去將幾片瓦盆提起,逗逗縫,檢在一堆,小心的梗在櫃臺後面桌底下。以後他把門邊的小腦袋吆喝進去,便走到那小孩身旁,板過那流血滿面的頭來看看,說:"這沒什麼要緊。刮去了點皮,按上香灰就好了的。×你妹子,走道不小心,打一地水,打盆也砸了,還作出這死樣子!×你奶奶！瞧掌櫃的回來揍你，還不換了衣服來掃地。"

吳媽目送那小孩慢慢走進屋後去了，自覺站在這兒無味，即使掌櫃在家，看這樣子也真沒用。她跟那人交代了幾句便出來，決定呵出把事情丟了，自己要找尋兒子。

天落了黑，風在狂叫，她懷着孤獨淒冷的心在街上走，這條路與其說是街，還不如稱爲胡同；實在有些胡同比它寬，也比它平。髒水倒多了，春天裏風一起來，道兒無緣無故發臭。天上有沉重的黑雲塊在滾，地下是狂風在播弄飛沙，路上沒有一個行人，祇有一兩盞黃暗的路燈在黑風裏忽暗忽明，如垂死人的眼睛。她似有心似無心的在這條街上走，來到通河沿的小胡同口，一口大風噴過來，幾乎立不住脚。黑暗中猛覺有什麼東西朝自己一撲，隨聽見一個極熟習、極尖的嗓音抖顫着叫：

"媽呀！媽。你出來了麼？等死我哪！等死我哪！"

吳媽駭了一跳。她似乎以爲自己的耳朵受了風的揶揄，以爲感覺是入了夢中，抱住撲在懷中的那個小人，神經反而麻木了。但是馬上她就如同觸了電，橫身痙攣的摟住孩子，摟得極緊，口裏喊：

"孩子！是你嗎？是傻子嗎？孩子！傻子！"說時連連親他不住，又捧起他的臉仔細看。黑暗祇能顯示一點輪廓，那裏有額髮很高的前額，凹鼻樑的枰錘鼻，以及七歪八倒的牙齒。的確，是她的兒子落在她面前！她的朋友、親人，她生命的伴侶，一齊都回來了！這是天降的一筆莫大的財富，這是嚴冬裏一盆熊熊的大火偎在她胸前，她的快樂不是口舌所能道的了。

於是她不顧勞累把孩子抱起來，快意的朝街上走。但是孩子一發現她的方向，便踢着兩腿要下來。他用手指胡同裏說：

"媽，不上街去，碰見櫃上人可了不得。那兒，那兒去，我領你。"

"那兒去？"媽牽着他的手問。

"上店裏去。"他拖起媽低頭往風裏鑽。

"上店幹嗎？媽不住店。咱們先奔你姨兒去。"

"我爸在店裏等咱們呢。要不爲等我媽，我爸昨兒就帶我回去了

……"還要往下說,忽覺他娘的手抖得利害,站住了。孩子轉身抱住媽問:"媽,你冷麼?"他的媽却把他搶在懷裏,急急問:

"你爸逮着了你麼?孩子,他欺負你沒有?他打了你?孩子,告訴媽。"

孩子把頭亂搖,縮鼻子,說:

"爸沒打我。爸怪好的,叫我和媽跟他回去,咱們過日子去。他上茶館裏去了,讓我瞧媽來着。我等了半天了。"

他媽直瞪眼瞅他,半晌沒有言語。孩子縮起肩膀把娘一扯,說:

"媽,風吹得怪冷的,咱們走吧。"

媽猛的把孩子抱在懷裏,堅決的說:"孩子,跟媽走!回家去沒好日子。咱們娘兒倆奔命去吧。你忘了從前了麼?孩子?好小子!上茶館去,讓孩子在大風地裏摸黑來捉他媽。"

孩子聽了這些話,心裏憂愁。他說:

"媽,不回去怎辦哪?也是受罪。櫃上那份苦,唉,媽呀!"

一顆大淚由媽眼中滴下來。媽說:"櫃上的苦有日子的。等你出了師,能挣錢,咱們娘兒就好了。"

孩子擡起怨苦的淚眼對着媽,悲聲說:

"沒有的事,媽。櫃上誰出了師,掌櫃的都打發走,一個錢也不能挣。掌櫃的招新徒弟作事不要錢。媽,咱們學這買賣離了櫃上,就得餓死。上回金子哥來講,我聽見,是真的。"

"回不了,傻子。咱們沒回去的理。你爸會治死你。跟娘吧,娘養你!"吳媽頻拭淚,孩子也極其抑鬱,說:

"在外面也沒好處。媽,你管不了我!"

"咱們得自己奔,孩子,那兒都沒好處呀。我以後怎麼也得管你。"

"不,我不。爸這回怪好的,我要回去。"

吳媽忍住淚蹲下去,捧住孩子的臉,看進他眼裏去,慢慢的說:

"家,你一定要回去嗎?你丟了媽自個兒回去嗎?"

"我跟爸,跟媽,咱們三人一塊兒回去。"孩子用希望的眼光看他媽。

"媽不回去的！"一個猛烈的抽噎破口而出，吳媽支持不住自己的倚在墙上了。

"幹嗎？"

"……！"

孩子將頭埋在媽懷裏，一段傷心堵住了兩人的咽喉。狂風在無情的吼叫着。

天真的嘴唇[*]

　　綠草地上有人在放馬。棗騮馬披着一領醬黃色的蓋單，一邊垂下一根紫色絲總子。大大的絨總頭落在馬蹄邊，隨馬吃草的動勢震盪着。長的鬃毛順脖子兩旁披至耳際，馬低頭在嚙草。它拉起一叢草根，下巴左右一擺，下頷磨了幾轉，草叢已不見了，祇留一寸來長的青草葉，垂於黯古銅色的唇外，馬伸出大舌尖一撈，就把這一口食事結束。馬於是搖搖耳朵，望望天邊，將大把尾絲悠閒的擺一擺，為驅遂無聊，趁便趕趕蒼蠅。馬主人不在它身邊。它打個轉身，看見他手裏拋弄着打鳥帽，站在四面鐘底下和幾個弄鳥漢子在聊天，指點着獨自站在鐘後發愁的一個人談了些沒要緊的閒話，忽聽前面一陣喝采，他就跑過一群練太極拳的師徒那裏去。天氣已是晚涼，那些人偏個個打起赤膊，叉着腰在圍守一個有半白鬍子的老人演藝。這人或因貧窮，或祇想使工夫掙來更多敬仰，墊高自己腳位。總之他現在的行為已把無知的舌頭拉了出來，使眾人的手心全不愛惜自己的感覺而麻木的拍打着。他這時正用兩個手指掛在一根橫木上，將身子提高橫懸在空中。疲累的夕陽似覺受了打擾，厭煩的在他那微微高聳的鼻尖上抹了一撮泥金色，平看去，像一顆七品官兒的金頂子沒來由落在他臉上。

　　人叢中，忽鑽進個八歲左右的小女孩。一露面，人就會叫她那對幾乎佔滿了眼眶的烏溜閃亮的大眼珠攝住，一排極勻的小白牙嵌在朱潤的圓嘴唇裏，如紅絨盒裏鑲着一掛珍珠。她一手挽着一隻破圓筐，一面卻跳起來，在懸空的人頭上偷偷打了一下。不等那人落地，她便嘻嘻哈哈笑着，快快由人叢往外擠。頭已鑽出去了，籃子和屁股還來不及往外拖，

---

[*] 原載《文學雜誌》1937 年 8 月 1 日。

就聽見後面叫：

"大杏子！大杏子！"

大杏子聽見這極親極熟的呼聲，煞住脚就縮回來，揚起籃子大聲的笑着，跳到那人身邊，攬住他的衣服喊：

"爸爸，回去！回去！媽等着。媽説有了飯。棒子麵兒借着了。"

這位獨自站在鐘後的人顯出一付營養不足的青白面孔，那裏透出一個用筆墨生活的人一種特有的青癯斯文。這斯文若是由頭腦的過分發育而來，人應該能從那沉默的汗毛孔裏窺出那向外驚詫地探首的生命；但若以機械呆板的日常抄寫去製造它，它便不得不貪疲枯弱，且雜了一些被越軌的生活捲來的混亂無主。他雖然落在這步田地，穿着舊而破的短打扮，却籠着袖子，勾着腰，像一位老夫子。見着了自己的女孩兒，他濃蹙的眉毛爲孩子的笑容清洗了，顯得爽朗一些。他看着那獻藝的師傅，含着一忽受了孩子感染的天真的笑，在那一邊插着一柄小髮尋的稚嫩的頭上撫摸似的打了一下，説："淘氣，還不給吳師傅磕頭。"

大杏子咬着唇皮兒斜看了老頭子一眼，又要笑。她扭身拖起她爸爸就走，假裝賭氣的撅嘴説："嗯，我不磕頭。學堂裏説磕頭是不該的。"説時，裝着橫吳師傅一眼，但一失神，嘴一歪，又大笑了。

吳師傅却不答應。他走過去把大杏子橫托一抱起來。大杏子丟了筐兒，在他膀子裏亂蹬亂踢，圍着的人直打哈哈。有人喊："呀，大杏子，這回可糟了，吳師傅可真抱你去熬棒瘡藥呵。"

大杏子紅着臉一面挣，一面嘴裏不輸氣：

"不怕，不怕！熬藥！他敢？鬼子都不敢的。讓我下來呀！讓我下來！"杏子用拳頭在吳師傅精瘦的背上亂搥，拳和脚都忙亂跳動，如搶食的小魚。

"下來？可不成，叫一聲吳師傅。"吳師傅就笑着用花白鬍椿子刺她的嫩臉。

"不叫！不叫！不叫！"

"不叫不得下來呀。你爸爸也救不了你。"

"不下就不下，瞧你抱一輩子去！"

孩子把紅腮巴子鼓起來，閉上那對閃亮的大眼，索性躺在那人膀子上不動了。

綠坡上，馬長長的嘶鳴一聲。

"哈哈，吳師傅，孩子可不能馬似的去對付呵。"馬夫帶笑將帽丟上頭，揚起鞭子說了這句當作告別的話，就跑回他的棗騮馬那兒，抓住領毛，一騰身，騎穩在馬背上，晃動兩根紫絨縂頭，向大路那邊跑去了。

大杏子忽張眼，使勁一溜，就跳下地來，說：

"得，咱們爺倆說和了罷。吳師傅，你幾日沒帶我去聽打小××哪？"

"好的，好的。咱們這就去，那邊攤兒行還沒收哪？"

這時大杏子的爸爸提着筐兒走上來說：

"得了，大杏子。咱們先回家，趕明兒個來謝謝你吳師傅。"

大杏子於是重挽上籃，牽着她爸爸，扭頭看那高鼻子吳師傅在理他上唇的小鬍子，穿衣服。她說：

"咱們明兒個去呀！聽，聽哪，'正月呀，二十呀，又加八呀……英雄們，商議呀，要打那鬼子兵哦呵。'好不好？"

吳師傅一直在笑笑的扣紐扣，還沒答，她爸爸的弔角嘴卻掛了下來，額上重又織起幾捲縐紋。他儘拉她走。她踏着脚半走半跑了一會兒，突然仰頭看着爸爸出神的大眼，說："爸，你不愛聽嗎？咱們起通州出來時，你淨愛聽來着？"

"聽什麽？"

"唉，瞧你！不是咱們說聽打小××來着？"

"別問了，孩子。爸愛聽，你瞧見爸不愛聽哪嗎？"

大杏子伸于把隻快散了的髮尋上的紅絨繩扯下來，說："學堂里也講鬼子的，要打倒。"

爸爸的大眼更深的陷下去了。他心裏亂得很，有些無究竟的，不是他那簡單頭腦所能解答的問題在他胸中搭起了一個囚籠囚下了他的心，他說不出什麽。女孩子這時起勁的在籃子裏翻弄。一時，從一些碎煤球、破洋畫、舊玻璃瓶裏，她翻出個假玳瑁煙嘴，舉給她爸看，說：

"這是你的，爸。我撿來給你的。咱們在通州時，你不有個白煙嘴的？你說是和你一塊兒寫字的先生給你的……你瞧，這畫兒多美！"

她從籃裏抽出一碎塊百貨公司廣告畫，熱心的指點那塗了煤黑的美人臉給她爸爸看。但她發現爲父親的一雙眼全不在她所賣弄的東西上。他從荷包裏掏出一封信來，兩隻眼賊溜的四下望望，便看信。大杏子不明白他有什麼事，但見他薄唇翕翕顫動，額頭和眉毛堆縐重重，如估衣攤上的舊綢襖。他把信摺起，擠着眼現出焦思的樣子，他在切牙齒，恨着什麼。末了，他昏亂地抓抓頭，腦袋無主意的擺一下，低下來。她明明聽見他摺信時，長長的嘆了一口怨氣。恰巧他的眼角碰見孩子好奇而哀憐的注意，大人臉上似乎浸上了些紅顏色，眼中忽冒上淚，把孩子的手緊緊捏住。

孩子覺得爸又受了欺負，便忘了自己那縷爲爸漠視的委曲，也牢牢按貼住爸的大手。她覺得爸總是受人折磨。打通州出來就是樁大屈情。他們丟了自己的家，丟了天天自然能上手的大餅饅頭，連大杏子也丟掉了她的通州小學，落到這大地方的什麼國民小學裏。媽媽愛吵架了，爸爸沒有衙門上，常在家裏和自己講着老家，罵着小××。大杏子原不明白小××是什麼，一提它，她心裏便想到大妖精或無常鬼，有三尺來長的大紅布舌頭，綠鬼火眼睛，帶了四尺多高的大白帽，還披着通天澈地的大白孝袍子，拿哭喪棒趕着人打，她爸爸許就是它打壞了的。她們在城裏住了將近一年的日子，她從各處又收來許多關於小××的故事和名稱，小小頭腦自不能不把這無常鬼的形相改過樣式描一描。她以爲那妖精必是拖出一條大尾巴的。她唱着打倒××××××時，嘴上雖頗得意有了一種新發現，心裏却愈來愈覺恨上了它，很想能看見它的真樣子，踢它幾腳。

他們已經走上街了，那兩旁專是賣舊貨的地攤，一攤接一攤伸展前去，陳列着各種大大小小褪了色、失了聲的東西。行人與風脚掃來的灰土如蝕敗了的海帆樣張開來覆在那些舊皮帶、破馬燈、灰黃的鴉片煙燈、缺碗、爛鞋之類上面，那種破敗死木足以淹斃任何有希望的生命。我們的孩子懷着一腔受傳染的小抑鬱，悶悶在這死物世界裏走着，爸爸仍然沒理她。忽的她擎起玲瓏的大烏珠釘在大人臉上問：

"咱們把這煙嘴賣了它，好不好？"

大人心不在焉，呀呀唔唔的應了一聲"好"。孩子委屈得快要哭了出來。她眼淚汪汪跑近一個地攤邊把煙嘴一拋，連什麼美人畫、玻璃瓶之類全給她丟在攤子上，拾起筐兒就跑。大人詫異的拉住她：

"別跑哇，這道兒窄，看踏翻了人家的東西。杏子，你幹嘛？哪不跟人要價？"

杏子用破灰布袖擦眼。

大人心軟了。抱起孩子親了一下，說："好孩子，怎麼哪？爸爸委曲了你不是？"

大杏子哇的一聲哭了出來，用小手不住摸爸爸的後脖子，噎噎的說：

"是我……我委曲……屈……屈爸爸哪，我不該……該……提……提小××！"

大人的眼圈也紅了。孩子偷眼看見，忙用自己的袖子去擦。挣着下地，仍拉緊父親的手，仰面大聲說：

"爸，別哭，我打小××，我替你報仇！"

大人急掩上她的嘴。她以為真有大無常鬼露了面，驚慌的四望，却聽見爸爸彎身附耳小聲說：

"別這麼講，孩子。這兒是街上，人多。孩子別委曲。爸明早要出門，去天津，給孩子捎糖回來吃。"

杏子又一驚。爸爸從來沒離開她過，幹麼忽然苦苦惱惱的要上天津去？行許他委曲就為這個。她心裏黑黑的，覺得爸這一去是不能再回了，便抱着他的腿不放，嘴裏說："爸不要去！爸不要去！"

爸爸再抱起孩子，快步走着說：

"爸爸要去的。沒法呀，爸要挣錢養活孩子和你媽，別叫孩子受罪。"

說時他青黃瘦削的臉紅漲了，似乎對不住孩子似的，於是他急得連連咳嗽。

　　這天晚上，杏子作了一夜惡夢。夢見個青臉獠牙的精怪把她父親用鐵簸箕樣的惡掌抓去了。一時又夢見在天橋棚兒裏聽唱打小××，忽一陣狂風吹來，飛沙走石，風霧中一條大毒蠍，腦袋像火車輪那麼大，正把它釘耙樣的毒爪挖進一個小孩的胸裏去，掏出那血淋淋的的肝芽兒，吃得怪有味的。她驚得在夢中頓足狂叫。但有一次，似乎聽見爸爸嘆聲氣，像在牀上跟媽媽説：

　　"信來了，沒法，已經定了。唉，想不到要拿冤家對頭的錢來害——説沒甚苦活，就有時候馬路上打打旗子，行許有時要扛槍，亂一亂。唉，這一家子總得拖下去呀。好好兒看着杏子，這孩子心眼兒太秀氣了，我擔心——！"

　　杏子急把眼一睜，翻過身，聲音沒有了。她覺得這夢真怪，活像是真的。

　　爸爸走了好些日子。杏子天天上學，拾垃圾，心裏老惦念着爸。打那天晚上夢裏聽見爸的聲音之後，就沒見着他了。杏子拾完垃圾回來，就祇能坐在家裏伴媽晾衣服，理理針綫，縫補破爛；那些軍人們拿來的爛襪破褲都臭得令人發嘔。媽媽縮着鼻、嘟着嘴作這件事，面上冷冰冰的，不跟杏子講話。爸爸柔和的聲音，柔和的笑容都沒有了。沒有人抱杏子，拍杏子睡覺。並且杏子也不能再聽打小××了。爸爸不在家，媽媽不許杏子走得遠，吳師傅又不來。杏子日夜想爸，越想越增加時光的沉重和寂寞，唯一可以排遣的慰藉便是推究爸爸的去向。真奇怪，爸就如同從這世界消滅了的，真像鬼子妖精乘黑把爸吞掉了，撇下杏子一人孤單單漂浮在無邊的黑水洋上，好似一顆心業已被人挖去了的。媽媽祇說爸上天津去了，別的都不肯講。天津是個什麼鬼地方呢？爸爸有那麼一天再抱杏子，緊緊貼在她懷裏沒有呢？！她恨那欺負爸爸的妖精。她明知爸心裏不願上天津的，妖精却硬把他拖走了！

　　這天，杏子樂瘋了。媽媽告訴她爸爸要回來，還帶她去車站上望望呢。娘兒倆喜洋洋的在街上走着。杏子又跳又跑，問許多話。她問爸回來還再走不走，又問爸爸會不會變樣子，帶不帶她去聽打小××。她什麼都問，問得古怪，使她媽直叫她好好兒走，別費話。

街上這天樣子挺特別。大汽車一輛隨一輛亂跑，頭上插着樣子古怪的旗子在風裏鼓蕩着，接着是一排排肩上駝着大槍的黃衣大兵，個個寬肩膀、短腿、大皮鞋，揚着脖子在馬路中間咯嚓咯嚓，浩浩蕩蕩，霸佔了整條馬路。路旁人都駭得鼠竄，竄一回又擠一回。兵走過，隨着有一隊龐大的怪東西爬着跟上來，黑嘟嘟沒頭沒腦，輪盤裹在狗牙齒樣的大鐵帶裏面爬動，活像隻穿山甲。杏子一頭鑽出去，奇異的叫道：

"呀，什麼，什麼東西？"

旁邊不知由那兒來的答覆：

"什麼，小××的頑意！"

杏子一聽小××，忽覺這妖怪又醜又可恨，便對那東西晃出紅紅的小拳頭大聲喊：

"打它，我打它——"

一聲未完，幾個黃衣大兵惡狠狠的朝她奔來，將嚇昏了的杏子一擭就擭去了！真的，誰都未看清，便見那一對被過度驚惶鎮得呆定了、發着死的慘光的大眼珠，在坦克車鐵的齒輪底下露出來，從那裏，還伸着一對倔強無助的、可是向宇宙求援的小手！剎那間，牙齒咯喳一下，跟着是一陣狰獰的冷笑，大眼和小手都消滅了！塗滿天真的血膏的毒牙還在那兒獰笑！

失去了孩子的母親被市立醫院的救護車送走了。剛下火車的父親，這時正閃着帶笑的眼睛，跨上一輛洋車。他的手在口袋裏不住掏弄，那兒藏了有　包甜潤的香蕉糖，最適於純潔、正直而天真的小嘴唇。

公　孫　鞅[*]

一

　　公孫鞅進相府不久，就弄得善良的相國公叔痤不知不覺改變了原來憐憫救濟他的眼光。他漸漸尊重他的言語，甚至，說也奇怪，似乎有點怕他。

　　以致，有一天，公孫鞅帶着他並不高且有些清瘦的身子，彎鼻梁，深銳的三角眼直直站在公叔痤的書房裏了。公叔痤不曾請他，他自己就莊莊重重的走進來。

　　公叔痤忙着推椅子，拍肩膀，一臉抱歉的笑，喊公孫鞅坐下講話。

　　"請相公給我一點恩賜。"公孫鞅說這句話是帶了極大的自信，這由他突然截止緊閉薄唇，好像捉住了回答的姿勢可以看出。

　　公叔痤覺得有些不舒服，他裝着硬聲音說："什麼？"他是善良的，這"什麼"兩個字有"儘管說呀，我在聽呢"的腔調。

　　"府上花園北角上有一所小屋子，我在那邊住，較比，較比和群僚們在前廳裏要清靜。"

　　"哦，哦，你怕煩囂，是的，是的。那小屋很冷靜呵。"公叔痤拈着鬍子望公孫鞅，眼中有一些懷疑。

　　公孫鞅略不遲疑，很快在臉上改上溫和的神色，兩手恭敬的拈着冠纓，彎下腰說："相公自然懂得怎樣栽培人才！"

　　"好的，好的，我就下令讓你好搬過去！"

　　公孫殃更不等他轉別的念頭，他再彎下腰用莊重聲音說："謹領相公

---

[*] 原載《公孫鞅》單行本，文化生活出版社，1939年。

命令。我今天就搬。"

　　說完，公孫鞅即刻退步出去了，公叔痤茫然自失的坐在書房裏。他心裏有些後悔，但又不明白爲什麼要悔這件事。好似在半路上遭了打悶棍的樣子，又好像受了欺騙。想來想去，覺得不該這麼容易答應手下人的請求，特別是公孫鞅的請求，祇是又爲了什麼不應該呢？這件事從各方面看來都沒有做錯，錯了也沒損害。

　　"總之，"他拈着鬍子想，"公孫鞅這孩子不好讓他出頭。要不然，不知他會幹出些什麼翻天覆地、欺上害祖的事故出來。——咳，咳，孩子是好，有才氣！太辣！太辣了一點！"他搖頭不住。

　　公孫鞅在小屋裏爲自己開闢了一個小静室，在他的臥房後面。這意思說："朋友們到了臥房就算了不起了，而這臥房後面祇有公孫鞅的心纔能進去走動呵。"

　　但也不盡然。一個沏濃茶、點醒香的小童兒昭音，就常常帶些七七八八的故事流言到那裏面去，增加公孫鞅明白人、憎惡人的材料，磨亮他控制人的明快刀子。

　　"我相公可怎麼苦苦惱惱呆在這兒呢？管這些公子王孫拉屎撒尿的磨煩！"昭音常常嘆着氣自言自語，他可不敢對公孫鞅講一個字，關於公子王孫，是一聲兒都言語不得，要不，公孫鞅一瞪三角眼，就是幾馬鞭。公孫鞅從走進相府來，就當着這"中庶子"的小官，替公子王孫記下些生兒養女、婚婚嫁嫁的閒賬。公叔痤誇獎他的話聽得都厭煩了，他還是這麼個鬆散的小官兒，用很多的時間在那間小静室裏披翻刑名法律的簡册像《呂刑》，像子產的《刑書》，像鄧析的《竹刑》，乃至於像周公的《大誥》《酒誥》《梓材》，這些書傳堆滿在他週圍。

　　倦了，他便呷口濃茶，聞一鼻子醒香，走到花園裏去瞄準了鳥兒的方向，就是一石子。他的石子總是算得準。

　　"來，昭音，拾起去！"這樣的聲音聽到時，昭音就知道他今天的事作得好，公孫鞅賞給他石子底下的收穫。昭音儘管高興的跑來把鳥檢起去，他可不敢誇讚一句。那時公孫鞅的彎鼻子會哼出悶雷一樣的狠聲。

"你也配得上誇讚我嗎？"那聲音彷彿在搖着拳頭發狠。

"誰配得上呢？"昭音彷彿在心裏答覆着，"騎着馬兒在王爺的園囿裏趕鹿的王子們嗎？穿得花花紅紅在宴饗上招待外賓的王孫儐相嗎？不。多少事連公叔相公都要請教我主人的，我主人並且是姬姓天王的後人呵，却是冷在這小花園裏，沒有一個貴人來看他！"

公叔痤病了，昭音天天把病情報告公孫鞅，發燒退燒，頭疼手冷，一天的變化一點兒都不漏不錯。天天上門來看病的是些什麼人也給他記得清清楚楚。

公孫鞅在小靜室裏推察公叔痤的病情，心裏滋生着煩惱。照病况斷去公叔痤活不了多少日子了。這個人一死，魏京城更無可待。天下紛紛，貴族政治在沉湎腐爛，難道公孫鞅就這麼沉在公子王孫的脚下麼？

按照習慣，悶時他提了寶劍去花園臺上舞劍。這工夫使他渾身通暢，在劍花飛舞時，他感到了心的發皇，憤鬱的宣洩，彷彿身立在白雲頂上。

忽然，他聽見了打鑼打鼓，圍墻外面的喝道聲音。一隊隊肥肥胖胖的公卿貴族白淨得和他們坐下的白馬一樣列成對子在前引道，後面黃羅傘底下是那魏王的七香輦緩緩向着相府移上來，小百姓都被趕得在屋簷底下爬伏着，像母鷄孵雛一樣。

公孫鞅心有所觸，立時收了劍花，厭惡的吐了一口痰，回到屋裏喚過昭音講了一句簡單的話，那孩子立即靈動的跑上前邊去了。公孫鞅望着他的背影點了點頭，轉身走進他的靜室，由牀邊摘下一條嵌玉屑的馬鞭，仔細看一看，掌在手裏搖了一搖，重復掛在牀邊。

有些往事是他忘記不了的，且也不肯令他們被遺忘。他很小就知道他是姬姓王族的後裔，他落魄了的爸爸窮到沒飯吃了，還寶貝着一隻銅彝，不肯賣掉。他一面摸着那東西，一面垂着眼對公孫鞅說：

"先王分給我祖宗的，天王的賜品！我們是姬姓的子孫呵，知道吧！姬姓的子孫，文、武、周公的後人，記住！"

從小確乎是把姬姓的子孫幾個字的意義記住了。在街上的頑童堆裏，他總是搶先站在隊子的前面，揚起指揮鞭高聲的叫：

"聽令！武王下令，先過河有賞！"

有一天，正是他叫着喊着，指揮隊伍的時候，忽見街頭揚起一團和旋風相似的白塵煙，滾滾衝下。一群閃眼的騎士由一位漂亮威風的王子領着，像雲彩一樣捲過來，衝破了他那襤褸的小小隊伍，飛掠而去。孩子們在馬蹄下連爬帶滾的號叫，公孫鞅——這位領頭的姬姓子孫，被馬腳俐落的拋下了道旁陰溝，糊了一身一臉的爛污泥，在溝中鼓蕩着扒不起來。

"哎呀，看，活像隻烏龜呵！"一個孩子猛的指着他驚叫。

"真的！真的，活像烏龜。"

"爛泥烏龜！"

"哎呀，爛泥烏龜，爛泥烏龜！"孩子們拍手笑着叫着的跑了，從此爛泥烏龜就變了他的綽號，沒有人再理他是什麼文王武王。

孩子打那時候起就決計丟了指揮鞭，咬緊牙根轉了另一個方向。等他父母一死，他把那個古彝賣了，把家賣了，把文、武、周公收拾起來。他的心流着血一樣的渴想，用自己的手去控制，去報復，去擴張！他得用他自己的方法，而不是姬姓的子孫那條符咒。

公孫鞅站在窗前咬着嘴唇，深重的恥辱變作惡辣的笑紋刻在他唇角邊。能力已經到了他手裏，他看準那般油頭肥臉貴族王公的糟腐，可是在那兒下手，給那些糟腐潰爛致命的一拳呢？

公孫鞅握緊拳頭，一口一口呷着濃茶，心裏盤算天下大勢，估計幾個國家的得失。一時間，門外急促脚步響，他機警的掉轉身，昭音已經走了進來，擦着額上的汗，急急稟道：

"啓相公，王爺在前院探公叔爺的病症，太醫奏明公叔爺的病已經不能好了。"

他停一停，看看公孫鞅強烈地注視他的眼光，便警敏的說：

"公叔爺對王爺提了您。"

公孫鞅回身牀邊，摘下那條嵌玉屑的馬鞭，拿它在昭音眼前一晃，説：

"講得清，這條馬鞭是你的！"

昭音忙先爬下叩了一個頭，説：

"謝您的賞！——王爺拉着公叔爺的手問：'公叔，你這病不輕，萬一出了事，國家怎麼辦呢？'公叔爺那時在枕上叩頭，好似辭謝國恩的樣子，隨着對王就提您説：'這話臣一向不敢提。現在臣手下有一個"中庶子"公孫鞅，年紀雖不大，却有奇才。願王爺將國事完全交給他。'"

公孫鞅眼神一轉，將嘴扁了一扁，做冷笑的姿勢，却不言語。昭音不甚懂公孫鞅的意思，望望鞭子，舔舔嘴脣繼續説：

"王爺聽了這話，很久很久瞥着臉，一字不響。公叔爺那時就把身邊人都打發出去（他老不知道我躲在槅扇後面呢），對王爺説：'王要是不聽我的話，請務必把他殺死，萬不能令他逃出國外去！'"

昭音看着公孫鞅，見他祇又笑了笑，心裏有些狐狐疑疑替他急，怕的是自己的話他還沒聽清，便又説道："公叔爺叫王爺趕緊害死您呢。"

公孫鞅似乎没聽見的將鞭子丢給昭音，昭音拾起鞭子，脚下趑趄着，却不走。照習慣，他原不敢再開口了，可是這次他却老覺得心裏熱熱的，俄延着。一會，他慢吞吞朝公孫鞅的背影説：

"王爺已經答應了公叔爺呢！白死在還裏！還不如——"下半截却被公孫鞅悶雷一樣的哼聲打住了。公孫鞅擎着茶，並不掉頭，沉聲説："出去！"

小童走了之後，公孫鞅定好意思，换了一件衣服，打量着魏王已經走了，就起身去看公叔痤。半路上恰恰遇見公叔痤派人來請他。他便隨那使者走去，心裏猜得着公叔痤爲什麽來請，並不向那使者打聽。

公叔痤病在内書房裏，公孫鞅進去時，見他臉子發紅，不知是發燒還是什麼原故。他一見了公孫鞅，就有不自主的慚愧流露出來。公孫鞅裝着不理會，反而極大方、極坦然的立在牀頭，殷殷致問。公叔痤伸出惨白無力的手，拉着他的手，叫他坐在牀邊凳子上，眼光中湧上無力的躑躅，似乎全輩子的慚愧内疚都積在這一時而爆發了的樣子，説：

"老弟，我很對你不起，很是對你不起！方纔王爺來了，你大概是知道的。王爺，他，要我保舉身後代相的人，我，我舉了你。"

頓一頓，見公孫鞅鎮定的全無表示，他祇得接下去：

"可惜王爺當時顔色悶悶的，不肯答應。那時我，我怎麽辦呢？一邊是君，一邊是朋友，兩面我都得保衛，兩面我都得替他們設劃週全。我怎麽辦呢？並且，君的利益應該在先呀。"他望望公孫鞅，硬着一口氣講下去："所以我祇好對王説：'王若是不用鞅，就趕緊殺死他。'王已經答應我了，你趕快逃呵，要不，就有人來捕你了。"

公孫鞅看着公叔痤那樣老實到可憐的樣子，心裏微微有些感動，但他斷不能令公叔覺得他有什麽畏懼、軟弱的情緒，"並且，"他想，"誰知道，我若是告訴他我真的要走，捕我的也許會來得更快。"

他打定主義，便斬截的對公叔説："請您放心吧，王不肯聽您的話殺我，那裏又會肯聽您的話用我呢？我那裏用得着逃命！"

公叔痤被他搶白一番，倒覺無話可説，嘆了一口氣，看着他辭出去了。

公叔痤死了以後的公孫鞅，果然還是紋縫無恙的住在公叔府裏，祇是更多的時間自己坐在孤獨的小静室裏，更多的用石子擲鳥，更多的舞劍。昭音夜裏雙手擦着眼，點起脚尖走進來替他冲茶，完了就坐在外面打磕睡。白日裏，他學着主人舞劍，舞他得意的馬鞭子。結尾，總做個煞手的姿勢，然後將臂膊一抱，雙腿八字分立一彎，帶着寬笑，點點頭，顯出武士風度。以後，他又站好，歪頭作出觀賞沉醉的樣子，自言自語説：

"好！好！這劍舞得真出色！相公真了不起！"

公孫鞅默察天下大勢已經由封建中心的周室過渡到了群雄爭長的局面，正統的封建紐帶已經解體。自從卿相大夫的篡國，田齊和韓、趙、魏三家突起了以後，舊日以貴族權力爲政治統治機構生了動摇，聚族而居的大家族制度，專門剝削農奴的土地組織，一面使社會上寄生蟲增多，加緊腐朽潰爛；另一面將土地自然的生產力霸勒住了，使地不能盡利，人不能盡力，造成荒蕪、天災、飢饉、流亡。人民在精神上失了統馭的中心，統治者祇以荒亂淫靡濫虐權威自欺自殺。七國互爭雄長，可是沒有一個國家能夠以真正中治時弊的革新克制群倫。一種新的經濟社會政策、新的統治方略，必須產生來適應時代的需要，而這新政策、新方略正是把握在他的手心裏！那裏去展布呢？在那裏去施爲？關東諸國因爲過去的傳統習慣太深，沉迷陷落，很難掙出貴族政治的旋渦，有所改作。獨秦國遠在關外，向來很少直接受到周室封建威力的統治，要改造起來，阻力祇怕比較少些。要打破貴族統治，來一番作爲，祇怕還是要到那邊去呢。

公孫鞅的看法對了。趙武靈王胡服騎射以教百姓，想不到從政治經濟根本着手，以改造國家，所以他身死名裂，趙國終於不振。而那遠在西陲，不入教化的秦却是到了獻公手上就起始來尋求復興和再生。到了他少年英明的兒子孝公即位時，更加看清了中原無主，而秦國的偏僻無知，軟弱不通文化，又不足以推進中原去作一個担負更新時代的新興強國。這位新君想來想去，決計不管宰相甘龍老頭和貴族公子們的閑話，自己硬作主下詔求賢，他詔書上說："賓客群臣，若有能出奇計強秦的，我封他官爵，並且分土地給他……"他所要的是有奇才異能的賓客，這是很明白的。

隔河在魏的公孫鞅由秦國一位朋友那裏第一個先捧到了詔書，他憤鬱狂傲的心是如何歡躍的傾喜！他感到了一股劃破光明與黑暗的虹彩閃耀在他眼前。絲毫不作猶疑，立刻他不動聲色的將小靜室裏面凡需要的一切都收拾在行囊裏，然後喚昭音來給他整行裝。昭音本是好動不好靜的小孩子，又爲主人微笑的面孔鼓勵着，聽見要出門，就高興的翻上牀去將公孫鞅的敝舊被褥抱起，騎馬式的坐在上面，一面弄繩子，一面唧唧嚓嚓的說："相公升官了，是不是？在這京城裏呆了這多年了，再不走,鳥兒都得給咱們打光了!"

"現在我得上別處打大鳥去了,小子!"

"對了,打大鳥!咱們鄉下的鳥有一張公叔相公的琴那麼大,"他歪頭看公孫鞅,紅着臉笑笑的說:"打着那麼大的鳥,相公還賞給我吧?"一面說,一面推着行李跳下牀來。公孫鞅在他頭上帶笑的摸了一把,說:

"事情辦得好,有你的。"

就在那天夜裏,兩騎馬乘黑離了安邑城。

"再見吧,安邑的人們!且看我帶來什麼給你們!"

公孫鞅遠遠對着那夢中的大城說了這句清晰的話,更不留戀的撒開韁繩,向前途疾馳而去。

二

秦孝公坐在宮裏等景監,心裏是失望,臉上是煩惱,像一切君王們的煩惱一樣,帶有怒的威嚴。

"景監這老糊塗,交這樣一個不長不短的朋友,還當他什麼寶貝!"

看見簾子底下轉上來的景監,孝公便怒聲叫道:

"老景,老景,你的客人是什麼光棍?你要他來麻煩我?"

景監皇恐,跪下連連叩頭,奏說:

"主上息怒,公孫鞅是外邦草野之臣,不懂大道,奴才罪該萬死!"

"簡直是個糊塗蟲!滿嘴裏說夢話,什麼都不懂!那還配用!"

"是,是。"

孝公雖是滿心生氣,見景監老實可憐的懼相,覺得他猶可原諒。轉念想人才本是難得,下詔求賢,總得容見幾個無聊之輩,好人纔能上來。若是罵得景監太利害,別人見了不會寒心嗎?

這樣一想,他寬大的心裏轉覺釋然了。望着地下的景監,手一拂,說:

"起來吧。那個東西不能用的!知道不知道?……知道了,就行,往後得帶好的上來！這回我不追究，饒了你！"

景監滿心委屈的回到家裏。見着公孫鞅把手一拍，攤開兩臂失望的嚷道：

"叫你聽我的，聽我的，你不依。害我挨罵幹什麼？"

公孫鞅抄手坐在那兒，臉上笑笑的不理他，彷彿看到了什麼新東西，有把握的樣子。

"你倒一點都不在乎！告訴你，這一下子你就完哪，可別怪我老景不出力。"

公孫鞅站起來拍他的肩膀說："不，不會，老朋友，你還是會給我出力的，你一定！"

景監呆一呆，過一會說："也許，也許"，他擡頭看看他的朋友，再說："也許，也許。還是我那句話，我可以和宰相甘龍老頭子提你，公子虔那裏也能說話。你知道，因你不願意，我還一字不曾提你呵。"

他的話沒曾說完，把個公孫鞅氣壞了。他滿臉佈滿辛辣的惡笑，數着沉重的聲音說："你不會！你也不能去提！我想。你還要我這個朋友！"他鋒芒四射的釘準景監溫厚的眼，迅疾的問："要呢不要？"

景監不知不覺退了一步，已而把公孫鞅的手一拉，說："得了，得了，你就是這樣。"這就算他讓步了。

公孫鞅在秦國住了兩年，還是一個白衣，咬緊牙齒在自己的小屋裏批翻簡冊，調查秦國的情形，製造方略。他決心征服孝公對他的信仰，不肯離開冷酷的秦國。中間他又見了孝公一次，情形比較好。有一天他忽然親自走到景監屋裏，景監是在椅上打磕睡。

"好友，現在再領我去見你的君主！我已經準備好了。"

景監矇矓地揮手："別窮開心。我這回真不去哪。"

公孫鞅不理他，自己抱着手轉頭就向外走。慌得景監跳起來拉住他，問他要幹什麼。

公孫鞅笑笑的像哄孩子一樣，推景監重新坐下說："我以為你要我自己闖進去呢！我是沒有什麼不可以的，你知道！"

景監猶疑的看着他，說："不是我不去，可這兩次三番的不得面子，還有什麼勁兒呢？"

"不要緊！這回準成！並且，我知道君王有要見我的心。"

景監半信半疑的看了他一眼，走了。過了一會轉來，望着還在屋裏候他的公孫鞅，愁眉苦臉的嘆氣說："唉，不行呵，"一句話未完，他自己忽大笑了，推着他的朋友說："走吧，走吧，小子！那兒等着你呢。"

公孫鞅走了之後，景監兀自心神不寧，等了很久還不見回。慢慢太陽都偏西了，屋子黑下來，快要掌燈了，還不見公孫鞅的影子。景監怕得很，又擔心，想着公孫鞅又聰明，又豁達，敢說敢做，是條硬幫幫到底的好漢子，莫非就這麼完蛋？熬不過了，他便自己蹩到宮裏去打聽。宮裏到處掌了燈，有幾個太監坐在院子裏石階上低聲閒話，見了景監，大家連忙招手。景監知道孝公在屋裏談話，便輕輕走上來。大家告訴他公孫鞅在屋裏講話，好不得君王的喜歡，且講不完呢。

一個老太監說："我就聽見裏面君王時時笑，還拍巴掌，真的，從來沒見他老人家和人談得這麼痛快。"

一個小太監却搶着說："我進去倒茶時，就見君王全個兒向着公孫鞅先生傾着，屁股祇掛得點椅子邊兒，好親熱！"

一個太監打了他一巴掌道："要你眼紅做什麼？你還想？"

景監忙笑笑的搖搖手，自己又輕脚輕手溜出去。不一會，公孫鞅就滿面春風的由宮裏打着燈送回來了。景監接着，先恭喜他，就問：

"你這回和君王講些什麼，叫他老人家那麼高興？"

公孫鞅撫着老友的肩，細細看他，他臉上是洋溢着坦直無私的歡喜。公孫鞅看在心裏，覺得十分感激。他握着他的雙手緊緊搖着，把談話的大約情形跟他講了一講，然後又高興的說道：

"君王是非常有決心，勇敢。他明天要在朝廷上提出我的革新意見，還叫我自己白衣入朝去參加討論，這可是貴族朝廷裏少見的事。我的意見書和辦法他都接受了。我明天要獨自一個去對付那些寄生蟲的貴族公卿，我要把他們從那吃肉不作事的高位上都拋下來，掘掉封建貴族的臺盤子！"

三

這是秦國轉變命運的一個清晨，在這份對於秦國是帶了暴發戶性質的命運後面，走着古中國的一個新時代。

西北的高天是歡悅的艷明，像發光的藍水晶，太陽金閃閃，從遠際暗暗鑲上水晶邊沿，烘起一圈宇宙的暈潤，如天的冕旒。

於滿殿的肅靜中，秦孝公端整的揚起他寬潔的前額，坐在寶座上。黃白色方正的面孔，在那上面每一粒毛孔似乎都張嘴在很快呼吸，來不及的吮吸着金的陽光，搶着擷取水晶的明艷，來培發一位少年君主的輝皇。君主坦適的微笑，笑得幾乎不可見。他長而穩重的白手指像懂事的朝臣，按他的需要在他面前的簡冊中走來走去，彷彿說："要看這一片？您別忙，讓我給您挪過來，看，這不是嗎？"或者："是呵，是呵，這一片上講的很要緊，法律不行，人心沒有向背……對呀，您知道得準。"

消息已經宣佈了。大臣們摺眼閃眉毛的期待着，故意閉緊嘴唇，顯出自己對於責任的敏感，也提醒自己別在新出現的事物面前丟了身份。有的便起始在心裏來研究這新事情的稱頭、色相，對自己、對人家；當然，心裏雖十分用力把國事提在前面，那尖頭的自己老是由國事的胳肢窩裏鑽出一隻刀子樣的眼睛來問："幹這種新事於我有什麼份呢？那時要把我攔在那裏去？"但小的朝臣們却多半是伸頭縮頸，東張西看，又朝了殿外階墀底下望；些些響動，就你碰我的胳膊，我撞你的肩，隨着又揚揚眉毛做出失望的樣子。他們是被沒有色澤的好奇心所揮動，如山坡上感受了未來風勢的群羊。

宰相甘龍頷下飄着半尺長的白鬚，披在紅袍的前胸上；下巴軟軟垂在鬍子的裏面。交着手，挺着胸，站在朝廷班首。在他凝聚的眉毛下面，彷彿已堆積了一團保衛國家傳統的刀劍。他儼然如一尊記路山石，立在那裏，似乎説："看我，你們都看我！"

杜摯，他永遠摸索算盤的手指在神經質的跳動。鼠子樣窳着的眼睛東溜西溜，仍然又回他的老目的上面去，那是君主的表情。他看了又看之後，他縐紋特多的那窄窄前額上，時常閃過像雲霧一樣的東西。"有什麼利呢？有什麼好處？"他的鼻子尖就越發鈎起來了。一時他的鼠眼窳上了另一個同伴身上，做出尋找同情的神氣。但公子虔却失陪，沒有招待。他今天穿上了一對新的挖花膝褲，一對亮灼灼的黑靴子，這時候盡望自己的脚，又時時提動衣服。雪白圓滿的臉上攢聚了一堆焦急，微微泛紅，他的頭巾穗子輕輕顫搖，厚嘴唇噏動着不耐煩。他穿了新膝褲的腿似乎在嚷："把我擱在這裏幹什麼？我得跨在馬上呀！把我的膝褲老是蓋着，不能忍受呵。"

威重的大殿如臨盆的產母。

階墀下面的陽光裏，直挺挺走來了那位衆人所期待的白衣。他穿着純黑的青衫，腰上繫着一根金色縧子，縧子長長垂在襟前。勒在高爽的前額上是一頂黑色的冠，冠纓穩穩結在頷下，那裏有一圈素白領子托住全份的端嚴。警惕的三角眼這時是牢牢踞着不動，像是過度矜持，又像是防敵。

公孫鞅站在孝公的寶座前面，用爲臣的本分微微低着頭，聽候上面來的言語。他的神經却早已在他的皮層下面躍躍活動，各處探頭奔走，打聽消息。許多怪形怪氣的眼光由滿庭朝貴投射到這個身體上來，都被它們探到了。這些眼光有的是藐視，有的是討厭、嫉惡、不耐煩，有的像是打了個呵欠説："原來這麼個窮酸呵！"因此就坦然下來，還有那些希奇、詫異、不相信，單單沒有憤怒和歡忻。公孫鞅將每一種射來的眼光收來，在心繩上打 個結扣，他彷彿在用手指敲着那個結了，傾聽回聲裏有多少力量。這力量，他也在心上刻下來，他是任何地方都不肯放鬆的。

孝公的響亮聲音在殿上震動，大臣們全都提提脚跟，伸長了脖子：

"群臣大夫，我三年求賢要圖改造國家，繼續先君穆公的大業。賢士公孫鞅不遠千里來到我國。他對於我有所獻議，但是依據他的獻議，我國其勢不得不對於例行的舊法加以改革。這是國家百年大計，諸大夫可儘量發紓意見。公孫鞅也可以坦白說話。現在，公孫鞅，你先陳述你的理由。"

公孫鞅稽首，然後轉回臉朝外立在寶座一角上，心裏禁不住有一點跳，但他把住了鎮定，看着孝公說道：

"君主，諸卿大夫，懷疑一種行為，那行為就不會完成；懷疑一件事業，那事業就不會有效果。行徑高人一等的，世人原不能諒解他；見解獨到的人，一定會被一般人訾議。愚人為既成的環境所蒙蔽，聰明人卻在事先就見到了。創始的功業原不能求一般人讚許，等事成了；一般人自會來享受。講求最高的德行，就不會與流俗相合，要立大業也不必求人人都同意。"說到這裏，他頓一頓，眼光將群臣一掃，加重了語氣，高聲繼續說道："因此，聖人祇要能強國，不必取法舊規！祇要可以便利人民，不必墨守成禮！"說完，再釘孝公一眼，就停住了。

"說得好！"這是孝公響亮的賞讚。

宰相甘龍這時可急了。他的白鬍子抖抖的，下巴肉也顫顫搖動。他扯起沉重的眼皮，從班次裏龐然移出沉重的身體，走到孝公面前把雙手拱着一舉，用元老口腔說：

"這話不對，不對！聖人不用變易人民的生活就能夠施教化，有智慧的人，"他昂然斥了公孫鞅一眼，"用舊法子照樣能治理國家！順着一般人的習慣來施教，不消費力就可以成功。緣着老法子行事，官吏既弄得慣，人民也不覺得煩擾。還有，還有……"

公孫鞅見他搖頭結舌，便不客氣的截住他：

"甘龍這話是世俗一般之見。常人苟且偷安，學者執於舊聞。這兩種人祇能奉公守法，作個小官兒罷了，那裏能和他們講到超於舊規以外的事？三代不用同一禮教，卻都王了天下。五霸都作了霸王，也各有各的路徑。聰明人作法以適應新情勢，愚人卻為法律所制。有才能的人改革禮制，無用者纔被舊禮制綑着呢。"

杜摯尖着兩眼看住公孫鞅，心裏着實不服氣。孝公是祇管點頭微微笑着，杜摯見了感覺得心裏空虛。宰相甘龍氣虎虎的站在寶座底下，似乎想不出話來講。以班次，以地位，杜摯覺得朝臣的眼鋒都在逼他說話。他祇好走出班來，硬着頭皮對公孫鞅講：

"我想，除非有一百種利益，法律總不好改變。除非看到有十重功效，工具是不方便改換的。學古總不會學出罪過，按着舊禮走，是不會出岔兒的喲。"這位先生是管財政的大家，他的賬簿寫得清楚極了。他說話的時候手指撥上撥下，彷彿在空中打算盤。

公孫鞅最看不起這種奴性的"現實主義"，他冷冷一笑，面對孝公說：

"治理國家的方法不祇一種。祇要於國有利，不須效法古人。試看湯武作了天王，並不是學的古法，而夏、殷不曾改變古法，反而失了天下！反古有何不對，循禮有什麼好處呢？"

"對極了！"孝公不知不覺的脫口嚷了出來。祇這一聲就如命運已經宣判了一樣，全個朝廷都啞默無言。公子虔看着公孫鞅，心裏好不妒嫉，心想這窮小子怎麼這樣投君王的緣分，但是他也不說什麼。他祇巴不得孝公一揮手，他就好一溜煙奔出去跑馬射箭去。他看看杜摯、甘龍，反厭他們廢話。"諒這小子不過窮得發了瘋，那裏就真的會變什麼法！"他翻着眼想。

他的朋友公孫賈正伸出頭，也想說幾句話，祇是被孝公一聲稱讚駭得縮住了，於是急咽口水，裝出怡然自得的神色，看了那兩位失敗者一眼，彷彿很憑弔他們的打擊。

在不受抵抗的局面之下，公孫鞅受命作了秦國的左庶長，執行變法。

四

公孫鞅由景監家裏搬出來，在自己住的房子裏仍然闢了一間小靜室，將他的書籍、簡册、意見，完全堆在那裏。便日以繼夜的在那屋裏計劃他的改革，草他的法令。此時因爲他是新貴，又顯然是君主的寵信，所以天天送羊擔酒來看他的很多，童兒昭音趁此倒發了一點小財，接受了幾個門包。又有人打聽他沒有結婚，就走上門來替他作媒，却是吃了一鼻子冷灰。當然，公子王孫、卿相大臣來的還是少，大家有點瞧不起這個暴發戶。公孫鞅並不是看不明白這種情形，他祇咬着牙齒坐在桌子前面，冷森森製他的法令，倦了時，將所有王公貴人的名册（他自己編起來的）攤開來，用刻法令的刀尖一個一個的將他們挑起來，拋開去，恨聲説："滾開去！你在這兒有什麼用？你這條小爬蟲！"接着他結束了選擇，握着拳頭站起來説："好！現在看吧，讓公孫鞅全打發你們進地獄，一個也不能饒！我難道沒有説過？"

誰也不知道他的葫蘆在賣什麽藥。有一天，早上賣菜的張三挑菜進南城門，忽然覺得黑越越不大敞亮，留心看，原來裏面城門口無緣無故當地立起一根看不見頂的大柱頭，有一堆人擠在城底，扒着城牆看什麽。張三挑着擔子也趕過去，見那柱子不過是根光木柱子，上面什麼也沒有，約有三丈來高。城牆下人頭湧湧，不知爭得看什麽。他過去探了探頭，紋縫擠不動。他想，見了什麽鬼。顧着賣菜，他就挑擔子回頭逕奔大街上。不想一路上都碰見有男男女女朝南門跑下來，像奔廟會似的。大家嚷着笑着説：

"真奇事，可真是祖宗百年來沒有的呀。"

"誰幹呢？就有賞，誰幹？"

"一定是瘋了！"

"是聽説那新庶長弄的呵。"

"對了，怕是假名字幫窮人。"

"幫鬼！騙你的！"

這些人一路嚷，一路跑，但是也有回頭走的：

"見鬼，鬼信！"一個人吐了一口痰，從張三肩頭擦過去。張三望了一望，不認得。他順嘴接着説：

"那木頭麼？"

"可不是！叫人搬，笑話!"

"作什麼?"

"誰知道？還有賞。"

"賞木頭?"

"啐！你這人。賞搬木頭的。"

"還有賞嗎？賞什麼?"

"自己去看吧，"那人三步兩步就不耐煩的走了。張三賣了一天菜，耳朵眼睛裏沸沸揚揚、花花綠綠的鬧了一天，無論走到那個角落裏都聽見人在議論，在笑，在不信。瘋了，憑空要人搬木頭，還要賞銀子十兩。城裏像開了鍋的一樣鬧嘈嘈的。

公子虔把肚子都要笑破了。他也跑去看了那根蠢大木頭，也看了公孫鞅的告示。十兩銀子叫人把木頭搬到北門去！他又好氣又好笑，幾乎就要衝上去把那塊告示打掉，還虧得公孫賈機伶的扯住了他。

"理他幹嗎？讓那小子丟人去！咱們落得。"

公子虔就打着哈哈把笑話講給他的學生太子聽去了。公卿大臣都看着公孫鞅冷笑，手擦擦的準備在他的脖子上下手。爲的這人一上臺，他的糊塗的頑笑就引起了滿城的不安。作興會要鬧出大亂子的。那時候，即使君主坦護他，祇怕他也不能再那麼出風頭了吧。

一天，兩天，三天，大木頭還是那麼傻氣的站在南門口，像一尊不詳的開路神。人民由驚奇而冷淡，沒有目向的大風掃過了那張陳舊的告示，把它抛棄在淒冷裏。

公孫鞅在自己的小屋裏氣得跳脚。楞起三角眼釘住一堆簡册，牙齒切得山響，用幾乎辯不出字來的齒音撕裂他的言語：

"一定是！一定是有鬼！昭音!"

小童靈警的跑進來，知趣的站在盛足了憤怒的主人面前，擎起耳朵。

公孫鞅拿着一個小銀錠對小童說：

"大木頭的事這兩天沒有聽見什麼新鮮嗎，小子?"

"前兩天茶樓裏還都當新鮮談着，也有些人想試一試去搬，現在簡直少聽見了。"

"聽見有人造謠沒有？"

昭音望望主人，似乎揣測他要知道的是什麼，想了想，答道：

"多少人想去試，都有人讓他們別去，說是騙他們的。"

"讓他們別去的，是什麼樣的人？"

"說不清，也就平常人打扮。"

公孫鞅哼了一聲，將銀錠朝桌上一丟，拉過昭音，將一張字條交給他說：

"把這個拿去叫他們刻了再張出去，還有——"他目光如電的射住昭音，用打量他的神色，然後低頭慢慢的說：

"就在告示旁邊看，見了那天天去看告示的傻子們，就抓住一個。"他回身指桌上的銀錠，對昭音點點頭說："看見了沒有？想的吧，小子？"

公孫鞅在昭音的耳朵上把所有該指教的言語都說過了之後，眼看着童兒機警的跑了，心裏很是高興。他命人把五十兩銀子準備好，他有把握這一次一定有人來揭他的告示。

他的算法是不會錯的。人們從新又奔到木頭和告示底下去了。張三那天賣過菜，也回到那城墻根下來坐在地下，把錢數數，一擔菜祇賣得一千〇五十二個大錢，天天灌園子，拔草，挑菜，跑街，累得要死，積了一年工夫，也不過三十幾千錢，還要吃飯穿衣，乾脆說肚子就沒飽過。等到徭役來了時，連這點錢都還沒有。他瞅着那根大木頭發楞。別人告訴他說現在搬了它可得五十兩銀子呢，比以前加了四十兩！他釘住眼看那根木頭，彷彿木頭在擴大變成了一尊銀神，伸出發光的兩臂來擁他。他站起來，身不由己的走去用手在木頭上摸着摸着，又用頭去碰一碰。

"喂，賣菜的，搬呀！"一個人看着他，哈哈的笑道。

"搬呀！搬呀！五十兩呵。"人叢中叫。

張三赧然的朝人叢看了一看，轉身紅着臉又走出來。人叢中却又叫着：

"發財呀！傻子，五十兩銀子落在頭上，還不要！"

張三臉烘烘，心裏昏昏熱熱的朝外擠，忽覺得衣服被人扯着走，他莫名其妙地也沒看清人就跟着跟跟蹌蹌蹩到了城脚茅廁裏。一看，那是穿得齊整的哥兒模樣的一個人，臉上勻白秀氣，一臉團團的笑。他望着他再不言語，却從袖手裏掏出一塊銀子，爽直的遞給他，說：

　　"這是十兩，去搬！搬好了再給四十！"

　　張三筋脈償張的抓住銀子，紅起眼望着童兒，把銀子緊緊一捏，扳住童兒肩膀問：

　　"木頭是你的？"

　　童兒將他一推，再從袖子裏掏出一塊更大的銀子，雪晃晃對他一亮，命令的說：

　　"去搬！我擔保！"

　　張三雙手扳緊童兒瞪住他說：

　　"好！好！你擔保！不是騙？不是騙！"

　　童兒推他往外走說："瞧我這像是騙人的嗎？一分銀也少不了你！"

　　張三頭也不回的就跑出去，紅着臉像瘋子排開衆人奔到木頭底下，也不顧衆人的呼嘯叫笑，扳過木頭駄在肩上。也許由於心裏高興，那木頭樣子雖大，他駄起來却並不太重，彷彿裏面是空的。張三這一喜真用得上"非同小可"幾個字，好像一個世界都被這根木頭打倒了的樣子。他就半拖半駄的帶了木頭朝北門跑，引起一個城市的人群潮潮湧湧跟在他背後，他把一根木頭和一個城市帶去了北門！

　　現在，公孫鞅是站在他的府門口。他手上托着五十兩白花花的銀子，對着張三，也對着整個驚愕、艷羨、仰慕、希望的雍都居民。他喚過張三，拍他發抖的肩膀，給了他獎勵，然後對衆人說：

　　"張三按着條示將木頭由南門搬到了北門，條示已經許了賞他五十兩銀子，我現在奉君主命將這銀子送給他，為的是他遵守了國家的法令。法令是一國的骨幹，從君王到人民都必須絶對遵從。守法的有賞，犯法者受罰，無論宗室卿相，小民皂隸都是一律！你們懂嗎？"

　　"懂的！"大衆雷一樣的應和着。

"懂就要絕對的聽從法令！"

"絕對的！"大衆再應聲。

那時公孫鞅端嚴的望着群衆點點頭，然後雙手恭敬的將銀子送給張三，命人將他帶進府裏去款待他。自己把手一揮，人群懷着極大的興奮和希望而移動起來，

公孫鞅微笑了。

張三被鼓動到外邑去作買賣去了。

五

一串的法令跟了這件事降臨到了秦國。公卿王族從公孫鞅"糊塗的頑笑"中起始聞到了刀鋒的冷氣。貴族的權威，封建的人情全被剷除，一切都要講法！法！這是中國歷史上第一次法治精神的呼聲。貴族無功襲爵的特權没有了，要襲爵得建立軍功，無功的雖富也無尊位。這法律打破了封建氏族社會混合的聚族而居的習慣，嚴令人民成年時分家自立，這使貴族經濟基礎的大家族制度受了重傷。他鼓勵人民自行耕種，多出粟帛，就可以取消他的農奴籍，成爲良民，這就切斷了領主農奴的森嚴紐帶；他要救濟農奴制所養成的怠惰，就定法没收懶惰人民的妻子爲奴婢；要養成人民衛國尚武之風，使有軍功的人民受上爵，而以嚴峻的刑法對付那些從事於家族私鬥的人。要拆散封建人情的隱蔽，他起始組織民衆五家爲保，十家相連，令他們聯帶負責告發姦宄，不以私情妨害國法，這是保甲制度的鼻祖。保甲制度行之後來雖有流弊，但在當時爲了打破權威人情的作祟，以濟法律之用却是必要的。這以後，他爲了確定爵秩的效用和意義，又頒布法令規定了官爵的尊卑等級、田宅奴隸衣服的差次，一切以功勞事效爲標準，打破那根據貴族權威而來的私相授受習慣。

公孫鞅這種改革，説起來，自然講不到是對於封建社會澈底的革命。那在當時因爲生產力没曾發達，新興資產階級雖然有些取了商人的形式

在出現，主要還是服從於封建主的需要之下。整個經濟還是以封建性質的農業為主體。所以公孫鞅祇能作到破除貴族權威，建立法治基礎，解放一部分農奴使之自由從事農業；轉移私族聯鎖為對於國家的忠誠，這在歷史上是由分散的地主貴族政治走入王權集中的帝國政治的始基，這一段相當於英國亨利第八、法國路易十四以及他們前後諸君主為了集權政治向貴族鬥爭的那個時期。

臨到了這樣關頭的貴族公卿起初是如同掉在濃霧裏一般，不知道究竟發生了什麼事變。他們祇見一個沒來由的少年人鑽了君主的後門，靠着內臣景監拍上了君主的馬屁得了寵幸，這原是很小的一場事。隨後這個小傢伙出新花樣用五十兩銀子鼓起一個傻子搬木頭，這足見其不識朝臣體統，也算不了什麼。但接着搬木頭就來了一大套法令，並且公然拿當朝貴人們作對象，這是什麼意思？他想着要幹什麼？爭權勢奪地位也不是這樣幹的呵。

按中國官場祖傳的習慣，他們模模糊糊揣測了一場也就算了，以為法令終古不過是一篇具文。可是這一次却大出他們的意料之外。插着翎毛、跨上雕弓成天在圍場上射獵的公子王孫常常被軍師司令派來的差官按名點去上操。王孫們正在趕着一匹狐狸的時候，家裏人會喘吁吁的跑來叫他們馬上回去準備出發，大軍要去攻打魏國了。當然，王孫公子們頓着漂亮的繡花靴子，發怒的把來人用鞭子威脅着趕出去，叫他們告訴瘋三公孫鞅少要來裝腔作勢。但回頭左庶長的執法使者便帶了一大群人來強迫執行，誰若不服從法令，就奪了誰的爵位。於是公子王孫的老太太、太太們立即把準備好了的眼淚傾瀉在大堂上，哭叫咒罵來送她嬌生慣養的丈夫、兒子出門。為了爭女人的比劍決鬥者，不管他是什麼爵祿武士，一齊被左庶長的執法使者抓去，輕的罰錢坐監，重的割鼻子，切耳朵。許多人花了錢買來的官職名位被奪去了，許多帳下有一百名美女的卿相，發現他們祇能有五十名或六十名或更少。紛亂如旋風一樣的播蕩了安榮富貴和飽食暖衣，尊貴的男人們怒恨發狂，尊貴的女人們歇斯底里的嘶叫號哭，全都像丟了母難的鄉下老婆一樣。宰相甘龍的門被受屈者踏穿了，相公重重的愁煩着，並且他的兒子新近就受了害，爲的多佔一個女人，打了一場架，他失去了他那一頭烏青緞子一樣的頭髮，被髡成了禿子！一個見不得人的禿子！貴人們對於自己的眼前與將來提起軟弱的心而戰慄着，彷彿一個世界從他們脚下滑走了，由上面却有一隻龐大沉重的黑手，遮幕了整個天空，穩定而不容情的壓了下來！

一個重要的會議在宰相的私邸裏舉行。相公的白鬍子焦燥的坐在相公煩悶的胸膛上，似乎有些抖戰。公子虔憤憤的罵了公孫鞅一通之後，這時還在鼻子休休出氣。公孫賈搖着頭嘆氣，並不發言，彷彿説："我什麼也管不着，依我説還是大家自己小心點吧，那瘋三是個不好惹的壞蛋呵。"可是他却和大家一樣做出是在聽杜摰説話的神氣。

"我們作事，"杜摰擺出精明樣子説，"得先計算利害。沒有十分利，這事就不可以作。反之有利無害的事倒是十分該做的。公孫鞅這傢伙算計精明，手段硬辣。他抓住了君主的心，躱在我們後面害我們，是沒法防備的。依我，還不如同他修好。"

"怎麼修法呢？"一位大臣急急的問。

杜摰陰陰的一笑説："我聽説那個傢伙一輩子窮苦，從小給人家踢下陰溝裏，變了烏龜，因此沒人肯給他女人，所以他現在報仇也限制別人有女人。咱們現在搜集一般漂亮女的請他來吃酒奏樂，瞧他頑得高興，把女人送給他，有女人一迷，他自然就軟下來了囉。"

他的話剛説完，公子虔便跳起來説："不行，不行！用女人去買他，混蛋！況且，他就不要女人。我早已打聽過。什麼聲色鼓樂他全不愛。有一次他在公孫賈家裏吃酒，聽見院子後面絃子響，有紅裙邊在風門邊飄過來，他咳了一聲，站起來説聲辭，也不等主人送客，就幾大步跨出去了。他祇要躱在他那個洞子裏，像鼠子一樣，一聲不響咬這樣，撕那樣，叫你防不住。"

"諸位不要爭了，還是讓我拚一條老命啟求主上把這個背祖亂制，擾亂國家的亂臣斥革了吧。"甘龍沉重緩聲的説，是國之重臣的樣子。

杜摰連連搖手説："老相公還沒算清楚呢。君主現在是信他還是信我們？就是有十分信我們，九分信他還是不成。何況現在真是百分的信他喲。他弄得貴族王孫落權失勢，君主並不討厭呀。從前我們結個黨要怎樣，君主拿我們沒辦法，現在君主抓着他的法令對我們好不威風，他為什麼要幫我們的忙？"

公孫賈這時在一旁嘻嘻的笑了。公子虔問他笑什麼，他又搖搖手，急得公子虔拖住他叫他說，他祇好說道："說來說去，都是那寶貝法令的作怪，諸位看是不是呢？若是叫那法令頑不靈，他也就幹不下去了。"

公子虔拍手叫道："對呀，對呀，我們找個大角色去破他的法。依我說除了君主，祇有太子是不可侵犯的。讓我們叫太子去犯他的法，他就沒本事了！我這個計策，我看很好，諸位一定也贊成的。"

這個會就這樣興高彩烈的結束了。

六

公孫鞅擎住茶杯，站在小屋裏尋思。他分解眼前這個難題的來源。是的，逼逼真真太子犯了法，在外面和人打架，把人家小孩子打傷了。這事不但由巡騎報告上來，並且昭音昨晚就來一清二點的講了個清清楚楚，太子無緣無故糾住街上的小孩捶打，嗔他們不讓路，公孫賈不在旁邊，公子虔是躲在人家簷下小便。好湊趣的小便呵，公孫鞅呷一口茶，冷笑了。

"咯，咯，"門上響，昭音探進了半邊頭，"景內相來，說立刻要見您。"他説。

公孫鞅不言語，放下茶杯，轉身出來，慢慢踱進客室，顯出滿身輕鬆的樣子。他心裏已經把景監的來意揣奪了一千遍，且抓住了其中最切當的一個。

老頭子還是一向的坦白熱誠，見着他就急站起來抓住他的手說：

"老弟，我特地趕來有件事知照你，這事你可看不得輕鬆。太子昨天犯了你的法，知道嗎？嗯？打私架，傷了人！你可是要放明白點，放明白點！懂嗎？"

公孫鞅笑了。他雙手推着老朋友，把他推在椅子上坐下，命童兒點上一支香來，沏上茶。然後他抱着胳膊歪了頭看景監，説：

"你想一套法令能作兩件事嗎？"

"不是，不是，你聽我。你要曉得外邊於今對你的形勢不好，恨你的人多，他們尋你的事呢，要知道——"

"前天他們還在甘龍那裏商量對付我，是不是？"他聲色不動緩緩坐下來，彷彿在他心裏有一座城，那城裏已搜羅了一個世界的陰密活動，在他監視下面。

景監愕然："真的嗎？真的嗎？他們真的這樣幹？連甘龍？"

"也許沒有，不用管它。我想——這件事君主知道不知道？"

"太子的事麼？知道了！氣得很呢！要不，我還不會知道呵。你這次可別莽撞。君主已經很氣，你再用國法得罪太子，那是火上加油，叫那些想吞了你的人好下手。"

公孫鞅翻翻眼看景監，似乎嗔他看不起自己。他斟茶喝了一大口，簡短如切的說："讓他們來吧！我正要這樣。法律要他們，我不能保護。公事公辦，先下手爲強！"說完，他就拉景監站起來說："我們一齊走吧。巡騎剛纔給我報告了，傷家還沒敢來報告，我得馬上辦。"景監無可奈何，祇有拍拍他的肩，嘆口氣說："少年人，看着你老子，積點福吧！"公孫鞅不去聽，已經三步兩步跨出院子，騎上馬朝王宮裏跑了。

公子虔、公孫賈今天特別勤奮的陪着太子在書房念書。爲昨日的事，太子已經挨了君主的罵，他兩人心裏比較放了點心，以爲這是公孫鞅下臺的辦法，正在心裏得意，却不料宮裏的太監出來宣太子和他二人去上朝。

公孫賈殼觫的報怨公子虔，公子虔又慌張的拉着太子叮囑他別說出是他教的。兩個人捧着不得主意的年輕太子戰兢兢來到大殿上，大臣們都聚集了。

那時左庶長公孫鞅毫無閃避的申述太子犯了法令，按律應該受刑。

"但是——"甘龍一句話沒完，就被公孫鞅截去：

"法律所以不行，都因爲在上者可以犯法的原故。這次太子應該受法。祇是——太子是君主的嗣子，不能施刑。按律，應該刑他的傅公子虔，黥他的師公孫賈。"

在法令的尊嚴和公孫鞅的峻刻之下，大臣們頹然的守着公孫賈臉上刻了字，而公子虔則兩條嬌嬌嫩嫩的腿被棍子全打爛了！這景象把個稚嫩的太子駭得幾乎哭起來。他長久釘着公孫鞅：一個不懂寬厚的多骨身材，窄腦門，高顴骨，鈎鈎的鼻子，一對流火似的眼珠，在掄起的三角眼中邪竄，似有一百道算計，挺然直視兩個受傷者的苦惱，筋肉紋縫不動。他想："這個人好可怕呵！他將來簡直可以殺我。"

經過了這一場風波之後，秦國的局面遂流入了一條法律的河漕。十年下來，紛亂無主的窄小人生一起被法令的釘子釘在國家上面。私鬥私利被國家的利益所代替，生活爲法律的鞭子所笞打，各處都見出緊張、工作。許多壯丁因自立生活養成了獨立、自主、勇敢、開創的個性；許多土地都被壯丁開理耕治，所有的耕地都受使用，耕地缺乏，人口反而增加，殖民擴土也已成了必要了。於是孝公拜了公孫鞅作大良造，命他圍魏的安邑，克了那地方。他又因爲咸陽向東，交通便利，容易發展，便發人夫在那裏經營都邑，起造和天王的宮闕一般寶偉的冀闕宮庭，請孝公遷都到那邊去，這是完全爲了東向發展的便利。

在殖民事業方面，他把以前分割的采邑鄉村由封建手上奪出，合併起來成爲縣治，置縣令。重新在各縣劃分阡陌封疆，獎勵人民墾殖，且把不易馴服的人送去邊僻墾殖。起始他對於人民施行直接賦稅，人民不再是封建小領主們的奴隸，而直接成了秦國君主的臣屬。他又頒布了統一的斗桶權衡丈尺，使度量衡全國一致，供效於君主。這使秦國的經濟生活統一穩定，使秦君的政治統治堅固，經濟力雄厚，人才的來源也豐富，可以大作發展。秦國這種劃時代性的變革，完全是當時六國所未曾夢想得到的。當時的六國還是困在春秋時期那種舊封建機構中，腐爛的貴族政治和毀滅土地生產力的農奴經濟制度正在使他們黴敗，那裏當得了秦國的一擊呢？

在這時期，荒唐不檢的公子虔不知怎樣又犯了法，公孫鞅毫無顧忌的就吩咐把他直直的漂亮鼻子割掉了。自此公子虔傷心痛恨，關着大門，誓言公孫鞅不死，他不再出世。可是太子那邊他却不肯斷絕，兩個人常常在一起詛罵公孫鞅，祇是得不到報仇的機會。

七

公孫鞅在秦國爲相十九年。國內局面算是一如他的志願改了一個新樣，政治經濟生活都在穩速的上進，所有舊日與他爲難的貴族公卿，死的死，趕的趕，大家都抱頭鼠竄，表面上小心奉職。君主孝公二十年來還是一心不變的信任他，他環顧週遭，回想當初的潦倒，心裏頗覺得意。祇有一件事使他不能放心：太子對於他從來没曾有過好感。他知道在太子的週圍永遠有那般恨他的人繞得鐵緊。他也常常得到宮中透出來的消息，太子和君主之間有過許多爭論，甚至於說他積權在手有謀反的可能。太子因爲恨着他，也恨着他的法令，既不能公然破壞他的法令，太子常常拒絕出宮門。

這情形使公孫鞅深深煩憂和戒備。但是要他去和恨他的人修好，他寧死也不幹！也不肯去巴結太子。他祇想用自己的力量擴張自己的地位權力，以強大的力量保護自己。他挑選了幾十個勇敢多力之士親自授他們劍術，夜間令他們圍着他的臥室防守，日裏令他們喬裝僕役跟着出門，以爲保衛。

這樣消極辦法還是不夠，他想，必得有國外的擴殖發展，將國內宵小的目光轉移向外，然後他自己纔能無事。於是一天他朝見孝公獻策說：「秦和魏，好像彼此是腹心之疾，不是秦滅魏，就是魏滅秦。爲什麼呢？魏在中條山西，都安邑，與秦祇隔一條河，所有山以東的地利都歸它有。它得勢，自然要向西侵秦；不得勢，它也可以收東邊的土地。現在秦國靠您主上的賢聖，國富兵強。而魏呢，恰好去年對齊國打了大敗仗，國勢衰弱，諸侯都不幫它。我們可趁此去伐魏，魏打不過，自然往東遷，那時河山之險爲秦所獨有，據此以制東方諸侯，纔是帝王的事業呢！"

孝公覺得公孫鞅的話對，便立即派他作將軍，領兵去伐魏。

魏王聽說公孫鞅將兵來伐，雖也聽見了這個人二十年來在秦國的業績，却不相信他是個能將，便派了粗心大意的公子卬領兵抵抗。公孫鞅聽說是公子卬將兵，回想當日在魏時由那些公子王孫所受的烏煙瘴氣，真是切齒不忘，便決心把他們殺得乾乾净净，並且要把公子卬活捉，好好羞他一番。從諜報得到消息，他知來軍的軍勢很鋭，想了一想，夜裏便親自寫了封信送給公子卬，信裏說："我和公子在原先是好朋友。現在我們成了兩國的軍帥，我心不忍得互相攻擊。我們最好是兩個人見面談談，立個盟約，以後我們可以奏起音樂來喝點酒，唱唱歌，跳跳舞，完了我們各自收兵回國，兩國都安，不是好嗎？"

公子卬正是在抱怨這帶兵生活乾燥苦惱，恨不得三步兩步跑回魏都去放倒頭大喝三天酒，大歌大舞，換換腦筋，接到了這封信喜出望外，心想："公孫鞅這傢伙原是聰明有人心，我從前本待他還不壞，嗯，自然也不算怎樣好囉，他還有這份忠厚，我倒不好辜負了他。"他回信便一乾二净的答應了。

在公孫鞅指定的會盟地點和約好的日期，公子卬率令了一群隨員軍將前來相會。他對於這件事原有一點不放心，他的隨員們勸他不要去。但是他的公子脾氧十分作怪，他按劍瞪眼叱那隨員說："本人將兵在四境會戰已經十幾年，公孫鞅有什麼小機關還看不懂？還用你說？況且，會盟以禮，他能作什麼？我是公子王孫，豈能失信於小人？"

在盟壇上，他被公孫鞅十分恭謹的接待着，那一個還是和以前在魏國一般，口口聲聲"公子""公子"的喊，凡事都儘他上前。公子卬一面得意，一面留心，見盟壇四圍光明坦潔，心裏纔石頭落地。又見公孫鞅恭謹的表示，反有些良心不安，也特別客氣，兩個人謙謙讓讓的把會盟手續完畢了。

接着公孫鞅又卑謹的請"公子賞光粗樂和水酒"。公子卬此時盟誓已就，更加心肥腸熱，一口應承，到營帳裏去會飲，他的隨員也分頭有人招待。飲宴之間，女樂上來獻酒，公子卬吃得糊裏糊塗，左擁右抱之際，忽覺一陣騷亂，滿眼都是紅花花的刀槍劍林，滿耳都是喊叫的呼聲，而他的兩臂不知何時已被人扎緊了。同時正當他在這邊被縛，他的軍營裏也已起了火，受了包圍，魏軍全軍覆沒。

魏惠王聽見這駭人的消息，本着他短小畏事的本能，立即遣使去秦求和，將黃河以西沿中條山脈形勢地帶，完全割讓於秦，自己遠遠遷都到大梁（現在河南）去。魏自此西面門戶大開，完全爲秦所控制。惠王追想公叔痤臨死時的囑托，心裏好不難過，悔得要死。

爲了公孫鞅在國內國外的功績，孝公封他作列侯，領有商縣十五邑，號稱商君。

受爵的頭一天，孟蘭皋——公孫鞅的朋友，來看他。孟蘭皋臉色沉重，像有心事的樣子。一見面，就拉着公孫鞅的手一直往裏面走，走到公孫鞅的內客廳裏。公孫鞅隨他走，也不問，他知道外面有些風風雨雨叫朋友們擔心，但他覺得這擔心是多餘。"公孫鞅就這麼傀儡，得他們擔心。"他冷笑的想。

"明天清晨要受爵了，你怎麼樣呢？"孟蘭皋問。

"那是作臣子，也是作人的本分，義所當受，賢者不讓。"

孟蘭皋嘆口氣，說："還是這樣硬。我問你，你知道外邊對你什麼風聲嗎？"

"世俗愚見，智者永遠不用去理會！聖人爲了行道幾乎厄死於陳。我的時運已經好得多了。我已經開創了一個新秦國，雖五羖大夫，也不見得有加於此，愚者又能作什麼？"公孫鞅一口氣說來，一半感覺自我澎漲的得意，一半故意激刺他小心的朋友。

"不是這樣。智者要會明哲保身，愚者纔見危不避呢。今外間謠傳你挾恃軍功，會要謀叛，你豈可不小心？"

公孫鞅三角眼一翻，站起來說："我奉行法令，不知阿假。曾參大賢尚有人說他殺人呢，你信麼？"

"但你可以不受這次爵祿，少遭人忌呵。"

"於法當受，我爲什麼要辭爵？要陷我的人祇管來，垂死的蛆蟲儘管來作最後的挣扎，我倒要同他們週旋到底的！"

說到這裏，昭音——他這時是相府的總管了，走進來在公孫鞅耳中說了幾句話，公孫鞅眼中一亮，好像法律的刀又在他胸口磨得霍霍有聲。他說：

"既然情形明白，依法把他斬首！"

"誰？"孟蘭皋驚的問。

公孫鞅拉起孟蘭皋來說："我和你看看去吧。別這麼大驚小怪。祝懽要死！"

"祝懽？杜摯的朋友呵。"

"對了，也是公子虔的把兄弟，你還不知道哪。"

孟蘭皋搖頭不已，自己往外走，說："你越來越嚴峻了，好像法令神在你身上吃人。這不好呵！這不好！"

公孫鞅哈哈大笑，望着孟蘭皋的背影高聲叫道："你今天纔知道嗎？太晚了。"

商君殺了祝懽又受了爵位，雖然絲毫不爲由各方來的危險報告所震懾，他可從來不是疏於防範的人。受爵之後，他自己去商縣細細巡視了一番，檢閱邑兵，加繕宮室，命昭音爲商縣留守。自己由邑民中挑選了一批力氣大，胳膊粗，會得耍槍弄戟的小伙子把他們訓練了帶回咸陽，他要仍然坐鎮在那裏。他出門時，後面總跟上十幾輛車，裏面都是甲士，坐在他車子兩旁馬上的是大力士，跟着車子兩旁在地下跑的是持矛執戟的人物。這樣，在咸陽成了萬人的裁判者和威力主宰，爲人人所虔畏。他感覺到了那四面八方對他投過來的恐怖而虔敬的眼光，彷彿自己已經征服了一個世界，而自己是那世界的力，是那裏的法之真神。

他在自己的小屋裏靜靜坐下來，自己對自己低低的說："行了！我沒有辜負自己呵。"

公子虔實在不能忍受更多的凌辱和壓迫了。他屢次嗡着被切去了鼻子的鼻音對太子哭訴。太子礙於君主，心裏恨得切齒，還是不能奈何商君。他對着公子虔說："祇要你能夠構成公孫鞅的罪狀，你能給人證明他，我一定能替你報仇。父親現在多病，大權快到我手裏，你去準備罷。"

恨着商君的人多。一聽見太子放了這個口風，大家都蜂蟻似的活動，在杜摯的家裏，幾個特別有力的受害者聚齊了。

公子虔嗡嗡的帶着哭聲嚷道："我非報仇不可！我要殺死他，平了他的家！"

慌得杜摯連忙搖手，窗外門外賊眼望望，然後對公子虔小聲說："別嚷呵！他的耳朵長，算計精，誰知道？也許有偵探在我家裏的，這樣嚷，都給他知道了！"

"好吧，好吧，真的大家謹慎點好。"一位公子說。

"依我說，"公孫賈摸摸臉上的字："我也顧不得了，他害得我太苦。依我說，我們就告他要造反。"

杜摯點着頭說："我也想這樣。聽說他在家裏還自稱寡人。並且他在商縣作什麼，你們知不知？他足足練了有十萬兵！想想看！他，他真是要反的。"

"那麼，那麼，叫誰去告呢？並且要有證據。"公子虔嗡嗡的說。

"十萬軍隊不是證據嗎？"杜摯搶白他。

"那我不知道。十萬軍隊我們又沒看見。"

杜摯剛要答，先頭叫大家謹慎的公子說，"別爭吧，一爭聲音又大了。有個人好找，他也情願。"

"誰？誰？"幾張嘴都問。

"就是魏國那降將公子卬。"

"對了！對了！"大家都如夢初醒。

杜摯接着説："好，好，那傢伙恨透了他了，倒和我們是一路。叫他告他，並且，還叫他通知魏國，若是那厮朝魏跑，魏不許收留。好不好呢，諸位？"

大家都没有什麽異議。有的人爲了妥帖防備，又主張先拿些錢去收買軍隊，不然恐怕他會去蠱惑他們。又有人主張連鄰近商縣的各縣令都先買好拿準。都説好了之後，分頭負責去進行。公子虔是負責把這件事報告太子，太子很滿意。祇是因爲孝公現在有病，囑咐他們暫時先不要發動。

孟蘭皋得知了一些風聲，着實擔憂。他便請門客趙良去探探商君，得便就勸他逃走。趙良躊躇一會，便奉命了。

商君見了趙良，知是孟蘭皋門下有見識的人，不肯輕待他，很謙恭的説道：

"您是孟蘭皋介紹來的。現在我願意自己和您作朋友，可以嗎？"

趙良説："那我倒不敢呢。我聽説，佔據不當有的地位是貪位，享有不恰當的聲名是貪名，我要是奉您的命令，我恐怕自己是貪位貪名呵。所以不敢。"

商君聽出他話裏有話，在他剛傲的心裏登時湧起一股反感。但他馬上抑住了自己，命令自己對懷好意的人要寬大，他更謙和的問道："那麽您不贊成我治秦的方法嗎？"

趙良見商君態度似乎可談，就坦然問道："一千條羊皮不及一隻狐狸的腋，一千人諾諾連聲，不如一個有智識者諤諤辯諍。武王因諤諤纔能昌大，殷紂因墨墨無聲所以亡了。您若是（不）反對武王，那麽請讓我正經的談一天，不受罪罰，可以嗎？"

商君寬縱的笑道："好呀，俗語説，表面敷衍話是漂亮的，真情話是實在的，苦言是藥，甜言是病。您若能够整天用正經話教導我，那是我的藥，我要拜您爲先生呢。"

於是趙良暢意和他講到五羖大夫出身成功終身爲人民愛戴的故事，

述及五羖大夫的寬仁儉德，最後他結到商君身上來，熱情的說：

"您大用刑法，把太子的師傅割鼻刻字，用嚴峻刑法對付百姓，不是積怨蓄禍嗎？您天天用法律戕害秦國的貴公子，弄得公子虔杜門不出整整八年！您又殺祝懽，黥公孫賈，使人人恨您。您深知眾人的怨恨，所以出門就帶着十幾車的甲士在後面，騎駿馬的是大力士，跟車跑的是執矛戟的武士，這幾樣有一件不具，您不肯出門。您的情形不是比朝露還危險嗎？您何不將十五邑歸還主上，自己去鄉下種田，勸秦王另顯巖穴之士，以治國政，庶幾保全自己呢？要不然秦王一旦身亡了，秦國想報復您的人還會少嗎？"

要說商君聽不進趙良這番話是冤枉他了。趙良所暗示的危機他比誰都清楚，所指責他的情形，也是真實。可是他覺得趙良根底上不了解他從來所處的形勢，也不明白他的為人，所以那些至誠的藥言，祇能當作是一付失效劑被他放在一邊。他以為他自始至終是站在一個時代的起點上，對抗着強大的反動勢力。他既無勢位，又無黨徒，全憑個人獨到的先見和鋼鐵的腕力，擎住法律的鋼鞭來制馭一切，當然不能不見非於世，得罪人。然而他的政策成功，制度成功，這就是他的成功。他以這種政策制度的成功為獨佔他一切內心外力的生命意義，令他在生命未消逝以前，為了躲避仇敵保護自身把他親手建立起來的偉大建築無條件交出給仇敵去，這不是商君！商君本有高人的行為與獨知的計慮，死生以之，決無逃避！

他心裏的計算並不拿出來對趙良講，但是他也不敷衍朋友。他聽完了趙良的話，祇是冷然微笑的搖搖頭看着趙良說：

"不能夠！您總知道我不能夠那樣作。"

八

秦孝公的病一直沒有好起來，在位二十四年，年齡四十五歲就薨逝了。商君一直守着孝公病，守着孝公死，伴着這唯一終始知己的朋友，不肯逃走，也不肯越出法律之外。先勾結拉攏死黨，妨礙太子登位。爲了準備，他把他的家眷人口都送到商縣去，自己還留守在秦庭。

杜摯他們的計劃不可避免的一步步實現了。當緹騎發動去捕商君的時候，商君改裝騎士跨上馬重行奔亡。他逃到了關下，想要宿驛，驛官不知是商君，告訴他説："商君的法律，沒有旅行護照的人不許容他住，不然，我們要受刑呢。"商君初聽心裏一驚，心想"這不好像是上天和我在開玩笑嗎?"但轉瞬他又覺得安慰，勇氣忽覺百倍。他覺得他的精神已經統治了秦國，他的生命還大有可爲。

他因此一念，首先想出國另謀發展，於是來到魏的邊界上。但魏人想起公子卬受騙，全軍覆滅的故事，便趁此報仇，將商君送還秦邊。商君決定以最後力量奮鬥到底。乃跑回商縣命昭音檄發邑兵，先發制人去擊鄭國以圖打開一條出路。他始終不肯稱兵攻秦，這是他堅貞不負孝公的地方。他的最後一着自然也遭受失敗了，不仁的秦早已在他週圍佈下了重兵，節節進迫，到底追上了他，在鄭之黽池地方把他殺死了，滅了他的全家。

公子虔、公孫賈、杜摯等又揮掇秦王把商君的死屍用五車分裂，徇於全市。在徇市的標識上，他們不敢説："不許像商鞅那樣改制立法"，因爲他們已經被他的制度綁住了，非它不行! 却祇得撒謊説："不許像商鞅這樣造反!"

拯　　救[*]

校長先生的小白面孔上那一付佔特殊地位的眼睛依例在一種情形之下鼓了出來，和她的顴骨成了四角形，她的薄唇也靈警的合上了。在這樣情形之下，那個站在辦公檯前面的校役，也領會到校長是遇到了她宜於避免的人物，或者説不適於見校長的人物。於是他在一種對於職務有愧的心理中，把頭低着，把胳膊也垂得更直，他想説一句爲校長解圍的話，就是説他自己去回絶那個人，但校長的澀聲音已經出來了。

"請她來"是輕得連點逗都不容安放的三個字，然而校役門房已如領了甘露，咕噥應着，回頭着走。

"嗨，回來！"校長的鼓眼睛又釘住門房，"請她到東樓去。"

即到奉上了個"是"字，剛轉身，又：

"哼，到我的臥房裏！"聲音沉得像落海的石頭了。校役心裏重了，在坐的辦公人有些把頭擡起來，偷看一下校長的顔色，他們對於在校役嘴上所提的那個人感覺興趣，把眼睛朝外面過道上望着，女學生們出出進進，使他們看不見什麽。"梯蓬頭"的江先生，端起茶杯來喝了一口，看着校長送過來的眼風，神秘的説：

"來了嗎？"

校長的尖嘴角向上一提，那嘴就成了扁的姿勢，把她的厭惡、輕蔑同承認，一道做給江先生看了。江先生搖着她的"蓬頭"，做出領略了不可避免的災禍的樣子，也翹起嘴角，但却看不出那麽多的尊嚴，反而笑起來，不好意思的縐上眉問：

"要她不要她？"

---

[*] 原載《奔流文藝叢刊》1941 年 3 月 25 日。

校長不答，把手裏的賬單疊起來，叫過坐在門口的一個帶近視眼鏡的先生來把它拿去，然後緊張起來説：

"論理，我們是不能收容她的。不過"，她的聲音高起來，"你知道：我們學校不比別的學校啊。雖然她是走錯了路，犯了罪，我們還要饒恕她。"她鼓着大眼睛對空氣説了這幾句話，她很欣賞跟着她言語以後來的肅靜。以後她纔把自己鬆解下來，拿着一封信走到江先生桌邊説：

"你看沙利快到了！"

江先生領略到她嗓子裏的顫動，也高興起來，連忙看信又連忙問：

"到了！幾時……哦，快了，已經到上海了！"

校長先生尊嚴的説：

"你想：歡迎她的事，今天晚上告訴我，信就先留在你那裏。"

校長先生到了東樓，她在二層樓走廊裏先叫老媽子把在走廊上玩着的小孩子都趕下樓去，把近校長室幾間屋子裏的學生們也趕出去，不許她們停在屋子裏。女學生們夾着針綫和書包慌慌張張的朝樓下跑，扯住老媽子問出了什麼事。老媽子像啞巴似的不言語，衹用嘴向走廊一端的窗子努着，校長先生玻璃色的鼓眼睛監視着青年人的動作，她青白的薄嘴唇併得像兩片鐵皮。

人都趕下去了，她又叫老媽子站在她門口巡風，纔走進自己的房門。她把門扭慢慢的轉動，彷彿給裏面一個暗示，然後突然將它推開張在門洞面前。

在裏面靠門左角一隻方形沙發凳上坐着一個年青的女孩子，她兩隻手手心貼手心排得緊緊，頭低着，頭髮剪得很短，尾上有些卷燙的痕跡。看情形可以知道她的每條神經綫都發得極緊張，幾乎把人拉成了一條脆玻璃，　敲就要斷。她清秀的小臉因爲蒼白更顯得溫柔纖弱了。門一開，她幾乎從凳上跳起來。她站起來叫了一句"梁先生！"，與其説是人的聲音，不如説是機器榨出來的。

這兩個人中間的談話不能避免簡單，一個衹消張開嘴傾瀉，一個衹消有耳朵就行。偶當校長先生問到什麼的時候，少女紅着臉答覆了必要的問話，就被止住了。

"你常常跳舞是不是？"

"祇跳了兩天，都是同學和我……"

"不要說同學，自己犯了罪，自己求天父饒恕。你還是在燙頭髮，我那樣告訴你，你都不聽。"

"祇一次，我已經聽校長的話把它剪了。"

校長覺得想不出別的話來，便沉沉的說：

"一次兩次有什麼分別？犯罪不在乎多的。我告訴過你，你是學堂的女兒，學堂養大的，學堂送你進大學，你先要報答學堂，替學堂別的女兒做榜樣替主服務呀，你做的什麼事？你得罪神。"

女孩子不安的身子彈動了。眼淚由躲避着校長的眼睛裏不留情的落下，校長看看覺得可憐，她說：

"不要哭，哭也沒用？你要悔過，你曉得我費了幾多力纔得到教會答應讓你回學校來做事。大學書是不能再讀了，你也不要想。現在你明白自己的罪過？"

女孩子幾乎是堵斷了嗓子的，用力說："我……明……白。"

"要悔過，單祇明白不夠。你想你用了學校多少錢，要你為主服務的。你是孤兒，學校要是不管你，你今天在那裏？你這樣報答學校，悔過不悔過？"

"悔過！我對不住學校。"

"悔了就好，你要安靜，要常常思想你的悔過，常常悔恨，免得鬼魔再來引誘你。現在，我替你找到一個好位置，到林蔭街小學去教書，一個月十六塊錢，你也夠用了。"

女孩子擡起失望的大眼來，馬上又低垂下去，顫聲問：

"梁先生，我不能在學校裏做事麼？"

校長硬生生的擺着頭，不了解的用大大的鼓出的眼望着她，想她怎麼這樣糊塗，以為自己還可以挑選，以為她還可以在這學校裏見人，鼓勵別的孩子拿她作榜樣。她說：

"這是你最後的機會了。錢少，我們為了你好。"

她的言語殭乾得如一具屍體陳列在這少女面前，誰能夠叫屍體重有生命呢？

在開歡迎會的那天，校長先生想到了那孤獨地在林蔭街小學裏悔過的女孩子，她對"蓬頭"梳得特別光亮的江先生說：

"叫路德今晚也來玩，沙利也是學校的女兒，路德叫她姐姐的。"

江先生傻傻的笑，還是不好意思的把眉縐起來，嘆氣。說：

"路德是命不好，若是她也碰到個像沙利丈夫那樣的人，也到美國去了回來，那會弄到像今天？"

校長的薄嘴尖又向上提了，冷冷的說：

"你那裏曉得！沙利多少聰明，從前她訂那個姓周的不是窮酸鬼？管沙利讀大學都讀不完，後來姓呂的又是花花少爺。不是她自己聰明，弄到現在的王先生，她也那裏有今天？依你說都是命！"校長先生慨然了。

晚上開歡迎會的時候，少女路德依江先生的話從黑暗裏來了，可是她沒有見到沙利，也沒有見到校長先生和江先生。這是說她祇望見校長和沙利坐在最前排笑得又活潑又高興，又親熱，似乎她們的一笑一顰都引起全場的效法。江先生走來走去的張羅前臺後臺和客人、主人們，她搖著她的"蓬頭"表示她的忙碌，她滿臉笑著表示她的熱情，但見著她的笑的人，都懷疑她的眼睛裏能看見任何一個真使她笑的人。所以路德就在那黑角落裏坐了一晚上，到半夜裏散會時她纔一個人從後門裏向黑暗中溜走了。

桓 秀 外 傳[*]

桓秀是柳河村的一個女孩子。她自己有一個家，另外還有一個將來的家。要是從她自己祖宗三代爸爸媽媽的家一直寫下來，替她寫出一部生老病死、喜怒哀樂的細帳，恐怕我這隻筆尖都寫扁了，還落得讀者們流出呵欠眼淚。一個女人的熱鬧故事總是要跟出嫁兩個字連在一起的，不管是公開出嫁也罷，自己偷着出嫁也罷。如果把黃花女兒在爸媽跟前撒嬌的花樣拿來寫傳，起碼那女人總該是某種字號的英雄吧。可是我們的桓秀却不過是一個小村子裏有大眼睛和烏青閃亮頭髮的鄉下姑娘罷了。她跟這村裏所有的姑娘們一樣，扁擔倒下來的一個"一"字都不認得。她會繡一手好花鞋，可是從來沒福氣自己繡一對花鞋上脚穿，她會在打穀場上搬起連交來打穀，打得又溜刷，又勻細，連交扒子翻來翻去像一條魚跳得那麽歡，可是她從來不能夠在衆人面前站起來，講一句清楚話不紅面孔。其實她從來就不曾在一大堆人面前講過話。有話彆得臉青脹，手指尖發麻發抖，眼睛像劍刀刺人，她也還是説不出什麽話，並且越過越像啞吧，祇會低頭鼓起嘴。這樣一個女孩子就是鄉下頂平常的秀才都不會犯上什麽心眼去爲她查考一番世系，研究一番她的家庭教育環境，分析分析她的遺傳血統，再來寫一部有關世道人心的大傳的。因此，這一段小小紀事，也不過祇有稗官野史之意，偷她那點小小男女花樣，辛酸苦辣，來望望一隻人生的小小角落而已。從她生活熱鬧處開始，正爲人間所要的祇是熱鬧。好像把一個搶奪民衆、危害民國的異類份子拖去槍斃一樣，其熱鬧是同樣爲人類所賞識的。

要講桓秀，且先講桓秀將來的家。

---

[*] 原載《桓秀外傳》單行本，文化生活出版社，1941 年。

桓秀將來的家是一所門前朝着一條小河的白粉瓦房，房子是瓦蓋套瓦蓋，一連好幾進。大門是八字朝門，粉刷的也很白，左右一邊一蹲麻石鑿的馬，馬背拱起把馬頭都壓到馬腿肚上去了。另外還有一對圓麻石鼓子，粗粗雕着一道連環圈子的花紋。就因爲有了這兩對啞叭東西，鄉下人都説劉三爹家祖上是有功名的，很多人都羨慕桓秀。看見她在河裏挑水的老太婆們就對她爹説：

"把姑娘養嫩點，老屈頭。將來到她家裏還怕沒人服侍不成。"

桓秀爹並不理她們的話，桓秀心裏可是聽了這些話就開花。她總是躲在堂屋背後柴間裏聽鄉下人講她將來的家。她自己到河邊上借故去摘柳枝子，就帶便偷偷看看那個八字朝門，把兩對麻石馬從老遠望了又望。八字朝門總是關着的，桓秀又不敢多看那側邊的籬笆門。每回看見籬笆門那邊有個少年人把褲腳捲上了大腿跨出那籬笆門來時，她就心裏亂碰亂跳，別轉臉走下河去。

八字朝門老關着，因爲門裏面那個門樓已經變成了堆牲口糧食的地方。喂牲口的簸箕、糧袋、牛軛等等都堆在那裏。過了天井，到了堂屋，就是神住的地方。人除了過年過節，不到這裏來。有時來就在這堂屋裏神的脚下，鋪起曬墊黴豆子。

黄豆、蠶豆先蒸煮熟了，都在這裏用大曬簟攤開，上面蓋上構樹的大葉子，蓋得又厚又密，一絲不通氣，好讓豆子黴爛，黴了之後就加上鹽，裝進缸，再加上濃黑的茶水，拿到太陽底下去曬。

堂屋的右邊現在是劉四爹和他的一家住着。劉四爹和劉三爹吵了架，發了血盆大咒，兩家誓不相往來，所以關於桓秀將來的家的悲歡苦樂和劉四爹是遠到像隔山人家一樣的，這倒省了我們的事。但堂屋的左邊可就不那麽簡單。

左邊正間房恰好住着桓秀將來的爸爸——劉三爹和屬於他的一切，那是説他的老婆，他的丫頭，以及他的房地契文、賬簿、錢櫃、租户册、菜圃、竹園帳册等等東西。他的丫頭原是他老婆的丫頭，住在房間後面的拖間裏的。但爲了或種緣故，這丫頭竟也不得不在他房間裏日夜侍候他，説是因爲他夜裏算賬算得太晚，要有個年青人倒茶倒水，捶腿孥腰，以及弄東西消夜。這房間外面是一條橫的過道，走下過道就是牛欄，牛欄外面是劉三爹的大厨房，在交租交糧、割穀打場的時候，這厨房裏總有三四十人吃飯。

厨房外面過天井還有一個小院子，劉三爹叫他的二媳婦帶着她的小兒子住在那裏。雖然他的第二位少爺是在陶家垸替三爹主持一家藥鋪，並不能常常回來，三爹却不許他把老婆兒子帶去。

"把李娃留在家裏。少年人身邊有不得女人。一有了女人就變得不是東西，錢也不在心，事也不在心。我老子不容易弄起家鋪户來，你不要帶個女人去把我的弄塌臺。"

有一次，三爹却又説了別的理由。那是他對他三媽講的。

"我一個鋪子在他手裏，他女人去就會霸佔了我的。"

二兒子一年衹能够回來一趟，別的時候都是三爹自己到陶家垸去。他除了看租看地下鄉以外，逢五月初五、七月十四、八月十五都要親自去藥鋪裏查賬，查點清結了的賬簿，他都親自帶回來鎖在他的箱裏。等到年終二兒子回來時再拿出來作一番全年總結，等兒子結完了帳，急急忙忙起身出去找他女人兒子時，三爹就抱着煙袋斜起眼看着他走出去，從鼻子哼的笑出一聲來説：

"黄皮子，塌鼻窪眼睛，虧他當寳貝！"説的時候，他就騰出一隻手捏那捧着一盌湯元的大丫頭的下巴，將她的臉高高擧起來，拖她的下巴來就自己的嘴。不到半路又撒下手來給那丫頭圓圓飽飽的臉龐一個嘴巴。那丫頭是明白的，就知道這嘴巴是一套頑意的開場。

三爹的大兒子却比較老弟有福氣。他現在受僱在王家莊一家榨場裏當管事，他不把老婆帶在身邊，也不受他父親的管束。三爹每日生氣説大兒子不顧家，不帶錢回來，常常吩咐大媳婦説：

"你們做女人做的什麼事？管住你男人一點。自古説'妻賢夫少禍'，你看他在外面自由自便，專門在女人身上下工夫，看你將來過什麼日子！"

這樣，他就把大媳婦送到他兒子那裏去了。信上說：

"近因老父身體越過越不濟。你不但不養老父，反把婦人小兒交與我管，是太無良心。今送去汝婦人小兒，大家做事，不可白糟蹋糧食也。……"

三爹把大媳婦和孫子送到王家莊去之後，就再也沒得到老大的消息。他並不肯放棄他對於兒子的權利，所以下鄉時，還要特地到王家莊榨場裏去視察兒子的情形。走到兒子家裏，在神主底下第一把交椅上坐下來，吃着大媳婦親自宰的雞，煨的雞湯，把大塊紅燜肉朝嘴裏送。大兒子也坐在旁邊陪着，總是忙忙的把飯一扒完，一隻手正反把油嘴一摺，臉衝大門說一句"榨場裏有事"，就跑了。關於他怎樣管事，怎樣落進賬，怎樣偷油餅、落油渣這些事，三爹還得盤問媳婦。媳婦那裏講得出這些事呢？反倒是把些大兒子睡私門頭、賭牌九的事告訴他。他聽了就惡起眉毛來說：

"誰叫你自己無用，連自己男人都管不住，還成個什麼話說！白叫我老子替你們操心。"其實他心裏私下就在想着私門頭的眉眉眼眼暗笑。

"奸私門頭！這雜種真他老子的兒子，花樣更多。"

三爹還有一位漂亮兒子，又白又斯文。走路腰是彎的，鼻子又高又尖，祇是頭老低着，却未免把那條好看鼻頭屈殺了。而且這兒子還常常有些咳嗽，有時候說有紅，有時候說是綠的。村裏人也曾傳過說這是個癆病兒子。三爹却絕對不相信，他說別人妒嫉他有了斯文秀氣的兒子，生怕他從書香上發跡。

"下流沒出息的雜種，他們懂什麼？縣裏邑上那個相公邑爺不是弓腰彎脊樑，那個不吐幾口豔痰？像他們挺胸霸道，這村子不就被他們的直喉嚨唷窮了的！"

爲這個，三爹特地化了一百弔錢一年，僱了一位邑爺在家裏教兒子讀書，捨不得放他下田裏去。他自己不時還拖起三尺長的旱煙管去書房裏巡邏，書房就在他自己的房間對面，來往是很方便的。任何時候，逢他聽見書房讀書背書聲音低下去了，先生沒有了講書、問話、催背書等等聲浪，他就從自己的帳桌上站起來，換上一雙薄底雙樑鞋，輕輕的像貓一樣走出過道，背着手伸頭從布簾縫裏向裏面偷看，他不看兒子，總是看先生。先生若坐在那裏看書，他就覺得上了當："我老子難道是怕你沒有書讀，沒飯吃的！"若見先生睁着大眼從椅上望天花板，他也是不高興："這雜種他簡直就不管學生！"若逢先生爬在桌上打瞌睡，他就把旱煙管在門框上一陣亂敲，同時大踏步跨進書房去，叫兒子報告今天背了幾首書，寫了幾篇字。他把兒子的書翻開來，照着兒子報告的首數來一五一十統算有幾多字，可以考查出先生究竟講了多少字數，和過去幾天的一比較，就知先生是否越來越偷懶，越來越白拿錢；寫字的算法也是這樣的。倘若他發現字數連續少了兩天，他就計算該扣錢了。三百六十五天一百弔，除了五八臘三節放假三個月共八十九天不算外，實得二百七十六天，每天實合若干大錢，他就要把這兩天應得的大錢扣去。他最喜歡的是先生站在他兒子桌邊，守着他兒子讀書。碰見這樣時候，他就叫丫頭拿點醃魚、鹹蛋和一些乾炒米給先生消夜，有時自己還同先生喝一兩杯高粱。他會記起先生的書香身份來，親自給先生遞一杯酒，然後舉着筷子說：

"先生先請，先生先請。"

他看見他的兒子有時因爲咳嗽，不能讀書，心裏很痛惜。就在喝酒時跟先生抱怨。

"都怪他娘，越來越糊塗！又把他着了涼。我看祇怕得替他把媳婦接進來，倒底有個人照管，先生看呢？……嘿，那個孩子倒是一對黑烏眼睛，有骨有肉，精靈水活。在田裏太陽底下看起來，一條母牛犢子一樣的。……是的呀，就是她。哈，哈，那孩子叫人說起來嘴裏一包糖似的。該把她接回來，呃。"

這孩子就是他將來的三媳婦桓秀。

桓秀將來的媽——劉三媽，大家都說是個旗人。她的臉長，鼻骨高，人也不矮，特別是她一雙腳出了名，叫做鯰魚脚，雖然也和村裏別的女人一樣用布條子扎得很圓，可是一頭一肚都又圓又寬，足有六寸多長。

劉三媽終年嚷着腳痛，別人還是說她的腳大，不像樣，壞了她一輩子，招男人不喜歡。年青時她白日裏總是在田裏，在禾場上，在井邊，在灶口面前，叫乾草豆梗燒得熱札札的烈火把臉皮都烤焦了，晚上常常給三爹捉起頭髮打一頓，趕到牛欄旁邊去睡覺。現在年紀大了，身子也軟了，眼常常有些流眼淚糊漿。兒子媳婦一堆，三爹也不趕她去牛欄去了。她就做些曬豆醬、炒穀炒米、醃菜醃魚肉的事。家裏誰也不大注意她，她也不管別人。無事時就搬了她的針綫盆子，架起眼鏡來在窗子口上坐下來，像在暗房裏找針那麼縫着衣服鞋腳。一面縫，一面自言自語的怨着這條衣叉剪得太長了，那顆紐扣打得不緊，是扁的。

"這不是欺心嗎？這是欺人。"她就這樣喃喃的說。逢她的豆子黴壞了，醃菜走了風，她也是會這樣說的。

"欺死人不要賠的，欺死人不要賠的，這是什麼鬼在害我。"

她的兒子媳婦們都不理她，她又沒有一個女兒。三兒子待她算很好，從書房裏出來了，有時就弓着背一隻手按着胸口跟在她背後要她親自去菜田裏拔幾根生蘿蔔給他吃，或是當三爹不在家的時候，要她去別人家討些鴉片來給他抽抽。兒子說什麼，她就作什麼。兒子生病了，她就在書房裏窗根底下一坐，把兩隻手藏在衣叉底下，遠遠的望着，臉像木塊一樣。再不然，就自己拿一雙筷去堂屋裏無緣無故的攪拌黴豆，攪來攪去不停，好像那豆子裏面藏了什麼古怪東西，要翻出來；又好像那些豆子都是些爬蟲，在她心上爬着，擦也擦不掉。別人見了她就說：

"三媽，三郎是不是有病？"

"誰曉得呢？誰也不曉得是誰在害我。"她喃喃自語的回答，還是扒她的豆子。

"請個醫生看看吶。"

"叫我有什麼法子呢？我又不是不看他，我又不是不看他。"這句話她要重複說幾次，問話的人看樣子不對就走開去，她有時覺得就住了嘴，有時還是講她自己的。

三爹見了她就敲着旱煙管說：

"越老越糊塗。"他的東西不許她動,他的賬簿、錢櫃、票據箱子一概沒有她的份,偶然觸到了那些賬簿,她的手指會自己發抖,臉上變顏色的偷偷向門外望着,怕三爹會忽然撞進來,好像嘴巴到了她臉上,穿了雙樑鞋的脚踢到了她腿上的樣子。

桓秀這個將來的家就田產來說,在村子裏足以說得上穿不盡,吃不盡。三爹有的是田。對河連官莊上好的水田,三爹有四十畝,一年收兩季稻子又肥又大。早年是三爹趕着她老婆兒子和長工自己種,現在是家裏長工種田,家裏女人們幫忙做場上的事。此外還有幾個別的村子,有的幾十,有的一百,水旱雜糧田都夠數。屋子後面一個大竹園、菜田、桑園,不種桑,專賣桑葉。除了這些農家本業以外,三爹還有一串債奴,還開了一家藥鋪。村子裏大家都認得劉財主。大家都覺得桓秀有福氣。有些村姑們到了春天裏不愛做事,專喜歡去土山上摘些紅野花來插頭,她們的母親就要拿鍋鏟敲着灶台罵:

"看你這樣懶,將來到人家去怎麼過日子!那個都是到財主家?難道你有桓秀那個福氣?吃的穿的備好等你!"

女孩子們就摔着大黑辮子遠遠望桓秀鼓眼睛。三兩成堆的由她身邊擦過去,裝着沒看她的說:

"哎喲,不曉得我有吃的穿的等着我嗎?過門要作少奶奶的。"

有時候這些女孩子就偷偷一個一個來找桓秀,拉她坐在廚房裏柴堆上,臉靠臉小聲音問她:

"四喜說今天看見了他?"

桓秀立刻懂得這個"他"是什麼,就紅起臉來打嘴。那女孩子就要認真着急的辯:

"真的。四喜看見了的,高個子,黑的,打赤膊,腿好粗,好黑,她連毛都看見,說都是長毛。"

桓秀就低着頭從眼角裏看她,她好像自己看見從籬笆門裏跨出來的那個少年人。

"怎麼他們說是個讀書的少爺呢?那樣子還不是跟我們一樣?"

桓秀就吱的一笑，小聲音說："跟你們一樣！在家裏讀書，出外就種田，財主家裏都是這樣的。"

那女孩子就把臉一別：

"你怎麽曉得？未必你看見過的？不要臉！"

桓秀就把她一推，氣得說不出話來，胸前一挺一挺的鼓着，過了好一會，纔嚷道："是你自己說的。是你說的，是你自己先不要臉的，你還看見了毛。"

那女孩子就氣得一跳站起來，罵："死不要臉！講自己的男人是少爺，自己是少奶奶，好，你就是少奶奶，還不曉得！人家都說是癆病鬼，就會死的，有什麽得意！"

桓秀也鼓着眼跳起來，抓起舀水筒就打，那女孩子就哭着跑了。桓秀媽走來罵，桓秀自己就生氣。她不相信"他"是癆病鬼。她覺得在家裏做少爺是那樣的，出來就不同了。她心裏想得喜歡，桓秀媽還是罵：

"……不曉得自己多大，人家要來要人了，以爲你做一世的女兒，享福？不把這些柴把都扎完把子，不給你飯吃！"

桓秀纔又氣鼓的坐下來，心裏想："享福，是享福的！"眼看桓秀媽一轉身，她就使勁把柴把子丟了，閉上眼睛把兩手支在膝蓋上撐住下巴想起事來。想着一會兒自己笑，一會兒縐眉，一時深信他是一個高個子、黑赤膊的大男人，他們兩個人會有個好好的家，兩個人像兩根筆直的柱子把那個家頂着。他趕牛下田，她就鋤草；她到山上去牧羊，他就在家裏碾穀。她要養小鷄小鴨來吃那些碎穀碎米，免得糟蹋了糧食。但一時她又怕起來，她覺得那女孩子咒他是癆病鬼，生恐會應她的咒。心裏時冷時熱，隨手又抓起柴把來扎柴。

桓秀坐在柴堆裏扎了半天柴，心裏老是不舒服。她先頭把豆梗一把一把抓起來，把兩頭屈斷，用乾稻草齊中間一綑，就往灶旁邊一丟，做得是很溜刷，很起勁，好像豆梗都聽她話，像一匹小牛似的，她一牽它們就過來了，到她手裏綿綿伏伏的隨她折，隨她綑，一丟就順順的落上了綑好的那一堆。現在可不那樣。她拉柴時就見柴枝柴葉總是筋筋絆絆的扯不開，她生氣的去亂扯，把一大堆黃豆梗都拉散了，拉了一地，連灶門面前灰坑裏都是柴。她賭氣不扎柴了，站起來走到她媽房門口聽聽沒有聲音，便一溜煙跑到河邊上去，遠遠看見了那所平地一片的白瓦房，心裏覺得發亮。便檢了一棵大柳樹，站在那濃密的柳條底下朝瓦房望着。一時脚下聽見遠處有騰突騰突的脚步聲，她臉一紅，趕緊四面一望却又没看見人。她擡頭看看那樹，樹枝又大又低，权枒很多，初秋的柳條是和綠絮簾子一樣了。她再望了那白瓦房子一眼，見沒人出來，便急急爬上樹去，檢一處直叉出去的大枒子兩脚登開，一手攀着一枝樹权背朝河望着。這是騰突騰突的脚步聲越來越近，却越來越輕緩，一個響亮的男人喚牛聲刷的在空中掠過，好像一道耀眼的電光從她眼前閃過去一樣：

"喝呵！……"

聲音像唱歌，從左手構樹和野竹林子裏傳出來。林子脚邊一時出現了一條牛的嘴，等它轉上了河邊那條白色的道路，它後面駄着農具的一個打赤膊的高高男人也現出來，他的胸脯像小土山那麼隆起，紅得發黑，褲脚捲在大腿上面，大腿也是又紅又黑的，他穿着草鞋的脚像彈棉花似的在地上騰騰走着，兩條腿那麼一顫一顫的振動，似乎聽出有弦子的聲音。她細細一看，那黑黑的腿面上長滿了長毛。這個人臉額高，鼻子高，臉是光的，長得甚是秀氣。她見了他就忍不住心跳，記得是在那白瓦房右首籬笆門前看過他出來，也見他在河邊堤上走過。她心裏忽然輕鬆起來。她覺得這就是那個女孩子對她講的"他"，她素來就這麼想的。要不然，誰會有那麼秀氣一張臉？她有些害羞，腿發軟，便在樹枝上坐下來，用手支着頭，一直用眼送那個年青農人走路，好像自己也跟着他在走，好像那條白色的河道發着光亮，越走越寬，也越走越硬，後來就走到了那個白瓦房子的家。那個家裏祇有他兩個人，後來她替他打水，他就把牛牽去洗刷。她站在他旁邊，也用一塊濕布子替他擦着背上的汗，忽然她就會看見了他腋下的黑毛，她會用兩個手指把它拈起來，像扭絲綫那麼的扭着，弄得他發疼，他就會罵她，笑着扳她的手，把她推開。於是一群公鷄母鷄會咯咯的圍在她脚邊來，她就會説：

"哎哟，這些畜牲像餓牢裏放出來的呀。"

於是男人就會別轉頭去看小雞，求情的樣子說：

"秀兒，喂點食，餵點食，今年雞貴，我們多抱幾個小雞賣了好餵母猪。"

她迷迷糊糊的望着那男人牽牛走過雪亮的禾場，果然朝那間籬笆門走去，自己心裏撲通撲通跳着，好像自己就要跟他走進去一樣。恰恰走到門口就見那男人退了兩步，把牛往旁邊一順，籬笆門邊邁出了兩個年紀大些的人來。前頭一個穿藍布短褂、白布褲，褲脚用黑寬帶子扎着，頭髮剃成了個和尚頭；後頭一個嘴裏還刁着一管長的煙管，頭髮已經大半灰白了，剃了一圈，頂上一大塊却留着，長得很長，朝後梳着，額角窄，三角眼很大，似乎很會棱起來看人的，下巴骨寬，所以臉也寬，很硬的嘴角邊，伸着兩疋尖薄鬍子。這人穿的紫花布對襟短褂，齊腰扎一條布帶，脚下的紫花布褲脚也是黑絲帶扎起來的。雖然老了，看着還是尖利精神的樣子。祇是説話的神氣不像高興的。他兩個邊説邊跨出門外，站在門外又談了幾句什麼，然後那藍布衣服的人，拍着胸脯子做了幾個手勢就走了。紫花布人轉頭看了那年青農人一下，哼了一聲説了一句話，少年人也帶笑作了回答。後來那老的把牛摸了兩下，便拿下煙管各自先走進去了，然後那年青人和牛也隨他進了那籬笆門。

桓秀一直看到他們都不見了，纔嘆了口長長的氣，覺得無聊起來，掉頭四望。她看見穿花布衣服的人正在朝去她家的路上走，心裏好疑惑。她認得穿紫花布褂的人就是劉三爹，她將來的爸爸；也認得穿花布褂的就是後村郭二爺，她的媒人，原來和桓秀爹認得的。桓秀爹因爲跟兒子打架，把兒子氣跑了，多年不見面，不知生死存亡，兩個女兒又都不孝順，嫁到人家去不是給爸爸媽媽招麻煩，招閑話，就是不理娘家，所以沒好氣，不愛理人，郭二爺也少上門。現在忽然往她家路上走，其中定有蹊蹺。她忙忙爬下樹來，彎過岔道，老遠的跟着。郭二爺果然到了她家門口就敲門進去了，桓秀緊跑幾步，將近她家後門，就望見了她家灶上的炊煙，聽見桓秀媽大聲喚着：

"桓秀！桓秀呀……"

桓秀跑到後門竹門邊，輕輕推開門，鑽到廚房裏去高聲應道：

"在這裏呀！媽！"

一面她就趕緊抓了些豆葉柴屑撒在頭上身上，坐在灶下添火。

桓秀媽由前面走進來罵道："你個死丫頭，一錯眼就不見，火也不燒，柴也不扎，你跑到那裏去了？"

桓秀一面添火，一面說：

"我頭疼，我在柴堆裏面睡了一會兒，媽。"

她媽說："見你娘的鬼，你在柴堆裏睡覺，我那麼大聲音喊，你都不聽見？"

桓秀嗯了一聲不答話。過了一會，她纔說：

"我頭疼得都暈了，媽，你看我像是病了嗎？"她掙起臉去看她媽。

桓秀媽說："病了？怎麼就病了？快些添火，我還要切洋山芋、胡蘿蔔煨呢。"

桓秀覺得奇怪，故意又問："媽，今天煨胡蘿蔔作什麼？"

她媽說："不要多話。"

桓秀又沒有聲音了。再過一會，她忽然站起來看看她媽說："是不是郭二爺來了，媽？"

她媽看着她的眼睛，一面洗胡蘿蔔說：

"你纔說你病，你又曉得郭二爺來了，你這個婊子養的丫頭，真不是好東西。"

桓秀臉紅了，心裏却生氣，嗔着她媽罵，可是不知說什麼好，便賭氣坐回灶門前去，大把大把柴往灶肚裏塞，把火都塞實了，煙便像山谷裏出霧似的從灶門口嘔出來，頃刻滿屋都是大煙子。她母親嗆了幾口，嘴裏直嚷：

"秀兒，怎麼的？秀兒，怎麼的？"她的眼都薰出眼淚來，蘿卜也切不成了。便跑過去爬在灶門口，用手遮着眼簾，朝灶裏看，推着桓秀說：

"該死的東西，你又來使壞。得罪了你就該好的。看你塞一滿肚柴，這火是怎麼得了？"

桓秀賭氣也不答她娘。自己站起來就跑出厨房去，心裏想：

"看你一個人弄吧，隨你，橫豎我不吃你的胡蘿蔔，"她知道她爹媽不會讓她跟郭二爺一塊兒吃飯的，她心裏有氣，她想：

"我偏要聽，看你們弄些什麼鬼！"

她跑到堂屋後面站着，從門縫裏往外張望。堂屋中一隻木板桌，她爹坐在左邊，郭二爺坐在右邊抽水煙，兩個人都没説話。

過了一會，郭二爺裝的袋煙把剩下的一點紙枚蒂在嘴邊呵風似的吹，吹了半天，見吹不燃，便把紙蒂子就着煙肚去吸，用很大的勁，吸了幾口纔把紙枚蒂子順手拋掉，放水煙袋在桌上。回頭對桓秀爹説：

"三百弔錢，還要首飾衣服，不是容易事呢，二哥。"

桓秀爹不説話。

郭二爺又説："祇要兒女過去相安，你做老子的何必爭？"

桓秀現在的確明白郭二爺是在談她的事，她覺得幌動起來，眼前立刻是那個大男人，那個白亮的家，那寬舒的躺在河岸上的禾場，平得和鏡子一樣，她甚至於好像看到了她提着衣服——是那個大男人的衣服——去河邊石頭上洗。底下她爹和郭二爺談了些什麼她也没聽見，就跑回她媽房裏去，抓着一雙手站在她媽牀前一個黑角裏，遠遠看着窗口。好一會，纔被她媽找來叫到厨房裏去。

桓秀出嫁的事情算是定了。日子照鄉下規矩定在臘月間，那是農人們大家休息的時候。她的爹媽忙着，她自己也忙着要作些衣服和針綫，特別是公公婆婆的鞋呢，荷包呢，煙袋呢，丈夫的板帶荷包呢。拿了人家的財禮就越發得巴結點。桓秀倒不是那樣想的。她祇是高興，祇是喜歡作，好像她不是在做這些東西，而是在織一片很美的錦，錦裏面有她自己，有那個多毛的黑紅赤膊男人，好像他們兩人的脚前還有些小鷄小鴨，咯咯呷呷的走來走去。

出嫁那天晚上，桓秀被人家很慎重的關住房門，扯掉了她額前的汗毛。那是用綫絞的，整整的絞了三下算是開面，其餘臉上全部的毛都得候嫁了之後第三天,纔用一種鄭重的儀式再行絞去,並且把額上的短髮也得絞掉一些,好開出一個四方的額角來。

要那樣的手續完備以後,桓秀纔算是一位正式出了嫁的女人,所以她對於這種手續很是歡迎,雖然很粗的綫硬絞臉上的毛原是又麻辣又痛的事。以後她纔穿上了老紅布衫子,在頭上蓋了一塊紅布,被父親送進花轎裏去。一到花轎裏她立刻就停了哭,心裏敲着轎夫的脚步聲,似醉似夢的坐着。好像坐了很久很久,纔聽見大鑼大鼓喧鬧着,鞭砲必里巴拉大震起來。她的心劇烈的亂撞,臉全部發熱,頭裏面像在走馬。她把眼睛合起來去聽外面的聲音,祇聽見人聲嘈雜,一片嚷叫,什麼也辨不出來。人們的脚步在轎子外面跑來跑去,轎子動得很慢起來,也更平穩。從封得嚴嚴的四週的轎縫裏,有了幾絲光綫透進來,轎子的起落現在似乎是由外面限制了,節奏不那麼一律。她模模糊糊覺出轎子是已經進了門,但好像又過了很大一會纔慢慢歇下來,這時候,她也聽見了女人們嘰哩哇啦的聲音叫這個,叫那個,夾在各種人聲、金屬聲、脚步聲裏面,祇是她什麼也辨不出,心裏急得很,想看一看究竟,不知是否跟她看人家過喜事時候的情景一樣。

又過了一會,嘰哩哇啦的聲音纔走近轎來。桓秀連忙驚醒的自己鎮定一下,把眼睛閉上,決心要學別的新娘子把頭垂得很低,眼睛不能睜開,她不能叫人笑話新娘子臉皮厚,不能叫那個高高大男人丟臉。她就是按着這種辦法走出轎的。

她被兩個女人扶到了紅氈上機械的磕着頭,但心裏還是忍不住要看看那個跟她一起磕頭的男人。可是她不敢側頭去看。糊裏糊塗的就被女人們把她捉進了一間亮得很的新房。兩個女人把跟的人都趕出去,房門關起來,這時她纔覺得清醒了一些。她看見房間花花紅紅,牀前一張繫了紅桌圍,點了香蠟的方桌上擺着兩副碗碟杯箸,她明白她和那男人要喝交杯酒了。她極想擡起頭看那個人,可恨兩個老牽親婆却守在旁邊。直到他兩人被攙着交互對拜的時候,她纔大起膽子來擡了一下眼皮。可是不中用,她祇看到了那人的馬褂就再也不能看上去了,因爲她的頭是低着的。就情形，那人好像不太高。穿的袍子，繫了套褲，脚下是青緞雙靴子，自然無法看見他的腿脚。

這事以後她便被扶到牀上去坐着。男人出去了，許多在房門等熱鬧的人擁了進來。桓秀要發現她的丈夫是非等到這些人鬧厭乏了，都散了的半夜以後不可的。

但是有誰知道她半夜的失望是怎樣的呢？清晨天還未大亮時，老牽婆走到新房裏去，發現新娘子還是昨晚的裝束，臉向窗外坐在窗口底下。她的臉青得發冷，眼珠定定的不會動，像呆了的。

按照鄉下的規矩，她第二天早上要出去拜堂。無論她的疲勞怎樣厲害，發現了失望以後怎樣的煩惱氣恨，她還是被兩個牽婆攪着去作這許多事，但是她現在已經不像昨天那樣把眼合着了，頭也稍稍擡起來。

她被攪着給她的新爹新媽磕頭的時候，就聽見一個男人的聲音笑着說：

"哈，哈，三爺好福氣，娶這樣漂亮的媳婦。"

"嚇，嚇，嚇，好說好說，"一面說一面他就走近前來，自己掌心對掌心摸着，好像很想看仔細又不好即刻那麽作的樣子，祇是嚇嚇的笑，連連說：

"是好孩子，好孩子，胸寬背圓，好做事，是祖宗的福氣，也是我三郎的福氣。"説時他走到了兒子面前，教訓式的道：

"這下更要用功讀書了。如今雖然不考秀才了，捐個洋學堂的學生做，也可以做官當差事的，說起來今日當差事的人錢比往日還要更容易賺——諸親好友看我這話對不對？"

"是呀，是呀，三爺的話那有不是的。"大家一窩蜂的回答着。又有人說：

"這也是三郎的命好，三爺的福大……"

三爺却像沒聽見的，對他的新媳婦用嚴肅的聲音吩咐說：

"你是個聰明孩子，好生侍候你丈夫。自古說'妻賢夫少禍'。三郎是讀書人，要做官的，好好替我保養他。日裏勤勤快快，多做事，你也是做慣了的，所以我家纔用得着你，"以後頓一頓，他又重重的說：

"我家裏不能養一個閑人！曉得不曉得？"說到這裏，他把新娘子的臉再看了一下又溫聲說："好生的過，家裏有吃有喝，也不要想你娘囉。"

桓秀低頭在嗓子裏應了一聲，她覺得像有一盤石磨落在她肩上一樣，心像變成了一灘黑泥。

在鄉下沒有新娘應該坐新房過好日子的。新娘們頭天晚上嫁過來，第二天早上磕頭，見長輩，見親戚。到了中飯以後，客人散了，每個心裏明白的新娘就應該下裝工作了。桓秀也是這樣的就開始了她的新光陰。

她自己坐在屋裏下裝的時候，三郎走進來了。看見她坐在新朱漆桌子面前，撒下了一整疋烏青綢子似的黑頭髮在梳頭，就慢慢走過去，身子一歪，腰靠在桌邊上，對了桓秀嬉皮笑臉的問：

"昨天晚上你怎麼不跟我睡覺？"

桓秀還是認生，她的臉紅了起來。她不好意思的愈發把頭低下去，一手抓緊了那大把的她手合都合不攏的頭髮，把它的尾部打倒前面來，用一把粗齒的赭色漆的大木梳死命的梳。她完全不覺得面前站着的這人就是她的丈夫，就是昨晚上和她關在一個屋子裏，可以和她睡在一張牀上的人。她好像永不會認識這個躬背窪眼睛的尖臉小男人。她看見他的穿着白竹布襪和青緞直樑鞋的脚，覺得那不像人的脚，脚頸那裏再被用黑帶子將褲脚一繫，像兩根乾樹枝。

三郎那裏曉得她眼睛里看到的東西，還伸出黃黑的細骨手指去摸她的臉，自己也好像不好意思，手指試試探探的伸過去，剛觸到她臉上，桓秀驚得一跳，忙把臉別開，三郎的手指也反應的一跳，立刻縮了回來，三郎的黃面孔慢慢發青了，他生氣說：

"你爲什麼不理我？你看我告訴我爹去！"

桓秀怕起來，生怕前房裏有三爹在那兒會聽見，心裏急着，眼淚就流下了。三郎很得意的說：

"你不理我，我爹會生氣的。你不要看我不起，我明年就要進城裏去考學堂，考了學堂就做官，你敢看不起我？你敢！"他就呼的一下站起來，走到牀前去脫鞋，叫：

"桓秀！把我的舊鞋子找來，這雙新鞋把我腳壓得疼死了。"

桓秀又羞又氣，祇是不敢作什麼，就一手抓着正要緊扎根的頭髮起身替他找鞋，恰恰這時三爹嘴裏刁着長的旱煙袋走進來了，看見桓秀爬在地下到處找，房間又黑，她幾乎是伏在地上，抓頭髮的手也放了，又長又多的黑頭髮覆滿了她全身。三爹詫異的説：

"你們在弄什麼？"

三郎打着白竹布襪子的脚，説：

"叫她跟我找鞋。"

三爹看着兒子，心裏頗嘉獎他會駕馭老婆。但是他看見桓秀滿身長髮，好像從來沒見過的，恨不得走過去用手摸一摸，便叫道：

"起來，起來，點個燈來找。"

桓秀便站起來，低着頭，兩隻手交互的擦着去土。她的臉紅得豔豔的，兩顆大的淚珠在眼角閃閃的跳着，烏亮的水紋綢子似的髮絲從頭頂抹肩披下來，恰恰露出一條蛋圓的粉紅色的臉，和一對像白毛老鼠般羞怯的擦着土的白手，好像叫人看得透她的雪白的胖胖身體似的。三爹看得心裏發癢，心裏直喝采，却是又不好作什麼。他看見兒子已經從一隻櫃底下拿出了他的鞋一拍，説：

"看！這不是？亂找。"

三爹覺得他兒子捉狹，却喜歡他這樣，覺得將來祇有這個兒子精明得用，所以看了他兒子一眼，就對桓秀説：

"鞋子已經找到，你就快梳好頭去做事。厨房裏東西多，都沒收好，你要去招呼。不要給那些趁火打劫的王八蛋發我老子的財。"

桓秀嗯了一聲，三爹敲着煙桿出去了。桓秀也巴不得趕快走出這小房間，便忙忙把頭挽起來，在腰裏繫上一條藍布圍裙到厨房裏去。其實厨房裏已經沒有什麼東西了。碗碟都洗好了堆在方桌上，二媳婦站在橱檯背後弄什麼，她的四歲兒子拉住她背後的衣角，看見她進來便叫：

"媽，新三孀娘來了。"

二媳婦回頭一看，急急不知弄什麼，以後把一隻扁缽放進旁邊碗櫥裏去。桓秀似乎有些明白她在作什麼，她不好走過去，把那些碗碟望了望，說：

"姐姐，這些東西收到那裏去？"

二媳婦轉過她瘦削的身子來說："那還要請老頭子來查數的，你不要動。你去挑水，水缸裏没水了。"

桓秀找到了水桶，提出當院裏四面一望，對面是一排小平屋，右邊院子過去是通籬笆門的小土路，牆根下靠着些農具，有兩個長工在那裏削竹片，打盆箍，左邊是一塊空地，地上亂堆下破屋架磚瓦和灰土垃圾堆，一群小鷄小鴨在土堆裏低着頭伸長着嘴巴覓食，哼歌兒似的輕輕在嗓眼裏咯咯着，散步似的在灰土旁走來走去，用爪子輕輕扒什麼，又不扒了。桓秀心有所觸，就把它們看了一會。

一個長工叫起來說："三娘，要打水麼？"

桓秀吃了一驚，三娘的名字好新鮮又好生疎。她望那中年長工點點頭。

長工用手一指，說："那屋架子過去就是。就在那平屋頭邊。"

桓秀挑着水桶走過去，轉過平屋的角，果然有一口石欄井，井邊有個高高男人在洗脚，她倒抽了一口涼氣，心想："這個人真不怕冷！"

那人聽見有人來，擡頭一望，桓秀驚了一大跳，心裏噗通噗通的，直想："是你呀？是你呀？"她再看他的腿果然是那麼粗，那麼多毛的，並且凍得通紅了。

小鷄聽見人聲都咯咯的走攏來，好像來訪問什麼的。桓秀站在那裏，呆了。

那男人却自然的說："三娘，要打水麼？"

桓秀像醒了似的說："是的。"

那高男人說："我跟三娘幫忙吧？"

桓秀說："不消得。"那男人便各自擦完腿走了。

春季裏在那一帶常常多雨，雨一下總是論月計算時間的。加以地方原是一塊盆地，大部分都是舊日湖沼的淤積區，陰寒潮濕恒比任何季節都使人更不舒服，有舊病的總是怕過春天，特別春夏換季的時候。

三郎把冬天度過去了。但是春天一來，他的病也回來了，咳嗽又帶起血來，天天都要躺在牀上。桓秀整天的陪着他，幾乎是不能走動一步。夜裏她不能睡，因爲病人常常是失眠的，要她醒着陪他。三爹爲了心疼兒子的病，久已不能留心桓秀的大眼睛和黑頭髮了，天天打聽好醫生，幾乎每天換一個醫生，叫長工輪番去自己的藥店裏拿藥，免得被人賺了錢去。三媽白日裏就來房中靠墙抄手坐着，對着她兒子傻看，聽見三郎在牀上翻來翻去的大聲喊着"媽呀""媽呀"，表示他不舒服時，常常驚得手足失措，顫顫抖抖的站起來，兩隻手在身上無所謂的摸着，嘴裏喃喃的說：

"叫我做什麼？叫我做什麼？我無法呀，我有什麼法子呢？"

她的兒子看見，就在牀上跳起來，怒氣的喊："你滾出去！你跟我滾出去。誰要你？"

外屋裏三爹要是在，便要走進來，黑起臉滿屋打照面，最後就用尖銳的眼光釘在她身上示威。

於是她真的戰抖着扶墙抹壁，走回她自己的房間去。

夏天來的時候，三郎又好起來了，可以拿根棍子拄着在外面走走。醫生都對三爹道喜，說：

"好了好了，過了這一關，三郎就不會再有病了。總算我們把他從閻王手上搶回來了！"

三爹懂得他們說話的意思。他看着他兒子，他心裏可是明白的人。火病入了骨，腰也彎了，背也駝了，這一個春天好像比往年特別狠，特別厲害。他並不肯多給醫生們一個多餘的謝錢。

夏天向秋天去時，果然三郎的病又犯了。這一犯就沒有能夠起牀。病人越來越躁急，咒罵着許多人，特別是桓秀，挣扎着由牀上起來要打她，桓秀起先躲開，他就望着外屋裏嘶聲音叫起"爹"來。桓秀祇得賭着嘴，背着臉，連忙將身子送過去由他打。打不了一兩下，就自己困乏的把手落下來，哭着罵：

"婊子養的！賤屍！你欺我。你不理我。"

桓秀趁他把臉別過去的時候，便咬緊牙齒戟着手指向他狠命的指一下，心裏願着他早死。她祇覺得要是沒有了他，她就可以再出去作事，她可以到禾場上去，到河邊上去，到菜園裏，到竹林裏。她還可以到舊屋柴堆子旁邊坐着，抓一把細米，把小鷄小鴨全引到她脚下來，繞着她的脚咯咯的，喳喳的吃食。並且她會看見井邊那個高高的根生，赤着黑紅的胸脯在那裏洗脚，洗他多毛的腿。她已經許久沒看見他了。自從開春以來，三郎的病無論好好壞壞，總是要她分擔，他無論作什麼都要她，到那裏都要她陪着，弄得她好像坐牢一樣。

小陽春還沒來以前，十八歲的桓秀果然就如了她的願望，變了一個寡婦了。別人見了她都覺得她可憐，惟有三爹和她自己的看法是兩樣的。三爹相信是她尅了她的男人，見了就有氣，暗自盤算要找個人把她賣到城裏去，他自己心對心計算她大約能值多少錢。她還祇有十八歲，人樣子不醜，小脚，不多說話，心裏有算計，賣三四百弔不是難事。祇是一層難了他。他劉三爹要說賣媳婦，不是把聲名都丟完了麼，別說賣，就是再嫁也是很不好聽的，他還得想好法子。

桓秀自己覺得像出了籠的鳥一樣。她不曉得作寡婦對於她是什麼意義，有什麼罪過。把三郎送下了土以後，她就忙着收拾她的房間，把許多被褥、牀單、衣服、帳子抱到河下去洗。在那裏她和從前那些女孩子們見面仍然親親熱熱的。女孩子們向她打聽她丈夫死的情形，她縐縐眉，也講些給她們聽，但是講不幾句，就停止了，說：

"我不講了，討厭的事。"

大家都可憐她，依了她。她洗完東西提回家在舊屋架上晾起來，晾完自己趕着就去挑水、挖菜、或者挖筍苗。場上打禾曬穀的時候，她總是第一個到場，最後一個收工。她工作得比別人有勁，曬起穀來，她一天幾次拿着扒子去禾場上扒穀粒，粗活細活她都作。特別是根生在場的事，她作得分外高興，因此三爹又喜歡起來。常常站在禾場旁邊看他們工作。他守着桓秀臉上一天天染上了康健的紅色，臉頰油潤的紅滿起來，黑頭髮在太陽光底下一閃一閃，像烏金飛滿了頭一樣，他覺得這女孩子很要緊起來，自己說給自己聽：

"咿，是好人手，是好頭面。"

桓秀看見他對自己笑得漸漸多起來，又更大膽了一些。她明白自己的事情作得好，却沒想到別的上面去。她祇有一條心，她看根生。現在他們在一起的機會已經多了。冬天裏除了下麥種和上城以外，根生不大出去。很多家裏事都要他作，像砍竹、剗筍、打篾籃、箍桶、扎柴把這些事，他們常是在一起的，根生告訴她他還沒有娶親。他也沒有爹媽，祇有一個姐姐嫁到紅嘴湖那邊去了。丈夫窮得連自己都養不活，所以他要幫他姐姐一些。除此以外，他就是一個光人。他已經積了有點錢，想將來自己買幾畝水田，買一條牛，弄個家，自己過日子。

一天，他們兩人都沿着河岸走着。他挑着穀子在前面，她在後面拿着一條棍，牽了牛在跟着，他們是向碾槽上去的。她們一面走，一面談着，根生說：

"三爹算錢算得精，前年我下鄉挑穀遭蛇咬了，病了一兩個月，三爹就扣工錢，一點事就扣錢，要不然，我現在就有了上二百弔錢了。"

"二百弔錢買幾畝田？"

"如今田貴，好水田不過買得畝把子。"

"畝把田，兩個人種就夠吃了。"

"除非還有點錢糶豆子。今年黃豆便宜，出年就要漲一倍。"

"漲那麼多？"

"出外洋的，外國人收。"

"依我說，不如餵小豬，明年養幾個豬仔子就是對本利……"

他們走到了碾上了。根生把穀子倒在槽裏，又把牛蓋上眼睛，繫上橫架，便候桓秀坐上橫架去。

桓秀却不坐上去。她站在他對面還是問：

"養猪仔子不是好?"

根生看着她想了一想,説:

"好,養猪也是對本生意。"

桓秀高興的説:"我們還餵鷄,餵……"忽然她臉紅起來,記起自己説溜了嘴。根生把她從頭看到脚,看見她頭上繫着一塊白布,在一大盤烏黑的髻子那兒扎起一隻大白蝴蝶樣的結。灰布襖,青布褲,攔腰細細扎着一根白布帶,祇有一張臉是像纔開放的紅山茶,又滿又嫩。膀子圓實的露了半截在外面,好像一捏它就會彈起來的。她的嘴像一簇紅沙果,都透明了。

他看了一會,又四野望望,然後他説:

"你坐上去。"這句話聲口熟得像親人。桓秀攩起眼烏溜的望他,忽然她眼睛裏發起光來,淚水聚集了,顫動了,一大顆眼淚落下來了。根生把她拉了一把,又趕緊放手,不自然的説:

"你不坐上去,人家來了會看見的。"

桓秀忙忙把眼淚擦去,説:

"根生。"

"嗯。"

"他們都説我應該走。"

"怎麽走?"

桓秀沒有話説,過一會,她憂鬱的説:

"這裏也不是我的家呵,我就沒有家。"

根生看着她,過了好一會,纔好像有心着重的説:"你回去。"

桓秀奇異的望着他問:"回那裏去?"

他説:"回你爹媽那裏去,我來娶你。"

桓秀臉上光彩起來,很親熱的看他,看他,一時她別過頭去,看着河岸下流得很慢的清澄得像結了冰的河水,那河水到了冬天好像乾净得一點藴藏的希望都沒有了的。她又憂愁了,她説:

"根生。"

"嗯。"

"我愁你沒有錢，我的幾個壓箱錢都被死鬼拿走了，我的首飾也被三爹收回去了，我是什麼都沒有了的，就衹這一點。"

她拔下頭上一根翠藍銀簪子給他看。

根生搖頭説："我有一百六十多弔錢，再過一年，一個錢都不用，再有點外水，就有了三四百了，我就來娶你。"

桓秀又説："那我就來餵母猪，我自己餵，我把這根簪子賣了，買小玀玀餵，明年我也有錢了。"

根生説："呃，你今年買小玀玀，明年還是'半造子'，賣不了多錢的。你買個'造子'。明年就是大母猪，賣了老的還有小的。"

桓秀笑起來，説："還是你想得好。"

根生忙止住她説："你這樣笑，聽見了該死。"

桓秀把河邊路上一望，忽然她的臉慘白了起來，她説：

"根生，快來碾穀，"説完，她快快坐上碾架去。把棍子的一端放在槽裏，好攪動被碾的穀粒。

根生一面趕着牛走，使碾架轉動起來，一面回頭朝河岸道上望，轉過頭，三爹已經走到了他們跟前。黑着一張臉，一隻手背在後面，像是藏了什麼武器，另一隻手拿着長煙袋，煙袋上桓秀作的大紅緞子繡花荷包不安的擺動着。

三爹走進前，很世故的笑着，問：

"碾了幾斗穀了？"

桓秀不作聲。根生支吾的道："剛來呢，還衹開頭。"

三爹擡頭看太陽，説："太陽都曬上了屋脊樑，你還説剛來。十弔錢一個月的工，一天三百多錢，你丟一個早上，就丟了我一百多錢。你是在打我的主意？"

根生低下頭，衹管掃着碾槽旁邊的穀，嘴裏説："我不敢那樣不講良心，三爹。我來三爹跟前這幾年，三爹總曉得的。"

三爹哼了一聲，説："要不然我還用你！"説時馬上轉頭對桓秀説：

"你回去，你媽正在找你有事。"

桓秀巴不得走開，忙溜下碾子來朝家裏走。三爹惡眼盯了一下她的背影，也轉身。臨行前對根生說：

"你等着，我叫二娘來看碾。"說完，他就跟了桓秀走轉去。他幾步就趕上了桓秀，但並不走上她前，或與她齊肩走，祇在幾步後面跟着，守着她的步子走，也不招呼她，也不作聲。桓秀聽見他的腳步聲不緊不慢的在後，就像一隻狼跟着一隻山羊一樣，覺得他的眼睛像鈎子一樣挖着她的背心，心裏怕得很，走路幾乎像跑似的。很快就到了家裏。

桓秀要往廚房裏走，三爹却喝住了她，叫她站住，他自己走去廚房裏吩咐二媳婦去碾榖。看着她走了，纔轉身喝着桓秀道：

"到你自己房裏去！"

跟着他又把他的大丫頭也打發出去了，便像一尊雷公樣臨到桓秀那間黑黑的後房裏來，兩眼盯着桓秀，順手自己把房門關上。

桓秀扭着雙手發抖的站起來，牙齒咬着下唇，兩眼睜大着，眼珠動也不會動的看着他。猛不防他像一隻夜狼直撲過去，抓緊桓秀的嘴，就用一條布巾綑起來。接着又綑起她的手和腳，然後自己站起身，把桓秀提起拋在她牀上，捎起一根門杠一言不發就使勁打。他算計着永不讓他的門杠沾着桓秀的頭部，祇在她的下身用力。打得桓秀滿牀滾騰，嗓子裏面像豬哼，全身一時縮成一團，一時又伸開，頭臉手腳痙攣的在牀鋪上死勁摩擦，眼睛紅赤得像血球一樣的朝射在三爹的臉上，好像眼中長了血牙要咬殺他似的。三爹却不理會，祇是橫着臉，閉緊嘴唇，雙手舉着那條頂門杠子用全身之力去打，他的整個身子跟着杠子一上一下，好像整個的是一副打人機器。忽然啪一下，杠子打着牀邊，斷了。三爹手裏一震，這纔把杠子丟了，屈身喘吁吁就在榻板上坐下來。

屋子裏就這樣沉默了好一會。三爹喘息着，桓秀也喘息着，哼着。

過了一陣，三爹好像休息得夠了，自己站起來，拿一隻杯子從茶壺裏斟出一杯隔夜的濃茶，喝了一口，纔又轉過身來，看着癱軟的爬在牀上的桓秀，她的被綑的手和腳完全蜷縮了起來，瞇着眼像半死的貼在牀上。嘴上綳着的白布已經大半滑落下來，她那紅腫了的上唇掀露一點在外面，整個臉都給淚水洗得慘白了，像一片冰凍白菜葉。黑頭髮蓬亂着，有幾綹鬢髮被眼淚打濕了，黑條條的貼在額際和眼角，越顯得那張紋絲不動的臉，青白像死人。她祇是極其微弱的呼吸着。

三爺心里有點寒顫，怕她會死。心想假如這女的死了，不是要出大事丟大錢嗎？他邁了一步想過去看看她是否會死，却見桓秀那重重的眼皮震了一震，似乎要睜開。他趕快站回原處，淒的冷笑一下，說：

"還要裝死賣活！看你以後再勾野男人。賤東西！賤貨！什麼人不稱意，你偷到長工頭上去。看你趕在老子面前頑鬼！看你在老子面前頑鬼！老子賠錢養漢，一年一百多弔錢，還要賠上個女的！"他越說越氣，一面說一面走上牀邊去，坐在牀上，抓住桓秀的頭髮搖着恨恨的說：

"你睜開眼看看老子什麼人？我老子什麼人！老子打了一生算盤，今天你叫人打到我頭上來了。你睜開眼，睜開你娘的屄眼！你睜開眼看，老子什麼地方不稱你，你趕少年。"說完他就抱着桓秀色情的搖撼。桓秀駭得和呆了的一樣，一聲也不能響。

到了下午，根生和二娘從碾上回來了。三爺把根生叫到從前三兒子的書房裏去，叫他掇一張凳子坐下來，自己坐在桌子面前和言悅色的問：

"根生，你今年二十幾歲了？"

根生心裏懷着鬼胎，回來沒看見桓秀，又不知究竟有了什麼事，祇是忒突忒突的回答：

"二十歲，三爺，"

"正二十歲？年紀不算小了。你老子給你定過親沒有？"

"沒有的。我們窮人那裏就說定親呢？三爺！"

"哎，不是那個話。窮人富人那個不要女人的？手上有幾個錢就該早點弄個人替你做點事，下田上山，她替你跑得一把。"

根生很天真的笑起來說："那自然好哪，憑三爺的恩典囉。"

三爺狡猾的也笑笑，說："有倒是有個人，就在我身邊。她在我這裏也在不着了。跟你也好。"

根生喜得即時雙腿跪下，蹦的叩了一個響頭，說："謝三爹的恩，我們祇有來世裏纔能報答三爹呢。"

三爹陰惡的看着他的背，咬咬牙，恨不得一腳就把他脊梁踏斷纔好。祇是他不那樣做，反而馬上笑嘻嘻的站起來，拉着根生的胳膊說：

"哎，起來起來。你在我面前這幾年就跟我的兒子一樣，我不照顧你那個來照顧你？這是我該當的。"

這時根生已經起來了。他垂手綿順的站在旁邊，春風滿臉的聽着三爹講話。聽見三爹問他有沒有幾個錢替女的辦點東西，忙忙高興的答道：

"承三爹的恩，我存了一點錢，一百六十多弔。我本來不祇這一點點的，我……"他不說三爹扣他錢的事，祇說："年年幫我姐姐一點兒，所以就見得少了。"

三爹說："你娶個女人總要預備個兩三百弔錢，你曉得我不要你的首飾衣裳，你拿三百弔錢來，我都替你辦了，免得你沒人弄不來囉。——我也不要你一個錢。"

根生有些爲難起來。他把藍布棉襖的襖角搓捲着說："我祇有一百六十多弔，我祇有……"

三爹轉過身去撈起旱煙管來，刮燃火柴點着煙，背對了根生慢慢的對窗吸着，長長的吐出煙雲來，說："那你看囉。看你的主意囉。我屋裏的人你是看得熟，認得清的，看你自己貪不貪哪。"

根生心裏癢癢的把棉襖搓了一會，忽然，他轉到三爹面前去，彎腰說：

"三爹，我還有點首飾，看值幾多？"

三爹的狐狸眼盯眼望他問："什麼首飾？"

三爹緊跟着問："那裏來的？"

根生臉紅了，他低頭說："是一根銀簪子？"

根生的嘴打結了。他喉嚨裏咕嘰了幾下纔說出口："是，是我娘給我的。"

三爹長長的哦了一聲說："你娘給你的？很好呀，正好拿來娶媳婦。

在那裏？"

根生不提防他伸手來要，忙説："不在我身上，不在這裏哩。"

三爹又問："有多少重？"

根生搖頭。

三爹看了他一眼，便説："好的，就算它五錢重。如今銀子是十二弔錢一兩，五錢祇合得六弔錢，你還差得遠哪。看有那裏可以幫忙借借的不？"

根生眼又亮起來説："那樣我就一齊求三爹的恩。三爹免減我一點，我再跟三爹這裏挪動一些。我照樣上三爹的利。"

三爹覺得還是不行。講來講去就算了二百五十二弔，除了根生自己所有的以外，其餘都向三爹借。月利是一分半。三爹説這因爲是根生像他的兒子一樣，要不然，他不會這樣照顧他。三爹又和他説了。叫他接了媳婦就不要再當長工了。他要給他幾畝地，叫他領他老婆下鄉去種田。根生也高興的答應，覺得一切都是他的理想。他要自己蓋一個小竹泥房子，搭一個猪圈，心裏商量等桓秀一過來就把銀簪子賣了去買一個"造子"，此外他還要自己做一個小鷄籠。叫桓秀天天餵猪餵鷄。他算計三爹給他十畝高低不害的好水田種，一畝田收四擔穀，十畝就是四十擔，一年兩季就是八十擔穀，此外還可以種些雜草雜菜，賣乾草，賣糞，得些額外的收穫。八十擔穀還了五十擔給三爹，剩下的三十擔自己少吃省下拿去賣。穀子二十弔錢一擔，賣十擔就有二百弔錢了。此外他們還有賣猪賣鷄的錢呢？還有糶黃豆呢？——日子真是太光輝了。

過了十天，根生領着他新娶的老婆下紅嘴湖去了。紅嘴湖是一個水田垸子，幾乎每年淹水，他的姐姐就是這樣破産了的。根生不能不去。三爹説他別處的田都有了人種了，難道説因爲他待根生像兒子一樣，就不許別的佃户吃飯嗎？況且據他説紅嘴湖的地是淤起來的灘，也是好田。根生無法，祇得和那個快三十歲了的大丫頭一齊去了。他也没法子向三爹退回那個大丫頭，説不是他所想的那個人。正如三爹對桓秀講的一樣："他敢出争，他敢！我把我的丫頭配他還是恩典呢。我該要他坐牢，要他的頭！"

這是桓秀夜裏侍候得三爺得意的時候，他說的話。根生可沒聽見。根生心裏祇是納悶，奇怪，他覺得他上了當了，可是他又說不出口。他要是把他的故事講出去，人家都會笑他不知好歹的，這樣他就祇能把對象模糊的不平埋在心裏了。

桓秀在劉家的日子已經是有了五個年數了。在三郎死了以後的四年中，在根生走了之後，她的生活成了一串的恐怖、憎恨、暗淡和希望交縫起來的衲衣。顏色是複雜的、沉悶的、不平的，像是在連綿不斷的秋霖底下累積起來的落葉。它們綠了，暗青了，紅赭了，黃了，褐了，灰了，黑了，爛了，成了腐藻一樣的顏色了。它們像是再也找不到自己的聲音和色調了，像是世上所謂已經無望了的一流有過靈魂的生命，而現在不僅別人不能夠從他們的外表領略到一副清明的綫條明晰的靈性，就是他們自己在心下安定時，也會摸不清自己究竟是什麼，要作什麼了。他們與別人的見解不同處，就在於他們還抓到了一種不平，心不平，頭不平，手脚不平，他們覺得四肢被倒掛着，一切全不是應有的現象，因此他們懼怕，他們憎惡，他們恨，可是他們又說不出什麼。他們好像總是在尋什麼東西，等候什麼機會，要作一件什麼事情。祇是究竟這些是什麼呢？他們也不能知道，或者那完全是看他們的情形來定的。

桓秀就在這樣狀況中過着她每天平凡的日子。她也是在這樣日子裏尋她的東西。她還是睡在三爺的後房裏，已經有了一個小兒子了，三爺給他起名叫做福兒，三爺說福兒是他的孫子，是三郎遺腹的根苗，所以就叫做福兒。他這樣說自然是沒有人不相信的。因爲三爺是有許多田地的正經人，是這一村有名望的人物，那裏會說出假話來呢？有些鄉下蠢漢，有時候也很不識時務的對於三爺這種話發生疑問過。他們在田裏車水或是割稻時常常向劉家的長工打聽。

"喂，孩子是死人生的嗎？"

"誰知道？"劉家長工就打着哈哈。

"打聽他幹什麼？祇要不是我的，不是你的兒子，管他有幾個老子！"

於是劉家長工就說了："不要說死人活人，兒子老子睡一個女人，不朝外賠就够本了嘛。"

這樣，田上的人就一齊打哈哈了。

可是女人們的嘴却不那麼乾净。有些女人還搬起手指頭來數日子。

"來，算算看。十月二十七生的。她的男人幾時死的呀？"

"九月嘛。九月重陽嘛。"

"那裏？九月重陽！八月十五，明明是八月十五。"

"九月重陽，是九月重陽，我屋裏剛蒸蕎麥糕。"

"好，就算九月，頭年九月到第二年十月，我的媽媽！她是養麒麟呵。"

三爹耳朵裏没聽進這些話，可是他也算好了，他說他的兒子是天上的文曲星下凡，天上要他歸位，所以給他一個兒子，這兒子也是天上的星官，坐胎十二個月，命主貴人是這樣的。他說他要好好的給他讀書，進洋學堂的。

桓秀自己起初也爲這小兒子的來歷，愁了很久。肚子大起來了時和生孩子之後很久的時期，她都不大敢出門。在家裏她也常是低着頭走路作事。她不敢用眼光去碰任何人的面孔。甚至連三媽，她也不敢看她。她常看見三媽一個人靠在窗底下，望着天咕嚕咕嚕說：

"人家欺負我們，人家欺負我們，這就是欺人嘛。"

她就覺得她是在罵她，自己恨得了不得的輕輕走過去，回到房間裏，關上門，把孩子翻出來在他腿上拍拍幾下子，打得孩子哭了，她又心疼起來，把他抱在懷裏，自己也哭着。

日子一久，旁人的言語和神色都會淡下去的，旁人一淡，三爹自己也就淡下去了，彷彿這些都是已經固定了的，成了形的事，不再新鮮，也不再有毒，無須乎排解和洗刷了的。桓秀的頭也漸漸擡起來了。別人祇問她孩子好壞，田上的收成好壞，她也隨着他們祇問孩子的好壞，田裏的收成好壞。漸漸的她又彷彿有了什麼東西可尋了。她小心管着她的兒子，兒子一天天長大，一天天結實。常常跟了大人在田地裏跑，一條身子曬成了赤黑色，腿和胳膊都成了精圓壯實，人家捏，捏也捏不起皮來。桓秀想着她兒子，便又會想着以前那個黑赤胸脯的根生，想到他壯實的腿和腿上的毛，她希望他的兒子也會長成那個樣子，並且他將有一大片田。等他長大了，她就要領着他離開這個家，離開那個日夜不容她心身安逸的三爹，她要和他到他的田裏去。一個人在她自己屋子裏時，她會坐在榻板上讓孩子背靠在胸前，用手心慢慢摸着他的頭髮問：

"福兒，喜不喜歡娘？"

孩子就伸起小手去摸她的下巴，回答說：

"我喜歡。是我的娘娘。我喜歡。"

"長大了，是跟娘是跟爹爹，福兒？"

"跟娘，我跟娘。"

"跟娘，娘沒吃沒喝，爹爹有田哩。"

"我跟我的娘娘，我跟爹爹要田，我長大了我養娘娘。"

"你拿什麼養？"

"我趕牛，'吃，吃，喝呵'，"他一面說，一面跳着做手勢，對他娘笑着說："這麼趕，這麼趕，我就養娘了。"

"那我們住那裏呢？"

"我起屋給娘住，我會。我還養小雞。"

桓秀就抱着他的頭跟他熱熱的親嘴，誇着說：

"好孝順兒子。"過後她就會抱着他，對他的眼深深望着，說："好兒子，長大了乖乖的，不要學你爹爹。"

兒子就在娘手裏問："娘不喜歡爹爹是不是？"

桓秀就把手鬆了，蓋着福兒的嘴，然後自己嘴對着他的耳朵輕輕說："爹爹是個大壞人，娘恨他！"一說完，她又怕了，忙又抱着兒子的頭在他耳邊說："乖兒子，你不要告訴人，爹爹知道了，打死了娘，你就沒娘了。"

她把她的兒子當成她唯一可信賴、唯一明白她的人，這樣對他談自己的心事，把一切希望都寄在他的身上。

一天，三爹叫桓秀替他收拾幾件衣服打一隻包，他有點事要上城裏去住兩天。桓秀問他幾時回來。他說：

"不會多日子的。朱大福雜糧行裏去一下，再到陳五爹那裏去打聽點省裏的事，少則兩天，多則三天……"

桓秀說："三爹上回說的，五爹那裏那個頭繩子衣裳……"

三爹說："哎，那是幾時我說的？算起來足足有，我看，一個月另兩天。你還把它記住，祇想打老子的算盤。"

桓秀默然半晌，纔說："不是的。"

三爹翻了她一眼，說："不是的是什麼？"

桓秀轉過頭去，想去開大櫥門，三爹叫住她說："問你是什麼，你像沒聽見的，鬼頭鬼腦。"

桓秀站住了，祇是並不轉過面來，她低着頭說："不是的，是，是福兒要件衣裳。"

三爹哼了一聲說："口口聲聲不是的，不是的。福兒衣裳你不會做？有紗有布機，有棉花，有針有綫，你做娘的不做，平白又要買城裏東西，還要頭繩子的。城裏東西講洋錢，你曉得城裏東西貴到怎麼樣？"

他這樣說時，桓秀已經站住櫥櫃前面，替他拿衣服。她把一張四角黏了福字花扣白綫的毛藍布包袱攤在牀上，走來走去的把三爹衣服抱去放在包袱中間，一句話也不再響了。

三爹看着她的背影很靈動的扭轉着，心裏覺得這女孩子原是可愛的。祇是怎麼老是悶頭悶腦，一句話不合就不響了。他覺得有氣起來，又說：

"又來使氣，一句話不合又使氣。不要惹起了老子。哼！老子算進不算出，你好生點。"

桓秀知道這些話會引出什麼下文，祇得轉身對他　笑，說："三爹不要見氣。福兒是三爹的骨血，三爹還不照應他？"

三爹這纔邁步朝窗口走去，一面說："就是怕懶，女的就是怕懶。樣樣都要買。我老子要是都穿買的東西，幾畝田早就穿完了。"說着他又看桓秀，見她一本正經的彎腰在牀上包衣服，纔趕快轉身掏出荷包，拿出一堆票子背了桓秀數着。數成十張就摺成一疊，共數了五疊，忽然桓秀從背後走來，輕輕叫聲："三爺！"

三爺一驚，忙抄起票子向荷包裏塞，然後轉頭問："什麼事？"

桓秀兩隻手摸着一根翠藍銀簪子，説："三爺看看這根簪子。"

三爺把簪子接過來，用手指稱了稱看有多重，又把簪子拿近眼前，細細看它的花紋，再把手稱了稱，自言自語説："有個四五錢重吧。"這句話剛説完，就好像觸起了一件很久以前的事來，他轉面看桓秀溫和的問：

"那個給你的？"

"我娘。"

"你娘？你娘跟你賠嫁的東西，我都看見過，那裏來的這根簪子？"

"真是我娘給我的，我嫁過來時帶在身上壓荷包的。"

三爺似信非信的看着簪子，這時候四年前在他的肺病兒子書房裏和根生那一段對話全清清楚楚的記上來。他的記性素來是又尖又利，上了心的事永不會忘記絲毫半點。由那段話他更記起了前前後後的那些事，心裏猛然像給什麼東西暗中打了一拳，上了大當。立時火往上升，好像又想打人的樣子。但是他手上還是拿着那根簪子故意看，他不肯那樣魯莽。他斷定桓秀的話全是假的，這根簪子定從根生手上過來的。祇是他不能説。上回碾子上的事，他是暗暗跟着聽得清清楚楚的，所以桓秀不能賴。這回他也要抓他一個活的。於是他不看桓秀，祇笑笑的把簪子收回荷包裏，説：

"好，好，是你娘的，我替你帶着。"

桓秀膽大起來，她走前一步説："三爺看這值幾錢，要是够的話，就換了，替福兒把那頭繩子衣裳買一件。好不好？"

三爺冷笑着，嘴上説："我曉得的，還不得我老子打倒貼。"

他説完這句話，心裏覺得非常惡心，把簪子收好，就把手下還有的零票子給了一張桓秀説："這兩天不會有多的開消的，這一弔錢交給你就够得很了，還有多，我回來，你跟我報一筆細帳。"

桓秀答應着把票子接下來。

三爹説是祇進城去兩三天，事實上，隔了五六天他還没有回來，却打發了一個城裏人帶來了話，教桓秀替他再檢幾件袍子馬褂之類的衣服帶去。桓秀照着他所要的辦了，心裏却是狐疑。他問那城裏人三爹幾時回來，那人也未曾説個究竟。

又過了好幾天，三爹從城裏又打發了人回来，給桓秀信，還給她帶來了一把鑰匙。桓秀收到了信還未曾請人開讀，三爹已經自己趕到了。他急急跑進來，發現桓秀正坐在他屋裏替福兒帶帽子，桌上放着他帶來的那封信和鑰匙。他連忙把它們一把抓在手裏，纔長長的舒了一口氣，坐在椅上。

福兒看見他回来了，便從他媽手下挣出來，走到他膝前，拍着他的膝蓋問：

"爹爹，我的衣裳呢？"

三爹朝他看了一眼，在他頭上摸了一把説："呃，你的衣裳？爹爹有事，爹爹明天替你帶回来。"

福兒望了他媽一眼，扭着頭説："爹爹替我買的，爹爹今天替我帶回来，我要。"

三爹站起來，望着桓秀心不在焉的把手朝裏屋揮着説：

"出去，出去。我有事。"

桓秀從眼角瞥了他一下，知道他要拿他的什麽好東西，便拉着福兒道：

"來，福兒，跟娘去。"

福兒被母親牽着手走了。三爹跟着去把她們的門帶上，纔從荷包裏摸出那管鑰匙來，自己翻看着，嘴裏自言自語："幸虧趕得快，差點誤了事。"説着又把那封信也拿出來自己撕開口，把那張簡短的信掏出來。那張信很明顯是説明鑰匙用處的。他看了一下，臉上滿意的把它撕成粉屑丟在桌下一堆垃圾裏，又撥些灰土蓋上。然後纔自己走到牀頭，從牀底下拉出一隻半大的箱子來，把它拖到亮的地方打開來，從裏面搬出一隻朱紅描金的長方拜匣，匣上也鎖了一把小銅鎖。他再拿出一把小鑰匙配上去，小銅鎖就開了。匣子裏面原來都是些首飾，金的、銀的，還有些玉的。他從裏面撿出幾對銀鐲子、幾根金挖耳和幾對金耳環，各樣都就匣子裏拿出一隻白牛骨桿子繫着一枚小銅墜的秤子，秤了一秤，挑着分量輕的每樣拿了一分，自己又每樣用手顛了一顛，説：

"兩金兩銀，看得過去。"過一會又自己嘲笑似的説："橫豎是要拿回來的嘛。"

他把這些東西都拿出來包好，掖在口袋裏，把匣子和箱子依舊鎖好，推回牀底靠墻的盡頭去，然後喘吁吁的站起來，叫桓秀打水洗手。

第二天早上三爹又進城去了。這一去，又過了十來天，他回來了。回來時帶來了一個新的城裏打扮的女人，粉白的圓臉，搽了一臉胭脂，烏油閃亮的頭髮梳着一個Ｓ頭，還一邊放了一隻燕尾，插着一根金挖耳。上身穿的翠藍緞子襖兒，底下繫着青華絲葛細摺裙子。還有一對又尖又細的小腳。女人樣子也祇有二十來歲，眉梢眼角有許多鄉下人從來少見的做法，就叫做妖氣。她的嘴唇片子很薄，像是伶俐不過的。

三爹歡天喜地的把她領進來，磕頭見祖宗，也不曾要她給三媽磕頭，就叫了二娘和桓秀來叫那女人是小娘，要她們帶兒女替她行禮。以後三媽被挪到從前三郎的書房裏去了，那女人就住在桓秀的前面。

桓秀坐在牀上哭了半天。纔住了哭，靠在牀頭欄杆上咬緊了下嘴唇，在想什麽。福兒走了進來。叫：

"娘娘。"

桓秀不答應，祇伸手一招，把孩子抱上牀來，緊緊貼在胸口抱着，用臉偎着孩子的臉輕輕的抹擦着，眼淚又是一顆一顆落下來，掉在福兒胸口上。福兒用手捧起他娘的臉，用一個小手指尖點着她眼上的淚，自己看了看，説：

"娘，眼淚。"

桓秀把他的手捏住，把它塞下去。眼淚還是流。

福兒説："娘，不要哭。"

桓秀捧着福兒的臉，看着他流着淚説："你曉得娘哭什麽？"

福兒説："我曉得，爹爹不跟買花衣裳。"

桓秀睜眼望着她的兒子，纔記起簪子的事來，她擡頭望着空虛的眼前説："你還祇這一點，幾時望得你大！……"説着眼淚更多了。

福兒説："我會大起來的。我大了我自己買衣服，我還跟我娘買。"

桓秀不流眼淚了。她抱着福兒親了一下，説："好兒子，跟娘挣氣！"

事實上，桓秀的日子是越來越難了。三爹不但是不喜歡她，連孩子也不喜歡了。孩子和他要過花衣裳，挨過他的打罵，新來的女人也似乎不許孩子接近他，孩子就躲起人來。三爹説他早就疑惑這孩子不是他劉家的骨血，他要把他趕出去。他的話有一半是真的。自從看見了那根簪子，他真的是想到孩子就惡心了的。

不久，新來的小娘就傳三爹的命令，叫桓秀帶兒子搬到厨房外面的平屋裏去。他們把二娘和她的兒子送去她男人那裏去了。本來桓秀也是要叫她出去住的。爲她没有男人，怕人嫌話，説新小娘想獨霸家産，把大郎惹回來吵分家，所以就容她住在那三間小平屋裏。她白日裏作着厨房裏、菜園裏一切的事。新女人是城裏來的，雖然聽説是丫頭出身，她聲言自己不曾做過下厨房下地的事，不能幫她。二娘是走了，三媽呢，近來越過越不濟，祇坐在屋子裏手憑空發抖，連黴豆子這些事都要桓秀管了。桓秀白天累得要死，晚上不是流眼淚，就是咬嘴唇發恨，有時睜眼望到天明，總像在那裏等什麽，望什麽。

有一天，又是一個冬天的早晨。桓秀把早上的粥燒好了帶着兒子，出去碾穀。福兒在前面跳着走，一個長工挑着穀同了她順河沿走下去，沿路也是説起話來。那長工忽然問：

"三娘還記得根生嗎？"

"根生？"桓秀驚得站住了，一會又朝前走着。

"是的，根生三娘忘記了嗎？那高高的小伙子，赤黑的胸脯子，冬天裏都在井上洗脚的那個長工，三娘不記得？"

桓秀無氣力的説："記得的。"

"他不是很久没來過了嗎?"

"好幾年不看見他了。"

"又壯又結實的小伙子,三爹還配他個親,把他幾畝田種,頭一年還來上過租,後來三爹叫他就近到藥鋪裏二郎那裏去上,不許他到這邊來了。"

桓秀"哦"了一聲,還是沒氣力講什麼,祇輕輕問:"後來呢?"

他們已經到了碾上了。福兒自己跑開玩去。那長工一面架碾,一面説:

"本來他那幾畝田也就是紅嘴湖的田,紅嘴湖是水隈子,那一年有收成?他在二郎那邊上租,二郎又不講情,少一顆穀子都不依,生生的把個人磨死了。"

桓秀臉慘白了。她慢得像要斷氣似的説:"死了麼?"

"不,不是他死了呵。聽説他的女人生了場大病,快死了。"

桓秀嘆了口氣。她坐上碾去,碾子轉動起來,她有眼無神的望着天邊,想着過去,想着現在,想着將來,好像連一個世界全忘了的樣子。她想着根生講的那些話,那塊田、那條牛、那條"造子"和小雞小鴨,忽然她叫起來:

"福兒!福兒呢?"她四面望,慌張的望。

長工朝遠處望了望,説:"在河堤上挖土呢。"

桓秀又自己思索起來。她的心也像她手上那一根棍子圍了那一圈盛滿了穀子的碾槽轉着轉着,像是有意,又像是無意,像是有望,又像是無望。半晌她問:

"他現在怎樣了呢?"

"誰?根生?"

"是呀,根生。"

"前多時在場上看見他,他磨得瘦完了。欠了三爹兩年的租子,二郎告訴他,説要收他的田。"

"田都不准他種了麼?"

"可不是？不交租子，聽說他結親還欠了三爺一筆債，也未清。怕要送他到縣裏去。"

"送縣？他犯了什麼罪要送他縣？——爲人就這樣狠心！"她說到最後一句，幾乎是連牙齒都咬上了。

那長工嘆了口氣，說："三爺就這點地方……根生真是，那點冒犯了呢？我是說閑話，三娘看承我，千萬不要告訴三爺。三爺待人向來是挺好的，這是二郎，是二郎。"

桓秀鼻子硬硬的笑了一聲，又向他打聽根生的事。那長工告訴她，根生叫他看候三娘，問三娘好不好？又說有好久沒看見他了，不知他女人怎樣了，也不知他自己怎樣。他說照他看，根生跟他的女人沒有過過好日子，女的是氣病了的。根生起初也替她抓藥吃，後來藥也沒錢抓了……

他們這樣說着，碾子繼續轉着，好像一輩子也不會完了的，桓秀整個心都沉在根生身上去了，她幾年來的整個心都被攪起來，循着他這一條槽轉來轉去。她心裏是苦，是酸，是辣，是仇恨，她望着碾槽，一句話也不能多說。

正是這時候，遠處忽然有人叫起來：

"誰家的孩子呀！誰家的孩子……"

桓秀猛的一驚，跳下碾子來就跑，那長工也跟着順了河沿跑下去。遠遠看見幾個鄉人都朝河灘上跑下來。河旁已經有兩個人在那裏捲褲子，脫棉襖，就噗嗵跳下水去。桓秀一面跑，一面直着聲音喊：

"福兒！福兒！福兒，你跑到那裏去了?!"

四野沒有回聲，祇有河旁嘰嘰喳喳的人們在相互問："是誰家的？""是誰家的？"

不一會，兩個男人從水上出來，抱上來福兒膨脹了的殭硬的小身體，桓秀像獅子樣的撲過去，搶住孩子，噗一下坐在地上，祇叫了一聲"兒！"就倒下去了。

桓秀把兒子埋葬了以後，仍然活下去了，她仍然在劉三爺的家裏，包辦一切女工和女主人應作的事務。她比以前更沉默了，她的頭低得更下，她的眼又躲避起人來，特別是躲避三爺。她這樣作，與其說是因爲怕三爺，還不如說她是因爲怕她那對眼睛，她怕她的眼睛碰着了三爺的眼睛時，會給她帶來什麼意外。她覺得她眼裏常常好熱辛辣，像有刀在裏面攪。假如說她一下看着三爺，眼光裏飛出劍去呢？

　　三爺告誡家裏人們都少理她，他說她是尅星，誰同她弄得近，誰就會遭凶。不是嗎？他的一個兒子，因爲當了這個尅星的丈夫，就給火病鬼纏死了。他的一個孫子也因爲當了這尅星鬼的兒子，就平白無故被水鬼捉去了，大家就萬萬不要理她。他自己的話他完全信爲真實，因此他自己也避着桓秀，好像她真是一個惡鬼一樣。除了有事作得不滿意或以爲桓秀偷懶，把她叫來罵一頓之外，他和她沒有什麼交代。這樣桓秀倒感覺到了安靜。

　　在桓秀接二連三受打擊的中間，她自己的爹已經死了。桓秀媽守着一點稀薄的產業原想把桓秀接回去過活。可是三爺不肯。他說女兒嫁到了他家就是他家的人，生、死、打、殺，都要在他家裏，沒有個回娘家去住的道理。母女兩個自然強不過他，祇有兩邊弔着。桓秀媽不時捎點東西過來看看女兒，女兒的悲運愈來愈鎔解她的心，自身的孤獨也使她和女兒更緊更緊的聯繫起來。她爲了女兒的前途着實打算過一陣，也曾私下拿着一些鄉下年青人的姓名、年歲走來告訴桓秀，聽她自己打主意。桓秀總是搖頭。

　　桓秀心裏有主意沒有呢？她是什麼主意呢？就是和她這樣親昵的媽媽，能不能聽到她的心事呢？這些都是很難答覆的。我們所知道的就是一點。桓秀和那天隨她一同上碾去的中年長工是很接近的。假如說她還有喜歡同人說話的時候，那麼除了半夜裏和她母親以外，就要數這個長工了。她有意無意的把自己的工作安排得和他一起作，以便從他嘴裏聽到許多村上農人們的事。她總是很細心的聽那長工講，講到紅嘴湖的水隁子，紅嘴湖什麼地方決了口，倒了堤，紅嘴湖那家男人給水冲走了，女的做了尼姑,那家女的生兒子死了,男的打了流,聽來聽去,她就聽到了根生。

她的身體還年青,眼睛也年青,嘴也年青,心更是年青的。黃昏裏她聽見老鴉叫着老老小小一齊回巢時,她就揮淚想着她兒子的那一小塊荒土,但是一到太陽紅紅的圓臉由地面上笑嘻嘻爬上來時,她的心上就生起津液來,她就起來抓一把小米走到井邊去,坐在井欄上,小聲音咯咯的喚着鷄,於是小鷄都擺着尾巴嘰嘰咯咯的奔到她脚下來了。她一面撒着米,一面想着那個高高的赤黑胸脯的農人正在她背後洗他多毛的腿脚,她迷迷的想:"他會來的,他會來的。"

黄黴村的故事*

趙舜英是我們街坊上最苦惱的女人——這是據她自己的言語。論理，苦惱人是祇會心裏煩惱，手上却不會作出什麼事來的。可是，這個趙舜英却又兩樣。誰也想不到，真的，誰也是夢不到的，她在前天晚上居然抓起一把菜刀，砍死了三條性命，並且，其中還有一條小命。那條小命，根據我家王媽的話，真是從來也沒曾得罪過她，從來就是像一條小蟲樣的爬着，在她的脚指縫裏過日子的呀。

天底下的事太難説了。

趙舜英作了這件事，對於我們這死洋活氣的黄黴村倒算是盡了一場功德。首先我家的王媽就跳起來了。她急着要去看新聞，連我們吃完了飯的飯碗也不洗，便鑽到隔壁院子裏去了。誰知那院子早已像填鴨一樣的裝滿了人。大家都拼命的把胳膊和腿架起來霸住自己的看臺，王媽若不是跟着一個巡捕的屁股後面，就休想拱進去。就是那些巡捕也很難得抓着這件血把戲的機會來顯顯他們的身份和威風。他們都橫眉豎目把張臉挖得和埋人坑似的陰惡，隨意用短棍子敲那些看客們的腿，也隨意的抓着一些所謂有關係的人來駭呼幾句，叫那些人越發對法律膽小，對警憲失魂。看客們一方面盡量驚奇的看着三具無抵抗的碎爛死屍議論着，一方面又鑒賞那些關係份子的慘白臉，發抖的眉毛，他們全覺得自己的仁慈和善良是偉大得可驚。他們彼此交換着驚詫眼光，聽着驗傷警察們報告死屍的傷痕。有的聽成砍了七十一刀，有的聽成砍了六十二刀，有的又聽成砍了七十七刀，他們中間有些人起了爭論。據王媽説她就明明

---

* 原載《桓秀外傳》單行本附錄，文化生活出版社，1941 年。

聽見是一十七刀，可偏偏那個殺千刀的劉二一定要說是七十七刀，紅起眼睛盯着她，像他媽那七十七刀是他自己砍的。總而言之，我們黃黴村的街坊，就藉着趙舜英這場血湖功德，像是得到了一個星期假日，像是各人都在晴明天氣裏出去踏了一回青，跑了一回山，就像那些公事房裏的先生們有了一夜的野外生活一樣。王媽呢，她的感覺又更不同些，照她的話是：她早就想到會有這樣結果的哪，並且她說她估定了這結果一定走不遠，不在今年就在明年。現在果不其然就在今年發生了。

所以王媽把這血事的頭尾講給我們聽時，她多少有些情不自禁的鬆暢，叫我聽了十分不高興。我不願意按她的口氣去寫，好像殺人與被殺全是為了證明她是位女先知似的。世上正有許多販賣他人的不幸的人，也有許多人在強姦別人的不幸，我們的王媽我得替她的來生作想一下。

三年前的夏天裏，有一天，說來巧，那日子恰恰和趙舜英今年殺人的日子是同一天，隔壁院兒裏陳二奶奶（趙舜英）無緣無故蹩過院兒串門來了。走進我媽屋裏坐下來就不肯走。我和我媽正要出門去，我素來不耐煩客氣，就說：

"陳二奶奶，我媽要上街買布，明天有人走光明村給我姐姐捎布去，您有事改天談吧。"

陳二奶奶窪得很深的眼睛像夜裏的貓頭鷹似的看着我，她的顴骨子豎起來了，她的眉毛像黑掃帚對我橫着，像我對她有了仇似的，那樣兒真好怕人。

可是她却對我媽笑着說話了，她說：

"老太太，您真福氣好，您小姐將來也是福氣的，將來嫁一個有官有財的好姑爺，可再也不會像我這樣的苦命哪。"

後來王媽告訴我，她那天來正是有苦來向我們訴的。抓我們不着，她就尋着了王媽了。她告訴王媽她男人要把姨太太接了來。一面訴着她自己的苦，一面她就把她的丈夫、丈夫的姨太太，甚至於丈夫的母親全部咒罵了一頓，王媽祇是唯唯地聽着。陳二奶奶有本事叫王媽祇敢聽，不敢勸，她咒起來她的舌頭像在耍花刀的猴兒，誰若攔她，誰要勸她，她的刀子就要向誰捅去。她咒着罵着時，她的嘴上簡直就滴得下血來，她能叫聽的人不敢擡頭看她，像怕沾着她舌上會噴出來的血星子。

就在那天晚上，我們隔壁院兒裏吵架了。在我媽屋子裏就聽見他們那邊嘩啦一下像是摔東西的聲音，接着又是嘩啦一下，我媽的屋子跟他們就祇隔着一層土墻呢。我們都猜着是陳二奶奶出事兒哪，或許她在使東西摔她丈夫陳先生。我想着陳先生必是黴頭黴腦的站在屋角上，背着手看窗戶，覷着空兒朝她翻白眼呢。這時候，我媽屋子外面跑着脚步響。我媽吹着紙枚子老吹不着，急的説：

"這一定是王媽，"她顫顫的站起來叫："王媽，王媽"，外面已經没聲影兒了。我媽嘆氣説："這老媽子就愛多事，一定跑到陳家院兒裏去了。"

到隔壁院兒裏没聲息了，王媽纔走回來。我媽已經睡了，她就走到我房裏來對我學舌。

"可了不得！陳二奶奶跟母獅子似的哪。她抓住陳先生的袖子，手指頭也在陳先生鼻子上，這麽着，這麽着，'你要她來，要她來，要她來當太太！你騙我！你欺我！你叫婊子來坐在我頭上呀！'"

"陳先生急得臉全白哪，直擺手，想擺開他的袖子，像要逃似的。口裏直説：'我也是没法兒呀，她來了她還是小，你還是大，祇有你管她没她管你的，我不能容她管你。'"

"陳二奶奶那裏聽，她總罵她的。'您没法，你怎麽没法？你不會不管她。你不會撂了她嗎？'她什麽王八烏龜都罵出來了。人家陳先生可真苦頭驢兒似的。他不能撂了他家裏那一個呀。家裏那個已經養活了一個小子，一個閨女，都是他陳家的血肉，你趙舜英可幹什麽的？大吹大擂擡進了門，可四五年連屁也没放一個呀。人家陳先生就捨得小老婆，也捨不了孩子，這可也是人情天理呀。"

我聽見她這樣囉裏囉唆，我倒急了。"究竟怎麽樣了的，説呀。別净發你的議論。"

"您可別急。我這可得慢慢兒來。陳先生可也傻，可別提孩子。他這把孩子一提，陳二奶奶可跳了八丈高，'什麼，孩子！窰子下的野雞野狗你都當是寶貝，是你的兒子，你的骨血，你欺我不會養，你當我，……是你烏龜自己不行哪'，您看，這可是孩子也遭劫。"

我不要聽她這些囉唆了。我說："你快點兒吧，你告訴我究竟他們怎麼下臺的。"

"下臺？就沒個下臺，聽說那一個也是不好惹的。"她冷冷的說。

"不，我問你今晚上怎麼下臺的。"

"吵了一頓就結了囉。反正天不怪，地不怪，就怪匪人。陳先生家鄉被佔了，一家人沒處走，不來怎麼著？陳先生的家被搶光了哇，聽說房子也給燒了，連住的地方都沒有。鄉下呢，種地人都逃光了。沒逃的不是死就是拉去當苦工，鄉下就沒人種地，糧食一顆收不到。讓人家不來怎麼也說不過去呀。陳先生就那麼善言善語的哄着，勸着，求着哩。饒是這樣，陳二奶奶還不依哩。後來陳先生就急了。陳先生就說：

'我祇有一條心在你身上。家裏什麼事都由你，她管不着。可是你要是在這樣大難的時候都不肯體貼我，不讓她們出來，安心要她們死，那我也沒法子。社會上的人看見我丟着老母兒子不養，安心要他們死，誰還肯認我呢？你要這樣，我沒有法子。祇有我死，再不，我就祇有走掉，我眼不見，心不煩，由你們去！'

"陳先生這樣說着，眼淚就下來哪。就要走。陳二奶奶可靈着呢，她瞅見陳先生半死的樣兒，一出去橫許沒好處，她可就軟下來了——誰知她心裏面上呢？——"

我倒覺着有些失望了，我看着燈頭兒懶懶的伸起腰來，我說：
"這樣就完了，也沒有什麼了不起。"

"您可也別說沒什麼了不起，她倒底逼着陳先生答應，姨太太來了，永不許陳先生和她一起呢！"

我對她揚了個白眼，望着她說："得了。"

陳家的姨太太來了。她進門的那天穿的是一件黑薯綢的旗衫，顏色已經發了黃，綢子上的光都沒有了。衣服看來乾乾淨淨，洗了的摺紋還是很新，可見是特地換上來的，頸口和大襟上都扣得很緊，很齊，脖子那裏像是擠起了一小坎的皮，她也不肯把那顆扣子鬆開。祇見她把個頸子時時一伸一伸，左歪歪，右歪歪，像是很不舒服。却要做出很莊重的樣子。她的眼像是一大一小，眼睛裏泛紅絲，眼圈底下鼓起一圈白腫皮，看出是作事太多了的樣子。她松黃色的臉皮上有一條拱背的彎鼻子和很大的嘴。她左手拉着兒子，右手拉着女兒，後面緊跟着一個縐皮縐臉的老太太。

這一行人走進西屋堂屋裏去的時候，堂屋裏祇有一對紅花蠟燭在神案上裊起寸長的黑煙子，自己燒着，土香爐裏插着三根燒得半殘了的殘香，那煙子似有若無的。旁邊還有一碗土灰色的磬子和幾張褪成土褐色了的黃表紙。此外屋子就像死了的。姨太太見了這樣子，她的長臉像更長了些，她牽着孩子回頭望着老太太，又看看在後面提着包袱走進來的陳先生，彆着嘴不肯開口。大的兒子有了九歲，看見她媽鼓着紅絲眼睛不講話，就自己也不言語，小的女兒祇有四歲，見着紅蠟燭上一跳一跳的火焰，便指着香案叫起來：

"媽媽，燒香，燒香，要磕頭的，磕頭，"說時她自己就跑到地下一張破草蒲團上去跪下來，要磕頭。

她的媽死勁把她一拉，拖到身邊來。老太太把包袱放在一把椅上，自己嘆一口氣，一屁股坐下來，說：

"老二，城裏二奶奶呢？"

陳二先生看見這堂屋冰冷鬼靜，心下很有些忐忑忐忑的，但是臉上却鎮定着，一面裝着招呼挑夫擔子擔東西進來，一面擦着汗說：

"她在家的，一會就會出來。"說時他就故意大着聲音喊：

"李媽，李媽，請奶奶出來，老太太她們都到了哇。"

堂屋外面有陽沒氣的應了一聲，也不見人照面。陳先生和挑夫們爭爭嚷嚷起來，似乎也不理會。老太太靠在椅子上，叫那四歲的小姑娘到她身邊去，自己用手指頭替她理着亂了的頭髮，叫做劉瑞華的姨太太兀自拉着兒子鼓着眼站在香案那兒，那兒子望望她，又望望蠟燭頭上頂起來的一長條黑燭花兒，火燄這時變得黯黃了。

一會兒西堂屋外面轉出來了一個扎了褲脚，梳着一個翹尾巴髻子的大個子女人。她走出來，正眼也沒看見姨太太，便直對陳二先生叫：

"先生，奶奶有點兒不舒服，香紙蠟燭都預備好了，請姨太太先敬神，完了，就上奶奶屋裏去，奶奶這會子不能出來。"

這段話弄得幾個人都驚了，都改了樣子。陳二先生的臉紅起來，他忙忙亂擺手，亂擺手，意思要那娘姨不說了，進去。他又偷着眼看老太太和姨太太，像怕她們聽見了什麼。老太太把縐紋拉滿了的眼張開來問：

"老二呀，你幾時又接了姨太太，你都不往家裏言語一聲呀？"她慈和的看了她兒子一眼，又嘆着氣說："世界不好，多一個人多一張嘴的吃喝，你們年青人作事，唉……"她又摸起孩子的頭髮來，並且關切的看看她的媳婦。

最不堪的是劉瑞華。她聽了娘姨的話，也都聽懂了。她的臉立時發黑，她的手和脚都打起戰來，連她的兒子都覺出來了，她自己晃蕩了一晃蕩，像是心裏發抖，站不住了的樣子。她緊緊攥住她兒子的手，把他朝自己身邊拉，好像他是她唯一的倚靠，她眼睛立時漲滿了淚，把兒子看了一眼，恰巧碰見了她兒子的，她心覺得壯了一些。她鼓起紅絲眼睛盯着她丈夫看他說什麼話。可是他沒有說什麼。她看見那娘姨叫也不叫她，便自轉身走出去了，陳二先生又來叫老太太和她敬神。她氣得把陳二先生一推，滿肚子委屈的就沙沙掉下眼淚來，說：

"姨太太！毛子的爸爸，誰是姨太太？"她把扣緊了的脖子一揚，像表明他莊重的身份似的。

陳先生哭喪着臉的扶着老太太叩了頭，又來拉劉瑞華，她可把手臂一拐，使勁拐掉他的手，哭着嚷道：

"你說說看呀，你倒說誰是姨太太，誰該給誰磕頭？我可受不了這個！騙着我們娘兒們呀。"

陳先生急得跳脚，祇是輕聲急急的說：

"別嚷！別嚷！"

"我要嚷，我偏要嚷，我偏要評評這個理。我替你生了小子，生了閨女，熬到這樣，我可看你對得住孩子嗎……"

她這一聲兒沒完，上屋裏咚一下像是什麼重重的摔在地板上，接着就是尖聲氣的女人嘶叫着暴罵起來。

"什麼××的在我院兒裏鬧！什麼婊子娼婦！要來在老娘手底下吃飯就安分點兒，要不，就滾出去，全給我滾出去！我可不希罕誰的小子，誰的閨女！娼婦精子纔賽養豬養狗迷男人，我這下就容不得豬狗。……"跟着又聽見"哐！"的一聲，一轉眼，北屋臺階上跳出一個大顴骨、窪眼睛的三十歲女人，穿一件紫色印花綢旗袍，頭髮燙成了滿頭捲子，像是剛由牀上起來的一樣。頭髮蓬成了一個爛鷄窩似的。她跳到台階上，紅着眼睛對着西屋罵："賣弄小子，賣弄閨女！誰不會養？誰要養一大堆，就趕上我這兒來賣弄，給我滾出去！全給我滾出去！"

這樣一來，局面就像有點下不來臺了的情形，老太太扶着女孩子站在堂屋裏氣得直發抖，陳先生的臉上青一陣，土一陣，背着手面朝牆站着，像是要鑽進牆裏面去的，那女孩子駭得抱住了祖母的腿，把頭藏在腿中間。九歲的男孩子却儘自擡頭看他的媽，像知道他的媽是最受苦的人似的，他看見他媽青色的瘦臉頰那裏掛着兩行淚水，她的下巴像發冷似的打着哆嗦，他自己慢慢的向他母親靠得更緊一點，口裏輕聲說：

"媽呀，媽，咱們走吧。"

於是那女孩子也擡起頭來半哭的聲音叫：

"媽呀，我怕！咱們回家去，回家吃飯去。"

被稱爲姨太太的人眼淚來得更洶湧了。她咬着牙齒說：

"對，咱們回家去！"於是她擡頭對她的丈夫大聲說："得，你也別爲難了。既是人家多着咱們，咱們就走，凍死餓死咱們走，走吧，奶奶，咱們走！瞧他們過好日子，瞧她充太太，我睁眼瞧着呢。"

這時陳二奶奶可又從臺階上嚷起來了：

"走！給我立刻就走。瞧着，瞧着吧！賣弄孩子，婊子下流下的蛋在我跟前賣弄。滾吧，我還瞧着猪猪狗狗一齊給我餓死纔稱心哪。"

於是"姨太太"就左手拉着男的，右手拉着女的往外衝。可是老太太和陳先生全把她拉住了，老太太又抱起駭得哭了的女孩子拍着。老太太一面勸着跟她來的媳婦，陳先生可硬着頭皮跑上北屋臺階把陳二奶奶拉到屋裏去了。過了一會，北屋裏倒又嗚嗚啦啦哭了起來，陳二奶奶哭得好傷心，一面哭，一面數落着。怨着她丈夫說：

"我……我，我幹嗎呀，我辛辛苦苦給你撐着這個家，到頭來，全是個空，全是人家的，我……我……我什麼好兒也討不到一個……我，我爲了什麼呀……"

第一場風雨就算這樣結束了的。老太太、姨太太們都没走。陳二奶奶指定了北屋外面東邊小跨院兩間下房給她們住。她說西屋要敬神，東屋和南屋都要租人。現在家裏開銷大了，誰都得省着點兒。陳二奶奶說孩子不用上學就在家裏幫着掃掃院子，跑跑小事。她那個老媽子也給開消了。她說家裏有了這麼多閑人，還要用老媽子幹嗎？

姨太太自然是有許多理由反對她的。第一她無論如何，不肯承認她是姨太太。她拉着陳先生發誓，指着老太太作證人，她說她是在前頭太太死了兩年之後扶了正的。其次，第一天晚上，陳先生祇在她屋裏坐了半個鐘頭，就給陳二奶奶提着名字連聲不斷的叫過去了，以後就再也不見來過，並且陳二奶奶吩咐老太太的牀一定要擺在姨太太的屋裏，兩個人睡在一起。爲了這種不甘忍受的事，姨太太也幾次的鬧着要走，可都走不成。一個人越把自己的生命看得不值價時，他所愛的生命就會取着反比例的起價。祇消我家王媽輕輕的一句：

"鄉下去了，孩子們可吃喝什麼呢？就是野草也割不到 根呀！"

姨太太就能把什麼都吞下去了。這時候，若有陳先生偷偷捎回來的一半尺青布，讓她給孩子作一雙半雙鞋；再若他能把兩串冰糖葫蘆，偷偷兒的塞在她窗台兒上，向她對孩子使個努嘴，她就很能滿意起來，甚至於有些驕傲，把陳二奶奶的聲威看得不當東西。有時候聽着陳二奶奶罵，她也可以不還嘴；有時候，她會在她罵得半道兒中間，站起來把正扒着的一碗飯，倒在地下，自己朝廚房裏走去。陳二奶奶可更罵：

"糟蹋糧食，你難道有的吃兒嗎？"

她就說："沒吃兒也不是吃你的。我吃我男人的。不吃男人的，也會吃我兒子的，不用你擔心。"她就大搖大擺去洗她的碗。

照我們的新式說法，她正是用一種精神勝利在支持她自己。她無法奈何她的仇人。她的年紀比陳二奶奶大，雖然陳二奶奶不算漂亮，但是在王媽嘴上形容起來，也頗有些個分寸。

王媽多事的嘴說："要品品兩個人的人樣兒呢，陳姨太太可也別說，陳二奶奶深深的一對眼睛就比姨太太那紅火眼強。我就愛看她那一對擦得鮮紅的嘴唇，顴骨上的胭脂是太紅了一點兒，再多擦點水粉就好，可也，可也比姨太太那黃種茄子臉巴兒耀眼呀，來得叫人喜歡。"

據她說，二奶奶穿個花緞長衫，蹬個高跟鞋兒時，從後面看去也夠時樣兒哩，怪不得她迷得住陳先生。至於姨太太，別說漂亮的長衫沒有，就是好一點的短衣服還得改給孩子穿。胭脂花粉，她說已經七八年不見面了。她一天從早上六點起，到晚上十點爲止，總是在粗活裏轉來轉去。下雨天晴她要提籃子上街買菜去，以後是洗米、洗菜、做飯、洗衣服、縫縫補補、掃院子、收收檢檢。她的頭髮常常掉在嘴角旁邊。她的仇人齊齊整整的坐在上屋裏，監視她做這些事，還挑着空兒罵她，在丈夫面前指出她不體貼丈夫的地方來。比如說："煤燒得這麼快，不肯好好封爐。爐口留得大，整夜的敞着燒，錢可不是你在掙麼？"聽了這些話的陳先生，雖然不言語，心裏可也會有些煩惱的，姨太太有時候看得出來。被仇人壓着幾乎全無機會對丈夫私下說一句話。祖孫三代四個人擠在一間小屋裏，真是連吐氣的地方都沒有。她也無可奈何，她永遠不能要求更好的，她的仇人像一片永不會天亮的黑夜罩緊在她頭上，她決不肯承認這永夜的威力，但是夜的威力却可以要她怎麼作，她就得怎麼作。

唯一能刺透黑夜的帳幕，使她偷看到一點光明的就是她的孩子，特別是她的兒子。這兒子雖衹有九歲，還不能作什麼，可是他是陳家唯一的根苗。老太太把他當寶貝似的，就為了這一點，常常怕他吃不飽，把自己的一份兒白飯省着不吃，留給他夜裏消夜。陳先生雖然明裏不敢對他怎樣疼愛，三個銅板、兩個銅板可也不斷的給他，讓他買個小蟈蟈籠兒，或兩顆糖。陳二奶奶有時候看見了就會很生氣的察問，甚至把東西沒收，說是糟蹋錢，不體貼他老子。這孩子彷彿很敏感的早已跟着他媽認定了同一個仇人，看見他媽掉眼淚時，就會拍着他媽的腿說：

"媽，別哭，趕我大了就好了的，等我大了就好了。"

姨太太相信她的兒子，她相信兒子是她的，將來她仇人的一切都是她的。

我們的王媽常常讚嘆的說：

"女人總要有兒子呀。一個女人嫁了男人不生兒子，啞着屁股不噓氣兒，白做了場人罷咧。饒你陳二奶奶這麼狠，可怎麼着，都是人家的，都是人家的。"

陳二奶奶真是苦傷了。就在我媽面前，她也哆囉過不止一回了。我媽素日不大喜歡陳二奶奶，我也怕她，我們總不招攬她，可是她還是有捉住我們的時候。

那一天，她抱着一根水煙袋過來了，想是見我媽愛抽水煙。她也抽一根紙枚子，圓起嘴唇唿嘟唿嘟吹着，把半個舌尖都吐在嘴唇外面，一根紙枚子被她吹得快要煙消火滅了。

我媽叫我：

"燕兒，儘瞅着笑幹嗎？還不替你陳二奶奶吹吹。"

"呵喲，那我可不敢當。小姐給我吹紙枚兒呀。太太，您真福氣，又有少爺，又有這麼伶俐的小姐。"

我媽望着我笑，說："有什麼用？這麼大人，就祇會淘氣，還像小孩子一樣。"

陳二奶奶趕緊飛動了她的薄嘴唇，說：

"那您可別說，您可瞧瞧咱們院兒裏那兩個孩子淘氣淘成了什麼了。沒有一點教導，她媽、他奶奶全給縱着。院兒裏沒一塊磚不叫他們翻起來哪,土都給他們割去了一層皮了,他爸爸也縱着。我倒是正當名分的媽,我可不能言語一句。我要一言語呀,喝,幾張嘴就全上我臉上來哪!……"

我媽怕她多説下去,就説:

"孩子們多有些淘氣,你也別太認真了。自己放寬些兒,有的吃有的喝,過日子罷咧。"

陳二奶奶臉上不然起來,可是她不敢説什麼,祇説:

"您説得是。我倒是疼着那些孩子,我纔不管哩。孩子們總得大人管着纔能成人,要不,就不如不養,像我是的,乾净,可她媽就不這麼想。成天賣着屁股似的誇她的兒子,就説我不能養,忖着將來天下全是她的,她有兒子!他爸爸也由着他們,連他也説我不能養。院兒裏就没個大,没個小,自己要怎麽着就怎麽着。有孩子的人就這麽狠,您看!"

我們黄黴村愛下雨。要不怎麽會叫它是個黄黴村呢?到了熱天裏,差不多每天都可以看到雨點兒。有時候,早上還没睜眼就聽見院子裏唏哩嘩啦下着。天色總是陰陰沉沉的。雲在遠山頭上橫着,灰烏烏的朝天上爬,朝天上推,黑一塊,白一塊,也有帶錫藍色的,封得很緊,一年三百六十天難見幾次青天。等早上嘩嘩的下了一大陣之後,到晌午時分,雲脚就鬆開了,天下乳油油的白亮了些,到下午有時候就能見太陽光。要是趕早上不下雨時,下午多半就要打傘上街了。常常頭脚在街上走,被太陽烤得出油汗,二脚就有豌豆大的雨顆兒順頭髮滑下來,雨水跟油汗混合在一起,身上跟塗了油麵似的,心裏也是悶生生的,像有蔴繩子在心上搓着,怎麽也不起勁,怎麽也是難受。

這一天,恰恰早起天没下雨,雲在向四方花着,雲背後有些晃晃的白光散開來,天氣看上來要晴的樣子。

陳二奶奶在屋裏洗着臉。她抹了一臉胰子,把毛巾在臉盆裏按了幾按,拿起來擰乾了在臉上擦着。聽見院子裏脚步聲響,她低頭從故意弄破了的窗紙洞裏往外看,看見那小女孩子一手拉住她婆婆的衣脚,一隻手拿着半條芝麻糖在嘴裏啃着。她的婆婆端着畚箕和笤帚，向厨房裏走去。

她作了個惡臉，回頭把站在牀前，自己正用一根針縫着身上一條褲子的陳先生招了一招。陳先生以爲她有什麽話要講，便提着褲子走過來，一面縫，一面問：

"什麽事？"

陳二奶奶朝窗子洞一指，陳先生順她的手張了一張什麽也没看見，陳二奶奶再伸出那隻拿着口紅的手，伸出一隻中指指着那正向厨房裏走進去的祖孫兩人，簇着她的纔塗了一半的紅嘴唇，不肯開口，恐怕把她的紅嘴唇弄壞了。

陳先生瞠目的看着她説：

"是老太太和小蘭子。"

她把眼一横，也不理陳先生，自去對鏡子塗口紅，陳先生也仍然去縫他的褲子。不一時，陳二奶奶把口紅一丢，兩隻手在臉上摸了兩下，然後兩手對搓着説：

"虧你眼睛不知長在那裏去了。看不見孩子這麽早就拿芝麻糖在吃？"

陳先生出乎意外的"呵"了一聲，像不以爲要緊的説：

"那還是隔壁王媽上日逛廟給買的吧。孩子們小事你不用管它，養養自己的精神好了。"

陳二奶奶把嘴一撅，説：

"我真不愛管哩，錢又不是我在賺，脹死了孩子也不要我養活，我有什麽不自在？"

陳先生的眉頭苦苦縐起來，但又不知再説什麽好，便搭訕着把褲子縫好，穿上去。這時陳二奶奶可站在檯子面前發愣。過一會兒，她擡起頭看着天説：

"真悶死人了。這日子叫人怎麽過？"

陳先生心裏實在害怕她會出事，想了一會忽然想起一個好主意來説：

"咦，我想起來了。今天難得天氣好，咱們出去逛逛去，你看怎麼樣？"

陳二奶奶也覺得有些高興，便說："好呀，那麼就去。"

陳先生忙說：

"咱們還是等吃了早飯，連他們也索性帶着，老太太和我提過就想逛逛，她說咱們這黃黴村熱鬧。"

陳二奶奶的面孔板長了。她尖利的說：

"什麼熱鬧，紅頭大鬍子差人多罷咧，走差了半步路請她坐洋差館，連話也說不通一句。"

陳先生巴不得她不反對，忙接嘴說：

"管它呢。我們回頭就告訴她們，叫她們預備。"說時他就拔步往外走。

陳二奶奶轉身把他揪住，說：

"你就這麼忙！你要誰去，你說！"

陳先生望着她打不出主意來，嘴裏支支吾吾的說：

"還不是她們那幾個人嘛，連咱們倆？"他故意把"咱們倆"三個字調得高高的。

陳二奶奶假意的笑一笑，重複着說：

"她們幾個人和咱們倆，"突然她把臉一轉，兩眼盯住陳先生說：

"我知道！你要你的太太、你的老太太、你的少爺、小姐去！你們一家人，我不過是個孤鬼罷咧。"她把眼揉幾揉，一賭氣就坐下哭了。

陳先生慌得勸着說：

"你別急，別哭。我沒有壞心思。你不愛誰去，你自己說吧。"

"我不愛誰去，我能不愛誰去嗎？我能講什麼？講了小孩吵上頭來了。前天我白說一句，我白說那麼大小子，九歲了，連掃個地也掃不乾淨，我白說了這麼一句，瞧吵了多麼久，罵着我狠心狗肺，我說什麼？"

"不管她，你說好了，你不愛誰去，誰就不去。"

"那！我可誰也不愛她去，要是我解悶兒，就得是為着我。"

陳先生聽了這話又覺為難起來。他想起老太太和他講了幾次想出去走走，兩個孩子也趁着他出門的時候趕上大門外去要他帶他們出去坐大紅汽車，上有樓的車，他都答應過他們了。自從王媽和她們講了上廟的事，她們那一群誰都心猴着要出去呢。

陳二奶奶見他悶着嘴不響，便冷笑的說：

"我知道，我知道，我全知道誰是狼心狗肺會迷男人！"

陳先生苦着臉差不多要哭出來的求着說：

"還是讓老太太帶孩子們去去吧，他們跟我求過好些回呢。我們自己去全不理他們，你瞧，這心裏，這心眼裏可有些兒難受哩。"

陳二奶奶把衣服一擺，轉過身去說：

"我不管，剛纔要我說，這會子又不依我。要去就去，可別說我欺負老太太，都是你們一邊兒的。"

於是在吃早飯的時候，陳先生硬着頭皮把這場決定宣佈了。陳二奶奶在他宣佈的時候，把雙筷子柱在飯碗裏。嘴裏慢慢磨着一口飯，聽着他會宣佈叫一些什麼人去，以後她纔鬆下筷子來，輕輕扒了一口飯，又來了一塊豆腐放進嘴裏去嚼着。但是老太太却畏畏葸葸的看看陳二奶奶，又看看陳先生，吞吞吐吐的問：

"毛子的媽，她，不去麼？"

陳先生着急的叫聲："媽！"

姨太太劉瑞華却把空飯碗一敲，站起來嘩啷嘩啷的收碗說："我去幹嗎呀，人家福氣太太老爺逛山呢。"

在姨太太這樣說話的時候，陳先生忽然一口飯嗆進了氣管，大聲咳嗽起來，咳，咳，咳，咳，陳二奶奶擔着飯碗，鼓着嘴斜眼盯着他，也不知他是真是假，總算把姨太太的一句話岔過去了。

孩子們聽見說要帶她們出門去，小的一個早已把剩下的半碗飯推開了走下桌去，站在當地裏大聲叫着婆婆，大毛子也忙忙拼命往嘴裏扒飯，把碗中最後一粒飯照例扒完了之後，便也下地去站在他妹子旁邊，一時拉她一把，要她和他一齊出去，一時又推她一下，低聲叫她不要叫，不要吵，賊眉賊眼的時時看看陳二奶奶，好像怕她會不許他們去似的。一頓飯在雅雀無聲中結束了。接着就是出門的準備。兩個孩子跟着祖母和母親走回自己的小屋子去東翻西檢了一陣，各人換了一件自以爲好看的衣服，跟着大人出來在當院裏等陳二奶奶。

陳二奶奶打扮得紅紅綠綠的走出來，看見那男孩子穿着一套白布短衫褲，女的祇是一件紅印花布褂子，小手裏攥住一條大手巾瑟瑟縮縮的望着她，好像一對小奴才。她厭惡的回身對跟在後面的陳先生看了一眼，陳先生的眼光冒過她一直看到小孩們，眼中大有愛憫的神色，見她掉過頭，忙忙把眼光撤回來，露出可憐的不自然。陳二奶奶肚子裏冷笑了一聲，却意外大方的走上前去抓起大毛子的手，對老太太笑一笑說：

"走吧。"

大毛子受寵若驚的被陳二奶奶抓着走，他的母親又耽心又艷羨的目送他們出門。這一群便在陳二奶奶的指揮之下，上了電車的底層。小孩子們都仰望着車子的樓上，但都不敢出聲說要上去。

他們所逛的地方並不是廟，祇是一所類似大遊戲場的地方，孩子們一到了那地方便都活潑起來。小蘭子叫她婆婆抱起來指指點點，大喊大叫的叫她婆婆看熱鬧，又叫着她哥哥。她的哥哥却一直是被陳二奶奶抓住手，他聽見妹妹叫，心裏熱蓬蓬的就想跑過去，他的小手在陳二奶奶掌心裏顫動，蠕蠕的抽着，想逃出去，但陳二奶奶的手却像鐵銬子一樣，人越動，它越扣得緊。再動，她便頓的把他手摔一下，鼓起眼叫他別淘氣。孩子祇是可憐的看他爸爸一眼，就低下頭去。陳先生便走過來也拉起毛子的另外一隻手，說：

"我來領他吧。"

陳二奶奶翻眼問：

"我帶他不好？你怕我是後娘要把他賣了？"

陳先生祇可不言語。他們走過了幾副賣糖的擔子，幾架賣輕氣球、洋槍、洋兵、皮球的攤子，有些攤子架上掛着紅鬍子、白鬍子的小臉譜。毛子痴痴的對它們儘望着，彷彿脚下都不會動了的，賣玩具的人見他望着，又故意的拿起個小洋鼓兒來咚的咚衝他敲着，喊着他：

"來呀，來一個呀，小伙計。"

毛子臉興奮得紅起來，仰頭看他爸爸，陳先生剛想走過去問問價，陳二奶奶已經拖着毛子轉了彎，毛子跌跌闖闖跟不上她的步子，在地下摔了一跤。陳二奶奶像搶火似的拖起他又走。

在一家露天戲臺面前，他們停了下來。臺上鑼鼓噹噹，有一大群花臉、紅臉、藍臉、黑臉正在耍着棍子彼此亂打亂跳。跳了一陣，轉到台後去了，好像有一個花臉的給一些人抓住了。一時從臺後面轉出來了一面大黃旗子，一個穿黃袍子的人被兩片畫了車輪子的布圍着走出來，嘶着聲音唱些什麼。孩子大人都不感覺興趣，便又走出來。前面一邊是一家玩猴把戲的，另一邊是一堆人圍着兩個唱相思調的女孩子，在那裏一面唱，一面開頑笑。老太太和孩子們想去看猴兒戲，陳二奶奶却要聽《五更調》和《太陽滿天霞》。陳二奶奶說：

"他們要看猴兒戲讓他們去，你可得陪我去聽聽曲子。"

陳先生頹然的說："那就大家都去聽曲子罷咧。教他們娘兒們自己去看猴兒戲準得丟了。"

於是她們一群都走到唱曲子的這邊來。女孩子們站在當地裏唱，有一個穿大紅號褂子的白臉小丑，應着她們的調子敲着一片小鑼，不時和她們應和對答着說些下流開心話。老太太是鄉下來的人，看這情形完全不懂，孩子們自己玩着，祇有陳二奶奶聽着打哈哈笑得起勁。曲子正唱起了《太陽滿天霞》。一個女孩子調起尖喉嚨朝天唱着：

"太陽滿天霞呀，
思想那冤家，"

那小丑忙把鑼敲一下，歪着頭兒涎聲答道：
"喂，喂，乖乖的在這兒呀。"

女孩子把一條大紅綢帶綠縫子的手巾對他一揚，又唱道：

> "想起了冤家遍身麻,
> 不記當初話……"

小丑又把鑼敲一下,尖聲答道:

"誰說呀,誰說不記得呀,我是記得滴滴溜溜圓的喲。"他又跑到女孩子面前去做着許多怪動作,惹得場子裏轟然大笑起來,陳二奶奶也盡情的笑,掏出煙卷兒燃上了抽着。

女子又唱:

> "調戲小奴家,"

小丑敲着鑼跟在女子背後繞着答道:

"是你送上來呀,這不是我調戲了你了嗎?在座的老鄉親人們都看見了,青天在頭上呵。"

女子回頭面對他把脚一蹬,眼一鼓,伸食指頭點了他一點,唱:

> "活日來調情,
> 死日説得明,
> 説得涼水點明燈,
> 明燈照當頭,
> 涼水澆當頭,
> 你呀,你呀你呀,
> 抱住了別個娃娃,
> 就把奴家抛背後!"

她把脚一頓,嘴一歪,大紅綢汗巾便掩在面上了。場子裏的人一齊拍手叫好起來。陳二奶奶也是笑着拍着,忽然她覺得背後空起來,回頭一看她家人一個人都沒有了。她心裏着慌,忙站起來走出圈子去找,却見他們就在對面猴兒戲那裏圍着一個涼粉擔子在吃涼粉，父子祖孫說說笑笑，跳跳鬧鬧，好不快活。

陳二奶奶筆直衝過去，把陳先生一拖，兇兇的說："呵，你們倒好！"

陳先生駭了一大跳，把身子一彎，險些沒把一碗涼粉都倒在身上，孩子們都青着臉朝婆婆身邊擠。陳先生把週圍的人看了一眼，小聲音埋怨說：

"瞧你！"忙又改口說："你也來吃一碗吧。"

陳二奶奶眼紅了，死勁別轉臉說：

"我不要！"

陳先生望着她，她的眼鼓得銅鈴一樣，嘴完全掀起突出，像一個吹壺嘴，兀自硬着脖子扭向別處，不肯看陳先生一眼。陳先生覺得又可怕，又可恨，簡直不知道她是一種什麼女人。他望了一下，無可奈何的低頭賠笑說：

"好哪，你別生氣得哪，你肚子餓了，我給你去端一碗麵來吧。"

陳二奶奶突的跳轉身，一盆火似的奔着他，罵：

"你黑心黑肝的，沒良心種子的東西，你還知道我餓哪，你還管我要吃要喝！你巴不得我死，你巴不得我馬上死給你看，好讓你們一家子稱心！……"說着她就哭起來。

這時候，看把戲的和聽小曲兒的索性丟了他們的場面圍攏在姓陳的夫婦跟前來了。陳二奶奶見此情形，更加撒潑打賴的叫罵。老太太拖了一男一女，也蹣跚的走攏來。她還沒弄清是怎麼回事，那敏感的毛子却有些明白，他縮在祖母背後，儘拖着他奶奶的手要她不過去。老太太不管他，她仍然擠過去，乜着昏花眼歪了頭看他兒子，小聲音對他說：

"又是怎麼鬧着哪？這四野大外的可叫人家瞧見了笑話。"

陳先生悶着嘴不響。陳二奶奶却接嘴嚷道：

"笑話！我可怕人笑話？寵妾滅妻，捧着孩子踐我的頭，老少一條心。瞧！瞧那小子那雙賊骨眼！多狠，恨不能把我吃掉。老少一條心，安心制死我……"

老太太又氣又怕，努着嘴，抹頭就轉身向外走，自己咕噥咕噥的說：「這可沒得講的，血口咒孩子，孩子可得罪了誰呀？」

陳二奶奶偏生耳朶尖，全聽見她說什麼，更加吵罵。陳先生看不過，又無法叫她停止，祇可自己轉身朝人圈外擠。陳二奶奶並不放鬆，也便大喊大罵的跟在他後面，把手臂僵直的伸出來指點着陳先生的背心又訴又罵。有時她趕到了他的面前，搶到他旁邊，彎過身子扭轉臉盯住陳先生的臉看着，質問式的罵，有時她落了後，便拼命的在後面大步趕，摔着手，把聲音嚷得更大。陳先生垂着手低着頭，一聲也不響，祇是儘量把臉上放得若無其事的，藉以對付兩旁人群裏的嘲笑。他緊趕緊走，慢趕慢走式的逃着。這場面弄得延長而顯出了單調，人群的注意接着由稀少而漸漸消散下來，陳二奶奶自己也好似乏了的，把咒罵漸漸結束，陳先生也把步子放緩了。

在這遊戲場的西北角上，有一家姑子廟。陳先生因為躲着人，不知不覺便把陳二奶奶引到了這塊地方來了。

這姑子廟的建築是我們黃黴村的一種特產。它是一座二層樓的小白洋房。我們黃黴村的人有時候最懂得黃黴兩字的意思，差不多凡事都講東方為體，西方為用。譬如拜佛拜神是東方祖宗傳下來的，萬萬不可拋棄。不但要蓋廟拜神，神龕不僅要擺在神櫃上，就是灶下門旁、墻角、牀頭、樓梯脚下、走廊角、茅房角，都可以隨時發現一張紅紙條、一堆香灰和一對燭台。常常在大門外頭靠門框那裏立一個小木龕，龕上還一左一右貼一付尺來長的小紅紙對聯，在龕兒裏多半是一對神男女在那裏過日子。但講到了蓋廟，我們村上人却甚屬維新。村兒裏白面人很多，很神氣，總是派出紅頭棕臉的差人捉了我村民去差館打屁股。他們如此之神氣威風，一味的住在許多白洋樓、黃洋樓裏講洋話，過洋日子，村民們原不曉得洋日子是什麼，祇是看他們舒服闊氣得古怪，忍不住羨慕。因此也替自己的神們蓋所洋樓廟，洋的應該算是好的。遊戲場裏的這所洋樓廟算是很數一數二的一個。它的粉是新刷的，耀眼的白。底下一層是四面不透風的墻，上面却一面有二扇百葉窗，窗上也是新油漆的咖啡色。

洋樓廟的山門口正有一對小姑子撩起黑道袍騎在石獅子上，彼此對笑着用手拍着背後的石獅當馬來趕它們走。她們都薙的光頭，在青色的頭皮上加一圈黑色的劉海箍似的尼姑帽，使她們稚嫩的臉露出青色。

兩個小姑子看見有人來了，忙一齊跳下來，裝正經的站好。不久她們就認出了是陳二奶奶和陳先生，因為陳二奶奶來她們這裏燒過香的。她們中間有一個就說：

"陳二奶奶來燒香，我去告訴師父去，你可在這兒候着。"說完她轉身進去了。

剩下的那一個看見姓陳的夫婦越走越近了，忙合掌帶笑的迎上前去，也是按洋式樣子鞠了一大躬，又撒手來和陳二奶奶握手。但到了陳先生面前，她的小手却無因無故的縮回去了，並且在青白色的臉上升起了紅霞。陳先生黴頭黴腦的站在陳二奶奶背後，並沒看見。

小姑子正在這兒邀陳二奶奶和陳先生進去，一個年紀大的肥大姑子飄着一件黑色夏布僧裝已經來了。

"陳二奶奶，陳先生，您倆的福氣，逛着哪。"

陳二奶奶認得這姑子叫法慧。她心裏不大願意兜搭，可又不肯讓陳先生很快去找那三個討厭的老幼，便也落得在這兒混混，遂和姑子說着話走進廟裏去。

廟殿上正和一個私家的堂屋差不多。迎面掛的一軸佛像，紅袍金臉，顏色都似乎新加上去的，非常刺目。底下是一張棕紅長案，案前一隻方桌，三尊小佛一字兒排在長案上，香爐、燭臺、磬子全順擺在方桌上，那底下垂着一條紅氈桌圍，當地還有一堆爲跪拜用的蒲團。書案的一端擺着一架新式雲石座子的自鳴鐘，另一端是一隻畫了幾條大尾巴金魚的大膽瓶。

姑子們忙亂的就替陳二奶奶點上了香紙蠟燭，請她叩頭。陳二奶奶看着蠟燭上一跳一跳的紅燄，說：

"法師父，我可不燒香。我沒那個福命，燒了也是沒用。"

胖姑子將眼一閃,撇了陳先生一眼,說:

"阿彌陀佛,二奶奶還沒福,還讓誰有福呢?多燒香多有福,早生貴子。"

陳二奶奶心一動,但是她說:

"我頭次燒了香,你許了我,到頭來還是不靈不是?你可別再說生貴子了,我是一輩子的孤鬼!"

法慧望望陳先生,陳先生慌忙對她使顏色。她狡猾的回了他一眼,在陳二奶奶身上打量了片刻,便笑嘻嘻站起來說:

"二奶奶,後面去寬寬衣服去吧,今天天太悶了。"回頭她又吩咐小姑子照呼陳先生,便自己陪了陳二奶奶走進去。

陳二奶奶進去了之後,陳先生自己坐在椅上喝茶。兩個小姑子時時替他敬煙敬水,問着他話兒,他有一句沒一句的答着。他在椅子裏時時坐立不安的亂動,心裏想着老太太和那兩個小孩子們,極想跑出去看看他們。可是陳二奶奶走進去時曾經再三的叮囑他等她出來了一塊兒走,她說她進去方便一下就出來。他喝着茶等了好一會,還不見她,又叫小姑子進去催,出來祇說還有一會就會來。陳先生在地下吐着口水,又站起來來回走了一會。最後他決定趁着陳二奶奶還沒出來,自己先出去看一看。他叮囑小姑子們不要進去告訴,就自己忙忙走出去。

他順着原路跑到先頭唱小曲兒和玩猴把戲的地方,一路找,一路都不見人。一位老太太攬着兩個小孩兒,一大一小,一男一女,穿什麼衣服,說外路口音,他這樣向人述說,人家都對他搖頭,有的人把手指不着方向的指着,他也跟着到那沒有方向的方向去找。遊戲場的人多到像滿地的沙塵一樣,沙塵裏又像滿是洞眼可以把人吞進去。他處處都瞟見老太婆,也處處碰見孩子,可恰恰沒有他的那三位,他急得心裏碰跳碰跳,一陣陣出大汗。又不敢在外面耽擱太多時間,恐防陳二奶奶會出來找他。他想回去把這事告訴陳二奶奶,她一定也會着急,來幫他一起找,兩個人找起來是很容易的。於是又走回那廟裏去。

一個小姑子坐在廟門口縫着一隻荷包,看見他氣急敗壞的跑回來,對他搖着手笑道：

"別着急，別着急，還没出來呢。"

"還没出來？怎麽着？你去請。"

"請也請不出來的，在談話。"

"談什麽也得請，你去請，説有要緊事。"

小姑子扁着紅紅的嘴唇笑了一下，就走進去了。

不一會，他聽見了佛廳後面陳二奶奶的哈哈在嘩啷嘩啷響，還有她笑着説話的聲音：

"得，得，你先别没臉，你可就張了一張嘴罷咧，終不成你能給我裝進肚子裏去？"説時她走了出來，見了陳先生，便把得意笑着的臉收起來，説：

"瞧你這麽着，可有什麽急事咧。"

陳先生見了她的樣子，心冷了半截，衹得硬起勁説："咱們快去找找吧，她娘兒們准丢了。"

陳二奶奶起先也駭了一跳，一轉念，她想——這不是天，——便心安志滿的説：

"你可是吃飯長大，幾十歲了，心裏還没分寸。作夢。"

"真丢了，真的，我一個場子跑全了，也没找到。"

陳二奶奶説：

"哦，你都去找過了。那還丢得了嗎？"

陳先生揮着袖子急的説：

"走吧，走吧，咱兩人再找找去，你比我眼亮。"

陳二奶奶把頭一彆，説：

"我不信，那麽大老娘兒們丢得了嗎。"回頭她便招呼老姑了法慧，説："我家去了，你可記得畏上我家串門兒去哪。"一面説一面自己就朝外走。老姑子在後面打拱的送着。陳先生也不言語，在後面跟着，他衹要她出去。

到了外面，陳先生看陳二奶奶説：

"往那兒走呀?"

"家去。"

陳先生悶住了。過了一會，他格格的說:

"你就先家去吧。"

"你不送我回去？你要賴在這園子裏幹嗎？"

"我得找找她娘兒們呀。"

"這纔是不長窟窿的心呵！那麼大人不早把孩子帶回去了，還等你找。"

陳先生覺得她的話好像有理，但又不放心，便說:

"我還是得找找好。"

陳二奶奶邁步就走，說:

"要找去找吧，找不着可得回家去送走這一門子，別天天在我這兒，倒像是我招着了似的。"

陳先生不得主意的跟着她回了家。却見祇有姨太太來開門。姨太太腫着眼看他這一對走進來，心慌的問:

"孩子呢?"

"孩子沒回來麼?"

"沒有呀，老太太也不見，你們是怎麼着？你們把我的孩子……"

"沒有什麼。我再回去！我即刻就回去找去！"陳先生轉身朝外跑。姨太太却一把將他抓住一頭撞去，跳着哭嚷起來:

"你找去，你上閻羅殿找去！你把我孩子！我孩子！你們狼心狗肺呀，把我的兒……"

陳二奶奶從臺階上虎的跳轉身，叫:

"你孩子，孩子，誰把你孩子吃了？誰把他們吞了？誰把他們砍了幾塊，下了醃缸？要你這麼號呀？什麼孩子，寶貝，誰不會養，誰不會養一個給你看！下三爛！"

姨太太抛了陳先生，轉頭向陳二奶奶像一匹母牛樣衝去，陳二奶奶跟一聲跌坐在臺階上，雙手摸着屁股還來不及，姨太太已經撲在她身上，兩個人扭在一處，彼此咬着，掐着，撕着，把口水噴在彼此的臉上，扯着撕着彼此的頭髮和衣服，彼此都不開口，祇沉默的，一心一意的扭打。院子裏很快就集滿了人，嘈雜的有人拉拉扯扯，有人低聲議論，有人在打聽是爲什麼原故。我們王媽也來在裏面拉，她說幸虧她下死勁把她們拉開，要不，說不定會打出人命來呢。饒這麼着，當陳二奶奶給人家從姨太太身子底下拖出來時，她兀自嘴裏噴着白沫子，青着臉搶去廚房裏抓菜刀。

當兩頭母牛各自坐在地下喘息着的時候，陳先生興興頭頭領着那老少三個跑回來了。一看見家裏的情形，他心裏明白，自己忙走去攙陳二奶奶，兩個孩子都朝了姨太太奔去，把她摟得死緊死緊，像從死牢裏救出來的。老太太也楞楞的站在姨太太旁邊，衆人七嘴八舌的問，她沒頭沒腦的講着她們的來歷。

可是那邊陳二奶奶却扭住了陳先生，又在地下打滾號哭起來。她喊天喊地的叫冤，叫菩薩給她作主。姨太太在地下吧的使勁吐了一口痰，也不再理她，自己爬起來，拉着老太太和孩子們到廚房裏去洗臉。

陳二奶奶喊鬧了一會，倒底也給陳先生拖起來，拉到屋裏去了。

自從這次大吵了以後，陳家院兒裏就常常不斷鬧罵比先頭更加利害。兩個女的自己吵了之後，又各自尋着陳先生吵。一個要陳先生把那外來的幾個人趕下鄉去，一個要陳先生看孩子份上，給她們找房子，讓她們去另住。陳先生那一面都不能答應。他要叫她們下鄉，良心上過不去，親戚朋友會罵他說："哦，你憐新棄舊，把老娘孩子都不要，把他們送進虎口裏去呀。也想想你陳家後代香煙靠着誰？你那個姓趙的女人，她能生養嗎？爲人什麼事都可做，唯獨這得罪祖宗的事呀……姆！"但若果聽了姨太太劉瑞華，在外面找房子，陳二奶奶趙舜英準會拿着趕麪杖上門，立逼那房東把房子收回去。事實上，陳先生自從家鄉根基給毀了以後，就靠着在這黃黴村作點小買賣過日子，他從四處收集一些海味像小魷魚、烏魚、海蜇、海帶、大蝦、紫菜之類來賣。連帶還賣些罐頭、牛奶之類。起先生意原非常好，雇主多。等沿海漁場都佔去了之後，等經過了幾道手，纔轉到他的鋪子裏來時，成本已經貴了差不多一倍。一元一毛錢一斤的小魷魚，如今要兩塊三塊不等。他花多了本錢買來，自然也要提高價錢賣出去，這樣一來他的那些小僱主就衹有不吃那些東西，或者少吃了。他的小本生意不免吃起虧來，所以不久以前，在村裏物價一窩風長高的時候，村長下令不許糧食提高價。陳先生不知就裏，不知奶粉也算糧食，偏把它的價目長起來。這價錢碰着了一位不肯省事的老太太，平素最愛生事。她覺得陳先生故意把奶粉價提高是欺她，便走去村長那裏告了他一狀。黃黴村原和洋人有極大的淵源，焉有不許下這筆狀子的道理？結果是陳先生被罰了好幾百元，也衹得忍氣吞聲，有冤沒處訴。現在他也未嘗不想把兩房家眷分開，可是兩筆開銷叫他怎樣支持呢？

所以衹能磨着。

近些時來，隔壁吵架常不聽見陳先生的聲音，便是夜裏也安静些了，我們起先以爲陳二奶奶被陳先生感化了呢，過後王媽來說，纔知道陳先生現在常常不在家，躲在外面。陳二奶奶呢，也常常在外面跑。我們都嘆息。世上像陳先生這樣的人活着簡直是苦難呵。

離上廟那天差不多有一個月光景，陳家一直都沒大鬧，情形頗寧靜。我們都很奇怪。有一天，我媽坐在牀上清理一些舊的繡花東西，托人帶去美國賣。王媽站在旁邊疊着那些金彩雲碧的花片子，有一搭沒一搭的講着話。

忽然聽見隔壁一陣哇啦哇啦的聲音大響起來。我媽縐眉説：

"瞧，剛說她安静，她就來了。我要不吃虧這是我自己的房子，我準得搬家。"

王媽手裏擎着一塊平金鳳凰胸補子，歪着頭聽，一會兒，她撥過頭來看看我媽講：

"您聽！太太。這不是鬧，這是在吐什麼呢。"

我媽説：

"隔着一段牆，吐那兒聽得見？你可是耳朵太靈了。"

王媽還歪着頭聽，一時她説：

"要不，咱們外頭墙根下聽去，這可是陳二奶奶。不知又什麽花樣兒。"

我站起來说：

"媽，我跟王媽外面聽聽去。"

我媽嗔着我说：

"得了，見風就是浪，你也跟王媽學多事。"

我頑皮的笑了一下，便跑出去，又把王媽叫出來，站在西墙根下聽。陳二奶奶像是就在院子裏大嘔大吐，支使着她們老太太給倒茶倒水，水還没喝下去又吐出來，她在哼哼唧唧的吵着要老太太替她找陳先生去。

王媽把我的手一捏，我們走出來，她叫我回屋裏去，她說她過去瞧瞧。

過了半天，她回来了。她笑嘻嘻的走進屋裏去，看着我媽有些靦覥的说：

"太太，您猜怎麼着哪，瞧那樣兒，陳二奶奶别真是有了孩子吧。"

我媽看着她，將信將疑的問：

"是嗎？——本來那個歲數，也還在得着有孩子。你聽誰说的？"

"我過那院兒去瞅來着。陳二奶奶坐在臺階上扯開嘴直吐，人樣兒黄蠟板似的呢。"

我媽说：

"别中了暑，中暑的人就是黄蠟板似的。"

王媽笑着说：

"也不疼，也不癢，也不怎麼侮的，就吐。说是有幾天了，還愛個酸，愛個鹹，魚兒葱頭都嫌腥，這不是孩子是什麽？您说是不是？"

我媽望了我一眼说：

"燕兒，你給我斟茶去，别站在這兒。"

我很想聽下去，我媽就不讓我聽。我真奇怪，聽聽懷孩子怕什麽呢。

王媽後來却全盤都告訴了我的。她说陳二奶奶是有了孩子。那一天，她逼着老太太去親戚朋友家把陳先生找回来了，告訴他自己有了孩子。

後來陳先生按着她的話，請了一個她的熟大夫來看。那大夫閉着眼睛坐在牀面前把脈，把了一分鐘便站起來舉着袖子恭喜恭喜，說陳二奶奶是要弄璋了。

這件事叫陳家人安靜了也興奮了些時。陳二奶奶天天黃着臉兒頭不梳，面不洗，躺在牀上吐呀吐的。想法兒吃東西，一時要酸辣湯，一時要揚州小菜，一時要花兒，一時要着家鄉裏的燻臘，還特地要自己家作的，買來的她嫌油腥。每隔一個月左右，她的精神便要好些，便要上那遊戲場的姑子廟裏逛逛去。天氣漸漸向涼，她據說因爲有了孕格外穿得多，頭上出了汗珠，她還是穿着，她的肚子也慢慢鼓起來了。據王媽說，陳先生從有了這件事以後，除了爲作買賣不大出門去了。他雖然是有了孩子的，看見陳二奶奶三十歲不開懷，也未免不起勁，這一次倒是真喜歡，特別因爲這樣一來，陳二奶奶不尋人吵架，見了姨太太，也衹是扁扁嘴唇，翻翻眼，並不真吵，使他可以過點平安日子，他真開心。老太太呢，她倒是無所謂，她有些怕陳二奶奶，現在她又有了孕，老太太知道有孕的人按習慣愛鬧個小皮氣，陳二奶奶却是例外，反而各事都更忍得下了，老太太暗暗詫異，却還是把她的兩個孫子時時護在自己身邊，不讓他們走近陳二奶奶去。老太太覺得陳二奶奶懷孕比人不同。別人不愛吃油葷，陳二奶奶吐過了一二天之後，必要陳先生替她把大肉、鷄子、猪肚、猪心的買一大堆來，用醬煑得油膩膩的拌粉吃。姨太太把這一切都看在眼睛裏，總是和老太太在屋裏罵。陳二奶奶把東西煑好了，就一鍋端進房去，兩個孩子衹是把指頭咬在嘴裏，看住陳二奶奶的背影讓涎水如一根絲網的垂下來，弔在胸前。姨太太見了氣得要死，就一巴掌把他兩人打開，自己又哭一頓。每逢陳二奶奶出去了，姨太太一定要千方百計的去開她的房門，想進去調查。倒馬桶的那裏她也去打聽，問她們看見陳二奶奶的破綻沒有。可是她找不出什麽。有時候，她故意碰碰陳二奶奶的大肚子，害得陳二奶奶抱着肚子罵她。她告訴王媽說，陳二奶奶的肚子是軟的，並且高低不勻，不是圓的，"誰知道她肚子裏是什麽？"她冷笑的說。

不管姨太太怎樣譏笑，怎樣暗罵，陳二奶奶還是申明她的肚子越來越大了，身子越來越累贅，並且常常還故意叫陳先生出外去住，不要他在家裏睡覺，説是不舒服。陳先生對於懷孕原不知就裏短長，祇求家中平安，便什麼都好。姨太太的閑言閑語，他聽了也不贊一辭。

這情形繼續了不知有多少日子。某日，遊戲場佈雲菴的小姑子忽然拿着木魚走上門來了。她筆直就走進陳二奶奶屋裏去，唧唧咕咕談了半天，説是二月十九送子娘娘生日，老姑子請二奶奶花個佈施。陳二奶奶喜孜孜的笑着打發她去了之後，便叫了老太太説：

"明天是送子娘娘的大壽，我得上廟去隨喜去，夜裏我就不回來了。晚上您可得領着毛子他媽，好好看看門户，您兒子來了讓他上廟去。"

老太太滿嘴答應。看着陳二奶奶捧着沉重的大肚子走了，自己蹩進廚房裏去。姨太太正在窗下切菜，却沒切，眼望窗外出神，剛纔她一定看着陳二奶奶説話來。老太太進去，她回過頭來，冷笑了一下纔又去切她的菜，切不動，刀似乎已經太老了，姨太太拿着它在一隻小瓦缽上正反磨了幾下，繼續的切菜。老太太看着她又像自言自語的説：

"也不又什麼花樣。懷孩子，懷孩子，没見個懷孩子會净上廟的，也不怕得罪菩薩。"

姨太太道：

"您可別惦着。新聞兒多着呢。趕明兒個我上市給您捎一筐來。"説着，一條帶筋的肉又在刀口下滾來滾去，不肯斷，她舉刀在瓦缽上磨了幾轉，再切也還是切不斷，她舉刀一面剁，一面説：

"這刀也不怎麼着，準得是毛子又使它劈柴了。"接着自己拿起刀口來正反看着。

老太太忙接嘴説："這可是沒有的事，毛子可再也沒動過那把刀，倒是我看見上屋裏那個使它砍骨頭來着。她的力好不大呢，砧子都差點給砍成兩半兒了，還説刀……"

姨太太生氣的把刀一丢，説："我明日個再買一把來，她要砍骨頭，這新刀可利落。"

下午陳先生回來，老太太把陳二奶奶交代的話說了。看見陳先生疲倦的垂着眼睛，她十分憐惜的說：

"老二，我瞧你自己先睏睏吧，城裏二奶奶上廟做佛事，也圖個乾淨。毛子他媽，……咱們那屋裏太小，今晚讓她上上屋裏來……我瞧也成。"

姨太太却在廚房裏接嘴說：

"媽，您可老悖惑了。您打量我爭着她的繡花枕頭呢。人家把咱們娘兒們不當人，咱們可得自己擡舉着。毛子他爸，你趁早一步上廟去吧。有得看呢，可別瞞我，可別打量我不知道，我可得瞧瞧誰是送子娘娘，阿彌陀佛，真得罪菩薩。"

陳先生厭煩聽，也不願說什麼，望着老太太祇把手揮了一下，叫她走開去。他自己就在院子裏喊毛子和小蘭子來和他們玩。小蘭子抱他腿要他抱，他剛把她抱起來，毛子又拉他的衣服要他帶他出去喝茶。他敷衍的和他們玩着，覺得很自在，很舒服，他覺得孩子們真可愛，他祇巴不得一輩子和孩子們在一起。毛子和蘭子也都高興的和他玩，他們把他們元宵節叔叔送的兩隻紅燈籠拿出來，要陳先生替他們買蠟燭點上。

"紅燈籠，紅燈籠，我給爸爸照亮，"小蘭子跳下地來挑着那紅球燈籠，蹣跚的在院子裏亂跑。毛子撮起嘴"喊，喊"的在後面追着，於是蘭子哈哈的笑，毛子也笑，又做老虎去嚇她，陳先生也笑，站在旁邊招呼蘭子，時時說：

"毛子慢點，毛子慢點，別跑得累了。"

院子黑下來了。陳先生牽着毛子，老太太抱着蘭子，一齊到跨院小屋裏去坐着，姨太太也在那兒，大家閒話。

正在這時候，佈雲菴裏跑來了一個人，慌忙的就叫陳先生快上廟去。

"說要您馬上就去，可了不得，二奶奶在廟裏養活孩子了。"

陳先生吃一大驚，姨太太却祇管冷笑，向老太太使着眼色，彎轉身自己就走回屋裏去了。

陳先生轉身回來穿衣服，自己咕咕的說："這可是沒有的，污了佛殿，姑子不知得敲我多少纏成。"

姨太太似笑非笑的仍然縫着她的衣服，滿不在意的說：

"你要去嗎？"

"自然得去哪。那裏能不去。"

"……"姨太太笑了一聲，不言語。

陳先生不願招攬她的閒話，自顧往外走，姨太太從後面酸酸的說：

"可別替別人當了爸爸就是。"

陳先生也不理，逕自走了。一直到第二天早上纔回來。他高高興興的告訴家裏那不曾盼望喜事的一群，說陳二奶奶果然生了一個小兒子，但是他說不出他像誰。

陳家生兒子的事在他們自然算是一場不小的事，但於我們鄰舍却並無大關係，所以我們祇知道陳二奶奶在廟裏住了七天纔回家，拖着一個很白很胖的誰也不像的兒子。雖然王媽有時由菜場回來，鬼鬼祟祟說些關於那兒子的新聞，對於那兒子的來歷她以爲似乎包藏黑暗，恐怕有什麼風暴會從那裏爆發出來，我們却懶得去打聽。做了個不能移動的鄰人，我們不能不把良心放寬大溫柔一些，祇求隔壁不出事情。彷彿一打聽就有膿包要被刺破似的。

祇是這膿包恰巧就在上星期五被刺破了，到今天恰恰是它的週七，離殺人的那個晚上是四天工夫。

那天晚上，陳家把宅門關得鐵緊，不許一個外人走進她家去，連王媽都沒擠得進去呢！而她們自己却關了一男一女兩名外人在家裏大吵。王媽那裏熬得住？她就掇了一張方桌，搭上一條樓梯爬上那條短院墻去，騎墻一下坐着。我站在地下，看見她在和那院兒裏的誰打手勢拉手，又掩着嘴笑，一會兒她就下到那院兒裏去了。我十分想學她，可是我媽老在屋裏咕哚着叫我，我祇得進屋裏去。

隔壁大吵小吵的鬧了幾乎一夜。他們的四圍院墻爬滿人，四鄰沒有一個不議論着，說陳家的在廟裏生的孩子出岔了，親爺親娘討上了門。但全段故事還是王媽講給我們聽的。

據説這場生命的產生完全是一樁買賣。生兒子的人是佈雲菴的姑子介紹的，買兒子的也是聽着姑子的主意。那夫婦兩人原是挑擔上市在菜場賣菜的。已經養過了三個孩子，可是一個都不曾留下，都死去了。夫婦兩人不知道究竟是自己的行爲在那一點上有錯，得罪了送子娘娘，決定用賄賂的方法，不求神的正直，衹求恩典。在第四胎孩子進了女人肚子時，他們便拼命花着積蓄在佈雲菴燒香，這使那個法慧看動了心。據説她就替陳二奶奶向那兩個鄉下人預約他們肚子裏的胎兒。兩個人最初不肯，但法慧答應他們，衹要他們不領回去，他們可以常常去看孩子的。他們纔轉了念頭，以爲自己還會生養得很，並且得一大筆錢更可以多賄賂神，前途兒子不會沒有，便答應了這場買賣，現錢現貨，到時候，陳二奶奶去廟裏過手。這件事從頭到尾都進行得像很順利，除了買菜娘子在菜市愛談話，她向人家誇獎她的肚子，説它會生孩子，孩子還沒養出來就能賺錢了。

這天晚上，夫婦兩人走上門來，據説原是來講理的。他們來討賬。講定孩子的時候，説的是二百塊錢，可是他們衹收了一百五十元。他們不知從誰把陳二奶奶的住址打聽到了，就很簡單的上了門，還以爲他們是來走親戚呢。結果却不但是陳先生不承認有這回事，連陳二奶奶也緊緊關起房門，咒天罵地説沒有這事，孩子是她自己親養的。

事情總有一個結局。這結局不靠威力便要錢，不是錢便是人情。陳二奶奶雖然會咒罵，會恨，却沒膽子叫警察來用棍，用監牢，她怕把她近一年來的工夫露到公堂上去。陳先生雖想拉他們上公堂，他却已經對那發生問題的孩子冷了心，不知是否替別人當了爸爸。最簡單的辦法是加給那夫婦二人五十元錢。但陳先生對於這一層又躊躇着。

"孩子那一點像我？直是生來就沒一點像我的地方哩，真難辨。"

"怎麼不像你，一點兒不像你，這鼻子這嘴，……"陳二奶奶對陳先生一盆火的嚷，"這些騙子不過要騙錢，你的錢……"

那賣菜的女人却插嘴了：

"我們是騙子？我們纔不是騙子，憑大家看，憑這位奶奶（指抱着胳膊在旁冷笑的姨太太），這位老姐兒（指我們的王媽）們看，憑這滿院的街坊，這孩子一張臉全是我男人的，這，這，這！"

陳先生跟着她的眼睛又看孩子又看男人，越看越像，他心裏糊塗到似有火在烤着，腦袋裏天旋地轉，什麼他都不懂，什麼他都看不清，覺得像有什麼東西在他頭裏面亂撞，他嚇了一聲，伸手就把孩子從陳二奶奶懷裏搶過來，擲給那賣菜女人，揮手嚷道：

"走吧，走吧，還你，還你，我不要了，不要了……"說着他就飛也似的向外逃跑了。

陳二奶奶鬧也沒用，姨太太在旁又冷一聲熱一聲的幫着那賣菜人，結果孩子還是被賣菜的帶走了。

第四天下午陳先生纔回家來，一回家發現家裏還在吵，陳二奶奶舉着半根洋燭站在當地裏罵，姨太太在廚房裏回嘴，毛子用袖子擦着眼淚縮在牆根下，十分痛惜似的摸着他那隻被踐破了的紅紙燈籠，還在哭。老太太在拉他，他不肯走。二奶奶又衝過去用洋燭撞他的臉，罵：

"連你都攔我不下了！你這小鬼兒子。我纔四個銅板買一隻，你就給我毀掉，你賠來，賠來，你要不賠，兔团子！可瞧瞧老娘我是誰。"罵着又打。

陳先生走上去，陳二奶奶就舉半截蠟給他看，罵着說："我纔四個銅板買的，就給我毀了！那個下三濫還不容我言語。"

陳先生接過蠟燭來也不言語，便掏出四個銅板，叫老太太給再買一隻蠟燭來。他聽着兩個女人的對罵，不能插嘴，吃完飯自己又逃出去。

誰也不能預言一個失掉了生活中心絕了希望的暴烈女人的行動。生活所遭遇的一切不幸在她看來都必有某人某物在那兒負責指使，纔能得到解釋，對於陳二奶奶，這人恰恰就是她的生死仇人姨人人和她的兒子。她若不把這迎着她的每一條去路收下鐵閘的仇人去掉，她怎樣能活下去？究竟在她看來，這些人活着為了什麼？不都是為的害她？

當天晚上，據說陳家同院人被呼叫鬧聲音驚醒時，陳二奶奶正在姨太太屋裏（她是輕易不去的），兇煞似的舉着新買來的菜刀對了那已經脫了衣服的姨太太亂砍，又據説老太太是血淋淋的躺在炕邊地下，毛子橫在炕上，腦瓜子的血正在流。

　　結果這黃黴村就出了這椿三條命的命案。

生　　長[*]

　　這是一件常有的事情，發生在這世界一個不大不小的城市裏面。

　　早晨九點多鐘的時候，濃霧慢慢變白了些，城市現出了或淺或深的灰色。房屋像忽然發現了彼此的一群野獸，大大小小、高高矮矮各自蹲踞在自己那灰白的角落裏，暗暗窺伺對方的動靜。窗戶都張開着黑洞洞的大口，有些掛出發暗的尖形的破紙條，像突出嘴外的獠牙。順着兩邊的牆壁望去，破舊的門洞希奇古怪的污漬，腆露的斷磚，新補上的但是已經裂成了疥瘡樣的石灰塊子，和一些發了黑黴的雜色的招貼紙，全睜着陰沉沉的眼睛，森森可怕。在這中間，青着臉皮的人們縮起肩膀走動着。

　　順着漿濕的、積了許多小水窪的行人道上，有一個不高不矮的女子匆匆走來。她的頭髮剪得很短，鬆鬆向後梳攏，貼在後腦上面。因此，從前面看去，在那濃濃烏髮的光弧下面，就顯出了一張坦白光輝的大臉：寬平的前額，寬顎骨，稍嫌平直的齊整的黑眉覆蓋着單眼皮的、向外角飛上去的眼睛。嘴唇的弧綫像雕刻一樣的乾淨。這張臉有一種使人一望就能感到的朗闊通暢的氣流。她穿着一件棗色的長袖呢夾袍，左手用兩個手指灑脫地捏着一隻有帶子的黑色皮包，低頭在水漬四圍彎彎轉轉的走着。現在她那兩道眉毛是聳聚在一起，眼皮很久也不會挪動一下，嘴唇緊閉而且緊張的突出來，顯然的一件有重要關係的事情凝聚在她臉上。

　　走到了一家牆壁變成了黃黑色的小洋房門口，她很熟悉的站住了，擡起頭望了一望，然後舉手看了一下表，點點頭，正待舉步進去，忽聽見裏面汪汪的叫着，一條小狗蹣跚的向她衝來。她即刻閃在一邊，眼望

---

[*] 原載《中原》1944 年 9 月。

小狗汪汪的拖下臺階，惶急地就衝到大小汽車奔馳着的馬路口去。接着她就聽見了屋裏硬梆梆的男子的中音。

"養貓還講抓老鼠，要這種狗仔做什麼？一夜叫天亮，再讓它進來，都殺光；沒用的東西留它作什麼？都要殺。你看吧。"

之後，是老硬的皮鞋聲音突突的敲着泥土發顫，男人威脅的脚步在向外走。女子迅疾的轉身混到一家甜品店裏去。過一會，望見那寬闊的穿制服的背影走遠了，她把胸脯長長伸了一下，好像是吐了一口氣的樣子，這纔又蹩轉去，進門走進了左手第一間房。

雖然名爲洋房，窗子却並不大，而且上面架了許多木格子，又遮上了一層細孔的鐵絲網，所以房間裏顯得很是晦暗。女子進去還閉了一下眼睛，纔把裏面看清楚。一切都是整齊的：窗下黃色三屜臺子上面的梳妝品旁邊是幾張不重要的公文和兩個寫了"劉主任鈞啟"之類的封皮，進門右手邊是一張絳漆的方桌，桌上中間一架小白石座鐘，茶壺、茶碗、玻璃杯們把那鐘拱衛着。向裏面一張寬大的兩端有黃木靠背的牀上，斜斜的向裏躺着一個身材高挑穿着翠藍絲絨夾袍的女人，頸後堆着幾個黑黑的發卷，橫腰蓋着一條藍條子白底的絨毯，身子半縮着。屋子裏靜得像深谷一樣，除了座鐘滴嗒滴嗒的聲音就衹有哀哀"咪嗚"一聲，經窗前臺子底下溜出來，那是一條頸上鎖着鐵鏈的小貓，見了人喚出來的。

這輕輕的一聲"咪嗚"把房間裏的空氣驚動了。從後門裏探出了一個梳着髮髻的頭，隨即就有個目光閃灼的中年老媽子走出來招呼，拿茶杯茶壺去泡茶。同時，牀上的人也慢慢把臉側過來，一對黴淒淒的眼睛一落到進來的那寬闊爽朗的大臉上，立刻放出了光亮，翻轉身來，喜悅的說：

"維明，你來了。"

維明幾步走到她牀邊坐下，就緊緊拉住她的手。她顯然是早已起來過的。鬢上是水紋波浪的頭髮，向兩邊分梳上去，梳得很光。祇有左鬢稍稍毛起了幾根細頭髮。瓜子形的臉上好像還搽了一點細粉和一層很薄的脂胭紅。又彎又長的眼睛上鬆鬆蓋着一道神經質的雙眼皮，略現青腫。

一條敏感的緊嚴的鼻子因爲是突出在那薄得憔悴而且泛白的小嘴上面，鼻頭顯得更尖削了。兩頰不用説，是窪下去了的，這時她已經完全翻轉身來面朝維明。維明看住她問：

"秀梅，今天人好嗎？"

秀梅的長眉毛又蹙緊了。垂下眼皮説：

"哪里會好得了呢？早上我很早起來到茅房裏去吐了一頓。我把手指頭伸到喉嚨裏去掏，讓它好吐。免得他醒了會看出來。——你剛纔碰見他嗎？維明！"她把眼皮怯怯的舉起來，看着她的朋友。

維明做出厭惡的樣子搖了搖頭，跟着説：

"聽見了，又在要殺人放火的。"

秀梅嘆了口氣説："貓要用鏈子鎖起來，説會到別家偷東西吃，丟他的面子；狗要打死，説吵得他不安。我呢……。"

維明聽她怯怯的説着，心裏難過，就説：

"你，他又怎樣？不要安着心怕他，越怕他越狠。"

秀梅覺得維明的話不對，心上好像刺了一針，她想維明自然狠得起來囉。她現在在做事，她靠她自己的力量生活，誰也管她不着。像自己中學一畢業，就遇着打仗，進了什麼訓練班，原來也是一番熱心，想在戰時做一點事情。誰想到訓練班不久就碰見這個劉正仁，被他左騙右騙就跟了他。幾年來，壓在他的手下做了太太，被他打扮着出去替他做體面，不好起來又是罵，又是糟蹋。要説是離開這個地牢跳出去，哪里又是住脚的地方？現在生活程度這樣高，自己明明看見一些同事們家裏吃不飽，穿不暖，有的靠賣東西過日子，有的把老婆趕走了。一個中學生走出去祇有餓死。現在又出了這樣的事情，要硬又怎樣硬得起來？就是有人幫忙也是累人。

維明看見她沉默着，就説：

"秀梅，有話講呀，我們老同學，你還怕我麼？"

老媽子送過了茶，又來問維明要不要吃早點。秀梅説："有你就拿來吧，李小姐不是外人，東西是要熱一點軟一點的。"老媽子伶俐的答應，就帶着知事的笑臉出去了。維明望着她藍布短夾襖裏面扭動的腰肢，向秀梅說：

"這個人還好吧，你好像喜歡她。"

秀梅說："這個人很好，是黃太太薦的，她娘家的親戚，心很好，她幫向我。"

"哪個黃太太？"維明問。

"就是那個黃起湘科長的太太，你見過的。"

"哦，是那個人，你喜歡她嗎？"

"怎麼喜歡也說不上，不過人有壞處也有好處，我不看人家的壞處，我想不害人。我看她是幫我的。"

維明好奇的問："你怎麼曉得她會幫你呢？"

秀梅天真的笑了一笑，她想維明這人真是好多事。她老實的說："不看見她，我也不知道。她們家有些什麼私事弄得她恨老劉？我相信她會幫我。"

維明也不往下追究了，這時老媽子用一個托盤端了東西進來，搬過一張靠牆的茶几，放在維明面前說：

"你就這樣坐在我們太太牀上吃，太太也好說話。你不知道太太真是想你呢。"說着就把盤裏面的一碗肉絲韭黃麵，還有兩碟小菜一一移到茶几上來。維明也覺得高興，就說："李媽，你好生伏侍太太，你們的太太人太好了。"說着她就拿起筷子挑起麵來，回頭問："秀梅，你吃點湯嗎？"

李媽却不等秀梅答話，就搶着說："太太吃不得這個油葷，吃了怕不好，身體是大事。是你說的太太人好，待我們下人好，那個不惟願她老人家的病快點好呀。"

這時候秀梅已經用手絹掩着鼻子把頭側過去了，維明祇好忙忙的吃，李媽悄悄出去了。

秀梅聞到油和葱韭的味道，心裏一陣陣犯惡，但是她又覺得自己這樣會叫維明吃得不舒服，就說：

"維明，你覺得我這事情會好好過去的麼？"

"自然是會的，你不要擔心。"秀梅説："我怕會害人。"

維明説："害不到朱星祥，這件事我們很快可以解決的。"

秀梅驚喜，側頭問："你已經找到醫生了麼？"

維明點頭把一口麵湯也喝下去了，放下碗筷，簡截的説："找到了。"

秀梅忙問："靠得住嗎？"

李媽來打手巾，收碗筷，悄靜的收東西。維明把手提包拿來，打開拿出一個信封，從裏面抽出一張紙來，一口氣説：

"介紹信在這裏。是一個朋友介紹的，叫做曾國梁，住在大興街。他已經在他那裏留了信，一定沒問題。"

秀梅高興的翻身坐起來説："我來看看，好我們快點去，今天可以去嗎？"説着她就把信紙接過來看，看了不一會她的手就慢慢轉着落下去，一歪身又躺下了，臉朝裏歪到枕頭下面了。維明看情形不對，抓着她的手，急聲問：

"怎麼了，秀梅？"秀梅也不掉過臉來，祇用兩個指頭把信紙一伸，説：

"你看吧。"

維明心想信是已經看過了的，好像沒什麼，自言自語的説："我看好像沒有什麼嘛。"

秀梅煩惱了，停了半晌，纔軟軟的説："我的名字在上面哪。"説了想起維明連這樣的地方都不關心，覺得悲傷，便講不下去了。維明也啞住了。她拿起信紙一看，可不是真真的"于秀梅"三個黑字在白紙上面？黑墨落下雪白的毛邊紙上，已經是被紙吸進去了，擦也擦不掉，挖也挖不去。她好生對自己生氣，怎麼就沒想到這一點呢？轉念又怪秀梅爲什麼這樣膽小，事情是已經做了，又怕得這麼厲害。秀梅偷眼看看她的臉色，心裏已經明白了。暗暗嘆口氣，覺得維明和自己太不同了，這件事不應該找她的。一面她又覺得自己對不起維明，要她這樣東跑西跑，現在還給話她聽，很不應該。並且又怕維明生氣，不管了。倘若她不管了，自己還有什麼法子想，還有什麼人來管呢？倘若弄壞了，自己死不要緊，還要害朱星祥，那是她無論如何也不願意做的。她側過身，兩隻手把維明的手拿過來握着，擡起重重的發青的雙眼皮望着維明，小聲說："維明你不怪我吧？"

維明心一軟，緊緊握了她一下，說："你不要那樣想，我怎麼能夠怪你呢？"

秀梅嘆口氣說："維明，你是會怪我的，你的性格強，環境也跟我的兩樣"，她小心不說出你沒有碰到這種事情，跟着說下去："我的名字鬧出去，我祇有死。"

維明心直口快，說："爲什麼祇有死？"

秀梅望着維明，覺得她真是個不懂事的小孩子，她摸着她軟軟的端方的手說："維明，你雖然是在外面做事，有些事情你還是不大懂。這種事鬧出去，沒有一個人會看得起我，連我的媽媽都不會管我，我爸爸會幫老劉殺死我，我哥哥嫂嫂更是不用說，嫂嫂向來是不喜歡我的。就算是別人不害死我，一個人活到連自己的親人都不把你當人，活着還有什麼意思。"

維明心想她是有些神經過敏，根本是因爲自己就覺得自己事情做得不對，所以幻想所有的人都是仇人。她說："你想得太多，你自己應該膽壯起來，祇要自己覺得沒有什麼不對，你那裏都可以走的，世界大得很。依我說，根本就不用找這個曾國梁醫生，自己走出去，找個地方把孩子生下來，登報離婚就完了。"

秀梅沉默了一會，很艱難的說："你不曉得我的情形。並不是事情對不對的問題。你曉得我們本來是舊家庭，我爸爸向來頑固，現在又在老劉手底下吃飯。媽媽向來就仗着我撐面子，和那些同事太太們應酬打牌，總是占上風。前十幾天我回去，她釘着眼把我上看下看，好像看得有點情形不對，就板起臉來，對我說："秀兒，劉主任不在家，你各事都要謹慎，少在外面跑。要不然，鬧出事來叫娘老子做不得人，我是不管的！"我聽了這些話，真是傷心。我做人做到這步田地，也不知道究竟是誰的罪過。我本來沒有什麽大才氣，大志向，我又不要和別人爭什麽長短，我祇想我待人好，人待我好，我尊敬人，人尊敬我。大家在這個世界碰頭幾十年，分手的時候，大家落一個'好'字。那裏曉得不管你怎麽怎麽好，你總難討別人一個好。你一步走差，連親生父母都不認得你。這個名聲一出去，我就是孤魂野鬼，死都討不到人間一塊土來埋我。唉，維明，你不曉得我的心苦，我是嘴硬不肯説出一個'悔'字來呵。"她緊緊的咬住了她的下唇。

維明聽了這些話，心裏祇覺難受，一時不知怎樣答覆。她的感覺雜亂起來。在内心很深的地方，祇覺得秀梅這些話和她一點也不相干，它們根本就不是對她講的。但是不管是不是對她講，秀梅一顆傷痛的心，却明明紅赤赤地在她眼前顫抖，秀梅悲苦發青的眼睛是那麽凝聚的望着牀前的空間，好像她所講的那一些情形就正是在那裏顯現，使她臉上露出一種絶望的神色。自己也無法否認那些情形至少對於秀梅是存在的。然而，對於她自己都是不能承認的一種虛僞。維明在近代家庭出身，父母十分珍重，自由自在的長大，性情活動，從小就受着完全的近代教育，從小就和兄弟們以及兄弟們的朋友們混在一起，頑笑和嚴肅的爭論，都有她的分。對於她，天下没有不可能的事情。戰爭發生了以後，她離開學校，參加了一個戰地工作團，在戰場上大手大脚地弄了一年，就找到一張別人的大學一年修業證書，轉進了一個大學的新聞系。畢了業，就一面做着事情，一面在許多報紙上發一些一般問題的文章。她的世界愈來愈大了。不知不覺地好像她自己就在一個廣大而生動的畫幅上面成了前景。它的全貌，它的光輝，應該突破一切。因此秀梅的世界儘管是存在，她却要把它掃掉。但一時她弄不清自己的境況，説不明白，想想覺得奇怪，就問：

"你怎樣又會跟朱星祥好呢！"

秀梅的眼睛擡起來了，露出了明亮的光輝，遠遠望着窗上的鐵絲網，好像看見鐵絲網外面站着一個高個子的年青人，背稍稍有些彎曲，非常白晳，顯出發青的臉，因爲瘦削就更見長了。兩道長長的帶着尖梢的眉毛漆在白净的前額下面，隆起得自然的鼻梁上架着一副白絲架子沒有邊的深度近視眼鏡，使他深藏的眼睛顯得像兩顆夜夢一樣。嘴唇很厚，顯得朱紅，好像生來就是為了說熱情話語的。但是現在幾時再能夠聽他那肉感的嘴說着狂醉的話，講着美麗的事情、快活和希望呢？她覺得又要流淚，自己忙把眼睛向上翻了幾翻，不看着維明說：

"這真是我的命運。你從前不知道我認得他嗎？"維明搖搖頭。

"也難怪，你的班次比我低，我又是走讀生。其實在愛群中學的時候，我就認得他了。他本來是第二高中的學生。那時他對我好，我也曉得。打起仗來，大家都分散了。分散了不也就完了。誰想到，過了這幾年在這裏又碰見他，在一家工廠裏做點小事。誰想到他比從前待我更好，又誰想到老劉會出差去，一去就是五個月呢！現在……維明，你曉得我也是一個肉身的人，我的心是肉做的。我和老劉的日子過得像死人一樣。他整天在外面一回來就盤算怎樣買地皮蓋房子、帶貨、賺錢、升官、掌權，還罵我讀了書一點用都沒有，在這些事情上都不能幫他的忙。這個家簡直就是一個算盤，我和他就是兩行算珠，可是又算不到一起，我總受氣，他看我不起，他，打我！……我幾時和你講過？那些來往親戚朋友自然更不用說了。可是他——他把他乾乾净净的心待我，待我比待他自己還要好。他那樣純潔，那樣與世無爭，那樣的要好，他想的、看的，又是那樣遠、那樣透、那樣美麗。他懂得我。俗語說：人心掉人心。你想我怎麼能夠不對他好呢？是我不對嗎？人究竟應該怎樣活呢？"

維明輕聲說："不要那樣想了——你怎麼一向不同我講呢？"

秀梅用纖長的手指把眼睛擦了一下，再望了望維明，帶着隱然的驕傲說："假如不是出了這件事情，假如不是他說了許多希望叫我想活下去，恐怕你永遠也不會知道這種情形吧。"

維明啞了一啞，順手看看表說："已經是十一點多鐘了，你還是起來，我們去吧。"

秀梅不動身也不響。

維明說："秀梅，你不去不是更不好嗎？"

秀梅說："我想再找個別的地方。"

維明說："你時間來不及了，你又是這樣病，他回來還祇有兩三天沒注意到，以後呢？"

秀梅說："名字張揚出去了，不也是一樣？"

維明說："事後總好辦一點，況且，名字決不會出去的。"

秀梅說："事後他們就會放過我了嗎？這些人總是圍在我身邊的。無論我逃到哪里去，他們都會追上我。他們的影子到處跟着我。我媽那板起的臉會板得發青，她會對人說：'那不是我養的，那是個賤東西。'我爸爸會罵我媽，說她下賤的肚皮養出下賤的東西。可是他們一向是怎樣愛我呀——而且，這樣做，我一定害人的。"

維明一時完全講不出話來，她覺得好像是石頭頂在自己眼面前一樣，恨自己不小心，又恨秀梅講不通。但是她又覺得無論如何要替秀梅把這個圍解開，她低頭想着，屋子裏完全沉默起來，窗下的小貓似乎驚於這突然的沉寂，擡起頭，睜起碧黃的透明的眼睛向兩人望一望，輕輕咪嗚了一聲。

過了一會維明擡起頭來，看着秀梅說："秀梅，你有沒有想到你把這件事情做了以後怎麼樣？還是在這裏住下去嗎？還是走？你們從前總是商量過了的囉。"

秀梅恍惚的說："他也曾和我談過，可是他也不是會打算的人，我也不是，不過那樣說說罷了。正經要那樣做又怎麼行？他連他自己都養不起，我不能累他。"

維明嗯了一下，隨後又說："那麼，假如他願意你走，他要你走，你也不走嗎？"

秀梅眼望着小貓的眼睛自言自語的說："走到那里去，到處還不都是一樣？到處的人都差不多。"

維明說："秀梅，你不要這樣想，你要曉得世界大得很。你把事情完了，你離開這個牢，離開週圍這些人，你會和另外一些人在一起，那些人不會管你這些事情，你可以從頭再來。現在這些人那時候會碰也碰不到你。"

秀梅沉默了一會，接着又説："雖然我可以改名換姓躲起來，可是躲得了幾個人，躲不了所有的人。依我看，世界雖然是大，人的眼睛祇有一對。專門找人的壞事情看，專門喜歡把別人當猪當狗來作踐。前些時聽説有個科長的姨太太跟汽車夫跑了，這不是什麼希奇事吧？可是走到哪里，碰到人，就聽見在談論她。談這種事自然就是罵。什麼婊子下流貨，不知擡舉，聽了就不知有幾百遍。有人還説反正那姨太太没有祖宗三代的人好丢，是下流根自然不會做上流事，誰又曉得她的祖宗三代是什麼樣的人呢？就這樣把人鄙薄糟蹋，就像人家挖了他的祖墳。你問他們看見過她嗎？認得她嗎？倒有一大半是不認得的。我呢？我這又更厲害了，一曉得是我，人包管立刻就變了面孔。我現在就聽到了他們提到我就是'那個東西''賤東西''醜貨'。我就看見了他們掀鼻子撇嘴唇的樣子，我看見他們牙齒咬得駁駁響，要把砂倒在我頭上，磨爛我的骨頭！"她的聲音顫抖着。

維明也是聽得心發顫，但是她不甘讓步，她又覺得秀梅講的那些雖然厲害，究竟不是她所知道的一切。她所知道的世界，在那裏没有秀梅所説的那些東西。所以想了一想，還是鼓起勇氣來説："秀梅你把你心裏那些想頭先放下來，聽我的好不好？你都是在就你這個圈子裏的人的意思講話。你得承認你和他們在一起呆得太久了。你相信了他們這一套。所以你感覺上完全站在他們那一邊，把你自己看成不正當的人。他們的看法，就是所有人的看法。你做了壞事，你是衆人的罪人。你是中毒了。你既然這樣想，我就不知道你的名字漏不漏出去又有什麼關係。就是打胎這件事人家不知道，難道你一定不離開這個地方？要不走怎麼會有快活有希望？你一走，難道名字就不傳開了？難道名字躲開了，人也就躲開了？就算你躲得所有的人，難道你逃得開埋在你心裏的他們的意見和感覺？"她偷看秀梅，見她的臉色深沉的痛苦着，好像在努力思想，很是興奮，更起勁的講下去："你要曉得，你先得拋開你剛纔這些想法。我不這樣想，朱星祥不這樣想，祇有你和你接近到的那些人這樣想。你要曉得人的看法跟環境變，而且是朝着使自己向上的方向流動。人活着自然是爲求大家相好。但是不相同或者相反的人在一起，你就把自己按他的意思殺死了，他也不會替你流眼淚。反過來說，彼此了解彼此相同的人，就是你犯了殺人罪，你隔了他幾千幾萬裏遠，他還是會替你想，替你辯。他寧可得罪週圍一千一萬罵你的人，但是他不能夠用一個字來傷你。人的不同是海水和大陸的不同呢。你想想，現在有了你這樣經驗的女孩子難道就祇你一個人？眼前你就提了那個姨太太，知道還有多少？她們怎麼做的？她們怎麼活下去的？你倒要苦苦惱惱的讓別人壓死你！你爲了什麼？圖他們的好意？要他們的誇獎？圖你良心的清白？什麼都沒有呀！你要說想證明他們是對的，你又並不能承認他們的看法做法正當，應該。那麼——"說到這裏，她把秀梅的手用勁搖了一挪，再說："秀梅，世界大得很，像我，像朱星祥這樣的人有的是。你下決心到外面碰他們去，和他們在一起。你會看見很多新鮮的事情，會學很多很多。你會覺得世界真是像天上的星星一樣的豐富、美麗。你要怎樣走都可以。而且你所愛的人，不是在等你出去嗎？你和他在一起，你幫他，他幫你，你們共同發現這個又富麗又精緻的世界，發現你們埋藏的自己。你看，多明亮的前途！比現在成天關在這鐵絲網、木栅欄背後的怎麼樣呢？像小貓小狗一樣挨打受氣，時時都有死的可能……"她還要說下去，忽聽見窗戶外面有小狗汪的一聲哀叫。劉正仁說話的聲音，粗粗硬硬，罵罵咧咧的，還在笑。接着就聽見皮靴碰打門口臺階，顯然的那個人同着別人回來了。

兩個女子的眼光，警戒地碰在一起。維明看見秀梅的眼角向上飛了一飛，同時眉頭好像一片葉子在晚霧裏那麼輕微得幾乎是不可捉摸的閃了一下。

脚步聲已經走進來了，劉正仁硬澀的中音叫着：

"李媽，看那個狗仔進屋就打，剛纔又晃到門口來了。以後，我看見它，唯你們是問。"李媽喏喏不止的答應着。

維明覺得劉正仁會進來。誰想他好像根本沒有想到有一個妻子，問也沒問，就在外面叫客人坐下，又吆喝李媽打洗臉水，買酒，開飯，一時又想起問有些什麼菜。把廚子叫進來，叫他去買熏雞和臘腸來下酒，大聲吩咐酒要買整瓶最好的，臘腸要肥，雞肉要白要嫩。李媽和廚子分頭"哦！哦！哦！"的一面答應回話，一面跑出跑進打水，擺筷子，安碟匙，搬椅子。整個堂屋鬧轟轟的，好像忽然闖來了一群散兵遊勇。把裏間屋裏襯得像地牢那麼死寂。

劉正仁四十幾歲，在一個什麼機關裏面當主任，似乎是相當有勢力，使得他的聲音、言語、腳步，都自覺重要起來還不算，並且使他的寬大頰骨挺得更堅強，鼻子上的鼻骨也聳得更高了。他的大眼睛常常凌厲的睜起來，使人畏懼，維明自然是望而生厭，秀梅常常是不去看他的臉。

他和他的客人分坐在兩隻藤製沙發椅上。好像剛纔的一頓命令和吩咐把他弄疲倦了。他的寬背脊懶惰的重落在椅背上，椅子呀的叫了一聲。隨着他又把兩腿用勁像扯麵筋般的拉直速速伸出去，八字形分擺在當地裏，這樣做了之後，他覺得很滿意，便用一個長長地拖着尾音的"嗯"，開始和他的對象談話。他的臉自然是不屑轉過來面對那個人的。

"嗯——把事情談談吧。你這個科長怎麼做的，連一個女人都駕不住？"

那一位本來是一個十字架形的臉。經這樣一開頭，把他的上額和下巴逼得好像更尖了。他的靈活的小眼睛縮到祇有一點。他感到受了侮辱，很艱難的把身子正了一正，把兩隻手十指交叉起來，舉在面前說：

"並不是駕不住她，是把柄落在她的手裏了，所以情形很複雜，很複雜。"

"把柄落在她手裏。你老兄就沒有拿出一點丈夫氣概來。什麼把柄？討小老婆，姘女人，有的是人做。安外房算是對她得起的。還要鬧。太混賬了，簡直留不得。"

"真是倒黴，碰見這樣潑辣精幹的傢伙，簡直就不是個女的。"

那一位把皮鞋蹬了蹬說："起湘，你太彆脚，什麼女的不是女的？那一個女的又是女的？女人就是捧不得。你老兄左也怕，右也怕。今天香港帶這樣，明天印度帶那樣，又捧小太太，又捧大太太。這樣捧法，十個女人有十一個捧成閻王。要在我手上，你看她敢不敢？她敢毛我一下，我送她去見她的閻王祖宗！"

黃起湘科長歪着臉笑了。他説："主任，你的福氣好，太太是賢慧人。"

劉正仁扯開嗓子笑起來。掉過頭説："要是交把你，照樣變成老虎。"

"那麼，主任怎樣處置法的呢？"

"依我的，哼，"劉主任嗖的把背直起，把腿收攏來坐正了："我要怎麼樣就怎麼樣，我要討小老婆，那個敢牙齒縫裏碰出一個'不'字，試試看先打死了再説！"他一點也不覺得秀梅就在房間裏，臉上青一陣，紅一陣的聽着他。

黃科長尖嘴上做了個姿勢，表示不以爲然，沒有響。

劉主任慨嘆起來，連連説："這不像話，不像話。國家沒有一點法令，家庭沒有一點威權，這還行？"

那一個輕輕的説："打死人也很難下臺，人情上沒有辦法，抵了命不上算。"

"抵命！抵狗屎。要殺人還怕找不出名目來。這種東西不殺，留他做什麼，就要殺！"他把茶几梆的捶了一下，站起來，兩隻眼睛睜得像刀一樣射出凶光："中國就是殺人太少了。討姨太太也要吵，弄外房也要吵，要兵也要吵，要糧食也要吵，檢查也要吵，不檢查也要吵。整天你吵，我吵。你要這樣我要那樣，吵他媽祖宗八代，大家都要滿意。他媽的國家在打仗嗎！大家都要滿意，國家那里滿意去？這種國家怎麼弄得好？你看古來成功的政治家那一個不殺人？你看商鞅他要怎麼樣就怎麼樣。你不依就殺。你看明太祖，你看曾國藩，那一個不殺？——現在，就是殺人太少了！"一口氣説完，他就擺動着手臂在屋裏走起來，橫着眼睛用下唇把上唇壓得緊緊地。

黃科長沒有什麼話説，他心裏滿不服氣，心想："這種橫貨不知是那條牛養的，憑什麼這樣欺人？黃起湘官沒你大，位置沒你高，難道你就沒事落在姓黃的手上？"這些話他藏在肚裏，甚至於臉上還是苦着，笑着。他非要劉主任的實際幫忙不可。他也站起來，站在飯桌旁邊背着雙手説：

"主任的話自然是完全對，完全對。不過我這件事情還得想想法子呢。"

劉主任站住了，轉過頭來從眼角裏看住他，覺得這個傢伙真蹩，不知他怎麼會披了張人皮。但是又不能不管他，就説："呃，你的事情究竟鬧到了什麼地步，狀子上去了没有？"

黄科長像得了救星，十字臉鬆開了一些，訴苦的説："主任曉得，我並不是膽小，怕一個女的。不過我家累重，上邊廳長不講面子。這件事要是吵出去，上了報，丢了他的人，我的飯瓢子難保。我要一出事，主任，"他擰起臉來，靈活地眨着小眼睛："你那塊地皮和那棟還没有成交的房子……"

"我曉得！我曉得！"説着他强硬地把大下巴骨一扭，轉身重重坐在椅子上，隨手指着旁邊一張椅説："你也坐下吧。這件事據我看，狀子還没有上去。你先把小房子退了，把女人塞起來再講。"

"祇怕不行。她已經把我盯梢盯得清清楚楚了。再説女的一時也難塞到那裏去。"

"叫她先到我這裏來，我家裏有的是空房子。"

黄科長把他的尖嘴巴撮起來，做個笑相説："祇怕不行，那凶婆子，她向來，她向來……"

"向來什麼？"

"向來説主任跟我是連襠褲子，她又在這邊走動……"

劉主任不響，過一會，大眼睛梭了一梭，冷笑的説："幸虧劉正仁没有事抓在她手上，劉正仁也不怕誰。"停一會，他又説："你要我去向高院長賣面子，這——也未嘗不可以。頂好還是要她上不得狀。我看就這樣，你咬她，説她姘男人，虐待，吵鬧。你要求離婚。我就是證人。"

黄科長想着還没有答話，李媽已經用托盤端了酒菜進來，排好，請他們吃飯。於是兩個人站起來歸位。黄科長説："太太呢？請太太來囉！"

李媽說："太太不舒服，在房裏吃稀飯，不出來了。黃科長請便吧。"這時候劉正仁已經喝了一口酒，放下酒杯，嘴裏得意的嗞了一聲，用筷子把黃起湘的酒杯一點，說："喝點吧，還好。"說着自己就挑了一大塊肥鷄，放進嘴裏，舌頭嘀嗒嘀嗒的嚼起來。一面吃，一面說："老黃我看你非按我這個辦法不可，先發制人。"黃起湘嘴上諾諾的，心裏却私下盤算他的。劉正仁也並不注意，以爲他同意了，甚爲得意，頻頻要老黃喝酒吃菜。他說："老黃，多喝點，吃點，甚麼也不要發愁。祇要有權，什麼事都能够做。男子漢大丈夫很可幹一番事業。出一趟差，就有幾十萬。有了錢，就有了權，有了權，什麼事不能做？做人就要這樣，要是上邊依我，劉正仁有了大權，我就把國家整頓給他們看。不依的就殺。把反叛混賬東西殺光了，國家還有個不一致的嗎？大家一致幹，國家就要強。俾斯麥、商鞅、墨索里尼都是這樣。現在，我們是跟義大利做了仇人，不過，墨索里尼是難得的。有幾個人像他？老黃，你說說看，有幾個人像他？義大利那麼亂糟糟的國家，被他幾年工夫，一下就弄成了大強國，連英國都怕它。哼！到那時候，叫他們認認劉正仁。"

對於這種理論，黃科長沒有什麼反對的。所以一面喝酒，一面連聲答應："是，是，那是了不起的人傑。"說着又替劉正仁斟酒，夾了幾塊頂肥的臘腸送到他的碟子裏。劉正仁絲毫也不謙讓，大口的喝着，吃着，又高興的說："老黃，女人的事不要放在心上，值不得。那些東西橫豎離不了我們。你不要以爲你的女人狠，離開了你她還是飛不到那裏去。她先要餓死。她就是再嫁人，現在又有幾個養得起老婆的？你看，廳裏那些小伙子，那一個不是皮青臉腫，餓肚子？有一個家，他人也就死了。那女的還有什麼想頭？前天聽說一個部裏有一個年青的傢伙，餓跑了，老婆兒子都丟在這裏。還有的，在偷東西賣，哼！"

屋裏秀梅和維明一直是對翻白眼的聽着，感覺到空氣像凝成黑鐵塊壓在胸口。維明氣得不耐煩，去看小貓吃飯。秀梅是深深的感到恥辱、氣惱和鄙視，鄙視她的丈夫，也鄙視她自己。她覺得維明會笑死她。她奇怪自己以前好像沒有聽見過他這一套的。她凝定地，深深思索着，過了好一會,長長地靠在牀架上望維明。維明正蹲在窗前台子下面,看着小貓拖着鏈子從一隻小碗裏吃飯。要歪着頭顛着嘴巴磨來磨去的啃一根雞骨頭。喉嚨裏面,唔唔的發出響聲,有時候當它貪饞的吃了幾口飯之後,嗓子裏輕微地咕咕咕的好像在讚美這一頓筵席。維明看得有趣,忘了聽劉正仁說話,笑着小聲說:

"秀梅,你看小貓真好玩。看着它把我剛纔的氣,都消光了。"沒聽見秀梅答言,便掉頭看她,說:"你還在想那個傢伙那些話麼?別氣他。這些傢伙你想他們你就不能活。"說着,她站起來喝茶,又問:"回頭去不去?"

秀梅緩緩點頭,又向她招手。維明端着茶杯走過來,秀梅低聲說:"我想你的那些話也對,被這種人磨死,有什麼意思呢?我就不管名字不名字,事情一定,我就躲開來吧。由他們怎麼弄,你說到底是有地方沒有?"

維明說:"當然有。我已經跟朱星祥談好了。他想得很週到。他有個親戚住在江那邊,房子雖然不大,你要的不過是一張牀。橫豎你本來沒病,一拿掉,人就好了。他說休息幾天,要送你到昆明去進大學。"

秀梅天真的望着她,又是歡喜又是發愁的說:"進大學,錢呢?他當個小職員,一千多塊錢那裏能供給我念書?我看我還是在昆明找個小事情做,昆明的錢要多一點,我祇怕還可以寄點給他,讓他能夠買幾本書讀讀。他常常恨錢少,不能看書,說自己越來越退步了。"說着又不好意思的低下眼皮,微笑掛在她尖尖的嘴角上。維明望着她微微浮腫得可愛的眼皮、寧靜的笑容,也自笑了。說:"到那時再看吧。昆明我還有朋友。找個事一面做事,一面讀書。那裏很多學生都是那樣的。"

他們彼此都覺得相當鬆暢,便隨意談着,也不去聽堂屋裏那些熱鬧的聲音了。一會兒,李媽輕手輕腳的走進來,換了一件乾凈的陰丹士布罩衫,穿了一對不知誰給她的黑色皮鞋。她走到秀梅面前說:

"太太,我請半天假回家去一趟,我的兒子從湖南回來了。外面的飯已經開完了,老爺聽說就要出去的,我的衣裳也洗了。"

秀梅覺得没有什麼。就説："要早些回來。我也就要出去的。你的兒子是在湖南做什麼的？特意回來看你麼？"她現在的情緒流動着，對很多事感到興趣。

"小事情，軍隊裏不知什麼長。那裏會特意回來看我呢，太太。苦得要死，説要討個好點的差事。"説着，就一面轉身，一面陪笑説："好，太太，我早點去，早點回。"秀梅點點頭，她從後房門出去了。

她一走，劉正仁就跨進房來，嘴裏還在説："好吧，七點鐘見。"這樣，他的被酒灌紅了的臉，高大筆挺的制服身子，就站在這陰暗的房間裏，酒氣醺醺。好像原是要向窗前臺子那邊去，但是看見了牀那邊的女人們，馬上笑起來，走過去拉維明的手，呵呵的説：

"啊！你在這裏怎麼我都不知道？好久没看見了，打扮得這麼漂亮呀。你的衣服真多。"

維明把臉一沉，身子一擺，拖出手，就站起來走到桌邊去説："你太太心臟病兼胃炎，病不輕，你曉得不曉得？"

劉正仁好像慣了的，並不在意。他覺得女人們最初總有些假腔假套，到末了，她還是逃不開他。他望了秀梅一眼，説："她向來是那樣，我曉得不曉得，有什麼要緊？"他又仗着酒勁撞上去，拉維明的袖子，説："呃，穿這樣紅的衣服真漂亮，那個替你買的？我看看臉上搽了胭脂没有？"他就托維明的下巴。

秀梅看着急，又是惱怒，正要開口，却聽見"吧"一聲，劉正仁挨了一嘴巴。維明早已跑到門口，轉面站住，滿面鐵青，豎起眼睛瞪着劉正仁，聲也不響。

劉正仁完全出乎意外的退了一步，不自覺地用手去摸他發燒的臉，酒意也消盡了。頃刻間，他無上威權的自我意識昂起來。他站住了，像一尊殺神那麼對住維明。站了一會狠狠的"哼"了一聲，像不屑於理她，自己走到窗前台子上亂翻，以後又在抽屜裏翻，翻出一件公文樣子的東西來折好，放在口袋裏，瞪眼向維明，齒縫裏碰出兩個字："滚開！"以後他自己走向門口去，又回頭，兩股青冷的光射住秀梅："今天晚飯不回來，十點鐘回家。我這裏，以後不許爛賤女人上門。你當心！"說時"通"的就出去了。

秀梅又羞，又驚，又氣，爬起來，走到桌邊去拉住維明的手。一粒挺大的眼淚嗒的落在她手上。秀梅把眼淚擦掉，輕聲說："維明，打得好！這種東西你還爲他生氣麽？"

維明用手背死勁把眼睛一擦，說："走吧！秀梅。"

秀梅要收拾一下，維明出去叫了兩乘車子。天已經下了很久的雨。兩個人冒雨到了醫生診所。人很少，對於她們很方便。醫生說事情很快可解決，但是他得秀梅在手術單上簽一個字，他說他有職業上的義務，不會把這件事漏出去的。秀梅爲這個又爲難了一會，轉想反正于秀梅三個字已經在他手裏，簽不簽也沒有什麽關係。怕他什麽？就答應了。然後醫生告訴她們七點鐘來拿藥。秀梅說："爲什麽還要藥呢？"醫生的理由很充分的，他說秀梅的月份還少，不能動手術，要再過一個月，纔能夠。現在可以用藥，把藥吃下去，三個鐘頭就會有消息，明天早上就沒事了。假如沒有消息，那麼明天十點鐘再來拿藥去。無論怎樣，他拿了錢，不管遲早，他一定包好。兩個女子聽了他的話，都有些將信將疑。維明還記住剛纔受的侮辱，不講話。秀梅知道，也就不去撩她。兩個人默默走到外面，維明說："秀梅，你自己先回去。我得去找朱星祥，看他準備得怎麽樣。七點鐘我來拿藥給你送去。"秀梅想想也好，她兩個人分了路。

小雨像麵粉一樣的篩着。維明因爲心裏煩惱，情願在雨裏面走着。馬路上泥漿水窪連成一片，反射出一層鉛色的光。行人都擠在行人道上。一眼望去，整條行人道上蓋上了一長條厚厚的雨傘蓋，幾乎看不見一個人的面孔。天是看不見了，沒有上空，擡頭祇是紛紛的鉛粉在向人撲下來。江那邊隱隱一大片黑影，叫人想起了有太陽時候綠色的山巒。黑影下面霧幕裏彷彿有幾點晃晃動動的黃色的光，不知是不是燈火。這時候街道上嗚嗚的汽車亂叫着，把泥漿壓得吱喳吱喳的響。一群人忽然冲上行人道來，維明閃過一邊，看時，原來是幾個黑衣警察和一大隊拖着長條鏈子的囚犯。鎖鏈是從一個人的脖子上掉下來，垂成一條跳跳動動的曲綫又繞到第二個人的脖子上去。那些囚人大半都是光着背脊，腰裏塞着一條破布褲，褲脚是幾條參差不齊的長短破片，被風雨吹得束飄西蕩，好像一些經冬的殘爛芭蕉葉。那些人全抱緊手臂，把他們僵細的小身體彎起來，低頭跟着鎖鏈的跳動，用不成步法的步子跟蹌着。有的還偷偷的從眼角裏望人，碰見人望他，又耗子相的縮回去了。維明暗暗又增加了憤恨。她覺得有一團烈火在她心裏四下奔竄，要衝出去。得衝出去！她把步子加快起來，一直跑到朱星祥住的地方。

朱星祥是一個化學系畢業的學生。不知他爲什麼却喜歡文學，對於他的本門，他倒並不在乎。因此雖然是在這注重化工知識，技術科學重於一切的世界裏，他却投閒置散，找不到什麼要職和出洋機會。他雖然是爲自己的落漠和窮苦頗感煩惱，但也並不失意。喜歡李義山和李長吉和一些現在英國詩人像夏芝和愛略特的詩。但是沒有錢又沒有多少朋友，不容易弄到書讀。所以其實讀得是很少的。靠了感覺敏銳，很快就把那些現代詩人的情緒捕捉到了一些。這些又和他所讀的中國舊詩合在一起，就造成了他近代式的憤世嫉俗感傷身世。感傷之中，自帶幾分驕傲，覺得他有了一個別人所不能理解的王國。自從和秀梅這樣一個人好了以後，他的王國更是完滿了。這幾天他的苦痛是一定的。秀梅是看不見，而且又出了那一件麻煩已極的困難，祇有維明來跟他通通消息，他非常的想念秀梅，因爲秀梅那溫順良善的性格已經構成了他的世界的一部分，秀梅對於感情的專一和單純在他的精神生活上是一種無上的營養。他的生活完全是在他內心裏面的。

現在，因爲心情十分痛苦，這一天他稱病躲在家裏休息。他靠在牀上，兩手把着後腦，悶悶地凝視窗外那一塊灰色天光，數着雨點往下落。心裏反復的推想秀梅的面貌、情態、言語、聲音，甚至於連他們有些時候所説的話，都一句句的在腦裏重復背述一遍。又推測她現在是在什麼地方，什麼情景，和什麼人談話，在心裏學着她的語音姿態，把她會説的話想出來。維明敲他的門，他纔驚覺。一面頹喪，一面帶着希望的開開門。看見果然是維明，頗爲高興。便讓她在桌邊一張竹椅上坐下，又親自倒了一杯開水給她。然後自己坐在靠窗一張竹凳上。

照例是維明先開口，照例是她報告一些情形。但是今天她覺得很難開頭。許多感覺交纏在她胸中，她不知從哪裡講起。這樣呆了一會，朱星祥祇得擡起頭來，將他沉夢的眼睛注在維明臉上，問了一句："秀梅今天快活嗎？"

維明說："還好。"開了頭，維明就把一天的經過老實的都告訴了他，祇是劉正仁那一段沒有講。朱星祥聽說秀梅爲了名字那樣爲難，就把眉毛縐起來。心裏想，維明這個人真是那種幼稚的所謂改革家，主觀的生活在他們所謂的大世界裏面，其實對於那個大世界沒有一點認識，又沒有自己的一個内心世界可以安定自己，所以什麼都祇憑自己的主觀向外盲衝。聽到維明說醫生講吃了藥，今晚可以有消息，他立刻滿心歡喜的問：

"今晚是不是能夠出來呢？"

"就是爲這件事要來和你商量。最好是今晚能夠出來，否則在她家裏發生了那件事情，豈不是很麻煩？恐怕老劉會知道。"

朱星祥非常興奮說："那麼立刻就搬出來吧。你立刻去和她出來，到碼頭上，我在那裏等着，一起過去。"

維明也心松了，站起來說："那麼，好，我先走。你不要混時間，快些來呵！"她就往外走了幾步，又回頭問："行李要不要帶？你親戚家裏有多的被子嗎？"

這一問，把朱星祥完全問傻了。他嗐的一聲，把雙腿一拍，死人一樣的跌坐在凳上。維明吃了一驚說："你沒有錢了麼？"他痛苦的把頭一搖，把眼鏡向上推一推，說：

"唉！該死。那個親戚那裏我還沒有去講呀。怎麼辦呢？他住在江那邊，上了岸還有一二十里路。除非我現在去跟他講好，再趕回來。祇怕已經是晚了。現在是四點鐘，一去一來，起碼得五個鐘頭，九點了。還能去麼？——唉！我沒想到有這麼急的呀。"

維明的肚子都要氣破了。她覺得這個人簡直是青天白日完全做夢，昨天和他講的事情，今天還沒有辦，又不是別人的事情。怪不得秀梅老是說曉得他的性情，不能害他，連累他的。她問朱星祥還有別的地方沒有。他說："沒有了。"維明無奈何祇得說："那麽，就這樣罷。你現在趕緊去，趕緊回，弄到那邊去了再說。好像那個傢伙說十點鐘回來。我們一起走吧，再不能耽擱了。"於是朱星祥也祇好站起來，關上窗戶，拉開抽屜，從那些亂糟糟的紙張、筆墨、香煙包、郵票、作家畫像堆裏，找出了幾張票子，塞在口袋裏面，又東張西望搜搜羅羅的找出了他的鎖，鎖上門，纔跑出去。維明等得不耐煩，已經自己走了。

　　七點鐘的時候，維明再回到醫生那裏去。醫生已經走了，祇有一個黃瘦的護士在診室後間安了一張牀睡覺。她叫了一會，那護士提着一件半織的絨綠背心，緫着疲倦的眼睛，一面織着走出來。看見了她，像忽然想起來的，說："那些信不是已經拿走了麽？"

　　維明摸不着頭腦問她什麽信。那護士呆了一呆，纔告訴她四點多鐘的時候，有一個高大個子，臉寬骨頭大，眼睛爆爆的太太，說是姓柳的來了，說是于小姐和李小姐的什麽人，要來把那些信和簽字拿回去，說是事情沒把握不做了。醫生怎麽擔保都沒用。說要是不拿出來，就要喊警察。醫生沒法子，祇好給她拿走了。

　　維明像頂上挨了一個大雷，悶在那裏，也不知護士還說了些什麽。過了一會，纔慢慢拖着脚步走出來。自恨、憤怒、失望、哀傷像千萬條急雨雜沓直下抽打她的心。直覺地她想："毀了，毀了，毀在我的手上！"

　　萬鈞鐵閘落在她的面前，她還是要衝。她不甘承認失敗。她忽然想起朱星祥已經過江去了，九點鐘可以趕回來。萬一他趕不回來，事情豈不是幾乎絕望？她現在得趕快去把秀梅弄出來。先弄到朱星祥那裏再說。這樣一想，她的勁又來了。也忘記了叫車，就急急跑到秀梅那裏去。秀梅看見她來勢匆急，臉色也不好看，心裏還以爲是醫生不肯給藥，自己也覺煩惱。因爲精神好了一些，便起身拉她坐在桌子對面的籐椅上，問她拿到了藥沒有。

維明喝了一杯茶，定定神，纔細看秀梅。秀梅這時換了一件淺灰色的襯絨旗袍，雪白的臉上眉毛真黑，好像是畫過，薄嘴唇上好像還塗了一層薄薄的口紅，溫和苗條的站在她面前，整個人是明亮而寧靜。維明萬分難過，心裏說："秀梅，你這樣一個人，怎麼會叫我來害你呢？"

秀梅也定定的看住她。一會問："維明，出了想不到的事情麼？"她的聲音很不自然。

維明擡起頭來說："秀梅！我們現在就走吧。這個地方你不能耽擱了，要快走。"

秀梅顫聲說："你看見他了麼？他出了事了麼？"維明搖頭。為了安定秀梅和鼓起她的希望，趕緊把朱星祥和自己的安排告訴了她。

秀梅說："也好，就是那樣吧。但是你的藥呢？醫生不肯給嗎？"

維明低下頭來，小聲而激動的說："秀梅，請你饒恕我。我現在纔曉得我有天大的毛病。要是你現在肯的話，我們還有辦法。"說著她擡起眼負罪的看了秀梅一下。秀梅輕輕咬着下嘴唇，冰冷冷的眼睛也注視着她，好像在說："我知道了，那個名字漏出去了。但是，誰呢？"維明嘆了口氣，把護士的話復述了一遍。秀梅靈活的腦筋一轉，沉重而低聲的說："黃太太，——唉！李媽呀。"說着她雙手把臉蓋起來，手肘那裏激動地抖着，轉身坐下去。

維明站起來拉她的手，俯身把頭埋在她的膝上，哀聲說："秀梅，饒恕我。大水沖倒堤，也淹死人。它瞎了眼睛，但是它不能不沖啊！"

秀梅不動，祇是搖頭。後來纔說："這不怪你，讓我靜一靜吧！"

屋子像雪夜的水流一樣那麼靜下來了。

過了好一會，秀梅擡起頭去，鎮定地緩緩的說："他呢？為什麼要這時候纔趕過江去安排？"說了又自己答覆："是的，他的性情我是曉得的。"

維明不知怎樣講，祇說："原是，要不然，我們現在可以過去了。"停一息又說："秀梅，我們現在就出去，無論是在碼頭上等他，或是到他那裏去。好不好？"

秀梅穩定的搖頭，說：「已經是錯了，不能夠再錯，知他從那一個碼頭過來呢？現在我們走了，一會他來了，不是要把他送死嗎？」

維明懇求的說：「秀梅，你祇當爲了我，好麼？我們不要弄到功敗垂成。」

秀梅還是低着頭，說：「維明，你的事情還是做到了的。我相信了你的話，我一點也不失悔了。不過，事情成不成，不在乎一定做通不做通。星祥的性情我曉得。說不定弄到十點鐘來，我走了，他碰上了頭，他不就完了！人活着不一定在乎要長要短，也不一定要人說好，不管是衝，或是打迴旋，可是總要做得合乎人情事理——並且，事情不一定今晚就發生，照想，明天還來得及。」

無論維明怎麼樣說，秀梅是執意不肯。秀梅又叫維明走，維明也不肯離去，說要等朱星祥來。就這樣兩個人廝耗着。堂屋裏，小狗汪汪的聲音又出現了，小貓也咪嗚咪嗚起來回應，好像是告訴小狗，它的朋友還在這裏。

還不到九點的時候，就聽見了外面臺階上的脚步聲。兩個人同時一震，維明就站起來。大門砰的一下被撞開了，劉正仁一臉煞氣衝進房來，把公事包向檯子上一丟。看見維明，像撞見意外，煞了一口氣「呷」的一聲，說：

「好不要臉的女人！立刻滾出去，晚一步，馬上叫衛戍司令部抓你。」

維明板着臉，不看他，也不響，秀梅勸她走，又推她。維明把胳膊一縮死勁搖一下頭。

秀梅柔聲說：「維明，替我走吧。這樣拼着有什麼用處呢？」

維明說：「不管！我對自己負責任。」

秀梅說：「維明，你明白。你的情形跟我不同。況且你有能力，有用處。」

維明懂得她的意思，是說她在外面，還能夠替秀梅做一點什麼。她沉吟了一下。

但是劉正仁早已不耐煩了，狠狠的冷笑說：「不走好！叫衛戍司令部來請你坐席。"説着他就走出去打電話，秀梅走上前來拉他説："你何苦？我的賬你同我算，何必牽涉旁人？"

劉正仁一倒拐，就把她推倒了，厲聲説："有你的份！不要忙着來替我露臉。"維明把秀梅扶起來，高聲對那在堂屋裏打電話的劉正仁叫："劉正仁，好，你狠，看你狠得過全中國的人！"

外面劉正仁裝没聽見，打完了電話，走進來，虎虎的拖過一張椅子坐在檯子面前，打開公事包，拉出一疊公文來翻着，又看不下去，嘴裏噴氣一般的駡："好傢伙！動你爺爺頭上的土，還把把柄落在混賬東西手裏，叫别人抓住來克制我。我劉正仁算是活倒轉來了。他媽的，劉正仁栽在這種爛女人手上！"他一個人駡，也没人理他。他顯然是要立刻打人，但是，却因爲維明在這裏，以爲她還是不知道，不願丢盡人，所以用極大的力量捺住性子，把檯子口的東西和椅子擲得山響。

衛戍司令部的憲兵們很快就來了。幾個把着門，幾個走進堂屋裏報告。劉正仁站在門口威嚴的説："拿這張片子交上張處長。把這個女人拉走。她的罪名片子上已經寫好了：'擾亂家庭，散佈謠言，危害戰時緊急治安法令。'來！帶去。"兩個憲兵敲着靴跟敬禮，説了一聲"是！"就走進房間來。維明也早已站起來了。她望着低頭的秀梅正要説話，忽然聽見外面把門的憲兵説：

"没有，没有。這裏是劉公館，没有什麽李小姐。"

劉正仁高聲問："什麽事？"憲兵回答説："一個人要找李小姐。"劉正仁説："放屁！趕他滾蛋！"

維明心上鬆了一鬆，知道朱星祥逃脱了。再望秀梅，秀梅已經滿臉垂淚的站起來，維明想到她的危險，心一酸，也掉下淚來，説："秀梅，是我做錯了。你要千萬保重，無論怎樣，熬下去！"

秀梅用手帕擦臉，説："放心，維明。我們都有錯的地方，但是錯處小，對處大。無論怎樣，我們走了人應該走的方向。祇要有一點可能，我會熬住的！"

劉正仁聽見她們還自然的談話，氣得下巴上的皮發跳，恨不得立刻一脚踢死秀梅，祇是礙着憲兵，動彈不得。他的眼鋒死死的盯在秀梅身上，像嚼咬着生鐵一般的說："你還想混到幾時！"隨又對那茫然的憲兵一揮手，說："這個女人刁狡得很，帶她走。"

於是兩個憲兵擁上去，一邊一個把維明的胳膊架起來向外走。維明忍住眼淚，回頭說："再見！秀梅。"

秀梅垂下雙手望着維明去了的背影，努力制住聲音的顫抖回答說："再見！維明。"以後就好像死的幃幕已經在她面前落下來了那樣，她靜靜的坐下來。

無題（遺稿）[*]

按照一個人每天經歷陽光的時間來說，現在應該算是午後，一點多鐘的時光。因爲在這個小範圍裏面活動的人已經是花了一些有光的時間在於把自己從被窩裏面拖出來，打呵欠，穿衣服，精細而乾净的整理自己，整理那窄窄一條下層板上在夜裏保護自己神經寧静、身子温暖的東西；之後，結束了兩枚泡在開水裏面的鷄蛋和糖，大約還有一小塊麫作的餅食；之後，他還在攔着木棍的小窗口旁邊站着，慢慢吐着青色的煙，那是從一隻香煙出來的，兩眼直瞪瞪的向外望了一會。當然誰也不知道他望着什麼，那窗外祇有一板灰色的土牆，被木棍切成幾條，各有千秋的灰色條子，他也許是對那發生興趣，也許不是，因爲他突然一轉身，走到公共書桌上翻翻，又到枕頭下面去翻翻，翻出一小本洋書來。他好像是要把腿挪到那朝門的方向，但隨着這個動作，他又把那翻了幾下的書塞進枕下去了，再翻起褥子拖出一個報紙包來，扁扁的，軟軟的，像是一包紙，再之後，他用手在衣服裏面抽出一隻自來水筆横起來對着窗子瞄瞄，然後就逃走一樣的快快出去了。以後就不知他把從此到他轉回來時的那個期間寄托在一些什麼動作裏面。無論如何，當這房間裏很久不聽見他的動作，也没誰打聽的時候他回來了，那時候，有人聞見他嘴上呼出薄薄的酒精氣息。這可見得至少有一些酒和菜或者饅頭是和他的一部分時間配合了的。

既然需要費這麼多事纔知道，日子已經過了半天，那麼午後和黄昏

---

* 這是楊剛留下的一篇未發表的遺作。從手稿上看來，作者寫完之後又作了修改，但題目尚未酌定。未注寫作年月，約寫於抗戰後期。——《楊剛文集》（1984年版）原編者注。我們估計作者寫於1943年底或1944年初。

就沒有多大差別。此人雖然是穿着灰西裝,高高的兩道彎眉毛濃黑而齊整,像有勁的樣子,却是臉蒼白,又瘦,一對眼彎彎的。①

"老白,昨天那廣告還有沒有?"

"哪個看它?"

"晃了一轉,還不把那個瞄瞄?今天大約還有。"

"幻想還不夠,還要幻想曲。"

"無聊麼。"這些斷句當然都是在彼此敷衍自己的情況下,遲慢地拖出來的。沉默重重的挨在房間裏,好一會,那個又在牀上動起來,接着牀上豎起了一張長方形多骨的臉,小眼睛眯眯無神,嘴角有些向下,滿臉是無可奈何的神氣,因此就像很苦痛的樣子。他望望對面的老白,像是自言自語:

"去晃一晃,説不定有點好處。"

白心宇没有響,也不動彈。祝雁明也就坐在牀上,望了窗户一眼,他不想堅持。

過了一會,白心宇像要趕走什麼的問:"究竟有什麼?"

"有人説是八個大音樂家的……什麼,田園交響樂,還有 Walter Disney 的……"底下兩個字是"漫畫",但是他已經没有講下去的勁了。

白心宇知道祝雁明答復的語氣包涵了很大的自衛性,不願人家感覺他是音樂、藝術什麼的,顯出賣弄,又顯出不夠深刻的浪漫,感情主義之類。他同意的哼了一聲:

"真無聊,這一套。"

"怎麼出去了半天没有寫?"

"圖書館盡是人搶來搶去,借書櫃上把欄杆都幾乎拉倒了,打架,駡人,最糟糕的一男一女走到你身邊來談情,女的像一隻小鷄,尖嘴巴一突一突,男的像一隻老耗子伸着脖子圍着什麼可吃的東西團團轉。寫什麼?本來是一寫就洩氣麼。"

---

① 手稿由此處起,缺一頁。

"真洩氣，我現在簡直不敢碰紙筆，"祝雁明低頭把自己穿着一對脱了底的黑皮鞋望了一下。他對於情形，似乎比較白心宇更不大能忍受，而老是想找點辦法的，現在他想繼續講下去，可是一點自卑心作怪，他不講了。

"想寫的，自己都不要看，該寫的，寫不得……不如改行。"白心宇好像勁上來了一些。

"寫老鼠和小鷄……"祝雁明笑了。

"真洩氣，好容易寫了幾個字，一發現那樣弄下去行不得，白費勁，死了也不能發表……"

"……"

"再想寫也沒勁了，而且，沒意思，關於那種事我本來就不在行寫，瞎扯淡。"說時，他從枕邊拖起一本小書來，不在乎的翻着。祝雁明已經站起來，拉着他小小的身子在房間裏走着。他覺得有一個沉重的什麼壓住他，費心的想着，覺得好像是他自己又好像不是，因爲究竟自己是什麼，在要着什麼，他也是好像明白又像不明白的，很快他就沒有想下去的欲望了，於是腦筋落到了白心宇的話上，他明白他說不在行寫的意思是說："本來寫那些東西是'運動家'們做的事，值不得。"老白在想這個念頭時可能還輕視了自己的。他在這一點上倒頗爲佩服老白，覺得老白知道他自己是什麼，不管別的，老是承認他這個自己，比他好，少麻煩。但是轉一個念頭，又有一點驕傲在他的薄嘴唇邊浮上來，他覺得他比老白或許還多了些什麼。即刻他又覺得沒意思，無味的說：

"還不如打'橋'去。"

白心宇還沒開腔，那邊棉絮捆裹鑽起一個頭來，血絲的三角形的眼睛，豬頭鼻子，一張廣東型的明暗顯別的臉，說：

"呃，打'橋'，我來一個。"那穿着肉黃襯衫、麻子呢西裝小背心的身子就從被子裏滾出來，他是穿着麻子呢西裝褲子睡覺的。他顯然也並不在乎打"橋"，一起來就拖出一條濕毛巾忙忙擦擦臉，又拿出一面鏡子來，把他的頭髮梳光，並且從牀下拖出箱子來翻出一身棕黃英國呢的西裝換上去，打了一條白地的間着紅褐各色斜條子的領帶，穿上鞋，還把土好好擦了一頓，就沒有下文的挺着身子匆忙似的大踏步出去了。

白心宇望了祝雁明一眼，正對着老祝的眼光，好像心照不宣似的在說："這傢伙有辦法。"接着他把書丟了，說：

"這傢伙他和世界拉得多緊，你別看他做生意。"

祝雁明不能斷定的輕輕搖搖頭，白心宇也就不講了，他覺得老祝這人有些笨，專好弄些自己啃不動的問題，弄得半生不熟，他聰明而大方地覺得老祝可笑却並無妨礙。他對於自己是頗有自信的，麻煩的是他覺得這個世界沒有什麼能夠連上他這個自己，對於他什麼都帶了幾分淆亂，幾分黴腐氣，連上去他的身子就會發氣味，儘管他以一個漂亮而有自信的男子的心境大方地承認這些都是辦法，也許是不可避免的。他也有一種不知道把這個自己掛在什麼地方，用什麼方法掛上去的永久煩惱。

祝雁明又在自己牀上坐了一會，也翻了一下書，隨後又提起打"橋"的建議。

"有什麼意思呢⋯⋯？"白心宇慢吞吞的聲音是無底空洞的音響，好像是遙遠深陷、不可捉摸的空間自己苦痛地哼出來的，聽來有些可怕。祝雁明心裏發冷，垂着眼皮沒有回答。

"還要跑腿去找人⋯⋯"白心宇又說。

"課堂裏大概找得到，"祝雁明說，"你不去，我就自己去了，受不了⋯⋯"

白心宇覺得自己一個人落在這莫名其妙的房間裏好像就要沉下去，情形也可怕。便坐起來，無情無緒的說：

"Killing time, killing myself，反正一樣，走吧。"

這兩位大學四年級生，一高一矮，走出宿舍，穿過操坪向文學院的課堂大樓走去，外面衹有稀少的幾個學生各自像不相認識的走着路，有的像是很匆忙，有的像是無所謂地晃蕩着，有的却在操場邊上仰着頭背着手，好像是在做詩什麼的。祝雁明把手一指，說：

"老柳在那裏，抓他吧。"

白心宇望了那穿着深灰大衣的中等身材的背影一眼，嘴角上泛上一絲不尊重的微笑，說：

"他不見得在乎。想詩，寫給愛人，就够了。"

"拖他也不妨事，他寫詩的時候有呢。"

白心宇不響。他濃重的眉毛搭下來，因爲他想到了一句話而那句話的真實對於他却是非常粗糙，非常隔膜，他自己對於它是好奇的然而又是無力的。不過，過了一會，還是說了：

"冤枉，要女人，抱住她就完了，挖苦心思！"說了他自己感到一種生硬的笑聲在嘴上流出來，祝雁明感到他的笑聲不大合式，他想挽救什麼的，說：

"有詩，女人就更有味吧。"這樣兩人來到那人後面，那人已經轉過身來，露出了那紅黑領帶的一部。看見他們，那張褐色的、祇有一條特別隆重的鼻子非常顯著的臉上，好像是起了皺紋。這人對於找女人最感興趣而且最勇敢，據說是自己寄過照片，寫信講過自己長得怎樣，特性是怎樣，給一個不認識的女人。除此以外，他也是不知道怎樣安排自己和世界的關係，在一種所謂"靈魂的危難"中間的人，而對於這個"危難"取的却是挑戰的態度，仿佛有管他媽的神氣。他叫做柳慶生。

"做什麼？"他問他們。

"打'橋'去。"祝雁明說。

"又想這個，沒意思。"

白心宇擡起他高昂的頭，望着遠方灰色的天上正像螞蟻搬家似的爬過的一條黑雲。他不說什麼。祝雁明却說：

"你就不用講這三個字了。"

他兩個人都很敏感的不提起柳慶生寫情詩的事情來。

柳慶生詩沒想出來，正在煩惱，看見他們好像專門來找他，好！打"橋"就打"橋"吧。於是三個人走着向課堂裏去。在課堂大樓門口，恰好從裏面低着頭，走出來一個年青人穿着陰丹士林布長衫，夾着幾本書，寬平的額角下面深陷的眼睛裏聚滿了憂鬱。老遠就看見了他們，臉上閃過了一縷羞怯的笑，腳步滯膩起來。柳慶生不喜歡這人，說他彆扭，小模小樣；白心宇對他比較好，是一種奇怪的憐憫；祝雁明還算喜歡他。這時候，他就對他說：

"老朱，打'橋'，來不來？"

朱遠把一隻手撩起長袍插在褲袋裏，寂寞地笑着搖搖頭，把下唇包住上唇，就想走的樣子。白心宇高高的身子已經先走進門去了，柳慶生覺得這人麻煩，頂好是由他便，但是他也不講話，跟白心宇走進去了。祝雁明却問：

"爲什麼不玩玩呢，成天憂鬱幹什麼？"

"沒有什麼，"朱遠眼望着地下小聲說："你知道我本來不喜歡打'橋'。"

"我們也不是喜歡哪……"說了他覺得很無聊，跟着說："算了吧。"朱遠就仍舊低着頭走了。

祝雁明忽然覺得自己也不想打"橋"了。真的，幾個花花綠綠的丑角男女，幾個數目字，倒來倒去，爲了它們拼命，算這個，算那個，算了自己，又算別人，把整個腦筋都翻起來，把每條神經都拉起來發揮對於那幾張紙片的創造性和研究才能，好像一個人被生下來而且活下去的意義就在那五十三張長方形的紙片上一樣，什麼意思？他煩惡的"嗐！"了一聲，沉重的走進去，那兩個人却不在過道上。佈告板上冷冷落落，祇有一張三民主義青年團開什麼聚餐會的廣告。他瞟了一眼，便走過去，看見兩人無神無緒的站在閱報室門口。閱報室裏面祇有幾張冷冷落落的報紙癱在灰塵的架上。那兩個有一句沒一句，似乎在談着讀報的事情。

他走過去，正聽見白心宇說："我不愛找煩惱。"

"我也不愛，"柳慶生說，把眉毛掀了一下，"不過擺在面前橫豎無事，把它當玩意混混，怕什麼？管他媽，所有的報紙都是謀財害命，喪天害理。"

白心宇把嘴撇了一撇："一點關係沒有……"也不知他指的是報紙講

的事和他沒關係，還是謀財害命沒關係。

祝雁明好像要交代差事的説："還找人不找？"

白心宇説："費這麼大勁……"

"那就算了吧，真沒意思。"

柳慶生把鼻子空了一下，説："你們這不是開玩笑，把人拖來，又不找了。"

"好吧，去找吧，橫豎是和幾張紙牌拼命，死也死不了，活也活不了。"

"我也不在乎打'橋'，"柳慶生説："我正不高興呢。"

"Human beings are atoms！"白心宇疲倦地呻吟似的説，"誰也不在乎什麼，什麼都是 atoms。"

於是三個人又晃出來，這回情緒更討厭了，簡直有點彼此討厭彼此走在一起的情形。柳慶生又提出幻想曲來並且堅決主張去。去就去吧。走路去，三點鐘的是趕不上了，六點或者八點，還要在外面花錢吃飯，恐怕錢不夠又得費勁找人借錢，公費日子還有些時呢。三個人湊了半天，白心宇有六十五元，祝雁明有五十七元五角，兩個人都不夠。幸虧柳慶生還有二百多元，他家裏昨天剛寄來的一千元剩下來的。要是沒有什麼稿費之類的意外之財，今天看了戲明天又得到食堂裏去搶砂子和糠殼飯了，可能因爲飯費沒交，還得挨餓。真是厭氣，但是無論如何，他們總算把自己打發到戲院裏去了。在路上，柳慶生還説收到了陳燕書的快信，説已經從雲南動身，就在這幾天快到的。

白心宇嘆了口氣説："等他來了，喝點酒吧，太厭氣了。

三個人看了電影之後，回來都不高興。祝雁明是印象比較好些的。他覺得那裏面那條發光的綫，跟着樂器的種類跳上跳下，忽而張開，忽而拉攏，忽而收到快斷氣，忽而爬地落成一灘，頗能表現樂器的性質，顏色也鮮活美麗。別的他覺得無聊，而且完全沒有意義，什麼也沒有講，圖畫和音樂完全沒有到一起。但是當他把對於樂器那一段試着講時，白心宇沉重地"唉"了一聲説：

"一點意思沒有。那些樂器，叮叮噹噹，咿咿唔唔，有什麼意思？那條綫簡直是發神經。電發神經，光發神經，人發神經，毫無關係，就像這世界一樣。"

除此以外還有些他不肯講出來的是：他簡直討厭那些恐龍爬蟲交頭接尾的樣子。不過，他又想那大概就是他們的辦法，回到原始。就回到原始去不也可以。人到那裏就是粗糙的自然的兒子，什麼都連上了。為什麼不能回去呢？智慧真是苦痛嗎？

柳慶生簡直恨那田園交響樂。那種斷腸斷氣彎彎扭扭的聲音他受不了。他說如果田園的美是那樣，他情願醜；如田園的醜是那樣，他願意餓死。如果那是悲多芬，他要把他趕走；如果是指揮手，那人可殺。

總之說是沒意思不要去看的電影，三個人都抱了莫名其妙的希望，費了大勁趕去，而且，因為錢花光了，要在黑夜裏打着火把走很遠走回來。他們想在那許多大樂家的樂片中，想在那幻想的圖畫裏找出一些什麼把自己釘上去，或者是把自己從眼前這四圍壓得緊緊，而又不可捉摸的天地裏拉出去。或許是他們自己奢望的情緒作怪，或許是損失了艱難的錢，或許是嘲笑自己慕名的幼稚等等，為他們又一個煩惱的無聊日子造成了可笑的結束。彼此連睡覺也不申明，就各自鑽進自己的被窩裏去了。

陳燕書也是他們的一個同學。長得不高不矮，一張非常白淨、永遠像洗過的臉，快活的小圓眼睛，鮮紅的顯得厚的嘴唇使他的臉顯出幼稚和天真。因為讀書太苦，窮到不能繼續下去了，就跑到雲南一個中學去教書。但是教書依然使他感覺到活着比死亡更加乾枯，更加黑暗，更加壓縮的比一具屍體還不如。原因第一還是維持生活使自己活得像一個人太不容易；第二，當教員對上得做奴才，對卜得做犬使，他辦不到；第三在小縣份裏什麼書也沒有，什麼人（在他的意義上成為人的是那些能夠用騙子、市儈、老農、村婦、走卒等等所不懂的言語和想法談話的那些人）也沒有；第四××××這包含許多他看不慣，受不了，講不得的事情。因此，熬過了一年之後，他又回來了。學校畢竟還是避難所，還有一些可以說說笑笑的人，躲在裏面拖一些時再說吧。

他回來，給他的朋友們一個小小鬆散的機會。大家或多或少都喜歡他。就是那個不大很能和其他幾個人在一起的朱遠也對他感到暖熱。在他到的那一天，連衣服也沒換，大家就把他撮到附近一家叫做江南風味的小菜館裏去。在那靠江的，紙糊的窗下，五個人繞着一張漆了黑漆的方桌坐下來。天氣很冷，外面陰濕的好像是雨，好像是霧。窗戶關着，還像有什麼冰涼的小爬蟲們時時溜進來，使他們感到身上似乎處處都是漏洞，涼蟲週身爬着。幾個人裹着大衣，縮着脖子，陳燕書直嚷冷，因爲他在路上原來是又凍又餓又疲倦了的。朱遠就起身到門口臨街的廚房去，商量要一些炭火，並且點了一隻小火鍋，和酒。

那個瓢兒臉，有一隻小尖鼻子的小伙計笑着臉拿了一堆筷子、碟杯之類走過來。陳燕書伸出臉來對他眨着眼一笑說：

"記得我不記得？"

"記得，記得，"伙計一面擺筷子，一面撮起下唇來笑着說：

"陳先生怎麼不記得？陳先生出遠門很久了，回來哪？"

"呃，出遠門，你曉得出到哪裡去？"

伙計低着頭做事，不好意思的笑着說："留學去了吧……"

幾個人都笑了。柳慶生拿起筷子指着陳燕書向伙計說：

"你看他留那一國的學，發了財沒有？"

伙計偷眼把陳燕書看了一下，摸不定該怎樣說，祇得照規矩說："發了財，自然是發了財囉。"

"發財好不好？"

"好，發財還不好？回來就好。"

"怎麼好法？"

"回來就好……"下面他實在不知怎樣講，趕緊放下最後一個酒杯，低頭笑着逃一樣地走了。轉身又拿了一大瓶頭曲酒和一盤鹵菜來。

祝雁明拿起酒來給大家斟酒說："今天誰愛喝的儘管喝，老朱，你也喝一點吧。酒是有人性的哩。"朱遠拿起杯子接了他的酒，一面微笑地説：

"照這樣，不喝酒的人不是沒有人性嗎？"

祝雁明斟完酒坐下來搖頭説："很難哪，知道它埋在那裏，還要酒去把它拉出來。"説時，柳慶生已經舉起杯子來叫乾杯了。

幾杯酒，炭盆，小火鍋，很快就把這幾個人弄得從裏到外都熱烘烘起來。大家起來脱大衣，脱長袍，大家都覺得言語在舌尖上開始跳躍，尤其是陳燕書好像有一肚子的冤屈要訴。但是大部份人都似乎並不在於要從遠行人知道更多遠方的事，他們都像久悶在濕草底下的火，夠多了，夠多了，無論是火，還是爛草。

柳慶生忽然站起來要和朱遠對杯，他的褐色臉從眼皮底下泛起紅光來。朱遠把杯子舉起説：

"我喝一半。"

"不，要全喝。不許你憂鬱。"

"我怎麼憂鬱呢，我不是快活嗎?"

"你快活！你的憂鬱是對了我們，你完全是對我們的批評。要喝，幹！"他就直着脖子把一杯酒灌下去了。朱遠低着頭，一會又擡起來説：

"老柳，酒是可以喝的，不過，你的話太冤枉我了。活在眼前的中國人哪一個不憂鬱？心宇，你不嗎？燕書，你那樣快活，你不？雁明，你？酒，我陪你喝就是。"他低着頭把一杯酒喝乾了，輕輕用袖子擦擦嘴，夾一塊生肉片在火鍋裏面煮着。

"我也喝。"陳燕書也乾了一杯，接着説："憂鬱的事太多了。但是我不高興綁在那裏面，我也不願亂出氣，像老柳那樣。我尋快活，我歡喜快活，比如在那個中學裏，報紙沒有一張，人沒有一個，學生常常挨板子，人們躺在橫榻上談事情……我受不了，我就走掉。走到哪裏去呢？哪裏是更好的地方？哪裏有更好的事給我做？哪裏能夠容我把事情如意做好？我不想。但是，我要快活，我要我的靈魂是輕鬆的，等我感覺到我受壓制的時候，我就走……"

白心宇拿起酒杯來對着他，説："來，乾一杯，永恒的旅客。祝你，永不疲倦。"

燕書拿起酒來一飲而盡，別轉臉對白心宇天真的問："你呢，你也這樣的麼？不，你不是的。"他的酒量是並不大的，所以朱遠關心地望着他。

白心宇蕭然一笑，一面在火鍋裏夾菜，一面緩聲說："我嗎？我停止了。我站在一個絕緣體上，我對我自己似乎都絕了緣。"

燕書搖頭說："可怕！雁明，你也絕了緣麼？"

祝雁明正在吃着一口猪腰片。他不想搶着說話，看見問過來，就把小眼擠了一擠，對他望一望，說："我不願意用這兩個字，但是一個人的生命究竟應該和什麼東西結在一起，我是不知道的。我覺得什麼都是隔得非常遠，什麼都模糊不清。我想着那很遠很遠的，也許是一些人在那裏做好事，也許另外一個地方很多人在做壞事。假如我真真實實的知道他們是好，他們是壞，我相信我也可以把生命拿出來。但是，有什麼證據呢？我時時都想抓住什麼，可是到我手上的都無聊。"

柳慶生好像贊許的樣子，乾了一杯，把杯子重重的放下來，說："無聊！無聊！過去就不是這個樣子。抗戰初起的時候，我穿草鞋，半夜行軍，爬山，走六十里。我和敵人見過面，他躲在一堆矮林子背後，我躲在山溝裏，兩個人托着槍，眯着眼把彼此瞄準。後來我從山溝底下繞過去，繞到他背後，一槍，他的屍首就擺下來了。那時候打死人，他的血浸着我的脚板心，我沒有一點難過。我因爲是在戰場上消滅我的敵人，爲了消滅他，我纔勞苦，饑餓，生病。那時候，"他把聲音提高起來："我那時候多快活，多得意。勞苦，饑餓，凍得快死，好像都是我滿身漂亮的星星，而且，是我親手從天上摘下來掛在身上的。我，我那時候——唉，管他媽的，不講了！"他咕一下又喝了一杯酒。

白心宇也喝了一口，沉沉的說："戰爭失掉了羅曼史，戰爭就變成傷害了。"

朱遠望着他，深深的眼睛裏有光流露，他說："心宇，你把現實都當作哲學來對待，結果是現實沒有了，哲學也跟着自殺了。你是何苦？"

心宇憫然望着他,兩道黑黑的眉毛輕輕提上來,說:"我正因爲不肯完全走進哲學裏去,所以我纔上不沾天,下不沾地,你不知道這一點?假如我完全用了哲學,我很可以有一個藏身的地方。就是一個陰冷的冰窖,也還是我的安身之處呀。我的世界怎麽會這樣粉碎?就是因爲我還捨不得。我還年青,還要在你所謂現實的這個世界裏活下去。所以我不肯想。人,總是希望,在抗戰開始的時候,一個幾千年沒有音響的民族忽然聽見了自己的聲音,跳起來,發狂,頂起自己的花冠到處跑,燃燒,千萬年的過去在一個刹那消滅了,千萬年的未來,在一刹那間變成了眼前的世界,每一個人都在今天的陽光下面呼吸千年萬年以後的大氣,生命像永恒不滅的虹彩一樣……"他的頭現在完全昂起來,疲倦的眼睛也鋒銳地睜開了。但是接着,那眼鋒又慢慢收起來,眼下的皮疊在一起,頰上的皮肉也松垂了,頭又漸漸低下去,啜了一口酒,慢慢說:"早晨的虹彩,總是有陰雨跟着。戰爭漸漸變成了腐爛劑了,所有的人都被它腐蝕,你我也不足例外……"他微微揚起眼角來朝朱遠那個方向動了一下,又說:"也許你不承認,也許你不是,也許你說這不過是舊帳翻了新了。就算是這樣吧。祖先的罪惡傳到兒孫手上來翻新,兒孫的罪惡又到誰的頭上算帳去?我們從一隻渡船過到一隻渡船,永遠這樣替換着,究竟那一隻把我們帶到那最美最好的地方?過了一條綫,又過一條綫,我們永遠是在兩條綫的中間,戰爭與和平,美與醜,善與惡,真與假,生與死,最初和終極,或者根本這兩條綫就是扭在一起……我不要講了,這又是哲學。"

這時候,陳燕書和柳慶生談起了老柳的戀愛,他們相互在談笑得起勁。祝雁明不大能喝酒,獨自吃菜,有時聽這邊,有時聽那邊,有一點覺得柳陳兩個人吵鬧,時常想攔阻他們,又覺不應該,事實上也因爲他感覺在他們的談話裏也有可聽之處,不覺心頭起了滋味,臉上想笑,但是猛然又是白心宇後面幾句話鑽進來,像一陣飛雪立刻把他的笑臉冰住了,弄成了極其難看的不調和的苦痛樣子。

他身旁的朱遠一直是全神貫注的聽着老白,身子斜斜的,一隻胳膊橫在桌邊，另外一隻垂放在凳上，頭向前俯着，並且隨着臉部肌肉的跳動或者下垂而時時點頭、搖頭。他放在桌上的那隻手時而捏緊，時而鬆放，並且有時候咬着下嘴唇。白心宇講完了，他的頭還是垂着，肌肉的動作這時完全平息，臉上滿布着茫然的寂寞。隨後，他慢慢擡起深藏的眼睛，看着那被酒解除了高傲、冷酷、輕蔑和峭言短語的習慣的人，恍惚地在那裏一點一點夾着菜吃，眼睛四週依然堆起了疲倦的松皮，美麗的但是漠然的容顏被精神疲勞沖得柔和了，幾乎使人有一種安慰的感覺。他覺得暖和了一些，把身子移動了一下，提起那隻垂放的右手拿酒壺給自己斟酒，又給老祝老白也斟滿了。拿起酒杯來對老白舉一舉說：

"喝一杯吧。"

白心宇照樣做了。這時候，柳慶生恰巧有幾句話傳過來：

"我並沒有把一個女人看成性命，我也沒把我自己看成什麼，你不要瞎扯淡。世界根本就算不得什麼。我當兵，戰爭可變成了爛糊糖；我讀書，書本子越變越廢話；我愛女人，女人專打自己的主意；我寫文章，可是我罵不得，說不得，甚至於想不得。專要人笑，要人吹打彈唱，我問你究竟有什麼事叫人笑得出來？從天空裏帶私貨的人把財發腫了，黑市裏那些無影無形的大老闆把黃金支使得像齊天大聖一樣，老爺們的威風越來越高，鈔票變得像亂草，凍死餓死的鄉巴佬，穿制服的、不穿制服的爛屍越來越多，這些都於我有什麼好處？有什麼值得笑，值得吹吹打打的。不要發愁，遲早你我也要滾進那些爛屍堆裏去的。我……"他兇猛的灌了一杯酒，酒刺進他的氣管，激烈地咳嗆起來，眼淚鼻涕一齊流着。

白心宇望了他一眼，緩緩的平靜的說："這樣發瘋。不久這些都會有人用一句簡單的話把它們了結：過渡時代應有的混亂，然後一切就滿好了。將來，大老闆越來越大，官越來越威武，洋行公司到處都是，鄉下人全到都市裏去睡馬路，百分之八十的人全希望什麼也全在絕望，教授們安心的講亞理士多德，講孔夫子，講 T. S. Eliot，講 Rilke，十七世紀、十八世紀文學，三十年代、四十年代的古典。學生們會很快活，因為舞場、球場、冰場、咖啡店和女人一定是會蓋滿了全中國。如我們這樣的人機會也不會壞，會比現在吃得好，穿得暖，有很大的寧靜來想像自己是紀德或是 Eliot 或是勞倫斯。那時候，那位智慧的大史家就會寫：這個過渡時代是偉大的，因為它把人的血流得多，把土地洗得乾淨，使不曾流過一滴血的人們滋長繁榮，造成了中國一切的復興。——過去是這樣，將來，將來的將來，也還是這樣的。"

朱遠說："不要這樣想，心宇，我們不是來喝酒高興的嗎？這樣想是死路。來，你的量大，我們再喝一杯。"

心宇却祇把酒杯端着，說："是的，我曉得。所以我逃避許多想頭，好像一個人遠遠望見了自己的墳坑就立刻回頭飛跑一樣。……"他把酒喝了，皺皺眉，用手巾把嘴擦了一下，又說："可是，你知道一個人逃避死亡的時候，應該是有一座小小的房屋在什麼村莊的邊沿上等着他。那裏面有熱熱鬧鬧的人們，有熊熊的紅火，有新鮮的事情在那裏發生進行。他一跑進去，就被他們抱住，立刻就是他們的一個，立刻他就做起新鮮事情來。這樣他就會把死忘記了……或許，會把它消滅也不一定。可是，你想像一下看，他回頭跑，跑，他撞見的不是墳坑，就是荒砂，不是岩石，就是深谷，或者耗子洞或者豺狼窩，而且又凍又餓，他覺得他自己是最好的金子做的，可是熬不過無窮的永生的荒涼和罪惡——我從一個死亡跑到另外一個死亡，人世上沒有煙火……"

朱遠深深的眼睛却放出了光，臉上筋肉移動，滿不以為然。好像有什麼堅強的東西在他心裏衝撞要喊出反對的聲音。但是他的習慣不容他這樣做。他依然是溫和的問：

"我們就沒有一點新鮮的事情嗎？也許那是太遠了，雨霧封得太緊了。我們看不見，可是不能說它不存在呀。"

"是的，可是我們也不能說它一定存在。我們都不是用眼睛，——或許你是的——我們左聽右聽，所有的聲音變得朦朧，但是眼前的黴爛可是堆積如山。人與人相去不會太遠。一個祖宗不會生出兩種異類的兒女，一個是條蛇，一個却是神的兒子。"

"不過，無論如何，你的心還是在人世上的?"

心宇把隨手夾的一箸菜放在碟子裏，落下筷子，雙手的手指交叉起來，橫放在桌邊上，沉吟的說：

"很難講。要說我的心在，我可是無所愛。我不喜歡那些整天在路上流來流去魂魄離散的臉子，我不喜歡那些又狡猾，又愚蠢，又兇惡，又奴順的所謂被壓迫的人們，我不喜歡那些自命爲是家長的精明強盜，我又不喜歡那些新道統、舊道統的大師們。我厭惡一切偶像、權力、奴性、虛僞、暴虐、做作和阿米巴。我知道，無論是死了的，活着的，是奴才，是暴君，是阿米巴，是大師，無論是講大字眼講小字眼，把大字眼變小，小字眼變大的人，全有一個冷冰冰的鈎子埋在他內心的深處，總想找機會伸出來爲他自己鈎到一點什麼，連我自己也在內。千百年以後，這些人或者變成了糞土，或者豎在銅臺子上，他們都有一個共同點，而這個共同點又被後來他們的同人們仿效，並且爲了仿效的原故掩蓋起來，打扮起來，成了英雄。"

他停止了，祝雁明却忍不住擡起頭來，深深的苦痛掛在他無可奈何的下垂的嘴角旁邊，插一句："心宇，你太過火了，我們没有看見的，不能够就斷定……"

心宇朝他望一望，說："你忙什麼？我還没講完呢。是的，我不能說我的心不在這裏。我還是捨不得。我捨不得的是什麼呢？究竟是什麼呢？也許就是我没有看見，所以這樣吧。我們好像是幸虧能够看不見……人世上竟是没有火的所在。"

朱遠有意無意的自己喝酒，說："那你爲什不再想自己去弄起一點火來呢？"

心宇冷然說："談何容易？你覺得你是在點火嗎？"

朱遠看着他，他的臉上早已又泛起了生疏的綫條，濃厚的煙雲從他的嘴上湧出來。好像要蓋住他的臉。他知道這人敏感過度，知道有些什麼最傷害他。但是他覺得不能不講。他素來不和心宇他們十分接近，但是却從來不能够不留心他們。有了機會他也有極大的衝動要他們知道他的一切。他撇開了心宇的問題說：

"我也有你所不樂意的事情。我不是厭惡，可是憎恨。我也有你所捨不得的事情，不是爲了我能夠看不見它們，是因爲它們實在。我是實在的。它們實在就和我們今天在這裏，有了火，有了酒，有了幾個愛想事的人就能夠談話一樣。這一個刹那過去了，這些談話會變成什麼，產生或者消滅什麼，我不知道。但是，我却曉得，這些話是現在一些具體的事情和我們每一個有具體不同的生活，不同的氣質，甚至於是具體不同的訓練的人發生了關係以後生出來的。它在眼前是一種現實，到將來也還能夠用來說明今天的一部分，即使是一小部分的實情。從這樣看起來，我的週圍什麼都是真實的。不管我們的頭腦裏面怎樣想，不管我們情緒的高低把它們染上什麼顏色，也不管我們看不看得見，也不管將來或者現在有人怎樣利用它，拍賣它，或者什麼，它今天爲惡爲善的標準，在大多數人，百分之八十五或者九十的人們的共同心理裏面有一個準則。按他們基本的求生的欲望，按他們從苦難裏產生出來的以己之心度人之心的尺寸和苦痛的共同感，這裏有一個天經地義的標準使善惡分明成爲實在，並且後來者也不能過分捏造，假如他像你所說，是智慧的。……"

這時候陳燕書忽然插進來："天經地義的標準，我就不相信。我沿路來明明聽見有鄉下人打死鏟煙苗的人的事情。可見你完全是假的。一定要一個標準做什麼？這樣道裏道氣。"他已經是有些醉了，舌子大大的不靈活。

朱遠遞了一支煙給他，燃了一隻火柴遞上去，他沒有準頭的沖過來，幾乎燒了下巴，他笑起來，還翹着頭天真的說："你看我的話對不對？"

"你的話和我的不對頭，"朱遠說。"鄉下人打死鏟煙的，你以爲他們不覺得抽煙是苦事麼？你以爲他們不愛種糧食麼？我原來講的是百分之九十的人，連我們也在內，苦痛的共同感——不過，你這扯遠了，我的話還沒講完哩。——我以爲真、假、實、虛、善、惡，這些東西都可以分而且必然的分開。使事物有意義沒有的都是當前的人，人的主動，人的行爲，人的收成，而後人的命運。與當前的人不能發生關係，甚至於與後來人不能發生關係的都是虛假的,甚至於是有害的。人和人本來相去不遠,但是,也沒有一個人的祖宗曾經真的生出了一條蛇。人是偉大的 medium,在他身上可以完成最高的最豐富的藝術品。我愛人。生活在活人的中間不能夠關心活人的事情,那就是我們自己背叛自己,放逐自己。這,明明又是實際擺在眼前。——過去證明現在,現在證明將來,一切都是實在的。因為有具體地活着的人。"

"人毀滅了呢?"白心宇陰茫的眼睛望着他。

"會有更高的生命出來說明而且證明一切。那不是我的事。"

在白心宇高傲的鼻子旁邊垂下來的兩條紋路那裏射出了森森的微笑,他冷冷然不說一句話。

柳慶生已經是大半醉了,他覺得心裏翻覆難過,好久沒有講話。這時忽然把桌子一拍,大聲說:

"真是放屁?扯那麼遠。給我把現在這些銅牆鐵壁打破,給我叫這週圍的死人死東西活起來,叫他們現實給我看!……"話沒說完,他哇一下就吐出來,滿身都是。陳燕書趕緊扶住他,祝雁明就叫伙計拿揩布,倒濃茶,朱遠憂愁的把杯盤東西從他面前移開,不說什麼。

這一個晚上就這樣結束了。

春天在濃霧裏徘徊。早晨,無論人們醒來得怎樣晚,睜開眼總看見眼前浮動着一種帶灰土色的滯弱的光亮,使人想到黃昏將盡,或者疲倦開始,而有一種沉重的難於安排的感覺。遠山看不見,近處的土坡和山丘大部分都是光突突的,沒有一棵像樣的樹,沒有一片綠草,全像帶着哭泣昂不起頭來。而天上的單純和無聊也不減於地下,沒有馳走變化的雲彩,沒有晶瑩的青天,沒有柔和或者濃郁的山影,也沒有塔尖高樓、碧瓦或者金色的十字架在天空畫出美麗的天綫,祇像一塊陳年發黴的頂板蓋在頭上。要到了十一點鐘左右,假如那凝重的灰空不降下雨粉,纔有稀稀的白光暗暗流到地上來,漸漸的,好像一個疲乏過度、睡眠了很久的人一樣,慢慢睜開眼睛,慢慢放大,放亮,在路旁照明了一些嫩嫩的草葉並且使它們也放出了一些令人注意的浮動的光輝，人們纔擡起頭來，發現陽光已經來了，春天也在行走着。那時候，他們就會曉得那蔭在小樹林下面山坡上的竹草房子，雖然仍舊是滿面灰黑，帶了一種防禦天空侵襲的保護色，它頂上必已新鋪了一片嫩色的青苔。學校雜處在鄉野間，雖無成片的草場，修剪整潔的花圃，但是山坡上新抽出來在風裏搖擺的麥苗，坪壩裏肥潤潤的菜畦，乃至於有些在屋後門前垃圾堆上擎起來的小拳頭一樣的菜花却都油黃水綠，使人看見了禁不住心裏發癢。就是在最懶惰的肢體裏面也茫然的感到了一種衝擊。

　　下午，朱遠穿着一身黑布的學生裝，帶着憂鬱的神色坐在一個土坡背後和一個拄着鋤頭的老農人有意無意地談話。他問那農民有幾畝田，每一畝可以出多少糧食。那農人告訴他自己有兩三擔田，接下去就訴起苦來了。朱遠想問明究竟六七擔田是幾畝，那農人却說不出來，似乎幾畝幾畝這種名詞他不大懂的樣子。朱遠和他解釋了半天，老農人祇是恍惚的點着頭，重複的答應着："是嘛，是嘛。"朱遠曉得這些農人的脾氣。他不懂的事情，怎樣和他解釋，他也不會發生興趣，祇認為是讀書人的深奧道理，和他沒有什麼關係。但是如果要在事實上碰到了有這種需要的時候，他一經學到，便記得牢牢的。假如官家來丈量土地，按畝抽捐的時候，他纔會把這個數目弄清楚。朱遠看見那老人糊裏糊塗地沉默了，怕他感到厭倦，正想問他為什麼兩三擔田收不到兩三擔糧食，那老人已經拄着鋤頭站起來，臉上很尷尬的說："朱先生坐坐，……"朱遠連忙也站起來說："要回去吃飯了吧？"老人說："是嘛，吃了飯要上車班呢。"說着就茫然的走了。

　　朱遠望着他的背影，心裏感到彆扭。正如別的時候遇到了的同樣失敗一樣。又因為老農人說吃了飯要上拉車的晚班，想起自己也該吃了飯去印刷課，把昨天沒印完的一部分講義印出來，好支領一點錢，便也轉身想朝學校那方向走去。轉過身却見對面一個墳墓樣的土坡上，白心宇雙臂抱在胸前，站在小片麥苗旁邊，正對他望着。見他轉過臉來，迅疾的把頭低下去，好像在看那些細絲一樣的麥苗。本來今天一天朱遠都不快活，有些心事。看見這樣很煩惱。按照他自然的傾向是走過去和白心宇說話。他確知自己沒有什麼使人討厭的地方，並且隱然覺得白心宇對他並不是單純的輕視或者看不起，特別是那天晚上彼此半醉地發揮了一頓以後。然而從那次以後，雖然自己更主動的想和心宇多談一些，多彼此認識，而心宇却非常峻傲地有意回避他。他覺得又懊惱，又有氣，便索性直着脖子往學校走去了。

心宇嘴角上掛下酷虐的冷笑望着他一直走去，感到一種深沉的虛偽和做作，是自己砍下了頭也不屑於去做的。他出身於河南一家所謂世代冠纓的地主家庭，是個獨子。雖然家已經是十分衰落，尤其是在抗戰中這幾年，他家裏的田地已經一片一片的轉到一些和銀行有關係的大地主手裏去了，而近二年的旱災、水災使他簡直厭惡了收家信的這回事。他却依然在內心裏保持着大少爺的傲氣，餓死他也不肯做些自助的工作來補足用度。這種傲氣是愈感威脅就愈加昂奮。用他的話是寧可和狗做朋友，也不向敵人低頭。究竟朱遠怎樣是他的敵人，他從不願去深想。他看着他走到不見了，覺得無聊起來。雙手插在褲袋裏走下土坡，看見大路上祝雁明和一個他認識的外國牧師和另外一個不認識的中年人並肩走過去，他想老祝近來不知在亂跑些什麼，好像有辦法的樣子。原想和他招呼一下，祝雁明却看都沒看見他。他也就讓他們走去，不知不覺在心裏沉吟的吟誦着：

"Farewell! With him alone may rest the pain,

If such there were——"

反復的在心裏誦了幾遍，忽然他聽見自己嘴上有這一句半詩的非常低沉的聲音響起來。那聲音的哀痛使他吃驚，有些害怕。大路那邊，菜畦裏青菜們伸出肥大的油綠的手掌互相拍打着，好像在嘲笑他。陽光漸漸落下去了，冷氣從地下爬出來，他感到一些陰涼。想到飯廳裏的嘈雜，想到宿舍裏的混亂和死氣，他又不願意回去。正在無可如何的時候，却見陳燕書匆匆由市街那一頭的路上走來，臉上很起勁的樣子，一手彎在胸前，手裏還捏着一個紙包。他看見心宇，便笑嘻嘻的走上來拉他，說：

"來，吃飯去。今天有好菜。"

"買的什麼？"

"牛肉，還有熏魚，你看。"燕書就把紙包打開來，裏面果然是五塊滷牛肉，四塊熏魚，還有幾塊素鷄。心宇就撕了一小塊牛肉下來吃着，說：

"你總是愛買魚。魚有什麼好吃？"

燕書好像是用行動來答復的樣子，拿起一塊熏魚來咬着說：

"你們北方人不懂，江南人沒有一個不愛吃魚的。魚纔真是好東西呢。"兩人就一面吃，一面走着。

心宇不和他辯，祇問："幾多錢？你又發了財了憑空買這些東西。"

燕書又笑起來，一面吃，一面說："昨天拿了稿費，一百多塊錢，不吃掉它做什麼？況且，我和老柳打的賭，輸了。"

"什麼文章？"心宇心不在焉的問。

"替他們翻譯的一點東西。瞎鬧。橫豎填了這個賭帳就算了，免得老柳笑我。"

心宇模糊記得他和柳慶生賭的是，柳慶生就要到安徽屯溪去追他的愛人。雖然那愛人是從來沒有見過的。可是光從通信裏面，柳慶生已經好像是全心全力快要發瘋的樣子了。他就問：

"難道老柳要退學了麼？"

"那裏。"燕書說。"我們賭了不止一個。"

"這一個是什麼？"

"我說斯大林格勒完全打了勝仗，第二戰場馬上就要開。要不然，蘇聯這個勝仗一直打下去，英美就要吃虧。老柳不相信，所以我們就打賭。其實我早就曉得我要輸。管他，借此開開心。"

"賭得這樣遠……"心宇慢騰騰的說。

"怎麼算是遠？"燕書不服氣的說。"要歐洲打完了纔顧到遠東呢，第二戰場不快些開，歐洲不打完，我們這個罪受到什麼時候爲止？"

心宇覺得他這話也對，什麼事都是有些關係的。但總覺是很遠的事。

飛機呢，大砲呢，占了多少據點呢，消滅了敵人多少呢⋯⋯就算這一切都做到了，以後誰也不能說人就可以不受罪了。並且究竟這些對於自己又有什麼興味？他沉默着。燕書却又換了題目說：

"今天吃飯把老朱約在一起，五個人吃。剛好牛肉一個人一塊，魚你不吃，我的已經吃掉了。他們三個一人一塊，我們還有素鷄。今天晚飯可以吃得舒服一點。"

心宇說："老祝出去了，大約不會回來吃飯。"

"那活該，我們多吃些。"

"可惜沒酒。"

燕書說："老柳祇怕還有——算了吧，依我說，多吃點飯就好。老實講。食堂裏的飯我好像沒吃飽過。"

"不如不到食堂裏去。"

"走吧，上館子沒有錢吃得不痛快。那些什麼紅燒麵、炸醬麵、豬肝麵之類黑烏巴焦的連沙帶泥，我簡直是厭了。四川人真是莫名其妙，無論什麼都不肯弄清爽一點，不曉得他們的人怎麼倒長得清清秀秀的。"

說得心宇笑起來。他說："照你這樣講，豬就應該長得像一堆爛泥，牛就應該像一捆草⋯⋯"

"那倒不見得，"燕書說。"四川是有些不同。你看四川的豬，特別是那些小白豬，毛油油的，透出肉裏的粉紅顏色，尖尖的嘴巴，細細的腿，長長的身子，肚子下面彎起一條勻和的弧綫。小白尾巴一擺一擺的在菜田裏走着，我覺得很美。"

心宇大笑起來，說："你簡直是想和豬戀愛了。"

燕書紅了臉，爭着說："這是真的，難道你不喜歡？"

"我不知道。我向來沒注意過。"

"你沒注意，"燕書有氣的說，"你祇注意你自己的腦子，什麼都和你沒關係。"

心宇沉默了一下，接着說："你呢？什麼又和你有關系？"

燕書想想，講不出什麼，就說："算了吧。有關系，沒關係。都是些空話，我不喜歡談哲學。——真厭氣，我又想走了。"

"你老是跑來跑去作什麼？"

"讀書有什麼用處？"燕書感慨似的說。"昨天碰到一個中學同學。他本來是讀歷史的。他倒聰明。他曉得把大學四年讀完，靠他那點歷史本錢，頂多教書，要把老婆餓死。他把大學丟了，下了半年工夫死讀英文。後來，就托人情跑進了航空公司，去飛機上當茶房，他說的自然不是茶房，可是我猜是。你說他怎麼樣？養得油光水滑，穿起新西裝，儼然就是貴人樣子。讀書有什麼用處？在這裏，"他警覺地回頭向身後望了一下，纔放低了聲音說："連一句話也不敢大聲講，枕頭底下老是被人抄來抄去，時時刻刻好像犯人一樣，……"

說到這裏迎面有人來了，他就停止了。和對面的那個學生打了個招呼，然後再回頭望見那人走遠了，他又低聲說："老實講，現在不管他是不是三民主義青年團，我都懷疑。"

心宇點着頭，也小聲說："不要講了，這是一個絞乾人的骨髓、粉碎人的時代。昨天我聽說朱遠的箱子被人用鑰匙開了，東西被翻過了又疊回去，什麼也沒丟。"

"那老朱怎麼曉得的？"燕書張大了眼睛問。

"那不簡單？東西怎麼能完全安成原樣子？"

"奇怪，真奇怪，"燕書搖頭說。"為什麼呢？他又不是共產黨。"

"並不在乎是不是共產黨。不過是他喜歡和鄉下人談話而已。你難道沒有經驗？要是你在馬路多看那推石頭拉大車的幾眼，或者在香煙攤上談兩句話，就有人跟你。"

"是呀，是呀。"燕書恍然的說。"常有，常有。不過並沒人開我的箱子呀——或許是有，我糊裏糊塗不留心。我的東西老是亂的。"

"也許還有一個原因。聽說有人在講義裏發現了什麼秘密文件，也許他們疑心是老朱幹的。"

燕書想了一想，扭着脖子說："我不相信。老朱又不是一條猪。他印講義，就在講義裏放東西？一定是他們又想害人，自己幹的。前天聽說復旦又抓走了兩個學生。兩個人從城裏回去，在上汽車的路上就被人用手槍頂住了。一直跟到牛角沱，就逼下車去。剛好在那裏碰見他們的一個教授上車，上下擦過去，有一個學生說了一個英文字：'arrested'。這件事纔傳出來了。"

心宇嘆了口氣說："生死比蟲豸還不如呵。一匹蟲子活着或者死了，也總還有它的親戚朋友知道吧。現在，活着完全沒人理會，死了就是消滅，在人間連一個極小的氣泡都引不起來。"

"叫人真不知怎樣活下去。這樣的活埋死埋，我實在不甘心……"燕書正說着，却聽見鑼聲響起來。他拔腿就跑，一面說："快來，老白，回頭飯搶光了。"心宇便也加快了步子跟着，心裏憫然地諷刺他自己。

暗濁的天空重新籠罩下來。從四面八方灰黑的人群擁卷着飛奔向食堂去。像狂風摧滾着的砂石。這裏沒有意志，沒有選擇，沒有想望，沒有新鮮。祇有一個單純的潛伏的恐怖之感成爲捨命奔跑的力量。怕飯搶完了，怕餓！無論那飯是砂子也罷，糠稗也罷，無論它是多是少，那是他們盡有的。有了它，他們就能夠活下去，可以找老婆，生孩子，還可以做做糊塗夢，至少至少，還可以拍拍馬屁吹吹牛皮，像煞有介事的活動在地面上。沒有它，就要永遠永遠埋在地底下，永遠黑暗，永遠不能夠做出任何聲音。無論地面上再有多明亮的太陽，再有多鮮豔的花，就是撕破了眼眶也不能看見了。無論有多麼漂亮的男人或女人望斷了脖子也愛不上了。人誰不想活着呢？迷信着創造恐怖的感情的人首先就要控制人們的肚子。於是各種恐怖跟着從各個方向被組織成功，把人包圍起來，使人時時感到孤獨、寒冷、幽閉、疑慮、軟弱，時時有一種活着不像活着，但是究竟還可以不死的感覺，這樣，天下就太平了。不過，人類究竟是不是按照迷信被創造出來的呢？

心宇和燕書夾在人叢裏擠進飯堂，已望見柳慶生和另外幾個同桌的學生早已擠在飯簍週圍的人群中間，高舉起粗缽碗，肩頭晃晃動動，像是用肚子在往人縫裏面塞進去。燕書把心宇推了一把，急忙說：

"你高些，你去幫老柳擠，我到廚房裏拿東西裝這個——糟糕，飯不知夠不夠。"說着他就從人縫裏鑽着跑去了。

心宇望着這人頭亂撞的飯堂尤其是那人山人海的飯簍週圍，很不想擠進去。但是很明白的，如果他不擠，那麼，他的第一碗飯還沒盛到手，別人就要來搶第二碗、第三碗。他祇得先擠到飯碗那裏先拿了兩隻碗，硬着肩膊朝柳慶生的那個飯簍擠進去。擠開了一層就碰見了面前是一個大個子。他想避開他，不料後面的人已經壓上來，壓着他把大個子撞了一下，大個子嚷起來說：

"媽的，好凶！擠，擠你媽的祖宗。"跟着就把屁股一曲，打了個後蹄。心宇的腳跟被踢痛了，正氣憤不過。却見柳慶生高高舉着一碗飯，一隻手按着那堆起來的飯尖，滿臉通紅，吆吆喝喝的在向外闖。心宇趕緊在空中搖晃着兩隻碗叫：

"柳慶生，柳慶生，把你的飯給我，拿這兩個碗去。"

"混蛋，早不來，"柳慶生罵着。"好容易擠出來了，還要擠進去。拿去！可不要先偷……什麼？是你的？好不要臉！裝孫子，你倒替白家當子孫！"

白心宇還沒鬧清楚他罵的究竟是誰，那個已經吵起來了：

"你罵誰？你是個什麼東西，誰要你的飯，混蛋，下流……"

"誰混蛋？誰混蛋？你再說！"

"你混蛋，你混蛋，你柳慶生敢狠，咱們就碰碰！"

心宇看見那個鼓眼睛翻眉毛的傢伙一副"老子天不怕地不怕"的橫臉，就知道是個有花樣的脚色。連忙插緊大聲叫：

"慶生，飯給我。燕書買了許多菜，快盛飯，快盛飯。"又從人肩上把兩隻碗筆直塞到慶生胸前。慶生下意識的接住，又把飯遞給他，眼睛一直是火一樣的射在那個橫蠻的臉上。心宇又叫着說："快點呀。燕書買了很多牛肉，很多鷄，在桌上沒人看哪。"柳慶生狠狠的哼了一聲，說：

"好吧，不碰的是孫子！"說完就擠進去了。一會兒舉着兩碗飯出來。兩個人向着桌子走。燕書已經是把朱遠拉來了。朱遠面前有一碗飯，他在等着。燕書却用筷子打着碗，急得時時朝他們看。看見兩個人端着三個碗，忙跑過去接飯，埋怨說：

"怎麼你們盛飯這麼久？嚷嚷些什麼？"

"他媽的，無法無天了。"柳慶生一張臉還是火紅的。"他搶飯還罵人。"

"得了，"心宇說。"有話別處講吧。"

燕書警覺地也不往下問了。三個人回來，一看，桌上的四碗菜已經快光了。一碗黃豆芽還剩了些湯，一碗醃菜炒豆腐還剩了個底，幾雙筷子像炒胡豆似的把那菜炒來炒去，在裏面搶着豆腐屑。筷子打着筷子，氣憤憤地像在打仗一樣，但是誰也不肯停止了爭豆腐屑的工作來吵架。一會兒一個人站起來去添飯，回來時宣佈說：

"飯快光了，快添飯去吧。我算是已經有了三碗，馬馬虎虎。"說着得意的把黃豆芽湯端起來倒在飯裏，希裏胡魯吃起來。

燕書聽了這話，把筷子一丟，說："糟糕，我非得搶點飯去不可。"柳慶生也說："呃，老陳，把我的碗帶去。"接着另外兩三個人也都端着半碗飯，跟陳燕書一起趕到飯簍那裏去。這時離他們最近的一個飯簍已經空了。燕書望見斜對角那隻飯簍那裏還鑽動着一些人，其他幾處的簍子都已經橫七豎八的張着空口躺在那裏。他便筆直跑到那有人的飯簍那裏去。等他剛走到，忽然看見飯簍平空飛上去了，打個轉身，撒下許多飯粒，跟着簍子也掉下來，幾乎打着他的腦袋。聽見一個聲音嚷着說：

"吃飯！這是他媽的餓飯。誰都別想吃罷。"許多人都罵罵嚷嚷的散開來。燕書祇得失望的拿了碗回來，氣悶地把碗遞給柳慶生說："沒有了，拉倒。"於是四個人悶悶地吃着。這時候沒有搶飯的威脅，反倒吃得自然一些了。他們一面吃，一面細細撿着稗子、糠殼和小顆的像老鼠屎一樣的砂土。那些稗子都長了一兩分長的芽刺在飯裏挺起來像一個胚胎的小森林。老柳說：

"真虧我們吃。剛纔要搶飯誰記得撿這些東西？"誰也沒有搭他的腔。他本來有氣，看見沒人理他，覺得無聊，更不痛快，便把一塊牛肉塞進嘴裏去死勁啃着。一會兒等桌上另外那兩三個人陸續都走了，陳燕書纔說起來：

"我真不知道日子怎麼過下去，今年過了年聽說米又漲了幾倍。以後恐怕連夾稗子的米都吃不到了。"

"那就吃糠，"老柳說。"《大公報》不是說河南人在吃石頭吃土？"

"我並不反對吃糠，"燕書說。"如果大家都吃糠，我也不要好的。但是那些傢伙把米沉在江裏，……"

"什麼？"心宇吃驚的問。"把米沉在江裏？怎麼回事？"

"嗯，"燕書得意起來。"你那裏曉得？糧食部……"說了這三個字，他慌忙把嘴一蓋，四面望望，朱遠和心宇也張起眼睛，緊張地四下望着。飯廳裏吃飯的人已經都走光了，祇有幾個破頭爛脚的小孩子在那裏用空飯簍裝收碗筷，弄得希裏華郎的響。他們纔放了心，轉過頭來。心宇說：

"究竟是怎麼回事，你小一點聲音。"

"糧食部的人和運米的船户商量好了的。"燕書說。"他們把船底裝水，裝很多水，然後在上面鋪上板子放上米袋。走到一個地方就把船弄翻了。本來他祇裝了一百擔米，他可以領五百擔米的錢。並且，還可以不付農民的米賬哩。"

"……"心宇祇是搖頭，不說什麼了。柳慶生卻還問："是真的嗎？"

"怎麼不真？前天我在城裏碰見一個親戚，他親自看見合江一帶一江面飄流的盡是白米。聽說一次就沉了五條船。"

朱遠說："對，我也聽見過的。這種事太多了。——老柳，你的飯大約沒吃飽，我這個，你要不要？"

"你爲什麼不吃？"

"我吃不下去。"

"你這個人太認真了，"燕書說。"聽了一件事就吃不下飯去那還能活？"

"不是的，"朱遠皺着眉毛搖頭說。"不是爲這個。我本來就不想吃，是你把我拉來的。"

"哦，"燕書忽然記起來了，把頭湊過去輕輕問："聽說你昨天被盜？"

朱遠一面用筷子把剩下來的大半碗飯撥在柳慶生的飯碗裏，一面說："有那回事。"

"究竟是爲什麽？"

"你又不是傻瓜，倒來問我？"

"他們會不會採取什麽手段？"

"這很難說，"朱遠把頭低下去了。"所以我現在盡可能早晚不出學校。其實又哪裏躲得了？我學農民經濟，偶然和當地農民談談話，犯了什麽罪過？"

"就不用那樣問，"柳慶生憤憤地說。"你看今天那個特務，還有什麽不知道的？半生不死，拘在這裏受狗氣！"他把空碗和筷子用力一抛，站起來接着說："什麽意思都沒有，活着比死了還不如。"

他們都站起身來，燕書長長的伸了一個懶腰說："我真想走了。"

"我也預備走，"朱遠說。"想回家去。"

"我也走，"柳慶生也說。"老白，你呢？"

"我？"心宇空空的回了這個字，就沉默了。隨後說："到哪裏去呢？我也不知你們要到哪裏去，哪裏更好。"

"更好的地方是沒有的，"朱遠說。"其實並沒有走來走去找地方的必要。"

"咦，你不是剛纔說要走嗎？"燕書說。

"我是不得已，"朱遠仰起頭來望着那新從一堆雲裏伸出來的半截透明的月亮說。"我剛纔收到了一封快信，我家裏的人祇怕都快死光了，要我寄錢去。快信！走了快兩個月。我要活，我也要他們活，所以我想回去找個事做，離他們近些，——再者，也避開這裏一下。"說着，他望了心宇一眼，問："心宇，你的表幾點鐘？"

"六點半，"心宇望着表說。

"你們談吧，我得上印刷課去了。"說完，他就揚揚手，轉向一個土坡走去，淡黑的影子在稀薄的月光裏匆匆地搖動着。

挑戰（又名"女兒"）*

第一章　生活開始熱鬧起來了

一

這天早上，設在堂屋裏的家塾，氣氛很不尋常。朱漆方桌旁的塾師椅子空着；四個孩子沒有按常規溫習功課，却爬到塾師的書桌上大喊大鬧，玩弄剛擺上去的香爐，爭着把積滿香灰的大錫香爐裏的檀香木片，一片片取出來，又按原樣插回去。香爐前面的桌子上，擺着錫製的祭具：中間一隻小香爐，兩邊一對燭臺，桌子前沿兩角放一對錫花瓶，插着花。灶臺上插着長長的紅蠟燭。小香爐裏插着三炷香。書桌前邊圍着一面金銀絲繡的紅緞臺圍。地上鋪着一個蒲團。書桌後邊的牆壁上豎立着一個又大又長的神主牌位，上面用大紅紙寫着五個楷書大字：

天　地　君　親　師

這一切跡象預示着一種慶祝活動即將開始。

孩子們大概是把香爐玩膩了，忽然直起身來，仿佛從夢中醒過來似的，彼此驚愕地問：

---

* 此部長篇自傳體小說是楊剛留美期間（1944—1948）用英文寫成的，1982年被發現，先由外文出版社出英文版，書名為 *Daughter：an autobiographical novel*（1988）。中文版改名《挑戰》，陳冠商譯，盧豫冬校，人民文學出版社，1988年。

"她怎麼還沒來?"

接着,那個大孩子似乎發覺他們吵得太響了,捂住鼻子"噓"了一聲,向其餘的孩子搖搖手,同時踮起腳尖,輕輕地朝天井走去。其餘三個孩子悄悄地跟着,走向書房隔壁塾師的房間。塾師房門前掛着一條棉門簾。那個大孩子從門簾縫裏探望了一下,隨即轉過身來,合着雙手,擱在耳旁,閉着眼睛,暗示老師還在睡覺。爲什麼他今天那麼貪睡呢?他們不知道。其實,曾老師像平常一樣,早就起了牀,吃過早飯。他向傭人問起過六小姐,知道她正在天井右邊的正屋裏向雙親和長輩辭別,因爲她即將上洋學堂去,等會兒還要到家塾向老師和兄弟姐妹辭行。曾老師知道六小姐要走了,不再是他的學生了,他倒滿不在乎,似乎同他沒有多大關係。但當傭人們開始打掃屋子,安排辭行儀式的時候,他捻了捻鬍子,背着雙手,走到天井中,木然地凝視着那棵大楓樹。那時,陽光正照在樹梢上。接着,他又回到房間,一直在那裏躺着。孩子們了解他的脾氣,知道他很不高興。

"但是,爲什麼六小姐還没有走呢?"其中一個孩子忘了老師的事,又問起來。

"我們去問問傭人。"大孩子說。

他向天井左邊的下屋跑去,一看,裏面沒有人;他又通過月牙門跑到花園裏去,也沒有人。

"都走了。"他邊說邊向書房走去,其餘的孩子在後面跟着。

"他們到那裏去了呢?"那個小的孩子問道:"是不是進城買東西去了?"

"當然是去送六姊上洋學堂囉。"大孩子不耐煩地回答,仿佛在責備他們連這樣明顯的事都不懂。"我們哥哥都上新學堂,而六姊是第一個上新學堂的姑娘,是破天荒的第一個……"

"別的女孩都不去嗎?"一個女孩問道,天真而且認真地望着哥哥,盼他解答。

"不去。"大孩子權威似地回答。"女孩子從來不上學堂,祇有我們男孩子去。"他揚起下巴得意地說。

"但是六姊又怎麼能去呢？"那女孩子執拗地望着其餘兩個孩子，指望他們給她一個滿意的回答。"在新學堂上學的哥哥們跟我說過，他們學堂裏是有女學生的。"

"但這是一所洋學堂。"大孩子頓時感到自己似乎被擊敗了。"你知道什麼？這是所洋學堂。你一進去，就再也回不來了，洋人把你從家中奪走。他們使你不聽父母的話，他們不要中國書，一切都是外國的。洋人要滅亡中國。"其實，他對自己的論點也有點懷疑，所以突然放低聲音說道："別人都這麼說的。"

那個小的孩子對這個自尊自大的哥哥很不以爲然，他向天井奔去，一路叫道："我不信你的話。我聽見你告訴爸爸，你也要上洋學堂去。你還說過你要到外國去哩。"

大孩子光火了。他追上去，但立刻站住了，因爲他聽見老師的咳嗽聲。可是當他看見那個小弟弟雙手叉着腰，挑戰似地在通向正屋的月洞門邊站着的時候，他忍不住了，跨前一步，一拳打過去。接着，擺着兄長的架子叫道："你什麼也不懂，你這笨豬。我是個男孩子，去了能抵制這些外國人。但六姊是個女孩，女孩沒有用……"

他的話被另一個男孩打斷。那男孩從月洞門望着正屋，突然拍手喊道："她來了！她來了！"

一群男女傭人從月洞門湧出來。帶頭的是個尖下巴、高鼻子的老漢，因爲上了年紀和嗜酒而稍微駝背。這老傭人姓朱。他不但在所有傭人中有權威，而且對孩子們也像長輩似的。他攬着一卷鮮紅的毯子，在一個十五歲左右的女孩前面莊重地靠邊走着。這女孩敷着脂粉的臉猶如滿月一般，彎彎的柳眼柔和地含着笑意；但掩藏不住激動的心情，懷着在這大家庭裏第一個進新學堂的女孩那種優越感，而對來來的生活却又感到不安。她的臉上和所有舉止都顯示出，她在極力克制由於背棄舊的習以爲常的生活而開始新的生活所惹起的極大的惶惑。她幾乎沒有留神孩子們衝過來向她致意。

這時，老朱拍着孩子的背，同他們一樣激動地說：

"是啊，是啊，六姊要上洋學堂做時髦女學生去了，你們應用功讀書，學她的樣子。"

孩子們不理睬他，衝到這女孩——他們六姊身旁纔站住。他們都想摸摸她那新的粉紅絲上衣和黑緞裙子，覺得她的手和光亮的長辮子，以及那漂亮的額前劉海，似乎都變得很新奇。

"六姊，"一個女孩撫摸着她的黑緞裙子問道："你爲什麼不穿你那條粉紅色的裙子？"

六小姐再也不能克制她的優越感了。她不禁笑道："傻妹，新學堂裏的女生是不穿粉紅裙子的！不像在我們家裏，她們都穿黑裙子。"

當中的大孩子做了個怪相。他雀躍地轉個圈，再回到原來的位置上，嫌惡地說："哎喲，時髦的女學生，我曉得，我曉得！沒有什麼了不起！爸爸說過，我明年也要進學堂。"

別的女孩們都用噓聲來嘲笑他，但是也並沒有反駁。一個女孩拉開書桌的抽屜玩起洋娃娃來。六小姐獨自在休息，傭人們則在安排儀式。

六小姐坐在光亮的朱漆書桌旁邊。抽屜空着，她的書、筆墨、硯臺、茶杯等都已拿走，讓給別的孩子使用了。書桌上空蕩蕩的，使她感到莫名其妙的空虛，仿佛是物品舍棄了她而不是她丟開了它們。她兩肘支在桌上，手指托着柔軟的下顎，呆望着垂下來的黃綠的楓樹嫩枝。柔和的朝暉在樹縫裏閃映着，好像是金色的花朵。

由於這場辭行儀式而頻繁地緊張活動之後，她要抓住這個小小的空隙來獨自沉思，但是又不知道從哪裏想起。本來，要父親讓她外出升學就不容易，想不到竟然讓她上洋學堂。事情起因於六年前，當她還不到九歲的時候，那時她同母親一直住在他們的老家——湖北省松門縣；她父親則在江西做官，身邊祇帶了一個妾侍和她所生的子女。有一次父親回到松門縣老家，說服她母親同意把她帶在他身邊，以便在他管教之下，在那邊的家塾裏更好地讀書。六小姐記得很清楚，他之所以送她上新學堂，是由於她比別的孩子聰明。她對於進學堂這件事當然非常高興。她又想起父親的話："讓她去吧！我要她讀書。這樣，她將能獨立謀生。我把她許配給一個紈絝子弟是個大錯誤。將來結婚之後，他肯定養不了她。我又不能失信於朋友，要那男孩子的父親解除婚約。我丟不了我的面子！"

於是她離開了母親，同父親、庶母以及同父異母的兄妹們住在一起。她父親多次遷調，步步高升，她一直跟隨着他，到過江西省的幾個城市。但她依舊祇是在家塾裏讀書。她一直抱怨父親不守信用，因爲他曾答應送她上新學堂。父親非常愛她，耐心地反復地解釋，說她應該等到學潮退後纔去。他不讓子女參加學生運動，不讓他們受學生運動那種反抗意識的影響。他幾乎懊悔把自己的幾個兒子送進了新學堂。他深怕他們參加學生運動，有坐牢的危險。由於擔心他們精神上和身體上的安全，他簡直急得發瘋。但是他這些話並沒有使六小姐安靜下來。後來，她母親死了，她由於母親臨終時她不在身旁而過度悲傷。又由於遠離家鄉未及奔喪而埋怨父親，怪他借口疼她、送她上學堂而致令母女分離。她常常跟父親鬧脾氣，要尋死，除非能滿足她上新學堂的願望。一直到半年之前，這位老人家終於明確地答應她進一所洋學堂。在那裏，沒有學生運動和反抗思想來影響她。而且，離家很近，她可以經常回家，家裏也便於照顧她。

回憶一幕幕地在她心頭閃過。她對於自己在這個願望實現之前曾當面或暗地裏埋怨父親，感到內疚。現在他的諾言兌現了，說明他是很愛她、很關心她的，而且很有耐心，儘管他的脾氣很暴躁，也是應當加以寬容和體諒的；倒是自己過去對他未免做得太過分了。她現在卻反而希望能同父親一輩子生活在一起，而不必上學堂去。學堂生活，對她說來畢竟是完全新的、陌生的。

父親這天起牀特別早，親自給她送行，仔細叮囑她，說新學堂有許多不良習氣，她獨自個兒到那背離儒家精神的陌生的洋學堂去，必須潔身自好。父親的殷切愛護使她更加感動。

"啊，親愛的，親愛的爸爸，"六小姐心裏酸痛地說："我爲什麼一定要離開您,到這樣一個陌生的地方去呢?"對於這個從來沒有見過的陌生的新地方,她心裏變得顧慮重重,原來作爲一個新學堂的女學生的令人興奮的自豪感,頓時消失了。她開始對即將出現在自己面前的學堂反覺疑慮起來。她摸摸自己的頭髮,它像緞子似的光滑。她的黑裙很好,頂合適,因爲她在北京大學裏的哥哥說過,所有新學堂的女學生都是穿黑裙的。她的鞋子,不錯,這是她剛買的一雙新皮鞋,相當硬。她不自覺地扭了扭自己的脚。她最擔心的還是這個洋學堂裏所上的課程。在家塾裏,她讀書總是考第一名,這正是她父親和老師喜歡她的緣故。她對所讀過的四書五經,都能一字不漏地背誦出來。她讀完了全部二十四史。父親得意地把她用文言寫的文章給他的文人朋友看。可是,在洋學堂裏,沒有這種課程了。在那裏,要讀英文和別的許多課程。她能對付得了這些新課程嗎?會不會因跟不上而丟臉呢?她一想到外國籍老師也會像塾師那樣因功課不及格而打她,全身就不禁顫慄起來。被陌生的外國人鞭撻處罰,將是最難堪的恥辱。這不但丟了父親的臉,也丟中國人的臉——父親剛提醒她別在外國人面前丟臉。他告訴她要記住孔夫子的話,而不要聽信外國人的話。可是,如果她不聽信外國人的話,他們會對她怎樣呢?

　　孩子們突然在一張書桌旁吵了起來,顯然是爲了爭奪洋娃娃玩。她瞪了他們一眼。頓時驚覺自己爲什麼還在等着。傭人已經把孩子們剛纔玩檀香木片時撒出來的香爐灰從方桌上抹乾净。老傭人老朱發現家塾裏還沒有備好爆竹,就打發一個傭人到正屋裏去拿來。一會兒紅紅綠綠的爆竹已縛好在一根長長的竹竿上,隨時都可以燃放了。一塊紅地氈鋪在厚厚的圓蒲團上,準備讓她去跪拜。

　　六小姐注視着這場儀式的整個場面。雖然在家塾裏,這並不是第一次。像這樣的儀式,每年在學期開學時都得舉行,她的兄長們上新學堂去時也要舉行。但這次却格外打動她,因爲是專爲她舉行的。

　　紅燭燃起來了,金色的火焰筆直地放射光芒。香煙繚繞,縷縷青煙在盤旋着。大香爐裏的檀香片也升起一團團煙霧。她那種激動的情緒不覺又轉回來了。馥郁芬芳的香氣，真使人陶醉而又興奮。孩子們圍在方桌週圍。傭人們忙亂着。六小姐無意中看到牆上長長的神位正中的"君"字，好像第一次發現似的，她不禁暗暗發笑，心想，民國已經十二年了，可是她竟然還在莫名其妙地跪拜君王呢！新學堂裏是不會有這種事的。

"大家別動，"老朱像往常一樣向傭人們發出權威性的指示，"少爺小姐們要安靜下來。現在我去請曾先生。"他對孩子們笑笑，走出這房間。

過了一會，他回來了，後面跟着一位中等身材的人。曾榮興先生還不老，大約五十歲，但頭髮已灰白了，這使他白皙的長方型的臉看上去更為和善，兩道粗短的濃眉又使他臉上有點嚴峻，然而也同他那兩片敏感的薄唇相映襯而顯得協調。為了適應這個不尋常的喜慶，他在深褐色的羊皮袍上又穿上一件通常作為禮服用的黑馬褂。他踏着方步，走進書房，站在門旁，一手撫摩着濃密的鬍子，一面朝着六小姐望去。六小姐和其他幾個孩子都站起來迎接。他帶着憂鬱的笑容似乎在說："哦，孩子，離開我們，你將會感到悲傷的。而你將來又會變得怎樣呢？"

僕人們已把一切安排好，儀式便宣告開始了。曾先生被請到方桌旁就位。但他祇跨上了幾步，站在紅地氈旁邊。六小姐在紅地氈上跪下來，向孔夫子行告別禮。木神位上的"師"字，就代表孔夫子。爆竹在天井燃放起來。孩子們天真的臉上現出莊重的表情。他們注視着姊姊跪拜了三次，每次都叩了三個頭。

她站起來，面對着老師，並向老朱瞟了一眼。老朱機警地走過去，笑眯眯地請曾先生坐到書桌旁，讓六小姐向他行告別禮。

"噯，噯，就在這裏好了。"曾先生用響亮的平靜的聲調說。他稍微欠身但卻不肯走過來。這個姑娘向他辭別，就要起程了。他在這裏教塾十年，當了她的老師，一向很喜歡她，感觸很深。現在她要去上時髦的新學堂了，那是個他完全不了解的不同的世界，那裏有新的制度、新的思想和新的生活。對於那個新的世界應當如何看待，他不知道。因為他以前的學生有各自不同的體驗。但有一點他是懂得的：對於這個正在成長中的姑娘的性格，他再也不能像過去那樣，對她產生決定性的影響了。

他一向認爲，這個姑娘既聰慧而又善體人意。他雖感到別離的悲哀，但決不是對她失望。他總覺得過去灌輸給她的知識太少了，但願再有個機會或者更多的時間來補償這不足。

正當曾先生思潮洶湧的時候，老朱極力敦促他坐下來接受辭別禮。

"曾先生，您一定得坐下。"他笑着，牙齒稍露在嘴巴外面。"六小姐始終是您的學生，您把她教得這樣聰明伶俐，使她能上新學堂去。她將來要做大事，有富裕的收入，將來不是您的學生了，……哦，老糊塗了，我是說，您瞧，……六小姐，六小姐……"他指着她，吞下了含糊的喉音。孩子們不禁笑起來。六小姐也爲老朱的嘮叨而感到困惱。

曾先生拍拍老朱的背，同情地點點頭。在胸前拱着雙手，對站在紅地氈上的姑娘說：

"恭喜你，品生！我很高興。"

品生跪了下去，聽到老師真誠的心聲，深感過去對老師太頑皮而內疚。

儘管此去上學的那個洋學堂，從家裏坐轎子去祇有半小時光景，可是她知道下次再遇到曾先生時，他們之間的關係，已經同她做學生時不一樣了。這位從小就年復一年地教她讀書的塾師，大概會變成一般客人了。這個聯想使她感到不愉快。她真的有點驚異，既然家裏有這麼一位學識淵博而又慈祥的塾師，爲什麼一定要到新學堂去呢？新學堂裏究竟有些什麼新鮮事物值得她捨棄家裏所有的一切呢？她內疚地跪在紅氈鋪着的蒲團上，向老師恭敬地叩了三個頭。當她站起來看到老師依然在胸前拱着手的時候，她從他凝視着她的目光中，看得出老師也同樣地存在着這個疑問。

品生垂下眼來，幾乎聽不出地輕聲說道：

"老師，我就要離開了，我希望能聽到你的一些教言。"

"我想同你散散步。"曾先生慢慢地說，一面回過身來。

枝葉繁茂的大楓樹，遮蓋着堂屋和天井，在朝陽的照射下，金光閃映，像一樹碎金。透過葉縫，可以看到明亮的藍天。舉目遠眺，好似突然發現閃爍的繁星就在你的眼前。這是個晴朗的日子，給人以春天到來的寧靜的感覺。

曾先生同品生邊走邊談：

"現在大家能够上新學堂是好的。在過去那些日子裏，男孩子總是離開塾師去應科舉考試，然後做官。他們幸運地建功立業，或者如老朱所講的那樣，'發大財'。"曾先生略爲擡起頭，指向正在離他們不遠的地方慢慢走着的老朱。

"但是，"品生仰視着他，懇切地回答說，"您告訴過我，錢賺得太多，貪得無厭是不好的。"

"你還記得這些話？"曾先生瞥了她一眼，摸摸鬚子，感到非常滿意，然後向前看，繼續說，"如今，男孩子和女孩子都離開他們的塾師，去上新學堂，還要到外國留學，……你喜歡那樣麽？"

品生覺得她的心在怦怦地跳，她那白皙的圓臉頓時紅了起來。她怯生生地問："這不好麽，老師？"

"不，這得看情況，但是他們當中有些人參加鬧學潮，像你那位在北京大學的三哥，你父親爲他擔心得要死。"他停了一會，望着品生。

她聽到老師提起學生運動，不禁也蹙起了眉頭。

"我知道你也擔心。"老師繼續說："你三哥德生，也是我最好的一個學生。"他沒有提到他自己對德生的擔心，却轉而談到他的另一個學生："你知道你在上海那位五哥的那個大學叫什麼大學？"

"復旦。"

"對，對，復旦大學。他離開了我到那裏去是爲了尋求新知識。可是他却在那裏學會了揮霍金錢。你父親也爲他擔心。現在，你進了新學堂會怎麼樣呢？"老師在長期教學中養成了一種愛提出反問的習慣。

姑娘轉過天真的臉來望着老師。她覺得用"去學習"這樣的回答是難以令他滿意的，因爲太空洞了。用另一種回答，像"爲了使我父親高興"或者"使我老師高興"，顯然也不對。她想要說出她渴望了解新事物和新世界，可是她却又不懂新事物和新世界是什麼。於是她把視綫轉向一旁，回答說："我不知道。"

"唉，我也不知道。但是我想，你將會成爲一個有教養的人。"

"您是說，不像我的那些哥哥那樣？"品生盼望老師說得更確切些。

"他們當中的那一個？"

"您剛纔提到我的三哥和五哥。我想您是不贊成他們的。"

老人思考着回答："你五哥偉生從來不是一個用功的學生，他現在習染了大城市裏的種種惡習。我對他不抱多大希望。但是你三哥德生向來是個明白事理的好孩子，他有很多理想。我不能同意他參加學生運動。然而，我和他的時代不同了，世界在變化，你們男孩子和女孩子都得學習以適應這種變化。有朝一日，我也許要成爲你們的學生。"

他們倆彼此都笑了。

"世界在怎樣變化，老師？"品生略爲沉思，問道。

"唔，"老師一手按在楓樹上，站在那裏說："我剛纔說過，我年輕時，人們都去應科舉考試。現在呢，科舉廢除了，學生們都得上新學堂去求知識。我年輕時，沒有學生運動這回事，人們也從來沒有聽說過。那時候的年輕婦女，除了窮苦人家之外，是不可以走出閨門的；而窮苦婦女之所以走出家門，祇是爲了到田裏去幹活。看看你現在怎麼樣：不但走出家門，甚至還要離開家庭。事態的變化多麼大！事情都倒轉過來了！千百年來我們爲人行事的准則，自古以來所依仗的傳統禮教，全都要同我們永別了。"他幾乎像說給自已聽似的，顯現着極度的憂傷。

品生模糊地感到他這番話的嚴重性。她尋思着他所說的適應這種變化的含意。她感到難過的是，馬上要離開老師了，老師的憂傷感染了她，她深情地凝視着他說："老師，我並沒有說是永別呀！"

老師愛撫地把手放在她的頭上，撫摩着她光滑的頭髮，說："那好，孩子。你不久將要回來的。可是你要多久纔回家來探望呢？"

"一個月。"

"唔，那不會太久。那時把你在學堂裏的情況都告訴我吧。"

"好的，我會的，老師。"

二

　　林德格侖女子高等學校是品生要去上學、去接受現代教育的洋學堂。它位於江西省安昌市的北門即永安門外。清朝時，在林德格侖女校建校之前，這一帶是個荒僻的廢墟，東面大部分土地是墳場。在狹長的城壕外邊，一條小街正對着城門，那兒住着幾家菜農。小街與城牆成直角，一座古老的石拱橋把小街與城內的街道連接起來。聽說在民國以前，這座橋和街巷之間的這塊空地，原是個殺人的刑場。

　　大約三十年前，一個美國傳道會看中了永安門外這塊空地。傳道會的到來，給這個地方帶來了很大的變化：高大的洋樓蓋起來了，建了一所醫院，一所男校和一所女校；一幢幢小洋房也建了起來，作爲傳教士和中國教會人士居住之所。隨着這地區的興建，菜農們的小街改變了過去荒涼的氣氛，變得繁榮而且人煙稠密起來。這裏的居民，主要是教會機構的雇員。教會的建築物，面對着城牆，當中隔着城壕，後面一直向北延伸到贛江邊。由於贛江對岸已開始興建鐵路，這些混合建築物後面也就建成一個渡口，因而這裏便成了一個重要的地方。

　　起初，林德格侖也同其他教會在中國的活動一樣，受到人們的普遍反對。無論在政治上、文化上以及精神上，都如此。在政治方面，中國人認爲自己的國家正處在世界的中心，數千年來虛假地懷着一種唯我獨尊的觀念，因而難以接受外國人到他們中間來教育他們如何立身處世。基督教教會工作在中國真正得以立足，祇是在西方現代武器取得實際勝利之後，這也許是個不幸的意外後果。一九〇〇年的義和團起義，這個著名的反對外國統治的人民起義，被西方八國聯軍鎮壓下去之後，基督教在中國便可以毫無阻礙地發展了。從這兩個事實中間可以想到，中國人堅持着獨尊的精神，關切地注視着教會活動的這種血腥的收穫。對於他們來説，所有高鼻子、深眼睛和白皮膚的人，不管他是不是傳教士，都是槍、砲和砲彈的象徵。他們害怕這些洋鬼子，鄙視他們的思想，認爲這些人是殺人武器的製造者。他們避開洋鬼子，像回避那些半神秘的不可知的惡魔一樣。

中國人在精神上信奉的是儒家的仁愛的理性主義，對於半神秘的上帝和耶穌基督的思想，與他們是不相容的。對他來說，人世始終是生命的中心。人死之後，不管好歹，靈魂仍要回到人間來，而不是到別的地方去。把生和死都歸之於天命，把命運寄托於來世，應當聽天由命。他們認爲，天是最大的神，編造了盤古開天辟地的神話，其後世世代代，繁衍生長。所以他們要祭天，要祭祀自己的祖先，祈求上蒼和祖宗的庇祐。將一個二千多年前死去的外國陌生人作爲宗教來崇拜，他們覺得不合理，甚至認爲是懷着惡意的文化侵略。所以他們對這種外來的新宗教采取漠視的態度，拒絕把孩子送到基督教教會學校去上學，直到後來大勢所趨，無法抗拒，纔有所改變。

由於這些原因，基督教到清帝國來傳教，正如在羅馬帝國康士坦丁大帝時代開始時那樣，也祇得從下層窮苦的民衆中開始。基於教會進行一些社會福利工作和利用宗教來安撫他們，所以比較容易爲他們所接受。

林德格侖剛開辦時祇是一所規模不大的男女兼收的小學，祇有兩三幢小建築物，作爲教室和宿舍之用；學生做禮拜還得走出校園，到另一座建築物去。後來這座建築物改爲中國傳教士的住所。

學生人數不多，大抵是些孤兒和棄兒，有些則是最早的一批基督教徒的子女。學校給那些無人照管的孩子以一切東西，他們被稱爲"學校的孩子"。這些學生，對學校費用幾乎分文不付。

後來，學生人數愈來愈多，需要給他們以高等教會教育，於是林德格侖便改爲女子中學，另外又辦了一所德雷伯男子中學。在林德格侖校園内增建了兩座四層的大樓。一座大樓前面是一排三扇門的大門，門前有一條煤屑鋪的寬闊大道。這座樓用來作辦公室和教室，裏面有一個大禮拜堂，每逢星期天德雷伯的男生都來同林德格侖的女生一起做禮拜。另一座大樓在辦公樓的左面，與它成直角。這是女生宿舍。一條狹長的水泥道從樓的小門通向辦公樓的左門。

考慮到中國在社會和政治兩方面都普遍地存在着保守觀念，林德格侖女校對女生的操行和學業管教作了嚴格的規定，除了少數中國傳教士的女兒之外，所有女生都必須住讀。她們每月祇有一個週末能夠回家去看望父母。城裏沒有家的女生，每月也祇有在年紀大的婦女陪同下纔能到校外去一趟。學生的所有信件都要被學校當局打開檢查。如果發現有關男朋友之類的流言蜚語，女生就可能被開除。所有關於國民黨或"五四"新文化運動以及學生運動等等的進步書籍，都被禁閱。課程中英語和聖經是最重要的。

這麼一來，林德格侖女校逐漸博得富裕的中國人士的信任，隨着沿海城市中新興的近代中產階級的成長，他們領悟到外國人的勢力和英語的重要性。逐漸地，林德格侖女校招收了一些付得起全部學費、膳宿費、書籍費等等的自費生，於是便有了兩種學生。

大多數女生是窮苦的自助生，她們要做些縫紉或者刺繡、編織和針織之類的活，像中國別的教會學校所收養的那樣。采取這種收養制度，一方面是爲了削減學校的開支，另一方面也使這些女生開始懂得不能完全依賴學校。她們製作的產品，主要是桌布、餐巾、枕套、牀單、窗簾和針織品。報酬按每個星期計算，作爲她們付給學校費用的一部分。縫紉活則由教會管理人員去做。這些產品拿到各大城市去發售。

畢業後，自助生有義務留在教會的聖經班和小學教書，月薪平均約五六元。其中少數——主要是中國傳教士的子女，享有學校保送升入基督教學院的特權。目的是培養教會中學的監督和教師。但工資比西人低得多。還有極少數女生，也許祇有百分之一，畢業後單方面廢除了這種義務，憑着受過這點教育，或者去結婚，或者到非教會機關去找個能賺更多錢的工作。

在林德格侖的女生中，出身於小康之家或者富裕家庭而能繳納全部費用的學生，祇不過六個人。她們幾乎全是非基督教徒，家裏都是反對基督教的。這些女生，除了隨時可以退學和畢業後離校之外，沒有什麼特權。她們多少被看作嬌小姐，因而成爲別的女生的友好或仇視的對象，這得視相互之間的個性是否相投合而定。

　　這所學校面對着城牆，牆外有城壕，俗稱護城溝。溝旁種着垂柳。古老的石拱橋在學校西面，由於離得太遠，林德格侖女校便在大門外修建了一條很狹的灰色木橋，架在護城溝上，成爲學校與城市之間的直接通道。校園內有一條寬闊的礫石路，可以通向四方形的高大的紅磚樓。樓前是一片翠綠的大草坪，給人以一種遠離塵囂的寧靜而純潔的感覺，體現了不可思議的西方文明的獨特的風格。

三

　　與這個美麗的西方文明的景色並存的，是靠近城牆邊的衰敗的城壕，它像條腰帶似的環繞着。古時候，它是爲了防禦敵人、保衛城市而挖掘的。自從大砲和步槍代替了弓箭、長矛以後，這條護城溝就不再被人重視了。城牆外面，沿着溝邊搭蓋着一些破舊的小屋。春夏間溝裏有水，婦人和姑娘們頭上插着紅花，提着一籃籃衣服到護城溝來。她們出現在柳樹蔭下，撥開了嫩綠的枝條，走到陡峭的溝邊，露出曬得黝黑的臂膀，用木杵在光滑的石頭上搥打衣服。搥打的回聲同潺潺的流水聲合成了一種和諧的節奏。姑娘們有時還隨意地唱着動聽的歌。男人們——主要是菜農，也會來到這裏。他們把褲脚卷起，拉到大腿上，肩上挑着扁擔，兩隻籃子在前後搖晃着。他們走到溝裏，把籃裏的蔬菜泡入水中，使它顯得鮮嫩些，比較容易在市場上賣出去。在這種時候，往往可以看到護城溝裏男女間的毫無拘束的質樸的談情說愛的粗俗場面。到了秋冬季節，護城溝乾涸了，看去就像個垃圾溝。穿着破衣服的男孩和女孩，常背着籃子，拿着帶雙叉的竹竿，來撿破爛，從中尋找還有點用處的東西。有時爲了爭奪少許廢物，他們之間竟像成人那樣進行凶猛的生死搏鬥。原來美麗的有生命的東西，在這裏都已腐朽了，變成了廢物。當初春降臨，大地復甦的時候，溝裏發出一股強烈的穢氣和臭味。

　　品生由她的庶母陪着，乘轎子到學校去。一路上她還在思考着父親和曾老師對她的忠告。她知道，他們之間的見解是有矛盾的：如果聽從父親的話，就應當墨守成規，留在家裏學習，她就沒有理由到這所洋學堂來；要是像曾先生説的那樣，適應時代的變化，那麼，她能一直跟隨着外國人麼？她在轎上看着護城溝一帶雖然頹敗但却充滿生氣的美景，内心不禁浮起了一種古雅的詩情畫意似的感觸。然而，當那莊嚴的方形紅樓以及門前那一片平整的綠草坪出現在眼前的時候，那種刻板而單調的整潔氣氛，却又使她感到沮喪。她的心開始不舒暢地跳動起來，仿佛被剥光衣服似的。她向坐在綠呢轎上的庶母——黎太太問道："姨娘，你知道她們這裏是怎樣生活的嗎？"但還等不及回答，她又嫌惡地繼續説："瞧，這些姑娘們，她們是怎麼走路的！她們的腰扭得那麼難看！"

黎太太是個性情温柔的剛到中年的婦女。她那低低的前額很美，那烏黑的眼珠和長長的眉梢很嫵媚。盛裝豔服，珠光寶氣。她出身於浙江的農家，由於長期負債，父親死得不明不白。那時她纔六歲，她和母親以及弟弟難以度日。不久，被叔父賣給一個有錢人家做奴婢。十五歲時，又被轉賣給現在的丈夫作妾。兩年後，她生了第一個孩子，也就是她丈夫的第五個兒子，取名偉生，意爲偉器，將來是個能任大事的人才。這是父親對他的屬望。他是品生的五哥。從此，姨娘在家裏的地位大大提高了，已經能同大老婆——品生的生母暗鬥了。後者死去後，更加强了她的地位。但她上頭還有專横的丈夫，她對家務也無權過問，對先前的黎太太的兒子也毫無威信。她對他們一直感到擔心，因爲他們都已成長而且看來比自己的孩子有出息。

她坐在轎子裏，連品生在説些什麼也没聽見，一心想着怎樣同從未見過的外國人打交道，並爲此而忐忑不安。轎子沿着寬闊的礫石路朝那座最大的紅樓行進。她看到一些外國人和中國人從樓裏向她們走來，便支吾其詞地説：

"也許我們該停在這裏吧？那些人來接我們了！"

轎子馬上停了下來。一個高高瘦瘦的外國女人熱情洋溢地帶着善意的笑容走過來，用生硬的高音的中國話表示歡迎：

"您好，黎太太。"

陪同她的是一位臉色紅潤的矮胖的中國婦女。她向品生走來。她那雙纏過而又放大的脚，走起路來的樣子是很怪的。這雙脚原先緊緊地纏過好多年，後來因爲在這學校裏工作，接觸了現代生活，就放足了。她在學校裏負責對外交際，其任務是接待有錢的來賓，並與地方官吏聯絡應酬。她對陌生人所表達的親熱勁兒與和藹的態度，使品生不禁爲之傾倒。品生素來遵照傳統的保守觀念，不出家門，除了同家人交往而外，從來不知道有別的交際。現在在陌生人面前不覺呆住了，很害羞，覺得自己很笨，不知怎樣纔好。這個女人拉住她的手，告訴她許多有趣的事情，關於她的"朋友們"，因職務上處理公共關係而結識的那些貴夫人們的情況。這就更使品生一句話也說不出來了。品生隱約地漸漸察覺到，這個女人之所以提及那些有名的官太太，無非是想使她發生好感，因爲這女人估計到，她們也一定是品生的朋友。隨後，品生很不自然地跟着她，走進了大樓裏一個有許多窗户的會客室。

會客室裏掛着一些繪竹和錄寫唐詩的名人字畫。不久，那個外國女人走了，留下這個處理公共關係的女職員陪黎太太談話。品生漸漸感到舒暢得多了，她開始注意起週圍的環境來。

會客室在紅樓的底層，對面是校長辦公室。這是她看到門上掛着的白色小牌子纔認出來的。兩室之間有一條橫貫大樓的長長的通道。會客室的大窗户都是朝着一個方向開的，外邊是兩個球場。她後來纔知道，一個是網球場，另一個是棒球場。球場的左邊，是一片既没有樹木，也不生青草的荒涼空地。球場右邊則呈現一派生機，有幾塊草坪、幾條石凳和稀稀疏疏的幾棵樹。再往右，是條煤屑鋪的狹長小路，可以通向校園圍牆那邊的一個小門。小路的另一端是曬衣場。當時剛好有幾個婦女在那兒忙碌着。品生不知道這些婦女是否即在護城溝邊洗衣的那些女人。後來纔搞清楚，原來校園裏有專爲洗衣用的水井。曬衣場旁邊是另一座紅磚樓。那位管公共關係的女職員告訴她，那就是她即將要在裏面住上四年的宿舍。

頓時鈴聲大作，整座樓發出了跑動的腳步聲和嘈鬧聲。過道裏擠滿了女學生，她們在高聲或細聲地説話。有幾張年輕而稚氣的臉向會客室張望。她們的頭髮梳成蓬松的波浪形，一瞥見品生，就伸伸舌頭，走開了。隨即有許多臉來張望，也都一閃就消失了。每張臉孔的嘴唇或眼神裏都露出嫌惡的樣子，有的整個臉繃得像隻發怒的貓。同時過道裏傳來聲音説：

"唔，粉紅色的絲衣服，真俗氣！"

"像個臭小姐，這麼神氣！"又神氣地説了幾句外國話，接着便是一陣笑聲。

品生通身發冷，望着黎太太。這時，黎太太正站起身來，打算回家了，囑咐品生要做一個好學生。品生頓時感到似乎被丟棄在這裏了，她咬着嘴唇，噙住眼淚，開始認識到她要獨自一個人留在這洋學堂裏，應付所有陌生的聲音和無數不可思議的事情。她回想起塾師曾經講過，應當適應這變化的話，難道她真的要這樣去單獨面對着這種種的變化麼？她自憐地撫摩着自己冰冷的手指，下意識地，一種不由己的滿懷驚恐的情緒，在迎接着這未來的生活。

四

在所有注册和入學手續都辦完之後，品生由接待她的女職員帶到宿舍去看她的房間。

房間在四層頂樓，是一個安置了二十多張牀位的大房間。

這時正是早上休息時間。一個苗條的姑娘站在房間角落的那一頭，在牀邊對着小小的牀頭櫃在嚼什麼，報着嘴，不時地拉動着牀頭櫃的抽屜。從品生這頭望過去，可以看到她那輪廓鮮明的側面，鼻尖微翹，嘴唇像兩片花瓣；烏黑的秀髮，松松地打成一條粗辮子，辮梢剪短了，一隻蝴蝶結用紅頭繩扎在辮上；身穿藍布上衣，配着藍色的裙子。

"哈，蔚文！"這位女職員本來是祇管接待客人不管監督學生的，這時却向她開玩笑道："你在寢室裏吃東西,被抓到了!看,麥克考萊爾小姐來了。"

蔚文吃了一驚,連忙關上抽屜。她那烏黑的眼睛顯得很害怕,簡直要發抖了。可是她迅即恢復平靜,輕快活潑地跑過來,噴笑着說:

"劉太太,好劉太太,我來幫你忙好嗎?哦,這位是新同學。"她把品生打量了一下,繼續說道:"她是在我們班上的麼?瞧,請把你的東西放到這裏來。劉太太,我來幫你拿。"她從劉太太手裏接過一隻方形的旅行包,放在靠近門背角落的一張空牀上。

"好,"劉太太笨重的身體也頹然地坐在那張空牀上。她用手指緊握着她那半裹的脚,繼續說道:"初中二,你的同班同學。哦,我還沒有替你們介紹呢,這是黎品生。這是譚蔚文。你們既同寢室,又同班級。你的行李都齊了沒有?那麼多!她家裏很有錢,你知道。好啦!你知道,她的中文很了不起!初中三!但是,自然,她的英文!唔,你可以幫幫她。"她遲鈍地站了起來。

"她英文是哪一班,劉太太?"蔚文急於要知道,想比較一下自己的英文好到什麼程度。

"唉,"劉太太帶着嘆息的口吻說:"兩個班都上,五年級和六年級。"她忍不住憐惜地笑了一笑。

蔚文抿抿嘴,不免感到有點自豪。

劉太太告訴品生,要高高興興,然後走了。

品生可憐地望着這張空牀和行李。她等待着蔚文說話。可是却看到蔚文要走開去了,也許是回去用膳,她不得不怯生生地說:

"有沒有人幫我鋪牀?"

蔚文忍不住笑了。她反問:"誰給你鋪牀?"她又添了一句,用訓誨的語調說:"在這裏,我們都是自己幹的。"

品生感到很大的侮辱。沒有回答,却大聲地說:"去你的!"由於這個誤會,她奇怪地從報復中激起一種奮發力,立刻自己動手把行李安頓起來了。

蔚文狠狠地盯她一眼，決意不理睬這位傲慢的大小姐。課間休息時間快過去了，她走回自己的牀前，收拾起一些針綫活，一邊走出去一邊喊道：

"我現在有課，我得走了。"她甩着用紅頭繩裝扮的辮子，在門外搖搖擺擺地像挑戰似的旋個半圈。

"多野！多麼無禮！她們在這裏學的是這個麼！"品生心裏不禁評論起來。在她的心底裏，那侮辱究竟在折磨着她。這十五年來，她生活上一直有人服侍，現在却受這個粗野的傢伙的教訓，說她不應該指望別人來替她做事，這意味着什麼呢？而且這麼粗野無禮。

既然没人幫助，就祇好自己來收拾了。她朝卷着的鋪蓋看了一下，試着解開繩結。不久，她發覺手指很不中用，在拼命解結的時候痛得幾乎發麻了。在惱怒中找出了一個手提皮箱，把它打開，但她想要找的東西却遍尋不獲。因爲來時行李並不是她自己收拾的。最後，她把整個衣箱裏的東西統統翻出來，好容易纔找到一把剪刀。她用剪刀把繩子一段段的剪斷，把東西撒了滿牀。

這時，她已搞得疲憊不堪，她的手也因太用力而紅腫了。她便坐在牀沿上，低着頭，用雙手托着，手臂支撐在膝蓋上，在那兒歇息。她幾乎想哭，但流淚畢竟太丟臉，因爲蔚文的態度使她覺得自己被人瞧不起，而整理鋪蓋那麼無能則又證明她是没用的。她慢慢擡起頭來，朝房間四週張望了一下。這地方整個兒使她覺得既難堪而又可恨。這麼大的一個房間，竟没有多少家具，祇有一排排小得可笑的牀，牀前各有一個粗糙的小牀頭櫃，而白色的牀上和牀頭櫃上也什麼都没有。她自己雖不會鋪牀，但看到牀上緊緊地蓋上的白牀單，有的那麼髒，有的地方破了，有的地方隆起來，像藏着什麼東西似的，她覺得真可笑。她難以想象，怎麼能睡在這小牀上而不掉到地板上。她家裏的牀大得多，睡上去，愛向哪個方向翻身都行，現在這小牀肯定做不到。更糟的是，牀上没地方可掛蚊帳，她從來没有不掛蚊帳睡覺的。同這裏的這些叫做"牀"的東西相比較，她家裏的牀簡直可說是小小的皇宮了。赤褐色的牀架，漆得很精致，還雕刻着各種圖紋，鑲着金銀。牀前的架頂伸得更高，有三塊雕着仕女圖的瓷畫鑲在上面，牀架正前方和下面，也都有同樣的雕飾。牀前的地板上還有一塊低低的小平臺，是供上下牀時踏脚用的。牀架和牀帳裏的套架，三面都有雕刻，而且都暗裝了抽屜，可安放些小物件。睡慣這種大牀之後，現在要睡到門背角落這張連蚊帳都沒有的小牀上，她真覺得好像赤身裸體那樣，感到很難受。那小牀頭櫃也是很可笑的，它怎麼放得下她的東西呢？她怎能在上面做功課呢？她真想火速回家，回到她自己房裏那張發亮的有許多抽屜和脚凳的大書桌旁去。這裏實在不算一個房間。它既不能住又不能做事。有那麼多的牀和那麼多的牀頭櫃，又同那麼多的人住在一起，她將不會有片刻寧靜。而在家裏，她可以避開一切人而獨自留在房間裏，需要什麼東西，祇要叫一聲後房裏服侍她的婢女就行了。此刻，她環顧四週，知道決不會有任何人肯聽她使喚的，要是再叫人，那就一定會像剛纔那樣被譏笑和受侮辱。在這裏，整個地方都很固執，連那普通而又難看的小白牀，也似乎僵硬地在盯着她，咄咄逼人地發問：“要那些耀眼的奢侈品做什麼？雕刻品啊，絲綢啊，緞製品啊，做什麼？做什麼？”

品生的目光慢慢地回到自己身上，看到那粉紅色的絲上衣，綠寶石鑲的手鐲和有花紋的綢裙子，她長長地嘆了口氣，站起來，卸去了首飾，脫掉了衣服，遍找衣箱，挑出了一件藍色絲上衣和一條黑色的羊毛裙子穿上，不由得倒在那亂七八糟的牀上，熱淚從兩頰滾滾流了下來。

五

這一天其餘的時間，她隨同別的同學上課和用膳，處處覺得自己像犯了罪似的受到姑娘們當面和背後的議論攻擊。當她在一二年級上英文課的時候，她仿佛感到，似乎被挑出來當作奚落的對象。她已經十五歲了，還要同這些幼稚的小學生一起從頭學起。她花了整整一個鐘頭，拼命想在班上找出一個同她一樣高大的女生。

大約晚上十點鐘，女生們下課回來了。這間大寢室頓時充滿了説話的嘈雜聲。姑娘們聚集在室中央唯一的那盞發着黃光的燈下。許多女生在縫製白的或藍的麻布製品。這是學校當局為窮苦女生自助而作的安排，因為她們付不起學費和膳宿費，這活計由校內一個職員分配給她們，計件工資，每星期由經管的職員結算一次。

姑娘們邊縫邊談。她們常常回過頭來看門背角落的那張牀。顯然，品生正是她們閒談的對象。品生假裝聽不見，還在收拾她的衣箱，把折疊好的幾件常用的衣服放到小牀頭櫃裏去，其餘的就祇能放回衣箱裏。姑娘們告訴她，要把衣箱推到牀底下，或者送到儲藏室去。有的姑娘走過來看她，蔚文也來了。

"哎，"一個南瓜臉的姑娘説："你的粉紅的絲上衣哪裏去了？"

沒有回答。

"她換了。"在一旁瞧着衣箱的蔚文答道，"難道她老是穿那一件衣服麼？她有那麼多的衣服。"蔚文是第一個同這位富裕的同學接觸的，她竟然有點兒以她的保護人自居了。

"哦，在這裏。"南瓜臉的姑娘拿起那件柔軟而且發亮的粉紅女服説："它能把人打扮得漂亮麼？讓我穿穿看。"她把女服披罩在肩上。

"我不要看。"蔚文把臉轉了過去："多討厭！——喂，品生，讓我來幫幫你，怎麼樣？"她不理睬那姑娘會發怒而反脣相譏，也不等待品生答應，就俯身去幫助這位新同學。品生對她這雙靈巧的手，幹起活來那麼乾凈利落而感到驚奇。

另一個姑娘走過來了。她身段苗條，個子較高，眼睛沉静，緊閉着嘴，前額寬廣而柔嫩，下巴勻稱而敏感，簡直是個典型的江西美人。她静静地站在新來的同學的牀邊觀望，然後用關心和溫柔的語調説道：

"你今晚能收拾得完嗎？燈很快就要熄了。"品生一仰望就接觸到一雙細長的眼睛所透射出來的同情的目光。她感到很樂意同她講話，問道：

"燈什麼時候熄？我很糊塗。"

"十點一刻熄燈。現在十點零五分了。我叫素貞，陳素貞。你呢？"

品生告訴了她。

"你母親會想你的,"素貞靜默一下,繼續說:"是嗎?"

"不會。"蔚文代替品生回答,一面急急忙忙收拾東西:"你弄錯了,那個同她一起來的太太,並不是她的母親。"

"哦。"

"品生不喜歡別人把那女人當作她母親,品生恨她。是不是這樣,品生?"

品生被這個女生的自以為是而妄加臆斷激怒了,她不哼聲,不理睬她。

素貞知道品生不高興,於是說:"是的,這個我懂。人們自然不高興把別的人當作母親。"她並不問品生為什麼恨姨太太,祇是說:"你的母親在哪裏?"

"去世了,我母親兩年前去世了。"

"是嗎,"蔚文插話說:"是這個太太,她毒死你的母親吧?"那時關於家庭爭妒的流言蜚語是很普遍的,蔚文自然也受到影響:"我想她也許是個壞女人。"

"我不知道。我祇聽說過,我的一個哥哥可能是她害死的。"這話剛說出口,品生就懊悔了。其實,她所聽到的,並不確實。事實是,姨太太的一個婢女,被她父親奸污並且懷孕四個月,姨太太發覺後就把這婢女毒打一頓,立即把她賣掉。至於胎兒後來怎樣,誰也不確切知道。傭人們都傳說是流產了,他們還斷言,一定是個男孩,因為懷孕的婢女的肚子很突出,要是女嬰,肚子就比較平些。大家都信以為真。品生生怕這樣生拉硬扯,將會損毀父親的聲譽,便趕緊終止談論這個話題,說:"我不知道。我不相信。那時我還沒有出世呢。"

"她損害過你嗎?"又有一個女生問。

品生眼裏頓時閃出一道晶瑩的目光,輕蔑地掃望一下,反詰道:"她怎麼敢?她可沒有那麼大的膽量!"

從走廊裏傳來了響亮的搖鈴聲,這是催促女生們就寢的信號。舍監是個老處女似的中國婦人，黃色的臉上滿是雀斑。她板着面孔，穿着睡衣，拿着銅鈴到宿舍裏來，把鈴高舉在頭上不歇地搖着，眼睛嚴峻地盯着姑娘們，像日常那樣命令她們："立刻上牀去睡！不然就要記過了。"於是，所有的女生都趕快回到她們的牀上。舍監走到品生那裏，指着那個還開着的衣箱命令説：

"立刻把這隻衣箱放到你的牀底下去。"

當她注意到品生已經把塞滿了的衣箱推進牀下去以後，就邊走出去邊繼續説："所有的女生現在一定要上牀去睡，就是富貴人家也得遵守規則。"

六

對於每個新生來説，來校初期的生活都是感到很不愉快的。到底這個時期有多長，主要依賴於新來者如何適應而定。要在一個全新的環境裏過得舒適，這得有一定程度的麻木感。人們總習慣於按照自己的方式行事，因而對此格外敏感。他們往往愛強調自由自在的重要性，總是以不友好的眼光來看待陌生的外界。這也許是由於追求自身完善的強烈願望，或者是由於舊的習慣勢力影響所致。

遠在品生出生之前，她母親就由於丈夫另有所歡而忍受着痛苦；再加以上有專橫的祖母，週圍有多疑善妒的姑嫂妯娌與叔伯兄弟，在這樣一個大家庭裏當家，使她與疾病結下不解之緣，終日以淚洗臉。品生是她最後一個孩子，排行第六。從嬰兒時期起，就由於奶媽乳汁不好而體弱多病，她自然就成為母親所鍾愛的掌上明珠了。母女間彼此同病相憐的強烈感情，促使她倆相依為命，結成一體，遠遠超過一般父母子女之間的親切關係。當品生離開家鄉松門縣，同父親住在一起，准備上新學堂的時候，這種結合，又轉而為父女之間的親切關係。她成為父親晚上的伴侶，兩人常常相對無言地靜坐，或在一起看書。他給品生唱京戲，或者帶她爬山，以此為消遣。父親成了她唯一的朋友，她既同他一起分擔寂寞與憂鬱，也同他分享幸福與歡樂。

可是，她對她父親的愛並不是那麼平穩的，在她內心深處陰暗的角落裏朦朧地感到，她對父親的愛，意味着對母親的不忠實和傷害。當她聽到父親從容地一再以乞求的口吻講訴他同她母親之間的歧見的時候，她又感到他既可憫而又可恨，對他難以理解。他那急躁的脾氣，突然的暴怒，使她心裏留下了傷痕。她怨他偏心，將她五哥偉生送到上海去上大學，而把她留在家裏。關於她的婚約這件事，也不能原諒他，這不僅因爲她了解這門親事的錯誤，還因爲父親明知對方是個敗家子，却出於唯利是圖的私心，怕損及他的好機遇而不肯解除這婚約。所有這一切，加上感受到母親身受的痛苦，在她的心裏，父親的形象，有時便像被撕裂的圖畫那樣，全然顯得支離破碎了。

她被這些夾纏着的嚴酷感情所苦。多年來，一直夢想離開這個家，像富於天才想象力的神奇而美麗的傳說那樣，離開這個污濁的塵世。她反復地幻想着，希望有朝一日，能夠像傳說中所說的那樣，高高興興地在空中翱翔，過新的生活。然而她再三感到失望，白白浪費日子，依舊祇是同這老人在一起，從讀書和繪畫中享受到一點樂趣。她曾覺得自己很了不起，在家裏，享有獨一無二的地位，受到鍾愛，這使她變得高傲而任性；當她那遨遊太空的幻想破滅後，則又變得輕蔑自己。她既對世界抱懷疑態度，却又非常信任普通的人。有時顯得冷酷淡漠，有時表現出熱情坦率。由於一直懷着儘管是不自覺的然而却是深切的想離家的願望，促使她堅持要上學校去。她從來不知道什麼東西在吸引她，也並不想學習它們。因此，面對着當前這個變化，她感到難以接受，更加難以忍受這種困境。

林德格侖女校所接受的，就是這樣一個新來的學生。首先，沒有什麼熟悉的東西使她感到依戀，也沒有什麼使她感到稱心。在課堂上，語言是個主要的障礙，雖然她的英語學習進步很快，可是她仍然感到當使用英語的場合，簡直像根木頭。她擔心同學們會經常議論她，外籍教師一定認爲遇到她是件倒楣的事。連上中文課她也感到不開心，認爲課本一定是些愚蠢的商人編的，那是新聞記者所寫的一些雜亂的近代散文，最爲父親所瞧不起的。此外就是一些她早已熟讀的唐宋古文。那禿頭突額的老師又沒精打采。他戴着一副很重的眼鏡，隨時都會滑到鼻尖上來。他祇顧朗讀課文，很少花心思去講解；而在敢於講述的時候，就低下頭來，眼睛一半透過眼鏡框來窺看女同學，好像在窺探什麼秘密似的。其實，在他面前，有何秘密可言！

要適應外界環境，並非易事。她必須拖地板，這是每個學生天天要做的體力勞動的一部分。她覺得，那些燒飯的廚子很傲慢。還有，她得學會在一個有二十多個女生的房間裏睡覺。這些女生經常吵鬧，她認爲她們之所以喧嘈，是由於她們出身窮苦。還要經常地天天祈禱，到教堂去做禮拜，她覺得這是愚蠢的，猶如外國人講中國話時故作笑容那樣既生硬而又無聊。這個地方，是如此支離破碎，不調和，而她自己却漂浮在上面，也感到困惑不解。

這種漂浮當然是不適意的。當她拖地板的時候，認爲這種活本該是由僕人做的。她在這裏祇是與以縫紉自助的窮學生們同等待遇，而她們所穿的衣服，連家裏的婢女也不如。遇到飯菜不好而生氣的時候，她不敢像在家裏那樣，把飯碗摔在地上。有時即使同老師意志相左，也不得不去上她所不願上的課。她的行爲舉止，不僅受到多方面的限制和監督，而且，實際上是生活在磨盤之中，被它磨得粉碎。已往的生活被粉碎之後，怎麼樣呢？她能重新建立起來麼？是什麼使這個學校的生活成爲這個樣子的呢？所有新學堂裏的生活，都是這個樣子的麼？他們經常宣揚全能的上帝，並說人都是上帝的子女，因而大家都是平等的。但她却一向認爲，她在家中是凌駕於婢僕之上的，是理所當然的。他們這種思想，使她覺得很不愉快，因而產生過要離開這學校的念頭。她之所以沒有離開，並不是怕父親從此把她關在家裏，完全是出於堅韌和好奇，她要堅持學習這種新的生活。

七

一天，品生正在曬衣場隔壁的洗臉間洗衣服，一面同素貞閑談。她倆並肩走到一排排長長的面盆架前。這裏通常是洗臉的，用的是很大的面盆。洗衣架的頂上，放着素貞刺繡用的綳架和一個小小的針綫包。

品生是沒有什麽可洗的。她的衣服，每兩星期由僕人拿回家去洗，同時把已洗乾净的衣服送到學校裏來，並給她送些家裏特地爲她做的菜，因爲學校裏的伙食，既差又少。爲了同素貞在一起，她帶了些衣服到洗臉間來，邊洗邊同素貞聊天，同時看她的刺繡。這件手工繡品是塊長的白桌布，布邊用藍綫繡成犬牙形，裏面是一圈用十字針繡成的長方形，下邊還用紅、綠、藍、黄四色繡了三座北京型的牌坊，其中兩座已經繡好，還有一座正在刺繡中。這塊桌布繡得很美。品生要求素貞教她學刺繡。

"這得花很多的功夫。"素貞由於洗衣過於用力而氣喘吁吁地回答，"而且，你也用不着去做。"

"我可以在家裏做。"品生應答道。她小心地把綳架放回洗臉架上，因爲素貞曾不斷地提醒她別弄髒了。她拎起一隻長襪，把它抖開，再慢慢地對折，絞乾，一面繼續説下去："在家裏，我從來沒有做過刺繡。我母親教過我，但自從離開母親以後，我再也沒有摸過一根綫，所有的事情，都是傭人做的。"進學校以來，她常常提醒自己別把這種事告訴別人，上次整理行李的經驗，使她感到自己因爲太無用而受人輕視。但現在似乎有所不同，她同素貞很親近，就不必如此提防了。她繼續説："但是現在我喜歡刺繡了。你們大家都做，我爲什麽不呢？而且，這很美。"

"要是我是你，"素貞説："我纔不繡哩。我要把所有精力全都放到學習上去。可是現在，我却没有時間讀書。你知道，我是深更半夜起來繡花的，它減少了我的睡眠，耗費了我的精力。要不是爲了這個刺繡，我現在該是高一了，可是我現在還在初二。"

"怎麽會這樣？"

"我沒有時間讀書呀。"素貞感到疲勞，嘆口氣說："不能好好讀書，就考不好；刺繡花掉我太多的時間。"

"那你爲什麽不多花點時間來讀書呢？"

素貞驚訝地望着品生，反問道："你不知道我爲什麽要做刺繡？"

品生想了一會，迷惑地回答："我聽說過，你給學校幹這活兒，他們付給你工資。但是我不明白你爲什麽要花那麽多時間在這上面。究竟你到學校裏來是幹什麼的？你可以在別的地方刺繡，但是在學校你就得學習。"

素貞看出了她的新朋友對於學校裏這種必要的刺繡活一無所知。對於有錢人家的姑娘如此認識現實生活，她感到驚奇。她很疲倦，也不想再進一步解釋。她是個孤兒，不但讀書要靠學校，全部生活也都得靠學校。事實上這學校裏有許多像她那樣的姑娘，因爲基督教要幫助窮人。她祇是説：

"我的刺繡活兒，必須做到足以償付我在這裏的學費和膳宿費。我現在仍舊欠學校很多的債。畢業以後，不知要多久纔能還清這些債。"她邊說邊洗，彎着腰俯在面盆上，疲乏的雙臂伸得筆直，用力搓着，默不出聲地對付那一堆像野獸似的難磨的衣服。她沒有足夠的肥皂，污穢不容易洗掉。洗衣服的吃力程度，就像她要繡完一件刺繡品那樣艱難。

品生對她非常同情，非常憐憫，但她從來沒有想過要幫助她的這位朋友。在家裏，沒有人需要她的幫助，她也從未幫助過別人。她祇是覺得很奇怪，素貞花了那麽多的勞動力，結果將會獲得多少報酬呢？因此她問；

"這塊卓布你能拿到多少錢？前幾天你用藍綫繡上小麻雀的那塊小的，得到了多少？你繡那些小麻雀，要花多少時間？"

"不是這樣算的，"素貞回答道，"我們繡一隻隻麻雀，一座座牌坊。繡一隻麻雀給五分錢，繡一座像這樣的牌坊，給兩角五分。如果我一直繡不歇息的話，一隻麻雀要繡半個鐘頭，一座牌坊則要繡兩個鐘頭。但是我得非常細心地繡，管刺繡活的藍小姐說過，要是繡得不好或者繡壞了，北京教會人士或者商人就不肯買。"

"你是說，一隻完整地繡好的麻雀衹值五分錢麼？"品生驚叫了起來。她對於勞動的價值是不了解的，素貞艱辛勞動衹值五分錢，給她的感觸確是想象不到的。她非常厭惡地繼續說："多可怕！那你不是成了他們的奴隸了麼？"

素貞那雙敏感的眼睛迅即轉動了一下。"奴隸"這個字眼，是令人感到傷心的。她不管多窮，幹活多艱苦，可是誰也不願意被看作奴隸。然而她什麼也沒有說。她從盆子裏撿起一件帶襯裏的布上衣，用雙手把它擰幹。這雙手被肥皂水泡得發白了。她擰擰停停，那雙細細的不寧靜的眼睛瞥了品生一眼，回答道："品生，我正在受教育，你知道嗎？想想你家裏的僕人們……"她又瞥了品生一眼，却正好同品生那閃閃發亮的目光相遇。她繼續說："別生氣，品生。你記得前兩天到這裏來的你那個婢女麼？她得到多少報酬？而且，她能為她的工作而受到教育麼？"

品生的臉頓時變紅了。正是這個婢女，成為她進校以來的痛處：同學們拿這個來嘲笑她。儘管她把這事當作是她們的妒忌，但是心裏總覺得蓄養奴婢是錯誤的。她的婢女衹到過學校來一次，她已立即告訴家裏，叮囑別再派她來了。現在素貞竟如此不友好地觸及她的痛處，她便不假思索地竭力替自己辯護："但是，她是個婢女，而你是個學生。你以為你像奴隸一樣麼？……"她由於光火而說不下去了。

素貞默然無語。

"你這話是怎麼說的？"品生詰難道。她被這沉默刺得更痛了，因為沉默意味着蔑視。

"我在想，如果我不是進了這學校，也許我已經做了你的婢女了。"素貞痛苦地回答。一想到這點，她心裏就發顫。

品生把內衣啪的一下扔回盆裏去。這個侮辱和刺激，使她受不住了。她轉過身來，對着素貞喊道："你說的是什麼？"

没有回答。

"説吧。"品生繼續大聲地喊:"説我如果沒有父親可以依靠,我也會成爲一個婢女!你愛怎麽説就怎麽説吧。説啊!"

素貞也怒火上升了,蒼白的臉變紅了。但她仍克制着自己,繼續洗衣,並且極力忍耐着。她答道:"我並沒有説這話。要是你願意這麽想,隨你高興好了。"她繼續説,聲音也高起來:"我所知道的是,我在出賣勞動力,爲的是要受到教育。我不是什麽人的奴隸,我靠我自己,並且爲我自己的未來而工作。奴隸還是學生?對我是一回事:當一個人沒有錢的時候,她就被迫做奴隸;當她有了錢,她就是個小姐,或是學生。我沒有錢,但幸運的是有這個學校,我可以作爲一個學生而自謀生活。結果呢,你祇好同我們這些窮學生在一起。我知道你從來沒同我們平等相待。你總是傲慢,自命不凡。你的聲音,你的眼睛,你對我們的態度,都清清楚楚地説明了這一點。我不是説你有意這樣,但誰都可以從你眼裏看出,似乎我們比你低一等。但是我認爲不是這樣。"她嬌嫩的臉凝聚着深深的尊嚴,一滴憤怒的熱淚,在她眼角裏抖動着。

品生這時認識到,她一開始就傷了她的朋友的心。然而,她決不是有意的。她傾聽着素貞的批評,意識到她自己與窮苦同學之間,隔閡是多麽深。她感覺到,她們認爲她是高傲的,難以接近的。她把這歸之於她們對她的富有的妒忌。同學之間,彼此猜疑妒忌:窮學生認爲,有錢的學生,由於學校要迎合她們有勢力的家庭背景而得到更多的優惠;而有錢的學生則妒忌窮學生,認爲她們是基督教徒,更得到外國人的寵愛。妒忌是普遍的心理。品生平時從來不想讓別人特別看得起她,祇是想討她們的諒解。她認爲,素貞非常美好,非常賢惠,決不像別人那樣小心眼。素貞一定知道,她從來沒有驕傲自大,看不起同學。因爲從來沒有這種意圖。她回顧所有的思想行爲,覺得她不但沒有看不起別人,相反,倒急於要在一切方面同她們一樣。她從來沒有認爲她們的窮困是她們的恥辱。然而,素貞現在却那麽自然、那麽滔滔不絕地責備她,仿佛她對品生了解得非常深透似的。素貞不顧她們之間的友誼,祇顧記牢自己出身的窮苦和艱辛,因而把品生從來沒有想過的念頭,都看作是她身上的壞東西了。這些思想湧上了她的心頭，品生感到自己受了很大的委屈，她被惡意地誤解了。她也不想作解釋，扔下了盆裏的衣服，懷着滿肚委屈和怒氣，跑上樓去了。

八

星期六晚上，照例不用上夜自修課。可是，基督教女青年會林德格侖女校分會每月要舉行一次文娛活動，場所就在飯廳裏。剛吃過飯，姑娘們就動手打掃，搬掉桌子，把椅子排成一排排長行。姑娘們有說有笑，把木器家具拖來拖去，形成一片喧鬧聲。品生張望了一會，看看人群中並沒有素貞，而蔚文則正好同大家一起忙着：她那小個子在用力地把一張大圓桌推到過道去。她把袖筒一直卷到臂肘上，那雙大眼由於用力而睜得更大了。桌子脚在水泥地板上磨擦的響聲，使她的眼睛一眨一眨地在閃動，牽動了面頰的肌肉，顯得緊張而僵硬，好像將要挨打似的。她那一頭蓬松成波浪形的好看的烏髮，有一綹從前額落到左眼上，她衹好不斷地甩頭，想把這綹頭髮甩上去。她也不時地到處張望，似乎在找人幫忙。她終於看到了品生，點點頭，並做了個怪相。品生便走過來，幫她把桌子擡起來，放到過道裏去。蔚文松了一口氣，並說：

"別跑，幫我把這些桌子也搬走。"

她覺得品生真怪，別人忙得要命，她却袖手旁觀！她用雙手把落在左眼前面的那綹頭髮撥攏到後面去，不料反而把更多的頭髮弄松了，都落下來了。她索性置之不理，煩躁地說："由它去。總有一天我要把這些頭髮統統剪掉。"

於是，她們走到另一張桌子跟前，不大費勁就把它搬走了，蔚文看到品生一直悶悶不樂，就意味深長地望着她說：

"嘻，這容易多了。你這懶東西，剛纔還冲着我笑呢。"蔚文有這個本領，責備別人而不惹人生氣。衹要她願意，她從來不會失掉朋友。

儘管這是開玩笑，品生却臉紅了。她也奇怪，自己爲什麽光看着別人艱苦地勞動，竟連幫忙的意願都沒有。她正想說："在家裏，這些事都是傭人們幹的。"但她終於克制住了，祇是笑着，冷淡地說：

"我没笑過你。"

不久，桌子都搬光了。有些姑娘則在擺椅子。校役在拖地板。

蔚文看到品生想要走了，就走上前去，拉住品生的臂膀，邊拖着邊說：

"讓他們拖地板去。呶，椅子就在過道外面，我們去把它們搬進來，把它們排好。"

蔚文很了解，品生從來不會看不起勞動和週圍的窮姑娘。她喜歡同品生在一起。當然，現在又需要她來幫手。

品生覺得這裏就像一個遙遠的地方，感到很隔膜，勞動對她來說也很陌生。但是她依然同蔚文一起去把折椅搬進來，又把它們一張張排起來。她心裏對自己這樣做老是覺得很奇怪。她希望能夠獨自思考一下。

一個胖姑娘穿着一件黑白格子的羊毛衫走過來，拍拍品生的肩膀，勉强地笑着說：

"啊，你也來幫忙，好啊。"

品生認得這個姑娘，她是中文班的一個同學，名叫裘英。她記得在那個班上，她是唯一的一個無需靠繡花來繳學費和膳費的同學。但她同裘英這一相似之點，並不能使她們更親近些。她不明白，裘英讀了那麽多年的書，爲什麽每次作文還得請她幫忙。這時，她坦率地忿然答道：

"當然，我也來幫忙。而你呢？"

"是啊，幫幫我們的忙吧，裘英姐。"蔚文接上去說。她睜着那雙令人喜悅的大眼睛，帶着懇求的神色，望着這個大個子的姑娘。低年級的學生總是帶着一種奇怪的敬畏來看待高年級的同學的，要不是品生先說，蔚文是不敢請裘英幫忙的。

"唔。"裘英那雙因胖而擠得細細的小眼睛，漠不關心地打趣說："我不是女青年會會員，也不是基督教徒。"

品生冷然。而蔚文却回答得更歡了："裘英姐，你不必是女青年會會員或基督教徒纔能來。你會明白，我們今晚的節目是爲大家準備的。"

"原來是這樣！"裘英乾巴巴地說："但是，我得去做三角習題了。"她驕傲地走開了。她感到不用幹活而能上學很得意。

"真是一頭猪！"蔚文低聲地說。品生沒做聲。她認爲蔚文是對的，決定給她幫忙到底。

事情做完後，品生上樓去，疲倦地躺在牀上。蔚文不久也來了，她穿衣打扮，準備去參加晚會；她請品生也打扮起來，因爲時間已經很遲了。可是品生雖然出了力，却不願去參加晚會，這使蔚文感到吃驚。

"你還是去的好。"她說。"許多老師也會來。今天晚上是很有趣的。"她想到英文教師巴莉小姐、校長麥克考萊爾小姐和女青年會顧問藍小姐，覺得品生也應當去見見她們。於是她繼續說道："第一次你沒有去，因爲感到陌生。上次你回家了，你每月探一次親，到星期天早上纔回校。現在你沒有借口了，如果你再不去，那就不好。"

"我不在乎好不好。"品生有點惱怒，把臉轉向牆裏。"女青年會算什麼？它是幹什麼的？"

其實，品生對女青年會的集會倒是有興趣的，她想知道姑娘們在那裏幹些什麼，蔚文爲啥這麼受到吸引？祇是由於她白天同素貞吵了嘴，覺得心裏有個疙瘩，不想同別人在一起。

蔚文很高興有個解釋的機會，於是滔滔不絕地生動地描述女青年會和它的活動情況，說它多快活、多有影響和有意義，在那裏，你會遇到沿海城市的著名人士，等等。最後，她說："你知道，中國需要它。"停了一會，她又重新增強了信心，繼續說："中國需要女青年會。許多著名人士都這麼說，中國需要它來促使自己成爲更美好的國家。"

品生頑强地沉默着。蔚文穿好了衣服，走到品生的牀前。她的臉搽粉後很好看，全身打扮得很勻稱而又樸素典雅。她似乎有點兒動感情了。

"你去吧？"她搖首弄姿地懇求道。

品生不爲所動，祇是搖搖頭。她的臂肘支在枕頭上，手掌托着頭，臉上的笑容似乎在表示歉意：她知道這一切很有意思，但是，很抱歉，我仍不打算去參加。

蔚文覺得品生自尊心很強，既固執而又鎮靜。她感到這不但是可以理解的，而且在某種意義上也是值得欽佩的，因爲品生出身名門。但是，她顯然由於不愉快而板着面孔走了出來。

十一點鐘左右，姑娘們都從開晚會的餐廳回來了。品生雖然已經上牀睡覺，但依然醒着。下午同素貞的劇烈爭論和晚上的事情，在她心中翻騰起萬端思緒，感到很混亂而苦惱。不久，素貞像通常那樣靜靜地回來了，一手掛着襪子，一手掛着內衣。她那個繡花架老是隨身帶着。她在品生牀前站定，把一雙襪和內衣扔在牀上。她看也不看品生，說道："是你的，還沒乾透呢。"她從聚集在燈下的一堆人旁邊走過，一面回答着關於晚會的一些問題。隨後，她把自己的濕衣服一件件掛在小鐵牀的牀欄上，上牀睡了。她的行動和她那幾乎是毫無表情的美麗而蒼白的臉，流露出憂鬱的神色。那憂鬱像口古井，深深埋在她的心底——坦率、嫻靜而不願得罪任何人。

九

星期日是個可憐的日子，像一張嚴酷的灰色的臉，低垂着凝注大地萬物。樹枝沉重下垂，柔軟的枝條靜默地像含淚欲滴。品生昨夜沒有睡好，在好幾個鐘頭裏，腦海裏總是一幕幕地閃現着往日在家中生活的情景，使她難以成寐。

她感到，下午對素貞的侮辱並沒有減輕她的痛苦，她很吃驚，沒想到素貞對她竟作出那麼尖銳坦率的批評。起初，她確實曾以自己的優越感來傲慢地責怪素貞對她的愚蠢的妒忌。在這靜寂的深夜裏，濃密無邊的黑暗完全把她封閉在她自己的內心深處，痛苦就像蛇的毒舌那樣深深舐入她那隱蔽的記憶之中。記憶像是爲它自身長期完全被忽視而謀報復似的，膨脹成一片片活生生的世界，向她展現了前所未知的一切醜惡：她的所作所爲，她有過的思想，說過的話，現在回憶起來都成爲新的苦惱。

往事湧上心頭，幾乎使她感到羞恥、奇怪，而且難於理解。好像是另一個世界、另一種教化意外地闖入了她的心坎，使她失去了習慣於過去安穩、美好的生活的那種思想感情，而爲回憶所苦。

這事發生在什麼時候，她記不起了。一天早晨，她在自己的房間裏，覺得喉嚨很乾，很渴，而外面，在黎太太的房間與她的房間之間的大廳裏，有一個經常保溫的茶壺，放在一隻襯有厚厚的棉花的木桶裏，這木桶漆成金黑色。她如果不喜歡這茶，可以到小廚房裏去。小廚房在大廳後面不遠。這是專給家裏人，特別是給黎先生做菜用的，因爲有時候大廚的廚子的菜做得不可口。遇到這種時候，黎太太往往就親自下廚做菜。品生也可以到這廚房去爲自己沏壺新鮮的茶。可是她不喜歡這樣做，她去喚婢女。通常，叫人祇叫三次，不管這婢女是否聽見。她知道，所有的僕人祇要一聽見她叫喚，都會緊張地把婢女給她找來。她記得，當那個女孩子進來的時候，她抓住她的頭，猛烈地向書桌撞去。回想到這裏，她心裏羞愧得怦怦直跳。她再想起自己喜歡殘忍地看到這些可憐的奴隸在她吆喝下竭力忍住不敢言語的那種情景。她躺在牀上，全身不禁一陣冷一陣熱地感到不好受。

"啊，天哪！"她在心中嘆道。"我一直沒有把她當人來看待。在我的心目中，從來不把她看成像我一樣是一個人，也從來沒有認爲她是畜生，祇是把她看作一個奴隸，而奴隸比畜生還不如。人們不會像那樣子打一頭畜生，倒是有點憐憫它，因爲它是活的，也會有痛苦的感覺，而奴隸則好像沒有生命似的。她存在的唯一目的，就象一架會走路的機器似的，放在你身邊供你使喚。一旦主子被冒犯了，你可以把那機器打得粉碎，絲毫不會感到難過。"

她知道，在對待僕人方面，也是如此，雖則僕人在受到虐待時可以不幹。她記得有一回，在吃飯的時候，她覺得湯做得不好，就把廚子叫來，把一碗滾湯潑在他的腳邊。她過去怎麼竟一直無視這些人的存在呢？他們似乎不過是用來做這樣那樣的工作的工具，他們的腿是用來聽命奔走的，他們的手是用來洗衣、打掃、做飯的，他們的嘴是用來説"是，老爺"的，他們的腦子是用來理解主人的情緒和執行命令的。這些器官他們全都有，然而他們不是具有感情、欲望、憂患和人格的人。如果説他們確實是有的，那麼她却從來没有認識到。對她來説，這純屬小姐與僕人之間的事。小姐祇能被服侍得高高興興，而不能令她不愉快。小姐的命令要是不執行，就要給予懲罰，從而提醒僕人：她是小姐！小姐是一架自我作惡、毫無感情的機器，它要粉碎任何别人，使他們記得她是小姐。這實在是她從來没有夢醒過的相互關聯的一個世界，她生活在其中，却完全不可能認識它。她向來覺得她生活得很自然，似乎是天生的。可是使她過去感到自然而完美的事物，現在却變得可怕而難以適應了。

當她過去的經歷在心中反復翻騰的時候，就覺得更加慌亂了。她不明白，爲什麼會發生這些事，而她的行爲又爲什麼不被制止？事實上，比起家裏別的人來，她並没有做過更多的壞事。在家裏，她對於自己對待奴婢的態度有時感到有點不安。有時候，也模糊地感到，由於那個姑娘對她憎恨而有所耽慮。但是，對於她的行爲，家裏没人會瞧不起她，因爲她祇不過是模仿家裏比她年長的人長期的所作所爲去做罷了。那些年長的人爲什麼要這樣做呢？難道真的像人們在教堂裏所説的那樣，全都是魔鬼引起的麼？思想、記憶、疑問和幻想，很快地糾纏在一起，合成一體，但隨即又破碎了。因而下半夜她盡是做噩夢。早晨醒來的時候，看到天空空幻得無法形容，它灰暗而深沉地混亂得如同虛飾，她依然以爲是在做着噩夢，苦澀地對這陰鬱的白天感到疑懼不安。

逢星期天，所有女生都得穿制服——冬天是黑布校服，夏天則是藍邊白布的校服。因爲雨季天氣不太熱，她們全都穿上了黑制服。有些姑娘用粉紅或綠色的絲帶縛在頭髮上。有些姑娘爲了增加假日的氣氛，還摘了些野花插在衣上。因爲這一天附近那所教會學校——德雷伯男子中學的男生們也要到同一個教堂來一起做禮拜，教會方面則勸阻女生們不要戴花結帶，他們極力避免受到中國上層社會的批評，深怕被誤認爲學校當局在鼓勵女生與男生調情。他們自己也擔心在禮拜儀式中男女生之間的吸引會影響學生們的虔誠。可是，又從無明文規定不許作這樣的小裝飾，姑娘們也就愛怎麼樣就怎麼樣了。

這個令人不愉快的陰沉的天，並没有影響姑娘們。她們倉卒地做完晨禱和星期日的功課，等待男生到來。她們没有多少機會同男生接觸。男生們也都穿着黑色校服，兩人一排，列成筆直的縱隊，排頭和排尾都有一個美國教師，隊伍旁也跟着幾個。女生們祇能從遠處望着男生的隊伍，因爲不准她們走近處去。有的厚着臉皮望着；有的則遵守社會習俗假裝没看見，却暗中窺視這個男子隊伍。有幾個大膽的，包括蔚文在內，竟然指點着男生譏笑。她們要是察覺哪個男生由於她們的指點而忸怩不安時，她們就哈哈大笑起來。麥克考萊爾小姐——瘦長的校長就會用她那雙銳利的灰眼睛瞪着她們，禁止她們笑。碰到這種情況，站在角落裏的品生，就會立即把視綫移開，感到失態。

當男生都走進設在辦公和教學用的主樓裏的教堂以後，女生也排成了同樣的隊伍走進來，於是禮拜的儀式就開始了。

在這種禮拜儀式上，品生常常覺得她過去從未聽過這麼好聽的音樂。可是，講道一開始，儘管牧師竭力想把話説得熱情洋溢和動聽，但她却祇覺得講道的聲音把腦子盤纏得迷迷糊糊地陷於無意識的境界，使她終於從愉快的享受中短暫地驟然失去了知覺。事實上，她總是祇聽到這大個子牧師的響亮的聲音，從未聽清楚他的話。在這聲音停止之前，她已經在凳上睡着了。

今天她無論如何不能進入睡鄉了。她的心深爲一大堆不斷增大而又難以解決的矛盾思想所苦惱。她僵硬而緊張地坐着，難以忍受地諦聽着講道的聲音和語言。牧師正在譴責人性的一般罪惡，特別是自私。這是常講的話題。照他説來，人心是不好的。他把這罪過歸咎於魔鬼，大魔鬼和它那一群小魔鬼到處遊蕩，用魔爪把人們逐個抓住，投入地獄。他含淚呼吁迷途的羔羊回到上帝信徒的行列中來。一切人都是上帝的孩子。他大聲譴責罪惡和魔鬼，幾乎是用一種蔑視的口吻並懷着驚人的勇氣。他忽然低聲地懇求，顯得可憐地以娓娓動聽的誘人的言詞表示他的悲痛和懺悔。

儘管他所攻擊的是一些特殊的事件與行為，可是品生却覺得牧師是在談她自己。當牧師以手勢和生動的圖景強調說明魔鬼如何抓住人而且慌忙地把他們拉向地獄時，她聯想到像在家中聽管家講鬼的故事那樣感到恐怖。她向坐在平臺上唱詩班裏的素貞望去，素貞的烏黑而濃密的頭髮，在兩鬢蓬鬆地卷曲着；她那美麗而文雅的臉，像月光照耀下的晶瑩鑽石；她的頭稍向前傾，眼瞼低垂。她顯得安詳嫻静，整個姿態流露出既虔誠而又過於拘束的神情。憂鬱頓時消失了。品生對她望了又望，但並不意識到，從昨天晚上起，她已經想要同素貞親近，而且要同她討論許多煩惱的思想。

午餐的時候，品生受到素貞那種愉快的心情所激勵，帶着窘困的神情同她談了一會。由於天色陰沉，星期天晚禱之前，規定人人休息。姑娘們都喜歡睡覺而不理會那陰沉的天。品生也好好地睡了一覺。

她醒來的時候，看見素貞正踮着脚帶着繡花架出去。她從牀上一躍而起，不假思索地說道："禮拜天還繡花？會受到上帝的懲罰。"她想說幾句幽默的話，同時急急忙忙地穿上衣服。

"上帝也許會的。"素貞笑着說，"但我沒有辦法。你要同我出去麼？"

品生穿着好了，拉着素貞的手臂說："一起去。"

"你最好把英文課本帶上，我繡花的時候，你可以讀讀英文。"素貞意思是說，也許我能幫助你。

品生躊躇地找到了自己的小凳子，又回過頭來拿了幾本課本和練習簿。說道："好的。要是麥克考萊爾小姐發現了我，我會被她第一次記過。

"她今天不會出來。"素貞狡猾地笑着說："大正在下雨。"

她們走到洗衣房，走進辦公樓的地下室，在那裏找到一個禁閉不守紀律的學生的小房間，面對着僅有的一扇小窗，坐在凳子上。在這裏，她們肯定不會被教師發現，也不會受到同學的攪擾。

十

品生翻開課本，但没有讀，望着單調而陰沉的天。她突然轉過身來看着素貞，慎重地問道：

"素貞，你認爲有魔鬼麽？"

"你這話是什麽意思？"

"不是中國的鬼，而是像牧師所描述的拖人入地獄並且唆使他們做壞事的那種魔鬼。"

"我不知道，"素貞感到驚訝，"我想是有的。"

"你想我會受到它的影響麽？"

"嘻！你這小鬼，你怎麽想起這個來？"素貞放下繡花架，望着眼睛急切地盯着她的品生。素貞感到她極其認真，便繼續説道："品生，我不知道你在説什麽？"

品生坐在椅子上，身子向後靠，兩眼矇矓地望着連綿的細雨。

素貞又繡起花來。她在數絲綫的針數，以確定最後一針的位置。過了不久，品生又説："你一定很明白，素貞，我使用一個婢女是錯誤的，我依靠父親也是錯誤的。"

"不，"素貞強烈地否認，"我没有説過你父親讓你受教育是錯的，你誤解了我。至於奴婢呢，"她停了一會，竭力不要像昨天那樣傷品生的心，"我想，正如你所説，這是錯誤的。"

"但是，爲什麽我不知道這是錯誤的而你却認識到了呢？這是個問題。"

"我想，這是因爲我們所受的教養不同，生活不同，你習慣於你的生活方式。你剛來時連地板也不知道怎麽拖呢。"

品生摇摇頭，這回答不能使她信服。她説："這祇能表明事物各自不同，却不能分清好與壞。要是同類的事物各有不同之處，他盡可以作出選擇而不會捫心有愧。如果一件事是錯的壞的，他就不要去做。在昨天我們爭吵之前，我從來沒有想過我有什麼壞的地方，但從那時起，我感到不同了，我覺得你對我的批評是對的。我不知道你怎麼能看出正確的事物。"末了，品生語氣非常懇切，彷彿在懺悔似的。

素貞深深地被感動了。她心裏對自己的信仰產生了一種強烈的感情。她滿懷激情地說："這是因為我是個基督教徒。"

"是這樣！"品生說着，深深地嘆了一口氣。她靜默了。她反復思考這個她聽到過多次的奇異的詞兒。在昨夜以前，這個詞對她還是毫無意義的。可是在素貞坦率的批評她之後，她激動了，第一次思考她過去的生活。她能體察到素貞說話時所強調的語氣，她覺得很奇怪，追問道：

"那你是否認為，因為你是基督教徒，所以你總是辨別得出什麼是錯的什麼是對的呢？"

"不，我沒有說過那樣的話。但是，至少基督教說過，一切人都是上帝的子女，並且所有的人都是平等的。基督教徒決不因為人窮而待他很壞，或者不把他當人看待。"

"但是孔夫子也說過這樣的話！"品生打斷了她的話。

"哦，他說過嗎？他說了些什麼？"

品生告訴她，孔夫子說過"四海之內皆兄弟"的話；但她馬上記起孔夫子把社會分為幾個等級，高層的比低等的更有權力。她回想起教她這話的曾先生也沒有告訴她，在現實生活中這話是什麼意思。這時，一種空虛與沮喪的感覺襲上她的心頭。她熱切地追問道：

"告訴我，素貞，這裏大家一直在講上帝。上帝是什麼？他確實使人做好事麼？"

"他是世界的造物主。"素貞把針綫活停下來，以極虔誠的態度回答道："我們全是他所創造的。他是生命之源。信仰上帝，他就不會讓我們去做錯事。更重要的是，他改變了我們的心靈。如果你是個基督教徒，就不會把別人看得比你低賤。我就不會。基督教使人人認識到彼此是平等的。每個人都應當自己工作並幫助別人。但是在你們家裏，我猜想，情況不同。你似乎從來不關心別人，甚至看不到別人的存在；別人不求你，你就決不會幫助人家。你知道，這是很奇怪的。有時候，我似乎覺得，你是生活在一個圓滿而且純粹的世界裏。你沒有我們所共有的那種感情的反應。你從來不關心我們的問題。你不管要說什麼或者做什麼，仿佛別人祇能承認你是對的。我並不是批評你。你知道，我從來不願講別人的閑話。許多女同學就是為此而不喜歡你。我知道，你不是故意要顯示你是世界上唯我獨尊的孤家寡人，你要成為我們當中的一員，並希望為大家所了解。但是，你既然生來就是個小姐，這是有困難的。"素貞說完後嘆了口氣。慢慢地，她又拿起了繡花架。

"說吧！"品生催促道。她全神貫注地傾聽着素貞所說的話。

"完啦，"素貞答道，"我知道得實在不多，最好是讀上帝自己的經典。"

"在哪裏？"

"《聖經》上。"

"《聖經》上所講的一切都是對的麼？"

"這是活的呼聲，每當你迷途的時候，它就會叫你走上正路。"

"是這樣嗎？"品生慢慢地說。不覺地，她的眼睛朝上仰望，心裏在議論着，這裏的生活是多麼不同。她眼睛朝週圍迷惘地望着，仿佛透過細雨看得見上帝似的，他也許會更明確更清楚地告訴她，生活應該是怎樣的。

這時，素貞問道："孔夫子還說過些什麼？他提到過上帝沒有？"

"他說過，許多事物是互相矛盾的。據他說來，人與天地同在，這個三位一體，正如同基督教中所稱的聖三位一體一樣，將永遠存在並且是和諧一致的。他從不相信上帝。我在北京的哥哥說孔夫子是錯誤的，因為他把人分成高低不同的等級。但是我父親叱罵他。"

"你呢？你認為孔夫子對嗎？"

"我從來沒有想過相信或者不相信他。"品生寧可不想回答，她覺得太坦率會失面子。她附帶說："也許是錯誤的，但這是真的。我讀過他的書並且理解他。就是這樣。"

"真奇怪。"素貞像自言自語似的議論説:"你讀過很多而且你很了解,可是你却對你所受過熏陶的信仰采取無足輕重的保留態度。"

"我告訴你爲什麽。"品生感到有股冲動驅使她自願地把自已拋擲出來接受檢驗。"我想,如果什麽話對一個人有意義的話,這是因爲這話回答了他心中的問題或者滿足了他心中的需要。我考慮過我所讀過的書以及閱讀時所得到的感受,從來沒有感到過像我饑渴時得到温飽那樣的一種興奮或者滿足。"

"你是説,你總是滿足於你的生活,從來不發生過疑問麽?"

"唔,不,真的不是那樣。你們這些人以爲我總是滿足而幸福的。實際上,我常常覺得,我的家庭也正像今天的中國一樣黑暗。我曾告訴過你,主要的是由於母親的苦惱以及姨太太等等的問題,可是孔夫子對她們提供過什麽解答呢?無論我懷疑什麽,人們都一致認爲他總是對的。我不能認爲他是對的,却又説不出他爲什麽是錯的。"

"哦,是這樣嗎?那你爲什麽不讀讀別的書或者聽聽你哥哥的意見呢?"

"可是我哥哥很少回家,又沒有別的書可讀。父親除了經史之外,把所有的書都鎖了起來。當他發現我讀中國的舊小説的時候,他就打我。不管怎樣,受那些講述小仙女和半人半仙的舊小説的感發,使我解決難題的方法陷入於空想之中。現在我纔明白,我想我始終沒有改變我的舊生活方式的願望,但我感到無所依托。"

"那可是真的,"素貞同意道,"至於我,因爲我是個基督教徒,我向耶穌基督求助。一個人不能没有信仰。那你不相信祖先麽?"

品生慢慢地做了個否定的姿勢。她對這個問題思考了一會兒,然後挺直了腰,坐好了,説:"你知道,素貞,一個人可能像皮球在水面上浮動一樣,把一生漂浮過去。不管你是否會看不起我,我要讓你知道,實際上,缺乏新書或者我哥哥没回來,都不是我過去無意識地生活的真正原因,真正原因是還沒有過什麽事情直接地打動我的心,使我驚醒過來。我母親的一些苦難使我沮喪。我的反應和欲望是躲避。就這樣,是的,過去就是這樣。這不過是一連串的無主見的反應而已，就像一隻皮球在水面上起伏。如果你一定要問我相信誰，那我是相信父親，僅僅是由於我很愛他。事實上，在昨天以前，在你當面向我指出以前，我從來沒有想過我應該怎樣度過我的一生，我好像一個尚未出生的胎兒。是的，我知道你覺得很奇怪，現在連我也這麽想。"她費勁地嘆息一聲，就住了嘴。

"別難過，"素貞望着品生，想安慰她，"品生，不單你是那樣，許多人，連我也在內，也許都如此，難過並不能解決問題。"

"不，我不是爲此難過，人們都會悔恨過去。我想我的真正問題是要作一個改變，要有一個新的開始，正如你所說的要改變我的心靈。"她說完了，舉目望着外面的毛毛細雨。一片烏雲似乎正在移動，漸漸散開，變成各種各樣的形狀，有的變成灰色的大山，有的變成稀薄的碎片，呈現着乳白色的暗淡的光。

十一

第二個週末，品生照例每月回一次家，老朱帶轎子來接她。在寬闊的礫石道上，他看見品生正站在大樓的走廊圓柱之間等他。他快步走過來，一路把長衫下擺踢得像波浪似的在脚跟前滾動，上氣不接下氣地跑到她的跟前。他那綫條分明的臉活像一隻猴子。

"啊，你纔來，"品生提着一隻小皮箱從門廊下走出來，"我剛纔出來你還沒有到呢。"

"哦，我來遲了！"老朱喘着氣，他彎曲的背似乎不讓他平息下來，"太太……剛從觀音廟……回來，……你知道……"

"她怎麽又到觀音廟去啦？我父親同她吵架了嗎？"品生看老朱需要休息會兒纔能走路，便停下來問他。

"真糟，真糟！"老朱用舌尖發音來强調他的話，難過地搖搖頭。

"怎麽回事？"品生臉色發白，緊張地問，"我父親出了什麽事？"

"真是麻煩得沒完沒了！五少爺幾乎被老爺打死了。"

"老爺怎麼樣？我問你！"品生不耐煩了。

"哦，哦，老爺剛離家出去了，他雖然很累，但得去參加一個約定的宴會。老爺光火極了，氣得透不過氣來，混身發抖，一顆顆大汗珠從臉上流下來。他暴跳如雷，邊打邊罵：'我怎麼會有這樣一個不肖子孫？你以爲你父親是棵搖錢樹？是你的牛馬？你要氣死我？我要打死你！鞭死你這個賤婦養的敗家子！'哦，他走上走下地咒罵太太，太太衹好躲到方媽的房裏去。哦，老人家真可憐，真可憐！"

品生到家的時候，黎太太還在牀上哭着。品生走進房裏，她纔起身，洗臉，叫奴婢送茶和點心來。她默默地流淚，在抽咽着。品生尷尬地勸慰她，她斷斷續續地說："我知道這不成器的東西，……哦……哦……會落到這個地步……我一直在……哦……在擔心！……哦……哦，我的命好苦啊！"說到這裏，她嚎啕大哭起來，又翻倒在牀上："我前生作了什麼孽？哦，哦！老天爺！看看這些不成器的東西，他們沒有一個能上進。哦！哦！我怎麼還不死啊！我還有什麼盼頭？哦！我活着衹會丟自己的臉……哦！"

她號哭得哀痛欲絕，一面在咒罵自己和親生的兒子，房間裏一片哭聲。孩子們、奶媽們和奴婢們在這痛楚的氣氛中個個垂頭喪氣。品生也忍不住流下淚來。她擡起頭看見她的奶媽方媽紅着眼睛站在門旁向她作手勢，便踮着腳尖走過去。方媽拉着她的手，先指指桌上的茶，再指指那輾轉在牀上悲苦痛哭的婦女，低聲地說："給她端茶去！衹有你纔能安慰她。"

品生端着茶走了過去。那婦人衹管痛哭，毫不理會。她轉過身來毫無辦法地望着方媽。在方媽的敦促下，她鼓起勇氣拉拉黎太太的手臂說："姨娘，別哭了，我給你端茶來，你喝點茶吧！"

黎太太顯然沒有想到品生會給她端茶來。這是子女對父母的孝敬，過去品生從未向她表示過，因而這樣一來，使她覺得好過些。她不哭了，又坐了起來。方媽從她手中接過茶，給她送上一條熱的濕毛巾。然後，方媽又把茶杯舉到她嘴邊，說："太太，六小姐給你端茶來，您喝一點吧。"她邊說邊示意哭泣的孩子們走出去。孩子們默默地拭着眼淚，一個接一個走出去。品生退後坐在一張小椅子上。房裏祇剩下她們三個人。

"方媽，"黎太太終於又說話了，"你坐下吧！"

"我這樣好啦，太太。你覺得好些了嗎？"

"在我身旁坐下來吧，方媽。"黎太太又哭起來，"你和我都是苦命人！"

"別這麼説。我怎麼能同你相比呢？老爺祇不過是一時發脾氣罷了，五少爺還小呢。"方媽不願提到自己的獨子，他也是她一生苦惱的根源，黎太太說同方媽命運相同，指的就是方媽的獨子。方媽不願觸及自己的傷心事，否則這悲哀的場面會無休止地延長下去。

黎太太沉默下來，失望地搖搖頭。她回想起她那個貧苦的父親死去之後，她受饑挨餓的情景，她母親拉着她到山上去掘草根當飯吃；她被賣作婢女以後，生活就更加難熬了，有時候得通宵用小拳頭替太太捶患痛風的腿，而且常常因捶腿時打瞌睡，或者因偷東西吃，或者因背後發太太的牢騷等等而受到懲罰。她成為黎先生的妾侍以後，原以為命運會變得好些，至少不會再挨打了。兩年後生了個兒子——五少爺偉生，她的希望更高了，她把全部希望寄托在兒子身上，孩子的父親、祖母和家裏上上下下都鍾愛他。她夢幻似的期望着他有朝一日成為有用之材，做大事，發大財，使她能享晚福。可是這孩子却任意揮霍，十四歲就已經染上成年人的種種惡習。她覺得已去世的黎太太——品生的親母，黎先生的原配，看到她兒子的胡作非為，心裏却反而高興。她每想到親生兒子也許受到神靈的懲罰就感到不寒而慄；至少，旁人會這麼想，他們會說："出身微賤的人不會有好種！"當她的心幾乎要破碎的時候，黎太太死了，她竟成了一家的主婦。一年後，偉生設法進了上海的一所大學的預科。她雖然不懂得大學裏頭一年附設的預科是什麼，但她的希望又一次高漲起來。她到大慈大悲的觀音廟去禱告，祈望學校能把她的兒子重新改變成為一個好人。但是現實的生活無情地粉碎了她的夢想。他甚至更加墮落了。他嫖妓，染上惡疾，酗酒，與警察打架，被關入獄，哦，天知道他在上海還幹了些什麼！她用高利貸積起來的私房錢被他吸乾了，他還利用父親的名義借了許多債。因此黎先生派曾先生到上海去把他帶回來。他現在已是十八歲了。

她的兒子將會變得怎麼樣？她現在還有什麼指望呢？淚水再次從黎太太的臉頰上流下來。當方媽提醒她，她是主婦，而方媽祇不過是個做苦差的僕人時，黎太太搖搖頭。

"不，"她說，"別叫我太太，我算什麼太太呢？受苦的人到處都是一樣的，沒有誰高誰低。哦，我該死的爹爹媽媽喲，你們爲啥要生我？你們受苦還不夠麼？爲什麼一個女人生下來就那麼低三下四，並且一直把她折磨到死呢？哦，爲什麼要活呢？"她哭喊着，滿臉淚痕，那雙懷着怨恨的眼睛朝着窗口癡望着藍天。

品生感到心痛頭暈。將會出什麼事呢？結果又怎樣？我父親在哪裏？隨後她記起他赴宴去了。她覺得忍受不了這兩個女人的哭泣。她軟弱地站起來，望着方媽。方媽也竭力忍住她的傷心。

"方媽，我想去看看我的五哥。"品生說。

"對，六小姐，"方媽擡起一雙紅腫的眼睛看着她，"上樓去吧，他們會告訴你他在哪個房間裏。可是別去觸動他那傷痛處……順便說，別忘了快些下來吃晚飯。我已告訴廚官給你做了一個紅椒肉末。如果你不喜歡吃就留在盤子裏。我想，這麼做會使胡椒更好吃些——不光是辣，你知道，那對你是不好的。"

"是的，方媽，我喜歡的。我馬上就來。"她對方媽笑了一笑。方媽那衰弱而憔悴的臉上，似乎也露出一絲柔和的笑意。

十二

品生從房裏出來，飯廳裏一個人也沒有。倘在過去，她早就大聲喊她的婢女了。可是現在，她却祇是默默地在大廳外的走廊走過，右拐彎走進正屋的另一邊，那是大厨房前面一個磚鋪的大院子。幾個女人正在沿着給水管洗衣服。在院子的盡頭，一個褲筒卷到膝蓋上的男子，正俯在石井欄上打水。當他提起水桶看到品生時，叫道："啊呀，六小姐。"又大聲呼喚水管旁的姑娘："蘭香，六小姐要你去。"

一個紅嘴唇的姑娘轉過身，正好面對品生，急忙跑過來，一面用圍裙擦着雙手。看到自己的女主人對她笑着，似乎很高興，她快活地説："是，六小姐。"

"嗨，蘭香，你胖啦。五少爺在哪裏？我要去看看他。"品生又看到自己的婢女，也很高興。她侍候她好幾年了，她們之間不知不覺地發生了友情。

"我知道。"蘭香那略黃而又紅潤的臉上綻開了衷心的笑容。她敏捷地走在前面，並且帶着遺憾的口吻説："我帶您去。"

"老師在家麼？"品生問道。

"不在，小姐。"蘭香轉過身回答。"聽説他從上海回來累了，正在休息。"

"哦。"品生不免感到失望。

"這些天來，老爺很不高興，六小姐。"

"你現在在侍候老爺，是嗎？"

"是，小姐。"

"老爺爲什麼不高興？"

"我不知道。他近來總覺得早餐不好，不合胃口。昨天把早點扔掉了，我衹好給他另外準備一份。前天，他覺得第二次做的早餐也不好……"

"你的意思是説老爺存心對你？"品生本能地皺着眉頭問道。

"啊呀，不，六小姐。……"女孩嚇壞了。

品生即刻切實更正説："不，我不是責怪你，我的意思是老爺爲什麼不高興？"

"六小姐，他們説北京的三少爺也出了什麼事，那裏有土匪……"

"三少爺出了什麼事？"品生打斷了她的話。這時她們已來到被打傷的偉生的房間。

他伏臥着，臉色蒼白，毫無表情。他癱在粉紅毯下面，静静地一動也不動。看到這情景，品生眉頭緊皺。他聽到姑娘們的聲音，略略擡起眼睛，隨即又低垂下去。他從喉嚨裏突突地發出低微的幾乎不像人的聲音呼唤着："品生。"

品生慢慢地在牀沿坐下。但這牀祇要稍微一動，偉生就會痛得臉孔抽搐。他衰弱地發出呻吟："哦！"品生驚跳起來，望着這張痛苦的臉。

"五哥，對不起！"像面對黎太太的哀愁時的感覺一樣，她不知該對他說些什麼纔好。她靠近窗口坐下，注視着由於痛苦而抽搐的那個肉體，傾聽着那痛苦低沉的呻吟。她想起他那黝黑的漂亮的臉，那頭烏黑而濃密的頭髮，他身材高大健壯，如果不是那個鼻子朝天，確實是長得够英俊的。他常常喜歡挖鼻孔，擦鼻子。她記得他曾偷偷地跪到她身旁，把污泥倒在她的腿上。他九歲的時候，把她那個美麗的碗奪走，却說這碗是他的，害得祖母打她一個耳光。此刻她心裏深深地嘆息着，倒了一杯水給這受傷的人，說："五哥，你喝點水吧？"

他想擡起頭，可是動一動就痛。她把杯子凑在他的唇邊，他祇喝了一兩口，頭又垂下去了。他以爲品生要走了，於是微微睁開眼睛說：

"品生，叫他們給我弄點湯來。"

品生應着，踮着脚走出了那房間。

十三

黎家世世代代是湖北省偏僻的松門縣縣城的書香之家。松門縣在漢口以西約三百里，靠漢水左岸。漢水從陝西向東南流入湖北，到漢口與長江匯流。漢口是個現代化的城市，有中國的芝加哥之稱。雖然松門縣離漢口不遠，但常受漢水及其流經全縣的無數支流的洪水泛濫之苦。這裏是個窮縣，每年春秋兩季，洪水在農村泛濫，盜匪橫行。

黎家曾是全縣三富之一。其餘兩家，在清朝晚期，一家出過江浙巡撫，一家也出過幾個高官，可是都式微了，因爲他們的仕途被堵塞了，他們的土地逐漸轉手給黎家，黎家就成爲首富了。縣裏的人稱黎家爲"南門"，因爲黎家的大莊園就坐落在松門縣城的南門。品生的親母是個佛教徒。黎家常常做佛事，做壽，以及婚喪等紅白喜事，一做就要連做三天或七日，大家就把這些當作節日一樣共同歡度。一聞匪亂，黎家總是謠傳中第一個被襲擊的目標。要是強盜真的要掠劫縣城，城裏人就先觀察黎家的動靜，倘黎家沒有搬走，大家就放心，不必逃避了。涉及全縣的問題，都得征詢黎家的意見，沒有黎家同意，事情是辦不成功的；祇要黎家大老爺說句話，事無巨細，當地長官就不敢違抗而立即執行。

黎大老爺兄弟倆，是黎家的一個年輕寡婦所生，由她撫養成人。他倆的父親二十七歲時死於肺病。其時大老爺黎誠還祇是六歲，他的弟弟則剛滿週歲。他們的叔伯、堂兄弟通過哄騙、脅迫的手段，把土地田產都奪走了，幾乎迫得這孤兒寡母無以爲生。但是他倆的母親是個意志堅強的人，她一定要她兩個兒子讀書，因爲讀書中舉是振興家門的最可靠的道路。黎先生並沒有辜負他母親的期望。

青年黎誠十五歲通過鄉試中了舉人，不到十年，他以優異成績通過殿試，中了一甲第三名"探花"。他官運亨通，因而給他帶回了土地和財富。他母親則由於年輕守寡，沒有再嫁，因而被旌表，樹立了大理石建成的貞節牌坊。又由於種種殊勳，使黎家增添了許多牌坊。黎先生遂成爲族中後裔的楷模。他是全縣老百姓所敬畏的人物。他母親把他看作天上星宿下凡，許多人也有同樣的看法。黎先生雖從未承認過這一點，但當他用三角眼瞟着別人的時候，他無疑地覺得自己是不同凡響的。

爲了獵取功名，競逐榮勢，在官場上爭取升遷，他一生中的大部分時間都奔撲在外，離開家鄉。他珍惜自己的名聲，恪遵固有的傳統。他信奉孔子的儒家學說，主張禮樂與仁義，把封建專制主義視爲絕對權威，思想很保守，認爲對清廷和皇帝效忠是行爲的最高準則，因而常常向皇帝上條陳、談國是，以博取聲望。清朝覆滅以後，童稚的品生在嬉戲中嘲罵滿清，他聽到了立即沉下臉來，叫孩子別胡説八道。早年發跡的時候，他精力充沛，性情激烈，博覽群經，反對腐化，對於通過個人提攜鑽營而升遷的官場惡習深惡痛絶。按照儒家學説，他要做一個有真才實學的學者，並以此自傲。

辛亥革命使黎先生感到很失意，當時他在湖南做官，掌管湘贛兩省大部分地區的綠營軍事。要是清廷不倒，他很可能很快又得到提升。革命爆發時，他曾決心爲皇帝守衛疆土，可是清朝顛覆得太快了，他來不及實現他的願望。

他決定恪守儒家學説的忠君傳統，回鄉退隱，遵照孔子所説的"有道則見，無道則隱"。因爲他有田地可以生活，可以讀書、下棋、吟詠和遊山玩水以自娛。

但生活不能如他所願。他有一個嗜好鴉片煙的親兄弟，得養活一家人。這個鴉片鬼是在豪門望族的權勢庇護下目空一切的懶惰與腐化的典型教化的産物。因爲有一個精明强幹、財雄勢大的哥哥撑持着他的生活，所以這個鴉片鬼從來不用操心去做一個有用的人，而寧可去做一個寄生蟲。當他哥哥積累財富、擴大田産時，這個弟弟也以同樣的速度去把它揮霍掉，過着窮奢極侈的生活。兄弟倆中，他是小兒子，因而他母親一直在袒護他，以調和老大的反對。

黎先生很快發現，在家鄉，同他弟弟一家人一起生活是難以忍受的。他過去做官的固定收入没有了，一家向來過慣了奢侈的生活，無法節約下來，他積累起來的財産很快被消耗得越來越少了。他與母親之間、兄弟之間、妯娌之間，經常發生爭吵。他母親不但不責怪小兒子，反而責怪黎先生不到外面去做官，困守家中，懶惰，没有心肝。認爲他有意逃避供養弟弟的責任，違背孔夫子的教導，一個孝順的兒子應當博取母親的歡心。

黎先生也發現，經管田産是多麽困難。孔夫子教他怎樣讀書和做官，却没有教他如何經管田産。與管家同佃户算賬、計息，這種單調乏味的工作，使他覺得好像混身爬滿小螞蟻那麽難受。他對於洪水和乾旱、農具和牲畜、種子和肥料等等，絲毫沒有概念。有時甚至不知道一塊田該收多少租。他常常懷疑農民在騙他，因此怒火沖天，唯一的辦法就是將他們送到官府裏去。但是坐牢和鞭打，對農民都沒有什麼用處，他們總是交不出租。他以爲這是地方官失職，因爲他不再是大官了，所以有意怠慢他。

不久，黎先生又去重謀官職，離開家鄉，帶着妾侍和她所生的孩子，隨着官職的調動，從這一地轉到那一地。他又成爲全家和地方上所敬畏的光榮人物，但是畢竟同在皇帝統治下的生活大異其趣了。

在王權統治的朝代裏，他每逢調動都得到提升，在許多大官手下任事。他覺得他的地位很重要而又有奔頭。他要爲皇上效犬馬之勞，藉以建功立業，改變孤獨的憂鬱生活，使不至處於隔絕狀態，毫無意義的漂浮於天地之間。那時生活上連續地取得富有創造力的成就，使他感到個人履行職責是一個巨大的過程中不可缺少的一環。在這種情況下，維護封建王朝這個活的象徵是他的目標。這一切都意味着儒家學說的最高准則——忠君思想——對他有着持久的活力。他認爲自己是孔夫子的最忠實的信徒，是儒教的擁護者。那時他的升遷，使他覺得正穩步地朝着這目標前進，因而常常感受到由於奮發有爲所帶來的越來越多的喜悅。

但是，王朝被推翻了，皇帝被廢黜了。代之而起的是一個個昏瞶的軍閥暴發戶，彼此對立，互相混戰，爭王爭霸。老百姓過着陰暗的生活，流離失所，命如草芥，大批地死在山野裏。他覺得共和制度全然是墮落、紊亂、殘忍和愚蠢的，既不願爲之獻身，也不願做一個他所憎惡的追逐名利的野心家。現在做官有什麼意義呢？升遷有什麼意義呢？沒有皇帝和封建王朝，憂鬱無望的生活使他感到失去了意義。沒有什麼事是好的，也沒有什麼事是真正壞的。如果沒有明確的信條，目標也就喪失了，無法斷定是非。在現實生活中，孔子的學說被犯罪而冷酷地剝奪了骨肉，變得衰弱而空虛。但碰到最初幾次挫折之後，他迫得又回到升官發財的路上去。他覺得他是在這個混亂的禽獸世界裏孤獨而抑鬱地鬥爭着，僅僅是爲了滿足一個大家庭的物質需要，也許在某種程度上，出於他個人的虛榮心。他已看不出自己與他所蔑視的那些鑽營官職的人之間,還存在什麼差別。他覺得在時光的流逝中,像有一隻殘酷的手揪住他的心,把一切可愛的東西都撕掉了。改朝換代,京城建起來又毁了,歷史似乎在追逐着自己的影子。仿佛這還不夠,年輕的暴發戶——學生和報界的没有教養的畜生——受外國野蠻勢力的影響,大聲疾呼要毁滅孔子學説,使他們自己成爲無依無靠的文化孤兒。生活對他是個大悲劇。他變得更少輕舉妄動,常常感到憂鬱和傷心。

無論如何,黎先生並不完全屈服於生活上這種輕浮的變化。當他忠貞地信仰的總信條——儒家學説——被敗壞以後,他依然默默地繼續撐持着。他要求所有的子女都必須熟讀經書,纔能進新學堂。儘管封建王朝和皇帝被推翻了,但是在家中,他依然可以關起門來做皇帝。農民是生來注定要交租納税的,他們不能輕忽自己這個本份。他們要是怠惰作亂的話,那就是違反孔孟之道。聖人不是説過,犯上作亂的都是亂臣賊子麽?幾年前,他在松門縣的一座大房子被仇人縱火燒掉了,他立即安排在湖北省會武昌另買一座大房子。他不惜花錢來改造這座房子,直到稱心如意。通過這種方式,他覺得自己依然是凌駕在他所未知的敵人之上,阻擋着那種破壞的力量。從表面看來,他仍然是個意志堅强的專制暴君,但是在他内心深處,却已是個孤獨的、憂鬱的、易於激怒的失敗者。

十四

十二點鐘左右,聽説父親已回家了。品生不知道是否該等他來叫,因爲當他情緒不好的時候,也許不願見任何人。

可是在她的心裏,却有一種想立即見他的願望。她在學堂裏有了許多新的體驗,一直想有個機會同父親談談這些新的想法。她想要了解人們爲什麽要養蓄奴婢;她的三哥爲什麽要反對孔夫子,爲什麽爲了搞學生運動而寧願坐牢,而黎先生則又與之相反。她要同他談談基督教並了解他爲什麼要反對它。尤其是，今天下午在黎太太房間裏的悲痛景象，使她辛楚地受到震動，她從未遇到過這樣的事。黎太太的號哭和詛咒，使她激動得發抖。她第一次感到家裏一定出了很大的毛病。所有這些，她想要從父親那裏得到了解。同時她又有點遲疑。因爲在他們父女之間，從來就沒有過真正的談話。黎先生很專橫而且很傲慢，從來不肯同任何人交換意見，更談不上同自己子女交談了。他的子女，沒有一個敢跟他當面爭論的。事實上，他們在他發怒的時候都不敢去見他。最後，她決定冒險地不等他來叫就去見他。

這個高個子而且有丈夫氣概的紳士，站在寬敞和布置得考究的書房中間。他光着修剪得很整潔的頭。在方臉上有一雙深褐色的濃眉和一雙棕色的小小的三角眼。他穿着軟緞衫褲，一條沉甸甸的金鏈在他胸前的口袋下搖晃着。老朱站在他面前，眼睛一眨一眨的似乎在強打精神以擺脫困倦。顯然，他在恭聽老爺的吩咐，因爲他對每一句話都應着"是"。

"爸！"品生從後門走進來。

黎誠轉過身來，慍怒的臉頓時化爲溫情的笑容："哦，孩子，你回來啦？還沒有睡嗎？"

"沒有，我在等你。"品生走上前來拉着他的雙手。

他忘掉了老朱還在等他吩咐，撫摩着一個月沒有看到的女兒，輕輕地揉揉她的眼睛，指着說："你的眼瞼在打結了，這是說，它們想要睡了。現在去睡吧。"

"不，我不困。瞧，老朱在等你呢。"她放開黎先生的手走到書桌前去。

黎先生最後吩咐完畢，老朱退了出去。他在書桌旁坐下，把椅子轉過來，面對着女兒說："現在你想做什麼？我們來讀公文，或者讀詩，怎麼樣？"

"兩樣都不要！"

"哦，兩樣都不要？"他轉過臉去對着書桌。雖然如此，看到了女兒，他心境畢竟舒暢些,特別是今天,心裏感到很溫暖,他想重溫過去同她在一起時那種寧靜的心境。他問起學校的情況。她沒有細說,祇是想到什麼就說什麼。他像所有的中國紳士那樣,對細節也不感興趣。他說道:"啊,六小姐,你就要成爲一個學者了,你樂意嗎?"

"那有什麼呢?"

"啊呀,那時,有朝一日,你寫起文章來,就會寫道:'我父親慣於工作到深夜,我幫他處理公文。'"

"不,"品生笑着搖搖頭,"我不要寫,我沒有幫過你。"

黎先生大笑起來。他拿起一個印有鮮明藍綫條的信封,綫條之間是他的官銜和姓名。他把裏面的文件拿出來,交給品生說:"你讀讀,新學堂的學生,看看你怎樣處理它?"

但是,品生又拒絶了。

"好吧,你不願意,我就自己看。"

他回過頭去讀公文,並把內容講給品生聽。但不久,由於他白天發火和傷心,加以用力痛打兒子,身體搞得筋疲力盡,工作不下去了,於是把公文推開,站起來說道:

"你說得對,'兩者都不要!'"他拉着品生的手,走到一張大軟椅前,靠椅坐下。對面牆上掛着一幅大畫卷,上面畫着松樹、瀑布、流水行雲。品生坐在他面前的凳子上。

這時,蘭香端着兩盅茶進來,怯生生地問:"老爺,您現在要吃晚飯嗎?"

"是什麼?"

"燕窩湯。"

"你們吃什麼湯?"

"火腿雞湯。"

"你給六小姐準備了麼?"

"是的,老爺,我準備了兩份。"

他揮手表示同意,她就走了。

吃過晚飯，黎先生沉默着——這是他心境沉重的表現。他在嚴肅地思考的時候，就默不作聲，或者偶爾哼哼京劇中悲愴的片段。每當他發覺子女要批評他或同他爭論的時候，他就教訓他們，使他們無話可說。現在他不斷地看着品生，不時拍拍她的雙手，然後，他緊皺着雙眉，凝視着那幅畫卷，憂心忡忡，輕輕地搖着頭，哼着舊戲中的悲曲調子。

　　他一支一支地唱着，聲音激昂而悲愴。他所唱的京劇，全是中世紀落魄英雄絕望的哀痛自白，既孤寂而又深切可哀，那調子仿佛是野性的呼號。

　　品生很傷心。她感到可憐的父親在一生中不知承受了多少苦難。誰也不知道他的苦難，他也不要別人知道。他爲他的家庭艱苦奮鬥。他面對着他的母親和兄弟，面對着官場，面對着佃户和土匪，面對着混亂的社會而艱苦奮鬥。他奮鬥了一生，儘管他獲得了財富，取得了權勢，可是却從來沒有得到過幸福。品生一直感到他孤獨可悲，總想給他的生活增添幾分歡樂。然而現在，她了解到一種新的生活方式，並覺得它也許比原來的生活方式更好——也許基督教能解除她家中的一切苦惱——她就覺得父親的不幸更加可憐了，覺得如果他和全家都改變生活方式，這種不幸是可以避免的了。她感到他唱的京劇的極端孤獨的悲哀曲調所迸發出來的各種愁緒，使她透不過氣來。她垂着眼睛不敢去看他，終於她鼓足勇氣叫道：「爸！」

　　「唔。」他應了一聲。

　　「甚麼使你這樣悲傷？爸。」

　　黎先生把頭往後一仰，靠在椅背上，沒有回答。過了一陣令人難以忍受的寂靜，他煩惱地說：「你不懂的事情，別問了。」

　　品生泄氣了。她不知道從何說起，也不知道該怎樣說纔好。她不願意在這老人的憂傷之中離開他，不願意把他留在孤獨的氛圍裏。淚水慢慢地掉到她的膝上。

　　「噫，品兒，怎麼啦？」黎先生發覺品生在哭泣，又拍拍她的手，勸慰地說：「別哭了，品生，眼淚一點也幫不了忙的。」

"但你至少可以説説，爸。"品生竭力克制着啜泣。

"我能説什麼呢？這個你不是不知道。你的三哥被關在牢裏。在松門，土匪又起來作亂了，我的一個管家被他們殺死了。年年都帶來新的災難。還有，現在那個畜生偉生！我不知我爲什麼生出這種兒子來！"

"那您怎麼辦呢？"

"我没有方法。"他説。"德生，你的三哥，是個頭腦清楚的、有才智的孩子，誰知道是什麼使他變得瘋狂地去參加學生運動。新學堂是個壞東西。但是我怎麼辦呢？現在政府没有科舉了，如果我不讓我的子女去進這種新學堂，他們在社會上就没有地位。我怎麼辦？我能把德生從獄中弄出來，但是誰能改變他的思想？"

黎先生最後關於學生運動的話使整個問題成爲無可置辯了。但是品生第一次覺得還是要同她父親争辯一下。她説：

"學生運動不可能完全都錯了。政府是腐敗的，——連您也説過這樣的話。"

"那是官府的事！"黎先生怒氣冲冲地回答。"這些乳臭未乾的孩子中什麼用？他們的責任是讀書。他們攻擊政府有什麼好處？豈不是祇會增加紛擾和麻煩麼？拿土匪來説，他們都是些壞人，他們妒忌、愚蠢、懶惰、欺騙、頑固……"他從坐椅站起來，注視着牆上的畫卷，情緒越來越激動。"這些愚蠢而無用的傢伙，祇會殺人打劫。他們要製造混亂。所謂共和政府，並不關心他們，那是真的。但是混亂與風潮能有助於國家嗎？那祇會使外國人瞧不起我們。政府就是政府！它是不容許無知的孩子和無賴來搗亂的！"

品生習慣於在父親發怒時從内心裏産生恐懼。她説：

"我祇是問問罷了，別生氣，爸。"過了一會，她又繼續説："有許多事情我不明白。"

"別焦急，等你長大了，你會明白的。"黎先生此刻踱着方步。對於父親這種非常頑固的習性，品生早已熟知了，她並不感到難受，祇是覺得她的努力顯然是徒勞無益的。於是她改變話題。她朝着後門望去。從這後門經過穿堂,可通往大院子,再通到家人所住的有許多房間的主屋。

她說:"姨娘哭了一個下午。她非常可憐,真是悲哀。"

黎先生看看他的女兒,心裏想,她今晚真奇怪,她從來沒有像現在這樣堅持過要談這些不愉快的事情。難道她受到外國學校的影響麼?他很愛他的女兒,並且知道她也很愛他。但他克制不住那急躁脾氣。他憤怒地說:"別打擾我,品生!你衹是個孩子。去睡吧。"

品生不去。又過了一會難堪的沉默,黎先生又坐到椅子上,繼續囑咐說:

"別聽信外國人的話!他們都是些野蠻人,沒有文化,沒有理想。當然,有些東西我們可以向他們學。他們有輪船、火車、槍砲、彈藥,我們沒有這些東西。他們因此而瞧不起我們。所以我們要向他們學習這些東西,但沒有別的!記住你初上學時我對你說過的話!外國人沒有思想,他們不懂得不同的人與人之間的關係。他們是野人,衹不過有船和砲!"

品生覺得她父親誤解了外國人。等到他的聲音稍微平靜的時候,她忘了恐懼,說道:

"他們是有思想的,爸。他們說所有的人都是平等的,所有的人都是上帝的子女,應當彼此相愛。他們說養奴蓄婢是錯誤的,他們……"

她的話突然被打斷了。黎先生用一種威嚴的目光瞪着她,這是他受到反駁時所慣有的神態。他叫駡道:"放屁!全是胡說八道!說什麼平等這些胡言亂語!要是真有這樣的事,爲什麼聖人沒有說過呢?家有家長,國有國君,連外國人也有規章和權威,你們學校裏有校長,你能同她平等麼?你能拒絕接受她的命令麼?……"他突然放低了聲音,看了一眼受到驚嚇的品生,對她的無知感到憐憫。他便平靜地繼續說:"我近來不常見到你,品生。我不願責備你。別使爸爸生氣,孩子。外國人什麼也不懂。他們不認識人與人之間的關係,不明白這種人倫關係應當以禮法爲道德行爲的准則。而我們的聖人則教導我們懂得'三綱''五常'。所謂'三綱',也就是君爲臣綱,父爲子綱,夫爲妻綱。所謂'五常',亦即'五典',就是父義、母慈、兄友、弟恭、子孝。五者,人之常行。孟夫子還説：父子有親，君臣有義，夫婦有別，長幼有序，朋友有信。用仁、義、禮、智、信的禮法來處理人倫關係，所以'三綱''五常'成爲人們道德行爲的准則。由於有了這個關係，因此就能説明，爲什麽經過幾千年的變化，我們能始終保持着一個偉大的有文化的統一的國家。外國人没有這個禮法，他們是個混亂和分裂的民族，彼此互相争奪。我們那些無知的新聞記者和革命家崇洋媚外，忘却自己的文化和國家。這就是我們爲什麽説共和政體造成今天混亂的局面，道德淪喪，人人爲己。而現在你，像你三哥，却告訴我，説外國人更好！"

他覺得火氣又上升了，繼續説道：

"你説養奴蓄婢是錯誤的，還有呢？你的意思是否説我不該娶你的姨娘？"

他又沉默了。他知道，社會輿論反對養蓄奴婢和納妾，特别是他懂得，原配妻子的子女對他納妾是很不滿意的。他心裏總是想爲自己的行爲辯護。從來没有人如此當面批評過他。他暗中覺得，他要是不納二房作妻子，他的家庭生活也許會平静和順遂些，至少不會生出像偉生這樣的兒子。他重新仰頭靠在扶手軟椅的靠背上，嘆了口氣，繼續高聲自言自語道：

"這些麻煩都是外國人搞出來的。他們要毁滅我們，首先要破壞我們的禮教倫理，連你們這些孩子也受到他們的影響，來批評你們的父親！我有什麽錯？要麽錯在把你們生出來？錯在沉重的負擔，受苦，日日夜夜挣錢來養活你們，讓你們生活過得好好的，讓你們有書可讀！那算是錯麽？……至於奴婢，——他們在這裏不是穿得更好，吃得更飽麽？要不然，她們不是會餓死麽？你没有婢女行嗎？你的姨娘要不是到這裏來，會怎麽樣呢？誰不這樣做呢？"他又沉默了，並且把腦袋從品生的方向轉了過去。他顯得很疲勞的樣子，雙手抱着那個光頭，喉嚨裏發出吞咽似的嘆息。幾分鐘後，他又痛苦地自言自語：

"要是我没有把她討到我家來，也許她會更幸福些。我肯定會更幸福些的。"

他忽然凝視着那幅松濤，仿佛慣常支持他的力量襲上了心頭，緊蹙着雙眉，用嚴峻的聲調打破了沉默：

"後悔是沒有用的！事情就是這樣。如果我得受苦，或者她得受苦，那就受苦吧。我不甘作失敗者。這不是我的錯。根由在於這時世。假如皇上尚在，清朝不是被推翻，我現在已是個總督或者在北京做大臣了，也許那樣，這家裏每個人都幸福了。偉生那個畜生愛怎麼花錢就怎麼花，不會給我惹麻煩了。可是時世變了！我不是棵永遠花不完的搖錢樹，我自己現在也不是在享福，而是在挣扎！這，無論是偉生或家裏什麼人都不會懂得。難道現在我應該改變生活來順從這個新的時世，而把全家一齊拖倒嗎？全家肯我這樣做嗎？如果我不是這樣生活下去，而別人却是這樣，有錢有勢，那時我就會被別人踐踏在脚下，你的一生就得艱苦地靠勞動過日子。不行！那決不行！我知道，我同這時世是相矛盾的，我知道人人在反對我。但是我要這樣生活下去，因爲我曉得沒有別的更好的出路。如果人們在受苦，我也在受苦。根由何在？我不知道。"

他說話的時候，仿佛在內心深處考慮一個無法解決的問題。顯然，現在他竟忘掉他的女兒正在身邊。

品生對他內心的暴露既感到吃驚又深深感到悲哀。他對於孔夫子和外國人的想法，她是早知道的。但現在她經過學校生活以後，更加覺得他的想法是錯的。然而今天晚上他所暴露出來的這種軟弱和失敗感是她從來不知道的，因爲他父親向來趾高氣揚而又專橫傲慢。她無法理解他那種悲苦的報復心理。她感到他認爲包括她在內人人都反對他這種說法使她傷心。這說明他不理解她。他似乎成爲誤入邪道的傀儡並成了這種邪惡事物的犧牲品。品生說不出話來，她所有的問題都被遮蓋住了。他倆難以置信地沉默着，竟像籠罩在無邊無際的靜默的原野那樣，讓那片沉默無窮地延伸下去。沒有動靜，沒有言語，沒有思想，什麼都不存在。他們仿佛被吞沒在一座渺不可測的無底的墓穴之中。

突然間，那隻外國製造的珐琅大鐘敲了一下，嘹亮的鐘聲宣告了另一天的開始。鐘聲的回音在寂靜中像歌聲一樣，餘音裊裊，不絕如縷。

品生似乎在出神中醒了過來。她看看她那個頹然地倒在軟椅上的父親，他閉着雙眼，在白色的電燈光下，臉色顯得很蒼白，兩頰凹陷。她知道他疲倦極了。在通常的情況下，她會陪着他坐到他要睡纔走，這樣他們倆就一起走出書房，回到各自的房間去。可是現在，她却不願意留下來陪他了，相互間的不理解，使她深深地受到折磨，她覺得現在繼續留在這裏不會使他感到高興，於是她心中默默地向這老人道聲"晚安"，就離開了這個房間。

第二章 挑　　戰

一

距林德格侖學校門前的小木橋約半里遠，有座大石拱橋，可通往城外的一條街道。這街很窄，女人們都把晾衣竹竿從自己房屋的底層窗口伸到對門的窗口去。街上擁擠着川流不息的人群；兩旁滿擺着糖果、竹籃、竹器、木器、鐵器之類的貨攤，幾乎占了街的一半。行人往往被晾在竹竿上的長衫擋住視綫。幸虧婦女的褲子是不許掛出來的，在女人褲子下面走過被認爲是倒楣的事。可是，行人儘管時時會被晾着的衣服飄拂着，也不敢怒駡，因爲曬衣服的婦女總是坐在門前看着，有的裸露着乳房給嬰孩喂奶，有的在劈柴或做別的事情。她要是聽到駡聲，准得回駡，而且采取敵對態度，仿佛她們這樣晾衣服，並非出於自願，而是你或別的什麽人强加給她們的。倘你不去争吵，那就好得多，否則她抱着孩子，跟着你一路大喊大嚷，還做着手勢，把你駡得狗血淋頭，垂頭喪氣，直到你跑得遠離她的視綫爲止。

街道兩旁是亂七八糟的茅屋、草棚和木樓房，上層住人，下層存放什物。這些房屋，都住上好幾户人家，每户住個把房間，頂多兩間。有好些住户，都在林德格侖女子中學或德雷伯男子中學，或者在教會人士家裏做傭工，他們是這條街上生活過得較好的居民。

一個仲秋的傍晚，陽光漸漸變成暗藍色，像給人們罩上一件滿是泥漿的輕紗似的衣服，這條狹窄的街道，猶如一頭被驅趕的瘦弱的野獸，身上稀疏地閃着黃裏帶紅的耀斑，在顫栗地喘氣。

這條街道在忍受着白天所帶來的痛苦而急動地抽搐着，正在疲乏地使自己寧静下來。在街的盡頭，河邊上出現一個瘦瘦的高個子，他上身穿着學生制服，下身穿着西褲。他稍微彎身向前，顯然是在暗弱的暮色裏探索着走路。街上還有些男男女女在貨攤上忙碌，尚未收攤，他們希望有一筆最後的交易以結束一天來的買賣。從來人的動作敏捷和輕快看來，他是個年輕人，從他天真的動作可聯想到他還不到二十歲。他一路皺着眉頭，有意識地沉着下巴，流露出厭惡和蔑視的神色，仿佛這條蠕動着的街道在同他作對似的。他不時定睛看着街上的婦人在毆打掙扎着的孩子，他難以忍受地注視着這種情景，感到憤怒而又可憫。他投過去的目光，一直等到那歇斯底裏的婦人擡起充血的眼睛看出他強烈的不滿爲止。他没説什麼，突然轉身快步地向他的目的地走去。

二

最後，他走進沿街的一家。裏面是漆黑的，可是他憑習慣知道，左面中間的那個房間是他要進去的。那房間的門前掛着一塊黑色的棉門簾。當他正要拉起棉門簾的時候，房裏響起了一個老婦人的歡樂而又軟弱的聲音：

"可是元嗎？恭喜，恭喜！元，你又長了一歲。"

"恭喜您，伯母。"元一面回答，一面拉起門簾。

他幾乎同老婦人撞個滿懷，因爲她同時也正在掀起門簾。老婦人叫了一聲。

"我碰傷你了嗎？伯母。"這年輕人走了進去，和善地望着老婦人，擔心地問。他剛纔在街上那團難以忍受的怒火，仿佛頓時消失了。

"没有，没有。"老婦人急忙寬慰他。她看到這個做學生的侄兒非常高興。他按照德雷伯中學的規矩，祇能在週末回來看她。老婦人其實並不算老，牙齒還一顆没掉，脖子上祇有幾條深深的皺紋。但是她一雙纏過的小脚，長久地站着洗衣、熨衣以及做不完的別的苦活，使她顯得衰弱，有時似乎搖搖晃晃。現在，她抓住這年輕人的雙臂，並且用她那由於不歇地勞動而變得彎曲的手指去撫摩他。她愛撫地責怪説："侄哥兒，你應當多穿點衣服，春天天氣忽冷忽熱，別生病。那會急死你伯父的。"

她說話時,發覺元在掙脫她的雙手,他對於還把他當作小孩看待有點不樂意。但他一直笑着。伯母歉意地鬆開了手,像要使他忘掉她剛纔說的話似的說道:"好吧,祖先已經祭過了,你到桌子那邊去同你伯父喝酒去,我去弄菜,很快。我已經準備好了。"

房間很低而且小得悶人。天花板上是好久以前糊的舊報紙。現在,這些報紙都被煙熏得焦黃,有的殘破了,掉了下來。臨街的木格子窗也糊着各種紙張。窗下正中放着一個淡紅的舊櫃子,櫃面的紅漆斑駁地露出許多裂縫和黑洞。櫃上有一個梳妝盒,一束婦女的頭繩,以及破舊的瓷器和茶杯。這櫃子不啻成爲梳妝臺。對着門的牆壁上掛着一個耶穌受難的十字架,稍左用舊紅紙貼着祖先的神位。十字架下面擺着一個狹長的高腳閣几,神位前擺着一個香爐並燃着香燭。在閣几前面,房間的中央,安置着一張八仙桌,桌上已擺好了杯筷,桌旁有兩張椅子。門背後有一張供客人坐的長板凳。兩扇房門是朝裏開的,每扇門上都貼着一幅印製的門神,是用來驅邪的。靠牆安置着一張大木板牀。一牀陳舊的布蚊帳掛在竹竿上,一頭遮着後門,另一頭露着前總統袁世凱的招貼像。窮人買不起值錢的東西,就權用這些招貼像作爲房間的裝飾品。

當這年輕人進來的時候,一個愁容滿面的老人正從牀上直起身來。他看到姪兒正在同他的妻子談話,沒有機會同他招呼,便走去拭擦木十字架前閣几上幾隻粗瓷桃子的灰塵,接着,又去修剪祖先神位前那對紅燭的燭花。香已經燒完了,他走近年輕人身旁,向妻子說:"差三個字就到八點鐘了,你去端飯菜來,我們喝點酒。"隨即轉過身來向着年輕人,本能地把雙拳抱在胸前,與其說是對姪兒的愛,倒不如說是出自對洋學堂學生的尊敬。他說道:

"恭喜你,宗元!"

"恭喜,伯父!"年輕人感到有點拘束。

這位被稱爲伯父的林國泰,是德雷伯中學校長賴甫斯通先生的僕人。他對在那裏做學生的姪兒不免感到值得尊敬。他走到屋中央用膳的方桌跟前,不自然地移動了幾下,不知道作爲一家之長是否該坐首席。終於,他坐下了。宗元由於伯父過於恭敬而感到不安。他坐在桌子左面,桌上已經上了兩道菜:一碟是醬汁豆腐乾,另一碟是撒着鹽花的炒豌豆。兩人面前都擺着一隻小酒杯。林國泰用右手拿着錫酒壺,給小伙子斟了杯淡淡的琥珀色的黃酒,極力勸這年輕人同自己對飲。

"黃酒沒問題。校長賴甫斯通先生也喝的。他説,這算不了酒……你喜歡黃酒麼?要不然,換竹葉青吧?……哦,哦,你喜歡喝黃酒就好極了。祝你好運!這酒是到城裏去買來的。"

他們在喝酒,林太太則從後房來來去去的端菜出來。她每端出一道菜,就望望這年輕人,等待他對菜的贊賞;宗元也不等她問,每次總是説這菜好吃。他邊吃邊點頭贊美這頓菜肴,樂滋滋地享受這頓美餐。這是他在學校裏吃不到的。他知道,這是老人家專門爲他做的。林太太笑着向宗元奚落學校裏的伙食,而林國泰則對這位學生——自己的侄兒顯得格外尊敬,在宴飲中,其樂融融,反映出這小户人家的天倫之樂。

三

林國泰對宗元如此尊敬是有着深遠的背景的。他祇有兄弟倆,自己没有兒子,這年輕人是他弟弟的長子,也是獨子,因爲其餘的子女都没有活下來。多年前,當他年輕的時候,兄弟倆一起在家鄉——湖北松門縣耕種一小塊土地。他終於認定,種田不會給生活帶來什麽希望,儘管像牛一樣耕呀耕的,辛辛苦苦,到收割的時候,却祇能卑屈地過着半饑半飽的生活,無人把你當人看,祇把你當作一頭啞巴畜生。於是,他打算到城市來碰碰運氣,養兒育女,讓他們能受到教育,使他們能有本事養家並爲父母添些光彩。没多久,他就實行他的計劃,把田地留給弟弟,帶着年輕的妻子出外謀生。他唯一的資本是一個年輕人的自信心。他夫妻倆都很年輕,都有無窮的精力可以出賣。不幸,他在城市裏的經歷使他感到失望。他起初做轎夫,隨後做過小販、碼頭苦力、人力車夫和傭人。像皮球那樣,到處被踢來踢去。爲了不至於餓死,他忍受着這艱難困苦的生活。幸好妻子沒有生育孩子，否則生活就更加陰森可慮。他精神上終於被壓垮了，變得卑躬屈膝，學會逆來順受，低三下四。每憶起舊日的情景，他感到很難過，甚至懊悔當日爲什麼拋棄土地，遠離家鄉；在那裏至少有一個兄弟可以相依爲命，一起挣扎。那塊小農地，對他也許没有多大幫助，但它從來不背棄他，也並不虧待他。他知道，每在他受苦之前，這塊田地就得先受煎熬。而且，要是他死了，就會像所有中國人的願望那樣，他的屍體會同歷代祖先一起埋葬在自己的土地上，這叫做"落葉歸根"。而一個人如果死在異鄉，被埋葬在陌生人的亂塚孤墳之間，那就意味着在地獄中挨餓受苦。因此，不論什麼時候，祇要他辦得到，他就寄點錢給他的弟弟，催他成婚。他自己已經失去了生孩子的希望和勇氣，他擔憂他的家族會斷絶香火。如果他弟弟成親並有了孩子，那麼，靠兄弟倆的共同努力，養育幾個子姪；儘管依靠下一代的成就以贏得人們的尊敬這種希望是渺茫的，但是至少這一家已有子姪可以傳宗接代了。

　　林國泰從這村到那村，從這鎮到那鎮，從這城市到那城市，到處漂泊，他所追求的不是提高社會地位或者發財致富，而僅僅是爲了餬口。慢慢地他越出了湖北省界，來到了江西的安昌。祇是在他做了賴甫斯通先生的僕人之後，他纔開始感到生活有了依靠。痛楚的經歷迫使他學會了奴隸般的忠順，也在一定程度上使他關心別人。他的主人和主婦都喜歡他。加上他的妻子給學生洗衣服的勞動收入，他設法積了些錢寄給他的弟弟。他弟弟把家裏原來很小的土地賣了一部分，也湊了一些錢，就同家鄉松門縣城裏的一個有錢人家的婢女結了婚。

　　林國泰的弟媳，在婚後第二年給他們家生了個男孩。他弟弟請茶館的掌櫃給他寫信告訴這個好消息。他聽到後，感到生活的變化奇異地給他帶來了新曙光。村裏的算命先生替這孩子算了"八字"，使他們感到吃驚。算命先生説，這孩乃天上星宿下凡，玉皇大帝讓他投胎到一個昌盛之家，將來會獲得高官厚禄，榮華富貴。然而，他爲什麼却出生在一個貧苦的家裏呢？那算命先生没有説，似乎祇要使林家兄弟意外地感到快活也就够了。爲了避免這孩子受到凶神惡煞的災禍，他們給他起名"阿牛"，意思是，他既然是頭小牛，神煞就没有理由給他橫加災禍。可是在兄弟倆的心裏，並不想讓這孩子做牛當農民；相反，他們要讓他讀書識字，林國泰則應承負責他的教育。

阿牛小時候住的是祖父母傳下來的小茅屋。茅屋很矮，既没有天花板也没有地板，連小窗也没有。一個房間住人，立有供奉祖先的神位；另一個房間自從林國泰出門以後，就成了牛棚和猪欄，並堆放着一些農具。原來另有一間牛棚和猪欄，因爲國泰要出門碰運氣，需要帶些錢，就把它拆掉賣錢做了路費。住人的房間後面還有一個小棚，那是厨房，裏面還有一個鷄舍。厨房旁邊有個用茅草蓋頂的凉棚，是夜裏幹農活用的。阿牛同父母住在一起，住房很狹窄，除了放一張木牀之外，就小得很可憐了，而父母和兒子居然在這張木板牀上睡了將近九個年頭。房間的其餘部分安置着一張桌子、幾張矮凳和板凳，是自家用板塊和枝幹敲成的；四角還擺滿了箱子、袋子、籃子、壇壇罐罐和一捆捆什物以及其他破舊。因而這住房又不啻成爲醃菜、食物、種子、破布之類的儲藏室。

屋外面，牲口棚旁邊有一片小小的園地，由於缺乏人手，荒蕪在那裏。屋前是一片小小的打穀場，平時不打穀的時候，林家媳婦就用來曬衣服。場邊有個小草堆，小阿牛常常頑皮地在上面打滚。

儘管全家都很愛小阿牛，把他看做希望之所在，但是他自己却感到童年時代生活在家裏是卑微的。當然，嬰孩時期他無從記憶。那時，林家人很耽心這孩子活不了，男人設法弄到猪脚燉湯給妻子喝，使她有乳來喂這嬰兒，認爲這是發乳的食物。當阿牛得病的時候，父母就到屋外去"叫魂"。他們相信這種迷信習俗，認爲兒了之所以得病，是因爲他的靈魂迷失了，需要呼唤他回來。這時，作父母的就得沐浴更衣，據說到處飄蕩着的遊魂，是憎惡髒衣服的。丈夫在包頭布上插三支香，拿着一面從土地廟借來的銅鑼在前面走，妻子捧着一個浸着米、盛滿水的碗跟在後面。還請一兩個鄰居陪着，但人數不能多，人多了會把病孩的迷失飄蕩的靈魂嚇跑。幾個人從村裏出來，在黑暗中沿着山谷河溪的小路走去。丈夫敲着鑼，大聲喊着："阿牛，小阿牛，回家吧！"妻子把碗裏的濕米一步一步地撒在路上，借以吸引那些到處存在的小鬼。他們相信，不撒濕米，那些小鬼會不讓小阿牛回應這個呼喊的。在小鬼接受賄賂的時候，妻子代替孩子回應丈夫的呼喊："噢，小阿牛回來了。小阿牛回來了。"他們這樣連續三夜呼魂，小阿牛的病纔不可思議地好起來。

可是到了三歲，阿牛就把父母的這種鍾愛全都忘了。他已長成一個很結實的孩子。他常常因爲父親打他的母親而嚇得要死。他自己也由於吃飯時哭着要吃肉，或者同別的孩子攀比吵着要穿好衣服而挨打挨罵。他常常被別的孩子罵爲雜種，回家大叫大嚷，要大人解釋。他父親並不回答，祇是把他和他母親打了一頓。他母親暗自流淚，告訴他說：全都是因爲窮。但是他對這個答復不能滿意。直到他伯父林國泰把他帶進洋學堂之前，他連一張自己獨睡的牀也沒有過。家裏的牀睡不下三個人，他總是被擠到牀角裏去，並且常常因爲夢中亂踢亂叫而在半夜裏被打屁股。他所能記憶的祇是他從小就爲家裏喂鷄，放猪。祇要丢了一隻鷄，他母親就在夜裏哭，他和母親就得挨父親打。他有時被派到菜園裏采摘紅辣椒，用綫串起來，掛在屋檐下，留在冬天吃，他的手指却因摘辣椒而弄得火辣辣的，疼得很。當他用手指揉眼睛時，眼睛也惹得火辣辣的紅腫起來，辣得眼淚直流。這時他就頓足大罵他的母親。及年齡漸長，他已會看牛放草，騎在牛背上吹笛，生活纔輕鬆些。有時他去撿柴火，背着一捆捆乾柴和茅草回家。有時則同別的孩子打架，打得膝蓋流血，臉破身傷。他還從別的孩子那裏學會反對自己的父親，在看到父親打母親時，就用木棍從背後打父親的後腿，打了就跑。有時父親打他，他就向父親扔石子。他的生活，一開始就面對着從四面八方而來的壓力，迫使他從不斷的鬥争挣扎中站立起來。

在他七歲的時候，伯父林國泰堅持要把他送進村裏的舊式私塾去讀書。這種私塾，從來不是按照官府規定設立的，嚴格地講，也不同於有錢人家所設的家塾。這些私塾的塾師，大抵是些落第的秀才，科舉不得志，做官的希望和門路被堵斷，由於得到公衆的認可，在村裏開個蒙館，收些學生，教他們讀些聖賢書。他通常得到當地財主和村長的支持，通過他們借用祖宗祠堂的廊廡作爲私塾的課室。學生們的父母給他交脩金，有錢的多付些，窮的少付些。塾師即靠此作爲謀生的一種手段。一個村子一般至少有一所村塾，但也有幾個村子纔有一所的。

起初，阿牛覺得進私塾好像上了天堂那樣，自由由在，家裏的活幾乎全不用做了，可以整天同別的孩子在外面玩耍，父母也不會來叫他去幹活。可是不久，他的名聲弄得很壞。

他很聰明，但却又很懶惰而倔强，塾師和同學常常打他，說他任性、自大、愛爭吵打架，常常不上學，溜到田野去挖泥土，生來就是個粗野的農夫，不配讀聖人的書。有一次，他被塾師打得頭破血流，被驅逐回家。他的父母被告知不要再送他上學了，因爲他在龍王廟裏向龍王雕像扔石子，把龍王的頭打破。村長責令這貧農出兩萬銅錢修復龍王頭像，還要請三十六個和尚做七天道場，來平息龍王的憤怒。否則，海龍王定會讓洪水泛濫，淹没全村，使村人遭殃。他一家人要對此負責。這個縣的大部分，特別是這個村子，由於漢水及其支流的泛濫，向來受到洪水的禍害。因此，這個世世代代受人供奉的龍王菩薩，没有理由會寬容這個貧農兒子給他的奇恥大辱。他父親没有別的辦法，祇好痛打兒子和妻子，拖着阿牛跑遍全村，父子倆向無頭的龍王菩薩，向塾師，向村長，向財地主們，叩頭求饒。最後，出了一萬五千文銅錢修復龍王的頭像，還請二十四個和尚做五天道場，都由他家出錢和供飯。他父親賣掉了牛和僅有的一小塊地，纔度過了這場災難。林國泰也花了錢來幫助他的弟弟。從此以後，阿牛祇得留在家裏，幫父母在租來的一小塊田裏幹活。他不能上學了，因爲塾師不許他到私塾去。

此後，小阿牛的生活，一半時間在家裏，對抗父親的打罵，保衛他母親和他自己；其餘的時間，往往一連幾天在外面去撿破爛、拾垃圾，或者挖野菜來充饑；有時也偷東西，還同孩子們或成人們打架。他成了個小遊民，流浪到附近的村鎮去。兩年後，這孩子九歲了，他父母和村裏人都對他深感失望。這時候，林國泰依舊抱着要把這家族子侄培養成爲讀書人以振興家業的夢想，他回家來看望自己的弟弟，隨後把阿牛從他父母身邊接過來，帶到江西安昌，德雷伯中學校長賴甫斯通先生答應讓他的侄兒免費進入德雷伯小學。

四

阿牛換了個新名字，叫做林宗元，進了現代化的學堂。他剛進學校的頭幾個星期，林國泰心裏捏着一把汗，拿不准這樣做是否對。這孩子過去的生活使他擔心，尤其是，他感到迷惑不解：這個天性聰明伶俐的孩子何以竟至於如是乖張？他存有這孩子也許會給他帶來更大災禍的隱憂。每當有人對他這位侄兒流露些微不滿的時候，他就會苦惱得徹夜失眠。在學校裏，他侄兒的成敗，似乎已神秘地成爲主宰着他和他一家未來命運的關鍵。他處於這個捉摸不定的神秘的關頭：或者從裏面衝出一頭猛獸，把他撕成碎片；或者從裏面出現一乘紅呢大轎，把他擡往人間樂園，去享受富貴榮華。當他想到這侄兒可能變壞的時候，他就跪在十字架和祖宗神位前往地上叩頭，訴說自己無辜，不該受到懲罰。他拉着這孩子也跪在自己旁邊，懇求上帝憐憫，萬一他得罪了神靈，祈求神祇以慈悲爲懷，給予寬恕。

可是宗元發展得很好，慈藹的伯母洋溢着純樸的母愛，使他的性格發生了變化。他伯父對他抱有熱誠希望，使他受到鼓舞，積極在班上爭取名列前茅。那時他祇有九歲，却很有志氣，要是在班上祇居第二，就感到羞愧得無地自容，甚至用頭撞壁。由於容易接觸到書籍，激發了他愛讀書的興趣和學習的熱情，這就大大改變了他過去愛打架的惡習。起初他讀的是中國舊小說和用文言翻譯的西方小說，隨着年齡的增長，涉獵面更廣了，進步很快。及升初中時，他已是個經濟上半獨立的學生了，他伯父設法給他付學費，他則於課餘爲學校辦公室搞油印，以所得的報酬作膳宿費。

可是他永遠忘不了童年時期自己和父母的遭遇。它好像野獸的利爪那樣牢牢抓住他。他對誰都不説，連最忠厚的伯母也不説。他在學校裏的境遇，也不是很愜意的，同學們妒忌他，富家子弟瞧不起他，嘲笑他。他對賴甫斯通太太帶着優越感的賜予以及那種悲天憫人的態度，感到很難堪。他伯父那種馴服的可憐相，使他感到特別痛苦。而這些又反而激發了他强烈的自尊心，變得高傲起來，借以抵償由於林國泰自我貶損、卑躬屈膝給他所帶來的痛苦和所蒙受的屈辱。他對富貴人家的同學很冷淡和蔑視，對外國人也很疏遠。儘管他飽受痛苦，值得同情，然而他却不容許自己這種强烈的感情流露出來。他的自信心與年俱增，他變得更固執，甚至喜怒不形於色，不讓别人知道他的愛憎。在同學中，頗有些同他相敵對的人，而教師們則認爲他野性難馴，忘恩負義。這就使得他伯父非常擔心，不敢輕易提及有關他的事。這位老人對他的侄兒開始模糊地感到驚異，深怕這位年輕人會舍棄他。實在説，宗元確實已清醒地意識到自己不再是這家庭之一員了，甚至於無論作出什麽決定，竟連想也没有想到要同伯父商量一下。他顯然没有必要把自己的名字"宗元"——意爲家族之善良長者，改爲單名"源"——意爲水之源泉。這個單名雖然並没有正式使用過，因爲在學堂裏注册的學籍並未更改，然而他同友輩通信中却經常使用。他仿佛在烏雲密布的茫茫夜裏，沿着一條漆黑的道路探索前進，祇能顧及自己，同家庭幾乎完全隔絶。這使林國泰深感焦慮，可是善良、慈藹的伯母却並未意識到這一點。

五

吃過了飯，宗元到厨房去。這厨房原先是作爲寢室的一間較小的後房。幾年前，林國泰的妻子由於在公用厨房中爭不過鄰居，便決定把寢室從後房移到供奉耶穌和祖宗神位的前房來，把後房騰出來做厨房，自爲一所。林國泰覺得，供奉聖靈的房間住上了人，是褻瀆神明的；但現實生活告訴他，吃飯比聖潔地供奉上帝更爲重要。他妻子勸告他説："老頭子，你要知道，我們得吃飯，要是我不能給你做飯，你没有氣力，怎能禮拜上帝呢？何況，二者必居其一，要是沒有廚房，我們就做不出祭品來供奉神靈。"

林國泰習慣於順從地默默地聽着，似乎失去了抗辯的能力，他覺得妻子比他更聰明，更有道理：神靈也許能體諒他的困難而赦免他的罪過。

當宗元來到這廚房的時候，他的伯母正站在一個磚砌的小灶前忙碌着，她把餘下的烤鴨裝進賴甫斯通太太送給她的瓶子裏去。她在油菜燈搖晃不定的光綫下操作，沒有看見宗元進來。

"您又那樣做了，伯母。"宗元在她肩膊後面說，提醒她他不願從家裏帶吃的東西回去。伯母稍感吃驚，解釋道：

"不，你瞧，你伯父吃不了那麼多。菜是會變壞的。何況，這不見得完全是爲了你的，你又何必擔心呢？"她對於自己機巧的謊言感到很得意，繼續雄辯地說下去："你把這帶到學堂去，你的朋友們會馬上替你吃光的。當朋友們聚會的時候，吃吃喝喝，你不免要吃他們的東西。我們雖然窮，可是總不能讓別人認爲我們老是白吃人家的，拿不出東西給人家吃。我們越窮，越要硬。是不是？"她不可思議地用一種莊嚴的神色瞥了宗元一眼。

"那我就帶回去算了。"宗元勉強地說。他覺得，要是他一定不肯拿回去，是會傷伯母的心的，其實他心裏不樂意把這瓶私家的食物帶回學堂裏去，這似乎有損他的男子氣概。何況，他知道伯父一家也很少吃到好的食品。

"你不用來幫我，"伯母看出侄兒想來幫她的忙，就堅決拒絕，"這是婦人家的事，你是不該做的。你去同伯父坐坐。"

見侄兒還留在廚房裏，她又繼續懇求說："去同你伯父談談，讓他高興些，好嗎？他要看看你。這可憐的人！你到他那兒去吧，我一會兒就出來。"

她對還沒洗過的碗碟等餐具疲乏地瞥了一眼，自信地說："洗這些不需要很多時間，我馬上就出來。"

宗元理解這位負擔沉重的婦女固執的自信心。他知道她這種豁達的獨立精神，實際上是在幫助這貪婪的世界來劫掠她自己，他唯一能做的是讓她知道她的意願受到尊重，使她認識到她有理由以自己的堅強而自豪。從這學期起，他在小學的幾個班級裏任課，這樣，他伯父就用不着替他付學費了，這無疑是一種慰藉。當他正在沉思的時候，伯母又說道："到你伯父那兒去吧，侄哥兒！"

"好，我去，伯母。"於是他走到前房去了。

六

林國泰坐在掛着墨綠而又帶藍色的亞麻蚊帳的牀上，正在抽水煙筒，把一筒火紅的煙灰吹到手掌上，然後小心地放進煙灰缸裏。他心裏似乎在盤算着什麼。宗元走進來，就在門旁的板凳上坐下，面對耶穌受難像，靠左的紅色的祖宗牌位，在朦朧幽暗中，那些字跡好像一顆顆濃密的黑點。此時，吃飯的方桌已推到閣几底下，房間似乎寬大了些；但在微弱的煤油燈光裏，那個方桌的龐大而墨黑的影子，却吞沒了這空間。宗元想回學校去，更感到房間裏的氣氛的陰沉。他伯父的沉默寡言，令人沉悶。滿布塵埃的灰暗的牆壁，陳舊得發黑的家具，濃密而碩大的陰影，使整個房間的氣息令人難以忍受。他尤其不喜歡同他伯父單獨在一起，因為他伯父長期做着卑賤而屈辱的角色，完全不能理解這個年輕人。對他伯父來說，長期養成的奴性習慣，已經不自覺地成為生活中的道德準則了。宗元到家裏來的時候，這老人不斷地對他談自己的哲學，並且建議他具體地應該怎麼做。宗元的年輕的心，對這種奴性燃起了蔑視和厭惡的火焰。出於對長輩的尊敬，纔不敢大聲申斥。他的神經非常緊張，唯恐這老人埋怨他在學校的行動，以及勸他卑躬屈膝。他可憐這老人，但對此種氣氛總覺得很不愉快。他穿着一雙舊皮鞋，一隻脚架在另一隻脚上，用底下那隻脚的鞋頭着力地挖着地面，仿佛要挖出一個洞來。然而他知道，要是他過早地離開他的伯父母，這兩位老人是會感到傷心的。而且今天是他十八歲的生日，這老人應高高興興的，所以他祇能勉強地那麼不舒服地坐着，决心使自己的情緒顯得高興些。於是他把學校裏的事情講給老人家聽聽。

"哦，你今天到女子學校去了嗎？"老人漫不經心地說，一面噗噗地抽着水煙筒。

"是啊，"宗元打趣地說，"格德曼小姐是個很開通的婦女。她說女青年會和男青年會的學生應當在一起活動，因爲他們以後的場所是在一塊的。當她說這話的時候，我們的强生先生氣得像一隻發怒的耗子，他連他們一向尊重女性的禮貌都忘掉了，好幾次打斷了她的話。我們學生沒有機會說話，因爲他們爭論得很激烈。"他伸直了雙腿，把背靠在牆上。看來，他在回想强生先生那副像耗子般的憤怒的神態，暗自感到高興。

林國泰却滿不在乎。根據他的經驗，外國人總是愛辯論的，他認爲這是浪費精力，如果你有權有勢，就用不着辯論；要是你身無分文，沒有權勢，那你再辯論也沒有用。他無精打采地說："沒有什麼了不起的吧？我想。"

"但這是很重要的，怎麼不呢？"宗元莊嚴地維護他的立場，仿佛他也准備掀起一場辯論似的，"年輕人應當相聚在一起，交流思想，互相了解。他們也是應該這樣做的。可是在這裏，他們像對犯人一般地對待我們。我們的信件被拆開了，我們的行動受到控制。你看一眼女生，傳教士就會把你當作天生的罪犯。"他的話使人聽起來似乎是好鬥的。他站起來，緊抱着雙臂，在房間裏走來走去。

老人繼續安静地、噗噗地吸着水煙筒。他認爲，這年輕人魯莽而又缺乏經驗。但他不打算爭論。實在說，他也不知道該怎麼說。他問道："有女生在場麼？"

"有的，"宗元得意地擡頭望着，"四個女生。格德曼小姐說，我們這次聚會，就是交換對這提案的看法。"說到這裏，他本能地繼續描述這些女生："你知道，其中一個女生是同我的同班同學孫裕興一起參加唱詩班的。她就是那個頭髮垂到鬢角的、瘦瘦的高個子女生，她不大說話。另一個，唔，是傳教士的女兒，她頭髮上總是系着根紅帶子，穿西式短裙，像個活娃娃。"

這位伯父對這年輕人說話的態度搖搖頭，沒說什麼，而宗元更加不滿地繼續說："第三個就像尊金剛菩薩，她是高三班的。我想，正因爲她是最高班，她的舉止就像是四個女生的領袖。她拼命地搶時間盡說些廢話。每當她說話的時候，她就把豐滿的白臉左顧右盼地對着格德曼小姐和強生先生。"他停下腳步，演戲似的把下巴左右轉動着，模仿這女生的姿態，繼續說道："她仿佛準備好讓人從兩旁打耳光似的。"他非常厭惡地無意識地踢着地面，然後，走到他伯父坐的牀的那一頭，坐在桌子旁的破椅上。林國泰對這位姑娘如此被嘲笑頗感不安，但對這談話倒很感興趣，希望繼續談下去。長時期以來，他一直關心着宗元的婚事，以及許多有關宗元未來的其他事情，他覺得應該比侄兒更操心，因此一邊點燃水煙筒上的煙球一邊問：

"第四個女生怎麼樣？她比別人好些吧？"

"哦，"宗元把眼往上瞧，回想着她的模樣，繼續沉靜地說："那是個小姐氣的姑娘。她在會上一直沒有說話，雙手抱在胸前，祇是坐着，朝窗外望，仿佛沒人在場而獨自沉思似的。當格德曼小姐征求她意見的時候，她祇是搖搖頭，微微一笑。她一定是個新會員。非常拘謹。"

老人不吸煙了，他站起來，把水煙筒放到桌上去，坐到與宗元隔桌的那張椅上。他輕輕地咳了幾聲，謹慎地低聲說："侄哥兒，你現在不小了，該想想婚事了，那些女學生你一個都不喜歡嗎？"

宗元吃了一驚，臉紅了。他沒有提防伯父會問這個問題。他最初的印象是這事與自己不相干。他好像從未想過要討老婆。他曾經有意識地要過獨身生活，不願陷入通常所謂"食色性也"裏去，爲日夕兩餐和生兒育女而勞碌一生。他要求自己成爲一個有理想的人，至於這理想是否有特定的涵義，抑是一般的獻身於爲人類服務，他並不清楚。對他來說，凡別人已做過的事情，都不值得重復去做。他瞧不起模仿別人這種思想，憎惡把他納入一個公認的生活框框。由於這種反感，他突然站起來，很不耐煩地答道：

"我從未想過這種事。女人與我無關。請別對我説這種事。"

老人感到很窘,也感到很傷心。他覺得侄兒很古怪。他撿起一張紙,把燈罩上的灰塵擦下來。

七

幸好這時候林國泰的妻子走進來。她躬着背,雙手端着兩個瓶子,走得很慢,移動着她那疼痛的尖尖小腳,每步都要摸到一個平整的地面,纔能把腳踏下去。宗元馬上走過去,接過她手中那兩個瓶子。她愉快地問他:

"我聽見你在大聲講話,元。好啊,給我出口氣。"她走近宗元左邊那張椅子,雙手扶着桌子,站穩了,纔小心地坐下來,嘆了一口氣,繼續説:"你瞧,老頭,要是你再叫我受氣,我的侄兒會給我出氣,叫你不好受。"

她斜視丈夫一眼,向他撅起下唇,表示是正經的,不是説着玩的。她打趣地斜着點點頭,臉上露出非常滑稽有趣的神情。

宗元看到這種情形,不禁開懷大笑起來。他給她端了杯茶,因為忍不住笑,幾乎把茶潑了出來。

林國泰也笑了。他拿起水煙筒,隔着桌子遞過去,説道:"好吧,總是我這老頭最壞。吸煙吧?"

"你聽見我們在談什麼嗎?伯母!"

"當然。"她説。由於疲勞,也由於想加深對聽者的影響,她把聲調拖長:"從前,老人們説:'男大當婚,女大當嫁。'那是老話。現在,世界文明了。你以為現在的人還跟我們一樣麼?現在,男孩子和女孩子在教堂裏坐在一起,我們年輕時候做得到麼?"她一面喝茶,一面親切而告誡似地望着丈夫。

"你攪混了。"這老人温和地抗議道。他把手指交疊起來以示減輕罪過,把背靠在椅上。"我並沒有把他教成老派人,像你和我那樣。別加重我的罪過。"

林國泰的妻子大笑說："好吧，行啦。侄哥兒，把牀邊的針綫籃遞給我，還有，牀那頭竹竿上掛着的黑邊上衣，……我不來打擾你們。你們繼續爭論吧。"

宗元沒有動，驚奇地望着她說道："你還幹活？休息會兒吧！"

林國泰的妻子把燈拉到自己一邊，拿了一張紙，折起來，中間剪了個洞，隨即把紙攤開，把紙洞套在燈筒上，作爲燈罩。她並不直接回答侄兒："天氣忽冷忽熱，他要穿那件舊褂子，我一直拖着很久還沒有補。"

宗元覺得最好還是走，這樣可以讓她休息。但是他習慣地知道，他們是不會讓他走的。他看到伯父已經把針綫籃遞給了她，他也就把那件上衣也送過去。她在針綫籃裏翻來翻去，找到了那副牛角邊的老花眼鏡，戴上就補起衣服來。

房間裏靜默無聲，祇有林國泰的水煙筒在發出均匀的噗噗聲，斷斷續續地打破了這寂靜。

這時，老人的心也在爲侄兒噗噗地翻滾着。事實上他確實時時刻刻在爲這孩子操心。他把他當作自己的親兒子，不但把孩子的教育作爲己任負擔起來，而且像所有做父親的人那樣，自願爲這年輕人的生活前景開闢道路。除非這孩子成了家，立了業，否則，他甚至不敢死去。因爲死後在黃泉與祖先相遇時，祖先定會問他關於宗元的情況。要是回答不出，祖先會認爲他對不起家族和祖祖輩輩。雖然在閻羅王的唯一統治下，他們無權懲罰他。但是在陰間，由於沒有盡責而被家族放逐還是很可憐的。他知道，這孩子並不需要伯父爲他創立家業，甚至反對他作這種努力。然而，沒有思考的餘地，世俗的頑固勢力驅使他不斷地進行這種不受歡迎的工作。

他從經驗中直覺地體會到，依附於教會的生活是最安全的，而且也不算很苦。外國人很有錢，他們比中國人富裕得多。而且工作有固定的時間，工作完畢，可以幹自己的活。教會的活動有許多方面需要中國人作助手，在他們那裏找工作是容易的。此外，他們願意幫助人。林國泰想不起會有哪個中國人願意給宗元免費受教育的。而且不知道怎麼一來，林國泰總覺得給外國人做工高人一等。人們對於在教會中工作的人，似乎更尊敬些。即使觸犯了警察，警察似乎反而故意避開。就算他出了什麼事，外國人也會替他出頭，這樣，他就感到平平安安、自由自在了。他覺得，外國人是合情合理的，既和善而又有莫測高深的勢力。他們崇拜上帝，他則崇奉祖先。這個事實，對他沒有什麼區別。他自己成了基督徒，因為他知道他們喜歡他這樣做。而了解他們喜歡什麼和不喜歡什麼，對他說來，是非常非常重要的。儘管他偏愛外國人，但比起中國人來，他更怕他們。他永遠不了解他們，因為他不能想像他們同中國人是一樣的人。他不能理解，外國人的一笑，到底是意味着嘲弄呢，還是善意的打趣。中國主人發了怒，不論多麼暴躁，他都是熟悉的。他知道，怒從何來，應當如何避免。在一個古怪的外國人面前，他不知道主人什麼時候高興，什麼時候不高興，他得事先猜測，預先作準備。可是他常常猜錯了。外國人是和善的，有勢力的，然而是莫測高深的。

可是，這種神秘的感覺，並沒有妨礙他對於教會的依賴。他已經為宗元的一生準備好一條與此不可分的道路。宗元太好了，不能讓他做僕人；他受過教育，可以輕而易舉地在教會學校裏謀個教師的職位。林國泰已經在幾年前替他的侄兒在教堂登記過，打算讓這年輕人受洗禮。因賴甫斯通先生說過，教會學校的教師，除教中文者外，都應該是基督徒。最近，林國泰了解到，宗元明年畢業後，會有個很好的機會，將在教會裏得到一個很高的職位。他想今晚同他談這個問題。

與此相關，他面臨一個重大問題，他知道宗元在學生中有敵人，而教師們也並不喜歡這個孩子。雖則賴甫斯通先生被他的僕人的懇求和請托所打動，也沒有發現這孩子做基督徒的工作有什麼不足之處，但是他關心的是外傳宗元與城裏的學生會有關係，在宿舍裏發現控訴政府屠殺學生罪行，要求政府抵抗日本人在某海港的侵略行動的小冊子，而宗元被傳說是小冊子的散布者。賴甫斯通先生並不喜歡日本人，但他想方設法阻止學生辱罵政府。他得知北京發生了學潮，也了解到這種學潮通常與外國人聯繫在一起,因而意識到在本城也有發生學潮的危險。他不能肯定小册子是否宗元帶進來的。他相當喜歡這孩子的聰慧和富於感情。他認爲這孩子將會成爲一個虔誠的好基督教徒。要是他能成爲這樣一個人,就更應幫助他了。但是,如果這孩子老是桀驁不馴,如果他參加了學潮,那麼,作爲學校的校長,就祇能不管他了。在這方面,教會人士的意見總是一致的。

林老頭並不知道賴甫斯通先生的全部心思。凡是他知道的,他都完全同意。他認爲他的侄兒也許走上了邪路,面臨着危險而不自知。可是,這孩子既很倔强而又很自信,這伯父怎麼能幫他回到常軌上來呢?

八

林老頭不敢對宗元直接提到這件事。他繼續噗噗噗地吸着水煙筒,不斷地噴出煙來。正當宗元與他伯母閑談着學校裏的生活的當兒,林國秦突然插了進來説:

"元,這裏在鬧學潮,是真的嗎?"

"不,我從來没有聽到過。你從哪兒聽來的?情况怎麼樣?什麼時候發生的?"

這一連串的問題,把這伯父弄糊塗了。對他來説,成立學生會就是鬧學潮;而宗元却以爲,城裏學生的遊行示威,他都不知道。林國泰最後回答説:"我不知道是不是鬧學潮,我祇是聽説罷了。"

"誰告訴你的,伯父?"

"來看望賴甫斯通先生的幾個外國人説的。"

宗元用鼻子哼了一聲,顯示不以爲然。他厭惡地説:"他們知道什麼?這些傳教士,他們對中國學生,什麼也不懂!"

老人對這話很不高興。他低下頭來抽了幾口煙,然後喃喃地説:"我認爲賴甫斯通先生是個好人,他救了我們的命,也救了我們一家;要不是他,我的骨肉早變成灰了。"他這話説得非常慢,懷着對舊日過着半饑半飽的日子所遺留下來的那種感觸。

宗元沒有回答。對這喃喃低語，他聽起來感到非常不舒服。這聲音，像是被壓碎的、自怨自艾的、沒有生氣的認罪罪犯的最後懺悔，而他却很年輕而且生氣勃勃。他努力弄明白伯父的意思，但是要他承認它的現實意義是很困難的。他長嘆一聲以代回答，並且把兩腿伸直。

老人不理解這意思，倒以為打動了侄兒的心，大受鼓舞地繼續說：

"例如，賴甫斯通先生總是想到我們。那天晚上，強生先生走後，他叫我留下，跟我談起了你。你要知道，他是很關心你的。"

"怎麼？"這年輕人冷冷地問。

"他問你受過洗禮沒有。"

"這和他有什麼相干？"宗元皺着眉頭說。雖然他在教會環境中開始自覺地生活，但是絕對沒有而且不喜歡接受洗禮成為基督教徒。主要的是，在他的印象中，向來認為，做一個基督徒，就得承認現世生活是罪孽的，人生下來就是有罪的，而且是軟弱無能的，沒有上帝的威力，就什麼事也做不成。他內心裏燃燒着青年的叛逆精神，他不能贊同這種思想。他不斷地抗拒伯父勸說他接受洗禮的努力。現在，這問題又提出來了，他意味深長地望着伯父。

"我曉得你不願意，"伯父猶豫地說，"但這是兩碼事。"他覺得說上了勁就索性繼續說下去，希圖說服這年輕人，使他懂得賴甫斯通先生能想到他們是多麼重要。他說："確實，賴甫斯通先生用不着想到我們，你知道。他這樣做是出於他的好心。他為我們着想，特別是為了你。"說到這裏，老林動了感情，乾脆提出他的天真的建議："他說你還年輕，年輕人無論到哪裏都常常會遇到困難，因此，他說他樂意幫助你，讓你有發展的機會。你知道他有多好啊！他說有一一個鎮裏的教會小學，那裏有個好位置，說你現在纔是高一，受洗禮是有好處的。你聽，他還說，等你畢業了，就讓你到那小學去做校長，校長啊！"他現在感到很舒暢，因為他把心裏話都說出來了。於是他停下來，再抽抽煙。但他沒有注意到，侄兒聽了他這番話，却板起了面孔。一時間，他對侄兒當上小學校長的前景感到很樂觀。

"這是真的嗎?"林國泰的妻子睜大眼睛望着她的丈夫叫道:"嗨,老頭,你怎麽不早告訴我?"

"我怎麽能告訴你呢?"老人得意地笑着。"你們女人都喜歡嚼舌頭,你會使所有的人都知道這件事。"這時,他想到現在已告訴了她,就告誡地補充道:"這是賴甫斯通先生對我們的好意,這全得要侄兒先受洗禮。這件事對誰都不要說。"

"唉,"他妻子一本正經地說,"你以爲我是發神經病,我會跟別人去談這件事嗎?你以爲我不知道這是出自賴甫斯通先生的好意,我會到處去告訴別人,讓人家來搶掉我們的好差使嗎?我不會那麽糊塗。"她感到高興和寬慰,又照舊去幹她的針綫活。

"得啦。"林國泰對她讓步,說道:"別嚷了,人家會聽見的。"他轉向宗元,滿以爲宗元一定會很高興,因爲小學校長是個受人尊敬的職位,剛畢業的中學生是不容易得到的。可是,當他仔細觀察侄兒的神情時,心冷了一半。在那年輕人堅毅、深沉而瘦削的臉上,顯現着滿臉怒氣。他把原先想說的話縮回到喉嚨裏,陰聲細氣、吞吞吐吐地說:"你認爲怎麽樣?我覺得,做校長並不壞。"

"唔!"

林國泰弄糊塗了。他吸着水煙筒,竭力想弄明白侄兒的心思。他不願設想,這年輕人不喜歡做校長。他得不出結論,又問道:

"你認爲怎麽樣?宗元。"

"我不要受洗禮!"宗元斬釘截鐵地回答,從語氣,毫無商量餘地。

"那你怎麽做得成校長呢?"林國泰絕望地說,兩眼直瞪着宗元。

"那我就不做校長!"

這話嚇得林國泰的妻子大吃一驚,目瞪口呆。她看了宗元一眼,傷心地搖搖頭,又繼續做她的針綫活。

林國泰把點煙的紙卷滅了,把它插在水煙筒一側的小洞裏,然後吹掉煙筆上的煙燼,把它弄到煙灰缸裏去,又用左手拇指慢慢地抹净水煙筒的煙絲缸，再把煙筒上掛着的骯髒的綠纓繸弄直，最後纔把它放到桌子上去。他不慌不忙地做這些小動作，用以減輕內心的波動和不愉快的感觸。宗元咬緊牙關，雙目凝視着面前灰黑色的牆，像鐵柱一樣呆在那裏。林國泰完全不明白為什麼會這樣，更不知道怎樣纔能打動這年輕人鋼鐵般的意志。然而，他不承認對於這個在一生中有重大意義的希望已經破滅，這希望同他們一家生死攸關。

最後，他似乎想出了一個天真的主意，他在椅子上稍微動了一下，盡可能柔順地說：

"別這樣魯莽，好侄兒。年輕人必須多想想，像聖人說的那樣，多思而行。"他不能確切記住聖人的"三思而行"這句古話，無非是說慣了，隨便引述一下。

年輕人沒有回答。

林國泰感到傷心。這樣一個聰敏的年輕人，竟然看不到自己和他們一家的明顯的利益所在，這使他很苦惱。他想起了自己和一家所經受過的種種苦難，他不相信這個年輕的從天而降的星宿，會平白無故的降生到他家裏來。對宗元的沉默，他忍受不住了，終於又張開口，慢慢地、莊嚴地，然而卻是悲哀地，仿佛在做宗教儀式似地說：

"你剛度過十八歲生日，宗元，大家都很高興，我們可憐的苦難的祖先的靈魂，在地下也很高興。我們家裏畢竟生了你這樣一個孩子，讀了書，受到了教育，現在是洋學堂的學生。待我到陰間去時，也有臉見你的祖先。現在我們一家，在人前擡得起頭了！"他臉朝上，含着閃閃的淚花，像在感恩似的。他沉默了一會，回憶着他們所經歷過的種種艱難困苦，悽婉地繼續說："從塵土中爬起來是不容易的，孩子！我們從沒有一天過過像人的生活，我，你伯母，或者你父母。現在，你母親死了！……她一生從沒有擡起過頭來。可是她還算好，不像我們，還要活着受苦，不知何年何月纔能了結……"

林國泰的妻子聽到提起她那可憐的妯娌，鼻子不禁抽搐了一下。她一邊用那黑棉襖的衣角擦眼淚，一邊仍舊繼續在縫補。她的舉動使得林國泰也經受不住，仿佛他們始終是瀕臨崩潰的邊緣似的。他用食指拭掉眼簾邊的一滴淚水，用拇指把它彈掉。房間裏頓時寂默得令人揪心，連油燈的發黃的火焰也在震顫着，似乎也受不了這窒息而沉悶的氣氛。林國泰竭力擡起頭來，但瞬即又低垂下去。他想繼續勸服這個年輕人，通過訴說自己在生活中的搏鬥，指出不應當自視過高、任性和逞強，這些祇能適用於有錢人而不適用於窮人。他縷述自己曾因爲過於僵硬、好爭辯反抗而遭到麻煩和危險。他告訴侄兒，要懂事，要有耐性，因爲所有的窮人都這麽說："皇天不負有心人！"

　　他說着說着，不時擦擦眼睛，說說停停，想聽聽這孩子的反應。他開始替自己申辯說："既然人生於世，總得活下去，但是你不能偷，不能搶。沒有地位，沒有財富，那你怎麽活得下去呢？你所能做的，就祇有賣苦力，侍候人，老老實實，巴巴結結，聽命於人，依靠他們來圖一個過得去的生活。你得委屈自己，在別人眼裏和自己眼裏，都不算是個人，但，那是暫時的；按天理，不會永遠如此！我們家族，好幾代都非常微賤，但否極泰來，也許玉皇大帝終於睜眼看到了我們，現在應該過好日子了。人，也並不都是壞的；畢竟，賴甫斯通先生是個好人，他讓你來讀書，不要交費，現在他更要幫助我們，即使要洗禮，又有什麽損害？"

　　這時，林國泰的妻子起來給丈夫端了杯茶，並且溫順地調和說：

　　"別說得太多了，老頭子。侄哥兒雖然年輕，但這些事他都懂得。"她知道宗元在聽老人的話，臉色溫和多了，但也有痛苦的神情；她不知道這痛苦是什麽，然而却清楚地了解到他也是在苦惱之中。她希望他能改變主意，又很擔心老頭的話會觸起他的怒氣；她完全同情丈夫的立場，却又受不了侄兒所感到的悲傷。對她來說，他太年輕，而且太好了，還不能了解到這些。她慈藹地望着他，拿不准主意該不該對他說說這些話。宗元也覺得她在望着自己。

九

對宗元來說，伯父對他的生活道路的想法並不新鮮，他從不放在心上，也不去想它。他對賴甫斯通也沒有什麼特別的惡意。事實上，他知道這個外國人比任何處於同樣地位的中國人待他好得多，覺得賴甫斯通先生是個真正的好心人。宗元對他也比對別的教師更恭敬和感戴。他想，要不是伯父對他諂媚奉承，他也許會喜歡賴甫斯通先生的；如果賴甫斯通先生對待林家的好處，不讓宗元感到他處處以權威和恩主自命，宗元也許會更尊敬他。然而這竟是出於作為校長的恩賜，這就大大傷了他的心；因而，要他接受洗禮，借拍賴甫斯通先生的馬屁而當上小學校長，這種念頭，他絕對受不了，這意味着卑躬屈膝，使他的自尊心和人格受到侮辱，這樣去俯就一個陌生人的意志，以換取對他說來並非絕對必要的東西，這是令人作嘔的羞辱。他很難想象，為他所尊敬的伯父以至於伯母，怎麼會對此大喜若狂？他們竟樂得把他們所心愛的唯一親人推到人格低下的地位，而居然恬不知恥地感到歡喜，實在太丟臉了。這就意味着把他視為塵土那樣輕視他，將他隨便擺布。他感到惱怒、屈辱和悲痛。後來當他聽到伯父用辯解的語氣縷述自己的困苦經歷，祈求他們可憐的祖先的在天之靈庇佑，並談到他們一家的微賤和受人踐踏的悲慘生活的時候，他頓時想起伯父所賦予他的振興家業的重任，意識到並不是這位老人比別人更唯利是圖和貪圖虛榮，而恰恰是因為這老人所愛的正是他始終為之奮鬥的同樣的東西——即人的尊嚴。每一個人都應當要求有人的權利，並且要得到社會的承認；可是他伯父母從來沒有獲得這種權利，自然更談不上被承認了。正因為全家不論活着的和死去的，都沒有一個人獲得過這種權利，因此，兩位老人家就把維護他們尊嚴的唯一希望，寄託在他的身上。他們的做法就是要他接受洗禮和做小學校長。按照流行的社會觀念，一個人要是沒有取得一定的社會地位，就不能算是人。

正是這種尊嚴的地位決定了人的尊嚴；換言之，人的尊嚴並不是與生俱來的。既然他是個學生，而賴甫斯通先生是校長，那麼，賴甫斯通先生自然有地位，顯得尊嚴，而他却沒有。不管他信不信，他總得爲賴甫斯通先生做些事，賴甫斯通先生纔會把尊嚴恩賜給他和他的家庭成員，不論是活着的或死去的，喜歡或不喜歡。同樣地，這種博愛精神，也會自動產生，既然賴甫斯通先生像分一小塊餅那樣賜給他一點尊嚴，他自然也能分一點點尊嚴給那些地位更低或者根本沒有地位的人，憑着他們能博取歡心的程度而定，也不管他們願意或不願意。這就意味着他——林源，一方面得依附於賴甫斯通的恩賜，另一方面，在依附於他的人面前，他却又是個予取予奪的暴君。這樣，他自己將處於何種地位，成爲怎麼樣的人呢？想到這裏，起初他還感到對伯父采取冷酷的態度而不安甚至後悔，隨後聽到伯父那些卑躬屈節的言論，就逐漸轉變爲強烈的痛苦，甚至感到惡心和憤怒了。這不僅爲了他的長輩，而且也是爲了一般社會地位低微的人。最後，林國泰的人生哲學和天命論，使他覺得伯父把自己等若輕塵，把自己和所有的人的際遇都歸之於命運，聽其自然，任其播弄。儘管口頭上說要憤然地站起來，可是他却又一頭栽到塵土中去。顯然，他伯父並不是唯一的、也不是第一個這樣的人。這種情況延續了幾千年，幾乎人人都如此，似乎誰也沒法中止此種賤如糞土的生活的煩擾，祇好找尋種種借口來安心走他們的道路。

　　這一切引起他深思，他心如潮湧，幾乎很難用言語來表達他的思想。因爲這些語言太單調、太陳舊、太遲鈍了，難以反映那動蕩亢奮的感情。但是，當房間裏突然靜默下來的時候，他頓時醒過來了，他接觸到伯母的目光，感到自己處境之可怕，但又說不出來，他由於自己這種心境而感到極端惶惑。

十

　　爲了擺脫此種困境，宗元放下抱着頭的雙手，站了起來，疲乏地說：

"我想，現在我該回去了。"

兩位老人感到吃驚，他們深怕他又要發火，可能在大爲光火以後，不再來看他們了。但是時候畢竟太晚了，他該回去了。林國泰的妻子怪可憐地望着他說：

"侄哥兒，你會再來的吧？"

"是的，伯母，我會來看你們的。"宗元幾乎像耳語似地低聲說。

"元，"他伯母站起來握住他的手腕說道，"你知道，他是爲你好。"

宗元點點頭，但沒有答話。

林國泰也站在他面前，握着雙手神經質地搓着。他再次作最後努力，說："是的，我爲你好，宗元。你再想想看，好嗎？給我一個回音。"適纔宗元的隨和的態度使他受到了鼓舞，他以爲還是大有希望的，這孩子的心是能打動的，他現在不肯說，因爲還很年輕。

宗元朝着他奇怪地望了一會，低下頭來，痛苦地回答說："伯父，我不願欺騙你，我不能說謊。我已經仔細地考慮過了。"

"哦！"林國泰望着他，感到奇怪而恐懼。他翻着眼白凝視這年輕人，仿佛在看一個可怕的幽靈似的。他本來不敢詢問這年輕人爲何作出這樣的決定，但終於忍不住說了。聲音像被卡住脖子的人，在生死關頭從喉嚨裏發出的微弱的呼喊："爲啥？"

"我不信這樣的事。"接着，宗元又補充說："對不起，伯父。我得走了。再見，伯父、伯母。"他很快地轉身走了。

林國泰的妻子抱怨地望着丈夫，看到他臉色發白，想要說的話又咽了回去。林國泰像鬼魂似的，忽然奇怪地跟着宗元走出去，滿懷信心地高聲喊道："你會相信的！你會相信我的話的！"

林國泰這突如其來的舉動，使妻子大吃一驚，她以爲他瘋了，也跟着奔出去。但，當她走到門檻時，忽然記起桌上的兩個瓶子，於是大聲喊道："宗元！"

"伯母，什麼事？"宗元站在大門口問道。這一問，使他感到輕鬆，因爲他可以回頭去同伯母在一起，設法擺脫跟在他後面的伯父。

"那兩個瓶子沒有帶去，你忘記了。"伯母匆忙地說，並且焦慮地望了丈夫一眼，補充道："你把它們帶去吧……"接着又回過頭說："老頭，我們現在該休息了，宗元也需要休息。還有什麼話，下次談吧。他會再來的。反正你今晚不能把話都講完。"她把正在發呆的老頭子的身體扭轉過來，按着他坐在牀上。

宗元拿了兩個瓶子，迅速地走出去。他感到很疲乏，對他生日的今天晚上所發生的事情，懷着一顆沉重的心。當他跨出大門的時候，不禁本能地吸了一口黑夜裏的清新空氣。街上漆黑得已無行人了，所有的房屋的門都關閉着。但在海洋似的藍空中，閃耀着亮晶晶的星光。他望着星星，記起了在村裏幹農活的童年時代，在夏天的夜晚，他常常躺在稻草堆上，凝視着藍空裏閃閃爍爍的星星，不知不覺地睡着。那時，他覺得自己在夢中，星星也在做夢，並且在夢中為他跳舞。他又仰望着星空，低聲地說："哦，你們這些做夢的星星都好吧，都再來看望我吧。"

十一

第二天是星期六，照規定，這天早上從九點到十二點，德雷伯所有的高中生都要上作文課，課程由一位六十歲左右的中國老頭擔任。老頭年輕時，科舉還未廢止，但他連試連北，沒有中試。他做了一段鄉村塾師，大約在十年前，由於一位基督徒的親戚的幫助，進了德雷伯中學擔任中文教師。他信奉孔子學說，儘管在這所現代化的洋學堂裏教書，也不願意改變原來的教學方法，他用《三字經》作為低年級的課本。這是一本廣泛流傳的宣揚儒家思想的入門書，用三字一韻的順口溜寫成的普及教材。高年級則用《論語》。後來，也用商務印書館出版的、按歷代順序編纂的《古文觀止》作高年級教材。

中文課的作文，他固執地要寫八股文。這原是科舉制度要考的一種文體格式。從縣試、府試、院試、鄉試、會試，直到殿試，每三年舉行一次，由吏部直接負責，除殿試由皇帝主持外，各省的主考官，都由吏部任命。這種科舉考試，一般爲三天至七天。考生在考試中還要作試帖詩，或做策論，闡述自己對中國歷史的見解，最重要的則是做八股文，其目的是考察考生對孔子學説的理解程度以及對傳統的儒家思想是否忠誠。因爲儒教是封建王朝的精神支柱。八股文的命題，總是出自儒家經典的"四書""五經"，摘取其中一句半句，以敷衍成文。

八股文亦稱八比，又稱時文、時藝、制藝或制義，由破題、承題、起講、入手、起股、中股、後股、束股——共八股組成，分爲四對，頭一對爲破題與承題：破題是首先用兩句話申述題旨，接着，是承題加以闡明；第二對爲起講和入手：起講或稱原比，爲論述之始，入手又稱提股或提比，爲起講入手之處；第三對爲起股與中股：起股亦稱虛股或虛比，自起股以後，纔是正式展開議論，它可以離開原先的論旨來提出反面的論點，以展開論辯，而以中股爲全文之重心；第四對爲後股與束股，後股亦稱後比，是就上文未盡之意，進一步闡發；束股亦稱大結，爲全文之結論。

八股文是一種僵化的文體，封建王朝借以禁錮人民的思想，防止異端邪説的出現，因爲異端邪説肯定通不過科舉考試，它就不足爲害，封建王朝就可以相安無事了。儘管歷史上有過許多教訓，可是從來没有一個皇帝或者宰相會認爲，不識字的農民會推翻他們的統治的；祇有那些會讀書會寫文章的人，纔會給他們製造嚴重的困擾。

隨着科舉制度的廢止，八股文也被廢止了，事實上，中國人辦的學校也是禁止的，可是，教會學校裏的中文教師，一般都是上了年紀的科舉失意的孔門學究，仍迷戀着八股文；教會當局也出於某種原因，都不喜歡學校裏有年輕的新派人士。德雷伯學校的這位中文教師始終記得他科舉考試失敗的痛苦經歷，一直責怪神不庇佑和自己命運不好，結果是，他比其他中文教師更加嚴格地灌輸他所珍視的孔子學説，並且絕對不准寫作任何現代的文體，八股文則是他的愛好和寵兒。

儘管這位教師嚴格地規定學生寫八股文，但學生們却毫無例外地没有一個肯遵守，他們知道聖人的話不多，寫不出這樣的八股文章，這種僵化文體對於他們活躍的思想和奔放的熱情是格格不入的，他們愛怎麼寫就怎麼寫，連句子結構的合適與否也隨他們自己之意。宗元通常不惟沒有闡發儒家的思想學說，反而引述早期的理想主義改革家的見解來抨擊孔教。

儘管如此，這位教師倒並不介意，對於學生不肯學八股文不但不生氣，而且總是給他們九十到一百分，他甚至從不改卷，為的是避免學生對他有不好的反映，不讓學校當局覺得他的學生成績太差；他決心在良心上堅持要寫八股文，但在物質上又能得到一個穩當的職業，使這二者都得到滿足。學校祇要他交出學生的成績，無人會過問他教的是什麼以及成績是怎麼得來的。學生雖然反對他，但也不想搞掉他，他們對此也無能為力。在學校裏，批評教師是被嚴格禁止的。此外，他們的功課很重，有英語、聖經，還有包括中國歷史和中國地理在內的世界史和世界地理，而這些課又都用英語作教材，他們上中文課倒反而覺得輕鬆。學校當局也從不過問學生的中文學習，他們的目的祇是要使學生成為基督教徒，以後把他們送到美國去學習，歸來後為基督教擔負更重要的責任。

星期六早上，高中三個班的學生都在一個教室裏準備寫八股文。教師默默地走進來，學生幾乎沒有注意到他。他們這時候或者在談話，或者在張望着窗外操場上低年級同學的玩耍。老師靜悄悄地走上講壇，在黑板寫上作文題目，這是從《論語》裏摘下來的一句話。之後，他認為事已做完了，就轉身靠着講臺坐下，默默地等待學生像通常那樣提出亂七八糟的問題，或者吵吵嚷嚷，因為學生們總是愛逗着他玩的。

接着，有半個鐘頭，教室裏人聲鼎沸，半是胡鬧，半是罵人的叫喊，以及反對這個玄乎其玄的作文題目的吵嚷，詢問題目、解釋、參考書等一連串問題像砲彈一樣，向老師襲擊。學生中很少知道這題目的出處，祇知道它是經書中的一句話。學生們有的問，有的叫，甚至提出：文章該怎麼寫？結論該怎麼做？教師便就孔子學說作了長篇講話，最後學生默不作聲了，叫嚷也平靜下來了，有的在走來走去，有的交頭接耳，有的互相詢問，彼此抄襲。

這種場面，經常如此。初中生是不做作文的，宗元升到高一，對於要上作文課，開頭感到吃驚，後來也就不以為然了。當教師走進教室、吵嚷開始的時候，宗元站在窗口同兩個同學在聊天，隨後他們回轉身來，面向教室，看着那些不滿意的同學吵吵鬧鬧的情景。老師在講孔子之道，同學們有的在座位上提問題，有的則圍着講壇。可是老師卻從來不肯歇下來聽聽學生的提問，顯然，他認為這群孩子祇是在胡鬧，所以故意不理睬他們。他講完之後，雙手捧着頭，裝出一副專心讀書的樣子。對着這位老師，宗元可憐地笑了笑，並望望那兩個同學，其中身材高大的一個，邁着習慣的大步，擺動着修長的雙臂，像划船似地回到自己的座位上去——他是宗元的高一的同學孫裕興。他老是張着闊大的嘴巴，一雙眼睛真誠坦率，樣子像個鄉下頑童。裕興是遠處山區的一個小地主的長子，他父親從未想到送他進什麼現代化學校，因為他父親認為，城市生活會把孩子帶壞。但是，為了土地糾紛與人打官司，由於沒有得到有勢力的後臺撐持而被打敗了，孫老先生於是決定送這個兒子進學校。他通過妻子同一個信教女人接洽，打聽到了德雷伯中學，很讚賞這學校的嚴格的規章制度以及它同外國人的關係，覺得把自己的兒子送到那裏去是可以放心的，對於培育孩子的品學和取得有勢力的關係這兩方面都有好處。從此以後，家裏每年至少要多開支三百塊錢，但他樂意承受這個負擔，並且滿懷信心。孫裕興是個讀書用功、品行優良的學生，也是個能體諒別人的真誠的人，待人很好，他讀初中時就自願做了基督徒，學校裏的外國人都喜歡他。

　　宗元仍舊站在窗口，同另一個同學談話，——這是高二的同學邱巨福，他父親是德雷伯中學的門房。他在班上總是名列前茅，是個優等生，可惜其貌不揚，小小的臉龐卻突出地長着一個尖鼻子，這也許是別人說他醜陋的主要原因。他身材適中，戴着一副很厚的近視眼鏡。他像哲學家似的不易為任何人間的苦樂所煩惱，在所有的學生中，他是個最用功、最好學的人，並以此自娛。他的抱負是到美國去留學，在美國的名牌大學裏攻讀，成為一個學者。對於這位以孔子門徒自任的唯一的中文教師上中文課，他常常感到可笑，但從來不同別人談起。他一心想着將來擔負起中國學術建設的任務。宗元對他常常感到擔憂，覺得他身上有一種深深的、不受他人左右的和不誠懇的東西，祇是由於彼此都愛慕對方的才智而成爲朋友。

十二

吃過中飯，所有的學生都利用這個週末進城去了，宗元還在爲他伯父母而感到煩惱，但他決定今天不去看他們，怕再引起伯父的嘮叨。正好邱巨福提議，兩人便約孫裕興一起到城裏百花洲去玩。

百花洲是城南的一個公園，是從南面伸入東湖中的一個青翠的半島。人們都喜歡擁到這個半島上來，因爲它是城裏風景最幽美的地方。半島上有一座兩層樓的洋房，那是公共圖書館，平時除學生外，很少有人到這裏來閱讀。圖書館四週有許多花壇，盛開着玫瑰、蘭花、紫羅蘭、雛菊以及人們稱之爲野菊的花。"古梅"的莖托着深紅的大花，開得像紅杯子似的，中間露着鮮黃的花蕊。半島岸邊遍種着柳樹，嫩綠的柳絲條在搖曳着。處處有石凳和木凳供遊人憩息。愛划船的人們則穿梭似地在湖中划着小艇。煦和的春光，照着蔚藍的湖水，反映出粼粼的波光，湖面上飄浮着綠的、黃的和紅色的水草，有的像卷丹的葉子，綻露着紅筋，有的像松針，帶着綠點點，水珠在水草葉上滾來滾去。靠公園的南側，是一片廣闊的地面，有一排半圓形的建築物，其中有一座也是西式的，像林德格侖學校一樣是紅磚建成的，大門兩旁各有一頭石獅子，跟廟宇門前的石獅子一樣，——這是市博物館。它跟別的建築物離得稍遠，前面有一片草地。四週的全是飯館、茶館、酒館，門前都掛着門簾，窗户開着。有些較雅致的飯館，屋前有長長的、油上綠漆的竹招牌，一般的祇在藍布簾子上縫着白布鑲的大字，標着這吃喝場所的商號。酒館則在屋角飄拂着一面三角旗，上面也縫着白色大字的館名，如"太白居"——李太白是古代著名的嗜酒的詩人，被稱爲"酒仙"，以及，"杏花邨""桃源邨"等等。這些酒館的名稱,大都與古典作家或名詩人有關,有的甚至直接引自他們的詩文、典故。人們喜歡繼承這個傳統,似乎過去的並沒有過去,後之視今猶今之視昔。

在大樹蔭下的那片草地上,擺列着竹製的、木製的、石製的、柳條編的各種各樣的桌椅。每逢到了春天,人們總喜歡到户外吃喝談天,桌上通常擺上兩盤或四盤小吃,如鹹瓜子、炒花生、鹽梅子和小桔子之類。祇喝酒的或祇飲茶的人,圍坐在桌子旁邊,邊飲邊談,愛坐多久就坐多久。要吃飯的,可以把小吃的盤子撤下,換上飯菜。這樣,人們可以在公園裏耽上一天而不致感到疲倦。對他們來說,這是擺脱日常生活的勞頓的真正的散心。他們上公園也頂多每月一次。中產階級的人家到公園散心,意味着要一筆很大的開支,還要損失一整天的收益。在公園的飯館吃飯,要比別處貴些,因爲這裏的房租比外面貴。人們通常帶着一家人或者同朋友一起到公園來,而坐人力車來也是很貴的。那些纏足的婦女,説不定要兩三年纔來一次,還得下很大的決心。經常到公園來的,多是帶着女友或戀人的學生,因爲在中國人辦的學校裏,對年輕人談戀愛一般是不大過問的,除非是他們的父母,纔要嚴加管教。這樣,也使得許多父母寧可把子弟送到教會學校來。

半島對面——湖的北岸,是一個很大的公共體育場,各種體育比賽都在這裏舉行。在學生運動高漲的時候,這裏也是大規模的學生集會的場所。學生運動,總是先由北京發動,林德格侖和德雷伯兩所教會學校的學生,從來是不參加學生運動集會的。春夏間,常常有些國家大事引起學生運動,一小隊一小隊的學生來到這個地方向群衆宣傳,聽衆通常是小販、挑擔的苦力和黄包車夫,學生向他們散發傳單。有時候,學生運動也招致警察的干預。

圍繞着這小湖四週的整塊地方,都叫做百花洲。這兒是政治、文化、娛樂與自然景物相交織的混合場所。人們喜歡於生活各個方面和諧地混合在一起,對他們説來,時間是一個無窮的整體,同無際的空間是相一致的。時間與空間是宇宙不可分割的兩個方面,人處其間,是同這整體協調一致的。他們在欣賞這裏的自然風光之餘，還可以到圖書館去看看書。當他們聽够了政治宣傳之後，也許會漫步到茶座來談論，但他們並不過分關心這類宣傳，也不太激動，也許有朝一日，他們還會清清楚楚地憶起這事，可是在百花洲公園裏，却頃刻間即已忘得一乾二净。

十三

德雷伯中學三個學生在人群中信步走去，起初，他們在百花洲公園南面悠然自得地漫遊，邊走邊談，議論這裏的風景、飯館和人群，談到應當增添些什麽和去掉些什麽。其中一個認爲留着這座土地廟没有什麽好處，是搞迷信；而另外兩個則認爲還是留着好，因爲在綠蔭叢中雜有一座小小的紅廟，正是這公園應有的一種情趣。

於是裕興講了一個財主死後成爲縣裏的土地神的故事，説這個財主在裕興那個縣裏當了多年的很正直的縣太爺。突然北京的朝廷下令把他調走，可是老百姓都要挽留他，他們一再上書向皇帝請求，要把這個好人留下來繼續治縣。但没有用。因此，當他離任那天，縣裏的老百姓在他將經過的大路上擺滿了筵席，正所謂壺漿十里。

這位善良而受人愛戴的卸任縣太爺，爲了感謝百姓的盛意，祇好一桌一桌地宴飲，百姓都非常高興，他們感於他的賞光而更加愛戴這位縣官。

不料第二天這位卸任縣太爺竟因此而病倒了。當這消息從他歇宿的鎮上傳來的時候，老百姓大爲吃驚，全都出動去找最好的醫生來爲這位縣太爺治病，然而都無濟於事，群醫束手，竟治不好這縣官的病。在無可奈何之中，老百姓便决定去找一個巫師來救這位卸任縣官的命，希冀巫師能從神靈那裏取得靈丹妙藥。他們用綠呢大轎把巫師擡來，並在他肩上披上一條寬大的紅帶，表示他肩負着重要的使命。在這幾天裏，全縣的人都像熱鍋上的螞蟻，焦急地等待着好消息。他們滿懷希望，想待巫師完成使命的時候，大放鞭砲，在他身上掛上更多的大紅布。

最後，他們的希望破滅了，巫師垂頭喪氣地祈求神祇歸來，肩上的紅帶也沒有了，那位富有的好縣官終於死了。據巫師說，閻羅王因爲他吃了太多的筵席，大爲光火，竟罰他暴卒，認爲他浪費太多的糧食，不能再活下去了。巫師說，沒有別的辦法，祇有給閻羅王燒紙錢，懇求他的寬恕。

老百姓非常悲傷，他們集合在一起商量，認爲他們應當承擔這位縣官由於吃得太多以致造成無法赦免的懲罰的責任。這一回，他們寫了封長長的請願書，懇求閻羅王寬恕這好人，還向閻王莊嚴保證，今後決不大宴任何官吏，免使他受到地下的懲罰，並懇求讓這位死去的好人做他們縣裏的土地神。他們在閻王廟裏燒香，焚化這請願書，還燒了千千萬萬的紙錢。之後，他們指望閻羅王晚上給他們報夢，下達命令。

可是，他們又失望了。閻羅王拒絕了他們的請求。他們又焚化更多的紙錢，並且降低了要求：祇懇求讓這好人做縣裏一個鎮的土地神，這個位置在地下的統治集團中，比縣低了一級。然而又被拒絕了。所有的夢都堅決要懲罰這個人。

老百姓爲了幫助他們的這位好人，就用紙扎了一座富麗堂皇的宮殿和金童玉女，還用更貴重的貢物供奉閻王。他們到閻王廟祈求並焚化這些貢物，堅持他們的請願。這些貴重的賄賂終於打動了閻王的心。

到底好夢降臨了。作爲妥協，閻王下令委派這位死去的縣官爲村的土地神，又比鎮的土地神低了一級。從此，裕興的村莊仍然被這個死人統治着。土地神的公事是按照儒家的道德標準來管理百姓和行事，他向地下統治者——閻羅王提出應當對誰懲罰或者獎勵。

聽了這個故事，這三個學生都哈哈大笑，把它看作一個笑料。接着他們又講了許多迷信的故事。他們在公園裏興高采烈地邊走邊談。

三個人沿着湖岸朝着北面體育場走去，以爲那裏人會少些。在那裏，有些學生在球場上打籃球，有些人在旁邊觀看。可是湖邊那塊地方遊人也很擠。人們圍着零食擔，這些小擔大都是賣些糖果、花生、瓜子、水果和慣常的熟食品。有的熟食擔是兩個方木架，一個放着用瓦罐改裝的爐灶，灶上放一個鍋；另一個分成幾個抽斗，分別放碗碟及菜蔬，表層放切菜板和調味品，合起來等於一個小厨房。兩個木架四面捆着竹條，像籃子似的從下面兜住，可以用扁擔挑着走，哪裏人多就挑到哪裏去兜生意。學生們喜歡這種吃食攤，苦力和人力車夫也在這種吃食攤上買東西吃。他們在這裏可以很便宜地買到可口的餛飩、面條、粥、蒸糕及油煎之類的東西。

這三個青年各買了一碗餛飩，站在吃食攤旁吃。他們聽到人們在談論學生的演講，但是由於那裏人聲嘈雜，什麼也沒聽清楚。吃完餛飩，他們就走去看看。

湖邊有兩三群人在圍着講話的學生。他們看到一個學生滿臉通紅地提高嗓子在大聲講演。當他們走近這地方的時候，人群突然急疾地走開，有幾個警察走過來了。看來，警察並不是來抓人的，但是他們一出現，就引起人們驚恐，急忙散開以免麻煩。吃食攤的一柄遮陽的藍色油紙大傘被踢倒了，於是觸起了一場真正的騷動：許多人以爲警察要襲擊了，便迅即跑開，朝着這三位德雷伯學生的方向跑。

孫裕興很快看見林德格侖的女生陳素貞同幾個女同學也在人群裏跑。孫裕興同陳素貞是每逢星期天都一起在唱詩班的。看到她們在人群裏被推來擁去，情況很不妙，他便使勁地拉着宗元喊道："啊呀！陳小姐！"他發瘋似地急向人群奔過去，宗元也跟在他後面跑去。巨福猶豫地站了一會，拿不定主意是否也要冲進這混亂的人群中去，然而他畢竟也向前走了。

人群似乎弄糊塗了。他們原以爲警察在包圍、襲擊他們，此刻有人朝他們方向跑來，許多人就不跑了，要弄清楚朝哪裏跑纔安全。人們突然都站住了，祇聽得那大油傘被踢倒的攤販在叫罵、號哭，這把大傘把他的攤子弄倒了，把他所有的食品都打翻在地。當假想中的警察恐怖平息之後，攤販就爲吃食攤被打翻而和學生扭打起來，抓住學生的衣服，叫喊要送他們到警察局，賠償他的損失。騷動的人群也全都責怪起學生來，並指這個那個爲肇事者。

德雷伯三個男生把林德格侖三個女生從人群裏拖了出來，這三個女生是：素貞、蔚文和品生，她們都嚇得臉色發白，非常擔心這事情傳到學校去會引起流言和受處分，她們要盡快回到湖的南岸去，因為有一位老師在那裏等候她們。於是，這幾個學生決定到遊船出租處，租一隻小船劃到南岸去。

十四

　　遊船大都是中國款式的，船底比西洋船平坦，船頭和船尾像個鴨嘴，都用深黃的本色桐油油過；但也有幾艘是西洋款式的，那種船租費更貴。所有的遊船都由公園當局經營管理，它們也總是配有船夫。很少人能自己購得起一艘遊船。一般遊園的人都不會劃船，祇有年輕人纔從船夫手裏拿過槳來，把船弄得在湖裏直打圈，船夫的叫喊和船上有些人因顛簸晃動而產生恐懼，倒反而引起年輕人極大的樂趣。

　　德雷伯和林德格侖的男女生上了一艘中式船，船夫坐在船尾，女生坐在中間，那裏有幾把柳條椅和一張小柳條桌。船頂張着一張鑲有白邊的鮮豔的藍布篷，用以遮擋太陽。三個男生都擠在船頭，避免同女生在一起；否則，如果一傳出去，學校就會認為他們行為不端而受到處分，如果再加油加醋地流傳開去，還可能變為一種醜聞。三個林德格侖的女生都舒舒服服地坐在柳條椅上，而三個德雷伯的男生則坐在船頭兩旁的木梗上，背對着她們。

　　他們六人中間，有幾個男女生彼此都還不相識，因為急於上船，也來不及互相介紹，那時還沒有彼此自我介紹的習慣。素貞和裕興因同在一個唱詩班很久了，所以祇有他們兩人說了話，但是他們都是不肯唐突的人，傳說孫裕興暗中愛上了素貞，寫過幾封信給她，可是她把他視同唱詩班裏其他人一樣，從不給他回信，此事男女兩校均微有所聞，因為有的學生有姐妹或兄弟在對方學校就讀，把它傳了開來。孫裕興也知道有這些傳言，所以在船上與陳素貞面對面時，深感局促不安。他坐在兩個男同學之間，背挺得筆直，寧可緊閉着嘴，沉默不言。宗元和巨福都認得素貞和品生，他們於前一天在格德曼小姐邀約商談男女青年會聯合活動的時候，遇到過她們。那聯合活動從未實現過。宗元由於過分看重他那種男子氣概，因而不肯對女孩子先開口說話。他把女孩子都看作祇能做家務的平庸之輩，不把她們放在心上。

巨福是高二學生，對待女孩子的事總是采取豁達而有風趣的態度，似乎形成了這麼一個信念：既然自己以貌醜出了名，而且每逢星期天常常被林德格侖的女生們所嘲笑，顯然沒有希望去追求她們中間的任何一個。他相信"書中自有黃金屋，書中自有顏如玉"這句成語。在廢除科舉以前，這兩句成語幾乎已成為應考和做官人的座右銘。在他們看來，祇要讀書能出頭，中了舉，當了大官，"黃金與美女"就會旋踵而至。巨福不自覺地采用了這種實利主義的信條，不必為姑娘們而煩惱。他認為祇要有了學問，有了名聲，就自然而然地會把姑娘們吸引過來。這種自命不凡和玩世不恭的態度，使巨福能在姑娘們面前保持一點平靜，並且一般地說來能毫無拘束地同她們打交道。

這時，姑娘們從驚慌中恢復了常態，她們互相低聲耳語，擔心會受到學校的處分，並且責怪那位提出陪她們上街的小學教師。這位教師是她們班上"南瓜臉"姑娘的姐姐，在城裏有戀人，她要同他結婚。她有意打發這三個姑娘到公園的別一處去，自己則在南面某個地方與男朋友相會。她約好時間與姑娘們在半島上的圖書館會合，但現在還未到時候。姑娘們也彼此埋怨着，蔚文責備品生要去聽學生的演講："我告訴過你，沒有什麼內容，可是你就是不聽。你說你三哥也在演講……現在，你看我們落到什麼地步！你哥哥現在能幫助你嗎？"

品生為自己辯護，爭辯說，學生運動很重要而且很廣泛了；然而她自己心底裏對它却沒有什麼真正的興趣，祇不過是由於哥哥參與而感到好奇而已。

船抵中流，船夫按習慣送上茶和一碟瓜子、一碟蜜棗，為的是想從中得到一些外快，雖則點心錢是遊客付的，船夫却像主人似的招待他們：

他倒了六杯茶，並招呼他們喝。

男生們現在已經覺得，他們完全像陌生人似地背對着姑娘們，非常可笑。太陽直曬得他們又熱又渴。邱巨福第一個跨進中艙，鎮靜地向姑娘們點點頭，姑娘們全都困惑地站起來，有禮貌地讓坐。

"哦，請坐下。"他感到有點保持不住鎮靜了，但努力克制着，繼續說道："對不起，你們，小姐們，剛纔受驚了。我們知道得太遲了。"他隨即轉過身來，朝着前艙喊道："裕興，宗元，你們過來喝點茶，還是讓我把茶端給你們呢？"顯然，他是在求援。於是，他裝出主人的樣子，把小吃分給姑娘們，也分給船夫，一面說："請拿點兒吧，我請客。"

另外兩個男生也走過來了，他們向姑娘們點點頭，並催她們坐下。

蔚文本來就不怕男生，雖則由於習俗和缺乏機會，使她不能施展同男孩子交談的本領，祇能遠遠地嘲笑他們。此時，她心裏暗笑邱巨福那掩蓋不住的窘態，很想同他開開玩笑，也想開開孫裕興的玩笑，因爲他百折不撓地想博得素貞的歡心，然而她不敢這樣做，爲的是素貞始終嚴禁別人在她面前提起孫裕興。蔚文淘氣地朝兩個姑娘看了一眼，她們嚴肅的神態阻止了她。

這時候，品生滿懷興致地看着湖上別的遊船以及划船的年輕人，他們懂得怎樣划船並且善於把船朝各個方向划去。她對於男孩子們在場似乎是滿不在乎的，而實際上她心裏却非常緊張，非常激動。她感到，好像男生們的目光都落到她身上似的，她聽見他們每個人偶爾談及的幾句話，似乎都神秘地與她在場有關。她感到所有的美和生活，觸發了她的靈感，促使她以自己的文化修養來對這湖、對遊船和划船的年輕人，作出精確的小評論，她期待着男生們的回答。之後，她不禁微微地臉紅了，並且笑了起來，但是她依舊把臉對着湖面，因爲她沒有勇氣同男生面對面地說話。對於男生來說，她好似天上人似的，然而，實際上她已不知不覺地初度浸沉在男女之間的神秘而激烈漩渦之中，甚至覺得自己也是神秘的。她難以了解，她究竟是在做什麼。

不久，她注意到邱巨福在講一個好縣官變成孫裕興本村的土地神的故事。邱巨福內心裏有一股要與姑娘在一起的強烈願望，因而就借機復述着孫裕興所講的故事。孫裕興想阻止他，深怕素貞會以爲自己太荒唐。可是巨福不顧朋友的阻攔，自管用極爲幽默的語調和有趣的姿勢來講下去，講得妙極了，富有幽默感，許多反話、譏刺，充滿着人情味，大家都不禁哈哈大笑。剛纔那些恐懼、困惑和窘迫，都爲之一掃而光了。品生到校十四個月來，第一次縱情大笑，她在學校裏從來沒有這樣快樂、這樣自在過，她幾乎沒有注意到，現在所面對着的，竟是一些男生們了。

男生們嘲笑着這荒唐的故事，人人都爭着說幾句笑話，以增添歡樂的氣氛。他們開懷大笑。蔚文不時插話，明顯地助長了歡樂的氣氛。其餘兩個女生，祇是抱着欣賞的態度在傾聽。對於這個話題，大家盡情歡笑之後，邱巨福又説了句笑話，説閻羅王也許比世上的帝王搜刮的錢財更多，更富。宗元也嘲弄地説，裕興的村子裏的人，由於這位"好官"在那裏當土地菩薩，也許會少受些災禍，比如瘧疾、痢疾、腫瘤、或者疔瘡等等，也許會少些吧？

"哦，"裕興嚴肅地答道，"你們往往祇能是這樣相信。但事實是，疾病年年增加。問題在於：老百姓仍然在相信菩薩。"

"我認爲老百姓並不真正相信菩薩。"宗元反駁道。"我小的時候，常常聽見我父親咒罵菩薩，除夕晚上，他甚至踢灶君菩薩。要知道，灶君菩薩是上天向玉皇大帝禀告我家善惡的，我母親用麥牙糖封他的嘴，使他不能禀報，但我父親不讓她這麽做。不，老百姓並不真正相信菩薩。"

"你把問題簡單化了，宗元，"巨福接着説，"他們雖然做出反對偶像的事來，但他們仍然相信菩薩，像希臘人一樣，賦予這些菩薩以人格化，就自然而然地受到它的感應，如同人的同伴一樣。這就進一步證明，他們是相信菩薩的，正如他們相信人一樣。我們祇有相信其存在的時候，纔會在感情上受到感應。"

説完這話，他偷偷地望着女生們，看看她們是否同意。使他感到失望的是，竟然沒有這種跡象。男生們突然嚴肅起來，使女生們似乎感到迷惘，祇有品生仿佛在勉强地聽着。

宗元堅決地搖搖頭，表示難以置信，並且堅定地望着巨福説："許多人對農民的迷信看錯了，以爲農民真的相信蒼天與黄泉。我認爲不是這樣。你要知道，農村有這麽一句話：'相信神就有神，不相信就没有。'這就表明，老百姓的懷疑是根深蒂固的。他們認爲，這個超自然的世界事實上是你自己的扶擇，你可以按自己的需要來製造一個。難道這意味着他們相信這世界麽？我的意見恰恰相反。"

　　"這話不錯，"裕興説，"我們村裏人也有這句話。不過，宗元，你不能説農村裏没有迷信吧。"

　　"迷信。當然有，"宗元答道，"我的意思是，迷信是一種心理現象，人人，連無神論者，也可能有迷信，人們甚至迷信他們自己，或者荒謬地迷信一個人，而把整個的生活屈從於迷信。"

　　"那正是我的本意，"巨福很快打斷宗元的話，説道，"是荒謬的，人們相信菩薩絶不是合乎理性地相信，不是因爲經過思索並分析過這個超自然的神鬼世界，從而達到合乎理性的了解，而衹不過是因爲他們在生活上遇到了種種困難，需要一個可靠的神力來保佑，這就是農民所要做的事。當然，我並不是説每個農民都是如此，我也没有把迷信説成是一種制度。"巨福喜歡在辯論到一半的時候與人妥協，他絶不喜歡爭論得太久，與人對抗；他心裏總是固執己見，認爲他比别人懂得多。

　　但是宗元不讓邱巨福退却。他説："我知道農民並不依靠菩薩，這不是他們的信念，不管是合理的還是荒謬的。你以爲他們造出像裕興所説的這種顯然是嘲弄的故事，來加以取笑，會是真的相信陰間裏的統治集團麽？在農村裏，當旱災的時候，他們用盡一切精力，不惜花錢去弄水。倘水弄不到，他們就把龍王請來，讓他坐在露天的龍椅上，祈禱求雨；要是旱情仍不解，他們就把龍王的衣服剥光，連王冠也扔掉，用鞭來抽打他，還罰他光着身在炎炎的烈日下暴曬三天。這難道是意味着農民相信陰間有因果報應、賞罰嚴明之類的故事麽？難道意味他們相信有陰間地府的存在麽？實際上，他們是相信人而不是相信菩薩。因爲他們鞭撻了龍王之後，我常常聽到他們説，打這泥塑木雕的傢伙中何用！僧侣的佛法也許令人感到恐懼，然而却難以使他們相信；他們所相信的是自己象牛馬似的做活和挣扎，如果連這也不行，他們就祇好去做土匪。爲了能活下去，他們甚至寧願聽命於人，以委曲求全。"宗元想起了他伯父昨夜的話，不禁皺起了眉頭，繼續説道：當然，老百姓是相信宿命論的，那是由於生活不斷地遭到磨難所致，事實上，他們也忘不了我們歷史上的屢次失敗。但是光就有關菩薩的故事及其表現形式來説，我認爲，它們祇不過是反映了人民對這種民間傳説的某種願望罷了。他們的生活太貧乏，太單調，毫無變化，加諸於他們肩上的生活重負和苦難拖得太久，他們需要一點新的東西，需要打破刻板而難以忍受的生活困擾，需要有一點能鼓舞情緒的東西，以發展其想象力和幻想。他們在樹幹上繫一條紅帶子，寫着一些字和符咒，表示某個神的存在，還在樹根旁插上幾炷香，以供奉這神，並從中得到鼓舞。於是，他們談論這神的崇拜和故事，從這家傳到那家，又從這村傳到那村。幾天之後，他們把這些東西全都撤掉，好像什麽事也沒有發生過似的。然而，當把紅帶子繫在樹上的時刻，他們曾敏感地有過創造的願望，對不可知的未來抱有幻想，渴望能上升爲富有，但終究殘酷地歸於破滅。就我個人而言，農村裏的孩子們没有誰對菩薩懷有任何敬意和信仰，他們全都或多或少地向這些偶像扔過石頭，甚至鞭打過它們。當然，這是背着和尚和尼姑幹的。這不單單是孩子們的調皮搞蛋，恰恰是由於做父母的没有讓他們認真地信仰過菩薩。"

宗元終於把話説完了，兩個男生一個也没有答腔。巨福覺得宗元不過愛好辯論，並且喜歡抹煞未經認可的新宗教的信仰，以表明很有主見。他裝作在傾聽的樣子，實際上在看湖上劃來劃去的遊船和岸邊散步的男女學生。裕興不善於論辯，他有點同意宗元的意見。當宗元滔滔不絕地談論的時候，他在思考着他的朋友是否也把基督教劃入這類民間傳説裏去；要是這樣，他就要爲他所信仰的基督教辯護。他知道宗元不喜歡這個宗教，但兩個人誰也説服不了誰。

最後，巨福不願意自己在姑娘們眼中被看成是個失敗者，於是乾巴巴地説："你剛纔所説的一切，祇不過是解釋在農村中爲什麼會有這樣的信仰。可是，解釋並不能抹煞農民崇拜菩薩的事實。要是他們不相信，他們就不必這樣做。這就是我要説的話。"

"請原諒，林先生！"宗元正要回答，品生突然插話。品生沒有發覺自己正在透露出她内心的寂寞反應。宗元烏黑而發亮的眼睛飛快地瞥了她一眼，她頓時意識到了，感到發窘，但又不能把話咽下去。宗元好奇而又興致勃勃地望着她。她鼓起勇氣，但轉開視綫，並不看着他，把話説下去："我想，你説農民創造民間傳説來崇奉菩薩，這説法是不對的。我們都知道，農民是愚昧無知的，不會想到這樣做。我想你把事情設想得太美好了。……"她還沒有把話説完，就歇住了。

宗元的眼睛又敏鋭地瞥了她一眼，隨即轉了開去。他感到品生驕傲、矜持，也許還充滿着幻想。這些品質，對他説來，本來都是很有吸引力的。但當他第一眼看去的時候，覺得她純然是個穿着華美而神情淡漠的嬌小姐。可是在船上，他對她的印象改變了，覺得她聰明活潑，溫柔細致。她那柔軟而充滿着青春活力的身體，這時正斜倚在椅子上，她出神地望着湖面，看着那遊船和天空。她對學生運動的看法，也使宗元感到吃驚。他沒有料想到，像她這樣一個教會學校的女生，居然那麼有識見，有開闊的眼界。她直接同他説話，實在使他感到意外和喜悦。姑娘們沒有直接同另外兩個男生講過話。可是品生認爲農民愚昧無知這短短的發言，把一切都破壞了，他原想尖鋭地抨擊這位認爲農民愚昧無知的愚蠢的貴小姐，然而他沒有這樣做，祇是自負地不理睬她，直接向巨福説道：

"我們談的是對信仰的兩種不同的概念，巨福。你認爲迷信和信仰是一回事，我認爲不是這樣。信仰總是懷有一種自覺自願的虔誠的信念，它不容許對這信仰違反、嘲笑和謾罵。一個人可以有非常強烈的信仰而並不陷於迷信，也可以祇是迷信而談不上什麼信仰。此外，人們對某種事物的作爲，並不總是出自對它的信仰，而可能來自並不自覺的一種強烈願望。人們拼命地去救一個垂死的人，儘管他們分明知道他總是會死去的。……現在，小姐，請弄清楚我剛纔所講的話。我並不是説，農民先有決心去創造民間傳說,然後再去製造關於菩薩的故事,並且加以傳播。哦,我想,農民都是古怪的人。"

"我並沒有說他們都是古怪的人!"品生克制不住自己,發火了,"我從你的話裏覺得你不免有點過於自信,你談到農民的渴望和意願,仿佛你自己就是個農民似的。實際上,這不過是出自你内心裏滔滔不絕的講話。我想這完全是不必要的。"

男生們驚訝地面面相覷。他們沒有想到她竟會這麼不顧禮貌地反駁過來。蔚文帶着鼓勵的微笑注視着品生,素貞則試圖阻止她說下去。品生馬上自我克制,但是她的怒氣仍然未消,她決定要是那個男生回答她的話,她也充耳不聞地不加理睬,以表示她對他的蔑視。

船夫原來一直把船搖得很慢,以期讓年輕人盡情享受,待他看到他們快要爭吵起來的時候,就急忙把船向前搖,趕快送他們上岸。如果有人在他的船上吵鬧打架,對他來說,是一件倒楣的事。

當他們上了岸,男生們和女生們就分手了。

十五

那位小學女教師大約到五點鐘左右,纔領女生們回校去。那正是所有女生回校點名的時候。很幸運,學校當局對於百花洲發生的事毫無所聞,姑娘們順利地在辦公室報到,大大地鬆了口氣。

晚飯後,她們到主樓前面樹蔭下的石凳上坐着。太陽幾乎已經完全下山了,草地上籠罩着一抹淡淡的金黃色的夕陽餘暉。一陣微風吹過,天氣有點寒冷。她們自然而然地想起白天的驚險場面,依舊興奮地談得津津有味,談及那意外事件和那三個男生。蔚文極力挖苦宗元,她覺得,他也許比她更窮,可是他却那麼驕傲自大。她提到他那雙破鞋,還有他那褪色的藍布褲後面的補丁,以證明他更窮的論點。她說這些話是爲了使品生高興,因爲她知道品生還在生那個男生的氣。她也嘲笑巨福的厚眼鏡,那簡直無異於在前額掛上兩個粗糙的玻璃球,而不是一雙眼睛。

素貞則愛談談這三個男生的論點，可是蔚文並沒有興趣。當這兩個姑娘在談論的時候，品生一再感到好笑，她靠着一棵樹，雙手抱着一個膝蓋，樣子顯得不很高興。

"你在想什麽？"蔚文用手肘推推她，"還在生氣嗎？犯不着——對這種人！你現在應該知道，有這麽一種自鳴得意的叫化子！"

"不，"品生輕輕地搖搖頭，沒有改變原來的姿勢，"我不知道有這種人，我也不知道他爲什麽這樣做？"

"爲了侮辱你麽？"蔚文問道。

"不，不完全是這樣。我確實不知道我現在的感覺是什麽。"品生感到沮喪超過憤怒：一個男生居然敢於藐視她，並且像宗元那個樣子來對她說話，使她感到震動。在家裏，當她還小的時候，兄弟姐妹彼此都很淘氣，可是從來不會有這種惡意的侮辱，她的堂兄弟對她總是很尊敬、很贊賞的，因爲她父親說過，她有着非凡的才智，可惜是個女兒身。她不喜歡由於衣着破舊而看不起宗元，因爲她不能把他看作笨蛋。事實上，經過考慮，她樂於承認他具有過人的聰明才智，不料他的挑戰却引起她的感情複雜化。她補充說："我憎惡那種把婦女看作愚笨和低微的人。"

"他的意思不是這樣，"素貞接着說，"品生。他祇不過是生氣罷了，就是這樣，因爲你尖刻地數落了他。雖然我不同意他所說的話。他可是個聰明人，聰明人是不會把別人看作愚笨和低微的。"

"不！"品生着重地說，"他就是這個意思！我是注意到的，你也許沒有留意。在湖上，他一直皺着他那濃密的劍眉，目空一切，幾乎連看也不看我們。他把我拉出人群之後，就仿佛像碰到髒東西似的，立即扔掉我的手。這些應當如何理解？蔚文在船上說話的時候，他從不答腔，連哼也不哼一聲。他那嚴峻而銳利的目光，咄咄逼人；他鼓起那高傲的顴骨，似乎高人一等。他反對的是什麽？贊成的是什麽？他伸直兩腿，用脚尖敲擊地板，這麽不耐煩是幹什麽呀？甚至當我們被那迷信的故事惹得哈哈大笑的時候，他的笑也是很勉强的，冷冰冰的。祇不過是由於我們大家都很高興，他纔不得不作出反應罷了。他仿佛置身於非其族類的一群笨蛋之中，感到難以忍受。我不知道那時我爲什麽那麽愚蠢，竟然賞臉同他說話。也許，我當時滿懷敵意的要向他挑戰。"品生没想到她自己對宗元説了那麽多的話。她忽然停住了，她顯然覺得比先前更加冒火了。

"我不在乎！"蔚文站了起來。她的臉色顯然由於自尊心受到損害而氣得通紅。她繼續説下去："我不在乎那鄉下小子怎麼對待我，就算他聰明，在我看來也是廢物。他懂得什麽？談來談去，全是胡説八道！他看不起我，我要讓他知道，總有一天，……你們瞧吧，我要讓他知道！"

素貞傾向於贊成品生的意見。在船上，她對任何一個男生也没有留意，她當時正在繡花，故意不擡頭，以免碰上裕興那不得體的愛慕的目光，雖然裕興衹是暗地裏愛着她，然而他的心思不可能不流露出來。對素貞來説，裕興即使光看她一眼，也是受不了的，將會感到説不出的窘迫。因此，她連宗元是什麽樣子也没有看清楚，衹記得那男生在船上堅定而放肆的説話聲，她感到有點苦惱。她説：

"也許是那個樣子。可是我們用不着爲此煩惱。一個人應當知道自己的價值，根本不需要別人去了解。別把他放在心上，對你們不喜歡的人用不着冒火。"

品生覺得這幾句話使她感到不愉快，她沉默了，她感到素貞在暗示她喜歡宗元。對於這個念頭，她覺得臉紅，心裏強烈地拒絕這種意念，並且保證自己很恨他。然而，她真的没法把他從心裏抹掉，自從在湖邊分手時起，宗元的影子就一直在她腦海裏回蕩：有時候感到愉快，有時候感到憤恨。她不像蔚文那樣完全厭惡他，也不像素貞那樣仿佛他並不存在而忘掉他。她但願德雷伯中學的男生的舉止變得文雅些，更令人愉快些。她心裏是亂糟糟的，感到越來越煩惱，終於她推説頭痛，心煩意亂地離開這兩個姑娘，也没有上夜自修，回去睡覺去了。素貞和蔚文都覺得她很奇怪——她自己也覺得很奇怪。

第三章　進　與　退

一

當林德格侖三個女生在百花洲遇見德雷伯三個男生的時候，品生進校已經一年多了。她愈來愈成長爲一個有經驗的現代中學生，對英語課不再感到困難，和老師同學的關係變得自然而融洽，仿佛她一直在她們中間長大似的。體力勞動以及擁擠的宿舍，不再使她感到爲難，倒反而使她感到興奮。她每月回家就向家裏人講講新的故事和新的體會。在家裏短短的幾天，也試圖度過與前不同的生活。

當她父親由江西一個較小的官職提升爲家鄉湖北省實業廳長，准備從安昌搬家到湖北省會武昌去時，把她從學校裏找來，勸她離校，同家裏一道遷移。可是她由於過慣學校生活而寧願留在這學校裏，第一次拒絕父親的勸告。她說這樣會使功課受到影響，沒費多大勁就說服了這位老人家，同意她留下。他也不願中斷她的學業。

品生決定遠離家人而單獨留在學校裏，也是經過一番考慮的。她對老父的天性的依戀，曾使她有所猶豫，仿佛像迷失了道路。她這時祇有十六歲，過去與他形影相隨，從來沒有離開過。現在她決定，儘管父親遷離了，她依然留下，是因爲她感到，進這學校已經一年多了，回家去過從前那樣的生活，哪怕是很短暫的一瞬，也覺得很難受。她認爲，家裏的許多事情使她感到很不順眼。每月回家時，方媽每每勸她不必自己動手收拾房間，連手帕、襪子也不要自己洗，説這些都是婢僕做的事，不是小姐所該做的。弟妹們也都笑她，由於蘭香給她做點事，她就連忙向這婢女道謝。當她提起基督教或者耶穌時，她父親就給她大講孔子之道。在家裏，她喜歡像素貞在學校所做的那樣，做些刺繡之類的針綫活；但是人們勸她不要繡花，因爲現代的學生應當把興致寄托在書本上，像男人一樣做大事。宗教的教育使她感到祖先崇拜毫無意義，而家庭的束縛則又使她厭惡自己的陽奉陰違。當她按照新的生活方式自行其是的時候，人們却把它當作笑柄，有些溢美之詞也使她感到難堪。有時候，人們在講話時故意戲謔地稱她爲現代學生，而不像通常那樣稱呼她，使她覺得很尷尬，因爲她知道，他們祇不過是把她當作現代學校的一個玩笑對象，她難以説服他們，讓他們了解她現在的生活纔是合乎天性的生活方式。

　　對於父親，她不像過去那樣贊同他的所作所爲，而是對他的作爲産生了疑問，並且在內心裏暗地批評他；她感到很難過，仿佛她暗中背叛了他。她不願用新眼光來看待這老人，却又不得不如此。家裏遷遠了，倒不知不覺地使她松了一口氣，她可以獨立地生活了，不至再受到干擾了。她需要離開父親和家庭，以保持她心目中對父親及其生平的完美無缺的形象。這就好像她在走自己的路，家裏既管不着，她也不干預家裏的事。她並没有意識到生活上的這兩條平行綫：舊的生活與新的生活，各走各的路，互不干擾。這樣，她但願在一個胸膛裏能安上兩顆心，祇要是許可的話。

　　儘管她還不是個基督教徒，但在宗教教育的强烈的、不斷的影響下，她感到對宗教生活的起源需要加以探索，雖説還不能很肯定。但是當她最初接觸到它的時候，對它的成功感到驚異和得意。她仿佛覺得自己超乎尋常地浮到表層上來，頓時變成精神上永遠同廣大社會全人類共同享有這一切。她暗地裏仿效白天禮拜儀式中領讀祈禱文的人的禱告，後來她又增添了一些自己創造的內容。她在家裏的行爲舉止的改變，真是令人驚異的奇跡，這祇有從她在《聖經》中所得到的宗教體驗纔能得到解釋。一種要使精神升華、使生活改變的願望，在她內心中强烈地冲動着。

　　素貞内心的嫻静和體態的優雅，在精神上使品生得到莫大的慰藉。素貞既不聰明，也不愛多説話，雖然很窮，生活艱困，却從不憂愁顧慮。她走起路來很端莊雅致，坐下來做功課就像一尊大理石雕像。素貞身上似乎深深藏着一顆宇宙間最偉大的心靈。她能默默地把孫裕興給她的信擱在一邊，既不讀它，又不退回。她每天上小教堂去，早上第一件事就是獨自念《聖經》，晚上到宿舍的暗室裏去做禱告。她很少談到她的宗教，通常對別的事物也是沉默寡言。她成天帶着繡花架，人們看見她幾乎把她看作繡花女工。但深藏在她內心中的信念，却猶如深深的古井中的透徹明淨的清泉。

對品生來説，這新的宗教主要是道德的啟蒙，在人與人之間，這是很有意義、很有價值的新事物。她對素貞的愛慕，與其説是出自對她的美的風度，毋寧説是由於深遠的宗教影響所驅使。她欽慕素貞的信念和嫻淑。然而，這個宗教大團體，對她自己祇是使她在感情上第一次升華，爲她打開了激勵人心的知識領域的大門罷了。而知識能認識生命的最初的起源，使一切神秘的事物得到説明和解釋。她的信念，要完全來自明確的知識。她曾向素貞探詢過這些知識，可是素貞不肯説，她祇是對品生説，應當有信心。蔚文雖然受過洗禮，對品生這種努力却祇是起勁地笑。

品生去找格德曼小姐。格德曼小姐是歷史教師和林德格侖女青年會分會顧問。她很有學識，很熱心教導學生。她是個虔誠的基督教徒，但不是神學家，因此，她回答不了爲什麽耶穌死了三天之後，又從棺材裏站了起來；也不可能回答狗的靈魂爲什麽與人的靈魂不同。她對佛教一無所知，祇是在歷史教科書上讀過一些片斷，自然説不出佛教徒的靈魂與基督教徒的靈魂有什麽不同，因爲兩者都離開軀殼而走向各自的終點。對她提出的最難解釋的問題是上帝的起源，上帝是誰創造的？和善的格德曼小姐祇能告訴品生，要多讀些書，少提不切實際的問題，《聖經》也沒有回答這些問題。品生特別喜愛但尼爾及所羅門之歌。《新約》對她説來，是一部很有權威的道德啟示錄，可是它仍然沒有解答什麽問題。事實上，提問題是被禁止的。

品生狂熱地努力要了解問題，但都得不到什麽結果，她對基督教的教義開始感到失望。然而她心裏倒覺得寬慰，因爲現在在學校裏到底可以提提問題；在家裏，儘管孔夫子的書她讀得很多，却從來沒有對孔子學說提過這麼多的問題。也許，她剛要提問題時，她的求知欲就被壓制住了；也許，她祇滿足於閱讀而不肯開動腦筋。這所外國人辦的學校和它的基督教却打開了她的心扉，並將改變她的思想。既然變化已反映在她自己的行動上，也許新生活無需以智力作基礎。

品生自信神示將會改變這顆心，這對於她自己以及引導她的人都是個考驗。在很長的段時間內，她極力緊跟着素貞，每天都到小教堂去，這既是她自己的義務，也是學校的規定。有過一兩回，她甚至自告奮勇地在全體學生面前虔誠地做祈禱。早上頭一件事是念《聖經》。晚上，素貞剛離開做祈禱的靜室，她就跨進去，真誠地譴責自己過去的罪過。她跪着乞求神靈指示她的行動，生怕錯誤的一言一行都會使她墜入深淵。自從發生公園那件事情以後，對宗元那種複雜而又持續的感情，使她感到莫大的悔恨，覺得已偏離了神的正道。她成了一個自我勸誡和內心自省者。這種半宗教的道德行為，成為她衡量自己和別人的標準。這是一種新的好奇心，一種在崇高的上帝的名義下了解自己的好奇心，而且每天都不斷地給自己帶來深入的啟示，甚至連學校的事情也包括進去；要是在當初，她也許會認為這是壞的、殘酷的和不合理的。她感到這種新的宗教團體，能使人類有驚奇的新生的開端，不願有任何東西來干擾這種感情。

二

品生在林德格侖女校，發覺有少數付全費的學生，稀稀疏疏地分布在各個班級裏，其餘的都是窮苦的女生，穿得很破舊，成天在繡花。起初，她以為這是女生們自己創出來的一種風氣，目的是要裝飾她們端莊而有理智的現代生活。在她進校兩個月之後，經過與素貞的那場不愉快的談話，懂得這繁重的活是專給窮學生們幹的，讓她們半工半讀。她非常讚賞這種制度，因為正如素貞所說，如果她不是進了這個學校，她也許做了婢女。品生認為，這是基督教精神的一種表現，教會確實為窮人操心,而像她自己這樣的人,是根本不承認窮苦人家的存在的。

時間一個月一個月地過去,她看到了許許多多的現象。刺繡似乎是姑娘們難以擺脫的一種絕望的掙扎,成了她們學校生活裏的最重要的課題,看來,教育不是這個學校的目標,而繡花成了它的主要目的。她們在學校裏日日夜夜地繡花,不得不放松了讀書和做功課。她們每天上課、做彌撒、洗衣服、開會、上廁所、回寢室,隨便到什麼地方,都帶着繡花的活兒。半夜裏,當舍監睡熟的時候,姑娘們從牀上爬起來,裹着毯子,到長長的走廊裏去繡花。每層樓的天花板上,都掛着兩盞拱形的燈,通宵亮着。姑娘們站在朦朧的淡黃燈光下,低垂着頭,手裏拿着刺繡架,離眼睛衹有幾英寸遠,細心地數着這上等麻布的綫,不斷地在繡着。姑娘們頭對頭地在燈光下圍成圓圈,因為她們都要在電燈光下取得最好的光綫。她們裹着變黑了的舊毛毯,在暗淡的光綫下擠在一起,默默地挑着針,有時候壓低着聲音耳語。她們像一群無家可歸的小精靈,在幽暗中默默地談論着她們的歸宿。早晨,她們腫着眼睛起牀,脾氣急躁,常常彼此爭吵。在課堂上,對於老師的提問,一個問題也回答不出來。考試時,總是很愁苦,甚至急得生了病,爭着向付全費的學生求援,糾纏着好脾氣的老師詢問關於考試的問題。有時竟顧不上吃飯睡覺,每每在夜裏哭泣。考試結束後,她們發覺至少有一兩門功課不及格。學校當局允許不及格科目少的女生在下一學期升到高班去,但對不及格的學科得重修。至於不及格在兩科以上的,就衹好留級了。有的姑娘留級三年甚至四年。這使她們學習的願望全都成了泡影了。繁重的勞動和種種焦慮交織在一起,像一根絞索套在脖子上,使她們詛咒生活。

管刺繡的藍小姐是個紅眼睛的舍監,她手臂上總是掛着個大繡花袋。當她每星期來驗收姑娘們的工藝品並付工錢的時候,總是引起她們的抱怨以及觸動她們的酸楚。連半自助的女生蔚文——她從來不敢得罪任何教師或者藍小姐,也帶着譴責的目光,像鄉下女人那樣吵吵嚷嚷地對品生說:

"看她幹的什麼,這個紅眼睛!我繡的那隻牌坊,衹不過錯了一針,她竟扣了五分錢。一針，祇那麼一針！她不是太過分了嗎？繡那幅大牌坊，她祇給我兩毛錢。她幹什麼呀？那個卑鄙的惡婆老狐狸！她今生得了紅眼睛，我希望她來世也是紅眼睛。我的手指幾乎給針戳壞了，可是她還是不滿意，以爲我是賣給她們似的。我不賣！明天我就離開這個死地方，這個下賤的地方。你等着瞧吧。"

她眼裏含着憤怒的淚水，撫摩着左手那隻受傷的食指。當然，她並沒有離開。她在背後咒罵學校當局，威脅說要離開這學校，已經不止一次了。

自助生這種可怕而且無休止的挣扎，一而再，再而三地使品生感到困惑。這所學校，雖說是出自好心而且爲了神聖的目的而建立的，但却是一所管理最壞的血汗工場。學生中，很少有人真正贊賞教師，而對宗教有真摯的感情和虔誠的態度的人，就更少了。自費生可以專心讀書，因此有興致同老師談話，也因此被別人罵爲討好老師的馬屁精，她們的高分，被視爲拍馬屁的證明。妒忌、猜疑與憎恨，雖說是出於幼稚無知，但却猖獗地流行，這同教堂裏所說的話完全相反。

當姑娘們對學校當局抱怨時，品生不禁對她們表示同情。可是她不願把抱怨看成事實，因爲創辦林德格侖女校的當局，是新福音傳播者。他們不可能像姑娘們所指責的那樣，以賺錢爲目的，那麼自私和吝嗇，看不起中國人。要是他們過去如此，現在也不可能是這樣，因爲他們在布道，他們的心早該變好了。

姑娘們聽了品生爲學校辯護的話，對她產生很大的懷疑，認爲她會把她們的指責去報告學校當局。她的好朋友，像蔚文那樣，却對她哈哈大笑；蔚文甚至對她說，學校當局這些人，祇不過是些二流子，他們在美國活不下去了，便裝成基督徒，唱高調，仿佛是中國的救世主，到中國來混。否則，在世界上，在別的地方，怎麼能過着僕人成群地侍候他們的養尊處優的舒適生活呢？

品生同她爭論，但蔚文故意狡黠地撅着嘴，並富於自信地告誡說："你等着瞧吧！你等着瞧吧！"

這一切使品生感到很不愉快，心裏被糾纏不清的矛盾搞得非常煩惱：有時候，她覺得自己是個大傻瓜，居然相信這學校，並深信當局會改變心腸；有時候，她瞧不起這些姑娘，因爲她們把她這個誠實的人似乎故意看得那麼低下。然而，姑娘們在受苦，倒是真實的。對於她們的苦難，她既缺乏知識而又沒有經驗。人人都待她很好，她是否能成爲這些受苦姑娘中的一員，通過直接接觸，了解她們日常行爲的奧秘及生活方式，從而承認她們所怨恨的那些布道的福音呢？顯然不能。她不能宣告自己不依賴父親而去依靠學校，這會使老人家非常傷心的。一個人怎能爲了要發現別人的過錯而去折磨自己的父親呢？

面對着這些空想與現實之間的矛盾，品生選擇了一條便捷的道路，即盡力發揮個人的作用，使自己的內心感到寬慰。她在自己力之所及的範圍內，代素貞付學費，以減輕她的負擔。但這也幫不了多少忙，因爲素貞從小是個孤兒，以此寄養於這學校的，她的刺繡活兒所賺到的工錢，絕對補償不了她所欠的學校的債務。因此，品生的幫助減輕不了她的負擔，她還得還債。而她並不是唯一窮困的自助生，品生沒有辦法能真正減輕姑娘們的負擔，學校裏的苦難，像在她家裏一樣，顯而易見。

晚上，品生開始常常失眠；白天，因神經過敏而往往煩躁不安。每當姑娘們圍坐在某個人的牀上吃花生米、嗑瓜子、聊天談笑的時候，仿佛她們從來沒有過苦難，或者祇不過是一場噩夢似的。這時，品生就躲開她們，躺在自己的牀上，無緣無故地生她們的氣。她厭惡她們的抱怨，覺得她們既小氣而又愛挑剔；她們隨時隨地都在刺繡，一針又一針，一綫又一綫，白天黑夜，無休止地在刺繡，仿佛生活就是一堆針與綫，真是令人討厭。

她極力避開教會人士，覺得遇到他們，同他們談話，有一種可怕的緊張。她感到他們是不可理解的，他們的布道既空洞而又不可靠。現在她對他們經常所宣揚的人是自私的、中國的問題在於改變人心等等，感到非常不滿。而過去，這些話是非常吸引她的。她無精打采地坐在教室裏，用手肘支着頭，而教師就說她沒有禮貌。

三

　　一個星期六下午，品生洗了些衣服，回到宿舍去。現在她已升高一了，同大約十個姑娘住一個寢室。初二時，她寢室裏有二十四個同學，隨着升級，人數就越來越少，因爲過去的同學有一半以上因考試不及格而留級。

　　寢室的角落裏有兩個姑娘，一個是金水英，即那個南瓜臉的姑娘；另一個是水英的姐姐，是個小學教師，曾經陪伴品生和她的幾個同學到百花洲去過。她叫金水珍，臉色蒼白，顴骨聳起，金魚眼，眼珠幾乎要從眼窩裏跳出來似的。水英蹲在牀上，腮幫子氣鼓鼓和心不在焉地在繡花，水珍坐在牀邊，背對着品生進來的那道門，彷彿在談話。

　　品生不去打擾她們。她不喜歡水英，因爲水英總是妒忌她，對品生那種習以爲常的高傲態度，以及顯然滿不在乎的自信，幾乎總是反感並且加以譏刺。越是這樣做，品生就越是輕視她。此刻，水英兩姐妹都沒有發覺她走進來。她們有一個令人困惑的嚴重問題，水珍似乎在規勸，從她的語調可以看出她本想用好言相諫，但沒有做到：

　　"但是父親沒有反對我的建議，他願意幫助我擺脫這個困難，他說他辦得到。當然，他不能同時幫我還債又替你交付上學費用。這，一個木匠怎能做得到呢？"

　　"你自己倒想得很週到。"南瓜臉姑娘向她姐姐白了一眼，反唇道："你要結婚，你就讓父親停付我的費用，來還你的債，這樣你就可以自由自在地結婚了。那我怎麼辦呢？看看我在幹什麼？一針又一針，用完一枚又一枚，我從父親那裏所得到的，總共不過夠交學費的錢，要付別的一切費用，都是靠這一針一綫做出來的。你連這點錢都不讓父親給我，祇有你結婚纔是重要的，而我，則應該做奴隸！你自私不自私？"

　　"我，自私？"水珍也光火了，回答道，"你纔是真正自私的人。我怎麼樣？我讀書的時候，父親根本沒有幫助過我。我讀書那些年頭，還不是用針綫做過來的麽？現在他幫我一點忙，不是很公道麽？你即使不付學費，也不會被學校開除的。你就是阻礙我，沒有別的。"開頭的時候，水珍本想以大姐的身份好言相勸，但沒有做到，竟像妹妹一樣吵開了。

"什麽，我阻礙你！"水英放下繡花活兒，直起身來反駁道，"我做什麽阻礙你了？你是個賺錢的教師，從來沒有幫過我一分錢，你的錢全都自己存着。你爲啥不用那筆錢贖回你自己的自由？你的男人要娶妻子，應當有錢幫你還債。我對這一切做了些什麽？難道我對教師們說過你的男朋友不是一個基督教徒麽？難道我要求過學校逼你還清債纔許你結婚麽？我看得出，你就是想騙我，認爲我軟弱可欺。"説完這話，水英憤憤地走去靠在窗口，扭轉臉避開她姐姐。

水珍沉默了一會，接着又極力做出大姐的樣子，要求妹妹幫忙。當她再説話的時候，語氣平靜多了，竭力要使對方冷靜下來考慮問題：

"水英，你聽我説，你知道我在學校裏教書拿多少錢？六塊錢一個月。除了住以外，我每月得付四塊錢伙食費，還有別的開支。我一點空也沒有，無法幹額外的活兒，多掙些錢。我早上六點起來，帶領學生做早守護，隨後從八點到下午五點，課程都排得滿滿的。你知道，我擔任兩個班級。連週末和星期天都得不到休息。學校裏裏外外，都有會議，教師的會、學監的會、青年會的會、教會人士的會。他們把人當牛來使用，僅僅給你六塊錢。我自然要離開這裏囉。我知道他們決不會送我上大學或者去美國。要是我還耽在這裏，我就會乾癟下去，像矮老太婆嚴小姐那樣，一輩子做苦工，同那些頑皮孩子打交道，成爲一個老處女，再也不能往別的地方找到一份更好的工作了。我不是騙你，祇是求你幫助，等我出去了，我也許能在他教書的那個公立學校，找到一份工作，每月工資十八元。你懂嗎？那時候我就可以幫你脫身了。這麽一來，我們倆就都能離開這個鬼地方了。"

"我不知該怎麽説。"水英有點心軟了，平靜下來，"要是我是你，我就直截了當到外國人那裏去辭職。你要結婚，這有什麽？他們不能阻攔你結婚，也不能上法院去告你。有幾個姑娘這麽做過。充其量他們頂多在背後罵你,説中國人都是忘恩負義、自私、騙子等等,如此而已。我看不出在這裏怎麼能不自私?"

"天哪!"水珍失望地站起來,"你不知道,父親哪能容許我那麼做?他説,這樣做會促使學校排斥你,連我們在德雷伯讀書的那位弟弟,也會受到排斥。你怎麼看不出我説的那樣做對我們大家都有好處呢?唉,你太任性了!"

水珍沮喪地朝四面看看,頓時發現品生躺在牀上看書,便馬上向品生爭取支援:"她不是太任性嗎?品生!"

水英頓時拿起刺繡架,跳到地板上去。她對姐姐叫品生參與她們之間的爭論,感到非常惱火。她覺得應當放棄父親給她的費用,使水珍能成婚;但她不能肯定,姐姐以後會幫她的忙。窮困和絕望的掙扎,往往使人但願抓緊現在手中已有的東西。於是她一步一頓脚,怒氣冲冲地走出了寢室。

水珍垂頭喪氣地向品生牀前走過來。品生坐了起來,在牀上讓了個位置給她,望着這位悲慘的小學教師,等待她説話。水珍也望着品生,她那雙凸出的眼睛,好像兩個弔在眼窩上的大水晶球,臉上顯得很痛苦。品生邊拉她坐下,邊想:她爲啥不先同學校當局打打交道,要求等她結婚後再還債?也許他們會答應她,讓她結婚後仍繼續在小學教下去的。水珍絕望地説:

"你瞧,我簡直四面八方都在受壓榨!"

品生向水珍談到應當先同學校當局打交道的想法。水珍祇是搖搖頭,説:"我反正不能再在這裏教下去了,我同小學的主任談過,没用。"

"她説什麼呢?"

"她説,我知道那個青年不是基督徒。她估計我同他結婚後不會再是個教徒了,因而也就没資格在這裏教書了。"

"你也可以在這裏再做幾年,把債還清然後結婚。"品生想給她找一個折衷辦法。

水珍望着品生,感到很可笑,品生對現實的無知使她感到驚奇。她忽然大笑起來說："啊呀，你真是個大小姐，什麼都不知道，老實說，我不知道我欠他們多少債，衹知道我永遠還不清。就目前來説，我的工錢也不夠我過體面的生活。你知道，實際上他們要我還的不是錢，而是要留着我爲他們服役，可是他們又不願爲此付出工錢，使我生活過得好一些。他們聲稱在道義上有權要我幾乎無償勞動，因爲他們曾給我受教育的機會。要是我不肯爲他們工作，他們就認爲這是他們在教育上的大失敗。他們的目的，不是爲中國培養人才，而是要中國人爲他們工作。你看不出來麼？他們有一條規定説，讓我們做三年苦教師之後可以離開，但事實上有多少人能在三年之後離開這裏呢？衹有極少數決心做'忘恩負義'的叛逆者。顯然，使我煩惱的是我不能做這種事。我父親是個木匠，他的生活主要是依靠這裏的教會團體。要是我像別的姑娘那樣一走了事，父親也許會不承認我是他的女兒。"水珍靠在牆上，由於爭論和絕望而精疲力竭。過了一會兒，她繼續説道："壞就壞在我們太窮了，所以他們纔能這麼要挾我們。他們決不會對你們這樣有錢的人做出這種事來。對你來説，來這裏是受教育；對我們來説，這裏則是條絞索。我們一生一世，肉體和靈魂，都屬於他們的，他們是債主，我們是債戶，我寧願不要這種令人傷心的、受折磨的可恥教育。我也許會餓死，但當我餓死的時候，靈魂要比現在輕鬆些。"

品生感到難以開口了，她不知道説些什麼纔好。她知道，這些自助女生將來都得在教會機構裏服務。她本來以爲，這對她們是個難得的機會；因此她不願聽她們對學校當局的抱怨，並覺得她們太小氣和太講究實惠，老是想到錢而沒有理想和抱負。但是現在，究竟什麼是理想呢？突然，她感到很惱火，厭煩地伸伸懶腰，説道："唉！生活真没意義。"

"我也這麼想。"水珍誠心地應聲道。但品生覺得水珍的同感並不合乎她的本意。她忽然想起什麼，便沉默了。她曾力圖不依賴父親而走向獨立的新的生活道路，這新道路却頓時似乎變得無影無蹤了。它在哪裏呢？里程碑和路標又是什麼？週圍是一片渺茫而寂静的、荆棘叢生的莽原，既聽不見聲音，也聽不到布道的啟示。

四

　　時間一個月一個月地過去了，品生仍然在她所設想的新道路上，曲折地、亦進亦退地走着。秋以安靜和壯麗顯示它的成熟，冬以它那顫栗的翅膀撫育着大地，直到春的歸來。山色似乎覺得光亮了，雪融解了，呈現一片片藍雲。樹叢似乎微微透露着綠的氣息，很快就要長出葉子了。如果你保留着夜生活的癖性，並且在沒有月亮的晚上，到戶外漫步，你就會聽到大地在呼吸，像成千成萬條幼蠶在桑葉下面爭食。有時候，大地裏會發出像酒徒吮吸美酒時所發出的響聲，永遠不會真正喝醉，祇是愈來愈感到陶醉並且感到生氣勃勃。清晨，你如果喜歡一早起來就往外邊散步，你就會發現，樹葉的嫩芽，活像小貓的舌頭在舔母貓乳房那樣，從樹枝裏緩緩地吐出來。嫩葉還稍微掩卷着，葉尖含着一滴露珠，像透明的彩虹似地閃閃發光。

　　林德格侖的女生們找出種種理由，穿着鮮豔的服裝，把袖子卷到肩肘上，蹦蹦跳跳。並不是她們故意這樣，而是由於四肢迸發出青春的活力，促使她們這樣做。笑聲、叫喊聲和吵鬧聲，在校舍裏沸騰着。

　　學校決定在春季的一天到農村遠足野餐，選定的地方叫"藍村"，離城大約十里。這片原野中，最可愛的地方是那一叢密集的竹林，週圍有些刷成白色的舊磚房和星散的茅屋，還環繞着一道泉水的溪流。有一處地方，樹立了五座用精致的大理石砌成的牌坊，其中四座是封建王朝旌表節婦的：有兩個婦女在丈夫死後自盡了，所謂以身殉夫；另外兩個則為亡夫守節，終身不再嫁。第五座是旌表一個孝子的，據說他割下自己身上一塊肉煮給生病的母親吃，而且竟然把病醫好了，他以此揚名。儘管這些討厭的牌坊具有旌表貞孝的性質，但它們遺留下來，構成了這村子的景物，倒吸引了許多旅遊者。

　　學校當局決定讓姑娘們由贛江坐船去，這條大河從教會區的北面流過。

出發的這一天，所有的女生，不論年齡大小，一律穿藍邊白布的制服，歡度這生氣勃勃的時節。各種各樣的野花，紅的、黃的、藍的、粉紅的和紫的，或者插在她們的黑頭髮裏，或者插在她們的白衫的反領上。起初，她們想保持白制服的乾淨，把花插得整整齊齊，但一到船上，都全忘了。她們在船裏擠來擠去，有的想到船沿去，把手伸進水中，在那閃着金光的漣漪中嬉水。她們用手拍水，船上的污泥把衣服都弄髒了。她們興致勃勃地，把船夫手中的槳奪過來自己劃，把船弄得左右顛簸，大笑着，尖叫着，倒向四面八方。船夫大聲叫喊她們安靜下來，她們纔把槳交還給船夫。隨後便彼此靠着身子，協調地前後擺動，唱起歌來。她們先唱英語歌曲 Row, row, row your boat，接着唱現代作曲家作的中國歌曲，最後唱民間小調，諸如《木蘭從軍》《上有天堂，下有蘇杭》等，有一兩個女生，還唱起《繡花小調》《四季情歌》《卿雲歌》來。這些民間小調，有些是表達神秘的愛和渴望與情人相會的情懷的，常常被視為誨淫的歌曲。有人一哼起這小調，別的姑娘便揮着手，格格地笑，好像要把它揮掉似的。然而，唱的人却唱得更歡、更響亮，並且露出了肯定為大家喜歡聽的笑容，於是表面上不愛聽的姿態便隨之消失，更多的人附和着唱了起來。

　　村子並不大，大約有五十戶人家。村前有一條波光粼粼的河，村裏到處是一叢叢綠竹林，生長在一片紅壤的土地上。在田裏幹活的男女都是一張褐色的臉。

　　這村子原屬張姓的，張家祖上有人在清廷做過大臣，可是現在別姓人家也都搬進來了，張家已不像從前那麼顯赫了。張家至今猶為人敬畏的是遺留下上面提到過的牌坊，以及一個寬廣的墓地。這墓地裏有幾座做過大官的張家祖墳，墳前都有大石碑、石馬和石獅，有的還有石人，墓地四週圍着密密的竹籬。這就是女生們野餐和集合回校的地方。

　　女生們分成一組組，大的女生和小的混合在一起，做她們的領隊和指導。教師們也都來了。當她們魚貫地進入墓地之後，女生們就紛紛跑到石碑和石像週圍去玩。有些人圍成圓圈坐在地上，有些坐在碑前碑後，有的甚且爬到石像上去。她們全都避開竹蔭，曬曬太陽。校役拎着籃子，裏面盛着饅頭、炸猪排、生的胡蘿蔔，有的挽着一桶桶茶水，走來走去，把食物分送給女生們。

蔚文在大石碑後面找到一個好位置。她的小組裏有品生、素貞、南瓜臉姑娘金水英，以及兩個小學的女生，她們圍成個半圓圈坐着，中心是一套石香爐、燭臺。蔚文跑過來建議搬到石碑後面去吃東西，那石碑的座後是個大理石砌成的寬廣的平臺，可以把食物擺開來，比她們坐在這個潮濕的草地上乾淨得多。可是水英不願意去，倒並不是她反對在大理石上野餐，而是爲了顯示她與蔚文有所不同。她不喜歡蔚文，因爲蔚文同品生很要好，而她與品生則極不對頭。她認爲品生驕傲，教師也因爲她家富裕而對她偏心，總是給她最好的分數。但她反對也沒有用，別人都同意蔚文的建議。所以，她祇好撅着嘴站起來，吩咐小學生把食物拿過去，她獨自先走到那個地方，坐在平臺的中心，靠着石碑，顯出一副目中無人的樣子。其餘的人也跟着走過來，蔚文把食物朝水英那邊推過去，使她不得不讓出點地方。品生和素貞坐在面對石碑的斜坡上，兩個小女生在她們的食物旁跳着、喊着，向別的小女孩誇她們這裏地方好。這樣，這個小組就一面談笑着，一面吃野餐，全都興高采烈，祇有水英由於大家沒有接受她的意見而有點生氣。儘管如此，她也感染到暖和陽光的歡樂，與同學們聊起天來。各個小組也彼起此伏地傳來笑聲，享受着野餐的美味。

五

不一會，品生停下來不吃了，望着素貞，見她正在慢慢地咬胡蘿蔔，咬一口，看一看，好像在琢磨什麽。品生問：

"素貞，你是在幹什麽？"

"没什麽。"素貞狡黠地笑了笑，一面嚼着，一面把剩下的那根胡蘿蔔放在眼前，仔細端詳着。

這是一根水份豐富而又纖細的胡蘿蔔,它幾乎是透明的金黃色的,尖的一端已吃掉了,餘下粗的一端的四週,被一口口從上而下地咬出一條溝來,在溝的週圍咬出一個個小圓圈。她咬得很仔細,綫條分明。素貞得意地把它拿起來給大家看,並說:

　　"你們不知道,胡蘿蔔可以做出多麼奇妙的東西來,它可以雕成任何形狀的東西。"

　　蔚文從她手裏把胡蘿蔔拿過來,仔細看看,然後遞給品生,說:

　　"哈,這很容易。你祇要仔細地咬就是了。我也能做到。"她彎身到食物中去想找根光滑的好蘿蔔,但是好的沒有了。金水英靠着石碑坐在平臺的另一端,一手拿饅頭在吃,另一手拿着根未咬過的完好的粗蘿蔔。她朝遠處望着別一群女孩子,假裝沒有注意蔚文。蔚文在心裏暗罵一句,又大聲對素貞和品生說:"見鬼,好的蘿蔔都沒啦,誰吃得那麼快?如果我有根好的蘿蔔,我肯定也能做得出來。"

　　"當然,這樣的你能做得出來,"素貞說,"這不算什麼。但是我父親過去常用胡蘿蔔雕出馬、貓、小桌和小椅來。作爲玩具,我把它們保存了很久。"

　　"真的麼?"品生問。她所有的玩具都是買來的,而不是自家做的,"你別騙我們,你?"

　　素貞大笑道:"品生,這事情你不了解。真的,雕的寶塔看起來完全像真的一樣,塔上的一切他都能刻出來,門窗、磚瓦、飛簷,甚至在塔的四角,還刻上龍尾飛簷。整座塔中心是鏤空的,你可以從這面看到那面的窗子。"

　　"聽起來像是希臘的雕刻家。"品生張大眼睛說。

　　"哦,你又說到希臘雕像來了,"蔚文笑着對品生說,"你什麼時候讀過這些?我們現在正讀到工業革命。你對此有何高見?"

　　"沒有,"品生搖搖頭,指着素貞說,"她應該談談。她父親能雕刻出這些了不起的東西,也許她也能這麼做,並且成爲一個工業家。"

　　素貞把一塊蘿蔔扔過去,說道:"去你的!"

金水英拿第二個饅頭和烤牛肉吃了。她故意避開另外兩個女同學的眼光，對着素貞説：

"啊呀，你要做工業家了，那可了不起。你可會有個位子給我吃飯嗎？可是希臘圖像同我們有何相干？賣弄，完全是賣弄聰明。"

蔚文望着品生，品生氣得滿臉通紅。蔚文對水英乖戾而愚蠢的挑釁很反感，剛要説話，好心的素貞巧妙地插進來了：

"別聽她的，水英。你知道我是不會做工業家的。品生同我開玩笑。……但是，"她嘆了口氣，"我真想成爲對國家民衆有用的人，能爲國家出點力，使外國人不敢説我們是自私的，是沒有心腸的。"

"今天別談這種事，"蔚文説，"你想做什麼呢？"她一面説，一面把吃不完的饅頭扔掉。

"哦，没什麼，也許去教教書。"素貞謙和地笑了笑，垂下頭來，沉默了一會，仿佛在提醒自己別誇口。接着，她瞥了蔚文一眼，繼續道："你知道，我要獨立辦一所學校，要辦出成績來，你以爲可能嗎？"

"這念頭真了不起！"水英突然活躍起來，提出道："我來教書，行嗎？我能教算術、英語，或者中文。我討厭歷史和地理。我工資要求不高，大約十塊錢就行，素貞。比那些教會學校好些，你了解。"她末尾的話似乎是很認真的。

蔚文覺得很討厭，故意裝作好心地説："哦，水英，你不是真的這樣打算吧！你父親是個富裕的木匠，他替你姐姐還債，讓她結婚。你可用不着素貞幫忙。"她心裏早知道水英已拒絕她姐姐的要求，但她想引水英説話。蔚文偷偷瞥了素貞和品生一眼，愁悶地點點頭。

"不是這樣。"水英撅着嘴，想起了自己的困難處境。

"那麼，確實是怎樣呢？"蔚文勸説似地問道。

"我父親要把我的學雜費來償還我姐姐所欠學校的債。他要我終身做這學校的奴隸。"

"啊，那太糟了。那你怎麼辦呢？"

"我？我不能讓他這樣做。我就是不能！我告訴過父親，如果他這樣做,我就自殺。"

"那怎麼行呢?"

"就祇好這樣。"

"你是說,你姐姐之所以不能結婚,是由於你父親要給你付學雜費,是嗎?"素貞問。

"當然!"蔚文肯定地插話說。

"她得自己想辦法結婚,她不能爲了結婚而讓我做奴隸。"水英回答道。

"哦,可憐的水英。你怎麼能這樣對待她?"素貞既同情她,又同情她的姐姐。

"這有什麼錯?"水英天真地問。"我的處境是够糟的了。不是嗎?爲什麼爲了她結婚而我得終身陷在這學校裏呢?"

"哦,當然,這個我很了解。"蔚文同情地說,"素貞辦學校,肯定需要教師。也許你父親也會收拾起他的木工活兒,用他的積蓄來幫素貞的忙呢。"蔚文放聲大笑。她不理會水英,自顧說下去:"至於我呢,我不要教書,也不要讀書……"

"那你得去結婚,去做個官太太。"水英刺她一句。

"不,我要賺錢,沒有錢你總得依靠別人過日子,沒有錢你什麼也幹不成。素貞要辦學校,你要爲十塊錢一個月而工作。誰給你錢呢?所以我要賺錢。"

"但錢不是唯一必要的東西,蔚文。"素貞提醒她道。她覺得蔚文太過於想錢了。

"也許不是。但是素貞,你知道,我父親開過一家瓷器店,好多年前,我們賺了許多錢。我們過去決不像現在這樣生活。但連年不斷的戰爭,把我們的生意全給破壞了,以至我父親連我在學校的伙食費也付不起。爲了吃飯,我祇好幹起刺繡這該死的活。"蔚文本來還要說,她覺得自己跟品生一樣聰明,也許還超過她呢,可是現在,在班上祇拿到第二等的分數。不過她沒有說,反而轉身向品生問道:

"你打算怎麼樣呢？去搞希臘雕刻麼？"

顯然，品生對於剛纔水英暗中罵她，依然懷恨在心，没有去聽這幾個女同學的談話。自從她養成愛辯論的新習性以來，對此是没有理由能忍受下來的。她認爲水英對待她姐姐很乖戾，很可惡。過了一會兒，她狠狠地説：

"我不打算同一頭猪争吵，我要堅持談希臘雕刻，讓她更加不舒服。"於是滔滔不絶地大談她去年秋聽格德曼小姐的世界史課時看到的希臘雕刻像片所留下的印象。她談到阿波羅、雅典娜和維納斯的名字，描述希臘神廟柱上的這三尊雕刻神像，反復地説及格德曼小姐在班上講過的諸如"和諧""完美""優雅"這一類詞匯；雙眼炯炯有神而且熱情奔放地闡述這些雕像的容貌是如何容光煥發，那傳神的眼睛又如何神采奕奕地環視着四方，她説，這些雕像，似乎使人感到他們在精神上與一般常人無異，無所謂善惡，無所謂現想與現實，他們安詳而富有朝氣，在邁步前進。她似乎没有注意到其他幾個同學的厭倦的表情，非常自鳴得意，甚至連水英也被置之腦後了。她結語道："這真是非常了不起的。我相信，雕刻家是世界上最幸福的人，我真想從事雕刻。也許我做不到，或者，我可以搞繪畫。"

"你總是異想天開。"蔚文厲聲説道。她對於品生那種脱離實際的洋洋自得，感到受不了。她已忘掉了對水英的不滿。"她父親有的是錢，當然，她可以不做有用的事，讓父親養她一輩子。"

品生冷笑了一下，回答蔚文説："我真不懂，你以爲人們不喜看繪畫和欣賞美的事物嗎？素貞的父親會雕刻，她就喜歡這些雕刻品。對嗎，素貞？"

素貞正躺在大墳的斜坡上，用手指遮着眼睛，以擋住陽光。實際上她没有認真聽，她感到寧静而安詳。一聽見有人叫她，就回答道：

"我想是這樣。我父親非常喜愛美好的東西，但是他買不起。我想那就是他刻胡蘿蔔、青蘿蔔和石頭的原因。但是，他刻這些東西，除了做玩具之外，全無用處。而我們幾乎餓死，因爲他把許多時間都花在雕刻上面。實際上他祇能教書，但很難找到一個好的教師職位。他把時間都花在給別人寫信、讀信和雕刻上面。當他去世的時候，我們窮到幾乎活不下去了。這同你剛纔所談的是一樣的，品生。這些聽起來很美妙。我相信，我們需要好的理想和美麗的東西。但是我必須説，你剛纔説的，我連記都記不起來了，這些聽起來就象一片模糊的聲音。當然，我不知道你心裏在想些什麽，但有時候你似乎想得太縹緲、太遥遠了。也許是我錯了，蔚文了解得更多些。"她把臉轉向蔚文。

"喂，"蔚文用脚在草地上把素貞的脚踢了一下，"你推給我了。我想品生的想法並不遥遠，她沒有我們那麽多的問題。"

品生覺得自尊心受到很大的傷害。她説："你們説我沒有問題，這是什麽意思？"

"那你有什麽問題？"

品生沉默下來。她覺得世界上有許多難以解決的問題，比如關於宗教、信仰及她的生活道路等等。而且她週圍的女孩子也有許多難題。但是在這種氣氛裏，她覺得這些並不是真正的難題，也許祇是她心裏的幻覺，祇不過是由於不了解別的事情而產生的。可是她不願意承認。她着重地回答道："有，我有許多問題。你們怎麽知道我沒有？"

"我不是説你沒有問題，但你的問題祇是你自己的，我們都摸不透是什麽。而我們的問題，我的，素貞的，連水英的，我們大家都知道。我們知道我們的需要是什麽，我們那些難以解決的問題的確是真實的。"

"是這樣！"品生低聲地呻吟道。她輪流注視着蔚文和素貞。突然間，仿佛她與其他人之間奇怪地疏遠了，雖然留下印記，但終於因與人不同而默默地被隔開了。她沉默下來，感到很不自在，便從草地上站起來。素貞覺得她的朋友的自尊心受到損傷，是由她引起的，深感不安，於是建議大家一起到一叢竹林那邊去探訪農民。

六

　　她們從墳場走出來，許多女生已經往四面八方走動了，有些走到牌坊旁邊仔細地觀看，有些同田裏幹活的農民在聊天，有些在采野花或摘下嫩枝當鞭子揮舞。那兩個小女生跑過去同她們的小朋友一起玩。這樣，四個大姑娘沿着兩旁長滿高草的鄉村小道向第一排小竹林走去。當她們走近時，纔發現這裏並非一叢真正的竹林，祇是一座茅舍後面的籬笆圍住的稀稀疏疏的一排竹子。茅舍頂上長着一層綠色的野草。籬笆裏面，一頭黑的大母猪和幾隻小猪圍在一個十歲左右的小姑娘週圍，那小姑娘正彎着身在圓木盆裏攪拌猪食。女生們向前門走去，外面有幾條狹長的、沒有靠背的長凳，但沒有人。她們從敞開着的大門望去，裏面很暗，死一般的寂靜，好像從來沒有人住過似的。隨即有一條毛蓬蓬的黃狗，從門旁不遠的小草堆裏伸出頭來。它被這些陌生人驚動，從草堆裏跳出來，眼裏射出凶光，向她們衝來，毛茸茸的尾巴蜷曲得像個皮球。這四個女生還來不及跑開，後院裏的小姑娘就過來了。她看出這幾個姑娘沒有惡意，便朝那隻狗走去，用手臂摟着狗的頭和脖子，阻止它吠。接着她生疏地像個大人似的詢問這四個姑娘有什麼事。顯然，她是這所房子的主人、管家和看守者。她警惕地睜着圓圓的雙眼，打量着這幾個陌生人。女生們對這座空屋子沒有興趣，連忙把自己的身份告訴了小姑娘，向她表示歉意，便走開了。

　　村子裏大多數房子都沒有人，男男女女都到田裏去了。這四個女生向河邊走去，坐在河岸上欣賞風景，閑適地享受這明媚的春光。突然，她們看見一個小孩沿岸邊跑來，邊哭邊喊：

　　"哦，哦，我姐姐投河了，我姐姐投河了！"

　　這四個女生全都跳起來，想拉住那孩子，但被他推開了，他像發瘋似的向前跑，一面用手背擦眼睛，一面大哭大叫。

　　在場的，田裏的男男女女，都站起來，向這孩子走過來，一個瘦削

的中年農民一把抓住孩子的肩膀,嚷道:

"石騾,出了什麼事?"

石騾頓着脚,不住地哭喊:"我姐姐跳到河裏去了。唉,唉,我姐姐跳到河裏去了!"

"哪裏?畜生!"

"上面。"孩子説不出具體地方,他摔脱了中年農民的手臂,指着他跑來的那個方向。

那農民一聲不吭,拖着孩子就朝那個方向跑去,其餘的人也都跟着跑。

女生們當初也跑起來,但不久就落到後頭的婦女中間,便不再跑了,一面走,一面向婦女們打聽到底出了什麼事。

她們很快就發現,這是窮苦人家常有的悲劇之一。投河的姑娘叫做根寶,是個很標致的姑娘。她父親就是那個瘦削的農民。他拖欠田租,一到冬天,地主就向他要姑娘去抵租。這姑娘和她家人都不同意。可是春天到了,這農民需要種子,他毫無出路,祇好去央求地主。地主堅持除非他把女兒送去抵債,否則就不借種子,他還得清還所欠的田租。這些婦女不知道這姑娘為啥在今天跳河,可能是她父親答應了地主,要把她送去。

當這些女生到達那裏的時候,根寶已經被救出水來。人們握住她的腿,讓她臉朝下,把水吐出來。一個婦人蹲在她的身旁,雙手拍地,好像一頭受傷的狼似的嚎叫。那個瘦削的農民邊搶救女兒,邊咒駡並踢那婦人,叫她走開。不久,人們把這昏迷不醒的姑娘的臉向上翻轉過來。品生一看到那姑娘腫脹而變藍的臉,尖叫一聲就跑開了。素貞和蔚文緊追着她,同時問道:

"什麼事,品生?"

品生没回答。她拉着這兩個女同學盡快離開這個地方。

過了一會,水英從那裏回來説:"你們為什麼跑回來?那個地主明天要把根寶帶到他家裏去了。我問一個男人,既這樣,救這姑娘又有何用。"這話引起素貞的強烈反對，覺得水英說這種話未免太尖刻了。水英感到有點難為情，然而她仍想不通，要是根寶活著，又怎能把她從地主手裏救出來呢？於是她們討論起這姑娘怎樣纔能得救的事來。她們想不出一個辦法，全都感到很沮喪。有的甚至說，倘若這姑娘同意到地主家去，也不太壞，她也許做個奴婢，但很可能做小老婆。"做小老婆也不一定太壞，瞧品生的庶母，她不是比她以前過得更好嗎？品生？"

品生聽到提及她家裏的事，感到很惱火，她並不覺得這是贊美的話，倒是感到由於這位農村姑娘的悲劇而使她突出地成為攻擊的對象。仿佛有錢便是罪惡，儘管絲毫沒有提及她父親同那個企圖占有根寶的傢伙之間的關係。她非常生硬地回答道："我不知道，你們最好去問她。"

"問誰？"蔚文反問道。

"那你們在談誰呢？"

"哦。"蔚文機敏地瞥了品生一眼，就不響了。水英也發覺品生此刻不喜歡提到她的家，很想說品生幾句壞話，因為品生罵她是豬，她要報復。她說："世界上的有錢人都是些烏龜王八蛋，他們或者搶別人的女兒，或者搶別人的錢。要是逼我做小老婆，我就把他們全都殺掉。"

素貞皺起眉頭說道："把他們全殺了，水英？"

水英大笑，說："你曉得，我指的是什麼，我指的是那個這樣做的壞蛋。"

一群女生從旁走過，向她們招招手，其中一個問道："你們看到那個投河的姑娘了嗎？"蔚文肯定地點點頭，並問道："她怎樣啦？"

"哦，擡到她家裏去了，她現在沒有問題了。"一個女生回答道。另一個女生則提供更多的情況，說據她所聽到的消息，有個婦女認為，應該讓根寶死掉，因為這樣一來，她父母就可以擡屍體到那地主的祠堂去，控訴他用壓力逼死姑娘，所有的農民都會幫助死者的家屬打贏這場官司。但現在她活著，那地主總有一天會把她弄到手的，她的父母遲早要丟掉他們的女兒。

這時，水英道："瞧，我說的對吧？有錢人肯定會弄到他想要的東西，不論他多笨多壞。"

蔚文望着水英，感到很奇怪，說："奇怪，你父親並沒有受到有錢人的欺壓，你今天爲啥這樣大發雷霆？"

"當然，我父親沒有受欺壓，但是我恨那些自以爲絕頂聰明的人，祇不過他們的父親是個臭官僚，有許多骯髒錢罷了。"

聽了這話，品生突然回轉身面對着水英，瞪着眼睛，威脅地說："如果你膽敢提到我父親一個字，我就撕掉你那張下賤的嘴！"

那三個女同學全都吃了一驚，素貞很快定了定神，拉住品生的手臂，說道：

"別傻啦，我們回去吧。"

但是品生推開了素貞，轉身獨自昂頭走了。她的自尊心完全受了損傷。

七

春末的一個早晨，像通常一樣，林德格侖的女生們吃過早餐，分散到各處去做體力勞動。有的工作時間多些，有的揮揮灰塵，幾分鐘就做完了。那些先做完的，便到教室或到圖書館去，等候打鈴，然後到小教堂去做禮拜。負責管理體力勞動的教師就到處去檢查，如果打掃得不乾淨，負責包幹的女生就要被記過。

管理宿舍三樓的舍監黃小姐，負責辦公樓主要一層的女生勞動，其責任是檢查各個辦公室和過道，以及那裏的圖書館。

她走進圖書館，使她吃驚的是，那裏第一次擠滿了女生。她們分別擠在兩張長長的閱覽桌上。那兩張長桌通常祇有幾本兒童故事書和一張當地的報紙。此刻，女生們有的坐着，有的站着，有的跪在椅子上，全都俯身在長桌上，彼此的頭緊緊地靠在一起。她們顯然在一起讀些什麼，發出拖長的雜沓的噪音，就像被激怒的蜂群那樣嗡嗡叫，有時還發出憤怒的叫喊。

"到這裏來做什麽?"黃小姐在門口站住,查問道。

女生們擡起頭來,整個房間是憤怒而痛苦的臉孔,長桌上露出一張攤開的報紙。看到黃小姐的鐵板似的臉孔,知道她是來命令她們離開的。女生們一個接一個默默地散開,向門外走去,臉上掩蓋不住的不愉快的激動情緒。當她們跨過門檻的時候,一個女生突然高喊起來:

"黃小姐,他們在上海殺死我們的人民!"

所有的女生們都站住了,圍住黃小姐,大家接着叫道:"是的,我們的學生被殺死了!"

"外國人開槍打死了我們的工人!"

"英國人要消滅我們!"

"黃小姐,他們開槍打我們!"

黃小姐祇覺得耳朵嗡嗡直響,除了"開槍""殺人"之外,什麽也聽不清楚。她舉臂喊道:

"住口,住口。你們叫什麽?太放肆了,一點也不守規矩,不守秩序。你們發瘋了嗎?"

女生們又落入死一般沉寂的氣氛裏,擁擠着走出來。

"你們幹完了自己的工作了嗎?"黃小姐又查問道。"誰開槍打誰,跟你們不相干。他們無論何時都可以開槍。"她以爲女生們的激動是由於經常不斷地聽到內戰消息所引起的。她剛從宿舍樓走過來,還不知道學校外面發生了什麽事。她向來很少看報。

"不,黃小姐,"一個女生又轉過身來說,"是外國人在上海向中國人開槍,殺死了成千個我們的學生和工人。不是中國人殺中國人。"

"誰?"黃小姐臉色忽然變了,臉孔冷冰冰的拉得長長的,"外國人?什麽樣的外國人?"

"英國人!"

黃小姐的緊張情緒頓時松馳下來,臉色也恢復過來,用一種令人放心的語調說:

"哦,英國人。英國人總是壞的,美國人決不會這樣做。英國人一向瞧不起我們，美國人不一樣。"

"但是英國人殺死了我們許多人，黃小姐。"這女生又説了，她希望黃小姐能懂得，爲中國人聲辯比爲美國人辯護更爲重要。

"是的，我知道。可是光説説有什麼用呢？你們有什麼辦法？你們的責任是幹活和讀書，政府會去對付英國人。上禮拜堂的時間到了，馬上去做好準備吧。"

女生們做着鬼臉，唉聲嘆氣表示她們的不滿，終於擠擠擁擁地走出來了。一走進過道，吵鬧之聲又響起來了。有些人説些不滿意黃小姐的話，有些人在咒罵英國人，有些人則更廣泛地告訴同學，五月三十日英國人如何在上海南京路對中國人進行可恥的大屠殺。許多女生怕中國會滅亡，還有一些人認爲中國應當同英國開戰。顯然有一種趨向，把英國同所有的外國人混淆在一起。她們説，學校當局也看不起中國人。不久，她們就改變了興奮的話題，競相列舉美國教師輕視中國人的例子，大者如中國人的薪金少於美國人，小者如給學生打低分數。接着又互相爭辯起來，説藍小姐尅扣同學的繡花工錢，是否算是一種對中國人的輕視。如同一粒火花掉到電源上，迅即猛然地燃燒起來。連年内戰，祇不過給單獨的個人帶來損失和苦命的抱怨，可是外國人一開槍，却把死一般沉寂的林德格侖女校變成了沸騰的熱鍋。每個人都在説話，誰也不能沉默；每個人的臉都像凶神惡煞似的，但誰也沒有因此被觸怒。連小學生們都在靜靜地聽着年長的女同學的慷慨激昂的談話。教堂的鐘聲響了，教師們祇好到過道來召集學生們去做禮拜。

八

過去沒有人看的報紙，突然在女生們的生活中間占了重要地位，仿佛報紙就像渾身血跡、傷痕累累的人從地上爬起來似的，在控訴惡獸的襲擊和咬噬。每天都有新聞報道，誰在被屠中死去，政府和英國人在做什麼，上海、北京、漢口和廣州的學生與工人在做什麼，以及打算做什麼。學生罷課，就像爆竹似的到處爆發。據報道，英國的砲艦已駛進長江，要屠殺更多的中國人。於是，抵制英國貨的號召迅即傳到女生們中間。她們還沒有想過是否應該罷課，也不知道該怎麼做。但是抵制英國貨顯然是容易做到的。女生們連日都在談論着可鄙的英國貨，並且在爭吵中互相指責對方穿糟糕的英國布或毛織品，指責對方用英國貨。傳教士伊麗莎白・王也不穿半洋裝的禮服了，深怕被人指責她不愛國。少數女生甚至連別針或者花俏的髮針也扔掉了，因爲它們是英國製造的。女生們也蔑視"B. B"牌毛綫，因爲它是英國貨，而在過去，她們曾把它看作是打絨綫衫的高檔毛織品。

可是在學校當局看來，除了頭幾天外，學校表面上仍然像往常一樣平靜。六月二十一日大考臨近，女生們有所期待也有些難過，總的說來是寧靜的。學校當局原來對"五卅慘案"在學生中的反應感到相當憂慮，現在放心了。麥克考萊爾小姐現在可以詳細地寫個學校工作報告，寄回給美國的教會了。

這所學校，是體現着基督教活動的不可缺少的一個環節，它意義重大地吸引着新的教徒，傳播着上帝的愛，並擴大影響，以期改變中國人的"黑心腸"。尤其是中國大群人在精神和物質上的困境，悲慘到極點。這樣，使美國的捐款者感到，他們捐款給教會是多麼必要。

當門房突然來通報，有幾個城裏來的男生要會見林德格侖女校學生組織的負責人的時候，麥克考萊爾小姐感到相當吃驚。她那雙灰眼睛疑慮地睜得圓圓大大的，仿佛她聽不懂門房的話似的。

"告訴他們，我們這裏沒有學生組織。"她故作鎮靜地用中國話說。

"這話我告訴過他們了，麥克考萊爾小姐，"門房那個鷹爪鼻深深吸了一口氣，"但是他們堅持要見學生的代表。"

"爲什麼？他們是從哪裏來的?"麥克考萊爾不相信這是真的。她知道，林德格侖女校的女生，從來沒有同城裏學校的男生有什麼往來。她因此感到擔心，深怕不知哪個放蕩的女生會引起外間對這學校的流言蜚語。

"他們說，他們是代表城裏學生聯合會來的，麥克考萊爾小姐。"門房說。

"他們沒有說爲什麽來麽？"對於門房簡短而機械的回答，麥克考萊爾小姐感到有點忍不住了，但她仍保持着冷靜沉着的屈尊態度。

"他們說，學生聯合會要舉行一次大會，一次反英示威遊行，麥克考萊爾小姐。他們要林德格侖女校同他們一起參加。"

麥克考萊爾小姐意識到情況的嚴重性。她記起了"五卅"消息剛傳到時，女生們激動的情景。她想了一會，說道："告訴他們，黃小姐和劉太太將會接見他們。"

當男生被接見的時候，麥克考萊爾派人去請格德曼小姐來，希望從這位聰明的優秀傳教士那裏打聽，別的城市教會學校是否參加過這種學生運動。格德曼小姐覺得無此先例，可是又認爲，林德格侖拒絕參加將是很尷尬的，英國人做的事不對。

麥克考萊爾小姐想到中國學生運動長期的威望，以及女生們對"五卅事件"最初的反應，就懂得了格德曼小姐的意思。可是她覺得，對於本校來說，這是個可怕的先例。如果讓學生去參加示威遊行，美國的捐款人會怎麽想呢？他們給錢是爲了讓女生們放棄學業而去製造政治麻煩麽？女生們的家長又會怎麽想呢？

她聽見會客室裏客人們的大聲談話。會客室就在校長辦公室的正對面，那幾個男生似乎長篇大論地在那裏熱烈講演。黃小姐那單調而刻板的聲音使她感到不安，她希望劉太太謙遜而帶笑的語調能起調和作用。

對這個問題得作出決定。她拿起電話筒來接德雷伯學校的校長辦公室。

是的，他們今晨也有過同樣的麻煩。當麥克考萊爾小姐問及對方打算怎麽辦的時候，回答是：讓學生出去不是個好辦法。目前面臨的問題是，學生將一直鬧事以逃避大考。

麥克考萊爾小姐望望在一旁嚴肅地瞪着眼睛聽着的格德曼小姐，最後對着電話筒說：

"唔，賴甫斯通先生，我想這是個特殊情況。這……哦，當然，……我們應當請示主教。但這事很緊迫，你知道……嗯，問題是，我們不知道後果如何。要是在他們心中，把我們看作同英國人沉瀣一氣，那就很不好了。我們不知這種事一旦放鬆，會出什麽……是的，我很高興你懂得這意思……哦，我想還需要再考慮考慮。我今天打算開個教師大會……是的，你說得對……是的，讓教師大會來做決定……哦，當然，我們應該向主教報告……"

這樣，校長決定把此事提到教師大會上去，而教師大會却又把它提給學生們自己去決定。

九

六月九日清晨，天色陰沉。這天是示威遊行的日子。

林德格侖的女生們決定參加遊行。她們當中，大多數前一晚都睡得很晚。學生聯合會給她們送來了大量的宣傳品，有標語、傳單、小册子和各種宣言。有些標語，她們很清楚，比如"抵制英國貨和日本貨""用英國貨的是漢奸""爲死難烈士報仇""趕走英國人和日本人"等等；但是像"打倒帝國主義""廢止領事裁判權""打倒賣國賊""反對文化侵略"等等，就難於領會了。女生們讀着標語，互相探詢它的意思，並把它們寫在彩色紙上。許多女生都向品生請教，認爲她受過家塾教育，對中文有修養，應該懂得它們的意思。但是品生同她們一樣，覺得這些標語是從另外一個世界飛來的。她所能説的，祇是關於不平等條約的那麽一點點。可是不管她們懂不懂這些標語的意思，反正每條都寫下來，寫在綠的、紅的、黄的、粉紅色的紙上，並且分別粘在小竹竿上。

這些宣傳品都分發到每個房間去，這是她們正常作業以外的全新的工作。而所有閱讀、抄寫、粘貼、分發宣傳品的工作，都得在遊行的前一天晚上完成。

儘管昨天晚上工作很繁重，可是清晨醒來，女生們覺得自己不再是繡花機器了。新事物的精神在振奮地鼓舞着她們。那永恒的煩惱，爲一兩分錢而繡花的煩惱，以及爲功課的煩惱，全都像紙灰似的，被愛國示威遊行這股强風吹得一乾二净了。不久前，人們的生命還祇是幾乎等於幾粒花生米或者一根綫，爲了這，她們曾經拼命地爭吵過；可是突然間，這些人都被愛國的號召聚攏在一起了，這真是難以想象。這些神秘的標語，使她們在感情上產生了尊嚴感；熱情洋溢的宣言，使她們熱血沸騰。中國，這個名字親切而顯眼地出現了，像個飽經憂患的母親，懷着忍耐和希望在召喚。這意象立刻體現於每個女生的心中，它成爲中國母性的化身。女生們對這一天傾注着極大的喜愛和關注。她們彼此提醒要注意髮式和服裝，仿佛這些都同這一天有重大關係似的。她們相互取下了慣常插在反領上的野花，因爲這天是表示憤慨的日子。連蔚文也熱情地幫助金水英梳頭髮，而過去，水英是她未公開承認的敵人。水英昨夜剛洗過頭，頭髮很滑，很難梳，她歇斯底裏似地擔心來不及跟隊伍出發。這真是個偉大的節日，然而却比節日的意義更爲深遠。

　　林德格侖的女生們在幾個中國教師的照料下，要在早上八點鐘到達百花洲公園北面的體育場，同別的學校的學生及別的團體的群衆會合。

　　林德格侖的女生們從北門外到城南百花洲，要走很長的一段路。她們兩人一排，佩着校微，手中搖着各種顏色的小標語旗，像蝴蝶似的飄動着。隊伍在七點鐘出發，天色陰沉灰暗，但她們精神抖擻。當她們經過永寧門——北門的時候，德雷伯中學的男生也穿着制服，排着隊來了。女生們有一陣很興奮，紛紛說她們勝過男生。但是，更興奮的事情還在後面呢，當她們通過城門裏那條狹窄的街道的時候，小販和攤販們趕緊把他們的貨物搬開，讓隊伍通過。男男女女以及孩子們跑到臨街的門口，排在街道兩旁，一面觀看她們，一面在說話和做手勢。有的還以爲女生們是到操場參加比賽的，有的則猜測她們是去歡迎某個大人物的，有幾個指着紙旗，說學生們是去打洋鬼子的。女生們對這些胡亂的猜測，心裏覺得好笑，但也由於被看作戰士而感到自豪。她們更加嚴肅而莊重地行進，彼此扯扯袖口，阻止說話或發笑。

體育場的北面，矗立着一座露天講臺，面對着遠處的湖面。一個穿學生制服的小個子在講臺上來來去去地忙碌着，顯然是在安排桌椅。整個體育場有點冷冷落落，因為祇有少數的幾批人在這裏那裏站着，他們佩着各自的校徽或團體標志。其中有第一師範學校、第三中學、鐵路工會、婦女解放協會等等。個別學生在白制服上用別針別着藍布條，來來去去地奔跑着，同時擦着前額上的汗水。有幾個學生臂肘挾着大量印刷品，分發給站着的隊伍和旁觀的群衆。有些學生同飲食攤販和糖果小販在爭論，勸他們搬到指定的角落去。更多的學生則帶領新進場的隊伍到他們的位置上去，以便從大門到講臺留出一條通道。還有些學生走到已站得很累的人群中去，告訴他們，等其餘單位的隊伍一到，大會就馬上舉行。有幾個學生似乎不那麽吃力，他們走來走去，同穿制服的警官談談話。這些警官似乎很同情學生，甚至表示歉意，因為他們奉上級命令，不得不到這裏來。每過一會，講臺那邊就傳來一陣尖銳的聲音，祇有靠近講臺的人，纔聽得清楚是說已經來了多少單位，還有多少單位要來。這幾個忙忙碌碌的學生，在群衆眼中顯得非常重要和有權力，他們的每個動作，似乎都帶來非凡的力量，仿佛是無形的輪子，使有意義的事物轉動起來，帶走了由於長久站在太陽下暴曬所產生的沉重的疲勞感。

　　終於，十點鐘，宣佈大會開始。熱情洋溢、神光煥發的年輕人，他們的臉都像海波似的紛紛仰視着講臺。一個穿白制服的學生，面對着群衆，站在桌子前面。從林德格侖女生站着的地方望上去，這個人長着一雙又大又黑的眼睛，使他的臉看上去比一般人更有精神。他在致開幕詞，談大會的意義以及會後的示威遊行。他半身俯伏在面對群衆的狹小講臺上，雙手按在桌子的邊沿，以支撐其身體。他尖銳地叫喊，按題旨大發議論，他的臉孔由於起勁而變得通紅。但不久，會場後面的聽衆發生了騷動，他祇好停下來。群衆的臉都轉向後面，看看騷動的原因。很快，一陣聲浪從後面傳來，愈傳愈近："響一點！""響一點！""我們聽不見！"

　　原來剛纔宣佈開會的人，使用了一個圓錐形的喇叭筒，而這位致開幕詞的演講者沒有用。為了使全場都能聽見，他不得不把喇叭筒拿來凑在嘴邊，重新講話。這樣，却又在聽衆中引起了同情的大笑聲，而四面八方因之又傳來了噓噓聲，以阻止發笑。

演講者繼續講下去。他全面而明晰地闡述了從鴉片戰爭以來英國人和日本人強加於中國的苦難，最近他們又沆瀣一氣，於五月三十日在上海進行大屠殺，兩天前英國人又在漢口屠殺碼頭工人。他的講話，使聽衆明確地了解到，英國人和日本人是頑固的壓迫者，必須把他們從中國趕出去。

緊接着他之後，講話的是上海的全國學生聯合會代表，他是這天大會的主要演講者。僅他從上海來這個事實，就大大加深了聽衆的印象，特別是，據介紹説，他是"五卅慘案"的見證人，由他報告上海大屠殺的經過，是最恰當的。

這是個高個子，穿藍色學生制服，胸部開豁，聲音洪亮。他被第一個演講者介紹之後，就背着雙手，走到講臺前，向群衆鞠躬，顯得格外文雅，格外親切。他向聽衆幽默地道歉，説他不準備用喇叭筒，因爲他要向聽衆傳達的是有血有肉的鬥爭，要讓同學們和廣大群衆都直接聽到他講話的聲音，而喇叭筒的聲音模糊不清，還夾着金屬的噪音。群衆立即鼓掌表示歡迎。

演講者於是開始報告上海大屠殺的經過。他首先冷静地介紹上海工人在日商工廠裏受壓迫剝削的困難生活：一個成年男工的工錢一天纔一角五分，女工和童工則低於一角二分，而每天的工時長達十二至十六個小時。有個童工做得疲憊不堪，在工作時間裏倒在廁所睡着了，立刻被日本人拖出去打死；有些工人去阻止，也像老鼠似的，一個個被殺死了。

演講者控制不了自己的情緒，停了一會兒。隨後又昂起了頭，繼續講下去：

"那些被殺死的是中國的兒童，中國的公民。日本人的暴行表明，他們無視中國和中國人民的存在。上海的工人和學生一知道這事，就罷工罷課，在公共租界示威遊行，反對日本人。示威的人們認爲，英國人會同情這一舉動，如果他們不支援，當然也不會干預。這至少是中國人的希望和期待。但是，啊呀！中國人受到了愚弄和坑害！英國人更壞。他們用機關槍殺死了比日本人殺死的更多得多的群眾。是的，帝國主義分子原是一丘之貉。英國人和日本人勾結起來，反對中國的勞苦群眾。"

演講者在講話的時候，聽眾似乎凝聚成爲一個巨大的人體，一起屏住了呼吸。每個人都浸沉在他講話的氣氛之中，爲這講話所吸引並結成了一個不可分割的整體。演講人把身體更俯向聽眾，突然問道：

"同胞們，姐妹們，我們的孩子——我們的童工疲勞到了極點，倒下來睡着了，這是犯罪嗎？"

群眾憤怒地齊聲喊道："不！"

"我們的人保護自己的兒童，是犯罪嗎？上海人民抗議屠殺我們的同胞，錯了嗎？他們該怎麽辦？難道他們應該坐看日本人殺人，殺人，殺人嗎？難道我們中國人不是堂堂的人，不是人類嗎？"

聽眾又大聲怒吼着："不！"

"啊，但是英帝國主義分子却不是這樣想！"

"打倒英帝國主義！"群眾像熱浪奔騰似地呼喊着口號。

"是的，"演講者繼續道，"同胞們，姐妹們，讓我告訴你們，英國鬼子是怎樣自以爲有權力把他們的想法付諸行動的。"於是，他繼續敍述了南京路上的大屠殺。這時，他同開始時那種冷静的敍述完全不一樣了，他用的是悲愴的語調，歷歷在目的悲劇場面，高度洋溢的激情來講述，同時仍穿插着冷静的論據。他的講話，時而使聽眾怒火冲天，又時而使他們浸沉在令人斷腸的悲痛之中。聽眾被無情的羞辱感啃齧着又從悲痛中回到理性上來。

他在講臺前面踱來踱去，有時昂着頭，有時低着首，一面揮動着手臂，把屠殺的情景逼真地描繪出來；有時面對着寂静無聲的聽眾，憂傷地站着，雙手捂臉，上身向前俯伸，仿佛他同群眾在一起哀泣共同的苦難。汗水從他的前額淌下來。他講着講着，自然而然地引到關於賣國賊的問題上去。他說，這種悲慘局面，是中國的賣國賊造成的，當權的賣國賊導致帝國主義者統治中國，因爲他們要依靠帝國主義的支持以謀私利。最後，他懇求同胞們，中國的年輕的兒女們，把自己的祖國母親從帝國主義者和賣國賊的鐵爪下解放出來，恢復自古以來的光榮和自由。

聽眾全然鴉雀無聲。整個體育場，仿佛是塊無聲的大磁鐵，隨着他演講的感情起伏，時而熱浪翻騰，時而陰森寒栗。人們甚至在他講完的時候，竟然忘了鼓掌。突然間，不知從什麼地方爆發出一個響亮的掌聲，於是，整個體育場便像雷鳴般發出持續不斷的鼓掌聲和喝彩聲。

十

聽過了這驚人的長篇講演之後，似乎沒人再想聽下去了。但是，還是介紹了幾個人繼續發言，他們又祇好再聽下去。

有的發言談到青年是中國唯一的救星，他們必須集中全部注意力去爭取民族自由。有的強調組織和團結的必要性。一個婦女代表談到婦女姐妹的悲慘命運，以及女學生應負起責任來的重要性。這些話都給人們留下很深的印象。

當大會主席，那最初的演講者宣佈自由發言的時候，有的學生便從群眾中擠上講臺來，每個人都談到他的切身體驗。也有幾個女學生走上講臺去。最後，要求發言的人太多了，主席不得不宣告停止。他用喇叭筒宣佈說，已是下午一點鐘了，示威遊行應當開始了。

隊伍四人一排。大約半小時以後，林德格侖的女生們纔舉起在行列中站得發僵的腿，向街道走去。她們既熱又餓，感情上的激動也使人感到精疲力竭。但是，在講演中所燃燒起來的民族怒火和愛國熱情，却使她們變得頑強而堅定。教師走過來問她們誰要回去，品生提出素貞應該回去，但素貞拒絕了。當她們走過德雷伯中學的男生行列的時候，看到有些男生在小販攤走來走去，手裏拿着甘蔗、饅頭和別的食品。孫裕興和林宗元每人拿着幾節甘蔗在走着。品生一看到宗元，心裏不禁怦然一動；她似乎覺得，他看見她的時候，心也在跳。她眨眨眼睛，搖搖頭，想把他從心裏驅趕出去，但又感到自己很傻。在這樣的場合，品生很自然地向這兩個男生招招手，他們走過來了，女生們從男生那裏，每人拿了一節甘蔗，邊走邊吃。

"甘蔗從來沒有這樣好吃過。"品生說。

"因為你口乾了。"素貞解釋道。

"當然，你呢？"

"哦，是的，但是聽到演講的內容，使我覺得比口乾更為難受。"

"那是廢話，要是你不吃，就喊不動口號了，也就更糟了。"

這是真的，當她們從體育場出來，走到街上的時候，就聽到了呼口號的聲音。隊伍的行列像條蜿蜒的看不到尾的長龍，口號的呼喊聲有時候傳得很遠，像山裏野獸的吼叫，有時候像岩巖石爆裂似的山鳴谷應。女生們望着自己手中的標語小旗，覺得心裏有一種要高呼口號的強烈願望。她們猶豫了一下，終於也呼喊起來了。這一呼號叫得好，它抒發了長期共同受苦的被壓抑的思想感情，實現了被演講者鼓舞起來的見諸行動的強烈願望。口號聲此呼彼應，她們不覺已卷入了口號聲所掀起的高漲浪潮中去了。這口號聲，不像她們自己的聲音，而是大地的自然的強有力的呼聲。然而，這確實又是她們自己的叫喊，如此激昂，如此豪邁，如此有力，以致連她們自己也為之驚奇。她們似乎覺得自己不再是孤立的個人了，每個人都成為一個共同的要求自由的靈魂的細胞了。她們叫得愈來愈多，愈來愈響亮，而且還向街上旁觀的人群散發起宣傳品來，有時甚且走進店鋪裏去散發小冊子。漸漸地，成人和孩子們都跑過來，跟在她們後面討傳單。

遊行的隊伍常常停下來，同街上的人們談話。人們從鋪子裏拿出板凳，讓學生站在上面講話，還搬出大罐的茶或湯水讓他們喝。於是講演立刻又在這裏開始。

按照遊行的預定計劃，在走過城裏最熱鬧的街區之後，整個隊伍就分為三支，分別到城裏其餘的各區去。林德格侖和德雷伯同屬於西北區的一支，這是城裏的一個棚戶區。

大約下午四點鐘，這支遊行隊伍來到一個叫做洗馬池的集市廣場。

這地方爲什麼有這樣一個名字，誰也作不出確切的解釋。首先，這裏沒有水塘，人們也難得在週圍看到馬匹。這是個寬闊的廣場，中心是個很大的凹地，那裏有許多小店、草房和棚屋，一旁還有許多垃圾堆。中心的凹陷地像是水塘乾涸後的遺跡，已成集市貿易之所，擠滿了各種各樣的貨攤。貨攤上往往撐着大傘或布篷，或者搭個竹棚，用來避雨和遮陽。貨攤裏的商品。有的擺在地上，有的擺在草席或舊報紙上，用小石頭壓着四角以免被風吹起。這裏可以稱得上百貨商場，各種東西都有，自然沒有好的。在這裏可以買到舊衣服、破鞋、舊書、舊家具、草鞋、粗繩、陶器、竹木用具以及蔬菜、臭肉等等。相命的人在這裏也生意興隆。其中有些是瞎子，坐在一個角落裏拉着二胡，等待命運不濟的人來算命；有人要算命時，他就把二胡放在一邊，念念有詞地用簽語歌詞唱出來人的命運。有些是拆字先生，讓要算命的人在他特備的書裏選一個字，他就憑這個字來推算來人的命運。還有看面相或手相的。有些窮苦的道士也在這裏算命。他們頭頂盤着髻，下巴留着稀稀的長胡子，席地而坐，面前鋪着塊白布，上面畫着一圈道教的神秘符號，用"扶乩"的辦法來算命謀生。凹地的中心是個操場，走江湖的人在這裏變戲法，耍雜技，或者演猴子戲，借以贏得圍觀的窮人最後一文錢。

凹地週圍的小飯館、小酒館和小茶館，通常是供廣場裏面或週圍的人們吃點心、消閑和無休止地聊天的。

當學生隊伍到來之後，洗馬池這個地方，似乎突然覺得它長期被符咒鎮住的賤役和麻痹給打破了。人們從四面八方衝出來觀看，好像他們從來沒有見過學生似的。他們奔走相告，大聲呼喊："學生仔！""學生仔！"彷彿在他們身上也出現了奇跡。當他們發現學生要講演國家大事的時候，又到處去搬長凳和木板給學生們坐，或者讓學生站在上面做他們從來沒有聽過的演講。一個湊合起來的講臺，馬上就在由垃圾堆成的土丘上搭了起來。小伙子站在上面講演，群衆站在週圍呼喊鼓掌，並要求大家安靜下來。

許多學生，尤其是女生，都餓壞了，精疲力竭了。蔚文和品生決定到一家小飯館去吃點東西，休息休息；許多別的學生也這麼做。她倆得到教師許可後，就同素貞一起走進一家小飯館去。這飯館的爐灶就建在露天的街旁，因是夏天，門窗都卸下來了。她們進去時，飯館已經客滿，絕大多數是苦力和學生。靠門的一張桌旁坐着林宗元和邱巨福。當邱巨福看到女生們由於找不到空位而要退出去的時候，就站起來邀她們坐在一起。三個女生猶豫了一下，終於坐了下來。

一會兒，孫裕興進來了，他手擎着一隻燒得紅紅的燒雞。他滿臉汗水，漲紅的臉上堆滿了笑容，看見了姑娘們，馬上放下了燒雞，收起了笑容，有點不好意思地説：

"哦，小姐們在這裏。"

"來吧，來吧，"巨福一面招手，一面在長凳上讓出個位置，"你從哪裏弄到這隻雞的？你知道，應該多弄兩隻雞來歡迎我們的客人。"

女生們説了些客氣話。但裕興已轉身出去了。過了一會，他又帶了另一隻燒雞回來，並且説：

"你們聽見了嗎？人民確實被喚醒起來了。有個人説，他在漢口被英租界印度巡捕——紅頭阿三打過，知道日本鬼和英國鬼都很壞。他同講臺上那個演講者談過話。"

沒有人答話。有一陣子，他們全都埋頭吃着燒雞和熱菜，喝着茶。

不久，巨福找到一個機會，請素貞吃塊雞腿。他説：

"陳小姐，你太客氣了，你覺得今天怎麼樣？"

素貞還來不及回答，外面突然響起了一陣哄笑聲，手拍得像雷鳴般的響。有些學生奔出去看看是什麼一回事。當他們回來時，裕興問道："什麼事？"

"哦，"一個學生答道，"有一個人要跳上板凳作自由發言，他跳得太快，把板凳踩翻了。"

"他是什麼樣的人？"

"我不清楚，據説是個黃包車夫。"

品生站起來，朝外面望望，説："真的嗎？一個黃包車夫上臺講演？"

"想到今天有多少人提高了覺悟,"宗元滿意地說,"中國確實有希望。"

隨後,宗元似乎聽到了什麼話,轉身向飯館裏面望去,看到離他們不遠的地方,有三個赤腳的人在一張桌旁飲茶。坐在正面的一個人用手托着頭,肘撐在桌面上,臉朝着外邊。右邊的一個用一隻腳蹲在板凳上,一面在呷着茶。左邊那個把一隻手肘靠在桌面上,心不在焉地在嗑瓜子。說話的聲音似乎就是由最後這個人發出來的:

"沒用,祇會引起麻煩,"他說道,"這些都是孩子。我說,他媽的,外國人和中國人都一樣,誰該先滾出中國去?我問你?"他轉過頭來,厭惡地把瓜子殼吐掉。

"一切都是命運,"中間那個人無精打采地說,"中國人都是苦命的。"

"要是讓我來說,"先前那個發言的人又說道,"最好把外國鬼子和中國人全都殺掉。一些狗養的中國人也不是人。他媽的,我已經受夠了!"

有個學生向他解釋,可是還沒有把話說完,另一張桌子有個水夫就插進來說:

"你們學生所說的都是事實,外國人占領我們國家,殺死我們人民。但是,我們有什麼辦法呢?據我所知,誰不殺人?我以前是當兵的,他媽的!"他罵了一聲,向地上狠狠地吐了一口,繼續道:"如果我不開小差,我的腦袋早就沒有了。"他摸摸自己的光頭,望着他的同伴們,大笑着繼續說:"真的,你不相信麼?今天要保住這腦袋也不容易。現在我祇靠這根挑水的扁擔。"他隨手摸摸靠在桌旁的木擔杆,這擔杆由於長期使用,已變成棕褐色了。"挑一擔水纔一分兩分錢,他娘的,那些做官的怎能找得着我?"

又有一些學生進來了,擦着臉上和手臂上的汗水。因爲找不到座位,有幾個又退了出去,另外幾個到爐灶旁要水喝。

"學生都是正直的好人,"坐在右邊那個相信命運的人說,"媽的,他們這樣大熱天出來,如果所有的中國人都像他們那樣,中國還怕什麼?"

"哦,那是真的,"當過兵的人又說,"我剛纔說過,如果所有的中國人都像這些學生,我們也能夠打敗外國人。我不打就不是人,就是狗養的。我保證!"他拿扁擔在地上舂着,借以加強語氣並表示決心。

"我不是說學生不好,"嗑瓜子的那個說。他似乎覺得,別人在說他不對,他要申明幾句,"我是說,他媽的做老爺的不讓你活下去。學生却在說空話。你聽,他們說做官的都是我們的僕人,說我們應當去指揮他們。說這說那,你們究竟誰指揮過做官的?你們究竟聽見過這種事情沒有?這纔使我光火。老實說,他們在開我們的玩笑!"

"哈,哈,哈,"當過兵的那個人大笑大叫道,"好,好,指揮做官的,他們不把我的腿打斷纔怪呢。"

林德格侖女校和德雷伯中學的學生們在仔細地聽着。素貞臉色發白,顯然在傷心。品生昂着頭,臉通紅,感到這些苦力不很公道。蔚文玩着茶杯,常常朝外面看,像要離開這個地方的樣子。巨福低頭聽着,不高興地搖搖頭,並看看姑娘們的反應。宗元皺着眉頭,重重地把一粒粒瓜子咬開,剝開殼,取出心形似的白瓜子仁,擦了擦,把它們排起來。孫裕興覺得不能緘默了,高聲對那兩位在談論的人喊道:

"老哥們,你們對我們誤解了,我們知道,做官的是壞蛋,但他們應該是你們的僕人。他們現在不是這樣。問題就在這裏。在外國,做官的都是人民的公僕。……"

"怎麼?"那光火的人反駁道,"同學,我知道你是好人,但是你們剛纔說過,我們應該去打倒外國人。我問你,如果他們是好人,他們做官的都是人民的僕人,我們幹嗎要去打倒他們?"

"我沒有說過應該什麼人都打倒,我是說,我們應當用言語和行動去教導他們,使他們不做壞事。"裕興回答道。在他看來,遊行示威是一種教育手段。

這個溫和的回答,似乎更激起了這人的惱怒,他用力把瓜子盆一推,嚷道:

"教導?教導個屁!那邊的學生說外國人殺中國人,打中國人;這裏你却說他們要教導外國人。我問你,到底誰教導誰?他媽的,中國人和外國人都殺老百姓，打老百姓，誰說了沒有？我的老爹因交不起租而被殺死，我的哥哥因要給老爹報仇而被殺死。現在，你告訴我該怎麼辦？談論，談論！你們學生祇有張嘴。沒有用，絕對沒用！"他嗤之以鼻地轉過身去，背對着德雷伯的學生。

"哦。"品生低聲地叫一聲，覺得頭上被澆了一桶冷水，她偷偷地瞥了宗元一眼。她認爲，他應該能說出個道理來，以表白自己。宗元那雙銳利的、像海水般湛藍的眼睛正在刺人地望着她。她難以了解，這雙眼睛是在申斥她，還是懷着衷情在探索她的内心世界。品生突然覺得不自在起來，那張月亮似的光滑的圓臉，頓時泛起了紅暈。他們彼此都移開了目光。

這時候，裕興正在回答那個由於親屬被殺害而怒火冲天的人。裕興不是個政治煽動家，他老是想使這位苦力懂得，爲什麼他們該是主人而做官的該是僕人。自然，他生性本來是不善於辯論的，而這些苦力又沒有耐性。他們大笑、大叫，頂撞他的話，有善意的譏刺，也有真正的厭惡。顯然，他們對他不耐煩了，並且以爲學生們都是可笑的。

品生隔着桌子，推推裕興，懇求地道："請告訴他們，我們贊成外國鬼子和賣國賊都應打倒。當然，他們是對的，中國的壞蛋和外國鬼子都殺他們。告訴他們，那些中國人是賣國賊，我們是要收拾他們的。"她又向宗元瞥了一眼。宗元正在掃視着飯館裏所有的人們。

飯館裏喝茶的苦力和黃包車夫，都臉朝外面傾聽着，談論着。他們的眼睛閃耀着興奮的光芒，因爲別的桌子有些學生也在咒罵中國的賣國賊和北京軍閥政府，這是與他們的思想是完全一致的。學生們談到北洋軍閥爭權奪利，不斷地發動內戰，窮人被拉去當兵，因而被打死，等等，並且說到爲什麼這些賣國賊必須被鏟除。這就使得所有的茶客感到莫大的安慰。他們又大笑大叫，站起來拍手表示贊成。

宗元轉過臉來對着桌子，雙眼突然閃閃發光，雙手極興奮地拍拍屁股，對裕興說："你瞧，老百姓跟我們學生不一樣，我們不理解他們。他們飽經憂患，現在肯來聽我們的講話，對他們說來，是到底要幹還是不幹，對！這是行動！黎小姐說得對，馬上告訴他們，我們中國人當中，是有賣國賊的。我們誰也沒有力量能鏟除帝國主義和賣國賊，祇有同人民在一起，纔能做到。這不祇是談談而已，他們要的是見諸行動！"

"但是，怎麼見諸行動呢？"品生問道。

"奇怪，"蔚文補充道，"那麼多人痛恨內戰，而內戰還是打下去。誰來制止它們？我知道，我父親年年都在咒罵內戰。"

"是的，"品生附和道，"怎樣纔能阻止內戰呢？"她直望着宗元，"你說老百姓要行動，那是真的，但是該怎麼辦呢？我覺得這是個大問題。光說北京軍閥政府應該打倒，或者，甚至用遊行示威來說話，但這並不等於他們被打倒了。我覺得仍舊祇是停留在口頭上，說說而已。"

"你說的話倒像個革命者，黎小姐。"在宗元回答之前，巨福轉過頭來，對品生說道。他的眼睛，同情地微笑着，又似乎帶着嘲笑地窺視着她的眼睛。"如果要去打倒北洋軍閥政府，你會參加革命麼？"

"哦，不，巨福，"宗元不以爲然地望着他，"這不是開玩笑的事。你戲謔得太過頭了。當然，當我們說應該做什麼事的時候，黎小姐會問該怎樣做。革命，我想，是唯一應當做的一件事。啊，這一切會使人們厭倦學業！黎小姐，如果要我來回答你的問題，那就是到人民那裏去，同他們一起發動革命。"

"別說這個，宗元，"裕興立即打斷他的話，"你在學校裏的處境是夠困難的了。想想別的辦法。演講者談到組織人民，當然我們能夠把他們組織起來，使他們受教育，並用各種各樣的辦法努力改善他們的生活。革命並不是唯一的辦法。"裕興此時在胸前抱着雙手，在板凳上搖來搖去，對談到革命感到很不寧靜，他一直擔心着宗元同城裏的學生接觸，以及他對學校日益不滿和反抗的態度。他覺得談革命祇不過是增加人民的困難。他相信布道、教育以及皈依上帝。對他來說，沒有一個人是不能被說服，或者是不能用善行來感化以導向正途的。

宗元眼睛沒有看裕興，覺得他這位朋友未免太膽怯了。過了一會，他纔又面對着裕興，嚴峻地說："裕興，我並不是在談革命，革命還很渺茫。看看這些人吧，看看他們壓抑着怒火的情況吧，聽聽他們的話和咒罵吧，想想他們爲啥指責我們，看看外面的市場並且親自看看老百姓是怎麼生活的吧。用各種各樣的辦法，也許能幫助一萬人或者十萬人，但是，祇要軍閥仍然統治着我們，則世世代代的子孫，還將同現在這些人一樣在咒罵。你阻止談革命並不能阻擋革命。至於我，這很簡單，我不屬於這個社會，而且，我決不會後悔我的抉擇。"

頓時，一桌人都沉默了好一會兒。宗元的話，聽起來似乎使情況具體化了。品生開始覺得，自己也許並不真正懂得示威遊行的意義，以爲這也許已經是革命了。她說："也許我們已經在革命之中了，但我們從來沒有認識到這一點。"

"當然，"宗元欣然同意，"一個運動，通常要進行很久，人們纔認識它。他們因騷擾而煩惱，或者因變化無常而擔心，或者因突然爆發而吃驚，並且因混亂而激動。但是他們不了解，這是社會發展的必然性。現在誰能阻止人民的運動呢？如果他們不被動員到革命中去，他們就勢必會出現騷動。運動在前進，革命必將到來。"

裕興疲乏地伸伸懶腰，說道："當然，如果運動在前進，爆發必然會到來。問題在於它是不是在前進。如果不是，我的想法是，我們仍然可以有別的辦法來做些事情。我們不必寄希望於革命，我們也不必事先製造革命。"

"不，孫先生，"品生插話說，"這不是製造革命。我不知道你是怎麼想的。對我來說，今天是個不尋常的日子，舉我自己爲例，在尋常的狀況下，我們決不會想到國家，或者想到如何對國家大事出點力。但是一次突然的示威運動把我們大家都帶到街上來了，而且，我們覺得，爲了國家，我們每個人都有自己的責任。正所謂'天下興亡，匹夫有責'。這裏的人們的情況也是一樣的。這不是同過去有所不同麼？現在全國都在示威遊行，這就是爲什麼我會想到，也許我們已經在革命之中了。我們所談的事實，正好表明這一點。"

巨福覺得討論拖得太久了，發覺蔚文的神情有點厭倦，而素貞的臉色則顯得非常疲乏。他說："好吧，這仍然是個有待討論的問題，我們最好留在下次談。現在，我們回到隊伍裏去吧。"

其餘的人都馬上同意了。他們從飯桌旁站起來，付了賬。當他們走出飯館的時候，宗元隨便向同他一道走的品生問道：

"你是什麼地方人，黎小姐？"

"湖北省松門縣人。你呢，林先生？"

"啊，怪不得，你的口音這樣熟悉。"

"你是說，你也是松門縣人麼？"品生感到意外的愉快，反問道。

宗元慢慢地點點頭。對他在那裏度過長期悲傷的童年生活的家鄉，他感到很動感情。他說："我離開家鄉已經十年了，我是九歲時出來的。"

"原來是這樣。可是你的口音一點也不像松門縣人。"

"唉，我完全失去了家鄉口音了。在你之前，我從未遇見過有人說松門話的。你知道，"他想起上次同她的爭論，不覺帶着稍微含羞的笑容，繼續說："上次我在公園裏遇到你，我已經聽出你是那裏的口音了。你家住在哪裏？"

品生告訴了他。

他倆馬上分手，因爲女生們已向林德格侖的隊伍走去了。

第四章　豪門望族

一

　　一九二五年之夏，是黎誠先生一生中最幸福的歲月，也是他自民國以來官場生活中少有的美好生活。從他的兒子德生回鄉度暑假，樂敘天倫，即可見一斑。不僅如此，黎先生心中感到意外高興的是，德生實際上是聽從父母之命，回來成婚的。

　　不知怎的，除品生外，他前妻的子女，對自己的母親總比他更加親近。每逢寒暑假回家，總是回到松門縣去，同母親在一起。自從他們的母親去世後，已婚的長子長女似乎自然而然地把他的住所公館作爲他們的家了。可是德生不是這樣，他寧願不回家，當他到父親任所去看望父親的時候，在那裏也從不超過一個星期，儘管德生對他父親很體貼，也很理解，但是總覺得父子之間沒有什麼可談的，他們甚至在來往的通信中，也似乎沒有什麼話好說。這個兒子在學生運動中的活動，在父親看來純屬輕舉妄動，大逆不道；即使不說是青年人的傲慢自大，也是過於放肆，並且非常危險。可是通過他默默的觀察，知道德生是個勤奮和有頭腦的人，有可畏的獨立自主精神。黎誠覺得從來沒有真正了解過他的兒子。他對德生的感情，一直處在介於擔憂與希望的無窮焦慮之中，這些年來，他一直設法促使德生與童年時定親的姑娘結婚，德生總是推說年紀還輕，不肯成婚。黎誠意識到這答話的含義。在品生的婚事上，他早已明白了這點。因爲品生通過她的幾個姊妹，一直向他表示：她對父親爲她安排的婚事極爲不滿。他認爲品生這樣做很有理由，因爲他爲她所挑選的那個男孩子，長大後竟是個浪蕩的花花公子。但他知道，同德生訂親的那個姑娘却是個端莊的大家閨秀，如果德生拒絕同她結婚，那就清楚地表明，他最好的兒子已被現代的野蠻風氣所帶壞。

可是現在，德生回家了，他長得一表人才，容貌英俊，腰直肩寬，一雙慧眼，冷靜而富有感情。他穿着一身淺灰色的夏裝，鑲着淡藍的邊，領口敞開着，使他父親心裏感到有點不安；但他端莊文靜的舉止，清晰而簡練的對話，使做父親的很快就安下心來。父子間相互存問，雖説並不顯得激動，却也很親切。黎誠特意在背後叮囑黎太太，要給德生準備什麽吃的，並且務必要使德生的房間燈光明亮，要安置好書桌和書架。

家裏辦了酒席。黎誠關照通常與塾師一起吃飯的孩子們都來坐在大圓桌上，正所謂"開瓊筵以坐花"，"敘天倫之樂事"，一家團聚，多麽使他高興。這頓家宴，氣氛非常熱烈。父親給所有男孩女孩全都斟了酒。他不斷地把專爲他所做的好菜，挾給孩子們；他覺得自己給德生挾菜，有點不好意思，就催促德生吃這些特做的菜。席間洋溢着笑聲。所有的兄弟姊妹們，包括那兩個已經出嫁、現在回家來慶祝她們兄弟成親的姊姊，都過來同德生説話；偉生有幾次對打斷他同三哥談話的孩子們瞪眼；當然，當着父親的面，他是不敢駡他們的。

宴後，德生起身要去睡覺了，黎誠告訴他，明天要帶他看看整座新房子。

二

德生總是很早起牀。他吸着卷煙，在走廊裏漫步。朝下望去，是一個鋪着大方磚的庭院。庭院前面是一幢西式的兩層大樓房，他們一家就住在這座大樓裏。傭人正在把一盆盆象牙色的蘭花搬到院子裏來，讓它們沐浴清晨的陽光。從走廊再前看，是一座單層的廳堂的屋頂，這座廳堂中有一個寬敞的大廳，安置着祖先的牌位。通過廳堂的一排扇門，往前就是這公館的大門，門外是武昌城一條最安靜的大街。從走廊眺望，祇見一碧藍天，空中飄着幾片羊毛似的橙黃色雲彩，漸漸在消失。"大熱天。"他低聲地説，隨即轉身走回到他的房間裏去。在房間裏，左面的牆上有兩個很大的窗户，望出去是通向花園的一條寬闊走廊的屋頂，從這裹看不到整座花園，但是可以看到那花園的牆邊，好像一道紅、白、黃三色玫瑰花組成的屏幕，經過一夜露水的滋潤，花開得格外鮮豔。靠近它前面是一片聳入天空的常青的竹叢，麻麻密密的小葉掩映着耀眼的玫瑰花。花叢下面是個大水池，池底是用礫石鋪墊的。屹立池中的是一塊長滿青苔的高大岩石。他想，池裹該是養魚的，但却看不見魚。池的兩頭各有一片砌磚圍着的苗圃，裹面長着些小松樹。這些松樹盤根錯節，婀娜多姿，顯示出不可抑制的生命力。這些原本是天然植物的松樹，此刻看起來宛如結構複雜的圖案。花園四週，各有一座房子，面對着花園，花園後面有個月洞門，一些花匠在那裹進進出出，忙着幹活。當德生正在觀看這景象的時候，忽然聽見身後有輕輕的腳步聲，他回過身來，品生退了回去，拍手笑着説：

"誰叫你轉過身來？"

"我似乎應該默默地站着，好讓你嚇一跳，是麽？"德生微笑着，向他妹妹走去，握着她的雙手，將她從頭到腳細細打量一番，不以爲然地用舌尖音嘲諷道：

"啊呀，還穿褲子，好個鄉下姑娘！"

品生挣脱了雙手，往腰間的短外衣上一插，翹起嘴巴，挑戰似地説：

"哼，我喜歡這樣，管你怎麼説！"

德生又把她的手拉過來，打了一下手心，説：

"就這樣，"他撫摩着她的手心，繼續道，"我們的早餐怎麼樣？做好了沒有？"

"沒有，"品生搖着頭回答，"誰也沒有起牀，要是你餓了的話，可以叫他們快準備我們的早餐。"

"怎麼還沒有人起來？怎麼，現在七點鐘啦。孩子們不上學嗎？至少你起來了。你不是人嗎？"

"唉，你真討厭，"品生説，"孩子們當然要上學去，但不是現在去。你要是不餓，我們到家塾去看看我們的老師。好不好？"

"那好啊。"德生拖長音調説，他對這想法感興趣。

"還是先吃早飯?"

"唔,我們先去看曾先生吧。別給傭人們添麻煩。"

他們下了樓,走進院子,穿過一道小門,走到德生剛纔所看到的那座房子的長廊。

"這房子似乎比我們松門縣的老屋還大。"德生在長廊裏邊走邊說。這長廊靠牆一邊,都是些木頭製的書架,而長廊正面則是通向對着花園的那一座房子。"這就是父親所說的那個大花園麼?"他指着月洞門說。

"就是這個。"品生回答。"我現在對老房子已經毫無印象了。它怎麼樣?"

"燒掉了。"

"我知道,但不是我們過去所住的那所。"

"是的,就是那所。"

"你是說'八'號門牌的那所房子被燒掉了嗎?"

"對。"

"啊,太糟了!"她哀嘆地說。

德生沒有反應。一會纔說:"是啊,真可惜。你感到不愉快,是麼?"

"當然囉。隨着它的消滅,我們的童年時代似乎被切斷了。你高興麼?"

"不。但是我想,許多舊東西不能都保存下來。"

品生靜默了一會兒,然後故意問道:"那你爲什麼回來……"她不把"結婚"這個詞說出來。

德生臉紅了。他望着她,遇到了妹妹坦率地提出質詢的目光,他露出驚異的神色。他很樂意於讓她理解她所探詢的問題,便迎上前去說道:"你問得好。你已經長大了,品生。我上次見你是在什麼時候?"

"兩三年前了,我想。"

"可你一直沒有寄信給我。"

"我寄過,但你從來沒有回信。你記得你剛從牢裏出來的時候麼?"

"啊呀,那時候你寫的毫無意義。"

品生記得那信是父親口授的，叫她哥哥別卷進學生運動的漩渦中去。此時她祇好內疚地笑笑，說道："你知道，三哥，我覺得可憐的爸爸要把我們做成他模子的人。……我們到了。"

他們來到了一座一排五間的房子，這是家塾和塾師的住屋，正面對着花園。傭人說，曾先生剛起來，讓兄妹倆在會客室裏等他。但是品生馬上改變了主意，說他們稍過會兒再來，就走進花園裏去了。

花園一半種着各種樹木，另外一半是用磚鋪地面的長長的庭院。一個傭人正在拉開大竹篷以遮蔽太陽，使院子涼快些。兩個年輕人看了一會兒，就朝着家塾對面的一座兩層樓的大屋走去。品生告訴哥哥，那幾間是父親的書房和客廳。"我們去看看那大花園。"德生對那大屋不感興趣，於是提出這個主意。

"爸爸沒有說過他要帶你去看整個新宅麼？"

"我們去看看花園，那有什麼關係？"

"但是爸爸說他要帶你去。"

"我想要是我們現在去看了花園，他會高興的。"

"你不知道，爸爸很愛他的花園。他要親自帶你去看，會告訴你許多事情。他也帶我看過。"

德生往前走，在通向大屋的石級上坐下。他從外衣口袋裏拿出一盒香煙和火柴，請品生抽煙。品生搖搖頭，在他身旁坐下。他自己點了一支香煙，深深地吸了一口，隨着煙氣從他口裏噴出，慢吞吞地說道：

"父親覺得他自己是個創世主，是嗎？"

品生不大懂他的意思，但她似乎覺得這句話說得過重了。她說："你一直在外面，不了解父親。"

德生悠然地望着一圈一圈的煙霞，似乎被妹妹對父親的體貼所感動了。他想起了父親對他回來的親切態度，因而內疚於自己對老人太冷漠了，儘管這老人與他全然不同：好像自己是海洋生物，而父親是陸上生物似的，互不相干。他甚至從沒有想到要理解自己的父親。他不喜歡這樣做，現在，他為此而痛感自己幼稚無知。他拘謹地說道："品生，你真是一個孝女。"

這個贊譽，觸起了品生所厭惡的傳統的儒家禮教，她說：

"別這麼稱贊我，你以爲我還是傻瓜麼？但父親總是父親，不論你同他有多大分歧，你仍舊得愛他。你不正是爲此而回來的嗎？"

德生幾乎使人難以覺察地輕輕搖了搖頭，斷然答道："不。"

"不？那爲什麼？"

"不錯，"德生並不回答她的問題，"一個人不管是否同意父親的意見，卻總是愛自己的父親的；但有時候由於爭持不下以致表達不出內心的愛。告訴我，你是否同父親也有爭論？"

"但你還沒有回答我的問題。"

"那你現在用不着知道，"他自覺有點嚴峻，繼續說道，"你會知道的，讓我先了解你在哪些方面同父親有分歧？"

品生望着他微笑地答道：

"一部二十四史，從何說起？我常常覺得，爸爸什麼都錯；但如果你叫我別去愛他，那做不到。"

"那你做不成一個革命家。"德生貌似莊嚴地說。

這句隨便的話，突然使品生變得嚴肅起來。她靜默了一會兒，兩個月前的示威遊行的情景又在她心裏映現。"是這樣嗎？但是，我確實從來沒有想到過要做一個革命家；而且，你不必反對自己的父親，也可以做一個革命家。"她轉過身來，眼睛裏閃耀着光芒，望着他說："我參加了'五卅'示威遊行，你知道。它非常令人激動，使人意氣風發。學生真了不起。有幾個德雷伯的男生說的話同你說的一樣有意義。"她想到宗元，臉忽然紅起來，就歇住了。

德生並沒有注意到她的反應。他嘲弄似地伸伸舌頭，感到吃驚。品生大笑着推推他的肩膊說道：

"啊呀！"品生既高興，又氣惱，"你是個革命家。告訴我，革命家值多少錢，一個銅板，兩個銅板？"

德生搖搖頭，站了起來，同時也順手把品生拉起來，說道："我們去找些東西吃吧。如果我吃不到早飯，那我就一定成為一個革命家了。"

"像你這麼說，好像你生來從未吃過東西似的。"當他們向自己的住房走去的時候，品生說道："我要跟你談許許多多事情，可是你對我不好，你從來不把你知道的事情告訴我，你就是不讓我知道。"突然間，她似乎變得嚴厲起來。

德生頓時感到，與其說是受到抑制，毋寧說是得到一種溫暖的安慰，他握緊品生的手說道："好，現在我回來了。我高高興興地回來了，好妹妹。"

三

下午四點剛過，黎誠就回家了。他看到黎太太同二小姐、四小姐正陪着家裏的和兩個已出嫁的女兒的孩子們在飯廳裏玩。偉生現在是本地正規大學經濟系學生，也正在同小孩們嬉戲。黎誠問及德生，黎太太回答說，他可能在自己的房間裏。於是打發蘭香去叫他。黎誠抱起一個小孩，就到書房裏去了，這群孩子和娘兒們也隨着他走出去。

當他來到走廊的時候，發現德生和品生正坐在走廊的柳條椅上談話。德生膝蓋上放着一本翻開着的外文書，一看見父親，就本能地站起來，把書合好，擱在一邊。

"哦，你在這裏。"黎誠說，"你看了花園沒有？"

"沒有，父親。"德生說，"我想你要帶我去的。"

"正是這樣。我提早回家，就是這個原故。要是我不帶你去，你不會了解這個地方。現在太陽曬得厲害，你怕熱麼？"

"不，父親。"

"爸爸。"品生靠近父親跟前說，"三哥早就要去花園了。"

"當然他要去看。即使在北方，這樣的地方也是罕見的。你們娘兒們呢？"

娘兒們議論了一會，看看是否該讓孩子們去受暑熱？但是，孩子們吵着要去，她們終於決定帶孩子們去了，祇是吩咐保姆要跟隨着。黎太太留在後頭，打算弄點點心，送到花園裏去。

黎誠抓住品生的手，邊走邊談，一群人跟隨着，穿過月洞門，迎面是一排岩石，上面長着許多青苔。他們沿着一條小路，盤繞着假山走去，來到一條石拱橋，下面是緩緩的溪流。黎誠站在橋旁說道：

"我們可以循着這道溪流向左拐到湖那邊去，或者走過這道橋，爬上溪流對面的假山。瞧，你們到了這裏就用不着到蛇山或黃鶴樓去了。我們走過這道橋去。你們女人和孩子們最好沿着溪邊走。"他吩咐後就走到了橋上。

"這是模仿蛇山造的麼，父親？"德生問。

"不。我確實不知道什麼是它的模型。大體說來，它有點像北京的名園，這邸宅原來的主人找不到買主。許多傻瓜都喜歡在上海和漢口的外國租界買房子。我買進這邸宅相當便宜。我作了點變動，把假山去掉了一些。"

"這花園也許使你聯想起《紅樓夢》裏的大觀園吧？"品生轉過身來對德生說。德生笑了笑。

"怎麼？"黎誠問道，"你讀過了《紅樓夢》？"

品生作了個怪相。黎誠半開玩笑半當真地說道："小說不是給女孩子看的。我不許你看。"

他們站在山頂的一個亭子裏，面前是一片平野，栽着一排排樹木以及一行一行花圃。小湖裏有小島和各種建築物。黎誠指着右下方說道：

"你們看見那塊花圃了吧？它原來是沒有的。這是塊很小的地方，你不能在這裏堆滿了山，太單調，使人悶得難受。我們中國有許多山，但人們却不善於賞玩。那塊花圃也不是我要開的。我說過，這地方太小了，難以施展。"

德生不想說什麼，祇是信步走着，希望能找到自己所喜歡的景致。事實上他心裏總覺得這地方安排得並不得當，相當做作。因此他覺得對父親應有所反應，於是問道："您為什麼不喜歡這些花，父親？我覺得它們很好看。"

"當然我是喜歡這些花的。我指的是花的整個布局。它不應該種在那裏。它在那裏,就顯得太嬌氣,太不自然了。"

他們向右走,下山去,走過樹叢,又走到溪邊。在溪流的對岸,有一叢竹林,竹林後面有幾間小小的茅屋,屋週圍有人在走動。品生在綠葉縫中隱約瞥見孩子們的紅褲子和閃着淚珠的眼睛。

"那裏有人,爸爸。"她說。

"他們都在那裏。我意思是,那地方也是這花園的一部分。花匠和園丁們住在那裏比較好。"

"這溪流流向哪裏,父親?"德生問。

"它從這花圃和那些常青樹之間流到花園的另一角落,園牆在那些樹木的後面。在太陽下走路,未免太熱了。我就領你們在花園的這個部分走走。那邊的一些山,你們以後自己去看吧。它們也都很有意思,都是火成岩構成的。你們會看到堆砌岩石的花園,那假山上的泉水和小廟似的建築物,別有風味。現在,讓我們回到後花園和至誠堂去。我要告訴你們的,就是這些。"

他們從溪邊回過頭來,沿着假山旁的林蔭道走去,慢慢走到桃李叢中。樹叢中夾着一棵棵開着深紫色花而不結果的樹,常被錯叫成紫灌木。走過一片草地之後,他們來到了植着柳樹的湖邊。

"這裏算是花園的中心,"黎誠一邊說,一邊走上湖上的白石橋,"事實上我還沒有把後園布置就緒,所以很難確定這裏就是中心。要是時局不是太動蕩不定,整個園的工程是可以在三年內完成的。這地方雖小,還是可以有所作為的。但是,誰知道將來怎樣呢?"

石橋的另一端跨在一個小島上。島上有個六角亭,飛閣流丹,漆得非常鮮豔,好像宮殿似的,紅的、藍的、金黃色的,五彩繽紛,夾雜在一起;但是光亮的柱子卻是漆黑的。除了屋頂飛簷、柱子和間隔是木結構以外,整個亭子幾乎是玻璃鑲成的。飛簷下面懸着一塊匾額,橫題着亭名:"片雲亭"。

"你記得那句詩麼：'片雲何意傍琴臺？'"品生低聲對德生說。德生搖搖頭。

"怎麼，你把杜甫的詩忘了？爸爸老是覺得心情不舒暢，就像這古琴似的，他失去內心的寧靜，感到很苦惱。"德生點點頭。他們走進了亭子。黎誠坐在紫檀木製的桌子旁邊，看着湖對岸孩子們在草地上嬉戲。

"這亭子，在冬天裏裝上雙重門窗，是嗎，父親？"

"是的，"黎誠站起身來踱到對面去，"祇得這樣做。我還沒有找出在這裏應當怎樣禦寒的好辦法，否則，在冬天裏，我們也可以像別的季節一樣，到這裏來玩樂。"他們走出亭子，走上通向對岸的另一道白石橋。孩子們叫喊着向他們蜂擁地奔來。黎誠向保姆們揮手喊道：

"把他們帶進去！太陽太熱了。"

相反地，孩子們歪歪斜斜地用不穩的步子向他們奔過來，保姆們在孩子們的後面追着。黎誠的大腿立刻被一個大約五歲的孩子抱住，叫嚷着要爺爺抱。德生抱起他來說道：

"爺爺累了。叔叔來抱你，怎麼樣？"

他們在橫過一片寬闊的草地的水泥小道上走着。此道通向那方形大廳，叫作"至誠堂"，是這花園中的主要建築。它多少像片雲亭的格調，也有飛簷的屋頂，並且漆得很華麗，祇是柱子却油上光亮的紅漆。它四面有寬闊的走廊，二樓勻稱地略小於底層，也漆得很鮮豔。娘兒們都坐在靠着走廊的扶手很低的椅子上，當黎誠走進來時，都站了起來。她們關切地紛紛問德生，他們看到了些什麼，是否累了。……

黎誠沿着走廊走去，看到一排排為了避免陽光暴曬而搬到走廊來的蘭花，多是乳白色的，有些花心有紅幼紋；有一種深紫色的，每莖祇有一朵花。他一路仔細地看着，還捏捏花盆裏的泥土。又瞥視着半開的蓓蕾，同時用手捂着嘴，怕呼氣損傷了花朵。他問："你們沒有讓孩子們碰我的墨蘭花吧？"娘兒們都說沒有。

"蘭花可說是最嬌嫩的花了，"黎誠繼續說道，"這些墨蘭花特別難覓到，這十盆我是從福建帶來的。東面的簾子也應該放下來，雖然太陽下去了，熱氣還很厲害，蘭花受不了。"

"那簾子本來是放下來的，"一位婦女說，"我們剛捲起來。裏面悶得令人受不了。"

"再把它放下來，現在太陽還沒有完全下山。你們女人家不了解這些花，它們像有靈性的人一樣，有它們自己的習性。"

東面的簾子立即放下來了。他們走進廳堂。這是一個正規的中國式的大客廳。黎誠在一張厚墊子的斜靠背椅上坐下，向後靠着。婢女端上茶來。

"點心在哪裏？"黎誠問道。"我原以爲點心早就準備好了。"

"是準備好了，"黎太太回答道，"我剛派人去取。你們散步時點心就可以上了，但會冷的，冷點心不好吃。"

"在家塾讀書的孩子們還有誰沒來？派人去叫來。德生難得回家的。偉生呢？"

"他剛出去。"黎太太答道。

黎誠喉嚨裏不愉快地響了一聲，顯然感到不滿意，但沒說什麼。

點心端上來了，家塾裏的孩子們也都奔來了。黎誠把孩子們都安置在他週圍，一面吃着，一面把他的點心分給他們，十分滿意地注視着孩子們的歡笑聲，他自己也參與他們的爭論，說誰多吃了他的點心，誰少吃了。這是真正的天倫之樂，他也樂得忘乎所以。但是這場面持續不久，他很快就把孩子們都打發走了。他斜靠在椅背上，又唱起了他慣常唱的悲涼的京戲。隨後又站起身來，說道：

"德生，你記得我在松門的那些藏書嗎？"

"是的，父親。"

"幸好，"黎誠從這廳堂的後門走了出去，說道："這些都不是什麼好書。但是我在那裏收集了好幾千卷，全都燒光了。你看見那些桑樹嗎？"

在後園的假山裏，有一大片樹葉茂密的桑樹，桑葉很大，看起來像是山頭下的一片綠色雲彩。

"我們養蠶嗎，父親？"德生問。

"是的，女僕們養點蠶。但是那片桑林不應該安排在那裏，那是我將建藏書樓的地點，我打算建造一座三層樓的大藏書樓，儲存幾萬卷書，命名爲'寸心樓'。在這變動的時代裏，沒有是非，沒有權威，沒有上帝，沒有皇上，你去依靠誰的指點呢？你祇能依靠自己的寸心。那就是我所需要的。他們燒了我的書！我這裏還有許多書！我要建造一所藏書樓。但是，誰了解你呢？你記得那個花園麼？我把花種在那裏，祇是因爲那地方太小了，不能種糧食，種糧食要大片的田地。"突然間，他似乎精神振奮起來，繼續說道："你看，這就是我所需要的。人類在精神上已經受到束縛，並且被各種各樣的煩惱和外界的命運所擺布。人們確實永遠得不到片刻的寧靜去領悟一切，安靜地獲得精神上的滋養。但是，一個奇怪的事實，我不知道外國書上是否包含有，中國的精神卻是最接近於天賦。外國書上說不說這個？"

德生猶疑了一下，然後說："我沒有看到過。"

"當然沒有。外國人祇對寶石、照相機、輪船、大砲、高層建築有興趣。全然是這樣。"

德生覺得這話未免說得太過分了，但他不願表示意見。

黎誠沿着走廊走，一面指着各處地方，繼續說道："那不是我要說的話。中國精神最接近於天性，是就他們的理解來說的。但是，你能說他們祇靠天賦來生活嗎？不，不，決不。我說過，他們被束縛並受擺布。我要建一座花園，當然，這不是天性本身，但與之相似。你看我們進來的地方，那裏算是山、樹林，以及山村居民，對面有泉水、亭榭、小山、巉岩。在花園的那邊，我要山水相連，讓水從山上冲下來，像小瀑布那樣，把水汽化爲雲霧，然後，讓一片片稻田盤繞着山間伸展開去。這樣使精致的湖光山色，柳暗花明，以及石橋和建築物點綴其間，以此爲背景，大藏書樓聳立於這些景物之上，顯示出中國知識、文化傳統，何其賞心悦目。"他靜默了一會兒，顯然在沉思，隨後長長地嘆了一口氣，更緩慢地繼續說道："唔，到那時候，我應該認爲自己是幸福的。但是，我說過，時局動搖不定，誰知道會發生什麼事？我年紀也不輕了。"

德生意識到父親將要對他說些什麼話。他爲老人難過，但他自己也感到沉重。坦率説，他並不同意這老人所說的關於天性之類的話。然而老人對變動的時勢的憂慮却是真實的。在這邸宅外面是奔騰着的潮流，老人家意識到這潮流，但却坐得牢牢的一動也不動。德生不可能要父親順應潮流，祇好説："父親，藏書樓是個很好的主意。您爲什麼現在不動手建呢？"

黎誠回到了廳堂，仍靠在椅背上，説："嗯，這是老問題了。這需要錢。我奔波一生，無所積儲，未能有所作爲。保存在這花園裏的那些書和建藏書樓，將是我要實現的唯一願望。"他又沉默了，在考慮是否該再說些什麼。他很想讓德生開口，但是德生也沉默着。終於，他又説了："我很高興你回家來了。德生，自然，我不要爲你安排你的生活。但現在是危險的時勢。你喜歡讀書，而且能讀書。但你得當心，別走上了邪路。哦，當然，我不要你爲我做些什麼。藏書樓是我唯一的願望，這件事我是要做的。但你必須保持它。如果你幹得比我好，那很好；否則，你要保持這些東西，保持家庭傳統，維護它們。"

德生感到很難説話。他從來没有同他父親爭辯的習慣。他把雙手放在背後，眼睛望着自己的脚。

"年輕人都有自己的心思，"黎誠繼續道，"這我知道。但你現在就要結婚了，有了妻子，有了子女，你很快將成爲大人而不再是個小青年了。品生，這也是對你説的。孔孟之道在中國存在了幾千年，長在我們的毛孔裏，長在我們的骨髓中。中國人的整體就是儒家學説。你拿什麼來代替它？没有儒家學説，就没有中國，没有中國老百姓。儘管改朝換代，多少王朝被推翻，但是要是不遵循孔子學説，國家、人民就會四分五裂。再没有比這更糟的局面了。你們懂得我的意思嗎，孩子們？"

"懂的，父親。"兩個孩子一起答道。

黎誠静默了。品生和德生彼此看了一眼，發覺對方都是心神不安的樣子。德生感到煩惱而憐憫，品生既同情而又憂鬱。

突然，黎誠又説話了，他似乎在自言自語："時勢凶險，誰知道人們在幹什麼？局勢還要更壞！生活就是這樣。你們孩子們出去散散步吧。我要休息一會兒。"

"是，父親。"德生說着就起身往外面走，但品生沒有動身。德生獨自走了出去。品生走到大廳的盡頭，靠着字畫坐下，望着她的父親。

四

這天晚飯像往常一樣，男孩們同老師一起吃，女孩們則同她們的父母吃。德生在吃飯的時候發現，除曾榮興先生外，還有一位教英語和算術的老師。這是個戴金絲邊近視眼鏡的矮個子，說的是山東話，是個愛說話的人，他顯然竭力想獲得學生的好感而並不一定要他們學到什麼東西。曾先生依舊同先前一樣，既和藹而又莊重，吃飯時很少說話，但却注意聽別人講話。這頓飯由於張先生在場而顯得生動活潑。

飯後，曾先生走到天井裏去。德生跟在後面，建議一起去散散步。曾先生接受了這個提議，但他要回去穿件長衫。

"祇不過是散散步，"德生說，"您也要穿長衫麼？"

曾先生看了看自己的白麻布褂子和褲子，說："我這樣子不大好。"

"如果您要穿長衫，那我得穿上外衣了。"

"不，你不必了。你做你喜歡做的事，我做我要做的事。用不着一個樣的。"

德生張開嘴笑了。曾先生回到房裏去，出來的時候穿了件白麻布長衫，手中拿着一把大折扇。

"品生怎樣？"他們出來的時候曾先生問，"這些日子我一直沒有見到她。"

"很好。好像一頭小獸在陰霾的日子裏突然醒過來似的。"德生用一種節制的感情說。

"總有一天，人人都會覺得天氣陰霾的，"曾先生平靜地說，"也許她尤其如此，但她不會是最後一個醒來的。"

德生覺得這位老師相當敏銳，至少這第一句話使他感到既溫暖又難受。他覺得自己在這個時候，因父親的需要而回家來，這處境很特別。雖然他對這處境是很明白的，但總覺得人們心裏對他這個行動多少有些懷疑。如果他的行動有什麽含糊之處的話，他認爲是這樣的：在這愈來愈動亂的時代裏，很難找到行動的基礎，更談不上思想和感情了。可是陰霾的並不是行動或思想，而是處世爲人的基礎本身，它似乎在動搖了。他問道：

"曾先生，您覺得我很古怪，是嗎？"

曾先生回過頭來看了看他，然後又慢步走去，並且說："當你父親告訴我你就要回來的時候，我有點出乎意外……"

"回來結婚。"德生帶點果斷的語氣接着說。然後，又相當平靜地補充道："曾先生，我喜歡歷史。不，我愛歷史。您教我的時候您是知道的。"

曾先生沒做聲，在等待他説下去。但他不説了，曾先生於是問道："你是説，你要保持固有的傳統麽？"

"我父親要我保持。但他對我判斷錯了。我來自傳統但並不屬於這個傳統。"於是他着重補充道："傳統並不與歷史的活力相呼應，反而破壞了它！"他指望曾先生向他發議論。但是曾先生祇簡單地問道："那麼，與之呼應的是什麼呢？"

"眼前我還不清楚。"

"我看來，這次婚姻卻僅僅是傳統的一部分。"

"在表面上，是的。"

"在表面之下是什麼呢？"

"一個前提，那就是歷史的更替和生存的原因。"

"其前提又是什麼呢？"曾先生問道。

"嗯，我認爲，這是真實的。傳統不能限制一個人。相反的，是人創造了傳統。我在希望我即將與之結婚的那個人身上，會產生歷史所固有的然而却是新的事物。"

"哦，換句話説，你要改造這位小姐。"

"嗯，不如説是我依靠她本人的能力來改造自己。我不是一個教育家。"

"中國的歷史不能證明你的話，德生，"曾先生説，"那就是你父親之所以這麽爲你着急而現在又是這麽高興的緣故。"

"中國的歷史不是人類唯一的歷史，曾老師。"

"當然，當然。"曾先生説，"但是你的前提的基礎是什麽呢？"

德生握緊雙手着重地説："問題就在這裏。也許祇是我自己的經驗。我告訴過您，我不清楚，還很模糊。可是，我不願拋棄一個還是未知數的姑娘，其原因就是她生活在傳統之中，從而使一般輿論於她不利！"

"這不是假設，這是觀察你的行動傾向所得到的結論。你這樣時髦，在新的學生運動中這樣積極。"

德生笑道："我參加學生運動，並非得自這個革命的邏輯論證，而是因爲這是該做的事。因爲我知道，北方的軍閥在毀滅我們的國家和我們的民族，換句話説，毀滅我們的歷史。但這件婚事就不同了。這姑娘還是個未知數。"他静默了一會兒，然後相當世故地繼續説道："當然，我不是説，我一定會成功的。"

他們默默地走了一會兒。隨後曾先生十分熱烈地帶着笑容説道："德生，你和你妹妹兩人都是個探索者。你們是有福的一代。這是一個廣泛探索的時代。然而，難以想象由此而產生的一切悲哀。人總是企圖證明人畢竟是人。"

德生帶着嘲諷的神情望着他的老師，説道："曾老師，您難道認爲這是不可理解的麽？當然，人總是人。所有農民也都會説這話的。"

曾先生莫測高深地笑了，説道："因爲人是這樣一種富有希望而又難以理解的事物。"

五

　　武昌城是沿着弧形的蛇山兩側的地形築成的。蛇山大略地把武昌城分爲兩半：兩條隧道掘入山中，作爲交通要道，每一條隧道的頂端都建造了一座中國式的樓房。由於這座建築，第一條隧道被稱爲前鼓樓，第二條被稱爲後鼓樓。城垣的前門——漢陽門面對着長江，從城門到後鼓樓這段地帶叫作山前，後面那一段叫作山後。黎府的邸宅坐落在山前的一條街道上，那是城裏罕有的極安靜的幾條街道之一。

　　走了不多久，曾先生和德生就發現他們無法漫步閒談了。蜂擁而來的人群，夾雜着人力車、噪音、難聞的氣味，各種活動和孩子們的嬉戲，使他們要愈走愈小心了。空氣中的熱浪，街道上飛揚的塵土，以及半身赤膊所發出的發粘的汗……所有這一切，形成一股熱氣在人的頭頂上盤旋，仿佛有千百萬條看不見的小蟲鑽進皮膚那麽使人難受。這還不算，蒼蠅、蚊子和其他小蟲，又不斷地襲擊人的臉孔，人們常常不得不不厭其煩地把它們趕走。雖然如此，人人似乎都喜愛到街上來。街道兩側，家家户户都把椅子和凳子搬到門前來，許多人還搬出竹榻來給男人們躺着休憩。街道在落日的餘暉下，祇留下一條淺灰色的通道給人們走。街上充滿了談話聲、笑聲或吵罵聲。不時有人拉起二胡或者吹起笛子來，隨即還有人應聲而和。黑沉沉的暮色降臨了，黃昏時分的街道似乎比白天更有生氣，更爲敏感。在這些普通人家的起居室裏，户主們所創造的各有特色的活動，其細微差別常常都可以感覺得出來，世界上沒有任何力量可以把它剝奪掉。在這裏，人們彼此共呼吸，有共同的語言，意氣相投，互相了解。他們是一個顫動着的集體，平時被稱爲"老百姓"，騷動時被稱爲"暴徒"。

　　這兩個人走過了三條街，都感到相當累了。曾先生提議回去，德生則要再往前走。於是曾先生便提議走到江邊，要是樂意，可以坐輪渡到漢口上岸。

當他們走到總督府前長街口最熱鬧的市區時，有幾輛人力車飛也似的從右面轉過彎來，幾乎撞倒他們當中的一個。德生立刻站住，吃驚地望着第一輛人力車，說道："瞧，那不是偉生麼？他的人力車幾乎把我撞死，他却一聲也不吭。"

"所有的人力車都是這樣子的，"曾先生說，"他們從山後面奔來，那裏地勢高，脚步止不住。讓我們到對面去，轉到漢陽門去。"

由於車輛擁擠，他們吃力地跨過了馬路，來到著名的"瓶頸"漢陽門。管理這城市的人們似乎從來沒有打算要在武昌和漢口這對城市發展交通似的，街道很狹窄，城門門洞像個方匣子，兩道閘門前後相對峙。各種各樣的交通工具，都擠在這個方匣子裏進進出出，使它實際上變成一塊阻塞交通的絆脚石。警察冒汗在揮舞着木棍，趕走行人，使車輛能向前移動。德生和曾先生放棄了到江邊的打算，轉身擠回來。德生擦擦前額的汗，自己不禁大笑起來，說道：

"現在，我知道您是對的……我們應該回家去了。嗨，我從來不知道我們這裏有那麼多人。"

曾先生沒有回答。他呼吸得很急促，肩膀微斜，步履沉重，吃力地跨着步子。在回到長街的時候，他說："我改變了主意。你願意去喝一杯麼？"

德生欣然同意了，他知道老師已精疲力竭，他自己也口乾得難受。

六

他們走進了一家有幾層樓的大飯館。飯館內弦樂聲和說話聲嘈雜不堪。有錢的人喜歡叫歌女彈琴唱歌，陪他們飲酒宴樂。德生他們在樓上開了一個房間，擦汗洗手。曾先生要了幾兩最好的花雕和幾碟冷盤下酒。他是個善飲的人，從容地喝着酒，不吃菜，祇嚼嚼一碟專為他自己要來的花生米。德生在談論着城門"瓶頸"處的擁擠情况，曾先生祇是聽着，一小口一小口地喝着酒。

慢慢地，德生發現他並不在聽，他一手端着酒杯，稍微低着頭，歪着脖子。

"您在想什麼，曾老師？"德生問。

"我想偉生在這裏。"曾先生説。

德生仔細地辨聽着尖鋭刺耳的二胡聲中的笑語，然後他走出了房間。過了一會，他神情嚴肅地走回來，説道："是的，他在這裏。我本想叫他來同我們一起喝酒，但他正同幾個男男女女在尋歡作樂。"

曾先生沉默着。德生知道他吃飯時從不多説話，所以也默默地吃着。突然，聽見偉生的狂笑聲，並且聽到他的話：

"一定有你的一份，我的小寶貝。"

接下來是一個姑娘的格格格的笑聲和幾個姑娘嗲聲嗲氣的抗議聲：

"五少爺，你不公平，爲什麼祇給小綠寶玉，而不給我們大家呢？我們都在這裏。我們都知道這事。"

"別吵，別吵，"這是一個男人的聲音，"你們這些小寶貝。事情還沒有成呢，你們現在就在敗事了。你們怎麼知道他一定能對付得了他的父親呢？"

"去你的，不用擔心，"偉生在説，他的舌頭似乎有點兒發硬。"那老頭子，我一天也不要靠他過日子，我去參加大革命去。"

"噓，噓，"幾個聲音説，"你醉了。"

"没有，誰説我醉了？"偉生爭辯着，"我告訴你們，這是實話。老傢伙自己享受一切最好的東西，但是連西服也不讓我穿。這老傢伙，別以爲他永遠是老爺。我也會做老爺的。那那……唔……唔……現在還不到時候。老三回家了，他却讓他穿西服。我告訴你們，或者我把這事辦成，或者我去做革命家。"偉生用鼻子哼了幾下，表示輕蔑。

"哦，五少爺，"一個姑娘懇求道，"別去做革命家，他們會砍掉你的頭的。"

偉生幾乎嚷起來了："放屁！砍頭？誰敢砍我的頭，我就砍他的頭。革命家纔會砍別人的頭呢。你們瞧着吧。我明天就去做革命家！"他砰地拍了一下桌子來加重他的語氣，杯子和碟子都叮噹亂響。這場面顯然要收拾不了啦。一個聲音說道："別說蠢話了，你們這些姑娘們，別惹五少爺發火啦。我們談談正經事吧。五少爺，再來一杯。"隨後，所有別的聲音都一起嗡嗡地響了起來。這批人似乎在談他們的正事了。

德生非常吃驚地望着曾先生，而曾先生還是在慢慢地平靜地啜着他的酒。毫無疑問，他也全都聽見了。德生起身又走了出去，但馬上回來了。他搖搖頭說道："聽不見。他們在搞什麼名堂呀，曾老師？"

"問我麼？"曾先生相當憂鬱地回答，"偉生從來不讓我知道什麼事的。"

於是他擡起眼睛對着德生笑了笑，說道："你的心被擾亂了。人總是不同的，即使兄弟之間也是如此，這奇怪吧？你實在還年輕。"

德生認真地望着他的老師，說道："原諒我，曾老師。您太通達人情世故了。對我來說，人的品質卑微無疑是一種毛病。問題不是不同。對於偉生，我簡直是難以想象。"

"怎樣呢？"

德生仔細地打量他的老師，看看曾先生是否真的在問。然後，他回答道：

"革命是分娩。它是神聖的。民族的生命決定於革命。幾百萬，幾百萬人的生命，不僅僅您和我，都取決於革命，我們後代子子孫孫的生活都有賴於此。中國的整個歷史，將在這革命上面繼續發展。"他的安詳的眼神裏燃燒着莊嚴的火焰，繼續說："但是您瞧偉生是怎樣詆毀革命的？"

曾先生手中握着小酒杯，陷入深深的沉思之中。德生默默地等待着，同時也邊吃邊思考着。曾先生又說話了，仿佛在訴說自己的思想似的：

"外面的局勢怎麼樣，我不知道。如果這個國家要燒起一把火來，你不能保證祇有松樹纔是燃料。自然，我不知道偉生是否會成爲一個革命家或者他是否改不好了。可是，我是個老人，我想我懂得人生。要是發生一次革命，它不會是完美無缺的。生活中無論是好事還是壞事，都沒有絕對純淨的東西。連孔聖人也要去見南子——這個有權勢的壞美人，爲了找機會去實現他的學說。"

德生對老人冷靜而又嚴肅的神態感到沮喪，他突然覺得彼此相隔非常遙遠，並且奇怪自己怎麼會同這位老人進行這樣的談話，他懷疑自己，並且忽然覺得，也許有一天他也會成爲像曾老師那樣的人。他一想到這點，就感到不寒而慄。他知道，他也喜歡從各個可能的角度來仔細考慮問題，以便看出陰暗面。但是，對純淨和完美的懷疑，卻是不能接受的。他不知道這是否是由於曾先生的年紀，或是由於懷疑、恐懼而並無確實的基礎。他但願自己不會變老，並感到不想再同曾先生談下去了。他幾乎覺得曾先生不是這個塵世間的人物。可是爲了避免突然停止談話的粗野，他半冷靜半開玩笑地說：

"如您所說，那就沒有真正變化的可能性了。"

曾先生感覺到這年輕人的不愉快，他爲德生感到難過，並且想到他不該在這青年人的頭上澆點冷水。突然，他全身覺得有一種深深的憂鬱感。他覺得孤獨，也許是太老了，不能真正理解這個青年人的心。他放下酒杯，慢慢地捻着他的稀疏的鬍子，說：

"我告訴過你，我不知道外面的局勢發展得怎麼樣。可是，我剛纔所說的並不意味着就沒有變化的可能。孔子曰：'四時行焉，萬物生焉'。怎麼能沒有變化呢？我所說的是出於我對舊事物的理解，也許新事物是不同的。"他停了一會，然後安詳地望着前面，並且顯然是動感情地繼續說道："當我說生活中沒有絕對純淨和完美無缺的話時，我的意思就是如此。我想這不算大錯。那時我是沒有吃驚的理由的。純淨不純淨，反正自然存在着，生活繼續着。我多年來觀察着你們年輕人，對偉生就不覺得驚奇了。即使變得不好了，個把像他這樣的人，也不能真正破壞革命，你所認爲的那種革命。"他望着年輕人溫和地笑了笑，臉上泛出一絲紅暈的酒意，平頂頭的兩鬢花白色的頭髮，在燈光下顯出柔和的銀白色來。

七

八月初，離德生的婚期大約還有三個星期。儘管天氣酷熱，全家上下都在忙着辦喜事，還雇了一批工人在大門小門旁扎松柏葉的牌坊，天井裏都張滿了帳篷，而且，所有的帳篷上都飄着鮮豔的彩帶。又雇來了油漆工和電工，雇得更多的是執事人員、廚師和幫工，還有許多臨時雇來的傭人，用以侍候賓客。裁縫匠也被請進家裏來了。全家每個人——包括婢僕在內，都要做新衣裳。還有專人登記禮品。僕人們正忙着掛字畫、刺繡、綢緞錦幛及其他慶賀婚禮的禮品。祇要讀一讀這些禮品上的賀詞，你會感到驚訝，滿以爲新郎是上天下凡的翩翩公子，通過這番神聖的婚禮，祝禱"麟趾呈祥""宗固磐石"。

黎誠也忙得不亦樂乎。他甚至懊悔不該因應酬幾次宴會而耽誤了他的時間，以致未能及時吟出一些有紀念意義的詩篇，揮毫寫在金星閃閃的紅箋卷軸上，作爲給兒子婚慶的賀禮。他祇好忙裏偷閒，連夜趕做。他對此次婚事的歡樂和希望，仿佛永遠表達不完似的，愈寫愈有話說。每天夜裏，不管多晚，當他寫完之後，就立即派人去叫德生，有時候也把品生叫來，同他們一起討論他所寫的詩的文學價值，以及他的期望和憂慮，還夾雜着他對歷史文化和哲學的一些觀點。他常同這兩個兒女談到深夜，一起無拘束地喝酒。他唱京戲，並把唱段的角色的思想解釋給他們聽。他似乎從來沒有這樣快樂過，也從來沒有這樣憂傷過。有一次，當他闡述京戲裏的悲劇角色的思想的時候，長嘆一聲說道："孩子們，中國局勢日益動蕩，老百姓遭到屠殺！我看得清清楚楚。"

那一夜，這兩個孩子並沒有像往常那樣，回到各自的房間去。德生默默地跟着品生，走進她的房間裏，在圓桌旁的椅子上坐下，抽起煙來。天花板中心的掛燈正照着他的頭頂。品生隔着桌子，站在他的對面，正努力克制打呵欠。

德生看了她一眼，問道："你明天要早起麽？"

品生搖搖頭。她知道哥哥這些天來有心事,要同她談談。

"我知道你前兩天很忙,"德生很有感情地説,"我沒有看到你。"

"我有幾個同學來開女青年會的夏令會議,我到碼頭接她們去了,"品生説,"你心裏有什麼事,哥哥?"

"我覺得很不愉快,品生。我不知道我在這裏幹什麼!"德生一邊説,一邊裝出漫不經心的樣子。

品生也坐下來,深表同情地望着她的哥哥,回答道:"是的,三哥,我知道……可憐的爸爸,他現在快樂了,我很高興。"

"你以爲他快樂嗎?"

"我想他是難得這麼快樂的。今晚,至少他得到一些安慰,克制住長期以來的憂鬱。不管怎樣,我們是應當使他更快樂些的,對嗎?"

德生搖搖頭,緊皺着眉説:"現在進行的事情,女方的那種要求使我心裏很煩悶。我怕……"他玩弄着幾根火柴梗,使自己心頭平靜下來。

"什麼要求?我不知道呀。"

"哦,都是老一套,"德生厭惡地説,"給他們做新娘的姑娘穿戴鳳冠龍袍,坐花轎。最討厭的是他們堅持她一進門就把新郎新娘關在新房裏,喝合巹酒。全是些古舊的東西。"

"真蠢。今天誰還幹這種事呢?"

"我早就跟父親談過了。可憐的父親,他也不喜歡這種事,但他拗不過張家的像花崗岩似的老習氣。他們説,這姑娘是他們的獨生女,他們不願像當代孤兒似的拋掉……當然,我明白他們的意思,但我怎麼辦呢?"他折斷一根火柴,使勁地把它扔掉。

"如果我是你,"品生撅着嘴説,"我就不幹這種事。"

德生默默地笑了一下,然後問道:"家裏這些天來的活動你覺得怎樣?"

"你是指木匠、泥水匠他們麼?"

德生點點頭。

"我覺得無事忙。但是你看得出,父親是高興的。"品生説。她不知道婚禮是否需要那麼鄭重其事地進行這些活動。她隨即聽見德生在說：

"父親同意過我事情辦得簡單些。可現在，你瞧，家裏在幹什麼呀？完全相反。我在這裏將要做個演員！這一切都是壞的開端。你說爸爸高興，我恐怕他是很不高興的。"他又意味深長地瞥了她一眼，同時把幾根火柴梗都折斷了。

"哦，三哥。"品生喊了一聲，兩隻眼睛瞪着他。

"是的，我開始覺得，我犯了個極大的錯誤。"

"三哥！"品生熱情地握着他的手，"你現在不會出走吧，是嗎？"

德生沒有回答，但神情有點緊張。

"三哥！"品生懇求道，"你已把整個問題考慮得很久了。雖然你不同意婚禮的安排，可是你決定結婚，不論是好是壞，總有個原因，你還沒有說出你的原因來。啊，你會氣死爸爸的！"

德生望着她。她眼睛裏閃着淚光。他把手臂從她那裏擺脫出來，用雙手握住她的一隻手，望着她的眼睛說道："六妹，我不知道該說什麼。你有這樣大的熱情，使我覺得自己好像是鐵石心腸。別傷心，妹妹。坦白地說，父親在我心中，不像他在你心中那麼親密。不，不。我不是說我現在要出走。請聽着，對家裏的許多事情，你並不喜歡，你在外面獲得經驗。從你的談話看，好像你不是這家人似的。但是你留在這裏，並且做了討爸爸歡喜的事。我們兩人有什麼不對呢？"

品生把眼睛張得大大的凝視着哥哥。他關於她的短短一番話，把她引回到遙遠的童年時代。那時，她日日夜夜幻想着自己奔馳於遠方或遨遊太空，有時却又憎恨這些虛幻的地方，她常常執意要奔赴什麼地方，然而又從來沒有到過那裏。她哥哥似乎很理解這點，所以很引起她的興趣。德生的靈魂深處，仿佛總是要遠離塵世，他似乎嘗試要盡自己的努力，深深地建立他內心的計劃。他確實應該理解她。至於依戀父親的原因，她覺得難以說清楚。她愛這老人，依附於這老人，但她對他的懷疑却又常常使她寒心。他們父女倆的親切的結合，好像祇是暫時的；也許正是這暫時感，使她更加依附於他，因爲她強烈地感覺到他的孤獨。她為了設法驅散這種憂鬱的思想，並試圖減輕德生的緊張，就以嘲諷的口吻回答道：

"看你把自己的思想抽象化到什麼地步。"她立即皺緊眉頭，半憂鬱半沉思地説："我不知道，三哥，我不要證明什麼前提，我之所以愛，是因爲可愛的東西是太少了。在別人的生活方式並不比我父親更好的時候，我爲什麼要去傷他的心呢？爸爸至少是個正直的人。他並不隱瞞他的真面目，他並不是個僞君子。"她停下來，想了一下，然後相當辛酸地繼續説："我想，父親比許多大講道德、專唱高調的人要好些。我對這種高調聽夠了，除非生活向我證明有別的情況，否則我將繼續依戀着我的父親。我知道他敏感、深沉而孤獨。他的生活方式是幾千年傳下來的無數萬人所過的生活方式，因爲他不知道有更好的方式。至少，他決不是個口是心非的人。我不是一個拘泥於堂皇的制度的人，老實説，我不願意自己這樣做。我不在乎。生活不必老是使人受到煎熬。我的未來不屬於我父親，也不屬於我們家族，總有一天要掌握在我自己手中。但是現在我不願僅僅爲了證明不可證明的前提而去傷父親的心。"

德生靠在椅背上，吸着香煙，目光望着前方。房間裏靜默了一會兒。後來，他毫不改變立場地説道："看來，你對生活當然比我懷有更大的信心，我不喜歡這樣去信任未來，也許這是我的冷酷。我祇是在一定的前提下行事，否則我就對未來沒有把握。"

"不，你不是一個冷酷的人。"品生不同意地搖搖頭，用坦率的目光望着他。

德生也望着她。慢慢地，他嘴角上掛起了一絲笑意，説："好吧，我這時候來，不是來同你辯論關於你或者父親，也不是關於我自己的嚴肅的事。我上夠了當，我覺得這一次，在我一生中，我將犯一個嚴重的錯誤。你要我別出走。我想現在已經太遲了，但是我再隨和下去，事情甚至會更糟。所以，爲什麼現在不趕快中止，以免把每個人拖進更深的不幸裏去呢？"

"聽着，"品生打斷了他的話，"你在鑽牛角尖，你祇是覺得你作了一個錯誤的決定。實際上，你並不知道，所有的老派做法，都是張家而不是張小姐本人提出的；也許她不同意這樣做，也許她也因此而煩惱。如果你出走，除爸爸之外，要牽涉更多的人。人們不知道你爲什麼出走，這對她是個可怕的打擊，你不能這麼做。你爲什麼不堅持你自己的做法呢？"

"我還在堅持，"德生回答，"別以爲我没有想過你提到的這些事，妹妹。"

"唔，那麼呢？"

德生用手掌支着前額，聽任香煙在手指中間燃燒。然後他鬆了一下身子，幾乎是呻吟着説："許多人處理這個問題很容易，爲什麼它對我却如此之難？我不知道該説什麼，對還是錯？是退一步，陷入不可挽回的錯誤裏去，還是擺脱錯誤，堅定地向前走？我不知道。是我有没有力量堅持我所信仰的並實現它，還是我完全相信的歷史的延續是没有基礎的呢？誰能告訴我？我無數次權衡得失，但光是想有什麼用呢？每當我堅持什麼東西，那東西就動摇起來了。不，我不是一個真正冷酷的人，你説得對。我確實采取過行動。現在我覺得它似乎有點滑稽，要是我現在采取另一個行動，它也許是害人的。反正，它將破壞我的信仰或者前提。它會有什麼好處呢？將證明什麼呢？那麼，對的又是什麼呢？但如果我繼續第一個行動，我也許會得到一個擁有像這所邸宅一樣的大房子，擁有珠寶、婢僕和土地的妻子。她也許會堅持要請和尚尼姑到這房子裏來，並且堅持要參拜神廟或者上戲院去。那時候，我將陷入一張網裏，……生活不是一個難解的謎麼？它全然是個謎，横裏直裏都編結在一起的。如果你把它割開，比如說，用勇氣、力量或者單純愚蠢的狂躁去幹，你同樣會發現你處在空中，真空之中。唔，那時你就等待着，耐心地仔細地來解這個謎。但你祇不過是增加謎的難題。生活就是這樣疲乏和費勁。"他慢慢地擦了一根火柴，吸了幾口煙。

品生強自克制着，耐心地聽她哥哥的話。她受不了這種猶豫和呻吟，用無窮的綫把自己的雙翅捆縛住，完全没有必要把自己的頭埋入自己挖掘的泥坑裏去。她不能理解，爲什麼有時候德生説得肯定而有力，而有時候却説出這樣的話來。她覺得這是有意顯示其軟弱，因爲她不能相信，德生是真正軟弱的。實際上，她覺得生活中不能認真解决的問題不是太多的。她想到自己的問題。她的四妹告訴她，父親説過，他要解除她的婚姻負擔。如果她自己不堅决反對，父親是不會如此答應的。她説："如果你當真反對這門婚事，你首先就不該接受父親的安排。"

德生似乎被這話惹惱了，使性子地説："品生，有許多事情你不知道。那些與舊婚姻决裂，通過自由戀愛而娶得妻子的人，你以爲他們都幸福嗎？他們的生活不都充滿悲劇、苦難甚至死亡麼？我不是一個由於簡單的邏輯而成爲革命家的。我祇要做我覺得是對的事，我心安理得的事……當然，這是個步驟嘛！"

品生知道哥哥被惹惱了，也疲乏了，她覺得自己的争辯使他難堪，是太倔强太没有心腸了。她一下子想不出安慰他的話，便咬緊嘴唇同他默默地坐着。

德生抽完香煙，站起身來，説道："現在快到早晨五點了。我要去睡了，你也該休息一會兒。"

品生也站起身來，望着他的疲乏的眼睛説："明天到青年會營地去，看看我的朋友們怎麼樣？他們都是好人，也許我們都到東湖去消磨一個下午。家裏這一切活動，都吵吵鬧鬧的令人心煩。至少你離開一天會好過些。"

德生猶豫了一會，説："東湖就是一片水，没有風景可看。你會游泳麼？"

"不會。你能教我。"

"那麼，誰教你的朋友們呢？"

"啊呀，你真囉嗦。你爲什麼不能也教教他們？還有些男生也許會游。我聽説從男校裏也來了兩個男生。你會喜歡遇見他們的。這就有了三個。可惜還有一個男生没有來。我想你會認爲他是一個好人的。"她這話仿佛在對自己説似的。

德生問道："你是說你打算同男生們一起在湖中游泳麼？"

"怎麼不行啊？"品生在出神中醒了過來，擡起頭來說。

德生作了個鬼臉，說："你什麼時候學得變成這麼勇敢的一位小姐呀？人們一看見我們一群人在公共的湖上游泳就會說閑話的。"

"我要把我的朋友們帶到家來。如果爸爸認爲他們不錯，那就不錯。祇要父親不責備，我纔不在乎誰怎麼說和說些什麼呢。"

"你！這姑娘！"德生半吃驚半高興地用手指指着她說："父親，父親，父親……老是父親。看父親是否會永遠是贊成你的。"品生滿意地笑了。

八

一九二五年夏，在武昌舉行了一次長江中游地區基督教青年會的會議，江西、湖北、湖南、安徽這四個省份，都推派代表到武昌來討論組織華中基督教青年會的意義和作用。

素貞和蔚文代表江西的女青年，裕興和巨福代表男青年。他們都到武昌來參加這次會議。品生懷着年輕人和重逢的激動心情，到碼頭上去接他們。同父親商量之後，她請這兩個女同學住在她家裏。黎誠此時正在興高采烈的樂觀情緒之中，因此不但同意品生提出這個邀請，甚至答應她把兩個男同學也請來作客。他們是出於禮節性的拜訪。

家裏年輕一代全都非常喜歡這幾位客人。大家庭就像大海洋一樣，很容易地把陌生人吸引住了。永遠對新來的陌生人感到好奇的孩子們，特別對他們姐姐的新朋友感興趣。他們覺得，客人既然是姐姐的朋友，因此也就是他們自己的兄弟姐妹了。在信奉孔子學說的家庭裏，客人們比兄弟姐妹還要好，因爲孩子們不必像對長姐長兄那樣，表現必然的禮貌和尊敬。相反的，客人們對這從未經歷過的富有而豪華的環境有點吃驚而感到拘謹。德生覺得這些青年人的到來，像一陣清風吹進了他的古舊的家。由於年輕而又經過現代教育的熏陶，使他對新來的男女生感到情投意合。他常常覺得，自己好像又回到了在大學裏與同學們一起的情景。年輕的姑娘，特別是素貞，她的精神上的寧靜、默默的理解和基督教的自我克制，實在使他感到新鮮和爽快。事實上，他以前從來沒有認識過教會學校的女生。他不喜歡過去所認識的女學生，覺得她們膚淺而輕薄。他向品生表示慶幸她帶朋友來家並使他在同他們相處之中得到輕松愉快。

　　女學生特別使偉生感到興奮。她們住在他家中，這回似乎幫他解決了長期來想與女學生交朋友的問題。一九一九年的新文化運動，號召自由戀愛而結婚。但祇有極少數極少數的人纔知道求愛的藝術，羞怯的人不敢嘗試，而急躁的人又感到厭煩。偉生寧願花時間在歌女身上，而不願追求出身名門的女學生。但是要找妻子，他不願在歌女中間選擇。因此，他心裏模糊地決意儘量把在家裏的時間，花在同這兩位女客人週旋上面。不久他就發現，蔚文很活潑而聰敏，看起來是很能幹的；沉靜的素貞，他倒覺得她像塊木頭，後來他在背後就這麼叫她。而蔚文由於他的殷勤，也感到很高興。

　　品生對於這兩位姑娘的到來很興奮，而對男生，却似乎覺得不很稱心。她喜歡裕興，覺得他是個靠得住的人，但對巨福却不是那麼喜歡。她感到奇怪的是，宗元爲什麼不到武昌來參加青年會的會議呢？她覺得這三個男生是"三位一體"，應當永遠在一起。很難設想，祇遇到這兩人而沒有另一個在場。上次在茶館裏，她與宗元的談話，曾使她有一段長時間心中暗地感到興奮。宗元對她的親切以及談及她家鄉，對她說來，是一件重要而又新鮮的事。她自問，他爲什麼要這麼做？在她的想像中，有時覺得其含意很複雜，儘管她認爲這是粗野的，但却又非常高興他這樣做。

　　有一天，兩位女同學和德雷伯男生坐在她家花園的片雲亭裏聊天。

　　天氣不算太熱，微風一陣陣吹過湖面和片雲亭，嵌着玻璃的雕花木門全都大開着。湖面一片綠色，荷葉在搖曳着，紅的、粉紅的或者白的荷花，在綠葉叢中，亭亭玉立。有幾個小孩子在至誠堂前的草地上玩耍，大一些的孩子則在綠葉叢中划船。

亭子裏，學生們圍坐在一起，面前擺着幾盆水果，其中有新鮮的蓮心，他們全都很喜歡。他們在漫談着青年會會議的事，德生在哼着曲子。品生却無心聽他們的談話，她甚至沒有留意到裕興在捍衛自己的基督教思想而提及宗元。

"但那男生出了什麽事？"蔚文問道，"你說他被開除了，這怎麽能說明基督教思想是合理的呢？"

"嗯，嗯，"裕興慢慢地擦着他的一雙大手，使自己定下神來，說話更清楚更有頭緒，"我的意思是有很複雜的背景和原因的。宗元是我最好的朋友，他將永遠是我最好的朋友。沒有一個人思想像他這樣敏捷機智，並且這樣無私無畏，毫不考慮個人的事。他不應該與學校爲敵。他也許能做得出了不起的大事，但他不應該毀滅他自己……"

"他出了什麽事？"品生的注意力終於被吸引到這話題上來，她相當不耐煩地打斷了裕興的話，"孫裕興，你是說他死了麽？"

"比死好一點，"蔚文回答她，"他被開除了。沒有死。"

"爲什麽？"

"讓我來回答這問題，裕興。"巨福從椅背上坐起來，抱歉似地望望坐在他兩邊的德生和偉生，接着道："原諒我，這是關於我們的同學林宗元，他上學期一結束就被開除了，這幾位小姐要知道他是怎麽離開學校的。這非常簡單。宗元小時候是個被損害的兒童，他覺得國家要擺脫現在這種壞的局面，除了革命之外，沒有別的出路。學校對他是個障礙，他不願意參加學校的工作，因此被開除了。我覺得，經濟決定生活是很正確的。您覺得怎麽樣呢，黎先生？"他向右轉過身來，一副厚厚的眼鏡對着德生問道。顯然，他覺得祇有北京的大學生德生，纔能與他討論理論上的問題。幾個女生都被這陌生的專門術語弄糊塗了。蔚文瞥了偉生一眼，看他是否懂得。偉生意味深長地對她點着頭，一面擦着鼻尖。他點頭到底是表示懂得這術語，還是僅僅對她表示贊賞，這就不得而知了。她目光移了開去，並調皮地笑了一笑。

裕興對巨福這樣談論宗元的情況很不高興。他覺得這是在貶低他的朋友。他搶在德生回答之前為宗元辯護道："不，巨福，你完全誤解了他。他從來沒有説過學校是革命的障礙。他要參加革命，他確實上廣東去做革命家了。他迫切要改變局勢，並不衹是個被損害的兒童。"

"裕興，"巨福拿起德生的一支香煙，點燃起來，"你沒有弄清楚，我們談的是兩碼事。我是在分析，而你却是對他作論斷。想想看，他為什麼拒絕接受洗禮和拒絕為學校工作？因為他童年時在農村受苦太深，早期的心理狀態，在他身上形成了一種破壞的欲望，而他擺脱不了。因此，他覺得革命是唯一的出路。實際上，他要是接受了學校要他受洗禮的建議，對於學校和對於他家庭將大有好處。當然，我衹是在分析。為了理解他，我們必須進行分析。不是這樣麼？"這一次，他沒有看着德生，但是德生覺得這問題是對他發的。可是，裕興又生硬地急忙搶先發言了：

"不！巨福。你確實弄錯了。請聽着，我從來不喜歡學校要給他受洗禮的想法，宗元拒絕受洗禮，就同他們爭吵起來，於是他被開除了。強生先生問過我，我告訴他，這是錯的。他們不該逼他受洗，也不應該因為他拒絕而開除他。實際上，宗元不該與學生運動或革命家們有接觸，不應該到廣州去，他的伯父傷心欲絕。我知道學校當局很怕這種事，那是自然的。唯其如此，學校開除了他。革命並不能真正解決我們的問題，它僅僅調換那些當權的人。我們的問題是，我們每一個人都要了解我們的責任，並且無論到哪裏，都要盡我們最大的努力，幫助人民改善他們的處境，這是最主要的。宗元不知道這點，但他確實想做好事，而不像窮苦的孩子那樣，衹是要破壞，他們並不是都能長成為革命家。我不是反對革命，你也不是。"裕興雖然拙於辭令，但説得十分真誠。他似乎知道這點，用手勢來加重他的語氣。

"革命有什麼不好？"偉生突然在桌子上捶了一拳，"我也要參加革命。這裏誰肯介紹我去？"

德生對偉生的大言不慚感到羞愧，他朝大家望望，神色嚴峻地望着他的同父異母兄弟冷冷地説："加入革命用不着拍桌打凳，偉生。當着小姐們的面。"

偉生意識到在小姐們面前失態了,他哥哥冷冷的責備使他掃興。他滑稽地大笑了一下,尷尬地抱歉道:"譚小姐,陳小姐,我是個粗人。"

兩位姑娘都請他放心,她們並不介意。蔚文心裏在冷笑,她感到自己已成爲一個愚憨的小青年深感興趣的目標,有點不高興,她迅即走出亭子,走進一叢果樹林裏去。大家繼續在談論着。

"孫先生,"品生說,"別介意,我的五哥,他總是這樣子的。在你看來,那麼林宗元爲什麼要參加革命呢?"

裕興還在考慮答復的時候,德生對他妹妹說了:

"革命是股潮流,六妹。它出自人民願望,要求終止那種飛揚跋扈的凌虐。人民希望革命給人們帶來真正的美好生活和生氣。林先生要參加革命是很自然的。"

"照這意思,那麼,你是說,連我也應該參加革命了。"

"我沒有說這話,我不是個宣傳鼓動家。因爲革命是一種潮流,一種願望,祇有那些有這個願望的人纔會去幹,要是人們沒有革命的願望,把他們硬拖去是沒有用的。"

"三哥,你不了解我。你怎麼知道我沒有這個願望呢?連五哥都有革命的願望。"品生目光尋找着已經離去的偉生,繼續說道:"我的願望是把外國帝國主義分子都趕出去,我的願望是要取消不平等條約。每個人都有這種願望。問題在於是否大家都去幹?你說林宗元去參加革命是自然的,那你以爲對別人也都是自然的嗎?"

德生不知道她爲什麼問這問題,他似乎感到頗有興趣,答道:"要是我是你,我可能去參加了。既然我不是你,而你不是我,我就不勸你去參加。人們參加革命,百分之百是有目的的。那個目的,不是說教得來的。我不願意干擾你的心思。凡是受干擾的就不是自然的,不是百分之一百的。你爲什麼問這個問題?你在想做革命家麼?"品生一時答不上來。德生的目光並不對着她,偶爾碰上素貞一雙彎彎的眼睛,她默默地向他投射着欽佩的眼色。他覺得胸口突地跳了一下,低下了頭,深深地吸了一口香煙。

　　品生完全沉默了。她想起了兩個月前遊行示威的事和在茶館中同林宗元那次談話。現在，在一起談話的人中，有一個已經去參加革命了，形勢變化真快。一個人真的必須考慮並計劃去做革命家麼？她說："三哥，我不知道怎麼回答你的問題，我覺得形勢變化非常快，可是我從來沒有想過要做一個革命家，我告訴過你。邱先生，照你所說，每一次革命似乎祇不過是一次普遍的破壞。是這樣嗎？"

　　"哦，不過，"巨福說，一面猶豫地彈着煙灰，這支煙卷雖然燃着，但他沒有真正吸過，"不，我談的完全不是那個意思，我祇是分析，黎小姐。我對革命沒有興趣。在理論上，革命可能是件好事情，它掃除不可忍受的壞東西，建立好的秩序。美國有過一次革命，法國也有過一次，就在最近，俄國也有過一次革命。我想，我們國家也需要革命。但是，就我來說，我不願意參加革命。我們國家除革命之外，還需要許多東西。我們需要新的知識，新的學術。最近五十年來，我們有過各種各樣的理論：進化論、君主立憲論、對科學與民主的呼號、實驗主義、馬克思主義和社會主義，全都是從外國來的，我們自己一無所有。一個民族沒有它自己的真正的學術和真正的思想，是不能生存的。革命對學術與思想，弊多於利。可是，我不知道，我祇是就我而論，它也許是錯的。黎先生知道得更多。"

　　德生靠在椅子背上，望着湖那裏至誠堂前面的那塊草地，保姆帶着小孩子們在那兒嬉戲。僕人們給他們送上了熱的點心，把果盤從桌子上撤走。素貞站起來，靠在桌子旁不知道自己應否該幫助僕人們。裕興急忙站起來，把盤子遞給他們，嘴裏一直對他們的服務表示歉意。品生作為主人，主動地招待客人。

　　德生抽着煙，沒有去吃盤子裏的熱點心。他覺得難以用言語表達，他是贊成革命的，但是父親安排的婚姻，使他由於妥協而陷入了矛盾。他偷偷地看了素貞一眼，她在從容地打毛綫，沒有注意到他。德生暗自嘆了口氣，回答道：

"當然,這對於北京的許多學生來說,是不同的。我們在那裏,可就近看到掌握整個民族命運的政府;我們在那裏,每天都看見政府與洋人之間的勾當。我們似乎沒有悠閒或者平靜的心,去考慮我們國家面臨的各種需要及其重要性。在北京,我們有一條使館街,普通的人力車和普通的人都不許通過的。在北京,外國的外交官似乎是我們政府的太上皇。我們學生每天都在膽顫心驚地害怕洋人又會對我們的政府提出什麼新的要求,而我們的政府很容易屈服,因為他們依靠外國人出錢打內戰。日本顧問比中國的部長們更接近我們的國家元首。日本顧問可以不折不扣地使我們的國家元首做有損於我國主權的一切事情。我們住在本國的首都,每天都覺得國家變成屈辱和迫在眼前的災難的象徵。你們住在邊遠城市的人們,不會像我們那麼痛切地感到民族滅亡的真正意義。事實上,就是在今天,我們確實覺得我們的國家已經淪為殖民地或者附屬國,雖則名義上不是如此。革命要有一個變化,要掃除賣國賊,消除屈辱地位,把外國人趕回他們本國去,使我們民族得到獨立自由;必須有一個變化,我們的國家纔能生存,我們的歷史纔能延續,我們的人民纔能有聰敏、智慧和才幹。在外國人的統治之下,我們不可能有自由的思想和真正的學術。我們北京大學前任校長蔡元培因為贊成新思想而被敲破了飯碗。對我來說,我們再沒有比革命更迫切需要的東西了。"德生強自克制着感情,結束了自己的議論。他因使勁地說話而出了點汗,就用手帕擦擦臉。在他說話的時候,裕興全神貫注地傾聽着。德生說完,裕興接着道:

"你說的話全不錯,但我覺得還漏了什麼東西。宗元的話說得對。人民怎麼樣?不論外國人統治與否,我們都必須要為人民做些事,而且必須有人去做。因為變化雖是變化,人民的苦難境況是必須改變的。如果我們能為人民做些事,如果我們所有人民都壯健而又聰明,外國人就不可能像現在這樣對待我們了。我們沒有盡我們的責任。宗元說必須喚起人民進行改革,他說我們必須到人民中去。我認為他說得對,雖然我不同意革命的思想。外國人不總是壞的,他們有些是非常好的人,他們真想做些好事。人的生性不總是壞的。我們也應該盡我們的責任。如果我們確實需要破壞的話，我認爲這就是我們應該完全改變自己，並且爲人民做點事。我認爲，我們書讀得太多了，也爲自己想得太多了，但是我們没有認真地去檢驗人民是否喜歡我們的思想。巨福，我這話是對你說的。我欽佩你的知識。但是，你知道，在你說出了你全部的想法之後，我總覺得有點可憐，我不知道我怎樣纔能用得上，而人民又怎樣纔能理解它。我想，我們需要學者。但首先，人民必須生活得更好些。"

"唔，"巨福看了一眼裕興說，"我不是反對改善人民的生活條件，我祇是代表我自己，說出我所能看到的我們的需要……"

"我們都是如此。"德生和裕興兩人都向他保證道。

"讓我說完我的話，"巨福舉起手，讓他們安靜後說道，"就我看來，如果我們没有好的思想，就没有好的方法來改善人們的生活條件和實現這個改變，比方說，革命。真正的改變是由於有偉大思想抱負而實現的；真正的思想會帶來好的變革。文藝復興、宗教改革運動、法國革命，全都是從思想開始的。既然你們都是喜歡談改革的人，我應該說，思想的改變是很重要的。當然我祇談我自己的看法，我不反對你們大家。"

"我說，邱先生，"品生這時候插進來說，"你以爲什麼思想應當改變，比如說我們學校裏的情況？"

"唉，"巨福有點兒吃驚地望着她，"黎小姐，你對你學校不滿意麼？"

"我的意思，祇不過是隨便舉個例。"她回答道。她看得出，他不願意談學校，就繼續道："或者就舉我們家的情況來說。我的意思祇是舉個例。如果你發現我家裏的情況與學校裏的不一樣，你會提出怎麽樣的變革的思想呢？"

德生知道，巨福顯然會感覺得到，他妹妹在針鋒相對地辯論的時候，無意中透露了她心裏的問題。他調和地說："邱先生，她祇不過企圖在尋找思想與改革之間的聯系，如此而已。實際上，條件一改變，思想也會爲之改變的。思想是從生活和實際中產生的，並不全是來自書本和學術。重要的是我們確實需要改變。"

"我願意再補充點意見，三哥。我以爲理解改變是很重要的。我的意思是，要有關於改變的真正思想。要是沒有真正的理解，我覺得我什麼事也不能幹。我曾經試圖在某些方面，比如在生活上作某些改變，但是，它們對我很快就喪失了意義。我看不出我在幹什麼和我往何處走。素貞知道我的意思是什麼。沒有意義的思想不會產生改變。你們大家對改變有不同的需要，彼此誰都不同意誰。自然，我相信，你們將各走各的路。但如果你們全都參加革命，而對革命却沒有一個真正共同的理解，那麼，你們能幹些什麼呢？素貞，你同意我的話嗎？"

素貞放下織物，擡起頭來，意味深長地看了她的朋友一眼。她知道品生在逗引她説話。她説："我想，思想中要有信念纔能引起改變，我是指堅定的信心。無論是對革命的思想還是對上帝的思想，都必須要有信念。否則，我們也不會在此地談話了。其餘的我不知道。"

"我知道你的意思，"品生打斷道，"但是我仍舊覺得理解是非常重要的。沒有理解，你就沒有堅定的信心。"

"那是對的，六妹。雖然我認爲你剛纔説的真正的理解，祇有在事情發生之後，並且在你自己發現理解之後，纔能得到。這不會太遙遠了。南方的廣州政府，就要開始行動了。"德生説完話後，覺得有點不足，他希望這行動不會使他自己失望。

"那你以爲當行動開始時，我會參加進去麼？"品生直截了當地問。

"我不知道。"德生答道。一會兒之後，他又説了一句："很可能。"

九

許多人期望着的德生的婚禮終於到來了，而對德生來説，却未免來得太快。在社會上，場面之豪華，正合乎黎誠之所好。婚禮安排足足一個星期。

第一天，向女方送禮帖。第二天，黎家給女家和新娘送去了各種各樣的禮品。第三天，是最重要的一天，新娘的嫁妝送到黎家。第四天，是新郎到女家去迎親——迎新娘。其餘幾天，都各有特殊儀式，包括第五天新婚夫婦歸寧。

　　家裏一開始就住滿了客人。幾乎每天都有一個由中國樂器和銅鼓組成的樂隊，爲婚慶而在街上吹吹打打。這一星期內，德生是主要的角色。除了他應盡的義務，比如向祖先神位叩頭，指揮調度婚禮隊伍，接送客人和接待女方來客之外，他還得見見每一個客人，因爲人人都想見見新郎。乞丐和窮人也來賀喜，討封包利市。在這種情況下，對他們是應該從豐布施的。警察在院子裏站崗，維持秩序。德生走到哪裏，人群就擁到哪裏。窮人們圍住他，不停地向他恭喜。他們以爲，向他叫得愈響，得到的食物或者錢就愈多，這使他很煩惱。有時候，他祇得對他們大聲叫罵，喊警察來把他們趕走，他們當然很不樂意，叫叫嚷嚷。最容易推卻的事是打麻將，他可以説他很忙，他實際上也確實很忙。

　　第三天的深夜，大多數客人都走了，祇有幾臺麻將桌子，一些男女客人將在黎家玩個通宵。德生感到精疲力竭，神經緊張。最後一批客人一送走，他就漫無目的地緩步向幽暗的地方走去，不久走到了通向自家花園去的月洞門。可是，他知道這裏是花園和屋宅的主要通道，在這裏一定會被人發現，便又從假山走過去，經過石橋，沿着山道一直走到小山斜坡伸入溪流的地方。那裏有一個開闊去處，花園的中央部分從這裏都可以看到，花園後面的至誠堂和片雲亭裏都燈火輝煌。至誠堂四面的走廊上懸掛着又大又圓的紅燈籠，中間還點綴着一些六角形的玻璃燈籠，上面繪着奇奇怪怪的圖，下面垂着彩穗。片雲亭裝飾着一排小的紅燈籠，發出璀璨的光芒，就像大塊的橘紅色的珊瑚；亭子兩邊的兩座白石橋，也被照得通明，在燈籠的映照下，帶着粉紅的色彩，跨越在墨綠色的湖面上。滿湖長着綠荷葉。房屋間有些婦人和姑娘在來回走動，有的拿着空盤子，有的拿着匣子，有的抱着孩子。在婦女的話聲中，不時間雜着麻將牌的劈拍聲。

　　德生站着仔細地聽了一下，似乎希望聽到一個特殊的女性的聲音，但很失望，因爲距離太遠了。他覺得有一種強烈的抑鬱感，回過身來，坐在溪流的岸邊，摘掉領帶，脫了上衣，雙手抱着頭。他覺得人人都由於他付出了代價而感到高興。

有時候，他覺得有所慰藉。他曠達地希望他們更高興些。別的時候，他却又不知道自己是否確實是個小題大做的傻瓜，自誇爲一個有自知之明的知識分子，却没有自覺的志氣和決心，因而他的作爲就祇能給他自己和別人以困擾。在結婚的前夕，他懷着一顆沉重的心，半是對明天的恐懼，半是憂傷。他艱難地力求建立婚姻生活的任何希望和幻想，祇要一天早晨碰上頭一件事，就幾乎盡被現實所粉碎了。

不知何處傳來一陣低沉的話語，把他驚醒了。在雲層密布的地平綫上，不時發出閃電，把天空中美麗的月色一片片地切碎了。空氣是乾燥而靜寂的，帶着點芳香。蟋蟀在歡唱。此際打雷，真是太煞風景了。

人們提着燈籠從亭子裏出來，傳來了姑娘們的語音和笑聲。她們穿過湖上的石橋向小山走去。他跳起來，躲進山坡那邊的竹叢中。當他看見品生的朋友素貞穿着裁縫爲她新做的白綢衫和短裙的時候，心裏突突地跳了起來。她的左鬢一綹松散的頭髮上，插着幾朵象牙色的白玉蘭，走起路來，這玉蘭花似乎也在顫動，她的臉看上去也是玉蘭花似的顏色。她同品生挽着手在一些姑娘中間走着，她們的頭都湊在一起，高興地談笑着。她也有點淘氣似的笑着。德生非常想下去同她們在一起。但是，他對這念頭又感到臉紅，低聲罵了自己一句，依舊站着不動。他知道自己已經迷上了素貞。他對此感到羞愧，對於決定結婚也同樣感到羞愧。他幾乎肯定自己已經犯了一個錯誤，既然如此，就不該再犯錯誤了。他甚至不該與素貞發展友誼，雖然他覺得她是相當喜歡他的，即使他這樣衣冠不整地去同她們在一起，她也不會不高興的。但是怎樣纔能帶着光明正大的純潔的心情走過去呢？何況他明天就有了一個妻子了，——有了一個陌生人作妻子。他決不應該走過去，必須躲起來，接受迎面而來的他爲自己所選擇的命運。他望着她們從山脚下轉過去，心裏多麼想同素貞談談話。可是，他回過身來，終於從山坡上走下去了。他要到湖上去，獨自到樹蔭底下去。他有這樣一種奇怪的感覺。今晚要絕對地孤獨起來。在黑暗中，他謹慎地走着，避免別人聽到祇有他自己纔能聽得見的輕微腳步聲。

當他走過桃樹叢的時候，又聽見低沉的耳語聲，而且顯然很近。他四面一看，在一株濃密的大桃樹下，朝着湖面站着兩個人：一個清清楚楚的是偉生，在燈籠光下照出一頭烏黑發亮的頭髮；另一個人個子小得多，是個姑娘，完全隱蔽在樹蔭裏，他聽見偉生在說話：

"……我向你保證，別擔心。我決不是老三那樣的人。老頭子決不能強我做他要做的事，我要踢開他給我安排的那個姑娘……"

他的話被那姑娘打斷了，她似乎要他低聲說話。"你盡開玩笑，這對我算什麼呢？我認識你還沒多久哩。"

這聲音是陌生的。這個大膽而且有魅力的語調，用仔細斟酌過的不着邊際的詞藻，聽起來使人心裏發癢。他聽不出這是哪一個表姐妹的聲音。他想，她們也不敢。他仔細回憶着。突然，他記起來了，這是品生另一個朋友蔚文的聲音。

偉生似乎被這話弄得不知所措了，他用兩個手指擦他的鼻尖。姑娘似乎是看着他，沉默了一會兒，便表示要走了，說她離開得太久，別的兩個姑娘會猜疑出了什麼事。

德生難以想象，偉生竟如此不顧羞恥地突然雙膝跪倒在姑娘的面前，嘴裏滔滔不絕地吐出庸俗的狂熱話語，聽起來不很順耳，那帶着做作的顫抖的聲音，顯示出他深於世故的與世人通有的混世的實用主義。

那姑娘的反應很奇妙，起初似乎是震動了一下，望着跪在面前的人，仿佛像被釘子釘住似的。很難設想，她到底是在忍住笑還是想叫，從她臉上的表情看來，可能兩者兼而有之。她急忙四面看，她的姿態很快就表明她不是一個容易受擺布的人。她倒退兩步，轉過身來，背對着他，顯然，對這跪着的人似乎說了什麼話，偉生立刻站起來，重復地說道："請求你，請求你。"一面走近她身邊去。

蔚文做了個姿勢，讓他保持在適當的距離之外，阻止他再前進一步。她再度較溫和然而却是無情地低聲說道：

"哦，這是騙人的把戲，你們有錢的人會玩各種鬼把戲，別在我身上試。"

偉生意識到這是個質詢，立即作出種種的許諾，發誓表明他的愛是真誠的，還向她求婚。

德生對這個情景感到很討厭，他奇怪自己爲什麼要聽下去。他記得自已在北京也曾有過一兩次追求姑娘的事，開始時是很困難的。可是現在他沒有經過多大麻煩，連看也沒看過一眼就有了一個妻子。而偉生，像他這樣用不老實而又粗鄙的手段，倒似乎進行得很順利。誠然，這所謂"人生大事"，確實是同人們開玩笑。他愈加覺得明天的婚禮，是太可怕了。

他就地轉了個身，急忙走開去了。

十

這場婚禮使他驚醒過來。陽光透過窗簾，照滿了半個房間。而外面，大量的活動正在進行，充斥着不停的脚步聲、人聲、孩子們的叫喊和哭鬧聲。他突然覺得，這一天他將要擁有一個女人了，將同一個人終生結合在一起，因而別人將對他另眼相看了。他從此將同這個女人一起說話和行動，所有男女間的肉體的與精神的隔閡將隨之消滅。一個富裕而有生氣的女人將赤裸裸地同他聯結在一起，開始一個組合，他將屬於另一種生活。然而，自他回家以來，他對此有何感覺呢？這是一種威脅和挑戰。他眼光光地看着青春和自由終於棄他而去。從今而後，他將落入一個完全不可知的未來的掌握之中。然而，然而……他望着簾外曬進牀裏來的陽光，不禁感到茫然。

房門口的聲音驚動了他。他撥開蚊帳望去，品生正站在那裏微笑，一些孩子在她背後睜大那快活而好奇的眼睛在張望。

他們看到他醒了，都湧進房裏來。有的大聲道喜。小的孩子爬上牀要拖他出來，大孩子們立刻阻止住了。

德生大伸懶腰，靠着牀壁坐起來，說：

"唔，你們似乎是有使命來的。孩子們，你們要什麼？"他望着品生，顯然她也屬於這一群。

"爸要你去，新郎，"品生說，"他今天一早起來，巡視了整個屋子，看看一切是否都妥帖了？現在，他正在看你的新房。聽說昨天嫁妝送到後，你還沒有去看過新房的安排，他大吃一驚。他一定要你去看看，這樣安排是否使你稱心。爸肯定比你還着急得多呢，三哥。"

"你着急麼？"德生動也不動地問道。

"新嫂子來後你們是兩口子了。現在十一點鐘了。你不知道爸爲什麼着急麼？"她反問道。

品生覺得他所問的問題連他自己也回答不出。她感到憂鬱，坐在牀邊說道："哥哥，我現在似乎了解你了。你今天跑不掉了，你也肯定逃避不掉了。"

德生嚴肅地搖搖下巴，下了牀，說道："嗨，嗨，紳士們和淑女們，我可以打扮自己，準備登場了吧？"

他做了個怪相，揮揮手把孩子們趕出房間去，孩子們轟然大笑起來。他們被他的手勢所驅使，全都湧到房間門口。品生說父親在等着他，就這樣子去吧。

德生不理會她，顧自打扮整齊，下樓到他的新房去。這是一組四個房間的房屋，面對着他父親和黎太太所住的同樣的一組房屋，中間是一家的飯廳。飯廳面對着院子，現在四面都敞開着，所有的門都卸了下來。兩幅大門簾掛在正門中間，正中開着縫，讓人們進出。院子裏搭着竹天棚，竹篷上間隔地插着松枝和柏葉，縛着紅色的緞帶，掛着黃色和紅色的小紙燈籠。一支八音樂隊坐在天蓬下面擺滿樂器的桌子旁。大廳裏四週掛滿了繡着各色花紋的紅色或粉紅色的綢緞或天鵝絨喜幛。原有字畫都拿掉了。所有的桌面都鋪上繡金的臺圍，椅子套上椅套，整個邸宅就象一團色彩繽紛的火焰，裏面蘊藏着黎誠內心世界的種種幻想，這是長期受到生活的沉重打擊而又克制着的喬梓之愛與天倫之樂。

黎誠正站在大門簾的開口處，向幾個客人介紹他獲得這個作爲門簾的大掛毯的經過。他一看到德生來了，也不與客人打個招呼，立即轉過身來，向德生道：

"啊，你來了。我已經看過新房，作了些改變。但這是你的房間，應該照你的意思來布置。"他伸出雙臂做了一個邀請的姿勢，繼續道："去看一看怎麼樣？"客人們都跟着進去了。

他們進去的第一個房間是起居室。從外間火焰般的大廳走進這個房間，有一種寧靜的感覺。賓客們立即表示贊頌。除了兩隻沙發之外，所有家具都是深紫色的檀香木做的。有八張椅子和四隻茶几。椅脚都雕着花，椅背和座位上都鑲嵌着雲南大理石，石面有自然紋的圖案，有的像烏雲密布，有的像山崖或者溪流。這八張椅子和四個茶几，都照傳統的方式並列在靠牆的兩旁。房間中央還有一張大理石臺面的圓桌，四隻鼓形的圓瓷凳，瓷面繪着藍色的竹葉和仕女畫。房間的一頭有一張很大的四方形的中國炕，炕上擺一隻小茶几，四面都是大理石的雕刻。窗下兩隻紫醬色的沙發直挺挺地對峙着，中間有一張很大的茶几。天花板弔着一盞西式的枝形弔燈，在閃閃發光，與茶几前、桌子前和炕前成對地擺着的銀痰盂比美。中國的古字畫掛滿了三面牆壁。地板上鋪着厚厚的深紫醬色的地毯。

照黎誠的意思，這個房間也可當作新婚夫婦的私用飯廳。因爲黎家有個傳統，讓新婚夫婦自己吃幾個月的飯，避免面對着一大群生人。黎誠大談着這個制度的優點。

隔壁一間是寢室。一張黃銅的牀，掛着粉紅色的絲幃帳，鋪着中國式的牀具。家具則全是西式的，並漆成棕色。其中有梳妝臺、櫃子、安樂椅、五門櫥和牀頭櫃。凡是需要的地方，都擺上了墊子，鋪滿了地毯。此外，後面還有兩個房間，一間是德生的書房，一間是新娘的休息室，放着她的大大小小的箱子。

黎誠在這幾個房間一面走着，一面津津有味地指點着家具應該怎樣擺設，這件瓷器或者那件銀器應該擺在什麼地方，花和畫應該怎樣布置，西式的和中式的家具不應該混雜。照他的意思，每一樣美的東西都有它自己的格調，如果隨意混在一起，美就會被破壞，變得單調乏味。西式的東西和中式的東西格調是不同的，把它們擠在一起，結果是雜七雜八而不是美。他熱情而愉快地談這談那，仿佛這是他的新生活的開始而不是德生的。他聽任自己的浪漫想像馳騁着，忘掉他兒子兩點鐘要去接新娘。顯然他覺得他的仗是打勝了，德生此後將聽從他的教導。

德生和他的迎親隊伍出發的時候，已經是下午兩點多鐘了。黎家的人等了又等，等待新娘的到來。天開始黑了，隊伍去了將近四個小時，宴會要等待儀式舉行後纔開始。人們玩西方的和中國的紙牌，打麻將，吃點心，走來走去，閑談，不耐煩地在唉聲嘆氣。留在黎家的素貞和蔚文兩人，都格外想看看新娘到來的情景；裕興和巨福也如此。最近幾天來，他們天天觀察一個學生運動的參加者是如何處理這"人生大事"的。他們倒並不都是開明人士。裕興一直睜着一雙吃驚的大眼睛，凝視着一切，那富麗堂皇的場面、禮儀，客人們那空虛無聊的生活和空洞的談話，還有那富貴家庭所過的生活方式，特別是德生明顯屈從舊習俗，使他極端不安。因爲他天性不善說話，更無幽默感，他坦率的意見，常常引起品生生氣地爲自己爭辯，這使他對這姑娘有些膽怯，但有時他卻又不能自我矯正。另一方面，巨福又像博學的學究似的，帶着預言者的神態，洋洋自得地說出一些謎語一樣莫測高深的話："我知道，我知道。我不是告訴過你們嗎？這是唯利是圖的宿命論。"

他並不作進一步的解釋，拿起一支香煙點燃起來，沉溺在冥思默想之中。姑娘們都瞪着眼看他，不知這傢伙在想些什麼。品生則轉身走開去，覺得他的臉活像一條死魚，並奇怪地想，像他這樣的人會有什麼姑娘愛他。

素貞覺得，在這些大喜的日子裏，很令人厭煩而又必須全力以赴，感到在這盛大的喜慶中留在這裏，愈來愈困難而又緊張。她同品生在一起倒過得很愉快，雖則有時候這奢侈的環境，那麼多的僕人侍奉，使她深感不安。她同年輕人和孩子們在一起是很高興的，但這一星期來辦喜事，來了那麼多女人，主要又是些大大小小的官太太，對她們來說，一個女學生就像古玩店裏一件珍品。她們對她評頭品足，認爲一個學生的衣服應該更時髦些，更時興些。她穿的是洋皮鞋，她的腳同她們中間好些纏腳的婦女不同；這些太太們甚至抓起女學生的手來察看，談論這雙與男人不同的小手，爲啥居然也能寫字。品生祇是笑笑就跑開了，蔚文也祇是笑笑並謝謝她們的贊賞，而素貞則滿臉通紅，不知所措。這些太太們對這幾個女學生感到好奇，贊揚她們的成績，仿佛是大權在握似的許願將來聘她們當校長。實際上，素貞覺得，這些太太們祇不過把她們看作可有可無的擺設。同樣使她不安的是，裕興似乎秘密而又笨拙地在追求她，不論她到哪裏，他總是在一起，從各方面來幫助她，她又不便斷然拒絕。她深怕別人誤以爲她對這不修邊幅的人有興趣。德生很忙，對她非常有克制，但她心裏覺得這個新郎對她也有意思。她對這種感覺是很自豪的，但同時却又自責不該有此種敏感。她覺得德生是一個很體面的人，態度嚴正而又富有同情心。她喜歡他，但她必得提醒自己，別對德生抱太多幻想，同他相遇時應保持寧靜的心境。這一切，對她都是沉重的負擔。她沒有向品生談到過什麼，她注意到她的朋友對德生的婚禮並沒有好感，而任何人對婚禮的反應都是十分敏感的。她渴望回學校去，指望這件大事今晚很快結束，然後回到她安靜的宿舍去過單純的生活。

蔚文嘲笑素貞，認爲她太老派了，對形勢的變化麻木不仁。她興高采烈地感到，在生活中能獲得這樣一個大好機會，應當充分加以利用。偉生對她的殷勤使她大爲高興。認識不久，她就看出這青年並不是不可教好的浪蕩子弟，她認真地考慮他是否可以寄託終身。不久，她就同他的母親——這位可憐、孤獨，而且正在深感失望的黎太太交上了朋友，並且很巧炒地促使她產生一種希望，認爲蔚文也許是醫治她浪蕩子的一服良藥。她同其他太太的交際也是很成功的。她決心打破那種麻本不仁的習氣，擠入這高貴的上流社會中去，在婦女們的麻將桌上傳遞水煙和果盤，講幾句俏皮話，使她們發笑，最後她被省長夫人請去代打牌，因爲省長夫人手氣不好輸了錢。而在麻將桌上，不管怎樣的生手，總歸是手氣好的。結果，蔚文把省長夫人的錢都贏了回來，成爲贏家。蔚文因此大受歡迎。婚禮的一切排場，都使她非常感興趣，她指望自已在這方面也得到最後的攤牌。

品生覺得厭倦起來了，對於聊天和爭論也感到厭煩，她想，按照舊風俗，張家也許決定要把新娘留到半夜裏纔放她走。她想到這點，便決定上樓去休息一下。當她行經她房間背後隔壁的奶媽方媽的房間時，看見偉生的高大個子站在房裏，一手叉腰，一手食指指着牀鋪，頭向前伸，顯得很凶、很嚇人的樣子。她站在門旁聽見他在說：

"……如果你拒絕幫助我，想想你和那老頭會有什麼好結局？如果你不把她弄給我，我要……"他一看見品生，就住口了，頓時手足無措地吃了一驚。於是他怒氣冲冲地轉過身來，突然穿過法國式的窗戶，走到走廊外面，不見了。

黎太太臉朝裏，躺在方媽的牀上。一個奴婢跪在有四隻矮脚的牀前踏脚凳上，也臉朝裏，輕輕地鬆握着手爲黎太太搥背。品生的脚步聲驚動了那婦人。她轉過身來，兩眼哭得通紅。她一看見品生，就急忙擦擦眼睛，要坐起來。品生急忙告訴她剛走過這房間。黎太太說，她房間裏有客人，所以祇好在方媽牀上躺一會。她問及是否有新娘的消息，品生不安而又謙恭地回答了她。當一静默下來的時候，品生就走進自己房裏去，在牀躺下。

十二

到了晚上十點鐘，最後傳來張家的消息，説新娘動身來了。蔚文立即跑上樓去叫醒品生，兩人又去找素貞，她還躺在牀上看一本舊小説，她們便下樓來。

整個邸宅突然燈火通明，人們騷動起來。在所有的人中，僕人人數最多，也最忙碌。他們四面八方奔忙着，迅疾地跑動着，即使是做無關緊要的小事，比如給燈籠換一支蠟燭，或者去告訴厨房準備宴席，也都一本正經，滿臉神氣。

祖宗神廳——敬先堂内客人雲集，黎誠正在親自安排。這是個中國式的大廳，就在院子對面飯廳的後右側。廳堂很高，沒有天花板，支撑屋頂的所有棟梁，都新漆成深褐色。梁上掛着紙的、絲綢的和玻璃做的各色各樣的燈籠。廳堂的斜角用交叉綫掛着萬國旗。

大廳後壁正中有一個很大的漆得烏亮的祖先神龕。黎誠命令敞開大門，讓裏面耀眼的金色大字的祖先神位顯示出來。這是一件廣東雕刻的傑作。

各道門的兩面都刻着圖像故事，鑲着金邊，外面的是神話故事，裏面是家族故事。所有人物故事都是浮雕，姿態與動作都刻得很生動逼真，甚至連房屋的小磚瓦、拱門和陽臺，以及樹葉、草坪、人物的衣服等，都精細地刻上了。神龕裏面分成三排，也都刻得很精細，祖宗的神主牌位一代一代排下來，最遠的一代放在最高層，最近的放在最下層。龕下面有幾個抽屜，顯然是存放香燭、鞭砲和紙錢的。整個神龕象一座精雕細刻的黄金宮殿。在這件卓越的藝術品兩翼，各有一個較小的神龕，裏面是漆紅的，也精雕細刻，放置着旁系列祖。

離開正中大神龕不遠，有一張很長的供桌，放在大平臺上，桌面上鋪着紅綫絨的臺毯，四週圍着繡有金龍的臺圍，一直垂到平臺。供桌中央有一隻三脚錫製大香爐，爐内用煙灰蓋着正在燃燒的檀香木片，一陣陣芬香裊裊而起。大香爐前面有隻同樣高的小香爐，插着三炷香，燃起的煙同檀香木的煙霧混合在一起。兩邊是燭臺。黎誠正在比較幾對龍鳳花燭，要選一對好的在婚禮上用。燭臺兩邊是一對大口花瓶，插的不是鮮花而是絲織的幸福之花。這一套五件東西都是錫製的。大香爐後面擺着新筆和紅印泥。大紅名片扣在桌子裏邊，那是用來給出席婚禮儀式的來賓排名次的。桌子前面，照慣例鋪上紅地氊，上面有個厚實的墊子。

大廳的大門和中門旁,都站着兩個穿長袍馬褂、戴瓜皮帽的侍僕,他們左肩斜掛着一條寬闊的紅帶子。大門外一隊警察也掛着紅帶子,站在那裏趕走看熱鬧的人。

　　終於,有一個人跑進來通報新娘到了,遠處傳來的鑼鼓聲愈來愈近了。鞭砲立刻燃放起來,大門外面就像一座閃耀着火星的海,大門裏和院子裏鞭砲也劈劈拍拍地猛響起來。銅鼓樂隊和中國管弦樂隊一起走進了大門,鋼鼓隊和大羅留在院子內,胡琴和笛子走進了大廳。八個束着紅帶的僕人恭恭敬敬地成雙走了進來,每個人胸前捧着一個小小的漆成金色和紅色的四方盒子。在他們之後是兩個紳士,他們是媒人,都穿着藍袍、黑馬褂和戴着西式禮帽,每人胸前有一朵緞子做的大紅花。接着,德生跟在媒人後面來了,臉色蒼白,神色怠倦,但顯然是努力在振作精神。他也穿着長袍和馬褂,戴着一朵特別大的紅緞花,表明他是婚禮的主要人物。他馬上被一個司儀領到另一個房間裏去了。

　　當新娘的轎子擡進大門時,在連綿不斷的鞭砲聲中,弦樂和簫笛一齊奏鳴起來。黎誠和幾個紳士依次走近平臺上長長的供桌旁,婚禮快揭幕了。新娘的花轎停在大廳門口,轎夫退了下去。四個伴娘走上來,兩個先把紅毯子從轎前鋪到供桌旁,另外兩個每人捧一束點燃着的香,走近花轎前面,將香在花轎前轉了幾圈,似乎在驅趕新娘下轎時可能來搗亂的惡魔。轎門打開時,她們也在轎內做了同樣的動作。隨後,頭上披着一方紅綢的新娘從轎裏走到地毯上來,這時德生站在右面。

　　司儀宣佈祭祖。有人敲了三下鐵製小鐘,發出叮噹的鐘聲。接着把黃紙燒起來,大家對着祖先神位緩緩地鞠了三個躬。黎誠和那一行紳士包括兩個媒人在內,都走到供桌後面,依次各就各位。僕人將拿進來的兩個盒子打開,裏面分別裝着新人的生辰八字。

　　婚禮開始是黎誠的長篇講話,接着是簽字和蓋印。當這位老人清清喉嚨致祝詞的時候,他滿懷得意,情緒高昂。他上溯《詩經》中關於婚姻的莊嚴頌讚,說《詩經》頭一章《關雎》,向來被公認爲周朝始祖文王和他賢惠的王后結婚的頌詞,中國的文化隨着周朝的到來而達到了高度繁榮。他説，文王的四子周公，把一切禮儀定爲制度而鞏固了中國的文化，孔夫子又以不倦的努力，發展了這不可磨滅的獲得高度成就的文化，使之理論化並成爲傳統的思想。他説，世界各國有興有衰，但是中國因爲有了這文化而巋然不動。因此，德生在他賢惠的妻子的幫助下，應該遵守並捍衛這文化，並以此作爲自己的職責和光榮，從而成爲一個有價值的中國人。説完這話，他懷着父愛祝福他的兒子和媳婦相互恩愛，白頭偕老。他隨即在兩張八字文書上簽了名，並在貼身口袋裏取出一隻圖章盒子，用雙手恭恭敬敬地在簽名下面蓋上了章。他把圖章放在桌子上，擡起頭來，面對全大廳，雙眼閃爍着做父親的權威的眼神。一直在看着這整個婚禮的素貞，看到這景象心裏微微顫抖着。

紳士們一個接着一個地講了話，依次簽了字，蓋了章。這對新人的責任祇是聽着而不説話，最後也簽上了名字蓋上了圖章。他們没有照新式的辦法交換戒指，彼此鞠了躬，表示成了親。

結婚儀式在半夜之後終於完成。新娘被引進飯廳隔壁的新房裏去。

婚宴於是開始了。四個未婚姑娘被選出來坐在新娘一桌上，品生是其中之一。新娘的紅綢頭巾被取了下來。她的秀麗的小臉上長着一對濃密的黑眉毛，鳳冠下垂的一串串珍珠閃現着光芒。她一直向下看着，仿佛半閉着眼睛。不論姑娘們如何温和地勸説，她固守着傳統的習慣，在來到丈夫家中的第一晚決不吃東西，決不張口。她隨嫁帶來的兩個婢女，站在她的兩旁，有時輕聲同她説着話。有幾個年輕人企圖使德生同新娘做互愛的動作，可是一次也没有成功。他們高興的是，可以通宵對這對年輕的忸怩不安的新人耍弄惡作劇。

十三

婚禮一結束，德生就離開人群，到花園裏去了。這時已近早晨三點鐘，大多數客人已回家或睡覺去了；年輕的客人還逗留在那裏鬧新房，用各種惡作劇逗引新娘；僕人們也都回到自己的住處去，盡情享受這喜慶所帶來的歡樂了。花園裏實際上已空無一人。

他直向小湖走去，避開燈籠和一切光綫，躺在柳樹底下。他一無所思，儘管心裏像廢料溢出來似的。他唯一的願望是躲避這些青年客人，他們不但作弄新娘，也總是作弄新郎。德生對於他們的惡作劇毫無興趣。

他覺得這一夜全非歡樂之夜，相反，倒是個巨大的考驗。占有一個女人，進入女性世界，這念頭使他感到不安。幾小時之內，他將跨進一道人生的門檻，從此永遠失去童男的純潔而面對着一個複雜的命運。他急於細細地看着這女人，把她抱起來，擁在懷裏，祇有這樣親近，似乎纔能把他縈回在心頭的希望變爲行動。這幾個星期來，他似乎一個希望接着一個希望，想接近這未知的含苞未放的優雅的蓓蕾，雖然懷着恐懼的心情，但這似乎體現了芬馨的感受。一旦成爲現實，他就同這女人一起走上寬闊而平坦的人生大道，他的生活就成雙成對了。對於他生活中所面臨的不論是什麽任務，都能保全面子了。

他在湖邊徜徉着，心裏湧起一陣陣的感情上的衝動。眼前閃過一個人影，他沒去注意。他從地上直起身來，在柳樹下向後花園走去，想從另一道門走進屋子裏去。他沿湖邊走，在至誠堂的臺階旁離轉角大燈籠不遠的地方，看見兩個人就着斜射的燈籠的光綫站在那裏，一起研究些什麽。這又是偉生和蔚文。德生嘴裏不滿地哼了一聲，就從湖邊向小山走去。當他走上小山的時候，看見偉生轉身向桑樹林後面的花園後門走去。偉生轉身的時候在説：

"我必須今夜帶着這個趕出去，他們一定要找這個東西。"他一面奔跑，一面説完這話。

德生從山上下來，走進了屋子。客人們全走了。有幾個僕人打着燈籠在找他，看見他從花園回來非常高興。

德生走進他的住房，隨着新娘陪嫁來的兩個婢女立刻站起來，新娘一看見她丈夫回來，也在婢女的扶持下，站了起來。德生對這情景，覺得奇怪而又可笑。可是他知道這是孔夫子的禮教，他立刻搖搖手説：

"不，不必。"

這兩個婢女不知道他是什麼意思，略爲慌張一陣之後，便急忙把門窗都關上，退出去了。

德生坐在一張軟椅上，望着依然坐在牀上的新娘。鳳冠的珍珠流蘇，在薄敷脂粉的臉蛋面前晃來晃去。她仍舊穿着婚服，一件海青色的對襟上衣，兩面繡着圓形的兩隻大鳳凰。長裙是淡紅色的，繡着海上一輪紅日，海中幾條龍正在興風作浪。照習俗，婚服該由新郎來脫卸，德生知道這一點。新娘一動也不動地牢牢坐着，老是低着頭。她的臉像一個熟睡的嬰兒似的天真無邪，眉黛嫵媚，紅唇緊抿，像一顆成熟欲滴的櫻桃。這顆飽滿而純潔的蓓蕾，正在含苞待放。

德生嘆了口氣，走到新娘眼前，用雙手捧起她的臉頰，仔細地審視了一會兒，撥開珍珠流蘇，用嘴親親她方正的前額。於是他湊到這姑娘的耳邊低聲說：

"我們上牀吧？"

他覺得她的頭微微一點，那緊裹在婚服裏的小小的胸腔正在怦怦地跳動。他的心也在跳動。他把她頭上的鳳冠和所有珍珠流蘇都拿了下來。當他動手卸她婚服的時候，姑娘突然向牀上一縮，顫抖地低聲說：

"把帳子放下。"

十四

一個星期的騷動逐漸平息下來。留在邸宅的客人們愈來愈少了，親屬們都開始回家了。素貞已經走了，蔚文一再說她城裏還有些事要辦，繼續留了下來。屋子裏的臨時裝飾在拆卸下來，恢復了原來那懶洋洋的樣子。黎誠生氣了好幾天，因爲他留在供桌上的印章找不到了，屋子裏每個人都說不知道，黎太太顯然很着急。但是當那寶貴的私章神秘地出現在黎誠書桌上的時候，他也就放下一頭心事，情緒舒暢起來了。

德生結婚之後，感到非常之怠倦。每天，他妻子一早起牀，做完孝敬翁姑的禮節很久之後，德生還躺在牀上。他同妻子一起吃飯，到花園裏散步，隨後就躺在書房裏臥榻上，瀏覽報紙和書本，不願意同別人談話。當他同妻子談話時，他的目光會落到她半放的脚上。他避免看它，竭力使眼睛不向下看。她以平靜的笑容回答他的玩笑話，保持優雅的儀態。她的一雙很好看的眼睛，略爲顯得有些凸出，所以總是半閉着眼睛，顯出不大愛説話的傻樣子。由於多年來的習慣，她不顧德生的反對，堅持在胸部穿緊身衣，並且認爲德生要她解開是太放縱了。她對她丈夫的不大熱情很生氣，强烈地覺得自己在這裏還是個陌生人。因此，她吩咐帶來的婢女搬到她房間後面的儲藏室去。這使德生很不高興，因爲他喜歡自己的住處不受打擾。但是這位新夫人雖然默默無言，却很矜持，恰如貌似綿羊的凶犬。她對於德生所談的事不感興趣，有時記起她母親臨別時的囑咐，應該順從丈夫，她就努力順從地聽着。有時她會突然格格地笑起來，因爲她記起一些不相干的事，比如她在她唯一進過的外國小學裏，取笑過一個同學戴的銅耳環，使這個同學哭了起來。德生感到詛喪，在她格格笑的時候，責備她幼稚。

　　九月到了，學期開始了，蔚文幾天前已經走了，品生在作出門的準備。德生也應該準備出門，到學校去。黎誠勸德生帶了妻子一起去，他認爲結婚的裙帶可以把兒子更牢靠地縛在他所尊崇的禮教上。德生也樂於這麽辦，他認爲環境的改變，可以有助於改變他的妻子。可是這位三少奶奶却處在感情的衝突之中。要是德生走了而她留着，夫妻分處兩地，對她將是一個震動，但還不至於感到坐立不安，雖然不能如預期那樣經常同男人在一起接觸、享樂和分憂。她感到震驚的是，自她結婚的時候起，她出生的家，就不再是她的家了。但是一想到那個男人在等待着她，就仿佛感到有一股暖流流遍全身，感到莫大的歡慰。德生一離開，她將完全處在一個陌生人的世界中。但她又不想跟她丈夫一起走。北京是個更生疏的大地方，在那裏將是住在一個小屋子裏，很不舒服；而且，將長久地看不到祇有這麽一個獨生女的雙親，她的母親會爲她哭得眼睛都瞎掉，她也會每天在北京哭泣。跟着丈夫出門而使父母痛苦，這算什麽孝順呢？她沒有自信心把這種感情上的矛盾說出來，她愁眉苦臉地要阻止德生到學校去。

品生走了，德生變得煩躁不安起來。他決定告訴他父親，明天單獨走。

深夜裏，黎誠回來了，德生到他的書房裏去。黎誠獨自在那兒，斜躺在一張躺椅上，這是他最愛采取的一種姿勢。這個驕傲的老人難得從臉反映出來的孤獨感和痛苦，使德生吃了一驚。黎誠一看見兒子來了，就振作起精神來，勉強地幾乎是不講理地用對抗的口吻問道："嘿，是什麼回事？"

德生告訴了他。黎誠的眉頭皺得更緊了，有一陣子一聲不響。當德生正要退出去的時候，他粗暴地問道："你知道偉生出了什麼事嗎？"

德生這時纔感到偉生出了事，答道："不，我不知道，父親。"

"嘿！你不知道，你們全都像是外人。我倒喜歡留心着每一件事。而你現在結了婚，完全是個成人了，可你竟不知道偉生出了什麼事。"

德生覺得自尊心受了傷，感到父親的話太過火了，他突然轉身走了。黎誠忽然從躺椅上坐起來，命令道：

"站住！我在同你説話。"

兒子回轉身來，挑釁似地回問道："偉生出了什麼事，你可以告訴我麼？"

黎誠略為一驚，但馬上又嚴峻起來。他從躺椅上站起來，在房間裏踱着方步。他似乎在掙扎之中，但在兒子面前却竭力克制着自己的痛苦。然後，他突然昂起了頭，嚴峻地用發怒的目光逼視着德生：

"偉生從家裏逃跑了。他竟敢厭棄我，厭棄我們的家。他偷了我的圖章，用我的名義去賣錢。他跑去參加他們卑鄙的革命活動去了。我生了一個賊，一個血管內流着我自己的血的賊！"

德生吃驚得不知所措。他憶起花園中所閃現的一幕，在那裏曾看見偉生和蔚文在研究一件什麼東西之後，偉生從後門跑了出去。當黎誠又暴跳如雷的時候，他後退了一步。

"他偷了我的圖章,用它蓋在一張僞造的委任狀上,賣官職給別人,而你竟不知道!你什麼也不知道,死人一樣。我知道,我對兒子沒有什麼指望了,沒有了!如果你們要破壞,就去破壞吧。可是,我還要在這裏!我的頭髮白了,雙臂也不像以前有力了,好吧。我可要在這裏,要看看你們怎麼弄個天翻地覆。"他把目光轉開,又踱起方步來,雙手放在背後,兩個拳頭握得越來越緊。他挺起背,像一座高聳的巖石似地走着,意識到腳下的沙正在被決定性的生活變革的巨浪所冲走,到處潛伏着由於人們盲目的意志和驕傲所激起的災難的浪潮。前景是什麼呢?他將會發生什麼問題呢?他主持他兒子婚禮時的那種莊嚴的勝利到哪裏去了呢?德生注視着他爲了保持筆直而顯得緊張的、寬闊的項背,他對這突然的意外事件,感到非常悲痛。

第五章　時代在前進

一

中國顯得太古老了，老得連它自己也感到嫌惡。在這塊被稱爲中國的整個廣大而富饒的國土上，仿佛一頭瘋狂的野獸在翻滾着。中國大地被水災和饑荒搞得很疲敝，而外國侵略者和内戰又把它搞得四分五裂，老百姓死亡枕藉，流離失所，土地荒廢。人類已進入要征服宇宙、讓海洋爲人類服務的時代，各民族人民爭取自由的鬥爭，戰鼓聲一浪高於一浪，而中國却依然處於衰敗和没落的時代裏，死抱住别的民族遠在幾百年就已抛棄的中世紀的冰冷墳墓不放。它本身被時代遠遠抛在後頭，並給人們帶來了劫難。人們用祖先老早就咒罵過的話在呼喊："時日曷喪？予及汝偕亡！""漫漫長夜何時旦？""苟日新，日日新，又日新。"……

一九二六年初，人民似乎以堅決的態度，肯定地回答了這個問題。整個民族傾向南方，廣州是新的國民政府的所在地，它在實行新的、決定性的改革。對於迷途者，它指明了目標；對於挨饑抵餓、一無所有的被剝削者，它爲他們獲得土地與食物而呼籲；對於處在地下的未被承認的人類願望，它號召要得到滿足。這個多年來在人們心目中屈辱、羞愧並且顫栗地在挣扎的民族，現在國民政府號召全體人民起來爭取獨立與尊嚴，展開了一幅莊嚴而猶未可料的冒險的前景，人們祇能從死裏求生。它是個偉大的預言家和控訴者，它發出了千百萬苦難人民的悲痛的呼號，它以中國的祖先及其後代的名義，號召人民與一切邪惡作鬥爭。

北方軍閥由於自私自利而盲目地相互殘殺，他們並不把南方政府放在眼裏，認爲它是無足輕重的，決不會威脅他們的霸權地位。北伐軍的第一個戰鬥目標，是當時華中的專制統治者吳佩孚將軍。他認爲南方政府不過是一幫土匪，爲了控制古都北京，滿足他的個人英雄主義的、正在膨脹的權力欲，正麾軍北向，與占據北京的大帥張作霖開戰；同時又在華東與盤踞富饒的長江下游的軍閥孫傳芳開戰。這樣，他不啻於把大門向南方洞開。

一九二六年七月，從廣東發動的大革命開始了。北伐軍從珠江向長江流域大踏步地直綫挺進。自古以來用作警戒和防禦並被視爲銅牆鐵壁的高高的城牆和堡壘，頓時變成廢物，在北伐軍面前一個接着一個地垮下來，韶關、衡陽、長沙、漢口，每座城市都像早上的海潮冲擊下的沙子一樣倒塌了。隨着革命的前進，男女學生離開學校參加了國民革命軍。他們給麻木的大地帶來了旺盛的青春氣息，不像北方的軍隊，他們不殺人，不搶劫，相反的，他們把茅棚小屋的群衆組織起來，進行戰鬥。當各地城市在這支大軍面前土崩瓦解的時候，農村也燃起了燎原的烽火。農民們起初不懂得發生了什麼事，後來，他們停下了農活，去參加集會，終於完全理解了他們期望如此之久的日子到來了，立即熱切而且毫不猶豫地抓住了這機會。他們似乎考慮到，自己的事情已經到了不可容忍的地步了，再也不願拖延一分鐘來實現它了。他們給南方的軍隊打開了沒有防衛的城鎮與村莊的大門。被打散的北方軍隊的遊兵散勇，在死亡綫上受着無窮無盡的前熬，饑寒交迫，像塵埃似的四散逃竄，變成了毫無抵抗力的膿包。在南方的土地上，北方的士兵到處被繩子捆綁着，頭上掮着麻袋，一長串一長串地在街上走過，隨後被關了起來。地主的地契被拿出來燒掉，房子被抄家，保險箱被敲開。不少地主的房子和其他建築物，由於引起農民們樸實的階級仇恨而被搗毀或燒掉。燒啊！燒啊！統治者被打倒在地，舊傳統的支柱被打倒在地。臭名昭著的北方統治者瀕臨滅亡。誰能探測得出狂暴的海洋似的革命激情的後果：善與惡、生活的破壞者與建設者呢？沒有通知，沒有預告，在農民的混混沌沌的生活之中，突然激起了毀滅的激情。一向被踩在腳下的灰塵中的人們，在怒火中，像最猛烈的沙暴似的翻騰起來，要擊毀這腐惡的舊堡壘。要趕快！這就是他們的信念。誰能作出對他們的判斷？誰會知道局勢的發展如何？當然不是品生，她在她純潔的教會學校的教室裏，猶如一個凝視着紅色的晨曦在海平綫上升起時所懷的特有的深切希望的人那樣，以一種奇異的悠閒的感情，看待着這革命的進程。如果問，這滾滾而來的革命浪潮何時引起她嚴重的不安？那是當革命軍湧進林德格侖女校所在地的安昌城的時候，城裏湧進了他們的傷兵、他們的辯論和演講。

二

自一九二五年以後，這學校有了些變化。品生回校時，有些教師和學生走了，但大多數都留着。蔚文不見了。據素貞說，她在秋季開學之前回來過幾天，付清了所有的債務，就離校了。聽說她同品生的哥哥結婚了，這消息使品生感到意外。她確實很想念她。

除了在大革命開始前一兩個月收到過蔚文的一張便條，說她打算到安昌來逗留一兩天之外，品生沒有得到過她的消息。那年初，在全市學生會的號召下，林德格侖女中又舉行過幾次遊行示威。這幾次遊行，同五卅運動那次遊行一樣，走得精疲力竭，單調而尖聲地呼喊口號，有的人發表冗贅的長篇演講。林德格侖的大多數女生已失去先前那種對遊行的熱情。省城裏的報紙不曉得爲什麼也沾染了這所教會學校學生的惰性，幾乎完全不提北伐軍前進的消息。這一學年不知不覺地把女生們的生活消磨過去了。

一九二六年秋的一個早上，品生正在高年級的大廳裏整理書本，準備上課，忽然看到高一的一個女生出現在門口，張口結舌地說：

"外國人都走了。"

那恍恍惚惚的令人迷惑的安全感，突然被打破了。

"什麼？"好幾個聲音同時發問。

"外國人都離開學校了。"她重復說了一遍，一面眨眨眼睛，仿佛因她的話引起驚奇而使她高興似的。

"去哪兒？"好幾個聲音又問道。

"回到他們自己的國家去。"

"不對！"品生這時候默默地望着這姑娘，神情嚴肅地説，"你撒謊。"

這個傳話的女生終於感到了情況的嚴重性，臉色通紅地指着樓梯旁的窗子嚷道：

"你們自己爲什麽不看一看？瞧，麥克考萊爾小姐拿着手提包，藍小姐拿着皮箱……"

當她列舉外國教師名字的時候，所有女生都湧到大廳的窗口去了。品生奔下樓梯，望着窗外急匆匆地離開學校的外國人。這一行人像一串長長的流浪者，苦力、僕人、外國人和中國教師，每個人拿着手提包、小提箱或肩扛大箱子，默默地沿着兩行桃樹蔭下的小路向着學校的後門走去。

品生冲下樓梯，跑過草地，拖住了神情陰鬱的麥克考萊爾小姐的腰，像孩子似的哭了起來。麥克考萊爾握着這姑娘的雙手，向她説明，她們不能耽下去了，因爲革命軍就要來了，美國的領事命令她們離去。她企圖使這抽抽噎噎爲革命軍辯護的學生相信，北伐軍要破壞一切，外國人在危險之中。她的薄薄的棕色的眼睫毛下面流出了熱淚，感到她要把福音帶給中國的一切願望都完了，她失去了這些可憐的女學生們。

有兩天光景，女生們在校園裏遊蕩，沒有心思到教室裏去。恢復上課不到幾個星期，北伐軍在敲這城市的城門了。誰都不明白，當武昌和漢口失守之後，當地的官員怎能守得住這個小城。武漢是吳佩孚將軍坐鎮的要塞，在一星期内就垮了。幾天來，砲火在斷斷續續地轟擊着城牆，而城裏的生活還是照常進行，祇有林德格侖女中直接處於砲火之下，生活起了變化。砲彈在學校上空飛來飛去，教堂的屋頂被炸掉了。姑娘們躺在主樓的地下室裏，咒罵着守兵，議論着新來的北伐軍。大約一百年來，年年經受砲火洗禮的人們，已經對戰爭喪失了害怕之心。姑娘們很喜歡生活變了個樣，她們不聽教師的話，在砲火下從這個樓跑到那個樓，誰也不怕戰爭會帶來毀滅。她們幾乎全都急切地需要看看給她們帶來混亂與危險的攻擊者，盡情地猜度革命軍是什麽樣的人物。對她們來説，這個名字是新的，有吸引力的。這是前人沒有説過的神話，是個長久以來失傳的民間傳說。如果人們說起幾千年來中國歷史上縱橫馳騁的傳統的農民起義，那麼，在懷着青春之夢的這些姑娘們接受這震撼大地的動亂，也就是具有代表性的了。品生的三哥終於離開北京到廣州去追求革命，像品生這樣的一些姑娘，北伐就不單純是興奮激動，而是意味着改革和真正的希望。

這城鎮被圍困將近一個月之後，就陷入南方來的北伐軍的手中了。

三

遲下的雪到處飛揚，對這荒涼的景色更增添了陰鬱。然而，隨着經過提煉的、純潔的、冬天的音調，落到鋼琴的正確的鍵盤上，鼓聲和喇叭就逐漸地齊鳴起來了，冬天開始感到自己是個陌生者。寒假隨着北方的軍閥和槍砲一起消失了。學校裏被打掉的教堂屋頂，茫然地注視着寂寞無用的天空。這所學校對正在展開的動亂顯得勉強而茫然。外國人沒有了，課不上了，爐火也沒有了。大地上遮蓋着一層薄薄的雪，這裏那裏散落着，點綴着穿綠色制服、戴綠色軍帽的男男女女，他們年輕的、蘋果般的臉頰，在沾着雪花的樹枝中間閃閃發光。他們的笑聲勇敢而火熱，聲音洪亮而有力。很難說出他們是英勇善戰的革命者，還是僅來欣賞晶明透徹的雪景和盛開着的梅花的遠足郊遊者。年輕人都湧向被尊奉為革命和被頌揚為解放力量的巨大的運動。

他們找到了相當羞怯而惶惑的林德格侖女生，認真地進行喚起靈魂覺醒的工作。女生們被集中到幾個大的教室裏。她們的臉像寬闊的大門似地直率地開放着，流露出困惑、好奇、遲疑和興奮的神色。穿綠色制服的男女們，一個接着一個走上她們面前的講臺，每個人都像一個冒煙罐子，講話時作着手勢，向女生們反復強調蔣介石總司令是多麼偉大的一位救星，多麼奇妙的一個名字，多麼響亮、多麼光榮、多麼不可思議的一個超人的形象！一個突然出現的比耶穌基督還要神聖的人物，要救中國於沉淪之中，並且要把中國恢復光榮的本色。

女生們既要崇拜革命,也要懲罰自己。她們的頭髮應該剪掉,父母安排的婚姻應該廢除,祇有相愛的人纔能結婚,鮮花應該扔掉,花色的衣服應該藏起來。女生們被告訴說,她們是一種特別的、被基督教麻醉影響的可憐犧牲品,而這正是代表着文化的侵略。她們應當放棄基督教,把自己改造成爲真正的中國人。她們首先應當離開教室,參加革命軍,在遙遠的超人蔣介石的指揮下,向軍閥和帝國主義進行戰鬥。她們不再是祇操心針綫、碗碟和孩子的姑娘了,應爲祖國而生,爲祖國而死。她們每一個人,都應當是整體中的一個細胞,人人息息相關。所有這一切,便是姑娘們應當爲之生存而奮鬥的新價值。從今以後,應當把舊的連結人們的粘合劑洗掉,而把別種新的東西來作粘合力。破壞接連着破壞,興奮接連着興奮;事物被徹底粉碎,然而却又古怪地連結着。突如其來的狂飆,所向披靡,因爲天真而抱有希望的胸懷中没有可以抵抗的防綫。被糾纏而又追逐,被激動而又興奮。到達了,哦,到達了。決裂了,哦,決裂了。學校當局在這場風暴面前顫抖着,女生們都要激烈地活動起來了。

"哦,不做封建女子,把頭髮剪掉!"
"哦,頭髮是壞東西,要花很多時間來梳理它。"
"告訴你父親,廢除你的婚約,這不關他的事。"
"幹嗎要留長頭髮呢?"
"你自己幹嗎要聽任父親擺布?"
"幹嗎不自由戀愛?"
"哦,幹嗎坐在死牢般的教室裏?國家需要你,革命指揮你。"
人們看到水英暗地裏同一個革命者接觸,她保證明天剪頭髮。
人們要素貞剪頭髮,因爲革命者是不喜歡舊式女子的。
吃午飯時,兩個頭髮剪短成葫蘆樣的女生,被學校當局命令站在飯廳裏,要她們承認敢於剪頭髮的錯誤。可是,她倆告訴那些興高采烈地說笑話的女生們,她們之所以表示悔過,是因黄小姐哭着哀求她們這樣做的;這個"老巫婆"嚇得要命,深怕她們會在學校裏引起一窠蜂的大膽剪髮，待外國人回來時，就會使她丟掉飯碗。哼，誰會認爲外國人還回來呢？所有帝國主義者，現在都到了末日。連這所學校能存在多久，也成了問題。更多的女生就要剪掉辮子去參加革命軍了，還有，許多人早已在醫院裏護理革命軍的傷兵了。蔣介石將軍需要所有的男人和婦女參加，爲革命服務。請注意，他更需要婦女！反正，在這個時候，誰還要進教室呢？

解放的音樂像洪水似的到處泛濫，但並不總是同主調相和諧的。漸漸地，女生們聽到，一個革命者說另一個革命者的壞話。

"別聽他的，他是共產黨？"

"什麼是共產黨？"

"他們要搶國民黨的權。"

"什麼？"

"搶蔣介石將軍的權。"

姑娘們也被告訴別去聽臺上人的講話，因爲他過去是反動派。

姑娘們探究出"反動派"這個詞，就是指要保持地主資產階級立場的人，就是要破壞革命的人。

品生坐在講課的大廳裏，聽着他五哥偉生的講話。他魁偉而壯健的身體，引人注目地站得筆挺；草綠色的呢軍服右肩上斜佩着光滑的皮帶，領子上鑲着幾顆金星；右腰旁晃着一柄指揮刀，刀鞘閃閃發光。他顯然可以肯定是個大人物，在講臺上大步地踱來踱去，左手英武地按着指揮刀，右手在頭上揮舞。他極力要使他的講話聲若雷鳴。他一再警告革命陣綫中的背信者，並保證蔣介石將軍……這時突然有人故意地咳嗽起來。蔚文也穿着軍服，剪短了頭髮，看上去像很調皮的樣子，向講話的人使了個眼色。頓時，演講者似乎有點惶惑，但是很快，他又起勁地說下去，祇是沒有把原先這句話說完，而是轉到號召全體女生參加革命上面去。

四

演講結束後，蔚文從簇擁着她的那些好奇的老同學中脫身出來，同她丈夫以及品生得意洋洋地巡視學校所有的建築物——其中包括宿舍，並訪問了教師們。她儀態大方，接受了校方負責對外聯絡的劉太太的坦率而謙卑的頌揚，隨後走進了黃小姐的房間。不出所料，她被作爲本校傑出人物和貴賓而受到接待，躊躇滿志。黃小姐勉強裝出笑容，懇求這位校友和黎少校留下晚宴，以慶祝她蒞臨母校。她完全忘記了，在蔚文離校之後，她曾咒罵過這位女生忘恩負義，遠走高飛。她坐在椅子邊上，故意睜大那雙乾癟而疲乏的眼睛，顯出興奮和欣賞的神情。她不知道少校和黎夫人能否與她共進晚餐，爲校增光。這位女學監小心地把目光避開蔚文的短髮和軍服。而這位年輕的女軍官斜倚在沙發上，故意把軍帽握在面前，使黃小組似乎覺得她是個怪物。蔚文裝成男子漢的氣概，帶着滿足而沉着的神態，使她整個形象在黃小姐的心目中感到最不成體統，簡直是個假男子、蕩婦、女巫、暴發戶，一切所謂革命軍中的姑娘都必定是妓女。黃小姐心裏七上八下，唯恐蔚文察覺她的敵意，又擔心品生會告訴她的嫂嫂。因此，她不停地在這位客人和品生面前遞茶，送水果、餅乾和糕點，並且小心謹慎地向她們說明，這一切都是中國貨。

蔚文傲慢地拒絕了晚宴的邀請，她透露黎少校晚上有重要會議。她提出：

"黃小姐，我們，就是說，黎少校要帶他妹妹去吃飯。這是違反學校規定的，我知道。但是你當然明白，她將同我們在一起。"然後，她忽然打斷了黃小姐對"我們"這詞意的思考。

黃小姐艱難地呼了口氣，那敷了粉的、乾枯的臉拉得老長，簡直象一張枯死的竹葉，又慢慢地化爲苦笑。她拖長地應了聲："哦……"一面在盤算該怎麼說。她把苦惱的目光轉移到品生身上，希冀這姑娘會拒絕出去。不幸的是，品生却正在津津有味地望着窗外，顯然沒有聽見她們的談話。最後，她祇好說："啊，好。黎夫人，啊，好。學校的規則……"

蔚文站起身來，打斷了她的話，並對她的開明態度表示感謝。這時，黎少校也站了起來，拿起他那大而笨重的公文皮包，這是每個革命者確定無疑的標記。

這位女學監起身送行，僵硬地鞠個躬。

"活見鬼！"客人走後，黃小姐想，"出這種事兒。洋鬼子幹嗎留我在這裏呢？"

走出宿舍，終於與黃小姐分手之後，蔚文忽然狂笑起來，用手肘碰碰品生道：

"啊呀，你真了不起。"

"有什麼了不起的？你現在真是隻狐狸精。"

蔚文非常高興，她喜歡聽別人說她聰敏。她笑而又笑，拉拉偉生的袖子說：

"你聽見了嗎？"

"什麼？"偉生正忙着注意看校園裏的姑娘們，心裏在想誰最美麗。

"品生說我是隻狐狸，你怎麼不幫我說說話呀，對她說話呀？"

偉生茫然地望着她，不知道這個女人為什麼這樣愛挑剔。可是，經驗告訴他，不可以像對他母親那樣對待她，如果對她開誠布公地說出心裏的話，那是愚蠢的，可受不了；但是倘直截了當地說，又會使她不高興，她必然會還擊。同時他也不願因此而在他同父異母的妹妹面前丟臉，因此他祇好說：

"狐狸是聰敏的動物，她在誇獎你。"

"哦，你這人！"蔚文半是高興、半是失望地嚷道，接着問道：

"我們上哪兒去？"

"大西洋。"偉生回答。

"什麼大西洋？"品生問，因為她難得有機會上館子。

"大菜館，"偉生得意地說，祇要提到好吃的菜，他就生氣勃勃了，

"那裏有最好的牛排和白蘭地,你一定得去嘗嘗,六小姐。"

"哦,西菜!"品生没精打采地嘆氣説。

"我知道你不喜歡西菜。"偉生想説服她,"我對西菜永遠吃不厭。別太封建了,我們年輕人必須時髦些。"

"真奇怪,五哥,"品生嚷道,然後笑着説,"吃中菜就是封建了嗎?"

"唔,唔,"偉生孩子氣地搖搖頭,"封建,封建。當然,我們必須改革,所有事物都必須改革。連蔣總司令都吃大菜呢。"他用力挾了一下他那笨重的公文包以加強他的語氣。

"我原以爲你們是來打倒帝國主義的。那麼説來,帝國主義分子所吃的東西都比我們好嗎,呃?"品生嘲笑地説,一路走一路踢着石子。

偉生突然高聲大笑起來,説道:"六小姐,你讀書明理,別笑話了。食品並不是帝國主義,如果你把它混淆起來,就不會了解誰是敵人了。"

品生覺得很討厭,皺着眉頭説:"我不知道你在説什麼。"

"別聽他的,"蔚文説,"偉生,我們到松海館去。六妹是我的朋友,我要請她吃中國菜,如果你要吃大菜,你自己去吧。"蔚文確實喜歡品生,心裏看不起她丈夫的粗俗。她也向品生建議請素貞一起去,品生同意並且即去邀她。

五

豪華的松海館坐落在最熱鬧的花市街上。它通常是政府要人送往迎來作半官方宴會的地方,現在它生意興隆,因爲中國人有愛吃的傳統,特別是對富人來説,與其説是爲了飽口腹,還不如説是爲了玩樂與消遣。年輕的革命者對是否該到這種地方來,是滿不在乎的。"解放"這個口號,對他們當中許多人來説,是意味着你愛怎麼幹就怎麼幹。蔚文決定到那裏去是她自己喜歡,也是使品生高興。

蔚文興高采烈。她是一個最堅決、最善於爲自己盤算的冒險家,從没想過她自己將往何處去,也並不準備去考慮它。無論在哪裏,祇要是遇到對她自己有利的機會，她就會像刀子那樣動手把它切下來。

在最混亂的時勢中，造物主不論對好人或壞人，都同樣賜以機會。蔚文睜大眼睛，在動亂的潮流中圖謀私利。潮水愈高，她愈要駕馭它。她以考慮過密的斷然行動和對於風向的敏感，深信她自己能取得某種地位和成爲重要人物。她的聰明、自信、堅定和果敢的行爲，常常在機智上勝過偉生，他暗中怕她。她現在是黨的婦女部相當有地位的官員，又同有影響的勢力有聯系。她知道品生的出身和背景，對上這家豪華的飯館會感到正常和高興的，她要給她的朋友留下那麼一個印象：今天的蔚文不再是林德格侖女校的窮苦工讀生了。

蔚文走在兩個人的前面，一手拿着軍帽，一手拎着公文包。她的頭略向前傾，隨時向着像綠色海洋似的穿着綠軍服在餐廳裏進進出出的人們點頭，停下來拍拍姑娘們的肩，向男人們顯出甜蜜的笑容，搖着手裏的軍帽，對他們滿懷高興地開玩笑並裝出不以爲然的樣子。品生對於上飯館感到很不習慣，走在蔚文的後面，目不斜視，裝出並不爲人群的喧鬧所擾，泰然自若的神態，但內心却有些緊張，覺得陌生的男男女女的眼睛在看着她。偉生走在更後面，忙着同各方面的人們打招呼，並且自豪地宣稱他作了個極好的報告，深深地打動了林德格侖的女生們，還說他現在帶了妻子和妹妹來吃晚飯。

他們被領進一個小房間裏去。房間後面有個鋪墊得很好的炕，兩角擺着衣帽架和臉盆架，房中間是一張漆紅的方桌和幾把椅子。蔚文攀上了炕，把公文包和軍帽小心地放在炕中間的小几上，然後躺下來，裝作寬慰的樣子舒了一口氣。她忽然想起剛進來的情景，說道：

"這些人真厭煩。"她指的是在走進飯館時向她招呼的人們。

品生沒有加以評論，也躺了下來，偉生正在點菜。

侍者送上熱毛巾，菜上來了，席中談話也開始了。

"順便說一下，"蔚文問道，"你說素貞怎麼樣？她爲什麼不來？"

"她聽完報告就到醫院去了。"品生答道。

"奇怪，我們連談談的機會都沒有。她在那裏幹什麼？是否引起了哪個革命者的注意？"

品生沉默着，突然記起德生那天傍晚要來看她，驚叫道：

"我該死，三哥一定到學校裏去了。"

"什麽？三哥還在追她麽？"蔚文驚奇地問，手中筷子挾的象牙色的竹笋在晃動，"偉生，你知道那事麽？"

偉生正在狼吞虎咽，他在喉嚨裏哼了一聲，作爲回答。

品生責備自己對哥哥兼朋友的德生失了約。她用力地搖着頭，説道："什麽話！蔚文，五嫂，你真聰明死了。"

蔚文微笑着，説："如果你不想談，那就不談好了。水英怎麽樣？一般説來，姑娘們喜歡我們革命者麽？你知道你的五哥正在着眼於她們呢。偉生，你高興麽？"

"别同我説話，"偉生回答道，"我現在正忙着，你們女人都是最討厭的，祇關心些無關重要的事情。"

"胡説，五哥。"品生説。她正要説下去，但是蔚文插進來了。

"别理會他，他很快就會醉了。水英怎麽樣？今天我没有看見她來聽報告。"

"她現在整天都在醫院裏，有個上尉要同她結婚，我想。好像每個人都找到了對象。很快，林德格侖將要有成百上千個革命的子子孫孫了。"

蔚文和偉生都大笑起來。

"你怎麽樣呢？"蔚文問，"難道没有哪個革命者你看得上眼麽？你要知道，他們有許多是出身名門的。"

品生臉紅了。她祇想起了那一次，她到醫院去，看見宗元在那裏，多可怕的景象啊！她望着蔚文的眼睛説道：

"你們革命者都是稀奇古怪的人，我不知道你們追求的是什麽。順便説起，當五哥談到叛徒的時候，你怎麽奇怪地咳嗽起來？"

"哦，是啊，"偉生似乎被提醒了。他喝了些酒之後，望着他的妻子，"你爲什麽阻止我，文？你喜歡那些叛徒、陰謀家麽？你得小心些。"

蔚文鎮定自若，説："你總是應該小心的人，不是我，老爺。毫無頭腦。你知道飯館裏都是些什麼人嗎？"

"我纔不怕他們呢！"偉生怒氣沖沖地翻着他的一雙醉眼，"女人都糟透了，總是怕這怕那。那些窮鬼們對我怎麼樣？好吧，讓他們來共我的產、共我的妻吧。你就要那樣，是嗎？"

蔚文臉色氣得發青。她顯然在冷笑，並扭轉臉來對着品生；而品生正為了她哥哥這話而羞得幾乎把頭低得碰到飯碗。蔚文冷冷地暗笑說：

"你的哥哥，了不起，他是個英雄，是嗎？你要知道，罵他們叛徒是沒有用的，他們是強有力的。"

"哼，強有力！這種婦人之見真要命，"偉生又議論道，"別擔心，太太，總司令已經注意到他們了，要是他們膽敢吵鬧……那麼……"

"我完全不明白這一切，"品生吃驚地擡頭望着偉生，"你是說你們要打你們自己人麼？"

"自己人？小姐，你完全顛倒了。他們是外國奸細、叛徒，他們就是這種人。"

品生望着他哥哥，感到更加迷惑了，說："那些在學校裏談過話，被稱作左派的人，並不像你說的那種人。他們反對地主、買辦和帝國主義，就像你們做的一樣。"

蔚文不理會他們的談話，插進來說："你同三哥談過了嗎？他怎麼想法？"

"他不談這個問題，"品生說，一面回憶着，"我祇看見過他三次。哦，三哥很奇怪，我從來沒有看見過像他那麼憂鬱的革命者。"

"怎麼回事，愛情麼？"

"我不知道。"品生不作聲了。

她心裏出現了穿軍裝的德生：一頂褪色的綠軍帽低低地蓋在頭上，一走進學校的會客室，就把皮帶和公文包全都拋在地上，而讓軍服像鬆散的葉子似的，掛在週圍，一雙沾滿灰塵的黑布鞋，像拖鞋似地拖着走。他臉色蒼白，那雙棕褐色的眼睛深陷着，彷彿凝聚着莫大的困難，不再像過去那樣是個意氣風發而又雅潔的青年了。她心裏感到一陣痛苦，憂鬱地搖搖頭，又說了一遍："你們革命者都是些稀奇古怪的人。"

"你應該參加革命，"偉生說，"那你就不會那麼想了。"

品生扭了一下脖子，表示不贊同。在她看來，偉生是個巨大的史前哺乳動物，本能地爬行着和蠕動着，他的心無論如何同普通人不一樣。她奇怪蔚文怎麼會挑中了他。蔚文這麼做衹不過是把他作爲一塊墊脚石，那真是太可怕了。但是爲了什麼呢？她瞥了蔚文一眼，眼神中流露出明顯的不安的神情。

"爲什麼？"蔚文幼稚地問，"你怕革命者麼？"

"我不知道我害怕什麼，蔚文，"品生因爲緊張而感到疲勞，於是挺直了背，"當這城市被攻打的時候，我曾充滿了希望和活力，但是自從你們的人來了之後，日子就似乎是黑夜白天都被打亂了，成爲亂糟糟的一團。"

"但這是爲什麼呢？"蔚文問。"你一定得懂得這是革命，一切事物必然要變化。這就是變化。你總是抽象的去思考。你自己應該爲此作好準備。"

"怎麼準備呢？"品生問。

"舉例來說，父親也許無力來供給你了。"蔚文冷冰冰而又深謀熟慮地望着她。

"爲什麼？我父親好好的在漢口。"

"他們，我指的是左派，他們在叫嚷着打倒腐朽的買辦和肮髒的地主……"

"蔚文！"品生叫道，一脚踢開椅子站了起來，"如果你再這麼說，我就再也不理你了。人人都知道，我父親不是一個腐朽的買辦，也不是地主。"

蔚文看了偉生一眼，他正在吃第三碗飯，急急忙忙地用筷子把飯塞進嘴裏，飯碗把他的臉都遮沒了。她咬咬嘴唇，懇求品生坐下，保證她再不提這事了。

偉生啪脫一聲，把碗筷都扔在桌子上。他伸直雙腿，身靠着椅背，兩隻手都放在桌上，顯出一種稱心滿意的架勢。不久，他鼻尖微微一聳，站起身來，要走動一下，同時宣佈道：

"明天我要走了。"

"陳將軍還沒有離開呢。"蔚文提醒說。

"沒有。我估計他就會動身的。"

"你們到哪兒去？"品生問。

"他同第六軍到南京，"蔚文說，"我麼？我不知道。我猜想是一樣的。"

"明天？"

"你不該問，"偉生搖頭擺腦地說，"女人不應該知道軍事秘密。"

"別聽他的，"蔚文說，"他吃得越多，越忘乎所以。你最好叫堂倌來，老爺。品生要在六點以前回校。"

六

品生懷着異樣的憂鬱回到了學校。學校裏已經開過飯了，姑娘們都在校園裏，穿綠軍服的男青年與姑娘們在草地上徘徊、閑談着。學校規定，所有的來訪者，不論男的女的，這時候都應該離校了，可是誰也不想遵守這條規定。

品生向宿舍走去，當她走過辦公樓的轉角時，看見德生站在大樓邊門的石級上，一手拿着公文包，另一手手指夾着一支點燃的香煙。她向他走去，說：

"好極了，你還在這裏。"

"我剛來，"德生回答道，"你飯吃得怎麼樣？"

"啊哈！"品生厭惡地回答，接下去說，"我們找個地方坐下吧。你看見素貞了嗎？"他們走進大樓，又從正門入口處走出來，走到寬闊的人行道旁的草地上。那裏沒有那麼多人，他們便各自背靠着樹坐在草地上。這時德生纔回答她的問話：

"我要見見她,但是她没出來,我不知道爲什麽。你知道麽?"

"我想,她覺得她不應該單獨見你。你知道,即使她同我一起來與你會面,她也責備自己。"

"爲什麽?"

"她說這是罪過。"

"怎麽會呢?我不明白。"

"我想,這是因爲她愛你。"品生望着德生的眼睛説。德生眨眨眼睛,把目光移了開去。品生繼續道:"我想這是你們革命者帶來的氣氛鼓舞了她。我知道她要見你。現在她話也説得多些了,以前在男生面前她難得開口,現在似乎是另一個人了。她有時候快樂,興高采烈,有時候憂鬱、煩惱,悶悶不樂。她似乎失去她通常鎮静沉着的神態了,甚至毫無原因地獨自暗暗哭泣。"

"但是這怎麽會是罪過呢?"德生留心聽完他妹妹的話以後,堅持地問。

"唔,"品生嘆了口氣回答道,"我不知道這是不是基督教的思想。她覺得她比你低微得多,對你不能有所幫助。她認爲,她愛你就是個罪過,因爲你比她優越得多,你知道。"

德生不相信地搖搖頭,神情沮喪地説:"我相信,還有什麽別的原因。"

"當然,"品生附和道,"我不願意提到它,怕你不高興。素貞確實認爲愛你是一宗重大的罪過,因爲你已經有了妻子,她覺得她愛你就不啻要把你倆拆開。"看到德生本能地扭了一下脖子,頗不以爲然,品生繼續道:"我知道也許不是這樣的,但我不能與她評理。對她説來,婚姻是神聖的,是由神靈注定的。她認爲把自己擺脱出來,你和你妻子今後會得到幸福。可憐的素貞,她是在同自己作鬥争,也許也在同你作鬥争。"品生停下來觀察德生,看他怎樣反應。德生抱着頭,一隻手肘擱在疊起來的兩膝上,另一隻手不停地彈着煙灰。顯然,他很苦惱。品生改變話題問道:"那麽,她怎麽樣?我指的是三嫂。"

"同她父母住在一起。"德生不願多說,但他覺得妹妹要知道得更詳細些,就繼續道:"這是毫無希望的事。去年冬天,你知道我把她帶到北京去,以爲環境改變了,能使她成長起來。唉!那兩個月,同她一起住在旅館裏,對我真像是下了地獄,我倆幾乎成了仇敵。我本來打算帶她一起到廣州去的,可是我失敗了。"

"現在你打算怎麼樣呢?"

"你指的是什麼,女人還是革命?"

"我兩者都指,也許?"

德生猶豫不定地抽着煙,然後回答道:"我還不知道,但我想見見你的朋友。"

"要我現在去叫她麼?"

"哦,唔……"

當品生站起來要走時,德生搖搖手,繼續說道:"我想還是不要了吧,六妹。這會引起她更多的煩惱。再說,天黑了,我得馬上走了。"

品生往後一靠坐了下來,奇怪地望着她的哥哥。她不贊同地挖苦道:"那麼,你覺得見見她也是宗罪過麼?"

德生溫和地帶着譴責的神色看了她一眼,改變話題說:"我要暫時把它擱一擱,我們來談談你。去年夏天,你似乎對革命有許多想法,現在你還是這樣想嗎?"

聽了這話,品生忽然覺得有一種要迸發出來的欲望,所有對局勢的一切憂慮,都湧上了心頭,她挑戰似地望着哥哥:

"那正是我要問你們革命者的事,你倒問起我來了,那就談談你們這些人在幹些什麼吧。現在,我想,我能照料自己了。"

德生知道他妹妹被事態的發展弄得迷惑了,他把疊起來的兩條腿伸直在草地上,並說出他長久以來心中所形成的想法:"很清楚,我們提出革命是爲了要改變現狀。現在,這種變革出乎我們的意料,那就是正在發生的事情,我想。"

"你說的是什麼意思?"

"哦,"德生消沉地回答,"我的意思是,改革對我們說來是完全必要的。但是改變本身是一匹無韁的野馬,它一旦跑動起來,最後勢必是弄得筋疲力竭,直到完全崩潰。我擔心的是這個。"

"出了什麼事,你能告訴我嗎?"

"我還不知道,"他回答道,"你和我是同樣出身。我能説的衹是,同情你的焦慮。"他憂鬱地評論道。

"那可還不是問題症結之所在,"她激動地説道,"如果你們允許改變超過你們所料,這就是説,你們不知道什麼地方應進行改變,什麼地方你們不應該進行改變。革命有没有一個目標?"

"有許許多多目標,但似乎没有人知道哪一個目標是最終的和最有意義的。盲目的潮流在支配着一切。我覺得不再是改變,而是破壞了!"他痛苦地咬着他的嘴唇。

"就是這樣麼?"品生説。她對革命曾抱有強烈的希望,即使現在,當她在變革中感到迷惑的時候,也仍然有時從中得到巨大的鼓舞,並且希望通過認識革命進而認識一個新世界。她不願意把這巨大的運動僅僅作爲破壞性的而加以放棄,但是德生的話却使她更加喪氣了。她垂着的頭,也反過來影響了德生的沮喪情緒。

德生從地上站起來,把他妹妹也拉了起來,悲哀地説:"你知道,品生,我從來不是革命的宣傳家,但我也不是反對革命的宣傳家。不,我永遠不會那麼做。你以前曾説過,你需要對信念真正的理解,那你衹能通過自己的努力纔能得到。別讓我的話使你泄氣,也許有一天,我得向你學習。"

品生舉眼望着他。天漸漸黑了,在一塊塊藍色的影子下,他的瘦削的筋疲力盡的臉,像是正在消失中的幽靈。她想到偉生,後者對於虚榮的滿足感,閃現在她腦海中。她兩個哥哥的對比,也使她感到沮喪。

七

　　品生那一夜在牀上絲毫沒有睡意，她凝視着門旁的牆上頻頻晃動着的光禿樹枝的影子，像一支看不見的畫筆隨着樹枝移動而慢慢地繪出了一幅圖案，異乎尋常的純潔，可惜不久就被弄亂了，變成一幅似乎未織成的板滯的地毯。畫筆仿佛搖曳不定，一會兒像地毯撕破了，影子相互吞噬，看起來又似是對自己的所爲發出哀號。

　　她瞪視着這些樹影，思想的輪子不自覺地轉動着。長久沒有憶及的往事，像一幅幅畫片似的在內心閃現。她同蔚文和偉生在那豪華的飯館裏吃飯的場面，似乎彼此毫無關聯地在她心裏反復出現。然後，姑娘們剪髮，換上粗布衣服的畫面；穿綠軍服的革命者，他們的演講及其手勢的畫面；革命者之間相互攻擊的畫面；德生舉行婚禮時孫裕興和邱巨福在她家作客的畫面；孫裕興在她家裏說林宗元離開學校及其伯父的畫面……這一切都在腦海裏一閃而過，消失了又重現。有時候，革命者到學校的畫面又插了進來，混在一起，模糊不清，接着又破碎了。所有的畫面，對她似乎都是難以解釋的，是一個負擔，一個解不開的結。每幅畫之所以冒出來，似乎是要告訴她一種什麼意義，然而却又什麼都沒有解答。

　　她起牀把百葉窗都關上，然後又回牀上，枕着枕頭回憶北伐軍到來之後她自己的思想演變。北伐軍進城時，她覺得是多麼的不同啊，所有士兵和軍官都顯得聰敏、有朝氣，懷着偉大的理想。他們與北方的軍隊根本不同。他們每個人，連最普通的小兵都似乎懂得非常之多。他們的綠軍服、皮帶和公文包，全都是理想與敏銳的智力的象征。他們似乎是忠誠的信使，來宣告一個沒有愚昧、醜惡與自私自利的新世界的到來。舊中國的莽原被可怕而神聖的十二級颱風所翻滾起來。人們的衣服，仿佛被風力吹到數裏之外。雷鳴般的轟鳴，就在人們的手指尖上爆出。想到這裏，她仿佛看到人們把一個新生的嬰兒拋向空中，讓他創造性地在週圍揮舞着。人們似乎凌風飛翔，貪婪地呼吸着突如其來的新土地所散發的永恆的芳馨。哦，光明，這神聖的呼聲，一支非常非常偉大的樂章，她的全部忠誠與信心，都應該深入地沉浸在這支偉大的樂章之中。長期以來，基督教教育與早期家庭教養之間的矛盾，如今隨之消失了，一個目標似乎正在邁步進入她的內心世界。她正在擺脫過去舊家庭對她的寵愛所形成的自我驕縱習氣。多年來，像一個夜行者在被束縛於學校與家庭之間，而又要逃避這兩者，於是她不得已而在學校與家庭兩者之間穿梭來去，她一直要求有一個屬於她自己的巨大目標，並且要越過這混亂的凹凸不平的道路，以期取得初步成就。就在革命軍進城的第二天，她就自願報名到學校隔壁原先是教會醫院的軍醫院服務去了。

然而，"革命"是個多麼千變萬化的萬花筒，是個多麼廣泛而又虛幻的字眼。扔掉你的衣服，換上軍裝，走出學校，拋棄你的父母，取得個丈夫。衣服與革命有什麼關係呢？鮮花有什麼不好？色彩犯什麼罪？人們爲什麼不應去上學呢？父母爲什麼應當被拋棄呢？弄到個丈夫就是革命了麼？這一切欺詐是爲什麼呢？上飯館去，大菜是革命的，中菜是封建的。少校、上校、有男子氣的女人、反動派，打倒這個打倒那個，彼此打倒，每個人沒有頭，沒有四肢，像段木頭似的滾過去。沒有人停下來問一問：他們從哪裏開始，要用革命來建立什麼？這其間，蔣將軍的部隊在贛南屠殺工人，就像北洋軍閥一樣，士兵們喝醉酒在街上打人。人們對這些革命軍又開始關起門來，就像他們過去對付北方軍隊一樣。這種欺詐，這一片混亂，這一連串問題，這一大群人在走，走向哪裏？魔鬼在虛空中跳舞，目標在哪裏？它是什麼？一年前這些青年們所談的變化，哪一件是真實的？或者，它們全都是真的而又全都是假的？這一切，難道是一個彌天大謊，一個轉瞬即逝的化裝舞會麼？

這些思想，使她激動得發熱。她扔開棉被，打開百葉窗，牆上不再有樹影了。她坐起來，倚在牀旁的牆上，轉眼向外望去。每一件東西，在透射進來的藍光照耀下，像刻出來似的，隱約中仍很清晰。雖看不見月亮，但它傾瀉着冷寂的寒輝，在靜默無聲的氣氛裏，使人感到可怕而沉悶。鄰牀的素貞，發出低沉的聲音，臉扭曲着，像一幅破碎的圖畫；她轉了個身，臉朝另一面，繼續睡着。她的焦慮使她疲勞了。金水英睡在房間的另一頭，兩隻手臂靠在枕頭上，象嬰兒似地甜蜜地睡着，大南瓜臉埋在雙臂中間，圓圓的臉上顯出從未有過的天真無邪，感到很滿足。她的滿足到底是因為她發現了革命，還是在軍醫院裏找到了丈夫？突然，品生心裏想到，要知道林宗元對革命會有什麼想法。這個思想，頓時使她感到很苦惱。

但她現在沒有控制自己的打算。當城市被占領的第二天，林德格侖的女生被革命軍動員到醫院去，品生是其中之一。這是她第一次去看傷兵醫院。從大門的狹窄過道開始，到處都是傷兵。有的在地板上冷得發抖，有的靠牆坐着，還有更多人蜷縮在板凳上，因痛苦和發怒而吼叫着，咒罵着。在這裏，潰瘍穿孔的傷口和久未換繃帶的難聞的氣味發出惡臭。品生立即拿手帕堵在鼻子上，眼睛半閉着從傷員中間走過去，免得看見打得粉碎的膝蓋和流出來的紫綠色的膿汁，以及在上面嗡嗡地叫着的蒼蠅。這個地方有着大大小小的傷口，黑色的和綠色的，露出來的和包扎起來的，就像一個破碎肢體和軀干的巨大收藏所。所有的臉，像是一幅不斷展現的畸形、酸楚、恐怖、痛苦和孤獨的畫卷。這種痛苦與一切人無緣，却緊緊地纏住這些受難者。特別使她吃驚的是，她半閉的眼睛看見一道狂熱的憎惡的綠光，從一雙銳利的眼睛落到她身上。她幾乎叫出聲來，本能地用雙手遮住了眼睛，但即刻又挪開雙手，向那人回看過去。這一發現，使她既高興而又驚奇，這是林宗元，就是據說拋棄了他那可憐的家人，並從德雷伯學校出走的那個青年。他現在坐在教會醫院沒有完工的門廊的地板上，裹着一件肮髒的綠色棉軍大衣，雙手把大衣的翻領緊緊捂住以抵禦寒冷，雙腿在前面交疊着。她從他的大衣下擺看到他的右腿裸露並且冷得發抖，腿的中間部分包着幾條綠色布條子。那些布條子有一部分因為血漬而發硬，變成暗紅色，血漬週圍有一圈像黴菌似的灰色的東西。他的臉鐵板着，頭昂起，望着別處。他的雙肩縮在一起，在寒冷中發顫；雙頰凹陷得怕人，一簇頑强得像灌木叢一樣的綳硬的年輕人的鬍子，顯然好幾天沒有刮了，這使他的下巴過分地突出，像一團堅決而陰鬱的怒火。她認為他肯定對她反感，因為她對他的可怕的傷口流露出憎惡的神情。她走近去要同他說話，但他已掉頭他顧，堅決不回過頭來。他不斷地神經質地拉拉大衣的下擺，要遮住那隻骯髒的裸露的腿。對這景象，她半是傷心，半是惡心。可是，毫無辦法。如果她大膽地去同他說話，他會罵她，並把她趕走，從而更增加她對這地方的恐怖感。她立刻轉回身走出了醫院。第二天她再去，林宗元再也找不到了，也許他被轉送到別的醫院裏去了。品生也不再到這個醫院了。現在，她感到有一種強烈的欲望要見見這個人。他像月球上黑色的裂縫一樣神秘，像火一樣熱烈，她在他身上覺得似乎有一種潛在的敵意，但難以確定這是否是特別對她的，還是僅僅是一種像他的頑強的鬍子一樣，是一種神秘的不可抗拒的力量。她同他見面次數不多，不過幾個小時光景，但是這個人所留下的每個印象，就像雕刻刀刻下來似的。他像流火，像天空的烏雲。她知道自己喜歡他。有時候，她覺得他也喜歡她。但他們每次遇見時都把機會放過去了，使她不能更了解他。她失去了頭一天在醫院裏的那個機會。但是那時為什麼不抓住他，深入了解他的思想感情，剖析他，使他不得安寧，從他身上拔掉他所不承認的那種傲慢和怨恨呢？或者，假使同他在一起，屬於他，崇敬他，愛他，是的，愛他，愛上一個人，即使他是一個陰險的惡魔，又有什麼錯呢？但是現在他在哪兒呢？他在做什麼呢？還是個革命者麼？卸去了背上的社會鎖鏈了麼？不屈不撓麼？仍抱着幻想，反對顧慮與懷疑，敢於在風暴中前進麼？是在群眾中過着革命的生活麼？他現在在想些什麼？或者他也受着痛苦的折磨，受着傷痛與貧困的磨難，並且受着風暴所驅使的魔鬼的刺傷而流血麼？那些魔鬼沒有頭沒有四肢在那裏跳舞，他因此而沉到悲痛的、憂鬱的深淵去了麼？

"哦，胡說。"她大聲喊道。

"什麼？"有人問。

她靜靜地聽着。一切復歸於安靜。早春的樹影落到房門另外一邊的牆上去了，時停時動，却沒有形成一幅圖像。

八

到三月初，學校集合了中國籍教師開始新學期的工作，由於沒有外國教師，高中有些課程開不出來，不然的話，就不會有什麼變化。以國民黨右派爲首的南京新政府，也不來干涉。從通常那種寧静的角度來說，學校生活雖說還不算正常，但至少走上常軌了。革命者很少走到學校的講臺上來了，教會學校聖潔的大門謹慎地關閉起來，不讓小伙子進來了。看來，生活仿佛像被攪混了的池塘，又平静下來了，它曾泛起過原來沉澱到池底裏去的渣滓。

可是情況不盡如此。人的本性湧現出來，如同在急流的洶湧中躍過生活的瀑布那樣，在生活的激流中需要有一個新的立足點，得以在一個動蕩的社會懸崖和深淵之間有回旋的餘地，不致在動摇、混亂、撞擊中陷落下去，人類賴以呼吸的、生命攸關的、最有活力的分子微粒，依舊在平静地進行非常艱苦的進軍。

黄小姐發現有六個學生據說是參加革命去了。她們隨着部隊到南京去，到漢口去和到別的尚未知道的目的地去。六個人中，兩個是六月一日就要畢業的高三班的，這個班級包括品生和素貞在內，一共祇有四個人。以前她們把高中畢業文憑看得比一切都重要，現在却把它咒駡爲鎖鏈，是奴隸的執照。黄小姐傷心地哭着，悲哀地絞着雙手。她懇求其他高年級同學幫助她說服她們的同學別走了，她擔心別的學生會仿效這六個離校的姑娘而紛紛走掉，那學校就完了。

"我看不出我們有什麼辦法使她們不走，"素貞和品生從黄小姐的房間裏退出來的時候，素貞對品生說，"這真是個難題。"

"我們到廚房去，"品生不理會素貞說的話，"三哥要問我燒鷄味道怎麼樣，如果我說沒有嘗過，他會不高興的。"

素貞想問問德生的情況，但她沒有問，相反地說："那麼，你連關心都不關心這事？"

"老實説不關心。去吃我們的燒鷄，要有興趣得多了。"

金水英胸前抱着一個大包袱向她們跑來。她的南瓜臉閃爍着紅光，一雙小眼睛流露出内心歡樂和得意的神色。一看見她的兩個同學，就把包稍稍向前推一推，把腰挺直，像一個勇敢的士兵似地踏着莊嚴的步子，嘴角慢慢地流露出蔑視的神態，顯然是瞧不起她們兩人，認爲她們是自私自利的人。

"咦，"素貞當水英在她們身旁走過的時候，突然説道，"你忙什麼呀？連看也不看我們一眼，我們難道是反動派麼？"

水英忍不住哈哈大笑起來。她説："你没有看見我抱着這包袱麼？革命軍要開拔了，我没有空，有許多事情要做，受訓，上課，開會，向父母辭行，現在正在收拾行李……我幾乎連吃飯的時間都没有。"

"你父母認爲怎麼樣呢？"

"嗳，他們可不喜歡。我姐姐也不贊成。但我有什麼辦法呢？人人都受着窮困的煎熬。現在我知道我不應該同我姐姐吵架了。她跟我一樣受剥削，我們應該團結起來鬥争，必須推翻壓迫者。"她的一張大臉像面旗子似地昂揚着。

"這是什麼？"素貞摸摸包袱道。

"革命軍軍服。"水英把它抱得更緊些。

"你是説你打算在學校裏把它穿起來麼？"

"是的，在我們離校的那天。人人都有一套，我的一套緊了些，要翻開來看看，能不能把它放大些。"

"你什麼時候走？"

"再過一個星期。革命軍兩天後要開拔了，我們那時必須到那裏去了。"

素貞悲傷地望着她説："哦，你真的要走了，離畢業祇有兩個月了，水英，你爲什麼不能等到畢業呢？"

水英得意地笑了，説："那對我算什麼？一張將給我六塊錢一個月的廢紙。不，素貞，你完全錯了，你就像春蠶吐絲，結繭自縛。我們的問題，祇有在國家的問題解決之後纔能解決。現在我懂得了，別指望有錢的反動派會幫你什麼忙，他們全都是騙子。"品生一直冷淡而蔑視地望着，她顯然譏刺了品生一句，然後繼續道："我現在必須走了，今晚城裏有個訓練班，我必須到那裏去。"

這兩個姑娘向樓下走去。素貞問道："我們到哪裏去？"

"到厨房去。"品生答道。剛纔當水英在說話的時候，她曾爲自己對燒鷄的興趣感到羞愧，現在她發怒了。她繼續道："愚蠢！廢話。"

素貞嘆了口氣，說："你太過分……品生。她不是像你所想的那麼愚蠢，總有一天你自己也會產生煩惱的。"

她們走進女生們放私人食物的那個房間，拿出鷄來一撕爲二，就站在窗旁吃了起來。

"我有個想法，素貞，"品生突然停止吃鷄，說道，"我們來舉行一個全校的女生會議，我要告訴她們，參加革命是錯的。"

"她們一定會說你是個反動派。"

"不，我要告訴她們在這泥濘的漩渦中的極度混亂，總的形勢是沒有目標，盲目而膚淺。我們的翅膀必須堅強而自覺。把她們扔進泥濘裏去是罪惡的。"她用力地揮動鷄腿來加強她的語氣。

"我認爲你做不到，"素貞猶豫地回答道，"她們並不糊塗，聽聽水英的話吧，她說她的問題祇能由革命來解決。我想那可能是真的，她在這所學校裏耽下去是肯定沒有前途的。我們勸不了別人安下心來，因爲我們不懂得這場革命。你總不能說：因爲我糊塗，你們這些人也一定糊塗。"

品生大笑了起來，說："你這話牛頭不對馬嘴，我沒有這個意思說這個話。"

素貞也笑了，說："我們也許要給她們舉行個送別會，你以爲怎樣？"

品生一面咬鷄腿，一面點點頭。她說："也許你也要成爲革命者，兩條細細的腿穿着綠色的棉軍服，使人感到像隻老母鷄。"她斜眼望着她的朋友，半嘲笑半幽默地説。

"没有希望，"素貞回答道，"順便説起，同這隻鷄一起送來的包包是什麼？"

"我没有打開過，"品生説着，把鷄骨頭扔進一隻没有蓋的大垃圾桶裏去，"他説今天下午晚些時候來拿這包袱，我們最好在他來之前看看他的秘密。我看他没有理由用蠟把它封得那麼緊，蠟上印的是第一軍政治部。我們去看一看吧。"

"但這不是給你的，我們不應該打開他的包袱。"

"啊呀，没關係。來吧。"

兩個姑娘上樓到她們自己的房裏去。水英走了，顯然是試穿過了她的新軍服。她的牀在素貞的左面，牀上散亂地放着加襯裏的綠色棉短上衣、褲子、皮帶、一頂綠色的棉軍帽和一隻皮帶很長的長方形公文皮包。品生看着這些東西，感到心裏跳動着，像革命軍來的時候那樣跳着。她説："也許我三哥在那包裹也給我送來套軍服，别以爲她是唯一能參加革命的人。"

素貞大笑了。她説："你是個奇怪的人，一會兒這樣，一會兒那樣。很快你又會又叫喊着要飛走了。"她很快聽到品生嚷道：

"瞧，真奇怪！"

攤在品生牀上的是一件黑棉襖，一條黑褲，一根白色的棉紗繩，它們全都是穿得破舊的男人用的衣服。此外，有一把深褐色的鬍子和一頭用於蓋頭皮的假髮。一個小紙包裹包着煤煙灰。

兩個姑娘不知所措地面面相覷。

"這什麼意思？"素貞緩慢地説，"他要到什麼地方去演戲嗎？"

"我不知道，"品生説，"要是真是這樣，我要問他要兩張票。"

九

近黄昏時分，德生來找品生了。她拿着包袱跑下樓去，走到主樓前。

德生在長長的過道中來回走着，手裏拿着帽子，頭低垂着，顯然心事重重。他迎上前來接她，並説："哦，我很高興你把這個包袱帶了來。我忘了告訴傳達，叫你帶這個包袱。"他從她手裏接過包袱，走進會客室。

房間裏另外有兩個年輕人，孫裕興高大而難看的身子，俯伏在另一個坐在柳條椅上穿着軍服的人身上，似乎非常關切地在同這人談話。在蒼茫的暮色中，過了好一會兒，品生纔發現那另一個帽子低低地壓在眉毛上的人，正是林宗元。他緊鎖着眉毛，不停地吸着煙，靜靜地聽着，仿佛是在思考着。品生突然見到宗元，幾乎大吃一驚。他看見她走近來了，向她謎也似地一笑，仿佛在説："啊，我們在這裏又遇見了！"

德生徑直向宗元走去，把衣包遞給了他。德生發現這個衣包打開過了，便轉身對着品生嚴肅地問道："誰打開過衣包的？"

"是我，三哥，"品生羞愧地回答道，"我以爲這是你的哩。"

"你必須小心，六妹。"德生用告誡的神色望着她。

"那没關係。"宗元起身説："這個城市還不那麼壞。我衹是要更加小心些。順便説，我要找個换衣服的地方。"

"你的意思是，你要穿上這身衣服麼？"品生問道，禁不住臉紅了。宗元有點不好意思似地點點頭，又微笑了。

"我去看一下。"她説着就出去了。過一會兒，她回來報告説，地下室裏有個房間開着，如果不開燈就不會有人注意。那個房間可以用，她能帶他到那裏去。

"你認爲怎樣？"裕興對宗元説，"我們能在暗中换麼？"

宗元看了一眼這衣包，回答道："我想是行的，衹是頭髮部分有些難辦。"

"我能給你們去弄一個手電筒和一面鏡子來，"品生自告奮勇説，"你們用手電和鏡子的時候，可以把百葉窗關上。"

"那就好極了，黎小姐……"

品生已經飛跑似地轉身奔出了房間。一會兒她就拿了這兩件東西來了，微微喘着氣。宗元衷心地感謝了她，便轉向德生，目不轉睛地注視着他，伸出手來說："好吧，德生，我現在應該跑去搭夜班火車了。你回漢口去，是嗎？我們可能很快會在那裏見面。"

"到我家來看我，宗元，"德生握着他的手回答，"你有我的地址。我至多十天就會在那裏了。"

"好，我一定去見你，"宗元簡單地同意了，又轉向品生說，"請你帶我去吧，黎小姐。說實在的，我從來沒有想到過會在你們學校裏換衣服。"

除了德生之外，三個人都走到地下室去了。他們憑着窗子透進小房間裏的微弱的光，小心地走着。在這房間裏，品生來校以後曾同素貞作過第一次嚴肅的談話。他們把百葉窗全都關上。品生把手電和鏡子放在一張桌子上說："你們可以在這裏換衣服。我到外面去看望着。"她不等回答就轉身出去，把門關上了。這整個事件突如其來，不可思議，她不知道發生了什麼情況。但是三個男青年臉上的神情顯然說明事態的嚴重性，她很高興有機會知道這事。

過了一會兒，房門吱吱地響了，這兩個青年幾乎無影無聲地出來了。品生在黑暗中聽見輕輕的一聲呼聲：

"黎小姐。"

"是，我在這裏，"她說，"別擔心，校役全都回家了，近來不會有學生到這裏來。你們現在要離開學校，是嗎？"

回答是肯定的。

"那麼把手電給我，"她說，"我們可以從教堂下面走後門出去……"兩個男青年順從地跟隨着她，隨着手電筒的光轉了幾個彎，來到教堂下面的雙扇門。品生在門前站住，推推門，是掩着的。她說："以前這雙扇門都上了鎖，但現在學校裏似乎沒有人管了。你們可以從這裏出去。你們認得校園的後門吧，是嗎？"

"是的，我們認得。"裕興回答。

"那就再見吧，黎小姐，"宗元說着伸出手來，"我可以同你握手嗎？"

我希望再見到你。"

品生覺得握手時她的手被熱烈地捏着。她覺得整個臉上發熱，說不出一句話來。她站在門旁，看着這兩個影子消失在樹林之中。"那麼，再見吧。"她低聲說。

當她回到會客室時，德生在房間裏踱來踱去。品生一屁股坐到椅子上，傷感地說："他們走了。可是，你甚至從來沒有告訴過我你認得他。"

"他兩天前纔告訴我，以前也從來沒有告訴我他認識你。"德生回答說，也重重地坐在一張柳條椅上，椅子吱軋一響。他繼續說："一切都好麼？"

品生作了肯定的回答，接着問道："爲什麼這麼神秘？林宗元有危險麼？革命軍剛來的時候，我在醫院裏看見過他。他受着傷。我以爲他現在還是個革命者呢。他不是了麼？"

"哦，是的，他是革命者，也許革命得過頭了，他遇到了麻煩。"

"這怎麼會呢？"品生不耐煩起來了，"你就像我們的收地租的老賬房，說話老是吞吞吐吐。"

"這干你什麼事，小姐？"德生嘲笑地說，"你確實太着急啦。"

品生臉紅了，咕噥地爲自己辯白了幾句。德生松弛了一下，變得從容起來，說：

"別着急，我說說笑話，這是我要告訴你的壞事之一，他是個革命者，但是別的革命者却要殺死他。"

"爲什麼？"

"我不知道確切的原因，"德生吐了一口長氣說，"他一出醫院就被派到一個地區去組織工人。我猜想，他是國民黨的左派。但是這個省和這個城市是在蔣將軍的人控制之下。據他說，那個區域的反動派抓了他們的幾個人，他也在黑名單上。實際上，我知道這不是北方的反動派，這是同一個南方的革命派，像我這樣的人已經同他們一起工作很長時間了。"他垂着頭低聲地說這些話，一長條香煙灰掉在他的褲子上，他用指甲彈彈褲子，站起身來，說："別理會這些事吧。這事說來話長。也許，我現在應該走了。素貞來嗎?"

"你沒有找她,"品生漫不經心地回答,一面焦急地望着他,"你想會出什麼事吧?"

"你指宗元麼?"

"不,是的,"她說,"嗯,這革命呢?"

德生慢慢地向房門走去,雙臂抱着,點燃的香煙夾在手指中間。當走到房門時,又回過身來,望着他的妹妹,問道:

"你對革命想得很多,是麼?"

"我想是的,"她說,"但它似乎越來越可怕了。林君是個壞人麼?"

"不,你爲什麼會這樣想?"

"那爲什麼革命派要殺死他呢?他們爲什麼要相互指責自己呢?"

德生感到一陣極度的痛苦。他把半截香煙扔到地上,用脚踩熄,撿起來扔到字紙簍裏。然後,回到門旁,用一種非常平靜的語調說:"以爲革命祇殺壞人,這是錯誤的。以爲革命祇幫助好人,那就愈加錯誤了。我告訴過你,各種目標在這場革命中彼此鬥爭。坦白說,我不知道中國到哪兒去,妹妹!就我來說,我要向所有革命永遠告別了。"他用眼角瞟了一下品生,似乎流露出一種神秘的、奇怪的眼色。然後轉身去望這座樓通向宿舍的邊門,慢吞吞地、幾乎是自言自語地說:"我猜想她是不出來了,也許那更好些。今天晚上的事別告訴她。"他走出去了。當他們來到正面入口處的時候,他止住品生說道:"你知道我明天動身回家去了,對嗎?"

"你告訴過我的,"她說,"但是你真的這麼快就要去了嗎?你不能等等我嗎?"

"你現在要離開學校麼?"

"哦,唔,"她靠在門框上,呆呆地望着,"這學校不像學校,生活似乎是那樣平凡而沒有意義。"

"也許你現在找不到一個像樣的地方了,"他說,"反正,我必須走了,替我向素貞告別吧。"他走下石級,一面走一面說:"也許我不需要到別處去了,也許錯的純粹是我,所以別讓我打擾你的平靜。"

品生同他一起走下石級,站在拱廊旁邊,看着他消失在彌漫着蒼茫的暮靄裏。這遮蓋一切的黑暗,似乎緊壓在她心上。在沙土的走道上,不知哪裏傳來一個微弱的聲音,輕重不一,吱嘎吱嘎地響,像腳步聲。她仔細聽時,又什麼也沒有聽到。她沿着通向校園後門的桃樹蔭的小道走去,後門悄悄地關着,仿佛從來沒有人從這裏出去過似的。她靠着門靜聽着,也聽不出腳步聲。去了,他去了,他們全都去了,到各地方去或者流浪漂泊去。她覺得自己一切都靜止了,內心像蛆蟲在不停地嘴嚼,又像睡夢中的夢魘,永遠在掙扎,從來沒有真正地醒過來。是什麼在阻擋着呢?這是真正地追求革命麼,還是本能地執着於已習慣的和已熟悉的事物呢?地心吸力是在足底下,人是大地的產物。

孫裕興和化裝成叫化子似的林宗元,從林德格俞地下室出來,悄悄地走出學校的後門。

校外是一片不整齊的院落,教會人士、中國基督徒、教師們都住在那裏。他們大多數已在南軍到來之前到上海去了。沒有一所房子有燈光,顯得像幽靈似的荒涼。走出這片院落,他們在無數黑暗的小巷子裏穿來穿去,避免引人注目。裕興對情況有多大的危險性毫無所知,他同一個逃亡者在黑暗中,在荒涼的巷子裏,繞來繞去,這種奇異的氣氛,使他緊張而不安。他常常偷偷地向週圍和後面張望一下,並且把腳步聲放得最輕最輕。

宗元在暗中握住他的手說道:"奇怪,是麼?"

"我很緊張,"裕興抱歉似地回答,"像你這樣生活要很久吧?"

"不完全如此。這會使你很受刺激,是嗎?"

"這種生活還要持續多久呢?"

"我不知道,還剛剛開始呢。順便說,我想轉到通向石橋的那條街上去。"

"我原以爲你在避開街道,"裕興說,"幹嗎自找麻煩呢?"

"嗯,你知道,我的兩位老人家住在那裏。我祇想從窗縫裏張望一下。"

"哦,當然,我們走吧。也許你要向他們告別吧。"

宗元不作聲。他們走進了這條街。不知怎的,普遍的騷亂也影響了這些街道,外面幾乎沒有人,祇有一兩盞燈光。一些兵士叫喊着,大笑着,相互推推撞撞開着玩笑,空中留着一股酒味。裕興想他們一定是醉了。二人走到宗元的伯父家門前,離開幾步路站着。裕興看着宗元特別慢地走到門旁和窗前,將鼻子挨在窗框上,似乎要從紙糊的窗格裏張望着什麼,然後又走回來,站在燈光昏暗的窗子下,把耳朵貼在木窗框上,過了一會,又轉身回到門前,停在那裏好像要進去似的。他猶豫地站了好久,最後,幾乎像奔跑似地堅決地走開了。裕興跟在他後面,轉到了另一條荒涼的小巷裏去。

"你爲什麼不進去?"

宗元默默地搖搖頭,極其困難地、幾乎哀求似地輕聲說:"艱苦哪,裕興!"

"但是你爲什麼不進去?"

"我從廣東來的時候,看見過他們一次。現在賴甫斯通先生走了,我不知道他們怎麼過活的。但是,我沒有別的辦法,裕興。現在,我覺得我不屬於我自己了。"

"你能送些錢給他們麼?"

"祇要可能,我就寄錢給他們。從現在起,你知道,我不知道情況會變得怎麼樣。"

"你在漢口會有麻煩麼?"裕興感到擔憂。

"不,我想不會,"宗元的聲音突然強硬起來,"別擔心。我的意思是鬥爭將更加艱苦。就這樣。"

"你就一直幹下去麼,我是說,"裕興放低聲音變成了耳語,"幹這革命？"

"祇要需要就幹下去。"

"但你那兩位老人怎麼辦呢？他們老了。你連進去看他們一下也不去。"

"我去過。上次我伯父要阻止我離開，幾乎傷心死了。當我被學校開除，決定動身的時候，他確實瘋了。你知道我的伯父頭腦總容易激動。唉，我那可憐的伯母！嗯，裕興，我能說什麼呢？我想我是一個罪犯。對我伯父伯母說來，我知道我是個罪犯。裕興，我這麼說不僅僅是原諒自己。不管我有什麼借口來原諒自己，我伯母滿臉痛苦的愁容，總在我眼前出現。但是，一個為人民而鬥爭的、真正的革命者知道怨仇是什麼。我對我的所作所為毫不後悔。你記得孔夫子說過，最高的孝道是滿足父母的期望。對於我的長輩，我不是用物質的意義來理解它。我希望總有一天，像我家裏人那樣的窮人，不必為衣食而被踐踏在別人的足下，並且不必因此而發瘋，到那時候，他們的精神會得到滿足。"

"我知道你是對的，"裕興說，"那也是我一直在想的事。"

"什麼？"

"我的意思是為人民而工作使他們不受蹂躪。"

"你是說你要參加革命麼？"宗元在黑暗中望着他，眼睛炯炯發光。

"我懷疑那個，宗元，"裕興說着，搔搔頭皮，"為人民工作有許多方法，我喜歡和平的方法。"

"是的，人人都喜歡和平的方法，但是他們得不到。此外，這不是一個為人民工作的問題，人民應該有機會為他們自己工作。如果我的鄉親們有這機會，他們不必等待別人來為他們工作了，你知道。"

"我猜想你是對的。"裕興遲疑地說，"但是，你知道我這種人，我是基督徒。一個真正的基督，還沒有過真正的機會來實現他的理想，我想試一試。"

"他怎麼能得到這機會呢？那是個問題。"宗元說。

"我不反對革命。"裕興說。接着又道歉似地說："我祇是覺得我做不成一個革命者。我所要的祇是弄到一塊小小的地方，開始爲幫助窮人做真正好事的計劃。在一場革命中人死得太多了，太痛苦了，太殘酷了！如你所說，艱苦哪。"

宗元沒有作聲。特別在這個時刻，他剛堅決地從那對可憐的老人窗前走開來，這意味着什麽。這對於老人，是殘酷的，對於他自己也是殘酷的。一個真正的革命者，如他們所說，能承受無限的痛苦。

宗元很快問道："邱巨福現在在哪兒？他畢業了，是嗎？"

"他是去年畢業的。學校裏推薦他上燕京大學，他在那裏作爲一個工讀生讀書。"

"你怎麼樣？畢業後打算怎樣？離現在祇有兩個月了。"

裕興想了一會兒，說："這對我是要作出決定的難題。時局這樣動亂，像你這樣的人們，正在犧牲你們的生命。我想到青年會去做些工作。此外，這些戰爭，把我的家給毀了，可憐的老人在受苦。但我父親要我繼續讀書。強生先生建議，這個學校可以給我獎學金，或者進金陵大學或燕京大學。當然，現在是不可能的了。"

"哦，是啊，"宗元突然活躍起來了，"老胡子強生怎麼樣？我很抱歉給他造成許多麻煩。但是我決不對此後悔。"

"我想他後悔你離校，可是他從沒有這樣說過。忘掉他吧。他的心是不壞的。"

"唉，我能夠忘掉他。但我永遠忘不了他對我說的話。事實上這是絕大多數教會人士心裏對我們中國人的看法。"

"他們不是真想侮辱我們，你知道。"

"裕興，你了解我，"宗元說，"我不是想要報復。你知道在我拒絕受洗禮而又拒絕教書以後，他對我說了些什麽話？他說：'在你們拋掉你們的黑心腸之前，你們中國人永遠辦不成事！'於是他長篇大論地說美國是多麽偉大，因爲他們的心是兩樣的。即使他不開除我，我也不會在學校裏留下去。這種愚昧的惡意！這樣毫無遮攔的赤裸裸的敵視，表明他們對我們的輕視是多麽的深，多麽的出自天性！他們嘴上說人是平等的，實際上,在他們心目中,我們是在他們底下的,是另一種動物,爲了我們的存在,在精神上就得依賴於他們。對他們說來,中國不是人的土地。我不知道你怎麼能這麼容忍,我相信你有偉大的志氣。但是要記住,偉大的志氣需要偉大的土壤纔能生長。我們首先得有那種土壤。"

裕興沒有回答。他非常沮喪,覺得宗元偏見太深了。他們默默地又走了一會兒,來到了一個垃圾堆成的小土丘,上面長着一些灌木。宗元停下來說道:

"下面就是渡口了。你還是回去吧。"裕興要擺渡過去看他上火車,但是宗元堅持他留下。裕興在自己的幾個口袋裏摸索了一下,把幾張鈔票塞在宗元手中,說道:

"把這些錢拿着吧。你需要用的。"

宗元目不轉睛地盯着他看了一會兒,問道:"你怎麼辦呢?"

"我想父親不久就會寄些錢來給我的。反正,我住在學校裏。"

宗元拿了錢,握住裕興的手,說道:

"裕興,我不知道什麼時候會再見到你。也許永遠見不到了。如果這樣,請記住這話:革命肯定會在暫時之間,把人們驅向更深的痛苦之中。但是,在中國,人人長久以來就已經飽受痛苦,處於赤貧和卑賤的境地之中。指出某些事情是殘酷或邪惡的,並加以辯論,這是一回事;但是研究殘酷或邪惡的行爲,是怎樣產生的,並且怎樣纔能把它們消滅,這是完全不同的另一回事了。說革會殘酷,這是很容易的。但是允許一個不讓人們有機會培養他們高尚品質的可怕的制度,聽任其滲透,那是再容易不過的了。我們無處來躲避這個事實,必須面對它。基督教,和善的心腸都絕不能使我們躲避它。要知道,我們被剝奪到如此露骨的地步,進行堅定而最終的鬥爭是多麼的可貴!再見吧,裕興。"他轉身快步登上了小土丘。

裕興望着在移動中的宗元的背影,過了一會兒,也跨出步子,慢慢地跟着走去。當他登上小土丘的頂上時,宗元正奔向渡口。裕興站住了,遙望着,很快就看不見他的朋友了。他站在垃圾堆的土丘上,集中注意地、徒然地注視着江面，想看到宗元的身影。突然，一滴冰冷的淚水掉在嘴唇上，他急忙地拭掉它，並把眼睛抹乾，慢慢地轉過背來，喃喃地說：

"也許，我能到漢口去看一看。"

第六章　潮流轉向

一

晚上下着暖和的濛濛細雨，雨季似乎開始了。每天，人們好像被封閉在面粉廠裏似的，在灰白色的面粉似的雨絲中走動。革命者終於捨棄了林德格侖女校，女生們越來越沒有興趣到傷兵醫院去了。有兩三個星期，德雷伯中學的男生和幾個林德格侖的女生，想通過自我教育，極力把形勢搞清楚。可是，像孫裕興和黎品生這些少數人的努力，似乎敵不過懶散氣氛的侵襲，他們所發起的座談討論小組，像早熟的蓓蕾那樣枯萎了。

至於素貞呢，當她知道德生離開之後，愁苦地沉默了好幾天，雖然她被勸說參加了討論小組，可是內心裏却隱藏着創傷和疾病所帶來的肉體上的痛苦；她因患流行性感冒躺在牀上，顯得更衰弱，並且感到更悲觀了。後來出了醫院，她簡直不去上課了，教室的紀律再也不像打仗前那麼嚴格了，她把大部分時間花在刺繡上。品生則似乎以主要精力來閱讀國民黨左右兩派的全部宣傳品。然而很快，左派的宣傳品頓時消失了。據說除了爲蔣介石總司令所領導的南京新政府吹噓的宣傳品外，什麼也沒有了。而漢口的政府則被指責爲叛逆。

一天，品生被學校當局叫去了。她去了很久，素貞對她的朋友遲遲不回來覺得很奇怪，她習慣地拿起刺繡袋，往主樓走去。然而，品生不在辦公室裏。別人告訴她，品生接到漢口來的電報，也許家裏要她離校回家去。

素貞嚇了一跳。品生怎麼能在這個時候走開呢，怎麼能讓她一個人單獨留在這個正在解體的學校裏呢？她到樓上高年級教室去，那裏祇有幾個女同學在聊天，吃花生，她們誰也沒有看到品生。她站在門旁，刺繡架掛在手下，奇怪地感到：出了什麽問題呢？

"你要找她幹什麽呢？"有人問道。

"没什麽。啊，我知道她一定在那……"話没説完，她若有所悟地迅即轉身往樓下走去。

果然，在她和品生星期天常去做功課的那間小小的地下室裏，看到品生坐在一張椅子上，像釘在架子上似地木然對着窗户發呆，每根神經都似乎因恐怖與敵視而緊張地豎起來，陰沉的臉色古怪地緊繃着。過去那兩片生氣勃勃的嘴唇，現在死氣沉沉地，像冰冷的玉石那樣突出來。顯然，這姑娘被什麽致命的、難以想像的、隱蔽的東西傷害到骨子裏去了，正在一個充滿着恐怖與憎恨的虛幻世界裏鬥爭着。

"品——"素貞被當前這景象嚇壞了，在半掩的門旁輕輕地叫了一聲，但没有得到回音，她就更響亮地叫道："品生！"

品生像被利箭射中似地跳了起來，轉過身來對着素貞，灼熱的眼神充滿着恐怖和仇恨，仿佛每根頭髮都豎起來似的，左手本能地捏碎了什麽東西。

素貞爲之沮喪。她想，還是走開吧。但她仍站着注視了一會，然後結結巴巴地説："我是素貞。很抱歉。我可以進來嗎？"

品生似乎終於認出了素貞，像死人似地又倒回椅子上去。素貞走了進去，小心地一步步走到窗前，面對着她的朋友。她看見品生的下唇痙攣地顫抖着，向後仰着頭，睁着兩眼，極力克制着眼淚，避免它掉出來；手指裏捏着一團捏皺了的紙，仿佛要把它撕得粉碎似的。素貞知道，這團捏皺了的紙，定然是那份使品生失去理性的鬼電報。她把雙手倚在窗框上，感到無能爲力，不知道説什麽好，做什麽好。最後，她決定從她朋友不停地揉着的手中拿下這張紙來；可是當她去拿這團紙的時候，品生不覺一顫，不讓她拿。這時，這姑娘嗚咽地喊道：

"我父親被捕了！你要了解些什麽？"品生把頭伏下來，靠在椅子的扶手，上，抽抽噎噎地啜泣。素貞上前抱住她，含着眼淚，用雙手摇着這姑娘："哦，多可怕！哭出來吧，放聲哭吧！别悶在心裏。哭啊！品生，哭沒有什麼可羞愧的。"

過了一會，品生克制住自己的感情，挑戰似地站起來，說道：

"我們走吧。"

"去哪兒？"

"去收拾行李。我明天回家。"

"我同你一起去。"素貞覺得，品生回去是沒有什麼用的。但是，她知道品生不會這麼想，因而就不多說了。她現在唯一的努力，就是給她的朋友以慰藉。可是品生並沒有聽見她要陪同一起去，祇顧拼命地走出來。素貞默默地跟在後面，心裏感到極悲痛。她要改變她的朋友的心境，然而，她發覺這簡直是不可能的。

她倆回到宿舍裏。品生即徑直向儲藏室走去，也不請人幫忙，就把自己的幾隻大箱子拖回寢室裏來，立刻收拾行李。素貞默默幫着她，看了一會，忍不住問道：

"你真的要走嗎？"

沒有回答。

"你回到那裏能做些什麼呢？"素貞又問。

"我不管，別問我。我的父親，……我的父親……"品生流着眼淚，但又咽住了。她咬緊嘴唇，頓着腳，對自己發火，最後，竟把怒氣發洩到素貞身上，但是她的聲音是軟弱的、顫抖的："哦！我的父親在監牢裏，而你却要我坐在這裏麼？"她使勁地搖頭，仿佛不由自主地撒了個醜惡的謊言，犯了罪似的。

素貞感到內疚，又默默地幫她理東西，隨後，突然問道："你告訴過學校你要走嗎？"

品生搖搖頭。

"讓我去告訴他們。再說，過幾個星期，你就要畢業了。"不待品生回答，素貞就走出去了。這是慘痛的悲劇。素貞為品生這可怕的際遇和行動分憂。由於這件事的觸發，使素貞有了個明確的目的和敏捷的行動，但她分辨不出她所感觸到的明確目的是由於悲傷抑或由於寬慰。她飛快地走去，幾乎是小跑步，祇用了半小時就把事情辦好了。

當她回來的時候，品生發瘋似地滿腔怒氣在收拾行李。她顯然是想用緊張而繁重的體力活動來排除憂傷。所有的箱子、手提箱和抽屜，都在打開着。她忙碌地在牀上爬來爬去，在箱子上跳來跳去。她的衣服、紙張、書本、鞋子、盒子、瓶子、繩子等等，撒滿了這個小房間。

素貞繞着箱子走到房中央，說道：

"一切都辦好了。現在，我來幫你的忙。"她俯身去把東西拿開，不停地問該怎樣收拾，竭力要使品生說話。

她忽然問道："你認爲這是誰幹的？"

"當然是些卑鄙下流的叛徒。"

"可是，你認爲他們當真要傷害無辜的百姓麼？他們難道不要人民的支持麼？"

品生顯然十分痛恨地在喉嚨裏"哼"了一聲，一面繼續收拾着。

"品，這對你也有危險，"過了一會，素貞又說道，"在漢口，你怎麼辦呢，品？"

品生像石頭似的，默不做聲，好久纔說：

"我不知道。如果，如果……啊呀！請別問我了。"

素貞嘆了氣，說："別東想西想了，品。也許我能幫助你。"她有意着重地說最後這句話，並且從旁窺看品生一眼，品生似乎沒有注意到這一點。素貞把目光移開，繼續在箱子裏把一些盒子擺得平貼些，並且重複道：

"品生，我陪你一起去。"

品生連動也不動地凝望着素貞；素貞避開她的目光，朝別處望去。她覺得得到了安慰。

"好吧，同我一起去。"品生回答道。

二

　　行李收拾好以後,品生不吃東西,也不脫衣服,就上牀睡了。她矇矇朧朧地入了夢鄉。突然,她在黑暗中驚醒過來,一種莫名其妙的恐怖,使她從牀上跳了起來。她的心似乎插進了一把尖銳的刀。她猛然記起夢見年邁的父親孤獨地一個人在什麼地方的監獄裏,屈辱地受着痛苦。她趕緊回家去,但却找不到他,等待她的是一所受過洗劫的空房子。

　　"哦!爸爸!"她軟弱無力地又伏倒在牀上,熱淚滾滾地湧出來。

　　她默默地哭了很久,纔把臉向上轉了過來。房間一片漆黑,過道的門關上了,房間裏又沒有別人。她要思考,但心裏是一團怒火,從那裏噴出的火舌裏,似乎在映出這麼幾個字:

　　"我怎麼辦?"

　　"我怎麼辦?"

　　"……"

　　"他們難道不要老百姓支持他們麼?"素貞的話又重現在她的心頭。

　　在歷史上,有許多年輕的弱女子,她們保護了自己的父親。是的!有許多。她們奮不顧身地投入其中,或挑戰,或上訴,或捨身,來保護她們的父親;但她們不論死去或活着,在衛護她們親人的事業上,都始終如一的堅持不屈。單憑她們愛的力量,不論這力量是如何的單薄,如何的渺小,她們畢竟敢以生命與死神搏鬥。她能做得到麼?她,一個十九歲的姑娘?一個高中生?

　　她心裏突然充滿着恐怖,如果她不向漢口政府上書,父親肯定會被殺死。一種奇怪的神秘的精力使她又跳了起來,從手提包裏拿出紙和信封來。她伸手去開燈,但是縮了回來。不,決不能讓素貞知道這事。除了自己,這個世界上任何一個人都不能知道。這是秘密,是把父親的生命放在天秤上的秘密。她又從手提包裏拿出一隻手電筒,用紙把它卷起來,輕輕地走向房門,非常隱秘地把房門輕輕打開來,把頭伸出去,看看過道兩旁有沒有人。

她看清過道上沒有人之後，就迅速跨出房門，向後面的小樓梯走去，通常這裏是不走人的。她離開宿舍，經過草地向主樓跑去，她知道教堂下面有一道通往地下室的後門。她沒有去地下室裏她們曾一起躲藏的地方，却摸索着走上樓梯，走進被打掉屋頂的教堂的樓廳，這裏很高，很荒凉。她走了進去，隨手輕輕關上門，然後沿着最高的一排長凳走到了中間。

她長長地舒了一口氣，然後坐下來。真像賊一樣，她想。但她不能耽擱。素貞也許會回到房間裏去，會到處找她，暴露她的秘密。她往口袋裏摸了一陣，是的，那把堅硬的鋼製的小利器還在衣袋裏，那古怪的銳利的刀鋒，將刺入人的心，讓它留下有爭論的對生命和愛的要求的印記，並以打破自古以來巖石般頑固的麻木不仁，直到喚起世界的同情。

她摸了摸左手的五個手指，並舉起手來看看這手指。天很黑，她看不清楚，每隻手指似乎都在顫抖。最後，她把小刀壓在中指上並用手電照着。這種神秘算什麼？爲什麼要發抖，神經質地痙攣？爲什麼感覺到刀的冰凉？爲什麼這隻圓指頭會因刺入肉而感到劇痛？任何一隻手上都能找到手指，也許在實驗室的瓶子裏也可以找到骨和肉。一件無聲的傢伙，它決不會説，決不會看，決不會嗅，更談不上有悲歡之感。它是如此微不足道，如此渺小，誰也不會因失掉它而死去。它的一點兒血能幹什麼呢？人們也許會認爲這是胡鬧，大官們會笑得前俯後仰，甚至連看都不看這封用血寫的信，連忙把它扔到字紙簍裏去，不願費心而寧願任憑這張紙片自行消失。於是她突然間心裏充滿了説不出的恐懼。如果真的是這樣呢？如果這封血書不起作用，她父親也許會死去，漢口政府也許會更憤怒而把他殺掉。她怎麼辦呢？

忽然聽到什麼地方發出呼嘯聲，她的心凝住了。這是一陣微風吹過濃密的小樹叢發出的響聲。她不能浪費時間，必須這麼幹，不論結果如何。這手指與她父親沒有關係，反正她要回家盡最大的努力。這血書也許無效，但肯定不會出什麼事，父親不會受任何影響。迷信。再不能浪費時間了。

她站起身來，蹲在板凳前面的地板上，一把小刀和一把剪刀擺在凳子上。她動手戳左手的中指，緊閉住雙眼，顫抖地用小刀在手指上戳了幾次，刀片的陰冷似乎使她灰心。她終於把刀片戳進了手指上的肉，使她奇怪的是，她做成之後所得的歡樂，超過了刺進去的痛苦。她急忙把血滴在凳上，她想可以用右手的食指蘸着寫，却發現這點點血什麼用處也沒有，心裏很懊喪。她又拿起了小刀。但是這一次刀似乎鈍得多了。她咬緊牙關用刀在傷口上切來切去，切了好幾次，再挖進去。她的兩隻手臂全都顫抖不已。她又開始寫了起來。斷斷續續的血，又使她上了一次當，它滲進板凳上厚厚的積塵，變成黑褐色的一團粘乎乎的東西。她在一陣狂怒之中，拿起剪刀把右手食指剪下一小塊肉，趕快用這流着血的手指在紙上寫起字來。

她全身哆嗦，痛入骨髓。但她在手電筒的光照下寫完了這封血書。她也不讀第二遍，就用筆寫了個信封，寄給漢口國民政府主席汪精衛先生。

她大大地舒了口氣。但是兩隻手上血淋淋的傷口，使她惡心。

三

品生要回家去，從學校回到她家，得先乘火車到長江邊上的城市廣安，再從那裏坐輪船到漢口。

兩個姑娘一早上火車，預計可於下午四點鐘到達目的地，可是火車誤點四小時，進廣安站時，已是晚上八點鐘了。

她倆白白焦灼地熬了四個鐘點，並且錯過了從長江上游開來的輪船班次。火車進站後，她們連忙注視站臺上打着旅館牌號拉生意的人。然而，却始終沒有看到旅館有人來兜客。站臺上奇怪地顯得很荒涼。一大堆沙包和大木箱密集地堆在站臺上。平時成群擠來擠去的苦力，現在衹剩下零零落落的幾個，拿着扁擔和繩子，迅步走進車廂去。不久，部隊從車廂裏下來，開走了。旅客們同挑着行李的苦力，也離開了站臺，仿佛都從車廂裏溜走似的。他們似乎全知道上哪兒去。兩個姑娘同她們的行李迅即被孤獨地留在空洞的車廂裏。她們從年老的列車員那裏獲知，廣安幾乎已是前綫的城市了，至於爲哪方政府所控制，則無從知道，當時漢口和南京之間還没有開戰。晚上九時以後，這個城市實施戒嚴，她們必須趕快離開車廂，離開火車站。市內的旅館大都被部隊占據了。不，現在旅客也不多了。年輕的姑娘們不應於此時出門。

這世界簡直不像一個世界，這是人們常説的兵荒馬亂的時世。這兩個姑娘最後決定到一所教會學校去，它是林德格侖的姐妹學校。老列車員幫她們找了個人來挑隨身帶的行李和鋪蓋，她們放在行李車上的兩隻大箱子，則因行李車被扣留在別處，一時拿不到。要是她們明天能領回這兩隻箱子，那就算是好運氣了。

她們没有多大困難，終於在這所教會學校裏找到了住處。這所學校比林德格侖女校的命運更糟，它實際上是解散了，所有學生和教職工都走掉了，祇有一個女舍監同她一家人，以及學校裏幾個孤兒，擠在她這個中國職工的小房子裏。她從空宿舍裏找到樓下一個房間，讓這兩個姑娘住下。在經過火車上荒凉寂寞的遭遇之後，這兩個姑娘感到很滿足了。

第二天早上，品生醒得很遲。素貞已經起來了，坐在窗旁看報，她回過身來對品生説："品，我們今天也許能走。"

"真的嗎？"品生一面穿衣服，一面起牀。

"這張報説今天有條船去漢口。"

"哦，我們得趕快。"

素貞把報紙給她説："你看。"

品生繼續穿衣服，説："不管怎麽樣，我要今天動身。"

"你意思是現在就把行李帶到碼頭上去麽？"素貞認爲她朋友太自信了。"我們可以先到船公司去問問，否則又會遇到麻煩的。"

梳妝過後，兩個姑娘出去了。這所學校離河邊非常遠。她們要到那裏去必須穿過四面圍着城牆的城鎮，人力車很少，她們走了很久，纔叫到兩輛人力車。街頭是一片荒凉景象。平日那些大店鋪都關着，祇有小店纔開門。櫃臺後面的人，低聲地相互傾談着。當這兩輛人力車拉過的時候，店主們似乎很驚奇。

"嗨，什麼世道，女學生這種時世還在街上？"

品生想不出原因，也沒有心思問人，任車夫往前拉，過城門時，被衛兵盤問，隨後，人力車終於停在面對長江的中國商船公司前面。

兩個姑娘一起走進這座半西式的樓房，裏面是個大廳，前面全是櫃臺，兩面靠牆有兩排長凳，坐滿了男男女女。所有旅客都等着依次買票。沿着櫃臺站滿了人，其中有些穿軍服的在擠着，想同裏面的職員講話。兩個姑娘祇好坐在長凳的末端，無限止地等着。

品生徑直走向櫃臺，在人群中擠了進去。櫃臺裏面的人剛替一個顧客辦完了事，她趕緊拍拍櫃臺，以期吸引那辦事的注意，要買兩張票。

"你到哪裏？"那人厭煩地眯起眼睛，愛理不理地問道。

"漢口。"

"今天没有船，下次再來。"

"但是報上説今天有船，"品生堅持道，"我等不得了。"

"別人也是一樣，看看，大家都在等着。"

"但是我確實必須走，我父親病危。"

"啊，啊。所有的船都被政府徵集去了，小姐。"那人轉過身對另一個顧客説話去了。

品生覺得有人在背後拖她，她幾乎哭着出來。素貞把她拖出人群說道：

"也許他們今天真没有船，我們到別的公司去。"

她們同樣不走運，兩家英國公司大門緊緊鎖着，日本公司也一樣。

她們離開家鄉，離開學校，束手無策，困在廣安達四天之久。在這個城市裏，她們無人可以求援，祇有那個中年女舍監，不斷地提醒她們要趕快動身，這個城市的局勢很不穩定，戰爭隨時可能發生，没有人可以爲她們負責。

第五天，天亮時冷得發抖，姑娘們無精打采地起牀，誰也不願意對誰説話，默默地、慢慢地穿着衣服。隨後，品生舉步走出去了。

"你一個人去嗎？"素貞問道。幾天來，這兩個姑娘相依爲命，然而不知怎的，心底裏的煩惱和絕望的急躁情緒，使彼此產生了一種盲目的敵意，仿佛互相妨礙着似的。她們進進出出，用不着打招呼，總是走在一起。素貞對品生的獨立性和外表上的傲慢舉止，生氣了。

"我告訴過你不出去麼？"品生反唇道。她要素貞同她一起走，但却又不願求她，反而站在門口繼續使性子。"我知道你不願去。我爲什麼要麻煩你呢？"

她們吵得很厲害。後來素貞既傷心而又惱怒地哭了，説道："如果你不要我同你一起走，我可以回學校去，我可以今晚就回去。"

品生極度失望地跑了出去，她覺得素貞在她最困難的時候拋棄了她。她憂傷地又走到江邊中國商船公司，等了又等，却等不到好運氣。她又走出來，漫無目的地拖着疲憊的身體沿着江邊走。她決定不下是否再回到那空空洞洞的宿舍去，素貞也許已經回林德格侖女校去了，那房間將會像一隻空虛的黑眼睛瞪着她，她將成爲迷失在似乎要粉碎的異常古怪的世界裏的一個孤獨者。她一路慢慢走着，發現這條沿江的街道上往常那些大魚鋪都關門了，魚鋪的張在街上遮陽的白邊藍布簾子也不見了，白色繡花店名也沒有了，那些興隆、永昌、鴻福等招牌都消失了，一大桶一大桶閃閃地游動着的魚不見了，店門上都釘上了憂鬱的灰色木板，整條街荒涼而凄蒼。一個在解體中的世界。家裏沒有了父親，而這狡猾的世界似乎察覺了這個事實，向她冰涼地瞪着白眼。一個人怎麼竟被徹底地孤立、徹底地被遺棄了呢？而且，是這樣的突然，這樣的突出，仿佛是滔滔不絕的冰水倒向她的身上，灌進了所有的毛孔，使她感到那樣寒栗。不再有大地了，她似乎已經絕不屬於大地了。

她非常餓，非常渴。但她不敢到小飯店和茶館去，她敏鋭地感覺到，她一進去就會被注意，被監視，並且被當作從星球外面來的怪物而加以議論。她疲憊地走回到靜寂空洞的宿舍去，幾乎是拖着腳步走到她的房門口。她把手放進口袋裏，好久纔拿出鑰匙來。當她把鑰匙插進鑰匙孔裏去的時候，她沉下去的心却老是惦掛着素貞：她可能走了，不在這裏了。可是，使她從悲哀中得到一點安慰的是，她朋友的牀鋪却很整潔，而且，屬於素貞的每一件東西都在那裏，她感到放心。她費力地嘆了口氣，心裏不知怎的感到非常渴望她朋友回來。她坐下，又起來，踱來踱去，焦急地等待素貞回來。在這個等待的時刻裏，心裏感到持續的刺痛。她發現自己很軟弱，很膽怯，並感到吃驚。最後，將近黃昏的時分，素貞回來了。品生一聽見她的朋友的脚步聲，就跳起來坐好。不一會兒，素貞一反常態地推開門嚷道：

"我找到了買票的門路了，品生！"

"在哪兒？"

"唉，我們太蠢了，"素貞笑着走進來，"我必須說這是你的錯。你太驕傲了，沒有到小小的地方去，我的意思是小的售票處。"

"但是你怎麼找到的？'

"啊呀，我不曉得竟那麼簡單。我老是想，總該有弄到票子的辦法。否則，別人究竟怎麼走的呢？所以我就到江邊去問茶館裏的人。他們說，你可以到一個小的售票處去。一個人把我帶到了那裏。你祇要比票價多付一些錢，票子就是你的了。你知道，他們說有一條船幾乎每天在走。當然，不像以前那麼多。"她得意洋洋地大笑着。

"啊，"品生沉思地微笑道，"誰知道地底下有個出口洞呢！給我看看票子吧。"

"我現在還沒有呢，我袋裏錢不夠。別着急，我留下了買兩張票的定金。"

品生又倒到牀上去了。她的心又沮喪得收縮起來，低聲而且不以爲然地說道：

"啊呀，你應該把票拿到手，誰知道明天怎麼樣呢？一個人甚至連自己會怎麼樣都不知道呢。"

四

從廣安到漢口,航程通常需四天,但這一次,兩位姑娘却在船上度過了六天,到第七天早晨纔到達漢口第一碼頭。品生急於趕回家,決定把行李留在船上,她想可以派個傭人來拿,就像她一家住在武昌時那樣,那時總是這樣做的。

兩個姑娘離開了船,立即叫了兩輛人力車。她新的住家在法租界。這座房子一向是黎家的人從武昌到漢口來時,因有夜間應酬而臨時過夜用的。這是一棟三層的紅磚樓,樣子像個長方塊,兩旁都有條鋪砌得很好的小巷,叫高臺巷。在高臺巷入口有一道鐵欄柵的大門。

品生坐在人力車上,心裏急於到家,而且痛感羞慚,因爲她家在這座城市裏是個著名的豪門望族,現在却出了問題。她低着頭,但絲毫不想擺脱那極度愧怍和憂傷。當人力車在鐵門前停下來的時候,她纔醒了過來。

她急忙付了車費,就同素貞一道跑進去。但是人力車夫把她喊回來。

"不夠,不夠,"兩個車夫一邊用披在肩上的灰布擦去臉上的汗,一邊說,"有規定,三角錢。"兩個車夫都在攤開手掌上的錢。

品生不知道什麼時候制訂了新的規定,她原以爲她比往常付的車錢還多呢。她在每隻手掌上再放上一張紙幣,就向巷裏最後的一座房子跑過去。

沉重的黑色木門閉得緊緊的,她握住門上的一個鐵環,猛烈地敲擊下面的鐵板。

奇怪,裏面沒有聲音。她望望素貞,她的心似乎停止跳動了。素貞也有點臉色發白,説:"你肯定是這地方麼?"

"就是這裏,你曾到過這裏。"品生從門縫裏張望進去,祇看見一隻尖頭小脚擱在磚砌的門檻上。那隻小脚穿着發紅的黑布鞋,鞋幫非常高,幾乎包住了小脚的脚背,品生知道這是老奶媽方媽最喜歡的式樣,她一定要穿這種過時的式樣，説它能保護她的腳。品生沿着門縫向上望去，看見方媽瘦削的臉，凍僵似地顯得緊張和不安，上唇很長，完全咬在牙裏，厚實的下唇則像一堵牆似的，突出來反蓋着上唇。她似乎一隻腳站在門檻外面，心裏猶疑不定：是開門讓猛烈敲門的人闖進來呢，還是讓它關着，以保護這家人？

"方媽！"品生喊道，"是我。你爲什麽不開門？"

"哦，是六小姐嗎！"方媽在裏面説。她説話的聲音，仿佛一塊石頭終於從她心上落了下來那樣，頓時輕松了。她繼續説，——但似乎不是對品生説的："別怕，別怕。這是六小姐。薛姑，去叫厨子給六小姐做早餐。這麽早，可憐的姑娘，不會吃過東西。這種時光出門，而且那麽憂愁。誰知道她現在多麽可憐。蘭香，你的六小姐回來了，去打熱水和茶來。哦，什麽世道！"老方媽一個勁地在吩咐別的僕人們，品生不耐煩地又喊了起來："開門，開門，方媽！"

"來啦，來啦。"方媽應着，一面開門。她的臉舒展了，看上去柔順而充滿了憂鬱的愛。她變得很瘦，兩層眼瞼像是偶然掉下來的兩片葉子。品生抱着她的肩膀，並向屋裏望去，立即看出裏面的人似乎經歷過一場洪水的冲擊。當中那間既當飯廳又供奉祖先的大廳裏，女傭人都臉色蒼白，流露着絶望和恐懼的神情，眼睛凄涼地閃爍着。他們似乎擔心品生會暈倒過去，因爲屋子裏找不到她父親。

圍着她的人似乎是一團悲苦的化身，空中隱約有凄凄慘慘悲悲戚戚的響聲。儘管如此，這裏却顯得死一般的寂静。

"怎麽啦，方媽？"品生説，她覺得自己的牙齒在打顫，"除了你們幾個人之外，別的人都跑掉了麽？！我的家没有了麽？！"

"哦，六小姐，"方媽拉着品生的手，緩慢而悲咽地説，"坐下來休息一會兒。太太過於傷心，在樓上病着。七少爺、八小姐上學去了，兩個小的在樓上，跟曾先生在讀書。你吃過早飯没有？啊，你變得那麽瘦了，別太着急。太太已經着急得生病了。啊呀，陳小姐，非常抱歉，我們太失禮了，真感謝您陪六小姐一起來。"

服侍品生的丫頭蘭香給她倆送上了兩條熱毛巾。

蘭香這個姑娘確實長得很勻稱，很富彈性，充分顯示了少女健壯的身段。她黑裏透紅的臉蛋，明麗得像熟透了的桃子；那張富有魅力的櫻桃小口，又增添了紅豔的美。她遞了一杯茶給品生，擡起她那圓圓的黑眼睛說道：

"六小姐，大少爺回來了，五少爺從南京來了封信。五少爺說我們老爺很快就會出獄的。他正帶着部隊到來。"這個忠誠的女孩，覺得她必須把這個好消息告訴她的小姐，使她產生些希望。

"哦，蘭香！"方媽立刻用手掩住蘭香的嘴，似乎被嚇壞了，"你不能說這話。你這話會害死我們老爺的。我告訴過你多少遍，要你別再說這話？這將會引起災禍。"

"我祇是告訴我的小姐，"蘭香也嚇壞了，"我在外面沒有吐過一個字。"

品生嚴肅地搖搖頭，問道："我的大哥在哪裏？三少爺不在家麼？"

"大少爺在家耽了兩星期，"方媽邊說邊抹桌子，準備給品生和素貞吃早餐，"他的公事很忙，他們叫他回去。哦，這裏沒有什麼辦法，六小姐。"於是她悲痛地繼續講述大少爺如何跑遍所有地方，想方設法弄他父親出來；但是人們騙了他，他們從他那裏拿了許多錢，而這位老人家從沒有回來過。至於德生，他從軍隊一回來就走了，回家鄉去掃他母親的墓。方媽不知道他爲什麼還不回來。家裏打了一封電報給他。

五

黎太太真是太可憐，她下了帳子，躺在牀上，似乎除了一雙懷着渴望神情的、發綠的眼睛之外，一無所有了。這雙發綠的眼睛，渴望着愛，渴望着安慰，渴想着希望。半臉被披着的亂髮遮着，半臉則顯出瘦削顴骨。她全身似乎陷沒在牀中。當品生和素貞進來的時候，她想要坐起來，方媽勸說她躺下。她握着品生的手，喉嚨裏使勁地咯咯咯地響着，發不出聲音來，臉已經爲淚水濕透了。

做妻子的和做女兒的，爲了共同經受的損失所帶來的痛苦，很快使她們的感情交織在一起了。她們彼此一見面，就親切起來，她們的愛和她們的憂傷，都合而爲一了。她們彼此擁抱着，彼此叫呼着親人的名字，相對無言地哭泣着。品生感到她的庶母從來沒有這樣眞摯地親近過，她的悲傷的處境從來沒有這麼徹底地被理解、被同情過。過去她對這個女人所懷有的內心仇恨和蔑視，以及始終一貫的淡漠態度，都頓時消失了，代之的是眼前這位太太默默流淚的景象，那茫然若失的大眼睛。過去每當這位太太受到丈夫的氣時，常用對奴婢們劇烈的打罵來出氣，現在她有點變了，連她同方媽的寂寞的友誼，也都隨着深切憂鬱的步子悄悄地回來了。品生爲她父親可能受到羞辱和尚未知道的受苦情況而哭泣。

對黎太太來說，像所有的生命不屬於自己的普通女人一樣，她的現在和未來，都分別寄托在丈夫和子女身上。多年來，由於對子女，特別是長子的痛苦的失望，她不敢去想未來了，她祇能把丈夫看作永恆的依靠，失掉了丈夫，就意味着失掉了現在和一切。她痛哭的不僅僅是男人的喪失，通過苦難、屈辱、極度痛苦和殘酷的折磨，她纔懂得了人生的無用，從而切開了她的心。這種生命的無用，比死亡更深地令人感到恐怖。死亡意味着了結一切，而活着却似乎祇是爲了受苦。

品生哭停了以後，這女人仍然久久地哭着，哭得非常傷心，突然引起了一陣咳嗽，她咳嗽得這麼厲害，像要把脖子按到胸腔裏去似的。她雙眼緊閉，臉縮成一團，神情呆滯，臉色紫紅，頓時，一陣鮮紅的血從口裏不斷地吐出來，從微張着的兩個嘴角冒出來。她連動也不動地躺着，臉上鬆馳的皮膚在顫動，似乎在爲自己辯護道："這孽不是我作的，我不知道誰作的孽，但現在報在我身上，讓我用最後一滴血來償還。"

品生不禁驚叫一聲，跳起身來。有經驗的老方媽立刻拿一個冷茶壺衝到牀前，一隻手伸到枕頭下面抱起黎太太的頭，同時示意另一個女人爬到牀的另一邊，撐住黎太太的背。在這兩個人的扶持下，黎太太被撐起了半身，方媽把冷茶壺的口對着她的嘴一滴一滴地灌下去，一面不慌不忙地在安慰別人：

"別害怕，沒事了，會好起來的。這是淚水引起的吐血。我告訴過你，別太着急，我告訴過你。這是什麼世道，天哪！你覺得好些了麼，太太？別着急，別哭。我告訴過你，你是病人，你不能哭。你不能！！你應該睡一會兒，把身體養好。等你身體好了，老爺就回來了。"她把這位太太當作一個倔强的孩子來哄勸。

太太似乎好了一點。她又睜開眼睛，望着牀邊，揮動着擱在牀上的手指，仿佛在叫人似的。品生又坐回到牀上，伏在病人身上，她答應這病人，盡力想辦法，把黎先生接回家來。

實際上，品生一點不知道該怎樣着手，她從家裏人得到的唯一信息，就是她父親是被一個新成立的組織——農民協會帶走的，並且不准人去見他，衹能給他送些吃的和別的物品去。他被指控爲土豪劣紳。怎樣纔能把他弄出來？她不知道。她從來不認識任何一個農民，也不知道怎樣去找到一個有權力的農民。她答應黎太太，將設法把父親弄出來，因爲她要擺脫黎太太和她自己的痛苦，不願看見黎太太的眼淚和吐血所帶來的恐怖，這種恐怖深深地威脅着她。她記得，幾年前黎太太由於自己兒子被毒打而嚎啕大哭，並且詛咒自己的命運。自從品生認識她的時候，哭泣和咒罵像條鏈條，在這女人的一生中，一刻也沒有斷過。沒有，連最後在痛苦中離開這個世界的她自己的生母，在一生中也沒有停止過。而現在，這位突然與她變得如此親近的太太，似乎正處於也要被這鏈條勒死的邊緣。在這家庭的什麼地方，恐怖與滅亡，一定有它自己形成的根源。品生第一次咒罵起她自己的家來了。

六

素貞當這病人開始顯露病發的徵象時，就立刻轉身到窗口去了。儘管她自己的生活也並不是幸福的，可是她逐漸懂得，在生活中確實有比她更壞和更悲慘、更不合理的際遇。她記得兩年前，當德生舉行婚禮的時候，這一家多麽的榮耀而又有高尚的教養；難以想象，同是這一家，現在竟然絕望而且恐怖地陷到地牢裏去，如此毫無希望，如此苦惱、沉悶，還殘忍地走向死亡，誰能想像得到？人們會以爲這種陰暗的絕望的掙扎，祇可能發生在窮苦的人家，因爲窮人時時刻刻都面臨着有最後被壓垮的危險。但是黎家却不應該是這樣。在她兩年前短短的逗留中，她覺得這一家似乎生來就是經得起一切風浪的基礎牢固的大山。至誠堂高貴地坐落在黎家花園的中心，具有無限信心和面對塵世一切變化而無憂無慮的堂皇外觀。那些名貴的畫卷，有些像青銅似的褐色，有些是象牙黃，有些是白色，有些是墨綠色和藍色，上面畫着沸騰的群山，攀登在樹上的白嘴鴉，以及搖曳着的、嬌嫩的花朵或樹枝，像自然界本身一樣，爲這家庭增添了古色古香的氣氛。松木做的書櫥裏放着一排排的書，書櫥的門都沒有閉上。書的末端印着毛筆寫的書名。還有那些刺繡，是她所熟知的手藝。人們彬彬有禮和悠閑自在地過着豪華富裕的生活，仿佛未來所有的歲月，都掌握在他們手中似的。歷史向來就在這裏，知識也向來在這裏，美好的生活，所有一切，都向來在這裏。這家人的希望，似乎向來不曾落空，因爲他們總是擁有一切。然而，現在發生了什麽呢？一個男人被帶走了。當然，他是老爺，但他仍然是個男人。太太暫時失去了她的丈夫，她仍舊是這座城堡的女主人，仍舊擁有着一切。但她的表現，仿佛整個天都突然塌在她頭上似的，整個屋子像是一小塊走投無路的絕望之所。沒有一雙眼睛不是烏黑的。一家人處在混亂和動蕩之中，似乎知道它已完蛋，但不知道該怎麽辦。這種情景甚至在一個貧農家裏也不可能發生。不，窮人祇是坐在廢墟上，把一切都用淚水發泄出來。他們都會做點什麽活，決不會喪失希望。他們總是在廢墟之中，着手造出新的事物來，因爲他們知道有自己的力量和可依靠的雙手。

她的經驗使她知道，窮人總是憎恨有錢人的財富和舒適，總是羨慕有錢人的高高在上、不可思議和舉止優雅。他們知不知道在這高高在上和舉止優雅的後面，有一塊有毒的令人沮喪的滋生地？她奇怪像德生和品生這樣的人，怎麽能出身於這個自相矛盾的家庭呢？她渴望德生到這裏來向她解釋清楚。然而她知道，如果德生在這裏，她不會問他任何問題，而祇是聽他要説的隨便什麽話。現在德生不在這裏，而品生被她家裏人弄得團團轉。素貞彷彿孤獨地生活在一個荒謬的、正在瓦解的世界之中。

黎家骨子裏是反對變革的自我催眠的巖石，滿以爲週圍的世界仍舊是死氣沉沉地以它爲中心而旋轉。他們有的是權力，一言九鼎，手裏有的是錢。那些不滿的人們因受壓迫而發出怨言，使他們反而確信自己有力量；一大群人對他們投以羨慕的目光，則使他們揚揚自得。這個世界似乎決不會是兩樣，也決不可能是兩樣。如果盜匪和叛逆者的抱怨不平，確實動搖了他們與世隔絶的寧静生活的話，他們就用回顧祖代的光榮並把歷史看作是個頑皮的孩子而聊以自慰。它很快就會恢復理性。歷史的愚蠢舉動過去之後，一切又會回復到原先的老路上去。在老的模式裏，人人都會找到他適當的位置。窮人心甘情願地交租和被使唤，還爲他們寬宏大量的老爺而感到幸福，爲他們自己的命運而感到悲哀。我們的祖先曾告訴我們，天道祇不過是循環往復。我們的聖人和思想家説過，爭鬥未免太幼稚了，忠誠於中國傳統文化的後裔纔是中國社會的棟梁。

然而，完全出乎意外的是，這世界竟固執地説：不是這樣！並且要顛倒過來，把他們從中心地位摔到地下去。他們毫無準備，因而引起了劇烈的混亂。

當北伐軍向武昌進軍的時候，黎先生被任命爲湖北省省長。他長期所懷抱的希望，終於實現了，到達了他生平抱負的最高點。可是他並不感到幸福，因爲皇帝没有了，省長向誰效忠呢？省長爲誰盡責呢？他的直接反應是他終於使自己獲得異乎尋常的聲譽，從而使某些願望確實得到滿足。但是多年來的宦海生涯告訴他，是不會做得出什麽重大的好政績來的。而這時候，革命軍正在向前推進。他對革命軍倒並不像在滿清即將覆滅之前那樣感到不安。多年來所簽發的毫無意義和作用的例行公文，使他感到厭煩，變得軟弱無力。日復一日地不斷週旋於宴席和會議之間，使他覺得像猪欄裏的一頭猪，歇斯底裏常常發作。他愈來愈討厭這世界了。叛逆者的進軍，使他反而產生了一種奇異的寬慰感，到那時，他終於可以棄官歸田，讀書以自娛了。對他說來，造反者祇不過是另一群軍閥，他們打仗，像夜間糞桶裏的蛆蟲翻騰到面上來。對於北伐軍的反孔，他倒並不在意，這方面的傳聞並沒有引起他重視。北伐軍僅僅是另一群軍閥而已，他們同北方的軍閥不會有很大的不同。他們掌權以後，馬上會拋棄革命的口號，就連叛逆的青年德生，雖則參加了革命，却也娶了他父親給他定的親。那就讓叛逆者來吧。懷戀過去的歷史，總會繞個圈子，回頭走它的老路。他老了，不應該捲入這種眼花繚亂的、天道的騙局之中。從今以後，他將寄跡山林，正如"道家詩人"陶淵明所說的那樣："鳥倦飛而知還。"

他心境如此孤獨而寧靜，其根源來自儒道兩家的賢哲，特別是不可毀滅的孔子學說的熏陶。他準備隱退。他從來沒想到過到上海去，許多人認爲那裏是個十里洋場，是比較安全的地方。他嘲笑這種想法，對於自己的正直有着不可克服的信心，而且認爲他從來不是一個地主。應該逃跑的是那些懷疑自己的人，而不是他。此外，他對上海有一種奇怪的反感。洋人是粗野的，他從來不願意在外國租界買房子。在他看來，洋人肯定都是野蠻人。有時他甚至後悔送品生到那所洋學堂去。但這姑娘很快對基督教產生了懷疑，這使他的信心再一次得到了證實。當北伐軍到來的時候，作爲他退隱的第一步，他把一家搬到漢口法租界一所租來的小房子裏去。在野蠻人保護之下，這想法使他感到可笑。他心裏決定一等局勢穩定，就把家搬回到松門縣去。

在北伐軍攻打武昌之前的一個星期，他搬家到漢口，但絲毫不打算放棄武昌那所大房子。一當歷史如同迷途的孩子似地又找回原路時，他可以從藏身的松門縣到武昌的邸宅來幾趟，短期住住，以享受享受那愛開玩笑的現代文明。也許到那時候，他對某些事物會有更多的話要說。這所大房子裏所有懸掛的字畫都被取下來了，精緻的雕刻和別的古玩都拿走了。所有的書籍都被鎖在書箱裏。除此之外，這房子還是老樣子。當三小姐要取下粉紅色的繡花緞子牀帳，打算把它隨身帶到漢口去的時候，黎誠說道：

"你不是還有牀帳麼？把這牀留下。在漢口沒有那麼多地方把它們全掛上。而且，即使丟了也不值多少錢。"

所以三小姐祇得遺憾地把她所有的銀痰盂和別的許多東西，都完整地留在她房間裏。

有好些僕人留下來照料這房子。花匠是最需要的，看門人也留下來了，做清潔、擦家具和打掃的僕人，也留下來了。老朱因爲年老早已回家去了，繼任的管家留下來統管這大屋裏的一切事務。

七

黎誠一直不明白，北伐軍占領武昌半年之後，局勢爲啥依舊是亂哄哄的。他沒有機會到松門縣去。家鄉來的消息，是接連不斷的盜匪作亂。他發覺他已無力照原有規律來維持這大邸宅的開支，祇得逐步地辭退僕人，祇留下一個管家和一個花匠。他沒有辦法阻止僕人從房子裏偷東西出去。他很少有機會打麻將了，因爲許多通常打麻將的人都不見了，別人感到大難臨頭，麻將不能消災躲難。他覺得僕人愈來愈難以對付了，他奢侈的生活習慣也難以得到滿足了，一切事務都圍困着他。他還沒有弄清楚這種持續的不順利的生活，是否是一種新的邪惡事物的重現。一群穿革命軍服的農民終於闖進了他的邸宅，從此以後，他被作爲一個犯人，關在農民協會的一間狹長的黑屋子裏。

品生回到家最初的幾星期，感到生活的極度痛苦。她在外面感到羞恥和屈辱，街上每個人都似乎在輕蔑地嘲笑她，因爲她父親是一個囚犯和罪人。他們全都顯示出奇怪的興奮和懷有希望的飽滿精神，似乎因爲他們知道關於她父親的這個新的因素。革命者全都時刻隨身帶着他們的公文皮包，意味深長地滿懷自豪感，急急忙忙地趕來趕去。人力車夫伸直手臂，攤開手掌，傲慢地根據新規定索取車費，說這是政府規定的。工人們穿着藍制服，挺起胸膛，在街上遊行，呼喊着嚇人的口號："打倒貪官污吏！"以前她難得上鋪子買東西，她需要什麽，就開一張單子，家裏的主要管家會毫無差錯地供應齊全。她要是上鋪子買東西，那就是一場隆重的儀式。黎太太得帶着一群僕人陪她去。城裏最大的商店把她們接到後廳，大堆大堆的貨物拿來給她們挑選。但現在，沒有管家可以派遣了，她祇得單獨一人到店鋪去，仿佛出於秘密的共謀，所有店鋪不再請她坐到後廳裏喝茶吃點心了，也不把貨送來供她挑選了，她不得不走到櫃臺前面向店員買她所需要的東西。店員有時候自顧自不去理睬她，因爲八小時工作已經完了。他們同她做生意時，態度粗野無禮，並且對她的挑選很不耐煩。所有這些人似乎全都在說："你父親現在在哪裏？我們造反了，讓他抓我們到牢裏去吧！"他們由於公然敢說這樣的話而感到更有勁、更興奮和自豪。人人都似乎知道前省長黎誠是個壞人，因而被逮捕了。他的頭銜不再是本省的省長，而是土豪劣紳。當她四處奔走，爲父親的清白無辜申訴時，羞辱和懼怕，強大的公衆輿論的譴責，使她說不出口，無力陳述情況和理由。她漲紅着臉，啞巴似地坐着，終於一無所得地離開了那些地方。

羞慚和憂傷驅使她回家躲藏起來，但在家裏，她又發現黎太太發綠的眼光饑渴般地注射着她，希望從她那裏得到好消息。她祇得哄騙這位太太。然後，像個漫無目的地追尋父親而心已破碎的人那樣，在整整三層樓的所有房間上上落落地走動着。

這個家確實不是她以前所熟悉的那個家了，房屋太小了。黎誠逐漸把武昌那所大邸宅裏的許多東西，搬到這裏。整整兩個房間，堆滿了字畫、古玩和書籍，其餘房間，四壁都擺滿了書架。這樣，大大縮小了各個房間的面積，因爲它們不但要住人，還得放許多搬來的家具。由於面積太小，屋子裏沒有儲藏室，其結果是把厨房延伸到飯廳和樓梯脚下來了。箱子和壇壇罐罐，塞滿了房子餘下的空處，連牀底下、桌几下，都得加以利用，房間弄得很窄，很少活動餘地，到處布滿了灰塵，把別的器物都遮沒了。天空也變得狹隘起來，這裏沒有寬敞的花園和天井，她覺得一切東西都似乎擠得緊緊密密的。

不久，令她吃驚不止的是，她得知家裏的經濟並不是永遠流不盡的天然泉，一家人的經濟負擔非常沉重，仿佛突然之間，她家裏喪失了所有進益。黎誠的官俸沒有了，當地政府禁止他們向銀行支取存款，爲了對付南京政府對它的經濟封鎖。她家最可靠、最重要的收入來源，一向是每年收穫時的田租。可是，自從去年秋天革命軍來到之後，農民不交田租了。兩次收穫他們都一無所得。品生一家從根本上感到經濟的貧困。可憐的曾先生現在負責全家的開支，祇得同方媽商量把家裏值錢的東西送到當鋪去典當；此外便祇得絕望地等待品生的大哥的匯款，他在四川省的一家銀行裏做高級職員。

　　品生這纔看清她家庭情況的真實本質。當她幼年在松門家裏的時候，看到過農民挑着一筐筐的穀子到她家裏。她當時對此並無印象，有時候她看見她祖母，一個善於盤算的鐵腕老婦人，有意吩咐僕人使用大稱尅扣分量來剝削農民更多的穀子，這情景她倒記得很清楚，但祇是作爲一個討厭她所憎恨的祖母的孤立事件。她家的經濟與這些裝穀子的籮筐之間的聯係，她從來沒有看清過，但現在，隨着全家經濟貧困愈來愈深，失去了田租的收入，顯得很迫切而突出。難道她家的生存主要依靠農民的收穫確實是真的嗎？難道她父親，一個有文化並在社會上有勢力的人，真是一個從不在土地上幹過活的十足的地主嗎？倘回答是的，就等於承認她父親確實是犯了罪的罪犯；不承認它，比如説，那土地是他自己的，但他從來沒有幹過農活。事實上，除交田租的時候外，關於土地和收成，從沒有放在他心上。還有，她父親怎麼有錢來占有這些土地呢？這一切都是震撼人心的問題。她再也不能否認他們的正確答案了。

　　老塾師曾先生還在屋子裏。這位老人過早灰白的頭髮，很快變成全白了，短短的濃眉中也有一些白毛了。現在他在黎家祇有兩個學生。自從黎家搬到漢口以來，兩個大的孩子因爲房子太擠而送到寄宿學校去了。曾先生覺得生活沒有多大意義，他自己像一隻老鳥那樣眼看着所有的小鳥一個個飛走了，却無法知道他們飛走後的情況。

　　黎誠的被捕加重了曾先生的責任。這位老先生總是覺得黎家是他第二個家。黎誠對這位塾師很尊敬、很友好，贏得了他的心。黎誠的突然消失，幾乎使這一家渙散解體。經管經濟的人立刻走掉了，帶走了他經手的一些股票和現金；她知道黎家當前的悲慘處境，對他奈何不得。曾老先生因此主動提出來管這個家。他覺得在這個時候幫助他的朋友和原來的東家是他的責任。他同德生和品生的友誼使他對這變化中的世界有了一些理念，但並不理解究竟在發生什麼變化。對他來說，革命或是不革命，變化或是不變化，生活仍然照常進行，人會變得更好更聰敏。他的地位處於孤立的富人和勞苦的窮人之間，他的敏感的善意，覺得黎家的生活不應該是這樣子的，並且爲此感到悲傷。但他絲毫不介入。他生性如一陣溫和的暖風，他的存在是被感覺到的，而不是被施加影響的。禮教傳統給黎家以維護道德的約束力，曾先生從來沒有懷疑過這傳統。他沒有想到過要介入。俗話説："惡有惡報"。他悲哀地注視着，生活過得很滿足，當困難到來時他將成爲一個真正存在的人。黎誠的突然被捕無疑的是個打擊。他曾以爲，這個亂子會采取傳統的方式，像過去的皇帝對待他的臣民那樣，國家統治者也許會斫掉黎誠的頭。但是黎誠的生命受到農民的威脅，他却從來沒有想到過。這是個嚇人的信號，也許就是正要發生的事情。他耐心地注意着。

　　對品生來說，曾先生現在不是個大幫助，她心目中最迫切的問題是要設法使黎誠安全出獄。她的老師甚至提不出她該去找什麼人，以及在這件事上她該怎麼申訴。他能爲她寄上訴書，但是個人上訴對革命政府的作用等於零。這個世界從個人關係上移開去了，這種個人關係祇能建築在老式的人情世故的反應上面。那些當權者所關心的是與個人無關的大問題，從而影響各階層人民的不同命運。黎家已經向政府機構和這次捕人的農民協會遞送了幾封上訴書，但是至今連回音都沒有。

　　品生陷於孤獨的悲痛和苦惱之中，她感覺到潮流在轉變，這個巨大潮流正對着她的家，所有的水勢都猛烈地冲擊並粉碎這個孤立的受害者。

八

一天，一個身穿山東府綢中山裝的先生出現在後門的廚房旁邊，要見品生。

當這男人進來的時候，一家人正在吃午飯，這是個方臉的人，皮膚白而光滑，他那顯然是廣東人的厚嘴唇顯得格外突出。他蓄了修得很整齊的、烏黑的小鬍子，這就把他的嘴襯托得更顯眼了。小鬍子的兩角翹起，這是日本流行的樣式。這人沒有通報自己就問這裏有沒有一個名叫黎品生的女學生。

曾先生從桌子的首位慢慢地站起來，他正同品生、素貞和孩子們起吃飯。他從袖筒裏摸出一條揉得很皺的手帕。從兩旁擦擦鬍子和嘴，以主人的身份，懷着完全的責任感來庇護品生不受這個陌生人的干擾。這個人被帶進飯廳隔壁黎誠的書房裏，其餘的人心懷疑慮，忐忑不安地等在飯廳裏。

過了一會兒，曾先生出來，含意甚深地向品生點點頭，就經過飯廳，走進黎誠書房對面品生的房間裏去了。品生跟了他進去。

"品生，你有沒有寫過一封信給政府的汪主席？"曾先生十分莊嚴地問，聲音似乎在發抖，眼睛微微閃着光芒。

品生一下子弄糊塗了，她忘掉了她所做過的事，"沒有，老師，我從來沒有寫過。"她說。

曾先生兩指托着下巴，在房間裏走來走去。這房間原先是會客用的，現在住着品生和素貞。他彷彿自言自語地不連貫地說着話。"給主席的一封信。爲父親懇求寬恕，用血寫的。你應該會寫的。是的，我想你會寫的。"

他擡眼望着品生，雙眼懷着老者的自豪感，似乎在重複着上面這話。

品生開始回想起來了。發生在她離校前那個夜晚的情景，連信上的話，都慢慢地想起來了。她吃驚地記憶起她在信中寫了這樣的話："如果你們離開了你們革命的目標，並且開始傷害無辜的人民，你們將失去人民的支持。"她感到惡心和恐懼。她說：

"唉，我的意思不是要寫這個。他們要對我怎樣？"

她說這話既不是表示異議，也不是承認做了反政府的錯事，祇是心底裏動蕩不安，好似一個女學生說了假話被抓住似的。

曾先生望着這個不幸的姑娘，她的頭垂得很低。他暗中感到得意，這似乎很自然而又難以解釋，他所培養出來的姑娘對傳統提供了又一個真正的孝順的記錄，而且是在孔夫子到處被攻擊的這樣一個混亂的時代。他不知道革命政府會對她怎樣，他也不擔心，心中似乎產生了一種新的信念。他說道：

"這個人要見見你，到他那裏去把你所做的事直接告訴他。是好是壞，現在這種日子誰也說不準。但你不必擔憂或者害怕，你沒有做錯。"

品生垂頭喪氣地走到對面房間去。她站在門旁她父親的書桌旁邊。這人也站了起來，用新派的禮貌極文雅地招呼了她。當他正在一邊行禮的時候，品生却察覺他正在仔細地打量着她。這人問起她那封信的事來，發覺品生不安的情緒，就微笑着使她放心。他笑的時候，嘴角上鬍子兩端的尖角也翹了起來。"黎小姐，你非常運氣，"他說，"這封信在主席桌子上放了很久。你這封信寫得非常好。當然，政府需要人民的支持，我們需要所有各階層人民的支持。現在的問題是大家在擔心極端分子，他們幹了許多錯事，奪走人們的土地，破壞別人的房屋，甚至殺害人民。在你們湖北省，情況還算是好的；在湖南，我們控制不了，他們逼得所有受尊敬的人都反對我們。我們很快要對付他們。主席夫人——汪精衛太太發現了你寫的關於你父親的信，非常高興。她告訴汪先生，不能對你的申訴置之不理，她決定幫助你。我們全知道你父親是個正直的人，他是無辜的。我們第一件要做的事是把你父親從農民手中轉移出來。"

這個自稱爲陳學銘的人說得很慢很清楚。顯然，他說的話是誠懇的。他說他是主席的私人秘書，汪太太派他來向她了解案情。他說話的時候，眉心有時自然地流露出一點憂慮，品生覺得這是對她父親真心的同情。

起初，她感到意外的有力量和有希望。她的情緒，在過去幾星期中，仿佛沒入了冰水之中，又潮濕又沉重，現在，突然溶化開來，變得輕鬆愉快。她即刻滔滔不絕地講述她父親的坦率正直的性格。陳先生的談話有適度的節制，完全符合禮節和官場習慣，似乎對她也非常同情。他的聲調既同情而堅定。他說，像對她父親那樣錯誤的逮捕是違反政令和法律的，政府要制止這種行爲。臨末，他告訴品生，她得去出席一個政府的高級會議，爲她父親的案件進行申訴，他會爲她安排好的。品生不知道爲什麼，她想，既然政府知道這是錯的，她父親就該立即得到釋放。但是此時她却熱烈地答應了。陳先生起身告辭。當品生要引他走前門時，他斷然地回身穿過廚房向後門走去，並帶着熱情而有禮貌的微笑告誡道：

"我想你不要向別人提起我到這裏來過，這一點不能讓極端分子知道。城裏現在到處都是極端分子，而他們勢力很大。這對你父親不但沒有好處，反而不利。"

九

沮喪洩氣的這一家人，現在長久地浸沉在這突如其來的希望之中。在這些日子裏，一切事都來得突然而難以預料，災禍與幸福，開玩笑似地相互追逐着，接踵而至，這家人甚至並不費心思去弄清楚政府怎麼會對黎誠這樣主動關心，也不費心思去弄清楚汪精衛主席所起的作用。對他們來說，既然國家首腦爲他們出面干預，這就是足夠的保證了。

可是品生和素貞兩人，在對這意外事件最初的歡樂過去之後，意識到這位不速之客所說的話中有着嚇人的聲音，這幾乎是她們在林德格侖聽到的革命隊伍中相互攻擊的同樣的話，今後可能有更多的麻煩。國民政府分裂爲二，並沒有結束汪精衛政權內部革命目標的鬥爭。品生心中想起了宗元，本能地覺得他可能是陳先生所提到的極端分子之一。他對於陳先生和包括政府首腦汪精衛在內的一伙人，是怎麼看法的呢？他一定是在城裏，但她不可能找到他。

幾天後，陳先生又來了。品生同他在黎誠的書房中密談了很久。這人走後，品生出來時臉色陰暗，流露着憂慮和失望的神色。使她洩氣的是，她向政府當面申訴的機會沒有實現。她決心隨時到國民黨中央執行委員會去為她父親申辯，以證明父親雖是一個地主和官吏，但並非壞人，不是個罪犯，也不應該被當作罪犯。陳先生似乎被品生的這個決心弄得不安了。儘管陳先生很同情她，可是却不要她這麼做，不要為案子申辯，而要向最高政府機關請求寬大處理。可是品生覺得她不能這麼做，特別是不能在陌生人面前哭哭啼啼作出可憐相來。最後陳先生勸她還是不去為好。

當品生、素貞和曾先生三個人在談論這件事的時候，素貞問道："他為什麼不要你去為你父親申辯呢？難道他認為這案子不能申辯嗎？"

"恰恰相反，"品生答道，"他認為這案子申訴很有理由，但是他害怕他所說的那些極端分子，他說他們都是些不講道理的人，勢力很大，控制着赤衛隊，就是在馬路上遊行的工人，你知道。他說農民全都擁護他們，許多農民，特別在湖南，都武裝起來了；如果這些人一定要討好農民，連汪主席都對他們也沒有辦法。他說他們要把這案子交給農民來決定我父親是否有罪，那我父親就完蛋了，因為他發現農民協會已經收集了大量不利於我父親的罪證，松門縣的農民恨我們。我不知道他們為什麼這樣恨我們。父親連松門縣都很少回去。老師，你知道我爸爸做過什麼不利於農民的壞事麼？哦，這真是非常悲慘的時世！"

"品生，這很容易理解，"曾先生回答道，一面不斷地捻着鬍子，"即使你父親什麼也沒有做，管家的可幹了許多事。農民受苦受難很久很久了。"

"我並不責備他們，"品生接着說，"但是為什麼要把事情弄得這麼悲慘呢？他們要地，要過好日子，就讓他們有地，去過好日子好了。但是也得讓我有父親。"

"過去的事別後悔了，品生，"曾先生說，"讓我們談談我們能做些什麼吧。為什麼你不能答應去請求寬大呢？"

品生絕望地搖搖頭，說：" 照我看來，他並不認爲這是確實有用的。他們自己似乎也毫無辦法。他們既有外部的敵人，也有內部的敵人，兩方面的敵人似乎都比他們強大。我真不知道他們能怎麼辦。但是，他說過要想方設法。汪精衛主席如能堅持把所有拘捕的人送到法院去受法律審判，至少父親可以從農民手裏出來，得到合法的保護。您覺得怎樣？"

"如果能做到這點，我們就進了一大步。你請求了他這麼做嗎？" 曾先生受到很大鼓舞。

"是的，我拜托他了。" 她回答。

五月底，黎誠終於從農民的監禁下轉移到地方法院的拘留所了。他的生命仍在危險之中。當黎家向地方法院上訴並且把他轉移出來的同時，農民協會指控了他十大罪狀，並要求把他處以死刑。可是，黎家人能略爲鬆口氣，因爲他的家屬第一次被允許去探監了，監獄在武昌，要過江去，兩星期探監一次。

這個消息使全家轟動。人人都要去。黎太太仍舊躺在病牀上，有時候起來躺在毯子墊得厚厚的椅子上，她也要去，老方媽堅決反對，她說不清什麼理由，但是肯定老爺很快就會回家，太太不應該到牢裏去抛頭露面。她會幫助黎太太起來，帶她到公園去，而不是到牢獄去。素貞也認爲黎太太不應該去，憑着經驗，這位太太除了上醫院之外，別的地方都受不了。品生不知道會出什麼事，祇覺得黎太太體弱不能去，但她認爲如果黎太太不去，她父親會感到失望，並且擔憂。這一切意見，全都被黎太太沉滯而饑渴的眼光斷然拒絕了，她沒有力氣辯論，但是她那出人意料的決心是不可動搖的。

到了探監的那天，他們雇了一輛汽車，把黎太太、品生、方媽和曾先生帶到了武昌渡口。那一天街上都是大群的遊行隊伍，所有街道和渡口都充滿了憤怒的、意氣昂揚的人群，似乎是遊行示威和高呼口號的特定節日。街上人人高呼："打倒反革命！"

他們在路上花了兩小時纔到達監獄。它在"山後"一條狹隘而擁擠的小巷子裏。巷子的盡頭有一道木栅的大門，大門外沿巷子的兩邊，男男女女和孩子們都坐在地上,帶着包袱等待輪到他們去探望家屬。小汽車按規定停在巷子外面,三個人幫助黎太太下了車。黎太太在品生和方媽的扶持下,半走半拖地走到曾先生給她們指定的一個角落,曾先生叫她們坐在地上,他自己去登記。

方媽在地上鋪開一條毯子,用雙手摸了摸,又把毯子拿起來對折好鋪在地上,又摸了摸,嘆了口氣,長篇大論地説道:

"這種地方的地面自然是高低不平的,但是還可以湊合,我們不是在這裏過年。從今以後,老爺很快就會自由了,你真不應該來。我們既然到了這裏,就祇得坐在地上,老人説,入鄉隨俗,這是毫無辦法的。別哭,太太。別流着眼淚,使老爺不高興,今天你應該高興。坐下,六小姐。別站在那裏。別不耐煩。你就要看見老爺了。當你看見他的時候,你應該笑。"

看到品生不肯坐下,這個保姆長長地嘆了口氣,自己抖縮地坐在地上。她很想對她老爺家不可思議地破落説一句憐憫和感嘆的話,但沒有説。她很樂意地把身子斜托住這位有病的太太,以減輕她的痛苦。

曾先生擦着臉上的汗跑回來,給方媽和品生各人一張小紙條,説道:

"嗯,我們幫助太太走到監獄的大門。從那裏起,品生,你將獨自同黎太太去見你父親。我知道,方媽,你應該進去幫忙,但是沒有辦法,他們祇允許親屬進去,而且祇能進去兩個人。"

方媽嘟囔着,無可奈何地發着牢騷。他們幫助黎太太走到大門前,一個穿黑制服的警察拉開木栅大門中的一道狹狹的小門。品生跨過門檻時幾乎撕破了旗袍,那門檻約莫二十英寸高。到了門裏,她幫助黎太太跨進去,那扇沉重的木門在身後砰的一聲關上了。她的頭低垂到胸前,全身力氣用來扶持黎太太,幾乎不辨方向地跟隨着這警察走着。她覺得自己在擔負着一個病人的重擔,在沒有盡頭的路上走。

最後,警察告訴她們,站在一個狹小的院子裏等着。品生擡頭望去,這個四方形的小院子,四面圍着木板牆,每面牆的中央有一扇方窗,上面裝着木栅欄,每扇窗下都有人站着,有的等得不耐煩和焦急了,有的面孔貼在木柵欄上與門裏面的犯人談話。所有這些人的樣子，看起來都很窮窘，一個女人穿着破爛的藍色外衣，甚至露出了一部分肩膀。品生看不清裏面的犯人的面孔，因爲小牢房很深很暗，什麽也看不出。她覺得他們全都像畏縮的灰色影子，那些痛苦到了極點的探監者，徒勞無益地拼命爭取同這些影子談話。在她面前，是院子裏唯一没有人的空窗户，一個衛兵肩上托着步槍，來回走着。她鼓足勇氣問道：

"那裏是不是我們會見他的地方？"她用下巴指指那空窗户。衛兵點點頭。

品生同黎太太向那窗子走去，警察没有阻止。她們走到窗前時，黎太太似乎突然有了力氣。她的丈夫在那黑洞的裏面。他是個大人物，生來就住在有花園、有書籍和字畫的大房間裏，而現在他們却這樣對待他，仿佛他是猪羣中的一頭猪。他們的行爲違反天道，違反生活常規。她突然覺得自己又是一位尊嚴而有力量的太太了。她雙手握住木欄，站在那裏等着，品生站在她旁邊，一手在後面抱着她。

窗子裏面，什麽也没有，祇有幾道光綫照在豆腐乾似的小房間裏的、高低不平的黑泥地上，他們似乎要剥奪囚犯們作爲人的享受。所有必需使用的附帶物品，比如一個人的生活自然要用的，並區別於獸類的一條板凳或是一張桌子，都没有。

品生不知道這是否是她父親的房間，她不明白它爲什麽是空的。她心裏懸掛着父親生命的安全，恐懼又涌上了心頭，指望在獄中見到她父親所帶來的含着悲愴的幸福，突然變得僵硬而凝固。她想他也許已被殺害，她們是被引來認領屍體的。想到這點，腦子裏似乎燃起火來，而軀體却因恐懼而變得冰似的僵硬。

過了一會兒，房間發出一種粗糙的磨擦聲，仿佛對自己黑暗潮濕的空虛大叫大嚷似的。品生覺得自己的太陽穴要爆裂了，没有弄清楚是怎麽一回事，先前没有發現的、房間後面角落的一道門推了開來，一道暗淡的黄色光綫照在地上。接着進來一個武裝的警察，站在門旁，對在他後面的人粗暴地命令道：

"進去!"

一個瘦高的人影立刻走進來,踏在暗淡的黃色光線上。他抱着的雙手垂在前面,看上去像個有生命的巨大的驚嘆號。這就是黎誠先生,前本省省長。

然而對品生說來,他確實是一個驚嘆號,它突破人生興衰浮沉各個層次,並要求他蔑視它。他的筆直的、高高的身影,由於生活的改變強加於他的吃驚而微微搖晃,但還是靜止的筆直的,不相信改變。他似乎沒有注意到他的一身舊的白色絲綢衣褲已經變成骯髒、破破爛爛地皺成一團,萎靡不振地掛在身上。他的一雙脚裸露着,長着瘤子,積滿污垢,穿着黑色的緞子破拖鞋,依舊跨着莊嚴的步子。他的勻稱的頭依舊筆挺昂揚,滿頭凌亂而僵硬的灰白色頭髮。突出的上下顎,由於臉色發黃,雙頰瘦削而更加突出,稀稀疏疏的銀灰色鬍子在上下顎的週圍根根豎起,使他的臉顯得皺紋既多而又頑強,與污穢的身軀奇異地相結合。他的一雙三角眼似乎眯得更小了,對於囚禁,對於警察和衛兵,對於那種緩慢而不可解釋的改變,流露出冷靜的抗拒的神情。是的,冷靜,而且不幸,這是決不相信征服的被征服者的冷靜;這被征服者雖然放棄了一切,把自己交付給命運之神的巨手,可是却相信命運最終會在他一邊。他相信,不論改變是多麼狂暴和陰沉,在命運的操縱之下,改變總會被消耗盡的。對於迷戀於習以為常的高貴顯位、並受此限制的人說來,黎誠仍舊是往日地位的紀念碑和象徵。對他女兒說來,站在中間的白髮父親的整個形象,是說不出的悲慘。品生覺得自己的眼睛充滿淚水,模糊不清了。

"爸!"

"老爺!"

品生和黎太太兩人都一起哭了起來。黎誠默默地點點頭,似乎要努力作出笑容來。他垂着雙手,慢慢地向窗子走來。但當他走到房間中央的時候,跟在後面的衛兵專橫地命令道:

"停住!站在這裏。"

黎誠突然震動了一下,但沒有明顯的動作,又顯得穩定而安靜。他的身體動了一下，努力要找出話來對他的女兒和妻子說。她們兩人是他光榮和羞辱的最親近的見證人。他皺緊眉頭擡眼望着她們，用一種古怪而沉悶的聲音，像陰沉的大海發出的低沉的嗡嗡聲似地說道：

"不要哭，我没事。家裏都好麽？"

這兩個女人回答他的是一連串的問題：問他的健康，他的待遇、伙食、衣着以及他是否受過刑罰。黎誠回答的話不多。囚犯生活是他粗心失誤的意外事件，他要從記憶中把它抹去，從這一生中把它抹去。他是受過儒家學說熏陶的上層人物，他認爲讀書人儘管處在危險中也應該保持鎮靜，泰然自若。曾子說過："臨大節而不可奪也。君子人與？君子人也。"他不應該讓這種意外的麻煩留在心上，他要使自己好像在家裏那麼自在，對家裏的一切回憶、一切暗示和聯繫，都使他覺得自己的生活道路鋪展着榮華富貴，一切都由他而來。

"不，"他皺着眉頭說，"没有多少刑罰。在農民那邊，他們打過一次。這裏不打。這裏待我很好。"接着他又問起家裏的事來。

黎太太滿臉淚水，開始抱怨起自他被捕以後家裏所經受的艱難困苦。她非常傷心，她所說的是她的感情的連續不斷的吐露，在細節上反復敘述。這是她唯一的機會和唯一合適的渠道來傾吐她的難堪的痛苦，她不能放過這機會。黎誠仔細聽着，一直皺着眉頭，他的眼睛似乎愈來愈小了。他不停地前後摇晃，以避免自己的顫抖。

警察終於來阻止黎太太。五分鐘過了，黎誠應該回到他的單人牢房去，她們回到憂慮和無用的痛苦中去。黎太太似乎從恍惚之中醒了過來，仿佛突如其來的野蠻的入侵者又闖進了她的房間，把她和她丈夫隔開了。

"哦，不！不要走！"她嚎啕大哭，軟弱地撞打着木栅欄。但是裏面的衛兵已經拉住他丈夫的臂膀，無情地拖走了。他企圖抵抗，可是他還没有來得及，這衛兵便在他背上猛力一推，嘴裏罵了一聲，他無力地向前一個趔趄，幾乎撞在後牆上。他設法站穩了，回過頭來叫她們，聲音異乎尋常的柔和，幾乎可以聽見熱情的人性，這是毫不掩飾的、悲哀的、赤裸裸的流露。

"回家去,太太和品寶貝。我沒關係。"

在警察的幫助下,品生把這哭哭啼啼的太太弄出了監獄。方媽和曾先生兩人都上前來迎接她們,品生把這位太太交給了他們,自己靠着牆,閉住雙眼,淚水從眼角湧出來。

"怎麼,品生,"曾先生問,"你也大哭了?"

品生傷心地搖了搖頭,睜開了眼睛,說:"您帶她回家,我要走一走。"她不等回答就轉身向小巷的另一頭走去,從大門旁擁擠着的探監的人群中間擠出去。人群中,有的一路哭着走出監獄,有的則拼命要擠進去。

第七章　一個論點

一

　　品生出了這條巷子，信步往前走，發瘋似地、漫無目的地走着，眼前什麽也看不見，仿佛迷失在荒野之中。她覺得她的軀體正在縮小——縮小到祇剩下監獄裏的景象，特別是黎誠最後被推進去時的景象，世界上除此之外什麽也没有。她喉嚨梗塞了，眼睛在燃燒。這一幕幕景象猛烈地捶碎她的心，她内心在發出反抗的呼號，一路上猛吞着乾口水，似乎害怕會憋死似的。

　　她幾乎不知道心裏翻滾着什麽樣的思潮和感受。這倒並不全是由於那臭監獄、警察的暴虐，或者她父親所經受種種痛苦，使她心碎，而是新發現的他們的醜惡，闖進了她的心，雖則她也曾預料到這麽一種情景，然而却比她原先所想像的壞得多。她父親受屈辱的最後那一幕，使她感到全身顫栗。黎誠在牢中默默無聲的悲劇性的抗爭，使她沉溺在洶湧澎湃的悲傷的巨浪之中。他在監獄裏之被貶抑屈辱與其本人之間，似乎無時無刻不在進行着劇烈而絶望的戰鬥，而他則是被捆着雙手來進行戰鬥的。他們讓他穿得破破爛爛。他身上長着瘤子，積着污垢，蓬頭散髮，滿臉鬍子。他們像野獸似地命令他，驅趕他，推他拉他，撞他罵他，仿佛突然間他不再是黎誠先生，而是一個乞丐或一頭野獸了。他們這一切是要幹什麽？是要剥得他赤身露體，讓他赤裸裸地受到羞辱嗎？難道世界上每一個活着的人，都是這麽被赤裸裸地受到極端的貶抑麽？没有一個人能受到保護和庇蔭麽？她父親不能例外麽？哦，他知道這是個悲哀。他以前知道嗎？他拼命地挣扎着，每根神經都警惕地在戰鬥着。他知道他們在毁滅他，不僅是他的財産，他的地位，甚至他的軀體，他們要毁滅作爲一個人的他。而他的戰鬥又是多麽陷於悲劇性而且徒勞無功！在被投入監獄之前，他知道如此嗎？他之所以過着有錢有勢的生活，爲的就是要避免這個嗎？是他的土地、田租、官職、權勢——這一切加起來，使他成爲一個人嗎？難道他不是黎誠，而祇不過是這一切事物的總和嗎？多荒謬的悲劇，多可憐！他們説他是個土豪和貪官，説他是個罪犯，説他是個罪惡貫盈的人，多麽不公平啊！如果一個人除了積累財富、爭得地位之外，無法保護自己不受殘酷的貶抑之辱，那誰會拒絶做一個官僚或地主？——假如他們能得到它們的話。誰能説，一個人由於吃得豐盛而斷定他是壞的和邪惡的呢？——假如他不吃的話，就會毀了他的身體。多荒謬的世界！它一切全都錯了。而她父親却被當做一隻替罪羊，一個犧牲品。他爲了拒絶做替罪羊，又在怎樣地在進行戰鬥，可是這戰鬥又中何用！徒勞無益。

她感情起伏，心潮翻滾，咬緊嘴脣，咬緊牙關，扭扭手指，絞絞雙手，吞咽口水，吐吐唾液，拼命地撐自己，以減輕折磨着她的辛辣的極度痛苦。

很久之後，她纔感覺到疲勞，並要弄清楚她在什麽地方。這時，突然一陣騷動和吵鬧，像遠處傳來的雷聲，把她喚醒了。她舉頭望去，五月的藍天，天高氣爽，飄忽着薄薄的銀白片雲。又一陣嘈鬧聲從蛇山那邊傳過來。

蛇山，蜿蜒在這座城市裏，把城市分成了兩部分。她穿過後鼓樓，沿山麓向前走去。過了一會兒，她發覺自己走到被叫做閲馬場的大廣場來了。清朝時這是個練兵場，後來棄置不用了，週圍搭起了些窩棚和茅屋，住了許多貧民。這廣場比以前小了，但仍容得下上千上萬的人。像所有的廣場一樣，它被用來作爲舉行群衆大會和遊行示威　這孿生城市的青年一代的活動場所。

她心不在焉地站下來觀望着。一陣陣的呼喊聲夾雜着鼓掌聲，像浪潮似地湧來。從什麽地方傳來演説者的大聲講話，以及説唱的沉重的鑼聲。她不大想聽。她慢慢地憶起來了：今天是五月三十日，是英國人在上海屠殺學生和工人的流血慘案紀念日。那時她也參加過這樣的示威遊行。祇是當時她感到非常興奮，因爲她第一次爲國家流汗，爲民族講話，覺得自己壯大有力而感到幸福；但是現在，她不在隊伍之中，祇是站在一旁，心不在焉地觀望着，仿佛在村裏看一場蹩脚戲似的。她與反帝國主義鬥爭之間没有聯係，廣場裏那些群衆對她來説，是陌生的、不相干的，她自己像路旁的一塊礫石，生硬地站在那裏。廣場上所有的意志、温暖、愛憎、民族責任感以及激動地站着的人們，都摒棄她。她甚至不能想像自己曾參與其中。

她突然覺得非常熱又非常疲乏，就在山坡的草地上坐下來，用雙手往後撑在草地上，支持着肩膀，兩眼漫無目的地朝廣場週圍一些小屋和肉店移動。那裏男男女女，都是些窮人，他們在屋前曬衣服的竹竿下走來走去，有的抱着嬰兒，有的捧着陶製大飯碗邊走邊吃。他們的臉全都向着廣場的人群，似乎饒有興趣地注視着。

突然，演説者有幾句大聲的話鑽進了她的耳朵裏："地主將要回來。他們已經開始回來了。帝國主義在幫助他們。看看我們湖南的同胞兄弟吧，成千上萬，是的，成千上萬，不是少數，都被湖南最大的地主、大軍閥何鍵用機關槍掃死了。弟兄們和同志們，我們死難者的屍體流到了漢口。長江裏漲滿了那些爲自由與解放而戰鬥的人們的血。是的，地主就在我們的鼻子下，已經開始反攻了。帝國主義到處在支持他們……"

品生記得，幾天前她在報上讀到湖南發生了政變，湖南省長何鍵手下的一個上校團長殺死了幾千農民。她記得，她很憎恨這兩個人，同情被屠殺者。但是在這樣一種場合下，她本能地想起了她父親，而感到難過。她力圖驅除這種情緒，却下不了决心：到底聽下去，還是站起來走開？

大聲演説者的話轟隆隆地響了一會兒，接着祇偶爾聽見一些不連貫的詞和短語，如"漢口第一碼頭""英國帝國主義"……她仔細地聽着，祇辨得出這些話："漢口的英租界現在是中國的土地了。誰收回的？是地主嗎？是官僚和軍閥嗎？不！這是漢口人民幹的。人力車夫、碼頭工人、鐵路工人、鋼鐵工人、店員、雇傭勞動者。這是漢口幾十萬窮苦人民，他們赤身露體，毫無武裝地起來抵擋英國人的槍彈。我們把自己的血肉之軀充作砲彈來收回我們的領土。我們為此付出了千百個烈士的代價。現在，我們窮人在這樣炎熱的夏天，可以在晚上到漢口的江邊乘涼了……"說到這裏，大聲演說者的話被廣場上響亮的喊叫聲和歡呼聲打斷，人人都似乎在呼喊："這是我們幹的！這是我們幹的！"所有這些聲音，給予品生以強烈的現實感，她知道他們說的是真話，知道在革命軍來到之前，她絕不可能在江邊這條鋪得整整齊齊、兩旁綠草如茵的人行道上散步。那時如果中國人敢於踏上那一片屬於中國的土地，頭上包着大紅布的印度巡捕就會用棍打腳踢來驅趕你。但現在，她已經記不清楚，在憂慮焦急的時刻，她晚上在那條狹長的地帶上散步有多少回了。她覺得，她想高呼口號來支持這演講者，這時群眾中又爆發出了一陣呼喊聲："打倒土豪劣紳！打倒反革命！打倒屠夫何鍵！到南京去！活捉蔣介石！"

這陣呼喊聲震天動地，使品生覺得坐着的地面也在搖動，廣場上的群眾一定在頓着腳。在自己門前吃飯的人都停住了，她看見他們有些人放下飯碗在鼓掌，一個小孩拿着滿滿一竹碗紅米飯向山腳下跑去，要爬上山去看得更清楚些，他雙手拿着碗筷，歪歪斜斜，爬不快，竟連碗筷一起滑到山腳下來，痛得大叫。品生跳起來要去拉他一把，但有個女人把他拖起來了，怒氣沖沖地咒罵着。一個男人的聲音立刻從下面喊道："別吵。聽着，聽着。又講話了。"

品生不知不覺轉了過去，聽聽演講者拉長的單調的聲音。她覺得奇怪，那不知名的演講者說了什麼話，能達到這樣強烈的效果。她瞪着眼睛，看着下面魔術般的廣場，覺得這是通過強電流的一個巨大的電按鈕，這股電流散發出電火花，她又聽見下面的話："每個人都自然地要生活，要不受棍打腳踢地生活，我們要做人，不要做狗和豬！但是反革命分子不讓我們做人，要把我們生生世世踩在腳下做牛馬。為了這個，他們正在捲土重來。他們謀殺了我們幾千人來實行復辟。他們還要謀殺更多的人，如果我們不阻止他們。讓我們來保衛我們自己，同胞們和同志們！保衛我們做人的權利，而不是做牛馬！"這些話所包含的思想，其純真簡明的程度使她吃驚，猶如在黑暗的牢房中摸着了什麼東西，突然間打開了一扇窗戶，她所要的東西，就完整地擺在眼前。她在監牢裏所看到的景象，她父親孤獨而悲劇性的鬥爭，全都證明這是真實的。幾個月前，她在學校裏發現這場革命是如此難以理解，如此混亂，如今，她覺得這全是浪費和愚蠢。她父親肯定會同意革命的這個思想，也許，他甚至會成爲它的一個戰士。那麼，爲什麼人們要把他關在牢裏，讓他受苦刑拷打呢？他爲之鬥爭的不就是他們所戰鬥的同樣事物麼？

她覺得身體裏洋溢着溫暖，她的力量又回來了。她感到她是廣場中群衆的一員，她父親也是群衆中的一員。她應該讓他們知道，把她父親囚禁起來是錯誤的。她站在山上望着人群，不知道怎麼樣纔能夠進到他們裏面去說這話。

二

在蛇山和群衆大會的廣場之間的狹隘小道上，她突然發現一個非常熟悉的人影向她走來。他屈着身子，肩膀和頭部俯着向前，那種動作的緊張而柔和，她是很熟悉的，是屬於林宗元的。他穿着略帶灰色的綠中山裝，褲脚管很寬大，灰色的布帽低低地壓在前額上，左腰上挾着一隻大公文皮包，身子微微斜向右側，敏捷地走着。

品生跑下山去，與他正面相遇。當她遇見他的時候，她幾乎笑了起來，但宗元嚴峻和吃驚的神情却又使她不知所措。她兩手放在背後，拼命地擦着，一面結結巴巴地說道：

"啊，我……我……對不起。"

宗元因爲想起一些公事，所以離開了群衆大會。這個意外的阻擋確實使他吃驚，特別是他經常在提防反革命力量的行動。當他認出她來的時候，立刻放心了，並且很高興，放下手來說道：

"哦，黎小姐。你怎麼到這裏來的？"

"你忘了嗎，我的家在這裏。"品生說。她覺得有了信心，宗元並不嫌惡她。她還記得，幾個月前她到傷兵醫院去的時候這個青年對她的敵意。

"啊，是的。"宗元一隻手舉到前額來，把帽子向上推了一下，往事都想起來了，記起了他被德雷伯中學開除以前，他們難得的那幾次相遇的情景。她是德生的妹妹。他記得，那晚上在她學校裏，當她同她哥哥走進會客室來的時候，她那容易發紅的臉，以及她跑上跑下，為他出力，幫他逃亡的情景。她現在顯然是跑過來找他的，他感到對這姑娘產生一種神秘的好感。

她穿着一件淡藍的麻布旗袍，比以前更高更瘦了。從她身上顯出一個漸趨成熟的少女所特有的清新和純潔。她稍微仰起那紅潤而光滑的臉，在明亮的陽光下，更顯得容光煥發。她的眼簾略垂下來，遮蔽了她的視綫，那烏黑而柔順的睫毛在顫動。他感覺得到，從這淡藍色麻布旗袍下面，苗條而豐滿的肉體所散發出來的柔順的溫暖。

他們倆似乎都感到令人愜意的惶惑。宗元很快把握住自己，為了擺脫這尷尬的局面，便問道：

"你現在住在哪裏？"

品生告訴了他，她還沒有說完，他就笑着說道："啊呀，那地方，當然我也知道。德生告訴過我。現在這樣的日子真是狂亂，把你記憶中的一切都掃光了。"過後他覺得不應該說這話，不好意思地摸摸他的公文包。

品生覺得自己的心迅速地跳動着。她也發覺人們在看他們，但又不願意走開。宗元接着問道，

"你上哪兒去？"

"回家。"

"我們一起走吧。"

"你打算到我家去麼？"品生驚奇地問。

"不，"宗元答道，"你認得孫裕興，他今天四點鐘到第六碼頭，我上碼頭去接他。"

"哦，那我們一起走。"

"你要一輛人力車麼？你能走得去麼？"

品生感到很累，但她很想走走，便說："怎麼，林先生，你以爲我不能走路麼？幾年前五卅遊行時，我不是同你走一樣多的路麼？"

宗元從側面用好奇和贊賞的眼光望着她，默默地笑着。他們決定從山上走到漢陽門渡口。這不是一條平坦的道路。山脊上除了長着一些灌木叢和偶爾看到一些被隔開的樹木之外，林木幾乎被伐木人斫光了，他們得在野草叢中覓路前進，而野草因爲臨近夏天，長得密密麻麻。但是這條路上，沒有鬧市狹小街道那種人群和車輛的擁擠，有冒險精神的青年人喜歡在這山上多花點力氣。品生和宗元在草叢中走，常常停下來，歇口氣，說幾句話。有時候，他們想到一塊兒去了，有時候又各想各的心事。品生得知德雷伯男校提前放了暑假，孫裕興到漢口男青年會來做事。她也得知，使她意外地產生希望的是，宗元是農民協會的領導人之一。可是，宗元最近纔知道，被捕的省長是品生的父親。他沒有表示什麼意見，但似乎對這件事感到有點悲哀。

他們來到武昌郊外面臨長江的一個突出的山脊，在一棵很大的野桑樹旁站住了。這棵野桑樹突出地長在伸到下面去的山坡上，他倆各站一邊，抓住他們中間的樹干。山脊下面是一塊坡地，屋宇鱗次櫛比，雜着些樹木和街道。山坡一直延伸到浩瀚的金色的長江，它那急流在太陽下閃爍着金黃的波光。長江的對面，龜山背後煙囪林立。龜山是一座高聳的圓山丘，它同長江這邊的姐妹山蛇山完全不同。

過了一會，品生稍微舉起頭來，望着樹干那邊的宗元，他瞬即瞥了她一眼。她猶豫了一下，問道："我可以問問你，關於我個人困難的問題嗎？"

宗元意味深長地朝她一望，似乎責備她太拘謹了。他走到樹的另一邊去，說道：

"你願意坐下來談談嗎？"

他們並排坐在山脊上，宗元望着品生。她雙手抱膝，眺望長江。顯然，她現在要避開他的目光。宗元也移開了自己的視綫，問道：

"你以爲我是個没有心腸的惡魔，是嗎？"

品生回過頭來，用詢問的目光望着他，很坦率地回答道："我第一次在百花洲遇見你的時候，你給我的是那種印象。那時候，你似乎討厭我們女孩子。要不，就是我太過於敏感了！"

"不。"他回答道。他鼻翼的肌肉似乎因記起他孩子氣的態度而鬆弛了，接着說："你說對了一半，這可不是討厭。"

"那麽這是什麽呢？"

宗元祇是笑笑。過了一會，說道："這不好，時髦姑娘不會喜歡的。"

"那麽你看不起我們。"她說。

"我寧可這麽說。我發現我被一個素不相識的姑娘抨擊和質問，使我很吃驚。這全都很幼稚，全是自負和私心。我現在不是這樣了。應該感謝這麽一個事實，人不會永遠是個孩子！"

品生回了他一個迷人的直覺的微笑，瞬即把眼光移開了。

他繼續說道："事實上，即使在當時，我也知道我是錯的。我想我舉止不好的真正原因，是你這事給我的印象太深了。"他指望她會問怎麼會這樣，但她沒有問，祇是在草地上伸直一條腿來舒展自己。雖然他沒有看她的臉，但他知道她對他的話產生了好印象。他們倆都默默無言，而靜默，似乎在他們之間迅速地在傳遞着些什麽。

片刻之後，宗元想起品生的問題，便說道：

"你還有什麽問題要問我，是關於你父親的嗎？你一定非常着急。但是，你知道，在現在這樣的時代，要作出許多犧牲，每個人的生活中都有極大的痛苦！"他是作出逮捕黎誠的決定的人之一。他突然覺得，自己像木頭似地坐着，並且喜歡這樣同品生談話。他猶豫了一會之後，又勇敢地說道："你知道，品生，我可以這麽稱呼你麽？"看見她肯定地點點頭，繼續道："品生，這會使你傷心。我知道逮捕的全部經過。我們不得不這麽做。"

"你！你幹的？"她尖叫着跳起來。

"是的，我或者說我們幹的。"他堅定地回答道，一面也從地上站起身來。

她背靠着樹，使自己不致倒下，同時驚奇地瞪着眼望着他。他也堅決地回過來望着她，對自己的作爲既不覺得羞慚，也不感到高興。他說道："我告訴過你，這會使你傷心。我該走了吧？"

她沒有回答，轉眼去望着長江。過了一會，她又坐下來，拼命克制着發抖的聲音問道：

"爲什麼?！告訴我，你們爲什麼這麼幹？"

"爲什麼嗎？"他依舊站着回答，"因爲松門縣各個村子有幾百個狀子控告他，要求農民協會加以逮捕。那些狀紙，由農民口述，算命的代書，指控你父親和他手下人的罪行，真是罄竹難書。我們向地方法庭起了訴，但是法庭對此沒有反應，汪精衛阻止它采取行動，松門來的農民代表坐在我們的會上，要求追究。他不在松門纔真是幸運。農民受够了苦難。"

"我知道，我知道……"她受不了，不能再聽下去，急忙打斷他的話，心裏滿腔惱怒和憂傷，"我一切都知道。我當然認爲農民應該有他們的土地，應該有做人的機會，而不是做狗做猪。但是，他們難道也要人的命？難道那樣會使他們更有氣概，更有尊嚴？難道我父親要用生命來抵償過去的錯誤？哦！"她突然流起眼淚來，同時却又拼命忍住淚水。

宗元又在地上坐下來，握住她那猛烈地用手背擦着淚水的手，遞給她一塊手帕。他說話的時候，似乎凝結着强烈的、悲哀的感情："別哭，別哭品生。我們全都有父母和最親切的親人，他們或者被殺死，或者生活在迅將被消滅的危險之中，別以爲你是唯一碰上這命運的一個，讓我們來分擔這共同的悲傷，讓我們來談談怎麼使可怕的悲劇減少而不至增加吧。"

品生擦乾了眼淚，回過頭來望着他，對他所說的話感到驚奇。他雙手托着下巴，眼睛瞇得很細，努力去注視遠處無煙的高高的煙囱，要擺脫心中的愁緒。她問道：

"我希望聽錯你的話，你是說你父親也在危險之中麼？"

"我的父親已經死了。他交不出田租給地主，就用根繩子上弔，死了。"這話說得清清楚楚，毫不遮蓋，也不動情感，没有誇大，不加裝點。說這件事的兒子，甚至並不强調他的聲調，彷彿到處都有弔死的父親。品生凝望了很久，這纔發現，他那雙瞇細的眼睛的眼角，有五道皺紋，並在絶望地顫動。她深深地嘆了口氣，說道："我不願觸及你舊的傷痛。唉，我有這麽多的事情不知道，就我來說，我是完全贊成革命的。我們的國家必須自由，我們的人民必須過完全不同的生活，不爲別人作牛作馬。但是，我確實認爲，不必抓人和處死。在我心底裏，我覺得像我父親那樣的人，他爲之而奮鬥的，與農民所要求的，是同樣的東西。那便是爲什麽……"

宗元突然轉過身來望着她，他的臉完全没有表情，問道："什麽？"品生把她的話重複了一遍。

"怎麽會呢？"宗元又問道。

品生把她離開監獄之後，在群衆大會上所想的意思耐心地解釋了一遍。當她講述事情的經過時，她父親的悲慘景象又回到了她的心頭，她愈講愈有力了。她情緒激動地結束了她的解釋。

宗元在聽的時候，臉上表情發生了種種變化。結果，他的臉上堆滿了呆滯的、無表情的陰雲。品生以爲他難以理解地發火了，問道："你知道嗎？我不是有意說的。我僅僅是傷心而已。人們並不總是能彼此理解的。但是我確實要你理解我，因爲你經歷的悲劇，肯定比我要多。像你所說的，願悲劇少些，不要更多。"

宗元立刻把眼睛瞇成一綫，顯出柔和的憂傷神情，帶着悲哀的笑容望着品生，静默而熱烈地握了一陣她的手。他從山脊的邊上走開去，從樹根下撿起軍帽子和公文包，說道："我對你剛纔說的話並不生氣，衹不過我在設想，你那個論點對農民能起多少作用。將來有一天，當我們的共同目標實現的時候，當我們國家獨立，人民得到解放，大家都平等地過生活的時候，那個論點聽起來也許有說服力。你不能使人們感覺並相信你父親的鬥争僅僅是爲了避免做猪做狗。這不過是一個論點，没有事實根據。"

"也許我得把話說得更清楚些，"品生說道，"我的意思是，我父親不是個罪犯。他做壞事是因爲生活條件使他必須這樣做。我知道他。他害怕，如果他失去財富，他會淪落爲牛馬，而不是人。我從來沒有認識到這些話後面隱藏的恐怖，祇是今天我去探監之後，纔有所理解。他的時代的風俗和法律，並不使他成爲罪人或罪犯。他是根據風俗和法律行事的。"

"當然，你的話是對的。整個問題是制度。風俗和法律都是從那個制度產生的。在那種風俗和法律下面，他不是個罪犯。但是，你知道，在基督教裏有反對上帝的罪，用我的話來說，有反對人性的罪。原諒我說這個話，品生。人們在很久很久以前，就定下種種風俗和法律來處理犯罪。他們一有機會，就要求順應人心，講求正義。"

品生似乎聽不進這些話，並且顯得被這些話弄得更傷心了。她來回地走了一會兒，不知道該怎麼辦。突然，她面對着他站住了，懇求地說："宗元，我可以求你一件事嗎？"

"可以，你說吧，品生。"

"你能安排一下讓我親自見見那些農民嗎？唉，我知道，他們反對我父親，我祇希望有機會向他們呼籲。我們也許不能要求正義，但是，也許我們能要求憐憫吧？"她從來沒有向任何人懇求過憐憫，這個字眼使她感到臉上發燒。宗元望着她，她的一雙烏黑發亮的大眼睛也固定地盯着他，這雙眼睛流露着懇求的誠摯與憂鬱的神色。宗元移開了目光，不再對住她的眼睛，回答道："我會安排的，品生。我們做我們能做的一切事。事實上，危險並不恰恰正好落在你父親的頭上。在我們與你父親這樣的人中間，是一半對一半。但是你將會有機會遇到農民，讓他們聽聽你的實情。坦白地說，品生，別把事情混淆了，救你父親是一回事，而我們時代的運動又是另一回事。如果你要拯救他而借運動來爲之辯解，那你也許兩者都會失去。"

"你的意思是這個運動一定要毀滅我的父親嗎？"

宗元搖搖頭，目不轉睛地注視着她對他的信賴的眼光，說道："我沒有那麼說，我祇是要你把這兩者分開。那麼，你就不會那樣不幸了。現在我們走吧，我不願錯過去接裕興。你明天什麼時候在家？我來看看你，行嗎？"

"現在你隨便什麼時候到我家來都可以。"她回答道，對着他的目光，悲哀地微微笑了笑。

三

品生大約五點鐘回到家裏，她直接上樓，到黎太太的房裏去。使她驚詫的是黎太太不在房內，房裏却是一片混亂，許多小家具都搬到中間那個四壁放着書架的房間裏去了。一個小婢女伏在地上，用濕布在揩地板。品生的婢女蘭香，卷起兩袖，站在扶梯上擦黑漆櫃子。牀上的帳子和被褥都拿掉了。方媽也伏在大牀上，在牀架的雕刻縫中撣灰和揩抹。她們全都沒有看見她進來。

"嗨，姨娘到哪裏去了？"品生驚奇地問。三個人都回過頭來看她。兩個婢女知道輪不到她們來回話，便向小姐打了下招呼，轉過身繼續工作去了。

"啊呀，"方媽面對品生，坐在光禿禿的牀上，顯得很激動地回答道，"你不知道，六小姐。我告訴過你，太太不應該去看老爺。這話我說過好幾次了，沒有人聽我的。太太剛出監獄就嚎啕大哭，仿佛着魔似的。曾先生和我把她扶進車裏去的時候，她昏過去了。昏迷不醒了！哦，老天爺，她在車內全身冰冷僵硬，真是嚇死我了。曾先生說，我們必須把她送到同仁醫院去。哦，這真難啊，真難啊……"於是，她詳細敘述了多麼困難地把這個病婦用小汽車載到渡口。幸好是夏天臨近，水位很高，因此陡峭的堤岸離水面不遠。當他們到達漢口時，從渡口上岸，好容易換上了另一輛汽車，纔把這位太太送進漢口的一家醫院。她繼續說了為什麼必須把太太送進漢口的醫院而不是武昌的醫院的理由。這個疲乏的老保姆，懷着悲憤的心情敍述所有這一切艱難困苦，忍不住擤鼻子，暗地哭了。對她來說，現在所有一切事情都是難以解釋和徒勞無益的，生活愈來愈艱難了。她承認，做妻子的到監獄去探望丈夫是必要的，但是，啊，什麼時代啊！一位太太上監獄去！天和地都顛倒過來了。

品生得知黎太太住在醫院裏，倒反而出奇地感到放心。她的保姆顯然在責備她沒有阻止黎太太到監獄去，她也滿不在乎。這位老保姆總是指望品生幹她做不到的事。每當黎誠發怒，難以平息時，或者黎太太憂傷到極點的時候，方媽總是促使品生出來解救局面，今天就更有理由責備她了，因爲她不顧黎太太傷心得要命，自顧自走了。方媽認爲，要是品生同他們一起勸止住這位太太不要痛哭，她就不會昏過去了。老爺在牢裏，太太在醫院裏，好端端的一個家庭變得四分五裂，這得要由品生來負責。

方媽責備過後，就問品生吃過東西沒有，說還留着飯，但現在一定涼了，蘭香可以到廚房裏去叫廚官熱一熱。品生連忙阻止，並勸她別再幹下去了，她一定很累了。

"啊呀，"方媽跪在牀上，立刻又動手抹了起來，"你一點也不知道，六小姐。這活兒今天必須做完。明天我們得去收拾三少爺的房間了，三少奶奶就要帶她的僕人一起回來了。曾先生今天接到了他的一封信，三少爺這兩天就會回家了。"

"真的嗎！信在哪兒？"

"在曾老師那裏。蘭香可以去拿來。"

"不，不。"品生說着就跑了出去。

家塾設在三樓，現在空着。曾先生的房間在中房隔壁——家塾的對面。這時，曾先生正對着窗下那張書桌站着。他的白布衫的兩袖卷到肘上，雙手正在攪着種風信子的、長方瓷盆中的泥土。旁邊有幾顆穀物的種子。書桌中間有一堆濕的大理石礫石。顯然他打算把穀物種子種在風信子的花盆裏。

"老師，我三哥的信在哪兒？"品生冲進曾先生的房間後問道。

曾先生回過身來，伸着沾上濕泥土的手指，用閉着的嘴唇指指書桌，說道：

"在那裏，你自己拿吧。"

品生拿起一個中間有兩道紅綫的小信封。這封信確實是寫給曾先生的，不像父親被捕以後他寫給父親的那一封。這封信很短，是從松門與漢口之間的什麼地方寄來的，信中說，如果路上沒有什麼困難的話，他兩三天之内應該到家了。

由於某種原因，德生從未接到關於他父親被捕的那封電報。他四月初回松門家鄉時，路上被強盜搶了；到了家鄉幾天之後，一群農民冲進了縣城，燒掉了許多有錢人的房子，黎家那個大宅院也被燒掉了。農民把沒有燒完的東西弄到屋旁的空地上，再把它們燒得精光，一件也不拿。這完全出於報復心理。這一切全都發生在大白天，不像第一次火燒那樣在半夜裏偷偷進行。黎家的一個收租的人被打死，別的收租人全都躲了起來。城裏誰也不敢說自己認識黎家。德生奇跡般地逃到了鄉間，住在他母親族中的堂表哥家裏。他在上一封給父親的信中，要求寄些錢給他，讓他回到漢口來。但是那時老人家已經被捕很久了。因此，曾先生寫信給自己家裏，要他們給德生送些錢去。現在他一定已經知道父親被捕了，這件事，從造反的松門縣逃到漢口來的人都知道的。

品生對德生的回家感到莫大的寬慰。她的家，在這個動蕩的社會裏，像處於沸騰的鍋爐裏一樣，正在解體之中，她感到自己難堪的孤獨和軟弱。德生之於她，將是一個支持者、一個伴侶和共同的探索者。雖然曾先生近在身邊，而且一直在支持着她，但是他離群索居，總是沉默、鎮靜而又沉着。現在他却古怪地專心致志於攪拌他的花盆裏的泥土，這是他以前從來沒有做過的事，彷彿他突然發現一種新的方法，使自己超脫塵世，更顯得年高德劭。他的白布褲在足踝處用寬黑帶子扎起來，頭戴舊式的、黑絲織的小瓜皮帽，帽頂的小結像山尖似地兀立。在一個穿西裝、中山裝、軍裝和學生裝的世界裏，他顯得像個舊時代遺留下來的老古董。他雙袖卷起，手肘斜伸，以驚人的毅力在攪拌泥土，似乎是那樣縹緲而遥遠。品生感到今天有許多話要同他講，但她忍住了，繼續一而再再而三地讀這封短信，曾先生衹瞥了她一眼。過了一會兒，她説："可憐的三哥，他回來後將怎麽辦呢？"

曾先生又瞥了她一眼。他還没有鬆完花盆裏的泥土，正在往裏面埋種子。他半心半意、心不在焉地説：

"他會瞧着辦的，别擔心。"

四

品生下了樓，到底層去。兩個孩子從她房裏出來，素貞跟在他們後面，邊笑邊談着。

"喂，小傢伙，"品生説道，"老師在樓上有許多漂亮的石子給你們玩呢，去問他要吧。"孩子們立刻忘了素貞，跑掉了。

品生笑着看他們跑去，便拉着素貞的手，一起走進房間，説："嗳，讓我們清静清静地談談話。"她躺在一張柳條躺椅上，長長地嘆了一口氣，舒展了一下。素貞走向窗下的一張方桌前，去收拾剛纔同孩子們一起玩過的棋具。這時，她説：

"我本想要同你談談，可你去幹你的事了。怎麽啦？"

"我今天遇見了林宗元，"品生很快地説，仿佛這話從她嘴裏飛出來似的。

"你是指那個德雷伯學生麽，他參加了革命，你不是説過，你在醫院裏討厭那個人麽？"

"不。我從來没有説過這話。"品生突然打斷説。

"我記得你不願意再到那醫院去了，因爲你討厭看見他……"

"啊，也許。但他説他能幫助我。"品生接過話題説。

"幫你父親麽？怎麽幫法呢？"素貞流露出熱切的同情，但她懷疑是否會有效果，接着又補充説，"你認爲他有辦法麽？"

品生没有回答。她感到相當疲乏，過了一會纔説："我盡我的能力去做。在這個案件上，我每次會晤的遭遇，似乎都表明我的所作所爲是錯了。對也罷，錯也罷，可能有幾百萬父親同樣遭到憂患和危險，但是做子女的却不能袖手旁觀，眼看着自己的父親遭到詆毀、破壞而沉没。它是這麽一宗罕見的案例，貞。我在想，也許我該抛棄一切，去參加革命。但是我的心却不允許我這樣做。"

"宗元對你説了些什麽？你要懂得，生活中確實有些永恒的要素，你是跨不過去的。"素貞對品生答話中所采用的新語調頗感驚異。她深怕她的朋友也許會受到此種強烈影響而放棄人生中最神聖的親屬關係。她雖然是個虔誠的基督教徒，但她還是認爲家庭的結合和子女的孝順是人生的要素。

品生心裏仔細考慮了素貞的話。素貞對她顯然缺乏了解，使她有點兒惱怒。她與這老人家之間的關係，不僅僅是父女之情，而且是她受過文化與生活教養而承擔的最神聖的義務。這就是爲什麽她的心不允許她放棄它的原因，除非她能容忍自己不僅是反對父親，而且是個違反作爲真正意義的人的叛徒。她很疲勞，不願爭論。她像黎誠不高興時那樣，把頭仰起來，靠在椅背上，没精打采地回答道：

"唔，他確實没有説多少話。可是他非常友好地答應幫忙，"她把要去會見農民的想法告訴了素貞，並補充道，"可是我很高興三哥馬上要回來了，他能幫助我。"

這個意外的消息使素貞吃驚不小。她一直在擔心着德生即將從鄉村回來的事，並不是因爲她不喜歡他，恰恰是因爲她留在黎家期間聽到人們對德生談得很多，大家很愛他，使她心裏對他更有好感。但是她要逃避這種感情。過了一會兒，她説道："品，我一直在想搬出去住。"起初，品生似乎不理解她的朋友，隨後她領會似地望着素貞。素貞繼續道："我到女青年會找個房間住住，但是現在那裏没有，他們説以後給我留一個房間。"

"不，別搬出去，貞，我求你。這裏人人都喜歡你。"品生説。她的不幸的處境使她愈來愈依戀素貞，滿懷着使她朋友做她嫂嫂的希望。過了一會兒,她又説道:"反正三哥不會與他妻子一起過日子,你没有擋住任何人的道路。"

"但是我不要發生那情况。"素貞猜到了品生的意思。

"但假如三哥要呢?"

素貞默默不語了。後來,她低聲説:"我想他不一定會。"

品生望着素貞,素貞拿着支鉛筆在書桌旁畫畫。品生突然問道:"怎麽,告訴我,你不能愛上一個人麽?"

素貞臉色緋紅了。她慢慢地用鉛筆畫着答道:"我不知道。難道人們總是説得出他們爲什麽愛麽?有些人説得出許多理由。我總是在想,這些理由都是後來編造出來的。你知道你爲什麽愛麽?"

"我不知道,所以我纔問你。我知道我喜歡林宗元這個人。但是今天之前,我一直不知道他也喜歡我。是這樣一種奇怪的感情。"

"怎麽呢?"

"嗯,"品生説道,"小説裏説在你戀愛的時候,你就想同這人始終在一起,生生死死。你必須同他結婚,否則你就會死去。是這樣麽?"

素貞沉默着。她在想着她自己。過了一會兒,答道:"但離開這人肯定是非常非常難受的。你不知道你是否會死,但是這人在場,會使你覺得你自己不再是一個沉重的負擔。你坐,你走,你睡,你談,你吃,你做一切事情,都興高采烈。你怎麽受得了他被搶走或者失去呢?……"素貞突然停住了。

"還有呢?"品生問道。

"没有了,"素貞説,"現在該輪到你説了。"

"我以爲你會説,因此你必須結婚並占有他。"

素貞作了一個否定的手勢,但内心是傾向於贊同的。

"假如是這樣,"品生説,"素貞,恐怕我是我所知道的最愚鈍的人了。也許我不是在戀愛,我没有你所説的那種感情。"

静默了一會兒之後,品生慢慢地吞吞吐吐地重新説話:"當然,我喜歡同這個人在一起,同他接近,很接近。在這人身上,使人産生一種動人的好奇心，我要捉摸住它，知道它，這有時候是令人悶得透不過氣來的。他身上的一切事情，都成爲吸引你興趣的一本寶書。你要去撥弄他的鼻子，數他的睫毛，看他的耳孔。你甚至要呵弄他全身的毛孔，使他搖動顫抖。你要他的每一根毛髮都呼喊說，他是男子，一個奇怪的新對象。是的，那麼奇怪，那麼新鮮，使你要他承認你是一個不同的對象，同他不是一個整體，你要他稱你爲女人，一件不同的事物。這是非常非常奇怪的。素貞，這是非常迷人的混亂。我對愛所願望的，既不要求平靜，也不要求圓滿。"

"這是什麼?"

"我不知道。"

"你是指是這個男人，還是他的軀體?"

"你怎麼能把這兩者分離開來呢?"

"你說得太神秘了，"素貞莫名其妙地說，"我不相信有這樣的女人，她所以戀愛是因爲她要在男人身上找出他的神秘之所在。"

"不，"品生坐了起來，顯然是認真地說，"你錯了，一個女人覺得男人是神秘的。我們在兄弟和父輩身上所看到的一切，都是自然而然的，但你一旦覺得你愛上了一個人，這個人就成爲神秘的了。你對他那永遠堅硬的頭髮，覺得奇怪。你要知道，他身上粗壯的骨架，他的喉結異常突出，似乎有意叫你注意。你對他看起女人來所保持的那種怪異的距離，會發生興趣。當他同一個女人在一起的時候，他爲什麼對自己那麼自信呢?爲什麼一個女人能激起他的憤怒或者幸福感呢?爲什麼他能主宰一個女人使她完全依附於他呢?我肯定我不知道。你甚至不知道，當他同你在一起的時候，爲什麼要用那個樣子來走路和談話呢?他似乎是突然從烏有之中冒出來的生物，就是讓你覺得奇怪，發生興趣。這全是神秘的。當一個女人愛上一個男人的時候，他就是神秘的了。"

"也許你是對的，"素貞說，她停止了畫畫，"但是你發現了這神秘之後又怎樣呢?你就不愛他了麼?"

"當我不愛他的時候，我想這是因爲他不再是神秘的了。然而我不相信，這神秘無論何時何地都能被發現出來。"

"當你同他結婚之後，你認識他已經很久了，這神秘也許就終結了。"

"你知道，素貞，我想，結婚是由於什麼都沒有發現。你要結婚麼？"

"我想結婚是好的，"素貞略爲躊躇一下，說道，"在學校裏，他們說結婚使女人變得無用而且依賴別人。我不相信這話。我想兩個人一起生活，比一個人過活好。"

"我也這樣想，"品生說，又往躺椅上躺了下去，"但是我非常懷疑結婚，它似乎使人們在覺得不可能發現這神秘的時候，感到厭惡，她們決定用結婚來使它宣告結束，並把男人變爲丈夫。她們於是回到她們母親一代和姐妹們那樣可憐而陰鬱的老路上去，向着痛苦和悲劇的那條路上走下去。"

素貞沉默了，她知道品生總是爲她母親的命運抱不平。事實上，品生家裏婦女們的悲哀的生活，使她感到詫異。她不願意再就這個話題談下去了，便換個話題問道：

"宗元會來看你麼？"

品生點點頭，並說道："順便說到，你有個朋友來了，猜得出他是誰麼？"

素貞想了一會兒，在回答之前，品生又說了："當然你是知道的，你收到過他好些信。他不是個頑強的人麼？這些年來一直釘住不放。他來看你的時候，你怎麼辦？"

"孫裕興說他要來麼？"素貞深有所思地問道。

"宗元告訴我的。我同宗元一起到碼頭去接了他。"

素貞沉默了好一會兒，然後說道："這個人真是奇怪。我覺得我怎麼能愛他呢？但他待人確實非常非常好。"

五

自從與品生作了那次關於搬出去而沒有結果的談話之後，素貞對德生即將回來感到愈來愈可怕，愈來愈激動，她的孤獨感，似乎一天天更強烈、更突出了。品生常常出去，不然就是宗元來看她。顯然，他們現在是好朋友了。素貞不喜歡宗元，覺得他陰鬱，不成熟，有時候甚至很生硬。他來的時候，她總是離開房間，而他似乎也不在乎。有時候她聽到他們在談品生父親的案情，或者在談革命，這兩者似乎都在危險之中。或者他們開始爭論起來，然後是難堪的沉默。然而他們樂意一起坐着。

裕興偶爾來看看素貞，但他不敢多來，怕惹她煩惱。當素貞請他幫忙的時候，他非常高興地答應替她在女青年會找個工作，找個房間。

德生到家的那天，素貞坐在房裏，當他進屋裏來的時候，她不願去接他。她坐在門旁的沙發上，每根神經都豎立起來，緊張地聽着外面的動靜。她聽見方媽的叫喊聲，孩子們的歡呼聲。然後，當她聽見德生沉重而疲乏的步伐踏進飯廳時，她的心跳了起來。她聽見他寬慰地與品生打招呼，但那聲音聽起來是憂鬱的、勉強的。她聽見他沉悶而焦急地問起他父親和黎太太的談話聲。當問起家鄉的情況時，他被這話題打斷了，說："啊呀，暫時別提吧。"

方媽連忙告訴他，他的房間幾天前就收拾好了，她已經送信給三少奶奶，說他今天會到家了，少奶奶答應她明天來。素貞覺得自己的心惦掛起來，要聽聽德生怎麼說。德生向方媽表示了感謝，並且隨便地說了一句："那好吧。"素貞不確定這話的意思，是他不在乎他的妻子呢，還是僅僅爲了避開這老保姆的嘲笑？顯然，他要看看這久別的年輕的主婦。長期的經驗使她總是從不好方面着想，素貞認爲由於德生的教養，這總該是後者。於是她責備起自己來，暗暗地橫了一條心。

隨後，她聽見那松樹般筆直的男子，踏着沉重的步子到樓上去了，扶梯發出連續不斷的、砰砰的響聲，全屋子的人都跟着這位剛歸來的人上去了。她想他是去看曾先生了，或者，最可能的是到他自己房裏去了，他的房間是容不得她的。她爲什麼不出去迎接他，同他打打招呼，問他一些禮節性的、無關緊要的問題，然後得體地回到自己房間去，由這一家人單獨一起去享受歡樂和分擔悲戚呢？爲什麼祇覺得自己是品生的朋友而不是他的呢？躲在這裏有什麽用呢？他會下來的。他肯定會到他妹妹房裏來的。她等着別人來發現她麽？而且，還是戰戰兢兢地、鬼鬼祟祟地坐着，像個傻子似地等着麽？

素貞拿起皮夾子，偷偷地從廚房走出了這屋子，很快地走出了巷子口的鐵門，在那裏站了一會兒。她向後看看人行道，不知道上哪兒去。人力車夫馬上拉着車，圍在人行道旁，他們拍拍車上的座墊，一陣灰塵隨即升起，然後勸她坐自己這輛乾净的人力車。素貞茫然地走了一會兒，交互盤問自己：爲什麽出來和該上哪兒去？她像一個孤獨的影子，看着自己的雙脚漫無目地、勉强地移動着，向前走着。有時候，她有一個强烈的願望：要回去！因爲出於絶望的恐懼，她感到絶對無處可去。她唯一可以去找的人，祇有孫裕興，一個熱情而忠實的人，他默默地、毫不反悔地愛了她好幾年。但是她並不愛他。不論她復不復信，他都經常寫信給她。他所有的信，都很尊敬地表達了一個爲人服務的好基督徒的思想，但是從來不提到，甚至也不暗示他的感情。他總會找到她在哪裏。他似乎是一個被遺棄的多餘的鉗子，每當需要的時候，總是用得上它。他不知道疲倦，無所要求，也許會被毁滅和磨成泥土，要是灰塵再聚集起來，再賦予生命的話，他仍舊是忠實而樂於助人的。他默默地找出她寓所的地址，殷勤而又温順地寫信給她，從不擾亂她的心緒。她要到他那裏去，祇是想去聽聽他通人情的對她的孤苦凄寂的關心。她終於跨進了女青年會，走向辦公桌旁，去詢問有沒有空房間，即使一張牀位也好，讓她度過這一夜。她知道自己會失望的，因爲就在兩天前，裕興作爲男青年會的工作人員，曾來辦過這件事，但女青年會確實没有空的牀位。辦公桌旁那人臉色平靜而蒼白，他似乎對生活非常疲乏了，連一個完整的答話都説不出，祇告訴她等幾天看有没有空位。

素貞毫無感情地走出了這地方。她不抱希望，也没有失望。她邁着脚步向着男青年會走去。她必須見到裕興，問問城裏還有没有別的婦女可寄宿的地方。

就在男青年會大樓附近的路上，遇到了裕興。裕興正離開辦公室去吃晚飯。他看見素貞精神沮喪地獨自一人，一副憂鬱而精疲力竭的樣子，向他辦公的地方走來，大吃一驚。

他邀請素貞到一家飯館吃飯。這地方坐滿了穿綠色制服的男男女女，雙雙對對地坐在桌旁，或者在小房間裏吃飯。服務員對這新的現實已經習以爲常了，問也不問地立即把這兩個年輕人引進一個小房間去。素貞感到很安心了。裕興在同素貞仔細商量之後，點了菜，素貞對於點菜並不很熱心。點過菜以後，裕興望着素貞，搓着雙手說道：

"陳小姐，"雖然在品生那裏，他曾學宗元的樣子，直呼姑娘們的名字，可是現在同素貞單獨在一起，他反覺得直呼名字不夠尊敬，"你今天似乎很不愉快，你能告訴我嗎？我可以爲你出點力。"這是出於素貞自己主動，第一次來看他。裕興既大受鼓舞，又感焦灼不安。他隨時準備爲素貞做任何事情。但是他不知道這姑娘的困難之所在。素貞剛被問到，一下子也不知道怎樣開口講她的心事。她想使自己提出的請求盡可能有些條理：

"是的，孫先生，我是來找你幫忙的。我需要找一個地方住並找到工作。你已經知道……"她猶豫了一下，不知道怎樣纔能說明她爲什麼今天這樣急於要搬出來。裕興立即抱歉似地接下去說道：

"是的，是的。這件事我總是放在心上。女青年會幾乎一直客滿，革命軍把它當作旅館和住所，排隊登記的名單很長。唉，我應該每天到那兒去，使他們當作急事來辦，這是我的錯。我非常抱歉，使你不安。唉，唉，我明天一定先辦這件事。"

"你看，我在想今天晚上能不能找到一個住處？"素貞吞吞吐吐地說，又提出一個解釋來避免爲難的問題："品生家裏現在真正住滿了，她的三哥今天回來了，她嫂嫂明天回來。他們經濟也困難。我確實覺得我應該幫助品生而不應該增加她的負擔。此外……"她又遲疑了一下，繼續說道："反正你知道這事，品生和林先生是好朋友。他們，我想他們是非常好的朋友。"她重複了一句自己說的話。以避免說他們彼此相愛，"而我，我不應該妨礙他們。"

"是的，陳小姐，"裕興搔着頭皮說，"但是請不必擔心宗元，他不是會覺得你妨礙他們的那種人，我知道他非常尊重你。至於品生，我是說黎小姐，她肯定非常非常需要你，這個我知道。要不是你，她就陷在廣安了。她告訴過我這話。你是那麼無私，那麼文雅，那麼聰明，沒有一個人是不肯爲你提供幫助的……請原諒我。也許今天晚上我應該到女青年會去看看，我們能否弄得到一個地方。請吃吧，別着急，着急對你健康有害。"

起初，素貞對於他這麼缺乏理解，感到相當煩惱，後來，他對她那種不成功的，但是非常誠懇的稱贊感動了她，使她對他產生了感激之情，她責備自己，爲什麼竟認爲他缺乏理解呢？自然，他不會理解她的心情，因爲她不讓他知道。在他勸說之下，她吃了些東西，說道：

"現在到女青年會去毫無用處，我到過那裏。我不知道你是否知道，城裏還有沒有別的可供婦女居住的地方，我確實覺得我不應該留在品生家裏了。我在那裏毫無用處。他們全都垂頭喪氣，我也是這樣。生活是悲慘的。"

裕興想，如果她能夠同他自己結婚，然後他們兩人找個地方安家，這該有多麼美妙。但是這暫時是絕對不可能的。他至少必須先把她的精神鼓舞起來。他懇切地望着素貞。她正在吃飯。

"別這樣想，陳小姐。我們都是基督徒，我們知道生活中總有考驗。現在就是考驗。所有真正的基督徒把承受考驗並保持對上帝的信心，作爲我們的力量。我們也許不理解現在正在發生着什麼，我們盡最大努力去幫助、寬慰人民，並等待時代的福音出現。你是個了不起的心靈，上帝不會讓你孤獨，不會讓我們任何人孤獨。"

素貞聽到這話時，眼睛閃出了光芒。自從北伐軍到達林德格侖以來，她有很久沒有聽見這樣的話了。到漢口後，她也不祈禱了。這其間她似乎一直徒然地在爲一些事所煩惱和掙扎。裕興用依賴信心這種話來鼓勵她，使她和平寧靜的感情復活了。她覺得自己輕鬆得多了，並認爲她避開裕興確實使自己失落了些什麼東西。她望着他回答道：

"孫先生，我真感謝你。雖然我今晚搬不出來，你已經給了我很大的力量。我應該說，我的焦慮並不是因爲我已經喪失了那信心。但是目前在進行的大變動，經常使我發生疑問，我該怎麼辦呢？我也喜歡爲人民做些事，但這個信念我以前沒有想到。我處在這可怕的急流中，也學到了一些東西。因此我不應該老是爲個人小事而煩惱。"

裕興從素貞的話中受到極大的鼓舞，他又談到他的信心和時代的考驗。他再一次答應，從現在起，他將每天去女青年會爲素貞催一個房間，一弄到房間，他就會來幫助素貞搬東西。素貞沒有拒絕。裕興知道素貞被黎家發生的可怕的事情弄得筋疲力竭了，她應該歇一歇。

晚飯之後，裕興建議到江邊走走。素貞想回到黎家去看看德生的情況，但是她仍舊感到難以見他，所以就同裕興去走走，希望遲些回去，等德生睡覺以後。

大約夜裏十一點鐘，素貞站在黎家的門旁，從窗子看到自己住的房裏還點着燈，裏面有幾個人在談話。當她正在猶豫要去敲那門的時候，門開了。一個男人走了出來，他是林宗元，她來不及躲開了，因爲宗元已經看見了她。

"哦，你回來啦。"他說，"品生正在爲你着急呢。"

這時候，品生已經從宗元身後走了出來，她同他一起走到門口。她帶着責備的眼光焦急地握着素貞的手，"你爲什麼這樣做？"她說，"你把我和大家都嚇壞了。"

素貞得知德生已經知道她是由於他而外出的時候，心裏感到沮喪。這是品生因爲着急而說出來的。宗元曾經到過男青年會去找過裕興，打聽她的消息。德生也出去過。他們兩人都沒有找到她。這時，本來明天來的三少奶奶，却在今天來了，所以德生現在在樓上，但是他還會下來的。如果她還沒有回來，他今夜還要再出去找她。

素貞對自己的行爲感到非常不好意思。她說："嗯，告訴你哥哥，我已經睡了，他就不會進來了。"

"你爲什麼這樣做？"品生說，"你反正躲不了要見到他，我知道你是要見他的。"

"嗨,就拖延一下,就拖延一下。我知道這沒有什麼用……"素貞停住,不説下去了。德生的脚步聲在飯廳裏,他在問:"她回來了沒有,六妹?"

"回來啦,三哥。"品生一面出去迎他,一面回答。

他立刻獨自走進房來,向着素貞走過去,伸着雙手。素貞退後幾步,慢慢地轉過身來,支支吾吾地説:"我非常非常抱歉!"

"不,別説這話。"德生也説不出話來。他搬了把椅子放在她身後,請她坐下,繼續道:"這全是我的錯,我不知道你在這裏。我本應該寫信給你。謝謝老天爺,你現在回來了。否則,我要爲此而自殺。"他走到靠牆的桌子旁去,面對着她。她的臉低垂着,對着桌子,臉色漲得通紅。她的身體由於拘謹而變得僵硬,一個手指在桌上劃來劃去,似乎在畫畫,實際上,手指不過是來回曲折地移動着,仿佛是全身在顫動。德生非常想用雙臂擁抱她,抱得緊緊的。他的手臂神經質地動彈着,仿佛要這樣做了,可是他心底裏有個念頭不讓他動。他從門旁沙發上拿了隻墊子,放在素貞身後的椅子上,説:"唉,你一定很累了,全是我的錯。可是我希望,我希望你知道我的心。"

素貞貞潔地克制着,已經達到了極限。她的胸口猛烈地起伏着。出自天性的愛的壓力和文化修養上的貞操的堅持,在她内心劇烈地搏鬥着。與德生這樣親近,似乎無情地要求着愛的勝利。德生祇需要用雙臂抱住她,用烈火似的愛擁抱得她透不過氣來,她就會感到平靜而幸福。

德生依舊面對着她站着,没有那麼做。這是可怕的一步,他祇要走了這一步,就會牽涉到三個人,特別是素貞。就她的爲人來説,她可能會悔恨終身,因爲她傷害了另一個女人。

這期間,他覺得自己是個笨蛋,因爲他采取不了這一步。

有人敲門。一個婢女喊道:

"三少爺在嗎?少奶奶説時間太遲了,請您別打擾兩位小姐太久了,三少爺。"

德生對這召喚緊皺着眉頭，他猛然向前把素貞從位子上抱起來，可是他還來不及做別的動作，素貞已經掙脫了他的懷抱，她向品生的大櫥後面的房間走去，一面揉着眼睛，一面說："請走吧！"

德生跟在她後面，不再重復他剛纔的動作了。他祇是說："是的，我走，素貞。請別生氣，全是我的錯。"

六

黎誠的案子拖了很久，情況很嚴重。法庭已經審過他兩次了，有一個律師代表農民協會，另一個律師是黎家請來爲他辯護的。農民方面指控他的罪狀實在很多：非法占有農民的土地、房屋，拆散人家的家庭，謀殺，販賣人口，篡奪公共權益，盜用公款等等。可是從法律上來說，農民的地位不硬，他們提不出黎誠犯罪的證據，也沒有辦法證明他盜用公款。他們帶來的唯一證人是松門縣來的幾個農民，可是也說不出具體內容。法庭的官方氣氛使他們害怕，而不論他們提出什麼指責，都無法證明應由黎誠個人負責。

在法庭的兩次審訊之間，汪精衛的秘書陳先生來過幾次，問問情況，出出主意。他說，法庭也許能使黎誠免於受刑，但是未來的事沒辦法說。農民愈來愈憤慨了，工人也是這樣，因爲工人赤衛隊被解散了。激進派也許要進行暴動。他肯定不了政府是否能控制住他們，因爲，通貨膨脹傷害了每一個人，而蔣介石的部隊隨時都會到來。

宗元似乎愈來愈忙，不像以前那樣常來黎家了。就是來了，通常也祇是略爲勸說品生不要直接去向農民協會申訴，或者祇是談談反革命的逆流。他很焦慮，精神也很緊張。他提醒品生他們這個時代的悲劇性，告訴品生，關於他自己家庭的悲慘的遭遇，是無法彌補的。他的整個身心，似乎都浸透在要求改革的空前的鬥爭浪潮之中，對他來說，這是生死攸關的問題。

六月下旬的一個黃昏，品生正在樓上與德生談話，樓下有人叫她，因爲宗元來了。品生回到樓下房間，宗元正在走來走去。她還沒有開口，他就迎上來，相當意外地問道：

"品生，你要到我們協會去，是嗎？"

"是的，我要去，"品生慢慢地把他放在她肩上的雙手移了下來，"我現在能去麽？"

"你去做什麽呢？"

"我告訴過你，要救我的父親。就是這個。你爲什麽還要問？"

宗元相當疑惑地望着她，回答道："協會決定明天早上九點鐘聽取你的意見。你能遵守你的諾言，祇是救你的父親，不作辯論和論證麽？行麽？"

"我肯定要説一些話的，你不能指望我僅僅俯首帖耳地求他們饒他的命，對麽？"

"唉，聽着，品生。我告訴過你，不要用你的方法來解釋革命，不能這樣來拯救你父親。如果解釋革命，你同我討論好了。我們可以更耐心、更清楚地談論它。"

"我不會在協會裏談論這個的，"她含糊地説，"你告訴了我許多道理，我同意你的意見。"

宗元走開了，微微搖着頭，説："我知道你，你似乎同意我的意見，但是你並不理解現實，你仍然不理解這場鬥爭，雖然你完全贊成它。"

"你也許是對的。如果這樣，我想，就更有理由説出我的想法，並讓我從農民那裏知道現實，也許他們比你更能讓我理解。"她説完話，對他笑笑，在沙發上坐下了。

"你的嘴真厲害，品，"他説着，也在沙發上挨着她坐下來，"可能你説得對。那麽，這也許是你第一次爲達到理解的真正的鬥爭。我唯一擔心的是，你和我也許會在協會裏争吵起來，從而損害了我們的關係。可是我不應該擔心。"他把她的手握在自己手中，撫摩起來。

"你説的是什麽意思？你也參加會議麽？！"

"我怎麽能避開呢？這是我的責任。"

"啊呀！元，那我怎麼能説話呢？"

"你可以，你能説的，把你心裏想的，老老實實都説出來。"

那一夜，品生一直睜着眼在想，她要事先準備好一篇聲明一樣的東西，免得在一群陌生人面前突然嚇得啞口無言。但是她做不到，她對於這個盼望中的會議太激動了，被這次申訴所賦予的意義和重要性嚇得把話全都忘了。然而，對父親生命的焦慮和恐懼，使她腦海裏產生了千變萬化的恐怖畫面，她深怕父親陷於悲慘的結局，她心裏產生了一種深切的委曲感，覺得父親是世界上最悲哀的被剝奪的人，他被迫並被拖進他所不願過的生活中去，而人們因此把他踏在地上。

七

第二天早晨，品生、素貞和德生全都起得很早，他們一塊兒到農民協會去。這個農民組織在武昌的後山，一棟租來的舊木屋裏。三個年輕人還不到九點鐘就到了那裏。房子四壁粉刷成灰白色，大門兩邊各站着一個荷槍的衛兵。當三個年輕人走近時，其中一個衛兵走到一個窗口前，向裏面的人説了幾句話，然後告訴品生從大門進去，另外兩個人則不許進。

裏面是個闊而淺的院子，既潮濕而又長着青苔。除雨水外，人們經常把污水倒在院子裏。院子外頭，靠大門兩邊都有一個房間。院子裏面是一排房間。對着大門正中間的房間門上掛着竹簾。品生被帶到院外大門旁邊的一個房間去。房間很小，有一股臭氣。一張很狹的牀，掛着一頂深藍色的牀帳，這牀帳似乎不是爲這小牀用的。房裏還有洗衣板、椅子、凳子、濕而髒的毛巾。在一張狹長的几桌前，坐着一個臉色枯黃的男人，品生被吩咐到他那裏去。她在那裏登記了她的姓名、地址和事由。原來這是門房。隨後她被帶進竹簾後面的中間那房間去。這房間兩邊都有一道門，門上都掛着一塊藍色布門簾。品生聽見左門簾後面有講話的聲音，滿以爲她將到那裏去，但相反，她却被領到右面的房間去，並叫她等着。

這是間非常破舊的會客室,裏面有許多竹椅子和凳子。她直挺挺地坐在一張椅子上,心裏巴不得不來參加這個會。她想起了許多事情,想安下心來準備説話。她記得德生和素貞都提醒過她,要她説些什麽話,但她想不起來了。儘管有人進進出出,但她幾乎沒有注意到。她恨那門房不讓她哥哥和朋友進來。

等了很長時間,一個戴眼鏡穿黑色中山裝的年輕人走進來,站在她前面,問她是不是黎小姐。

品生心裏亂跳,隨即跟着他走。她覺得自己好像是個即將受審的囚犯。不久,來到一個大房間裏,許多人圍坐在一張長會議桌旁。一個學生模樣的人坐在中間,宗元坐在他旁邊。這好像是命運安排定的,她祇當他不在場。戴眼鏡的人走到桌子上首,坐在中間那個學生模樣的人附近。這人一定是這次會議的主席。品生想自己一定會站着被訊問的。

"同志們,"學生模樣的人宣佈道,"這是黎品生小姐,是在押的前省長黎誠的女兒。黎小姐要求到這裏來陳述關於她父親的案情。黎小姐,請坐下。如果你要講話,就説吧。但要簡短些,我們討論的不僅是這個問題。"

桌旁的人們馬上發出一陣低沉的怨聲,接着是一陣騷動。品生側着身子擠到一個角落裏。她幾乎沒有擡起眼睛。這時候,埋怨聲繼續着,人們似乎不同意她的出席。主席又説:

"同志們,大家安靜。讓我們聽聽這位小姐要説的話……"

"她要説什麽?"一個滿頭亂髮的人在桌子的那邊嚷道,"當然,她會説她父親了不起,我知道他是多麽的了不起,他做財政廳長的時候,要把教師餓死,當教師請願要求發工資時,他派警察打他們。他就是那樣的人。"低沉的怨聲又隨着這人的話響了起來。

這攻擊使品生發怒,她擡起頭説:

"不,沒有這事。我父親沒有餓過教師,政府沒有錢付工資,他們襲擊我們的家,在我們屋裏留了兩天。"她當時不在家,這是從家人口裏聽來的。

"所以你父親就叫警察來打他們了。"頭髮蓬亂的人緊接着說。

"他有什麼辦法呢?"她瞪眼看那人,他像一個教師。

"反動分子,反動分子!"好幾個聲音喊道。

"安靜,安靜,"主席說道,"黎小姐,我們逮捕了你的父親並把他送交法庭。如果你認爲我們不應該這麼做,把理由講給我們聽聽。"主席有一雙厚實而熱情的嘴唇和一張大嘴,說話簡短有力,斬釘截鐵,有一種結論性的意味,因此有權威性。他顯然不是一個農民。

品生的眼睛從主席轉向着桌子週圍掃視了一週,他們都是男人,有長頭髮的,有短平頭的,有用白布或者藍布包着頭的,有的甚至吸着一支長而細的竹煙筒,在長竹煙管下有個藍布煙袋晃來晃去。他們大約有十個人,但並不全是農民。他們似乎誰也不屑看她,許多人的臉上,有明顯的敵意。有些人在抽煙、喝茶。她覺得自己完全陷於孤立,這裏不是可以進行辯論的場所。這些人與她所熟悉的人完全不一樣,他們說的似乎是另外一種語言。她有一種很模糊的信心:他們全都是人,也許能夠理解人的經歷。她困難地吞咽了一下口水,擡起頭來壯壯自己的膽。

"主席,"她說,"很抱歉,我祇是一個普通的人。我並不想打亂會議的程序。我請求給我一個機會爲我父親發個言,並不因爲他沒有做過錯事,而是因爲他不是一個壞人。我的意思是……"

"胡說八道。"一個聲音低沉地說道,有幾個人噓了一下,表示不同意她的話。主席向桌子四週看了一下,聲音就沒有了。

"我的意思是,"品生猶豫一下,繼續道:"他並不是有意要傷害別人,生活對每個人說來,都是艱難的。當然,你們不相信我。但是,據我所看到的,富人和窮人在這個社會裏都有他們不可解決的問題。在這社會裏,一個人必須勤奮發財,做個老爺,否則他便會被別人踏在脚下。這牽涉到的不但是他本人而且是他一家人,他的朋友、親戚和整個家族。不但他必須奮鬥,而且他的朋友、親戚都要求和逼迫他這樣做。否則,他就會被人們輕視和抛棄,成爲一個微不足道的無名小卒。不但是一般人這麼看，就連他自己家裏最親近的人也這麼看。在這個社會中，人唯一的選擇便是或者做老爺，或者做奴僕。

"在我家裏，從我記事時起，一切事都證明這情況是真實的。在我父親中舉之前，我家裏幾乎破產了。我祖父年輕時就死了。我的親戚抓住這個機會，使他們成爲老爺。不但我們的土地被他們占去，就連房屋和家具都給搶走了。在很長一段時間裏，我祖母爲了撫養兩個無父的孤兒，祇得寄居在親戚家裏。他們當時幾乎是叫化子。整個城市都嘲笑他們，認爲他們已經在人類之中被抹掉了。但在父親中舉之後，情況怎麼樣呢？這好像天意突然的轉變。親戚把所占的土地，所拿去的東西都主動退還回來，甚至讓我父親做族長，雖然我父親要比族裏許多人年輕得多。在很短的時間之內，我父親突然從無名小卒上升爲全家，——後來是全縣的至高無上的重要人物。

"這變化，我自己並沒有親眼見到，是別人告訴我的。但就我自己來說，我確實看到我祖母逼着父親要更有錢有勢。清朝被推翻後，便把我父親送出松門縣，去獵取財富。對於這位富有人生經驗的老太太來說，就像是件生死大事。她知道，一旦我父親不肯去爭取豪富和權勢，那麼，以前的悲慘和貧困遭遇就會重演。她用爭吵和辱罵逼得我父親走投無路，有一次，他曾想到池塘裏投水自盡。

"請想想，一個人在這種情況下，有什麼辦法，先生們？我父親祇想過簡單的生活，但他被逼祇得如此。也許你們會責備他缺乏控制自己意志的能力。但是想一想，他是怎樣被培養出來的？一個一生讀四書五經並成爲封建階層成員之一的人，其結果是被清朝廷利用作爲統治者的爪牙而不是被統治者，這樣的人是不知道簡樸的生活方式的。這是一種他從來沒有獲得過的特殊能力，並且一向受着蔑視這種生活方式的傳統教育。如果他堅持這種簡樸的生活方式，其結果自然會給他家人和孩子們帶來災難。他違反這點而選擇了相反的方式，因爲後者是他所熟悉的，其結果也是他所歡喜的，並且成爲他生活的目的。

"先生，請聽我說，把他培養出來的文化，從理論到實踐，都驅使人去做老爺，做不成老爺，他就覺得自己有負於人類的責任和意義。那種文化，把人類劃分成許多階層，每個階層都有相應的道德行爲標准。這種文化，鼓勵那個階層的人，妻妾要愈來愈多，地位要愈來愈高。他們根據地位占有大量奴僕，被認爲是合理而且是必要的。他們窮奢極欲，而又禁止窮人不滿和造反。要是平等而尊敬地對待下層人民，就被認爲變亂之源，這是不容許的，被認爲是有罪的，因爲孔夫子說過：'上好禮，則民莫敢不敬；上好義，則民莫敢不服；上好信，則民莫敢不用情。'

"一個出生於這樣一個社會，並生活在其中而又長期受到這種教養的人，儘管他滿懷善心要做一個受尊敬的好人，也祇能在這種條件下力求生活得更好。當我在十五歲進一所新學堂之前，我從來不知道生活可以有另外的方式，而且可以過得更好些。我逐步地理解到我的家庭，由於時代的變化，特別是由於革命者的到來，冲擊到我的家裏來了。因此，我知道，如果我父親能被釋放，經過這樣一次可怕的打擊之後，他會變成一個不同的人。

"因爲作爲他的女兒，我知道他也終生奮鬥，而且是艱苦地奮鬥。一切人自然都要保持他作爲人的尊嚴，決不會有人自己要過一個奴隸或者狗一樣的生活，賤如草芥。他自然要能運用他的心智，說他自己應當說的話，做他自己應當做的事。通過做這些事，使自己受人尊敬，並且自然所有的人都要受人尊敬。我父親爲這些事而奮鬥終生，勤勞致富。他並不是有意要傷害人，但他必需保護自己和財富，就像你們大家一樣。你們現在在造反，你們之所以要造反，是因爲你們得不到作爲人的待遇；你們造反是爲了保護你們作爲人的權利。我父親是富裕了，因而富裕似乎就成了他的罪名。但當年可不是這樣。在革命以前，人人都想有錢，這是被視爲光榮並受到保護的。如果他沒有錢，他就會像狗似地被趕，被踢，被使喚。對他來說，這意味着他被埋入地下，永遠受到生活的詛咒。

"是的，我將說得簡短些，主席。我祇有這一點要說。一個人之所以是人，就因爲所有的人全都有同樣的欲望和同樣的恐懼。你們許多人由於不能滿足你們的欲望而經常生活在恐懼之中。我恨我虛度歲月，過去我對你們一無所知，也不知道我那種生活是錯的。我的父親和我的家庭生活，建築在你們的悲慘和痛苦之上。那時，我們過着人的生活而你們祇得過着非人的生活。這世界似乎那麼小，那麼可憐，祇有許多人過非人的生活纔能使少數人過人的生活。爲了要做人，就必得戰鬥並且殺人。我不知道這一切究竟是什麼原因？但是要了解，所有人的欲望，並非絕對不一樣。我父親希望受人尊敬，這錯了嗎？他要使他的子女穿得好些，吃得好些，並且能上學去，這錯了嗎？他爲了要獲得這些東西就得奮力致富，這錯了嗎？你們大家都不要這些東西嗎？如果你們能發財，你們不要嗎？而如果你們也成了有錢人，你們的生活與行動會與他不同嗎？我父親富裕了，難道他因此就成爲罪人了嗎？那麼，有錢就是有罪嗎？那麼，爲爭取受人尊敬的奮鬥也是犯罪嗎？我說過，革命是反對過狗一樣生活的革命，那麼，革命也有罪了嗎？我所要說的話，全都在於此。先生們，我父親所爲之奮鬥的，和你們現在爲之奮鬥的是同樣的事物，都是爲了生活與人的尊嚴。他奮鬥的方式，也許與你們現在所采取的不一樣。但是，即使方式不同，人是相同的，因爲欲望與感情是相同的。我們過去都生活在對這個新的方式從不了解的社會裏，我們過去的生活，在表面上仿佛是我們自己的選擇，但實際上我們沒有別的方式可以選擇。我們的生活，一方是受支配的，而我父親也是過的受支配的生活。但我不知道受誰的支配。也許，這是由於窮人看待富人的目光不同，由於他們同富人在言語上、衣着上、飲食上、居處上以及所受的教育上有所不同，纔使得人們之間造成這樣的隔閡，並且因此而不得不責罵有錢的人。唉，也許這是由於有貧窮的存在所造成的。

"請別打斷我，先生們。我絲毫沒有這個意思，說窮人應該對有錢人的錯誤行爲負責。我祇是說，過去的生活方式的本質造成邪惡的滋長。而人們，有錢的人和窮人，有許多機會可以換個方式生活。因此，這個舊制度必須消滅。不僅因爲它造成生活中的不公正，而且因爲它毒害人們並使得邪惡不可避免。由於這個理解，我完全擁護革命，我現在認識到革命破壞了舊的生活方式，使人人不必再過非人的生活。換句話說，這樣一場革命，是爲人民，也是爲一切人的。它把每個人從舊的枷鎖下解放出來，使他們不必爲了做人的尊嚴而進行殊死的鬥爭。

"那麼，這樣一場革命，應該傷害人們，逮捕他們，抽打他們，侮辱他們，並殺害他們麼？在人與制度之間，沒有區別麼？革命的目的是什麼？它是毀滅生活麼？我父親過去受過苦難，我知道他一生從來沒有幸福過。從真正的意義上說來，他是舊制度的犧牲者。既然革命是爲了解除受害者的痛苦，爲什麼又要奪去他的生命呢？革命爲什麼必然要毀滅人呢？它的目標就是要殺人嗎？我知道不是的。所有革命的文件和同我談過話的人，都沒有告訴過我，它的目標是殺人。我不知道錯誤出在什麼地方。但是，我肯定你們各位先生知道這是一個錯誤。我請你們重新考慮他的案情，他在過去做過許多錯事，但不是有意的。請你們保護我父親的生命安全！"

待品生結束了發言時，覺得身體非常軟弱，按住長桌子的邊沿，向大家鞠了一躬，然後雙腿發軟地坐下來。

在她發言時，參加會議的人有各種各樣的表情。非農民協會成員似乎聽得相當仔細，雖然有時候他們向品生斜瞟着眼睛，似乎用尖利的抗議打斷她的話。有些人常常流露不耐煩和厭惡的神情，企圖叫喊和反駁，不讓她講下去，但是主席維持着秩序。大多數農民似乎爲此怔住了，他們相互交頭接耳，低聲談話，想弄清楚她的意思。一個長着連鬢鬍子、頭戴舊式小黑帽的老人，似乎是個主要的通譯，他常常用不友好的目光注視着品生，仿佛她在撒謊。她一坐下，各種各樣的言語，環繞着桌子週圍嘈起來了。有些人似乎贊成她的意見，有些人哼哼哈哈，並且用舌頭發出不耐煩的聲音，表示抗議。他們先相互交談，接着向會議桌大聲叫嚷。

"喂，"一個農民發言道，"說來說去，先生，我說主席同志，不知道這個小姐在說些什麼。她爲什麼把我們的革命同她父親拉扯在一起？如果這人錯了，那就是錯了，如果革命是對的，那就是對的。她想要我們放走這個人，就該乾脆這麼說。這樣兜來兜去，實在叫我頭昏腦脹。"

"胡說，"那個被警察從黎家趕出來的教師插嘴道，"我知道這全是胡說。她說革命是爲了她父親，你們相信不相信呢？"

"他娘的，見鬼！"一個青年農民喊道，"如果革命是爲了她的父親，那我一定離開革命。他是我們的敵人。'人人都是一樣'，這算什麼話？我們鄉巴佬相互之間，從來不在乎誰尊敬誰。這都是烏龜老爺們要我們向他們低頭。每逢過年過節，我們都得到城裏的老爺們家裏去叩頭，爲的是向他們恭喜。就我來說，祇要有塊豆腐乾吃就夠了。但是這個黎老爺怎麼樣呢？在鄉下，我們說，'老爺家的女兒叫小姐，窮人家的女兒叫丫頭'。這算什麼一樣？我們許多人，連討個老婆的機會都沒有。但是這個姓黎的烏龜王八蛋，強奸他的婢女們。是誰命令他去強奸的？他要是不強奸，他的頭會被砍掉麼？她把她父親說成是個聖人！我說他是我們的敵人。如果他不被殺死，我們大家總有一天會被殺死。如果革命是爲他的話，別要我參加革命！"這個年輕人非常激動，講完話以後，在桌子上砰的捶了一拳。

品生從座位上猛地動了一下。她打算說話，可是那戴小黑帽的老農民已經接上了那青年人的話：

"確實，革命應該是爲她父親的！他確實是個了不起的人！小姐，我給你們家種了二十多年田，也許我能告訴你幾件事。你知道現在紅泥封那塊湖濱田是誰的嗎？你知道嗎？它本來是劉狗的兒子的。十年前發了一場大水，劉狗的兒子丟了那塊田逃荒去了，你父親這惡棍就奪下了這塊田，占了這塊田。劉狗的兒子回來了，你父親，或者是那隻鬍子狼，或者就是你父親，叫劉狗的兒子去做佃户，否則就把他趕出村子。你知道劉狗的兒子怎麼樣？他做了佃户以後第二天，由於憤恨而吐了幾桶血，死了。怎麼，你不相信麼？你自己家裏的事你應該知道。你不是二十年以前生出來的麼？反正，二十還是二十二或者二十三年前，都是一樣的。你父親奸污了一個婢女，以後，你知道怎麼樣？這姑娘懷孕了，大概有三四個月的身子了。當然,這事情被發現了。你們知道,同志們,祇有在這裏我纔能講這種事情。那個天殺的老惡棍,把這姑娘狠狠地打了一頓,把她關起來,然後把她連身帶孕一起賣掉了!這是他自己的血,你們知道……"

"不!"品生在極度痛苦中叫道,"這不是我父親!這是姨娘幹的。"

"反正一樣,反正一樣,"老人並不看她,吸着長長的竹煙管,噴了一口煙,繼續説道,"沒有關係。你説你父親所要做的和我們要做的是同樣的事情。也許,我不知道。我這雙眼睛看見過許許多多事情。我老了,我就要死了,我不要死後去見閻羅王時被指責爲説謊。但如果你説他要做的也和我們要做的是一回事,你是在説謊。狗的生活還是馬的生活,那没有關係。我們祇要有碗飯吃,過太平日子,我們誰也不要做老爺,但是你父親却要做老爺。這就是我告訴你的話。可是,祇有在這裏,我纔能説這話。以後,好像天老爺從來不睁開眼睛似的!真難啊!"

"哦!"品生大聲説道,她激動而沮喪地又站起來,"你們這些人誤解了我。讓我來解釋……"

許多憤慨的聲音叫起來,表示抗議。他們不要聽解釋。會場秩序又亂了。品生四面望望,對於這些充滿仇恨的臉感到可怕,她發抖地問道:

"你們要幹什麽?殺死我父親麽?那麽殺死我吧!給你們一條命總該够了吧?"

這時候,主席敲敲桌子,聲音都靜下去了。主席説道:"同志們,黎小姐,請安靜。林同志有話要説。"

宗元從桌子上的角落站起身來,臉朝外邊,圍在桌子旁的人們,都向他投以敏鋭而有信心的目光,他對着他們的目光露出很憂鬱很沉靜的神色。品生又坐在她的位子上,頭低垂得幾乎靠到胸口,她顯然在戰栗。而他的心也由於她面臨的可怕考驗產生的複雜感情而哆嗦,他不知道品生是否能忍受得了。但因爲也許在所有人中,祇有他一人清楚地知道她心裏在想什麽,並且知道怎樣去回答,他不得不爲她説幾句話,使她和所有別人都能理解。他挺起弓着的背,咳了一聲,使自己鎮定下來,說道：

"黎小姐和我們的同志們，我們處在歷史上最偉大的時刻。我們的革命領導我們擺脫過去的生活，並爲我們整個民族展開了廣大的光明的未來。在那個未來，我們將要發現我們四萬萬五千萬人民中的每一個人，都自覺地並富有責任感地共同努力推進我們國家的建設。從現在起，我們的國家將不僅祇是爲少數人所了解和治理，而其餘的幾億人却漠不關心，甚至不知道自己是國民的一份子。爲了這個緣故，我請求你們大家暫時忘却個人恩怨，考慮一下黎小姐剛纔發言中的某些論點。這些論點，因爲出自黎小姐對革命理解的誠懇的努力，以及她家庭的悲劇。這就成爲我們此刻真正值得考慮的重大問題。我們必須回答這些問題，否則我們的革命似乎沒有靈魂，而祇不過是血腥的報復和毀滅罷了。我相信我們農民同志將會原諒我，如果我説的話他們聽起來是含糊的話。我目前祇能這樣説。

"我同意黎小姐這一點：我們現在所面對的全部邪惡的行爲，都來自我們的社會制度，這是人類歷史上遺留下來的社會罪惡。但是我們不能夠把制度與人分開。因爲這種制度不是外在的東西，亦非從天而降，或強加於我們的結構，而是我們國家裏每一個活着的人在實際生活上、工作上、思想上和行爲上的形式和內容的總稱。當我們談到要反對這種制度的時候，我們必須也談到反對那些與這種制度結爲一體，爲了維護他們自己的利益而擁護這種制度的人。這種制度存在，是由於有人利用這種制度所賦予的權力，把別人壓在下面。那些利用這個制度來爲非作歹、並且仍舊企圖繼續作惡的人，是不能推卸對這制度的非人性的責任的。相反的，他們需要這種制度，並有意地加強它，來使他們升官發財。而在使他們自己升官發財的過程中，其目的不僅是保護他們自己，因爲這個制度本身保護了富貴人家的安全。地主想要發財，從來沒有不蓄意去傷害別人的。至少，從我們這裏的老同志所説的劉狗的兒子之死這件事，就足以説明，地主爲了要發財而傷害了他。當然，人們總是先爲自己打算，想弄到什麼，然後纔去傷害他人，爲的是使他的意圖得到成功。把這個次序顛倒一下,就能够減輕那人傷害別人的責任麼?不,不會的。就算可以減輕,甚至那人從來没有自私自利的意圖,但他與之結成一體的那個非人性的、作爲鎮壓工具的制度,也會使得他有意無意去傷害別人。因爲流傳到今天的這個制度,本意就是要壓制和傷害千百萬人的,它認爲他們生來出身低微,注定要被富人所奴役。否則,在我們歷史上就不會反覆地發生人民起義,而起義又反覆地受到鎮壓。

"我們不能把制度與人分開,我們不能由於從地主那裏拿走了土地,就能使他在一夜之間成爲農民。我們這裏許多人都不是農民出身,可以想想他們自己的這種情況。雖然他們已經成爲一個革命者,或者還在轉變的過程之中,然而他們需要多長時間,纔能成像農民那樣,懷有那個階層的思想感情呢?就是在目前,也還有一股由地主及其同盟者策動的强大的反革命力量,千千萬萬農民就在當前國民政府的區域裏被殺死。他們毫不猶豫地屠殺人民群衆。朋友們和同志們!爲什麼?因爲對他們說來,這個制度的死亡,就是他們自己包括他們思想和行爲的死亡。我們知道這點,而他們也知道它。這個老爺和奴隸制度已經把所有人們分成敵和友。這不是我們在任意地劃分他們。我們的國家,現在是老爺們和奴隸們之間的戰場。那麼,當我們說我們應該毁滅這個制度及其附屬品的時候,革命怎麼能避免不傷害人呢?革命並不一定要殺死這個人或那個人,但它必然要傷害人,必然要犧牲一些争取明天的人,同時必然要傷害堅持過去的人。我們的民族是跨在一個新的命運的門檻上,我們没有權利爲了這個命運而逃避必要的犧牲,我們也没有權利避免那些接近我們方面的人們遭到死亡。因爲一切生命都來自死亡。我們以前從未探索過死亡——離開生命的一個點的意義,現在要避免死亡就是逃避爲生存而鬥争。

"人民總是不同的,有争取將來的人,也有堅持過去的人,這事實本身就表明人民中間没有普遍相同的欲望。不錯,全人類都有吃、喝、睡和愛等等的欲望,他們都會感到高興和憤怒以及感到恐懼和憂鬱,就連動物也如此。我們並不因此而把所有野獸和人都看成是同樣的。因爲這種本能是平凡而自然的，既沒有人的意義也沒有社會的意義，祇有當欲望和感情附着於具體的現實時，纔成為決定人們是否都有同樣願望的明顯標誌，特別是當思想、欲望和感情附着於客觀現實時，開始使人們變成彼此不同的人類，並且根據這種不同，而把人們加以分類。我們在會的農民同志說過，一個農民的欲望與地主的欲望如何不同，他們的欲望在每一個轉折點上都會發生衝突；而他們的感情是對抗的。在歷次革命以前，經常不斷地有着戰鬥，當然，那時候祇有農民被殺害！尊嚴的問題，也可以用同樣的見解來說明。

"我覺得，人的尊嚴這個字眼，與其說是一切人的真正堅持的欲望，不如說是個挑戰的信號。因為我們的農民同志說過，在村子裏，農民走在一起，相互之間，並不一定要保持他的或他們的尊嚴。在人們平等的時候，便忘記了尊敬或尊嚴。那些堅持尊嚴並且總是感到尊嚴的人，如果得不到別人畢恭畢敬的尊重，就會覺得生活不是滋味。為了追求這種受人恭敬的欲望，他們不但一定要過窮奢極侈的生活，使別人達不到他們的程度，而且他們有意要侮辱比他們地位低的人，以顯示自己的尊嚴。因此，尊嚴是一種社會罪惡，而不是什麼人人都具有的普遍性的人的欲望。被壓迫者把這個字眼扔回給他們，祇是作為保持人與人之間的正常關係，達到相互平等對待的一種挑戰。革命並不堅持要對人有特別的尊嚴或尊敬，但要實現人與人之間平等的正常關係。我們不能忍受地主所堅持的那種尊嚴，要是那樣，就意味着我們也要提供他以相應的東西：對別人方面的謙卑，而這一點，是真正的革命所不能給予的。

"我樂意同我們的客人黎小姐談談這個爭論，我們知道，她對革命是誠懇的。否則，她就不會來參加我們的會，同我們交換意見了。但是一場革命是一次變革，是對於我們過去所經歷的所有一切事態的再評價，是對於自己和自己的思想與信念的再評價。如果不認識到生活在我們身上的所有物質和精神方面的總體都是錯了的話，我們將不能贏得這場決定命運的戰鬥，我們將不能真正地從過去走向未來。我們就會始終盯住過去而對未來半心半意。但是，時代在前進，不允許我們停在半路上。

因爲當我們的時代在前進的時候,生活中新的因素也已經在孕育了;而且當時代前進的時候,思想觀念也前進了。"

宗元發言的時候,不看品生,以避免思路受到她態度的干擾。當他發言結束轉身坐下時,向品生看了一眼。她坐着一直動也不動,低着頭,幾乎碰到胸口,牙齒咬着手帕的一角。他的話剛說完,主席還來不及宣佈討論,她就從椅子上站了起來。她的臉因痛苦和緊張而發青。大家都以爲她要說什麼話,但是她默默地向會議桌鞠了一躬,很快就轉身向房門外走去。

八

這以後好幾天,品生沒有出門活動。她覺得好像服了大量溴水似的,總想作嘔,感到疲乏和空虛。儘管她很疑慮和焦急,她還是不自覺地懷着自信心,到農民協會去了。她覺得她對於農民目標的理解,肯定會打動他們來體諒她和她父親。即使有什麼原因使他們不能釋放他,但他們肯定會覺得他是個犧牲者而予以同情。她過去認爲,她父親雖錯,但很高尚;雖然自私,但很誠實;脾氣雖壞,但還公正。她以爲,可尊敬的農民在維護他們的正義,他們也是高尚、誠實和公正的。但現在一切事物都顛倒了,所有這些好聽的話,都已不知去向,煙消雲散並變爲羞恥了。因爲她一生所愛和所尊敬的老人,他的名聲被如此殘酷而無情地詆毀!整個事情使她覺得,她自己和這老人兩者都很可憐,孤獨無援。她悔恨自己不該瞎起勁,拼命要到農民協會去。如果她沒有去,即使黎誠必須被處死,她也決不會聽到對他這些侮辱的話。她就會對他懷着最尊敬的回憶,成爲一個犧牲者和一個悲劇。

當德生和素貞在門外問她結果時,她什麼也沒有說,就急忙回家了。晚上,宗元來安慰她,她也祇是傷心地痛哭着。待頭一陣極度痛苦過去之後,她在很長時間裏,感到空虛和惡心,更加害怕父親會面臨危險。在那些日子裏,沒有人可以談話。宗元忙得沒有功夫來。三少奶奶不高興，德生和妻子經常發生爭吵。素貞許多時候都在外面。品生渴望宗元來，要他保證父親沒有什麽問題，要向他傾訴自己的感情和思想。她要知道，除了地主、官僚階級和帝國主義之外，革命還要破壞些什麽。但是他沒有來，衹送了一張條子給她，說他很忙。她想，也許他對她不高興了，因爲她沒有禮貌地從農民協會裏跑掉了。所以，她沒有寫信給他，也沒有打電話給他。她神經過度緊張，疲憊不堪。她每天晚上很早上牀，避免受德生問起農民協會的事所刺激。她知道，德生現在非常不喜歡革命，並且認爲革命是絕對沒有希望的。她自己沉重的思想負擔，也使她要避免德生在三少奶奶和素貞之間的糾葛。德生在這兩個女人之間的優柔寡斷，使她失望。

一天晚上，在黑暗中，品生躺在牀上，燈突然亮了，透過薄紗的帳子，看見素貞已經卸了裝，從後房出來。她的長頭髮在背後編成兩條辮子，穿着白色的睡衣睡褲。她在後門停住了，望望品生下了帳子的牀，似乎要説些什麽。透過帳子，品生看得見她，但她却看不見品生。她臉色蒼白，溫柔而又無可奈何地望着牀，輕輕地嘆了一口氣，微弱得幾乎聽不見。她走到沙發前，點了一盤蚊香，把蚊香放在沙發的脚旁，就熄了燈。品生聽見她在沙發上坐下，房間既黑而又静。兩個姑娘都是二十來歲，都感到自已像一尊石像，在掂量着永恒的憂傷。

過了很久，素貞仍舊坐着。品生不知道她睡着了沒有，幾乎耳語似地細聲叫道：

"到牀上來，素貞。"

這聲耳語打破了寂静，顯得有點刺耳。素貞動了一下，說道：

"是你啊，品。我以爲你睡着了。"

"把燈亮了。"品生説。素貞照她的話做了。品生起了牀。

"我不想來打擾你，"素貞繼續説道，"我猜想你反正睡不着，別太擔心，品。"

品生坐在面對素貞的柳條椅上。素貞把蚊香移到房中央。品生點了支香煙，模仿她哥哥的樣子抽起來，噴了幾口煙之後，説："你這幾天老是叫我不要擔心，就像方媽一樣。你自己怎樣呢？"

"我麼？"素貞拖着長長的音調說道，"我正要告訴你，我決定明天搬出去了。"

這沒有使品生吃驚。但是她覺得空間突然開闊了，仿佛它在溶解。現在她既看不到宗元，而素貞又要走了，她心頭頓有迷惘之感。她非常低聲，幾乎在責備似地說道：

"那麼快！"

"現在離開你，在我這方面說來，也許是自私，"素貞說，"但是你知道，我必須這麼做。"

"女青年會？"

"是的，他們給我安排了一個地方。"

沉默了一會兒，品生問道："你告訴了三哥沒有？"

"沒有，我沒有，"素貞困難地慢慢回答，仿佛不承認這點似的，然後又補充了一句，"我要你告訴他。"

"唉，素貞，"品生說，"我不願意逼你再留下來。我知道這對你很困難。"又靜默了一會兒，她聽見素貞在無聲地擤鼻子。這個軟心腸的姑娘流了多少眼淚，她不知道。她繼續說道：

"別責備他，素貞，我們大家都不幸。"

"我知道，"素貞竭力抑制悲哀說，"我知道這是人人都不幸的時代。也許我們所能做的一切，就是使別人不要有更多的不幸。我不責備德生，我祇為他擔心。"

"你同他了結了嗎？原諒我不大清楚你們的情況，貞，我自己這麼悲慘。"

素貞做了個手勢，向品生表示她不必請求原諒，然後補充道："我不知道怎麼回答你的問題，我想不會有了結，除非……"

品生覺得素貞要說些什麼話，她不願意她說出來。後來，素貞打破了這間歇的沉默：

"我已經把所有事都仔細考慮過了。像你說的，德生不在乎他的妻子。但是我覺得他也並不是真正想要我，我不知道他的心真正在哪裏。我想我祇是他的煩惱的因素之一，我走掉了，也許他會好些。"

"但是你怎麼樣呢？"

素貞望着品生，似乎對這問題覺得奇怪，回答道："我沒有什麼，品。我唯一的願望就是他好受些。德生不是屬於這個世界上的。我難過的是，他似乎將永遠這樣不幸下去。"

素貞這番帶着母性口氣的話，使品生感到吃驚，她熱切地望着素貞。素貞低着頭，雙手抱膝，安穩地坐着，慈祥而溫柔地望着手掌，仿佛手中抱着一個嬰孩似的。一個在戀愛中的女性，多麼容易感到自己像個母親。一想到這點，品生覺得很奇怪；然而，目前這種感覺，可能是毫無結果的，這就更令人驚奇了。品生把目光移了開去。她在生德生的氣，並且覺得素貞突然跟她離得很遙遠了。她從椅子上站起來，說道："由他去吧，他總不會一直像這樣子下去的。我明天幫你搬。"

"那用不着，品，"素貞平靜地說，從出神的狀態中擡起眼來，"裕興會幫我忙的。"

"哦……"品生又一次吃了一驚，關注地問："哦，他好麼？"

"唔，"素貞說，"他是一個真正的朋友，他是可靠的。品，你理解我麼？我覺得現在非常軟弱。我需要有個人。"最後這句話說得非常之輕。

品生望着朋友，眼睛潮濕了，握着素貞的手回答道："我理解你，貞。我們上牀吧。明天反正我要同你一起去的。錢的問題，你不必擔心。祇要我們一起在這城裏，我們就生活在一起。"

"不，品生，這個問題使我擔心了很長時間。通貨膨脹得這麼厲害，而你的家庭需要非常多的錢，我不願再增加你的負擔。"

"哦，我們上牀去吧。"品生疲乏地說。

九

孫裕興是爲了他的朋友林宗元和素貞而到漢口來的。他在本市男青年會做秘書工作，是因爲別的秘書都到上海逃避革命去了。他有天生的特性，勝任這項工作。他沒有沾染上知識分子那種容易波動的情緒和世故的習氣，他不受這職業的影響，保持他原來的直率。他坦率而不粗野，熱情而不惹人厭，拙於詞令而不愚鈍。他四肢粗壯而靈活，幹起活來似乎毫無拘束。他那張大嘴，似乎逢人便說：到我這裏來，到我這裏來，我喜歡你。

但是在這動蕩的時代裏，開展工作是極困難的。男青年會通常的活動，比如野營、游泳、打彈子和聚會等，自從革命軍到來以後，大大地減少了。學生是工作的主要對象，現在都被革命吸引過去了。青年人奔放的熱情，已經有了足夠的政治性示威遊行和宣傳活動，可資寄托了。在革命之中，個人與集體不可分離，而追求個人成就的欲望，被愛國主義和改良主義的思潮所吸收和升華了。青年人覺得，青年會突然變得黯然失色，滑稽可笑了，仿佛青年會的活動祇是供托兒所用似的。裕興常常找不出話來引起人們對他的組織感到興趣。青年人所生活的世界，比它更有意義，更爲光榮。他們問他青年會是否反對帝國主義，他反覺得自己孤獨而落後了。由於青年會的負責人都逃到上海去了，他現在不僅僅是個普通的秘書，而且是這個組織的全權的實際負責人了。他不滿意這個工作，想要調到鄉下去。這個在瓦解中的革命首府的氣氛，使他悶悶不樂。而農民可怕的復仇的叫喊，使他吃驚得從頭冷到脚。他沒有很多機會看見宗元。宗元像一切的革命家一樣，身心似乎都活在另一個世界上。每當來看裕興的時候，總顯得焦慮而疲憊，使得裕興不願意去驚動他。裕興覺得，在這個城市裏生活，好像是浮於人海表層的、麻木不仁的水泡。

自從德生從松門縣回來之後，裕興很少到黎家去。他通過平靜的觀察，意識到素貞和德生之間，存在着微妙的關係，就默默地把自己與他們分離開來，而他內心深處懷着痛苦的虔誠的希望。逐漸地，素貞來看他了；逐漸地，他覺得這姑娘需要起他來了，這使他感到突然的幸福和驚奇。他終於在女青年會爲她找到了一個房間，那個女總管還答應給素貞找事情做。

第二天吃過午飯，他到黎家去。品生和素貞兩人却到醫院去向黎太太辭別去了，她們似乎一切都準備好了。在她們倆住的房間中央，擺着一個鼓脹的皮箱，一個鋪蓋，和一隻大的藤籃，上面網絡着繩子，籃子裏堆着各種各樣的東西，如搪瓷面盆、梳頭盒子等等，因爲素貞還留着長頭髮。此外，還有幾雙鞋子，一籃水果和一盒甜餅乾，這兩樣是方媽送行的禮物。他坐在一張椅子上，等了一會兒，她們終於回來了。

這幾個朋友呆了很長的時間，一邊坐着，一邊喝茶。三個人不連貫地談着各種話題，如討論黎太太正在好轉的胃潰瘍，關於通貨膨脹，關於革命，如此等等。裕興談到他所聽到的各種謠傳：說有的鐵匠鋪在爲激進分子鍛造武器，準備暴動；政府打算消滅左傾分子，並向南京政府投降。最後，他們決定在天不太黑的時候出門，因爲政治局勢太危險了。

女青年會宿舍男子是不可以進去的。所以，品生出力幫助她的朋友鋪牀。凡是屬於素貞的東西，都放在週圍或者塞在牀底下。到最後時刻，品生似乎覺得現在她被素貞拋棄了，要獨自面對她的全部煩惱了。當她們收拾完畢下樓時，裕興仍舊等在門廊中。他提出請兩個姑娘吃飯。品生謝絕了，走了出來，裕興和素貞陪她走了一段路。

品生在回家的路上，感到非常悲哀，因爲素貞終於離開了她。她感到像她們停留在廣安候船時同樣的凄凉孤獨。她對德生一肚子氣，總覺得德生應該同她的朋友結婚。他已經有了一個妻子，還要愛上素貞，這是可以理解的。但是既然愛了而又這樣默默地自己走開，這就難於理解了。品生今天沒有看見德生，她有這樣的一種感覺：他已經知道這事，故意走開，以避免最後的糾葛。她對於他這樣軟弱並且不知道他到底在幹啥，感到驚奇。後來，她的思想轉到宗元身上去，自從她去農民協會那個晚上以來，再也沒有見過他了。她開始擔心他的安全了；然而同時，她也擔心她父親的安全。一個人怎麼能同時爲兩個對立的人擔心呢？一個是革命者，另一個，據他們說，是反動派。

她到家時，飯已經開過了。她走進房間，德生斜靠在一張柳條躺椅上，一支香煙在他手指中間燃燒，他忘了彈掉煙頭上弧形的煙灰。品生進來時，他稍微動一動，煙灰就掉在椅子的扶手上，有些煙灰一下子飛起來，追逐着上升的煙霧。她給他在扶手上放了一隻煙灰缸，就坐在他對面的沙發上，假裝在看報，這時蘭香送飯進來了。

德生痛苦地看了她一眼，深深地吸了一口煙，却沒有吐出來。品生也沒有從報紙上擡起頭來，祇是責備地說：

"你總有一天要被香煙殺死，像這樣地吸煙。"

"你最近同老師談過沒有？"德生以無精打采的神情乾巴巴地問，好像沒有聽見她說的話。

"我每天吃飯時都看見他，"她說，"你問他幹什麼？"

"他談到我一些什麼？"

"沒有。你老是問老師幹什麼？你為什麼不問問素貞？她走了。"

德生發覺她聲音裏帶着很深的責備語氣，並且有些迷惘之感，他反正對這兩者都已不驚奇，繼續吸着煙，但不噴出來，仿佛要以此自毀似的，也仿佛在承受着無法捉摸的懲罰。過了一會兒，他傷心地說：

"你要怎麼說就怎麼說吧，六妹。我知道她走了。"

品生扔開報紙，站起來走到窗下的桌旁，望着窗外對面那房子的紅牆，背對着他懇求道：

"三哥，我們別成為陌路人吧。幾年前，我滿懷信心來看待你，並覺得我了解你。現在，我還是要這麼做。可現在你為什麼不讓我來了解你呢？"

"我對宣傳感到厭倦了，"德生辛酸地回答道，"連宣傳我自己也感到厭倦了，我甚至不願意說你不理解我。有什麼用呢？有什麼不同呢？有人以為他信仰什麼，有人以為他了解什麼，有人極誠懇地執着於自以為正確的行動，有人相愛了又不愛了。但是有什麼兩樣呢？一兩年後，不，甚至不用那麼久，一切事物都變得不同了。一切事喧喧嚷嚷，聲稱它不再是這樣而走開去了。若干年之後，當人們讀我們現在的歷史的時候，他們會怎麼說呢？在旺盛的太陽下，植下一棵根苗，可是巨大的屠殺，把肉體與靈魂一起毀滅掉。當你和我老了的時候，也許會有一天，坐在路旁，在黑暗中燃起篝火，一起談天，你想我們會爲喪失素貞而懊悔麼？她是一個完美的女性。啊，我希望我仍舊是過去那樣的人。"

"你也應該想想，當你有那麼一天，和素貞坐在一起的時候，你會後悔你們曾在一起麼，這個你究竟想過沒有？"她回過身來望着他。他皺着眉頭，又猛吸了一口煙，說道："如果我沒有相愛過，我就不可能有愛情。我把一切事情，都在心中翻來復去地想過了。"他在椅子上伸直身子，好像要把這思想趕走似的，然後繼續說道："也許你是對的。我想得太多了，想得這樣多，可是，我甚至連想都沒有想過她應該同我結婚。夜裏，我常常在飯廳裏呆着，聽你們兩人在說話。有時候我睡在父親的房間裏。"他像討厭自己似地，猛力地彈煙灰。

"聽我們說話麼？"

"哦不，這不可能！"

"你仍舊愛她，是麼？"

"那不是問題的所在。你敢肯定，如果我堅持的話，她會同我結婚麼？"

"我想她會的，"品生轉了一下身子，"當然，我不能確切地說，我最近沒有時間同她談這問題，我想我應該同她談談。"

他又沉默不語了，任由香煙燒着。

品生繼續說："我覺得，一個男子應該很肯定地了解一個姑娘的心思。"

"完全相反，"他說，"他愈熱愛，就愈害怕，愈猜測。勇氣常常使他避免陷於尷尬的境地，但並不總是如此。素貞是個完美的女性。但我認爲，我並沒有把她從我身旁驅趕出去。我有一種感覺，如果我堅持下去，情況反正一樣，她不會是我的人。她極爲敏感，知道我垮掉了。我現在沒有精力把握，連愛都沒有力量。哦，我非常疲乏！"他說完，把頭往後一仰，靠在椅背上。

品生悲哀地望着他，知道他爲什麼疲乏。她故意漫不經心地說話，使他不覺得她在憐憫：

"也許素貞能夠使你恢復活力，人們通常那麼說，這也許是錯的。至少……"

"不，"德生打斷了她的話，坐起來又點了一支香煙，"一個女性能夠使一個男子恢復活力，那是因為那男子所受到的是另一種驅使，與我不一樣。一個男子在實現個人事業的時候，會有某種失敗。在這種情況下，一個女子的愛，可以使他得到補償。而我的情況是兩樣的。幾年前，我是那些獲得了革命思想並且是有理想的、但是不願背棄歷史的一個人。革命要打倒帝國主義和北洋軍閥，還要重新分配土地，使我們生活的結構得到加強，並且成長起來。我曾抱有希望，憑着我們人民頑強的生命力，將會忠實而堅定地完成這個任務。我曾抱有希望，由於革命，我們的羞辱和未來的毀滅將會避免，民族將走上光明的康莊大道。我曾希圖使自己成為革命之一員來實現這些目標。

"但是，我在革命中所度過的歲月，却是另一回事。自從我到了廣州，就經常發生恐懼。我發現那些貪官污吏同樣魚肉人民，發現國民黨和共產黨彼此都在陰謀策劃爭取擴大影響和控制。我發現連那些先前的學生，他們本來熱情無私而愛國，也彼此在傾軋，利用每一個機會爭取地位，謀取財富。他們一做了官，就似乎忘掉了他們的革命思想和一切。偉生當然是個最壞的例子，他是個小人。然而，革命如果是為了民族的生存的話，像偉生這樣的人，就不應該被吸收進去。但是他們進去了，而且他們這類人似乎為數不小，而且飛黃騰達。如果革命是為這些人的話，那就應該如此。當然，我對偉生這種人不懷有什麼希望。但是真正的情況是，許多本來是誠實的好學生，到了廣東以後，就成為野心勃勃的貪官污吏，管你革命不革命。他們甚至轉過身來折磨群眾，而他們自己公然敢於一口咬定是孫中山的追隨……別打斷我，你既然要知道，就讓我統統說出來。

"革命開始之後，最壞的局面也就隨之發生了，任何地方，都絕對沒有法律和社會秩序，人人似乎在戰爭中放縱起來了。你會以為離開前綫很遠的革命大本營和根據地,應該是生命的發動機而不應該是死亡的地牢。但是情況却並非如此。群衆性的屠殺,就是在廣州開始的。從那裏起,蔣介石一路從一個個城市殺過來,而激進分子則從鄉村殺回來。好的東西,絲毫没有傳播,美的東西根本不許存在。情況越變越壞,遠遠離開革命原來的目標。拯救我們的祖國,清雪歷史上的恥辱等等,早已置之腦後。這似乎成爲一個巨大的連鎖反應,相反,革命内部却是陰謀和屠殺,它週圍的城狐社鼠,都在奔走以自肥。我説這話,也想到宗元。他的思想雖然對我並無吸引力,但我始終喜歡他。這些天來,有時我爲他的生命感到恐懼。革命的整個機構被破壞了,但是所有機構,都是人組成的,如果人的邪惡在革命中能如此放縱,則這一定是革命革錯了。我並不願意這麼指責它。然而,如果北洋軍閥被消滅了,而我們得到的是一批新軍閥,革命的目標就被出賣了,我和人民也都被出賣了。這就是我的失敗之一。

"我知道,你向來對我同樓上的那位淑女的婚事持懷疑態度。我既不是個傳統派,也不是個現代派。我現在不願意爲我的行動辯護,因爲就像目前革命的情況,這是明擺着的一個失敗。當我結婚的時候,曾先生也曾懷疑過,或者是我誤解了他稱之爲有希望的神秘的人類,或者是人類利用每一個機會來欺騙他們自己。這位現在是我妻子的淑女,頭腦簡單而自私,並且孩子氣地要凌駕一切。她對於一切理性全無所知,甚且直截了當地嘲笑理性。她喜歡像個嬰孩似地受人鍾愛,但是又要像女皇似地統治一切。她這種妒忌和盲目的自信,像針似地一直刺着人。

"人生的道路不能這麼不可靠。你愈想做得對,愈容易做錯。當你跟着革命走的時候,似乎你應該無所作爲,當你妥協的時候,其結果却促使你走向反叛;你要選擇這條路,結果恰恰是導向相反的方向。也許是我把事情糾纏起來了。就素貞的情況來説,誰知道呢?在經過像我所經歷的這種自覺的和相互對抗的失敗之後,誰還能勇往直前地把自己的欲望強加在像素貞這樣一個姑娘身上,而不自覺是鑄成大錯,甚且陷於罪惡性的毁滅呢?我想難道我阻攔過……"

這時，有人在面臨小巷的高窗上敲了三下，他的話被打斷了。"等一等。"品生說着立刻跑出去了。

十

德生在房間裏走來走去，這時，品生與宗元進來了。宗元微笑着，但在他濃眉的眉梢潛藏着難以掩飾的嚴重焦慮。德生很高興看見他，他們是在戰爭的緊張歲月中認識的。德生從家鄉回來以後，曾看見過他幾次。他的從不低沉的熱情，使德生覺得難堪，認爲他的改革的思想，對於難以控制破壞的簡單口實，都是在欺騙他自己；對於他無情地使自己陷於嚴重的危險之中，也感到遺憾。但德生決不想把宗元的思想變得同自己一樣。現在自己最好還是退出去，讓他們倆談談。宗元來的時候，似乎心中有事。當德生向房門走去時，品生握住他的手腕說道：

"我要你留下，別走，別把你的煩惱隱藏起來。"

"留下吧，德生，"宗元說，一面取下眼鏡來，擦去前額上的汗水，"我也許不贊成你的想法，但是讓我們在一起待一會兒吧，也許彼此再也見不到了。"

"那麼，信號升起來了。"德生苦笑着，間接地問。他在宗元旁邊的柳條椅上又坐了下來，兩人之間隔着一隻柳條茶几。品生拖了一張小凳在他們附近，面對兩人坐着。

"信號很久以前就升起來了，"宗元平靜地回答道，"在何鍵五月間向長沙農民放第一槍的時候。現在是這波濤洶湧期的間歇。"

"究竟出了什麼事，元？"品生問道。

"汪精衛決定投降了，蔣介石同意了。從投降那天起，離現在祗有幾天功夫，中國將回到幾千年來所受到的同樣的殘酷剝削的老路上去。"宗元的眼睛像閃耀出藍色光焰的火炬似的。

"你怎麼辦？"品生又問道。

"繼續戰鬥！"

"我的意思是怎樣戰鬥？"她說道，因爲他似乎忘了她對他的理解而使她感到有些惱火。

"用多種方式。劊子手儘管有時間堆積他們的罪行，但是裁判官終將到來。"

品生瞥了一下德生的眼睛，他也回看了她一眼，知道她感覺到既焦慮又放心，他們的父親也許很快就會放回來了。德生又拿起一支香煙並遞了一支給宗元，他拒絕了，說他從來不抽煙。德生深深地吸了一口煙，煙霧從鼻孔裏噴出來，說道：

"這整個過程什麼時候是結局，宗元？什麼壞的都沒有被消滅，什麼好的都沒有長出來。這種來回往復的鬥爭，祇是把這國家全部撕得粉碎。"

宗元帶着譏刺的苦笑，轉過頭來望着他，說道："瞧你坐在這裏說大道理，可我並不責怪你。在你的生活中，經常有許多機會和各種可能性。在你個人的事情上，不論看來是多麼的幻想，總有可能把它變爲現實。在另一方面，你從來不知道在貧民窟裏和在農村裏死亡或被屠殺是多麼的真實而臨近。在那裏，掠奪、殺人、全家毀滅，就像在你的左近發生，你的指尖幾乎每天都能接觸到。"

"這並不意味着，"德生頑强地回答道，"他們應該借革命去胡作非爲。清洗這些事物，並不叫作革命。我不是譴責農民們。我知道，蔣介石和他的人殺掉的人多得多。可是，我覺得，當農民如你所說的擴展他們賴以生存的組織機構的時候，蔣介石就打了回來，中國會怎麼樣呢？革命可以被允許有秩序地穩定地進行，而不要到處破壞，當然，爲了消滅不合理的情況，應該要掃清道路。"

宗元交叉着手指，按在頭皮上，同時冷靜地回答道："我不是一個編年史家，不能決定誰首先是侵犯者。如果蔣介石打回來，是因爲農民要清除惡霸，他已證明了他是站在哪一邊。我也不是一個旁觀者，來討論哪一邊罪大些，哪一邊罪小些。我是個農民的兒子，知道我母親哀求過老爺們少收些田租，她被猛烈地一推，踢倒在地上，後來因此而死去。

我知道，如果人民以爲他們能哀求蔣介石和他的一群老爺改善條件的話，他們會同樣受到這猛烈的一推。爲了消滅那種和平的掠奪與悄悄的毀滅，誰來掃清道路？難道人人應該哀求和等待，直到地主們突然決定停止他們瘋狂的脅迫麼？法律和秩序，都是爲適合人們的需要而制定的。當他們要爲了這種需要，對人的精神和肉體兩方面到處製造死亡的時候，爲什麼人民不能根據爲生存鬥爭的人道法則而行動呢？爲什麼人民不能奪回應該屬於他們的東西呢？爲什麼他們不能使那些以蹂躪農民爲自己的莊嚴職責和使命，從而使他們出人頭地的人，同樣地吃點小苦頭呢？歷史應該是生存和發展的記錄，不應該是像我們舊日的歷史所表明的那樣，是死亡的記錄。我們應該由人民來作新的開端，地主和老爺的歷史應該結束。我們的老爺們已經活到超過他們榮譽和夢想的程度了！"宗元突然發覺自己激動起來了，立即控制住自己，並偷偷地看了品生一眼。她雙手托住低着的頭。他嘆了口氣，不再說下去了。

德生猛烈地抽着煙。他覺得宗元激動而狂熱，特別覺得他的對手的片面性，好爭論，不考慮整個民族的後果。他覺得，宗元現在不是在進行一場他所需要的平心靜氣而理智的辯論，而是用言語來宣佈自己的行動。德生不願意再辯論下去了，擔心結果會引起不愉快。他用一種低沉的、故意做出來的平靜聲調說道：

"舊的苦難，最好不要想得太多了，讓人們想想怎樣能合在一起過新的生活。"

宗元憂鬱地靜默着，一手支着鬢角，顯然在思考。德生起身說道："我想我現在要去睡了，你還會再來嗎？"

宗元也站了起來。他的雙肩微微向前俯着，兩手插在袋中，似乎沒有聽見。德生又重複問一遍。宗元立刻把手伸出來，左手的兩個手指托在下巴上，仿佛心裏在追索什麼似地說道：

"我現在記不起原話了，耶穌似乎在什麼地方說過，他到這個世界來，引起了戰爭。是這樣麼？這話說得太對了。"

"好吧，再見，宗元。六妹，願你晚上睡得好。"德生出去了。

十一

德生走後，房間裏一片寂靜。品生和宗元兩人都坐在他們原來的座位上。宗元腳尖在氈上戳動，心裏拿不準他剛纔的話是否傷害了品生。一會兒，品生站起來向後面的房門走去。

"別生我的氣，品。"宗元說道，語調是懇求的，但並無懊悔之意。

"哦，我祇是到後門房間去一下，馬上回來。"品生邊回答邊走了出去，即刻又回來，拿出一些餅乾，沏了一壺新茶。當她倒茶的時候，宗元握住她的手，望着她，問道："我很傷了你的心，是嗎？"

"我受得了。"她回答道，但拿茶壺的手在抖動。宗元站起身來，從她手裏接過茶壺來。他抓住她的雙肩把她轉過身來，直對着她的眼睛；她回過身來也盯着他。她的一雙深邃的黑眼睛清楚地在發問：

"什麼是保證呢？什麼是這個新的開端的諾言呢？它是什麼？"

宗元把她緊緊地抱在胸前，他的臉頰貼着她的鬢角，來回地摩擦。他吻她的脖子，吻她的耳朵後面，低聲說道：

"我們一定要繼續戰鬥，品，我們一定要繼續戰鬥。"

隨後，他拉着品生一起坐在椅子上。品生溫和地脫身出來，又去坐在凳子上。

"要是那樣，"宗元起來說，"你坐在這裏，讓我坐在凳子上。"

品生笑了，他們交換了座位。宗元把凳子移得更靠近些，雙手放在她的膝蓋上說道：

"我們走吧，品。"

"你要離開嗎？"她吃驚了。

"很快。許多人都必須離開。"

"情況那麼糟？"品生極度驚慌地問道。

"他們已經定了計劃，要搜捕每一個人。我希望我沒有被跟蹤。但是漢口的工人將要有個悲慘的命運。"

"你是說他們會被殺死麼？"

"將會有一場大屠殺。啊，這將是殘忍的流血！"

"連那些從英國人手裏收回租界的人也如此麼？"

"我不知道誰能逃避得了，品。"

"唉！那麼，爲什麼他們不全都走掉呢？"

宗元望着她。她眼裏流露出熱情的焦慮。他咽了一口氣，不讓它嘆息出來，說："你知道，他們有許許多多人，而且全都是本地人。你知道，當危險來臨時，連你父親要躲避都多麼困難。"

"那他現在就要被釋放平安無事了。哦！"她低聲說，聲調尖銳而沮喪。

宗元撥開了遮在她眼前的頭髮，說："是的，這是痛苦的，品。有些人活下來，有些人要死去，仿佛他們是死敵。然而，他們甚至彼此都不認得。"

"而在這兩者之間，我的靈魂被撕裂了。"

"每個人的靈魂，品！"他把頭靠在扶手上。

品生直起身來，想把他也拉起來。於是，他站起身來，把她從椅子上拉起來。他們彼此緊緊地擁抱着，長久地親吻着。

後來，他們彼此放開了。宗元退後幾步，雙手伸直按在她的肩上，用一種贊美的柔和神情望着她。她雙手放在他的手臂上，吻了他的兩隻手腕。他們又擁抱在一起。他說："這多好啊！同我走吧，品。"

品生在凳子上坐下，靜默了一會兒。

"怎麼樣？"他追問道。

"我現在不知道怎麼說，"她說道，"我想留下。別誤解我，元。有許多東西我還不理解。"

"同我一起到農村去，我們分擔一切，永久在一起。"

他坐下來，把她抱在膝蓋上。

"我不知道，"她猶像地說，"我似乎覺得，我想留在這裏看看整個情況，但又不願意你離開我。你爲什麼不想個辦法躲藏在這城裏呢？啊，我知道了，這一定太危險了。"當她把話說完，宗元把嘴唇貼在她的嘴唇上說：

"這也許不危險，我要考慮一下，這是不是可能。"

"哦，不要，不要那麼做！"

"我要先想個辦法，再讓你知道。"

"不，別那麼做。我沒有說過這話。下次你來時，我也許改變了我的主意。哦，也許，我最好是去看你。你在這些日子裏，不應該太多地暴露你自己。那麼，我究竟到什麼地方可以找到你呢？你的宿舍麼？"

宗元考慮了一會兒，然後說道："把那公文包給我。我給你寫下來。"

品生站起來，拿了公文包交給他。他在公文包裏摸了一陣，找到了一張紙，就在紙上寫起來了，隨後把紙交給她，說道：

"這是我伯父的一個朋友的地方，你去的時候，別穿得太漂亮，他們是窮人。"

品生看了一下這紙條，把它折起來，放進她的手提包。他們商定了她去找他的日期和時間，於是她走開了幾步，眼睛沒有看着他，說道：

"也許你現在應該走了，時間已經很晚了。"

宗元把房間四面看了一下，又轉回來看着她，說道。"我一定得走嗎？"

"是的，你走。我很快就去看你，元。"

宗元向她靠近過去，說，"今晚上是多麼美好啊，品。我什麼時候再見着你？"

"你會再來嗎？嗯？"

"我試試看。"

"過一天，還是兩天？"

"是的，我試試看。"

"要是你來不了，要讓我知道。"

"我一定，一定努力讓你每天知道。但是，你要來看我，你記住。"

他們一起向房門走去。

"但是我想要在商定的日子以前能見到你。"她的手握在門閂上說。

宗元作了保證，出去了。品生站在門旁，注視着他的俯曲的身影，很快地向前走去，消失了。她回到房間裏，站在窗下，對他的離去突然感到非常懊悔。她心裏反復說着："我不久要見到他。我不久要見到他。"

十二

七月六日，是他們商定品生應該到宗元朋友家去的日子，她決定她再不離開宗元了。她要見她父親，她仍舊不知道父親什麼時候，或者是否會獲得釋放。但是，她必須在家裏看到他。她要觀察一個沸騰期的間歇，她想，這也是一種既深刻、又殘忍的好奇心，一種要看看人類的體面處於最低潮時期的欲望，她要知道得更多些。當她醒來躺在牀上，並且覺得她理解宗元的話的時候，烏黑而濃密的影子，籠罩着她：德生和他依約回來了，她父親回來了，黎太太回來了，素貞回來了，連裕興、偉生、蔚文和邱巨福的影子，全都糾纏在一起出現了。遊行示威，大屠殺，烈火，對有錢人和窮人的苦刑，全都是一個黑色風暴的漩渦，連宗元也消失在那迷惑不解的旋風裏去了。在這個沸騰的時代，她正要在這迷惑不解的漩渦中去尋求它存在的原因。她決定，要問問宗元今後的地址，也許她以後要追隨他去。宗元沒有來，他來過一兩次電話，以後完全不來電話了。她一半擔心，一半期待着，她要在這天清晨見到他。前一晚，她已經向她的婢女蘭香弄到了一件上衣和褲子。她一穿上身，當天剛蒙蒙亮，屋子裏還沒有人起牀的時候，溜出去了。

柔和的陽光，像一層薄薄的黃色泥漿似地散落在屋頂上。早晨，街道和房屋，看起來都是空洞洞和懶洋洋的，它們靜默着，白色的和灰色的，一塊接着一塊；有些店鋪把棕色的門板和窗門卸下來，幾個人力車夫拉着空車，在空蕩蕩而又寬闊的馬路上走來走去，兜生意。與這種景象顯明對照的是，當她從法租界出來，進入以前的英租界時，常常有一隊一隊的警察巡邏着，有的騎着馬；還有穿着筆挺的軍裝，背着發亮刺刀而又不成隊伍的軍隊，蜂擁地經過這些街道。品生很少這麼早上街，她以爲這是每天早晨都有的景象，是這個動盪的革命首府的一種特徵。

宗元給她的地址是在中國地界。租界裏的人力車是不許進去的，所以她下了人力車，步行過去。她記着宗元所指的方向，穿過狹小的石路，像走迷宮似地繞來繞去。這個地界平常總是鬧哄哄的、人群擁擠的，在大熱天，甚至天未亮，人們就在屋前伸懶腰，打呵欠和漱口了。而現在却顯得比租界上的街道更空洞而荒凉，街上實際上一個行人也没有，幾乎所有的門都緊緊閉着。街道每一個轉角路口，都有兩個警察在站崗。他們大多數滿臉倦容，顯得很不高興，也許是因爲缺乏睡眠，有幾個靠着屋角張大着嘴在打鼾，口涎像蛛絲似地垂在頷下搖晃。他們當中，偶爾有的無精打采地向她盤問，有的還警告她，要她回家去，別再出來，因爲政府正在拘捕激進分子。

品生一路走着，心裏愈來愈怕。她難以想象，前一晚這些人口密集的繁忙街道，是否出了什麼事。整個地區顯得像個無人居住的鬼域，一片黑色和灰色的房屋，猶如死一般的静寂，常有一些菜黄色的臉，帶着一雙由於睡眠不足而發紅的兔眼睛，出現在似乎是偷偷地微微開着的門扇後面，幽靈似地在張望。路上偶爾有些攜着空籃或提着空桶的婦女，帶着驚惶的神色，急急忙忙地埋頭走着。她好幾次想奔回去，寧願熬受折磨，焦慮地等待着宗元來看她，告訴她一切情況。但一種欲望——要求達到目的的機械的推動力，驅使她繼續前進。

最後，她來到了一條骯髒的小巷，找到了地址。這是一間破舊的木屋，門關得很緊。她起初輕輕地敲門，没人開，後來敲得重了，門右邊紙糊的木窗，吱的一聲開了個小縫，一雙婦女的眼睛往外張望。品生急忙趕到窗口，説出了宗元的朋友的名字。

這婦女開始似乎有些吃驚，隨後看到她祇是一個小姑娘，便放心了，立刻出來開門，品生一進去，又立即關上。屋裏没有光綫，那婦女指着左面的一間後房，簡短地説：「你自己進去。」隨後又喊道：「林大哥，有個姑娘要來見你。」説着回自己的房間去了，「進去吧，他在那裏。」

品生單獨留在外屋，聽見一個老人的聲音在嚷着回答，但她不願意進去，心想宗元一定會跑出來見她的。屋裏在黑暗中漸漸分辨得清楚些了。這地方很小，看來很擠，中間有一張綠得發黑的方桌，像是馬馬虎虎搭起來的一個架子，而不是真桌子。還有長凳、破椅子、木桶和一個嬰孩的搖籃，屋裏發出一股難聞的氣味。被煙熏得發黑的紅色祖先神龕裏擺着許多神主牌，以及燭臺、香爐之類。使她感到吃驚的是，在祖先牌位中間也有個熏黃的十字架。

她馬上聽見那老人出來了。這是一個幾乎看不見嘴的駝背老人，雙眼還留着昨天晚上的眼屎，吃力地像個偵探似地四面張望。品生正要自我介紹，這老人說了：

"好，好，請進來，請進來。"他的聲音聽起來似乎他知道她是要來的。

品生跟他進了房間，裏面更暗更臭，通過屋頂上陰沉沉的玻璃透射的灰暗的光，她看見這小房間裏有兩張牀，一張大些的掛着一塊發黑的蚊帳，另一張沒有帳子。一個赤膊的青年坐在較小那張沒有帳子的牀上，混身搔着癢，像是一個壓抑着怒火的惡魔。這人不是宗元。一個老婦人在一隻當作桌子用的小櫃上摸着什麼東西。品生絕望地四面張望着，但沒有看見別的人影。

品生證實了宗元不在，她的心收縮到了極點。她不顧禮貌和謙遜，率直地問道：

"他在哪裏？我要見他！"

"他死了！"這個極其憤怒的回答，簡直是大聲叫喊。這是牀上那個青年人發出來的。

"哦，別叫，別叫！求求你！"這對老夫妻同時懇求道。那老人急忙補上一句："不，不，他沒有死。"

"你怎麼知道？"那年輕人反駁道，"你們的耶穌從來一次也沒有應驗過你的祈禱。元哥被殺死了，我告訴你們，而你們却把我關在這裏，難道這就可以救我的命麼？"

"哦，哦，"老婦女哭了起來，說道："老天爺為什麼不把我的命拿去？老天爺為什麼不把我拿去？"這時候，那個駝背老人用單調軟弱然而是堅決的聲調說道：

"你今天要出去先拿我的命去，拿我的命和你母親的命。他沒有死，老天爺是不允許的。林國泰是我多年的老朋友，他從來沒有做過沒良心的事，他的後代是不會落得這個結局的。"

"至少你得讓我出去找到他，"青年人用腿頓着牀沿說，"他這幾天失蹤了，他們說他被殺死了。"

這一家人似乎完全忘掉了品生，她直挺挺地站在房中央，幾乎失去了知覺，一股冰冷的寒氣鑽進她全身每一個毛孔，然後灌到她的心田裏去。她覺得身體冷得發抖，在極度痛苦中收縮着，扭曲着。她一手按着小牀，頹然坐在牀邊上。她心裏微弱地呼叫着自己的名字，要自己堅強些。這兩個男人，一老一青在繼續爭吵。

最後，那老婦人似乎記起來了，在櫃子上摸什麼東西。她拿了一隻茶杯，倒了一杯濃得發黑的茶，顫抖地遞給品生，並不斷地道歉。品生接過茶杯，放在牀上。她對這老婦人顫聲地、仿佛一個遊魂在向着黑暗的空間低語：

"這不是真的。"

"那麼，你知道他在哪裏？"脾氣暴躁的、搔着癢的青年人突然跳到了地上，面對着品生說，"告訴我，他在哪裏？"

"我不知道，"品生軟弱地回答，"五天前在我家裏，我看到過他。"

青年人感到非常的憎惡，突然轉過身去，說道："我三天前看見過他，後來他不見了。第二天，當他們襲擊農民協會開會的場所時，他被捕。他們說，當天晚上，他被卡車裝出去，在西大營被槍斃了。"

"你到西大營去找過他嗎？"品生問，一雙沮喪然而懷有希望的眼睛，注視着這青年在抓背的舉動。

"我能不去嗎？"青年人反問道，"但是那裏沒有屍體了。祇有草叢中一攤攤的血。昨天晚上，裝去的卡車更多。唔！他們就這樣地殺人！"

"不，"那老人又用他微弱而堅決的聲調插進來說，"他沒有死！林國泰不至於有這樣的結局，老天爺有眼睛，他沒有死。"他點點頭來加強他的信心。

這裏再沒有別的消息了，品生覺得不願離開，然而她也沒有理由留着。也許，她可以到別的什麼地方去，宗元可能隱避在什麼地方。他可以捎個信給任何朋友，比如裕興。或者，他也許到她那裏去等着她。她起身告辭了。

"哦，"老人焦慮地忙碌起來，"你要走嗎？這是危險的。昨晚上，他們搜查了每戶人家，捉去了許多人。你是不應該來的。現在別出去。"

品生動了動，勸老人放心，就出來了。青年人也趁她走的機會溜出來了。這對老夫妻立刻每人拖牢他的一條手臂，他們之間發生了衝突。品生很快跑了出來，匆忙地走出這小巷子。她的心劇烈地怦怦跳着。

十三

天空中的太陽變得通紅，燃燒得火般的熾熱。街道顯得比較活躍了，警察的巡行示威還進行着。但是，在街道不斷增長的活動中，他們已不是那麼顯眼了。品生望着明亮的、幾乎帶着桃紅色的藍天，望着大批的行人，像往常一樣在街上奔走，她奇怪她內心為什麼是這樣的軟弱和震顫。她想打個電話到家裏問問宗元是否來了，但却又害怕可能是個否定的回答。要打電話到他宿舍去，又害怕他不會來接電話。她想到德生、素貞、裕興，她甚至想到那個在她父親案件上幫過她忙的汪精衛的秘書陳先生。但也害怕這些人全都沒有用。害怕，害怕，雖然看不見形影，然而却沉重地壓住了她的身心，像一條白色的難以捉摸的蟲，在侵蝕她，在吃掉她。害怕抓住了她的脖子，用它那黑色的、拖曳着的袍子裹住了她。她從每張臉上，看到了死亡。每走一步，似乎她的脚都被害怕拖住，使她跨向深淵。她心裏除了害怕之外，沒有思想，沒有形象，沒有感情，她祇能選擇最熱鬧的街道漫步走去。

她不知道這樣沒有目標地漫步走了多久，她的軟弱暗暗地把她拖到女青年會素貞那裏去。她覺得，她想要躺在什麽人的胸口上，就此憔悴下去，再也不蘇醒過來。可是人家告訴她，素貞出去了。她走出來，就到男青年會去，想找裕興，他會領她到素貞那裏去的。但是裕興也出去了。別人叫她等一等，也許就會回來。她沒有等，害怕等，她需要在人多的地方走動。她又走到了街上。

　　當她走到她家門口時，已經是下午，很晚了。她臉色蒼白，精神萎靡，從昨天晚飯之後，還沒有吃過東西，而且在炎熱的太陽下走了一整天。方媽站在門口，同鄰居聊天，快活地做着手勢。她看見品生立刻叫喊道：

　　"六小姐，你回來啦。哦，厨子到城裏去找你，上上下下都找遍了。進去吧！在找你呢！"

　　"什麽！他真的在這裏嗎?!"品生突然精神振作起來，生氣蓬勃地問道。

　　"是的。他在，剛不久……"

　　品生急沖進屋裏，像箭似地直奔向她的房間。

　　"不，"方媽在後面叫道，"在另一個房間裏，在書房裏。"

　　"在哪裏？在哪裏？"品生從她房間跑了出來。

　　"那裏。"方媽既高興又興奮地指着黎誠的房間。品生掀起門簾跑了進去。那裏，在長躺椅上，黎誠安安逸逸地睡得又香又甜。他還沒有整過容，因爲他喜歡的那個理髮師今天沒有來。

　　"哦，天哪！"品生倒在地上。

第八章　破　曉

一

　　當品生醒來時，發覺正躺在自己的房間裏。房裏密密地擋住陽光，顯得很暗。她父親坐在牀邊的一張椅上，上半身俯伏在牀邊，握着她的雙手，他那焦慮的雙眼在注視着她。一頭灰白的頭髮，緊皺着的瘦削的臉，週圍襯着黑影，使他凝固地形成一個在無形重壓下顯得焦灼而疲憊的形象。他專心致志地看護着她，幾乎連站在身旁端着碗的婢女蘭香，他也沒有發覺。稍遠一點，是德生在房裏踮着足尖輕輕地來回走着。方媽則坐在門旁，不斷地朝着品生的牀凝望，又不時向門外望去，不讓其他人進來。品生閉着眼睛，又呻吟起來，她感到頭疼得很劇烈，背部、喉部等許多地方也都很痛，皮膚像被撕裂似的，喉嚨——頸項前後兩面，都有長條腫塊，而且很痛。當品生突然昏倒，引起騷動的時候，方媽用了傳統的救護方法，在品生脖子週圍、膝蓋、肘關節後面，拼命擰捏，並用一個有孔的舊銅錢，在她背脊上沿着脊骨的葉脈用力刮起來，凡刮過的地方都頓時隆起來並變成紫褐色。這種治療方法代代相傳，至於爲啥這樣做，却沒人知道。這療法竟使品生很快地蘇醒過來。她對身上的種種疼痛，緊皺着眉頭。

　　"醒了嗎，寶貝？"黎誠溫和地說，"你覺得怎麼樣？看着我，爸在家，在你身邊！"

　　品生模糊地記得發生過的事，感到內心一陣猛烈的痛楚，她知道再也見不到宗元了。她既沒有氣力，也不想說話，衹是憂傷地望了父親一眼，作爲回答。

　　醫生來了，說這姑娘是中暑和發燒，還有傷寒的並發症，建議送到醫院去。但黎誠不肯。過了一會，黎誠出去了，因爲黎太太從醫院回家來了。

品生又睜開了眼睛。現在是德生獨自一人在房子裏，站在離牀幾步的地方，兩手反在背後緊握着，好像捆起來的似的。他非常焦灼地望着她。品生作了個手勢，他走過來，坐在黎誠剛纔坐過的椅子上，說道：

"怎麼樣？妹妹？"

品生軟弱地用祈求的眼光望着他，似乎要求他幫助似的。德生握着她的手說道：

"你覺得怎麼樣，妹妹？我不是外人！你煩惱些什麼？"

品生沒做聲，眼睛閉着。當德生站起來要走時，她幾乎像哽在喉嚨似地說道：

"你知道外面的情況怎樣？"

"別着急，品生，"德生回答道，他覺得喉嚨像粘住似地說不出來，"把身體養好，先把身體養好。"

品生沒有反應。家裏的人，個個都進來看看她。黎太太從醫院回家後依然病着，也進來看她。這一切，品生幾乎全不知道，她體溫很高，晚上有好幾次昏迷過去。

當她覺得自己清楚一些的時候，似乎已經度過了漫長的時間。房裏很暗，到處是一團團的影子，祇有從對着小巷和院子的幾扇窗户透進點微弱的光。牀頭櫃上有一支玻璃罩的煤油燈，發出淡黃色的光，在燈光下，似乎靠着牀邊有一堆東西。萬籟俱寂，白天的喧鬧完全被吞噬、埋葬了，她覺得連自己也在這無底的、茫茫的寂靜中消失了，埋葬了。在這一片寂靜中，飯廳裏的大鐘敲了兩下，發出顫抖的鐘聲。

慢慢地，她聽見了空氣中有一陣輕微的、沙沙的抖動聲，有節奏地起伏着，像人們安靜地在呼吸。她仔細聽着，這聲音竟發自靠在牀邊那堆東西。她掀開帳子一看，原來是她那白髮的父親正靠在牀前的椅子裏酣睡。這椅子，正是宗元上次——也是最後一次見面時坐的。

黎誠瘦削的身體一動也不動地陷在椅子裏。他以前那種魁偉體態已消失了，他那老爺架子似乎也殘存無幾了，從前那種專橫暴戾的神氣也沒有了；有的祇是受苦的殘痕。他臉色蒼白，在微光中，像是縱橫交錯的、深藍的綫條。他緊閉着的眼睛，那瘦削深陷的臉頰，在黃豆般的火焰下，顯得好像無法修補的黑洞。這些，在他的沉睡中，像深深地凝固着的、沒有包扎的傷口，提出永遠無法解答的問題。可是，如果說，肌肉在萎縮和受苦的話，那麼，時間卻在他頭髮上留下了合適的印記。他那突然變白的頭髮和鬍子，在他頭上和頰下，又長又硬地、蓬亂地豎立着。這頭白髮，正如同中國的時代，從來沒有年輕過，也從不承認它會變老而死亡。它在這盞小小的燈光下，否定一切，用一種冷漠的、固執的、並且像尖刺一般的令人刺眼的光，在閃動着。

　　品生放下了帳子，又倒向牀上躺下。她感到熱淚從兩鬢流下來，流進了耳朵。在她同這位老人一起生活的這些年代裏，她從來沒有對他在感情上感到過這麼矛盾。早晨，她剛經歷了一次希望的破滅：一個革命政府自我毀滅了，成千上萬曾爲革命而吶喊、而戰鬥過的志士，被卡車一車一車地裝出去，結局是家破人亡，就在城內的西大營裏，留下一攤攤的血。宗元去了，永遠不會再回來了。就在幾天前，他還坐在那老人酣睡的這把椅子裏，希望着，夢想着並獻身於革命。他不存在了。他被粉碎、消滅，直到絲毫找不到他的痕跡！相反的，因被指控貪污、掠奪並迫害無幸人民而被擁護改革的勢力所逮捕的她的父親，卻回來了。他現在平安無事了，不再有人指控了，不會再有被逮捕的危險了。一個人的毀滅是另一個人的自由！別人的苦難是她一家人的希望，而他們全都是她親愛的人！他年老體弱，但是舊時代似乎是確實毀滅不了的，它同過去、現在和未來是一體的。"改革"這個詞，在它那裏沒有地位。時代希望它自己靜止不動地腐敗下去。然而她不能責備她父親。逮捕她的父親，對她幾乎是褻瀆神明的。她爲什麼不能慶祝他的自由、寧靜和平安呢？她爲什麼應該把他當作敵人一樣，把停滯和腐敗歸咎於他呢？爲什麼在盡了她一切努力使他得到自由、平安和幸福之後，她必須以如此沉重而難堪的憂傷，來歡迎他自由的第一天呢？她本應該在他歡樂地回家的時節，第一個跳起來，擁抱他，而她卻沒有向他說過一句祝賀的話。

一眼看見他的時候，竟然又受到沒有預期到的相類的創傷，從來沒有感到過的這種痛苦，仿佛使她陷於窒息中。

難道在他那把年紀，沒有承受過可怕的痛苦乃至於挣扎嗎？難道他不是以他全部的體貼、溫存和關切，來愛過她嗎？過去，他難道沒有扼殺過改革的力量麼？宗元是他毀滅的麼？多麼多的詆毀啊！她不是曾希望過她親愛的親生父親——那坐在她病牀旁邊守夜的他被消滅，化為烏有，並且被埋葬掉麼？唉，什麼女兒呀！

這樣一種生活，宗元離去了，是不會感到太悲哀的。可是死亡是屬於他的麼？他的銳利的、專注的眼睛，似乎包含有十條生命的力量在裏面。他從來沒有說過一聲死亡，他一刻也沒有流露過軟弱和失望的情緒；在他的戰鬥中，他從來沒有說到過失敗，從來沒有表現過動搖；他對鬥爭的信心像熊熊燃燒的巖石；他的思想與行動迸發着強烈的光芒；他的心像絢麗的雲彩，永遠飄移於空中。他是多麼的光耀，多麼的深沉，對自己却毫無保留。他的才華發出激動人心的異彩，而自己却並不在意。他對革命的虔誠和信心，將永遠鼓舞人們的思想，深入人們的靈魂深處。這種鼓舞和激勵，像夜間風暴中所燃燒着的、猛烈的森林之火，將熊熊地蔓延開來。而他對她又是多麼的親近，儘管他在政治上反對地主和官僚，却幫助過她為父親獲得有利的出獄條件。他使她能在農民協會裏為她父親的案情辯護。他沒有對她作任何允諾就把自己獻身給她。他不但要與她共享他的生命，而且使她深入了解他的為人和他的靈魂。為什麼那天晚上他在這裏的時候，她拒絕同他一起走呢？她也許能救他，至少，她將與他分擔在他死難之前他所經歷的危險與恐怖。要是這樣，她如今就可以從回憶中，再現更生動的印象，用以安慰她的憂傷了。而且最壞的是，她本來至少可以知道他出了什麼事，可以知道他犧牲的日期和地點，用以紀念他。她為什麼要拒絕呢？主要是她還沒有具有他所有的那種信心，她沒有他一向所有的那種精力和熱情。儘管她欽佩他，依戀他，她自己的生命還缺乏足以使那種信心生長、開花的動力。當他懇求同她心連心的時候，她的心是倦怠無力、沒精打采的。她害怕了嗎？怕離開她所熟悉的和了解的一切嗎？怕失去她父親嗎？雖然那天晚上，她已經知道他處境的危險，也竟決定丟開了他！而現在，他沒有了，被毀滅了！他的名字被塗掉了，被掩蓋了和被埋葬了。他的存在是犯法的，而提到他的名字也是犯罪的。在這家裏，關於他的情況，她無人可談，在外面也如此。找不到他的痕跡，她甚至不能出去打聽他的消息。死亡者居然是曾經爲建立受人尊敬的美滿生活而作過鬥爭的人，他受到最後判決與被毀滅。

即使宗元還活着，她又到哪裏去找他呢？要是找到他了，她能同他在一起麼？那時，她會站在他這邊，而拋棄那經歷了苦難剛剛活下來並肯定地迫切需要她的精疲力竭的老人麼？那樣，她不僅僅是拋棄她父親，而且意味着她正好站在對立面來反對他，以她父親的毀滅來換取她的自由，或者反過來！這是不可思議的、瘋狂的生活，一種能使愛變成果斷的背離者，使女兒變成她父親的背叛者的生活；一種蔑視死亡，譴責活者，並因爲生活瘋狂而切斷人要求活下去的願望的生活！

品生在清醒的時候，思想在短短的刹那間奔騰翻覆。不久她就頭暈了，又昏迷了過去。

二

照一般的說法，現代醫學祇是外科有用，而內部的疾病，特別是像傷寒這種病，祇能依靠舊式的中醫和中藥。品生看的就是中醫。因爲牽涉到各種心理的因素，品生第一星期的病情非常危急，經常神智昏迷、尖叫、嚎哭和嘔吐，後來，病情一忽兒好，一忽兒壞，拖延了很久。全家人都提心弔膽地害怕她會死去。黎誠把她搬到二樓一個面對較安靜的偏僻小巷的後房去。這個房間，比她在樓下的那個房間更陰暗，祇有一扇大窗；但它離開了前面的巷子，所以比較安靜，而且它就在黎太太和黎先生房間的後面。黎誠認爲，品生的病，完全是由於他在牢中時她爲他所費的心力和焦慮引起的。在她病重期間，他非常焦慮不安，日夜守着她。把她搬到他的房間後面,就更容易看護她,特別是在夜裏。

在品生患病期間,親戚和朋友都來看她。素貞有時同着裕興也常常來。自從素貞下定決心,搬出黎家以避開德生之後,她的溫和的心,樂意看到裕興心地正直、無私和真誠,發現裕興和她都具有謙遜而寧靜的宗教虔誠以及共同的熱心服務精神。素貞對他並沒有深深的迷戀的感情,覺得他頗有鄉巴佬氣,有時候誠實到了缺乏敏感的地步。他的誠實和正直,在生活的千變萬化的幻影中,似乎被人忘却了,却使他有時候像一塊巖石似的堅硬和單調。但是她決定同他結婚。在一切考慮之中,她並不想單純地滿足自己。品生對他們倆結婚感到很高興。

德生也要出門了。他對國家和民族的苦難徹底失望了。被征服者和勝利者兩方面對他都沒有希望,也沒有前途。毀滅震撼了他的靈魂,而他的私生活又像一隻破碎的花瓶,這兩方面都使他強烈地渴望到歐洲去。儘管他不信基督教,但理性與智慧的光輝似乎來自歐洲。對於英國,他看到它的深謀遠慮,不願意到那裏去,因爲他不能把自己深切的民族感情同那個國家調和起來。對於俄國,他看到推動歷史前進的巨大動力,但這個國家對他說來,還是個未知的、有待探索的地方,而且就他性格來說,那種發展的速度使他喘不過氣來。他打算到法國去,在那裏,火樣的熱情似乎與冷靜而清明攜手並進。對他的悲哀而苦難的私人生活以及抱負來說,法國這個民族,似乎有最高的勇氣來發動一個震動世界的革命,而又以果敢的明智把這個革命納入有秩序的勝利軌道中去。他懷着長久以來隱藏在內心的創傷,從法國看到了熱情與理性完滿地混合在一起的果實。他已經從上海的一個學校裏獲得了半自助的獎學金,祇是由於品生生病,使他不能馬上動身。

黎太太依舊患着胃潰瘍。事實上,從醫院回來以後,病情惡化了,飲食的調理得不到保證。爲了使她丈夫在膳食和生活習慣上得到滿足,倘非病發,她平時總是不願躺在牀上。她也非常擔心和思念偉生,她雖然對他失望並憂慮他的前途,但他仍舊是她的希望和偶像。黎誠被捕時,他來過一封信,以後就一直沒有給她再來信了。黎太太很擔心,黎誠一旦去世，他們就會把她這老太太拋棄掉。蔚文給品生寫過信來，很高興地告訴她，偉生已經升任上海警備司令部的秘書長了。他們已經從南京到了上海，就要有孩子了。

這一切，都在品生病中悄悄地進行着。一切會使她心煩的事，人們都不讓她知道。她像一隻沒有知覺的船，在肉體和精神兩方面的痛苦的風暴中顛簸着。來自家庭和朋友們的關心，使她度過了難關。父親對她親切的關懷和憂慮，減輕了她的悲傷。經過了一個月，她纔真正的好轉起來，能坐在牀上自己用湯匙進食了，也能同前來看她或服侍她的人輕聲地談話了。蘭香現在又是她貼身的婢女了，她讓這丫頭坐在她的牀邊，這是蘭香從來沒有遇到過的。她也問問蘭香的身世，要知道這姑娘怎麼被賣出來的，喜不喜歡在黎家所過的生活，以及自己有什麼打算。這些話，都使蘭香很吃驚，因為品生從來沒有表示過這種關心，就連她進了教會學校，接受基督教的影響，努力用新思想改造自己以來，也沒有表示過這種關心。起初，蘭香睜大眼睛，不相信地看着她，不知道該不該同小姐談話。能盡心盡力服侍小姐，已經是很大的滿足了。

儘管有人來探問她，品生覺得自己在探病者的奉承談話之中，依舊是被遺棄和孤立的。她聽不到外面的消息，也無法訴述自己的衷腸。大家仔細地把世上的麻煩事隱瞞着，也不對她講家裏的困難。她也無法吐露自己的心事，祇能安靜而寂寞地躺在牀上，感到自己很孤立，幾乎是有生以來最徹底的懶散。革命運動中火一般的熱潮與洪水般的風暴過去了，宗元和他所要求改革的力量也過去了，基督教和它改變人心的令人震動的最早的福音也過去了。她從未意識到的孔子學說所支配的、要求她忠誠於它的儒學權威也過去了，這 切，都去得很遠很遠了。連德生、素貞和裕興也似乎去得很遙遠了。祇有老父親還是很親近，還是他自己的老樣子。

她對這一切幹了些什麼呢？懶散。她去林德格侖之前所度過的日子，似乎是她生命中一根折斷的嫩枝，很不調和，毫無痛苦地逝去了，消失了。生活似乎是從林德格侖開始的，但它一開始就是靜止的。從此以後，巨大的潮流，一個接着一個向她撲來，宣佈改革。她猛地一動，蠕動地前進，經過搏鬥，但還是站在原地。她覺得生活像條變形蟲，她祇是以不可靠的被動姿態響應了這改變。心的改變，這是多麼嚴酷而又值得自豪的信息啊！但並未觸及這心是什麼而它又怎麼樣纔能改變。基督徒依賴上帝的權力，而她僅僅是跟從着，用不着放棄家裏的舒適和侍候，用不着使她父親脫離他那奢侈和安逸的、建立在別人的勞動和痛苦之上的殘酷的生活方式。後來，革命降臨到學校中來了，每個角落都吼起了咄咄逼人的、然而又是親切的愛國主義、鬥爭和解放的呼聲，千百萬無名的、受苦的小人物被鼓動起來，掌握了這些口號，迅即投身到這些富有魔力的口號中去。然而她却在冷靜地反復思考着這千百萬人民命運所係的生死運動的優點之所在，雖然她的幼小的心靈，不會使她反對這個運動，可是它對於她却是陌生的，不能交流的。那時候，改革突然在她頭上打了個晴天霹靂，她的父親被當作一個罪犯關了起來。這一家族，昨天還是社會的支柱，一夜之間突然變得幾乎名譽掃地和羞恥了。她的父親本是她的光榮和力量的源泉，現在却當着她的面被指控爲惡棍和無賴。而先前她心目中本來不存在的、那些受壓制的、怯弱的小百姓，突然變得高大而有尊嚴地站在街道上，仿佛是從地底下冒出來似的。他們懷着勇敢的心和高度的自信在街上前進，好像那沒有盡頭的長城在翻山越嶺地向前延伸。膽怯的變成強壯的，沮喪的變成滿懷信心，連啞巴也發出憤怒的吼聲了。改革像一把冰冷的、藍色的刀片，切開了她的眼睛，但還不夠銳利，還未割斷她那個從舊社會產生出來的心。她看見了，她膽怯地感覺到了，可是她徘徊不前，沒有跨出過一步。深沉的過去，在她身上好像存在了四千年的古墓那樣，悄悄地極力擴張它自己，並企圖擁抱住未來。

　　"你將學習改革。"她記起四年前，當她動身到林德格侖去的那天曾先生告訴她的話。當時，這話聽起來多麼的輕巧和空洞。當時上學校去祇是爲了要離開家來補償她長期受到挫折的幻想。她對改革毫無概念，而且並不想有什麼改革。然而改革却闖到了她身上來了，可怕而又迷人，就像孩子們愛聽的鬼怪故事那樣。它使人們要知道得更多更多，它不僅僅是破壞城市與農村，不僅僅是把一群人的權力轉變給另一群人，甚至不僅僅是把土地從地主手裏拿來交給農民。它是不崇奉祖先，動搖孝道，改變女性順從的謙遜，激昂起戰鬥精神，譏諷那些對老爺們的尊重和崇敬。它使膽怯的變成強壯，使啞巴會發出怒吼。突然間，無數的人群，難以想象的小人物，都起來了，他們指明生活應該是怎樣的，而不是去聽從老爺的吩咐。千百萬過去祇是為了填飽肚子而生活的人，彼此串連起來，組織起來，以確定他們生活的重大目標，賦予生活以新的意義。這一切，都是極端的、非中國式的！然而它們又是從中國的土地上產生出來的，在中國的大地上急轉，驅使人們認真考慮生活的根本價值，改變過去如同瘟疫一樣奪走了大群人的生活的境況！像這樣的一種改革，不僅僅是要用某種條件來取代另一種條件，而且是人本身的改變。這就迫切需要人與人之間一種新的道德關係的改革。

　　對於這種改革，她幾乎是毫無發言權，而且感覺遲鈍。連宗元也無法使她從舊的立足點上決定性地轉移過來。他的論點引起了她的好奇心，他的熱情是魅人的，他的鬥爭是有魔力而且非常誘人的。他們的創造力吸引了她，但那創造性是他的而不是她的。對每一個人來說，一種改革，往往是產生自舊的閉塞和新的創造力量的聯合行動。它不僅僅是一個人的靈魂之外的鬥爭，而且是其內心的靈魂深處所有的裂縫間的鬥爭。宗元打動了她，並鼓舞了她，但是，林宗元再多也難以把改革傳授給她，因為她太習慣於所受的閉塞的影響，而缺乏對新的事物的敏感。每個人都是創造的新中心，他為了求生，却又必須知道死亡，他自身必須重複改革的整個過程。通過死亡的爪子，她看到了這一點。但是四年前，當她被勸告去學習改革的時候，她甚至沒有想到要問一問這是什麼意思。

　　她突然感到，她有要見見曾先生的一種不可抗拒的欲望。她記得在她病得非常嚴重的時候，曾見過他，後來他似乎完全從她眼前消失了。原來他回到松門度假休息去了，要到秋初纔回來。這個老人默默地謙遜地似乎預見到一切，並且悄悄地提出過警告，像歷史的無聲的脚步一樣，他自信地無聲地默默地前進着。

素貞來看她,告訴她,他們在江西裕興家鄉的那個區的教堂裏找到了一個辦事員的工作,兩天之內就動身。品生在牀上,憂鬱地點點頭。她對於素貞的離去,不像素貞從她家裏搬出去時那樣的悲哀了。她問她對這工作是否喜歡,是否感到有意義。素貞猶豫了一會,嘆了口氣。後來她回答道:

"我們將盡我們最大的努力。裕興不大喜歡這工作,認爲青年會的工作能使他經常接觸人民。但是,你知道,在邊遠地區沒有青年會,而我們都不喜歡在大城市裏,所以我們決定接受這個職位了。裕興想,他將以教堂爲中心,在人民中間創辦些社會工作。"

"你們爲什麼不喜歡大城市?"品生相當理解她的朋友們生性對城市生活的厭惡,但她想還有其他的原因。

素貞靜默了相當長的時間,她在想怎麼能把這理由説清楚。最後她説:

"最近幾個月的可怕事變給了我一個教訓,就是我們應該爲人民誠懇而直接地做些事。裕興覺得他在這裏非常受牽制,工作通常都是浮面上的,沒有意義的。它很少達到人民的需要。"

品生覺得這理由沒有説服力。如果在大城市裏有複雜性和牽制的話,那麼在邊遠地區就會更多了。要是那可怕的經驗也發生在農村,又如何呢?如果説,過去幾個月的事變並沒有使她懂得更多的話,至少使她懂得到處都有鬥爭,你所能做的就是去面對它。她沒有提出這點。她得沉默着。

素貞打開她帶來的一包東西,拿出四幅繡得極爲精致的繡品來。它們是些懸掛的畫卷,有一長幅四週繡滿了象徵吉祥如意的卐字圖飾,裏面是桃子、蝙蝠、馴鹿以及其他古代象徵長命和幸福的圖案。這是用短針以紅色、金色、綠色、黃色和藍色絲綫繡成的。她把它舉起來給品生看,咧着嘴迷人地笑着,問道:

"你喜歡這個麼?我專門爲你繡的。你總是希望精緻的好作品的。現在我要走了，我要你保存它們作爲紀念。"

品生望着這件繡品，出了一會兒神。她非常贊賞這繡工，但是心裏感到懊悔，素貞在這樣一件精緻的繡品上花了那麽多的勞動，而她已不再有要占有這種精緻品的欲望了。她把它們放在牀上，並且沉思着，仿佛在夢中説話似地問道：

"素貞，你們全都去做自己的事了，你想我將做些什麽？"

"你將上大學去，不是麽？"素貞認爲品生自然而然會這樣做。

"不，"品生慢慢地搖搖頭，"我也在想找件事做做。"於是她把對於自己的一些想法告訴了她的朋友，繼續道："我們的生活方式不對。我不願意繼續用我父親的錢去讀書。"

"你是説你也要走麽？"

"我還没有認真考慮過這問題，"品生猶豫地回答道，"父親老了，徹底垮了，他需要我。此外，看來他的土地還在農民手中，我們的經濟情況對他壓力很大。可是我對這情況很高興。我們的生活必須改變，我要把婢女們都送走，蘭香可以嫁人。我聽方媽説，她有個男朋友，願意同他結婚。我要爲我們自己建立簡單而勞動的生活。我們做了一場噩夢，我要它成爲最後的一次。"品生少有地嘆了口氣，素貞望着品生瘦削的皮包骨的臉孔，這是一張仿佛剛被雨水冲洗過的、透明的、蒼白的臉。品生的話，素貞聽起來完全是新的，雖則似乎是自然而然的。她輕聲地説："這是一個非常好的主意……品。但是你父親會願意麽？"

品生略帶吃驚地看了素貞一眼，回答道："父親必須要學習些新事物，我應該幫助他。經過這場風暴，舊的事物決不可能站着不動了，過去肯定再也不能阻擋我了！"

三

到九月，品生完全恢復了健康，立即着手找工作。汪精衛的秘書陳先生曾在黎誠的案件上幫助過她，通過陳先生的一個朋友，她在國民黨省部謀得了一個職位。她的工作是起草公函和命令，每月一百元錢。自從漢口國民政府倒臺，通貨膨脹停止以後，一百元錢是很大的一筆數目了。她每月底把錢全都交給了她父親。國民黨省黨部的公務是坐八小時辦公桌，每天祇要寫一兩封短信，有時候沒有事。她一個星期後纔看到她的上司，他到辦公室來大約一個小時。所有的雇員都整天坐着，閑談，説説笑笑，吃吃花生米。這個工作，毫無意義，非常枯燥，可是品生却覺得這是件大事情，既爲自己工作和謀生，同時也幫助了家裏。起初她很激動，因爲她覺得新鮮而且有一種突如其來的獨立感。有很長的一段時間，她對於自己不再依靠父親生活這事實平靜不下來，這可是了不起的。她走去上班，感到自己更高大、更挺直，更完滿、更充實了，但對自己那種感受，又覺得很驚奇。

最後，她説服父親賣掉了革命前他們在武昌住過的那幢大房子。革命結束後，傭人們紛紛回來，她也説服父親遣散了這些傭人們，黎家的經濟情況現在不能雇傭這麼多的傭人了。兩個留下來的婢女，有一個嫁人了，黎誠從新郎那裏要回了最初買這姑娘時所付的錢，他認爲這是合法的權利。這些事情，都不是順順當當地辦通的，黎誠認爲，品生這些建議是對他的事務橫加干涉。他皺着眉心唉聲嘆氣，大失所望，傷心之至。但是，他不得不這麼做，因爲松門縣沒有錢來了，農民還占着他的土地，而他現在也不再是一個政府官員，沒有收入了。但他不願意賣掉蘭香，他需要蘭香侍候，比如半夜裏給他做夜宵，早晨給他準備早飯；天氣涼起來了，不久就要寒冷了，就更加需要這姑娘給他按季節的變化換衣服，沏熱茶，送煙葉。這一切，都需要這婢女，因爲他不喜歡男傭人做這些，認爲他們粗俗、不仔細。黎誠覺得品生要求他讓蘭香出嫁，是侵犯他的個人生活。他認爲她應該體會到他需要這個姑娘，甚至連想也不應該想把蘭香打發走。他一生都受到女人們和婢女們的細心侍候，自然需要把蘭香留在身邊，這是非常簡單的道理。他不能理解品生爲什麼對他的處境這樣無情，他祇好叫她閉嘴。

一天，品生辦公回來，走進自己的房間。現在她的房間在底層的後面，對着黎誠的書房。她剛放下公文提包，方媽偷偷地走了進來，悄悄地關上了通向飯廳的房門，然後走到品生身邊，從後面拉拉她的衣服。品生回過身來，方媽對她做了一個古怪的手勢，要她到後房去。

品生非常吃驚，但是默默地跟着方媽走進了她的房間，坐在方媽的牀上。這老保姆把嘴對着品生耳邊，顫抖地低聲說：

"六小姐，救救蘭香！如果你不救她，這可憐的姑娘活不成了！"

"她怎麼啦？我父親打她了嗎？"品生驚恐地問。她模糊地希望這令人吃驚的消息與她父親無關。她對蘭香的幸福特別敏感，自從上學校以後，她對這個婢女總感到心有內疚。

"哦！請別說得那麼響，老爺會聽見的。可憐的蘭香，可憐的姑娘！老爺看上了她！"

"哦不！你這是什麼意思？"品生從牀上跳了起來，"你是說，你是說，我父親要她純潔的身子？！"

這個和善的保姆祇是抑制地微微點點頭，淚水從臉上流了下來。

"哦！謀殺！"品生的臉像死人一樣的蒼白。她倒在牀上，指尖好長時間都在冰冷地顫抖，再也說不出一句話來。

方媽連忙安慰她，告訴她還沒有成為事實，因為蘭香堅決抗拒，拼命掙扎；昨天夜裏，黎誠威脅她說，如果不服從就殺了她。蘭香現在在絕食。

品生振起精神來，把蘭香叫進方媽的房間。蘭香原先豐滿而圓潤的臉已像煮熟的青菜葉似地發黃了。起初，她祇是低着頭，搓着雙手，恐懼和羞愧使她全身發抖；突然，她哭得像快要昏厥過去了。方媽急得要命，作個手勢把她勸住了，纔又沉靜下來。

"別着急！"品生以一種奇異而嚴峻的態度對蘭香說，仿佛在發表文告似的。"他決不能占有你！"說完這話，她就立即轉身獨自回到自己房裏去了。她不能面對這個全身發抖的婢女，蘭香的痛苦像無數譴責在刺着她的心，"謀殺"這個字眼，像條無盡的長鏈條在她心裏反復閃現。

她站在房中間，眼睛發呆地久久凝視着窗口，心中的煩惱像蜂群在蠕動，爬上又跌下，譴責、憐憫、憤怒、屈辱，全都混合在一起。這整個事件如此出乎意外。她曾對自己能使這老人向前移動一點兒，感到很高興，對父親和她走向新的生活目標，抱有希望。她正在爲蘭香打算，要使這姑娘過更好些的生活，這至少也是爲了寬慰她自己的良心。她從來沒有想到她父親居然會做出這種事來。他和婢女之間的事，一直有所傳聞，但她聽到的是發生在很久以前的事了。她覺得目前這個消息完全不可思議，祇有在噩夢中纔能發生。但是方媽和蘭香都是它的證人，她祇得承認這一定是真的。

她突然想起，這情況非常緊急，蘭香日夜都在服侍着這個老人，危險時時存在，而這姑娘却處於毫無保護的境地。單是言語和感情是毫無幫助的，祇是在浪費時間，蘭香必須立即從他那裏擺脫出來，然後趕快結婚。蘭香有她的愛侶，爲什麼要留着她？要立即采取行動這個欲望在鞭笞着品生的心靈，驅散了所有感情的混亂。她感到，問題不僅僅在於這姑娘的命運，而且還在於圍繞着她父親重建值得尊敬的有希望的生活，以及她的全部新的生活目標。這幻想破滅得太厲害了，這震驚太不可思議了。她咬緊牙關，傷透心地低聲自語道："要是形勢是這樣，那我們就做敵人吧！"

她回到方媽的房間去。這位保姆緊緊抱住蘭香，在安慰着。她們看見品生回來，就站了起來。品生走到蘭香身邊問道：

"蘭香，你今天一直在服侍老爺嗎？"

"是的，小姐，"蘭香怯生生地回答道，"我早晨侍候他，下午沒有，我覺得不大舒服。老爺叫我，我正同方媽說，我不知道今天晚上怎麽辦，小姐。"這姑娘想起曾在黎太太住房後面的房間受到過强奸的威脅，頓時感到害羞、孤苦而滿臉漲得通紅。

"今晚上讓厨子去侍候他，"品生命令似地說，"你來同方媽待在一起。"隨即轉向方媽問道："你知道那小伙子是誰麼？你知道，蘭香喜歡的那個男子?！"

方媽作了肯定的回答。

"你認爲他是個可靠的好青年麼？"

"是的，我想他是的。他做工的那家打鐵店離這裏祇有兩條街。他是一個非常誠實、勤快的小伙子，有一個母親、一個兄弟和一個姐妹。他們住在中國地界，我知道他們住的地方。"

"中國地界"這個字眼在品生心裏引起了極大的痛苦。從七月六日她到那裏去找宗元之後，一直避免到那地方去。她用力地猛一扭頭，以擺脫對宗元的聯想，說道：

"那非常好，方媽。你今晚能不能去找那小伙子，叫他明天早上到我辦公室來見我？不要太早，大約十點鐘。告訴他，說是給我父親送信的，衛兵就會放他進來了。同時，如果我父親叫蘭香，我會回答他的。"

蘭香和方媽兩人都凝視着她，懂得她是在安排蘭香的婚事。蘭香的一雙烏黑的大眼睛閃耀着強烈而神奇的光芒，仿佛看到神靈似的，突然雙膝跪倒在品生面前，恭恭敬敬地在地板上叩頭。品生嚇了一跳，讓在一旁，看着蘭香愚蠢的舉動，不知道是怎麼回事。這時她聽見方媽在說話：

"你認爲老爺會由你作主嗎，六小姐？他會大發雷霆，會冒火的，我不知道他會幹出什麼事來。六小姐，你最好小心些。"

"方媽，那你想我該怎麼辦呢？"品生不理會方媽的警告，反問道，"我能去找老爺，請他舉止規矩些麼？我有能耐說服他讓蘭香去結婚麼？我請他這麼做不是已經得罪了他好幾次了嗎？'江山易改，本性難移'，這你知道。蘭香走了以後，我也要離開了。"

"哦，不，"方媽以爲六小姐生氣了，"我不是說你應該走。老爺肯定不會讓你走的。好吧，我吃過飯就去找那孩子。別生氣，六小姐。老人都是這個樣子的，過一會兒，他會明白的。"

"可別忘記去告訴那廚子。"品生提醒保姆之後，便回到自己的房間，不脫衣服就上牀了。她說她病了，要蘭香來服侍她。實際上，她是要避免遇見她的父親。她知道，她在做的事是對她父親最直接的打擊。她想當時病一好就離開家，那麼不論這老人受到什麼樣的打擊，他都不會認爲是自己最愛的女兒所給予他的了。但是，事已至此，在仔細考慮之後，她沒有別的辦法可想，衹有在父親不知情的情況下，把蘭香許配給她的意中人。這老人的行爲也是可以理解的，但是，在經過這種要求改革的隆隆雷聲之後，要寬恕這種事，她是絕對辦不到的。這老人還竭力要實行老一套的生活方式，並使自己永遠這樣生活下去，要同他在一個新的基礎上待在一起，這純粹是愚蠢的想法。家庭生活是悲劇性的鬧劇，她應該到別處去，過獨立的生活，而不要留在漢口與這老人進行不斷的戰鬥。如果她必須爲新生活而戰鬥，那就不應純然爲了單獨的個人而和父親戰鬥。

四

　　兩天之後，黎誠得知蘭香出走了。他本能地感覺到他對這姑娘的態度是她逃亡的原因。他心裏很後悔，不該威脅蘭香的生命，這一定驅使她孤注一擲而逃跑。他喜歡這姑娘，本想留住她，也許以後納她爲妾，或者，如果子女同意的話，就讓她做妻子。因爲他已經感覺到黎太太活不久了。

　　自從出獄回家，經過失去自由而後獲得最初的歡樂之後，黎誠發覺在生活上已大大改變了。所有小的不方便，比如朋友不來了，僕人不聽使喚了，以及沒有爲他特製精緻的食品了，等等，倒還能應付過去；但是他覺得，他家庭的結構已暴露出陷於不斷的崩落之中。他的妻子一直在生病，幾乎經常臥牀，不斷呻吟哀號，像個半死人一樣。品生也生着病，經常發出一些他不明白的奇怪的胡言譫語，雖然他把所有這一切，都歸之於品生過去對他被捕的焦慮引起的，但心裏却暗中覺得，也許他不在家時她發生過什麼邪惡的事。品生的突然獨立的精神，以及她要重新安排他的生活方式的傲慢的建議，使他進一步對她陌生了，她似乎成爲一個惡意的挑戰者。德生是他生活中最美好的希望，却違反他的勸告和期望，不肯在漢口謀個職位，決意離開中國到歐洲去，而且對自己的行動毫不懊悔，竟突然離開了。這個兒子與在結婚時的那個人，完全變了樣。黎誠發覺他的希望和愛都正在消失。他家的巨大產業失掉以後，留在他掌握中的生活的唯一因素，也正在瓦解，並在他手指縫間紛紛失落。淒涼而孤立無援的挫折和失敗，像塊巖石似地壓在他的心頭。他盲目地在摸索，希圖重過他過去那種舒適的生活。

他覺得蘭香是勤快的、忠心的、敏感的、富有生氣的。她侍候他很長時間了，知道他喜歡什麼和不喜歡什麼，知道怎樣纔能使他滿意，他向來喜歡這個姑娘。對他來說，同婢女睡覺決不是件錯事。在同代人的觀念中，這不過是老爺們冲動的偶爾失足；在他們老爺們之間，彼此贊賞和享受這種樂而不倦的男女關係。黎誠大約在二十年前，曾抑制自己，避免再犯此種過失。他當時同一個婢女發生的隱私，使現在的黎太太妒火大發，幾乎把這個懷孕的姑娘毒打致死。但是現在情況不同了，黎太太沒有力量來干預他了。出於他的孤獨和致命的挫折，他覺得更有理由來滿足他的色欲了，特別是在他老了而且經歷了極大的痛苦的時候。如果有什麼流言蜚語，他可以宣佈蘭香是他的第二房妾侍，如果黎太太死了，如果子女沒有異議的話，甚至可以把她立爲正室。反正需要有人侍候，而且他還沒有老到不能再娶的地步。

那天黃昏時候，黎誠發現蘭香病了，不能再侍候他了。他以爲這姑娘被他前一晚的威脅嚇病了。他模糊地感覺到這威脅是錯的，他絲毫沒有要弄死她的意圖。這姑娘避開他好幾天，使他擔心要出什麼事了。第四天，方媽上氣不接下氣地告訴他，蘭香不見了，逃跑了。

黎誠本能地感到品生也許在這件事上插了手，她不斷地催促把這姑娘嫁出去，使他很長時間對此產生疑心。但是他始終相信，品生是體貼和孝順的，不會傷害他，肯定不會插手這種完全屬於他個人範圍的私事。他派厨官到一個兼管奴婢和妓女逃跑的保良局去，這種機構有時候會允許主人把姑娘領回來。可是蘭香不在那裏，他們甚至沒有聽到過這樣的一個人。

他擔心品生的背叛，這種内心的恐懼在啃齧着他的心，但他仍舊與這個想法作鬥爭。他通宵地坐着，回顧着品生自孩童時起的一切行動和所説的話。她最近的態度和行動，在他心裏經過細緻的反復考察，總没有跡象表明她會做這樣的舉動。她讀了許多經書，决不會犯這種禽獸般的罪惡。她是他自己的親骨肉，他們兩人之間的關係，並非一般父女關係。她理解他，衷心願意照顧他的情緒和欲望。她爲了他的生命，獻出了自己的血。不論她受到了什麽壞的影響，没有跡象足以説明她會給他以如此直接的打擊。

他查問了家裏每個人，盤查蘭香可能有的朋友的綫索，派了男女僕人到街上去找這姑娘，他報告了警察局並要求協助，弄得家裏每天都像烏雲滿天、風雨欲來的陰森景象，他的存在就像雷神出現一樣。

品生覺得在家裏悶得透不過氣來，雖則她對自己的行動毫不後悔，但這老人不停地搜尋蘭香，和他隨時都要發作的暴怒，使她内心惴惴不安。好幾次，她想要承認這事，但是她不斷地克制自己，希望他會慢慢地忘記此事，然後她就離家出門了。

大約一星期以後，黎誠晚上從外面回家，當他轉向書房去的時候，聽見厨房裏有一個熟悉的、想念很久的、活力充沛的聲音。這是蘭香！

"誰在那裏！"這句話剛喊了出去，他立即向厨房奔跑過去。厨房裏突然響起了脚步聲。當他跑到飯廳的後門到厨房門口時，碰到品生從那裏奔跑出來。原來如此！真是她幹的！黎誠立刻完全忘掉了蘭香，一把抓住他女兒的短頭髮，用盡全身氣力，把她的頭往地板上搗。品生在地板上剛一動彈，他冲上前去像個瘋子似地用脚踢她。等他踢累了，就舉起椅子要劈過去。

整個屋子都動蕩起來了。所有的僕人，所有的孩子都跪在他週圍，拉住他的雙手雙腿，並且喊救命。剛度了假期回來的曾先生冲下樓來，在這瘋子要用椅子打躺在地下血泊中的品生之前，用力把椅子奪了下來。

黎誠被曾先生緊緊抱住，掙脱不得。他口吐血沫，氣喘籲籲地頓着脚，用他曾用過的最惡毒的咒語叫喊着：

"你去死！你去死！從我眼前滚出去！你這最没有良心的畜生，你這狼心狗肺！連一頭狼也不會做出這種事來！它們也不會吃生身父母！你要被天打雷劈！你爲什麽不去死？爲什麽不把你自己化爲灰塵？你，連狗都不要吃你，丟了我們祖宗的面子，坍了聖賢的臺！你讀的經書都到哪裏去了？我是怎麽對待你的？你對我幹出這種事來！你也像別人一樣騎到我脖子上來！你這没有心肝的賤貨！這樣的侮辱！這樣的誹謗！這樣的没有心腸！你們大家聽見過這種事没有？像這樣的一個説謊者！一個叛徒！一個吃她親生父親的畜生！！哦，你去死！從我眼前滚出去！哦，我曾多麽的愛她，關心她，體貼她，我一切事都爲她着想，把她當作我的歡樂和安慰，我瞎了眼睛做這一切事情。而現在老天爺在懲罰我！我的親生女兒來懲罰我，我的親生骨肉！哦！"黎誠頓着脚，捶着胸，咒罵着。整個房間都感到好像天突然塌了下來似的，壓在他們頭上。

五

第二天早晨，曾先生作主，把品生送到醫院裏去。她的兩眼哭得紅腫，臉上有紫血塊，頭皮被抓傷，兩脅有内傷。因爲黎誠向來不穿皮鞋，故雖足踢尚不致引起嚴重創傷。醫生包扎後説她可以回家，但品生堅持要留下。於是曾先生給她在醫院裏安排了個房間，看着護士將她在病牀上安頓好，便坐在旁邊看守着她。品生平臥在牀上，一動也不動，眼睛紅腫而沉重地下垂着，整個頭部和臉部都用繃帶包了起來，祇留下鼻和嘴，微弱而又堅毅地呼吸着。在這受傷者的身上，有一種奇怪的安静，也許，隱藏在繃帶下面，不僅僅是憂傷。曾先生感到難以理解，覺得這是個嚴重的悲劇。

品生擡起紅腫的眼睛，問道：

"老師，你有筆嗎？"

曾先生没有帶筆，出去向護士要來了一支自來水筆和一張紙，回來後問道："你要寫什麽，品生？"

"寫給蔚文，找在上海的五嫂。你知道。請她給我安排一個地方，説待我身體一好，就立刻離開家，也許一星期以後。"

"你要同偉生在一起嗎？"曾先生驚奇地問，手裏握着筆，但沒有寫，"那個地方對你合適嗎？"

"就是要離開這裏，老師，"她回答，覺得很難找出適當的話來，"我不知道從今以後將何往，但我必須自己去找個地方，蔚文那裏，祇不過臨時落脚罷了。"

曾先生明白了她的心意。他感到她已暗地下了決心，要完全拋棄她的家和她的父親，這祇不過是這悲劇發展的一個進程罷了。但他並不了解其確切原因。他早就察覺，這個家不是品生所能待的地方。於是他就替她寫了封短信，寫完後讀一遍給品生聽。雖然這是一封用文言寫的而且很拘謹的公文式的信，然而品生閉着眼睛聽起來，依然是熱淚盈眶，像泉珠似地從眼角湧出來。她長長地嘆了一口氣，突然感到自己是無處容身了。

曾先生溫和地在牀單上拍拍她，説："品生，別感傷。你父親不知道他在做什麼，很少人知道自己在做什麼。許多人連想也不想一想。人生像在一個封閉的盒子裏，其中裝着與生俱來的東西。你父親將為此而後悔，他將會想念你，不要很久，他將非常需要你了。"

品生緩慢地在枕頭上搖着頭，強烈地感到，她對她父親將不再有什麼用了。過了一會，説：

"老師，有人説人生像條河流，你却説它像個封閉的盒子，在我看來，人生像一串斷裂的碎片，一塊塊地掉下來。它們的消失，找不到痕跡。一切都過去了，不會回來。我對於它們，不會後悔。也許，這片斷的人生是好的，但是又何必死抱住過去不放呢？"

"過去不會把你單獨留下來，"曾先生説，"儘管如此，但這不是難題之所在。"

"那麼，難題是什麼呢？"

"我想，主要是要知道未來。"他仔細望着品生説。當他談話的時候，一直感到抑鬱而且悲傷。他覺得，昨晚事情的爆發，是黎誠很久以前種下的種子，即植根於他明知違反自己的信念和意願，而無可奈何地決定把子女送進新學堂的時候。他這樣做，就勢必使子女同他自己產生分歧。他不接受這個事實，卻反而對自己的作爲所產生的後果予以反擊。由於他的家庭和他的生活進一步瓦解，又給他帶來更大的痛苦。這仿佛是他故意自我毀滅的一個不可避免的過程。昨晚事情的爆發，即使單從體力來說，對這位老人家肯定也是受到損傷的。難道對品生就好麼？她是否知道，她現在怎麽樣而將來又怎麽樣？

這時候，品生以強烈而堅定的態度回答了他：

"老師，我一生中大多數的事情你都知道，但是，有一件事你是不知道的，我一直把它藏在心裏。幾個月之前，當革命被毀滅的時候，一個人死了，他的死，提醒我要改革，並且要爲新事物而鬥爭。你還記得，有一次你告訴過我，要學習改革麼？那個人賦予改革以生動的意義。他講話的聲音，總像夜裏浩瀚奔騰的江流，強有力地、無拘無束地洶湧前進，反映了他堅定不移的信心，以及難以言喻的豐富閱歷。他引起了我所有的無法形容的焦慮和憂傷。在當時，對於這些我並不怎麽理解。他的屍首，我猜，就在這城市裏，也正是死於夜裏這個時刻。但是我要走了！老師，我祇是焦急和害怕我會辜負他。"

曾老師覺得，這是他第一次聽到她談到他很久以前所提到過的改革。這實在是令人欣慰的感覺。他記起在他陪黎太太到監獄探望她丈夫的那一天，他隨後又送黎太太到醫院去，及至黎誠從獄中釋放出來，她纔出院回家。他記得，那天的事情使他有一種奇怪的激動，他把花盆裏原種風信子的種子取出來，改種小麥。當時他想放棄塾師的生活，清靜地幽居。他認爲，古代的經書像枯萎中的美人，她長得太老了。

他靜默了一會，然後輕輕地，但是充滿着感情地說：

"如果是這樣，你就不必害怕，品生。要是你失敗了，總會有別的人跟上來的。生活會了解它自己的進程。"

品生微弱而堅決地點點頭。她答道："是的，老師。現在我理解了。我很高興我懂得了。"

楊剛 著
周光明 全椹梓 整理

楊剛集
（中）

荆楚文庫編纂出版委員會
華中科技大學出版社

詩歌卷

我 不 信*

請別對我再提了,
——廣州——!
我不信!
是誰説,廣州已經落了強人手?
你没有看見過廣州?
你也没有聽説過廣州?
我不信——
你説的,廣州已經入了強人手!

啊,廣州,你是没有看見:
它是地球肥熟的菓子,
它是太陽華厚的光城,
廣州一塊磚,一粒石,一片瓦,一粒灰塵,
都是活跳跳的生命!
都是熱,都是豐美,都是飽熟;
廣州,活不盡,熱不盡,燦爛不盡!
我不信呵,我不信!
你説廣州是已落了強人手。

生命在廣州,
你看廣州人熠灼不停的大眼睛;

---

* 原載《大公報》(香港) 1938 年 11 月 24 日。

生命在廣州，
你看廣州人鬱勃紅艷的厚嘴唇；
生命在廣州，
是紅旗綠幔，樓船舳艫漲飽了珠江潮；
生命在廣州，
又是大男小女紅光脚鴨滿街跑。

在廣州，我覺我長出了十雙脚和十雙手，
我有了一百個眼睛，二十隻頭還不够。
鮮活的偉大，
繁美的自由，
四十隻手脚摸不到廣州豐厚的無疆，
一百隻眼睛應接不來廣州動變的奇秀，
二十隻頭呀，祇可在廣州生命的雄波望，
東奔西竄打二十個鼓洇。

我的神經不配敲出廣州，
廣州的拍子是一二峰下出峽的大江流！
我的心血不配塗抹廣州，
廣州的色調是朝日出海的大火球，
廣州不是永漢路，也不是東山，
不是長堤，又不是太平路；
如熱的心腸，直白的口，
到死爲止的志願，
打起哈哈走上斷頭場的心胸，
在這裏廣州就有了它的生命！

別再對我說了吧，
我永不信——
廣州會得落了強人手！

廣州的心臟是長在中國人的胸裏，
中國的血液，正撞擊在廣州的土層中！
連心澈骨的，廣州的愛，
生育了廣州石子的每一粒；
滋生了珠江波濤的每一滴；
鮮赤的愛正站在中山堂上的頂巔，
喊叫着江流，
聲喚着大地，
翻騰起廣州每一幢受傷的屋宇，
在那白雲山頂，
鼓奏着急行軍的進行曲！
前進吧，去廣州！奪廣州！
忘不了廣州！
少不了廣州！
離不了廣州！
廣州血淋淋的心臟正掛上了民族解放的旗子！

廣州失陷後五日於上海

靈魂的對話*

靈魂甲
白蓮花映遍了湖上,
詩人用嫩手捧一顆紅心,
向那微雲的青天,
他臉上抖起了瑩瑩光影;

湖岸邊,綠草曳曳他的長裙,
輕笑,詩人的影子相與遊移,
又緩緩的移上前去,向天,
抱着精赤的紅心,在手裏。

銀月光撒滿了海面上,
詩人的白絲髮月下飄揚,
打着槳兒他引起了高唱,
他的紅心掛上了槳旁。

海波中魚兒咬咬那槳,
魚嘴裏輕輕吹起胡哨,
詩人的白絲髮小小顫搖,
有紅心還在槳上,幸好。

青山頭是綴滿了紅葉,
詩人的瑩眼淚熠熠,

---

* 原載《國聞週報》1938 年 12 月 10 日。

拾起了紅葉裹住紅心，
在青山頭睡一歇。

紅葉兒爬上了秋風肩頭，
詩人的紅心掉在秋風下面，
詩人是活過去了，一百年，
他要睡了，已經太疲倦！

  靈魂乙
鐵鼓震動了郊原，
端嚴的大地吼起了咆嘯，
趙大拖梭標上了陣，
李四捏起斧頭來就跑。
矮個子，盤小腿，
紅的肩章黄的帽，
像偷鷄的黄鼠狼，
又象啄穀的亂野蝗，
斬必盡，殺必絶！
不留異種害家鄉。

我未曾見到一位詩人，
也没有一個人會睡覺；
那前面又是一大群跑過去了，
年輕的靈活的目珠子，
瞄準敵人象釘上了釘條，
吧一槍，就是一個倒！
瞧那目珠子裏的呢，
瞧它那閃閃的直跳！
它喝着敵人的血，
它的傑作又一首完成了！

我不見青山，
祇看到機關槍巢，
沒有紅葉，
紅葉都堆起了，做火燒，
弟兄們是冷呀！冷呀！
守那機關槍巢！
望那紅葉生出紅火，
弟兄們的紅血管在吱吱叫，
我有血，聽見那血也在跳！
我要替我的兄弟們，
多多寄去幾斗紅葉！

沒有海不爲我們的兄弟吼叫！
沒有地球不替我們弟兄吶喊！
我從這座山奔向那座山，
從雲頭跳上了星球，
搖着戰鬥的紅旗子，
祇是趕！趕着星雲放出火焰，
趕着森林撼出威嚴，
讓黑暗掩蔽我夜襲的弟兄們，
讓光明輝耀弟兄們勝利的容顏！
偉大的創造正在那山溝裏，
湖汊上，大路的兩邊，
戰壕的層土旁，
透過了，拌飽了血的田！

十一，十六，二七。

我站在地球中央[*]

我站在地球中央！
右手撫抱喜馬拉亞，
左手攬住了長白、興安嶺；
四萬萬八千萬縷活跳的血脈環繞我全身。
無盡的、汪洋的生命，
太平洋永生不斷的波紋——
長在我的懷裏，泛濫在我胸前！

我站在地球的中央！
在我頭上高飄起一柄旗子，
風在那裏歇腳，
雨在那裏藏息，
太陽在旗子鮮明的紅光上，
射上她的金箭，
白箭，
鮮着天上耀人眼睛的晶白箭羽，
那是生命的箭簇，
鑲在我的心底！

我站在地球的中央，
有時候寬袍大袖，
有時候奇裝異服；

---

[*] 原載《大公報》（香港）1939 年 5 月 11 日—6 月 5 日。

我愛和小孩子打架，
又愛和老人家聊個晌午；
還有，在春天裏，
沿那小魚兒打着旋渦的小溪邊上，
我愛坐在綠草灘上，
看魚兒們咬我的釣竹。
我活了有個四五千歲，
原不算老，
可也不算小；
我想我是活着，
因爲在我那睡裏夢裏，
常聽到宇宙的家常叙咶，
常有自然的風雨敲着我的窗，
舐着我的紙，
叮嚀我怎樣想，怎樣活。
早上，我和朝陽携手同爬上東山，
喜愛那湧泉的紅光，滾滾不盡，灌滿人間和大地，
夜裏，我又和群星歡跳破黑暗。
我艷慕宇宙心花的繁星，生生不息，照澈了現今和未來；
我握緊了長虹的尾巴，
守着它在我心頭鋪開日月，
我又抱住了大山的峰頭，
聽見它在地心裏震震長嘯；
彷彿綠葉對我招手，
叫我聽它血管裏面，
鮮綠的血液在汩汩流；
彷彿小河在輕輕説，
"明白你自己，

也要明白我!"

我站在地球的中央,
有一天,
忽然,
我發現了一宗奇跡:
從何時,何地,
湧出了這麼多奇怪的小門?
小門結成了一圈,
圍在我的週邊,
個個都射出惡狠狠的光焰,
射向我!
焰子裏有冷森森眼睛的箭,
嘴唇上的箭!
它們爲什麼要怪我呢?
或是對我有所妒忌?
哦,在它們的門環上,
它們指着,
門環上有字,
這第一個,
哦,原來是"自私"。
一、二、三、四,
七、八、九、十,
這十所門上,
每個都有它自己的名字。
它們團團的圍住我,堵住我,
這鐵鐵緊緊的一道圍墻,
不祇是封閉了我的去路,

又遮斷了我眼界中浩偉的景物，
我聞得小門兒的背後，
有生人在油鍋裏煎熬的焦臭！

"喂，喂，自私先生，請開門！"
"無故打擾的是誰呀，你？"
"我，我是華族五千年的靈魂！"
"哈！哈！哈！"糟！裏面在冷笑。
這笑聲像把刀子，
又像算籌上的鐵籤，
它刺得我週身發震，
看，那門洞裏，是黑瘦枯乾的一長條！
他不像屬於這世界上，他太老，
儘管，
峰聳在他頭上，禮帽是又亮又高；
他的領子雪白冰硬，
燕尾服，尾巴齊整的搖。
他是老，他可不服老，
一隻手搖起了鐵算盤，
那一隻抓緊了記賬的白皮書，
他犧牲一切，永不留難，
祇是，除了他自己。
這不用問，
祇消看他的下巴那份長，
鼻子尖上又掛了小帶鈎；
他的眼光黯到發黑，
像死水一樣的灌着我，
由頭流到腳。

"啊，自私先生！
請你，請你挪開你這一堵門。
這不爲了我，是爲你自己：
看，自私的冷血蟲穿透了你的心，
銖末的計算蝕枯了你的性靈，
你渾身是憔悴，滿嘴是枯焦，
生命的蜜汁把你忘記了；
賬簿重重疊疊壓碎了你，
它爲你生產腐爛和膿臭。
我來，我帶給你地球的氣息。
地球有了一切，它也捨棄了一切，
捨棄一切於生命！
令生命擁有地球，
這是人類活着的消息。
我有廣土，我有宮室，
我站在地球的中心，
我將我的手，我的十個指頭，伸張，
向着地球和宇宙，四方八面；
走來的都是兄弟，向我的都是地球的紅血球！
生命在我，在你，在他，
在全靈魂中間飄流，
我與你原爲一體。
挪開了你這一扇門吧，
也撤開你逼人的圍牆，
你用不着鼻上那個小尖鈎，
自私的鈎子是帶了三尺白帽的無常！"

"什麽話！我不懂。"

吧的，他就把門關上。
他在裏面高聲嚷呢：
"生命，生命，
多少廢話，廢話！
我有一千二百萬本賬簿，
沒有一個數字能馬虎；
我有蓋滿地球的殖民地，
每塊地都揣在我懷裏；
你說什麼地爲一家，人爲一起，
你想的是轟散我的殖民地，
扯碎我的賬簿？
要知道，有我的利益，
我寧願磕頭碰地，
沒我的利益，
我把它犧牲到底！
我有我的金庫、銀庫、殖民部，
管了你什麼中華民族？
我就知我是你的債主，
你是我的債奴！
大火燒盡了王家莊，
不燒到我眉頭來，我還要添他一把柴。
是好的都拿來，
空廢話收起去，
現實主義爲的原是我，
不是爲了你！"

第二扇門，那門上的兩個字——
是炸彈和血的嵌飾——殘暴！

"喂，喂，殘暴先生，請開門，"
"什麼？你是誰？"
"我，我是華族五千年的靈魂！"
我的聲音還未定，
那扇門嗆啷開了，由那裏，
搶出來一位，紅肩章，短腿，
是獸臉的將軍！
他的鬍子翹起很高，
那身材可實在是貌小；
儼然，他想撲在我的身上，
叉出肥爪要攫我的咽喉，
祇是可憐他的貌小啊，
他還到不了我的肩頭！
他拳足、牙齒、腦袋，
一齊騷動，
向我到處進攻。
我捉住了他的拳脚，
又抵住了那亂撞的腦袋，
我説：
"殘暴呀，你該把你這扇步步逼緊的門兒挪開！
你有炸彈，炸彈填不起你的偉大，
你有牙齒，牙齒咬不斷人類的咽喉；
你睜開你那血腥的眼，看！
這由東至西，
從南到北，
頭枕上崑崙山頂，
脚垂下太平洋海濱，
黑震震的人群！

這生命的大群!
你看他們銳如鋒刃的牙齒
像瀰天的白雪,
你看他們堅如鐵鎚的拳頭,
高舉,如遍山的劍林!
他們圓睜起如熊熊的眼,
在等候着誰?你想?
我命你——!
撤掉你逼人的圍墻,
毀去你的門,
也鑿掉你的殘暴!
歸來吧——
歸來在地球的懷裏,
因爲它愛着生命。
我已經活了五千年,
又預備了另一個五千年和你週旋!
想着生,向地球發出音信,
追求死,毀滅會由你指縫裏,
爆發於你的頂門!

他突然揚出了他的指揮刀:
"馬鹿,馬鹿,
放屁!放屁!
什麼五千年?
什麼生命!
我脆弱的心臟,
要煤與鐵來補養,
我藐小的身軀,

渴望那廣大的土地,
我的錢袋是一天天的消瘦,
紅字債塞滿了財政家的顱頭。
地主和銀行家全鎖上了他們的庫房,
他們叫我快快出來打槍。
我耍着刀兒在這地球上,
血冲了我的眼,
毒漫了我的胸膛!
我嗜愛毀滅,
戀着佔領,
像失掉了愛人的空虛心房!
我沒有生命,
如果大砲不在耳底高鳴!
沒有血球,
若不見炸彈在脚底狂吼!
我喜愛刺刀和槍砲,
我還有琉黃、微菌、芥氣和焰硝,
我從嬰兒一直砍到孤老,
從孤老又剁回小孩提,
這是我的征服主義!"

這第三座門前,
是"貪虐"兩個字,
貪虐,從貪虐我能得到什麼呢?
聽,裏面是豺狼相似的嚎聲。
"喂,喂,我是華族五千年的靈魂。"
我面前這個人,
圓頭肥臉,又黑又大,

他裝出我農人的樣子，
他的陰惡在那濃黑眉毛裏，
佈出了豺狼的面目。

"貪虐，貪虐，
請聽我說：
撤去你的門，
毀了你的牆，
你會搶，你會殺，
門和墻到底保不了你的賊贓。
黑臉的非洲人，有一天，
他們會含血噴在你的墻上，
你的臉上，別看那是一張肥臉，
治不了你靈魂的窘蹙。
我是地球的兒子
我帶給你它的信息。
它不愛門，不愛墻，
它是一個整體，
大家都是它的兒女。
一個兒女它有一份心，
一個兒女它有一份糧，
你不少，人不多，
你不該要肥，人也不要瘦。"

肥頭在那裏發惡了，
他說他惡心，要吐，
他非得勒緊他人的肚皮，
擴大自己的頭顱。
"爲什麼別人有我沒有？

爲什麼張三比我胖，
李四比我壯？
我眼紅着地中海上的燦花花，
遙望着大非洲上的白茫茫，
我可是不能到手，
不能到手啊，
我就得帶着寶劍去四方搶。
勒緊了我手下人的腰帶，
我趕着他們去巡哨打探，
我從東非擄到北非洲，
從黑海直搶到了大西洋，
我要肥，我要胖，
這是我的法西斯主張！"

我又走到第四扇門前，
我面前立的是強橫，
他知道我，
他說我是華族五千年的靈魂。
他帶着那鼻下的一撮小鬍子，
向我笑，手裏却抓着拳頭，
像是在打量——
能不能給我來一手。
他把頭伸在我面前，
眼釘住了我的眼，
做出不講理的催眠樣式。
我稍稍退了一步，
那催眠的眼光，
那殭屍伯爵 Dracula 的眼光，

想到了要劫掠我？

"強橫先生，撤去你欺人的眼光，
毀掉你的牆，你的門，
請回轉你的眼吧，
去看看你身後那絞架上的人群！
你看他長長伸出的慘白舌尖，
那渴求着滴水滋潤，
請看那祇剩了一個大腦袋的嬰兒，
他的身體都被你吸去了，
還留下一條精細無力的脖子，
在那裏幌幌悠悠；
你看你那酒吧間的女孩子們，
塗着血紅的枯焦的嘴唇，
軟下悲苦的嗓音，
向異鄉客人們乞命，
祇求能把她們帶向國外，
逃出你可怕的本土，
強橫的凌逼；
他們不要飢餓，
不要擴張，
不要千千萬萬的工廠、工人，
祇造着刺刀、炸彈和槍砲，
不造圖書舘、衣服和食糧。
他們不要朝朝暮暮坐在戰爭的煙火上，
不喜歡時時的恐怖驚惶。
你給了自己一切的光榮與權威，
給別人却是全份的威脅、飢寒和焦慮。

你違背了地球的信條，
走出了生命的軌道。
強橫，強橫，
撤去你的門，
生命在你的門下哭泣了，
地球在滴着滾燙的淚珠，
不要想你可以毀滅生命，
永生的生命有萬年儲蓄，
好消耗你瘋暴的強橫！"

強橫的鬍子橫豎，
把門噹的一聲，
關上還加了一道鐵柵！
"滾你的吧，你寬袍大袖的華族靈魂，
將你的無能，
用漂亮話打扮，
想你可以仗了嘴，
保持你在地球的中間？
我喜愛饑餓，
半饑半飽的人民，
是我最馴順的犬奴；
我喜愛戰爭，
我愛聞煙火，
煙火裏焦焦臭臭的碎骨零屍不是我，
我踏過這山嶽般的碎屍堆，
好立在人間的峰頭！
我是英雄，
我是救主，

我是地祖，
我是人王，
我強橫要越過世界
踐踏生命，
衆人的死亡、崩頹，
纔是一人的大利！
這是我的國社主義！"

唉，唉，這一排：無情的門，
這一排：無生命的門，
它們中了什麼迷了？
這是第五扇門，
它會有什麼對我講呢？
它是懦弱，
它能對生命有什麼威脅呢？
"喂，喂，請開開門吧。"
"誰呀，這裏恐怕不能招待呀。"
"我是華族五千年的靈魂，
我不要你的招待，
祇願有你的好心。"
這門兒裏，鞠腰，
是一個舞客模樣的漂亮人，
重重的黑髮覆在他又白又紅的臉上，
黑色眉，和濃睫毛的眼圈，
他的嘴唇掛着一彎兒笑，哈哈腰，
說："有什麼給您効勞？"
"啊，熱情的懦弱先生，
謝謝您，感激您，
像您這樣，您該能叫生命脫出這寒冰氣息。

為什麼地球上該有這些門？
為什麼要這厚重圍牆，
逼緊人生的前路？
我是地球的兒子，
明白地球的心意：
它沒有紛爭，
沒有畏懼，
它供養它兒女的一切，
要他們生，要他們喜，
地心湧出了一切生命的資源，
他養活你們也養活了我，
你不用怕，
我也不用防，
我將地球浩大的無畏，
由我狂猛的老北風帶給你，
請你開開這扇門，
撤去這堵牆，
張開你的胸懷，
站在地球的使者，
剛勁的老北風頭裏。"

"哎，先生，先生，"
他搖着手，低頭做了一個苦臉，
"我很願意開開這扇門，
打掉這堵牆，
我怕他們把我拘得慌，
我是和一隻羊兒相像，
關在這個欄裏。

可是我能够打開它嗎？
我能够單獨的打開它嗎？
能够説把這分割世界的東西，
叫我打碎？
不，不，我不能，
這倡導的有那自私，有貪虐，
還有毀滅的殘暴，
我的左鄰是虛偽，
右鄰又是強橫。
分贓打搶，撿小的欺，
祇能够順着利害人走呀，
這年頭，誰也作不了主。
地球的藩籬不是我造的，
有那頭比我大，
肩膀又比我硬的人呢，
我那裏負得了責任？
我的金庫又不壯，
砲火又不旺，
誰我也制服不了哇。
殺人放火，
你搶我奪，
這個世界呵，
我祇有暫且順着過，
究竟於我也還無害呢，
跟着利害人走，
就吃虧也吃不了多，
實在過不去了，
祇好再説。"

我看出他那半苦半笑，
在別人袖子底下做人的苦惱。

雖知眼前就是虛偽，
我仍然走去扣那第六扇門，
"喂，喂，請開門呀，開門。"
"誰呀，有什麼貴幹呀？"
"來拜訪您，虛偽先生，
我是華族五千年的靈魂。"
"哦，哦，哦，"很快，
門就開了，同時，
"您有什麼買賣照顧？"
我主人是一身刀切筆挺的西服，
肚子大如山，
鬍根青立立，
禿頂上，光盪盪，
眼睛是瞇細到沒有絲隙。
我不懂該怎樣和他說話了，
見了他，我心裏祇是盤算，
心意似可以對他一口瀉盡，
但是，又像有山嶂隔在中間，
連開口也是枉然。
我的樣子該有多麼聲蹙！

"哦，你有什麼要我幫忙？
我能替你作什麼？
送上幾担麥子、棉花？
或者若干萬元的老玉米？

再不，就子彈、大砲、鋼條和飛機？
您知道我們這裏有的是，
我極願意爲您救急。
把您的金子銀子儘管送來，
我有着那殺人生人的東西送把您。"

主人的言語使我膽大，
我是地球的兒子，
我有土那麼多質誠爽直。
我拉着虛僞的手，
搖，搖，搖，痛快的搖，
我說："正是有話對您，
我不解爲什麼築起這多怪異的門，
爲什麼打成這樣堅牢的圍墻。
殘暴跳撲在我的身上，
自私在暗裏搗我以鳥槍，
強橫、貪虐、懦弱，
全在那門兒背後，
使心用力量。
這些人都有些狂了，
地球完全變了樣，
地球母親在流淚了，
被她的兒子們撕裂得七零八碎，
生命被抛棄了，
不要活，不要幸福，
不要快樂；
大家磨穿了心眼，
奔斷了手脚，

舉着金的、銀的、紙的、鋼的、銅的、鐵的，
爭着殺人，放火，磨死女人，斬碎嬰兒，
爭着刀槍棍棒往地心裏擠，
擠碰在一起，
努力來一陣血焰瀰天的大活祭！
虛偽先生，我正是有話問你。
請你開個頭吧，
撤開這扇門，
毀了這堵牆，
地球不能容忍它了，
地球要的是生命，生命！
人人都能活，
人人都歡喜，
工作，快樂，生命，
地球要人類溶合在一起！"

虛偽先生揚着臉兒笑了，
他摸着青癧癧的下巴說：
"是呀，您的話有理，
衹是——我犯不着打那個急先鋒，
大活祭原不會燒到我的頭上，
我極同情您，
我可是不能為你幫忙。
人各有事，在這時我的本分是出賣槍砲和明鋼，
無故捲下旋渦，——
您想我該那麼傻吧？
別人在分門別戶製造死亡和殘廢，
那正是我的一筆好買賣，

我本心是很想幫忙您，
祇是我顧着將本求利。"
説完他是暢心的笑了，
但又不好意思，
拉着我的手，十分説：
"我同情您，相信我，
我真同情您！"

我站在地球的中心，
舉目四望，
一堵堵的門，
一座座的圍墻，
圍封得鐵緊，
是紋風不透的一座黑壓墳墓；
從那裏，冷默森森，
祇有生人在油鍋裏受煎炒的氣息！
天啊，天，
爲什麽有生人在宇宙上？
母親啊，母親，
爲什麽你一胎養出這樣奇怪的兒女？
仁愛呢？仁愛！
仁愛怎麽不來解救，
這腥膻的虐毒死寂？

啊，那第七扇的門兒開了，
那裏出來了一位黑衣長者，
他的步子多麽輕，多麽安祥！
他垂頭掃地的黑紗，

幾乎是紋風不動。
他走來了，
向我緩緩的移過來了，
他伸出瘦削的白手向着我，
他的胸前是受了傷的——
"仁愛！"

他按手在我的頭上，
我屈膝跪下了，
吻着他垂下來的帶子，
那帶上還垂下了一個小十字。
他發聲了，
他的聲音似幽墓前的鬼哭：
"我的兒，我在地球中心的嬰兒，
不要呼喊仁愛，
不要求助於這無手無腳的老人。
我不能為你挪開門，
我也不能為你搗碎圍牆。
仁愛的門，仁愛的圍牆
已經給自私、強橫、懦弱、虛偽、貪虐、殘暴，
用鐵鍊連鎖上了，
它和它們已連成了一片！
我不能讓你走進仁愛，
殘暴正願意你落在仁愛的襁褓裏，
給他當了活埋。
這世界上不再有仁愛了！
地球已經遺失了它的仁愛，
而我不過是仁愛的屍身！

你若是不信,
我可以引你別處去看,
我可以叫來正義、理想和自由,
它們和我受的是同一的罪苦,
我們與生命同在鎖鏈錘拷底下,
我們受的是同樣拘囚。"

"正義呀,正義!
尊貴嚴正的正義,"
看見那位頂着嚴冠,
穿着法衣,
秉着尺度,
莊步走來的老人,
我伸出了求助的手,
"對於這可怕地碎裂了的人間,
你有沒有什麼力量呢?
對於黑心腸的自私,
説一句話吧,正義,你!
你看自私的算珠賬簿,
你看殘暴的炸彈槍刺,
你看懦弱的瑟縮無恥,
你看虛偽的冷心熱面,
大家拼命生產痛苦和死亡,
正義呀,世上有欺騙就不會有正義,
有壓榨,有死亡,
就不會剩下了你。
你容許毀逼生命的圍牆存在,
你容許圍墻迫壓我,

生命最後的中柱,
不想想,生命毀滅了,
那裏還有正義呢?"

"生命,啊,生命!
正義的生命掌握在強橫的手裏,
叫我那裏去聞到生命的氣息?
我的孩子,
我的生命的追覓者,
正義現在是一個無助的老人,
沒有了守衛正義的勇士!
我的門,我的牆,
祇看貪虐、強橫、殘暴、自私,
是他們給我打築起來了,
是他們把我囚在裏面;
他們用得着我,
就撤開我的門,
令我來到世上,
不用我,就把我的門、我的牆,
用銅汁灌澆,鑄牢;
我成天枯坐在一條冷板凳上,
擎着我的尺,
我敲不下去,
沒有任何毀滅的罪惡——
肯受我的裁制;
我若是鬍子一翹,
眼睛一動,
表示些兒憤怒,

自私立刻就對我翻白眼，
罵我不識時務，
我稍稍伸仰脖子，
吐吐氣，
強橫就把重砲口對準了我，
——叫我快快安息。
他們叫我不要不知趣，
毀掉我，再造一個正義，
於他們有何絲毫出奇？
唉，毀掉了正義吧，
滅除了我吧，
我不願被掛在大強盜的嘴上，
常常替他們幫腔，
失了保衛的正義，
失了統治力的正義，
在地球上，原不過是一種——恥辱！"

我憤激的眼淚還沒擦乾，
一擡頭，眼前又是一位苦主，
一位粉色的，祇是——
項下掛着鎖鍊的女郎，
見着她月彎的眉，
看到她的枯瘦，
我知道了，她是理想，
我拱着雙手——
遠遠站在她的面前，
"女神啊，理想，生命的泉源！
你有什麼話說呢，

你有什麼痛苦請瀉出來吧,
請像那在亂巖巉壁中掙命的泉水,
痛瀉出來吧,
生命的中柱——
華族五千年不死的靈魂聽着你,
理想,因爲你永遠是他的歸宿。"

女郎伸出了,柔和的手指,——
可是她的手繞在鐵鍊裏面,
再伸也伸不出,——
"生命的兒郎,啊!
永不要再說我是你的歸宿,
我不須和你說什麼,
也沒有什麼可訴。
看,我這項下的鍊子,
看,我這手上的傷痕——
(那是鍊子勒破了的血槽)——
我還要用嘴來表明一切麼?
仁愛和正義不已經訴出了一切?
看我的枯瘦、憔悴,
看我這失了營養的面孔。
我不再能高飄在阿波羅神宮的尖頂,
我不再能仰臥上白玉的天壇。
我久已竄在荆棘叢裏,
掛滿了遍身的血傷,
我從荆棘叢奔向石巖,
從石巖又躍過險灘急湍,
衝過奔流,
跳過削壁,

我又磨透了千裏無人的沙窩，
我不願意死，
更不願被囚，
但是，我的結果是什麼呢？
我沒有護衛的勇士，
沒有養我的食糧，
這個世界在爲了欺騙、屠殺、掠奪而瘋暴，
理想鑽出了金圓衹逢着金鎊，
鑽出金鎊又碰着刀槍，
炸彈、火焰、人的血肉，
狡詐、搜刮、殘虐、磨難，
一堆堆的破屍爛體，
一縷縷的貪心狠毒，
連空氣都腐爛透了，
那裏容得來——
我空洞柔弱的理想？
——現在你看見了，
我爲我不死的爭鬥受了拘囚，
受了飢餓，
他們想，最好是餓死了我。
我，我却笑着他們的無謀，
我不能爲你開門，
自然，你知我不能够，
可是我也不會死，
我有的是火焰紅光，
囚在這裏，我的紅光——
會有一天在全世界上燒透。"

別過了理想的紅影，

我走到了最後一座門前，
那裏也早有一位女郎等着我，
她是雪白如霜，
背上還有兩隻翅膀，
祇是已經不再能飛了，
白翅膀上纏繞了黑紗。
她的頸上還有一架重軛，
牛頭上常常所看見的。
她站在門口招手叫我，
她說："奇怪麼？孩子，
可奇怪我是自由？
可有自由綑上黑紗？
帶上重軛？
像我這個模樣，
其實，不要亂想。
不能帶軛的自由，
永遠不是自由！
不要見了我覺得喪膽，
不要想，自由已經完全絕望。
自由沒有了它的勇士，
自由沒有了它的衛星，
她祇好掉在強橫、殘暴、自私、懦弱的重軛底下，
但是自由永遠有力量，
永遠受得了綑縛，負得了人軛！
失了自由的世界辛苦了，
人類在冰硬、死寂、威脅苦難中，
生命失掉了它的翅膀，
而落下了泥湯！
但是自由還沒有死，

祇要她發現了她的勇士，
生命的戰鬥者，
馬上她就會插上寶劍帶上刀，
走向生命的戰場！
自然，
我不能替你毀掉這扇門，這片牆，
它們都連鎖在自私的腳跟上，
這要你，生命的鬥者——
自己前去破開。
起來吧，勇士，鬥者，生命最後的堡壘，
地球在你的腳下，
虹霓在你的高空，
大山在你手下咆哮，
洋海在你腋邊狂吼，
它們都是生命的大智大聖者，
這都是生命的啓迪之神！
不要眼睜睜瞅着這些門，這些牆，
你身後，你眼前，你週圍，你上下，
你看這漫漫蒼蒼，壓壓擠擠浩偉的人群，
這層層湧湧的人頭，
多於海上的浪峰；
這澎澎湃湃人群的巨塊，
雄於喜馬拉雅盤旋的山嶺！
你看他們要山，要海，要火，要雲，要創造，要宇宙的大自由！
領着這一切衝上前去吧，
誰站在生命的旗子底下，
誰就是大自然大宇宙的寵兒！"

我站在地球的中央，

豎起了戰鬥的大纛！
我的旗子有鮮明的紅光，
有青天的榮耀！
有白羽金箭的美，
我的旗子出自地球孕育永恆的娘胎，
它流著生命的血液，
那是五千年不死的血，
為了這一柄血的旗幟，我預備另一個五千年！
我將一千年對抗殘暴，
一千年對著貪虐和強橫，
再一千年我要征服懦弱和虛偽，
還有二千年我將看自私的死活！
請不要笑！這不可笑，
也不是笑的時候！
我中華纔是個奇怪的種族！
說我死，我在生，
疑我老了，我方剛年少；
我方正，我又機敏，
我狡詐，我可是殺生取義，守死成仁！
你笑我嘻嘻哈哈，一盤散沙，
我有我中華心肝，
千年煮不熟，萬年捶不爛！
空間是我，
時間是我，
我站在生命最後的防綫上，
奉着了地球新生的使命！

一九三九，四，二十。

望——*

望——
　　　　煙
　　　〰
　　　煙
　　〰
　煙
望——
雲〰雲〰雲
大地在深呼吸
　　呀
上去了
〰
〰
〰
蒸騰
漫漫
雲開了——
　赤白的胸脯
雲關了——
　含住了大氣
　　向
　　前

---

* 原載《文學集林》1939 年 12 月。

向
前
伸，
張，
殷勤的臂腕
——海的迷醉
環抱了秋海棠

山
躺下了
黏了海
　再上
再上
一條嶺子
爬
爬——
喫足了奶的牛犢
過天崗
歇一會兒
在紅日旁
帶了金色冕
射——
四萬八千萬縷虹（作杠音）

　　山——
嶂疊着嶂
巒堆上巒
　腸子裏
小獅打轉

駝起山
連天的剛鬣
——撒旦的落腮鬍
插滿山
互貫地宇
根連根
梗繞梗
——蔓纏
結住了
崑崙和長白
大塊
長了刺——
小獅的毛針
四萬八千萬
上刺刀的槍桿！

望——
一堆，
兩堆，
三堆，
堆，堆，堆
堆，堆，堆
篝如的紅光外
遍野——
大地的黑影
頭碰頭
嘴巴接耳朵

流
　　　　　　流
　　　　　　　　流
一條長河
小小聲，汩，汩，
由喉嚨流進耳朵
流進五千年的心！
"今夜，正十二點！
總反攻！"

仁[*]

不知缺憾，衹覺願望；
它大氣環裏，僅存一身，
仿佛全落下生疎理，又，
它心上有四十八根電綫
通於無極！
（它是一粒仁）

它駕上了窪心眼鏡
替世界搜覓新人——
死的是躺在榻上了，
活的不知在那兒生；
——沉願凝聚，突了眼珠，
忘神！還有不知所措的手
——托着袋裏最後三分郵票
放射無色的火焰，
換來戰鬥的書葉，大口吞。
（它是一粒仁）

它屏棄死與喧嘩，
衹是，什麼都不放鬆
要着養活那粒仁，

---

* 原載《耕耘》1940年4月1日。

它磨尖骨頭，挖陷面孔
要培養一粿粿大大的仁
够二十萬萬朵心去啃；
够得成一座萬寶山，
它的永富，它的鳴泉。

請不要對大樹驚訝，
生於空野，長於孤茫
有那一粿仁，用透明衣
裹抱了生命的細粒
——粒子漲破了寬洪的衣；
別看欺騙和殘暴
　　　招貼滿天涯
　　　哇呀遍地
地心裏不含飽了糧粒？
大樹要成林，小樹蔓延
青葱的生要奪取世界；
它不知缺憾，祇覺願望
有那一粒仁！

晦　　晨*
——寫給被日寇屠殺的戰士們

青蛙嗷嗷苦喚着天明，
照路，衹有滿山的流螢，
個個墳頭坐着那些悠久的黑色影子，
因爲他們不忍眼看鮮血流在黑夜，裝着無情。

呵，痛心的朋友，歡樂的仇人，
那些槍斃者究竟犯了什麼罪名？
你們去拖起每個死人來問一問，
有誰說孩子們不該從監牢裏救出母親？

告訴我，孩子，爲什麼在這黑夜，在這森林裏拼命奔馳？
你十四歲的心背着虱子，背着死亡，背着三千年的苦痛命運，
奔馳着，當大地失掉了她的"聰明人"們，
當大地上最有心腸的生命
　　　在到處把感傷當作食糧，
　　　最衷心的安慰都是感傷，
　　　他們把背囊忘記了，
　　　土地被白色的淚水漂成汪洋。
哦，你背着母親的孩兒，快些趕你的路吧，

---

* 原載《革命日報・冬青》1940 年 8 月 30 日。

假如你也遭了不幸，願你安眠！

春潮已經泛上來了，他們築堤打壩，
自以爲能夠安排潮水的災運，
可是，他們看不見那地平綫下湧上一層又一層，
我們的愛，我們的憎恨，我們戰鬥的人群。
就算今天我們落在他們掌上，
明天，我們的反攻，要他們小心！

船 夫 曲[*]

我爲你們流淚呵
我爲你們歌唱呵
我的流落在蘇州河邊
望着破船破板垂淚的兄弟
一旦間你們水上的家都變成飛灰！
叫你們到那兒去呢？
叫你們到那兒去安身？
你們也許還有半升米，
半棵白菜，
或者一小碗兒鹽
過得明天半個日子
可是這一齊都燒了
一切都光了
你們的小篷船被鑿了底
一切都沉到河底裏去了
明天，不，就是今天晚上
你們赤身露體在蘇州河的雨中
誰會替你們打算呢？

---

[*] 原載《大公報》（香港）1941年5月14日。

呵，我的兄弟
我苦難的兄弟！
也許在那些日本□□走了之後
你們會爭先跳到河心裏去
搶那些破船板，破鍋片
也許你們還要爭一片碎爛的蓆篷
你們還要自己打架
說"這是我船上的，
這是我的藍布篷"
你記得你老婆在蓆上包的藍布邊
他又記得他女兒在藍篷上補了一個白布洞
也許你們還要自己打得流血了
你們又忘記了自己是一樣的難童
我能說什麼呢？我的弟兄們
我勸你們二百家人有一個心胸
一個災難，一重沉重的苦痛
你們祇有一個席捲的悲鳴
一聲沖天的呼籲
和號慟！
呵，伸出你們巨大的拳頭吧
同指着一個□□
它壓在你們的上空。

尋　求

當我沒認識生命的時候
我在狂烈的夢想中被火焰焦焚
當我既認識生命的時候
苦痛的蛇群日夜撕咬我的心身

我不是愛惜這生命的
我願意爬進那慳吝者的靈魂
我還是愛惜這生命的
我流淚，聽他小聲說：
冷呀，好冷！

我走上去了，我又退後
我望着那懦怯者緊鎖的窗門
我退後了，我再走上前
他在窗門上又加了一條鐵棍

我在大街上走來又走去
街上的眼睛們像一片灰雲
我在大街上走去再走來
灰雲裏我看不見一隻眼睛

我繞着禮拜堂團團的打轉
眼隨着那說教者手上的紅燈

---

* 原載《筆談》1941 年 9 月 1 日。

禮拜堂的黑影蓋下來了
那燈頭祇剩了黑炭的屍身

我躺在亂葬坑的墳坡上面
我看不見眼淚，聽不見號哭
我鑽進了爛墳的底層裏面，
我看見餓鬼們還在那裏打呼。

呵！讓大火燒熃了我吧
但是，讓餓鬼們也快快醒來
我不怕火焰從我心上燃燒的
如果，火焰會帶來燃燒的愛。

願　望*

我知道的,我是知道的
有一個世界在等候歡欣
所以我快快踏過這個世界
像踏過一片夢裏的烏雲

我不想在這裏留下一點痕跡
我不願意向它道一聲別離
不能再見了的,多難的人生呵
我含着我的眼淚而去

也許,我來不及走到那個世界
我就要倒下去了,我看不見它
我甚至連望它也望不見了
但是,我還要向它説句私話:

照顧那些不能滿足的心
像那些看不見陽光的人
當人類自由自在的時候
讓歡喜填滿我深淵的靈魂。

---

* 原載《筆談》1941 年 9 月 1 日。

給賣報女孩*

你靠在牆彎的水管上面，
水門汀做了你臨時的牀，
你睡去了，你吮着的手指
還緊緊扣住你的報章。

善心的人們走過來了，
他説了你一聲"可憐"，
善心的人們走過去了，
他丟給你一枚銅錢。

你在做夢，你夢見了
一個張着空白眼睛的世界，
你在哭泣，你哭泣着，
你的報紙沒有人來買。

你是被人遺忘了的女兒呵，
你從土裏生，你在街上養，
你抱着報紙，睡着水門汀，
你活在空白的世界之上。

你有過你的小小世界，
你搶到了一疊報紙，
你飛奔着跑向街頭，

---

* 原載《貴州日報・革命軍詩刊》1941年11月27日。

亂擺着你的紅絨辮子。

有時候你像個小小紳士,
你嘴上叼着半截香煙,
你夾着報紙搖搖擺擺,
忘記了搶報時喊殺連天。

你夾着報紙你又看報,
忘記了你的報紙要賣錢,
你的買主叫別人搶去了,
你就哭着和他打成一片。

你像是一個小小獸物,
你是牆角的一枝小草,
世界空白的從你走過去,
你自己活着,自己死掉。

哭　四　哥*

千千萬萬戰鬥者的腳步，
踏！踏！踏！從四面八方，
從森林，從山窪，從教室，從工廠，
從擺攤子，掛舊貨，吵架，討價還價，
擠來擠去，挑肥選瘦的趕集市上，
從田地裏農民們伸直了腰，
忙忙扛起鋤頭，吵吵嚷嚷，
招兒喚女，像趕大節氣的追到
像所有的山嶺全張開了大口
把泉流噴射，像所有的森林
燃燒，千萬條火焰的手臂
飛舞
環繞
海上初生的紅焰
民主，和平。

---

* 原載《文萃》1946 年 4 月 11 日。刊發時有原編者所加按語："名記者羊棗（楊潮）冤獄發生後，各方無不震悼，中、美新聞界知名記者百餘人業已先後向政府提出嚴重抗議，要求澈查羊案負責當局，以平公憤。楊剛女士爲楊潮先生胞妹，自得悉乃兄噩耗後，曾致書前三戰區長官顧祝同將軍，嚴詞抗議，並指出顧氏及其僚屬對羊案應負完全責任。此次又自紐約寄來近作一首，交本刊發表，兄妹手足，至性至情，字字憤怒，字字血淚，不忍卒讀。"

這時候，你，死了！在監獄裏
像黎明時隱去的星星
帶走了衝雲破霧時的傷痕
像種子在三月的土裏融碎
留下一個青色的音符
從泥壤到泥壤
震動歌聲。可是，你死了！
像地下的鎔汁
永不能見天空的石榴紅。

你死了，哥哥！
再不能見你高朗的前額
溫愛的眼睛；
再不能和你爭執辯論
聽見你衝澈的波濤的聲音
呵，再也不會有那關懷和熱愛
兩心相通，卻默默無言。
在夢裏你或者會再來
可是我那能把住你瘦長的膀臂
請求你多坐一會？
更何況夢中的滿足就是白天的虛無。
呵，哥哥，天堂裏不會有你，
你早已拋棄了安樂和閒散；
地獄裏也不會有你，
你自己衝出了地獄的鋼門。
死亡的船究竟把你載到那裏去了？
它不留下愛，不留下音信，
就是在潮水一樣的市場，鼓盪着人群

我也摸不到你一點踪跡。
呵，哥哥，不信分離就是最後，
不信死亡能把你消滅！

我怎能禁住眼淚，哥哥，
讀着那報紙上載的一句遺囑
那樣少少的幾個字
那樣單純的一點意思
那樣簡單的交代，托付，
呵，又是那樣的訣別。
空氣若有一點情分
也讓我多知你身受萬千的污辱和苦痛
讓我知道那成群的殺人犯
怎樣把活生生的人磨折，拷打，
把他變成墳墓裏的枯骨。
你知道，哥哥，
一句簡單到像公文的言語
也會生長，也會永存
因爲人的血肉。

殺人犯在你的墳墓前大張酒宴
他們慶祝你的死亡，他們的安全
你活着是他們罪行的公證人
你活着永遠是他們的控訴者
你活着用自由和民主的聲音
震破了他們的耳門
你活着是一個希望，一顆星。
有天的地方就有星星

有人的地方就有希望
假如自由能夠消滅
希特勒就不會卑賤的死亡
殺人犯喝過了你和無數爭自由者的血液
他們曾經痛飲，像喝着紅葡萄酒一樣
但是，哥哥，沒有人擔心他們能够久長。
他們的腐爛和膿臭已經嗆破了他們的喉管
而千千萬萬爭自由者又來了
從四面八方。
你，在大時代門前奠下了自己的鮮血的人呵
你知道死亡不是結尾
它是開場。

　　　　　　　　　　　　　　二月十三日　紐約

我知道你沒有死去，哥哥！*

我知道你沒有死去，哥哥
因爲疼痛老在我的心頭
它執拗的在我血管裏行走
它講着你的故事絮絮不休。

像一個手指在豎琴上
它來自紅褐的天空
永恒的撥動生命的絲弦
那音樂濃厚像虎骨酒，憤怒，歡樂，苦痛。

它唱着北風的震怒
呵，那滴着血淚的呼號
中國人民鋼質的靈魂
鞭打着冰寒的冬宵。

它唱着南風來自海上
片片樹葉響動着金鈴
像春雨在土裏暗暗祈禱
像四方的流雲都收了平安家信。

---

* 原載《文聯》1946 年 6 月 10 日。

它唱着西風在默默的秋夜
呵，中國為她的死者來頌歌
像人心在十字架下不再憂惶
因為荊冠上面開起了花朵。

像東風從冰顆裏張開眼睛
看見昏鴉還在滿天打旋
它唱起了明天的歌，那歌聲
像戰士熟悉的誓願。

呵，哥哥，我知道你沒有死去
因為那日夜的音樂說你生存
安知在東方熊熊的火焰裏
不有你堅強的呼聲？

安知你不是行走在暴徒們的頭上
鞭打他們向人民低頭？
安知你不在每個自由人的嘴裏？
安知你不是一念安慰，一條道路，一個追求？

你傾心於祖國的美麗
面對着自由光輝的金容
坦然交出了你自己和你所有
像天真的三歲兒童。

而後你落了毒手，在酷刑下面
被封住了口！再沒有人的聲音
和你講着光明，講着希望
與你共愛着靜夜和天明。

於是每一個日子是一堆黑暗

每一個響動都是鎖鏈的聲音
每個面孔都凝聚了卑賤和死亡
呵！誰能想像囚犯們荊棘的心情？

爲什麼你要死在牢獄裏
當大地在伸腰的時辰
當人民正在安排慶祝自己
當暴徒不再能鎖鏈自由神？

爲什麼你應該死在牢獄裏
當成群的漢奸滿地飛騰
像蒼蠅奔向一條發臭了的魚
他們紅紅綠綠又變成了縉紳？

爲什麼你應該死在牢獄裏
當他們造不出你的罪名
當他們造謠的天才也噤住了
說不出害死你的原因？

哥哥，我知道你沒有死去
像天空的手指永遠挑動豎琴
它彈着生命濃郁的音樂
它根問別人謀害你的原因。

三月十日　紐約

獻 孫 夫 人[*]

你，顫巍巍地
在中國的血海裏行走
五十年，你帶着那血流向前
你說："孩子們，向前，
有一天，我們有那一天！"

我們在你的週圍倒下來，
我們的血像山洪那樣流，
你把我們的血捧在你柔軟的手裏，
含在你溫暖的舌頭上，
說："孩子們，走吧，向前
有一天，我們有那一天！"

我們的父親曾經牽過你的手
我們的孩子也拉着你的衣服
我們踏着他們破碎的肢體
聽你說："孩子們，向前，
有一天，我們有那一天！"

我們的眼淚流在你的腳前
把你白玉一樣的脚

---

[*] 原載《美洲華僑日報・新生》1946 年 7 月 29 日。

泡得發腫，發青，
你說："孩子們，向前，
有一天，我們有那一天！"

他們把土地用鐵鏈子絞，
絞得它翻白眼，噴血，
臉變得和草紙一樣，
你捧着那張臉
偎在你被淚水沖裂的臉旁，
說："孩子們，向前，
有一天，我們有那一天！"

到處是森林，惡草
響尾蛇，狼子和發了瘋的狗
它們藏在每一匹草下面
張着流膿的口等我們的腳
你在我們前面，
說："孩子們，走，向前
有一天，我們有那一天！"

它們在你面前撒一道大黑網
它們的眼睛發綠像狼子一樣
從黑洞裏盯着你，
把枯骨一樣的獠牙磨得砂砂響，
你顫巍巍地，昂着頭
說："孩子們，向前，
有一天，我們有那一天！"

我們的母親呵，
讓我把我的心墊在你的脚板上，
把我的肉貼在你的週身，
讓它們不能傷害你。
你説："走，向前，
有一天，我們有那一天！"

我們的血像山洪一樣的冲，
冲！
冲！
嗆破他們的喉管，
在它們的肚子裏放火，
因爲你，顫巍巍地
説："孩子們，向前，
有一天，我們有那一天！"

一九四六年七月廿三日

爲聞一多李公樸被暗殺[*]

永在的眼淚呵,
流吧,流吧,
爲了他們
呵,一代一代,一年一年,一月一月
死者們,
你們的身子結合起來了
一道長城
繞在祖國的週圍
在遙遠的黑暗的海上
一座透明通紅的堡壘
你們火焰的身子。

我不能不哭,呵,
我怎麼能够不大聲的哭
因爲你們不在了
你們臂挽着臂
向那遙遠的黑暗的海上去了
守望,
不回來,再也不回來了。

仇人快活得拍手打脚

---

[*] 原載《美洲華僑日報·新生》1946年8月9日。

他們用你們的血大大洗一個澡
像瘋狗一樣跳着舞着
並且舔着美國人的脚板
聞着他們的褲子
叫着說：
"快活，快活，殺得多！殺得多！"

我知道，他們會死！
天不容他們活，
地不容他們活，
凡有血氣的人不容他們
秦政、希特勒、墨索里尼
全是大自然的仇敵
他們全死得多卑賤
像一把爛泥摔進了死水塘

而我們的仇敵
那些沒有心肝沒有靈魂的空殼
那些腐爛到發臭了的空殼
假如希特勒還活着呵
是要把他們當成爛泥的爛泥
那麼用鞋跟磨成灰，化成煙
消滅到空氣外面去
因為他們不配跟他的脚底。

可是你們竟死在他們手下！
呵，聞一多
中國的大理石呀

我知道你，
在你的信上
我看見一尊崇高堅貞的大理石像
在你的詩裏
我聽見大理石像永久噴着沸熱的泉水，
哦，他們把中國的泉流堵住了麼？
啊，他們腥臭的膿血冲斷了我們大理石的泉流。

呵，李公樸
中國的玫瑰花呀，
你生長在中國的到處
就是鄉下茅草墻上
也噴着你的香
你的藤子牽滿了中國的土地
就是在雪地裏花苞也在上長
可是那些腥臭的膿塊容不了你
他們壓碎了我們的玫瑰花
他們扼死了我們的香味
他們要我們發爛發臭和他們一樣。

我的死者們，呵，我的死者們，
你們在正月裏死在杭州牢裏的，
你們在二月裏死在浙江暴動裏的，
你們在三月裏死在南通，屍體被切碎了的，
你們在四月裏死在山西飛機陰謀裏的，
你們在五月裏死在西安被槍斃了的，
你們在六月裏死在昆明，被暗殺了的，
你們在七月裏死在美國飛機底下的，

還有，許多，許多，
在每一天，每個早晨，晚上，每個時辰，
在全中國的東西南北被害死了的
數不清的，山嶺一樣堆積起來的我們的死者呵！
難道你們不是我們天空的火焰
張着火的翅膀盤旋在那些作惡的腐屍們的頭上？
無論是黃昏和黑夜
你們的翅膀會搧得他們發狂
令他們把自己撞死在巫山峽上。

那時候，到了那時候
我們會手牽手到那遙遠的黑暗的海邊去
捧着我們的眼淚
跪下來，我們會沒有樂器了
但是我們每個人會吹一根蘆管
我們就唱
回來吧，我們的大理石，我們的玫瑰，我們的鳳凰。
新中國的心長在你們身上
全世界要替你們畫像
時候不早了
回來吧，伴我們一起，
回到我們牽滿了玫瑰藤子的家鄉。

一九四六年七月廿五日　紐約

辛苦呵，我的祖國[*]

辛苦呵，我的祖國
每一個清早，每一個黃昏
我看見你鮮血淋淋
我的祖國，呵，我的祖國。

你賣完了兒女，流盡了汗
乾殭殭的躺在田裏
他們還要來剁你的屍，剝你的皮
我的祖國，呵，我的祖國。

你死了，你又還魂
惡狗們又跳在你的身上
抽你的血管來吮吸
我的祖國，呵，我的祖國。

他們說你是一塊肥肉
說你正好在他們掌心裏
丟了你他們再去啃什麼呢
我的祖國，呵，我的祖國。

黑夜裏他們睡在女人肚子上

---

[*] 原載《文藝復興》1946年10月1日。

白天裏他們爬在酒席週圍
有空他們就紅着眼殺人綁票
我的祖國，呵，我的祖國。

你左邊是餓死的工人、農民
右邊是打死的教授、學生
他們還在拿繩拿鍊把商人也勒死
我的祖國，呵，我的祖國。

地上到處發枯、發白
天上連鳥兒也不敢下來
他們要把你變成空白，變成大謊
我的祖國，呵，我的祖國。

他要求美國人替他們搶南京
搶到了南京他們嫌太熱
又飛上牯嶺，你幾時纔能被他們愛惜呢？
我的祖國，呵，我的祖國。

他們老遠過海來討美棉
你辛辛苦苦養出了棉花
他們却把它塞回你的嘴裏
我的祖國，呵，我的祖國。

他們早上向美國人燒香
中午就挨美國人臭罵
夜裏就拿美國槍來殺中國人
我的祖國，呵，我的祖國。

他們爲了要美國人喜歡
左思右想，說："好吧，民主，選舉。"
却埋伏在路上殺死競選的人
我的祖國，呵，我的祖國。

他們像耗子跪在美國人面前
唧唧發抖說，"噯呀，我開國民大會。"
別過頭他就喊打內仗，東飛西飛
我的祖國，呵，我的祖國。

你全身是傷，到處流血
剛剛挣脱了不平等鍊子
他們又把你的喉嚨撕開，請洋人挖你五臟
我的祖國，呵，我的祖國。

他們要你死，要你死盡滅絕
從地球上消滅你的名字
你有什麼對不住他們呢
我的祖國，呵，我的祖國。

他們在禽獸的下面又下面，
畜牲也不吃自己親娘
没有禽獸肯聞這種妖孽的氣味
我的祖國，呵，我的祖國。

祖國呵，我親生的娘
我們在你週圍，你不要担心

他們的槍砲會用完,我們的身子他砍不盡
我的祖國,呵,我的祖國。

我們的身子會變成烈火
追着他們燒,從今年到明年……
在地獄裏追着把他們燒得絕種
你放心呵,我的祖國!

七月二十一日　雅都

一首寫不完的詩*
——紀念法蘭西人民的旗子

常常是獨自悶着流淚，
想起了許多許多的事情
沒有聲音，埋在地下了，
有時候也會開一朵小花
掛在井欄上，站在墓旁邊
過路的人們總是看不見；
還有一些呢，像一陣風
吹過來，怕冷怕熱的人們
誰也不知道有了這陣風。

這陣風獨自的吹呀，吹呀，
從巴黎吹起吹到了倫敦，
它噓噓的唱着歌，講着話：
聽起來是一八一七那一年
三月十八日的那一支旗子：

說是有一個年老的工人
帶了那一方旗子和他的
小孩兒——五歲的小孩兒，

---

* 原載《前路文藝》1947 年 11 月。

從巴黎城裏逃出來，
他把旗子纏在腰圍上，
把兒子抱在胸懷裏，他
離開了血腥的祖國，他
遠遠的向倫敦去流亡！
想着倫敦是自由的土地，
他的旗子和他的後人，
會在那裏自由地生長。

這個老人又從倫敦被流放到澳大利亞，中途死了，
剩下孩子抱着他爸爸的旗子，
長期住在澳洲。

澳洲的土地是寬廣的，
大海是汪洋沒有邊際，
小傢伙天天用旗子包着頭，
耕着地，倦了就睡在泥裏。
到了晚上，他解下旗子來，
獨自走到大海邊上去，
向着海，向着遠遠的大海
揮起了爸爸的那面旗子：
他又小聲小聲的唱歌，
唱着爸爸的一支馬賽曲。

日子過得好慢呀，日子
又過得那樣快。雪下了
秋天過去了，葉子落了
秋又來了，漫不經意的，

讓海獨自變了許多顏色，
讓他獨自唱着不同的歌，
讓小孩的頭髮變成灰白，
夜裏，白色的月光流下來，
洗清白頭人的白頭髮，送他
來到夜夜的海邊上，向海
低低唱起當年的馬賽曲：
揮起那一面他爸爸的旗。

茫茫的海上出現了奇跡。
那一天，遠處來了一條船，
起先洶洶的跑，漸漸地
它擺動起來，左向不好，
右向不好，它遲滯着，
以後索性停住，噴着黑煙，
像是受了傷的大鯨魚，
吁吁喘息，移不動身體，
最後，好像忽然鼓起了氣，
逕奔向沒有碼頭的沙灘，
就忙忙下艇，忙忙的下貨，
好像初初做賊的人們，
躲在僻静的地方那樣慌亂的，
傾出他們的贓品以後好逃走。

那是怎樣的混亂啊，
啊，怎樣的驚心，一個詩人，
箭一樣的從船上射下來，
衝散了要阻攔他的人們，

火球一樣落在澳洲的土地，
是無心呢，還是故意呢？
他的膀子碰斷在沙灘上了。

吉評，這捷克的革命詩人，
用臂膀換來了登陸的權利，
可是政府還是要想法子，
把他趕走，帶着火星的詩人，
誰也怕他在地面上停留，
政府對詩人很是公道的，
拿二十七種語言來攷吉評，
攷不過時，他得立刻上船，
流到什麼別的地方去。
吉評學會了二十七種語言，
害得政府挖空心思，纔想出
第二十八種，愛爾蘭言語。
吉評不知道愛爾蘭文，
可是他的嘴很會講法律：
"不會説死的言語犯了罪嗎？
幾個檢察官們會講拉丁語？"

吉評的官司就此打贏了，
他在地面上隨便走來走去，
念着自己的火焰一樣的詩；
講着人間金子一樣的故事；
幾多人爲他哭，幾多人
爲他在心裏暗暗的歡喜；
成年累月的憤怒和希望，

升起來，慢慢的升起來——
像雨後的陽光越來越亮；
人們的眼睛漸漸睜大了，
好像看見了美麗的東西。

又是一個有月亮的晚上，
老工人的兒子又出了門。
他可是不再走向海灘了，
順着一條雪白的道路，
一直走進了詩人的房間裏，
沒有請教，也沒有問訊，
就好像是老朋友們那樣的
客人從腰裏解下他的旗，
已經是補上了幾個補釘，
顏色也不那樣鮮亮亮的，
倒是赤黑的了，像白髮人，
臉上，有一種發赧的沈鬱，
不過，依然是那一面舊旗子，
那巴黎的人民天天望着，
天天纏在腰上的大旗。
白髮人恭敬的把它舉起，
獻上去！"我等了六十年了，
現在，把這面旗了交給你！"

已經又是上十年了，日子
在坦克車的齒輪裏面
滾過去，片片破碎，滿地
都是血跡。老工人的兒子、
捷克的革命詩人和旗子。

散文卷

一個年輕的中國共產黨員的自傳[*]

童　　年

沔陽是漢口以西的一座小縣城，地勢低窪，北有漢江，西南爲長江。這些河都沒有水量足以航行和灌漑的支流通到沔陽。然而這兩條河却時常淹沒縣内許多村莊和莊稼，甚至孩子們每年都擔心河裏的龍王要作崇，使縣城鬧起水災。

年年這樣遭殃，損失可想而知了。居民大多窮困不堪，勉强維持生活。我的家族就是其中之一。

我祖父是個秀才，也是位醫生。他太用功了，以致二十九歲上就去世了。遺下我的祖母，當時她纔二十五歲。我伯父六歲，我父親那時還是一週歲的娃娃。

我祖母意志堅强，是位不尋常的婦女。她的丈夫死了以後，全家陷於無助的赤貧。她靠給人家洗衣服，修鞋補襪，織布到深夜來餬口。她就靠這麼苦幹和省吃儉用，以及娘家偶爾的接濟纔勉强能供她的兩個兒子念書。

我伯父十六歲就通過考試當了秀才。幾年以後，他和我父親都連續在考場上獲得成功，使我們家忽然富貴起來。我伯父當了廣東省的地方官，我父親被任命爲武昌的守備。全家分開了，祖母隨我父親去了江西。

---

[*] 本文是楊剛用英文寫的自傳，大約寫於 1931 年，録自《楊剛文集》，文潔若譯。此文先發表於《新文學史料》（1982 年第 2 期），目前祇見到這兩節。原稿中有一些空白，估計是待填的地名、人名，現暫以 □□ 來代替。

我父親身材魁梧，高六呎，五官端正。他的頭像"山"字，臉龐有點方形，一對三角眼，有點像老鼠。他總像是在以十足的鎮定和威力在指揮着什麼。他的鼻子隆起，鼻梁尤其高。他平時雖然沉着安詳，脾氣却很暴，有時無緣無故會發起火來。由於他性子躁，又是一家之主，所以他完全不能克制自己。他的意志頑強，當他立意要如何時，往往使人覺得他的心腸是鐵石做的。他要決定幹什麼時，他可以把祖母搡到一邊，甚至不肯掉過頭來看她一眼。對什麼事一有意見，他可以當面申斥他的上司，罵他無知。他倔強而固執。我們在一道談話時，每當他誇獎什麼人，我們表示同意，他立刻就指出那個人的種種缺點，對他的優點則充耳不聞。他怎麼想就怎麼做，絕不聽勸告，尤其來自他的孩子們或下屬的勸告。即便他覺得對方有理，他也不聽。很難同他一道生活。人們要是想說服他，就必須先有個堅定不移的觀點，對形勢要看得清清楚楚，態度還得和藹，讓他不自覺地接受他們的意見。所以我母親經常同他吵嘴，儘管在他不知不覺之間她也不時幫他的忙。

我母親是一位富紳的幼女。她像一般婦女那樣心地善良，慷慨大方，對人忠誠，見義勇為，並有辦事能力。正因為如此，她總也不肯屈從於父親，甘拜下風。她不喜歡聽憑父親指使。父親通常是感情用事，但有時他的計劃很合理，理由很充足，母親也不接受。我母親是個直來直去的人，不會用心計來駕馭烈性子的丈夫。她對人對事有自己的見解（往往比父親的要合理），並且要照辦。父親則認為照別人的意見辦事是可恥的，尤其是自己的女人，所以常罵她固執，不聽話。我母親就責備他自私、殘忍，是個無用的怪物。左鄰四舍以及幾乎所有的佃户們都稱譽我母親仁慈大方，可是我母親不但同我父親吵嘴，也同祖母吵。祖母當然認為父親有理。連我父親都對我們說過，母親真是個好心腸而善良的人。我們家在鎮上有了名望之後，各村都有人來向我們求援。據我所知，我母親從未拒絕過誰。我們的鄰居大多很窮。每逢他們辦理婚喪，母親總是不等他們來求就給以幫助。此外，一年四季她常給窮人吃食和衣服。寫到這裏，我不禁惋惜我母親是個文盲，因而她的慈祥心情却引她信了佛教，學着僧尼去拜佛。她總是施捨，施捨，不僅是活的，還有死的——陰間的鬼魂。晚年，她堅持吃素，任何肉也不吃。

我母親具有一般人——尤其婦女所缺乏的勇氣。我們的鎮子很窮，普通居民和週圍鄉村的農民更窮。不少人靠明火執仗爲生。由於我們是鎮上的大戶，所以往往就成爲他們心目中的對象。每當土匪夜間聚衆襲擊我們鎮子時，我母親一點也不懼怕。她總是喊女僕把孩子們都叫起來，派男僕們去召集朋友和鄰居。然後她把父親的姨太太叫醒，讓她扮成女僕，吩咐她去尼姑庵躲起來，並且教她如果被土匪發現了，該怎樣應對。就這樣，她讓女僕們分成一批批的，把她自己和姨太太們所生的孩子們護送走，她自己則同厨子、男僕和朋友們留在家裏，派他們分路把守，隨時向她報告土匪們的動靜。（那是在辛亥革命以後，我們搬回到沔陽來了。當時我父親經常不在家，哥哥們也去北京、上海等地讀書了。）那陣子幾乎每年都發生這種事。

我有三個哥哥和三個姐姐。我是一九〇五年在江西□□縣出生的。長江流經鄱陽湖口，那是中國第二個大湖。狹窄的湖口，一邊是石鐘山，另一邊是叫作湖口的小縣。我父親是當地的一個收稅的官吏。

對於自己的嬰兒時代，我自然什麼也記不起了。許多事是一個比我大十三歲的姐姐後來告訴我的。當時中國人相信女孩子在家裏是個不祥之物。我祖母就特別討厭女孩，儘管她本人就是個女的。她管女孩子叫作"賠錢貨"。家中，我是我母親生的第四個女孩，祖母永遠不能饒恕我，也不能饒恕我母親，她竟膽敢給她的兒子生那麼多"賠錢貨"。我出生後兩個月，我的同父異母的弟弟出世了。他是一年多前纔來到我家的一位姨太太的頭生子。全家——尤其是我父親和祖母，都對此十分欣悅。我母親就把我交給我大姐（她至今仍像是我的母親）照看，她自己下厨房去爲做月子的姨太太做滋補的飯食。

我母親没有奶喂我。我哥哥有過一個奶媽，後來因爲發現她血裏有病辭退了，我母親不能爲我請奶媽，家裏也不肯爲我找一個，因此母親又讓那個有病的女人每天來喂我幾次。她那有毒的奶雖然把我喂得白白胖胖的，可是害得我頭上長滿了瘡，頭髮掉了，耳朵、眼睛和鼻子都是疱，流着膿和血，足足拖了兩年多。我的耳朵直到十八歲纔不再鬧病，可是左耳完全聾了。

　　五歲上，我就上家塾。老師是沔陽人，因爲我父親有個原則，無論移居到什麼地方，請老師必須是同鄉。那人並不討厭。他教我念兩種書，一種是《四書》，另一種是商務印書館出的新式教科書。此外，還讀地理、歷史課本，祇是沒有念過數學和理化。我父親以及當時的大多數人都認爲應該讓孩子們讀些實用的西學，可是孩子們的知識基礎應該是中國的《四書》《五經》以及其他古典著作。他認爲新式學堂祇不過培養一些無法無天的寄生蟲。在他看來，那些學堂簡直是地獄，因爲學堂不像塾師那樣對學生嚴加管教，強迫學生背誦課本。我父親非常嚴厲地要求孩子們去做他們所不願做的事，而禁止他們去做他們想做的。自然，我們想做的，他也不是一概不允許。他最反對的是讀小說。不但《紅樓夢》《西廂記》那樣講戀愛的不許讀，連歷史小說《三國演義》也在禁止之列。誰要是給發現了，就得挨一頓毒打。可是我們知道他並不禁止自己去讀這類書。他有不止兩大櫃子小說，既有翻譯的，也有各式各樣的中國小說。

　　我入學後不久，從外地來的大堂兄也跟着塾師一道學起來了。他是家中最大的孩子，比我大姐還年長。他性子果斷，喜歡逗弄人。他總帶着我們玩各種把戲。三哥比我大兩歲。那時他非常怕鬼。大堂兄決定逗逗他。他先問三哥敢不敢晚上同他到花園去。去了之後，他忽然跑了回來，驀地反手關上花園門。三哥在花園裏哭，他就在外面嚷："好多惡鬼正往花園裏跑哪！"三哥嚇得要死。這件小事一直深深銘刻在我心裏。我覺得人性裏有些十分殘酷的東西。

　　一九一一年，我父親是守衛□□西境的戍官。當時謠諑很多，說要"鬧革命了""起義了"等等。我們從父母憂慮的神情上更感到一定發生了什麼新鮮而激動人心的事。記得一個夜晚我正睡着的時候被叫醒，給帶到母親的房間。全家都聚集在那裏。於是，祖母、大姐、另一個姐姐和一個哥哥，還有姨娘和她的孩子們同我們告別，去沔陽了，因爲那裏沒有鬧革命的危險。當時我還不知道沔陽就是我們的故鄉。我想那裏必然是座天堂。

他們都走了，祇留下我父母、一個哥哥、一個姐姐和我。我並不羨慕他們去"天堂"，可是我很想念我大姐（她差不多是我的母親）和三姐（她祇比我大一歲）。我們姐妹幾個一直形影不離。幾天之後，我父親也不見了。整個衙門就由我母親看管主持。她決定：祇要皇室不被推翻，就仍守住丈夫的崗位。但是（在他們看來）事態越來越糟，□□的首府失守了，革命黨人已經抵達□□。因此，我母親就帶了我們幾個孩子和一個僕人到□□去，事先她和父親約好在那裏相聚。可是到後幾天，一直找不到父親。母親下決心離開那裏，帶着孩子們回家。她以爲我父親必然在逃跑途中被打死，或者被俘虜了去。她認爲自己的最後職責是把孩子們帶回去，然後自尋短見。這是大姐告訴我的。母親什麼都對她說，所以大姐最瞭解母親。幸而那並未發生，因爲當我們已經上了船的時候，我父親趕來了。

那並不是一場真正的革命，祇是一個偶然事件，是由於修建□□鐵路引起的。清朝由於在德國人、其他歐洲人以及日本人手中屢屢遭到失敗，就尋求富強之道。修建鐵路是途徑之一，因爲當時人們看到鐵路使外國變得富强了。最初，去過英美的學生和官員發現，在那些國家裏鐵路是私營的，競爭使得鐵路發展很快，所以他們建議中國也那樣做。可是後來他們又發現德國的情況不同。那裏許多事業（包括交通）都是國營的，結果效率高而經濟。於是，就建議把私營鐵路交由國家經營。這是由□□（我忘記他的名字了，是□□皇帝的老師）決定的。他的計劃首先要在川漢鐵路（那是私營的）實現。股東們對這一建議大爲震驚，從而引起了排外情緒，因爲聽說政府打算從美國和比利時借一筆款來向股東們贖買股份。四川人以爲外國人要來收買整條鐵路，最後把四川全省都從政府手中買去。於是，他們造反了，但他們仍舊尊重皇帝和他的統治，絲毫也沒有反對清朝的跡象。他們認爲官吏們受了外國人的賄賂而賣國，皇帝却是不知情的。但是清朝堅持貫徹它的方針，並且派兵鎮壓反抗者。這下引起了民衆的憤怒，而革命的組織者就乘機鬧起來。革命軍所向無敵。朝廷派袁世凱去鎮壓反抗的民衆。袁另有野心，他提一些條件同革命軍議和了。條件中最重要的一個是由他來擔任新共和國的總統。革命軍不瞭解民衆真正的心願，自己又提不出將革命堅持下去的理由，就接受了袁提出的條件同他講了和，認爲這樣就輕而易舉地完成了他們所謂的革命。

到達沔陽之後，父親首先做的是爲我們請來一位新塾師。那時，我們年年換塾師。我不曉得怎麼會那樣，但我相信那是教育子女的一種好辦法。在我們還沒有摸透塾師的脾氣之前，他就被辭退了，或者他自己辭職了。要知道，請來的塾師在家庭中地位很尊貴。他不同於隨時都可以辭退的傭人。進門之前，他先和家主訂一種契約，言明教學期限，他一般祇肯教上一年。期滿之前他不能中途離去，家主也不能把他辭退。在這期間，他對孩子們有絕對權威。如果孩子們背不下書來，他可以任意處罰。要麼叫孩子挨餓，要麼把孩子打出了血。他可以吩咐孩子跪在石頭上，或者讓他頭上頂塊板子，上面放一碗水。倘若水灑了，當然孩子要挨一頓揍。另一個辦法是不許孩子睡覺。所有這些辦法，我們那些塾師都使用了，而父親一點也不反對。他從來不干預塾師們，總待他們如貴賓。他建議把我們打得既不能玩，也不能吃和睡。有時他到我們的房間來，協助塾師用打罰來威脅我們。不但父親對我們這麼殘酷，母親也一樣。我並不是說母親不疼愛我們，但她對我們從來也不比父親更心軟一些。照規定，飯後我們馬上就得去寫字背書。我們一直得念到午夜，次晨六點就必須起牀，睡眠自然不夠。所以午飯後我們雖然去上學，往往祇是趴在書桌上睡覺，因爲這時塾師也要午眠。有一天我正在睡着的時候，被塾師發現了。他叫我站起來，我雖然不再睡了，却不肯站起來。他就拿出一條板子，叫我伸出手來給他打。我不肯。於是他更加生氣了。他就用板子打我的腦袋，把頭打破了，血淌我一臉。這下塾師害怕了。我離開課堂，到母親跟前去告狀。母親默默地看了看我的腦袋，然後說：

"誰讓你不聽老師的話？你這是活該！"我相信當母親對自己的孩子這麼講話的時候，她心裏未始不痛，祇是那時婦女是不能表露內在感情的。受了習俗的拘束，就使得她好像對自己的孩子冷酷無情了。

我相信那陣子我工作的時間比現在要長一倍。從六點鐘起牀，一直念到夜裏十二點或凌晨一點，祇有在吃飯的時候纔歇口氣。撂下飯碗就又去念書。其實上學祇不過死背一些書，可是想找個理由離開課堂一下可十分困難。我們每天要念上十八個小時的書，中間沒有休息，祇有夏天纔准許我們中間回家去一趟，洗澡和吃綠豆粥。整天都坐在高腳凳上大聲朗讀課文，有時悄悄去喝口茶或者相互借點什麼，以便喘口氣。整天都望着塾師那冷酷、怒氣衝衝的臉，聽着兄弟姐妹們挨罵哭泣的聲音。我們得死背地理課本上的邊界和距離，歷史書上的人名和年代，《四書》《五經》的集注。我們一邊念，一邊却在留意聽着街上賣糖的吆喝。門祇要一響，我們就感到興奮，但願不是塾師來了客人就是家人來看望我們了，這樣就可以休息片刻。換而言之，對我們來說，所謂學堂不啻是座監牢，塾師不過是個獄吏。我們竭力想擺脫他。挨打之後，我們就越發恨他了。舉一件事來說明這種教學法的罪惡吧。有一位姓馬的塾師幾年前去世了。當年他對我們格外殘暴。他沒有多少學問，詩寫得非常蹩脚。他不會改孩子們的作文，所以就在卷子上打個大叉子，然後他自己另寫一篇。我們要是問他爲什麼，他就申斥，他寫了許多拙劣的詩，送給我父親看。我父親看不出他寫得有什麼精采處，就不大理睬他。他又把他的詩讀給我們聽，要我們照他的樣子寫。我們要是稍稍表示不同意，他就連打帶罵。我們先是厭惡他，逐漸地又恨起他來。我們就商量個辦法來對付他。他臨睡前總要吃點東西。我們就想毒害他。我們買了一種瀉藥，叫巴豆，吃多了甚至可以致命。他一向叫我們給他倒茶，好幾回我們在茶裏放了這種巴豆。他瀉了一整夜，還讓石頭絆了個跟頭，摔傷了腿。他很快就發現那是我們幹的，當年就走了。

當時我們認爲這是一種勝利，制服了"無敵的"塾師。這當然是一種罪過，無論怎樣解釋也不能免除良心的譴責。我們是在害人，我們却不曾意識到謀害人是多麼殘酷卑鄙的事。出於私心和仇恨，我們試圖傷害一位年逾六十的老人，他並沒有故意害我們，他還以爲是在誠心誠意盡力教導我們呢。這使我聯想到，許多犯罪並幹下骯髒勾當的人，並不知道這種罪行的性質和後果。但是，他們還來不及知道自己的行爲有多麼嚴重，就早已坐牢或給處死了。

獄　　中

　　一九二八年，經三哥的幫助，我進了燕京大學，主修英國文學。讀大學二年級的時候，也就是一九三〇年四月二十日，我們舉行勞動節示威遊行預演，大約五十名同學被捕了。我們（一批燕京同學）就組織了一個營救團體，謀取他們的釋放，並爲他們籌措在獄中的生活用品。一週後，有七人獲釋，但是其他同學仍舊關在裏面。我們時常爲此而在城內集會，並且籌備紀念活動。整個夏天我一點也沒有休息，幾乎每天都是五點起牀，一直忙到深夜。有時整天也不吃一頓飯，生活是那樣充滿了工作，我感覺到活着的價値。我往往深更半夜纔能回家，倒在我姐姐的牀上，全然失掉思考和感覺的能力。頭麻木了，儘管姐姐在和我說話，我的眼睛還是不由自主地閉上了。這種生活一直延續到五月一日，國際節。

　　我們完全知道遊行會產生什麼後果，但似乎沒有人在意。參加的大部分是學生，但也有工人代表、洋車夫和士兵。洋車夫由於上次吃了苦頭，有點害怕，工人們則爲了挣錢養家，大多脫不了身。儘管如此，我們還是集合了一百人參加遊行。出發之前，先在師範大學開會。我留意到會場上有偵緝隊，其中一個搧着摺扇，用一種惶惑的表情望着我們每個人。

　　遊行開始了。我們走過國民黨黨部，把他們的黨徽扯掉，準備沖進去。這時，忽然有人抓住我的頭髮，我眼前冒了金星。回頭一看，是個大個子的北方人，穿着一身白，那把摺扇插在衣領裏。他從腰間解下一根白繩。我馬上明白是怎麼回事了。看到大批穿白衣的偵緝隊在向遊行者襲擊,我爲了失去許多同志而痛心,希望他們能够憑力氣和機智逃脫。然而我也估計到形勢不妙,因爲偵緝隊比我們的人多一倍。我望着那個大個子的北方人譏笑説:"你幹什麽捆我?你們是兩個壯漢子,還需要用繩子捆我?"

他笑了笑,對他的同伴説:"那末不必捆啦。"

於是,他倆每人抓住我一隻胳膊,拖着我撒腿就跑。被捕的和捕人的,排成一字長蛇陣,沿着塵土飛揚的馬路一溜烟跑去。我們跑了十幾里,最後到了"公安局"——那簡直像是對我的一種嘲諷。

進去之後,先把我們"洗"了一通,就是將我們身上的東西一古腦兒搜走。然後,關進拘留所。我自然是關在女牢裏(這一次,被捕的人當中我是唯一的女生),五個人睡一個炕,有時也增加到六七人。

半夜我聽到尖叫聲,我曉得同志們在過堂。在叫聲中我可以聽出這樣的答話:"我没什麽可供的了……你們今天要我幹什麽?……"等等。

我心裏冒着火焰,上牙磕打着下牙。我朝黑糊糊的外面張望,看到一個昏暗、黄色的燈光。忽然,我聽到脚步聲。

"楊繽。"

我一聲不吭地站起來,跟着那個警察去過堂,一路上納悶他們爲什麽總在夜晚審問。我進了大廳,裏邊有一間間的審訊室,每間都有學生在受審。我祝願他們堅貞不屈,並且泰然自若地走進我那間審訊室。

我在進去之前已經拿定主意怎麽應付了。我一一回答了法官的問訊,心裏一點也不慌。當然,我的回答不能使他滿意。他用板子在桌上使勁一擊,朝我大聲嚷道:"不用哄我,我曉得你是什麽人,曉得你在燕京都幹了些什麽。"

"我都幹了些什麽呢?"我問道。

"哼,不許你問。總有一天你會知道厲害。你要是頂嘴,下場好不了。没聽見你的同伙們在哭號喊叫嗎?"

"……"我朝外面望了望。透過黑暗,窗玻璃上映出幾個警察的腦袋。

"喂,"法官又吼道,"你倒是說說呀!"

"我没的可說了,隨你便吧。"

"哼,看你是個姑娘,這回先不打你。把她帶下去。"

我後來聽說有的學生手被打破了,有的膝蓋上橫放一塊板子,一頭站上一個人。

在那裏,我們吃的是鹹菜、窩頭,喝的是涼水。窩頭又髒又餿臭。頭四天我什麼也沒吃,當然並不僅僅是由於難以下咽。第四天他們准許我寫信給我姐姐,要她給我送點錢和衣服。

同牢的還有一位七十開外的老婆婆。她的罪名是:有些抽鴉片的出錢賄賂偵緝隊,錢是她給轉的手,可這指控根本沒有得到證實。她被關了三個月,始終也沒過堂。每天她都得和大家一道起來,盤着冰涼、僵硬的腿,直挺挺地坐在炕上。不論天氣冷熱,晚上都睡那石頭砌的禿炕。她祇有兩件富餘衣服,疊起來白天當坐墊,晚上當枕頭。她吃不下那裏的伙食,硬得消化不了。但獄吏又非要她吃不可。她上茅房上得很勤。據說她在患痢疾,可是仍舊不放她。

"這位老太太得痢疾了,"我對那個管犯人的傢伙說,"她七十多了,你們爲什麼還不快讓她過堂?"

他點了點頭。

幾天後,老婆婆没經過審訊就恢復自由了。我真不懂統治者對待窮人的心理!

在牢房裏,我結識了一位素不相識的同志,由於志同道合,處境也一樣,就親密起來。她告訴我許多很重要的事,我也把自己的經歷說給她聽。顯然我們這種密切交往引起了懷疑。過了幾天,她被調走了。

拘留後第十六天上,他們叫我把自己的東西收拾好。我心裏高興死了,我以爲獲釋了。走到男牢房,我看到那兒站了一排男同學。我們被帶到一個院子裏,然後就上了一輛卡車。我知道這是把我們送到警備司令部去。我對那裏有些瞭解,知道他們對我們的態度,因此我一聲不響,已經放棄一切希望。可是想到我對同胞應盡的責任，我的心碎了。

警備司令部的牢房更是糟不可言。它總共長六米，寬三米，沒有地板，祇有坑坑窪窪、潮濕的土地。沒有天花板。牆上淨是各種穢物，所以一片烏黑。房裏祇有一門一窗。十一個人坐在鋪了破席的地上。一進去，又看到那位同志了，我們倆就都笑了。那些婦女們爲了給我騰出一席之地，爭吵起來。還是我那位朋友——那裏唯一的知識份子出來調停，大家纔在當中爲我勻出一小塊地方。

第二天他們留了我的指紋，給我拍了照。

據說我的案情嚴重。女看守說法官們非把我這個案子審清楚不可。她勸我還是自己坦白出來，那樣就可以免受皮肉之苦，關個幾天就能出獄。倘若我頑抗不招，那末最壞的事就會發生。

"因爲法官對你們的事都一清二楚，"她對我們犯人說，"他們有各種辦法追究，最後總得水落石出。你們何必自找苦吃。"

我望着她笑了笑。

犯人中間有一位張太太。她個子很高，我想也許不止一米八。有一張羹匙形的臉，兩片薄嘴唇突出來。她看人時的神情像是懷着滿腔仇恨。她講話總咬着下唇，眼睛一張一閉地斜着看人。她還帶着個四歲的娃娃——一個十分淘氣、慣得不像樣子的男孩子。她的罪名是販賣鴉片。她同一個姓楊的男人合伙，他們幹這個鬼勾當發了財。她結識了一些下級軍官，幫她販運。後來她在同伙那裏認識了一個軍官的姘頭。爲了取得這位姘頭的友情，她就盡力挑撥這位姘頭和楊太太之間的關係。這下惹怒了楊氏夫婦，就告發了她。她知道自己是怎麼被捕的，在過堂時就控告楊氏夫婦是販賣鴉片的頭子，所有從她家裏搜出的鴉片全是他們的。法官們也搞不出什麼名堂，就一致決定罰張太太五百元。這筆罰款交足了，張太太和楊太太纔能出獄。小牢房成天就聽到這位張太太粗野的咒罵，當然是詆毀楊太太的。張太太的罵法很特別。她並不當面罵，也不准許她那樣。每當女獄吏不在的時候，犯人之間就可以交談幾句了，張太太總是乘機發泄私憤。她朝一位和她同時被捕、似乎跟她很要好的劉太太罵，罵得難聽極了。她狠狠地罵劉太太，發誓早晚有一天要劉太太曉得她是什麽人，嘗嘗她的厲害。她罵劉太太忘恩負義，罵她的子女天打雷劈。她一邊罵，一邊斜眼望着楊太太，朝楊太太擺擺手，表示她是指桑罵槐。我進牢的時候，她的罰款祇差一個星期就滿限期了。但兩個星期過去了，她還在坐牢。有兩回放她回去籌款，可她祇籌來五十元。人們告訴她，如果她不至少交四百元，那末就要判她的刑，然後送到模範監獄去。但她毫不在乎。

有一天，法官親自找她。

"怎麽回事，張氏？"他問道，"罰你五百元，可你回去兩趟，纔交出五十元。你以爲可以這麽玩忽法律嗎？我親自再放你出去一趟，你要不起碼拿回一百元，那末你這個狐狸精就倒楣啦。"

"唉，清官大老爺開恩，"張太太懇切地說，"可憐可憐我們窮人吧。我實在窮得一點辦法也沒有。我丈夫不在北京。至於我的家，前兩回跟我一道回去的老總已經看到了，家裏差不多什麽也沒有。我實在交不出一百元來。要是我有點傢俱或古玩什麽的，我情願拿去當了，好交罰款。現在我實在交不出這筆錢來。賢明的法官大人，我曉得您講的都對，做事公道，求您慈悲慈悲吧。我知道您老是在幫我的忙。"

"你這嘴巴不停的老巫婆，別廢話了。你有石將軍當靠山，上回想送我五十元就獲得自由了，是嗎？可是你第一步就錯了。你在那張罰款至少一百元的判決書上簽了字。要是你祇交五十元，誰替你交那剩下的五十？沒旁的可說了，還是去籌款吧。這是我對你最後的一次講話。"法官說罷，立即走了。

張太太又出去了，回來時喜笑顏開。

"什麽狗膽敢違抗石將軍的意志！"她邊說邊像閃電般地瞪着眼睛，"我去找石將軍的老太爺了，把事情全告訴了他。他聽了，馬上生起氣來，答應打電報給石將軍。我就等在這裏，看那毛頭小法官敢把我怎麽樣。我呆在這兒什麽損失也沒有，一天還白吃兩頓閑飯。這對我非常合算，吃虧的是警備司令部。我很樂意。我豁出肚子疼，要多吃上幾口，"

說完就嘻嘻地咧嘴笑了。

又過了一個星期。張太太奇怪怎麼還沒有獲釋的消息。與此相反，我們聽說她要被押送監獄。儘管她原想比平時還多吃一點，她却整整一天沒吃飯。她也不再氣勢洶洶地咒東罵西了。嘴裏不斷自言自語地提出一些無法回答的問題。

"究竟是怎麼回事？"她說完一些也不知是針對誰的髒話之後，就這麼問起來。

法官又來了。

"張氏，"法官說，"你安的是什麼心？叫你回去取五十元，你纔取來二十。現在你等着進監獄吧。"

"唉，大慈大悲的法官，"她可憐巴巴地哭着，"放我再回去一趟吧，我一定把數目湊齊了。"

"別胡扯了。你就等着進監獄吧。"法官掉過身去要走。

"法官老爺，您瞧瞧這個可憐的孩子吧，"她說着就把那男孩往前推了推，"看在這孩子的面上，您就發發慈悲吧。"

法官笑了笑。

"要不是爲了這孩子，我非判你下監獄不可。好，你就再回去一趟，把欠的款子籌來。"

張太太打心裏感謝法官。至少她又自由了。

我們絕對弄不到紙筆和墨水。每天五六點就起牀，八點吃早飯，有時九點；下午一兩點吃晚飯，一天祇有這麼兩頓。有時過堂，但不常過。我們整天坐在牢房裏，門從外面上了鎖，由荷槍的士兵看管着。同牢的人面面相覷，聽着相互的呼吸聲或罵語。有時候士兵站得離牢房很近，我們就同他攀談。他們每兩週一換班，因爲將軍生怕他們會跟犯人有了勾搭，那就必然會對統治者很危險。每個士兵一天要站八小時崗，每兩小時輪換一次。他們吃的比我們還差。他們每月的薪俸是七塊錢，但是扣除了伙食費後，到月頭如果能拿到一塊錢就算運氣了。有時候他們忍受不了就從軍隊裏開小差。要是給抓回來，可就沒命了。他們幾乎個個都深深同情我們，並且安慰我們說，總有一天局勢會改變，那時我們就會重獲自由；但他們這些可憐的丘八注定要倒楣一輩子。他們祈求專制統治者的末日早早到來。

一個雨天，我們正在牢裏就鹹菜喝着大麥粥，一個看守（黃皮刮瘦、面無血色的少年兵）跑到我們牢房的屋檐下來避雨。他原來站崗的地方離我們挺遠。他把槍從肩頭卸下來，往牆上一靠，毫無表情地望着灰暗的天空，然後掉過頭來看我們吃飯。他嘆了口氣。

"你吃飯了嗎？"我問道。

"沒呢。你們吃什麼？"

"大麥粥、鹹菜，還有不三不四的湯。"

"你們吃的比我們強多啦，"他非常感興趣地望着我們的飯碗。

"你們總不會吃得還不如我們，"我對他說。

"唉，"他咧了咧嘴，"我們一天是兩遍玉米麵糊糊加白水。"

"…………"

"狗，他們全是狗。你們比我們強多了。我們同你們一樣，也是犯人。你們還有釋放的一天，我們得熬一輩子。"

"你有父母嗎？"我望着他，問道。

"都在。"

"你原來是幹什麼的？"

"種地的。我們是莊稼人。"

"你不能種下去嗎？誰叫你當兵的？"

"我們都快餓死了。種莊稼，什麼也落不下。得交租子，交稅，還有種種捐款。真是渾蛋，把命都快送掉啦。"

"可是當兵也好不多少呀。你們還不是在等着餓死嗎？"

"當初誰知道呀！我寧可餓死也不願意像這樣給關起來挨餓。反正都是一死。"

"仗打得怎樣啦！"

"還是一樣，"兵士接着說，"別的營也打敗了。你們等着吧，早晚你們會打破枷鎖，衝出監獄。"

"楊繽，"張太太說，"你不應該跟他們說這種話。你知道自己的案情不輕。你要是這麼隨便講話，大伙兒都會跟着遭殃。"

旁的女犯也隨聲附和着。

那個士兵就又掉過頭去看灰暗的天空。

有一天女看守打開鎖進來了。我們都出去放了一個小時的風。我同一個新關進來的難友坐在一塊石頭上。猛地傳來了鞭打人和哭喊的聲音。

"楊繽，"女看守喊道，"過來看看，纔有意思呢。你來看看，開開心吧。"

我走到她站着的地方。寬大的院子另一端，兩個赤條條的男人雙手反綁着正跪在那裏。一個傢伙正在輪流鞭打着他們。他們雙臂弔起，在鞭笞下，兩人的脊背都像蛇一般扭來扭去，而且變得紫黑紫黑的。他們鬼哭狼嚎着。法官在大聲審問，却聽不清他們在回答什麼。

"他們一個是犯人，一個是替犯人辦事的，"女看守說，"那個人偷偷替犯人買東西。凡是偷偷替犯人買東西的，都跟犯人一道各打五百鞭子。"

"……"

"您知道替買的是什麼嗎？"我的朋友問道。

"報紙！他們一定都給鬼附了體，真是狗膽包天！"

我敢說，整個守衛隊都給鬼附了體。

他們審了我三回。頭兩回不怎麼嚴重，因為抓到的五十個學生中間，祇有我們八個被送到警備司令部來了，其他人還拘留在公安局裏，還沒決定怎麼處置。過了三個星期，其他人也從公安局押到警備司令部來了。為他們新蓋了一排拘留所，房間又臭又潮濕。學生們席地而坐，晚上也睡在濕地上。他們來到的第二天，我又給傳了去。長桌後面是三個法官，後面站着兩排荷槍的士兵。還有兩個不帶武器的士兵和一個老頭兒，他們站在長桌跟前，等着毒打受審的犯人。地上放着繩子、木板、鎖鏈和各種小木塊，牆上掛着大刀、皮鞭和其他我叫不出的許許多多刑具。我一進堂，就聽見有人大吼一聲："跪下！"我就照辦了。

照例先問我住址、親屬等等，然後就威脅我說，倘若我不供出他們所要知道的事，他們就不會放我安全地回去。於是，嚴厲的審問開始了。

"楊繽，"一個法官說，"我們知道你是個無辜的姑娘。你是受了旁人的影響，上了當的。你儘管照實供出，我們馬上就釋放你。是誰通知你去師大的？"

"我是自動去的。"

"哦，你還想向他們效忠！看吧，等下你的皮肉會強迫你說出實話來，"接著，他怒吼道，"老實供出一切！"

"我沒有可供的。"

"好吧，挨打可別怪我們！"然後他對那個老頭兒說，"打她！"

他們在我面前放了一條老虎凳，把我的雙手綁在上面。"說，再給你個機會！"

我垂下頭去，眼裏噙滿淚水。

"打她！"

也不曉得打了多少下，法官又問道："誰跟你一道去的？"

"我是一個人去的。"

"你這傻瓜！你要是照實供出來，一會兒就放你回學校去。你幹麼替旁人隱瞞呀？"

"我誰也不認識。我有什麼可供的？"

"你還在抗拒。再打她！你要是不供出來，就天天打你。"

板子像雨點般打下來，我的手都紫了。

他們又停下來。

"你說，你是不是個共產黨？"

"不是。"

"你撒謊！我知道你們這些共產黨都是些死硬傢伙。你們隱瞞自己的身份，也替同伙隱瞞。再給我打！"

他們輪流打我的雙手，打得我都跪不住了。兩個士兵扶着我的腰，使我不至於倒下去。我索性坐在地上了。

"你以爲有把握不供出真相。可我告訴你，我們還有旁的辦法叫你供出來。如果你認爲經受得住，就隨你便吧。"

"我沒什麼可供的。隨便你們怎樣吧。我既然給你們抓來了，就不打算活着離開警備司令部。"

我低下頭去，再也不答理他們的審問了。

"你是鐵了心什麼也不肯供嘍。好，我們就來試試你的抵抗力。來，用皮鞭抽她的脊梁！"

我明白這回我得脫去上衣。我望了望那皮鞭，什麼也沒說，準備脫衣服。

"現在十二點啦。這回你沒招認。今天下午，或者明天，或者改天再審。反正你非招供不可。"說完，法官就退了堂。我被押回牢房後，兩隻手好幾天都不能動彈。

這以後，閻錫山拼命活動想當總統。警備司令部沒工夫理睬我們了。大約兩個星期後，閻錫山的部隊全軍覆沒。張學良乘機派兵包抄閻的後路，以擴大自己的勢力。司令部從上到下都卷了鋪蓋，我們以及其他犯人也就統統獲得釋放了。

出獄後我纔聽説，許多人替我擔心，尤其是姐姐，幾乎都急死了。好多親戚朋友，特別是大堂兄和□□英，曾設法營救我。我衷心感激他們，但我可不能答應什麼。我總是欠着人家的情。

出獄後，我又在燕京呆了一年。這一年，我沒做什麼有意義的事。我必須全力以赴地參加鬥爭。能够繼續工作下去是多麼快樂啊！

牢　　騷*

牢騷不是兩個可愛的字，不是一件好的德行。有誰是愛聽人、愛看人發牢騷的？好脾氣的人，碰到人發牢騷，祇不過當着面笑笑，回過頭來時裂開牙說："吃飽了飯没事做又來發牢騷了。""是哪兒受了氣來説不得又向我們發牢騷來了。"脾氣不好的人，又没有義務一定得睜開耳朵聽你隨便甚麽説話的人，就免不了要當面打趣，給你下不來。因此聽別人發牢騷的人固然是不快，發牢騷的人並不會因而發洩了不平，他祇有更吃虧的。他那不舒服，猶如是黄梅期間有時悶極了灑下幾滴不濟事的雨，雨後的清凉絲毫得不着反而作成又一番天變的醖釀。

原來牢騷仿佛是一件祇合養在心裏的一塊東西，輕易要想吐他出來不是一件容易行到的事情。試想有多少時候我們嘴裏的言辭真真就是我們心裏要説的話？何況它還是這麽一團年深月累的複雜的不調諧的情緒？不説的時候，它梗梗的在那裏，使人難受，可是等到我們要想吐它出來時，我們又到哪兒去抓它，或是從哪兒去尋一個話頭如同蠶子吐絲般的引它出來？

發牢騷的難易是另一件事情，牢騷存在的普遍却是一件不容否認的事實。除了天生有福氣的人，自來没有經歷過不遂心的遭際，雖則有時這一個溜順的美滿也會使有的人感到疲乏，有哪一個人的心，蘸飽了、浸透了這人間莽莽的風霜、眼淚、艱難、悲笑、冷熱、嘲諷、失意、寃枉，是不會蓄着，至少是牢騷的苗頭的？烟囱裏的煤烟積久了不通就要火起，陰溝過了多時不掏就會塞住，天氣悶沉久了就要發風暴。人，各種的心情，各種的苦痛積到了"起坐不能平"的時候如何不要打掃一打

---

* 原載《論語》第 39 期，1934 年 4 月 16 日，署名"失名"。

掃，找一個疏通的出路？少數的人可以訴之於紙筆，但是我們這些普通人，十年八年也不會搖起一根筆桿來串文章的，不借我們的口又從哪裏可以出一出這胸間的鬱積？

我小的時候——可惜我晚生了十年，沒趕上看到許多新奇的事情，現在我們是太平凡了，太平凡了，甃着一條黃種人特有的黃麵捏成的塌鼻子和着兩個細細的洞眼就够我們生氣，感謝造我們的主宰，——我小的時候，我說，家裏有一位公公，他有一個"發肝氣"的怪病。時常，我們小孩們正聚在一塊頑的時候，他的佣人就會走過來，充滿了神秘的聲音，向我們吩咐"公公發肝氣了，你們快些回房去，坐着別響。"這來我們不論是頑在甚麼緊要關頭，都得立刻解散，老鼠般各人縮回各人的房裏去。——即或我們本來是安安静静坐在房裏的也免不了要聽到他挨門送來的警告，使我們起動都感到不自由，仿佛我們放重了一隻脚到地上也會響到老人的遠病耳朵裏去，因而飛上一個罪名到頭上的一般。

我因為小，看不到他"發肝氣"時的情形，可是因為這是一件使許多人背地裏抱怨譏笑的事情，聽到的是很多。在這種時候，我聽說，他多半是把身體向前躬着，一隻手按着腰，一隻手扶着桌沿（大概如兜安氏廣告上畫的腰痛老人一樣），皺着眉毛，或是滿臉小草般的毛，翹着長短不齊微有縐縐的三鬚鬍子，打起他那上海腔的官話哭喪着聲音喊"我如何是好呀！我如何是好呀！"在房裏屏息坐着的站着的是他的門生、晚輩、佣人，沒有一個敢開口，或是笑。有時，像這麽嘆過一陣之後他忽然會叫一個小輩站起來背書，或是出一個題目給一個門生做文章，假如被點到的人書背不出或是文章做得不中意時（這當然幾乎每回都是如此的），他又有新的機會來哭巴着臉罵自己罵別人。他這病，休說當時聽着奧妙，就是長大後回想也是不懂。想來他精神所分到的一份痛是比肉體的要大得多。誰知道他不是因為鬱着一腔不能發洩的蓄積，因了自己的驕縱、家人的容寵就漸漸的慣成了這種醜樣？

莫說這種放大的牢騷，做作的樣子蓋過了真實的情緒，本來使人厭惡，就是一般人不誇張的牢騷，也是極難得發到中聽的。一個人在另一個人跟前發揮自己的感慨（在戀愛時的人除外，因爲在那一時他們是另外一種人），正如一個掏陰溝的在你跟前淘得臭氣蒸騰，一個打掃煙囱的人在你頭上通下灰來迷眼一樣，是叫別人難受自己無趣的事情。可是在另一方面，世界上又有一種連牢騷的味兒都絶對不沾一點的人。他不懂得那是甚麼一回事。那一種人，有時也同樣的使人難得耐。你看着他，拖着人生如同一隻牛拖着它的重磨，會得用笑來表示他的快樂，有眼淚來説明他的悲哀，但是缺少牢騷，這高一層的也許是衹爲人類獨有的情緒。

　　我喜歡杜甫的"菊花從此不須開"，還有辛稼軒的"隨分盃盤，等閑歌舞，問他有甚堪悲處？思量却也有悲時，重陽節近多風雨"。這裏面有牢騷，但是已經變成了頂有含容的、頂精緻的幽默，去了牢騷的粗率，讀起來衹覺得他們的有趣、可愛。

　　前一日，我預備出門，連次早趕船去的馬車都定好了，半夜裏忽然生起病來，頭痛發熱，老睡不着。我回答別人問我話時原是恨恨的説"頭痛睡不着"，可是我不由己的連連説下去，"頭痛睡不着，睡不着頭痛，越頭痛越睡不着，越睡不着越頭痛"。結果非但問我的人和我自己都笑了，而且我刀劈似的頭痛還不爲人所深信。

　　假如你在世界上要得到同情或是憐憫，最好的方法還是一邊按着腰一邊蹙着眉毛哭巴起臉喊"我如何是好呀！我如何是好呀！"

默 *

　　常常在人生裏面有所苛求，不能算是一粒幸福。恰恰當這點不幸和心的捫觸發生淵源時，那人所達到的境界不是苦惱，却也離它不遠。

　　時間和空間不是爲了人生而存在的，這就生出了生活矛盾的根。爲了服從宇宙的次序，爲了令這微小的兩手動物適當的獲取宜於自己這種地位的幸福，人心要和時間與空間蹩扭，儼然令自己的欲望露面，他所得的感覺會是融洽與順適的反面，從那裏，他把不快與怨愁以及其他同類性質的情緒迎入心境，他爲自己造出一種文字上缺乏稱謂的繁複意緒。

　　心在一種不可名狀的悶鬱中，在幽藍的天空底下，傍着灰黃的古老城墙，看那高低不齊的幾株野樹，乞兒似的伸着春天來了尚不爲綠葉所愛護的精赤肢體，似乎在發抖。願望在空間找着一個同伴，在時間上有所起伏。它望到了行雲，也看着流水。在人頗覺愛好這兩份詞語，常使它們爲兩片異種的自然，帶上一般的情意。心在它兩個中間偏總愛分出些彼此來。行雲是白漾漾的，一團團，一球球，雖不愛跳，却喜孜孜如在草原上翻筋斗的孩子們，愛那麼滾，那麼追，一個接一個，笑是聽不見，却是仔細看時，那雲面上的光彩會令你放出閃灼。人沒有能在流水裏面找到這番情緻的。水太纏綿了，太謙冲了，我常常喜愛引一領薄灰色的紗蒙住自己，溫柔委婉的吟聲纖輕太過時，常常近乎哀傷。憂鬱似乎是安家在流水幽徐不盡的波紋裏面，成了水的膚色。

　　心在這兩個當中找不到它的伴侶。它不能攜着輕快的手，那是太活動了，它又不能把着輕微憂鬱的臂腕，那載不住它的沉重。有一種舞臺上的掀動和刺激似乎能爲它作到一點必要的也許是輕爽的破壞，但它却

---

* 原載《大公報》（天津）1937 年 6 月 25 日。

又捉拿不住，它是否確實要求這種破壞實現，抑還是願意找一座墳塋令它更着實的坐在心頭，將所有心的空隙都封堵嚴密，讓墳墓中的憶念如苦酒浸冷它，如鎖鏈縮在它的頸上。那恰恰是那座青色的墳墓，它佇立在荒疏的灌木中間，雜在一堆堆寂清的土黃小邱壠裏面。不生青草的北方土壤焦澀的包圍它，但它是青色的，有所企望的，將純潔天真的圓頂裸露在天宇下面，它的胸前立着一塊白色的小小碑碣，那是能言的，正直的，它說：

"這裏面躺下了一位，
是不肯死、不服死的女人，
過路的人們呀，
請讓你們的脚步
輕一點兒，輕一點兒！
因爲她需要休息一會了。"

在能言的白石面前，心是沒有什麼可言的。心的啞默和在表現上的無知，往往竟出於石塊之上，這是人所能發現的一種真理，可是這真理往往是如何的可悲，它背面往往又是含了多少矛盾的意緒！

心的啞默十成有九成又是時間空間的造成。當心轉到那個不肯死、不服死的女人時，它對於這青色的嚴密的墳墓，這冰涼的灰黃的北國之春，又覺得有遠離的必要了。青的顏色，生命的象徵能夠與那人工的密閉——棺木、墳墓——軀體的腐敗構合，成爲一個死的場所，將那個熱騰騰的豪壯生命拘抓在銷滅裏面，是令人不可思議的。這個女子必須要死，死了也必須從地球上消滅形跡，心不得不承認。正惟死是生命的佐證，所以心容許這女子死的事實，却是要令這個人睡在這青的磚、黃的土底下，令她的活跳如機輪的心被棺木的腐汁蝕毀，於那個在生的靈魂却是極其相謬。這樣場合似乎宜於一位用麻將牌敲去了她的傲骨，願意將自己的軀體交給絲羅酒肉去消磨的人。至於爲這青色墳墓裏的女人，也許有人以爲應該將她拋入海水裏去，讓海的鹽汁把她醃得更堅實、更耐久一點；也許有人以爲莫如將她架在柴木堆上，舉起一把火來，令她熱烘烘勇壯的生來，也那麼壯熱的熱烘烘的完結。可是心於這水火兩路都會覺其生疎，以爲不能與它所望的那女子的結束相合。將這女子沉没在魚龍萬狀的海底去，不是她的性格所能忍受的。況且將生人的遺體拋在大魚小蝦嘴裏，令她盡這種極卑下粗俗的實際效用，在自然那殘忍鄙夫的眼中固是正當，可是自然本來喜與人作難，它的贊賞也就不一定可貴。若用火來完結這位女人，她却又是極不喜歡用一種不自然的方法了結生命，那近乎愚弄自己，也似乎有些故作張狂。

按着心的要求，這女人似乎是應該被掛在崇巖的絶頂上，那裏她要上，她也有那份膽量。在那裏應該祇有鵰的嘴殼能夠達到她，可是鵰是不吃死人肉的。鵰的愚蠢缺少鑒别力，固使它不明白陳露在它面前是怎樣一顆能令它垂涎的女人的心，但恰因這也使這女人得到了她的完整，她和宇宙間某種氣温的調和，她是從宇宙内罡風裏面吹來的，也當得由這般罡風吹化而去。

可是時間與空間全似乎不爲人而存在的，這個女人就祇得極可悲可恨的將她自己完結了，包圍她的是這青色的墳墓，黄的土塚，古老到近於失了知覺的城垣！

心是祇有啞默了，啞默在失了言語和文學的世界裏。

南海的石室[*]

南海岸，在地球邊沿，和古怪老人們的禿頭稜骨相似，突立出幾疊險峭的巖壁。峻拔絕地，使人容易想起中世紀歐洲的堡壘。

豪壯不羈的海水呼嘯着搏打那巖脚。海濤排着陣，手套手，脚齊脚，半頑笑半惡意的嘩啦撞上巖壁，噴出銀色的大笑，又□然退跑下來。

巖頭上，白雲流走着，無所爲而爲的情緻在它們週圍鑲上快活透明的光圈。澄藍的天仰臥它們肩頭，似乎早已忘了自己的存在，墜入夢境裏去了。

大氣在穿流，無目的，也無方向。

每年的某些季節中，當太陽與氣候都在十分喜悦，肯放懷給與人們歡欣時，柔黄明朗的海岸上總有一群孩子們在那兒頑跳。或赤背精腿，令乳白色的肢條在月青色的海水裏晃蕩，或環坐沙上比賽，用沙土壘成小邱陵，拾來精巧明艷的貝殼與小海石，便由他們瀉意的用去作獎品。大氣的顆粒爲他們歡醉的笑與叫所充滿，哼出無聲有韻的合唱。

一個野心的孩子，忽然想要爬那峻峭的巖石。孩子們都是和海水一樣，没算計却有勇氣的，便把這項提議實行了。歷了若干艱險，失敗了好幾次，至終爬不到幾步，便大家哭的哭，嚷的嚷，用屁股當手磨了下來。直到最後一次的嘗試中，年齡頗大的那個野心童子，被極大的好奇心逼着纔獨自爬了上去。他達到了一個兩壁之間的峽谷，那像是一整個大山斬然中裂，因而造成的，深垂無底的黑澗。它並不寬，在那欲斷還連的地方，極奇怪，似乎有一重建築。童子制納不住好奇心，找出那兩壁相連之處，有一條類似階步的小道，僅僅祇能容一隻不大的脚。他順

---

[*] 原載《大公報》（上海）1937 年 8 月 3 日。

了那階步用手助脚爬下去，竟到了那建築的門首。那是完全用大石築成的，堅實，厚，自不用說，又高，棱角綫條極多，因此形式不方也不圓。一個小窗開得又小又高，架以石欄。而對大海的石門却從外面反鎖着。鎖被風雨所蝕，給深黃色的銹糊住了。左方墻上有個小圓洞，約有一碗口大，不知作什麼用。童子爬上圓洞一瞅，裏面烏洞漆黑，什麼也瞧不見。過了一會，纔發現有一二縷青灰色的光，斜沿地上，光綫中，面朝裏，跪在地心，合掌膜拜的是一個白髮垂耳的苦行和尚。童子見神台前並無佛像，却祇有個冷酷嚴重的鐵面具，獰厲整肅的蹲踞在那兒，似乎以罪責的突露的眼光瞪視那兒氣的孩子。

孩子心下切實被驚異抓住了，伸着舌頭，幾乎叫了出來。裏面陰冷苦澀的氣味撲面直衝，孩子急掉過頭，將鼻子抹了一抹，吐了一口口水到那令人暈眩的無底澗谷中。石壁外，一道深藍海水漸遠漸闊的開展上去，溶接於自由的藍天裏，如一座偉大的銀屏。

童子作了幾次企圖想要那和尚掉過頭來，好問他爲什麼要這樣生活，不曾有效。他祇有懷了莫解，沿路爬回沙岸上去，遇着那些擔心他已經摔死了的伙伴們，把故事大大添造了一番，說得神奇古怪，弄得大家都想去看，可又不敢前去。

海嘯着，雲飛着，孩子們遊跳着，和尚仍然頑固的囚在石室裏，膜拜那森嚴陰冷的鐵像。

到了第二年還是在同樣的季節裏，那個同樣野心的童兒又得到了他的機會，重來到這南海沙岸上來。他的心並未忘記那個古怪的和尚，一到海邊，他便獨自一人仍舊路爬到那峽谷中的石室那兒去。門是照樣的銹住着，可見裏面的人必仍然未放棄他堅持重澀的生活。童子再扒住圓洞看去，灰青的光筒裏似乎並不能發現原來那頭白髮和細瘦的上身。不但如此，就連那可怕的鐵像也覺看不見。童子怪詫極了，心想莫非是山神海鬼把他攝去了。後來，經過仔細的察視，他纔看見連那神台都翻倒在地，鐵像荒唐無來由的滾在神台左脚邊，翹起神經質的尖下巴，露出裏面的空虛黑暗，像張着飢餓的大嘴唇，樣子非常無意義、可笑。它的前額上塗有暗赭的血痕，血跡似乎閃着一片模糊的光，想見這屋子裏所出的混亂歷時算不了很久。鐵像邊橫躺在地下的是那個苦行的老人。他那有銀絲樣的白髮的頭爲紅血所穿流，白細髮絲團成了紅色的餅。鼻眼和嘴都痙攣的張開着，使它們在那張臉上的部位佔了特別可怕的形勢。眼從深而無底的黑洞中露出白蠟色的瞪視，像有澈底的疑問和傷感夾在無助的孤獨之中。

童子拔步順原路跑回，將這事極力宣揚起來。不久他便領了一些大人們重回到巖峽裏面。但是到他們去時，石室的門已經開了，裏面有一個老人和一個青年童兒，站在那白髮死屍身旁，憫默深摯的悲哀織在他們的肌肉裏面。

老人對於問訊起初是絕對的不答言。後來見麻煩過甚，他便咳嗽了一下，用隆沈如着了迷惘的聲音說：

"關於這個人的來歷我是不明白的，說到他的行爲，他似乎是爲了一種知其錯誤而不能改、不願改的生活態度殉了身，因爲這種態度於他好像已經變成了一種信仰。對於這種行爲，這石室，這鐵面，這橫躺着的精瘦的屍身都是極顯然的物證。但是講人證，我定不能當的，也更不能作審判官。因爲至今我還不能辨明他的行爲是合理抑或是不合理。"說完那老人便低頭默立一旁，再也不開口了。

這時童年却拭着眼淚如有控訴的說道："他，這位老先生，是十年以前從外鄉來的，我們不知他是那兒的人。他來的時候，被服行囊什麼都沒有，就祇背着一個舊麻布搭褳，不愛言，不愛笑，走進山村中就來我們家裏借宿。我們見這位行路人又老，又枯瘦憔悴，滿臉風塵，齊眉帶了一頂黑布帽，蓋滿灰土，身上祇披了一件半破的黑大袍，眼光燐燐像受了傷的野狗，覺得他實在可憐，便留下他，打了一盆熱水給他洗了腳，又盪了幾杯酒給他吃過，就打發他睡了。誰知第二天一起身，他就提着搭褳走到我這老爹面前來，深深到地一躬，不言語，雙手把他的整個麻布搭褳（裏面都是錢票！）送給了我們，自己就爬進這山巖裏面來了。他耗了一天，沒回去，我們還當他是跳海來了呢。沒有什麼，晚上他回來了,吃着我們留給他的飯,在屋裏重步來回來去走了一整夜。從那以後,他每天都上山裏去。

"起初,人常見他一個人站在山巖頂上,望望天,望望海,望望雲。大風,大雨,大雷,天黑着臉,海上發狂風暴的時候,他總是石像一樣嚴肅挺直的跪在巖巔,合掌禮拜,像是很崇禮這種嚴峻深沈的現象。但若逢天上有些隨意的雲,海上飄起幾縷無心的霧,他便要蹙眉低頭,用手掩着雙目,伏在地下,低低的說:

'呵呵,這有什麼意義呢?這痛苦的虛浮是什麼呀?可笑的宇宙,浮薄輕狂的自然,你們生存着是為了什麼呢?你們是何等的浪費與無心呵!'

"當海上有小孩子們來遊戲時,他每每爬伏巖間,由巖縫裏偷看出去,見他們翻筋斗,拋沙,互相的跳打,他便痛苦的抱着頭,青筋從手上挺出,絕望的對天呻吟,說道:'生命呵,生命呵,你是什麼浮屑輕煙作成的材料呀!豈不知自己是莊嚴宇宙的靈魂?為什麼要浮淺到這樣的地步?生命呀,你是小,但你却是自然的殿堂,幹什麼你不能堅實嚴肅如一塊鐵呢,却要那麼的活得如一粒水泡!'

"這樣說着,他回來,就叫我們代他鑄了一個這樣的鐵像,他自己挑了一塊巖險的、人所難到的地方,築了一座石室。以後,他緊把住我老爹的手沉沉的說:'老爹,這是最後的一句話了:若您以為這個人該活,孩子每天可以送一次飯去;不,就千萬不要送。'於是他舉手向天,啞默的對我們告別,平平擎着一顆嚴正的頭,如一幢黑雲般昇上了巖頭,孤獨而嚴冷的把他自己鎖在這裏面,崇奉着重默森嚴,那在他以為就是宇宙和人生的象徵。他就這樣整整的拒絕了人,拒絕了海與天,在這石室裏自己封鎖了將近十年。現在,唉,他不知為何,却在他所最崇奉的鐵像上面撞破了他的腦袋,如此無味並且近乎荒唐的死去了。我們揣想是由於暈眩,但怎樣能夠證實呢?他是純然死於人們知覺以外的呵!"

深沈的,有如命運所強派的悲哀壓在個個人的心上,人人對着這嚴肅的、垂耄的死亡,不瞭解的默默無言。

孩子耐不住沉悶，很快就跑下山繼續他的遊戲去了。大人們却把這奇異的死亡傳開來，播到了當地縣長的耳朵裏。縣長特地親自跑到那荒寂的海邊來觀看。死屍早已移走了。縣長將這石室各方面考察了一番，又把那殘存的鐵面具細細看過，很賞識的說道：

"這地方很是不錯。我要把它改成一個監獄，把這鐵像奉爲獄神，好囚禁最可惡、最搗亂的犯人們，讓他們在這裏等候他們永恒的死亡！"

此馬非凡馬[*]

"此馬非凡馬,房星本是星。向前敲瘦骨,猶自帶銅聲。"

一群可憐的騎士們,從去年七月直到現在,在十個月的長期裏倒掛在中國這一匹瘦馬的尾巴後面,被拖着狂奔過了如沙的大漠,拖過了帶霜的燕山,拖遍了血花滿地、屍橫原野的江北江南,把它破碎的殘肢剩體沿着這幾十萬、幾百萬里長的慘酷征程一路拋擲前去。它自己已經蒙頭蓋面被血泥綑扎得成了個分不出嘴臉的血人難以抽身了,而仰頭把這匹瘦馬看看,它的瘦骨兀自還在錚然鳴動,帶着銅聲!

這一匹可頌讚的瘦馬,作爲起來是誰也想像不到的。不記得去年七月裏,罡風正吹過燕山,向着我們的故都,我們民族之光輝的古城進襲的時候麼?一個滿滿的飽載着中華血液的北平在沸騰。北平人用着土氣的北平話帶着十足的中國味道嚷着:

"好!這回可得幹一下子!"

"真得幹!就非他媽的拼一拼不成!"

可是那高踞在瘦馬背上,滿以爲這匹馬值不得一踢的騎士們永遠也不會聽見這些土老蒼沈的聲音。我們高唱着"我有辭鄉劍,玉鋒堪截雲",他們聽了,以爲是大姑娘招引情郎的歌聲。他們想不到洋車夫和菜販子們也會得講出這些劍光凌凌的話語。他們沈醉於馬背上馳驟的狂歡裏面,耳門爲自己的笑聲堵塞住了。瘦馬的骨縫裏在醞釀騰躍,狂怒從馬脊上爆發出了毀滅!他們都完全未能理會。他們想他們腿下的不過是一匹瘦馬!爲了對付這匹馬,機關槍若干枝,大砲幾門,飛機百十架,

---

[*] 原載《衆生》1938年5月16日。

够了，够了。近衛王子是聰明的。幾師後備兵在平津一住，這匹馬就得垂下他冤屈的腦袋了。

誰知，"此馬非凡馬！"蘆溝橋的信號一嚮，它的銅筋鐵骨立即全身鳴動。它把它背上的"武士"踢在尾巴下面，倒拖起來作那無始無終、百萬里長途的奔馳，不幸的騎士呵！

五月——民族鬥爭的頂點[*]

不可以把我們莊嚴的鬥爭視爲舞臺上一番演奏,果然那樣,未免就太以客人自居,以爲我們的責任祇在於舉起一架望遠鏡了。

而我們又不僅僅是演員,理由也是明白的。

我們是劇中人自己,我們不用有意的安排,不要製造和堆砌起來的感情。我們的神經與纖維動作完全爲心的潮湧和血的澎湃所揮送,正如一班偉大的管弦樂隊對着他們神妙親切的指揮者面前。

我們在創作民族神偉的史詩!

跑山的人翻不過山峰,就不用夢想山上那天風冷冷、雲靄蒼茫的浩渺經驗了;演劇的人也祇有在劇作頂點時貫注他的全生命纔可以嘗到劇情的深闊奇特。至於用生命去開創新世界的人們,他們的遭遇是不可知的黑暗,觸手就是混亂牽連的莽藤糾葛,闖出這黑暗的莽棘林子,前面又是虎狼鮫鰐的藪澤,困難與糾葛將在這藪澤的週圍綑縛他,可怕的陷穽在這兒等他屈膝。在當前失了道路的迷難中,唯一可以證明他自己存在的東西,就在於他斷然向這般榛莽狼蛇揮劍的勇氣!寒光由鋒口耀出來時,以後就是急轉直下的前程了。

讓生命過五月的日子,應該是生命最豐美的機緣。在我們民族的鬥爭史上,五月是一個頂點。那些以自己的作爲,以爲砲火所轟碎了的骨肉和他們自己的血滴血水培養了五月的人,對於我們都是神明。他們把五月變得像孕懷了五個孩子的胎腹一樣,成了生命之神的象徵,成了創造與勝利的指牌。自從有了五月的生活以後,中華民族就不在困頓的泥淖裏面了。一把被五月的光明點着了的火炬一直是燃燒着,一直是在莽

---

[*] 原載《衆生》1938年5月16日。

野裏面救火，所到之處都是毀壞，都是開闢，但同時也都是新的創造。在沒有五月以前，沒有人想得到中華兒女也會有一顆如點得着的心，沒有人能夢想會在中國國旗裏面尋得出一滴中國人的血液，聽得出一句用方塊字兒唱出來的歌聲。沒有五月，中國祇有呻吟；沒有五月，中國祇有慘白的面容和呆木的眼光。可是，到有了五月的今日呢，我們不但唱出了"把我們的血肉，築成我們新的長城"，且將自己的筋骨鑄成了我們的重砲和坦克車，在一切敵人面前雄吼。

有了五月的我們，真是何其光榮與幸福啊！

五月五日

没有哭泣的餘裕*

女人們從懷胎到生孩子，中間儘有的是哼唧、嘆氣、眼淚，甚至於號叫。有些喜歡誅心的人們不愛相信這些是女人的痛苦，偏要說她們的動力都是出之於喜樂。究竟是喜樂還是苦痛，恐怕除了女人自己以外，惟有天知。

不過有一樁事女人瞞不過世界：她不能不承認這些哼嘆眼淚，就算是由於肉體上的不堪，究竟還是佔領了她那富餘的時間和空間。一些以生孩子為業的女人們，往往準備支付她每一天的二十四小時，去做那種咿咿啊啊、半苦半惱的表現，就在候產室裏的那幾個小時，她也是有精神、有光陰去喊爺叫媽的。

可是，等到上了產牀，在那生命顯現之前的一分鐘、一秒鐘，不，一刹那，她沒有了哭泣的餘裕！

一切的創造者們在這莊嚴事象之前，祇會聚積全個宇宙的緊張在自己的生命裏面，於死亡綫上抓破死的黑網，耀出永生的光輝！

我們已經支付過我們的哭泣煩惱了。我們頭上蒙蓋着恥辱的黑巾，被仇人綑縛着拋在烈陽之下炙烤了二十多年；我們一個一個的，從嬰兒到白髮老人，被敵人用繩子齊脖子扎緊，多少孩子大人們就這麼生生的給勒死了！為了這些，我們已經償付了成河的眼淚。現在，我們把哭泣像垃圾一樣從我們的生活表現中拋棄，流不斷的眼淚也早已被我們剪斷了，因為我們現在正是一個產牀上的女人，在我們偉大而永恒的刹那裏面！

仇人更緊更急的勒我們的脖子，他們更忙更迫的在我們原野到處放

---

* 原載《衆生》1938 年 6 月 1 日。

火殺人。他們像餓狼一樣，在死人堆裏還在尖出鼻子嗅着血腥，把饞涎長長垂下，並不想掩飾自己的殘惡無恥。失了光輝的可憐的車輛爲了它所載的贓物盜財——我們數千年文化的結晶——而黯淡無色。（真的，他們偷去他人的寶貝以形容自己的萎瑣貧乏，爲什麼呢？難道自己東睃西窺的猴兒智慧還不够表揚他們的浮薄庸怯？）他們像二十世紀裏面的半獸原人，見了女人就瞪直了血腥腥的紅眼，——對於他們方以此自誇自讚，以爲是最能毀滅婦女的武士、英雄。於這些，我們忘記了哭泣，我們是太忙了。現在我們的産牀就是戰場，除了在這個悲壯的産牀上顯出忘我的奇勁之外，我們方在急急趕着打繩子，我們的池塘水溝或者還不够深，不够大。繩子少了不够他們上弔的用處，對於那些也知道思念他們的女人孩子而急於要回家去托夢顯靈的人，我們是未免太缺少同情了，並且池塘水溝也得叫睡在它們懷裏的異邦人覺得鬆動一些。假若可以把眼淚積聚起來的話，我們願把它曬成乾餅，製成炸彈，可是讓它流下來的富裕，祇有讓仇人們多多享受去。

　　一塊巨大沉重的寧静堅决，在每個我們的心裏熔鑄完成了！在這以前，我們是搖搖晃晃，憂憂葸葸的過日子，像眼淚一樣的優閑流漾，無所把握；在這以後，我們就祇有結結實實，急急忙忙的幹，和生孩子似的一陣趕一陣，一氣接一氣，將死亡與毀滅永遠驅出東亞大陸！使生命在我們廣大的原野上建立起來，是太陽也要對我們鞠躬致敬的。

紅色的熱情*

我常常喜歡在樹蔭裏面行走,一領溫清的帳篷遮覆在我頭上,它的觸覺很像未嫁姑娘的手指尖,它遠遠好意的看住我,它又如近近的圍攏在我週遭,可是却不會靠緊在我的肩旁。我慢慢伸出舌尖,彷彿有一縷柔淡爽澈的橄欖味兒輕輕由那多方探尋的舌尖上掠了過去,我似乎瞥見鮮嫩的綠色的影子。我愛綠色,我也喜歡那青青的、追逐生命的熱情。

但是憤怒,那鮮紅的生命的吼叫,使我在愛裏加了許多的敬畏,我看着那是偉大事象的豫兆,是莊嚴啟示的象徵。

有一個時期,做小孩子的我極喜歡在狂雨的時候脱了鞋襪,穿上極少的衣服,不顧老師們的吆喝躋到花園裏面去。我仰面去承受那暴怒的雨脚在我臉上蹤跳,我強力睁開眼睛去追蹤那赤色如練蛇一樣的電鞭,於是我自己也驚喜的赤脚在雨裏大跳大踢。驀的,一聲巨響震在我耳鼓上了!它鎮壓住了我忘情的雙脚,它將我高昂的頭打擊得垂了下來,藏在兩隻無能的臂彎裏。我緩緩擡起頭來,向着天。這莫名的震雷似乎拉開了我眼前的一掛帳幕,彷彿一個鮮明的宇宙已經燃燒起來,將要在三月的世界裏演奏生命興奮的奇跡。

風,狂怒着鞭打沙石,掃蕩林木的北平風是怎樣靈魂飛越,壯跡,誰曾經留心過?你躺在枕上,你聽,你在黑暗裏看,你簡直可以伸手去摸,你不要留意窗紙的哽噎和落葉的淒叫。有些詩人們爲它們流淚,你大概是不會的。風在浩空中呼!嗚——呼!嗚——殺,殺,殺!在北平悲咽恨抑亡國大夫的深夜裏,它給過你多少的興奮和督促?!在蘆溝橋衝鋒的角聲被它帶來了之後,它鞭起了你若干疲乏的神經?並且,永不能忘記的是它一陣一陣滿嘴含來,噴在北平那黃色琉璃瓦、綠色琉璃瓦、

---

* 原載《衆生》1938年6月16日。

崇高的白塔、白玉的天壇上面的沙塵，它極勻極週的將這些，將北平的一切都遮蓋在睡眠裏，要使北平神潔的美，渡過要來的暫時的污辱。

悲多汶①，你吞了多少創造的火把，在你心裏却會如花如焰，從你眼神裏這樣奢靡的放射呢？是怒海的吼嘯激動了你，還是如山的爆裂在你心頭震撼？你是聽見了嬰兒被炸彈轟碎的爆炸？抑或是宇宙喊了"要活！要活！要活！"的呼聲？悲多汶，你摸摸你的筋，它們挺得有多硬！你咬咬你的牙，試試你有多少牙爲這個要摧滅人類的魔鬼粉碎！把你的鍵子敲得再響一些！你的憤怒！否則就吞滅這吃人的猛獸罷。

黑雲冪覆了的晚上，天地泯滅了自己的界限，一團堅實的黑暗把你嵌在烏漆中間，你覺得凝固了的黑暗從你手指上一滴，一滴，掉下來，你看不出它在那裏，可是你聽見了黑暗掉在地下的聲音，你以爲你原是生來就沒有眼睛的動物，而你却有無數的耳朵長遍了你的全身。你的耳朵鼓勵一切有形無形的聲音對你侵襲，而你却沒有眼去分別那是什麼，你更不能伸出手脚去有所舉動，一條不可見的索子扎住了你，黑暗成塊的塞進了你的咽喉，堵住了你的肺管。你的心狂跳，你的神經纖維震動着渴求爆發，可是你的舌葉，你週身被魔鬼的黑暗鉗子夾住了，莫想動彈。你怎樣辦呢，我的朋友？

忽然，是一柄鮮紅的快刀在你臉上拉開了道天窗，你看見了一團燁燁烈烈憤狂燃燒的赤焰。它追着，搶着，衝鋒似的追趕和消滅那緊繞在它週團的龐大的黑暗。它鮮明，它勇猛，它毫不躊躇而堅決。和它本身所有的顏色一樣。它有如詩人重怒的眉頭下面射出來的疾電，它是那樣的斷然而不留情，它施爲着偉大的毀滅，同時又呼吸着永恆的新生。

爲壯偉的紅色的熱情——憤怒——所掀動了的巨人，我是你的崇拜者！

五月十六夜

---

① 今譯爲"貝多芬"。

沸騰的夢*

我欲有所歌，有所鳴頌，但是我一開口，在聲音沒有走出喉腔以前，眼睛已經被淚水灌滿了。我在淚水中凝視，似乎見着了許多許多的異象。我將怎樣說明我所見的那一些輝皇事物呢？我或者應該名之爲夢，或者竟如那乩盤沙上，被莫名的魔力所中的乩頭，寫下我茫然而確切的真實。

我聽見了一個嬰兒的哭聲，那聲音異常溫柔而堅決，它單調的叫，叫，叫。沒有高低，沒有抑昂，沒有起伏。它衹表現了一個單一的要求。這要求赤裸裸連綿不斷的在我耳輪週圍盤旋環繞，它永不會軟化低弱下去，變成爲乞求的哀聲。我注意的聽，受感動的聽，焦躁的聽，乃至於我聽得煩惱，聽得全身發熱，心房詰問似的顫跳，我的肌肉似乎在我的骨上嚙嚼，使我狂跳不安。我聽見的究竟是什麼呢？它是從那裏來，又將向那裏去。它對於這浩然、渺然、無窮的宇宙施捨了一筆什麼惠施，可以向它發生這樣堅執的、單純原始的要求？我滿屋裏尋找，在被子裏，在桌子底下，在燈影下面，我急躁如一隻受了驚的蚱蜢，在屋子裏跳來跳去，把椅子拋得山響。我執起新買來雪亮的剪刀，惡狠狠逼準墻壁，

---

* 原載《衆生》1938 年 7 月 1 日。以上 5 篇，最初以"神龍的誕生"爲總題，且有"代序"——

處處風暴雨烈……
鼓師們，要捶打得再響一點兒！
因爲你們捶打着的是"新中國誕生前奏曲"。
請你們捶打得再響一點兒！
捶打到中國從帝國主義的爪牙中挣扎出來，完全脫離了支配勢力，中國人完全能够管束自己底命運的時候，方始罷休。
請你們捶打得再響一點兒！
因爲你們捶打着的是"新中國誕生前奏曲"。

要它把那放縱大膽的嬰兒的隱秘，報告給我知道。

最後，天知道，我在一隻有蓋的小玻璃缸裏面把那件奇聞發現了出來。從那一枚雞蛋裏面，嬰兒放肆的哭聲對於我近乎一種莊嚴的嘲弄。這裏我奇怪我的感覺，幾乎我以爲自己已經於不知何時溜走了，變了不是我了。

我夢見（我祇好説是夢見了），我進入了一片廣野的遼原。天上是雲團，白的雲團，紅的雲團，青的雲團，澄碧的天的海洋透明到和綠水晶一樣。地下是活鮮的草，綠的草，金黃的稻穗子，肥赭的土地，蒼茫遼遠似乎遺忘了它自己的平原，那是宇宙廖闊無私的象徵。我看見一群，一陣，長長的，火車行列式的一大陣孩子們，在那豐美偉大的境界中奔走賽跑。他們跑着，歌着。他們的小小脚步喚起了大地的合唱，他們的歌聲惹起了稻穗的和鳴，白的，紅的，青色的雲球追在他們後面，跑在他們週圍。有時候，一不留心這些雲頭又飛上了孩子們的前面，且用它們輕得和毛毛雨一樣的脚尖，掠弄孩子們稚嫩的黑髮，向他們光潔和善的微笑着。夢神知道一切都是真的：孩子們跑着，跑着，不會休息也不會慢步。他們浩瀚排盪的歌聲，像巨偉的山瀑在浩空中奔騰，像朗潔的長風用垂天的羽翼在飛舞。它使我一面聽一面不自主的隨着跑，它使我舌尖雀躍，喉衣顫動，脚下自作主張的踏跳。我歡喜，我流淚，我顛狂，我愛，我恨，我的心血泛濫，如猛漲起來的夜潮。而且，我還看見了什麼呢？碧綠的天波漸漸飄動了，它如風脚上勾下來的雲縷慢慢向孩子們脚底流漾下來了，而白雲也似乎在飄墜，向金黃的熟稻懷子裏面躺了下去。我見紅雲牽起了孩子的裙裳，以助他們的舞姿，而綠草又映在天波中間，像是水晶石裏長出來的生命。一個無始無終，無上無下，無左無右，完整的大宇宙被孩子們放膽的奔馳發現了出來，一場美的創始，一個終古秘密的發現！

一扇掌管天的秘密、星體的秘密、火山猛烈熱流的秘密的神門，我確確看見是對我們而開了。我見每一個星球抱着一個紅如瑪瑙，熱如火焰，光明如疾電的心，在它們的胸腔裏面。它們的胸腔透明，映了出狂歡着的火花、火葉、火苗。它們沉酣於生命的舞蹈中，使自己的光明圍繞着自己而歌唱。我見火星上滿地是猩紅的樹枝，它們却發出月色一樣溫柔的撫愛，護圍花草的芳潔。在那裏，月亮在笑，太陽在笑，風在咭咭呱呱，雨在踏步跳舞。它們中間有了一件盛大的刺激，中國的黑髮孩子們已經從宇宙創造的懷裏吸去了新的精液。無邊的慾望在他們心裏騰沸，爲了光榮，爲了美，也爲了生命！

可是，宇宙不能說聲"拒絕"，人間却會發出了"禁止"的惡聲，這是可能有的嗎？沒有人能無故宣佈一個人的死亡，難道一個民族有權利制定一個民族的命運？我們在蛋殼裏面的呼聲，對於他人會是一種威脅，我們在廣原上天真的賽跑，會叫旁觀者見了短氣，這些都不是情感和理智想得到的。被強制而對我們鎖閉了的門，你的幽禁何其可憐，但我們爲你的奔馳爲此也會更見其猛烈了。紅如瑪瑙，熱如火焰，光明如疾電的心，在我們黃色肌膚的胸腔裏也照樣各人抱住了一個。人若不信時請來看吧！請看我們的戰場上、醫院裏、田原上、公事房中，乃至於我們幼稚園的遊戲場上吧。這顆心總是歡悅的豪飲沸騰的創造之杯，而高唱着：

"醉臥沙場君莫笑，
古來征戰幾人回！"

"五卅"十三週年紀念

灰　燼*

在死亡喪失了它的威脅時，我不得不讚美灰燼了。

我不用在這裏請出化學家來，我更不用想到物理學家。所有一切科學家衹能用呆拙的言語敷陳局狹的事實，而灰燼的生命乃是宏厚與無窮。

請問你，站在敵人刺刀面前的小姑娘，你曾否感受到劍火的鋒芒在你心房週圍旋繞？請問你，你懷着炸彈在敵人的勝利遊行中穿過的壯士，你曾否覺得炸彈的火花在你肺腑中爆炸？請問你，請問你一切肩負着五千年歷史，脚追着新興民族的靈魂在敵人的轟炸砲火中趕路的男女老少，在你們身子裏那如盪的透赤的明珠是什麼？它以什麼樣的魔力加於你們，使你們鑽進敵人探目的手裏，使你們赤身露體，落在敵人的彈雨槍林底下，尋求自己的灰燼？

片片的村林如中了風魔被捲入火焰裏間去了，整幅的田園被火的紅海淹没，攪起了黑柱一樣瀰天的煙雲。五千年父母子女的血肉從土地的焦灼裏傳染了燃燒，火焰穿透了地球的心臟，燒着了上古中國人慘白的屍骨，把它和它五千年後兒女的殘骸攪和在一起，結成了一團大漢子孫的灰燼！土地，逐片成球姓漢的土地鎔冶在灰燼裏面。

我聽見過了神話，它述說煉丹的獸物怎樣使它的丹珠吸收它自己，也吸收自然的精華。這神性的丹珠至後來怎樣毀棄了獸物的身體，爲自己創造了一個人身，一個仙，乃至一位神。

我又聽見五百年長壽的鳳凰怎樣燃燒了自己，再活出一個新生命。我知道自發燃燒怎樣從無生的煤堆中，裊裊出煙，我更知道無知的沉默的山嶺，怎樣突然吼嘯着噴出火陣烈焰。

我們的丹珠，我們這顆由五千年心血培養起來的丹珠，它是像一個精靈相似的活躍起來了吧。它得到了灰燼裏面自發的生命！

---

* 原載《大公報》（香港）1938 年 9 月 29 日。

偉　　大[*]

　　世人常常喜歡用"偉大"兩字來形容一種令人景慕的人物，其實，由於習慣熟見的緣故，這兩個字被採用時，其所代表的意義反不一定真正包含着偉與大的性質。最通常時，它們不過能表現讀者和被讀者之間的一種特殊關係，或是個別的友情，或是特別的偶然的扶助，有時候僅僅因爲偉大是人人手邊頭拿得起來的形容辭，取其方便就把它應用了。真真想得到、感得到偉大的意味而應用它的，恐怕還在少數。

　　當其少年時候，人有着生命的歡欣，身體壯實的愛好，美的欣慕，打扮的留戀，智識的取吸；擺在眼前，聽在耳內的有這廣大世界上千千萬萬種的姣美顏色和婉轉音調，有無數交流的生命的活動與形象；人生精巧的扮做和心魂激動的吸引穿織在一個少年人的心維間，足以使他或她目迷神醉，陶然於忘我亦復忘他的境界裏，追逐着生命的溫馨，這是少年人的常態，不是他的自私，而是生命自身的營求。

　　一旦，這少年人的心維對於聲光色相的抴觸硬化起來了，粗壯起來了，它不接納它們，不使它們在它裏面交識爲燦爛的美錦。一點火星子落進了它裏面去了，透明的紅艷的光明由他內心的纖維照亮出來，使他全身鮮赤如火，瑩透如珊瑚，如紅寶石，如燈光反射出來的血紅手心，並且，真的如八月裏晚天散放的紅霞。這個人他起始覺得多樣的顏色，擾亂了他眼光的清明，多調的音響敲煩了他心的甯靜。他祇有一雙眼，一對耳朵，在它們裏面你能聽出心血撲通撲通的跳動，心的感觸纖維套在他的耳目上面，作成了他的千里眼和順風耳，使它們能發掘生命的幽微隱秘，使它們在聲光色相的裏層尋出了被拘囚、被捶楚得體無完膚了

---

[*] 原載《大公報》（香港）1938年10月5日。

的人類的真理！理想之光穿透了他的身心。

這個被理想侵入了的少年人，你說他偉大嗎？是，也不是。可以説少年心容易着火，但易着火的材料，不一定就難於熄滅。紙是容易着火的，木材比紙又難一點，煙煤比木柴更難，但還有再難些的則是紅煤，紅煤的持久力可比紙就大得多了。少年人因爲容易着火，所以他的透明，不一定能成爲他的偉大。多多少少人在其感受了火星時，馬上能到處燃燒，但不久他的焰頭矮下來了，不久，他不能夠到處延燒了，再不久，他的火頭縮進了身子裏面；隨着，有能有不能，不能的慢慢變成了一塊黑炭，能者却培養這身中保藏起來的火力，由它依其同類的吸引；而歸入一個通紅的大鎔爐裏面去，反一直能放出純青艷麗的火舌。要這類人們，纔有理由真正稱他們爲偉大，這偉大不在於個人，而在於這人已經變成了理想的一個肢體，屬於偉大理想的肉身裏面。

一個人在其孤身的時候，無論火星在他心維上照耀得如何光澈，可是一切爲這火星所需要的形聲動作，他祇能以想像去達到，他的手和脚總如套了鍊子一樣的伸不出去。個人是藐小的，從而他的動作反映也不能不歸於藐小而拘束。他的心走在手脚的前面，於是手脚就要失措而煩惱不安了。這最主要的原因，不一定屬於心手的不相能，壞的是生命在這兒會感覺到脫了節，肢體不能與本身發生關係，令肢體怎樣生存下去呢？

當理想的完整的肉身——一個理想的行動集團——活動起來時，它的份子（就是肢體）不但不會手足失措，反能夠在不可能之中，作着不可能的事情，因此是不可能地生活下去。在這裏，腦與心所能到的地方，手和脚也有本事邁上前去，不，多半的時侯，當心與腦還没有走到一個境界時，手和脚已經就把它們領着去了。因此處在理想集團裏面的女人，她可以跑山，打仗，挨搶，挨炸彈，日夜不停的在大群人中工作，生五六個小孩，受凍，受餓，還爬二萬五千里的山峰！還嬉嬉笑笑的活得怪有興味。這可能嗎？可能的，但邏輯上是不可能。這偉大嗎？偉大的，但她是在偉大理想的集團中的一個肢體，那集團是那理想活跳現形的肉身，它有着一切肉身所同具的一對晶鋭眼睛，那就是它的領袖。

理想是偉大的，因爲它無所不能，無所不包；生命是偉大的，因爲它無所不能，無所不受。在理想所安置的不可能的情景中，生命又不可能地生活出來，這祇有活在那理想的偉大肉身裏面，將自己變爲它的肢體，纔能辦到。因此，我對於今日的這個國家、這個民族，是無盡無窮的喜悦。

生命的受難[*]

上海是一個瘡疱滿身的皇后。有些瘡、醜、爛、臭，不是積聚在某一角落，却遍散在錦織綺繡、輝皇爛漫叢中，他們說明了上海生命的受難。

南市有一個國際聞名的難民區，這不必說；在租界裏，也幾乎每街每道都有難民區，南京路、虞洽卿路、愚園路、大廟小廟、銀行家的房子裏、空商店、空場、破爛住宅、熱鬧街頭、冷落小巷，莫不有難民區的蹤跡。這一次我們尋到了一個三不管的地帶，那片場子原是戰時被燬了的房屋所留下來的，在北火車站前面界路旁一塊不小的地角上。

一片片，一排排的小棚子，每一所恰恰一間亭子間那麼大（也有更小更大的），聚在一起，自己組成一個小團體。穿插在他們中間有許多條自然的小路，構成這網狀棚區的脈絡。天晴時，小路則陰陰濕濕，行之有聲；天雨，許可行小船了。然而，也不能說他們水源豐富。在馬路邊洗東西的人們，傾在街沿邊的水都和黑濃漿一樣的又黏膩又少。馬路那一邊，密排了兩行小鉛桶、小鐵罐、小木桶、小盆、空奶粉罐頭、空汽油罐頭，方、圓、扁窄，鉛、木、竹、瓦，各色俱備，列爲一道寫長的陳勢。姑娘們，嫂子大娘們，或立或坐在桶邊沿，候着自己的分兒去馬路一端的自來水龍頭那裏取水。馬路兩旁各有一條污泥小溪，中間略略高起的一條纔是旱路。

說過了這裏是三不管，中國人管不到，西洋人不管，東洋人倒想管，祇是沒有他插手的分；反因沒有他們管，大家活得還更喜歡些。這三不管另有一個說法，是錢不管，衣不管，食不管，總之是這大小上千的小

---

* 原載《大公報》（香港）1938 年 10 月 16 日。

集團，完全被人拋棄了，他們恰恰僅好懸在這孤島的邊沿上，半死不活。

家並不遠。穿過鐵絲網，走進廢瓦堆，爬在×子兵的靴尖下，就可以把它找出來。虹口、閘北、楊樹浦，再遠一些，吳淞、江灣、大場、閔行，環繞上海昔日的膏腴，就是他們連心帶肉都貼在那上面的家，可是現在他們却咬着牙說不要它了。家固然都已燒光，回不去；有家的人，得不着仇人的通行證，更得不到良民證，走過去也是死。

他們靠一輛小車推垃圾，靠兩隻胳膊拉洋車，再靠手作點粗吃食賣給自己人吃，也不去領"派司"上東洋廠作工。有人曾有過經驗了。求着大小漢奸的人情進了廠，作完一個月之後出來，仍然是兩隻空巴掌，一個穿底破口袋，莫想得一分錢。回鄉去打算弄弄土地的人們，祇有趕緊逃回來。要不就給×子抓去當工，當完了工，沒錢，還得把人鎖上三五個月，免得出來把工事情形漏出去了。

我們見一個寬肩膀、精神專一的青年人坐在一隻矮凳上，伏首專注的捲香煙。他粗大的手指和那工作不相稱，儘是顫跳不寧，它們似乎是應該擎槍枝子彈的。他的眼睛裏在出火，嘴巴閉得鐵緊。這工作，這環境和他的手、他的心全不相稱！

一個女人亢奮的提高噪音同外來人說：

"想回家？沒有家了！祇有打走了×洋人纔有家。我們可有心打哩，就是不得動！"

"打×洋人是政府的事呵！"一個男人慨嘆的說，但是亢奮的女人聽了這話，紅噴着臉，一扭身，她就鑽進棚子裏去了。

十幾個孩子們或前或後擠在我們兩頭，把網狀脈絡幾乎塞斷了。他們沒有學校，沒有遊戲場，沒有任何可作的小事以練習他們的心力、體力。從十幾歲以至二三歲的飢餓孩子們，別說發展，別說儲蓄將來的國力，就連眼前天賦給他們的這一點都難好好留下。怎樣引得先生們注意，無論各處的難民工作都由小孩子這邊先作起纔好。政府要員對於這事是已經留了心。但我想如果能成立一個兒童集中營（很小小孩另成立育兒所），專門收集各處難童（連有父母的也該受同樣安置），加以適當的教養、訓練和組識，比較讓他們在這些腐爛的難民區裏跟着自己都活不出來的父母要好的多。所有難民都宜有更富於生機的處置辦法，萬一不能週全顧到時，可不能丟下了一個青年和兒童！

星[*]

　　神奇和美妙倘若不存於人間，則天上一定不會有神奇，有美妙，不，連宇宙都不會有。

　　我面着宇宙，我仰慕那浩渺無窮的蒼天。特別喜歡留連在晚上，沒有月亮的時候，那時節晶子一樣透明的星，豪奢無度的佈滿了黯默的天。那天，在那時是黑暗，是啞默，並且連手勢和暗號都不能作，永不能使人知道明天還有沒有光明的後繼者，黑暗能不能永遠霸佔了光明的位置，將人生就此埋葬得不見天日。

　　星星，最快樂，最豐繁謙遜，屏絕了一切自我狂、虛榮感的星星，不祇是黑暗中的晶子，也是宇宙的寶庫。它點點碎碎，細細密密，可是精精亮亮的撒遍了宇宙的每一個小角落，成爲自然偉大的美的創造。每一顆星的工程都極其精緻，彷彿一架複雜機器上的一枚小螺旋釘。但每一粒星在自己的地位上都極其大方，十分尊重，各自以百分的至心發揮光明，燃燒這光明，使它一直跑着幾千萬萬、幾億萬萬里的長途，永不乏力，永是那麼清醒，那麼晶亮，那麼快樂，各自站在自己的位置上，成爲美與真的融合。宇宙若沒有星星，宇宙該埋在黑暗底下了吧；宇宙沒有星星，人將用什麼信心爬上牀去，用安息度過黑暗，直等到明天的光明來臨？人將憑了什麼知道光明還未曾死滅？

　　可是宇宙神奇中之神奇者，莫過於我民族裏巨萬的星星。在黑暗──抗戰的洗禮──要臨到的時候，他們各自站好了自己的地方準備着，他們是豐繁得無比，在戰場上，在壕溝裏，在大砲旁邊、機關槍底下，也在水火死亡、流離破散中間，在敵人的刺刀尖和靴尖上，在敵人間諜、

---

[*]　原載《大公報》（香港）1938年11月7日。

漢奸的偵逐網下，總之在一切失去了漂亮背景的場合中，他們謙遜的屏絕了自我狂和虛榮感而生活在大時代黑暗的一面，用自己的光明作光明，用自己的能力當啟示，作爲永恒光明的保障。我想着這些神奇美妙的星子，心頭是湧着血潮，而眼中却不能忍禁淚珠！我們巨萬巨萬的星星，是以偉大的沉默在敵人無比的喧囂之下，黑暗用各種的張狂吼叫以增加它的威勢，而我們的星星除了以十分至心發出它萬年生命中最完美無缺的光明之外，他們緘着口，經歷碎屍裂骨，被蒼蠅吃死，被疼痛咬死，被霍亂瘧痢、暴暑隆寒鞭打煎熬至死，没有怨聲，祇有謙遜和笑容！這超越宇宙的神奇美妙，那裏再去找呢？這不是光明的鐵券是什麽？世上該有大羣大羣爲了星星的存在而消滅了對黑暗的恐怖的吧，我因此深慶幸我是中國人，尤慶我生在今日！

祭*
——一位朋友逝世百日祭

不可以用言語去形容的人！你死了，我不能用一切字典上、術語上的形容詞或名詞來寄給你。我的縈念，我的感傷，我的痛觸，當我一想起你臨亡的話來時，就都變成了塵濁無聊，而且自私。你將三百年的精力活在三十年中間，死了，就乾乾淨淨的死了，不許人爲你留下一個字！

死過去的活的靈魂！不怪你這麽叮囑，這個被大前進裹住了的宇宙輪子，原來就不令人花一個字、一筆畫在私人身上。宇宙的輪子和那個將唐·吉訶德拋個半死的大風車一樣，不認誰是好，誰是壞，誰有價值，誰沒價值。死過去了之後，由於親戚朋友們的哀悼，由於一般人解除了猜忌和妒嫉的武裝而發生的好心，就在死鬼的頭上加以一個好字，乃至加以一個"聖"字，都是何等痛心的諷刺和嘲笑呵！永生的生命，永熾的烈火與光明，當你還在世上輝耀的時候，多少美、多少燦爛的偉大字眼輪不到你，而你實在早已成了那些字眼的化身。你龐大的心臟致了你的死命，但也正是你偉大的心，堅定的用每滴血填飽了那些好字眼的生命。可是，究竟好字眼很少輪到你頭上，更不能爲你聽見，即使爲了鼓勵你，這教鞭底下的大題目，都未嘗有！

生命的女兒，你不當死！你本來也可以不死。你需要北平的高空，北平的浩爽。你是南方的種子，廣東精神的結晶，但你龐大的心臟更需要北方的爽燥，你不能回到南邊。可是國家的命運竟由不了你。七月七

---

* 原載《文匯報》1938年11月17日。《沸騰的夢》結集出版時，副題改爲"侃嬻逝世百日祭"。

日震天的巨吼，決定了民族前進的命運，也決定你追隨這前進的民族而獻上你的生命。那時你原也可以不走，你可以在籠城裏住下來，等你那光明到來的一天。可是你要走！你要走，你也不是荒唐而糊塗，你深想到了這一走對於你健康的影響。你考慮了再三，你想着讓你的丈夫離開，自己支持在危城裏；你想着了自己走，留着家在北方，使你健康起了變化時能夠得到療治；你想到了全家走，不顧死亡和一切。可是你總不想到全留，全都困處在敵人刺刀下的平安裏，過羞恥的日子。我這樣講呢，生命的最矯健的姑娘！我的昏瞶，我對於你的缺少關心，竟使我不但不阻止你南下，還鼓勵你走這條路！

於是，到了南方你就病了，你衰弱的心臟禁不住南方的低氣壓，它盡了自己到死為止的挣扎，突然它的工作中斷，成了壯烈的毫不留戀的犧牲！

你是到死不悔的，你永不悔你所作的任何事。現在，你是同着淪亡了的北平一齊殞墜了，你作了北平——中國的皇后——的殉喪祭！你知道前面是死亡，你仍然安穩的毫不張皇的向前面走去。在中華民族第一批為國家獻上他們最後一滴血的人們中間，你是這樣安静，這樣意識清明的一個！而你的就死又是多麼僻静，多麼沉默，彷彿在黄昏裏，一抹淡藍的霞影向無始無終逝去了一樣，和它莊嚴壯烈的意義，成為了可痛的不調和！這也許是你對於我們這光華燦爛的民族所遺的一番啟示，這民族將有一個莊嚴壯烈的國家建立在億萬僻静沉默的就死者上面吧！

尊貴的靈魂，可愛的同命鳥，（你一向說我們是同命鳥，現在也別忘記它啊。）你不會孤悽，你永不會！你的啟示我將一步也不差錯的把它走出去，而我們重見的日子，我們擁抱在快樂裏的日子也決不會是一種意外的奢華吧！

十一月十三日

北　　風[*]

　　沒有人能夠明白北風，從沒有誰見到了北風的心臟，他們說北風是無知的毀壞，他們說北風無頭無手，祇有一條像女人的累贅裙邊一樣的腳。

　　北風，啊，深夜的黑暗裏從地心底層吼射出來的北風，你的聲音多麼壯！多麼猛！在玄色的天地中間，在宇宙蒙上了單一憂惶的迷灰色調時，你狂烈的暴激，奔騰的炫爛，你壯闊的變動彷彿發出了萬能的震人心目的色彩，使人張不開他微弱的眼，色盲的眼，使人爲了天地的酷虐而昏眩。

　　你的鞭子，你震撻生命、笞逐宇宙的鞭子，就從沒有停息過。你千里奔驟的驅逐死寂！鞭捶疲弱！掃蕩一切死亡和虛僞！你永遠不肯停在半路上，等着寂滅來和你妥協！你鞭打太陽，鞭打海洋，永不讓它們躺下來，永不讓他們安閑游混！就是懶性天成的大山，你也要鞭碎它的巖石，掃蕩它的林木，你使它一時剝落了狡獪沙石的掩蓋，光着脊梁在你面前發抖。

　　北風，偉大的北風，你是永不許冬日死亡的大神，是生命的紅旗先使！在冬日裏雨來了，雪來了，霰珠塞滿了生命的細胞，太陽頹然如醉了酒的老頭，早上起不來，未晚就躺下去，披着它半黃半紅的暗淡袍服，像老和尚送喪的袈裟。大樹小樹都被剝奪乾净了，被奪去了它們青春的冠冕，被剝下了它們潤綠的衣裳，它們祇好鐵緊的閉着嘴脣，等着生命的汁子從它們心上乾枯而死。大牛小牛乾渴了，大狗小狗都縮緊到屋簷底下去躺着，不敢出聲息。川流遲遲不前像老人絆壞了他的腿脚骨，也

---

* 原載《大公報》（香港）1938年11月18日。

唱不出清脆的歌聲。宇宙那時好像是根本忘記了它自己，它以為死亡已經代替了它，寂寞將把整個冬天封鎖起來，丟下冰洋裏去了。

　　沒有你，沒有北風的狂吼，沒有北風的軍號，誰知道這宇宙還存在着？誰知道這宇宙還有無疆的雄厚，無窮的力，剛猛萬變的美！啊，誰又料到臨到了生命的盡頭躍出了生命的本身！

　　哦，北風，我不知，對於生命有幾千萬萬噸啟示的活力！我不知你累積了人類幾十萬年磅磅礴礴、翁翁鬱鬱、綿綿延延不死的雄力在你懷裏，更不知道你飽載了宇宙多少多少鋼鐵的火星！當着明媚的春節，當着炎炎的夏日，當生命有的是喜悅和自由時，你俄延着，屯積着，你不動，你說：「好吧，孩子們！玩一會兒，樂一會兒，別着急。」一旦生命在收縮，在潰敗，力與美落在枯寂死滅的威脅底下，在一個醜到失了容儀的黑夜裏，你突然發出了你的巨吼！施為了你狂烈的動震而使生命的力在夢中人心裏像轟雷一樣爆炸！北風，我不瞭解你，我不能說一個微末的分子能瞭解它的全體。可是我覺得我和你有着心連心、手指連手指的密切生命，正像我和我的中華民族一樣！在冬日的窗頭，我見不到北風的鞭子在寂呆的樹梢揮動時，我心是何等的寥寞！我渴戀着北風的呼聲。北風的號角不來時，我將怎樣度我的荒涼！然而正和慧星輝耀的存在相似，北風浩蕩的來臨是生命至確至剛的真理。我以我的胸脯敞露在北風雄猛的鞭擊底下，在北風尖銳的指鋒的刺割之下，我願北風排劍一般的牙齒咬住我的心，拖我上那生命的戰場！

　　在那生命的盡頭上，永遠有生命自己的偉大堤防，站在這堤防上面排盪一切的使者，請天下古今一切的權威者向他膜拜！

　　啊，北風！啊，偉大的中華民族！

焚書燬信離北平*

　　由七月廿九號那天起，到離開北平的那些日子，在北平一個小角落裏面的幾個人，說直點，確實有些像得了失心瘋的樣子，對於自己的小小生活完全失了打算。每天幾毛錢的小菜錢都拿不出來的時候，還是不知道自己將用什麼方式來過那前途上一大串的日子，也不想。所謂家也者，幾年來完全由於感情的吸引，因之沒有一絲社會紐帶，根本就和一個學校寄宿舍差不多的鬆散，到了這時候，更好像令人聽到了坼裂的破聲，感到了它的垂亡的命運，誰也不願意去支持它。對於國，對於這暫時毀了的北平，人沒有法子能把它們從自己的整個精神存在分開，但同時也不能確定的說出它們的現在以及將來。北平的謠言不因爲北平亡了就停止，有的好，有的壞。南北的消息隔閡，籠城裏的人不曉得戰事是不是能繼續下去。

　　老庭原是在一所和政府有關係的金融機關作事，他每天還是照常去辦公。北平失守的第二天，日本憲兵去拜訪了那個機關，把所有的出入賬簿，存款存銀賬目通通徹查了，門口的看門警也已撤去代以日本憲兵。日本的舉動顯然已經來得太遲，所有的現款現金早已從那機關搬空了，所查的不過是些空賬簿。總機關早已來了消息，叫負責人相機撤退。所有的職員都要隨時準備離開北平。

　　離開北平幾午，是北平人一種共同心理，但由於種種的混沌，物質上、心理上的混沌，祇有少數人能夠馬上就那麼辦。失陷後幾天，有個朋友走到季迪家裏去，還以爲戰爭有停止進行的需要，這代表當時北平一部分上層智識份子的意見。北平許多文化機關不但事先未作撤退的準

---

* 原載《自由譚》1939年1月1日。

備，事後也還是整整齊齊的在那裏開辦，連書籍文件都未曾收拾，其實那時候收拾也來不及了。敵人已經封查了北平圖書館所有的書籍，借出去的限期全收回來，免得被帶走。季迪還有圖書館的三本書，一齊被要了去。其餘文化機關自不免受同樣的待遇，然而文化機關們還在遊疑着，有人以爲按月的卅六萬還有寄來的希望，也有人以爲不必去建立新的文化中心，以爲戰事還可以和平解決，文化機關照樣可以在北平弄下去。

但是日本在北平的作爲很快就打破了這些空想。清華大學查了，門口植了日本憲兵。燕京大學也有日本人去拜訪，燕京進出城的汽車都受檢查。燕京人臨時指定了該校哲學系教授傅晨光先生做校友們的門警。他每天站在門口專司對付日本的特務機關人員和憲兵，不許他們進學校去。北京大學説有這一層保障就被日本封了門，而且駐了兵。其餘大小學校自不必説。

北平街道和死了一樣，巡警受着漢奸的命令突然在大熱天被換了黑制服，熱蒸蒸的站在太陽底下，抱着全無武裝的兩手苦悶極了的樣子。前兩天，遊擊隊打破了德勝門外的第二監獄，帶走了一百多監犯，西直門外一處的警察被發現了有遊擊隊在中間，十七個警察就全被敵人殺掉了。從那時起，所有的警察都不許穿黃制服。老庭每天在街上走來走去，見了這批巡警就低頭，他們的樣子太可憐，這是亡國奴的第一種標誌！他們對於這種待遇不是沒有反抗的，他們完全實行怠工。街上的小偷和小搶劫，他們看見了也祇不理，看見偷兒的慌慌張張亂竄，反搖搖手，點點頭，揮他們好好走。在城門口上執行盤查的巡警，往往欺負身旁不懂中國話的日本人員，大大方方對那進出城的人們講：「你們有東西的快藏好，別讓我們給抄出來了呵。」受了這話的人自然總是十分小心的，但也還是有來不及小心的地方。有一次，一個巡警翻着一隻箱子，裏面忽啊啷響了一下，他忙扯過衣服去蓋那東西，一個日本鬼子的手已經搶進去抽出一把手槍來，於是連巡警和人都帶走了！

那時候的日子，夜裏和白天一樣的擾亂不安。日本特務部已經交了一百多抗日人（員）的名單給北平警察局，要按名拘捕，除了漢奸之外，人人的家都可以隨時受檢查。關於按名拘捕的事，據說警察局的第一名無恥漢奸潘毓桂，主張先來一個聲色不動，免得抗日人們藏藏躲躲，反不好找。他要在車站上設立一個稽查所，等候這些人一個個離開北平時在車站上捉牢的，一個也逃不掉。關於書籍，北平人早已知道城陷了之後書籍所不能避免的災禍，可是多書的北平怎樣能爲了"皇軍"立刻爆裂一張大口把所有的書籍都吞滅了呢？

一個夜裏，天色在黎明之前，季迪照例醒的躺在牀上，心裏不一定是在想什麼。夜的靜寂在黎明之前是格外圓滿，仿佛一隻沒縫可鑽的黑暗的球，季迪似乎聽得出自己腦中的言語。一時，她覺得仿佛有輕輕的妙妙之音在腦中那些滑滑的言語上磨了過去，言語立時中斷了，空中的妙音浮現出來，漸漸凝而爲一下一下清晰的脚步聲，接着是遠處門上銅葉片震盪，門開了，嗦嗦咕咕說話了，隨後是關門，脚步聲，銅葉片的震盪，又開門——又關門。聲音不倦的以同樣循迴重復自己，並且漸來漸近，季迪不能再忍耐了，她跳起來跑出黎明將曉的街頭去，正逢一個寂寞孤單的巡捕低着頭朝她走來，向着她單調溫和的說："您府上有書得趕緊收拾收拾。有什麼三民主義、共產主義的書，孫中山的照片，全得燒掉，就得查了，幾天就得查了！"他並不交代更多的話，就單調的又向別家門口走去，像那黑暗中的護衛天使！

季迪和老庭商量了半天不知把他們的書怎樣處置。論該燒的資格，至少有兩大箱書宜於那麼辦，還有信件。季迪素有寫信癖，寫信比寫文章新鮮，自然，親切，真實，她寧可用十個鐘頭寫信，較之用兩三個鐘頭去寫文章覺得要好的多，能達的意，能表的情與能說的理似乎都比寫文章來得透。爲此她積蓄了許多許多可愛可教的覆書，到了這奉皇當道的時候，它們也自然不宜保留。他們後來決定了把一些十分不好留藏的書和全部信件（其中祇留下了兩個死友的）都燒掉，其餘搬到一個不受注意的朋友家裏去。老庭既不能在家，季迪便專司處置書籍的任務。她先把書箱趁大清早及黃昏時間，一個一個的搬去，其餘的時間則關上大門，用一隻大的鉛鐵洗澡盆放在院子中心，自己當它一回任務的坐在旁邊守着燒。火焰不致燒得太大，免得煙焰衝宵，招來更大的麻煩，也不敢放在地下大燒，磚土燒焦了都是痕跡。有人家裏曾因爲被查出了焦書焦土而帶至警察局去了的。她坐在火盆前面耐心耐煩地把書撕破了纔丟下去。每一封信在下火以前都拿來摸一摸，常常忍不住要把信抽出來讀兩遍三遍！這些信中的大部分，大部分，無論於情於理於義，都有被鉛字紀錄下來爲或種人借鑑的意義，可是這一下它們都飛逝了，在新生的火焰裏！自然原是偉大的浪費，生命則躍趁於無數鉅萬的大浪費中！因此季迪對着她可愛的信件之化灰化煙，心雖疼痛，並不可惜。她對於它們原有不盡的弔祭，祭詞裏却祇能對它烈火的終結祝福。

　　這樣的焚燒繼續了三天。同一行爲在季迪的朋友剛子家裏也是在進行。他們得通知是在半夜，所以他們連夜起來在院子裏土地上大燒。到季迪早上跑去問時，他們院子裏泿潤潤的土地都燒得焦乾，牆上的絲瓜都燒死了兩根。這絲瓜是剛子親自照愛着養起來的。她拿起它的焦根笑笑的說："燒死了也好，日本人來了，漢奸來了，沒有得給他們吃！"

　　混沌的局面是在向着明晰發展。北平幾家大報紙如《北平晨報》是早已被收買了的，在國軍退出北平之後，馬上就成了漢奸報，但是《世界日報》却多支持了些時，想維持一種中國人的態度，對於南方的消息盡可能的登載，主要以同盟社爲來源（事實上中央社已經被解散，社員十七位全部被捕去了），却避免詛罵國府。很少的時候，在上面還能讀到國共合作的消息，紅軍出動抗日的風聲。後來這張報也遭了封閉，辦報的人都跑了。接着《小實報》也換了漢奸，季迪爲了職務上的必要給他們寫的一篇短論被退了回來，過去未清的幾十元稿費也無形取消。自此以後，北平的報紙清一色的成了漢奸，頌揚皇軍的恩德，描寫敵人的戰功，有聲有色的寫着日本飛機對中國婦孺的轟炸，叫人看了把肚子都要氣破。同時張自忠的冀察政委會主席取消，遭了囚禁監視，潘毓桂大大方方的在報上發表談話，說他自己就是漢奸，沒有關係，不高興同他合作的人，儘可滾蛋。冀察政委會隨着就取消了，人人感到東京指定的北平市長將要到來。

日本軍隊進駐北平的事起初不過祇是扭扭捏捏，東藏西躲的在報上被提到，在空氣中像流言樣散播，後來是完全凝定，成爲不可免的事實。一九三七年八月八日也就是昭和十二年八月八日，北平街道四面八方斷絕了行人。"皇軍"由正陽門、朝陽門、阜成門，這些神怪的中華民族的國門開入北平！昔日衛國健兒的營壘：旃檀寺大營、鐵獅子胡同、先農壇等，現在都成了仇敵的巢穴！"皇軍"排着他們矮小的隊伍，在北平浩蕩坦平的長街上帶着十分高發了的卑微心理（inferiority complexes）走過去，成爲了中傷北平美的致命的不調和。在她光復以前，北平再也沒有可留戀的了！

　　"皇軍"進城天然要增加北平的不安。剛子的家就在旃檀寺前面，旁邊一條小路是他們出入的孔道。未到黄昏，他們就把門關了，半夜裏，他們後面人家的扣門聲清晰可聞。旃檀寺左近的人家時常由他們出進。一進去，就把男人同老的趕出去，祇留女人在屋子裏。女人殺猪樣的叫着，没有人敢去過問。大街上年青的小姐們坐在洋車上，就有"皇軍"走來同她親熱。她唯一的解脱方法是把錢包完全獻上去。漢奸和日本人見有適當的人家就走進去借錢，一元兩元就可以滿足，但有時却也不行。商店雖然奉了命令開門，但總是虛掩着門，不敢招攬買賣。北平的大小澡堂被日本軍官霸佔着，一個軍官走進去之後，總在澡堂門口植上兩個憲兵禁止一切人出進。季迪家裏後面臨着一條小街，夜裏十點鐘以後，槍聲忽然由街後迸發起來，（這樣槍聲原是當時北平城裏常有的）。天明去問，一家小洋貨店關了門，它的小主人受了槍傷，原因是日本兵士要闖進他們内室裏去。

　　當然這種情形是不能夠再繼續下去的。老庭、季迪、平牛、蕙英、老昇、剛子這却是久已要離開北平的一群。而事實上的各種困難却逼得他們俄延着。環境既是這樣，他們即使不能馬上走，至少得清除他們的週圍。有些朋友在準備離開北平時都把家具寄收在朋友家裏。老庭他們却不願這樣作。那祇有增加朋友的困難和麻煩。並且回北平的日子雖不會太遠，却也無意還在她淪陷的心臟裏植下私人的留戀。他們找了幾個打鼓兒（買舊貨）的把家具出賣，但價錢又說不好。後來還是後街一個鋪子老闆走來將全部的東西都買去了，他們的財囊因此又稍稍肥了一點。

　　把東西賣光了的他們把女僕也遣走了，帶着孩子住到一個朋友家裏去。這朋友本是個熱心的孤身人，他以最大的熱情和同感鼓勵他們，叫他們不妨在他家裏住一年。老庭、季迪都沒有住一年或一月的心，但他們永懷這位熱心腸的性情躁癖的朋友！

北平呵，我的母親！*

我遺失了，遺失了心的顫跳、眼的光明，遺失了一個存在，全世界從我空落落的感覺中消逝乾淨。星月都茫然而飛逝了，日光惘惘，有如哭泣慈母的孤嬰。我的心像秋雨一樣濕淋淒晦，我的手，我的腳震顫失次，血流在脈管中嘶鳴！

呵，北平！呵，我的母親！我用十指尖在砂石裏面挖掘，用舌尖在黃土泥下搜尋。我記得我母親那溫柔甜美的感性，我知道我一觸着，就能認準她是我的母親。可是，怎樣了呢？我的企圖是失敗了！即令我的十指和舌尖全因摸索而滴下鮮血了，我仍然不能觸到我的北平！北平呵，知道麼？我尋覓你，如覓取我自己的身心！

嘶號着的西北風呵，你的風脚是由那兒走來的呀？你可曾在那古老的褐色城垣上滑走過？你曾未敞開你偉大的衣襟，抱來北平的土塵？西北風，西北風，你聽我說，你的步子可不要太倉猝了，恐怕你會把北平的氣息遺漏了呢。那氣息和土塵，它們為我帶來了北平的音信。我聽見了北平塵粒的太息，那悠長、深厚而無言的太息，那是北平的招喚，是她要她女兒回家的命令！

母親，呵，母親！我要回家，我却不忍心眼看你受那兇暴的欺凌。七月裏的罡風過來時，我見北平的綠槐滴下了冷澀的淚珠，粉紅絨球狀的紅榕花，黃着臉兒，變得寡婦一樣的頹喪了。那時天安門赤身露體躺在強人面前，中華門下玉白的天街毫無遮飾的躺在賊人脚下，她們昔日的尊嚴華貴完全為裸露的侮辱所代替了。中國的皇后被強盜摘去了她尊榮的冕旒，而拋棄在泥塵裏，像一個隨營公娼一樣蒙受着萬騎踩躪！那

---

* 原載《沸騰的夢》單行本，上海好華圖書公司，1939 年 4 月。

是無抵拒的摧殘，那是絕望的強姦！死亡，嚴重恥辱的死亡，坐在北平頭上。北平，我們莊嚴華貴的偉大母親！

十一月間的初冬開始降臨了。北平那多戀情的樹枝們呵，北平那海上綠色霧陣樣的綠葉呵，有玉紛紛的雪片兒，天真爛漫的又走了來打扮你們麼？你們不要怪她們呀，請不要怪她們。她們別了我們又一年了，不會知道北平的女兒們已經失掉了娘親。她們原來是愛着北平。（誰能禁得住不愛她呢？）好朋友們，請你們趕她們還未到來時迎前去通一個信，將嘴巴靠緊她們的耳輪，低低囑咐一聲：「回去吧，好姊姊，強人已經霸佔了北平。北平應該用枯蔴蓋上顏面，她要用灶灰代替脂粉，度過這恥辱的日辰。珠和玉都不是我們所要的了。像去年那樣將我們裝成處子身肢那樣的豐圓膩潤，不是你應該作的事呢。我們不要如象牙白桃那樣的肥瑩。我們要哭泣，要憤悶，使眼中滴下鹼汁一樣的淚珠，使我們的肢條枯瘦灰敗，如積仇老婦的胳臂，由各處伸出去妨礙敵人的安寧！」

北海波上的大白鵝，不要再伸出鮮紅的嘴巴對人唱歌了吧，聽歌的人兒已經不在了。闖賊會用驕狂的靴頭踢着你們，他們會用淫褻兇毒的諷嘲叱罵掩沒你們的歌聲。認清楚，鵝兒們，認清楚這些矮個子、盤腿、寬肩膊的闖賊，他們用強姦的血污塗毀了你們高貴如霜的白色羽毛！有利口可用的張開來吧，咬住每一隻盤旋的蟹狀的短腿，拉他們同下水濱。

中國的孩子們，北平的兒女們！還記得古城裏燦爛如流星的琉璃瓦脊麼？爲何容它以同樣的輝煌迎接仇人？那高昂尊貴的白玉橋，豈能由屠人犯濺滿淤血的狼蹄留下蹄印？讓穢污的蹤跡刻在端嚴崇偉的白塔上，讓純潔的玉泉爲感染了×人的淫穢而嗚咽，這豈是我們作人的本分麼？難道我們生是爲了替仇人製獻華貴，我們死是爲了裝潢寇仇的尊榮？中華民族的心血，祖先幾千百年的創造都爲了敵人的毒口而盡忠？中華的兒郎們呵，誰說我們的祖先在幾千年前，在無聞無知裏，已經注下了奴隸的悲運？

讓我們走出神武門外，擡頭看吧，我們壯烈的殉國皇帝第二次又復掛上天空！他伸出那條橫枝，（在那上面，他已經有一次爲了國家獻上他尊貴的生命了!）似乎在揮淚向我們告別,他似乎在指揮我們,與我們有所約會。想不到的,他已經作了二百餘年的亡國鬼魂,纔得蘇生,又已經被抛在敵人脚下,作了第二回殉祭！走過景山脚下的中國人們呀,請讓你們的脚步輕一點兒,因爲每一步都是踐踏在那尊貴殉國者痛楚的頸上呵！北平不回來時,那頸上的慘痛是一刻也不能解除的了！

　　起來！起來！中國的孩子們,上北平去吧,北平是我們自己的家鄉。北平的太陽不會有雲翳遮蓋,她總是滿臉親切的笑容和藹。北平的空氣是永恒的葡萄酒,浸潤着你們的鼻角和嘴隈。你放心走進北平懷裏去,不需擔心也不消懼怕,那裏沒有無端的欺騙,沒有扁窄的陷害,每一張陌生面孔上,都覺有同娘的血液流灌着。那是偉大溫仁直白的母親的胸懷。你由西長安街走到東長安街,由正陽門穿出神武門外（這些都是如何莊嚴親切的名字呵）,在那夕陽撤開了彩色透明的翅翼時,你會覺身子是在浩蕩的金波中浮泳,在無限精麗的、北平的偉大自由裏徘徊。你要在太液池面的荷葉叢裏打着槳兒歌唱,你又好去天津街上那巍峨的三座紅門下曲意徘徊。所過之處,每一匹細葉會在你脚邊嘍然嬉跳,那絮雲似的素白丁香,有香味如愛人的唇吻,會偷偷觸上你敏感的面龐,你會留連在太和殿的白玉階前,凝視每一級瑩白坦率的長階,你情不自禁的要坐在它旁邊,用食指尖戀好的在石上輕輕摸捻。貼近那雲龍交逐的雲石,你會俯下你的臉兒去俯聽雲頭裏怒龍的沉吟。四月裏,春風點起脚尖,悄悄爬上了樹梢,輕雲在北平净藍的天空波動了綠色的細濤,你縱開驢兒的韁繩,在西山道上潑馳,和春風賽奪錦標。你攀援香山的針松,不怕針兒扎得你滿手流血；你一口氣奔上了鬼見愁,令山神爲你的長嘯驚跳。於是你想,八大處的杏叢已經開醉了飽滿的紅白花球,三家店的桃林對着永定河的綠波,已經把口紅抹透。你不惜你少年人的腿脚,你正年青,正有力氣,你不妨立刻開步,再翻過幾個山頭！

　　現在,年青的人們呵,這一切都不是我們的了！在那裏我們所有的,祇有決死的戰爭！一場爭奪母親的血戰已經包圍着北平,騰起了它的火焰！弟兄們,動身吧！今天晚上！動身背上我們的槍隻,勒上我們的子彈，撒下馬兒朝那北平道上馳去罷，和我們北方的弟兄們手拉手兒，跟北風再爭一次生命錦標！打回北平去！趁着我們還正年青，還正有力量。我們必須要收回我們的家鄉，在那裏，母親是苦楚的倚着門兒在凝望！不是今天，就是明天，不是明天，就是後天，在我們有生命的日子裏，我們一定能殺盡敵人！回到家鄉。在母親的懷裏，在那長安街的雪白大道上，放下枕頭，一覺睡到天亮！

一九三九年第一天的上海*

在這天早上醒轉來的人們，恐怕很少有感覺到眼皮上有舒服提神的重量，一種未之前見的光輝坐在那上面，等候人揭開他的眼。

這不是過去民國二十七個年份的一月一號能帶來的。以往二十七年中，我們每年第一次醒來的時候，所嘗到的重量不能說不是苦澀而沉滯，去年我們抱着了堅定的辛酸，在遊疑震撼的上海空氣裏。

然而這些不良的沉重，似乎都為一九三九揮揚全市的紅旗捲去了，正如過去一年間，我們政治上的一顆黑星，為人人心中可厭的疤痕，被這新日子的太陽掃除了一樣！去了一粒心上的爛蟲，仿如打了十個極大的勝仗，而這十場極大的勝仗的確是至真不移的事實。因此，上海這天的旗子好像特別紅得鮮，紅得勁！

出去拜訪上海吧，這個可喜的日子應當與上海共同享受，躲在家裏是不敬，別說麻木了。由法租界南端穿入滬西工業區的一路無軌電車，似乎是礦場裏一條主流的隧道。那上面極少見到漂亮的滿身飄洒着文化的人物，可是它永遠亨亨叠叠，載滿了執強頑狠的生命。那些生命全是赤裸裸的不借文彩，不靠梁肉，不用藻章，就連頭帶腳投下鬥爭裏面，用力，用不服死，用深邃的憤恨，陰惡或突擊的報復。我對着他們每一個都由心裏鞠躬道賀，他們並不理我。就在這新的清早，他們也還是在敵人佈下的各種明暗火綫上爭鬥，管不及我這一套。

細雨裏，滬西高聳的煙囪群，像巨人的影子環抱着上海。在休息中，矮黑的樓屋簷底下，耀出了扎紅繩子的姑娘們見紅見綠的多事眼睛，稍擡頭就撞在窗櫺子上，莞然而笑了。黑洞洞的鋪屋裏，常燃起兩堆紅如

---

* 原載《沸騰的夢》單行本，上海好華圖書公司，1939 年 4 月。

花：一堆炎炎躍躍，爭抱一隻弔掛的鎔鍋。另一堆則星花四竄，在鐵鎚交替捶打之下，挺然結成一段透明的紅柱，彷彿照明了那間古怪森黑的鐵製場。沿着這滬西不整潔的路上，時時聞着鐵的錚錚之聲，祇有如花如星在灰暗中跳躍，他們沒有休息，沒有新年！

沿了電燈桿是紅條子。金星織布廠招收女工的揭貼出來了，也不避大年，蓬頭女孩子們都擠在那底下，在背後垂下滿是希望的長出的後腦勺。在虹口，有過了這樣的事，也是用電燈桿上的紅條子，招收了許多女人去虹口小菜場的臨時被服廠作被服，每個人去了依五毛的名義應領三毛的工資，作十二個鐘頭的被服，等到向晚出廠時，則領了三毛的名義而空了手掌回家。每日招收新工，每日逃了舊工。這滬西的頑意也莫非如此吧。

駐立勞勃生路口上，敵人川某的紀念塔猶自兀然高聳：

"是東洋人的東西呵，東洋人的！"

滬西朋友雖不見其披灑文化，却有深重的太息，眼釘這十丈高的大鐘塔。於今是大場又建立了一個忠魂碑了。然而一九三九第一天的紅旗子，却正對了這孤立的白鐘塔奮然飄拂，是血湧如衝的姿勢！小門小户愈是在這白鐘塔的鎮懾底下，愈加開門熱鬧，街上攘攘紛紛的朋友們，一樣的為了戰鬥與人生在鼓舞，奚落着白鐘塔死寂的無為。

一個辛勤的猶太女教師，匆匆由西摩路底的猶太學校走出來，頭上包着黑巾，手上抱緊一堆文卷。她的兄弟姊妹們辛苦了，近日逃到上海來的已經一千四百多人，上海果然是避難所麼？不，在一九三九第一天的清晨，奔忙着的人們，除了把它看為生命收集潰散、強梁反攻的穴窟以外，再也不能了解上海了。祝福你，被迫逐的人類！祝福你們有勇氣和智慧在上海——各種敵人的後方。

有軌電車的頭等車裏，有幾付為酒精燒紅了的眼仁，和他們的臉色紅成了一片。呆重的腮邊肉被強笑勉強想動，即又縮回原窩，恨不得立時躺下以補昨夜之不足，然而麻將的丁丁聲，彷彿還在他們耳邊敲着：

"輸了Fifteen dollars！倒黴！倒黴！"這位文化人的紅眼睛擠出了高

尚的、帶了酒精氣和肉味的笑，他筆硬的西裝白領在"亞丹的蘋果"底一伸一縮，彷彿還未吃夠。

"哈哈，Two-onety，Two-onety，我輸的更不少。"

四馬路和南京路合眼睡覺了。人在馬路上稀鬆的鋪開，電車踞踞，公共汽車遲遲不進，感染了夜生活的寒熱。有了四百萬華族子孫的上海，到這裏就似乎令人看到它的偏頭風，覺出它有一點半身不遂。

早幾天，各報就被電影院所預備的驚奇塞滿了，到了這一天，每家影院都是騰不開的地，挪不出的手。男女老少，高高矮矮匯積在影廳裏，堆在跳舞場。每家吃食店，每名僕僮都過分的忙，旅館為隔宿預定的人們塞實了。黃昏一開始時，上海人完全流入了街上，天是漆黑，地是烏青，墨汁泛漫的人流為生為死，為己為人，為莊嚴崇偉的使命，也為了荒淫和無聊。小孩子也被大人帶到街上來了，被擠得汪汪直喊。少年母親則挺出肚子，抱起那在人群中夾得半扁了的小孩，喘呼呼的靠着牆腳下磨轉前進。

有四百萬人的上海，在新年的第一天裏，是用各種樣子和意志在生活着。不論其好其壞，撇開漢奸，都是在一九三九的旗子底下向着豫兆似的光明！

天 的 兒 子[*]

全世界上的人類，恐没有一國像日本作兒子作得那麼虔。這不是開頑笑，也非罵，確是真話。

中國皇帝也曾自命爲天的兒子過，不過從周武王一直到溥儀皇帝。現在日本的小藩君，都不曾有一絲心以爲自己全個種族確確真真是青天裂縫生了下來的。這也許是他們的文人智士造詣不深，說不到那麼玄秘神妙的境界，否則他們武士的刀尖不靈，不能硬給天上砍出一條生兒的縫隙，因此人民起初雖也以爲皇上是天的兒子，却很快的就會抱怨天，並且很快的就切斷了天和皇帝的關係，而弄得周武、清帝都坐不穩寶座。

日本的文士智客雖未曾見出什麽特别，她的武士道可是出了名的。千百年來，它就掌着把寶劍，站在天和皇帝的中間，實行擔當穩定天的兒子的工作。並且誰知道，這些武士道原本怕以爲連它的寶劍都是天生的，都有替天行道的使命，他們想不到天所有多大的肚子可以容得下他們那麽多狂暴、無恥、無知、自大、愚蠢。然而，正因爲他們有大批這樣的貨色，所以他們越發相信，越發敬虔的死心塌地佩服天，崇拜天，替天造兒子，也作天的兒子！

可是和全世界别處一樣，日本不祇有天，也有地，不祇有天的兒子，也有地的兒子。天的兒子太橫了，總免不得叫地的兒子不能忍受。前些時，大阪、神户發大水，冲掉了許多人民財産。前幾天，東京刮了大風，昨日報上風又掃到神户、大阪去了。據日本來的朋友們講，日本人民抱怨得可憐，都以爲這是日本作惡的報應。在他們中間的傳說，神户日本人民死傷了好幾百，而中國人祇傷了一兩個；還有一次，神户某觀音閣

---

[*] 原載《沸騰的夢》單行本，上海好華圖書公司，1939 年 4 月。

上原來有中國人十九個,發大水的頭一天晚上,十九個人忽然全走了,不知是得了什麼預兆,而半夜裏該觀音閣便被水冲倒了。以此日本人民現在談虎色變,聽見中國戰事就頭疼,並且許多人都買紙買香去拜觀世音菩薩,求菩薩把災禍祇降在要打仗的人們身上。

自然,這些地的兒子還沒有發現菩薩、天和天的兒子都是一條心在收拾他們。所以儘管恨兒子,還是去向老子求情,正如鄉下人被城裏少爺欺負了,去投告城裏老爺一樣。但這種時間是不會長久的。從兒子到老子,從老子到整個,祇是幾步路,聰明人一提脚就到,笨的也祇消多繞幾個彎兒。等到聰明的和笨的地之子齊擁到天的門口了時,不管天和兒子的關係切不切斷,一齊要從寶座上撞下來是無疑的。

十,五。上海

壯烈的完成[*]

生命的意義，當其達到了最高效果的時候，往往是肉體一時的毀滅所取來的壯烈的完成。古聖當伸展四肢掛在十字架上面的時候，忘記了他的痛苦，反坦然說出"成了！"兩個字。

假如我們所揣測劉湛恩博士被刺的原因，果然是由於他的愛國活動，那麼我們可以不打折扣的說，近二千年前那位古聖的言行，已經由他的這一位門徒再一回用生命去實現了。生命的價值，在他這就死的剎那中，已經達到了最高點，已經有了極其豐美的表現。它顯示了素稱爲柔弱的中國文化界上層人物的戰鬥精神，並且更其明顯、更其具體的將個別生命與國家生命同一化了，令人感覺到久在苦難與破壞中的中華民族，像出於鎔爐的一團精金。

劉博士是中國文化界、特別是教育界的有名人物，就一般情形講來，他的死亡不但是中國一個大的損失，就是國際教育界中，在溝通東西文化、開啓新的世界文明上看去，劉博士也還是不應該就死的人物。但那是就普通正常情形說的。若在中國，它所處的是非常時期，它需要每一個中國人以非常的方式，非常的積極供獻自己。它需要一般人民將生命提供出來擺在國家的祭壇上面，同時也照樣需要更珍貴的、有名望的人們這樣作。劉博士既已明白這一層，就勇敢無畏的去從事於他所應該作的工作，抱着安閒穩定的態度，雖明知迫害已經懸在頭頂上，並不顯出一點張皇。中國人，中國名流學者，有這種非常豪勇的、視死如歸的精神，宜爲中國人賀。

執行死亡與破壞的人們，因爲劉博士壯烈的死亡，也許正在欣欣然

---

[*] 原載《沸騰的夢》單行本，上海好華圖書公司，1939年4月。

舉杯相勸，慶祝成功吧？他們也許以爲死亡之後，照例跟來的會是恐怖、畏葸、自私，中國人將要駭得不敢動彈了吧？但，如若這班主持破壞的人，拿過去的事實與情理的推測來斷，便知道他們的慶祝還是太早了。過去九個月普遍無情的死亡，既不曾把中國人駭退，則我們不妨預言，中國勇敢智能的文化界，絕不會因爲喪失了他們的先鋒而落膽失志，奔散潰逃。過去近五閱月中，他們已經在重重包圍與壓力之下爭鬥着，保持了上海與全中國精神脈絡上的緊密聯繫，爲了這一光榮的工作，他們的先鋒之一並已經提供了自己尊貴的生命，這在他們應該是莫大的光榮。死者偉大的完成，將變成他們生命的衝激力，成爲他們努力的錦標。非常的破壞，必然伴着有非常的建設，這一點恐怕是主持破壞者所想像不到的吧。

上 海 的 鬼[*]

假如説有一隻妖魔的手伸在上海頭上，就不必奇異上海有鬼。

鬼多半和魔有淵源，或受驅使，或受謎惑，或受威脅豢養。但另有一種鬼，面子上和魔無大關係，却在暗地裏躲在旁邊，趁着魔鬼得意時鑽出來混撈一把。嘴上愛國忠心，腦子裏極其崇拜鬼精給它打出來的世界。

上海的二房東，自國軍西移之後，便交了鬼運，一間樓三十幾元的時代早已過去了。它由二十而三十，而四十，而五十；五十之不足，稍稍配以傢具，便需六七十元。窮朋友們不必説，就是並不太糟的逃難人們，也都大小老少收進一個亭子間去，而亭子間亦已一躍而坐上二十元的上座了，於是祇將它屈就了十五六或十七八元的房東們，又要控起腦子開發人走路。

街上已經長久少見租條了。偶見一條紅紙，則尋房的人奔集其下，彷彿發現了幸運神。《新聞報》的招租廣告，常常被人帶着滿街跑，以此雖人人罵該報被魔收買，要它的人還是很多。尋房的人們常常要花時半月乃至幾個月，動員親戚朋友，尋房廣告，像一隊尋房探險隊似的，纔勉强可以得到丈把大的地方棲身。然而剛安身不幾多時，又已發現自己不適合二房東的脾氣了。用電多，用水多，吵鬧，房子賃得太賤，佔據茅房的時間太久，以及如此如此，這般這般，祇要一件，就是房客另組尋房隊的理由。

然而最可怕的鬼，莫如那些頂房家。

二房東既有威權，又收實利，則控房頂房自是當然。其始是那些戰

---

* 原載《沸騰的夢》單行本，上海好華圖書公司，1939 年 4 月。

前的二房東。他們雖花了每月若干元，由大房東那裏得來一所房子，驀然在戰後將它頂掉，可得千數百元（以三層樓的單幢房而論）。此風一開，便有人以頂房爲業。本日頂了房，明日把價錢擡高幾百元轉頂他人，自己又去召頂一所。今天花了一千五百，明日便得將它頂成三千。又有的專頂幾所房，如置產業一樣，任意把價錢擡得天樣高。

在這種鬼戲法之下，上海住房人真已如進十八層地獄一樣，莫辨天日了。他們發現，幾乎每所房子都和大雜院一樣。一所小小的三層樓，連大連小，得住上七八家。亭子間有一家或兩家自不必說，洗澡間也闢爲住所，晒台搭成棚戶，灶間蔚爲臥室，乃至連過道，連樓梯脚，連箱子上、地板上，都莫不人煙鼎盛。設房租、水電共八十元，則房東至少可以獲利一倍，因爲一間樓和一間亭子間已得八十元之數了。在這所十分充實像油鍋一樣沸騰着的房子裏，上海人，感謝魔感謝鬼的被煎煮着。他不要有所挑剔，不滿意，除非他能殺魔除鬼，要不，就這麼被煮被熬的福氣也不牢靠。二房東若要頂掉他的房子時，他祇好又在街上了。

然而，我們祇能說上海有鬼，可別說上海變了鬼，因爲誅魔除鬼的人，是用各種各樣的法子同式樣，一面自己在油鍋裏滾，一面切着魔鬼的筋骨，找它們致死的地方下手。

上海，是生和死對爭的世界。

上海——巨大爆裂的前夜[*]

兩個陣綫的巨大爆裂，已臨到了它的前夜，歐戰的濃雲掛了一角在上海頂上，上海是在子夜中喘息。

首先敏感的是金融方面。國軍撤退了之後，一般的趨勢是買英磅，買美金，買黃金。國幣受了這些小儈人物的播亂，由十四便士半，落到了八便士。但自從捷克風雲被攪起來了之後，害了寒熱症的人們立刻顯出了更昏亂的現象。早上買英磅，下午嘔出英磅，去換美元；買了美元的，轉頭又拿它去換黃金，但買了黃金仍覺不安穩，仍然怕，於是又吐出黃金去買顏料，因為人心以為顏料是將來的殺人利器，可以作他們資產的保管庫。希特勒發一次狂言，上海市場就打個寒噤，立刻黃金掉下五十幾元。張伯倫飛柏林一趟，上海又熱了起來，馬上黃金又漲了一二十。兩三天的工夫，起落上下近一百元之多！有存款儲金的人們，再也不肯明白：時至今日，祇有將一切獻給政府去抗戰，纔是唯一愛惜資金、保存資金的方法。他們老是情願愁眉苦臉的捧着存款摺子，由這家銀行趕到那家銀行，由這家交易所奔到那家交易所，惴惴然看着報紙的重要消息欄和經濟行市，張聽着消息，捕捉各種或熱或冷的謠言，以製造心頭的鬼魅，同時加增市場的動亂。

上海的當局，在鎮定中遣發他們的匆忙。蘇格蘭軍已經開走了，因為香港是比上海更重要的港口。美軍將起而代替執行保衛安全的要務。軍隊都在準備中，出營祇消有一紙命令。並且我們在膠州路受盡了艱苦的八百孤軍，在拉都路拘困了半年以上的南市退軍，大約也將有他們重為祖國獻身的光榮機會了，他們都在準備迎接那一天。租界週圍毗連佔

---

[*] 原載《沸騰的夢》單行本，上海好華圖書公司，1939年4月。

領區的地帶，所有沙包都經撤消，改築了堅固水門汀戰壘，荷槍兵士現在雖還沒有看見，但不久各戰壘都要被充實起來。

有些人，中外人士都有，還企圖在兩個陣綫的大爆裂中營謀苟全，他們提出什麼將上海改爲中立區的辦法。但誰也知道這是不會有的。日本已經宣佈了將與德國取一致步驟，參加歐戰，保衛上海及東方各地的德、義僑民，佔領租界是它天然的計劃。同時，租界當局，尤其是法租界當局，深明其處境地位，亦已決心抵抗。當然，我們知道這抵抗不會久，但民主陣綫決不肯輕易放棄它的根據。所有界內的法僑聽說已經奉命準備徵集入伍了，水門汀戰壘已經築成，中國居民也已於間接方面得到了準備撤退的勸告。兩個陣綫的會戰中，有什麼中立之可言？

社會上，人民的心理發生了奮發的突變。稍稍懂得時勢局面的人們，自智識份子、店員、報販、小商人乃至家庭主婦，人人焦切的盼望時局的開朗，或戰或不戰，成了一般人見面時的中心談話問題。旬日以來，報紙的銷路加了倍。有些消息靈通的報紙，如英文《大美晚報》《字林報》等，一出市就被買光，其他諸報，也常常晚了就買不到。人人憤恨希特勒的橫暴，景仰捷克有組織有秩序的堅強準備。他們以爲犧牲捷克的片刻和平，是人類、也是目前這一代國際大政治家蒙面的恥辱，因此希望戰爭爆發（假使希特勒一定橫行的話）的意願，竟成了代表上海輿論的傾向，因爲大家知道，任何對法西斯的讓步，無非多加柴薪在戰爭的火爐裏面而已。很多的勤勞人們，在這方面也能表示他們很明白的傾向。工人們、難民們、僕役們焦急的問着："捷克怎麼樣了呢？德國人太該死了，他們跟日本是一黨！"他們不知道該罵的是國社黨法西斯，却冤枉的把可憐的德國人民算進了他們憤恨的賬裏面。

自然，上海還有她的另一面。那些到處尋找安全的人們，又在愁裏過日子。我所已經指出過投機有款人們的慌張昏亂，他們却不是唯一的這類人物。花大錢頂了房子的人，在上海經營商工事業的人，從內地逃來以上海爲安樂宮的小財主，房產、地產的主人們，以及諸如此類的社會成份，造成了上海的頭風病。恐慌在他們心裏活躍，無主在他們眉目間流行。他們從這一團人走到那一團,從報館電話走到地方當局的待客室,從旅行社走到船公司,從會議場走到通訊社。心裏永遠被計算同安全的考慮糾纏,永遠是得不到答覆的安全疑問。在馬路上、電車上、辦公室裏,私人談話處,這些人的聲音與顏色,散播着惶恐不安的空氣。他們的心理是矛盾的。究竟是屬於在反抗中的中國民族,他們並不絕對禱求法西斯的勝利,但又不敢相信堅強的民主立場能制止法西斯野心,於是大戰將給他們帶來的毀滅,又籠罩着他們。

在法西斯侵略者魔掌下,主持上海生命的究竟還有一批人在。這些人散處在各種生活中,各項職業裏面,他們所要的是了解和行動。在分析捷克局勢的時候,中國的利害也在研究中,現在中國進行的反侵略戰爭並沒曾被人們丟在腦後,第三期抗戰戰術、戰略的得失,怎樣將它和世界大戰配合,這些問題都在這班人的考究中。他們安静的像伏鼠一樣,在自己的圈子裏組織着,宣傳着,監視和偵查一切漢奸們的行爲,防止他們乘機搗亂,製造口實。他們的動作之散開和推進,比兔子的行動還要迅速。他們一切都有準備,在任何情形之下,他們都將是上海最鎮定、最能將生命帶給上海的人物。

追[*]

　　生命已經道了別，如若可以用"追"字所含的一切動作和意義去把它請回來時，人間永不會缺乏真誠的勇士吧。然而事實上，真誠的勇士的確不曾缺乏過，作在"追"上面的行爲和聲色，却往往伴了生命而同去了，沒有見到帶回來什麼。

　　生命是到那裏去了呢？朋友：你帶着它輕輕凈凈的走了嗎？你需要遺忘？有所欣慕？你不欲留它在這人間？可是不呵，你是那由天上一脚踏下了土地的人，在你臨終的遺言上你寫："身體是一切的資本。"你饑渴似的留戀這個世界，臨死了，你對我說："醫生說就是第三期的肺病還可以治得好，我還不過是第二期。"在你最終給我的一封信裏，你還開出一批違禁的書名，叫我替你搜集材料，而你寫那封信時，正發着三十九度的燒呢！這一切，那一點證明了你厭棄人間？無論怎樣扭曲，都不能說你不是用十分心血來使你殘燼的生命貼緊這大轉變的中華民族。可是你的心，你的意志，你在死神爪下的踢蹬，都不能把生命追回來，我的追，我過時了的微弱的追，又能籌得什麼？

　　九‧一八關外的砲聲，震動了夢寐裏的中國。我們每禮拜聚集一次的那個小團體，眼看着被人頭擠滿了。在不太明亮的燈光底下，課堂裏兩個一堆、兩個一堆的擠在位子上。作報告，演講，辯詰，旁聽，造成了滿座的興奮。人們來了又去，去了又來，有的是好奇，有的是打探，有的想證明我們的無意義，但也有真誠求智求力的人們。朋友們在團體外面講論這一批新的來來去去的人物，那時候我起始聽見了"孫化新"這個名字，說話的人把這個名字和東北、高大、誠懇、會用思想聯在一

＊　原載《大公報》（香港）1939 年 6 月 23 日。

起，很快我就在人堆裏發現了你。

漸漸，那些來了又去、去了又來的人們，祇會去而不來了。他們的興奮隨時間而消逝，乾燥生硬的理論辯詰很快就消費完了他們的好奇心，抱了意願來打探和證明的人們也似乎稱心而去，你的高個子，沉足的音調，懇切的態度，就特別醒目的在那小團體裏面顯出來。你的問題有時候來得不客氣，你的辯詰有時候糾纏，但你的真誠，你求真理的迫切，卻不能逃過人的注意。在那時候，你似乎不知道什麼叫作膽怯。你不客氣的問題，曾經幾次引起了燥急朋友們的反駁攻擊，你未曾見了攻擊而低下頭過。你要的是真理，關心的是一個民族國家的命運。

之後，你顯然在這小團體所象徵的一切中，探到了民族命運之光輝的影子，從而你也決定了你的命運！

由那以後，你的生活和許多將生命交給了民族的人們一樣。你常常飢餓寒冷，要常換住址，常常要和偵緝巡捕捉迷藏，你這個"孫化新"的名字一直得和你脫離關係，而為不着任何意味的張三李四所代替，要等到你死了以後，它纔能重復回到你頭上。然而你已經不存在了，所以這孤涼的名字終久仍無着落。

一九三三年，我在上海收到了一封"劉靜"署名的信，北平那麼大的城市已經是不容你有七尺土安身了。你變樣子逃到了上海，靠着朋友們的好心而生活。你去了江西，得到了失望。你把官僚們的新鮮把戲蹬掉，於一九三五年又回北平，我們在圖書館裏再遇見了。

我記得你那間在南長街公寓裏的小小房間，雪白明亮，有你一張蓋了白單子的小牀，鋪了白紙的小方桌。成疊的書，成堆的目錄表，都是使警探刺目的東西，但你自己可不在屋子裏，你仍然在民族的命運盤上奔走着。

十二・九爆發的前幾天，你來了，一直坐在我的小屋子裏。我們分析當前的局勢，估計群衆反抗的高潮，討論當時應用的口號。

"目前是非有一點舉動不可了！"你慨嘆的說，"但是我們該採取什麼形式呢？在×人的高壓底下，恐怖也許會駭走一部分人。"

"祇有口號用得對，我們可以叫上萬的人到街頭去！"我說。

你默然點點頭，繼而說："落後的群衆是可以帶起來的。"

那天晚上你一直談到十一點多鐘纔走。過了幾天，一清早你神色興奮，匆匆的走來，一見面就問：

"知道昨日的遊行了嗎？有好幾千人！還有燕京、清華的學生們被關在城外面。"

知道的，知道的，那是學生的怒吼，反對×人民族抗戰的先聲，我知道你是投在那裏面。你幫着女學生們衝鋒，替她們搶巡捕的皮帶、刺刀，你在最危難的關頭，不讓自己與民族的火炬脫離。

在那些日子裏，你一面關照我小心，擔憂我的身體，而你自己却暗暗的瘦掉了，且起始有些咳嗽。我問你，你說："着了點涼，我的身體還是很好。"

於是北平又不容你了，你再度到了上海。從此以後，你永不能再見你心愛的北平！在你帶入永恒去的記憶裏，不幸的北平是×人的姦污之下，對你我失了表白自己、恢復自己光榮的機會！潔白純正的靈魂呵，在上可有天堂，在下可有地獄？容我們莊嚴神美的北平在其榮耀的新生命裏去找你呢？

我在北平的日子由朋友信裏面發覺了你的肺病！我不用多說廢話了，你想得到我那時的感覺。我爲生命而悲憤，我詛咒這把壯烈生命毀爲枯骨的世界。一個個鮮活熱烈、貫滿了生之蜜汁的青年，死於過度的勞苦鬥爭，死於缺乏營養和溫暖，死於無情暴虐的刀槍子彈。全因爲他們把個人看成了民族命運的墊脚石，讓他們鮮嫩的脊梁被民族的巨脚掌踐踏而折斷，你已經是我朋友中第五個了！我知道在×人沒被驅逐出去以前，在正義與愛沒曾統治人類之前，將還有無數萬、無數萬後起者啞着嗓子緊起脚步跟隨你們，你們永不會寂寞。

蘆溝橋在曉月射出血紅的火光時，我也離了不留人的北平。在上海的紅十字醫院，你慘白得和石像一樣的和我見面。你告訴我你沒有休息的餘閑，你的病，你的心焦，你對於戰爭的關切。總而言之，你躺在那北風穿戶的三等病房裏，你心裏却如焰直升，我想你怎樣能够好呢！

去年五月間，醫生説你好了一些叫你出來。你既已將二十八歲的年齡和慾望一絲不剩的獻在那隻偉大的命運盤裏面了，没有爲個人留下一絲一毫扎根的地方，叫你這有病的身子向那兒去安挿呢？六月裏，醫生又叫你出院了，於是你祇好去爬那九層樓的青年會宿舍！在那裏，你帶着紙和筆，帶着目前的政治分析和綱領，死以前的三個月裏，你寫成了一萬多字的遺稿。

我不敢想你會死，但別人却告訴我你已經無救了。然而你還是住在青年會；見人接客，還要爬那九層高樓。自然你的熱度增加起來，自然你又要進醫院，而這一下就完了你尊嚴沉重的一生。

你死的前三天給我來信，叫我給買橘子去，你需要生命的熱情，所以故意叫我買東西吧。可是我買去的第二天，你就轉了肺炎！橘子來不及嘗，我也來不及看一看，你緊緊咬着痛恨的牙齒而去了！我見着你時，是被白布綑扎得和一綑柴樣的擺在太平間裏。

朋友，安息吧，天堂、地獄若有你的家，你可由那裏望回來，望着我們不懈怠的也都在這隻莊嚴神聖的命運盤子裏呢！

别　上　海[*]

　　許久願望的一件事，不知爲什麽却又不急急於要它出現，因此，當它忽的到來時，心裏倒有些茫然。

　　從到上海的那一天起，就存下了離開上海的願心，結果却在那裏穩穩住了二十個月有零。也並非毫無意味的住下去。單是那每天早起，用眼望着遠方，用嘴唾着近市的滋味，够得人在上海活下去了吧。

　　然而，請別以爲我是森林的迷戀者，別當我所願望的祇是雲，所要聽的是無聲，要見的無色。當我詛咒上海的時候，不妨在我心裏聽出悶和憎恨，可是我却不想那空谷之底，更不要隱士的洞門。有時候我喜歡在上海的馬路上（有人將"馬路人"的尊號贈與稱爲野鷄的女人，我願把它的範圍擴大一些，在馬路的行走中追逐願望，不正是人生的象徵?），光是肢體的動作就叫人歡喜；有時候我喜歡坐電車，由一道電車跳上另一道，在上海嘻嘻嚅嚅的街道上，車子隆隆然震盪着前進，它的警鈴叮噹叮噹，叮噹叮噹，宣佈自己的行進，儼然如有所預告，有所象徵，雖不是一位麥理哀凱撒，也拖着一個都市社會在輪下，使□水流不息。

　　我又愛那雨夜裏的霓紅。祇消閉上眼，上海的霞飛路就成了比晚霞更美的世界，長霞不是在脚下飛，不是霞珠比霧珠還要亮，流得更閃灼？有時候，那簡直是一條光的長河，紅的明流。我久久站在邁爾西愛路口上，不知紅緑燈已掉換了幾次。

　　上海的亭子間是值得回憶的東西。那四堵矮墻並不能替你隔斷六合之内所能發生的任何聲音，常常使你好像自己是坐在一隻開了鍋的鑊子裏。可是最少它替你圍住了一條牀，一方小桌。假如時間和工作容許，

---

[*]　原載《大公報》（重慶）1939 年 9 月 25、26 日。

你又有意安靜一下，那麼，是躺是坐，你不怕有人會闖破你心的靜寂，腦的漫遊，你在那方小世界裏，居然前無古人，後無來者。

然而，我還是抱着二十個月頭一天的那顆心，每天每天要拋了上海。

那一天我永不能忘記。經過了運河裏十六鐘頭的久坐（正和麻將牌一樣，人一個緊靠一個的排在艙裏），雨中，在天明前摸上了去上海的輪船，又回到了長江上（可已經不是我們的長江了！）。迎船而來是浩闊的江面。朋友們忽然大聲喊我，叫我出去看。本着一向的固執，我非得他們告訴我是什麼。那是佈滿江面的紅太陽旗。舳艫不斷如過天羣鴉，全是插着這旗子的軍艦，據說有二百多隻！我把自己關在艙子裏，不曉得能用什麼去炸掉我心頭那塊石巖！不用去看，已經就清楚的感覺到了：二百多隻軍艦壓到了長江口，那裏是上海！那裏是南京？我去的又是那裏？於是，那知覺遲頓的英國船緩緩穿過雨簾，從太陽旗縫裏進了吳淞口了。廣漠的大上海此時祇一片灰莽莽的枯原，似乎噴着煙。我看見那花了三十萬元剛剛建築好的虬江碼頭，她正是中國的處女作，而現在恰好有日本運輸艦在那裏，起卸轟燬中國人的砲座。船殷勤繞着那片三角洲轉，好像捨不得離去，那片流盡了血，拋盡了肝腦的枯原，在它心上直插進一把尖銳的膏藥旗子！雨像弔孝的素紗蓋在它身上。我站在艙面上，雨不斷掠過我的臉，眼模糊到什麼都不能見，我頻頻拭着。別想我流淚吧，我的黃髮白臉的朋友們。於是，我直直腰，將頭高高的舉了一舉。

黃浦江上不用說，忙亂得不堪了，正像一個遭了大盜的家，滿江面各種腳色都有，祇除了主人。在插了太陽旗的小船上，中國人無頭的忙亂着，而穿了黃軍裝的矮子們則泰然靠在艙裏，這彷彿是初次看見的事，刺得眼發痛。想到主客的顛倒，想到奴隸的造就，想到自己正在這時候，要鑽進那失了主人的盜窟，帶着民族的恥恨日夜暗地裏飲泣吞聲！天，我說不明對上海是恨還是愛。

初到上海的日子，儼如包裹在滾滾不停的雲團中。上海彷彿是一團灰重的霧，她震盪、波動、迷茫、不可知，彷彿時時有鬼爪，會由霧中伸出來攫拿你。閭巷自己在警戒，進行曲的歌聲已經給母親們的臉色壓低了，抗戰書籍被扎成一捆一捆，堆作一角。雖有留戀的心，救不了文字的命運，正和三個月以前的北平一樣，在敵蹄下帶來的，永不會少了文化的火劫。中國人被趕得雞飛狗上房，把名字和人改裝成奇奇怪怪，於黑暗中逃離這火窟。所有的報章一齊悲憤地和上海道了別，追隨着向深向遠而去的戰鬥帶走了它們跫跫的足音。上海，這是上海！

我沒做出絕望的喊叫，上海可也並沒有死。在陰濕潮重的濃霧裏，觸覺在我心上敲；有一些細微的波□，如嬰兒之夜起，如竹芽之破土，又如夜蘭香在輕輕舒展它的花瓣。第一張的《譯報》一霎就穿透霧幕，飛滿了上海，接着來的是上海蹶而復起的鬥爭，顏色不是第一次的鮮紅，聲音也不是那樣嘹亮。那沉抑亢奮，濃鬱淒厲，極度的悲涼和了極度的壯烈，已怕祇有曉曦之前的海潮可比擬吧。隔了大霧的兩軍拼命，如槍對攛着，筆鋒搖射，在上海的通衢上，奸徒和烈士一齊橫陳，各自在上海四百萬顆心中佔有最適宜於自己的恥辱和光榮。敵人雖能隔着霧將人頭人腳拋進上海，而上海則以更多的毛瑟手榴彈回敬。秘密室在匆忙，印刷所編輯室里在匆忙，學校張着神經過敏的眼光而碌碌準備，警察用一隻手揮着警棍，另一隻則插在背後解遊擊隊的絧縛。茶□飯□，食堂、酒店全變了，它們不是臨時參謀部就成了急就會議廳。攻與守的陣綫有時就在一所酒店裏面□□交叉着，在你的鄰座也許就是敵人，而在電車上，你往往會覺得手指發跳的想插進身邊那敵人偵探的脖子裏去！他却裝成個綿羊樣子的同文書院學生。在上海，人人伸長了耳朵，而內地來的每一個人都成了寶貝，祇要他們開口，就有了上海人多少日子的糧食，夠他們的心慢慢嘴嚼。消息！消息！饑渴的上海爲了民族的一動一靜、一短一長而瘋魔了。

可不要相信這就是上海的全體。上海太陸離，太絢爛。若沒有那些油頭粉面的公子姑娘，叫上海的舞場、戲館怎麼過活？幾乎一條大的馬路上都有七八家舞廳。樓下有得幾個咖啡座，樓上一架無綫電，門口的小舞場牌子就掛上了，若干人在仙樂觀光，若干人在大都會前徘徊，更有若干人則向這些小舞場突嘴拋唇，數出它們如此如彼的好處，以見自己並不是窮酸，更非是趣味不够，舞場裏大約是早已出版了幾千部了吧，連着他們的什麼軟性刊物。

若不是那根深觀念使人認定了上海是中國的，走在江西路，走在亞爾培路、貝當路的人們怕免不了異國情調吧。祇消電車在亞爾培路口上通過，你可以看見一串橫了外國名字的酒店，畫出彎彎曲曲的字樣在夜裏如一條條亂蛇，啤酒瓶子亂碰着，吃角子老虎呼盧呼盧的叫。洋人滿街撞，帶着中南歐那一堆不得志的頹唐，俄羅斯帝國的公爵夫人們在街頭來得更瑟縮了，而猶太人慌惚曾不可□的鼻子又早已泛濫於上海。一批一批的外來種汪汪無盡流入無人之境的上海來。白臉黄臉全不識上海的主人，就撞然邁上了它的堂階。他們看準了上海的酒店、會議室、參謀部、交易所、黑市場、消息收買處、掉價的法幣，以及它的霓紅燈、威斯忌、俄羅斯公主和中國的苦力。上海供養了他們一切，他們沾了上海腐爛，這腐爛又被那虹口的膏藥旗子保護和鼓勵着。那旗子包載黴菌，散播腐爛於她所到之處。

上海祇有地獄。天堂，已經化成了一幅血色的旗子，在那森黑黴爛的地獄裏，揭起了唁唁的鬥爭。

在二十個月裏積成了七百二十個願心要離開上海；然而，上海，請叩叩我的心，請聽它喊喳喊喳，在言語些什麼？

上海的痙攣症*

上海並不徬徨，却極其苦悶，這種苦悶到了痙攣的程度。這是對香港人所能報告的第一個總印象。

所謂上海並不徬徨，由幾方面可以看出來。第一，去冬中樞所號召的"寒衣捐"，本來估計不會有多大成績，因爲上海去年下季一般形勢是物價騰貴，漢奸猖狂，許多重要負責人都受着逼迫或已離滬，或無法活動。因此負責推動捐款的團體多不敢擔任大數目。可是事實上呢，幾乎每個團體所捐的錢，都超出了他們認定的數目幾倍，僅上海婦女界已經得了一萬多元！比它原認數目多三倍有餘。其次，零散秘密的時事座談會、時事討論會，也急劇增加。由於真正抗戰報的缺乏，上海新聞界中的正義人物幾乎成了活動自行報。他們被請到各種小集會裏去擔任報告消息，分析時事，一張嘴變了一張社論版。其結果，上海雖很少好報讀（關於這情形，下文當再提及），新聞界正義的從業員似乎應該有賦閑的現象，而實際上則總是人手缺乏，週轉不來。有些受漢奸津貼的報就利用人民這種破釜沉舟的心理作超宣傳，企圖打擊他們對抗戰的信仰，但效果很少。

高、陶這次暴露汪兆銘賣國文件，對上海資產階級是極大的補劑。他們過去總以爲汪是國民黨老黨員，且善於痛哭流涕，必不致於真作漢奸。汪到上海之初，借褚民誼的拉攏，果然曾以反共作幌了而欺騙一部份資產階級人士。某大百貨公司的當局曾對我嘆氣，說在他們那一夥人中間，反汪的話一句都不敢提。現在不然。提到了汪，大家都搖頭，說想不到他真變了日本的走狗，遇有他的人來都設法躲避。民族資產階級

---

* 原載《大公報》（香港）1940年2月28日。

及大商人們對汪的心理早已由希望而懷疑，現在又由懷疑而斷定爲漢奸，不再說罵他是過分了。

這樣，上海應該是完全穩定了吧。然而半年來由於國內國際的戰爭，由於上海的特殊地位，日本對中國加緊的掠奪，以及投機取巧份子的播弄，實際已把上海弄到了幾乎是上弔的地位。

首先最扼緊人民生活的是物價，由去年九月至今年二月間的一般物價，較上半年平均增高了三倍。回看由一九三七年十一月我軍退出淞滬時至去年九月近兩年的長時間所增的物價，也不過兩倍而已。在去年新舊年關頭，物價是兩天一漲，三天一漲，每日市價都有不同。特別是日用食品，漲得無理的濫。大家都知上海米賣六十元一擔，煤球一百五十元一噸（半年前三十五元！），碎煤至二百八十元一噸（前年冬天五十元！），而上海去年特別冷。房子一間前樓索價百元，小亭子間三十元，大的五六十。五口之家住兩間小房，每月開銷三百元，僅僅過得去，衣服零用還要除外。至於沒家的人，在上海棲身真是悲劇。住是不必提了，論吃，在館子裏，一個人叫一菜一湯下地至少二元。請一個客四五元不等，近來上海人都發明了請客吃麵以省菜，結果兩個人還是非三元不能下臺。

生活既這樣高，搶劫當然通行。除了通衢鬧市以外，白晝三四點鐘都"剝豬玀"，女人們不敢單身出門。鬧市如亞爾培路上的住戶都有好漢們白日撞去搶劫，不算奇事。幹這類行業的並且還都不是能手。雖有七八個人，七八支槍，走進了大門却瞠然不知所措，祇會抓起些汗衫、大衣之類就跑。證明這些新英雄，實在都是凍餓的犧牲。他們之劫搶與他們的凍死是同樣的無知，同樣的遭劫。

上海的物價之騰貴，雖然由於抗戰以及商人的投機，其最要原因還是日本的搜刮。日本米糧肉食的缺乏，早在去年春間已成問題，而百萬大軍屯駐中國，給養久已不繼。它所採救濟之法，不但是在中國以戰養戰，還要從中國以戰去養它國內不飽的人民。現在上海米賣六十元一擔，説的乃是洋米，至於國米則拿着這錢也買不到。米鋪聲訴沒有國米上市，因爲日本把米運走了。農產物由四鄉去上海的完全經日人奪去，以致上海的雞蛋要兩毛錢一個！

兩租界的生活正像繩縛頸上，又打了個死扣，日本則趁此又來開放虹口和南市以吸引居民。搬過去的人也有，却不多，因爲在蘇州河各橋上以及南市邊沿上，還是有"皇軍"亮槍站着，勒逼行人向他們鞠九十度躬，並且隨意檢查。青年會某君聽説虹口開放了，特意跑去，看房屋。回來時就在四川路橋上被一位"皇軍"劈胸抓住，全身上下被搜檢了一頓，然後趕下橋去。

然而我們不要太放心，以爲因此日本終無法充實它的虹口、南市，乃至它計劃中的江灣和市中心區。事實上虹口的物價聽説比較低，兩租界生活的痙攣，如何能容許五百萬居民擠在那兒熬飢忍寒？拒絕與日偽合作，又是一個十分待考慮的問題。如若日人能够把江南幾條交通綫控制住，不遭破壞；如若滬郊遊擊工作不更緊迫的開展，使虹口、南市的生活無安全保障，則日本的企圖是會漲大的。它想將過去上海市政府的大上海計劃全盤托出，並加以擴充，而此次的開啟虹口等，不過是初步嘗試而已。在這裏，我們固然有理由希望它的嘗試失敗，特別因爲僞組織財源枯竭，對這些移去的人民必然苛捐雜稅，刮骨抽筋，同時日本對農村的搜刮，也必然使這兩處的物價跟着上海租界而增高，那人民不是又要受雙重的苦痛？

在上海最受痙攣生活之壓榨的是文化人。紙價高，報紙加價，書籍刊物全加價，祇有作家和編者們的腦筋却減價，這與物價高而薪水減低是同樣的現象。從前一個總編輯一百五十元，現在一百；從前編輯一百，現在六十，這還是稍有聲價的報紙。等而下之，則幾十元，十幾元，或沒有薪水僅給少許編輯費，讓作家和編者對搶的所在都是。稿費在一九三八年之始還有三元或兩元半千字的現象，嗣後水漲船低，江河日下，千字一元或幾角已極普遍。若要二元及一元五角已經要你有很出名的頭銜，又有特約之榮纔行。以寫稿爲生的人，首先得餓起肚子，榨出文章。嗣後又得日夜開工，每日生產若干千的字數，至月底纔得到五六十元稿費，能養活自己已是萬幸。照這情形，不是要滅頂了麽？然而不，上海的作家們眞死綳肚子。朋友們叫他們走，他們都加以拒絕。他們的眼圈是黑的，皮是枯黄的，臉是坑坑窪窪的，眼皮是垂垂的。可是他們說："我們人太少了，我們簡直忙不過來。"

同樣的痙攣在荒淫和無恥方面表現得更加瘋狂。跳舞的泛濫還是小事，去年秋間我離開上海時，上海最大的賭場祇有好萊塢一家，其他有幾家則均在曹家渡，經當時幾張有力報紙如《文匯報》《譯報》的揭發攻擊，被工部局設法關掉了。在當時去好萊塢，説起來還爲一般青年所不齒。現在這情形已成了啟蒙的過去了。在上海，東西洋人合作的大賭場，除好萊塢之外，已經多添了兩三家，其中之一的"愚園"就在静安寺門口，百樂門舞廳隔壁，黄昏未盡，已經是汽車塞斷了馬路，門前的燈彩照紅了天空。賭注總以千元以上爲起碼，幾萬元的進出在一晚上是小小一場玩笑。賭客十分之九是中國人！全可由賭場以最新式的汽車接送，比起澳門來，上海是上峰多了。聽説日本人進賭場是受了嚴禁的，除非他是特務。而中國人則反而受着鼓勵，這些賭場好老白相經拼命用漲價及出賣靈魂來一星一銖的由自己兄弟姊妹身上挖，到了夜裏又拼命成堆成塊地朝東西洋人的賭盤子裏送。他們的理由是反正錢不值錢，落得開開心。

從各方面來看，在抗戰勝利以前，上海這種痙攣症不但沒希望改善，且有江河日下的趨勢。物價祇會漲，不會落；食物來源祇會減，不會增；飢寒綫上的人衆祇會更多，不會減少；除一部份人凍死、餓死以外，更大的不滿，更大的搶劫、騷動會普遍化。黑夜的暴亂會來到白晝，白晝的生手愣頭青，會變成靈巧技熟的盜賊。上海是一座火山，它的火口會不會爆發，假如會，怎樣纔能將無數火頭組織到這火口上來呢？

要回答這個問題，不是一兩句簡單的話就可以了事的。我們可以説一句得罪上海五百萬同胞的話，爲國家大計作想，上海愈痙攣混亂，對於抗戰國策應該是愈有利。因爲上海是日人在華的總後方，除華北以外，一切軍事、經濟、金融、政治、文化等活動，莫不以上海爲在華的掣動點。兩租界表面上雖不受日本管轄，骨子裏却被其控制和利用，除非它決心奪取兩租界，否則它並不願意它們有過度的混亂和飢饉，因爲它們是有傳染性的。自然這樣講，並非說因此政府應該放棄上海，反之，爲了控制上海繼長增高的不滿，使之處處與愛國熱情合流，爲了組織上海的意志，使它隨了社會情形的不穩而愈加堅定，愈加明晰有準備，則上海需要有一個強大的組織者的組織者——一個有力的輿論中心。

自去年七月《文匯》《譯報》《導報》相繼被腰斬以後，上海人心一時頗呈出惶惶無主的現象，那種憤激憂惶耳聞目睹，至今還記得十分真切。有人愁得不到真確消息，有人焦急無法瞭解政治形勢和種種突發的政府政策，但大多數却擔心失掉了在上海抵抗日僞的主要工具。而汪、周一到上海，就先竭全力把這幾張報打下去的原因，也反證了它們在組織上海淪陷二年中的抗戰工作的意義。事實上它們是隱然左右着全上海幾百萬人民的觀感的。這幾張報完了以後，局面由《中美日報》獨力支撐，雖覺微弱，也還繫住了上海人的心。

到了現在，則所到之處祇聽見"一塌糊塗"的呼聲。到處現出群龍無首的空氣。事實上漢奸也是混亂無主的。亂打人，亂造謠，而我方也沒有明顯的中心在起作用。相互的猜疑嫌忌似不能免，除了在極小熱熟的圈子裏，不敢説話。

可看的報紙，僅有《大美晚報》。問消息，皆《大美晚報》，問戰事，皆《大美晚報》，可憐一張《大美晚報》是不大有好消息、好言論和好通訊的。它有一點美國人靈活的腦經，一張□□社信口開河的嘴，和一些轉載的香港報的文章，如此而已。究竟政府經由什麼來與上海嗷嗷待哺的民眾聯繫，究竟上海民眾如何纔能瞻仰政府的意旨，領略抗戰大計的進行，恐怕《大美晚報》還不夠解答這問題吧。

即以上海本地而論，一個爲中國人民中心的輿論機關，往往同時對工部局也是一雙銳利的眼鋒和止動機。目前上海物價之高漲，假如還有一二個擁有信仰和力量的報紙加以制裁針砭，對工部局加以督促，流風絕不會如此之下。前年上海房租大漲時，經幾份報紙的抨擊，督促工部局取了相當行動，就好了好些。

總之，目前的上海已經犯了狂亂痙攣的病症。這病症在抗戰勝利以前，還有繼續擴大的趨勢，而善用它使之對日人成爲不治的癲癇，對我們則成爲高度熱情的組織，還有待於有識者的大力。

追念許地山先生[*]

先生！你去了，你永遠不再回來了。

先生！你去了。你去了以後，老年人失掉了快活的談話伴侶，中年人失掉了熱忱的、令人興奮的同工，少年人失掉了關心的、親熱的先生，孩子們呢，他們失掉了他們好頑的、淘氣的老伯伯了。先生！

誰能相信這件事呢？誰能相信像青年人一樣快活，一樣新鮮生動的許地山，現在已經被埋葬在泥土下面了呢？先生！

先生，無論我怎樣去想像，單看你本人，我總不能夠感覺到你是一位那樣精勤、那樣一絲不苟的學者，但是，當我看見你埋在書堆中間，埋在書目卡片和札記本中間，當我看見你把自己鎖在書架中間低頭抄錄和寫作的時候，我就不能不承認你是一位真實的學者了。真的，不讀你的《綴網勞蛛》，不會知道你是一位能文藝的作家；不讀你的《危巢墜簡》，不會知道你是那樣憂深思遠、抑鬱憤恨的有心人；不合你在一起作事，不會知道你刻刻追求工作，刻刻不停的要做一個真正於人有益的實行者，不會知道你有那麼廣大的、不流於空泛的熱情。因為你是個平凡人。你的言語、態度，你的笑，你動手動腳的樣子，沒有一點表示你和平常人有什麼不同的地方。然而你想想，你這個平常人，你死了，你帶去了多少人心上的光亮。

呵，一個真實的平常人也是不能夠生活下去的嗎？

先生，你給我第一次印象，是在燕京大學的時候。你在課堂裏講玻璃是會透風的，我不信。我和你辯駁，我申明我要把所有的窗戶縫隙都用厚紙封起來試一試。先生，你那時怎樣？你看了我一下，你說："好

---

[*] 原載《大公報》（香港）1941 年 8 月 6 日。

哇，好哇。"你又溫和又自然的樣子使我不能不慚愧了。我知道我是怎樣一個小小的人。

到了香港以後，我和你接觸得更多了。無論什麼時候，上午，下午，我走進你的書房裏去，總看見你專心地在工作。但是，無論你工作得怎樣專心，看見人來了，你總是很高興地放下你的事來和人談話。講你的所見所聞，講你讀的書、你研究中間的發現。你的談話多少總令人對事、對物、對人多得到一些東西，使人愉快而滿足。

先生，你知道嗎？你以平常人自處的平常作風，確實叫我驚奇過的。以你的地位，最初我不大敢請你替《文藝》寫文章。在大學裏面主持學院的院長、成名作家、學者，怎樣能輕易給一個小小副刊寫一二千字的小文呢？可是你不同。每次求到你，你總是千肯萬肯，就是你推辭，我也知道你是故意，你要鬧點小頑笑。你之所以願意，第一因為你有許多話要說，你有一般貧士和苦難者的不平。第二，你不能拒絕人的任何請求，所以，你雖然在非常忙碌時，人家要什麼，你還是給什麼。

先生呵，你既然這樣的願意施予，為什麼你要把你的生命切得這樣短呢？

你隨意答應寫文章，你却不隨意對付你的文章。一千字的小文你也要寫了再改，改了再抄纔寄出去；並且抄的時候，你要自己動手。你說抄的時候，你還可以再改一下。你對人是那樣的寬，對自己却這樣的嚴。先生，我是在故意說你的好話嗎？為死者說上成山成海的好話，究竟有什麼用處呢？

抗戰為中國開闢了新的光明，同時也曝露了中國隱藏的弱點。你生活在弱點的中間，但是你的心却無時不追求新鮮和光明。你在文字上的主張受人歧視，你對於社會習慣的不耐煩受人歧視，你對於弱點橫行的憤慨受人歧視，你要求改革的熱情和努力更加為人所不滿。你遭受了誹謗、訕笑、污辱，在有些地方你甚至於被人當作了異物看待。你是孤獨的。你祇是一個有良心的平常的人，你不會掩飾你自己，你更不會委屈你的良心以求容。

先生，我聽見過你一聲嘆息沒有呢？看見你流露過一絲苦悶沒有呢？沒有的。但是，你是苦痛的呵。從你追求工作如醉如狂的狀態中，誰能看不出你的苦痛？先生，你甚至於說過，你要去鄉下去辦農村教育，真正啟導農民。你說，"事情真要從下層做起，要他們自己起來"。先生，你的事情還祇在開始，你就走了。你帶走的是苦痛還是安慰？

人人都讚美你健康，誰知你身子裏暗藏着致命的宿疾——心臟病？就是你自己，好像也忘記了你是有着這種危險症候的，你不要休息，不要安靜，不要鬆懈。在屋子裏你就埋頭讀和寫，你的文章寫成了，你又虛心和人討論其中的要點。遇了值得注意的意見，你不惜毀去你的原文，重新組織。在外面你就接洽事務，見人，走地方，談話，想主意。你從來不曾推辭過一件事，就是最微小的你也從不推辭。這是我從香港文藝協會中你的表現上看出來的。你強烈的，大量的消耗你自己。人人都讚美你健康，富於生命力。你呢，你自己究竟是怎樣想的呢？你想，危疾已入膏肓，你要從死亡多搶救一點工作嗎？從許夫人、馬先生和其他接近你的朋友們聽來，你真的是像搶火一樣的捨死忘生在工作。擔任教育師資，你把在家、出外、宴會、工作的時間，每一分鐘都貪心的抓住，使它結出有益的果實。你上新界去，獨居在尼庵裏，是為了清靜，為了全力工作；你下山來是為了要計劃事業。我還記得有一天，你滿面笑容的跑到我這裏來，和我談着你工作的計劃，你寫文章的計劃，我們都非常之高興。走出去的時候，下了樓梯，你又站住，掉轉頭來看着我，說："真的呀，現在非加緊幹不可，不然不得了哇。從前我還有些不放心，現在我不怕了。"

先生，你終於竭盡了你搶救的最大可能，就這樣的撒手了。你的生命還在中途，中國的抗戰還在中途，全世界反對強梁，反對侵略，爭取平常人的生活權利的戰爭還在中途。死亡的洪水正在氾濫着。回顧你搶救下的那一點點遺物，回想你焦頭爛額地搶救它們的悲壯情況，先生，我能有什麼話講呢？

先生呵，我不該爲你傷悼，
因爲你深知了死亡，死亡，
那是新生以前的洪流，
你忙着去搶救，搶救，
不顧是木板、布片和蓆篷，
把它們纍積，纍積起來，
到死亡抵住了以後；
先生呵，你放心吧，
放心，去永恒的休息，
從死亡之卑怯的頭頂上，
你看我們，我們在纍積你的搶救，
建築一隻永恒的方舟。

先生，你究竟是死去了沒有呢？

上警報課的一天*

住在建陽的那些日子，每天早上由六點鐘起，有理沒理就是警報。

空襲之後，常常不到五分鐘，接着就是緊急，好像上警報課一樣。然而事實上，除某日來了一架飛機偵察一番以外，從來就沒有飛機來過。就因爲有過了那一架飛機，害得我也不敢偷懶。有兩三個早上，必須在五點鐘就爬起來，去躲警報。朋友們講有了那番偵查，敵人無論如何是會去幹一下的。

來了一架飛機的第二天，警報把我送到河邊上來。大樹底下可以坐人的地方都沒有了。河子上有幾條小蓬船泊在那兒，一條船上有幾個人圍着在吃飯，另外一條船在河碼頭那邊，船夫點着篙子，站在船頭，船艙裏有個兵在爬進爬出，時而站起來向岸上望望，好像望什麼人，再繼續在艙裏爬着。這時候河岸上一條小石頭巷子裏匆忙奔出一個人，制服軍帽，夾着公事包、皮箱，一面跑，一面大叫："崔長發，崔長發！這個王八蛋。"船上那個兵聽此一叫，慌忙從艙里鑽出來，大聲連連應着："有，有，有。"制服老爺見到了他，好似得了救一樣，便把皮箱、公事包全拋在地下，由兵去撿，自己且悠閒的向船上走，大罵着：

"你這個王八蛋，叫你就沒影子了，他媽的怕得要死！"

那個兵囁嚅的辯解着，說他先搬了行李東西來，是先替×長來鋪艙的。制服老爺看見艙裏也確實鋪得很好，就祇咕嚕着吩咐："快開船！"於是船夫把篙一點，船一匹葉子似的順水流下去了。

大樹根上坐着的幾個人全羨慕起來：像這樣躲警報多舒服呢。其中另外一個兵却罵着："他媽的，他罵別人怕，他自己就別躲警報！"

---

* 原載《文學創作》1942 年 11 月 15 日。

飛機不來，警報不除，大橋不通，馬路不通，人變成完全是多餘，甚至於這幾個小時中的世界都是多餘的，堆在這條河上，瞠目不知所措。

緊急警報響了纔爬起來就跑到河子，幾個鐘頭的警報一熬下來，夠餓的了。看見船夫們在吃飯，便走到一條船上去，問他們可有梨賣。

"還沒吃飯呀？"一個穿灰色衣服的問。

"沒有，跑警報嘛。"

"我們有飯盛一碗你吃。"船夫的自然態度使我吃驚了。我反偏緊起來：

"不要了，不要了。"

"不要緊的啦，你現在要買梨子那裏去買？我們是沒有菜的，有飯要吃就盛給你。"

"不要了，真的不要了。"早就看見他們一人扒的一碗白飯，那情景並不鼓勵人嘴饞的。他們也就不再聲勸，祇自言自語的："要飯就吃，飯總是有的。"

我尋思着他們這種爽朗親切的態度，他們的態度叫人十分的歡喜自己是一個人，一個可以隨意笑笑說說，頑頑吃吃，然後和別人站成一字肩兒齊，一起工作的人。他們叫人生出許多古怪的想頭，覺得水可愛，船可愛，一隻鼓起腮幫子亂跑的風帆可愛，覺得在這些東西中間弄慣了的人，明亮得像水，樸實得像船，爽快得像風帆。人見了他們，想起他們和自己一樣也是祖國的兒女，會有一種幸福的、光亮的感覺，好像眼前推開了一扇長窗。

一會兒，岸上來了一個兵，他們就遠遠的招呼他："吃飯哪。"兵上船打了個轉身，就從河裏打水擦身，換了衣服，又上去了。我以爲他們是兵呢，我就問：

"你們是那個部隊的？"

"我們？不是什麼部隊，我們不是他們的人。"穿灰色衣服的說。

一個高高的長着火眼、穿藍布衣服的人端着一碗茶站起來，望了那兵的後影一眼，說：

"他不是我們的人，他們是坐船的。"

多麼奇怪呀。前八分鐘，讓一個陌生人吃飯像自己家裏人一樣。後八分鐘却會一句"我們不是他們的人"，一句"他不是我們的人"，把一個同船很久的人剔到隔牆以外去。什麼原故呢？一顆心變成兩種心的人，是什麼在中使魔術？

"你們到那裏去呀？"我除了問以外無法可以理解他們的。

"到的口去。"穿灰色衣服的也站起來了，是個矮身材，顯明得精利的樣子。

"離這兒有多遠？"

"一百四十里路。上水，好難走咧。"

"在將口上邊麼？"

"不，將口是到崇安去，我們到麻沙。"

"哦，邵武那條路上。一趟路多少錢哪？"

他把四個指頭一伸，眼梢帶了我一下，"四十塊錢，我們是送上去了，再下來的。"

"運兵嗎？"

"哪哩。那些太太們呀，好多，好多，怕有十幾個太太。箱子行李又多，網籃、被窩、大箱子、小箱子，哎呀，船都擠壞了。"

"是些什麼太太？"我的興趣越來越高了。這一次陸路、水路來的前方太太真不少，有幾位縣長爲了辦這類差事，着急得要哭哩。

他都懶洋洋的說："什麼太太都有，這個長，那個長，我們那裏弄得清。五六條船裝滿了。"

我奇怪起來，"什麼衙門有這麼多的人人？"

他說了一句，我聽不懂，穿藍衣服的站在船尾上排着牙幫他說了個名字，我還是不懂。穿藍衣服的就笑笑，把我坐的船一指，說："裏頭有旗子。"我爬下去一看，果然篾蓬上插着一隻三角小白旗，上面寫着"××××××徵用"。我把那名字重複了一下，並且問：

"徵來的？"

他們點點頭。

"四十塊管一趟管兩趟？"

"管一趟，下水放空，沒有錢的。"

"那你們下來就自己裝點生意回來嘛。"

穿藍衣服的冷冷的笑了一下，"那裏許裝貨？我們的船是包了的。一百七十塊錢一個月，賣給他了！"

穿藍衣服的接着走過來，坐在我那條船的船舷上訴苦的說：

"我們本來裝貨，一個月高高低低一千來塊錢弄得到。現在，不由人講理，就是一百七十塊錢吃自己的，還有兩三個伙計，伙計也要吃，錢又不肯一齊把我們，還老要家裏貼。"

"上去要幾天？"我問。

"上去水不好，要四天，一天橫直他們祇按九塊錢算，吃什麼？"

"那你們怎麼辦呢？"

"沒有辦法，逃又逃不掉。"穿藍衣服的把嘴朝艙裏一伸："看，這船上三個人就逃光了。"穿灰的站在那兒咬着牙齒自言自語說：

"四十塊錢，他媽的！吃屎差不多。"

這時候穿藍的像有什麼心事要講的樣子，就鑽進蓬底來，把嘴唇向船裏四圍一撇，小聲音講秘密似的說："東西都拿完了的呀！跟水洗一樣，中國人良心不好，一點都不管別人呢。連鋼灶碗盞、被子、衣服、蓆子都收光了的，你看，一條船都空了。三個人一跑，一條船，兩千多塊錢丟完了呀，什麼都沒有了！人心不好。"

我沒有什麼話可說，講什麼也衝不破眼前罩住了他的無頭無尾的黑暗，茫然的恐怖，這悲愴抓住了這個高大的年青人，就像抓住了一個小孩子一樣。一種從他心裏瀰漫起來的絕望隔斷了他眼前的一切色彩，他像一個原始人站在陰黑無際的森林中間。

他茫然的向外望了一會，又說："什麼也不留給我們，連我們的洗臉手巾、我們的菜一見了通通拿去。夜裏，不許我們在船上睡覺，趕我們到河灘上去睡哩。到了下半夜，露水下來了，打得我們一身骨頭都是軟的呀,到了第二天,大太陽出來一烤,十二點鐘,一點鐘還趕我們在太陽底下搖船拉縴,歇一下都不許呵,——人總是肉作的,不是鐵打的,我們都生病了呀,還不肯放我們。"

講着他還給我去倒了一杯茶水來,又問我餓不餓。就是餓的現在也被他們的苦痛填飽了,那裏還想吃什麼?

警報解除,回到城內,祇見又是一輛輛山一樣的載重汽車絡繹不斷開進城來,由車上泉流似的走下中年、少年的前方太太,以及她們所需要的一切。

夜深了,雨斷斷續續的下着,唏噓不止。這個世界呵,風風雨雨爲你悲哀,你還要作惡到幾時去呢!

悼羅曼・羅蘭[*]

　　兩個禮拜以來，我像行走在玻璃房子裏面，何等的光輝燦爛，又是何等的遼遠。春光像鮮明的雕刻，掛在蔚藍的天空，掛在緻麗的樹梢，擎在淺碧的紫丁香蓓蕾上面，鋪在綠水紋似的草坡上。查理士河從天上瀉下來，一片銀藍的細錦，輕輕抖動，傍着哈佛連綿不斷紅色的牆沿，到處都是笑聲，到處是紅披巾、綠裙脚、紫大衣、鮮黃衫子，淡青包頭綴着紅棕的穗子。每一種顏色都似乎笑着又脆又亮的聲音，空氣像不可見的放音機把它們波送着，人被春光顛播得薰醉。我在這裏面慢慢走着，雖然光色與音波從四圍搧動我，它們的燦爛似乎是在玻璃牆外閃動，在遙遠的地平綫上晃耀。我的心上摸不着它們的痕跡，感不到它們的熱、它們的真實。沉重的陰雲籠在我心上。我感到一種巨大的隕落，一種遺失，一種探訪，一種追求。曾經幾次聽見説羅曼・羅蘭已經離開了這個世界，又曾恍惚的相信他依然在我們中間：呼吸，談笑，憤怒，憂傷。現在，他去了麼？他真的把他所愛、所恨、所慕、所担憂的一切都丟下來，離開了我們永不再來了麼？

　　活人變成了新鬼，生活變成歷史，心和腦變成了文字，血和眼淚和勞苦變成了圖書館的陳跡。但是，不平、虛僞、奸詐和欺騙依然搖擺在人間；瑣碎、卑劣、殘忍和無恥依然蔓延在城鎮和鄉村。貪婪、腐爛、專橫和盲蔽依然盤據在社會的峰顛上把人們趕它腥膠臭的河流。老人，你怎樣能够放心的撒手？老人，你怎樣知道你的心血能把文字染成鮮紅滾熱，使將來的盜賊不敢把它拍賣呢？

　　這裏是完全平穩的世界。禮拜天早上，街道空蕩如水，少數的人穿

---

[*] 原載《大公報》(重慶) 1945 年 5 月 6 日。

着新鮮的服裝，閑散的走着。教堂裏打着鐘，厨房裏預備了上等的食物，報紙供給了五顏六色的書刊，講着蛤蟆跳進洗澡盆裏的故事。人們拜親訪友，談着天氣，談着服裝，談着來因河，談到維他命、牛排、冰淇淋，談着雜誌裏的小品和雋語，羅曼·羅蘭在這裏是不存在的。沒有人知道有了你的生死這件事。你，和你所代表的一切，在這裏是和牆脚的一支小草一樣，你甚至於不能自覺你被無視的狼狽。假如有冒昧者把你提出來，即使最感興趣的人，也不過是把你當了博物館的動物標本，或者解剖臺上的遺屍。你，曾經孤身面對過戰爭，孤身在歷史的大憂和大苦中生活過，把自己變成人類温柔的想尋的人，你是寂寞，還是歡喜呢？

老人，你走得那樣寧静，那樣輕微。在全世界震天的砲火、暈眩的喧嘩的中間，你輕輕的抽出身子，從小小的角門溜進了永恒的黑暗裏面。你似乎在那小門前低低噓出"成了"兩個字，就安然走了。是不是呢，老人？暴行還没有絕跡，饑餓並没有消逝，兄弟之間的殘殺和仇恨在明暗各處進行，爭自由的人們還是成群的倒在友軍和弟兄們的槍下。孩子依然是父母的怨恨，生命依然是負累不是喜樂。東方的大陸蓋滿了屈死者殘破的屍骸，蓋滿了腥臭碎爛的肢體。然而，四方的大陸這坦闊豐腴的美洲在他們高朗的笑聲中，不能相信有東方那樣的生活與死亡，似乎那裏是歷史以前血腥和野獸的世界。老人，你世界的靈魂，你怎樣消滅這人間的隔絕，這生死兩界的隔絕？你怎樣切斷這人間的距離，這陰陽兩極的距離？

歷史流到了蔽天的大峽裏面，人類拿着自己的筋骨，傾倒着自己的鮮血向着峽口衝擊，來證明他們存在的價值。然而，雖然是問題在領袖們的辦公臺上，事件在報紙和廣播聲中，爭論在會議室裏進行，條義在白紙上面寫下來，人們都在咖啡座上、起居室裏把它們把玩和調笑，正如他們賞鑒從古老建築上掉下來的一支破碎龍頭。它可以引起一番雋語，它可以引起一些有味的遐想，它可以刺激聰明人的諷刺，它可酸化沉重認真的心腸。人們可以藉此消去他們的厭煩，趕走他們的時間。他們讓步的說：＂讓它是一個起點吧。什麽時候都是一個起點。＂因此，他們永不需要認真做一個起點。老人，你歷史的證人，人類的崇拜者，請你告訴我到幾時，人纔能夠停止背棄自己向生命所定的誓盟？

呵，老人！沒有了你的世界是何等寂寞。你奔騰的吼聲像江水在屋後湧流，每一片波浪都打動過許多人的心。難道說血肉所做成的心腸能夠被穩定的生命殭化，致使你的聲音在這兒找不到受音機麼？

那麼，高聲，再高聲！老人。

三月二十五日劍橋

我的哥哥羊棗之死*
——敬致顧祝同將軍一封信

顧將軍勛鑒：

先兄楊潮，筆名羊棗，素爲自由新聞專欄作者，與任何黨派均無關係。一九四四年夏就任福建省政府社會科學研究所研究員，是年冬兼任美新聞處東南分處高級職員。在職期間，福建省政府及美新聞處對之均非常器重。而先兄辦事認真負責，同僚相處，不聞過失。乃忽於一九四五年七月十二日以第三戰區長官司令部特派大員赴永拘捕，被福建省政府主席邀去，輾轉數日遂成囚犯。

被捕原因，據聞與美新聞處有關。美新聞處因執行美軍總部分配心理作戰之任務，擬派某名"周璧"者赴敵後搜集情報，乃指令先兄與此人見面談話。嗣此人被捕，先兄以一面之緣，牽連入獄。在獄初期，美新聞處曾一再承認責在新聞處而不在先兄，請求將先兄交保釋放，由美新聞處負責隨傳隨到。而長官部本案負責人亦承認先兄對此案無罪，但拒不加以釋放。入獄半年，迄未加以正式審訊。而將無罪之人隨意押解，由永安而鉛山，由鉛山而杭州，私刑拷打，要求其加入國民黨，並勒逼其寫信向美新聞處辭職。先兄壯健之身，屢受拷打、凌辱、虐待，遂於十二月卅日重病不起。自十二月卅日至一月七日未得獄方或長官部之治療，直至人已昏迷，始昇入省立醫院。延至十一日遂爾長逝。死後屍身背有紅斑，胸窩及兩肋現深青色。家嫂要求請公正名醫檢驗，被加拒絕。至今死者含冤，生者負屈。

---

* 原載《大公報》（上海）1946 年 3 月 13 日。

將軍負責戰區全局，而被派赴永者，乃第三戰區俞參議及軍法執行總監處丁某，則將軍對於此案，必不能無所知。據當時美方關於此案負責人言，長官處負責此案盧君承認先兄既非共產黨，亦非漢奸，則先兄所犯究竟何罪？此其一。

　　先兄罪案完全不明，且無根據，則何以在人身保障法令已經頒佈一年之後，被無故拘禁，無故押解，且無故拷打？此其二。

　　已被判之犯人在獄患病，且需負責治療，而先兄無罪冤禁，病至八日之久不予療治，直至人已無望，始送入醫院聽其死亡。其故安在？此其三。

　　屍身傷痕有云係重刑所致，有云中毒。究竟死因何在，應加特請公正名醫特別檢驗，此其四。

　　死者為剛之親兄，因此特函將軍，請予公開答覆。當此民主時代，蔣主席曾三令五申，保障人權，釋放政治犯。而先兄乃於保障人身法公佈後一年無故入獄；復於主席再申釋放政治犯之次日致死。此實不足以張政府之信用而有損主席之令譽。若未能圓滿答覆，人民對此依法當有提出控訴之權利。尚望將軍有以教之。專此敬候勛安。

　　　　　　　　　　　　　　　　　　　　　楊剛拜上　二月十三日

爲羊棗冤獄謹告新聞界同業*

全國新聞界同業公鑒：

先兄羊棗冤死囹圄。死者不得昭雪，生者未得保障。我同業兄弟姊妹激於義憤，共起抗議。死者有知，九泉之下，曷勝感奮？

羊棗以新聞事業者兼職美新聞處而被捕。在獄半年之久，既不聞公佈拘捕原因，又不聞報告偵查審訊經過。設其嫌疑罪案成立，則不見負責拘捕機關或負責檢察官提起公訴，開庭審判。設其嫌疑罪案不成立，又不見令無罪被捕之公民取保釋放。拖累轉徙，卒致死亡。負責當局於此，無論其有意無意，負有殺人責任。

而徐州綏靖公署軍法處在其三月十五日覆楊剛函（發表於上海《大公報》）中乃一則謂有羊棗"洩漏軍事機密罪嫌"，再則謂"數度審問，皆承洩漏有關抗戰軍事機密"。死者已化黃土，無從申辯黑白，審問全屬秘密，焉知當時真相？況永安非戎機所在，羊棗乃學術人員，何從而得抗戰軍事機密，又往而洩漏此種機密？既云其洩漏軍事機密，則必有掌握此種機密之軍事大員向其洩漏。此人或數人爲誰？永安大獄牽累衆多，而除文化界被捕者以外，不聞有任何軍事大員受其牽連。莫非此類軍事機密皆文化界頭腦中自造者乎？且既云羊棗已經屢次審訊，皆自承洩漏有關抗戰軍事機密，則羊棗似甚勇於就死，而經其自己承認，罪案當已能確定而進行公訴判罪。國法所在，生死均所甘心。乃依然拖延拘留，必令其死無痕跡，此則奇行怪舉，非任何國家所能有者矣。究竟羊棗在何種情形之下，洩露軍機？所漏軍機又爲何事？向何種對方洩漏此種軍機？似此含沙射影，欲圖以漢奸之名，加於忠貞記者之身，明知受

---

* 原載《文萃》1946 年 4 月 25 日。

害者口舌已滅，遂故意構陷橫加。如此黑霧瀰天，人命草芥，國法何在？綱紀何存？剛遠隔重洋，雖未能確知國內細情，然而舉國上下，意志所趨，在於民主。民主之骨幹要義，在於個人生命與自由之尊嚴，在於言論、集會種種自由之表現，能使此種尊嚴得其保障。加拿大最近洩漏原子彈機密案，其所經過之偵查、審訊、保釋、訊問，莫不昭昭在人耳目。而在冤獄累累之中國，則人人有生不可知、死不敢問之恐怖。加拿大與中國在戰時為反對法西斯之戰友，在平時為建立民主與和平之同工。而身為加拿大人民者何其安，身為中國人民者何其危！

中國自有史以來，人權不張，輿論泯滅。禁令施於腹誹，飛災起於口舌。民國迄今，此種情勢，有加無已。我新聞界從業人士，雖在此民主洪流大時代，而遭受審查登記，檢查封閉，控制新聞，強姦輿論種種之鐐銬鎖鏈。我同業兄弟姊妹中，為爭取人民之自由而失去其本身之自由者，頗不乏人。稍一不慎者，性命隨之。羊棗為自由新聞作家，因爭取自由而轉徙後方，轉為自由而於後方被殘害。彼竭志獻身以爭取抗戰勝利，乃於勝利半年之後反遭消滅。似此，則中國人民之自由與保障，究竟何年何月始能實現？而中國之自由新聞記者，何時始能脫離追捕、流杖、死亡、殘害之恐怖？

羊棗之獄不伸，即中國新聞記者不能自由。羊棗之獄不伸，即中國人民之生命不能保障。羊棗之獄不伸，即證明玩法犯法者將繼續其專橫暴亂、蹂躪人民之舉動。羊棗之獄不伸，則中國國法將永為全世界所唾棄。剛慟惜先兄之死於非罪，更憂危中國人民與中國新聞事業之前途。我新聞界為四萬萬五千萬人民之前驅，當此戰友被屠，民主運動危疑動盪之秋，若不奮起力爭，置罪人於法律之下，則魍魎魑魅，繼續舞蹈，中國國運將不知伊於胡底！

現先兄未葬，家嫂沈强聞已進行向蔣主席及立法院提起申訴。而該軍法處在杭人員明知理屈情虛，乃繼續向家嫂朝夕糾纏，脅迫其遷移杭州，就便監視。並時時盤據其居室，偵查其行動，以致朋友不敢登門，出入不得自便。家嫂孤弱孺露，毫無保障，劫後餘生，死之何日？該軍法處既殺其夫，又虐其妻，似欲將其盡屠而後快。而在此種種行爲之後，反而濫稱軍機，誣陷死人。嗚呼！誰無兄弟？誰無姊妹？而能忍心害理，至於此極耶？

我新聞界在抗戰八年中以爭自由而壯大，在戰後以民主運動而堅強。而羊棗之獄將爲我人本身自由與力量之考驗，我人其將伏首帖耳於此種黑暗淫威之下，聽其優游宰割？抑團結本身，群策群力，奮起力爭，使大獄得明，人民之安全與保障永得實現？

上海六十記者振臂抗議。正義之聲，九泉震動。我全國同業鑒懇再接再厲，以自身之重力衝破此萬鈞黑暗之閘門！

楊剛敬啟　三月廿九日　紐約

關於"羊棗新聞獎金"
——美國來鴻

×兄：

　　羊棗棄世，萬分悲痛。想不到當年勸他改行，從事文化工作，反促成其慘死早亡。荒淫無恥纔正是中國人安身立命的大道，憤恨之極轉成傷心。從國內收到一些文章，於六十人簽名抗議，尤覺振奮。我以爲先兄已經去世，但獄中還有無數人的生命尚未可卜。羊棗不能保護自己的生命，他的死也許還可以替無數被囚禁者呼冤。現在他的被捕和死因不明，假如還未下葬，我請求你和朋友們商量爲他舉行公祭。在公祭時做三件事：一、要求當局說明他的被捕原因和死因；二、立即釋放所有在獄政治犯；三、現在獄未釋的人要當局負他們生命安全的責任。現在正是爭人權、爭保障的重要之時，一個政治犯之死，應該是其他政治犯之生纔好。不知你覺得如何？

　　其次，此地美國方面的朋友們想進行一個紀念羊棗的新聞自由獎金，捐集約美元數千元數目，每年以三百元獎金給當年被選的剛正不阿、堅持新聞自由的記者。事情在商談中，希望的是從中美兩國各有幾個負責人辦這件捐款事，並聘請幾位公正評判員，斷定獎金承受人。此事照現在估量大約不難，簽名抗議的六十位先生一定會贊成我們這個提議的。

　　國內朋友及新聞界隨便能捐多少是多少。美國人方面，藍德先生可以負責。這個人從私人交情講，真可以算是生死朋友。雖然其中也有責

---

* 原載《消息》1946 年 4 月。

任感，但他的關心切至，純出於私人友情。又，六十人抗議已經衆議員 Hugh de Lacy 拿去放在"國會記錄"中去了。

祝好！

楊剛

楊剛的信

編者頃接楊剛兄自美來信，看她的意思是不肯寫文章而讓我把原信發表。編者鄭重聲明：信寫的雖好，捧的（？）雖也不錯，但是我不承認這就算是正式投稿。把"大公園地"發展爲"大公流域"，絕不是你說說他湊湊了事，"大公園地"是一個菜園，若希望菜園勃鬱成長，必須你荷鋤，他澆水。如果你也觀望，他也袖手，專靠一個園丁成天家窮忙，勢必造成荒蕪廢弛，結果園丁祇好把它典掉。剛兄以及其他駐外同人其慎諸，莫謂編者言之不預也。

編者

原函如下——

君遠兄：

你的十期"編後記"把我肚子都要笑破了。世界上當然有以眼淚和長號完成任務的人，因爲這些先生們是極端懂得人類弱點的。老兄即其中之一。"大公園地"在你手中若不發展爲"大公流域"，真叫做老天都瞎了眼睛。

胡公主張"園地"弄點有分量的東西，我極贊成。大道理除外，我們在外面的人爲自私起見，常常想讀到一點用中文寫的、講中國事的東西，比如過去在報館常常有講中國歷史上的問題者。在別人的土地上，時時有數典忘祖之感，此類東西簡直見不到。館中人才濟濟，能夠隨時有讀書心得、讀史所見之類的東西，極好。此外大題目甚多，全仗大力安排。能每期有一二篇較有分量的東西，當更過癮。十期戈、周二君，關於白話新聞的討論，甚好。這傾向宜加鼓勵。此外，愚見以爲關於同

---

* 原載《大公園地》1947 年 11 月 5 日。

人（職工同例）生活上疾苦、煩惱等，也可令其提出來談，庶使大家聲氣相通，免得不是女朋友結婚，便是小貓生兒子。我們在外邊的人簡直不知同人在這物價跳馬戲的時候怎樣能過日子。印象是好像誰都該餓死，然而園地上却好像誰都在樂園中。

自上月來，朱小寶與我住得天南地北。他們搞了一所小屋在 Jamaco，我還沒去過，因此過去在他那裏時常欣賞的活魚，也久不上口了，我自然也可以沾聯合國之光，到 Jamaco 去找一屋，和他們擠在一起，以便有吃。但官場的長島實不如桃源的司達吞島之雋永，故不得不犧牲口福。書此塞罵，並報去年在東五十二街一鷄之恩。即候

編吉。同事們全候。

楊剛上　十月廿五日

致杜魯門總統^{*}

親愛的總統先生：

　　本人是中國重慶一家中文報紙的駐外記者。不過我現在祇是以一名中華民國公民而不是以我的報紙的代表的身份寫這封信。

　　當前中國的局勢好像正在好轉。中國人民決心反對內戰，和您在1945年12月15日的可敬聲明中所表明的美國對華政策的明確轉變，有助於當前形勢的發展。上述兩個因素在今後一段長時期中仍將非常重要。第一個因素不言自明，毋庸贅言。我要談的是第二個因素。

　　可以毫不猶豫地說，國民政府或國民黨政府的物質需要和士氣完全有賴於美國。然而中國人民要求這個政府實行民主，消除腐敗。您12月15日的聲明宣佈在一個民主廉潔的政府組成以前不向中國提供軍事和經濟援助，從而清楚表明美國政府珍視中國人民的友誼。但最近報紙報導美國繼續向中國提供租借物資，昨日《紐約先驅論壇報》又報導進出口銀行向中國提供3300萬美元貸款，這些看來表明一種相反的意圖。此間中國學生們對言與行之間的這種矛盾感到無法理解。

　　如果繼續向保持現在的形式和成員的中國政府提供經濟和軍事援助，這個政府就不會有真正的改革。政治協商會議上的討論，頂多不過是對美國意圖的巧妙遮掩。因為這個政府並不需要重視人民的意見。但是如果援助按已經宣佈的政策立即停止，這個政府就會知道必須用民主廉潔的施政進行改組，以獲得人民的支持。

　　中國人民對美國的態度正處在十字路口。懷疑的論調在此間已經聽

---

　　* 原載蔣元椿《憶楊剛同志》，《新聞戰綫》，1988年3月31日。此信為蔣元椿同志於1986年在杜魯門圖書館意外發現的，且由他首先譯成中文。

得很多。隨信附上十七名中國作家致賽珍珠女士的信的複本，可資證明。這些作家中某些人的作品已譯成英文。

美國在遠東的威信，全看美國如何幫助中國在不流血的情況下獲得一個好政府。四億五千萬人的善意，對於一項始終一貫的明智的對華政策是不小的回報。我迫切希望，在一個真正的民主聯合政府得以在中國建立以前，中美兩國之間不應允許再談論經濟上的交割（包括軍事供應與軍事訓練）。

楊剛（簽字）　謹上
1946年1月20日　紐約市西69街116號

評論卷

關於《母親》*

在丁玲女士失蹤之後不久，她的長篇小說《母親》出了世。本書由良友圖書公司用精裝本精印問世。第一版四千冊，據説出版之後不久就快賣完，本書影響之大可以想見了。

當我們的母親們在作"人"的時代，婦女正在封建制度下受着絕對的壓迫和剝削，同時這封建制度的本身，又在受帝國主義的侵蝕和打擊，它在崩潰中的挣扎，是完全倚賴在加緊壓迫上面，這樣就使得被壓迫者不能不也自己起來挣扎。這種趨勢説明了辛亥革命醖釀中，許多婦女的上學堂，某些婦女的參加革命以及革命時際女子北伐隊、女子敢死隊等等的產生，雖然女子參加革命和辛亥革命同樣的滑了一場大稽，但是這一運動的本身是有很大的意義的。

從最低層被壓迫的地位走到革命，這樣一個堅苦的轉變和挣扎是完全可以反映出那個挣扎的時代的。丁玲女士就這樣以自己的母親作主角，寫出了她的《母親》。

本來地主官僚家庭的婦女，説不上最受壓迫和剝削，反之她們本身也處在壓迫人的地位。在她們受經濟與宗法禮教支配太過時，他們會泛上一種模糊的反抗意識；但當她們以太太、小姐的經濟和地位來支配人時，她們也會泰然自喜的。在這樣矛盾而無力的地位中的婦女，以之來表現當時女性的挣扎，反映那個時代，這不是主題與題材的矛盾嗎？不過這一點是不能拿來適用於《母親》的。

自然，在當時最受壓迫和剝削的是農村婦女，其次是半農村婦女的少數女工，可是這些人在辛亥革命時代，因為主觀條件太缺乏，很少有

---

* 原載《文藝》1933 年 10 月 15 日。

人能表現出向資產階級革命的前途挣扎的傾向，而認識目前，向自我覺醒的資產階級意識，就不得不落入智識份子的腦中，就如同辛亥革命之落在從地主士紳脱殻的資產階級急進份子手中一樣，所以曼貞那驕傲的自白"你們瞧我的吧"，正是當時一種時代覺醒的自白，正是一個當時的女性覺悟了之後向前挣扎的警語和口號，而這種資產階級式的覺醒，絕對不是一個被死亡和飢餓騎在頸上的農女所能有，更不是女工們所會有的。

誠然曼貞的階級也並不是堅定的資產階級，她自己是由封建豪紳家庭中開始轉變的份子，可是那有什麽關係呢？中國根本就没有自己的堅定的資產階級。辛亥革命中那些代表資產階級意識的急進份子，誰又不是從士紳地主的窩臼裏出來的呢？正因爲這些人自己的經濟圈子套上了頸，看不見封建勢力的根株，看不見帝國主義的鏈子與封建勢力的鎖頭聯在一塊，所以他們的覺悟與轉變，祗能是富有妥協性的資產階級意識。經過曼貞的挣扎，我們知道宗法勢力在鄉村的統治，在當時是怎樣的濃厚，曼貞自己的土地，必需族伯叔纔能替她賣。同時經過曼貞的挣扎，我們知道當時的革命運動，革新人物的意識是如何的模糊和富於妥協性，他們知道啓蒙運動的重要，却用轎子去擡"大户人家的奶奶小姐"，而不開一個平民學校。他們主張讀西洋科學，作體操，另方面還要設"天地君親師"的牌位，還要膜拜孔聖人。以這樣模糊妥協的社會運動，擱在那根深蒂固的封建統治之下，它的遭受打擊是想像得到的。所以在曼貞的行動，正面是在那一特殊的時代中，一個女性應有的轉變，而反映的却是那個畸形社會之薄弱的挣扎。丁玲女士於此，顯然是很成功的，這種成功來得很自然，很不費力。

在寫那個時代——從封建制度向資本主義制度變革的初期——的女性中，我們的作者很生動的給了我們幾個典型。主角曼貞，從小就讀林譯西洋小説，以後從封建的家庭出來獨自去上學校，并不怕宗法勢力的壓迫，也不顧自己兄弟，即使是個維新人物的于雲卿的冷淡和別人的訕笑。她每天起早寫字，每時每刻都忍着苦來放脚，她是那樣堅强不移的走下去。那樣一個奮鬥的女性，而正對着她的是封建社會的楞角石，忠實的奴隸老么媽，屢代的奴隸運命，已把她自己的幸福和悲哀完全消融在主人的幸福和悲哀裏面；把她的個人觀念，把她的爲己本能都用"奴隸"兩個字消蝕去了，而代之以主人觀念。她把主人視爲她生命歸宿的一部分，絕對談不到什麼一般的主奴分別，所以她看見自己的女兒不陪着哭涕的曼貞就要罵，其實她再不想活潑的女孩子們，誰願意陪着那位整天愁眉哭臉的太太？她替曼貞計劃，她又反對曼貞的計劃，反對而不被主人接受時，她仍然死心踏地，幫她死守田園，情願直到田園賣完，大家散場爲止。她和曼貞是正相反的兩個典型，她是封建制度、封建意識爲它們自己造出來的營壘之一種。

于三太太，自然是這時代裏一種出色人物的典型，她是位漂亮的能幹太太。雖然因爲丈夫的前進，別人的刺激，也有些掙扎的要求，但她究竟是自喜於她的地位和豐富，認爲讀書之類的事，並不是女人所必要的。所以她雖然比曼貞年歲更小，比曼貞更顯得機警漂亮，但她到底很安心的以學生家屬的資格，送曼貞和小孩子們去上學堂，很泰然的藐視學堂專爲她們太太奶奶們開的酒席而跑回家裏去。她和曼貞恰好成一個對比。她是轉變的時代中一位機敏的寄生者。

在過去時代中，這三種典型的（當然在這三人的個性也是寫得非常明顯的，特別是么媽。）女性，當然是存在着的。而以接近曼貞身旁的么媽和于三太太，就差不多都是她自己的反面，那麼曼貞的掙扎和轉變，是怎樣困難、寶貴的一回事，這一點作者是深刻的暗示給我們了。

在全盤的意義上和主題上，作者毫無疑義是成功了的。現在我們還得更進一步，因爲在主題的表現上，就是極偉大的作家有時也不免有他的缺點或輪廓不清的地方，這在丁玲女士也是同樣的會有。這一點，主要的就在於曼貞的轉變的缺力。

曼貞出身於士紳家庭，嫁到紳官人家，她的經濟地位完全是建立在土地上面。到了她的時代，她的家庭沒落了，土地賣掉了，她變成了破落戶的孤兒寡婦被族人欺負，於是經過了一場深刻的苦惱之後，她那久已潛伏着的自我意識覺醒起來，她要叫別人看看她的手段，這一切是完全寫出了那一轉變的性質。可是也就是在這一描寫中，丁玲女士沒有達到她力能達到的效果。大家庭的破壞，她差不多寫成了三老爺疎財仗義個人的原因，而宗法的壓迫她祇寫出了族人要債，族人作主賣田，此外曼貞帶着她的小孩子們倒是很來去自如的。事實上，當時農村經濟的沒落，地主家庭的破壞，主要的原因還是清末那亘數十年的"匪患"，在長江流域的當然是"長毛"，彼時長毛所至，以它那不完備的土地政策，非常得到一般農民的擁護。清末，農變、民變、械鬥、殺死收租人的事，即在太平天國之後也是常常發生的，同時帝國主義的侵入也已經在農村中起了很大作用。洋貨輸入、土產囤賣，在鄉村裏非常之普徧的，鄉村中的士紳財紳一定是首先的洋貨消耗者，他們指望着田裏的銀課來還債和付流水日用賬，但是以農村那種不穩的情形，這一筆銀課，當然靠不住。機警的地主於此是可以有辦法的，他們收集穀米，利用自己比較優越的經濟社會地位，實行囤買囤賣，走向高利貸，走向兼併政策，這樣一來，弱小的地主們就更加要痛苦了。曼貞處在這樣的經濟階層上，已經是難於支持，何況她又是個在宗法社會完全統治下的孤獨女性，是差不多連養育兒子的自由權都沒有的。

正因為這一個階層是這麼的在破落，在感受威脅；正因為它的破落和威脅，不是個人的、偶然的現象，同時也不是暫時的，而是一天天壞下去的，這纔使得腦筋敏銳而能讀林譯小說的曼貞不能不去張開耳朵和眼睛，立身站在自己腳跟上來。丁玲女士把曼貞家庭經濟的衰落，寫成了曼貞的丈夫之交結揮霍的原因，這我們不能說不是封建貴族子弟寄生生活的揭露，不能否認它是地主家庭衰破的一個原因，但是這原因太普徧了。清末以前的任何封建朝代都有這樣的現象，所謂"高明之家，鬼闞其室"，就是它的寫照；同時這原因也很偶然的、很暫時的，儘有些破落的高明之家，出一兩個好子弟又把門户撐起來的。以這樣的理由來，作為曼貞轉變的基礎，便使得這一有意義的變化，成了一種或能性（Probability），而不是一種必然（Necessity）。

在本書的前部，曼貞對自己的經濟、地位，似乎並不十分關心。關於宗法社會壓迫婦女的痛苦，作者雖祇用了幾十段對話去寫出，主人翁對之的反映，却似乎是很淡然，後來當她好了一些，么媽建議喂鷄紡棉，她也很願意。對於那麼趨破壞的鄉村，她無理由的愛好欣賞。她愛好她的奴隸們，喜歡和信賴她們那戀主的忠實，她對於自己的現狀很沒有什麼不滿的地方。這樣她那句轉變的自白"你們看我的吧"，就不見得能含有積極前進的意義，不見得能和她後來的變化發生有機的連繫，同爲她也許叫人看她重整她的封建家園，樹立起封建太太的勢力來呵。

　　轉變缺力，還有一點，就是曼貞的心理寫得比較少，比較太平直，沒有波折。心理學派的純粹心理描寫，當然是超脱了社會關係的個人猜想，但是社會變化中之個人轉變的心理却有深刻寫出的必要。因爲社會轉變是複雜的、多方面的，尤其是困苦艱難的。寫社會在變化中的個人，則社會變化的一些動的成分，不能不在那個人心理上吹起反映，以促成她的變化；同時通過這些心理的矛盾和變化，我們可以看出社會流動的波紋、曲綫、隱抑和阻礙；在它裏面，我們聽得見時代在那兒訴説它深刻的鬱結，糾纏的憤悶，喊叫的暴怒和詛咒。敏鋭深刻的個人心理反映，常常可以作爲時代最鮮明的鏡子，可以作爲時代轉變最堅實的結晶。祇有在個人心理與時代動向密切的結合在一塊時，個人轉變纔有意義，有力量，二千年的封建意識壓在二千年奴隸的女性身上和心裏，不是輕容易就可以脱出來的。

　　本書主人翁出身封建家庭，過了三十年的繡閣生活。在她週圍的人們，大家都沒有什麼兩樣，我們想像得到的一些怕見男人，怕脚大，怕被別人談論，怕粗氣，守禮貌，講規矩，最好是脚不出大門。諸如此類的觀念，必然已經在她腦中構成一种壁壘，使別的東西不容易撞進去，然而到底因爲別的東西有強大的勢力在後面擠着，於是勝利了，雖然勝利却不是沒有代價的。曼貞決意上學校，決意每天在外面跑來跑去，決意放脚。在她決意的時候，我們是沒有看見她有什麼躊躇的，自然她想到了許多阻礙，許多妨害和壓迫，可是那些都是外來的，她的内心是常常像一隻生力軍，準備着爲那新意識預備廣大的地盤。我想事實上這大概是很少有的一個典型的封建千金小姐，有個堅固的人生意識就是作賢母良妻。要轉頭跑到自己脚上來站住，這種勇氣和把握總得要經過一場內心的鬥爭纔能抓得穩。

曼貞的轉變，開始於看見了英氣勃勃強有力的兄弟，這種個人的原因，祇能說是可能但不必有的。雖在個人主義覺醒的時代，但不見得個人的覺醒會由對別一個人突然的印象造成，一方面覺醒的個人須有自己會覺醒的社會因素，另一方面有促成這種覺醒的某種機緣，別一個人當然可擔當這一機緣的職務，不過也還須要他有他的社會存在，不僅是一個強壯的少年人或男人而已。曼貞見了于雲卿，感覺到自己的軟弱而哭了，回想到自己不能和兄弟一道讀書因而受苦了，結果她就要振起精神來向前去了。這兒個人的于雲卿，是以肉體的個人在起作用，不是社會的。雖然後面也講到了他的社會活動，但那是很模糊的，還不如程仁山來得鮮明具體。

因爲轉變寫得不夠或乏力，所以曼貞這個人格的發展，也似乎有些矛盾。在本書開始中，從么媽口裏看來，曼貞是個祇會關在自己房子裏百事不問的人，大事臨頭的時候，她祇會哭；從作者筆下，她也是個不知計劃，不懂安排，對人對事都不是思索、躊躇了然後決定的人。她顯得不知決斷，不知丈夫死了該怎樣生活，不知道可不可以喂豬紡棉，她把一切都交給么媽作主，實在也因爲自己不知道該怎樣作主。可是到了後部，她一到了武陵城就顯出了決斷來。她毫不遊疑、煩悶的就丟下了她最愛的鄉下生活去上學校，去放脚，在學校裏她像個盟主似的被人敬仰。對人她有取捨好惡和觀察。當"造反"的謠言到來時，她敏銳的作關於事理的判斷和處置，並且帶着人前後視察照料，儼然像個榮國府中三角統治時代的薛寶釵，由千金小姐的曼貞一變而到這個地步，中間是少不了發展階段的。

一個聰明的千金，由受苦而覺悟而轉變而成爲一個有獨立意志和思想的近代女性，其間本沒有不可踰越的陰陽綫，但是這一人格的發展，必然要伴着所與的社會的動態和步驟，纔能自然，纔能不唐突，即如《子夜》中的吳蓀甫，本是頭腦清明、剛强果决的人，民族資產階級的代表，可是他後來一變而成了個猶預暴亂、無辦法的失敗的投機家，這是完全可以理解的。茅盾先生過去在《虹》和《蝕》裏面的主人翁都沒有很大的發展，這次的吳蓀甫却是個成功的先例，《母親》裏面曼貞人格的發展顯得是個跳高，因爲伴着這發展以及作爲這個發展之根基的社會事態，心理矛盾寫得不充分的原故。

最後，這本小說中有一些美得非常净潔的描寫是關於鄉村的，從這些我們知道丁玲女士是非常愛好鄉村的，她那樣詩一般的寫來，令人覺着骨醉神往，這是丁玲女士很成功的地方，在別的小說中我們常常會碰得見的。可是這樣美好的詩的寫法，究竟不能表現鄉村的現實，反之鄉村的美化、標準化，反會損失了令曼貞轉變的社會根據，這是很可惜的。

擷茵・奧斯登評傳[*]

文學形式中，小説一道可説是後起之秀。即在英國，那文化淵源由來久遠的國家，也莫不然。伊利沙伯時代，爲英國文學開始發皇的時期，一時詩歌、戲劇，綺麗精深，人謂後世所不可及。可是小説一體，仍然缺少光輝，彼時僅有簡單故事的敘述，既無結構，又無人物描寫，很難擔當小説的稱呼。十八世紀中葉，阿狄生（Addison）主辦的《旁觀報》（*Spectator*），纔以短篇論文的形式，發表了幾篇文字。文章雖是單獨的篇幅，可是其中脈胳綫索，依人物個性的表現而聯成一系。一方面類似乎故事結構的發展，另一方面又有比較生動的人物描寫。從此，這種以人物爲主材的文章，便開了英國小説的先河。最明顯的，就是阿狄生的 *Roger de Coverley* 那幾篇文章了。

小説爲什麼在十八世紀纔興起來呢？這個原因，我們祇能從歷史上去找到回答。大抵英國自從伊利沙伯時代以來，國際地位增高，爭得了海上自由，從而國內外貿易一天天發達。國富增高，國內階級關係也發生了變化。除了貴族、地主、鄉村紳士和農民以外，又產生了一個新的中等階級，他們是商人，是手工業工場的主人。因爲工商業發達，他們的數目增加了，同時社會地位也就提高。他們和鄉村紳士也有相當的聯絡，與之構成了一個很大的中等階級。他們和其他的分子一樣有要求，有情緒。他們之希望得到表現，也當和貴族地主們是一樣的了。

中等階級的情感、倫理，需要在文學上表現，取了一種新的形式走出場來，這便是小説的呈現。因爲別種形式到了這個時候，已經不能充

---

[*] 原載作者所譯《傲慢與偏見》一書的卷首，商務印書館 1935 年 6 月初版，署名"楊繽"。擷茵・奧斯登（Jane Austen，1775—1816）今譯簡・奧斯汀。

分表現新起者的普遍要求和平民化、自由化的情調了。詩歌發展到了當時，被蒲伯（Pope）拿去加工上了許多規律、許多限制。戲劇又已經過了她的盛世——伊利沙伯時代——而正在沒落的途中。十八世紀的中等階級怎能不另闢自己表現形式的前途？恰好是散文的、注重個人人格生活表現的小說，乃就此應運而興。

阿狄生既開了先河，於是狄福（Defoe）、費爾丁（Fielding）、戈斯密（Goldsmith）、理查孫（Richardson）等繼之而起。始而是理查孫他們那一派的感情小說（Sentimental Novel）。他們所表現的是中等階級的倫理，主張正義，要求誠實。一些清教徒嚴格的教條，在他們的作品中充分的表現。他們的取材範圍，注重家庭生活，觀點則是女性的。其次是狄福那一派的冒險小說。主要是在表現當時商工業中間分子冒險經營的實況與要求。至於費爾丁，他可以說是寫實主義的先導。他因不滿意感情小說中那種過分的感情的呼訴，與那種近乎僞善的墨守教條，於是主張實地生活，實地表現一種自然的道德要求和從心湧現的爲善觀念。他們一反感情派之所爲，而把取材的範圍，從狹小的家庭生活中解放出來，命筆多以男性興趣爲中心。這時，文風算是稍稍一變。

寫實派小說雖代感情派小說而起，可是它自身不久也和後者合了流。二者同流，於是產生了接踵而來的家庭諷刺小說（Domestic Satire），而以擷茵・奧斯登爲中心。寫實派的生動活潑，切於實地生活，健全穩重的情感表現，構成新派的風格。感情派的取材範圍——家庭生活、女性興趣以及他們所主張的清教徒教條，則構成了新派的骨胳。在這種兩重的遺產條件之下，擷茵・奧斯登可以說走到了家庭諷刺小說的頂點了。

擷茵・奧斯登女士，生於一七七五年。她的生長地方是漢浦縣（Hampshire）一個小小地方，名叫司蒂芬屯（Steventon）。父親喬治・奧斯登，是本地教堂的牧師，比較起來，自然是有學問、有聲望的人物了。母親卡珊德拉（Cassandra）是位有名的諷刺家、笑話家的侄女。擷茵少時秉承叔祖的習慣，對於她將來那種爽利的諷刺筆調，當然有相當影響的。

她一共有七個兄弟姊妹，她是最小的。當她的哥哥們有的出去當兵，有的出繼給別人，有的或者出外去了的時候，她就和她的姐姐卡珊德拉（襲用母名）親親愛愛的在家中侍奉父母，照管家事。她雖然秉賦了文學的天才，詼諧諷刺的態度，可是對於家庭瑣屑，仍然抱了非常之大的興趣和很鄭重的態度。她除了管家之外，還作女紅。據說她的女紅針黹，作得精巧美麗，人所不及。在一個以文字筆墨為最大興趣的人，能夠這樣真是難得的。

除了管家事和女工針黹之外，擷茵把她的主要的時間都拿來讀書和寫作。她學了法文和意大利文，但不見得怎樣好。她讀了很多的小說。《旁觀報》是她時常瀏覽的。理查孫的小說，她也很仔細地閱讀。詩人中，她愛讀考伯（Cowper）的作品，尤其崇拜克拉伯（Crabbe），甚至打算着自己假如出嫁，便要作克拉伯太太纔好。晚年她又喜歡司各脫（Scott）的小說。在她的瀏覽界中，以上是一般人所常稱道的。此外費爾丁、戈斯密等的著作，她自然也都詳加領略的了。

十六歲以前，她就開始寫作。當時所寫，多半是故事敘述，短篇的東西，寫來供給家庭夜會談笑之用。她一生沒嫁，老是住在家庭的小環境中，與家人父子一同生活談笑，一同參與米鹽瑣屑。她的寫文章，也就是在這種晚會朝餐後的時間寫出來的。同時，文章內容，也正是這些家常材料，而以十六歲以前的短篇故事開其端。

生活的前二十五年中，擷茵與家人同居，沒有離開司蒂芬屯，除了有時上巴什浴場（Bath），那也是很短的遊散罷了。一八〇一年，全家搬去巴什，在那兒住了五年。一八〇五年，父親去世，她們又搬到掃桑屯（Southampton）去住。那兒是偉大的劇作家莎士比亞曾經住過而且排演過他的腳本的地方。擷茵在此住了四年，其於不世文人莎翁的遺跡，必然啓發了很多的觀感。後人評論她的作品時，說她的人物描寫，繪影繪聲之處有莎翁的遺風。由此可見，擷茵・奧斯登藝術的高妙，必有許多淵源的了。一八〇九年，全家移住喬屯（Chawton）一間鄉村小屋裏。在這兒，她一直住下去，就不曾再行搬動。一八一六年，她開始患病，次年又到溫采斯特（Winchester）去就醫，就在那年七月，卒於溫采斯特寓所，葬於溫采斯特大禮拜堂。後人崇拜她的著作，要爲她立紀念碑，不果。

奧斯登碩人其頎，身材窈窕，可說是個黑美人。褐色的眼睛，棕黃的鬢髮，眉目精緻美好，非常引人注意。她待人非常之好，絕無一般文人那種傲岸的故示特別的態度。小孩子尤其喜歡她。這也是她天性活潑、善於諷笑的緣故吧。

她的文字生涯，始於很小的時候，那時差不多還是兒童時代，其時寫的多半是頑笑故事而已。到一七九六年，她開始寫她的名作《傲慢與偏見》（Pride and Prejudice），一七九七年完成。此書就是我們現在這部譯文的原本。其後她又寫成了《識見與感覺》（Sense and Sensibility）、《北桑覺寺》（Northanger Abbey）。一七九八年，三部書都寫成了。可是到處都找不到出版處。奧斯登因此頗受打擊，略現灰心。此後自一七九八年至一八〇九年，十年間她祇寫了《華生家》（The Watsons），並且也不曾寫完。一八一一年纔發表了《識見與感覺》，一八一三年發表了《傲慢與偏見》。於是她又鼓起勇氣來寫作，自一八一一至一八一六年間，又成了三部晚年著作《曼殊菲兒園邸》（Mansfield Park），一八一四年發表。《愛瑪》（Emma），一八一六年發表。《追求》（Persuasion）與舊作《北桑覺寺》則在奧斯登死後——一八一八年纔出世。她這六部著作，除了《北桑覺寺》結構太簡單、人物太單調之外，餘都無可指摘，而尤以《傲慢與偏見》爲最著，一般推爲奧斯登的代表傑作，列於文學的不朽名著裏面。

奧斯登生時不大受人注意，死後却備受文人讀者的讚揚。英國文學批評家劉偉士（G. H. Lewes）說她以表現社會生活爲目的，恰到好處。換言之，即她的形式與她所表現的內容恰好配合，無畸輕畸重之弊。馬考萊勳爵——那位著名的散文家，則說她比任何作家都更近乎莎士比亞。司各脫的評論更精細地指出來，說她那幾筆精妙的描寫和情感的眞實，把日常平凡的瑣事和普通的人物都弄得非常有趣起來，自己是趕她不上的。奧斯登在名家中都這樣被尊崇，其聲價可知了。

她的小說內容，以表現人物爲主。取材則多是中等階級的生活，上不沾貴族王公，下不逮農夫平民。注意的是日常瑣事、家庭生活，中等階級中，尤其顯明的是鄉村紳士的生活。他們這班人祇講究彼此拜會拜會、野餐、散步，再不然，就坐了車出去兜風，穿上晚禮服出去跳舞。他們有時也有點小小煩悶或情緒上的不安，可是絕對不會有什麼極端的情感爆發；同時也決不會作出什麼驚人的舉動。這班人可說是一批閑逸分子，男男女女都是以消磨時間爲職務的。即如本書《傲慢與偏見》當中那批人物，無論什麼時候跟他們接觸，你會發生一個疑問：他們這些人是幹什麼的呢？賓格雷姊弟們爲什麼要上雷則爾場去住？伊利沙伯姊妹們整天坐在家裏到底幹些什麼？你就無從去答復。他們中間，沒有那一位有什麼奇特複雜的品性和驚人的舉動。誰的才學，也不會比誰要更高。在這班人的日常生活裏，是決不會有一絲一毫的浪漫過分跑出來的。

拿這樣的一層人物及其生活作對象，奧斯登抱着純藝術表現的態度去行文，不帶一點道德教訓的觀念，也不作一點知識啓發的企圖。生活是平靜的，感情是平靜的，同時作者的態度尤其是平靜的，沒有一點訴之於感情的表現。在《傲慢與偏見》中，這種情形就數見不鮮。伊利莎伯——書中的主角，在雷則爾場跳舞中，極度地盼望和魏克翰見面。可是結果呢，她失望了。魏克翰不能來，且是爲了她最恨的達綏緣故。以常情而論，伊利沙伯在這種情況之下，怎樣還能夠和達綏環臂舞蹈呢？怎樣還能夠使她平心靜氣地稍帶諷刺口吻來談話呢？作者雖然給了我們一個解釋，說伊利沙伯爲人如此，但作者根本上感情的節制與穩重，可以思過半矣。

奧斯登寫這種生活的時候，主要是以表現人物爲目的。故其書中人物無論好壞，無聊的蠢貨與敏銳的達人，都是盡情盡理，活潑新鮮。她表現的方法，決不採取報告式的解說，而主要地是從對話行動上，把一副人格，一層一層，一面一面，剝給我們看，使我們對於某種人物，有一個活生生的瞭解。同時，她表現一個人格的時候，她把他的多方面都寫出來，并不因爲她喜歡誰，就把誰寫成了一個典型。爲此，伊利莎伯那樣的一個聰明人兒，偏會因爲魏克翰的和善，和對達綏的偏見，就十分的相信魏克翰，把他當了一個受難的羔羊而對他發生一種後來使她自己爲之羞愧的愛感。因爲惟其如此，纔是伊利沙伯的人格，而不是個簡單的聰明人啊。

奧斯登表現人物，非常之有分寸。依當時的社會階級關係，屬於某階級的人格，應有某種行爲和態度，她是清楚微細地瞭解。按當時的社會信條，某種態度算是不好，她也很微妙地表現出來。《傲慢與偏見》中的兩位主人翁：一位是個每年進款一萬鎊的世家子——達綏，一位是個鄉村紳士的聰明伶俐的姑娃——伊利沙伯。世家子依其身份，充分表現了瞧不起人的尊貴態度。下層階級中所表現的那種俗氣粗野，在他看來，簡直不可向邇的污濁，同時也得不着他的什麼原諒。可是在他同社會層中，有什麼需要幫助，或者他認爲是他的責任的時候，他也能夠寬大爲懷，一面欣賞着自己的能力和重要性，一面去幹那種愛護和幫助的事情。所以他簡直受不了彭太太那一家子（除了擷茵以外）的出場。而同時呢，在魏克翰口中，他對他妹妹愛護的心理，又說明了他的另一面。比較起來，是小家碧玉的伊利沙伯的態度，則又完全不然。根據她的社會關係，她對於那世家子的尊嚴態度，起了一種所謂"窮人志氣大"的反抗心理。但是一方面雖然反抗，一方面還是有一種潛在的要接近那種尊嚴貴重的要求。所以在雷則爾場跳舞會中，她會莫名其妙地應許和達綏跳舞。在舞場中和他對立的時節，她會震於自己的重要性，同時也注意到衆人驚訝的表現。

奧斯登在她的人物中，對於那些蠢俗粗頑的人們，是儘量的開玩笑、諷刺，毫無一絲好感。有時，這種諷刺會令人感覺過於尖刻。但是當我們一想那種脚色的無聊，馬上又覺得這種諷笑，是應該有的，一點兒都不曾過分。她對哥林斯先生、彭乃特太太、以及彭乃特太太的兩位小姑娘，都是一貫如此的。讀者當能於書中找得。

她的人物與她的結構是打成一片了的。即令一個很不重要的角色，也是不能去掉。倘若去掉了，那麼不是書中少了一點精采，便是缺少一點聯繫。因此，她的故事簡單，結構却謹嚴，沒有一點鬆懈，沒有一點多餘和缺少。每個人物，每個人物行動的發展，故事的變化，都有助於整個結構的穿插和進行。這種情形，尤其在《傲慢與偏見》中，我們可以充分地找到。最明顯的例子，便是哥林斯的恩主加撒琳夫人。結構的發展，使她一步步的作了達綏與伊利沙伯的撮合者。然而她開始却是那樣，並沒有什麼關係的走出場來，好像是附屬品的樣子。

奧斯登的風格，最主要的是詼諧諷刺。爲了這種活潑的詼諧，使得她的筆調非常生動，非常有趣。她的文字永遠是明白流利，適於表現那種日常生活的題材，善於引用暗示和埋伏引綫的辦法。她的對話，表現一種伶俐的機智，這在她的小說裏女主角的口中常常可以聽到。

奧斯登寫小說，有時喜歡把書中主要的題旨拿來命名，譬如《識見與感覺》《傲慢與偏見》，都是如此。（一）傲慢（二）偏見，是書中兩位主角的主要性格，這種性格又是由於二人的社會關係來決定的。達綏一個世家子，處在那種重視門閥的時代中，天然地就會傲慢。伊利沙伯一個鄉紳姑娘，個中翹楚，是受不了這種傲慢態度的，因之對於他就起了一種偏見，認爲他故意瞧不起人，賣弄身分，就立志給他打擊，加以訕笑。其實他們雙方都是很有意思的，尤其是那位傲慢大家。傲慢家因爲不願委屈了自己的傲慢，而努力壓制自己的感情。偏見家不知道，以爲他成心，無所不用其極的瞧她不起，甚至連他對她表示好感都含有惡意。因此，雙方忽離忽合，依結構的發展，到底由世家子把傲慢的武裝解除，鄉紳姑娘纔因感激而把偏見也轉化，一對有情人終成了眷屬。

本書全部的立場差不多都是伊利沙伯的觀點。雖然如此，作者即就伊利沙白所注意的，所喜歡的，以及她所厭惡的，來把她的心理、她的人格，在我們的面前解剖出來。這純是一種高度藝術的成功。

以上簡單的分析，也就至此而止了。因爲篇幅所限，我們不能把她其他的著作，也加以介紹和分析。同時又因爲不願意把本書的內容，通通都說出來，分解出來，所以這篇文字祇能拋磚引玉，其餘還是讓大家自去尋味罷了。

本文參考書籍：
(1) 劍橋大學《英國文學史》；
(2)《大英百科全書》；
(3)《英國名人傳略》；
(4)《英國文學簡史》（英國 G. Saintsbury 著）；
(5) 燕京大學《十八世紀文學班講義》（美國 Miss Grace Boynton 編）。

論 現 實*

——讀盧潮的《田地》

　　現實在人間叫哭，人間却歌詠着現實，這悲劇到幾時還不變樣。倘以爲悲劇是有誤解作根基，人對人，自己對自己過深的誤解，則現實也遭了同樣的不幸。某些人將具在的事物表面抄下來，別的人又把一個環子單提出來放大了充數。自己的存在和惰性往往是自己的騙子；它誘惑本質單薄的人類盲視自然的真實，總在問題發出的時候，儘先提出自己來充答案。"我想着，故我存在"；我在，故環我週圍的事物片段就是現實。生人全爲自己而驚愕，爲自己貧瘠的臆想而心動神搖。

　　用現實兩字來譯那 "Reality"，是人間一種鋒利的智慧。取這名詞的人必有一對干將莫邪似的眼睛，同時他也有他一雙寶劍的能力，將不可見的至理刻在這名詞上。如若我們不將這名詞當作真實的拓現（The Realization of Truth）去讀，定辜負造意的人了。

　　大自然的真實是創造的生命，這是一定的。一粒玉米掉在地上，它没手没脚，没有頭腦和工具，怎樣抵擋過那寂寞，那風雨烈日不死掉，反而發出無數萬粒玉米來的呢？可是創造的生命在它裏面喊起 "出頭" 的强調，創造力突破了那一粒玉米乾了的舊包皮，新芽就鑽上地面了。這小小一串壯烈的生命史，正是大自然生活的道路，它是成串不斷，可也是上進的。人間的生活正展現着這一真實，且展現得最多樣，最親切，這也就是現實。生活在現實中的人們却不易抽出它的真象，就爲的它太切近，太複雜了。尊重創作的人們，若僅僅把筆尖釘在金黄的玉米粒上，

＊ 原載《大公報》（天津）1935 年 8 月 21 日。

無論你如何它把描下來，祇能算事實的複寫，說不上創造的現實；若單提出一粒玉米嘔吟它的美質，它的珍貴，更不免有辱自己的想像了。

理想不是現實，現實倒脫不了以理想爲靈魂，理想更要現實作測量尺。從有生人以來，我們的世界就不曾度過端正優美的日子，怪不得思想家、詩人要用理想當巢穴。理想原是謙虛的東西；它不過是一種合理的想像，以爲生活事務要如此如彼，纔能與人類生存着的道理相合。有些詩人作家以爲若生活樣式不合道理，他就放展不開，活不了。從而他創造自己的巢穴，架上了理想的千里眼，是這樣他纔找得出現實的來龍去脈，纔能蹤覓出人類之發展被酷虐的生活扭斷的殘跡；他抓得緊，纔能鑽得深；他扯開包皮，發現了該出頭的新芽。他過着創造的生命，因爲每一筆真正的藝術就是一件創造的行爲！

理想若不合乎現實的路徑，祇能在高空中飄蕩，散射一些砲仗的花樣。在這方面的能手總可用嘈雜的炫爛，暫時吸引一些缺少娛樂和營養的人們；笨伯們則到頭將連自己的巢穴都要丟掉。另有創造的駔驥却是聰明絕頂，雖知他的理想應在雲霧裏騰挪，在不可見、不可捉摸的異象中，他反能折頭在泥潭裏，撈粗劣蠻臭的現實爲那理想的血肉，他把偉大囊括在自己的創製中。在理想上，他縹緲了；在現實的揮縱上，他是人，也是神。

生活的現實與心理的現實不是一件東西，却是一串的聯續。比如說，某婦人今天打死了她的親女，這是事實，但不能說就是現實。要說到現實，就得看那女人背上所馱的人生的鐵閘。她從小到大所受的待遇，她的勞苦和粗狠的氛圍，以及她對這一些的掙扎構成一種生活的現實。這現實與人類的向上性和濟美力（Perfectibility）冲突，引起她種種感情的、意識的變態和苦惱。心理現象與生活現象矛盾，各心理現象又各互相矛盾，每一細小的衝突都已達到了燃燒點，這是那女人心理的現實。所以生活現實是一串，心理的現實又是一串。從生活的過渡到心理的，由心理的又實現爲生活的，這是生命之整串的現實。以上所舉心理的現實當然不止這一種，就這種也不能說是向上，如認它是創造的生命與包皮爭鬥之浪費的方式，却差不太遠。

說到這裏，我想起"小公園"檢討上所提盧潮君的《田地》了。作者寫文章時盡過極大的慎重和細心是明顯的；可是在表露現實上，他有種基本的缺點。他把老坤的愛土地游離了現實，並且和現實對立起來。他要指出的是情緒和現實的矛盾。那可不是單純的對立。農民愛地，更不是一種神秘的爲土地而愛土地的密感。這感情有一長串的現實在前後，它是可以用升斗去量的。升斗所入多，他就愛得多；否則這感情是比例的減少，或比例的感情上增加矛盾，最終他寧可把契貼在門上走開。如若說老人固執，他的算盤就更會打在糧食的擔數上面，不會詠出"多麼廣大得不着邊際地呵"的，很簡單，農民不是詩人，老農民尤其不是。

農民愛地，除了爲糧食以外，還有生根的問題。這是一切農民，除了西洋的農業工人的通病。他的喜歡生在地裏，長在地裏，衣食來源，不需外求；這也不是神秘的詩人感情。在他們看來，流走的生活太無保障，無把握；而流走者的情緒和心理都不是他們所能捉摸。一個窮人不朝地裏下力氣，不安分，倒不挨餓，是他們所不易瞭解的。要避免這危險生活，不與不可信任的來往。唯一的辦法祇是多買地，忍受一切擠榨，積下錢去買地，把莊子打穩。他們決不能爲買地而買地，更不能在這樣以痛苦血汗換來的地方上，細膩的閑情逸緻的玩賞土地本身。這是一筆很大的奢侈費，心理上、生活上，他們都供給不起。

對情緒態度的把捉，作者已缺少心理的現實，在寫老農的生活方面，他又忽略了生活的現實。老年農民永遠不能讓毛小伙子擺佈他艱苦締造的家業，所以老坤從監裏出來會大罵小雙大膽隨意種下麥子。爲什麼下種子需要候他的命令呢？決不是怕兒子下種太多，把地累壞了吧。既然他這樣關心下種子，他竟能不關心糧價？勞力的結果連詩人也免不了要愛，難道能說在收種糧食上他沒下過力？他不能聽見糧食落價，還硬逼子糶米；兒子不告訴他米賤，由他逼，也不是人情。

鄉村遭了戰爭，地被挖成戰壕，死屍佈在田裏，這老農却一切安然無恙，並且能有高興的心情把許多屍填塞在他地裏，爲他的地欣喜得到死人作肥料！這情形不但生活的現實不許可，心裏上也説不過。即以古代食人俗來推比，都不好講。在中國種種混戰下，一個有近百畝地的農家會受不到絲毫損失，致使這老農能高興的把人屍作馬糞，這是不會有的。"小公園"《文藝青年》第一篇的作者已充分證明了這句話。或勝或敗，人民總遭殃；一個村落變了戰場時，即有勢力的地主都不能免某種蹂躪。如有任何糟塌，即不能使老農懷抱上述情緒了。現在假定他家能獨完，這缺乏人類相互之間的敏感的老農未免太麻木了，他却能細緻而狂烈的愛土地！

作者許是要寫一位精神狀態異樣的老人，但離了現實，異樣會變成奇跡。盧君的確想別開生面料理農村題材，不過形而上學的眼光決不能看出現實的所在。我的話太大膽，却是本文應有的煞尾。

亨利·巴比塞[*]

當死亡和罪惡把守地獄門時，生命是幽閉在那裏面，在被火浪所吞沒，不遭滅頂的祇有撒旦和他那一群。

可是撒旦已飛出地獄來了。一個神聖的意念在他的靈境裏探出了頭，如一個嬰兒初由母胎裏伸出來的嫩紅的小腦袋。這意念有一付創世者的頭角，它用一具神巫所用來除邪的寶劍去戳翻地獄，又用頭角去開闢新的世界，於是人間被發現了。當人類的始祖和一對木偶人兒般被神播弄的時候，用一隻蘋果喚出了他們的生之要求者是誰呢？誰會將生命的熱與美來啓發他們的心？是誰將大地的意志傳給他們的？難道能說不是撒旦麼？

撒旦的存在是一首詩。創造的生命作了這首詩的主題，萬種的芬芳和鮮媚披拂在詩篇的全身，詩歌調和了鳴鶯與飛瀑的節奏而咏嘆人生之摯愛和辛勞。若非撒旦以那意念寫下這首偉大的史詩，我們將往何處去尋覓那一株在牆下探首的小草？這奇偉的詩神本是生命的創造者，他知道凡屬美的創製，都逃不了是革新的行爲。所以當文藝女神將戰甲披在巴比塞 Henry Barbusse（1874－1935）肩上時，已是撒旦將神聖的意念染入了他心的纖維的時候了。

幸福伴着巴比塞時，是在他未生以前就給他預備了一位能文的父親。既備妥了，她又選了巴黎近郊傍塞茵河處一塊地方，將這小靈魂安置下來。不料孩子還没本事表露自己的桀驁時，幸福，那小心眼的女士便拋下了他，把他的母親給帶走了。小亨利跟着爸爸過那没娘的日子，在保險燈下聽父親給他念書。在血質上，父親已把南方人的熱情和豐富想像

---

[*] 原載《大公報》（天津）1935 年 9 月 23 日。

傳授於兒子了，在讀書時，他又供給他感情的抑揚與觀念的起伏，使孩子能發揮他母親由英國帶來的深默沈厚，去了解人的靈魂。小把戲成天成夜沒首在自己的頭腦中。反正沒有母親愛惜，正說明他脫免了那種溫柔的刺探。他可以在一切想像和意念上任意馳騁，他那詩情的，孤獨的敏感性無妨嗅出種種色色的不合理，感覺着瑣瑣細細的各樣渺茫。

孩子雖冷落內縮如自足的石巖，他心裏却如量的懷藏了烈焰，全無意於跟不合理的情節發生友誼。每一念的渺茫都能撩發他的憤激。某天，或由於人事，或惱了宇宙，他竟自造一枚炸彈將學校的窗欞都炸毀了。沒有人了解他這是什麼意思，他自己却明白。他知道那猖狂的意念已誕生了一個初嬰。他欣喜，他驕傲，他臉上纔第一次煥發了容光。

他的初嬰不過是俄項間的爆發，事後他又恢復了那一付孤兒相。各類瑣碎的渺茫已在他心匯爲一個無際無涯的虛空，世界對於他變成了一把盛水的羅篩，祇有虛無壓在他頭上。雖是如此，他因此反要搜求虛空的現實。在他與知友們走向梭朋講室去時，青年爭論社會不平的憤聲已經浮在溫風的波層上，漂流遠了。

這些放言高論自不能全佔巴比塞的心境。事實上他那多才的長輩早已領會了孩子的靈性和瞭解，他爲他歡欣，也爲他期待。孩子在這樣的期許下，他的少年作品之在《回聲報》上贏得無名作家獎金，還不是比一群閃着金色陽光的白鴿飛向蔚藍天空更爲自然的事麼？

少年巴比塞離校後，彳亍於報章雜誌叢裏，茫然無所歸。要靠爸爸的拉扯吧，又不情願。而巴黎當時的文壇一部份已爲幾位宿將劃去，建上一座象牙塔；另一部份又有幾位領去築起了喬麗典雅的殿堂。這年青人自己所有的差不多也就是一些弄筆幹的膽量和一肚子牢騷。起始他就把自己放在耍字眼這層工夫以外，打算叫他的意念去駕馭文章。爲這事他碰了多少釘，我們也打聽不出來。若不是詩人孟德斯（Cafulle Mendes）輸心推進，且將自己的女兒配他爲婚，他怎樣能把那部意匠與描寫都不很夠的詩歌《淚人》（*Les Pleureuses*）發表出來，未免又是一條疑問了。總之他隨着走入了新聞事業，發表了許多短篇，收入在《我們彼此》(*Nous Autres*)(*We others*)中，主題是關於命運、愛情和憐憫的。屬於愛的，中譯有劉延陵的《葬曲》，屬於憐的也有劉譯的《十字勛章》。這些都是三千字左右的短篇。題旨的深刻處，場面的精細處往往滑過了作者的筆尖，被申訴蓋住了。合理的瞭解在初戀與盲目的正義中，也都不易縱尋。巴比塞在調遣文字、結構短篇上，不能算一位有劃算的能手，他的偉大乃在另一方面。

  Les Suppllanls 幾乎可以説是他的兒時傳記。全部都用韻文將兒時鬱悶過久了的情緒放瀉出來，滿綴着詩的意象。這以後過了幾年，《地獄》，使他成名的一部傑作出世了。它一出世，很快就抓住了法國文壇。在詩的筆調中滲了左拉式的描繪與暴露，以此稱他爲寫實主義的詩人。在書裏面他寫着某少年，一位厭倦了人生的人，在所住公寓的壁上偶然發現了一個小洞可以窺入鄰室，從此他竟鑽入了人生最緊要的幾幕。他親見人的誕生，人的死亡。愛憎情慾，醜惡美好，完全裸露在他前面。他正視人生之最秘密的現實，然而他所得到的是什麼呢？一切歸於自私。"我是世界的中心⋯⋯自我而起，一切偉大都要縮小。"可見自私又歸於什麼呢？"我的一切偉大的夢都崩坍了，因爲我的腦蓋是像一切別人的腦蓋，是像一切⋯⋯死人的腦蓋。"人類終歲勤勞，結果乃不過是烏有。生是苦，死是空，愛憎可憐，情慾醜劣。這少年的頭腦給弄昏昧了，職業也鬧丟了，一切都是從烏有趨向烏有而去。作者當時的心地該載了多少沒來由的苦惱呢？

  大戰爆發時，他攜着孱弱的身子去投軍。在冬日的雨雪下，他在戰壕裏過了七個月血戰生活，又虧了幸運的掩護，穿出了密麻似的飛彈，連小彩都未曾掛一個。可見他的健康惹人注意了。不久，他受命去擔架死傷，後來又入二十一軍團作一個小參謀。這還是不行，他得進醫院。躺了一個月，因爲關懷那些曾與共死生的兄弟們，就溜回戰壕去；擡去又擡回，擡回又溜去，這樣的鬧麻煩。三次以後，他就給人打發回巴黎去了，再也不許出來。

  生人血肉爲水火槍砲所圍攻，靈性消失，形體潰爛，健美化爲奇醜，青春變成槁木，轉換之間，要眨眨眼都來不及。這現象深入巴比塞的心中，掀開了他的眼睛。世界原來是由現實到現實的，烏有乃不過是一層眼翳。於是在戰壕中，他起首來對自己眼見的惡毒面目作一付白描。一半已成時，他已被送入醫院去，却反使他在那兒將另一半也足成了。一九一六年，巴比塞將《火綫下》托出了法國文壇。

《火綫下》一露頭面，立刻攪起了一番騷動，首先是在銷行的數量方面。至今沒人說得準當時銷了多少册，模糊點講，總在四十萬內外。咒罵和獎譽它都挨了個够。他一方面成了德國買去的奸細，另方面又給羅曼·羅蘭指定作戰爭罪惡的見證人。就在那年，《火綫下》奪得了龔古爾獎金。

這作品可以看爲一付二十四扇的繡屏。每扇屏上描有一幅圖景，二十四幅圖景湊成一篇《弔今戰場文》，在情調和意念上，有近代集體的感情和理想流貫在作品裏面，做了它的靈魂。有人說別的戰爭小說大都祇能和戰爭發生關係，《火綫下》則是戰爭它自己。大地戰場怎樣沈靜無言，讓那些斷肢殘腿，那反坐在土中的屍身，那淋漓的臟腑以及各色腐臭，殘暴纖毫不遺的躺露在它身上，《火綫下》也就是那樣。若果大地深深瞭解這些被摧殘了的靈魂，爲他們蓄着憤怒和悲哀，則它一定會執着《火綫下》的手而放聲一慟了。然而那些用遺忘、等待與殘殺來消弄時光的人們，是處在粗獷中猶有靈性的人之子。他們既在戰爭中嘗了苦味，就明白自己已受了騙。如今雖併力詛咒戰爭，戰爭却越打越打越瘋狂。本來"兩支軍隊相打，正如一支大軍在自殺"，況這自殺又不是他們三千萬人心甘情願的嗎？於是他們纔知道驅使自己出來獻死的人原來是那些少數者，那些靠打仗發財的人物。立刻他們就覺得刺刀也不妨掉轉方向刺去，而這句驚人的話低低的，可是沉重的落了下來："如若眼前這戰爭能向前再走一步時，它的痛苦和屠殺就算不了一回事了。"

在《火綫下》中，巴比塞纔展露了他文字上的才氣。以一位熱情噴溢、思想縱橫的作家，處在那樣富有刺激性的場合，料理完全橫暴無理的材料，而我們所讀到的是什麼呢？空洞的申訴，瑣細的悲觀和詩情的幻想麼？笑話！完全兩樣。在這兒誰若想找出昔日那瘦弱苦惱的小小靈魂，他就得預備一大片心境去失望纔合適，因爲作者已經由浮薄的悲哀轉入了偉大的憤怒，而同時這撒旦性的、創造的情緒，却是立足在令人不堪的沈定、精細和鄭重上面的。作者於此永不讓這部記載變爲文人的筆墨，他似乎以爲令一名大兵在這兒樸質而有趣的講古會要更好。是的，他是那樣，他可不是一位大兵麼？在他們，由一隻破戰靴中掏出斷下的脚趾和乾了的腿骨還不是和倒出了些泥沙瓦塊一樣？話又說回來，雖說他能夠以如此的醜惡和客觀的冷淡來吸引這樣廣大的注意，我們還是不能不歸功於他那通篇到底無處不流露的誠摯。

好的文章即是一種行爲，但行爲可不能就是文章。這痛心的詩人就把生命朝着更可捫觸的情節上走去。一九一九年，他在光明團中提出了他的理想——智識份子團結起來求國際理想的勝利——辛克萊、伊本尼茲、愛倫凱等都和他攜起手來。究竟這團體像並沒作什麼大事業。遺忘已將戰爭的醜跡從大家的頭腦中拭去了，戰後分贓不勻的爭執又使某些人變得更糊塗。這班秀才們鬧了不久，就承認了自己的失敗。

即使被不平和憤怒填塞了胸膛，巴比塞却氣概轉壯。他繼續讓理念借文章飛，他也繼續讓理念領他去覓路。一九二七年，他給領去了不魯塞耳，在國際反帝反殖民地壓迫大同盟的創始會中扶病發言。隨後他又跑去莫斯科，在那兒發起了蘇聯之友會。第二年他與高爾基合力組織了一個國際的文學團體，後來改爲國際革命作家聯盟。而那時的蘇聯不知怎麼還掛着破壞文化的罪牌，未奉到取消它的命令。

不久，世界性的法西斯症由意大利傳入了德國。熱病中的瘋狂使許多清醒的無辜人民免不了再經歷一番非理性的慘暴。幸能逃脫性命的，往往離妻喪子，無家可歸，流離在法德邊界上。這景象真使巴比塞傷心。對於垂死期中毀滅性的瘋狂，人類竟是不能作任何有效的控制；没有理性和威勢能使人在這方面顯得不那麼怯弱。這作家所能作的祇是聯合國內國外的智識份子來組織法西斯主義犧牲者防衛會。他用許多時間去爲犧牲者調查境況，籌劃安挿，替他們備下盤川，送他們回鄆城或上海外去。他全不愛惜自己的筆墨爲這些人作宣傳工作，在《人道報》與國際通訊上，他的政治性及煽動性的論文是愈來愈警透有力。

若以這瘦弱的身軀去和那殘暴的堆積比擬一下，我們將見一座遮天的山嶺堵斷了人類的前途，而山腳下則有個稚嫩的小孩蹲在那兒，用一柄匙兒在掘土，要為人類開闢路徑。不興石崖會壓倒在他那柔嫩的身上？不興山中有虎狼來將他吞沒？但是孩子却扭着脖子不理會。他要一直掘下去，掘到他生命完結時，別忘了將匙兒交給別個孩子。因此瀋陽的砲聲纔又招出了他們的反帝非戰同盟。一九三三年他們決定了來上海開國際大會，不料在動身上海的頭一天，巴比塞又病倒了。

說他是怕病麼？可是他雖不曾到遠東來，在國內也未曾貪安逸。病了，弱了；他還要扭住老將羅曼·羅蘭與他在巴黎着手組織一個工人大學來"鍛鍊他們精神上新的武器"。就在今年他死之前七十天，他也還馱著羸瘠的身體去出席國際作家文化防衛會。他的匙子是到死不停，死了也不拋棄的！

現在，這創造的生命，這顆光芒四射的彗星已經隕落了，事情就發生在莫斯科的九月初二那一天。我們將怎樣去紀念他，紀念一位死者對於未死的究竟有多大關係我還不能說。但是我們要記住：在這個生命的胸中，是有一股偉大的憤怒在燃燒一個神聖的意念，而他手裏所拿的却是一柄赤子的匙子。

巴比塞作品的中譯本計有：

《地獄》	成紹宗譯	光華書局	一九三〇
《光明》	敬隱漁譯	現代書局	一九三〇
《初戀》	ＣＦ女士譯	《小說月報》	十四卷第四號
《十字勳章》	劉延陵譯	同上	十四卷第六號
《廓門》（《火綫下》的第一章）	李青崖譯	同上	十五卷第八號
《葬曲》	劉延陵譯	同上	十五卷第九號
《不可屈服的》	洪靈菲譯	《拓荒者》	一卷第一號
《給中國人的信》	徵君譯	《文藝月報》	一卷第一號

巴比塞作品英譯本計有：

We Others	Tr. By Fitzwater Wrag.
Under Fire	Tr. By Fitzwater Wrag.
Light	Tr. By Fitzwater Wrag.
The Inferns	Tr. By J. O. Brien
Thus Thus	Tr. By Braln Rhys
Jesus	Tr. By Solon Librescot
Chains	Tr. By Stephen Hoder Guest

境　與　真[*]

　　自己不是海國居民，生活又不假我一些方便和海多發生點子關係，聽別人誇耀海，心裏祇能把山的滋味拿來回味一下，見得我也不是和自然毫無緣分的大俗人。这种想頭，自己未嘗不覺得無聊。然而照樣這麼回思的機會，並不因之減少，想起來怕總是由於某一種心境對我有些引力，我便樂於借回想去重遊舊地罷！

　　在五老峰頭，將瑩潔軟緻的白雲地毯鋪在脚下，仰臥下來，與澄湛的青天說句閑話兒，那時候鄱陽隱入霧幛裏去了，小姑也退回煙綃的紗籠裏不來露面。宇宙的靜偉單純輕輕敲着你的心，你會茫然的聽，愕然的看，你會悠然的想，不知你能否記得自己是一個兩脚兩手的生物躺在山上呢！抑或疑心自己原不過偶然吹來的一陣清風。並且發現你對於人生多有一些關切的話，你也許就想到更遠的事情上面去，你不能輕巧的讓一陣風或兩脚獸佔了你的位置，你會把人生這無頭無尾的東西，在心裏掂起分量來。

　　把境界說到這一步，不過是很淺的。官覺引起感情，感情引起靈魂的陶醉。一般說來，祇能算是入魔的第一段。入魔雖是一種迷境，要將它稱爲是自己的境界，相差怕還有幾步工夫呢。你走到這兒，得有進一步的探求，讓自己的智力和物力發生交互作用，使一根理解的小芽能在心裏滋長起來。這理解若得到適當的培養，它便能發壯而成爲你的見地，你可以把它當作一柄鋒銳的錐鑽，又可以將它作成一把織錦的梭子，你不用擔心，它會自爲你去鑽挖，去發掘。無論它愛在個人自己的意識裏作工也罷，愛在人間世界裏面穿鑿更好，管它所開闢的是什麼呢？總之

---

[*]　原載《大衆知識》1936年10月20日。

它能為你造出一番天地，或用見地本身的纖維，或用人類生活的網絡，織成你所要的一片境，這就是了。在這廣大的世界上，你不妨有下巨廈千間，你不妨有你的家人父子，天倫骨肉，可是讓你走動進你那巨廈裏去，和一般家人們團聚一起罷，你能容許自己找不着你那一片境地麼？便令那巨廈是你家祖傳的舊屋，却是那裏的空氣窒碍你，聲音顏色砸毁你的心，你不但說不出自己的言語，並連留戀你的境界也不能，這樣的地方，你不會用異鄉遊子的眼光去看它麼？在人間有了你那片境域時，便沒有家鄉，沒有親戚，局促在亭子間裏，流播在十字街頭，在棚戶裏、廠房中，也儘有你滿足的活動的餘地。若以為一個人少不了一所生活的家庭，一位智慧的靈魂，也就必得佔有一番境地，無論它找什麼路徑出世去吧，它先得在這所家園裏面無掛無礙的培養它自己。

"戶庭無塵雜，虛室有餘閑"。"結廬在人境，而無車馬喧"。那位詩人所處是這樣一個形而上的恬退境界，這是我們都知道的，我們也都承認它是一種境界。但是還有呢？你翻開《罪與罰》，將松尼亞姑娘細細體味一下，你該不能說她不是一種境界的法身吧。你再拿過《鐵流》仔細讀讀，另一種境界的化身怕又矗立在你面前了吧，既這樣，你能說後來的兩位胸頭沒有湛深廣厚的境界嗎？净明恬遠的境地是我們所熟習的，我們愛將一種静定的屬性歸之於境，一來這個字本有些佛教的淵源，二來静遠閑退的境界給人一種净明的印象，不游動，也不含糊。而生活現實裏的境界，首先就有作者的入世熱情是一片霧，隨之是生活的複雜，情調的繁複，思想的殊異，大家團團包圍上來，人見它似乎有些燥急，有些逼人，像一團熊熊的火，却不能說是一池明静的水，聽來是一場戲劇，却不像一曲音樂。可是能不能說它是一種境界呢？我說，是。這是心智所能深入的壯偉奇境之一，這裏面藏有一條啓蟄破空的神龍，所以，廣泛的說來，境界除了說是心智的深府之外，應該不另有什麼限制性更大的形容了。

上面我曾說過，境界可以是意識本身的纖維，也可以是人類生活的網絡。講到這兒，我們就不能不把境界的花樣分清楚一些，再籠統下去就不行了。比如水，我們知道江海湖河都是水，可是一眼永不著波的古井就和那泛洋浩瀚、波浪掀騰的大海，是兩件全不相同的東西。要講出古井和大海是怎麼回事時，單說它們都是水就成了嗎？生活情調千頭萬緒，心理見地也是簇簇層層，每一莖情調，每一株見地，都能用自己長長的根芽去鑽闢它的境地；境地不妨種類繁多，個人意識的境界與生活現實的境界却可以視爲兩種包容性較大的類別，人見了它們的分別，就會知道造出這種境域的見地，有多麼不相同的面目。怎樣的見地能使人往怎樣的場合中用心，正和一般所謂理論與實踐的情形一樣。淵明先生一心充滿了生涯短促，形骸爲累，要脫形去跡與大化同流的觀念，他與人間生活自然就免不了格格不入，祇可退休田園，儘量躲避生活的擾攘，使形骸之存雖不能在事實上免掉，而意識之中却可以逐漸將其淡忘，祇留得精神與自然同化。這種離世厭俗的見地萬不能明生活現實裏開闢境界是很顯然的，觀念的本身不許詩人接近生活，一旦近對生活又必然使觀念受擾亂，這已是根本不相容納的了，即使退一萬步，取生活的材料來供見地的境界，其結果必然著形落跡，最多也祇弄成個生活的嘴咒，那能夠到得"形骸久已化，心在復何言"的地步？又怎能夠"縱浪大化中，不喜亦不懼。應盡便須盡，無復獨多慮"呢？於此可見《淵明集》中的境界，多是本人見地情調即個人意識的素影，有了那樣的見地，纔能有那樣的境界，以那種恬逸冲淡的形式，表現於詩人筆下來。

陶淵明的見地，應該說是離真理很寫遠的，無論是就人生的真理，抑就宇宙的真理來說，這話都不算錯，説得初步一點，人生的真理，必是爲了生活，而不是生活爲了真理，這已是自明的了。至於宇宙的真理，陳列在我們面前的萬事萬物，都揭示着一點實質，便是發展和演進。大化的運行，要是說在於脫形去跡，專育精神，人就得想想大自然增形進跡，以怎樣的形體，配合怎樣的生命這件事。淵明先生由於自己的氣質與當時佛老的思想很自然的投合，便成就了一種避免生活的見地，與其將這種見地視爲一般生活的真理，不如把它看作個人敏感（對於生命的敏感）的昇華，與玄想的擴張。從這裏開闢的境地，不用說自然是個人意識的化身了。

一旦詩人將眼光轉向生活時，定然是他的見地不讓他僅僅朝着自己的意識走去。這類見地對於人生，含有多少關切和留戀，他知道它是苦惱的、短促的，可是他偏欣慕愛惜而不忍釋手。他説不出"翳然乘此去，終天不復形"的話來，反之，他寧願承受苦惱，他以爲受苦不但是人生所不可免，並且是人生所必需。人在痛苦之中，悲哀使他心地慈和，憂苦使他仰賴神恩，患難和安慰使他明白自己的渺小，永遠心存感激不與人爭，個人能到得了這一步，便減少了苦惱磨折的來源，得以心安體泰。人人能作到這一步，亦自然大家相愛相親，在同一大神的圍護之下，上了和平的天國，因此苦難不但不是罪惡，並且還是恩星，是天路，是人類生活所能經歷的理想方式。本來人類自己所手造的罪惡，無論它是如何的必要、浪費、殘酷，它仍然被社會組織所支持，成了必不可免。現在到了熱心的詩人手裏，它又進了一步，給升上了至神至上的理想寶座。原來是一個掠奪強暴的秦始皇，因其地位穩，勢力強，搖身一變就成了一位成湯、周武，起先是除之必盡的污惡，因爲無可逃避，就反而把它理想化而變爲了奇跡，正如被奴隸民族以柔馴待宰的羔羊爲生活的最高境界一樣。這種宗教見地的境界，就鍾在松尼亞姑娘一身，她是由皮膚到骨血，由感官至靈魂，寸寸絲絲的這類見地所集合而成的脚色，全部《罪與罰》的要點也就在此。

見地在於尊崇苦難和柔順，它便不能不在人間生活中，尋找各樣苦痛的現象，搜索人們在苦難中心和智是怎樣受煎熬的情形。換句話説，它一定不甘寂寞，要鑽到生活裏面去，在那裏架起他的攝光鏡，來製造一番境界。當然由這付鏡頭收攝進來的生活，不能便是生活的實質，可是它的形體少不了總得留下來，在這裏就產出了生活與境界的矛盾。我們看見作品裏面連篇累頁裝的都是罪人的痛苦，人的精神，被罪惡踐躪到瘋狂，到歇斯底里的地步，人的體質被苦難壓榨到破壞毀滅，各種各樣的苦惱，陰謀詭計，暗中結合，以人生爲他們總進攻的對象。若是生活自己有一張嘴，我想它除了嘴咒苦難與它的來源之外，大概不會有富裕空閑作一點別的事了吧？於今它自己既沒有一張鮮明鋒銳的嘴，它就將自己一身由裏到外的死傷殘廢，醜怪卑污，赤裸裸陳露在衆人耳目之下，讓罪惡的結果來判定罪惡。所以凡是以生活現實爲血肉的作品，無論它的境界怎樣能掩覆社會的惡詭，可是它裏面所含生活的形跡，必然要帶出那種生活的實質來。內容和形式原是一件東西，你想把它分成兩個不相關聯的東西，你以爲生活的醜劣形跡可以用來傳達禮讚苦惱的內容，實際上可就不行，這在作品中表現出來，就成了生活控訴的勝利，與內容（境界）的失敗。全部《罪與罰》的結穴在於拉思訶尼可夫帶起十字架領受了自己的苦難，這苦難使他聖明，使他柔和，使他消除了對於世間的抗議，祇在心裏存下了憐愛和感激。就作者的境界來講，這不能不說是一種美的創製，可是生活的現實是不是這樣的呢？人的超升，精神的美化，永遠脫離不了生活。生活的美，形的美，精神的美，綜合起來，纔能構成人的完美。沒有人在生活上受着極其慘烈的、長期的虐毒，精神上還能保有一種壯健持平的人的美滿，因此陀翁全書中並沒有一個人能經由柔順受苦得到生活各面的完善，在那裏祇有宗教的成功，沒有生活的成功。生活上我們祇見到那兒有一批被現實的苦痛鞭捶踢打的人們，打下去了跳起來，跳起來又被打下去，至死也不肯屈服，於是宗教穿着一身黑道袍暗暗溜了上來，把他們從生活的中心，勸到神坑的黑角落裏去了。陀斯妥夫斯基的全部作品，與其說以他的見地和境界得人，不如說以生活現實、心理現實的寬度、深度和密度引吸了無量數在生活中磨折煎熬的人們。這位詩人，是有着一種深遠偉大的啓示，人願意在他所剝露的現實中去接收它，却不能由他所製成的境界裏面得到。陀先生的作品風行天下，俄國正教與沙皇却祇能和塵埃同臥在沙漠裏。要在生活現實裏面開闢自己的境界，那見地就一定要合於生活的真理，要不然矛盾往往是不容易避免的，偉大的悲劇常常就是偉大的詩人本身，這怕是有一點真實吧！

有時候，作品裏面，境界雖與生活現實調和，也不能說那種見地就是真理。作者的筆下儘管能在生活與心理的現實中透出一個與之絕不矛盾的境界來，可是他的見地却仍然與生活的真理相反對，擷茵・奧斯丁的《傲慢與偏見》就給了我們一個很好的例子。世家貴公子和小家碧玉戀愛，自然免不了一點傳奇性，可是等到作者將雙方心理的衝突（這種衝突恰好是兩個社會層所必有的）寫出來時，傳奇性就完全爲生活的現實所籠照了。貴家公子達綏是衆星捧月般長大來的，在精美的生活裏涵養自己的習性，磨琢自己的態度和談吐，他生來就未曾想到下流社會的人是和他同樣同等的生物，突然你把他放在一班鄉下佬中間，把村俗和鄙賤拿來與他的高雅、優良對照着，你叫他從那顆心眼裏去找出一點尊敬和愛來？他傲慢那是正對的，誰處在他的地位上都會傲慢，就這樣他碰上了那位伊利沙伯姑娘。這位姑娘表面上可以說正和着一句俗話，是"窮人子氣大"，這種氣大就是社會階層中間一種原始的敵對感情；實際上她可不但有了這種敵對感情，並且她也有欣慕。說來這自然是矛盾，可是又有什麼辦法呢？她生長其中的中等階級本來就是這麼個動搖無定的東西。它一天到晚感覺到自己的卑屈無力而憤恨失望，同時它又欣慕艷羨上流階層的生活與風度，祇想爬了上去，伊利沙伯既愛達綏，又對他抱有極重的偏見，根底上還是這種矛盾在作祟，就是她後來心境改變，爲了達綏救她妹妹而受寵若驚，崇拜他以致與他結合，也是爲此。在這裏，我們就看出了作者的見地，她以爲人類中間的敵對情緒應該彼此讓步，聽其消滅，以達到協調的地步。她用這樣的見地來開闢境界，切實說，她的境界無一不與現實相合。在中産階級和上流社會之間，原來沒有不可踰越的鴻溝，可是這種見地和境界與真理相差了有多遠呢？達綏對於彭乃特一家人，除伊利沙伯，沒有絲毫平視和尊重的感覺，因爲他們態度與舉動粗俗，他始終藐視他們，厭惡他們，因此他那解救李底亞的行爲，無論是怎樣的無私，在受者的彭乃特一家，在伊利沙伯看來，仍然是一種逾分的恩賜。人與人之間，根據種種社會原因，沒有一種完善平等的關係，則兩個社會層之間無論怎樣的仁行善舉，都不能不顯示出人生一種不平等、不和諧的實質。以這種善行得來的感戴和協，祇能表示下層人的柔服，表示下層人急於爬梯子，揀高枝兒的不倫心理，以人類整個的完滿來想，這些情形都是不應該存在的。難道生活真理所要啓示的前途就是人間關係的破碎不平麼？當然我們不是說這種情形不能寫，可是社會上不該存在的情形祇有某種狀況之下，纔可以由作者的筆桿去搬來放在紙上，那就是作者寫的時候，需要帶點揭露和批評的態度，由這種態度，作品中纔能顯露出真理的要求。

　　一路下來，我們已經提了不少關於真理的話了。可是真理究竟是什麼呢？它不能是囫圇的太極圈，也不能是彎彎曲曲的回歸。歷史走下來的痕跡畫了一條真理的原形：講智慧，人鑽過了不少黑窟窿，方得到今日文化上的一些花花果果；講作人，人類更是流了血，受了罪，纔換來一些對於人類關係的觀念，比以前的稍稍要清楚一些，正當一些。每一點點的長進無論屬於那方面的，總之都是要使人的能力與生活變得更壯大，更豐滿，換一句話說，都是要使人類能夠生活的完美無恨，這怕是自然界一切事物的要求，連人類社會也不能算是例外呵。

　　講到完美，一向人祇想到了精神人格，即所謂質的方面。許多思想家說起形骸來就痛心疾首，以爲外形的生活是人生完美的禍星，必得把它驅逐貶斥了，纔放得下。實際上却沒有一個人能夠脫離得了形體的生活。不但你所處的社會階層將感覺思想的材料和方法供給你，你自己的形骸飲食也就構成你的氣質精神的礎石，偏重那一方面，都不能使你成爲一個完美的人。宗教家因爲鬥不過社會的鎖勒，調理不了自己的生活，便索性將它抛了開去，專講精神的豐滿，結果往往弄出不少虛僞的精神生活者，這表明人們對於生活之合理的、必要的要求，會變個法兒打自己的出路，於是精神也就不得不跟着它變個樣子。一旦你若是完全躲離生活，專顧自己的精神，那時生活必然也要離開你，整個人間要和你絕緣，你所得的完美實在就是你的死滅。尼采說得好，藐視身體的人，實在是因爲他的身體已經死了。這話有什麼不對的呢？所以完美必然是形與質結合的美，形質相離，說完美是等於虛夢。

　　並且宇宙是整個的，人間是全體，生物發展到了人類，自然可以見出宇宙的發展和人類是一氣一貫的。人類不能發展到完美地步，宇宙自然到不了全美，同時一個個人夾在多災多亂的人間，又那能算得了完美呢。社會是糟腐破碎，毒汁惡氣瀰漫人間，每個人誰也沒有膽量敢於保障自己不受侵害，到了這時候，要追求個人的完美，怕都是空幻的想頭吧，誰叫人是人類中的一個小份子呢？總體不完，個體的希望是很難得到的。不能說一個人爬上了高枝，生活精神都有了更精美的享受就算完美，不能說一層人高傲的藐視另一層人就是完美，有許多情形與完美背馳，片面的看來卻像很好，很令人滿意，就因為完美的發展所經過的乃是一條崎嶇矛盾、多雲多霧的山路，一切偉大或渺小的東西，祇要其中含了一股生命力，朝向完美永遠的奔馳，它們就都會由這條山路裏辛辛苦苦、艱艱難難的鑽出頭來。正為這條东生命的山路有那麼多的矛盾、坑陷和雲霧，所以完美發展的真理常常以各樣的面目形態和性質為人誤解了去。

偉大的詩人們一旦獲得了這種真理時，他們的境界該是怎樣的偉烈壯奇呵，那該是怎樣一軸生命的預言！他們，你要把他們看作是出了幾册集子，寫過許多字的文人，纔是罪過呢！他們是創作家，對的，但他們不僅是幾首詩、幾篇小說的寫作者，你得看他們是未來生命的先知。你愛他們，崇拜他們，因為他們是改造世界的領路之神！

讀《孟實文鈔》
——物我·距離

我素來有個習慣，愛挑別人家的字眼兒，無論談話或讀書，往往為了一兩個字眼和人嚷得臉紅頭漲，弄到人家指着我的臉罵我祇會挑小窟窿時，我纔無話可說，悶悶沉默下來。這沉默自然是面子上的，心裏還覺得有一肚子的理由，得自己去搜索一番。在挑字眼兒的背後，我常常就能找出一點道理，這麼一來，打敗仗對於我倒成了一種好處，似乎覺得字眼的安插和理由有很多關係，挑別字眼也不是很罪過的。

歷史的道路是我們跑得長，文學批評的位置，却似乎在西洋要站得更穩。人家有許多資性儁拔的智人，將自己創造的才力，全部注入批評的河流裏去。也有不少詩人、作家、縱橫家們，以為不令他們的光芒在文學批評裏面四射，就不甘心。因此人家的一部文學批評史，被養成他們一套思想發展的記錄，人類心能的河源，由這股道上，也匯流為一條磅礴的長江，它和詩歌、小說一樣，為滋培土壤，創造新生命盡了大力。

除了歷史上數得出來的幾個人物，論文學批評，我們說什麼也比不過人。我們的聰明人有了天秉，却捨不得把它犧牲在這件累贅、冷落、不討好的事情上。想想看，古代不用說了，在近幾百年的文學史中，我們舉得出幾部像王靜安先生的《人間詞話》那種作品來？人們在這裏就那麼愛惜他們的筆。偶然見他塗幾句批評欣賞，你察得出他不成心，他是在紙上遣悶，因為不要韻律、不須格式的方法，在心情需要閒散、不

---

* 原載《國聞週報》1936年12月7日。《孟實文鈔》，朱光潛著，良友圖書印刷公司1936年版。

欲有所拘束時，不能説是不適用的。

《人間詞話》以它卓異獨闢的見地挺趁起來。雖然靜安先生並未下心把自己獻給文學批評，但由這薄薄的册頁裏，人隱然可以看見一片汗珠，一閃發亮的眼光。他寫字時，那一把筆準會在手心裏流汗。那不是隨心瀉意的東西。説他在考據甲骨，殷先公先王之類的問題上有多麼堅實，人不能冷落了他的《人間詞話》在文學批評上的密度。講究文學批評的人，對於欣賞的境界問題，除了他所提的意見以外，似乎還沒有什麼別的觀點拿出來，説有，祇得朱孟實先生一人。朱先生在《孟實文鈔》裏，以中西文學的底子，通過西洋美學的鏡頭，把王先生在《人間詞話》裏所提的"有我之境"與"無我之境"掉了個過，要將王先生的"有我之境"換稱"無我之境"，"無我之境"叫做"有我之境"。他把這掉換的理由解釋得簡明確切，不但令人明白他，並且因他的解釋，也更能明白王先生的觀點。

可是前頭已經聲明過了，我有一個壞習慣：愛挑字眼。在讀《孟實文鈔》時，不免也受這習慣拘束，不能盡量領會朱先生的文章。當然，除了一些根本的態度和主張之外，眼前所想到的不過對於名詞上的東西有點疑問而已。現在説出來，就把它當做請益的意思。

詩人們是種奇怪的東西，篝火似的，自己燒得紅紅烈烈，豐豐麗麗，也罷了，他偏愛招上別的樹、別的草地也和它一般的熱，一樣的紅。詩人就是這麼一團火，他攬着一顆豐厚、熱烈的心，到處招喚別人對他同情，頂好是人家和他一塊兒燒，十分不成，他就學這火那麼的，自己把自己的紅焰子裝在人家心上。總之他極其富於同情，又極其不甘寂寞，要人同情，即使外界的動作、形色、聲音，和他這焰子沒有多大淵源，或有也很模糊不清，他因自己燒得慌，同感作用又太大，便往往立刻把自己的情緒寄託在它們身上，引爲自己的同感知己，不管對方原來是怎麼一回事。情形説來像個瘋子，不是有好些人叫詩人是瘋子嗎？這種情懷的寄託，原不需要"物我兩忘"的境界，反過來説，在這時候，詩人這個"我"，不但他忘不掉，並且還有擴大和蔓延的光景，比如："隋堤上，曾見幾番，拂柳飄綿弄行色。""花落辭故枝，風迴返無處。""但對狐與狸，豎毛怒我啼。"好像說得都很明白。在這幾句詩裏面，處處都是詩人的情懷在那兒弄着，辭着，怒着。詩人極貪蠻，把無知的風、花、楊柳，有知的狐狸，都拉來作自己人，好像他可以搖身七十二變，將他的心、他的情，裝在任何形體裏面似的。恰好詩人的"我"和他的情差不了多少，正和專制皇帝的尊嚴權威就是他的"我"一樣，所以有詩人托寓情感的詩境，往往就是"有我之境"，王先生的"以我觀物，故物皆着我之色彩"，怕就是這個意思。

講到"無我之境"，我把朱先生所說的"移情作用"，所謂"物我兩忘"想了一想，好像可以用得上去。因爲我在凝神入定、純抽象的觀照事物時，我的腦想會幫助我的眼，將事物的聲音、形色剝掉，或是把它同別的東西混合爲一，或是祇容下它一個概念。由這兒，我視出一個幻覺，推出一番玄想，它兩個雖不是親兄弟，可都是不沾塵埃，跳開紅塵了的隱士。它們是"祇在此山中，雲深不知處"。一旦你知其處，你也就入雲很深，把塵埃上的物我之分忘懷許久了。人一到得這種雲深的境地，不免要把自己擱在大自然的運行之中，生命與無生命，有形與無形，都屬一體，我的生命等於他物的無生命，無生命也無異於他物的有生命，在自然的行爲中，一粒微塵就是一個世界，此時"我"是"形骸已化，心在何言"。不但"死物可以生命化"，"無情事物可以有情化"，生物何嘗不可以認爲死物，有情又何妨就是無情？所以"采菊東籬下"，可以"悠然見南山"。見這南山，淵明大約是不必擡頭的，誰能說他的心頭沒有一座南山在那兒？說起來，"寒波澹澹起，白鳥悠悠下"。"微雨從東來，好風與之俱"。這些句子也都是物心沒到極點，自然的生命在眼中浮游的境界。王先生所說"以物觀物，故不知何者爲我，何者爲物"，我很懷疑不是講的這個。朱先生把"有我"與"無我"的境界解之爲"同物"和"超物"之境，真是一種超卓的見解，助人領悟到這一層。

關於這兩種境界的高低，我想不用"同物"和"超物"去看，却直接以朱先生所提"隱而深"和"顯而淺"來斷，似乎要貼切些，因爲朱先生的着眼點原是在這兒。大抵情廣意深的境界，很容易使個人的感受，超脫爲人間宇宙的感受。所以有人說，如果詩人的熱情、希望與恐怖，如果詩人的勝利與他的悲泣，不和民衆相呼應，那麼，他怎麼能超越偉大呢？意思大約就根據在一點，超物的境界托於物而不泥於物，表明那詩人至少在寫這首詩的一刹那，他的情懷已經超越了他個人那小小的悲歡苦樂，爲更偉大、更崇高的對象作了喉舌，他的詩泉是深山大谷中湧騰不息的瀑布，不是那平原沙土中的一條小溪。超物之境的"采菊東籬下，悠然見南山"，固然是藏在玄想裏面，可是它已然超脫了個人私己的情懷，近乎是以宇宙的心爲心，人情就是物理，物理也就是人情，因此就見它的品格高處。依此說來，在同物之境的"流水落花春去也，天上人間！""衆鳥欣有托，吾亦愛吾廬"裏面，詩人的悲喜既已成爲宇宙的哀樂，它們自然也都可以算得很高的境界了。

其次是朱先生所講距離問題。中國講究新文學有了近二十年的歷史，但是文學批評方面有人講到"距離"這東西的，怕是以朱先生爲第一。因爲這項講究在西洋也纔興起不久，講它的人，不祇是念過些文學作品、批評理論就算數，心理學在這行工作上，是有力量的基石。朱先生先弄心理學，後來轉入文學，好像是命運安排來開闢這條門徑似的，因此就更顯得朱先生的工作寶貴。

本來藝術品與實物人生有距離，同時也與讀者有距離，這是真的。畫家筆下的一朵牆陰小花，固然離了那朵真的小花有說不清的遠，等到它開在讀者的心境意象中時，又不知變了什麼樣繁複的形態，能將畫師原來的心意保留得幾分之幾？這些不同的情形，用個專門名詞把它們一包袱裹起，就叫做"距離"。它是藝術品自己的天地，也就是它的袖裏乾坤，壺中日月，因爲它本不是物與物或人與人的距離，它實在是境界與境界的距離。距離安設的好，藝術品便如一隻鳥兒一樣，可以在這天地裏面隱隱約約、活龍活現的飛舞。

想到這一點，對於說悲劇都有些古色古香，來證明距離的話，我又有點懷疑。古色古香似乎是物的巧合，不是傳境的必需。從前人喜歡是古非今，所以愛寫古人，正和希臘悲劇家爲了尊崇貴族，悲劇主人翁必取王公貴胄是一樣。若僅就物的距離來説，當時戲劇，多爲貴族階級取樂，專寫貴胄豈不是距離太近了嗎？事實上，是有許多悲劇都寫着當時人物的。比如托爾斯太的《安娜·卡倫琳娜》，陀斯妥夫斯基的《白癡》《卡拉馬索夫兄弟》《魍魎之徒》，易卜生的《群鬼》《國民公敵》，連我們的《紅樓夢》《桃花扇》全不但是古香古色，并且還是今香今色。寫《紅樓夢》的人是曹雪芹，而《紅樓夢》中的情節也就活在他本人所處的時空裏面。甚至如莎翁的悲劇《馬克伯什》距離莎士比亞的時期覺得也不算很陳遠。我們雖然不叫孔明穿上西裝，啣了雪茄煙登場，可是聽朋友説，孔明的羽扇綸巾也不是漢代的骨董，而是元人改作。我想元人有了佛道軍師的觀念之後，纔把諸葛丞相趕上戲台出了家，這和用參謀總長的大禮帽罩在孔明的道髻上，給他披一件燕子尾禮服，怕也差不多吧。

　　朱先生以爲悲劇與平凡不相容，我想説悲劇實在就活在平凡裏面，正惟平凡中的悲劇，纔是真痛心、真不可免的悲劇。一篇《石壕吏》，其中的情節、人物該是多平凡？一曲《長恨歌》，寫一位庸懦的皇帝將一個弱女子弔死了，取媚於大群驕將悍卒，該是多平凡？有些平凡人要逃避軍役，就做平凡事，將自己的腿打斷，臂弄折；一般舊家庭的女人們受苦受氣，變瘋變癲，患着歇斯底里，成天打鷄罵狗，疑鬼疑神；還有一般母親們本是痛愛她們的女兒，却不得不人人嚙住淚，咬着牙，折斷她女孩兒的脚骨。這些事跡裏面，那裏找得出一絲一毫的英風豪氣出來？可是誰能説它們不是悲劇？人生是一根長矛一張盾，兩個冤家活在一個身子裏，天天你打我撞，日日如此，年年如此，甚至於鬧一輩子，都活不出個順暢的，這還不是悲劇的收場麽？悲劇是個狡黠狠心的東西，既找着這不合理的人生，把它當作一片肥草地，便以各式各樣的形色來繁殖：有時要示威，它就流血殺人；有時想變微菌，就扭扭捏捏、醖釀纏綿。流血的是急性的悲劇，發得快，好得也快；不流血的悲劇是慢性的悲劇，它不作聲，不動色，躲在你骨髓裏慢慢侵蝕你，借着你蔓延傳布於週圍鄰近，在這毒氣散布的時候，你真不知道暗地裏偷偷葬送了多少平凡的或不平凡的生命！日常世界裏果然充滿了平凡收場，可是一段平凡收場，是騎在多少悲劇的頭上走過來的？就是那平凡收場的本身，也就是大悲劇的結束呢。

像莎發克理斯的厄底潑斯那樣一個人，生在那蠻野的殺人世界裏，原是應該和一條凡獸一樣，順着食色本性的要求來作人的。他吃要吃得惡，愛要愛得橫，殺人也要殺得痛快。這沒奇怪，除了他能够豎起一根脊梁，不用手走路之外，他也衹是一隻獸呀。若是他聽見預言說他要殺父娶母，便爲那神秘的預言所支使，斷乎違反本性，抗拒流風，一輩子作個清修隱士，在希臘那時代裏，總數得上是個不平凡人吧。莎士比亞的《哈姆列德》若果真平平凡凡的叫殺父佔母的仇人作爸爸，不見得不是悲劇；他若奮然復仇，不顧生死，這又非大魄力大英雄莫辦了。悲劇與人生的距離，恐怕不在它與平凡不相容，它如果真是與平凡不容，倒不會爲害如此之烈，爲情如此之可悲。正惟它消化在平凡裏面，使人不容易發現，就如一掛目不可見的天羅地網，將整個日常人生一下打盡了，沒有誰能逃得出來，纔真正是人生的千古恨事。這樣恨事給人寫在紙上，演在台前，唱在嘴裏，有了一付形相令人指得出。但那指點不出來，穿流在人生裏面的，就許是悲劇的精靈。衹要作家能有那份魄力和精細，將這精捉住，織入自己的境界裏，表達出來，人見了它們不要抑憤的掉着眼淚來唱歌纔怪。

實在呢，悲劇裏的不自然是多得很，但也衹怪人生不對。誰叫人生老愛跟不合理結成一起的？悲劇的神秘，也不過說着人生的謎語。倘若人生能够順着自然合理的生活下去，那有縫隙令悲劇鑽出來？可是人生就爭不起一口氣。女兒不肯愛母親的愛人，作娘的就使紅刀子和女孩兒過不去的事，報紙上不是沒有；年成荒了，母親還不曾餓死，女兒的牙齒就落在娘的腿上，人也聽說過。我們看見七八十歲的白髮老翁，摟着個紅腮玉骨的女郎睡覺；也看見親兄弟、親姊妹爲了遺產打得頭破血流；帶甲百萬，登在金城湯池裏面的元戎，會看見敵人就很大方的撒腿逃命；知心密友往往就在暗中跟你搗亂，把你出賣。這一些五花八門、神出鬼没的事實，件件令人見了頭暈眼花，件件都像一重五里霧罩在我們上面，可是那一件不是人生，不是悲劇呢？就這一點講，悲劇不曾距離人生，反而正是人生在出台。悲劇之所以會和人生有距離，恐不在於它的神秘，倒在於它的自然。作家要使不自然的行爲成爲自然的結果，他把自己的解釋加在不自然的現象上面，於是各種不相聯續的、不自然的形相，被他用自己的解釋和領會貫穿起來，成了一串自然的發展。這發展不一定就是人生，也不一定就是讀者心目中的人生。但作家却說：在我眼中看去，人生就是這樣一回事，大家愛信不信。《紅樓夢》中設下的金玉緣，明明就有個姻緣前定的宿念在作者腦中作怪，所以他有意爲那悲劇大大加了一場命運的作用。《水滸傳》的根源，埋在伏魔之洞裏，想來可說也是這種性質。《群鬼》中的阿爾文夫人，爲她的浪子丈夫，犧牲了自己，又把唯一的兒子也葬送了，可是作者還不滿足，他定把她爲丈夫建築的孤兒院也燒掉，並且這燒火的人恰恰正是那主張她犧牲的孟代牧師。這些情節該湊合得多不自然？可是在作者的意念之中，它却剛剛來得那麼順理，那麼正應，像是大造化自己安排的自然秩序，不管它與人生實況生疎不生疎，也不問它同讀者之間有多少距離。人生不爲自己作解釋，它祇有死洋洋、慘柯柯，不自然的現實。這現實不是沒有真理，它却輕易不將它抖在外面，而要人們鑽天打洞的去探索。就在這兒，作家留下了很多活動的餘地。

悲劇本來就會與人生有距離，也與讀者有距離，但講到它這距離，似乎不妨將三幕五幕，幾十個人馬，出口成章，當大衆說心事這些形式的問題推開一些。人事本不恰分五幕，但戲劇祇得一幕二幕的也有，一段人事的變遷，要說它不是五幕，它也有一幕，說它不祇一幕，它又不妨有五幕。人說話本來不是出口成章，但會詩會曲的人，說話時常有帶腔帶韻，出口成文；不當大衆說心中隱事，却不妨自言自語。穿高跟鞋，帶面網者，我們今日也有的是；我們不是古人，也許古人從前就有喬裝的吧？

距離原有兩種：藝術品和實物相遠，讀者又和藝術品相離。不過一般的看來，這兩種之間，頗難劃出逼清的界限。作品若與實物全無距離，就不易量出它與讀者之間的遠近；太陽當頂時，三四塊錢一個的照像匣，也照得出來些東西，但它們多半是實物的抄寫，往往不能引起讀者的意象活動。并且人讀着藝術品時，所處固然是讀者的地位，到創制作品時，他也必得先將對象加以一番意境的吸納，予它一點生命的解釋。這麼一來，對象在人心目中已經是藝術化，你所觀照的不僅僅是一棵樹、一塊石，而是一幅藝術的意境。在你動手製作之前，你所處的也還是讀者的地位。因爲如此，一模一樣的對象，纔能在不同的觀賞者心目中，描摹出各種各樣的景色來。天安門大街在一個人的心目中，可以顯得莊嚴璀璨，但是當另一個人走過那兒時，就許祇見到那剝落灰敗的殘紅宮牆，悄立在冷疎薄黄的夕陽光下，默然守着那奔忙來往的車哩、馬哩、人哩，一個個拖着一具灰黄的影子，朝着誰也不知道、沒把握的角落裏撞去。這樣的一條天安門大街，不正是一種"如説興亡斜陽裏"的景象麼？夏日裏的雲彩，原來也祇是一件對象，可是某人會把它看作一條蒼狗，某人又將它認爲一隻猛獅，第三第四的人或許又説天上是在開着一朵牡丹，或聳出一個峻嶺。意識不同，心境各異，所得的意象，也就有了分別。以此推而廣之，無論是海霧，是黄龍潭的飛瀑，是海寧潮，都可以有同類情形。風後之雲，原不必有入江之跡，却不妨有入江的情境。

詩境不是赤膊的人事，畫境不是可以捫捉的實物，一旦事物觸起你的靈魂，在你眼前顯出一番不經見的世界時，這世界就是藝術品的素影，它和真正的事物相距很遠，不僅祇不是它們的本來面目。要説事物的本來面目，我們的言語怕還要説素樸一些。事物的本來面目應該是事物自己。一根樹的本身，怕祇能説是一根樹。樹上曬着太陽，祇是陽光鋪在樹上。舊宮牆、白石馬路祇是宮牆和馬路，很難説上莊嚴璀璨。到講莊嚴璀璨時，我們自己那些複雜經驗、感覺、情緒，已經和它們融匯了。可不是嗎？海霧的本來面目，就是海水蒸汽的凝結，在那裏面有若仙子輕拖慢掩，是海霧已經在人心起了幻化，和鄉下人説雷電相擊是電母娘娘在閃眼睛、發脾氣，同樣有了頗厚的人性。

人與事物之間需有距離，這原因恐不在於要跳得遠遠的，去看它的本來面目。爲了本來面目，我們好像該站得切近，觀察得仔細些纔對。可是我們真太渺小，一與對象密切接近，藏在裏面的心智，往往立刻會難過起來，受了欺負似的，人好像被對象包圍，被它壓倒了，對象的一枝一葉、一磚一瓦、一針一綫，都會擴大起來，佔領了我們的心眼和意念，我們的意識觀感，全不能依自己的傾向而自由活動。你遠望北海白塔時，儘管覺得它崇偉莊穆，走去塔底下，擡頭看去，却是心裏彆扭，感受着一種逼壓不快的情味。你說：我還不如走遠些吧，儘在這兒待着，文藝女神都會給壓扁了。你趕緊跑下來，踱到橋外去，或是搖開一隻小船，灣在湖心，那幢白塔便如一尊玉佛打坐在綠雲蒲團上，冉冉由青空降下，靜穆莊嚴中彷彿露有一絲微笑，又彷彿含了一脈悲憫的神色。那時候，你覺得羣山俯首，合海低頭，生人萬物都似乎在寶座下的蓮花池裏獻喜承歡，生命的歡樂和感戴，浮在水面，飄在雲頭，被人們的笑聲和歌唱在佛前演奏。說直來，便是那景物已經吸引接收了你意識中的諸種觀感，你把你的感念貫輸到對方裏面去，使它賦有你的意志情調，有時幾乎也有你的思慮。那時候，對象不妨變爲你意識的一部分，你的意境。所以，接觸對象時，我們自然要立在旁觀者的地位，一到欣賞，一到觀感流露時，不知不覺中我們已經演了一場喧賓奪主的啞劇了。

　　不妨說，在創造藝術品時，我們將意識織入了對象裏面。但是同樣的話，也可以倒過來講，說對象是網在意識中間的。這對象既網在我意識中，我這作品當然與實物、與讀者都隔了一層。所幸我的意識原不是一塊鐵板、一重大山，將作品與人間隔絕了，要把這意識說成那樣惡毒呆笨的東西，還不如將它比作一團輕霧、一幅薄絹；說粗笨些，也可以將她看作揉雜在對象裏面的酵母。藝術品與讀者中間，並沒有一段斷然隔絕的距離。說這關係是若即若離，許要更合式。比如說，讀荷馬的《伊力埃得》時，忽一片飛雲在眼前掠過，你搶着看，原來是一掛白瀑，但一失神，蓬蓬的怒濤已經趕撲到你身上來了，它熊熊烈烈，幾乎就是一場森林大火。跟着荷馬真吃虧，在那裏，你不是在念書，你忘了眼前有書有字，祇見自己像在奇峰絕嶺中顛擲，老望見一團妙象在遠峰岫雲裏，可老追不上。你輕輕掩上去，還是白搭。他文字所啓發的意境，還是能溜在你的想像之外。凡偉大不世出的作品，無論就它部分的情境或總論的旨意來說，總似乎有掛網罩住了人：這網裏有塊磁，磁没那麼輕靈；藏了一道符，符又没那麼華嚴莊重。讀者要抓它，它溜了；要指它，它散了形；要張嘴喊時，四面八方都回應起一片回聲，弄得你茫然若失，癡癡若迷。你的神經不再爲你作信使了，它變爲了那回聲的絲弦。在一點若近若遠的距離中，你要在絲弦上彈出調子，畫出音色，便不免揣揣摸摸，賣弄自己的想像和感覺能力。是這樣，你把人家的作品情味公開了出來，作者不再是孤立的個人，寫者和讀者彼此讓意識在作品裏交互浸潤，意識感情的世界中發生了組織與匯合的過程，"距離"的意義就在乎此了。

　　藝術的距離，切實說來，都是由內而外的自然表現，單看成形式上的東西不一定夠；將它分作人爲的和天然的兩種，也好像必要少一點。就巫峽圖來說罷，無論它是怎樣寫實的作品，祇要它真是一幅藝術品，它那左右前後，峰頭山脚，波光帆影，峽人鳥獸，種種景色明暗的去取，全得運用在畫家方寸裏面。他依着自己的好尚和要求，將顏色光影同綫條配合起來，這樣一幅圖，對於没見過夔門三峽的人，自是有天然的距離；對於那些生長在四川的人們，也未嘗不有人爲的距離。荷蘭人精於畫雲彩，我們固然是拜倒樽前，就是荷蘭本國人又何嘗不自覺高興呢？講到時間的距離，則人爲的成份更加濃重。時間的輪轉，本來就是人事、習慣、思慮、感情的過渡。這距離，可以說就是人情思想的距離。文君私奔，海倫潛逃，之所以百世傳爲佳話，人情思想態度的變化有很大講究。從這兩人私奔時起，傳下來的有幾千年，在這期間，人類並不是站着不動，在那兒呆候着，聽憑地球去打幾個轉身。反之，人類是把自己翻來覆去，由裏至外的改變了不知多少次，至今還無止境。把人類生活的本身，當做一幅偉大的藝術品看來，這時間的距離，實在也不過關於人格發展之一筆極其着力的描寫而已。況且這兩個女人的行爲，在當時也並不是人人都視爲穢行醜跡，否則海倫的事跡就不能流露在荷馬的詩歌裏，文君也並不能留下當爐的佳話。詩人的意識，畢竟與常人不同，能看出行爲裏常人所找不到的意義。這一點距離，說是屬於人爲，亦無不可。

同樣的，人爲的距離中，也有天然的成份存在。塑像、雕刻、寫人寫景所有的模特兒和藍本，都不一定是讀者和鑒賞者所能寓目的。輞川"詩中有畫，畫中有詩"，他的詩畫中，必有許多人爲的距離（我以爲這種人爲的距離，不是純形式的爲距離而有的距離。反之，它也是由內而外某種意識所應有的表現形式。不過這篇文章裏面我不想講它了，且留到異日來試試看）。可是，同時他所寫的東西，也恰好都是他自己心頭的意境，不但與讀者全不相干，根本也就不是實際世界裏的景物，這裏的天然成分該是多麼重呢？

藝術的距離，是否僅僅形式上的，是否僅僅要使我們"無沾無礙"的"諦視美的形相"呢？朱先生這種希臘主義的看法，我明白自己是晚輩，不敢說懂得清。但亞理斯多德以爲悲劇所傳的憐和懼，能夠清滌讀者的感情，似乎比較朱先生所說的要多了一點希伯來主義的成分。就個人看來，在藝術裏面，頗覺沒有一定要屬於希臘主義的性質。藝術當然要揭示美的形相，也會那樣作。可是到"揭示"兩字一交代，立刻就會跟來下文，這下文是藝術和美招來的，它蠻得很，它能不許你"無沾無礙"去"諦視"。因之亞理斯多德索性承認它，說它就在於能使憐懼的感情去湔滌感情。可是我想亞理斯多德所知所見的悲劇，都是恐怖流血的東西，所以他要那樣說。實則悲劇所引起的情調不一定都有懼怕，卻往往含有憤恨；看過悲劇之後，感情不必都能得到湔滌，有時反而會撩起更大的抑鬱和憤悶。這種抑鬱就算並不討厭，也不可惡，反之我們倒很喜歡保有它，然而它能夠盤在我們心腦中，卻也是事實。藝術的手指一彈觸到這種感情問題上面來時，我們就無法可以停止在"無沾無礙"，停止在"諦視美的形相"上面了。

藝術，於我總是糊塗，囫圇像枚雞子，謎像生命。它的得意手筆是美，可是這美尤其囫圇。有時人躺在草地上，望着天，以爲左手拿的是藝術，右手提的是生命。趕你一睁眼，誰是生命，誰是藝術？竟弄不清。你活一輩子，活煩了，以爲自己寫了個大失敗的作品。忽一下，落在一部大藝術品裏面，你猛一跳，像上帝給你打了劑强心針。一個鮮生生的世界在你面前有打有笑，人人脖子裏唶喍着紅旺的血和死亡爭，和無聊倦煩鬥。也不知是否傻子，把壓碎人骨的無理性和糊塗，看成了紙糊燈籠，就對它揮拳頭。人人燒起熊熊的眼火，朝着大巉岩撞頭，以爲那裏面閉藏有所謂光明完美一類東西。這些炫目駭心的景色，紐成一股繩，將你心繫上，你迷迷醉醉的就撒開了腿，你岸然以爲巉岩雖堅，不見得敵過了無窮無盡撞上來的頭顱！

　　這樣作，你不能讓爸和娘咒那寫藝術品的人。人家是在畫鷄子，却沒一定算計到鷄子黃裏那縷生命，也恰好用得着你的血去孵化。一點宇宙人生的意義，不知從那顆星子掉落於他心上，他看着那美，就用自己的心血來澆培它，糊塗到以爲那意義要不活着，他自己也得死去。竟至把自己變爲鷄母也覺上好！一個鷄子若干字，個個字都是他一滴血，大家歡跳的活出他的樣子來。誰能說，興就怪在這股血隔下了一段作品的距離，可是寫字人倒輕輕笑了。笑他自己糊塗，也喜他自己明白。

現實的偵探*

有個精靈在世界上徘徊，你摸摸它，無形，聽聽，無聲；它"多得很，大的，小的，不大不小……到處都是"。有時候它蹲在失業者毒死兒女的心上，有時它崇死銀行家、舞女、娼妓、夫人、博士們。在死亡破滅的墳頭，總依稀有它黑胖的遊魂，吭着鴟樣的笑，張起瘟癀傘。這傢伙有人累累贅贅的叫它作資本主義沒落期的精靈，但它的偵探說它是臭虫，又叫它金八。

這家偵探心胸的容量不小，魄力也雄。一楞頭，他追下這金八來。追上天宮，舞女陳露露吞安眠藥，大豐銀行塌台的案子給破獲了，全是金八幹的。經濟恐慌，金融緊縮，金八偏騙銀行家潘四大買公債，叫人跟公債一起重重摔交，等人摔得半死，它却往銀行換取存款，這是它一手包辦的。這事弄明白，偵探又下地獄，在那裏，小東西一條命的冤主也有了，不肯受金八聖明的侮辱，是那女孩一條繩子掛上頭的罪由。於是偵探的膽更壯，索性把弔在中間不死不活的受害人，也都拉出來作見證，儼然要和金八拼個死活的樣子。

可是，到這兒他一看，人人都撐眼望着。他想："我要把金八攤在他們眼前，這把藝還有什麼賣頭？"他就把它籠在遠霧裏，不讓露面，叫人望着，猜着，心裏惑惑的以爲那金八無頭無尾，是不可知的命運。幸而這人雖好賣藝，却是心胸來得宏，他已請了位創世祖來，讓他和金八兩家在雲裏鬥法，於是太陽唱着打夯歌，派傻子方達生出了場。這一來，《雷雨》裏的沉重苦悶，在這兒透出了"滿天大紅"的霓光。要"跟金八拼"的都起來！被它壓扁了的祇好爬下土去"睡了"。

---

* 原載《大公報》（天津）1936年12月27日。

地獄那趟走得叫人哆嗦。單瞧那份嘈雜混亂，哭的、笑的、唱的、罵的、喊的、打的、哼的，還有瘸子、瞎子、乞丐、啞吧、賣糖的、賣報的、賣皮肉的……好了不得！簡直就是在那地獄社會親自出了臺。全部《日出》的霧圍，怕要算這兒的活得最濃了。它不再是陪客，它整個陳在舞臺中央，無恥的可是活鮮鮮的，有活的人織配在那裏面活動。論結構的完整，論這種藝術的成功，論偵探對於人生的熟諳和深入，這一幕總不致不能和任何一個長壽的獨幕劇立在一起。可是，也許就它的獨立性太重了，會傷全劇的完整和緊湊吧。談到後來，勢子像比《雷雨》要鬆，弄到不能不把潘四爺、李襄理鎖在一塊，潑婦罵街鬧一場。

這人的手段我終恨他辣。一個翠喜，一個李石清，都是針扎得出血來的人，他把他們收拾得好苦。一個方達生是那麼傻氣。他真以爲傻和憨跟意義作用是撤不開的兩面，簡直把聰明智巧嘲笑苦了。

看來看去，我找不出他是在探案子、積德。他是在替中國戲劇開闢啓示錄裏的新天地。望望夔門以下的長江，人或者能觸起它在中國戲劇史上的地位來。它和長江一樣，也含有晶美的玲瓏石，像第一幕潘四說的："不坐坐麼？門口那幾位不進來歇歇麼？不麼？"，但它也有勾攝人心的激流，那是第二幕李石清教黃省三生活的對話。

評《活的中國》*

　　失去了世界是辛酸,被世界遺忘了却也許是恥辱。在失去世界之前,你和世界曾有過一半回親切,那回念中的辛酸,不能没有一點供你吮嚼的後勁。但若一旦你是被遺忘了時,你的感覺恐怕就全會兩樣了。或許你會爲了得不到世界的承認而憤恨,或許你把期望擱在將來的世界上,但至你無法保障將來能把你所需要的承認給你時,你不免要以爲可恥的。若至於一片生存意志,一番出頭的宏願,對於世界全不發生痛癢,在具有同血肉、同感覺的人類之中,如同無物而存在着,使人們如盲人一般從他身旁蕭然走過,以爲自己身旁的那團活動實無異於蛆蟲在製造腐爛,無所用於他們的心跳和血擊,則那種恥辱,意可謂擬於罪過。

　　曾有些西洋朋友關心過這莫名其妙的老大國家。他們把力量用在敦煌石洞、《周禮》《尚書》等上面,更有人則訪問小脚,搜集綉鞋,探討大煙燈。對於過去的、死了的中國,他們如同玩賞一隻恐龍的遺骸般,使淺薄的好奇心和探幽索隱的鬼趣得到舒暢。正像人見着一隻已不存在了的鼻子,却偏偏有掏掏那兩隻小針眼鼻孔的意思。活的中國怎樣了呢?有它没有?若有,它是在怎樣的情形中謀求着活路?這些問句於以上那些朋友們,是來生都來不及想到的。而我們自己竟似乎也就令這些盲人們徜徉着他們那風韻飄然的大衣前襟摇過去了。

　　起意要在全世界面前揭開我們的意志與願心的人有福了,因爲他的心是活着的。爲了這,在《活的中國》裏面,活着的不僅是一個民族,而是一片人類愛活的志願。這志願也許有黃皮膚,也許有白皮膚,但這

---

　　* 原載《大公報》(天津)1937年1月17日。原題在《活的中國》後注有"現代中國短篇小説選譯"字樣。

不礙紅、黃、楼、白、黑是重志願的五個兒女,他們應當有所共同的家。

"近代中國創作心智的現狀怎樣了呢?"編者爲了答覆這問題,他不寫一本中國文學史或中國文學概論之類來唬人,却要把"專爲中國人的眼睛和欣賞"而表現出來的中國,托出西洋去,讓那些綠眼睛的高鼻子先生們,看看這班黑眼平鼻子的人們確實的將頭腦怎樣在活動。爲了幫助西洋讀者的了解,他在卷首安了一篇引言,卷末附了尼姆威爾士一篇"近代文學運動",企圖使人有比較綜合的概念。就讀者的方便説,這辦法算是毫無疵議。"引言"中間,作者很淘氣的叫讀者"準備强烈興奮劑"在案頭,免得編輯時的過度自由會把他們駭得量死過去。他常嫌原文對話冗贅,行文無節,以致缺乏形式的完整。一個鄰人的善意,我們是應當接受的,雖然我們仍不妨叫幾句屈。有許多小説,特別如張天翼的一部分作品,專以對話顯出神韻和情調,並且最好這些對話還能標出音來纔更完美合適。可是由於文學的隔閡,於我們其本身有作用和意味的對話,落到異國文字中,竟如丢了家的孩子,過分受了輕視。説到冗長方面,我們是有這毛病的,但一例而誅,終嫌過酷。中國人由於歷史所培養的趣味,寫小説常有上山逛廟的態度,不徒半山的廟能吸引我們注意,那半道上一松一石,一鳥一雲,都莫不繫人情思。信步玩賞,信步行來,已到廟頭還幾乎不自覺,文字當然就繞得長了。至於西洋人呢,他們寫小説有如翻山開礦窰,由大路上來,有輕便鐵道,有搖車,有小車,有驢子,錯綜薈萃,聚在山頭,貫爲一綫,落到窰裏去了方爲達到目的。在没下窰之前,真是"群山萬壑赴荆門",没有一些意外瀏覽,偶逢一塊雲石精瑩玉潔睡在脚前,他還覺得這東西礙了路,反要把它一脚踢開。這種認定對象就以實行家的樣子去奔赴的派頭,不是中國人容易作得到的(將來總是能夠,現在這輩子却有點難)。以這宗幾千年養就的習性來和西洋人賽寫小説,尤其是短篇,正和中國現在要挣着將自己工業化一樣的費力。

本書共分二部,前部是魯迅先生短篇的選譯,第二部顯然是企圖爲現代文藝的中國畫出一個鳥瞰,所選計有沈從文的《柏子》,茅盾的《泥潭》，巴金的《狗》，蕭乾的《皈依》，田軍的《第一槍》，張天翼的《移行》，沙汀的《法律外的航綫》，林語堂的《狗肉將軍》，丁玲的《水災》諸篇。爲了編者和威爾士先生都不諳中國文字，他們在作這種工作時所遇的困難和窒礙是想得到的，並且爲新文學運動出世的日子不多，大半受了壓迫，許多爲研究者所需的資料連中國人都不易找到，國外人士自然更不易尋覓，因此，這本書就不能避免一些很明顯的錯誤了。現在分作四點提了出來。

第一，關於年期的。五作家被殺是一九三一，在九・一八以前，不在一九三二。茅盾生年不是一九〇二，應該是一八九二（?）。丁玲生年大概是一九〇四。巴金生年是一九〇五，非一八九六。郭沫若生年是一八九四，非一八九二。失名生年一九〇六，非一九〇八。《文化批判》則創始於一九二八年。

第二，關於人事的。a. 茅盾從一九二七年後雖有過暫時的消歇，但從一九三一年後他又積極起來了。他的工作和魯迅的似乎沒有兩樣。b. 據《記丁玲》，沈、丁、胡三個人是在北平認識的，不是在上海。以後胡也頻死了，沈從文以朋友的關係幫助丁玲，好像也説不上別的去。c. 在新文學運動初年，郁達夫頗影響青年們的作風與人生觀，但在最近十年來，這種影響幾乎可以説一點都沒了，編者説許多人學他的作法，是很不對的。d. 創造社初年的重要人物除了郭沫若、郁達夫外，最重要的是成仿吾、張資平、李初梨、馮乃超，都在一九二七年後纔加入。

第三，關於作品刊物。a. 茅盾《三部曲》，並不是新寫實主義的代表，當時這主張還沒出來。這幾部小説主要的仍屬於革命與戀愛，是個典型的浪漫主義作品。b.《一個人的誕生》是胡也頻寫的，不是丁玲的作品。c. 郭沫若的人物並不"常是日本人"，倒常爲中國歷史上的人物。d.《文學》創於一九三三年，那時文學研究會已成了歷史上的名辭，所餘不過個人關係而已。e. 一九三一年有左聯刊物《北斗》，一九三二年有《文學月報》，都是較長期的刊物，作了當時文壇的支柱，並且當時的《現代雜誌》曾出版到二年左右，收稿範圍頗廣，它不是專爲第三種人。

它在一九三三年受壓迫停刊了。因此在《文學》出現的前兩三年中，文壇上並非全無生象的。f. 辛克萊的作品有《波士頓》《屠場》《煤油》。但《水門汀》似爲蘇聯作家格萊可夫所寫的。

第四，關於拼音。田壽昌應譯爲 T'ien Shoh Ch'ang，非 T'ien Tso Ch'ang。Wei Chih Shih 恐是 Wei Chin Chih 魏金枝，Liu-yen 恐是 Lu-yen 魯彥，Tsao Ching Tsen 恐是 Chao Ching Sen 趙景深。篷子有時拼 P'eng-tzǔ，有時又爲 Peng Tzǔ。潘梓年有時譯爲 Pan Tze-nine，有時又爲 Pan Tzǔ-nien。Tzú Chú-P'ó 恐怕是 Ch'ü Ch'u-Pai 瞿秋白的誤拼。

以上所舉的錯誤全是技術的，改起來很容易，此書將來再版時編者能將它們加於改正。至於譯文方面，因爲編者所重的本來在於傳達作品所表示的精神，本身值得討論，所以討論譯文本身時，我們應尊重編者的原意，把文字之差放在一邊，單就意義精神的傳達來衡量譯文的得失。不幸結果却發現了許多隣於錯誤的竄改增加，現在排幾條出來寫在下面：

一、"Only child descended from a house of ten generations" p. 32 Medicine，意爲十代之家的唯一兒子。原文却是"十世單傳的嬰兒"，《呐喊》三五面。此處譯者是無意的錯誤，然而已失却原文的嚴重性。

二、"……thrusts his little green and red parcel into the oven" p. 33 同書，原文是"……一個碧綠的包，一個紅紅白白的破燈籠，一同塞在灶裏"，《呐喊》三六面。這兒的紅燈籠表示一種習俗，萬萬不能省掉。

三、夏四奶奶譯 "fourth daughter—in—law of the Hsias"，夏三爺譯 "third Father of the Hsias." p. 36，同上。把"爺"譯爲"父親"也祇勉強說得過去，把奶奶譯爲媳婦，則十分不合式了，況且夏四奶奶是老太婆，那裏可稱爲媳婦呢？

四、"What could be the explanstion?" p. 39，同書，原文在這句以前還有好幾句，其中最要緊的是"還沒有根，這不像自己開的"，《呐喊》四六面，意思是說花是他人獻上的，以表現瑜兒之死的意義，把它省掉了，意味就未免模糊。

五、"Speak Softly, father, or they will hear you, Hum ……after

all, this idea of common wives isn't so bad." p. 145 Mud. 原文這段話是兩人說的，表示兩個人的性格，從 Hum 以下，是倔強的兄弟的言語，把它裝在懦軟的哥哥嘴裏就不像樣了（參看茅盾小說《泥灣》）。

六、"……they must lead to communism" p. 147，同書，原文"早晚要共的"，指共妻，不是共產主義，那時村民還沒有幾多共產主義觀念呢。

七、"……when he saw a familiar flag stuck in the mud." p. 150，同書，原文底下還有"旗邊的一行字却和他'上司'的兵隊的一樣"。老黃認爲那熟的旗子仍屬南軍的，故毫無顧慮，將自己的事說供出來，倘若他以爲是北軍的熟識旗子，怎敢供出自己的行爲？這隻有南軍旗子的軍隊原是假冒革命的軍閥，他們纔可以破壞革命呢。見《茅盾小說選》。

八、"……loading their baggage on their shoulders" p. 182，原文並無此句，因爲沙船上的乘客不一定是需要自己背行李的人。僱不起人背行李的却往往沒行李。《從文小說習作選》四一面。

九、"……and they didn't like to put down any distance from the riverbank" p. 184 原文的"泊半途與灣口岸"指的不是中流，船在河中間停住是很少的。長行的船更加少了。（《從文小說習作選》四三面。）

以下幾段關於水手的愛的生活全省去了，使作品主題的重要性失去不少，於是一個光突突的浪漫故事出來了。

十、《柏子》最後那一段加得很不必。既傷害文字的完整，且與上文不相連貫，顯得唐突，變成了一條安上去的尾巴。

十一、《移行》最後一段，省去了幾乎四分之三，連作者特意指出的地方，如橡皮商李思義可能的破產，也被去掉，實在太失去作者的精神了。他的意義在於以這一點對桑華的人生態度，作一個刻毒的嘲笑，以顯示目前社會機構的毀滅性。編者把它去掉，這篇小說的力量免不了削弱了許多。

以上十一點都是比較重要的錯誤，其餘如《皈依》，將藏青誤爲棕黃，似乎不知道我們的窮人們，照例祇有藍、白、灰三種顏色作衣服。

將"里"譯爲 Mile，將朱漆籃子去掉"朱漆"，也覺不宜和不必要。

但是這種自由態度，並不是絕無較好的成績的。在《藥》裏面，寫到小栓見了父母，注視他的神色而受激刺，以致咳嗽得更利害時，編者加了"It is exciting. It is too much for Hsia Chuan's little heart"，便覺意味清晰，洽到了不少。在《移行》中，幾段寫小胡病狀之處，一加簡縮，也似乎較原文要更加緊湊、豐厚。這些都是值得注意的。

這部書還是第一部以英文出版的中國小說集，編者在五年的人事悾傯之季，歷了不少物質經濟上的困難，纔有這個初生的結果。我們儘管覺它不完美，然而靠了他和威爾士先生在擔負這件工作上的熱情細心和持久，我們這縷不死的靈魂，纔能與世人見面，和世界携手，這還不值得銘感嗎？

關於"差不多"*

去年《大公報·文藝》刊出炯之先生一篇《作家間需要一種新運動》。這是一篇清醒的、勇敢的文章,因為它的確嚷出幾年來一般人的悶損,說通了一些安在問號上的猶疑。最不濟,寫和讀的人大約都可以由它得到一層痛快或不痛快;誇張一點,它在新文學身上已重重抽了一鞭子!挨抽的願不願受這一鞭,是另句話,但已被抽,必發腿跑了。

到今天,"差不多"果然近乎拉成了一個水平,它平鋪在文壇上面像一種不可見的勢力。說青年人們都喜歡它,企望它,浮萍樣以飄在它上面為莫大生命的滿足,也不一定;但若以為全沒有依附、攀賴的心,怕誰也不能承認。青年人一面焦切的想:"我寫的要超越中常(Above Normal)",另一邊又急迫的要文章在自己並不十分崇拜的文壇上出現,名字一旦列在一長串的目錄表裏,心裏便不覺十分充實,嘴上終溢出滿足的笑容。講感情志願,青年人討厭"差不多";提力量,他們支不起自己的志願。

這原因複雜,一個許可以歸之於寫實主義,意思就說,目前作家們的課題要難了一些。比起來,浪漫的作品該較寫實容易的。它主要的題目材料是自己的情緒,它感刺讀者的方法更直接,更原始,人的耳膜、淚腺都和它熟習。並且按習慣,人在發舒自己情緒時,手段也是照例要滑溜些。材料既不陌生,大都是自己所身經,心和神經都有真的關切,這情調往往就能達到某種深度,也還帶着真實性,即使它祇是隨着時起時落的感觸而來,但趁它一起就傾瀉而出,仍不失為一種壯觀。這情形在寫實是兩樣。要寫實,得和倏起倏落的浮情誇緒暫時分手,感情要一

---

* 原載《大公報》(天津)1937年2月24日。

點一點濾入鍊爐裏去，匯積，沉澱，溶合，熬煉，成一股滂溥的洪流。饒這樣，你不能把這洪流嘩喇一下，以為就盡了表現的工夫。現在得用一根細管把它引出，通流在人生萬像中，用瑣屑、鉅大、繁簡、混雜的生活實跡把它包裹起來，祇容它搏動起伏的行為透過外層包裹，令人看察到那點生命。以前有感情就有文章，現在糊塗泡花感情，既說不上寫文章的邊，即有壯大精深的感情沒有透澈豐厚的人事，仍然要望文興嘆。一旦多與人事交往，成天想着王大嫂丟雞，李二嫂補鞋，某城的街道有幾尺寬，某個地攤上有幾堆花生、幾匹蒼蠅的事，人又悴憔，興不起感情了。結果，一片乾燥黴澀的舊賬，很容易塗毀文章的光華。

　　課題難，不能為寫不精解釋，倒是說上了準備的問題。近來流行似乎有種觀念，以為安排故事，觀感人生，有聰明就足夠，用不着思想。深思細索，把人生這樣囫圇的東西拿來考問，是哲學家的事，文人的本分祇在寫，祇在看。人在這兒就沒有工夫灣回來問問：未曾得到自己的思想，能用什麼去看，看什麼呢？你有了思想，有了主張，能按照它製出許多新的人物典型，像高爾基的《瑪卡·求德拉》《瑪爾伐》，是尼采主義生出來的，陀思妥夫斯基的《米希金王子》《愛力若沙》是希臘正教生出來的，沒有思想信念，用什麼作創製典型的源流？單靠這磽薄軟弱的人生怕不夠吧。

　　一個人的行為，說來大都非常堂皇顯耀，骨子裏和自己總脫不了關係。寫文章，說是表現美，表現人生，推動社會，這是大門口貼的春聯，為別人。至於你自己，你明白在寫時你作的是什麼，你是在演七十二變，在每篇文章裏安進你的靈魂。無論這人多麼無私，一到他提筆講表現，自己的觀照、感觸、思慮，總佔第一位；要不，他不能寫，寫來也難得人理會。既這樣，人在提筆之前，就不妨先問問自己：第一，我自己是什麼，我有些什麼要這人類明白。第二，我是否有個無盡無缺的結實信念，倚之為文學生命的心臟。不但問問而已，他且會真的下苦功夫去思索，他會把大思想家們的成果拿來作參證。他可以景慕盧梭放情的自然主義，或欣美尼采那絕世離群的超人；再不然，托爾斯太獻身為人的澈底犧牲不抵抗主義會誘惑他，陀思妥夫斯基崇尚人世受苦，借以超凡入聖的主張使他迷戀；最後，或者他斷然掉過頭，把馬克斯的教條擎在手裏，按在心上。這些他都可以作，但若這些他全不喜歡，他竟要自己獨出心裁，創造自己的信念，祇要他不流於替造孽的人說話，敢情更好。總之，人有了這個東西，便是他的文學生命有了太陽。太陽怎樣叫生命豐厚強力，這東西也可說就那樣。

未曾準備好自己，就來動筆，是很危險的。這意義，不僅僅在於文字配備、題材安插上，要緊的是打算用紙同筆將自己描了出來，使他站在衆人眼前，立在鬧市，擺在陳列架上；不但如此，並且還要使鉛用墨，希冀這自己活到久遠。這不比在吸煙室裏，歪在沙發上和朋友扯淡，更不比是在搖籃邊爲孩子講故事，說荒唐。在這些事上，人怎樣扯都可以，聽者不希望由閑天裏雕出他這個人物，雕出了，聽話人自己的記憶也會把它擦掉。但等到人家在書攤邊、圖書館裏尋找作者時，他却發現任一篇、任一册的文章裏找不出作者自己生命和形跡，那時一場心力豈不白費？作家也許把故事編排得極有趣，也許講笑話很動人，在茶餘酒後大大的能令人拍幾下大腿，打幾個噴嚏，但是要緊的，他要人把他安在心上，別人却把那印象同哈哈一起呵出去了。在新文學運動中，過去許多人崇拜自我，表揚自我，今日大家摒棄自我，厭棄自我，却單主張表現某種意識。可是在寫文章時，這個不得不有、不能不讓它出現的、自己的意識信念，及因不能從文章裏給人較深的印象，而遭無視放逐，實在是不宜有的矛盾和悲運。這運氣使文章失去了光輝同形相，使作家在得到了全世界時丟了自己。原因是一班人雖主張摒棄自我，獲取意識，工夫却並未做到家，意識還未在他心裏生根，成爲一種帶血帶肉的信仰，變爲他自己的生命。它不過如浮雲般漂在作者感覺上，在寫的人也許不一定要求費力把握住它，將它融在字裏，因此文章上面未免材料是材料，材料不能傳述深意；意識是意識，意識不能解透題材。熱心過度的人祇好硬令它兩方面生湊在一起，冷淡點的馬馬糊糊把故事編成了就得，文章就容易往空疎憔悴的路上走去。

其次，生活上的準備未免似乎也還缺乏。講寫實，必得有實可寫，又必得上筆的實生活多，動手時纔不會死呆入套。人合那一番人事接近，他筆下就能有那種人事的真跡。莫泊桑學寫小說時，每天必得他街頭巷角碰到的人與事，作一段極逼生的描寫，交他老師福樓拜寓目。有人要寫餓的經驗，就下決心自己餓了七天；還有人要寫理髮匠的心理，他自己特地去做理髮師。這些小事不一定要學，並且學它也是過分，但在表明寫實同實生活的一種關係上，它們倒值得人提提。尼采主張超人，有人批評他太個人主義的，其實這種觀念即從他生活得來。終尼采一生，差不多都是種離群索居的光陰，人討厭他的傲岸偏執，喜怒無常，他也厭惡人的愚惡虛偽。結果朋友給他鬧走了，熟人被罵得掉轉來踢他一腳。他一生侷悶在自己的天地裏，以超人作他唯一的安慰，於是寫出了他的《查拉徒士特拉》。生活差不多能作文章的決定力，那情形正是如此。當目前現實主義的寫法正為人所注意時，我們青年人似乎該以大部分的時間去生活，小部分的時間來寫作。四萬萬以上的人民要求表現，幾億萬萬悲苦、矛盾、憤恨、慘酷、嚴莊、壯烈的人事，要求刻在人的印象裏，繁星樣叢密複雜的情調全在呼求吐露，而我們通共算來也祇有少少幾百老少作家在處理它們。這時候，青年人沒理由成天關在自己的公寓小屋裏，將腦袋伏在書案子上，儘自己高興寫下去。正為人民多，情感雜，能了解、能寫的人們就要了解得深切，嘗出了那種心裏人事的特別動人、特別雋永處，纔好拿筆。所以少少的寫作人不能不多多的去到社會當中，埋在各式各樣的人事、物理、情調裏面，把感覺磨得溜尖來作人，使自己的智慧肥壯，心腦盛得飽滿碩大，文字在筆下流出時可擠掉一切臆造的幻想，揣測的空談。若有力，竟不妨讓這個民族以它各色各樣的新鮮、瑰偉、平凡、奇特全在自己的紙上躍出來。不要普遍化了鄉村農民，那似乎使人以為湖北人和東三省人是一路的出品；也不要世界化了的情調，那使人明白我們是受着西洋文學的控制。如果"現實主義"這名目，在我們提示一種此時此境這民族的意旨，我們的青年人就有理由拒絕一種特殊的文學家階級的生活，把自己埋沒在社會各項職業層裏、事業林裏，把這民族的甘苦酸辣，親身嘗一個夠。終年累月活在紙墨筆硯裏，聰明人也有苦到說不出的時候的。

年代過的極匆忙。電車奔馳，汽車飛走，時光如小水蛇般疾竄，人似餓鳥不見食從這條街撲過那條街，扇起衣裙助着跑勢。急速捲來的貧困鞭着忙亂的心，這姿勢夾住人，不許人系統的將大作家、大批評家的文字精讀細究，使人在他們那番精深博大的面前揚長走過如盲人。多少人或因頭腦疲累不願接近沉重作品，多少人近前了，却祗在故事同寫繪上看幾眼就過去。一個觀念，一點理想，如何在文字間穿插，如何長成骨骼，附上血肉，我們都來不及去考究。前人把大作品不惜讀上四五次乃至上十次，我們搶着讀完了一部小說，就算是對於一位神人之間的大作家盡了欣慕之極忱，至於澈底明瞭他和他的思路、手法，往往都談不到。在讀小說方面，這現象還要好點，到讀大批評家的文章，幾乎人少得可怕。前人對於美的啓示，思想的創發，形相的組織，各種寫文學作品時極其必要的問題，不避艱苦，不怕枯燥冷淡，寫下了無數重要的意見，就單爲領會這些見地，了解一點藝術的門路，已經值得人爲它們結結實實坐下幾個鐘頭，而我們却非常的將自己交給忙亂，使頭腦在沉定的精讀之前如水碰了壁。切實說，我們今日之所謂的讀書，大抵是瀏覽居多，而精讀極少。讀書讀得多的人，大抵翻的書本比較多，瀏得快。以揣測湊和極模糊的印象就是我們對於一本書的了解，以常識的觸發來作爲我們的見地，結果乃趨向於藝術了解的薄弱，到手頭需要這種了解時，它自然是不够用了。

大作家之能奠定一個真正創作的基礎，不是偶然的。莎士比亞在寫他的戲劇之先，該讀了多少他前一代的流血悲劇。那些所謂的西班牙悲劇並不是上層作品，可是莎士比亞却幾乎每一篇都讀到。戈果爾是醉心於西洋文學的，陀思妥夫斯基把十九世紀英國小說幾乎讀了個遍。並且我們可以推想他們讀書絕不是飛快的瀏覽了完事。爲了騰出時力來消化某些更重要、更合自己意向的東西，爲了充裕智識的容量，瀏覽、泛讀是必要的。若要切摯的了解把握、學習，樹立自己的能耐和力量，離了系統的讀、精讀，很少有希望。因爲我們新文學還是一隻新苗，它的培養與灌溉應該要特別加力。

"差不多"的現象底下，多分有差不多的準備在作祟，"鳳凰上擊九千里，絕雲霓，負蒼天，足亂浮雲"，它不是從平地一下跳上去的。它棲止在山巔峰頂，一舉翅，說上去就上去了。可是在牆洞裏局促的小麻雀再怎麼也衹能在樹梢屋角撲來撲去。爲了這民族的意向，爲了這一股文化，我們是在走着事倍功半的路。費一倍事，得一半功，這心願我們得總把它存着。倘若存這心願的人們中，有一位居然能拿他費的這一倍事換來同樣一倍的功，我們的收穫已值得人鼓舞和慶幸了。

批評的更生*

批評是一條不死的蛟龍。

一般說來,在中國對於批評與創作之間,作家們怕是有一種後娘心腸存在。他們拿起了創作的筆,就如是自己在爲自己說話,爲自己在製造世界,總覺得一心甜甜蜜蜜,意滿情舒,暢快之至。一到批評理論這種字樣時,就要縐眉頭,"爲誰辛苦爲誰忙"的感覺不知不覺就會爬進他們的心裏。看見自己的創作時,一個作家也許真有種少年母親抱着頭生子的滋味。若把那創作換了是一篇批評,他大約總能感到一些陌生,一些"過繼孩子終是人家人"的感覺。

多半的人以爲批評不如創作高貴——自尊心和自我戀愛的傾向本是一般人所不免,作家尤其。凡人一做作家,不免對於自己抱着某些不切實際的、或甚而近於誇張的幻想,以爲自己或許是真有些了不起,一顆腦子能夠無中生有,架樓起閣,頭頭是道,在別人都迷逐着塵俗世態時,自己能獨造一番天地人間,使他人不得不在那兒哭笑歌舞,極情盡態。並且在這獨特的世界裏,自己創造了一些人格,這些之中,儘管有不成材料的,然大多數總應該是從某一方、某一角代表自己的觀念或理想的人物。由於創造過程的潛意識作用,作家很容易將自己與自己所創造的人物或多或少的混合起來。對人物的感情,也就變爲對自己的感情,對人物的讚賞崇拜,也就變爲對自己的讚賞崇拜。作家說來是個很可笑的孩子。他不喜歡人家分析他,批評他,他願意有一團攏統的欣悅之感,一股暢快。他不願細細縷縷、煩煩瑣瑣的追根究底。可是批評的工作,

---

* 原載《書人》1937年2月,署名"楊繽"。

在構思的本身就有分析的傾向。要分析別人，作者必得先把自己的頭腦分析一番。拿筆解剖別人的東西，也就等於在解剖自己的思路。這種細微剖別，有時入於煩瑣無效，甚至窮源究裏，一段批評愈走愈深時，能弄到正反是非之間，不容毫髮的地步。這樣無效而近於瑣屑的工作，加以其本身之客觀性、註釋性，非附着於某一對象，批評不能產生的附屬性，都足以使天才的寫作家用較低、較不客氣的眼光去估量它，而不知不覺的把腿朝了創作的門檻邁了過去。

總而言之，批評是不能容納創造力的瘠土！

為以上這些原因，多數聰明有才氣的執筆者們都從批評跑得遠遠的。中國新文學運動創始至今，小說家、新詩寫作家、戲劇家，專精的、副業的、兼差的，都出得不少，就中尤以小說家為特別多。並且在這無數的寫作者群中，頗有不少傑出的人才，能在文學界中開出新的局面。惟獨批評方面，就如破廟門前無人理一般，顯得怪樣冷落。少數從事文藝批評的人幾乎全是兼差副業，少數的極少數中纔有一二真肯專門顧問批評理論的人。很多智慧的寫作家，祇要真看得起批評理論的價值和意義，明白一種思潮運動的蘊釀和成形，對於那國家民族的生命發展有多大的作用，他們就不會像他們所已經表現的一樣，那麼吝嗇自己善於精明剝析的頭腦，敏於觸知真理和異象的靈魂，而在批評方面縫住自己的嘴。然而事實是這樣；多數人將批評當作低能兒不安分的出路，對於他們所不大看得起的執筆人便統名之曰批評家，為了安置一般在構置創作上不見才力的人，便大開起批評之門，推送他們進去。因緣這種習尚，致使許多人由於氣質、秉賦、教養的不同，他的創造天才，也許更適於在批評方面顯耀，而不適作構圖式的創作，但因不甘自居於低能兒的地位上，偏喜歡拿筆去寫那種"三個和尚打架，一個死了，兩個傷了"的小說，而不情願去在批評論文中燃一點火焰，發一聲長嘯。還有，最糟糕的是有人以為批評是老夫老婦的養老院，以為感情消逝了，生之機能與意趣減低了，老人們便應該坐在安樂椅中，翻閱別人的冊頁，以蛀蝕及分解他人的屍骨，銷磨自己滅了爐燃的殘年。這些見解往往是無心的為人們所保藏著，不自知其將批評毀辱到了什麼地步？一個沒有創造力的人，怎樣能寫出領導世界文化的批評理論，一個失去生命之火焰的頭腦，怎樣能負起開天闢地的意識重建的工作——這問題想到了的人恐在少數。若是一個人眞由於資質的缺乏而不能在創作方面生效，把他送入批評的爐子裏去，是不是祇有更壞，不會更好？對於一位不應該拿筆的人，是否宜於將一隻特別需要卓見和異識的筆管塞在他手裏？人們一向都忽略了的。

這是一面。

另方面卻又有相反而同樣有害的一種態度。這態度也仍然是由上述那種將批評與創造性完全絕緣的心理而產生的。人們不將批評工作視爲個人的聰明智慧對於旣成思潮、旣成現狀的反應，與創作原是同一性質的東西，所不同的僅僅在於材料的選擇處理與文字的挑揀和安排上面。他們認爲批評者和立法人與裁判人是二而一。以爲批評家們有力量可以在人間類別是非，歸入典式，製作準則，懸爲儀表。創作家自己本是不容易分清多少輕重的人，旣已將批評家奉爲嚴師，他們的本分便祇在於跟著批評家的繩子走路。批評家一提出某種見解，創作家在來不及完全受這種觀念貫穿起來，求其眞實性以前，在他們還沒曾將這理論（假定它眞是種極有意義的看法）嚼爛，使他被自己的思力所溶化，而了解這說法的具體意義之先，已經就爲批評家內在、外有的種種權威所動，把這番理論奉爲圭臬。這樣一來，批評家就不再是一位積極的、直接的眞理尋求者，卻變成了一位法皇，使批評界產生法皇是極其不幸的事，使批評者變爲法皇，無論由批評者本人或由創作者負責，對於那批評者本人都是莫大的不利。因爲法皇的聲勢往往是和《聖經》的眞理背道而馳的。批評家得到了權威（如若這權威不是從《聖經》的力量出來的，而是由於其他原素），就不免要失去《聖經》的揭示。一部分人之對於批評存著冷淡，也許爲此。

對於上述那兩種態度，批評本身是不能負責任的。批評不是低能兒學舌的訓練機器，同樣也不是法皇的寶座。在批評家的身上第一需要卓異的創造力和先見。他和創作家一樣，得有一對神異的靈眼，他的第六感應該特別精微深細。在大氣裏，在濛霧中，他的觸鬚要去把捉一些連隱約的形姿都不具備，而祇能在呼吸中，在心搏上傳得出來的衝擊。第一步，批評家和創作家一般，不是用頭腦去接觸週圍，而是用他的心，用他的感情。某種異象在大空中浮動的時候，也許祇能有輕微的顫戰，如一隻夜蛾的薄翼在暗中搖顫，那聲音、那動作入於極細極銳的感覺中，乃構成一團火焰的起點。要發現這起點，是創作家與批評家所共通的前提。沒有發現這點東西的工具，或批評或創作，都是學舌。有了它，詩人與批評家的分別，祇在他怎樣去處用他的才力，祇看他安心鼓勵這份才力去受什麼樣的訓練。所以大詩人常常就是大批評家，大批評家要作大詩人也未嘗不可以。柏拉圖是大批評家，可是他的想像、他的文字無一不表現着詩的特徵。米爾頓（Milton）是大詩人，而他關於政治文化批評的論文，至今還為人所誦讀。柯勒律吉（Coleridge）、渥滋渥斯（Wordsworth）是大詩人兼大批評家，安諾德（Matthew Arnold）、馬考萊（Macaulay）是大批評家兼詩人。乃至近人如死了的勞倫斯（D. H. Lawrence）、活着的愛略特（T. S. Eliot），都是善於以極品的創造力在創作和批評雙方輝耀的。

極明顯的，批評家不僅僅需要創造天才來燭見某種創作的理論，在創作的技藝上他尤需要了解的精到和微細。在一般創作上，所最易陷入而最不為人所注意的毛病，便是將內容配合在怎樣的形式裏這問題。在一般批評上這樣的差池，自然也有不能免處。論到作品的性質、意義以及它和時代的關係時，批評家是注意到了前者——理論；說及作品本身材料、文字的佈排，情緒趣味的傳送，則批評人又已經轉向了後者——創作的技藝上面。因注意力之專精，常常引起感情的偏向與主奴的對立，於是注重理論的便漠視技藝，注重技藝的又輕忽了內容。這種現象是批評界，同時也是創作界所極不宜有的。一有了它，就應該表明着文藝界的混亂。因為就"創作"這字眼本身所啓示的意義來講，它要求內容與技藝同為一篇創作品的兩面，萬不能有所偏重。創作，不錯，是由於內心有所啓悟，纔拿到外面來表現的。這意思說，祇要內心真有東西出來，則外表決不能成爲問題。好比一位山中美人，她是美，便沒有胭脂花粉、珠光寶氣圍繞住她，祇要荆釵裙布，她也自有她的天然風韻。反之，在主張技藝的人，則看法又另是一樣。他們以爲內容旣出之作者內心，根於他的秉賦和教養，或爲一絲情緒，或爲一縷感想，那是他自身負責的，批評者似乎不必去過問，也無過問之理。任何情懷，任何感念，不能稱爲文藝作品，必待他取了文藝的形姿走出來，纔引起我們審美的注意。因此很明白，傳達與表現的路徑和方式，纔是文藝之所以被稱爲文藝的東西，纔是文藝批評家所應該注重的。□□這兩邊各持一說，公婆都各自有理，然而創作的本身却要起來抗議了。就創作說來，內容當它還藏在作者心裏的時候，讀者和批評家都沒有任何理由要求他採取某一定形式，因爲在觀念不變成行爲時，是不必要講求行爲的效率的，同時它也無取乎對觀衆負任何責任。若是一旦它要通過手的行爲，變成一種事功，要在無數人衆之中，引起某種期待着的反響和感情的行動，則批評家和讀者可以要求作者用最適於這種觀念與題材的文字、色澤和聲調，將它傳達出來。同樣的，對於一位善於令文字播散內心的人，也應該要它將智慧與手法配合一氣，不要使莊嚴華貴的禮服包着一顆自私而軟弱的小心。

能看到這種內外的溶合，能在各創作中將這溶合的各個特別之點指出的人，是非自己有那創造的獨眼不可的。這樣的人，他和一般人一樣，能講着理論的正大堂皇，但同時也需要明白技藝的內在意義。他知道怎樣啓發一種創作的哲學與倫理學，却同樣也不會忘了創作的科學那件事。一切的科學都歸源於哲學，一切的哲學都要有科學的表現，批評家所應該點明和指引的（假如說得上這句話），恐怕就在這兒。

批評界似乎是處在有些冷落和分歧的地點上了。可是批評是一條不死的蛟龍，無論它在雲裏如何的藏頭露尾，時機一到，它那類乎夜明珠的鉅眼，會從黯黑的雲冪後面放出奇光。但這時機的準備，却握在我們的批評家們的手裏！

冒險與裁判[*]

人知道書評是作者,質樸點說,是作品與讀者之間的一種東西,正如評者是介在兩者之間的一類執筆人。他如一個愛說故事的老人,用他敏感的、智慧的手指,在昏夜的星光下觸摸着隱約而不可見的幽靈,他喜悦的將幽靈放在自己感覺下,播弄它,翻檢它,用明析的言語解釋它。他明白一本可以存在的册頁,錯非它含有一種精確的、比任何物質的存在都更爲真切的事實,一莖信念,一株思想,一片心理的剖析,一段感情的享受與磨煉,還有,一種創造的頴闢的天能,錯非有這些凡眼所難見的事實。這册頁有了書評,無非衹遺它飛速的死亡以不痛快的留連。但有了這類事實,而書評家不爲讀者去講説,他就算遺忘了他的本分。他應該解釋綜合,他從一本書透視到作者自己,爲讀者熱烈的追求增加一位可以説是朋友的人。

但,書評的作用是否止於一個中間人呢?評者縱有天大的客氣與謙退,他終不能脱離爲物質的人,衹一個媒婆的意義就可以誘惑了他,是不可信的。將行爲止於一點純粹的服務心理上,除了作爲口號外,一個執筆人很不能有那麽純潔。有人罵批評家站在別人肩頭上顯高,這句惡意的話却含有不少的真實在內。意思是,評者本有自己長高的本質與活力,他却不學其他的寫作者,筆筆直直單純的長了上去,他使自己如一縷光鑽透別人的肩頭,從那裏長一棵樹,開一朵花。他的理想、卓見與作者對照着,合於他,他賞讚;不合於他,他判決。評者們若没有這種穿透別人來開放自己花朵的能力和欲望,這評論者的前途上大半有另一項職業等着他,因爲書評與一切作品有種相同的引力:是表現自己。無

---

[*] 原載《大公報》(天津) 1937 年 4 月 25 日。

論作者、讀者、編者乃至於書店老闆用什麼眼光去看書評，寫評文的人是得憑了一點引力纔能動筆。

倘這段話，誘引人以爲我主張書評是靈魂的冒險，我理宜謝罪。由評者執筆的心理來講，我以爲一切書評或多或少，都是冒險，或真或假，都有判斷，除了講古典規律的人，他手上的是比較明確的、千載以上的度量衡，他的砣因此把握得較爲穩定。

一個對現實懷有極貼切的感覺的人，他的週身都長有觸鬚。他和一條墨魚一樣，當在時代裏面游泳自如時，他神秘的能觸知一種流向，一點端倪。這流向使主流伏在泡沫漩渦底下，受着無視與凌壓，無聲而雄偉的帶起整個巨流向它自己的海洋中前進。這種流向有溫柔的、颯健的力，輕輕的、可是深透的染入這人心的纖維裏，使他容納了一種外來的要求，自願以流向的終極爲自己的理想。可是這樣的理想觀念，任憑它如何普遍，它不能有一行目錄的教條與法則，因此當評者容納了這理想爲他自己的心魂，他下筆時就不得不，同時也樂於，使自己冒險了。

可是在那明白被人稱爲冒險的野心家，判斷也不是沒有的。他躺在柳陰下，池塘邊，讓他的眼波游動於青空裏面，他看看這是好的。自然，當他打開心門在吸納景色的時候，他心如太空無渣，他是完全在虛懷受納，沒判斷，也難說有思慮。但到他說這是好的時，裁判雖全然出自於他自己的受應，却不能說是沒有。所以用冒險與裁判對待來說，我們祇可講評斷的文字，冒險較有限際，賞悅的批評、裁判較不鐵實，但這些都難認爲是劃界的區分，是顯然的。

要在這兩種寫評中間劃一條明斷的界限，却也非不可能，着重點恐怕就在於"冒險"兩字上面。個寫作人有權力聽自己的靈魂冒險，至於聽他的野心所能引到的地步，同時他也不妨領着讀者去尋險探勝。唯有評者在作者的面前，他不可有太無疆的自由。在使他自己的靈魂縱性而外，他不能弄得作者的靈魂冒險，離了他自己的窟□。批評者無論手中執的是規條，是他自己的理想，抑是作者本人的企圖，總之，他要不忘記他是在將自己的觀念與作者的成果對照、分析、解釋、綜合、比較，這是客觀的帶科學性質的行爲，主觀的表現祇能由客觀的剖析透射出去。可是欣賞印象的評者，他的態度與其說屬於評論家，還不如說是詩人的。他讀一篇作品如看一幅圖畫，也即如賞悅一片景色、一番情緻，他可以將自己的觀點寫一首詩、一篇散文或是一篇書評。在這裏，他所經歷不是對照的、評斷的過程，他是在感發創製的途徑中吸取食料。他用着吸納容受的態度，使對象的彩色、聲音、動作、芻圖的透過感覺的密度，通過情感的容納性，不經分析，不經究索，與自己感情的波震、意趣的迴旋相匯合，成爲一個複製的意象。這種寫作，臨它在紙上時，與一般的批評有極顯的目的不同，是屬於創作的新鮮、不羈。作家的靈魂爲評者引出紙外，作了評非自願的冒險，與評者的靈魂有了不宜有的鎔冶。這裏判斷主要是評者對於自己意境的判斷，文章更近乎創作一型。

將書評與散文創作合流，爲書評想，爲一般的評論想，大約都不適當。對於這一類書評散文式的，我們已經有一個非常豐富可是零亂的傳統。以重產印象、複生精味爲主的詩評、曲話，一貫的在我們的文學批評中傳遞了許多世紀，它們從來未曾在創作界中引發出一個深沉磅礴、啓示真理的文學時代，更不用説在批評界闢出一個思想系統的洪流。到如今，人們已經不再將文學逼鎖在抒情寫景的靜室裏了。假如書評在一切寫作中，能有它自己一個不甚暫時的地位，它也應該使自己的肩頭更堅硬、更有力一些，它應該有堅實的態度，穩定的感情，將透澈睿敏的智慧判斷一種創作之合乎理想與不合理想。判斷者不需要在這兒隱蔽自己而埋頭於死板的規條前面。他活在這個年代，這片地方。它們的需要，容許他爲那時間和空間愛留一個信念，同時更要緊的是，要他在下筆時使用剛韌的、雄性的思力，與有計算的辨別，將鞭策的判斷執在手裏。

《里門拾記》*

有一時候，我忽然起意要知道梧桐。是爲了它幹直，葉圓，高高豎起，有一類俯瞰人世的傲氣，抑或僅爲了什麼極實際的目的，却不清楚。總之，翻了中西字典的結果，我發現一件事實：梧桐是的的確確中國的兒子，它没有一些洋味，連一個外國名字都没有。它有那種特殊的中國人氣，和善的、自主的、輕快近人，却不向人侵犯。逢秋風秋雨從它身旁掠過，它唏唏啦啦，發出似怨似笑、流露辛酸的嗚聲。它易感，但它却能矜持。

我是不常讀書的人。偶讀一二作家的集子，就喜從一些動植物的性分中去窺探那執筆的諸位先生，每每得到很有趣味的結論。手下的這一位，是從好些時候起，没多大因由就把他和梧桐並在一塊了的。

這是位出過一册《谷》和一本《里門拾記》的人，還有一些他自己所謂的"鷄零狗碎"。正惟我們這類乎是"有毒"的農村，破毀得祇剩一些鷄零狗碎了。所以《里門拾記》是辛酸的、哭哭笑笑的，但也掩不了它字裏面的和善，那使他在惡罵的時候並不見出刀筆；以及他自來自去、無所倚賴的筆鋒。那初讀來，令人想到魯迅，細究究，却以爲魯迅近乎工筆，蘆焚則潑雲點染，取其神似而已。

十二個短篇，裝成了這本集子。看書名，就知道作者心裏有着了他那"大野上的村落，和大野後面的荒煙"。在這寥寞的中原大野上，應該有的是禮義廉恥，子孫滿堂。但實際上留下來的却祇是那"絶子絶孫"的毒咒，那吃得肥胖的狗與牧師華盛頓，那隱在霧的和平裏面由於半瓢

---

* 原載《大公報》（天津）1937年6月20日。《里門拾記》，作者蘆焚（師陀），文化生活社1937年版。

米的缺乏，被和平的霧拋擲得雞零狗碎了的活人！

這裏面零散着苦酒的氣息，傳遞出臭醃蛋、糟豆腐的滋味。喜歡它的人，值得在嘴邊備一盤乾燒的、煙騰騰的紅青椒，一碗涼水。這不是一種刺激，不是浮白的暢快，這是，束在中國與生俱來的人生滋味、一般氣霧，它在此時、此地以及三千年來的中國人類中浮播、沁染，深入這一種人類的腠理，彷彿狐狸身上的體臭。狐狸爲它的體味所魅惑，中國人，到今天爲止的中國人，也不能不用着怕鬼的心理來嘗它，而後在酒盡燈昏的時候，於夢裏對它咬牙。

誰願意在《霧的晨》裏面作人呢？那裏第一個等着你的是，餓乏了的喪家狗的口腹。它是你的生命背景，你的命運。濛濛失向，人鬼不分的霧中間，有你將自己陳露在不知名的飢餓而饕天的嗜人肉者嘴前，你無所知的撞着，爲尋覓填補胃囊的東西。你爲了半瓢米，在霧中闖上了一棵樹，以爲將從那裏得到你的飽足，忽然偶爾一滑，霧的奸笑的滑，你完了掉進霧的嗜人的嘴裏面，你變成了最適宜於你背景的陳置，一灘破碎血肉爲狗所垂涎。這不算什麼，以人而論，不過是"明明的肉擺在那裏……總有一天人要將人吃盡的"，悲慘的還是那同樣被飢餓所驅逐，尋求飽足的喪家狗。它守候了許久，抱着莫大的冀望和歡悅，結果却什麼都沒得到。倘若它是一條飽足的叭兒狗，一條肥碩的獵犬，它會至終得不到半根死人骨嗎？並且狗自己還不知道在那一天將被人吃掉的。窮狗與苦人似乎是同一生物，共一命運，這狗却不知道，還斤斤然計較着"人真是蠢東西"，因爲未曾將死者九七的骨頭給它剩下一塊！幽默在這裏雖有着殘忍的聲調，它悲慘的質性是天賦的，賦於狗的無知和人的茫然，賦於一切已下網羅、尚營營苟苟、憒然算計其同難者的人們。

這裏應該說是一篇意境的複寫，情節、人物全籠在白茫的霧裏面，而那團霧雖有溫美的外形，却是欺騙的、便於毀滅的禍害。

和《霧的晨》相反，在《巨人》裏，我們逼逼真真見到了一位不可毀滅的人。抓是一顆光明的燧石，武士樣的剛強，永遠年青，發亮。但是這樣一個人在人世間的情愛享受却刻薄。自己的愛人一變爲了二嫂，本鄉對於他便成了不可落脚的地方。二十年的流浪,使他遣走了青春,遣走了對故鄉的怨恨,然後他攜着原有的靈魂的光彩回到本鄉來,而本鄉却已驚訝的問"客從何處來"了。於是這灼然的光明,自此不得不"從人群中退出,獨自躲進想像的莽原上去消磨日子","機秘的靈魂",他的光明也變得機秘起來。

他不能生活在人類的情愛中時,畜牲成了他的兒女。他秘深的燧石的熱力不能經女人收貯,便貼付在貓狗牲口的身上。他讓"牲口在槽上慢慢的嚼,他在槽下慢慢的嚼,狗這邊嚼,貓那邊嚼",一連幾個親密的"嚼"像一條灼熱的鏈子,把這"小家庭"聯爲一體。抓是懂得生命,深悉情愛的。他是秘密的靈魂,祇爲他懂得生命與愛的秘密。他能夠玲瓏溫細的,和他的"姑娘"與"小兒"對話,但換了"廢宅主人"作對象時,他却祇有那搗衣槌樣的:

"不幹了。"

"爲什麽呢?這又是!怎麼早不説?"

"不爲什麽!就是不幹了!"

這是在那"廣大的原野"上產生的一位自然人,他對"這個爲鷄毛狗爭吵的世界"挑戰式的生活着。他在這十二篇小説所蓋的廣大原野上,爲和合於那片原野的氣質的人物,他是那裏自然的空氣,未經毒惡氣團的攪擾。然而多可憐呀,這酸澀的作者,他所能給我們的這類人却少到幾乎祇有一二個。

《秋原》是一幅無因由的慘景,熠耀的陽光,豐饒的原野,無知而並不懷着惡意的人,似乎都與那要發生的殘忍矛盾,在那裏該發生的應該是滿足和喜悦,歌唱同打鬧,可是在中國這有毒的原野上偏偏不然。爲"迫擊砲彈"和"省油燈"兩位地主兄弟所統治的地面,固宜是一切矛盾和殘忍的肥壤,同時隔絕了的閉塞的鄉村,彌漫起無知和對陌生闖入者的猜忌,更足以保障罪惡的發生。這種缺理性的罪惡,正像那個豆叢中的漢子一般不知從何而來的,也不知要向何處去。他偶然抓住了豆叢裏歇脚的那漢子,將他抛在地主退伍軍人"迫擊砲彈"手中,守着他被弔在"墳園裏,弔了個鴨兒浮水,打得是皮開肉爛",最後纔盡興賞玩:"他低垂着頭,靜靜的注視脚尖,鞋脱落到旁邊的草地上"。作者的冷静在這些地方通常是比於殘酷。但他極深雋的幽默,却在於令那位做不成首領的二爺"省油燈",對哥哥"迫擊砲彈"的行爲,那本是他所要幹的,提出抗議:"人家走路礙得你什麽屁呀?值得邪許邪許!……""你們幹的好,拿一個瘟種當土匪辦,有明的官司!"。他不明白所抗議的就是他自己,他不明白這抗議祇是對於他自己的嘲笑,借着他的嘴説出一句適於那情景的反對話來,是比之出之於一張正義法律的嘴齊整嚴重得多,但這齊整嚴重却藏在淒憤的笑聲裏面。

極可疑的是作者對於這張中原大野所持的態度。他開宗明義給人來了一篇《毒咒》,而結尾却是一場蔓衍的大火。誰能保障他有什麽好心?"這塊地上有毒,絕子斷孫,滅門斷户,有毒!""你能叫……這莊基上能出麥來嗎?……除了莒蔴,你能修滿房舍嗎?像原先那樣,在這有毒的地上!"他啓示錄式的詛咒着,於是他接着就數起罪狀來。"銹釘子"畢四奶奶,那是鄉村地主家裏特有的禍害。她不會生兒子,却會咒會駡,會降服丈夫,會吝嗇,會"一個盆送掉兩條命",害死"小"和她初生的嬰兒,結果她終於使自己的毒咒靈驗。畢四爺雖有地位聲勢,"從衙門的後門進去,前門出來",被村坊尊爲"萬能",却空有眼淚不能挽救自己脱離絕子斷孫的命運。作者在這兒的判斷是嚴峻的,令人疑惑四奶奶怎樣能從他手下逃出活口,那樣一個絕對的散毒的惡魔。他爲什要那樣呢?性格的缺欠?心理的變態?財產的珍惜?她爲什麽?她是毫無顧慮的、決絕的愛做一個青一色的魔婦?抑作者要取其詛咒得痛快呢?

痛快,作者對於它,似有年青人的嗜好。他爲求其痛快,是喜歡放筆駡去的。自然他的駡全放在幽默裏,可是他並不措意於令幽默隱掩他的駡,反之,他寧可讓幽默爲駡的副使作馬後助勢的工作。這情形各處都可見,愈是情景不對,令他看不上眼之處,他愈幽默,也即是愈駡。他這樣使用了幽默,雖難爲了幽默一些,但他好像不在乎。爲這一類的幽默,《路上》和《倦談集》是領隊的。《倦談集》這名目就是作家在調侃他自己，自然這兒該有一點罵的意思，但他倒底有些自愛，捨不得罵得太兇，故輕輕著一"倦"字，該不是吃得太肥而倦吧？然而牧師華盛頓不是老打著呵欠嗎？"每天槍決一千人犯"值得稱爲"一欵最好的建設"，是不錯的。首先，它供給了"愛美的"老人以收藏和研究古董資料，又爲本城訓練了一個超等的槍斃手專家，這人可以"一氣做掉十八個，連眼都不閃一下"。然而若把這建設的功用限之於幾個工人方面，作者提筆來頌美它未免多餘。在那城市的景物上面，它造成人與自然的配合。炸開了的頂骨，浮在經夕陽所渲染的池塘上面，一浮一沉，雜在"荷的影，白雲的影……"中，與狗做著捉迷藏的把戲，增加了黃昏郊野的動態，憑空使那無福摸著藝術之門的兩個學徒，也享受到一種美的經驗而"看得入迷"，而"忍不住哧噗的一聲笑"。這是一個免票公園的意義，這是生活的藝術化，是人類利用自然的奇功。最後這奇功達到了它所企圖的目的，獲得了牧師華盛頓身心變胖的結果，且得到了他的賞讚。那賞讚，想來狗也是同樣要施與的，因爲"這裏的狗（也）是吃得很肥的"。

當牧師在椅上打鼾的時候，"倦談者"還不覺其疲倦，反而興奮的大發議論起來，頗覺其怪。作者終於是青年人，談談就情不自禁的要罵了，作興他是要有以自別於牧師，但倦談而睡，却也是寫體面東西時所需要的。也許不如說，讀者講究體面，講究局面的統一緊湊，情緻氣分的諧和時，要求作者睡去吧。但講究這一套的人們，已有相當肥厚的閒餘了。

《酒徒》應該是巨人一型的文字和人物，可是么賓那破產店主的影像似頗模糊。那裏主要的彷彿在寫著機械的火車破毀了鄉鎮之後所加於一個人的災害，而較少寫到了么賓自己。在這一册書中，除作者無意去寫的之外，所經描繪的人物大抵都是典型，確切的個人，若沒有抓，好像就不易看見。在抓，也似乎祇有那一段極精美的人和貓狗對話是唯一的烙印，印下了這個人。作者寫人寫物，是中國水墨畫的風味，是山水樓閣畫的舖排，所取祇在其意境與神韻，和西洋油畫之心理人物妙肖濃重的純爲兩路。至《百順街》時，則水陸雜陳，蔚然大觀，而微覺平直與混亂。用意大約也不過祇在於，用一場大火去收拾一番而已。

蘆焚不在顏色上做工夫，也不好作比喻。偶書幾筆，似乎特意避免用譬辭，全賴景物自身的色象傳達它本質的美。這情形在《倦談集》裏描寫淺湖之處有滿足的表現，但他們得記住他在白描之中，也未曾應用刻畫。他囫圇而籠統，一串串復一串的將動作、形色堆起來，令其自成一番景物，散播在《秋原》裏，在《毒咒》裏，在《村中喜劇》裏，在各處，幾乎無處不是。他極愛好自然，對自然有隱癖的貪戀，不欲以人工的譬辭去損了它似的。

倘若中國的農村小說必有它的前途，蘆焚正在試着一條中國的、有些迷惑性的路徑。這條路可以向晦塞詭僻回去，也可以把這個懵懂的、尚不曾十分明白自己的民族性揭發出來。

歲*

曦光在人間輝映了，稍稍帶了昨夜的惺忪，而伸長了川流一樣未來的歡喜！凡是"新"這一個小小的魔術似的字眼，在生命中所能鈎引起的聲色形相都蠕蠕而動，飽含着力，孕發着寬舒，寥遠，光明。

歲在始！

曉星迷離了倦眼，夜之青光褪盡了昨日的喧囂，薄得和紗一樣，透明，由曙光的週圍褪落。生命的橋樑臥在昨日和今日之間，在那上面聽見了脚步聲，安穩，堅定，鄭重，永不停息。它們的昨日的呼息，昨日的血流，肩負手提着生命的菓子，遺留下昨日的屍骸。

歲終了！

彷彿是一幅濃黑的大幔，已經覆上了昨日的一切，而我們却還要牽起那幔子的一角往裏瞅瞅。究竟，我願意填清我的記憶表，小小的上海文化界，爲昨日曾積累了些什麽呢。

多着，多着，戲劇不必説了，語文不必説了，政論家、研究者他們各人會有自己的記録，這一角之中的小小一點，寫作，上一堆的小小一堆是什麼？它該我們笑，還是值我們怒？引人高歌奮發，還是低頭沉悶呢？

可以説，過去一年中，上海的寫作是在重生的發軔中。隨了軍隊的撤退，戰爭向全國鋪開，大部分的寫作者面向了內地和戰場，上海在去年臘盡時節起始，嘗到了十幾年以來沒有的蕭條。"淪亡""孤島"這些可憐字眼，織成了一串的淒清，貫在上海寒濕的空氣裹。那時候，那個執筆人願意留在上海？那個不以火熱的眼光遥望着炫爛的內地的光焰？

---

* 原載《文匯報》1939 年 1 月 3 日。

爲了支持上海的不死亡，爲了安慰自己的寂寞，上海人歌出了他們的"離騷"，而"離騷"又短命了。

一年下來，到了現在，想不到上海居然又成了一點小小氣候，正如抗戰的步步堅定一樣，上海在包圍、隔絕中的文聲，一天天大，一天天有了調子，和這個國家的聲氣和諧着。從轉載内地的戰地報告，上海出生了自己的寫實，雖然量是太少，質也不太齊；從轉載成名作家的言論，上海培養了自己新的執筆人，在銳氣和感情上都不壞；從千篇一律的政治牢騷，上海有了嘻笑怒罵，活活潑潑的諷刺譏嘲，雖然調格還不夠明朗精壯，鋒芒也還說不上熠耀和銳利。並且，一般的說，上海又是已經從嘆氣、悲怨、無聊，恢復了以生之歡喜爲動力，以抗戰爲中心基調的辯詰責難。謾罵和意氣本不能免，而結晶於《世紀風》上所發表應服群等幾十個人關於魯迅風的意見。那篇文章，應該看爲上海寫作界本年最有斤兩的收穫。並且它的眼睛不祇是看着過去，光輝在前途也沒曾被它忽略。在敵人的隔離、包圍、打擊、收買、破壞之下，踞穩了這塊敵人的中心後方根據而顯出了自己重生新力的上海寫作者們，是和曦光一樣的上升了。

生命是個大奇怪的東西，無論從那面看，那面描，它都是張着打哈哈的笑口。不妨作爲它這個笑找出一百五十種屬性，三千種不同的分量，但笑總還是要笑的，祇是笑的嘴上，總有它的皺摺，它的斑點，如果不幸一些，則還有七顛八倒的牙齒，黑的痣，粗陋的毛孔。毛病是生之扮相，生對於人類勇氣的一個試探。一年來上海的寫作在蓬勃叢生之中，也免不了帶來它的斑痣。

就種類講，我們有很多小論文、雜感、小辯論，說古談今。作者們喜歡把他們的筆拿得鬆活，讓思想的風流作自然引綫，提起那隻筆來轉動。好處是可以隨意成波，動觸機鋒；壞處則遠離生活智識，思慮飄於水面，不能緣之到底。搜集人生的錦繡、襤褸，編排縫織成爲小說故事報告的東西，看見還很少很少，看去儼然仿佛上海的執筆人們大都是生活在水面上，而不是在人群裏。然而事實上，上海的困苦悲愁，高昂激屬，英雄與走卒，崇高與下流，正是肩並肩的在上海鬥爭的大流裏面游動着呢。血的戰場不遠，外交壇坫不遠，煙窟賭坑就在週圍，黃金市場正在發寒熱，機巧變詐，金錢酒肉正在各以其分，爲卑怯殘酷的自私所役使，又爲忠勇光輝的生命鬥爭盡其最智慧的勞役。凡此，以及凡此以外的一切，上海的執筆者該用自己的血與肉去體會了。

一般的講，過去一年是在黑暗中的生長，不怪我們見了多之至的揭發、諷刺乃至於敞開嘴的嘴咒。我們似乎安然的承認了上海是黑暗，而不肯盡心去展布光明。有了四百萬人的上海，大部分的人終日是沉在黑暗的累贅中，有那些近視眼的簡直連遠處抗戰的火光望都望不到，而我們的生命是在血光中發揚着，并不是沒有紅透的光明。青年人的心困頓了，孩子們煩燥了，老年人頹然了，執筆的人們在你們心上輝耀的光焰，民族的火若果是有，何必要把它扭曲、歪折塞在破字紙裏面？抗戰的英雄主義讓它輝耀上海沉悶的心房吧！

除了前一時期的轉載之外，也許是由於交通的關係，我們的寫作界編輯者們沒有盡到把我們與內地文化活動聯繫起來的責任。上海好像真是孤島的樣子，就這層講。我們有重慶，有昆明，有成都，有延安，有桂林，以及許多別的地方，文化人都在那邊活動些什麽，他們出了什麽東西，上海人，特別是上海的寫作者，應該是深深關切的吧。

有一門工作爲上海適宜於作的，是摘敍歷史故事，寫歷史小說。高皇生發的時代，必須取得感情的播揚和滿足。我們要多多的忠勇、大智、大仁、無私，我們要有崇高的憤怒與偉大的愛。這些甘露生於被困的上海人中，將成爲眼前在各戰場上的英勇鬥爭繼續不斷的食糧。努力的歷史的發掘輝揚，是上海抓不到題材者的重要門路。

光輝已經開始了。生命頑強的生長着，要緊是令它長得更完美！

向不參戰的作家們要什麼？*

在一個大創造的時代裏，對於創造的作家要指出這樣累贅問題，似乎這行爲就是一場累贅。每個以心以情呼吸生命、感觸宇宙的人，祇要他拿得穩一隻筆，他就不會等在報紙角落裏聽人家數穀子、芝麻。

然而數穀子、芝麻的人總是有的，且也不算是完全浪費。□創作的人們有一千萬、一萬萬幅的視野在他們面前，他們有可能不管那些"什麼""什麼"之類的瑣瑣故事，想到的就幹。這是他們打仗一樣的勇氣。但假如說勇氣基於熱情，熱情又乘駕在時代的風浪上面，那麼也就有可能使那些站在風浪底下的人們，那些離風浪的威嚴稍稍遠了幾步的人，感覺到熱情不足以鼓起勇氣，而"什麼""什麼"之類小字眼就不難鑽進他心裏去了。他可以花一百個鐘頭盤算這些小字眼，他可以朝着他週圍閉上眼睛，他不妨用一支籠子把自己裝起來，他說："哎，在我週圍的這都是些什麼腐朽平凡哪！這些每日三餐，跑馬路，喝開水，沒有一絲一毫的壯闊精緻，沒有動心的秘密，豪蕩的英勇。我不如關上我的門去睡它一覺吧，我不如沉迷在我心的活動裏面覓取自己的天地！"那時，我們這被他拋在外面的一群，會要徬徨了，疑問了，我們像落進月亮突然隱去了的雲夜裏，對那惘惘昏昏的週遭發出呼喚："聰明的人們，傳達智慧與大仁大愛的聖者，你們藏到那兒去了呢？你們雖然不能乘馭在風浪的頂巔，難道就不能滲透風浪的心魂，像一場大旋風把我們捲進創造的輪子裏面去？"大衆的呼喚是比烈風暴雷的震撼還要更爲剛猛的，土的命令要比洋海的掀騰還要執強頑固？身負着"作家"這兩個沉重字眼的人們，誰能夠在大創造的時代裏規避他的義務與使命呢？他的時代是這樣由裏

---

* 原載《大公報》（香港）1939年3月17日。

到外,從地心到地殼與空氣層,都被同一波動顫騰着的一個樣的星球,無論在風浪的那一個方向,離得它有何遠近,地心的大熱大力總是普遍的在燃燒,隨處都是生命的花卉。

未打仗的作家們,來吧!都來吧!

講到當前我們要的是什麼,於是作家們提出一個課題,其勢不可免的要把當面的中國,她精神飛越的狀態和幾個歷史上的時代同提一下。古典的荷馬史傳時期、文藝復興時期、伊利沙伯時代、維多利亞時代,這些都是大家弄得熟之又熟了的,不是因為人民對於它們有所偏愛,故作厚薄。它們所含育浸淫的崇偉生命,它伴着時代生活的發展飛越,而躍□了龍門谷口,發現了一片汪洋浩瀚的前景。生命既有無疆的雄力,宇宙復有廣厚無限的大愛,將自由、希望、歡欣、工作、開闢、新奇,凡所以吸心引魂,唆使人如小孩子一般狂跳的珍奇像繁星一樣的展布在人面前,創造力為了最珍貴、最偉大的一切而揮瀉自如,這是那幾個時代所以蔚為奇艷的寶。從自由經濟發展出來的希臘自由都市,由中世紀僧侶的黑袍裙底下解放出來自由探討的心靈,海上自由發軔時期的伊利沙伯時代,以及殖民帝國開始完成的維多利亞時代,假若不曾有它們相伴而來的那些文藝奇葩,纔是大背乎宇宙至理的怪事呢。

眼前的中國是五千年歷史上的一宗奇跡,明眼人,若未曾為日本的宣傳所蒙蔽,未曾將自己的頭全部埋進金錢利潤的泥沙裏如鴕鳥一般生活的人,不但是可以看得見,而且可以想得出。四萬萬五千萬美秀的靈魂結成一團,成為一位巨偉的縴夫!他正在用着全身精力拖挽一艘擱淺在峽口灘上的巨輪,而峽外則是浩渺的天末,無際無涯的大洋在等着那巨輪突飛猛進!這是生命上何等的巨象,何等超越的平凡!在希臘,在意大利,在英國,他們的煥發是生命初次的呀呀,而我們則是重生的覺醒,偉大的否定,以後隨來崇高的肯定。在經歷否定而展為肯定的路途中間,我們面向着崇高、偉大、光明!生,我們是生在震越心魂的追求中;死,我們是死在未來光輝的旗子底下。我們對作家們揚起燦爛的血巾而高叫:"我們要崇高!偉大!光明!一切在死生榮辱、苦樂憂苦之間的人們都需要他們以爲血與肉的糧食！"

　　我是在吹大氣不是呢？不，我沒有！我僅僅在說着一些明顯的事實，這些事實誰都看清楚了，不祇我。我又不是在空喊口號，有着生命最平凡、最眞切的邏輯的東西原是舌尖上隨時都可以碰到的，但往往極容易爲最深思的心所忽略。倘若深思至感的人們能夠明白體會到一句簡單口號的意味，他將爲人群造出不可想像的幸福！我們要崇高、偉大、光明，這是人，特別是當前的中國人的權利，同時也是義務，因爲了解這三樣東西的人有着獻上生命而活在這三樣東西裏面，不論他採取什麼樣式的本分。

　　崇高、偉大、光明，它們中間包含着一個完整的輪迴。生命的起點是愛，這是誰也承認的，但究竟有誰測得透、數得清中華民族對人類、對永恒的至愛！有誰在他的七色鏡裏反映得出中華民族對於新人類、新世界的企慕到了什麼地步，致使它全個民族像一個人地挺起赤手空拳立在大砲、大炸彈、大轟炸、大毀滅面前，連眼都不瞬一瞬！中國人站在全人類前面，用自己的肉手肉身擋住砲口，不使彈片飛揚漫延到其他人類身上去！他謙遜的說："這不過是爲了我們自己的生存！"究竟呢，永生的和平在他被爆炸碎裂了的手掌背後纔慢慢能展開她的翅膀。沒有愛，生命是不能存在的；不認識生命，不能切切聽見生命的心臟聲音，愛也就是虛空的謊話。日本對全世界宣傳她"愛中國人"，宣傳她抱的是"犧牲精神"纔來毀滅中國，這是日本軍閥流於毀滅的地方。然而愛却站在它的對面而笑了，這是笑在一個偉大民族的新生裏面！

　　懂得生命，愛生命的人們，有一個極大的難關，他們願意浸淫於愛的泛濫裏面，不肯有一秒鐘將頭伸了出來讓他們的智慧確認當前的方向和途徑。他們明白死亡黑暗對於生命的威脅，也明白光明是在黑水河的彼岸，那上面沒有妥協的橋樑，追求者必得泅過這道死河纔能到得了那邊去。人人都和托爾斯太大師一樣的愛生命，但托翁却沉醉在愛裏面，要以愛之無抵抗消滅那道河。這樣的浸淫，這樣的歡欣沉醉，不是我們的民族所有的特性，我們是一個特近智慧的種族。我們愛生命，以極大的寬容容許生命去放蕩優游，如風，如水，如雲，如瀑布，也如火。但我們又懂得跟了生命走，秉着智慧出入於黑暗腐爛之中，在現實的千巖萬谷底下，罪惡一般的鑽入罪惡老虎的巢穴中而摘取虎子的心臟，由這裏我們乃取得了我們的第三個循環點：力！智慧的開展成爲了力的動作。沒有動作，力將怎樣表現呢？沒有力的表現，愛與智慧是悲苦的犧牲，新生命新人類將無法可以實現。一切人類愛之大師走了這循環的前一半，而把它的後一半和全部的完成，留給了我們！這是當前民族的使命，也是作家們眼前極重的課題。給我們愛、智力的顯現吧，給我們崇高、偉大、光明！它們將通過愛與智與力的循迴而達到飽滿的完成。

切實說，這個課題祇有用於在偉大民族解放鬥爭中的中國作家們最爲適當，並且也祇有他們纔能夠勝任。我不敢於此有絲毫輕視世界作家的心，更不敢誇揚我們的作者們。實在我們是太機運了！我們鬥爭，我們解放，除了鎖鏈之外一無損失，而所得的却是整個世界的光明和平。我們曾忍受全世界上層份子種種伎倆的壓迫蹂躪，最後是日本所主持的大××，但我們將衝出這一切鉗制鎖鏈的威力，而自由如風的以人類永遠解放號召全球！這幸運，這福氣誰能有呢？歐美無論那一個國家都不能夢想，更不提那三個反共金蘭了。連印度都不可能，她還是太沉醉了。英國呢？她曾經領頭了人類文化的一頁，但是她的時候已經早過去了。殖民地的骨殖堆了她一漏斗，銀行貴族的練子鎖在她脖子上，腦力爲肚上的脂膏所吸收了，中產階級沉坐在他們的安樂椅中瞇細倦眼而賞識自己懶散的飽足。半真半假、半推半就的民治主義，像不大濃重的霧氣把人民裹在似夢的迷糊裏，以自己所受各種漂亮的欺騙而自慰。三百年的塵封鋪在古老帝國的天罩上，智者以莎士比亞、培根、米爾敦、約翰生等等撫慰自己痛苦焦灼的心，愚者以三百年前的馬車、教堂、吹鼓手和三十年前的舊西服爲誇耀。各人以重大的遲疑、小心、穩重，磨過那精精緻緻地準備好了的幾十年壽命。英國，古老的英國和世界前途隔得遼遠了，英國的作家們他們的路還正長呢！他們除了在那塵氛黴熏的天罩底下儘量鑽覓，儘量暴露，撕破那比橡皮還要更虛偽、更無賴的社會外皮，眼前似乎很難有多少光輝的路可走。D. H. 勞倫斯頗有一拳打破這外皮的勇氣，可是他自己却把路走到崎角裏去了；T. S. 艾略特是有心去搜尋毛病的，但是他回頭跑了幾百步；A. 赫胥黎努力抓破自己的面皮，是坦白勇敢的一位。可是要他們喊出明天，佈出燦爛的光明綿繡，却不能說是原諒他們。他們的夜霧正濃，路還遠呢。

美國，托福是一年青國家，還在攏統不分的青春期，一切方向都在上長，都在滋榮：罪惡與希望，死亡和新生，金錢和冒險，理想和事業，這一切都匯聚在一個年青國家的血管中各不相讓，各尋其是。它們似乎還未曾完全定型。原則上，一切崇高、偉大、光明都爲它們所愛，但不一定爲他們整體所追求。生命之青春的歡樂，使他們施其餘情於理想的慕戀，控制世界的經濟權威又使他們容易停留於中途的滿足。年青的罪惡像罌粟花一樣燦爛的開放時，他們帶着幽默也帶着熱情去嘲笑和暴露，理想之崇高的光輝却不免爲生命的燦爛所蓋過了。我們不能說在美國已經有了確定的光明，那還需要長時期的澄清，長久勇敢的尋覓追求。因此美國作家們也不能有我們這樣偉大的運機，能以活鮮鮮的崇高顯示世界，激奮人群。爲資本主義的枷鎖正套在頸上的國家，他們的作家們是有一切理由對我們羨慕的啊。

我的筆下是扯得太遠了。趕緊拉住也還覺來不及。我願說明自己對於暴露的寫作並沒有歧視的心。反之，在不打仗作家之群的週圍，怕正有成千成萬該暴露的新鮮故事存在着。打仗的人們有一切可能多給我們以抗戰的英雄主義，不打仗的却不可以忘了暴露是生產更多抗戰的英雄主義之一法。特別是漢奸的頑意，值得作家們去了解。暴露是痛苦的、黴氣的，英雄主義却是憤發而高昂，這兩個假如對於參戰作家不便於合作，於不參戰作家却開闢了極好的活動範圍。在這類作家較爲複雜的環境中，好與壞，醜與美，積極與消極，一切都是矛盾地存在着，而矛盾的發展正是作者豐腴的田園。我們不要苦滴滴的罪惡無情，不要單一沉重的黴濕腐朽。生命在其自身的爭鬥和開展裏，自有宇宙的法則去消除一切該入沉淪的因素。假如生命會祇有單純的失望與罪惡，假如祇有照像機上拍下來的苦惱，則生命該早已結束了它自己了吧。然而生命却貫通一切宇宙的顆粒纖維而跳動着，連接人類和自然，衆生和宇宙，成爲一道亘古無窮輝耀的火燄，成爲愛與智慧，力與光明終古不息的來源！

生活在生命自己的營壘裏的作家們，參戰與不參戰同爲他們創造崇高、偉大、光明的淵藪。

《沸騰的夢》序[*]

叫我對於一本不成款式的書寫序，光是這念頭，就令我糊塗了幾天。坐在桌子面前攤開了紙，露出了筆尖，而我還是祇好抓頭。頭癢，不但是在頭皮上，也在頭殼裏面。

天！我寫什麼？於我，最好是人間有一位高功夫的畫手，有一位無綫電攝音家。假如他們曾經爲了某種宏願，比如說替母親在觀音菩薩面前，替老婆在送子娘娘牀下許下的這一類，要向人間作一件難得的好事，那麼我求他們將恩典施在我身上。請這些超人的高手，把我腦中一切方的、圓的、尖的、扁的、多角的、長綫的、團亂的、撕裂的，凡人間所有的温度從零下若干至沸點以上若干的度數，凡細胞所能構成的一切組合，凡以顏色所能表現的形象，以神經綫由最清醒到最狂亂時所能製造的行爲，這一切一切一切，一切畫出來，攝出來，用綫條，用影子，用黑墨，用油堆，全可以，就是橫七豎八來幾條大毛刷，也行。講到聲音，這裏不敢希望有音樂。我祇記得有那掀翻整個黑松林的大狂風！大暴雨！海的狂擊，雷的暴吼，飛沙走石的嘶叫！什麼狂亂爆裂凡在聲色形體等等方面的顯現，有可以使我明白那在我心如烈火一樣燃燒，如怒嚴在地心喊叫的東西是什麼的，我都稽首乞求。我在任何一方面的貧乏不能使我作懂好歹、知報答的人，但行爲表現的缺乏是怎樣與內心的感觸成反比例，中國人似乎比較還能明白。

既已如此，讀者當知要我説明自己用了什麼心、什麼感覺去寫這本小册子裏頭的幾篇東西，是如何荒唐的設想。我將這本册子題爲"沸勝的夢"，我不要欺騙讀者説我現在已經清醒了。事實上我不能對讀者説什

---

[*] 原載《沸騰的夢》單行本，上海好華圖書公司，1939年4月。

麼。一個經常在夢裏的人,有何根據立在光天化日的通衢裏對那些知來知去、有高有低的清白人道三話四呢?一個人在腦子裏起了沸騰,不用緊身衣(Straight jacket),人家已自會用瘋子的眼光鎮攝他了。而我這個夢,這個永恒的夢却拉着我,我的手,我的脚,自然也有那一具常常不服我管束,使我受盡苦頭,害過多少次臉紅的心,全被這個大夢領着,不如說被它包圍住了。我没有自己的方向,祇有夢的方向,没有思索,祇有夢的思索,夢使我動作於現實,浸淫於生活。我像一個夢遊人,有一股我所不知道而我感覺得真切的大力拉着我前進。我看見的不是幻景,不是美無疆的花園,更不是群花和群鳥。我没有看見那井欄上漂洗白衣的美姑娘,她孳孳不息的忙着替愛人洗屍斂,造棺材。我也没看見墳園裏那許許多多屈死的愛死鬼,頸上掛着白練,手上捧着腦袋,還在笑嘻嘻的講姑娘,說女人。我第一看見的是大堆鴉片,它黑壓壓的被載在無數大砲車上,從天而降就正落在中國人的頭頂上!可憐的中國人,似乎以黃面孔就注定了他們的半生半死。由於幾千年不習於和人家在海上舉槍,就養成了他們怯懦的善良。對於這種没來由的重壓,稍稍搖撼了幾下就被壓下去了!隨着一場一場的故事,自然,我看得很多。我看見了紅鬍子綠眼晴將軍坐在北平的金鑾寶殿上把中國女人挾在懷裏摸奶奶,我看見地圖上一頁一頁的從我們的地理書上撕掉,貼在別人地理書上去,我看見"償軍費四萬五千萬佛郎"。在那黃深深,和中國人面皮一般黃得打磕睡的海面上,我看見掛着龍旗的中國軍艦像放爆仗一樣的炸了幾個火花,就通通給日本趕到海底睡覺去了!而我又好像摘去了幾片心葉一樣的看見琉球、台灣、澎湖、高麗,從我們秋海棠葉的邊上撕下去!我看見葉子由綠色的血管滴下了翠明的淚珠,我似乎聽見它輕聲在我心上啜泣:

"疼呵!肉的撕裂不會疼麼?"

疼呵,疼呵,每個人心裏都會這樣感覺的吧。而疼痛却並不是很舒服的感覺,它咬着你不放鬆,叫你心上刻下深深的血印。我的夢對於我不帶有一分寬容,它叫我帶着血痕還往前走。在那個以美與安恬為世人所稱頌的北平古城（提起她是怎樣的悲痛和恥辱呵！）裏，大街上塗滿了年青的、紅得還想笑的血液。橫街的屍體，飽滿鮮嫩，似乎還藏有一個世紀的生命，肉還是嫩得透明，已經拌在泥土裏了！有太陽旗子插在他們身子裏，迎着三月十八的陽光而獰笑。於是我又走到了一個地方。那個地方説是人類的生活場，應該在有自尊心的人們心裏引起侮辱的感覺。穢泥、馬桶、垃圾、糞污，圍着一個失了人形的枯瘠孩子，他連他馴順的黄色本相都丟掉而變成了青黑，爲了挽救他垂亡的生命的蓓蕾，他逃出了繁劇的工作場，蹲在這糞堆裏磕睡。但死亡已經在日本工頭的皮鞭下不加警告的就攫住了他！他死在飆疾的皮鞭底下，隨着他的是工人顧正紅，是南京路上的學生們，是漢口六月十一的工人和學生們，是廣州六月廿三在沙基倒在彈雨下的游行大群，還有是萬縣的一大群！

　　我感激我的夢。它什麼都不讓我躲避，不許我掩飾。我即使要想閉上眼皮：休息一下，它也不容許。它叫我由裏看到外，由外嘗到裏。在家裏，在街上，在鄉村，在都市，老人給我聽的是嘆息悲愁，壯者給我看的是憤激痛苦，少年使我見的是絶望喊叫，孩子們我見到他們是成群成堆痙攣的死亡。女人爲流行的歇斯底里管住了，祇有哭、上弔，男人則把桌椅菜刀拋擲女人，半夜裏抓起孩子們往天井裏摔。天哪！我能説什麼？

　　朋友們知我與不知我的，都愛把那些和我全不相干的字眼，施用於我的身上，對於我下一些牙清口白的判斷，期我是那種與我正相反的人物。他們以爲我的心就在我的手上，而我的手則由我的腦掌着。他們以爲我這腦子是薄得透明的純鋼刀片築成的一個櫥架，我每天在那裏通着結冰的電流。我是怎樣的訕笑我自己，怎樣奇異生命的詭譎。這些語言用在這個煙霧騰騰的人身上，莫非人的眼、人的心都是冰雪作成，祇能看出冰雪清明的世界麼？再不然，或者我是個超人的演員，我的能力鄰於改製造物的本真！

　　我覺得我心如一堆自發燃燒的煤山，煙焰永遠裊裊不絶，有時候如星子亂碰一陣，有時候煤屑分飛，所到之處都是氤氳。我覺得我心是一堆永不能熄滅的灰燼。它燃燒，它又偃臥，偃臥不是爲了休息。生命有它至豔的精華，愈燃燒就愈發皇，愈燦爛，愈鮮美。灰燼是力的凝聚，精華的提鍊。我不能以思索去明了這種神奧的生命理，雖我竭盡了思想與分析的力量，真理却仍和神奇一樣，能在一切無大無小的生命上有至坦白、簡率的暴露，然而却永不能爲人類的言語——無論其有聲無聲，所捕捉，所片解。

這感覺如何會有？有它對於我是什麼意義？這些我全不願問。麻絲一樣的問題說來祇引出更多更亂的麻絲。我祇曉得在某個時候，我就有了一種感覺，好像我的心就是中國的心。這句話說來像是唐突誇張，但是年青的中國人和有些中年老年都會相信我說的是真話。不相信的人也不該懷疑，他們該記得起自己先前也有這樣感覺的。我之令人可疑祇在於這個心懷得太長遠了。到了年齡該把心的範圍縮小時，我還是從前那個樣子。照清醒人的理論講，這種人不是失常，就是白癡，智慧慘受了低級的限制。

最初把自己的心併合了中國的心時，永恒的糊塗與昏亂像籠子一樣套緊了我。我覺到自己的呆板沉重，肢體如被鎖鏈鎖住了，甚而至於顏色聲浪全如被鐵鉗夾住了的小鼠，動轉俱不自由。一圈高與天齊的鐵墻圍在我週遭。我奔突，我橫撞，狂叫笑喊，鐵墻祇是愈圍愈緊，天下真有這樣的事！真有你無論如何都撞不破，打不出去的鐵圍墻，沒有理由，就是不讓你撞破，不許你出去！一想到這，你的心能不騰沸，能不火跳麼?! 我儘着我孩子的心，和每個孩子一樣，想到了學仙，學劍，學俠客。整整有四年之久的時間，我日夜想像我於某一個非凡的晚間，落在仙人的羽衣上，變成了一個男人，口裏吐劍，手指上飛劍，眼睛裏射劍。我於一個晚上由中國一個小市鎮飛到另一個角落了，做那些在一秒鐘以內將幸福、權威散布於全中國的怪事。在這四年之中，白天在家塾裏，嘴上唱書本，心裏編奇事，連上茅廁的工夫我都不放過，反之那是最舒服的時間，因爲嘴裏無需唱書，心裏編得更痛快。夜裏我更是毫無限制的幻想，每天晚上不到四點鐘不能睡眠。頭痛發熱，我都不能禁止自己，以致於後來不能不把妹妹拉來同睡，對她講故事，好停止腦的活動。

有一個時期，宗教的冥力惑了我。將人類的命運交給神手上，將痛苦卑屈放在神的脚前而叫一聲"主呵！"是自棄者把捉生命的途徑。因爲生是永遠緊貼於人心底，爲了生命之燦爛的對人生的連結，所以人不能不愛生命，不能躲避愛生命的責任和熱情。爲了這生命，爲了生命在這廣大和平的中華國土上所受的災害、侮辱、凌賤、剝奪、欺騙、屠殺，我向了神。我跪在一雙膝蓋上，在漆黑的小屋裏，幾個鐘頭、幾個鐘頭的訴告。清晨，晨光還披着青色氅衣的時候，我走到禮拜堂去，或站在廣場上，對着天！爲什麼使黑暗瀰漫這黃色的有感覺的國土呢？有什麼使這顫跳了四千年的偉大生命被死亡和羞侮的爪子抓住！一部《聖經》我由《創世紀》第一個字讀到了《默示錄》的最後一個字，成篇的《詩篇》和《箴言》我都背下來了。在我能力所能達到之處，全用言語和事實刻下了宗教的願心。

不用說，我終於又用背向了宗教了的。雖能用言語把道理和哲言講得飛飛蝶舞，我發現舞蝶的輝艷貼不滿遍地生命的傷痕。我多次多次的哭泣、悲嘆，甚而至於大聲號叫。家庭、國家、社會，全爲我所咒詛，什麼我都不相信。像一隻野獸覓食一樣我亂撞着不能停，也不願停。飢餓在我心裏攪起了狂潮，夢的亂雲將我捲挾向前進；我追覓生命，縈念人生。大的霧頭衝打我，我慚愧自己無力而缺少穩定，不能接受世間給與我的一切，心安理得靜下來，像雨後的晴明。

夢不曾辜負我，更不會欺騙。它最終帶我上了一條路。這條路有多人恨之如毒蛇，如惡獸，他們說它沒有溫存，缺少漂亮，載滿了地上的醜惡，一點也不迴避。可是我不管。我見天上的虹彩，兩端都垂向地面，對於地上的生命，天上的美永遠嗟嘆而不可及，所以霓虹纔促短了它的壽命。那麼對於懸着生命的紅旗在彼端的這條大路，誰有權利，誰又甘願躲避它負載的鬥爭和醜劣呢？我心狂擲的向着它，向着那彼端光輝的自由、鮮豔、活潑，向着那久蟄的生命的歌聲！

是以這樣的心、這樣的夢，在七月七日民族的號砲響時離了北平的。

離了羞辱的北平，踏着抗敵軍士的血跡，用沉重的步子在走我自己的大路。已經說過，我不是用顯微鏡察視着路途而舉步的人，也永不能抗拒沸騰的狂飆驅我如風車，將偉大的創造之夢啟示給我。我極恨自己缺少清晰穩定，科學家的晴明，這使我對讀者臉紅。但我却以我生命的真實擔保，我見到了一股真切如火樣鮮明的大力，像彩虹的長帶盤旋不盡的在我民族頭上團團轉動，它溶入這攘攘熙熙、滔滔不絕的浩大人群裏，結成了一顆偉大的創造的心臟。我見這鮮豔心臟登在生命的風輪上拉起全個世界奔掣前進，風輪下飄發着烈烈的火焰！

三，十四。

抗戰與中國文學[*]

歷史的下一頁尚未揭開。有一天，哥侖布忽然要去發現新世界，一片完完整整從未見過的大陸從那時就走上了歷史的新篇幅，不，是人類新的生命場。

這片大陸，於土地是壯偉寥闊，於浩空是一望無垠，蘊藏着長林豐草，是深厚，是奇秘，是豪富偉大；它的空氣未經污染，也不留障人眼目的渣滓；它的河流自騰自躍，自歌自嘯。蒼鷹不妨鶻擊，燕子儘管啁啾，愛嘴嚼磨嘴唇的耗子，弄精靈的小猫，乃至莊嚴雄猛、才美絕世的獅王都在一片浩瀚的自然裏，各自取得它應有的天分，各自施為這天分，以創造和會萃新大陸的神奇。自然飄蕩着，呼嘯着，騎在風的背上，駕在雨的肩頭，掠過峰巔，撞下懸崖，於海底猛擊節奏，豪唱着波濤的自由、獸的自由、鳥的自由、人的自由、天地的自由、大宇宙完整的自由！

接收了新大陸的人是有福的，多少生命，多少美，將充滿他們的胸膛！發現和創造新大陸的人們更是有福，他們浩越壯偉的心胸，將是多少生命、多少美的創造者！創造之神臨到了時，一場新鮮活生的完美在鎔冶中，在鍊製中。

曾幾何時，我們用慨嘆塞滿了自己的喉腔，用徬徨疑問領導我們的路程，我們的偉大文學在那裏呢？我們有偉大的作品沒有的呢？為什麼我們還沒有偉大的作品出現，本着我們三千年文學的遺產，二十年文學的醒覺？可是，不管慨嘆，不管疑問，不管我們怎樣面面相覷，奔走尋找，偉大的作品、偉大的文學還是藏在荊榛荒穢的新大陸後面。壯越的心被鎖在亭子間裏，敏銳的觀察力被埋在書葉底下，高昂不屈的精神，

---

[*] 原載《沸騰的夢》單行本，上海好華圖書公司，1939年4月。

渴求着浩空，營謀着海洋的自由魂，不是拌在燒餅屑中，便將它自己灌入了槍管裏面。當我們悲悲切切，喚取偉大文學的魂靈時，祇有血在創造的園地裏工作，而那工作是那麼拘禁在地層底裏，一塊塊、一角角，爲高聳的圍墻深深隔斷。

抗戰！這是一聲新大陸揭幕的號角，這是春日啓蟄的第一聲驚雷震過野原。孩子們跳起來了。少年人挺起了胸膛，壯年人整隊前進，老年則拖起犁鋤，踉蹌的跟着跑。女的男的捲起一陣風，從家家戶戶的窗口吹上街頭，滾上市集，捲入人的潮，槍的潮，砲的潮，衝鋒的潮，掃上一條新大陸的前綫。五千年，我們不曾見過這樣的雄偉；五千年，我們沒聽過這樣的光榮。有五千個年數，我們被外敵的進逼鞭打得遍體血痕，幾乎少有一年躲得掉。有幾個朝代，將我們困在外人的鎖鏈底下，難以翻身。偉大的心與靈魂，每常在敵人刀頭落下，要不就被收進他們的鳳閣池館，把心和神會的路切斷了。可是到了這五千年的末了，我們到底有機會也有能力喊出了我們自己，我們到底向這長長的外來鎖鏈揮起了斧頭！有一個鮮艷的生命的旗子，也有一個莊嚴尊貴的理想的旗子，我們曾久久把它們摺疊起來，抱在懷裏，藏在胸頭（記住，我們永不曾把它們丟掉過，無論在什麼場合）。現在，看，在那新大陸的中心，我們鮮艷尊榮理想和生命的旗子，已經飛揚起來了！心靈正在浸潤着開放，陽光正飛進了幽暗的角落。異象在郊原上，在城市裏，在前綫，在後方，層出不斷，如霓虹滿天的啓示它自己。不可解的生命和理想的奇跡，鼓起長翼，飛遍了東西大陸的廣原。生活有着奇特的壯偉與繁複，感情嘗到空前的壯烈和激揚，想像出了匣，如新出於型的劍鋒。創造的烈焰燃十了每一個爭生命拒死亡的靈魂。我們看見多少敏銳的觀察力，活潑玲瓏的心，飛揚雄厚的感情，騎在它們長了翅膀的理想上，無拘無束的闖上前綫，飛入村舍，用血，也用心，記錄這一新大陸的創發。這不是一個地方的工作，這不是某一年、某一月的行爲。地球在軸心上憑什麼而迴轉，中國永生而偉大的文學也將憑什麼而發揚而長在。正如十六世紀英國高昂創發的海上自由如何造成伊利沙伯時代文學的奇艷，中國的抗戰自由也將奠定中國文學偉大的根基，並且，說它會成為一個嶄新深厚的傳統，有誰能夠反對呢？

眼前勃起的報告文學，由各方各綫匯聚起來的正是這一傳統的徵兆。人們集中於消滅個人的感慨，以整個生命的悲壯、偉烈、奇跡、精美，作為寫述的對象。愛與恨，樂與憂，悲與喜，沒有絲毫的滲合和折扣，整個的聯接在一個總的生命與美的創造上面。在中間，我們新經驗到無量的誠懇、切實、無我、極度的愛和恨，這是文學生命的祥徵！

不過，這不是說即將在抗戰中，或抗戰馬上結束之後，便要產生出我們偉大的作品，那或許會，但不見是一般的可能。從戰爭的頭腦恢復到文字的頭腦，其間還得有一段路程。從飛越的心情沈入於融會靜觀，使生活的精美果實完全消化在遠見、真知、碩解，完全鎔於文字一起，不是三年兩載的工夫，這為了我們不可避免的、必然要達到一個偉大永恒的未來！

《續西行漫記》*

　　一重霧幕，一片雲景，遠懸在地的邊沿，大洋的西岸。那霧色濃濃的裏面飽藏着是些什麼呢？什麼使得霧那麼渾鬱，雲那麼變幻奇特？使無知與有知都溶在霧的滾滾無窮裏面，於生命之隱秘的角落裏，暗譜着創華的低紋？聽呢，聽不見；不聽呢，耳朵和心俱不能休息！

　　六百年前的馬可·波羅，該是這樣煩悶的吧。大山不能遮斷他的行徑，大漠不能吞净他的脚步。疾風烈陽，暴雨飛沙，全變成了在霧幕前面迎場的奏演，祇激起他向往的志願，於是有一天，他到了古都北平。

　　一個全然簇新的世界揭出來了之後，馬可·波羅從那裏挑出了什麼舉薦於全世界的人類呢？是不是他發現了一團智慧？一顆心？是否他見到一條就死不屈、在異族凌虐下暗算着翻本的意志？那群以人的隱忍主宰現實而以神的意志於無所爲而爲之中創造未來的四百兆人民，能不能希望由馬可波羅向人間傳播他們的消息呢？

　　馬可·波羅在歐洲開起了展覽會，旗子扯上了滿天空。這兒是東方來的，這裏是黃色的世界。這裏有大珍珠、亮寶石，紅的、綠的、雕的、鐫的，刺繡繪畫，翠玉珊瑚。東方是一個寶石庫、珍珠樓，除了人之外，凡人所穿所戴，都足以令地球自己爲之失色，祇是除了人！馬可·波羅爲歐洲開闢了一個富源，由各方面講來都足以當得起的富源，祇是恰恰這富源養不起人，十分缺乏着精神糧食的人。因此我們這黃色國土就恰恰到心到地盡了一世紀養强盜的責任，因此我們——也不知是我們上了馬可·波羅的當，還是馬可·波羅上了我們的當——就好像基督教眼睛

---

*　原載《大公報》（香港）1939年6月25日。《續西行漫記》，韋爾斯著，胡仲持等譯，香港復社藏版。

裏女人的白胳臂一樣，很當謙虛的向仁義的強盜們道一句歉。

究竟，馬可·波羅總算在東方揭起了一重簾子，而斯諾，六百年後的另一位好奇人，就揭起了第二重簾。這是又一重富源的開闢：也有光輝，不是礦物質小氣的憎灼，那是滿野蹤躍的太陽星子，滿臉活蹦的紅色的笑；也有精巧，不是人工的刻鑿、苦血苦汗的漬染，却是那玲瓏的自由之心，上窺繁星的微笑與春雨無聲的焦急，下看那穿着棉襖，光着屁股的肚皮，懂得它幽沉的訴説，刺得下捨己爲人的針鋒而绣出生命的瑰麗與宏偉。斯諾的《西行漫記》，始爲人類發掘出一片嶄新的根由。死者將倚它而復活，未來將倚它而入世。在那積古以來塵坑古洞的西北，爲人類輝耀着一種新的可能。

韋爾斯的書，是繼續她丈夫的探險之後，再出來的一份新報告。

這報告來得可真不容易。她不能由西安一條通路的就跑到延安。有專門和新聞記者爲難的王隊長，兩隻眼釘在她身上，有武裝衛隊陪着她吃飯、談話、走路、遊覽——總而言之，寸步不離。有高大的旅館堡壘作她的監房。這是爲了要封鎖一群活得到家的新人類，切斷一種新的真實。照警察隊長的意思，人類如果要保存下，總宜去半死在既存的囚架下面。全活，活出一個真正的人，對於警長所愛護的人類社會反而成了多餘了。

可是這個不尊重警長的社會的女人偷跑了。她像偷兒，像偵探，像演員，她倚仗着中國警察的朦朧，與外國人在中國所享的優厚無□，穿上男孩子的服裝，"戴上了黑眼鏡"——不活像一個偵探嗎？——爬上窗子就跳了下去，在汽車裏等着天亮，以後"不顧一切的疾駛出城"。逃了，逃走了一隻傳播火種的火箭。

這本書共分五章，前三章裏面，主要的記載是屬於生活、工作和人物。在那裏有"紅軍"的領袖——"忠誠篤實……純潔嚴正"的彭德懷，有"極端溫和……大小事都肯負責的"朱德，有"共產主義婦女的導師——蔡暢"，有"紅色女戰士——康克清"，有戰鬥的作家——丁玲，以及許多別的領袖。這裏也有工作，它們包括青年的組織，"紅軍"的組織，流動戲團之普遍而興奮的宣傳作用，武裝藝術家在那邊的地位和作用。在這裏，她報告了"蘇區"的教育——軍事方面、政治與黨務方面狀況，她介紹了創造社初期的革命作家，眼前共產黨黨校校長成仿吾。與她丈夫的著作不同而成爲她這本書的特色的是，她對於女革命家以及紅色婦女的注意，在她的筆下，中國婦女的一頁解放鬥爭史完全活現了。

第四章，主要是關於中國蘇維埃政治鬥爭的過程。其中包括了有歷史，有數字，有年代，也有蘇維埃運動中民主鬥爭的理論。對於托派的問題，她也爲我們帶了托派問題專家吳亮平先生的見解：托派主張立即實行社會革命，結果將毀滅統一戰綫，破壞抗戰。

接着第四章而來的那一章，是統一戰綫完成的一個關鎖。民主選舉已經在"蘇區"首次完成了，隨着是蘆溝橋抗戰，紅軍向八路軍的改編，八路軍的行進。這中日問題的一章，是一個震動世界的課題。它殿在這本書的尾上，正如預告着一片偉大的將來。

這本書不同於一般的旅行報告。它特殊的價值在於其理論的和史料的意義，這在作者似乎很着意去保存的。她用了幾盡五分之一的篇幅詳記中國革命領袖關於革命的理論談話，不怕投那些輕腸薄肚、專□趣味先生們之忌。她指出中國革命的民主性質，她以諸領袖的言語解釋了無產階級領導下資產階級民主革命的命題，這常常是許多用形式邏輯去思索的人們所不耐煩去瞭解的。她介紹了毛澤東革命變質——"民主革命將變爲社會主義"的理論，毛先生主張："通過民主共和國各必要階段以達到社會主義。"她簡單的追述了蘇維埃運動十年的經過——由一九二七八一暴動至一九三七年七月十五，黨"自動取消中華蘇維埃共和國以開闢民族資產階級民主政治之路的日子"。她又介紹了八月二十九日延安參加的中國"空前的第一次民主選舉"，蘇維埃政制的結束。

在史料方面，雖然斯諾已經在他的書裏面給了我們許多的數字，他的夫人在這裏卻也絲毫不肯示弱。實在說，除了數字以外，她關於革命男女領袖的忠實記錄，無一不是歷史的寶珍。紅軍的數目在其全盛時期，"第一前綫紅軍有十八萬，第二前綫紅軍（在湘鄂邊蘇維埃賀龍、蕭克部——評者）有三萬，第二十五軍（在鄂豫皖蘇維埃）有一萬，第四前綫紅軍（在川陝邊蘇維埃）有八萬，第二十六、第二十七軍（劉子丹的陝北紅軍）有一萬，總計分散各處的紅軍共達三十一萬"，但"經過了長征的消耗之後，祇有十萬……留存"。"在這樣大的打擊後，士氣仍能保存"。紅軍的基礎則以"貧農爲主，一部份則是農村的和都市的無產階級"。在第一前綫紅軍裏面，"從農民出身的佔百分之五十八，（其中）從農村無產階級出身的佔百分之三十八，……更有百分之三十八是從都市的工廠、礦山、窰器作廠等處來的實業工人，其餘的百分之四則是小資產階級"。紅軍的成立階段最初是國民黨的革命軍隊和受過黨的訓練的工人，第二段是農民突擊隊，到一九三〇年至一九三四，紅軍高度專門化而與農民突擊隊分離，一九三四以後乃變爲擔負抗日任務的紅軍乃至國民革命軍。

雖然"紅軍兵士的年齡平均是十九、二十，軍官的年齡平均是二十四"，但他們的年青不但使他們對於姦淫問題守着"百分之百"的紀律，並且使他們"供給紅軍以戰鬥精神，……給行伍以高級的智慧"。他們使兒童得到解放，瞭解生活的意義，"從附屬於軍隊的小兒到在農民區的少年先鋒隊和兒童團，都被認爲革命的一部份。……工作是憑自由意志而行動"。

紅色國家的婦女和兒童們一樣，是首先受到尊重和解放的對象。在全陝甘寧蘇區，有"七千"女共產黨員，在延安全區有"一千九百"婦女工作者，陝甘寧區有"十三萬女子參加蘇維埃女子運動"，全數女子共有"百分之十五參加蘇維埃工作"，構成生產機關及蘇維埃政府"百分之三十的工作人員"。女子都分有土地，上"學習文字俱樂部"和馬克斯主義班，婚姻是完全自主，祇消在當地政府局裏註册以後，就不再有人來管她們了。她們的工資每月是"從十五元到三元"，工廠供給衣食，免費醫藥，她們也有着產前、產後兩個月的休息和工資津貼。

在革命諸領袖的群像中，作者寫出了一位貧苦婦女的前鋒。因爲"命惡"被衆人所拒絕的無錫女工劉群仙，"短小結實，兩手粗大"，成了工人最前衛的鬥士。她經由工廠組織工作、婦女運動工作、領導罷工以及大屠殺時血的鬥爭等等而堅強起來。如一切的領袖們一樣，她在蘇聯得到了更深革命的訓練，回到江西的蘇區裏擔起了工人運動的任務。她經過了屠殺，經過了迫害，經過了長征和大草原。她出入於貧苦婦女中間，永爲這一階級的組織者和守衛者。她是國有礦場工廠的指導員，婦女陣綫的領袖。

生命的材料建築成了鎔金一樣的宮殿，這座宮殿有它的大樑大柱，有它的雲石和玉階，也有它的門窗、臺閣，但所以令這宮殿光輝燦爛的，還用得着成行成陣的琉璃瓦，鑲嵌的金鑽珠翠、寶玉雕石，是這些閃灼的星輝，纔造成大建築、大工程的瑰麗奪人。在這本書裏面，我們不僅能看到那些蘇維埃的巨人們赤手空拳純由人類精神的庫藏取得資材來建築他們的寶殿，並且生命的珠玉也如太陽的光星一樣，掛滿了這殿堂的每一角落，閃閃的像精靈的眼珠。這裏有一位白托士，二十歲的孩子已經成了個無愧於騎士資格的勇士。他在洪水橫流的時候，"不失去一分鐘時間，劈手由紅軍軍官那裏奪過馬來，動身渡河……一把將我撳在馬鞍上，……我在對岸登陸"，誰說這位勇士上不得丁尼孫的詩歌呢？而他却是一位紅軍的鬥士，他的俠勇乃是爲了"竭力促進聯美對日陣綫"，這正是莊嚴與精麗的調和。

茶館學徒林茂源，他了解現代爲什麽祇反對日本帝國主義不反對其餘國家，而來自河北的一名紅軍則不肯承認他以東北軍跑出來是逃跑，他說紅軍是最愛國的軍隊，所以他自己要轉換軍籍。一個"小鬼"落在國民黨軍隊手裏用他小小的心感化了一群要槍斃他的兵士，因爲他叫他們省 粒子彈去對付日本人，至於他，祇消用刀砍死就行了。她看見他們愛槍械如同愛愛人一樣，他們抱着大砲，用自己的口沫和袖子去擦那砲上的污漬。這些大大小小的兵士、宣傳員、衛隊小鬼們，全都精明剛健，十分懂得他們爲什麽而生，爲什麽而死。他們全都歡欣鼓舞，勇敢堅定的迎對每一個生和死的場合。在物質上完全空無的荒野中，他們認識了那個生生無窮的精神寶藏，以人的素材創造宏美與無窮。這該是人類一個重大富源的發現吧,這是韋爾斯的發現。

附錄的"八十三人略歷",也未嘗弱於本文,而作者滾滾不窮的思潮,更增加了此書智慧的價值。總而言之,這本書足以卓立於一般的旅行記載中,有其本身的重量。

重申《文藝》意旨*

這生手編者一走進她的新工作室,在許多要她注意的事情中,發現了一堆信件。雖然是一個小刊物的人事變動,算不了什麼,而作者和讀者們却在關心隨在人事後面的改作。他們問到刊物今後的主張、態度和手法,他們在過去幾年裏認熟了一個台面,閉上眼都摸得出它的東南西北,椅子方,橙子圓,幾乎可以說它們在這裏曾經有一個家。無論什麼時候,無論他們向那一個犄角去了,這份家還是替他留在這裏,幾時他打打望遠鏡,作個夢,就有這熱熱鬧鬧的家擺在他身邊。而現在那看家的老僕要走了,家怎麼了呢?他們這樣的寫來了那一堆信。

編者謹在這兒重申這刊物的意旨。

照例,人的變動造成事的移易,這一層原不是中國所獨有的,無非以人事關係爲社會紐帶的封建國家更明白、也更能夠把這一點作到家。人存政舉,人亡政息,從古以來就惹人關切。好在中國現在是面臨着一個大時代。這個涵蓋了現在與未來,社會和文化,物質與精神,東方同西方,乃至色人與無色人的廣厚名辭,無條件的要求中國各方面行爲大統一,文化既不是例外,小小《文藝》更無所謂改作。

抗戰是中國全面生活的骨幹,它是一切社會活動的鹽,它支柱了中國各方面的行爲,同樣也支柱了中國全部文藝界。自這次軍興以來,文藝界總算沒有丟臉,豈但沒丟臉,並實在可以自己驕傲。除了一二個不尊重自己的人,以他們軟弱的行爲得罪了抗戰這神聖工作,因之也侮辱了文藝之外,執筆用心的人們,平日雖然爲了肩不能挑,手不能提,挨過了許多罵,彷彿他們在一個正在發酵成長的國家,就沒有多大存在的

---

* 原載《大公報》(香港)1939年9月4日。

理由，彷彿他們祇是浮在水面上的萍藻，酵面的白黴。可是抗戰的大纛一旦舉起，他們全不約而同的趨步立在旗下，全懂得那兒是他們的崗位。他們以其敏感的直覺，比別人分外明白統一戰綫的意味。無論在前綫，在後方，在自由國裏或是在淪陷區，執筆人拿着槍（任何形式的槍），臂挽着臂，一排列向前瞄準。昨日他們詛咒，他們憤恨，今日他們射擊，他們衝鋒。他們互相責難，互相叫罵爭打過，如今他們到處碰見朋友，到處手抓在一起。從前他們三個一堆，五個一派，各守各的角落，把門長戶短的小布頭豎起來作軍旗，現在海的京的，張的李的，全匯成一列雄豪的大隊。所有的執筆者們不會有抗戰最可怕的毒蝎——磨擦，也不要有。

就是在這一隻大纛的旗幅下，《文藝》站住了它兩年多以來的崗位。從七七事變那一天起，它就披上了戰袍，環上了甲冑。這中間，迫於時勢，它曾經消停了一些時，但不久又勇武的立在軍前。所以，問《文藝》，它還是《文藝》，無非它更加變成了民族行爲裏一個明顯的關節。它有許多舊朋友，又得了好多新朋友，它使自己成爲一個集合站，又使它作成一條官道，一道渡口。無論在人事上、在文章上，都是這樣，多少顆壯烈的心，經過它搏打了戰地的風砂；多少變紫變碧的血漿，在它的篇幅裏凝成晶珠，鑲在後方人痛楚的睫毛上；數不清的感情的波浪，通過它匯進民族熱的巨槽。它無愧於抗戰中感情的組織與動員工作，把統一戰綫推前了一步。

今後世勢的鉅變，將給與抗戰更大的影響。民族要求將迫使人人更堅定、更勇敢地，在前綫和後方推進戰鬥和建國的任務。這裏需要一切方面更多的坦白、精誠，抉除磨擦。統一的合作會成爲貫澈民族任務最有決定性的條件。《文藝》對這風雷豹變的局勢所造成的國家需要，祇有扎着穩步子去替它尋求滿足。它永不會忘記它是民族生活的一個關節，帥字旗下的一名小兵（可不是熱血最少的），它有了許多弟兄們，它張開坦白的手心還要抓緊更多弟兄的熱手。

人要問：那麼《文藝》就要把自己變成一個吹鼓手了吧，它就要塗紅抹黑，肩着猴兒旗，到那鬧市上去敲鑼打鼓了吧，那樣，不是把"文藝"的招牌卸下來還要老實公正？我的答覆是：好的，作一名吹鼓手，可是一位懂得紅白喜事，有着真實的樂與悲的吹鼓能手。《文藝》本是鬧市上的東西，它要的可不是猴兒戲。它不拒絕任何人走進這個市場，祇要那人用它的心養成了本事，再來叫喚。澈骨講，精緻的宣傳莫過於文藝。別人祇喊得住買主的耳朵和眼睛，文人却應該能穿進人的心還叫人不知自己的身子已經教人打了洞；別人放死打賴，又罵又哭也惡不了他的仇人，文人却要綿綿的薰起一大堆憤恨向×人趕。說細點，凡是動筆出來的東西，沒有無意和有意的分別，起心讓自己成爲某種思想和觀念的貯藏所，要收集某種感情使它儲到滿溢外流的地步，不是無意可能作到的。等到把這些意思情感放在紙上，獻上市場，宣傳更震震有辭了。有了語言的人已經失去了生命自在的天真，及至它獲取了文字，就不必重提山林。嵇中散若是祇要絕交，何必寫絕交書？隱逸還要寫篇隱逸賦，這樣有意的發紓不是自己刺自己的短處？

然而我在這裏重申一句：一切有心滾進這個大時代的人，他既肯把耳鼓貼在地層上聽了戰馬的蹄驟，又聽見了大地的暗語，就讓他把這些語言有心的寫出來。這是一樣的：古人能讀無字天書的祇有一二半神人，我們能讀自然之啓示的已是肉體之身，並且不在少數。天書有何不可傳？祇是要傳得像一篇文章：有文字的節操，有感情的凝練，有生的氣息。總之，凡可以稱爲文章的東西，在文藝的哨位上應該是一位擊不倒的勇士。他可以明攻、暗襲、奇劫，各中要害。《文藝》一向在抗戰上沒有躱避宣傳，今天也無所謂標榜。

或者大家以爲這刊物把眼看着前方，不顧家了，這正是《文藝》要說幾句話的地方。過去文藝生活差不多都集中在北平和上海兩處地方，人們抱怨作家祇在亭子間和圖書館裏過日子。抗戰以後，作家們一反慣例，爭先恐後的上了前方，爬了高山，經了激流和大野原，嘗過了戰鬥的大動作，生活材料向遠遠的邊際展開了，人心向了高揚和壯烈，這是應有的現象。祇是在後方，在避難所和淪陷區，却另有一片世界。單說香港，那些又在幾條順海大道中的橫街曲巷，就是一大片處女地。人們不知道在各個小門小户裏有些什麽蛛網掛在那裏，那滿臉坑陷的面孔經歷的是些什麽山高水低。壯烈的背後永遠會包藏更抹鼻的苦難黑暗，閉着眼邁開大步子踢過一堆堆苦難向前走的人是有的，以心以情爲人類打算的作家們却不應該那樣作。多少少男少女散到了鄉村市鎮，多少作家編進了後方或避難所工作層，那裏都不是亭子間或圖書館，然而也正是耗取心力的地方，它們不是底下煤層一樣的生活材料之庫麽？

《文藝》在過去就不曾冷落了這黑暗的一面。我們這國家從那一方面說都還不敢談及"理想"兩個字。破洞裂罅，潰爛的坑窪，所在有的是，而且不一定是健康向陽。今後暴露的工夫似乎還得加緊。作家們能夠去前方尋找壯烈和光明，歌唱崇高與偉大，原是極好極好的，但有那不能去的，則有煤富的財產等着他們，身後左右都是材料。《文藝》篇幅小，野心却有一個，它要放映這民族囫圇的一整個，從內心腠理到表皮。

《文藝》是純文藝的刊物，但是也曾在批評理論上下過工夫。抗戰過來，雖評論方面少了些，却也有過有價值的東西。眼前原不是静心抽繹分析的時代，因此批評方面的出版物就說不上，因此《文藝》在這裏也不該不下些工夫。執筆人雖已大部分去了前方，交通、物價、個人與團體的經濟地位，也使參考的方便大大減少，但是比較上的安定和便利許多人還是有的，這主要屬於没去前方的作者們。而且，他們又是比較習於静思的一群。眼前他們爲了或種原因，也許無意於創作，假如不作大計劃的設想，對於批評倒正是個機會。兩年以來，國內雖是在叫喊的時代裏，寫作界出來的東西却越來越多，許多作家經由這時代更充分的表露了他們，自己發揮了自己，供給評者更多思想和説話的素材。思想了就説，説就寫。對於作者是鼓勵與自我批評，對於讀者是推薦和鑒別。我們不知道由於缺少批評使多少作者灰心喪志，冷落、淡漠爲我們這化石了的社會作特徵，在對待作家上如若不是更壞，也祇有糟糕。一隻螞蟻馱着糧食爬，還有一大群蟻在旁圍隨鼓動，而我們的作家們多半得自己肩着石頭上山，馱上山了也常常祇吸得一口自己的冷氣。我們知道不少拿筆人有批評的才能，請在這裏創造一個世界。

和批評有關聯的是書評，它們相輔相成，正該連在一起。《文藝》過去作了一些書評的草創事業，目前的出版界和讀書界似乎已經使這項事功又成了必要。這是一箭三雕的工作：它可以刺激出版界，令它出產得更豐富，它又提醒了作者，幫助了讀者。不爲《文藝》自己的利益作想，寫的人也有理由多讀書，多介紹。

爲了出版界的廣泛，書評的絕對缺乏，刊物願意在綜合版裏多送書評一些地位。書評的對象本色一點，本是以文藝作品爲主要。但既已知道出版界的廣泛，則請執筆者選書時也多放一點眼光。刊物希望能夠將近兩年來出版的大書經過評者的筆介紹給讀者們。這工作並不孤獨，不久的週報復刊以後，讀者作者間將更多了一道橋樑。

編者謹以虔意請求朋友、作家、讀者們的好心。

見　證[*]

——《我站在地球中央》代序

　　見證　這本册子裏的散行不是詩，
　　見證　它不是哲學，
　　　　　它更不是散文。
　　它没有祖先，料它更不會有後人，因爲恰好它是四不相。
　　我心昏亂，我屢次替它判決了死刑的昏亂，總是回頭又掀起勢子來蒙蓋我。
　　有時我知道這勢子的來源，不消説：工作是治萬病的仙丹，我得幹，幹，到處找事作，不許我的心我的手閑。容許生活的大建築留下一絲裂縫，讓空想的風鑽進去，那座建築就應該趁早收場了，不如撤掉了重建。我的方媽媽不是給我們講過故事：紅花堤張老爺起屋，少替瓦匠師傅開了一桌酒，屋一起上去，就倒下來，起上去就倒下來，後來挖開墙根一看，墙底下給瓦匠師傅埋了一個"破"。
　　管生命的瓦匠師傅，你就給我安了這個致命的"破"！
　　我恨着這"破"，把空想看成仇人，時常在亂抓了一頓工作之後，還各處夾起一本書，别人總是誇講，説："多用功！"殊不知這本書夾來夾去，也許要在我膈膊底下過兩個月。
　　那些磨損我們的空想，我極少去理會它們。不會有一絲一毫的好處。欲念有一千重，情性有一萬種，某一念頭剛作上了半路，别一念頭又跟

---

　　[*]　原載《我站在地球中央》單行本，文化生活出版社，1940年7月。

着起來，兩者相消，剛好回到了一個死的均衡。辯證法對於這理解得最貼切。矛盾是發展的，若新舊相持，進退不得，結果就是羅馬帝國的下場。這真理可用於萬物，也可用於生命，可遠包邃古，自然也能够概含未來，就在小小個人的心理生活上，行為上，全說得通，并且不帶勉強。

"置之死地而後生"，這是兵法家的孫子說的一句機械話，又被韓信拿去運用成了功。話雖說來機械，它本身却含了辯證的真理。死的是舊，生的是新；舊者愈臨死地，新者愈得怒生；或者本因新者要生，所以弄得舊的不得不死。並且那個新的越臨到死境，越勇猛，越用着朝發的鮮活來强幹，它知道要死的不是它，在那要死者下墳坑時，有一點無際的光輝來歡迎它這個新生者。而那個舊的呢，也不是傻子，或者說，也不是懦夫。第一，它知道新的是在它自己的骨縫輕爬，要裂出它的骨子來活出自己的生命；第二，假定它把不住自己一定是要死的一個（在最後一息沒斷時，病着末期肺病的人也云以為自己會死的），它就有力量堅持着，無論如何不肯退兵。

然而生命這東西却是極奇怪。它一面大公無私，一面又專打落水狗。日月所照，霜露所被，那兒不是生命？又那兒不是歡欣？祇是你要一由生命陣上落下來，或者作完了你能够作的職務，不肯退，還站住那新的位子不讓，生命自己的力量就不再來支持你，反而要送你下臺。葉子肯由滋潤的樹上掉下來嗎？却是生命不僅讓它自己落，而且還在旁邊助它一陣秋風。等到它下了地以後，又叫它去腐去爛，不給它一點希望。總之，它非得把那舊的掃乾去净不可。這，是生命本身的自私，是宇宙發展的自私。誰有權問宇宙為什麼要存在，地球為什麼有生命？問出來了又有什麼行為可加之於宇宙？大鈞百轉，宇宙不息，祇要它一停息，一站定，宇宙萬物怕就要失所而墜入毀滅的永恒吧。誰知它為了什麼不肯停下來，入毀滅的永恒裏去休息？用人的言語講，這就是物質的頑梗，生命的自私。

地球，一般的被認為是人類的母親了，可是任它上面生了的不祇人類，所有我們這點摸摸索索得來的知識，連悲多汶的大樂所探出來的東西在内，都不足以包括地球上生命之宏厚。人類用幾個簡單字眼分割了這生命大群的種類，就以爲自己叩啓了自然。實實在在，你順手抓一把室氣來，焉知其中能有多少億萬的生物！在地球上許多生物被殺害，許多生物被長育；地球它養出了生物，它又把生物掩埋消滅它的蹤跡，把它們鎔成土汁，化成泥，以肥養它自己，使它自己的養力更雄、更博厚。這兒是强悍的自私，也是寬縱的捨棄。自私，絲絲縷縷爲了生命的自私；捨棄，成薹成批爲了生命的捨棄。貼進地球永不會有單純的腐爛和死亡，泥土滿有青竹的氣味。我們關於生命的知識還祇能數到地球，然而地球已經應該受祝福了，我們難道不可以沾它的光。

許多創作大匠的肖像，我最喜歡悲多汶（對於這位音樂王國的創立者，我沒有說得上半毫半忽的了解，簡直是門外到提他的名字都增加自己的羞愧）。前年冬天，由一位朋友那裏，看見了他的一張卡片像，便放出班門手段——率直——跟他要了來。打那以後，這張像就跟着我各處走，我在那兒停下，它就掛在我的面前。這不是一張人的像，這是生命之憤怒的人格化。它有着生命的堅實、驚忍，它是滿臉濃煙，憤怒的如在濃鬱的煙底下迴旋盤繞，不能散。創作更新的慾望和意志扭成股子，勒緊了他的臉，它們燒黑了他的眼睛。而他三十歲時，既失了戀人，又同時聾了耳朵——一個在音樂裏聽宇宙生命之存在的人，把耳朵聾掉了！

我又喜歡聽大風、大雨、大雷的鳴吼，喜歡迎着對面風走去，黑雲倒壓在海上，海呼呼哨哨的撲打沙岸時，我變得兒氣了，會想到去和海噴雲吞霧的大嘴鬥頑笑，用赤脚去試試它的勁。我沒有意思用這些言語滿足自己，反之，這種說法正露盡了一個人的毛病。祇是生命的大力就這麼排山倒海，它逼得你不能不爲它全神貫注，感覺到那種通入宇宙的力也連在自己心上。生在天上，生在地球，生也在人間。誰無視了生，誰就滅亡；誰排斥了生，無論排斥他自己或是他人的生，他就沒有力量逃避死。

想起日本對中國的侵略，把我們百年來的歷史靜靜一算，中國人就沒有一個不會憤怒吧，莫解的憤怒。不足奇怪？難道我們是地球抱來的兒子，爲什麼要受這些可恥可恨的凌虐？我們是它的大兒子，從人類最早起就下田上山，鑽林子落海，打下了人間家業的基樁。我們在地球上，無論由那方面來講，都有個長子的身份；雖以這付身份，却從不會妨礙或排斥他人的生，可是如今我們居然就類似了一個抱的兒子，一個不該有家可歸的遊魂。從夢寐裏，在白日的沉夢裏，我似乎常常看見了一個遊魂，它到處飄蕩，它又無路可走。它熱熱的向着週圍，週圍却閉住眼不理它，祇是拼命的向它擠，扎得鐵緊，鑽也不讓它鑽出去。於是一圈牆彷彿就高高的築起來了。

我想來這個魂是有了毛病的。爲什麼它會被人關起來，擠得這樣緊？它一樣在人間有了它的位置，佔了一大片地方；執着生，就永不會有死，爲什麼它會這樣飄蕩？除了是它自己對生持着了死魚色的無視以外，還有別的理由可講嗎？

中國人、外國人都誇講這個民族愛和平。"和平，和平"，一隻好漂亮的鴿子呵！鴿子也祇有在晴風朗日時於浩曠的天空裏撲幾下翅膀，丟一兩個圈子就罷了。天地倘有一點不然，鴿子就得躲進別人替它打成的籠子裏去。人間會想出這樣的古怪和平，又會發明用鴿子來做它的代表，實在是人類惡性幽默的頂點。想不到我們這堆中國人竟算做了鴿子的祖先！中國人在完全不明白自己的時候，就被古聖先賢和東西大好老們給我們帶上了鴿子的鳳頭，好不光榮。祇是我們那滿山遍野的啞吧斑虎，平空給硬裝進鴿籠裏去咕呀咕的，暴氣在嗓子裏打轉轉，是多麼受罪！平日一句話不合式就白刀子進、紅刀子出的乾脆好像不能有了；一堆石頭丟錯了疆界，便明火執仗來一場大械鬥，打倒了死屍也不見官，這橫幹氣概也硬給撲殺了；還有，中國小孩子們有名的石頭仗全都被人忘記得乾乾凈凈。世界上的人都望着中國大人老爺們腆出肚子的峨冠博帶而高聲讚頌：和平呀，和平中國鴿子！

祇一層，你別忙，你先聽聽他們頌歌裏的冷流的惡笑。

事情還是有奇而不奇的地方。恰恰就在這所鴿子老巢裏，長着了老虎，照外國人的說法是獅子。誰能真相信鴿子籠把斑虎關得住呢？於鴿子的弱病中，虎心的剛猛是經常在兇蠻的上長，正如地球以其寬洪的捨棄長發生命頑梗的自私一樣，也正是辯證大法雄辯而強橫的昭示了它的真理。這四面遭逼的遊蕩靈魂，到底以五千年蓄下來的猛力暴吼了，這不是僅僅幾萬萬中國人的吼叫，這是生命，這是地球自己的命令，對於無視生命、排斥生命者所下毀滅的敕告！就為了歌頌這敕告，我寫過了《紅色的熱情》《沸騰的夢》《北風》《星》等等，也寫了《我站在地球的中央》。

關於這些篇幅，我在今天也和初寫成的時候一樣，沒有叫它詩，也沒有叫它是什麼。我這人十分空想，也十分貼實，矛盾到極點；對於"提鍊"兩個字，犯了習慣的不耐煩，因此素來避免保存詩思、寫詩這些字。對於構成一篇完美詩作的前提——意境的溶會，不消說，我的匆慌燥急和它就格格不相投，而在音節詞語的交流上，我又嫌其瑣碎。對於我所要傳達解釋的東西，我不能使用精細、空靈和含蓄。我所要作的就是一隻號筒，一隻掛着紅綢子對着太陽高唱的號筒。我祇望我能夠吹出宇宙的心音，我祇望這號筒口上發出來的粗號，能引得地心的精靈點首。別人以生命的動作、原野村莊的演出鋪陳他們的錦艷，我則祇要吹號，吹出生命遍在的祕密。

但是等到人家問我："你這首詩寫的是什麼？"我却啞着嘴，臉紅了半天。最後為了敷衍面子，我就順勢一笑，說："算是一種政治的諷刺。"其實，我在撒謊，根本我就不知道該算什麼。是政治呢？是理想呢？諷刺還是咒罵？實在說不上來，而且我就不配談諷刺。心是熱的，嘴是熱的，衝口就怒罵，否則祇會哼哼呵呵，再不就合上了嘴，這樣人寫諷刺不比女兵身上貼奶字號的封條還不像樣麼？

所以，結果？沒結果。

廿六，十，廿九　香港

反新式風花雪月[*]

——對香港文藝青年的一個挑戰

近來托了一個青年副刊的福,常常讀到許多青年們的文章。對自己說,這正是一場幸運的認識。沒有到過香港的人,或到了香港不久的,大都容易對這地方的後生們抱一點懷疑心理。覺得香港地位特殊,人也不免特殊;老的固有些潮氣氤氳的籬下人味道,少的也正是圓頭圓腦,一付天真未鑿的公子態,可憐可掬。其到過香港稍有時日的人們,若沒有多少機會,也找不出門路對於香港老少發生新觀感。當然,這裏所說的外來觀察者指的是智識份子,祇有他們纔會像敏感的狐,到一處嗅一處的氣味,在幾丈開外用第六或第七感去探出他的同類。別的外來人雖在其他方面靈敏甚至於超過了靈魂,而對於這一層大都是無動於衷的。

讀了這些青年文章以後,就曉得用公子態或殖民地人物這些看法來概括香港的青年是有問題的。即使不能説香港大部份年青人都已超過了上面那兩個範疇,一小群所思所講的少年正在蠕動着,擡頭着,而且有人在呼喊,在叫。

這種現象不足奇異,也不足爲文化界特殊的驕傲。任何都市有它的等層生活,也就養出等層的青年。社會繁榮趨於一邊,社會苦難與抗議趨於另一邊,有些人擁在繁榮脚下,把自己做成繁榮花燈上走馬串戲的西洋景,也必有有些人在另外一邊用破蓆頭把自己蓋在牆脚下,用剛纔剜了自己的膿瘡的污膿手,抓起臭鹹菜來往嘴裏送。你以爲他縮在墙根

---

[*] 原載《文藝青年》1940年10月1日。錄自鄭樹森、黃繼持、盧瑋鑾等編:《早期香港新文學資料選》,天地圖書有限公司1998年版,第169—173頁。

下面，舐自己的膿血是甘心的嗎？你以爲他想着"哦，我是該死的！"嗎？不！他的疑問累積起來了。他的憎恨爬上去了。他對自己的肯定雖然一天天被失望咬得七零八碎，但也是一天天被憎恨錘煉着。繁榮散放了公子的花朵，苦難却熬出了不平的心，追求的心。香港自己在替自己培養兒女，我在一群青年的文章裏，似覺看到了這類兒女的胎芽。

　　人是條永不知足的鱷魚。看見了胎芽還嫌胎芽不夠壯，也是情理中的事。從每天收到的幾十封信裏，我常常讀到與民族煎熬，社會苦難，不大相稱的文章。這不是説文章的技術不好，感情不夠。誰也不會一開始就寫好文章，誰也不能够祇管埋頭躲着寫，寫，一直等到寫成了，技術上沒有了問題纔拿出去問世。就這樣等他拿出世時，他的文章也許還是會有問題的呢。而我所要談到的這些文章，却都屬於有了相當運用文字的力量的人們。他們的筆顯出他們是真其喜歡文藝，下過一些工夫，至少讀過不少中國新文藝書籍。你可以説，假如有如此如彼的條件存在，假如寫這些文章的人們能够如此如彼的話，他們能够做出反映中國社會的事，至少反映這個畸形的小角落，它是中華民族弔在海外的一塊病。

　　可是事實上，讀了這些文章却不能不有些失望。我所讀到的大都是抒情的散文。寫文章的人情緒，大都在一個"我"字的統率之下，發出種種的音調。多半的人是中了懷鄉病的，想着故鄉。跟着一個故鄉的題目，或是含了懷鄉意味的題目，很自然、很流暢的就來了嘆息、思慕和悲哀。在這裏，故鄉的柳絲，故鄉的蟬兒，或者，故鄉落日的餘暉和微風全應景而至。這時，文章裏的人物常常有了爸爸、媽媽，還有的就是爱人和姐姐。文章通常有眼淚，通常有向故鄉的凝望，有流亡的心。還有，就是幾聲天真的對鬼子的怨恨和咒駡。最後的結束似乎是一致的，那是回家的願望。懷鄉病如果不寫到人筆下時，那麼他很容易地就會找到自己的憂鬱。他會閉起眼把手背上來，他像個寬袍大袖的秀才似的，感嘆起來，他會坐進他自己悲哀的囚牢裏，想着月亮，想着流水，想着風。他覺得月亮、水和風全不管他，全把他拋棄了。他好像他自己已經活了有六十年，好像他至少已挨了六百頓皮鞭子，而後就落在那無情的風與月眼下了一樣。他衹有恨，衹有孤獨和悲哀。從自己的憂鬱，有時候，年青的寫者會來一些小斷片。似乎有一種情緒管制住他，叫他連把自己的憂鬱連成一片都不耐煩，他於是來了游絲，來了飛絮，斷片簡語，三行兩句。他模仿一個老於世故的中年，撈着他們厭倦地吐出來的煙圈子，把自己稚嫩的感情片片插進去，使人苦悶地看到一種仿造的少年老成，心裏發急。我説這少年老成是仿造的，因爲我有一個信念：我不相信世上有少年老成這樣物事。凡有如此都是仿造，有的雖已仿造成了習慣，但到了文字底下時，少年思想與感情無論如何是老不起來的，結果白糟踏了自己追求的心，反而鑽到死路裏去了。這一類抒情文字中最好的一種是對於祖國的渴望和呼喚。文章在這種情緒之下，常常高昂急迫，文字中不少的血與火、紅色、喊叫、暴怒，十足的説明了寫者是性急不耐煩的少年人。他時時把感情綳張得像一片撐緊了的鷄皮，任一條絲綫碰上去，也能發出聲響。他呼風喚雨，十分不耐地用一支細筆寫着小小的字，依他，最好是掀起墨瓶一潑就成文章。

　　以上那幾種文，我不想簡單的用"抒情"兩字來概括。自然它們都是發抒感情的文字，本人的感觸就是文章的泉源。在打着一場生死戰的中國，英雄主義的歌唱是事實的、自然也是客觀的需要，這是上述最後一種文的價值。所以，抒情文眼前原是需要的，但是感情這種東西不能憑空產生，它由工作裏發芽，由讀書與思索裏培養，更由生活經歷中鍛鍊，它纔能夠濃凝强力得和我們的國産桐油一樣，不但自身不會流散，且能凝固其他的東西。上面幾種文章雖是抒情的性質，很顯然，寫者在動筆挖掘感情以外，似乎没作其他的事。他衹是在那裏挖他自己，拉緊他自己的神經綫，老是去敲那在單調工作裏的綫條，要它發響。其中除了對祖國的呼喚在某方面能夠引起相當的共鳴而比較有意義以外，別的都可以風花雪月式的自我娛樂概盡。風花雪月，憐我憐卿，正是這類文章的酒底。不過改了個新的樣子，故統名之曰"新式風花雪月"。

　　香港文藝青年之表現出新式風花雪月風氣，自然不是這裏青年人不長進，突如其來的。香港的文化生活還是一隻幼芽。北平有了二十年的新文化運動,上海有了十數年的社會科學和新興文藝運動,香港的文化生活開始了纔不過僅二三年而已!有了目前這樣的成績已經可以自慰但却不值得滿足。

　　困於個人情緒和感覺中,是五四時代的流風。這種流風如何養成,我想和香港教育的畸形不能不有關係。一般香港中學多以四書五經、詩論歌賦教學,其有些有新文藝書籍的,大都祇有些五四時代前後的作品作少年人的精神飯食,無形中少年們便走上了那一條路。這話說來長,且在題外,祇好暫時不提。但少年們已經走了這條路,或者順了一時感情的起伏,有傾向走這條路,就應該想想自己所在的此時此地,想想此時此地對我將有何需要,而把自己從那條陳舊的長滿了荊棘的小路上拉出來。抗戰是富有魔力的兩個字,同時也是賦有神力的創造的能手。人處在它的時代裏,僅僅心裏、眼裏、手上全和它靠得緊緊的,就可以發現許多生命的奇跡。這奇跡不一定全可歌,却往往真可泣。我們拿今日的香港和三年前的香港比來,就知道這小島已經有了極大的改變。倘若我們再耐心煩一些,對於一人一物一事,常常精細的去注意,也可以發現抗戰所造的奇跡。三年以前,一個中國女人見了外國人,不敢提起中國,聽見外國人提起中國,她會恥得半個月不敢出門。但是三年以後,她不但高高興興的對甚麼人都講着她的祖國,並且她還在中外人的會場裏對外國人為她的祖國辯護,香港何處不是生活?何處不是材料?好的正可供感情的激勵,壞的也恰恰需要暴露。表現香港的視野非常廣闊,我們亦何苦專挖自己的空心腸!

　　我的手套已經拋出去了,敢請香港文藝青年接受一場挑戰。

感覺得太少了！*

《大獨裁者》不是一首詩，它是一支悲劇；《大獨裁者》不是一支性格的悲劇，它是一首時代的壯歌。這首壯歌有諷刺，有願望，有戰鬥，有人性，也有呼號。但是，它是悲哀的。活了萬年以上的壽命，人類還不曾令自己長得齊全，還不曾活出份完整的人性。一面，他的人性是搖晃不定的在十字街頭顛播，可是，另一面，惡用了的機器却把自己的病症種進了他的血液，使他在權威的寶座上面發狂。這不是悲哀？這不是侮辱？然而，幸有那一面在街頭顛擲的人性，人心上還能紅起了太陽。

"機器產生了豐盈，我們却把它變成了枯竭。""我們想得太多了呵，而感覺得是太少了！"是的，你們精於計算的人們低頭吧，你們善於思索、善於分析的人們低頭吧，你們科學家、統計家、計劃家，你們為什麼還要昂起你們驕傲的頭，不讓你們的心有半分鐘的寧靜呢？你們發明了原子原料，你們製造了機器，你們堆起了商店和廠房，你們安插了許多部門、許多司科，你們抽出了邏輯，把人爭切得方正整齊，穿在一條冰冷的鐵條上，你們把人生片成薄紙樣細片，把每一位、每一片分開來夾藏在冷藏箱裏，而你們最能手的珠算者喲，聽你的手指在算珠上的爵士舞蹈，誰敢浪費一枚青錢在感覺中？你們是完成了你們的機器的，把機器完成了之後，你們就把人性從機器的齒輪下切斷了。

然而機器有什麼罪過呢？機器生產了豐盈，人類不正是需要著豐盈？機器需要著創造，人類不也正是需要著創造？二十萬萬人類，二十萬萬人類來之無窮的子孫，誰不在機器的已有抑未有的兒女中應有他的一份享受？誰不願機器如長青的松柏，永結萬年的果實？正因為人類和人類

---

* 原載《時代文學》創刊號，1941 年 6 月 1 日。

的子孫被剝奪了他從機器上應得有的一份，所以機器不能不變成石胎了，並且，豈衹變成了石胎而已，又變成了一架榨肉機器。

衹是，卓別靈是不會想到這些的。靈活的心靈不耐煩沉重的透覺。他輕鬆的接受了美國人的流行觀點，把駕駛機器者的罪過歸之於機器本身，他犯了他自己所說的毛病，他感覺得太少了。

雖是如此，《大獨裁者》還是一部藝術作品。它象徵，却不流於神秘；它現實，却不做出苦臉；它粗獷却不是刺激，它溫柔却沒有感傷。全部的構置是象徵的。亨克爾是現代機器病的人格化。在這裏，所有的諷刺與滑稽，關於亨克爾的言語、姿勢、情調、動作，乃至於他的德文語言，無一不是悲慘的機器的化身，無一不出乎人情之外，使人以笑聲來洩出嫌惡，而人身的諷刺乃成了時代的嘲弄。這使我們回想到他的《摩登時代》去了。在那裏，機器照樣是受了大冤枉的。如果說《大獨裁者》有機器的魔靈由暗中掌住了他的神經中樞，《摩登時代》稱的機器則顯示得何其猙獰蠻野，那是作者筆直的劈面的咒罵，那是畫人筆下不等邊多角形的牙齒。雖然《摩登時代》也曾拉出了掌握機器的人，但是，看見了那些牙齒的人，誰能不憎恨機器？

亨克爾抱着地球跳舞，是一段百着哀絃的 Minuet。在這裏，人格是實現出來了。跳出他替機器充前臉的圈子，我們看見了一個自我擴張慾極強，要以人的行為掩覆宇宙的角色。結果自然他是要幻滅的。這是一切空想的前鏡，正如亨克爾在浮蕩不定的河上打槳，做着進攻奧斯特力茲的狂夢時，不候他狂叫的聲音消逝，已經連船帶人在水中翻了一個底。河水是陰謀的、狡獪的，而幻想中可以攏弄的地球則是脆弱的、倒退的，狂大的自我將怎樣拯救他自身的幻滅？

替亨克爾設一個厭惡戰爭的理髮師，是作者從美國電影導演術中發展出來的一支新曲。一般電影裏面，主角英雄必有一個副角。這人是他事業的同工，也是靈魂的伴侶；是他的台基，也是他心理生活的補腳 Supplementary。理髮師在人格上站在亨克爾的對面，但是在劇中地位上却補了電影歷史上那副角的空隙。那裏曾有過這樣的一位副角呢？英雄要的是機器，他要的却是人生；英雄要嚴整規律，他却是弔兒郎當，連走路都難得穩定；英雄要征服，他祇望能有和平；英雄要權威，要死亡，他却不要做皇帝，祇願大家能幸福的活下去；英雄害盡了猶太人，他爲了猶太人送上自己的生命。世上那兒有過這樣的一位副角呢？然而世上又那兒去尋找這樣一位亨克爾心上的人物？有誰知在那喑嗚叱咤的靈魂中藏了有多少人性的眼淚，積聚了多少人性的寂寞？有誰知在獅子狂暴撕裂的時候，它嚐昧到的求取同類的悲哀？這兒有的是對照、反比，也有的是補充和完成。機器與人性，看來是不能兩立的，然而機器却無法脫離了人；人是會像機器一樣狂烈的左右世界的，但愈是這樣的人，在內心裏埋了愈深的人的渴望，平易的人願意作一支蘆葦在醜小鴨的頭上飄動，勁激的心却把人驅逐到自己的對面去，而使自己在忿怒與狂暴中用寂寞糟蹋自己，用殘酷凌虐他人。

誰能瞭解呢？誰能瞭解一個時代的心靈？誰又能感受一個時代的苦痛，那在千千萬萬海波似的人類大群中，用同一的心弦敲出來的？

"我們想得太多了，而我們感覺得却太少了呵！"

薑薤*
——《桓秀外傳》代序

一個朋友對我説了一句話：

"你不敢歌唱你的苦痛呵！"

一個有着大愛和深心的人，却是輕鬆的唱出了這樣一句殘酷的話。我對他説什麽呢？我沒有回答一個字。

有男人，不能作男人的女人；有孩子，不能作孩子的母親；能有一番貴族心情所愛好的美與愛；能够隔絶一切人類尊嚴所不容的侮辱、輕視、厭惡和嘲笑，而結果祇是一名荒寂剥露的窮漢，這些都是可恨的，但是又有什麽可恥，有何可怕的呢？

我愛吃薑，愛吃薤，愛吃苦菜，還愛吃苦瓜。我把它們吃下去了，難道還肯再吐出來麽？

我心上沒有笑，但是我也不肯流出眼淚。心的容量是可以更宏大一點的。

言語有什麽用處呢？文字和詩歌豈不都是被縛住了的徒手？再用這雙徒手來演唱自身的苦痛，那我祇有對自己掛上長臉的笑。

我不願講那些習聽的語言，那些習見的字。我不能説把自己的苦痛融化在人類的苦痛裏面。在大音大樂還沒有成爲人間普遍的享受以前，市人的言語被管絃嘔啞壓下去了，人類的苦痛經到我的心上來時，已經帶了化石的成分，並且究竟是到了心上還是在皮膚上面，也還不是最精深的數學家所能量出來的。那麽我爲什麽要在自身的無能上面，加上可

---

* 原載《桓秀外傳》單行本，文化生活出版社，1941 年 6 月。

笑的輝皇？

我曾經看見在我們流血的土地上，排滿了無聲的、釁割了的屍身。它們一排排、一排排的展伸出去，一直排列到我的眼綫所能達到的地平綫上。它們像海浪一樣的排接不斷——然而，海是會呼嘯的，海是會震盪的呵。

於是我望着浩蕩的、騰湧的大海，望着它狂烈的奔流；我望着地平綫外，我又望着山頭的那一邊；我望着海上惡兆的烏雲，我又望着烏雲背後的太陽。我想：

它們是會跳起來的，會跳起來的。

這冊子裏有一些瑣碎的小人間。我沒替它們加上一些什麼，也不曾給它們一點眼淚。它們不過是那些固執的躺在流血的土地上，不肯退讓的屍身們中間的一兩個。我也想，它們是會跳起來的。

那麼，對自己我還有什麼話可以說？我祇有重複兩句永恒的語言：

"夫惟聖哲以茂行兮，苟得用此下土。"

一九四一年，三月，十六日。

書與世界*

一、革命兵士的浮雕

《震動世界的十天》這本書，到中國來了很久，且並已經譯成了中文。現在却不大聽見談起它來。其實，這本書不僅是十月革命最真實、最生動的記錄，其中傳達人民情緒的地方，也值得愛好文藝的人深深領會。自然，它原是最上層的文藝作品。

譬如作者寫到把守冬宮時，革命兵士們的情形就非常可愛。幾個人要走去，兵士不許。爭了半天，那些人就撒賴說："我們一定要進去，你要你就放槍吧！"兵士們還是說："我們奉了命令。""我們就撞進去，你怎樣？你放槍？""不，我不射擊没帶槍的人。""我們偏進去！你怎樣辦？""我們會動手。我們不讓你們進去。我們會動手。"他真不知道怎麽辦。"你怎麼辦？你怎麽辦？"一個兵毛了："我們就打你。必要時我們真放槍。滾蛋，別跟我們搗麻煩！"

冬宮裏面真有兵士們在搶東西。但是一聽見有人叫那些是人民的財產，馬上就二三十個聲音跟着叫："放手！東西收回去呀！別拿東西呀！人民的財產呀！"從走廊到走廊，從樓梯到樓梯的響着："人民的財產呀！""同志們，叫他們看我們不是小偷和強盜呀。"他們從白軍軍官搜出了東西，就得意的問："以後再敢不敢同人民作對的？"那些人個個都說"不敢了"，就全給放走了。

自從有了這些事，他們就把人人都看成賊。幾個外國新聞記者要進

---

* 原載《筆談》創刊號，1941 年 9 月 1 日。

冬宮，他們也是瞪眼，嘴裏咕噥着："搗亂鬼！""搶犯！"誰要替新聞記者說好話，說他們是人民一邊的，他們就嚷："你怎麼知道？告訴你他們都是搗亂鬼⋯⋯他們盡是在宮裏遊來遊去，怎知道荷包不搶飽了東西？"

一露面，他們就有自己的聲口，自己的情緒，無論有怎樣錯覺的人，都不會把他們和一般兵士混在一起的。這些都是切切實實從兵士自身出來的，有些農民的天真，革命的單純熱情，並無一般兵士那種暴躁、倚勢凌人的地方。我們一定也有這樣的兵士，能夠把他們這樣簡潔生動的浮雕出來的，却還不是很多。不過，問題並不在於要有許多這種浮雕，而在於作者對於任何一群人民，都能夠簡潔地把握住他們的特質，他們的生動性。

約翰・里德親歷過十月革命，但是，這部書據說並非全部根據他自身的見聞，大概是指書中的文件說的。至於如此之類的描繪，絕不能出於想像。

二、現代的悲劇

《新作品》（企鵝叢書版）第三期上，斯賓德（S. Spender）在其《書與戰爭》一篇文章中間，講到了現代悲劇的寫作問題。大意說悲劇之中必含有在物質失敗上面的精神勝利。此話驟看來頗有些阿Q氣。他是針對着批評家烏泊爾（E. Upward）的論調講的。後者謂悲劇的要素是人的失敗，今後若沒有人生的失敗，也就不會有悲劇這一種形式的作品了。烏泊爾且先放過不談。斯賓德舉了理由，說明他的看法，且舉出西班牙民主戰爭的失敗為例，以為必須在悲劇的處理中間，強調它是物質的失敗，精神的勝利，纔能夠保持人類對於將來的希望。這種見解，我覺得應該商量。

悲劇是失敗，但是僅僅物質的失敗不能夠充分構成悲劇之可悲。否則，《馬克伯斯》和《哈姆雷特》的引人同情，引人惋嘆，就沒有理由。一定的社會賦予前者以純個人的私慾和野心，弒君篡國，可是同樣的社會限制了他，使他不能像今日的暴君們，有許多漂亮說辭來掩護他的良心，有機器和科學來貫澈他的行爲。他失敗了。他的精神——封建社會的統治慾也失敗了。他的性格助成了他的失敗。

哈姆雷特精神——封建社會的論理——的失敗，也很明顯。

希特勒和他的納粹主義，顯然是極大的悲劇。漫畫家雖然把他當作諷刺的對象，但是事實上，他也不能笑得掉的；並且，就在他失敗了以後，回顧這一段歷史的人，決不能有喜劇的笑容。悲劇的作者不能把他寫成了一名小丑，同時也不能使他有精神的勝利。當然，斯賓德也不會這樣主張的。

悲劇的描成不僅是物質的失敗，也是精神的失敗。上面已經說過，但還是機械的說法。進一步講，悲劇有一個必要的成因：英雄或局勢的本身含着一種不可避免的有害的因素。在事件的發展中間，該因素的有害性也發展，而客觀條件與之衝突的程度也加深加大。因此造成了當值英雄或當值局勢的失敗，有害因素的失敗，這些都是一定的條件使之不可避免的，從而悲劇也就不可避免。這裏並無精神勝利——有害因素——之可言。

悲劇是否指向光明，是由作者自身的態度來決定的。把希特勒的悲劇現實地寫成他的精神與物質的雙方失敗，除了恐怖與黑暗以外，我們必可以多得到一些東西。悲劇並不是在調排抽象的精神和物質，抽象的失敗和勝利，同時悲劇作家也不是站在隔岸的。

至於西班牙革命戰爭，它的史詩性大於它的悲劇性。雖然我們稱之爲悲劇，因爲它悲壯的幅度與深度都有着震撼人心的力量，但是它的英雄性畢竟大於它的可悲性。固然，在個別的局勢和英雄的調排上，悲劇作者還是可以現實地寫出它的悲劇。在這裏，作者的態度仍然是決定的。

歸 來 獻 辭[*]

整整一百七十天了，編者在沉默中，在感謝中。向着週遭，向着遠方的和即將到來的一切，懷着無盡的縈念，無窮期待的虔誠。

香港雖然近在國門，但是，由於戰爭所帶來的種種限制，使《文藝》難於和國內的師友們，國內正在生長中的創作界十分接近，十分親切。政治上的關防，交通綫的阻礙，郵件的失落，書籍雜誌報章的停寄，以及其他千百種細小的原因，常常使編者像一條困在欄中的牛犢，祇有彷徨，祇有寂寞和憤慨。而國內萬千讀者和作者對於我們的期待和關切，免不了因而有時變爲悵惘和沉默，也在想像之中。

現在，我們是回來了，到了師友們和讀者們的關懷之中，到了大家眼面前，受着照顧和支持。師友和讀者們的一手足，我們似乎都可以摸觸得到。我們欣慰，我們感激。

《文藝》有過一段細細的，但是並非平坦的道路。戰爭以前，她看見了寫作界的精動，思力文字安排的精當；戰爭以後，她把自己和國家民族火焰一樣的生活扣在一起，雖然是遠在海外，雖然重大的阻礙限制了她，殖民地人民的冷淡冰冷着她的心，但是，她從祖國接到了一支火把，一直舉起這支火把照着南方寂寞的海洋，到敵人的炸彈落到頭上的時候爲止。現在，香港的《文藝》殉了難。戰爭降臨得是那樣的突兀，以致編者隔海趕回報館去時，《文藝》已經不能再見面了！她死得沒有一點聲息。

然而《文藝》的桂林版卻生存着，而且正爲許多人們所關心。當編者沿路回來時，聽着識與不識者的言語，當編者讀着四面朋友們的來信，

---

[*] 原載《大公報》（桂林）1942年6月1日，署名"編者"。

她不能不感覺到《文藝》是生活在人們的心中。人們給她指示，給她鼓勵，給她力量。人的意志和熱情使她活着。困難會變成種種方式出現，戰爭勒緊了國人的頸項，現實往往是最不光輝也最無情。然而正如國人踏着殘酷、窒息與黑暗而前進一樣，《文藝》將從戰神和瑪門的寶座下面伸出她傲然的頭。

關於我們的路向，這裏無須再來説明。我們走過了一條道路，現在，這條路依然是一切真實的寫作者，真實地生活在民族戰爭中的人們所共走的。我們沒有理由脱離它，也不能脱離。或者，近在國人的身邊，我們將有幸歌頌更多的壯烈和英勇，同時也不能面對着戰爭所帶來的種種災難和苦痛，閉上眼裝着無情。一切的現實，一切的人生需要挖掘的更深，更廣，我們走進苦痛的底層，爲了能夠站在苦痛的上面。這些，我們依賴着師友和讀者，依賴着一切真實地生活着的人們更多的力量、精細和熱情。

一個嶄新的世界在戰爭外面閃着光芒，雨季快要停止了。走完這一段泥濘的道路的日子是不會太長了的。有誰能使陽光不鋪滿草地，誰能使江流不入海洋？

我們繫念，我們期待。

編者個人對於師友們的關懷、愛惜、鼓勵，對於那些識與不識的朋友們在幾於絕望中的四面探聽消息，以及他們的慰問，懷着枯木向春的依戀和感激。自慚在戰前不會安排，戰後不知處理，把許多師友的名貴篇章□膏了敵人的鋒刃。來了這裏，不但不曾受到應有的譴責，反而贏得無盡的同情，這情形如何不使人想活下去，如何不使人留戀着生之美麗！

正爲此，編者更大膽的向師友，向讀者們重新伸出手去，貪婪的祈禱着時時能夠握到大家的温暖和有力的手。

一個智識份子的自白[*]
——代序《永恒的北斗》

我不是一個詩人，正如同我不是一個藝術家一樣，這是每個明眼人第一面就能够看出來的。

有五六年的時間，我經常的寫些長短句，其中有一些間或發表過。別人稱之爲詩，爲方便計，我也叫它們詩。

不過，這不是什麼主要問題。

所要着重的，倒是這個小册子裏面所存的幾首詩在寫的方式上，在我發表它們的用意上，都值得説明。因爲在我看來，它們都和一個人的創作態度有關係，並且，推深一步，和一個人的生活態度也是有不能分解的關係。

三年以前，我生活在一個矛盾的懸巖上面：一方面對於人，對於生命，有一種烈火一樣的感情，另一方面對於大多數可能常常見面的人，抱着不可名狀的憎惡，盡可能做得使人不容易接近我，自然從不想要去接近人；一方面切願投筆在人民的事業裏面，另一方面十分喜愛朦朧、晦暗，不可知的探索，渺茫無稽的空想；一方面切望我能够爲許多人所愛、所親近，另一方面，常常以能够得人畏懼、憎惡爲滿足；還有呢？一面覺得應該生活得像是人民的一個工具，另一方面却儘愛隨意做些没有下文的嘗試，僅僅爲了自己滿足的説："這件事没有什麼了不起，要做並不困難。"當工作的要求十分地逼緊我的時候，我常常在陰晦無人的地方，沈沈的，沈沈的……

---

* 原載《中原》創刊號，1943 年 6 月。

鮮紅的光在層層的灰燼下面燃燒，狂激的流水被壓迫在古老的巖層下面，這是二十世紀初期，一個中國人誕生的痛苦。舊時代家庭的教養，社會上種種具體的生活條件和所接觸的物與人，造成我的一面和兩面。兩面我都堅持。我好像走在一條峻險的峽谷裏面，兩邊的巖壁向我倒下來，倒下來。

　　陀思妥夫斯基不能救我。他的道路——經歷長期的、酷刑一樣的苦痛而後升華，曾經像我自己的心一樣的感動我，可是，我沒有他那種近乎神秘的宗教，我沒有他做人時那樣隨和的溫柔，我就不能夠覺到那一條路也是我的道路。哈代的命運的悲劇，曾經震撼我的心，使我想起他的一些場面就心裏發抖。但是，我生在初年的中國，我不甘心向命運低頭。屠格涅夫最會爲年青人安排道路，也最會輕輕地點融人心。可是我在他的那些年青人裏面找不到我自己痙攣地衝突頑固的影子；在他的世界裏面，也找不到具體地出現了的人民，我離開他離開得很遠，甚至有時候會有一種不敬的感情。莎士比亞是一個宇宙，他躲在那裏面像一個冷心的魔法師。好像他欣賞他的魔法過於他關切人類。而且最令我寒心的是我不能夠摸到他，我恨他。托爾斯泰是從頭就被我推開了的，因爲從我開始接近他教育的時候起，他就被人當作牧師一樣地介紹推薦給我，我存心不讀他。直到抗戰開始不久，纔讀到他的《戰爭與和平》。他和陀思妥夫斯基同樣地感動我，可是也同樣地不能救我。救了Pierre的那個平凡的囚犯雖然在我心上，可是不能夠和我的心融合。

　　我也不必再多舉了。總之，一個人心裏沒有感覺到具體的人民，祇能够爲自己憂愁的時候，讀什麽書也是白費。地球在他面前裂開來，他都看不見，却偏要希望看見得太多。他的眼淚就祇有朝自己的屁股上流。那被許多人當作一個教士看待的但丁，在六百年前已經告訴我們了。

　　我不用再講我經歷了怎樣一些生死之間間不容髮的苦痛，因爲那些骯髒的眼淚，不是什麽值得宣揚的事。雖然自己在回想起來的時候，還是會暗暗地把它們摸一兩下的。

　　我撞了許多牆，我却還没有死。因爲世界還没有死，人類正在要求誕生。儘管過去的銅牆鐵壁，儘管我幾乎是從母胎裏帶來的頑固，阻擋我的心不能開放，容納現實的人民，我却不能够拒絕人所賴以生存的大氣。它招引我，我呼吸它，我要把它變成我的血肉。我不降伏於我的苦痛，我永遠衝撞着。我可以説，在我内心裏面那個要活的東西，不是我自己，而是一種更大更大的東西，比我大了幾萬萬倍還不止。我，不過是它的形體之一。這個東西它要求在廣大的具體的人的空間生活，祇有這樣它纔能够自由的選擇，盡情地吸取它所要的糧食。以後，成長，擴大，逼得那顆心不能够不開放，不能够不容納人民，和他們的命運發生生死不解的關聯。

時代要變，該誕生的必然要誕生。我得到了這樣一個空間。雖然那從我真正做人的歷史上説起來，不過是一個很小很小的起點。但是，是一個真的起點。真實的社會生活，真實的工作，儘管那範圍還是狹小得厲害，我却没有把它辜負。我努力接近和發現我所能够接觸到的人，努力把陀思妥夫斯基和托爾斯泰教給我的至寶——放逐自己，超越自己，抱得緊緊。在這樣做的時候，我不是没有長時期的痛苦、疾病和失眠，更重地想壓倒我。可是，時代的神聖的變革，震雷一樣的啟示，千千萬萬人民的血的洪流，英雄的悲痛，智者的憂傷，善人的憤怒，美麗的心的憎恨，以及罪犯們的癲狂……一切異象都發出了震動人心的聲音。命運的洪鐘，噹噹不斷在我頭上敲起來。我是誰？我能够不聽它嗎？我能够躲得了它嗎？我，這微弱到陰陽分歧的路上還不能够切斷自己變了黑色的胞衣的人，怎樣能够抗拒人類命運的鐘聲呢？

僅僅時代召喚着我，如果没有具體的人在我週圍，靠着我這染了很深的歷史疾病的人獨自去聽，我想，是不會完滿而深刻地聽到的。然而，却也有那同樣受着時代召喚的人們在我旁邊。他們有的殘酷批評我，甚至於到了傷害我的自尊心的地步；有的小心的感動我，使我常常流淚；有的明白的和我解釋，使我表裏分明。一種似乎集體的生活使我感覺到共同生長，共同感應時代的快樂。

當我另有需求的時候，悲多芬成了最貼近我的前輩。神聖的憤怒，無情的毀滅，激情的悲痛和溫柔的新生，我常常在深夜時分和悲多芬共同享受。我流淚，我又歡笑；我詛咒，我又旋舞。力量和安慰都在我身上滋長起來，山泉流出了峽谷，我生出來了。慢慢地，慢慢地，我把自己狹小的外皮褪下來，拋在峽谷裏面。

到了這個時候，我就來細細考慮我怎樣生活，寫什麼？寫了，在怎樣的條件之下容它發表？

怎樣生活，在這裏不必多說。總之，無論用怎樣的方式，做什麼工作，必須是於人民有利。僅僅是寫，在我看就是有害。精細的、密切的關心人民的禍福憂喜、人民的命運，帶着一種不能忍受的強烈感情，是最必要的前提。寫什麼也應該歸於這一原則下面去的。有許多很聰明的人雖然對於文藝有了相當一貫的態度，可是，或多或少，或顯或隱，他們把文藝工作同人民分開了。原則上他們同意文藝祇有一個最高目的：爲了人民。但是，由於他們生活上沒有抱定一個嚴格的、忠誠的、貼緊的爲人態度，他們的創作態度有很多時候從人民的需要離開了。他們或多或少與我過去的寫作態度相近，隨興的採取一些滿足感覺的東西來寫，隨興的用一些滿足虛榮心，或者好奇心，或者愛好心的態度來寫。他們有許多人有才能，能夠寫出使我心愛的東西，特別是詩的方面，有些人的作品使我苦痛地不能離開。但是不管我個人的愛好怎樣，我依然覺得他們委曲了自己的才能，委曲了他們自己的心。他們中間最嚴正的作者，也還是以自己的愛好來決定創作的態度。在他們心裏，人，人民，所佔的地位是頗爲微小的。人民的命運，到現在爲止，還是不夠深刻的感動他們，使他們情願放棄自己。另外一些人，雖然嘴裏也時時講到時代，講到人民，可是由於他們不知道用怎樣的態度去接近人民，所以他們不很明白怎樣的東西，要怎樣寫，纔能對於人有些用處，結果依然是滿足自己的一種態度。還有一種人，根本沒有弄清楚"文藝是爲人的"這一命題的内涵，就喜歡把文藝範圍說小一點。詩，獨立起來，認爲如今有這種詩、那種詩、人詩、我詩、物詩、事詩、情詩、智詩……凡願意分行的地方，都是表現天才的所在，故意亂來。歸總的說，不出於有意無意模仿的範圍。從最嚴肅的意義上來講，詩變成了一條鞭子，把他們鞭打得昏頭昏腦，寫出東西來，對於人沒有一點用處。我不能說這些人是沒有才能的。不過，即使把詩獨立起來，能寫出最好的詩來的人，除了才能，最重要還得有一顆心，爲人民而感覺，而關切，而痛苦，而憤恨，處心積慮，要盡可能寫出一些比較普遍有用的東西。

我放逐了那些無謂的自我感傷、晦暗的探索，放逐了一些花眉綠眼、機靈巧詐的字句，放逐了晦澀，放逐了輕靈，我放逐了那種爲將來寫作，而把眼淚流在背脊上面的罪惡欲望。我生在今天的人民中間，雖然我微弱到不能夠理解他們，可是，我要盡力組織我的生活與感情，一分一厘也不要浪費在寫人民以外的東西身上。我寫不出他們，我苦痛，但是凡我有所寫，我必須寫的明白、親切、真誠，使它們直接間接於現在的人民有些用處。

這一切都是由上面的理解生出來的。這個小冊子裏面的幾首詩也就是我的一種不完美的嘗試。我的意思是希望它能夠於人有益。如果我確知它們依然沒有用處，我就不再寫詩了。

我把這一本書獻給那位更多的幫助了我，使我成長，使我有用的人。

陳　訴*

——《東南行》代後記

　　從長沙回來的時候，有幾位朋友向我提起把這些通訊集起來，印成一個本子。我想了又想，決不定怎樣作好。我承認我有一般執筆人的心，想把自己寫的東西保存起來。印成本子是最便於保留的。但我又有一種癖性，也許算是惰性，使我對於出書的事，不能十分關切。

　　不過，過了一個時期，我決定還是印書了。一位前輩用了簡單的四個字鼓勵了我，使我覺得這幾篇通訊或者真的還能有些用處，於人有益。這四個字是"頗有收穫"。它們不是什麼搜集材料的意思，因為我不是什麼研究家；也不是發財升官的意思，因為我不是富貴場中的投機者。以我想，這四個字應該指的是，從這滾滾血流的中國，我總算換出了一星半點受難者的骨渣，把它們擺在讀者的面前。即使這些骨渣是少得不能引起人們的深思，但是，它使一部分的人們受了些感動；即使這種感動，不能夠產生較大的、較切實的好處，至少它應該使人們，特別是那些有錢有力的人們，對於耳目所不能及的、在災難與苦痛中的那些人關心得更多了一些。既是這樣，那麼把它印成本子，看的人更多一些，不是又更好一些嗎？到讀者不再用得着它的時候，它是會自己絕跡的，我又何必擔心？

　　我這次出去絲毫沒有要到戰地尋找靈感的意思，更沒有想到搜集材料。這和我生活的態度有很大的關係。我的態度一向是直接的，逼近的接近人、人的生活、人的戰鬥、人的命運。有一位朋友舉出"人類愛"

---

*　原載《東南行》單行本，文苑出版社1943年版，第138—141頁。

來做我的特點，我覺得這個名詞於我是很含混、很空洞的。我可以説，對於人我有一種莫大的好奇心，自始至終，不能衰竭。這種好奇心使我追求着要知道人在各種方式之下究竟是怎樣生活着，怎樣行爲，怎樣想，怎樣感，怎樣悲哀和憤怒、歡喜或恨惡。長久的、過去的狹隘生活使我這種自己都不得明確認識的好奇心，憤鬱的囚閉在我心中，把我弄得沈悶暗晦，愛生氣，與人落落寡合。感謝一種不可知的安排，和一個朋友的好意，我到了香港。香港的海，那汪洋洋的大海。香港的人，那些有意地努力超越自己的人，他們幫助我成長，幫助我發覺了這點對於人的好奇心，我又努力培養了它。我要把它培養成一種經常的、持久的、強烈的關心，並且，我要把這種關心，變成我的行爲。因此，我把寫作祇看成我的行爲之一，而不是全部；當成我内心壓迫的一種疏散劑，而不是我生命所附以生存的東西。因此，爲了寫作去找刺激或者"靈感"，爲了寫作去搜材料，在我都是又無味又不自然的事情。我出去的目的，簡單的説，就是要知道戰地的人，和盡我所能够知道的他們的一切。我的所知所感變成我的行爲，就是這些通信報告。可惜的是，我必須在七十天中走四個省份，以致我所得的是這樣淺，這樣少。而且，因爲一些或大或小的原因，就這又淺又少的一點，也不能全部收在這個本子裏面。

我始終背誦屈原兩句話——

"夫惟聖哲以茂行兮，苟得信此下土！"

假如這個册子裏面的那些苦痛和災難，能够把遠在天涯海角各不相知的人們拉得更近一些，更關心彼此的禍福恩仇一些，我爲他們的子孫感謝！假如後來者能够知道他們的父母和祖父母或者更高的祖先是怎樣用自己的血肉替他們鋪着道路，因而知道愛惜並且保衛他們自己的道路，我爲人類的將來感謝！

我把這本書虔敬地獻給那些在陰暗中流血汗，而他們的血與汗又暗暗地□拭去了的人們。

美國文藝的趨向[*]

應該有人能譯梅菲爾（Herman Melville）的書，此人中國還少知。但是歐美極聞名。在我看，他探究天人之間的深度，不下於莎士比亞和托老，是美國文學中第一人。當然他的現實範圍甚窄狹，然而他窮究人的意義，善惡的淵源和分際，在在足以擴展人的想像和追求。《毛倍·狄克》（Moby Dick）和 Pierre 都應譯。從目前中國的現實問題，此書或無切實關聯，但如譯亞倫坡，則梅菲爾有千萬的理由應譯。此外，安得遜（Sherwood Anderson）寫美國小人物生活想望，亦好。我現在正和美國的藝術科學獨立公民委員會接頭，和他們的文藝組來往。

美國人講文學，一般地，都說生活要緊，承認生活態度要緊。但是嘴上承認是一件事，生活起來又是一件事。他們許多作家之生活與人隔絕甚為可怕。許多戰爭作家，連海明威，也不過是材料搜集家，加以想像和自己的思想態度而已。此地雖沒有中國智識份子祖傳的階層隔絕，但有他們血肉裏的個人隔絕。人與人之間必需靠電話作媒介纔能見面。沒有什麼文藝晚會、文藝座談之類。學校裏常請大作家來唸唸自己的詩，底下的人發一通問題，一兩點鐘就完了。

前幾天，好容易獨立公民委員會的文藝組纔說了，要組織文藝創作與批評的座談會，這兩天又不聽見消息。我初來很是東鑽西跑，想找到文藝界一點集體風味。近知此地就沒有這種東西。私人請吃飯，飯後談一通出版界或文藝界新聞雋語，如此而已。討論到創作問題的極少。一種無聊的個人主義和文藝的 Snobbishness 極端流行。我簡直聞到屍臭。聽說國內有人要把《安培情史》（Torever Amber）也譯出來。現在是戰

---

[*] 原載《文聯》1946年2月5日。

後，這一類穿歷史外衣的風花雪月將極多，而且或是暢銷書，如《黑玫瑰》《永琥珀》之類。望千萬省些人力物力。《柴閱夫斯基的日記》，此間近有譯本出版。鋼琴家魯平斯坦（Arthur Rubinstein）寫一書評，說"他卑微而絕望地供述一切懺悔，宛如杜斯朵夫斯基一主人翁"，想買一本寄國內來譯出。另有一書，我至今找不到 *Redstar in The Nigh*，*jean O'Casey*，弄到了也寄。喀靜的《在祖國土地上》（Alfred Kazin：*On Native Grounds*）也應譯。

梅 蘭 芳[*]

梅蘭芳這個人

梅蘭芳這個人,不僅是中國人民家喻戶曉,而且早已浸浸乎成爲世界上知名之"士"了。

從空間說,梅蘭芳在北平,在天津,在上海,在香港……都擁有最廣泛的"群衆",到過美國,到過蘇聯,到過日本,也都"載譽"而歸。

從時間說,從清末式微到民國肇建,不長不短的四十個年頭,也就是從梅蘭芳十八歲的童稚時期,一直到他五十二歲的現在。"美琪"盛況,不減當年,他依然擁有無量數的"群衆",梅蘭芳誠"聖之時者也"!

字典上幾乎找不出任何適當的形容詞或名詞來勾劃出他的全貌——從外形到內部。

"文學博士""雄婦人""書家""畫家""梅艷×王""藝術家"……以及"獨得浩然之氣""駐顏有術""雍容華貴""空前絕後""絕代藝人""國粹"……我們直感到字彙的貧乏與空虛,這一切名詞與形容詞,絲毫沒能勾劃出他的全貌。

梅蘭芳的成名是緣於藝術?是緣於做人?

一個人的成功絕不是偶然的,梅蘭芳的成功,自然不能例外。若然,梅蘭芳的左右侍衛大秘書、小書記的自我宣傳,與忠實於梅蘭芳的"義

---

[*] 原載《真話》1946 年 2 月。

務宣傳家"或"廣告家"的宣傳他的成名，是緣於"歌喉天賦"，是緣於"刻苦鍛煉"，是緣於"虛心學習"，是緣於"吸收中外古今於一身"……等等一聯串的"真理"。還有專門研究戲劇學，做過名導演和編劇家，大名鼎鼎的李健吾先生爲他張目，說他如何融洽新舊，說他表演如何美、如何眞、如何善……够了，總之一句話，梅蘭芳是這樣的成了名。

梅蘭芳的成名，果真是緣於純藝術麽？所謂四大名旦中除掉梅蘭芳以外的程硯秋、荀慧生、尚小雲，還有四大名旦以外的其餘旦角，便真的不及梅蘭芳麽？許多內行、許多評劇家，都可以說出梅蘭芳的若干缺點，若干不及其他旦角之處，至少也說出四大名旦，各有短長。在一本很厚的戲劇專號的刊物內，很多內行評劇家，很難評定四大名旦誰爲第一名，誰爲第末名？最近梅蘭芳在"美琪"演出《販馬記》，將"妾身"念作"相公"，這在平劇內，是絕難饒恕的錯誤，然而觀衆沒有反應。其實中國的觀衆，與美國的觀衆以及蘇聯的觀衆，有幾個是爲着欣賞戲劇藝術而欣賞梅蘭芳演出的？美國的觀衆是欣賞"雄婦人"，作爲共產主義國家而在本質上依然是國家資本主義的蘇聯，其欣賞梅蘭芳的心情，與美國人民心情將毋同（把共產主義放在國家上面，其滑稽正同將文學博士榮冠加在梅蘭芳上面一樣）？中國觀衆又何嘗不是帶着"看老美人""看天女"……等各種想法，甚至"歇斯底里"的幻覺來看一看梅蘭芳的？若干初中學生、小學兒童、鄉下紳士與莫測高深的暴發戶，還以爲梅蘭芳是女性呢。

想起魯迅翁說過："梅蘭芳的成名，是由於男人當他作女人，而女人呢，却懂得他是男人。"美國觀衆更欣賞他的手，女人手柔則柔矣，美則美矣，但沒有他來得"長"！說梅蘭芳的成名，是緣於純藝術麽？這是不是公平的結論呢？何況我們不要抱殘守闕，我們不要固步自封，我們的國粹——皮黃、崑腔，在近代戲劇價值上，音樂價值上，究竟能佔幾何比重？將男作女，以女扮男，在近代戲劇學上，絕對找不出它的根據。也許有人會說：梅蘭芳的成名，縱然不是由於純藝術，但確是由於"善於作人"。誠然，社會上有若干有實才實學的千里駒，因爲不善於作人，便無法遇到伯樂，懷才千古，終於鬱鬱。社會學上也有"作人"重於"作事"的真理，梅蘭芳憑他的聰明的作人手腕，謙虛、自卑、虛心、低首，以換取他的成功。他在不久以前，接見新聞記者說："我演出問題，是要經主席批准的，不過錢市長如果同意也是一樣。"這不是他的"嗲腔嗲勁"，而正是他做人的頂聰明處吧。

相傳有一位挺有名氣的編輯先生，對平劇最無好感，對梅蘭芳尤其討厭，已經寫好了一篇批判他的長文，即將付排，恰恰不前不後他專誠來訪，一次未遇，再度拜謁，在一握手一傾談之餘，這位編輯先生不僅將批判他的原文留中不發，而且漸漸成為"捧梅黨"的一員了。已經逝去的文學家劉半農先生，原是提倡新劇的老健將，但經過梅蘭芳做人手法高明而微妙的運用，也由同情他，而提出"新舊劇並重"的論調了。他若余上沅、熊佛西諸家，乃至今日之費穆、李健吾等輩，都是走上反對舊劇轉變為同情梅蘭芳，進而主張新舊劇同時並存的劉半農的老路子。

梅蘭芳的做人之道，可以化敵為友，可以逢凶化吉，可以呼風喚雨，可以降龍伏怪，這難道不是他成功的秘訣麼？其實，一個角兒像他那麼的謙虛、自卑、柔順、低聲下氣等美德，是比比皆然的，程、荀、尚，以及一切大紅大紫、次紅次紫的角兒，何嘗不懂得請客？何嘗不盡禮？拜客何嘗不週到？當低頭的時間，何嘗不比梅蘭芳更低頭？當下氣的時間，何嘗不比梅蘭芳更下氣？然而，他到底是此中翹楚。做"文學博士"，當"伶界大王"，一切懂得作人秘訣的角色，為之黯然失色！說梅蘭芳的成名，是緣於善於做人，這豈是最公平的結論嗎？從他本身主觀上尋找他成名的緣由，是很難索解的啊！

梅蘭芳：是神聖？是矢橛？

果真人人皆尊重梅蘭芳，果真人人皆歡喜梅蘭芳麼？事實上恰恰相反，對於他正存在着兩種極端不同的看法，一個在天上（神聖），一個在地下（矢橛）。

一部流傳很廣的章回小說，題名《新山海經》的作者，署名"百花同日生"（在今天上海，已很難找到這部小說了，大概是愛梅者代爲收藏或銷燬了吧）。書中以他爲經，以軍閥醜事爲緯，將梅蘭芳影射爲柳惠芬，最初以柳惠芬血案登場，以柳惠芬到上海演出盛況爲終場，這裏面醜詆漫罵，指柳惠芬與其妻福芝芳、其妾孟小冬之間，乃至與張宗昌，與潘腎囊（復），與……之間，有許多極嘻笑怒罵之資料。我們以文論文，覺得那是一部上好的章回小說，我們自然不能據爲信史，但一切章回小說，具有隱射真事的歷史意味（一部《官場現形記》，正是搜集各種官場黑暗面的報告文學），我們又不能確證其內容全屬捏造。然而，這本書的內容，與一般小報流行的"可憐一樣巫山雨，恨乏山前兩小峰"的筆調，有些異曲同工，終覺得委屈他過甚，轉足以影響這部章回小說的價值；然而也可以看出作者百花同日生，對梅蘭芳的如此大不敬，正同喜歡他、擁護他的人，完全相反，是懷着如何的憎恨呀！

還有一位露名不露姓的韜奮先生（韜奮生前寫文章很少用"鄒韜奮"三字）也對他並無好感，當人們熱熱轟轟對梅歌頌他在美國宣揚國粹的時際，韜奮以"雄婦人"爲題，投了一枝冷箭。隨後趙叔雍（即大漢奸趙尊嶽）以韜奮老友的資格寫了一篇駢四驪六的長信，請鄒在《生活》發表，信中如喪考妣似的對梅極盡庇護辯解之能事。然而，韜奮不爲所動，在按語中，仍然說他一無是處，而且說，問過專門研究戲劇的洪琛先生，將男作女的舊劇，在藝術上沒有存在的價值。

將他當作矢橛的又何止一個百花同日生、一個鄒韜奮，在報章雜誌上，揶揄他的，謾罵他的，善意批評的，惡意謾罵的，俯拾即是。即在所謂評劇家的筆端，將他說得體無完膚、一錢不值的，小復所在皆是。特別是由於捧荀、捧尚、捧程之事，也對他盡醜同詆之能事，固不讓百花同日生等專美於前也。

在"美琪"門前，有很多大亨名流贈送的花籃，比較任何大人物死後的花籃還要多，也有地位崇高的潘公展先生贈送的花籃。在衆多花籃中，赫然有位"畹華博士吾師惠存，學生北平李麗敬贈"的花籃。根據報紙記載，他的這位高徒，不是有若干令人痛心而側目的奇醜奇臭的事跡麼？（過激的人稱他的高徒爲□化漢奸）這位高徒，轉足爲博士盛名之累吧？

爲買梅蘭芳戲票，經過合法的排班，依然買不着，而求諸黑市的；又因爲梅蘭芳票子太貴，使真心愛好他的"群衆"而無緣一親芳采的。於是，報紙上流露對他的怨尤。他儘管討好若干上層大頭腦，但廣大的群衆是無福消受的。説明這些，這不過説明梅蘭芳並不是捧梅黨那麼想像的絶對的神聖啊！

自然捧他的，因爲神聖的，也大有人在。中國最老的大報——《申報》，不惜以寶貴的篇幅，作他的起居注，連吃多少飯，撒幾遍屎，都恭而敬之的記録在報。這種遺風，雖未愈演愈烈，但也可以當神聖而無愧了。

梅蘭芳是神聖？是矢橛？還不是在人心的一轉移間。

梅蘭芳的時代背景

歡喜梅蘭芳的，目爲神聖，尊爲博士；憎惡梅蘭芳的，目爲矢橛，詆爲人妖。此中毀譽的關鍵，不在梅蘭芳的藝術價值，也不在梅蘭芳的做人手法。從梅蘭芳本身，從他主觀方面，來尋求他紅得發紫的緣由，是很難找到適當的答案的。

與其從梅蘭芳一己的主觀去觀察問題，毋甯從梅蘭芳的時代背景去尋求，或者可以求得答案吧？

我們要痛心的問：滿清推翻了，是不是還殘存着封建餘孽？北伐勝利了，是不是還殘存着革命的渣汁？抗戰勝利了，是不是還殘存着叛逆的陰影？中國經歷了推翻滿清，完成北伐，以至抗戰勝利，三大輝煌過程，究竟進步了多少？一切舊的陳腐的思想意識是否還在有形無形的束縛着我們？能够這樣冷静的想一想，譚鑫培是清廷御用宮封的伶官，梅蘭芳自然形成爲有閑階級的玩賞物了。梅蘭芳代替了譚鑫培，梅蘭芳走出了宮廷，僅僅這一點"牛步化"的進步，但依然爲上層"有閑階級"縛着脚。梅蘭芳依然是小衆的，依然不是我們的，梅蘭芳的扭扭捏捏、裝模作樣的藝術！依然爲真正群衆所不能理解。

舞臺上的他，還不是三四十年前的他，除了廢除開鑼戲，除了打鑼鼓的樂工藏在幕旁以外，他在舞臺上進步了些什麼？梅蘭芳也就是譚鑫培的化身，這時代這古老的中國，依然是三四十年前的古老中國啊！

自然這責任是要時代負荷的，責備梅蘭芳個人是徒然的，"梅迷""梅毒"的構成，是時代病，是古老中國的有閑階級共同的時代病。要推倒梅蘭芳，就要推倒梅蘭芳的時代背景，改造梅蘭芳的時代背景，也祇有如此，梅蘭芳本身的藝術，纔能有所進步。滿清倒了，就要連根將封建勢力廓清，否則就有死灰復燃的一天；北伐完成了，抗戰勝利了，就要將一切奸逆殘餘連根肅清，否則終將有擡頭的一日。我們容許戲劇界有一個梅蘭芳，但在政治上，經濟上，文化上，不能容許有"政治的梅蘭芳"、"經濟的梅蘭芳"和"文化的梅蘭芳"。

滿清倒了，宣統也完了，袁世凱、徐世昌、段琪瑞、吳佩孚、張宗昌，……汪精衛、陳公博，……王揖唐、王蔭泰、王克敏……以及風流美麗，交際名花，死的死了，敗的敗了，進牢的進牢，進墳墓的進墳墓，讓他們隨着時代的淘汰而淘汰吧！

要古老的中國，更健旺的進步，須把一切不合時宜的殘渣爛汁，一齊丟到垃圾堆裏，讓被咒的被咒，該死亡的死亡！

我們絕不作骸骨的迷戀！

碩果僅存的梅蘭芳，是一個奇跡，但新時代的邁進，是會將他打入冷宮的，假如他不求進步的話。

毒藥與小米[*]

——讀報觀點需要解放

今年的五四和往年的不同，人人都曉得。不同的原因就在於有了解放，這一件驚天動地的大事。人解放了，要求解放了，思想也要解放。從讀報這方面來說，尤其應該如此。

我們的讀報經驗在目前顯然是受到一種非凡的衝擊。昨天的眼睛到報紙的某一塊地方去找昨天所習見的那一類人，可是找不到。找到的却是一大堆我們素來面生的傢伙，認也不認識，更說不上了解他們。昨天的興趣命令我們到報紙上去尋找昨天曾經使我們關心的事情，可是失望了。我們找來的是我們向來不理會的事情，好像素來是高貴客廳的地方，忽然出現了一大堆令人討厭的事物。我們習慣的思想綫路，也是同樣的在報上碰了壁。昨天習見的觀點，昨天常遇見的問題，今天簡直不容易追踪。反之，報上却出現了另外一堆想法和問題，攪擾我們已經碰了壁的思路。昨天的讀報層——知識分子——今天好像是碰見了大風暴。有人說新聞是被封鎖了，有人說知識分子的新聞要求是被忽略了，有人說新的報紙不過是些宣傳品，言下彷彿昨天的報紙是真實的新聞似的。

從腦力勞動的角度來說，許多知識分子可以說是在今天遭遇最困難的一群人。因爲他們是靠腦力來生活，來起作用的人。現在思想興趣僅僅在報紙方面就碰到這種好像是莫大的難關，使他們眼前就感到自己有喪失作用的危險，感覺到他們的主要工具——頭腦——將有被閑置起來的危險，其煩苦可知。這個難關要不打通，所謂追上時代就不容易談起。

---

[*] 原載《進步青年》1949 年 5 月 4 日。

讀報一向是不大被人重視的。除了少數對研究問題有興趣的人們以外，許多人都祇把它當作一種消閑功夫，而忽略了報紙基本上是一種政治工具。它表現動態，傳播問題與影響看法。對於羣衆的思想、態度、感情、興趣，它是組織者之一。組織起來爲了某一階層的政治、經濟、文化利益。在我們悠閑讀報的時候，不知不覺就隨着通訊社和報紙的路徑，把它們認爲重要東西認爲重要的。把它們所傳佈的觀點視爲正常的、應有的。把它們接二連三提供給我們的問題認爲嚴重問題。

　　解放以前的報紙，除了極少數站在人民立場，因而遭受反動派的打擊，以致人死報亡的以外，基本上都是站在反動派的立場上的。這些報紙的主要新聞來源就是帝國主義的宣傳網，如美聯、合衆、路透等外國通訊社，以及仰這些通訊社鼻息的國民黨中央社。因此殖民地性質就是中國報紙的一個基本屬性。比如美聯、合衆乃至路透這種通訊社，它們的任務是服務於壟斷資本，它們自己也是壟斷資本家。它們要消息飛快、繁多，一方面使壟斷資本能夠充分發揮它多財善買的性能，儘先掌握國內國外的市場情況，施展獨佔伎倆。其次，爲了使它們的利潤加大，這些帝國主義宣傳機關不能不講究刺激性。消息愈快，愈離奇，刺激性就愈大，銷行數也就愈多。要追求利潤，它們就不擇手段。它們搜求謠言，遠超過於忠實記錄現實。無謠則造謠。要說中央社是造謠總廠還太重視了它，它其實祇是從它的主人美聯、合衆學來的。帝國主義宣傳家們又風頭十足，喜歡發表意見。常常製造一些所謂某觀察家的意見，其實就是他們自己在那裏信口開河。即使他們真的找到了什麼某觀察家，該觀察家也往往就是他們自己在酒吧間或跳舞廳裏的酒肉朋友。他們憑這種伎倆來誇張、烘托對於他們有利的新聞，而貶損對於他們不利的新聞。讀慣了這種新聞，我們就養成了一種好刺激、好離奇的口味，所謂爲新聞而讀新聞，失去了讀報的意義。

　　一百年來帝國主義的壓迫使中國讀報階層，除了一部分堅決站在革命立場上的人們以外，常常把帝國主義看得又強大，又完美。從而美聯、合衆、路透等等的宣傳起了非常大的作用。他們的宣傳總是從資產階級權力政治的觀點着眼，把我們的版圖用帝國主義宣傳材料填滿了。我們美其名爲"國際新聞"，其實幾乎全是帝國主義新聞。杜魯門一份宣傳演講，中國報也要不惜篇幅把全文刊載，好像不如此不足以顯示其爲大報，有國際新聞。而關於蘇聯和新民主主義國家埋頭建設的東西，世界人民運動的情況，則極少得到較豐富的報告，常常簡直就沒有。原因並非像美國所說的由於蘇聯封鎖新聞。美國在蘇聯有不少記者，他們就不要傳出這些實況。結果所謂國際新聞幾乎完全是帝國主義的宣傳品。

美聯、合衆等等，實際上是領導中國的報紙。他們幾乎組織了中國報紙的版圖和大部分讀者的觀點與口味。

在國內方面，國民黨區的報紙向來認定了替統治階級做起居注的大前提。往來的必是冠蓋。開會演講，辦事遊樂，照例都是什麼主席，什麼長，什麼委員，好像除了他們之外，中國就沒有人了。至於勞動人民祇有在他們當難民，當遊行請願罷工時的"搗亂者"時，纔得到報紙的光顧。自然，在這種場合，他們都是被當做無名少姓的野獸似的一群來對待。人民根本沒有努力創造的機會。即有人爲了工作，努力至死，有些些成績，報紙也決不肯分心去爲他們發表幾個字的消息。報紙記載通常祇是描述現象，能夠被容許把現象發表，已經算了不起了。至於透過現象，深究問題，提出問題，在一般新聞記述方面很不多見。許多新聞記者往往是追踪要人的脚跟，脚踏實地的做他們的尾巴。一張報紙看起來很漂亮，滿眼都是大政治、大建設、大計劃、大意見。可是對於大部分讀者却祇是茶餘酒後的笑罵資料。學工的不能從報上知道工人階級的創造性和他們在建設方面的重要作用在哪裏；學農的不知道農民用什麼方法積肥種地；學科學的不知什麼方法在洋貨原料之外，製造自己的代用品；學社會學的大部分是按照美國方法填寫表格，做些園藝式的工夫。我們每個人一開口都是現成的政治家，可是"政治"這兩個字裏面所包涵的解決各階層人民的工作、生產、生活，調和各階層中間的利益，大大小小、成千上萬的具體問題都和政治聯不到一起。

幾千年來的封建壓迫，造成一種根深蒂固的兩眼朝天的傾向，把人民當作"蚩蚩者氓"。最好的不過是以上人身分，主張可憐一下那些"芸芸衆生"，不令他們凍死餓死。這種統治階級心理與殖民地性質的買辦心理相輔相成，這就是解放以前中國報紙的特質。一方面是過分的強調所謂"國際新聞"，即帝國主義宣傳，一張報紙的評價在於它的國際消息多不多；另一方面是捧統治階級，一張報紙越善於講統治階級，就越算是一張大報。除了中共的報紙曇花一現的在國統區出現之外，就沒有一張報紙把辦報的重心放在表現勞動階層的廣大人民上。

現在的情形不是這樣了。統治階級及其大小花樣和人民無關的是看不見了。現在主要的是人民的新聞，生產的消息。所謂國際新聞——英美的宣傳——是看不見了。國際新聞從屬在國內新聞之下了。我們找不到它們。就好像我們素來愛吃的、貌似白米飯的東西（其實是毒藥）不見了，我們就難過起來。其實小米飯雖難吃，却一定比貌似白米而實爲毒藥的東西好。現在報紙上究竟沒有新聞嗎？這是每一個認識自己屬於中國、屬於人民的人所要省察一下的。

對華國際借款團之史的檢討[*]

英國羅斯爵士來華，中英借款消息，甚囂塵上。同時各國亦多不願傍觀，或想染指，或加反對。言及國際對華借款，過去不乏先例，今於借款聲浪高漲時，從歷史上加以檢討，闡明其利害得失之處，諒爲國人所樂聞。

市場先占時代之借款

歐洲自產業革命以來，生產能力日形膨脹，因生產能力之膨脹，致國內市場不能銷納其過剩生產，勢必向外尋覓商場，以解救危機；此時產業落後國家，適爲其最好之尾閭，故當十八及十九世紀時，列強不惜使用武力，以打開自給自足各國之門戶，壟斷之，以爲本國商品之獨占殖民地。

此時產業發達各國，對於殖民地之要求，不僅在解決其過剩生產，同時，因爲生產發達，獲利豐富，又醞成資本之膨脹，而發生經濟上各種不自然之弊害；於是列強各國，漸漸脫離生產狀態，而專以輸出資本於產業落後國家，藉以榨取高額金利，度其寄生生活。

上述事實，實爲產業帝國主義發達或爲金融帝國主義之過程，彼時代表國家，可推英、法，統計其投於外國之資本，已有下述之數字，同時亦可知其資本活動範圍，幾遍五大洲，歐、美兩洲，又爲其勢力之集中地，而亞、非、澳三洲尚居其次。

---

[*] 原載《國論》1936年3月20日、4月20日。

年	英	法
一八五〇——一八六二年	三六	二五
一八六九——一八七二年	一五	一〇
一八八〇——一八八二年	二二	一五
一八九〇——一八九三年	四二	二〇（單位：百億法郎）

輸出大陸之資本（概算）

	英	法	德	合計
歐洲	四〇	二三〇	一八〇	四五〇
美洲	三七〇	四〇	一〇〇	五一〇
亞、非、澳洲	二九〇	八〇	七〇	四四〇

（《列寧帝國主義論》，改造社出版，八六頁）

上列數字為一九一〇年之統計，此可見歐洲三大國家於中日戰爭前後，投資於歐、美兩洲之傾向。

迄十九世紀時又產生新興德、美兩國，及急速發展之俄國，致英法及其附屬之國家，從來視為寄生地（歐、美）之市場，日趨狹隘。同時，有利之投資可能性亦大為限制，故促成金利寄生生活國家之競爭，結果，皆被迫而來侵略亞洲。此時我國適值中日戰爭失敗之後，國威大喪，暴露內部弱點，於是列國爭以借款之名，群來我國，奪取各種利權，此我國十九世紀末陷於被人鯨吞蠶食之狼藉情形也。

按中日戰爭實為帝國主義征服我國過程中之最大轉換期，因我國大敗後，不僅喪失領土，同時又賠款二億兩，致國庫日窮，我國之大借外債，實始於此時，但"於大砲……下，所締結之對外借款，等於飲酖止渴"（薩普阿洛夫《中國社會史》四三二頁）。且列強投資更連帶的發生下面之結果，即"投資於次殖民地及半殖民地所獲得之巨大利潤，當然為'公債利息'之特殊階級。此亦為帝國主義時代之資本主義的階級所以產生之原因。輸出資本於產業落後國家，結果，足以促進資本主義的各種關係之發展，且債權國家能造成高度之超過利潤、原料的及食糧的基礎（農業栽培園，原料之第一次加工，鑛山及森林資源之開發）。外國資本之經濟的及政治的支配尤雄厚之地，必建築有便利之道路（鐵路），足促殖民地及從屬各國之經濟部門的發展"（可莫阿卡得米經濟研究所《帝國主義之基本的各種特質》八頁），但"對於殖民地之軍事借款及賠償金償還借款"，"行政借款"，"此種資本之輸出與生產力之增大並無何等關係"（馬志亞爾《中國問題概論》三二八頁），不僅如此，且鐵路及鑛山借款（此種促進經濟部門之發展的借款），列強亦無促進殖民地工業發展之意，而祇為列強藉此獲取原料，阻止其生產力之發達，為本國起見，淪其為農業原料的隸屬且鞏固此種隸屬地位而已。

　　列強投資之性質如此，故中日戰爭至十九世紀末，列強對我國國際借款中之"軍事借款及賠償金償還借款"，就實際論，雖應促進我國資本主義條件之發達，鐵路借款雖應促進我國土著資本主義之發達，但因先進各國，意在淪我國為其隸屬，致我國未能發達成為資本主義國家，而反淪為次殖民地，次表所列借款，即為其進行曲，亦為彼等帝國主義國家之勢力關係的角逐圖。

　　一、軍事借款

四億法郎	一八九〇年法俄信用借款……（法俄銀行團）
一千六百萬鎊	一八九六年英德信用借款 { 匯豐銀行 / 德華銀行 }

（此係根據馬志亞爾：《中國問題概論》，三二八頁，括弧內者係著者所加）

　　二、鐵路借款及利權之一瞥

一八九五、九月	俄國獲得貫通北滿至海參威之建築鐵路權。
一八九六、九月	中俄《加西尼密約》（獲得膠州灣，旅順、大連之戰時使用權及南滿鐵路權）。
一八九五、六月	法國獲得延長安南鐵路於我國領土以內之權利。
一八九七、二月	英國獲得華南之鐵路利權。

续表

一八九五、九月	俄國獲得貫通北滿至海參威之建築鉄路權。
一八九七、三月	比利時之京漢鉄路的信用借款。
一八九七、六月	法國獲得華南之鉄路建築權。
一八九八、三月	俄國獲得旅大之租借權及滿鐵建築權之確定。
一八九八、四月	美國獲得粵漢鉄路建築權。
一八九八、五月	英國承受滬寧鉄路。
一八九八、五月	俄國承受正太鉄路借款。
一八九八、六月	法國獲得北海、南寧鉄路建築權。
一八九八、九月	英國獲得九廣、浦信、蘇杭甬三鉄路之建築權。
一八九八、十月	英國承受山海關牛莊鉄路借款。
一八九九、五月	英德獲得津浦鉄路建設權。

（以上係根據服部之總《近代日本外交史》所製成者）

三、中日戰爭後（一八九四）五年間所締結之借款額

年次	借款額	借出國
一八九四	一、六三五、〇〇〇、鎊	匯豐銀行
一八九五	三、〇〇〇、〇〇〇、鎊	匯豐銀行
一八九五	一、〇〇〇、〇〇〇、鎊	怡和洋行
一八九五	不明	亞諾德洋行（英德合辦）
一八九五	五億法郎	法俄銀行團
一八九六	一六、〇〇〇、〇〇〇、鎊	匯豐銀行、德華銀行
一八九八	一六、〇〇〇、〇〇〇、鎊	匯豐銀行、德華銀行

上表可證明列國輸出資本及行使武力以分割半殖民地——我國——之戰爭，亦即成熟的帝國主義從事殖民地之分割的戰爭。其中如法、俄、比合作，對抗英、德對華借款之提攜戰綫，惟有更加促進爭奪我國利權之戰鬥，後面將解釋英德集團與法俄比一組何故發生對立之狀態。

英於一八六五年設立匯豐銀行，以為對華經濟侵略之大本營，德於

一八八九年亦設立德華銀行以爲對華進攻之中樞機關，但當時兩國採取合作方針，即當匯豐銀行創設時，法、美、德皆參加組織，各派代表數名，保持特別之密切關係，英德爲謀對抗法美計，故彼此合作。然此種合作，迄十九世紀時，德國不僅已驅逐英國退出歐洲市場，且加窮追，即對英國在華之經濟利益，亦要求分潤。兼之，德國發展甚速，急需新販賣市場及過剩資本之投資地，要求原料資源，尤爲迫切。故前述之英德合作，實若懷抱炸彈之合作也。何況此種危險的矛盾與合作原因，其中尚包含有下面之國際關係。即（一）德國與法國發生爭奪國境地方鑛物及石炭之糾紛（法國之鑛物，德國之石炭）。（二）法"投資百億法郎以上（佔法國對外投資總額約百分之一）於俄"，發生俄法之親密關係。（三）俄國出頭之時，地球上最重要之市場，皆已爲其他列強壟斷以盡，故俄國工業與英國發生熱烈衝突。迄一八三九年，英俄在阿富汗之鬥爭，致兩者之對立，益臻明顯。俄之資阿爾政策，與英在亞洲之印度市場利益，彼此衝突更增嚴重，即在我國市場，亦以新疆、西藏爲舞台而互相角逐，尤對我國市場之鬥爭，日趨深刻。（四）英德法間，因我國市場之廣闊，一時頗呈小康之象，但迄十九世紀末，以英德提携及法俄同盟爲經，復以英俄在亞洲之緊張狀態爲緯，發生英德之合作。但英德合作實際上殊難融洽，因其中包含有不可避免的再鬥爭之緊張關係。迄一八九八年，分割我國運動，更爲急進，彼此衝突，終於一九一四年至一九一八年發生世界大戰。列強間之鬥爭，固極激烈，但彼此若發現共同利害，亦常隱蔽其相互之對立及矛盾，而實行提攜、協同，或同盟。故法俄之共同對華侵略，亦屬司空見慣之事。

再觀歐洲列強中發展較遲之俄國，吾人從上述"鐵路借款及利權之一瞥"，及"對華借款"表，可知梗概。彼於十九世紀之最後九十年（代），對於侵略極東，已於我國樹立最深之基礎。即俄國將本國產業、法國之金融資本，及德國商品之東方販路，使用西伯利亞鐵路，一肩負之以前進（服部之總《日本外交史》一五〇頁）。當俄國沙皇時，對於北滿投資，大半仰之法國借款。迄一八九七年又締結同盟，故日俄戰爭時，法國一方面雖宣言嚴守局外中立，但他方面違反中立，發生援助俄國之行為，考其目的，皆為奪取我國權利打算也（參考石井菊次郎之《法俄接近與日本》，載《國際知識》十四卷十二號九頁）。由此亦可知列強爭奪我國利權之激烈。

日俄戰後英法德三國之鐵路借款

日俄戰後，英德與法俄對於我國市場之提攜及協同的局面，發生變化，且各國對華借款問題亦惹起國際的重大變化，此即為新興日本之猛晉，俄國沙皇之敗退。英法之合同，英德之分離及四國借款團之成立，有以促成之。

此種借款團之"國際的同盟金融資本"，並不如考次基所言為"超帝國主義"或"國際帝國主義"之和諧，而仍為軋轢、紛爭、鬥爭之形態，即此時驅逐英以出歐洲市場及中國之德國，早已悄悄的培植其勢力於英國在華資本及公司之後面，而常相衝突，故所謂超帝國主義同盟之事實，終瀕瓦解也。

當德國勃起而為歐洲之新興國時，僅獲得太平洋及非洲之各島，嗣後方奄有非洲大陸東部及中央部之廣大面積，波利內西阿群島，馬西亞爾群島，薩莫阿群島之一部分，加羅林群島及馬利亞那群島（可莫阿卡得米經濟研究所《世界經濟地理》一四三頁）。後又轉而東向我國。但其時我國及我國屬地，多為英、法、俄分割殆盡。且彼等先進國對於後進國素本猜疑態度，同時相互間對於利益之分配，或對我國領土之分割，暗中陰加牽制，其中最露骨牽制衝突者實為英俄。此時新興德國，乘此間隙，已得參加分割中國。後彼此牽制，亦產生分割運動之力的均衡，但此祇屬暫時狀況，究其實際，實由尖銳之牽制，日趨深刻之衝突，致呈未爆發的活火山之狀態。即中日戰前之列國（英、法、俄、荷、日），若無蹤影之怪盜，從事掠奪我國及我國屬地，但迄中日戰後，各國更公然開始分割我國。彼等相互間因競爭之激烈，於一八九八年德國竟佔有膠州灣（長期租借），建築鉄路，開採山東省天然富源（鉄鑛等），劃爲本國勢力範圍（可莫阿卡得米經濟研究所《經濟地理》一四三頁），於是英德藉同盟名義所主張之對華均等主義、協調主義，終歸決裂。德國於一八九八年正式與匯豐銀行脫離關係，自行充實新關稅制，更設立德華銀行爲代表機關，以從事積極活動。

英國對於德國以新關稅制爲武器之對華進攻的活動，殊難坐視，爲對抗起見，乃連合匯豐銀行及怡和洋行，設立更爲強有力之新關稅制，專門用以作爲獲得我國鐵路利權之鬥爭工具。其實行具體鬥爭之機關爲中英公司（The British Chinese Corporation）。

英德鬥爭日趨激烈，迄一八九八年彼此方設定勢力範圍，即德之信用中央公司及匯豐銀行之三代表，會議於倫敦，關於建設中國鐵路，成立英德協定。規定英國以長江流域爲勢力範圍，德國以山東、黃河流域爲勢力範圍。且建築天津、浦口間之鐵路，由英德新信用借款經營之。

但此種英德勢力範圍之分割及協定，無論如何，終屬德之挑戰的進攻，而英爲後退的被動的協定，結果，故僅爲戰爭前之妥協而已。但列強間和平的同盟常爲準備戰爭，或由戰爭而產生，往往彼此互爲因果；即世界經濟與世界政策之列強的關係及其相互關係間，從同一根據中，有時或發生和平鬥爭之形態，有時或發生訴諸干戈之鬥爭形態。故列強間之和平的同盟，實若陰電與陽電未爆發以前之接觸然，今觀英德妥協，亦猶是也。嗣後英國果與法呼應提攜，以謀牽制德國。

按法蘭西之願與英國合作，以抗德國，以法國當時環境言之，亦有必要，即法國本爲俄國之金利寄生生活者，曾供給大部份之資金，以充沙皇之對華投資。然俄國係強盛於最近九十年（代）內產業極形發展之後，即自十九世紀末至二十世紀初之產業危機襲來之時，又因沙皇之野心勃勃，於一九〇四年不幸大敗於日，致其產業危機日趨深刻，受着戰敗結果之勞働者及農民，頗有動搖之勢，兼之擔負巨大軍事費，必須發行大批紙幣，致貨幣之價值大減，而主要之必需生產物及工業生產物暴漲，國勢已呈岌岌不可終日之勢。因此不僅對於法國之糊塗高利貸的元本，不能償還，即支付利息亦生阻礙，財政困難已達極點。

如一八九九年秋，俄國猶太人之慈善團曾收容猶太失業勞働者的家族達二千以上，企業之一部份倒閉，勞働者充滿街衢，且僅存之工廠亦屢次實行縮小整理（梭可洛夫《俄羅斯革命之發展過程》七六頁）。

再據梭可洛夫之調查，其時罷工之情形如左：

年次	罷工勞働者	年次	罷工勞働者
一九〇〇	二九、三八九	一九〇二	三六、八七一
一九〇一	三二、二一八	一九〇三	八六、一二二

此時法國深覺對華侵略之伴侶——俄國——已不足恃。且法國知與德國，亦無合作，又見其在我國異常活動，有自山東南漸、睥睨長江之勢，尤使法國焦急，因此欲加牽制，乃以敏銳眼光，亦始終窺伺為德國所窮追之英，利用一切機會，暗送秋波，卒於一九〇五年十月二日完成野合之夢，即英法重新組織機關，以投資於我國鐵路。

自十九世紀之最後三十年間至二十世紀初，本為世界資本主義最急速開發殖民地及海外各國之時期，尤在各殖民地及亞、美兩洲之獨立國及半獨立國間，急速的完成鐵路網。"對於各殖民地及亞、美兩洲新築之二十萬基羅米突鐵路特別利益，及鋼鐵工廠，合計其新投資本凡四百億馬克以上。"（列寧《帝國主義論》，《改造文庫》，一三二頁）。"英國因受殖民地之賜，其鐵路網凡十萬基羅米突，即較德國所增加者多四倍以上。雖然如此，但此時德國生產之發展，其中尤以石炭業及製鐵業之發展，俄法固望塵莫及，比較英國，亦為發達，即一八九二年德國鋼鉄生產額為四百九十萬噸，英國為六百八十萬噸，迄九二年德國超過英國遠矣。"（列寧《帝國主義論》，《改造文庫》，一三四頁）。

德國在此資本主義歷史的發展過程中，因生產力及資本蓄積發展問題之不均衡，而殖民地、金融資本"勢力範圍"之分配，又懸殊過甚，不得不與英法構成對立形勢。且其對立在"特別有大利可圖之殖民地企業"中，尤發生大衝突，此種現象亦於我國見之，即英德於英法新協定成立後，因津浦鐵路而互相牽制排斥。但當時英法所成立之"國際鐵路同盟"協定，以因兩國經濟的、政治的條件之不同，及兩國發展速度之不均等，由平和的超帝國主義的同盟，亦變爲非和平的對立，此從粵漢鐵路之借款，即可充分表示英法之暗鬥情形。

此時列強在我國有英與德、法與英之角逐，歐洲亦有法德之對立，因彼此力量關係，後於我國促成三國妥協，而成立有三國借款團，雖然如此，此種妥協，亦屬暫時之合作而已。若有其他挑戰者發現，此種暫時之合作，即當崩潰，即英法德自發現美國之對華侵略後，合作同歸消滅。

原來美之加入京漢鐵路借款，乃對英法德"國際鐵路同盟"之挑戰行爲，當時我國政府對於京漢綫起工計劃之當初方針，本捨棄比利時方面（知悉比國後面有法俄之野心，乃極力避免之）之資本，依賴美國。曾於一八九八年四月向美國財團（The American China Development Company）借款二千萬美金，一九〇〇年七月又加借四千萬美金。

美國之參加對華鐵路借款，固有影響於英法德之"國際鐵路同盟"，但其破壞同盟者實非美，而爲同盟中之德，即德國知悉粵漢及川漢鐵路督辦張之洞氏一九〇八年所計劃之築路借款方針，曾與英資本家開始交涉，因條件不合，未得成功，德國乃乘機煽動我國與之進行交涉。其時英國甚爲狼狽，一方面主張該借款之優先權，一方面嗾使法國，利用英法組合，根據兩國在四川及雲南之權利，藉共同協定以牽制新興之德國。由此可知英、法、德對我國鉄路借款關係之錯雜，且三國間之錯雜、糾紛、牽制，以外交方式殊難解決。迄英、德、法三國銀行團齊集柏林，屢經折衝，始成立對華鉄路借款之新妥協案，因此我國政府合併粵漢鉄路之兩湖段及川漢鉄路之湖北段，於一九〇九年六月與英、法、德三國借款團締結豫備契約。但美國聞此經緯，亦不甘拜於彼等之後塵，乃急起開始分享運動，曾親函醇親王，強硬要求加入該鉄路大借款，結果，翌年（一九一〇年）擴大三國借款團而成立所謂"四國借款團"。

上面爲英、法、德及美（彼等於十九世紀最後十年至二十世紀間，建築世界鉄路約百分之八十，加入俄國，可稱五大列強）之對華鉄路借款，其間所發生之各種妥協、分離、聯合及對立的紆廻曲折情形，至此方見成立所謂"四國借款團"之"國際同盟"。

四國借款團

四國借款團經過上述之經緯，方告成立。該團成立後，又對勢力範圍之分配，惹起英、法、德對美國之糾紛，即三國勉強將川漢鉄路借款中湖北之一部份，分與美國，然美國尚要求全部借款之均等分配（須得全體四分之一），經數次交涉，始容納美國要求，予以同等利益。雖然如此，但因各國經濟的、政治的條件之複雜，及發展速度之不均衡，嗣後每遇機會，仍常惹起各種形態之軋轢、紛爭、決裂及對立，即美國之加入問題解決後，祇因招聘鉄路技師長問題，又生糾紛，各國皆認技師長爲工業資本家之代表，致四國意見極不一致，糾紛復糾紛，四國代表於一九一〇年五月集會巴黎，方漸告妥協，同時亦正式成立所謂"四國借款團"開始借款。

粵漢及川漢鉄路之借款契約如左：

一、借款總額　六百萬鎊。

二、利率　年利五分。

三、手續費　百分之五，外加償還本利於銀行之手續費千分之二。

四、償還　期限四十年，扣除十年。從十一年起分爲三十年償還，扣除借款後，每年得增加償還額，或一時償還之。但十七年內得實行二分半之折扣。

五、擔保　湖北、湖南兩省之釐金稅四百萬兩；湖北、湖南兩省之鹽稅九十五萬兩；兩湖境內之湖北輸入米穀稅二十五萬兩。

六、特殊條件

1. 技師之招聘

中國政府招聘（一）武昌宜昌綫英人專任技師長一名，（二）廣水宜昌綫德人專任技師長一名，（三）宜昌夔州綫美人專任技師長一名。但各技師長須服從督辦大臣及總幫辦之命。

2. 材料之購買

購買外國材料由中英公司及德華公司經理代辦，手續費為價格之百分之五，但材料之品質及價格，英、法、德、美相同時，則在該四國購之。且中國鉄路總局若自本國或外國購買材料有其他經理人代辦時，須交納五分之手續費於本經理人。關於材料購買皆請求督辦大臣或總督大臣之許可。

3. 建設費不足時

建設費不足時，四國借款團在本契約同一條件下，須接受四百萬鎊之第二次公債，若延長本綫，需借外資時，四國借款團有供給資本之優先權。

我國在此種屈辱條件下，竟接受此種可怖之契約，於是國際借款團因我國愚弱，更敢橫行無忌，即於該年四月十五日，英法德美四國借款團又共同向我國要求，成立"改革幣制"及"振興實業借款"。本來我國自庚子事變後，已付巨額賠款，致國庫貧窮，急需救濟，故政府亦願藉"改革幣制"之名，告借巨款。

當英法德美"國際鉄路同盟"結成前，大敗俄國之日本已躋列強之林，即"日本自此時始，已具備帝國主義性質"，日本當然亦發生擴張領土之衝動，乃向對岸亞洲，自朝鮮以出滿洲，在彼處從事獲得一部份"原始的蓄積"之工作（阿那爾加《日本經濟批判》一頁）。同時俄國雖新敗於日，仍力謀振興產業，自一九一二年起至一九一三年止，已達景氣狀態，故俄國於滿洲之勢力，以中東鉄路為中心，依然極為強固。後因其產業異常發達，急求商品市場，在滿洲曾與發育成熟之美國資本主義衝突，如美人 F. H. Harriman 及 Straight Willard. D. 企圖在滿洲擴大商租權之失敗，即為最好例證。此時袁世凱之政治路綫，本主張與斡旋日俄媾和之美國提攜，欲藉美國驅逐日俄在滿洲之勢力，如任命徐世昌爲滿洲總督，唐紹儀爲奉天巡撫。俾與 Straight Willard. D. 協議，創設"東三省銀行"，兩國間關於資金之融通，曾交換二十萬美金之借款覺書，然此種條約，後未實現，一方面固因光緒及西太后之死，但他方面亦當然爲日俄極端反對使然。

美國計劃遭此挫折，但對我國野心，並未稍斂，即彼於滿洲之經濟的侵略，未能成功，又早與我國締結"錫愛鉄路"借款，結果又惹起國際間的紛爭。

美之對華發展，列強間從經濟的、政治的條件上發生各種分立、提攜及對抗狀態。例如法與俄國聯合，英與日本合作，皆欲陷美國於孤立之境，但美因 Straight Willard. D. 之努力，又於一九一〇年十月二十七日與我國政府締結"改革貨幣及東三省實業借款"之豫備契約，其豫定借款竟達五千萬美金之巨。

此時列強反對聲浪，日益高漲，美國惟有暫時停止，且美亦知單獨在日俄勢力範圍内之滿洲多量投資，極爲不利，乃轉而利用粵漢、川漢兩鐵路之借款團，誘惑英、法、德三國與美採取共同行動，組織四國借款團。

美國提議組織四國借款團之意見，既得列強同意，故前述之鉄路借款、改革幣制及實業借款，美亦不欲獨占，而願貢獻於四國借款團，作爲共同事業：

一、借款額　一千萬鎊……第一次交付四千萬鎊。

二、利息及借款領收條項　年利五分，自發行公債日始，每三月交付　次，但先行交付之借款利息爲年利二分。（中略）當償還本利時支付百分之一的手續費於銀行團。

三、償還　自發行公債日始，設立最初十年不償還長期借款，自第十一年始，分爲三十五年償還，但每年得償還本金二次。先行交付之借款須自簽約之日始，於十八月以内全部償還之。

四、担保　左列各種歲入，五百萬兩：

東三省煙草及燒酒稅	一、〇〇〇、〇〇〇兩
東三省消費稅	八〇〇、〇〇〇兩
東三省出產稅	七〇〇、〇〇〇兩
鹽稅新附加稅	二七、五〇〇、〇〇〇兩

五、借款之用途

全國幣制改革費	七、六〇〇、〇〇〇兩
東三省農業振興費	一、四〇〇、〇〇〇兩
黑龍江開墾費	四〇〇、〇〇〇兩
漠河觀音山之三姓金礦採掘費	二〇〇、〇〇〇兩
東三省防疫費	三〇〇、〇〇〇兩
東三省燒酒砂糖製工業改良費	一〇〇、〇〇〇兩

六、特別條件　銀行團改革幣制得選任監督官監督之。東三省之企業投資，銀行團有優先權。

七、債權者

銀行團

（英）匯豐銀行

（德）德華銀行

（法）印度支那銀行

（美）J. P. Morganand Company

（美）Kuhn，Loob and Company

（美）The First National Bank

（美）The National City Bank of New York.

列強為共同利益計，暫時提攜，然清朝政府在此敲骨打髓的高利貸條件下，欲支持其瀕死的專制政權，不顧飲酖止渴之後患，故借款雖成，但國內經濟，日趨破產。迄一九一一年清朝政府發表國有全國幹綫鐵路，致激成四川之反對暴動，高叫"打倒投降列強之清朝政府"！黃興亦率同志數十人襲擊兩廣總督衙門，即此爲一九一一年辛亥革命之前奏曲，旋於是年十月，武昌正式高舉革命義旗，建立南京共和政府，推舉孫文爲大總統。此時"日趨崩潰之清朝，對於新興勢力之攻勢，殊爲焦慮，乃起用北洋軍閥巨頭袁世凱，討伐革命軍。但袁氏經英國公使之調停，反與臨時大總統開始談判，孫文意見，祇須袁氏同意清朝退位，願以臨時大總統椅子讓之"。後袁氏果爲總統，迄一九一二年二月十二日"宣統帝遂頌退位之諭，建國二百七十七年之大清帝國乃完全倒潰矣"(《大每經濟年鑒》)，此爲清朝借外債之崩潰事實。

但辛亥起義祇屬種族革命，對於一切制度，並無多大改進，致封建制度的社會基礎，依然存在。結果，僅以封建軍閥袁世凱代替帝王專制之清朝而已，所謂"打倒帝國主義""民族解放"之革命口號，並未實現，因此列強反而利用袁氏，更加束縛我國。

此時掌握軍政獨裁權、懷抱野心之袁世凱，更欲胡作妄爲，曾自稱"洪憲皇帝"，且彼之稱帝，曾得列強暗裏援助，當新政府樹立時，彼即與四國借款團改訂"改革幣制"之借款，而重新締結一大借款，於三月九日先由四國借款團承認交付五百萬兩，以作三月至八月的行政費用，同時以後之行政借款，該團並有優先權。但迄三月十四日，四國借款團發現國務總理唐紹儀與比利時企業同盟會締結有一千萬鎊借款之密約，乃停止先行交付之借款事項，且對新政府提出嚴重抗議。

比利時之新企業同盟會，其中除比、俄外，四國借款團中之國家並無加入者，且該會代表雖爲比國之 Banque Belge Pour L'etranger，但事實上之操縱者爲俄。

比利時新企業同盟會之借款綱要如左：

一、借款收受總額　一千萬鎊，中國政府以公債形式負担之。

二、利息　年利五分。

三、手續費　百分之三。

四、償還　自簽約時始，於一年後依市價購買之或返還之。但中國政府於便宜上雖祇交清期限前一年之利息，亦可作爲償還論。

五、担保　京張鉄路之財產及收入。

六、特殊條件　中國政府將來募集外債時，如條件相同，該會對於借款有優先權。

六國借款團

袁氏政府對於比利時新企業同盟會之借款，已惹起四國借款團之憤怒及責難，袁氏政府恐與自己不利，欲放棄之，但該企業同盟會中有欲起而對抗四國借款團者（但比政府反對），致借款問題日趨嚴重，嗣後屢與比國新企業同盟會進行解約交涉，幸於相互協定下，得以解決。

此時國務總理唐氏辭職，由財政部長熊希齡代理國務總理，熊氏續向四國借款團提出新的借款問題，但其時有關係之國家，因日俄加入，已發生四國借款團改組之紛爭及角逐。加之日本此時已於亞洲解脫了殖民地之地位，變爲新興強國，對華勢力日臻膨脹；同時俄國，亦認我國爲解救其產業危機之出路，在華勢力亦不可輕視。四國借款團因此自行明瞭，不能拒絕日俄加入，蓋恐地理上易以實力脅迫中國之日俄，若爲四國借款團之仇敵，結果該團必蒙不利也。

一九一二年三月二日，四國借款團乃以"日本將來對華借款不以東三省利權爲担保"爲條件，稍形抑制日本資本主義對東三省經濟的、政治的勢力之伸張（當時已在日俄戰爭之後），承認其加入借款團。同時對於俄國，亦於四月十九日附以"滿蒙及天山南北路特殊利權除外"之條件，允許其加入。

四國借款團一方面欲極力抑制日俄對華經濟的、政治的侵略，一方面又承認該兩國加入，在此種矛盾情形下，於倫敦召集英、法、德、美、日、俄六國代表，商議定立規約，但四國借款團代表尚本其原來嫌惡日、俄兩國分割我國（對於四國勢力範圍之再分割）之態度，對於日俄之加入條件，又發生糾紛。嗣後於巴黎，重開會議，直至六月十八日，四國借款團因日俄代表之堅持本國主張，不得已默認之，六月二十日方正式成立六國借款團。

六國借款團成立後，對我國政府開始大借款運動，其時交涉之條件如左：

一、借款總額六億兩，五年以內交付之。

二、六國借款團監督借款之用途。

三、以鹽稅爲擔保，關於鹽稅施行與海關同一或類似之制度。

四、本借款期間內不得向本借款團以外之財團借款。

此時六國列強極爲跋扈，暴露其干涉我國內政之野心。我國政府對其借款不得已拒絕之，借款交涉至該年八月即告停頓。

我國在借款交涉停頓中，政府財政極爲拮據，但六國借款團又已壟斷我國借款，迄八月三十日我國政府於無可奈何中，暗裏與英之 Jackson International Syndicate 締結借款契約。按此種組合與六國借款團無關，而爲英國 Chartered Bank of India Autrsalia and Chinaloador and South, Western Bank, Capital and Countries Bank, Loyds Bank 等銀行所組織者。

其借款之綱要如次：

一、借款額　一千萬鎊，民國元年交付三百萬鎊，民國二年二月交付二百萬鎊，九月末交付五百萬鎊。

二、利息　年利五分。

三、手續費　百分之十一。

四、償還　期間四十年，前十年不償還，本利自第十一年始，分爲三十年償還，若發行公債，至十五年後，殘餘之借款，得一時全部償還之。若逐年增加償還額，但於六個月前須照會該借款之 Chartered Bank 經理銀行，二十五年以內之償還額每年須百分之二三補水，二十五年以後取消之。

五、擔保　自鹽稅歲入中，扣除其他外債擔保二千四百萬兩外之全部餘額。

六、特別條件　若未償還本公債，不得與其他財團訂立較本條約更有利之借款。如有募集外債之必要時，本借款團之條件與其他財團之條件若同，本借款團有優先權。

我國與英國各銀行自成立借款後，六國借款團已失組織之目的，但磋商條件中，均屬暗裏進行，然英國銀行團此種違反六國借款團之行爲，實與前述比利時組合一樣，終難免各種糾紛之產生也。即六國借款團明瞭内容後，即刻對我國政府提出嚴重抗議，其理由爲"鹽稅既爲庚子賠款及其他債務之担保，不能再爲此次借款之抵押"。我國政府態度亦極強硬，反駁理由爲"扣除賠償金及其他債務抵押之二千四百萬兩以外，其餘額得爲該借款之抵押"。按該批借款，我國政府與英銀行團皆欲求其實現，惟該銀行團不幸極受匯豐銀行一派之激烈抗爭，兼之，當時英國政府大受匯豐銀行之援助，乃共同制止該銀行團之活動，藉"違背政府對華方針"之口實，不加絲毫援助，致一千萬鎊公債祇交付半數。同時我國政府亦不堪六國借款團之壓迫，乃由財政部長周學熙氏，提議解除借約，屢經折衝，始由雙方商妥，已交付之五百萬兩的金額契約仍然有效，其餘未付之款作爲罷論，軒然大浪，方告平息。

當時我國政府之財政，尚極困難，其情形爲"中國財政完全由外債維持，自收到一九一二年末比利時及四國借款之一部份預先付款後，即全部中止，致目前財政頓生困難，且支付各國之庚子賠償金已達三（千）萬鎊，加之，需要償還比利時及四國借款團之預先付款，又迫在眉睫（翌年六月），同時需要支付中央各部之新舊外債達八千萬元"（《滿鐵調查資料》第百十二篇一四五頁），因此，周學熙氏於該年末決定下述五條之借款大綱，提交國務會議通過，並得參議院同意，始向六國借款團提出，作爲借款之基礎。

一、中國自行整理鹽稅，對於製鹽工廠及鹽稅征收所，自動選用外人協同經營之。鹽稅收入，儲存最確實之銀行，且以之作爲償還借款本利之準備。

二、借款用途，根據參議院之議決事項爲標準，交付時，由中國財政總長所選出之中國方面的委員一名及六國借款之代表一名，會同簽字。

三、中國審計院檢查帳簿，對於借款一部份之帳簿，準備中英兩國文字之簿册，以便中外人之共同流覽。

四、中國將來振興實業，需要借款及招聘外國技師時，根據普通契約處理之。

五、如本借款公債未完了，中國必需告貸外債，所提出之條件若與六國借款團所提出者相同時，承認該借款團有優先權。且於本契約締結以前所成立之借款契約條件，若繼續實行時亦受本條約之拘束。

十二月六日六國借款團開會於倫敦，以該條件為基礎，決定借款之具體辦法。翌年（即民國二年）作最後之決定，同時我國亦提出參議院，但將簽字時，六國借款團要求年利五分外更加五厘之高利，因此簽字陷於停頓。

此時美國財團因其政府之變動，聲明脫離六國借款團，表面原因固爲威爾遜大總統對華政策之變更，但其實際，實爲政黨之關係。美國雖然脫離，然六國借款團內部並無絲毫動搖，僅由六國借款團改爲五國借款團，故依然爲列強對華投資之"超帝國主義"的集團。

我國財政嗣後日趨崩潰，外國對於"借款亡國"之我國，已有絕望之感，故不輕易應諾我國借款之要求。但我國對於借款，依然祇求有款可借則借之，任何條件皆無條件承認，故又向五國借款團提議借款，幾經波折，迄一九一三年四月二十六日始於北京匯豐銀行樓上，成立所謂善後借款（Reorganization Loan）。此次袁世凱政府之二千一百萬鎊善後借款，有可注意者，據馬克亞爾謂："其中含有崩潰（中國經濟）之可能性，及保證反動之暫時勝利"之性質。

善後借款之契約綱要如次：

一、借款額　二千五百萬鎊。

二、手續費　發行額之一成。

三、利率　年利五分。

四、償還　期限四十七年，最初十年不償還本利，自第十一年始，開始償還。本借款成立後經過七年，無論何時，皆可買入，或得償還未到期限之全部償還額或其一部份，但於三十二年以前對於買入之償還額須附加二分五厘（即每百鎊附加二鎊半）之貼水，於三十二年後則免除附加。

五、擔保　指定鹽稅收入及直隸、山東、江蘇各省之中央政府的稅目爲第一擔保，但一年內鹽務處所徵收之鹽稅收入，支付以鹽稅爲擔保之各種借款（包括本借款）及債務，若尚有剩餘，則支付本借款次年度上半年之利息，若有充分之餘裕時，得停止上述各省每月之支付額。

六、特別條件　（一）財政部鹽務處設中國人總辦一名，外國人會辦一名，對於引票之發給，收支之統計及報告書類之編纂，設專任監理管轄之。（二）各產鹽地方之鹽，於納稅後，經該地兩分所長之蓋章始得搬出，一切鹽稅收入存入銀行團或銀行團所承認之儲蓄管理處，中國政府記入於鹽稅收入之計算中，同時爲稽查起見，須報告稽核總長。上述之鹽稅收入，若不經總辦及會辦之連名簽署不得支付。且總辦及會辦對於以鹽稅爲擔保之各種權利，享有優先權。（三）將來若以鹽稅爲擔保，舉行借款，其條件與本借款相同時，本銀行團有答應借款之優先權。

此種"善後借款"條綱中，有特加注意之點如左：即（一）以海關之行政爲先例，外人援例管理我國鹽稅。（二）債權國得監督借款之用途，致我國之鹽務行政完全掌握於外人之手。且我國政府須設立中央審計院，附設外債處於審計院內，聘外人二名爲顧問，除此以外，外債長室尚聘中外人各一名，以監督借款之用途。

該善後借款之用途，規定如左。

A. 償還滿期未付外債之本利，如二百萬鎊之庚子賠款，四十四萬七千餘鎊之四國借款團改革幣制借款，一百二十六萬四千六百鎊之比利時借款的本利，六十五萬五千餘鎊之六國借款團的本利。

B. 償還各省發行之外債二百八十萬鎊。

C. 償還將近償還期之外債，如六國借款團之百三十五萬鎊，橫濱正金銀行之借款本利二十三萬五千鎊，革命時期中對於外人之損害賠償金約二百萬鎊（此數其後遞減）。

D. 本借款（善後借款）第一年前半期利息六十二萬五千鎊及銀行之手續費千五百餘鎊。

　　E. 鹽稅整理費二百萬鎊。

　　F. 軍隊解散費三百萬鎊。

　　G. 自一九一三年四月至九月之行政費及其他用費五百五十萬鎊。

　　借款之用途，有上述七項之規定。令人不能不有下面之觀察——即我國政府之實收額二千萬鎊中，一半用爲整理各種外債之用，除鹽稅整理費及軍隊解散費五百萬鎊外，僅餘五百萬鎊，區區之數當然無從解脫國內財政之危機，何況袁世凱尚欲移用之以爲擁護個人地位——結果，惟有加深我國經濟之危機而已。該年十一月，政府又藉改革幣制之名，重新要求二億五千萬之借款。但借款團方面，鑒於前次借款之濫用，嚴重要求借款擔保及其他條件，致雙方交涉無多進展，尤以當時歐洲正在準備世界戰爭，我國雖急需借款，但一九一四年三月十六日六國借款團之柏林會議，祇因法代表缺席，即瀕流產也。

　　歐洲大戰隨即爆發，新借款問題遂完全停頓。但我國政府因財政上之困難，欲濫借外債，較前更甚，於是比利時組合乘機活動，致往年列強間對我利權之爭奪戰，又重新展開矣。

歐洲大戰中之國際借款團

　　"國際上各種對立，日趨緊張，結果，發生自一九一四年至一九一八年之帝國主義戰爭，促成世界資本主義之重新編制"。此種趨勢，一窺對華國際借款團，可知梗概。即當歐洲大戰勃發時，所謂"借款團"，除德國外，已另行組織日、英、法、俄四國借款團。但歐洲大戰對於我國經濟，極有重大意義，如德、奧、保加利等國與我國市場幾乎完全斷絕關係，不僅德、奧爲然，而英、法、俄三國亦因其地理關係，須直接參加大戰，財政不免大受打擊，致無力應付我國借款，借款團不得已而停止活動。同時，美、日雖未受歐戰直接影響，但美國對華借款，僅一千萬美金，日本亦因政治關係，拒絕貸款與所謂"洪憲皇帝"袁世凱。後袁氏退位，憂憤以死，但北京政府依然掌握於北洋軍閥手中，且地方軍閥蜂起，成為割據時代，中央政令不行，財政紊亂，達於極點。

北京政府處此情形下，一方面熟知對外借款之不可能，一方面又迫於財政之窮困，急需借款，財政部長陳錦濤曾屢次懇求借款團，告貸續善後借款一億元，一九一七年一月三十日借款團集會倫敦，決定借款大綱，同時承認借予一千萬元。

北京政府得此一千萬元借款，徒供南北鬥爭之用，內亂愈烈，需款尤急，但歐洲列強正在大戰方酣中，致財政困難，亦無力東顧，此時惟有日本借予一千萬元，以應急需，曾於一九一七年八月二十八日正式交付矣。

嗣後梁啟超繼任財政部長，宣言停止以行政費為目的之善後借款，提議代之以幣制借款，其理由為"最近同盟國及美國承認改訂關稅及延期償還庚子賠款，中國政府每年可減輕五千萬元以上之負擔，故支付臨時行政費殊無募集外債之必要。因此利用機會，改革未解決之幣制問題"。梁財政部長就任不久，即向借款團提議，告貸一億元，藉以整理紙幣及其他兌換券，統一通貨，提出相當之鹽稅剩餘充當擔保。四國借款團對此並無異議，但祇覆以"考慮後再回答"。此時日本財團利用此種機會，單獨借款中國，於一九一八年一月六日訂立契約，契約簽字後交付一千萬元，該年七月又交付一千萬元，"中國所借日本之款，雖屬急需，但當時南北戰爭激烈，可惜一切借款，皆未用之於生產方面，而完全充作軍費矣"。（日本《滿鐵調查資料》百二十二篇一八〇頁）。夫日本一方面借款北京政府，助長我國內亂，一方面又假惺惺提議，召集英、美、法、日、意五國會議（該年十二月二日），對我南北政府發出和議之勸告，日本之狡猾，誠達極點矣。

由上可知日本於一九一四年至一九一八年間，乘英、法、俄等國皆參加歐洲大戰，無暇東顧時，利用一切機會，造成其在我國惟一債權者之過程，其侵略我國之鞏固基礎，亦於此時奠定。馴致歐洲列強及"對華國際借款團"，嗣後皆不能完全背反日本意志，對於我國有所活動。此時誠爲日本獨霸東亞之黃金時代。

日本在東亞勢力，誠然獨霸一時，但列強中亦有美國與日本立場相同，不僅未受大戰之慘，反因大戰，大收漁翁之利，致產業發達，資本膨脹，急求過剩資金之投資地，故此時美國亦得單獨與我國訂立許多重要借款，而不受日本牽制。

回顧美國一九一○年，退出國際借款團時，美國資本家異常不滿，故迄一九一六年一得機會，又對我積極進行，即袁世凱彼時，對內廢止共和制度，公布立憲君主制度，急需告貸外債，於是美國之紐約、波士頓及芝加哥銀行家所組織之 Lee Higgison & Co. 命其駐在北京之代表進行交涉，袁氏以湖南鑛產及煙酒稅爲擔保，締結二千五百萬美金之借款密約，因以煙酒稅爲擔保，又稱爲煙酒借款。美國待此契約成立時，立即交付二百萬美金，該年十一月又交付三百萬美金。

美國與我國除成功此批借款外，同時又於該年四月十九日成立大運河借款及五月十七日之延長鐵路千哩之借款。大運河借款權，係掌握於 American International Corporation 之手，鐵路借款權則爲其別動隊之 Seims and Carry Railway and Camal Company 所有。American International Corporation 創立於一九一五年十一月，其活動範圍包括全世界，但特別以中國及南美爲其活動目標。

運河借款中，江蘇省分配有三百萬美金，山東省分配二百五十萬美金。但日本自驅逐俄國在滿洲之勢力以來，步步扶植及擴大其勢力，故漸漸與美國衝突，日本知悉中美此次借款，乃大加反對，交涉一時瀕於停頓，後經日美協議，共同出資，至一九一七年十一月廿日改訂舊契約，方告解決。再當時美國五鐵路借款之路綫如左：

（一）湖南衡州——廣西南寧；

（二）山西豐鎮——甘肅寧夏；

（三）甘肅寧夏——蘭州；

（四）廣東海南島——樂合；

（五）浙江杭州——温州。

美國運河借款與日本衝突方告一段落，同時鐵路借款又與英、法、俄之既得利權衝突，各國曾群起抗議，結果，中美間祇有再行改約，縮短爲下述三綫方告解決。

（一）河南周家口——湖北襄陽；
（二）湖北襄陽——陝西漢中；
（三）湖南衡州——廣東欽州。

美國之新借款團提議

回憶一九一四年至一九一八年之歐洲大戰，平白的造成美國資產階級致富之源泉，使其獲得獨占的超過利潤。結果，美國資本氾濫世界，無孔不入。但迄戰後，歐洲各國漸次復興，美國資本乃無從輸入。同時，美國二十世紀初期極端發達之工業，因國內市場購買能力之萎縮，致許多生產部門亦日趨減退。故美國資產階級必須擴張外國市場，尤須注意殖民地市場之開拓，方可解決危機，於是我國遂爲其熱愛之對象。但美國對我投資，前既退出借款團，此時未便自動的復行加入，且歐戰後，日本之在華地位，益足阻止美國之侵入。故美國之對華侵略，惟有以門戶開放、機會均等爲標榜，企圖組織新借款團，欲其餘列強，追隨己後，而自居世界惟一債權國之地位，復行從事對我之活動。

美國在此種形勢及意圖下，彼時已完成其對我投資工作之第一步，即美國政府命休・比莫爾加商會、因洛・耶普商會、紐約・普阿斯妥・那神那爾銀行、紐約・那神那爾・西特銀行等，組織新美國銀行團，後更命與極東投資有關係之許多銀行，亦加入其中。

一九一八年七月十日，美國政府乃向英、法、日各國提議，援助開發我國之公共事業，同時，又慫恿各國銀行團，組織新借款團。但英、法、日對於美國提議，頗爲懷疑，曾各自提出問題，要求解答，英國於該年八月十四日所問之數項，可爲代表：

（一）本借款有第二次或追加之改造借款否？且有另外之借款否？

（二）本借款有無行政借款之目的？或經濟借款之目的？若爲經濟的鐵路借款，則根據一九一三年九月二十六日之巴黎協定，必須除開現在借款團之活動範圍；

（三）放棄優先權者，係指行政借款上之優先權？抑指經濟借款之優先權？若指經濟借款之優先權，則英國政府曾與此有關係之英人商議，殊難同意；

（四）維持中國政治或主權之獨立的政策，對於借款擔保之歲入徵收，是否改良外國之顧問管理關係？

十月八日，美國對於此種設問，解答如次：

（一）最近成立之美國銀行團，並不欲復歸現有之借款團，而希望英、美、法、日財團另行組織新國際借款團（以下略）；

（二）所謂"爲中國或爲團體起見，拋棄團體員現有之借款優先權"云者，最先祇以美國爲限，將來此種事項祇適用於美國銀行與美國政府間之協定。因此美國隸屬人員所享有之對華借款優先權，皆賦與美國團體，該團體更願與國際團體共有之（以下略）；

（三）美國提案之意志，不問實業借款及行政借款，均歸納於新協定範圍之內（以下略）；

（四）關於危害中國政治支配權，及干涉該共和國主權之借款條項，祇拘束美國財團之將來活動，此與中國政府或各國政府與中國人間對於舊借款團所締結之現行特定約款，絲毫無關；

（五）對於俄國、比利時銀行團及舊借款團所有之權利，關於保留舊借款團之權利或加入新團體等點，並無即刻採取何等行動之意。

新四國借款團

大戰終了後，對華借款之四國代表，利用巴黎和議機會，屢經折衝，決定下列之借款大綱，彼此取得本國政府及財團之同意，即行成立新借款團。

（一）英、法、日政府對於一九一八年七月美國政府之通牒及覺書，其中所述對華新借款團之組織，議決承認其原則。

（二）決定左列各件：

A. 根據將來之借款事業，一切現存借款契約及借款選擇權所募集之款項，皆視爲共同事業之投資。但企業（包含鐵路）契約及選擇權若具體的完全與其事業有關，不在此限；

B. 各國團體所有及管理之一切借款契約及選擇權，應貢獻於借款團；

C. 各團體宜盡最善之努力，使享有此種契約或選擇權之其他當事者，將其契約及選擇權貢獻於借款團。

（三）各國團體對其本國所承認之俄國政府，發表即刻考慮俄國團體加入新借款團之宣言。

（四）比利時團體要求加入新借款團爲主要團體員，根據西門氏報告，須待新借款團成立後，對其請求，方可予以善意考慮。

上述決議記錄，由西門氏交與比利時團體。

（五）新借款團中之各團體，以一國家爲單位，且各團體中之團體員於新借款團之活動範圍內，直接、間接皆不得代表其他國民之利益。

（六）企業中之鐵路，尤當視爲一律不可分之共同事業，原則上不可將其部份處理。且各團體對其各自之代表及技術家，爲實現上述之主義起見，應訓令其起草共同計劃。

（七）日本團體所提出之參加湖廣鐵路借款，據各團體意見，須待新借款團成立後，日本團體如欲加入時，以即刻服從前項決議爲條件，各團體願意同樣的貢獻其所有權利於日本團體。

（八）本規定草案經朗讀後通過之，且決定各團體各自稟呈其本國政府後，再審議決定之。

可知美國提議之新借款團的組織，列國已於此種條件下，接受其意見。雖然如此，但新團體並未正式產生。然此時我國財政，已瀕破產，且華北一帶，陷於亙古未有之饑饉狀態中，被災地方達五省，凡二百九十縣之多，急待救濟，刻不容緩。我國當時之狼狽情形，匪言可喻。幸於一九一九年十月古政府代表徐恩元與紐約及芝加哥大陸商業信託貯蓄銀行代表休塞阿波妥交涉，以收回一九一六年芝加哥實業借款公債爲目的，締結煙酒借款（滿鐵調查資料第百二十篇）。此外尚於組織新四國借款團過程中，成立應急借款、饑饉救濟借款等。

（A）應急借款

一九一九年七月二十三日，我國政府向舊財團之代表要求二千四百萬元應急借款，但財團方面拒絕此數，後僅承認以鹽稅剩餘爲担保之極小限度的借款。

一九二〇年一月，中國政府又提出借款要求，由英法美日四國，臨時組成一財團，其借款額爲五百萬鎊，規定不得用爲妨害南北統一事業，分配其中一部分於南方，由財團監督用途，且新財團成立後，得繼承此項借款。但嗣後發生其他問題，借款未能實現，我國政府因急於借款，乃由日本單獨借予九百萬元，此項借款自該年十月份起，即以鹽稅償還之。

（B）饑饉救濟借款

一九二〇年，華北一帶饑饉甚慘，我國樹立救濟計劃，十月十四日向舊借款團提議借款一千二百萬元。四國借款團即移牒當時正在組織進行中之新借款團，但我國輿論對於新借款團，因有干涉我國內政之嫌，甚爲非難。同時我國國內財團已經組成，可以募集內債，故皆認向新借款團借款，危及國家。結果，乃取消從前一千二百萬元之提議，改爲四百萬元。但列國對於此種救荒之重大人道問題的借款，亦毫不放鬆，曾提出苛刻條件，直待我國承認其在償還借款期中增徵海關附加稅以爲担保後，方由四國分担一百萬元，迄一九二一年一月十九日取得日本借款同意，始簽字成立。

（C）煙酒借款

一九一九年中美實業振興借款，因我國之無準備，及廢棄與美國

Continental and Commercial Trust and Saving Bank of Chicago 間之新契約，一時停頓，迄該年十一月二十六日方由我國政府與美國 The Pacific Development Corporation 間，以煙酒稅爲擔保，締結新借款契約。

  a. 年利 六分。
  b. 手續費 百分之九。
  c. 期間 起債於十二月一日，以二年爲期。
  d. 担保 以煙酒稅收入二千萬元爲限度。
  e. 特別條件中國政府爲求輔佐管理該煙酒之改造事業起見，公司承認得僱用美國人，於一九一九年十二月一日任命美人一名爲煙酒局次長（會辦），該次長任期至少爲三年，其權限不下於中國政府所予監務署次長之權限。

其中煙酒借款之担保品爲鹽稅剩餘及煙酒公費收入，但此與列國銀行團及法國有鉅大關係，致遭彼等抗議，惹起外交問題，同時我國國內亦有反對輿論，中美借款契約，遂歸廢棄。然於該年十一月三十日美國太平洋興業公司及我國政府間，又締結與前面條件全然相同之借款契約，由美國借予我國五百五十萬美金，故煙酒稅管理問題，依然爲未解決之懸案。

此時四國財團代表集會巴黎，原則上皆承認有組織新四國借款團之必要，同時美國政府（該年五月三十一日）又照會英、法、日三國，鑑於舊借款團之滿期，催促火速組織新借款團。但當組織時，各國又起內閧，即日本以日本銀行團名義，通告其參加條件於英、法，其通告內容，須將日本與南滿洲及東部蒙古有特殊關係之一切權利，不包括於共同事業範圍內，日本此種加入條件，實與其加入六國借款團時所保留之條件及內容同，此時美國恐各國原則上承認日本之加入條件，乃首先表示反對，英國亦見大敗俄國之日本，擁有較俄國更強之實力，恐其威脅遠東利益，故附和美國，加以牽制，結果，組織新四國借款團之交涉，陷於停頓中。

美國財團鑑於日本之加入條件，實爲組織"新四國借款團"之癌，欲求順利進行，必先疏通日本，該團後取得美國政府及英國財團同意，派遣 Ramand 赴日交涉。Ramand 抵日後與日本政府及日本財團屢經會議，結果，獲得相互之諒解。於是日本駐美公使於三月二日將日本主張通告英、美政府。其公式如左：

"日本政府承認一九一九年五月十一日及十二日在巴黎爲組織對華借款團，由日、美、法各銀行團代表所決定之議案。但關於南滿洲及東部內蒙古之借款，如認與帝國國防及國民經濟生存之安全上有重大障礙時，帝國政府爲保障安全起見，保留採取必要措置之自由。"

（一）南滿洲鐵路本綫。支綫及其附帶事業之礦山，因無借款關係，當然不屬於新借款團之共同範圍。

（二）吉長鐵路、新奉鐵路及四鄭鐵路之工程既已完成，運轉列車亦已開始，根據新團體規約案第二條所謂具體進行中事務，不在此限之項目，上述各鐵路當然不屬於新借款團之共同範圍以內。

（三）吉會鐵路、鄭家屯洮南鐵路、長春洮南鐵路、開原吉林鐵路、洮南熱河鐵路及自洮熱綫之一站至海港之鐵路，不僅爲南滿鐵路之支綫及營養綫，且與南滿鐵路同樣，皆爲帝國國防上最重要之命脈，及爲保持極東治安之中心，日本甚望將其劃出於新借款團之共同範圍以外。

日本此種提議，無異爲宣佈其所謂確保滿蒙特種權益之原則於世界，而要求各國之承認。英美對此之回答爲"借款團不爲危害日本經濟上及國防上之行動，且對於日本權益上之一切活動，亦不加危害"。Ramand 及美英之接受日本主張，實爲列強明顯的允許日本可以利用滿洲爲其殖民地，投入資本，獲得原料及獨占的銷售其商品。日本之條件既得列強承認，乃向中外宣佈，無條件參加借款團，後於五月十一日，又以日本財團名義與美國財團交換文書。

組織新借款團之障礙既去，於是四國財團代表於該年十一月十一日集會紐約，以巴黎協定爲基礎，再行具體商議，十一月十五日正式成立團體規約，同時，英、美、法、日四國政府發表成立對華新四國借款團。

新借款團根據規約，對於我國之（一）中央及地方政府，（二）中央及地方政府所有或支配之公司及法人，（三）中央及地方政府所保證之交易事業，無論現在及將來，中國若向外募款時，皆屬借款團之共同事業。新借款團因此有下述之特徵，即（一）政治借款與經濟借款毫無區別，（二）各國所屬財團之一切既得利權，當新四國借款團成立時，皆歸借款團公有。

各國貢獻於新四國借款團之權利如左：

（一）英國

A. 浦信鐵路

B. 寧湘鐵路

此外 Pauling Company 有讓渡沙興鐵路之意，但未實行。

（二）法國

法國於新四國借款團之規約條項下，無可貢獻之既得權，因此勸告其貢獻新借款財團以外之一切資本權利於新借款團。雖然如此，但法國當局僅答以盡力而已。

（三）美國

A. 錦愛鐵路

B. Siems & Carey 借款

C. 運河改修借款

D. 煙酒借款〔注，此次煙酒借款有二：（一）為大陸商業銀行，（二）為太平洋興業會。但美國財團曾聲明取消。〕

（四）日本

A. 洮南熱河鐵路及自本綫起，終於某地點之海港鐵路

B. 濟南鐵路

C. 高密徐州鐵路

（五）舊四國借款團中，英、法二國所貢獻者如次：

A. 幣制改革借款

B. 事業振興借款

（六）舊四國借款團中，英、法、美三國所貢獻者如次：

粵漢川鐵路

（七）舊五國借款團中，英、法、日所貢獻者如次：

善後借款

此時參加新四國借款團之各國銀行團如次：

（一）英國

(A) Hongkong and Shanghai Banking Corporation. (B) Messers Baring Bros, & Co. Ltd. (C) London County Westminster and Parr's Bank. (D) Messers T. Henry Schroder & Co. (E) The Chartered Bank of India Australia and China. (F) Messers N. M. Rothschild & Sons. (G) The British Trade Corporation.

（二）法國

(A) Banque de I' indo Chine. (B) Banque de Paris et des Pays—Bas. (C) Banque de I' union Parisiene. (D) Banque Francaise Pour le Commerce et I' Industrie. (E) Comptoir Nationald' Escompte de Paris. (F) Credit Industriel et Commercial. (G) Credit Lyonnais. (H) Credit Mobilier Francais. (I) Societe Genarele.

（三）美國

(A) J. P. Morgan & Co. (B) Kuhn Laeb & Co. (C) National City Bank. (D) Guaranty Trust Company. (E) Chase National Bank. (F) Lee Higginson & Co. (G) Continental and Commercial Trust and Saving Bank 以上皆屬於 Manging. Committee.

(A) National Bank of Commerce. (B) Bankes Trust Company. (C) Central Union Truse Company. (D) Equitable Trust Company. (E) Harris Forbes & Co. (F) Brown Brothers. (G) Halsey Stuart & Co. (H) Kidder Peakody & Co. (I) First National Company. (J) National Shawmust Bank. (K) First Trust and Saving Bank. (L) Illinois Trust and Saving Bank. (M) North Trust Company. (N) Commercial Trust Company of Philadelphia. (O) Girard Trust Company. (P) Union Trust

Company. (Q) Mellon National Bank. (R) St. Louis Union Trust Company. (S) Mercantile Trust Company. (T) Mississispi Valley Trust Company. (U) Anglo and London National Bank. (V) Bank of Califonia. (W) Wells Fargo Nevada National Bank. (X) Whitney Central National Bank. (Y) First National Bank of Portland. (Z^1) Ladds & Tilton Bank. (Z^2) Security Trust and Saving Bank of Los Angeles. (Z^3) First National Bank of Los Angeles. (Z^4) Seattle National Bank.

（四）日本

（A）橫濱正金銀行，（B）台灣，（C）朝鮮，（D）興業，（E）第一，（F）三井，（G）三菱，（H）安田，（I）十五，（J）第百，（K）住友，（L）鴻池，（M）山口，（N）加島，（O）三十四，（P）近江，（Q）第三。

新四國借款團成立後之活動

當新四國借款團成立時，我國全土風靡愛國思潮，其時恰值一九一九年締結凡爾賽媾和條約，因山東交還問題，大起打倒親日派之聲浪，馴致有擴大成爲廣汎的"反帝運動"之勢。

列強爲對付起見，益鞏固其"超帝國主義之集團"，加緊向我侵略。其進行方針爲藉我國內亂之名，欲實行共同管理。此新四國借款團之組織，即爲其着手之具體表現，故其第一步驟爲國際的共同管理我國之財政及鐵路。但益激起我國之猛烈反對，同時我國民衆對於政治之覺悟，日益堅強，因此已瀕沒落之北京政府，亦大膽表示反對，如當時國務總理靳雲鵬向中外新聞記者謂：

"……中國欲實現各種改革，必需巨額借款，然借款惟有募集外債。雖然如此，若借款條件甚爲苛酷，侵害國家主權，或有政治作用，皆斷然拒絕……"

財政部長周自齊招待北京財團代表，對於新四國借款團，亦發表如左之意見：

"中國政府爲實現改造計劃，需要財政上之援助，且欲募債以充之，但反對財政之獨占或以地租爲担保之一切借款契約。"

我國朝野雖表示反對意見，但列強之國際共同管理運動，依然具體進行。我國因恐其陰謀，乃停止向新四國借款團借款，後借款團亦因我國全國風靡革命風潮，致未進行投資。

我國與新四國借款團之對抗形勢，直至美國藉名解決太平洋問題，召集華盛頓會議時，始完全打破。因我國代表施肇基於華盛頓軍縮會議極東問題委員會席上提議十大原則，確定保全領土，開放門戶及機會均等主義，廢棄秘密條約，取消司法行政上之限制等。此種原則，美國極爲贊成，但爲於我國擁有特殊權益之列國所反對，後以美國國務卿休士之提案爲骨子，始共同簽訂九國條約，"此種條約之締結，固明明爲表示美國帝國主義在中國之勝利"（日本《大每年鑑》）也。

此次會議所締結之九國關稅條約，準備徵課附加稅及廢除交通稅等，另行召集關稅特別會議決定之。

五月十五日，四國代表在倫敦召集新借款團常年評議會，決定對華時局之方針，及謀洗滌我國對於新借款團之誤解（所謂誤解即爲國際對華共同管理）。此時北京政府乃又於該年十月二日以整理舊債爲由，向新借款團告貸一億元，我國之提案如左：

一、財政部爲整理外債中之無担保或期日已到之外債。告貸一億元之長期借款。

二、此次借款以鹽稅剩餘金爲担保，以關稅剩餘金爲補充。

三、此外爲補助行政費起見，自十一月以後六個月間，豫借一千八百萬元。

新借款團代表接到此項提案後，經各國駐華公使，請訓於本國政府，但因我國時局之混亂，皆加拒絕。且四國公使根據新借款團之建議，反向我外交部發出整理外債之覺書。

此時"身披外債襤褸衣裳之北京政府",徒然表露狼狽之醜狀,一九二三年四月十七日雖然又向北京財團代表,提議整理借款,但財團方面因我國政局之動搖,加以拒絕。

借款團一方面於巴黎召集該年度之評議會,討論特別關稅會議及整理我國財政,企求獲得我國諒解,曾發表下列之聲明書:

"借款團之目的,乃在對於中國經濟的財政的事項,予以國際的合作援助,而非國際的競爭。此根據一九二二年二月六日於華盛頓會議所簽訂之條約即可知之。華盛頓會議所簽訂之各種條約,列國相約,完全尊重中國主權及其領土之保全,且開發中國之經濟資源,保持中國強而有力之政府,更予中國以自由及無威脅之機會……借款團實爲完成此種目的之適當機關,但非永久之組織,而僅爲救助中國不安之暫時的團體而已。"(下略)

新借款團之原來目的,或爲輸血於瀕死病人之機關,但因其借款躊躇,計自一九二〇年成立以後,並未進行何等借款工作,故於一九二四年七月十四日之倫敦常年評議會上,已發生改造或解散之論調。查倫敦會議之主要目的,本爲討論借款團之存廢問題,不料反而議決於翌年十月滿期後,更延長五年,同時規定團員若欲脫離,須於十三個月以前,先行豫告。

此時行將崩潰之北京政府,欲求續命之藥,曾於一九二五年十月二十六日招待九國,召集特別關稅會議。

但此次會議因受國民革命軍之北伐及郭松齡之倒戈影響,卒於十二月二十三日臨時停止會議,雖於翌年二月十八日又重行召集,然並無何等決定,同時又值段祺瑞政府瓦解,政局混亂,會議遂全歸停頓。各國之出席代表乃於七月三日發表關稅會議無限延期之共同聲明。故此次關稅會議歷時都八個月之久,結果,僅議決恢復我國之關稅自主權,其他則皆作爲懸案而保留之。

此次關稅會議,我國所認爲問題重心者,即爲暫時徵收附加稅,然後增收關稅,以爲整理債務之用。但各國欲以之作爲整理擔保不確定之外債，同時英、美、日三國因與財政整理大有關係，又皆堅持自己主張，互不相讓，關稅會議之陷於停頓，此亦爲重大原因，故各國代表雖每週集合，內部進行會議，但對於增稅用途及整理債務問題，集會凡三十餘次，各國意見，終難一致。

此次會議後，我國政局，因北伐完成，已大起變化，即北京政府消滅，成立南京中央政府矣。

南京政府一面完成全國統一工作，一面着手整理全國財政，召集全國經濟會議，曾於其第三次會議中，由公債分科委員會提出內外債整理案，經會議正式通過。其梗概如左：

"今當全國統一，開始建設時，先擬着手裁兵、開發產業等各種改造計劃，但事先必須謀資金之充實，吾人因此若不樹立信用，整理外債，則資金之募集難期。"

調查我國內外債，其中有確定担保者可不必論，但無確實担保者甚多。據財政部及交通部最近報告，財政部所保管之無確實担保外債，都三億五千四百餘萬元，內債一億八千四百餘萬元，合計爲五億三千八百餘萬元。

外國債權者提議整理步驟，先以關稅收入整理外債，以其剩餘整理內債，但我國堅持內外債同時整理，結果，外國亦無異議。

前年之關稅特別會議，我國主張增徵關稅，發行低利公債，以充整理內外債之資金。其時各國亦各有提案，但迄討論時，其大綱皆依我國原案通過。細密點則因各國利害關係未趨一致，結果，懸而未決，迄於現在。

担保不確實之外債，甚有影響於國際信用，故今當發行新公債，計劃建設事業時，必需迅速確定內外債之整理方法，茲列舉各種方法，以供採擇：

（一）無確實担保之內外債，因契約不同，而用途之性質又異，且流通於發行債券市場之時期甚長，此與公司商店皆有直接借貸關係，有此特殊事情，故難於同一的同時的處理之。如此，政府須組織舊債整理委員會，嚴密調查債權者之契約與財政部之各項目，以分別其種類及整理上之優先順序。

（二）整理中之各種內外債，須經審查會決定何項應該支付本利，何項不應支付本利，何項應該減輕利息或須完全免除利息等，藉以確定債務總額。但其中供軍閥利用以爲危害國家之外債，國民政府不負其責。

（三）確定債務總額後，以此爲準據，發行公債，兌換舊債以交付債權者，同時取消舊債之契約及其一切附屬之權利。

（四）整理公債假定年利五分，每年支付利息一次，自第十一年度始，分三十年以內，償還本金。償還本金方法，或平等償還，或年年償還，此由政府確定豫算後決定之。

關於內外債之整理，清查前北京政府賬目，種類甚多，內債總額爲八千七百餘萬元，外債總額爲五億六千一百餘萬元，合計爲六億四千九百餘萬元。目下全國統一，一律維持舊契約，同時整理道路及電氣局，謀增加收入，以償還債務，其辦法如左：

（一）前交通部之內外債的担保，皆依據原有契約處理之。

（二）交通部設置總管理所，內分行政、材料、會計三科，以處理道路行政及電氣行政。

（三）交通部任命金融界、實業界人員組織委員會，以管理債務，監督會計。

（四）道路、電氣各局之剩餘金作爲內外債之本利基金，儲存於基礎確實之銀行，以免移用。

（五）財政部速行調節資金，供給交通部，俾其迅速恢復交通機關之原狀，且進而擴大道路、電氣等之設備及謀其充實。

除此以外，全國經濟會議之國用分科委員會更樹立裁兵及建設案，提議募集新債，其內容如左：

公債名稱	建設公債
募債額	三億至五億
用途	三分之一爲裁兵費，三分之二爲裁兵建設事業費。（關於用途，組織委員會監督之。）

续表

公債名稱	建設公債
担保	增收關稅
利率	最高八分
募集時間	三年至五年
償還期間	前三年不付本利，自第十五年起至二十年間償還本債，償還時於國內募集十分之四，國外十分之六。

上述二案皆由全國財政會議原案通過。外債至此方有解決頭緒。

我國歷來對於國際借款，從其性質方面已分別大概敘述矣，歸納我國過去所以借款之因，多屬財政借款，以圖救濟政府行政上之恐慌，雖其名義大部分爲開發產業、建築鐵路等，然此祗爲借款之藉口而已。結果，我國一方面固已債臺高築，但所謂建築，並未見有絲毫成績，他方面有時不僅未見絲毫建設成績，且歷來軍閥政府，多移爲殺戮同胞，醞釀內爭之用，年來國勢日非，良有以也。

我國過去借款之目的，既多爲救濟財政上之恐慌，故需款急迫，恒不惜以高貴代價，叩求於國際借款團之前。國際借款團亦乘人之危，大施侵吞宰割手段，致夷我國處於次殖民地之地位。吾人今回顧我國之借款歷史，實無異爲檢討我國賣身往事也。且國際對我借款，亦因彼此利益衝突，雖常聯合組織借款團，以達分贓目的，然互相排斥，勾心鬥角之往跡，尚歷歷可見。

本來國家爲謀經濟發達，產業振興，一時苦於資本窮乏，告貸外資，自不失爲救濟手段之一，徵諸列國發展產業之歷史，亦多經歷此種過程。故借外債不足懼，惟借款時，須有一前提在，即借款目的須爲生產，借款成功後，亦必點滴用之生產，庶幾將來經濟之發達可期，能有所得以償還本利也。借款不僅應當有此顧慮，而向國際借款時尤須考察借款條件，是否侵犯國家主權，如發現條件侵犯國家主權，寧可停止進行，因飲鴆止渴，爲害滋大。須知外國之承認借款於我，純爲其本身利益打算，故我國之借外債，亦必以本國利益爲前提也。

　　我國借款時，尚有可堪考慮者，即借款對象抑向某一國家借款爲妥乎，抑向國際借款團爲妥乎？孰利孰害，雖須依據當時情形方可決定，但以我國今日門戶洞開之環境，某一國家單獨對我投資，恐爲列國所不許，結果，今後國際借款團之復活，或爲意料中事。言及借款對象，有時國際借款團之條件，較向某一國家借款條件爲優，因互相監視牽制，不能由某一國家獨占，雖然如此，但國際借款團若組織嚴密，亦發生壟斷之弊。故利害得失之選擇，純在政府如何利用其彼此間之衝突矛盾，苟一面可以避免共管瓜分，一面可得條件較優之借款，斯能達到利用外資，建設國民經濟之目的也。

國防與中國資源問題*

一、國防與資源

國家有永久之生命，爲民族發展之根據，國民之宜促其繁榮強盛，其間實具有休戚相關之必然性。且現在之世界，國家林立，彼此各欲求其獨立及發達，致利害衝突，亦屬司空見慣之事，即相互間因各欲貫澈其國家意志，常不惜使用國家全部力量，或積極的侵犯他國以達到本國目的，或消極的預防他國侵入，以確保本國之安寧。一觀擾擾攘攘之現階段的國際大勢，莫不孜孜於此種理想之實現，即可知其間之因果關係，於是國防問題乃成爲國家存立之要素。

言及國防力，就廣義言之，乃指國力之全部。自歐洲大戰以來，列國從實際戰爭中所得之經驗，已深悉戰爭之必要條件非僅武力戰，經濟戰及思想戰等亦與武力戰有同等之重要。如德國在世界的環攻之下，歷四年之久，幾戰無不克，攻無不取，其武力戰之能力不可謂不精強，然卒歸敗北者何也？檢討其原因，實係列國封鎖德國，物資難以充分供給，軍需接濟困難，致士失鬥志，可知此非武力之敗，實爲經濟之敗也。同時美國威爾遜總統參加戰團，知以武力勝德，難有勝算可操，乃另謀武力以外之致勝之道，實行攻心之術，如高揭十四條，致其同盟解體，民心渙散，可知德國之敗亦非敗於武力，實敗於思想也。今後對於國防力之培養及設備，此應注意者一。

今日國防力之培養及設備，不僅其內包大爲擴充，同時外延亦極形

---

* 原載《國論》1936 年 8 月 15 日。

複雜，即過去戰爭事實上祇爲專門軍人之專業，有時雖爲賭國家與亡之戰爭，但一般國民仍可維持其平時之常態；迄歐洲大戰則情形迥變，歐洲交戰國之國民雖未全體親赴疆場，然舉國人民，不問男女老幼，實際上皆屬戰鬥員，以直接或間接參加戰事。此因戰爭形態由點而綫，而平面進化到立體，戰場之範圍已無前綫與後方之別。而国家爲適應此種戰爭起見，乃將舉國人力、物力統制於國家最大之行動目的下，俾其各自擔負其應盡之戰時任務。故戰鬥員與非戰鬥員之區別，亦根本解除，可知現代戰爭形態，實較昔日複雜而擴大。同時國防策略亦與昔迥異，日本宇垣成一大將謂："今日之國防爲數國對數國，或一國對數國之事態，此爲自然之趨勢。"如歐洲大戰，事實上即爲集團國家之鬥爭，一方面爲德、奧、匈等同盟國，而他方面爲英、法、俄等協約國。此因國際關係日臻發達，犬牙相錯，往往牽一髮，即動全身，有此"敵國集團"與"與國集團"之區別。一旦相見疆場，不僅對於本國應充分謀戰備之完善，同時"與國"之戰備，亦宜兼顧，庶可博最後之勝利。由此觀之，今日戰爭以一國言，已成爲全國皆兵之有組織的普遍的戰爭；以國際言，已成爲集團國家之大規模的世界大戰。今後對於國防力之培養及設備，此應注意者二。

國防力之内包與外延，既有上述之偌大變化，今後欲保持規模宏大而持久之戰爭，必須用統制方法以發揮國家之全部機能。所謂"國家總動員"，即爲適應此種環境，將國家之一切，由平時形勢變爲戰時形勢，統制分配國家得以利用之人的、物的、有形、無形之全部資源，根據最經濟、最合理之方法以運用之。如實行思想戰、經濟戰、政治戰、科學戰等，必須統制精神動員、人員動員、產業動員、金融動員及運輸交通通信機關動員，同時亦須設置警備、情報、宣傳等組織。列强由歐洲大戰所得之經驗，爲準備第二次大戰，今正力謀各種設備之充實。舉凡足以供給此種設備充實之一切物力、人力、財力，皆爲國防上必須之資源。如礦物性原料之鐵、銅、鹽等，動植物性原料之羊毛、皮革、棉花、橡皮等，動力原料之煤、石油等，食料之米、麥等，故皆爲國防上之直接的必需資源。一旦感覺缺乏，立刻可以影響戰爭之勝負。此不僅爲戰時軍需品，而亦爲民需品。有時若將其完全充作軍用，不顧民用之匱乏，致後防人心惶惶，實亦足以搖動前綫戰鬥員作戰必勝之信念。況戰爭目的乃在減殺敵國之戰鬥能力，在戰場上直接砲火相交，衝鋒廝殺，固然不失爲決勝之要着，但列強常以致命的手段阻塞供給敵國之資源，使其戰鬥能力消失或減弱，要亦屬兵不血刃而獲凱旋之不二法門。總之，此種資源戰爭實與國防互爲表裏，資源爲國防之本體，而國防爲資源之作用，尤當現在國際積極備戰之非常時代，列國無不以鞏固國防爲國家之第一要政，而互相爭集資源以謀國防之充實，自屬意料中事。舉世囂囂之"殖民地再分割"論，及"世界原料重分配"論等，一言以蔽之，即因資源占據之不均，要求重新劃分，究其動機，又無不置重於國防觀點也。

二、我國資源之國防的統制

我國素稱天府之國，物産豐富，幅員廣大。我四萬萬華胄生息其間，歷四千餘年之久。有此土地，有此人民，有此歷史，宜其構成偉大之國家。惟時至今日，外侮緊逼，國威日喪，致土壤肥沃、萬物充滿之東北錦繡河山，一旦淪於日本，且華北、華南各處亦時時告急，岌岌不可終日。歸究其源，皆因我國同胞賴天賦之豐富物資，習於安逸，不知積極設防，充分開發，致爲强鄰覬覦。我國之招"匹夫無罪，懷璧其罪"之禍害，完全咎由自取。蓋黃金盈篋，不事蓋藏，因而惹起大盜之垂涎，實勢所必然也。今後欲求獨立生存，宜急起直追，立於國防觀點上，速謀資源之統制，庶幾亡羊補牢，時猶未晚。關於資源之統制，如德國戰時原料局、美國國防顧問委員會，對於歐洲大戰皆曾發揮充分效能。日本亦在極力研究此種機構。大正七年（民國七年）設有軍需局，制定《軍需工業動員法》。嗣後將軍需局與內閣統計局合併，成立國勢院，旋廢之。迄昭和二年重新設立資源局，直隸內閣管理，與各部連絡，尤與陸海軍部保持密切關係，實爲執行國家總動員之機關。我國亦宜有類似之組織，以統制各種資源，而爲戰爭之準備及實行。茲分爲（甲）平時統制與（乙）戰時統制，加以考察。所謂平時統制，亦爲國防目的打算，特於戰爭爆發之前夕，預爲未雨綢繆者。

（甲）平時統制　凡國家之資源欲於戰爭上發揮充分效能，須於事先調查其生產之質與量。估計我國資源如炭、銻、鎢等礦物性原料之埋藏量均爲世界冠，惟鐵、金、銀、銅等殊爲貧乏，雖有少量產額，亦多掌握於他人之手；動植物性原料，如羊毛、棉花、皮革、木材等生產甚多，惟無人注意提倡，致日就衰微。其餘動力原料及食料等，亦均如上述情形。總之，資源之分佈須互爲調節，方可保持生產與消費之均衡。茲就我國情形，將其分爲固有者及不足者之統制方法，略述如后：

（A）固有資源之統制　我國資源蘊藏極富，從事精密調查後，先就其中與國防有密切關係者，速行 a. 開發，b. 儲藏。茲先言開發，次論儲藏。

a. 開發。開發之意即不在"貨棄於地"之義。言及資源本須全部開發，但從我國環境及國防立場，一時殊難實現，故宜考察其性質而開發之，即（1）須與軍需有密切關係者；（2）須生產費低廉者；（3）須其地位處於不易受敵人勢力威脅者；（4）須不受外人條約限制者。其中（1）、（2）、（3）三項意義甚明，茲不贅。惟（4）項須略加解釋，如我國鐵礦除東北、馬鞍山、本溪湖外，則爲安徽、湖北，但該二省之鐵礦皆與日本有條約關係，礦石大半輸出日本，早爲日本政治勢力所支配，我國若與日本不將條約糾葛解除，雖屬必需資源應行開發，但爲人作嫁，賣寇以糧，殊爲大忌。反之，苟能設法，停止日人繼續開發，始爲上策。

b. 儲藏。晁錯曰："堯禹有九年之水，湯有七年之旱，而國無損瘠者，以蓄積多而備先具也。"蓄積不僅使國無損瘠，且可調節物價，對於戰爭，尤可持久。如歐戰時，德軍每月所消耗之砲彈爲一千一百萬發，步槍須二十五萬枝；俄軍於一九一七年十月一晝夜間，消費小麥一萬噸，肉類二千噸，脂肪一千噸，燕麥九千噸，乾草二萬五千噸。戰爭耗費若是之鉅，苟不事先多量儲藏，鮮有能應付裕如者。我國資源中如鹽等，生產甚豐，惜其產地多集中於淮河流域及天津、青島沿海一帶，戰爭時易爲敵人佔領或破壞，爲補救起見，一時若難於他方面新闢資源地，則惟有事先多量儲藏，且儲藏時宜遠移內地，並鞏固儲藏地之防備。

（B）不足資源之統制　世界資本之分佈，恒集中一處，如美國所藏石油約占全世界百分之六十，我國所產之鎢幾佔全世界百分之七十。如此，一方面生產過剩，一方面需要不足，當世界平常時有無相通，可資調節。迄戰爭爆發，則不足者恒感莫大痛苦。若資源豐富國家爲資源缺乏國家之"與國"，尚可恃爲奧援。若爲敵國，則困難實大。茲就我國不足資源之統制方法，略述如左：

a. 輸入。國家不足資源之解決辦法，自以輸入爲善策，但恃輸入補充，事先必須交有"與國"，同時輸入之孔道，必須保持安全與便捷。如我國戰時所缺乏之武器、糧食等，恐由廣州、汕頭起迄於勃海一帶，均爲敵人封鎖，無從輸入，此我國海路交通之弱點。同時自東北以迄西藏之陸路，因沙漠、山脈橫亘其間，道阻且長，亦非輸入之便道。細察我國地圖，可視爲輸入要口，祇餘自汕頭迄雲南之一半陸路地、一半海路之便道，因水路爲新加坡及香港海軍之活動範圍，而陸路爲安南、緬甸與我國之接壤地，更以國際形勢觀之，英、法實成我國之天然"與國"；夫兩廣既爲戰時交通命脈，中央與西南合作，切望其早日圓滿實現。

b. 節約。節約含有兩義，一爲限制必需以上之浪費，一爲減低必需量至最低限度。資源不足國家，當戰爭時，極宜實行節約政策，以供戰爭需用。如意大利侵阿，前有戰爭消耗，後有國聯經濟制裁，而意國原料又十分缺乏，爲貫澈其目的，乃將國民生活，大加改變。例如節省電力起見，商行均於下午四時半閉門。各職員午餐時間，由二小時改爲半小時。公共汽車因缺乏汽油，減少駛行，職員大都步行赴辦公處。家主多不用取暖具，以節煤斤。再如德國當歐戰前，平均每一成人每日需攝取熱量三千六百四十二加羅里，迄一九一七年減爲一千三百一十二加羅里，不及戰前二分之一。此皆節約之實例也。至於我國資源不足者亦多，祇言糧食一項，則每年輸入數萬萬担（據侯厚培氏估計，每年不敷三萬萬二千五百萬担，張心一氏估計爲一萬萬八千二百二十七萬担，文暉氏估計爲一萬萬四千六百萬石）。但據日人山崎百治氏估計，我國穀類釀酒每年消耗達六萬萬石，大小麥之製爲消耗品者亦不下一千萬石，其餘如湘、贛等省以米飼豕之每年消耗，爲數必鉅。欲剷除此種矛盾現象，惟有厲行節約，以限制必需以上之浪費。同時我國素有貪食惡習，既不衛生，又不經濟，亦亟宜改正。興登堡言及戰時糧食節約之經驗，可資我國反省。其言曰："幾年之久未有食飽的，或者至少沒有適意的肚子。"可知德國節約至於何等程度矣。

c. 代用。代用者爲資源不足國，研究以他種物品代替其必需而缺少之原料，如銅缺少，則以亞銅及鐵代替；製造彈壳，亦可用銅及鐵代替黃銅，甚至以鋁亦可代替。今年墨索里尼抵抗國聯經濟封鎖計劃，其中有增加葡萄與牛乳之生產一項，即因意國輸入酒精及羊毛之路絕，發現以葡萄可製酒精及牛乳可爲製造羊毛代用品之用。至我國缺乏之資源，如汽車所需之石油，可以木炭代替；米、麥缺少，可以馬鈴薯、紅薯、玉蜀黍等代替；肉類缺少，可以豆類代替。其餘各種工作，尚有待於科學家之精密研究。

（乙）**戰時統制**　戰時統制者爲運用經濟戰略，有效的以博戰爭之勝利，茲分爲（A）積極方法，及（B）消極方法，略述於下。

（A）積極方法　近代戰爭，消耗物力甚大，苟實力充足，一舉而制敵人死命，實爲戰爭之上策。欲達此目的，一方面固須破壞及征服敵人之武裝勢力，他方面則在如何占領、破壞或封鎖敵人之物質的元素，及其所有之資源。

a. 占領或破壞　占領敵人資源使敵人喪失戰爭之根據，同時占領者可運用其占領資源，增強戰鬥之實力。例如歐戰開戰後，德軍主力長驅以入法國西北部，占領十四縣之煤田及工業地帶，使法國工業衰弱，而德國軍需補給大稱便利。言及我國之作戰方略，最先宜占領敵人在我國內之特別權益，進而收復已失之疆土，更進而利用飛機，襲擊敵國重要資源地，使其化爲焦土。

b. 封鎖：徹底的經濟封鎖者，係以一切手段對付敵國，斷絕敵國與外部世界之一切交通上、金融上及通商上之關係。德國於歐戰之失敗，即由封鎖制其死命。我國若對敵國封鎖，先宜明瞭日本地勢及其不足資源之補給地。日本地勢，四面臨海，西北部與亞洲大陸接近，其不足資源除一部分仰給於亞洲外，其餘如棉花、羊毛、石油等則多由美洲、澳洲及南洋供給，封鎖綫之遼闊，實爲日本國防（即不易封鎖）之優點，幸環日本之列強（俄、英、美等）均不直其最近在東亞之行動，一旦我國與日宣戰，列強或將自動封鎖，亦未可知。

積極的經濟戰略，當然收效大而速。惟以我國目前之國防實力，恐難充分實行，即占領破壞或封鎖日本資源及物質的元素，非有強盛陸軍及艨艟戰艦不爲功。吾人皆知我國海軍力幾等於零，而陸軍雖略有實力，然欲一鼓直搗黃龍，恐尚有待於力量之充實。雖然如此，但空軍苟能積極發展，足以增加占領及破壞之效用，潛艇若得準備充實，亦可發揮封鎖之功能，故飛潛政策實爲我國國防之主幹。

（B）消極方法　應付敵人，苟實力缺乏，則以逸待勞，妥與週旋，亦不失爲"臨事而懼，好謀而成"之戰術，尤在我國國防力尚未充實之時，宜運用疲憊及堅壁清野戰法，以制敵人。

a. 疲憊：疲憊戰法爲使敵人因戰爭而大量消耗其實力，尤在使其食糧及戰用原料等，陷於涸竭。此種戰術，多爲國防實力不十分完備而資源豐富之國家所採用。我國對日作戰，以戰鬥情勢觀之，日本利在用速戰即決，而我利在持久戰。此因日本勞師襲遠，軍需接濟困難，故須一鼓作氣，滅我主力，且日本對我作戰，不能多量犧牲實力，尚須保留餘勇，應付列強；而我則專一對日，故可不攻堅，不爲主力戰，化零爲整，化整爲零，以四出遊擊，一方面使其攻擊失效，一方面使其疲於奔命，即使其人的、物的資源大量消耗，尚無決定戰爭勝負之日。待其精疲力竭，且知其又與列強發生衝突，然後集中主力，一舉解決之，實易於反掌。

b. 堅壁清野：堅壁清野乃誘敵深入，使敵人後防距離日遠，接濟日困，同時將其侵入之地的一切軍需原料，或遷移他處，或自動破壞，俾敵無從就地取給。待其孤軍深入，給養無着，然後一舉將其殲滅，此不失爲"以退爲進"之戰略。拿破崙之敗於莫斯科，即敗於俄軍堅壁清野之戰術。我國與日本戰爭，此種戰略尤宜採用。因日本本國資源缺乏，須掠奪我國原料，以供軍需，我國若事先盡行統制，俾敵對我資源，雖一草一木，皆無從利用，即足以制日軍之死命。

三、我國華北資源在國防上之重要性

我國重要資源多產生於北部，如東三省之大豆年產約一億担，佔全國總產額百分之三十七，而高粱亦佔全國總產額百分之三十七，林木則長白山一帶之大森林幾可取之不竭，用之不盡，此東北植物性原料之豐富。言及礦物性原料，東北又佔全國之冠，如我國鐵礦全國儲量十一億三千萬噸，而遼寧一省獨佔百分之七十，察哈爾佔百分之九。再我國石油儲量估計爲三十六億桶（每桶四十二加侖），其中撫順含油頁岩約十九億桶，已佔全國總儲量百分之五十三。此種資源在今日國防上之價值，幾成至寶，所謂"民以食爲天"，即可知豆、高粱之重要；所謂"今日世界文明即爲銅鐵文明"，所謂"油濃於血"，即可知鐵、油之可貴。但不幸於九一八之役，大好山河，頃刻間淪爲異域！雖然如此，我國若從此注意邊疆，力固國防，亡羊補牢，時猶未晚。但不旋踵而華北又告急，現在已處於岌岌不可終日之狀態，誠不免有國亡無日之慨！須知華北以歷史言，爲我國祖宗發祥之地，而北平又爲數千年之首都，古跡勝境，隨處可令人興"物華天寶""人傑地靈"之感！以國防言，則長城與沙漠橫亙其北，實爲自然之天塹，"胡人不敢南下而牧馬，士不敢彎弓而報怨"，歷來恃爲中原高枕無憂之藩籬。尤以物產豐富，資源充足，雖屯駐數百萬雄獅，亦可供養無匱，進可以攻，退可以守，誠兵家必爭之地。例如山西之煤，約佔全國總產額百分之五十一以上，小麥產量佔百分之五十，高粱佔百分之七十四，大豆佔百分之五十，玉蜀黍亦佔百分之五十，馬鈴薯佔百分之六十以上，棉花佔百分之四十二以上。聞陝西埋藏之石油，亦爲量甚多。華北有如此豐富資源，日本宜其朝夕覬覦，亟欲奪爲己有，一觀日本大亞細亞協會之調查報告（《大亞細亞主義》第三卷第二十八號，）即可窺其虎視眈眈之一斑：

"關於華北問題，日本之軍事的使命已告一階段，將來各種工作之內容，應當如何進步，姑置勿論。但華北問題發生，對於日本已生一大變化，即日本國民之注意力從前祇集中於'滿洲國'，今則擴大至華北矣。此種事實乃屬亞細亞復興之歷史的必然。華北之富源據現在所知悉者，已大有可觀，宜努力開發之，合併'滿洲國'之資源，完成極東集團，而確立亞細亞經濟集團之基礎。本此意義以調查研究華北之資源與產業，實爲最緊急的問題之一。"

現在華北問題日趨嚴重，日本走私、增兵，步步進逼。曾記去年演講日本原料政策，提出我國急應採取之對策：

（1）我們應認華北爲國防第一綫，再也不可任人蹂躪，因要以華北爲根據，將來纔有達到收回失地目的之可能，否則華中、華南亦不可保！

（2）拒絕一切無理要求；

（3）嚴禁漢奸爲虎作倀；

（4）獎勵已組織之一切學術團體；

（5）設立調查軍需之專門機關；

（6）計劃全國國民經濟總動員之統制。

時至今日，此種準備工作在可能範圍內，尚宜努力進行。但以最近華北情形觀之，恐此種溫和辦法，亦爲日本所不許。無已，我國立於國防第一綫之觀點上，立於資源生命綫之觀點上，恐惟有出於決戰之一途！

創造的戰爭[*]

　　從歐洲大戰以來，世人似乎大部分傳染了一種流行病：懼怕戰爭，覺得它是吃人喝血的猛獸，殺人放火的土匪，最好把它趕得遠遠的，永不和它再見面。可是大家心裏一面怕，一面想躲他，戰爭的呼吸却仍然一口緊似一口的逼了上來，使人逃也逃不掉，於是由怕生惡，人的心理變成以詛咒戰爭爲職業，"戰爭"兩個字所帶的氣氛、顏色、聲音，都給安上了極其怒目橫眉的獰獰模樣了。

　　故意要爲戰爭打扮一下，把"創造"那麼美的形容詞冠在它頭上，並非我的意思。我沒意要來一場無味的標新立异，取意好挣來一圈眼光綫。戰爭本是個撒旦的種子，你頑得它不好，它能招來你一頭窟窿，叫人看不清是槍彈打的，還是釘子鑽的。在這年頭，學得像聖人那麼明哲，似乎也是該應，學不到十分，也可試個幾分，我得暫時先把戰爭請遠一點，來講講別的。

　　人是個古怪東西。在上帝所造的生物中間，他是最不安分，最愛鬧古怪，和上帝算帳，爭勢力。他吃了喝了，再也不肯和一口猪、一匹馬樣放倒頭去睡覺；反偏要瞪開眼把世界拿來品頭品脚，這樣好，那樣不好，那樣有意義，這樣沒意義。還沒有人類時，連神怕也鬧不清誰是爲着誰的，誰比誰更金貴，更值價，惟獨人一來了，他便和那初進榮國府的板兒似的，趕急跑上前指指點點，説這是蟈蟈兒，那個是螞蚱，這個好看，那個醜。神既不能像劉姥姥般一巴掌將人類打開去，就祇好不當家，由他去鬧。人也就索性鬧開來，索性以爲無價值的該掃掉，甚而至於講出"生活沒有意義，就不活着"的話來了。

---

*　原載《大衆知識》1936 年 12 月 5 日，署名"楊繽"。

人類實不能說是沒有出息的。他講究價值，也看得出價值，這不算希奇，本事在於他是一種能創造價值的怪傢伙，有些人因此愛重自己太過，便說人是上帝的形相，也不是沒理由。人類便按着自然所準備的，依自己物質精神的好尚和需要，把好與不好、有意義和無意義看了出來。若是他沒本事將自然的材、力，改變配製爲新的形色聲音，有新的價值，他就祇得伏在樹梢上，山洞裏過一輩子，靠野生的草莓，落地的果子傳宗接代；也許用這法子他簡直就接傳不下來，人類這東西也許竟被自然吃掉了，留不下我們這一批。好的是他能創造新價值。他知道陳舊的價值要不得，得用新的來代替。人愈懂得分辨價值，瞭解價值是什麼，這人便愈有創造新價值的能耐和度量。

可是講到創造，人永遠要聯想到他背面那陰暗慘戚的一層，那是破壞和毀弃。說陳舊的價值要不得容易，叫它給新的讓位可難。寶座久已姓了它的姓，它是連根帶須的生在人心裏，也許人都覺得它陳舊了，黴腐了，可是祇要有那點根絡着心，你去砍掉它，有許多人會連肉帶心扯着疼。你便要倒下一棵樹來，蓋間木屋，你也得費大力，糾些人拿着刀鋸斧子去毀它。這樣，它不能再是自然界的一株生物，它不能再保有一棵樹的美，和它的意義，你把它全然變成了另一種東西，有另種價值發生了。

人類間的事情也一樣。你要破毀一種陳價值，你也得費極大的力量，招極大的麻煩和紛擾。原因是你不祇打算破毀一件東西，你還是要毀掉它的價值。這種價值你說陳舊，有酸性作用，別人却把它擱在心上，當作是生活的意義。比如迷信，如果人不覺得它有價值，不覺得它是自己生活中的中柱，你要撤毀幾座廟，打破幾座菩薩還不容易？一把誰也不愛的破椅子，看去當柴燒算不了回事，可是如若老太太覺得是老太爺遺下來的雕花椅，是她每天早上起來坐着裹脚的安座，便是它變作了白蟻窩，她也不讓你毀掉呀。你爲了掃除白蟻，或以爲不得不把它毀掉，另來一把椅，可是你得跟你老太太搞多少麻煩！她也許會跟你大吵，跑上祠堂哭老太爺去。自然你不毀這椅子也是可以的，這事兒太小了。若擴大到世界社會上的事情去，你就不能讓生了白蟻的舊價值綿延，你要毀掉它，再建新的，而世上的"老太太們"却要和你死拒。在這裏，你講不得客氣，説不得讓步，有那新東西在你的憧憬中放霞光，你得把它實現，把它製成人生美滿的真實，誰要霸占住地盤，不許你有空間、有時間這樣作，並且要妨礙你，阻擋你，那時你拔出劍來和這阻礙拼命，也即等於你在開闢一個新世界，創始一個新天地一般，你的戰鬥無論由哪一方看來都值得"創造"兩個字。

　　論到戰爭我説過現在人大半討厭它，恨它，好像戰爭犯了先天的癲癇，完全是一種不可救藥的禍害，連提它都是有罪過的。戰爭果真是這樣，倒也罷了。不幸若我們都是患了神經衰弱的恐戰病，那時該怎樣説？本來社會上的事，哪一件也不能單獨的抽出它本身來，認爲它是絕對的好或不好。抽象的東西最多祗能認爲是一種素材，素材的本身説不上有什麼意義，臨到它發生意義，它已經和當前社會發生了關係，兩下融合，變爲一種秉賦了那社會氣質的東西，成功一番特性。就靠這特性指點人，領着人去尋找它的意義和價值。刹那的戰爭期間能發生好些作用，大概人能承認。戰鼓一鼕，軍笳一號，大將手中的大旗一擺，立刻電流通滿全軍，千萬人埋頭衝鋒，迎着彈，舐着鋒刃，踏上地雷砲火滾滾前進。這時間，就是算法最精神的人也得把他的算盤抛掉，最近視、最模糊没有眼力的人，也不會無視遠處那樣鮮明的殺敵目標，千萬人這種洶湧奔騰的姿態，把殺敵的概念描繪成怒目横眉，具象的四大金剛。在平時，你也許是個性極強，老是抱緊不甘人下的態度，和人、和社會爭執，到這時，不需人對你講什麼"個體該服從總體"的教訓，你無意中已將大將的旗鼓當作了你的指南針。平時爲了達到一個目的，你會把自己擱在中心，數數這目的於自己有多少利害，一到衝鋒陷陣時，誰還記得起自己有個我在，這位我又值多少錢一斤呢？大砲瘋狂，地裂天崩，整個宇宙痙攣的揮動着密麻得和雨綫一樣的彈鞭，驅逐人們奔向個人的死亡和毀滅，可是這時候，你便向來是一隻見人就逃的鼹鼠，在那疾風暴雨之中，也會變成一隻餓獅；退縮要從你心裏絶迹，你會奮勇的搶入死亡之羅裏去。假如這一下你竟不死，你竄入死亡，你又衝了出去，用一把鋼鐵大掃帚掃去了煙雲彈陣、人和機器的碎體殘肢，你回到戰壕裏來，弟兄們又碰了頭，這時候，哪，我形容不上了。你們的親熱、坦摯、體貼、愛惜該是怎麼個樣子？不怕你在家曾經偷過你同伴的襪子，被他打了一頓，到這時，你禁得住不跟他共杯子喝水，一同歡喜流淚？哪怕他是個江西老表，你是關東老鄉，你不知江西是什麼，他不知關東在那兒，纔怪，你兩人天然會覺得是一個房頂底下的親兄弟，一條繩子捆在一塊，同死同活的一家人！

　　戰爭會養得出這些東西，像個體服從總體哪，忘我哪，勇壯哪，以及國民所必要的民族感和團結，你不能說不對。就算你要挑眼，也祇能說戰爭也養出別的什麼壞東西，像殺人、殘忍、破壞等來堵人的嘴。可是，我已安下了地步，我還有話說，抽象的戰爭養出這些抽象的傢伙，好與壞原來說不上絕對，得它和具體的國家社會情形攪在一起了，纔好說話。輪廓的本身又什麼罪過呢？長在人身上就界劃出了它的品格，老長在拿破侖的肚皮上，依橫光利一看，簡直就有了歷史的意義了。

　　戰爭落在威廉第二或那位軍火資本家手裏是回事，舉在阿比西尼亞人頭上來對付墨索里尼又是回事。若是你有意將它和新價值創造攔在一起，那算碓落在臼眼裏，剛好合套，兩全其美。

　　戰爭和創造恐怕是分不開的一物兩面，怎麼說呢？一種想像中的社會價值還沒有在社會上站起來，它的形象脫不了有些模糊不清，無頭無腦，人過慣了白日青天、明朗顯白的光陰，不習於將這種把不穩、分不清、數不出的東西看爲可能的事實。可是那社會上已成的價值它不祇是眉目分明、四停八穩的坐在鬧市上，在每個會議所裏、游戲場上，以及每個堂皇崇偉的機關裏，并且因爲它禦世的時間久，好事、壞事都幹得多，攪動人的感情，生了時起時落的波浪，習慣把這波浪匯成一條河，深深開闢在每個人心裏，它的泉源便是那已成的社會價值。人由於惰性作用，會經由這條河而眷念那河源，即便知道它不再有意義，也仍然覺得可以不把它去掉，就多一事不如少一事，等好機會來了時再說。除此之外，世間自然還有些人以爲已成的價值對於他們有莫大的意義，幾乎是生命綫的樣子，老要替這份價值拼命。這些都是事實。那想像中的新價值要想取舊的而代之，勢必也得聚集夠多的人在它底下，人人有一對遠視眼，人人有一顆較簡單的心，把許多複雜的理由、事象、動作凝練成一個教條，一個口號，作爲目標去衝鋒；要大家一條心、一個主意，把目標視爲超越一切，統括一切，拿自己和它比較，直沒有個別存在的餘地。要這樣，新價值纔能和那舊價值敵對爭長。換句話，創造新價值時所需要的情勢和人物恰好就是戰爭所能造就的，使戰爭和創造在一起，戰爭有意義，創造也有成功的可能。

像現在的中國，誰也知道得有番創造工作吧。該誰也覺得不應再替別人當殖民地，不應再讓舊封建勢力在政治、經濟、社會各方面繼續努力傳布遺毒，不應再誇獎自己是農業國，再炫耀什麽"東方精神文明"，藐視什麽"西方物質文明"了吧。說明白點，便是誰也相信我們這民族要從各方面透底解放，在世界各民族的政治、經濟、社會文化生活中，依自己的秉賦，作一個主位上的而不是奴位上的份子。在我們看來，這要求很本分，很正當。它在我們，自然是一種有魔力的新價值了，可是在那些傷心關切舊價值的別人身上，豈不是簡直就是當心一針？他們本來早已把你配在他的顏色池子裹，拿去塗抹他的地圖，你竟要打那匣子裹跳出來，把他的地圖扯碎，這不正像你要刨人的祖墳？一個孝子你竟把他殺死，也許他還容易受，惟獨你要去刨他父母的墳塋，他非得和你拼個你死我活不可。爲這個，所以我們在五年之間，丟掉了東三省，丟掉了熱河、察哈爾，失掉了華北一大半的主權，人家公然稱它爲殖民地來作它的經濟調查與開發工作，最近又算計綏遠，想把平綏路奪在手中橫貫青、寧，支配西北，外控蘇聯，內脅我們。它鑄就了一付要淪我們爲永久奴隸的心肝，壓在我們頭上。看勢子，除非我們撒手聽他支配，若不然，若我們還有個新價值的光輪在心頭明耀，一場出死入生戰爭有理由立時立刻雹落下來！

論擴大綏遠戰爭之必要

一

綏遠戰爭爆發,不過一禮拜,我軍已直搗九龍口,佔領了匪僞活動的中心——百靈廟,使敵人氣餒勢洩,觀望許久不敢動。此次軍事進展的神速有效,不但敵人未曾料到,即我們自己,因爲五年來歷次的失望,也不敢存過奢的預想。正惟它是意外迅疾的成功,更使人鼓舞感奮!我們不能不承認傅作義將軍這次大戰在民族解放上的成就已經超越了他屢次表現的英勇和堅貞。

最近十日來,邊上軍事雖常有接觸,表面上似乎歸於消歇。匪僞軍趑趄不前,且常有反正的消息。這些外形有時能使人情趣於鬆懈,以爲國境大事有望解決,苟安歲月的局面似可繼續下去,前途如何,暫不理會的樣子。然而事實裏面,正如傅將軍電文所說"綏境軍事,外弛內張"。無論匪僞反正是否別有作用,可是日軍官在上海公然表示同情匪僞,且承認日本與之有關的狂言,也已將此次綏邊戰爭的內質透得明顯。實際上,不但匪僞軍的靈魂心臟是某帝國主義者的特務機關和軍事指導員,即僞蒙匪軍中的兵士和下級將領,也有不少由某國人改充。匪僞發動時,王英、包悅卿等曾駕着某國飛機,飛往天津請示。匪僞一切新式軍火機關槍、大砲、毒瓦斯、坦克車,全由某方供給包辦。並且,在戰事期間,某方飛機竟不惜公然出發,轟炸我軍後方。最近,敵人見奴才不足成事,顯然頗有揭開假面具、自己挺身而出的意思。它一面擬派正

---

* 原載《大眾知識》1936 年 12 月 20 日,署名"楊纘"。

規軍隊兩師團出動，正面攻擊，一面又用特種軍隊（不外是漢奸小醜）來破壞側面陣線，毀壞電綫、電網等。他們以爲匪僞軍不能取勝，是因爲肚子太餓（其實是精神飢餓），於是發給餉糈七十萬，利誘威脅，使群匪西進反攻；又使僞滿軍隊由熱河開出活動。九・一八及天津自治運動的製造者×××也已奉了秘密使命，前往張北。

根據以上諸情形看去，很明白，綏遠戰爭有兩個要點大家應當記住。

第一，綏邊事件名爲剿匪，政府以之昭示民眾，大小報紙這樣登載，某國的外交官也妄言欺世，認爲"綏東戰事純係中國政府在其領土內之國內事件……中國政府處置此種情勢，有充分自由……"實則整個事變澈頭澈尾是民族解放戰爭的前哨戰。我們的對手不是幾千幾萬的漢蒙人民，而是那裏在黃衣服、紅肩章裏面的國家仇敵的先遣隊。我們所要驅逐的，與幾個失意的、愚蒙的不肖匪徒不相干，而是那騎在飛機，跨在坦克車上衝下來的奴役和蹂躪，使我全中華民族從太陽光底下消滅的殖民地政策！綏遠戰爭是歌唱民族解放的海燕，它爲神聖的犧牲和創造發軔！

第二，正爲綏遠戰爭有這樣崇偉的意義，正因敵人的開路先鋒已爲我們所擊破，主力敵人對它必然始終不會放過的，它的血嘴遲早定要吞噬綏遠。綜觀它近來積極活動的情形，可見這外弛內張的表面決不能維持多久。眼前的沉寂是敵人準備配置的機會。

二

基於以上兩點認識，故綏戰一經爆發，立即全國崛起，捐款的捐款，勞軍的勞軍，救護服務的救護服務。全國人民雖受極端貧困的迫壓，然而振臂一呼，不旬日捐款已集至五十幾萬，棉衣用品在外。大小學生竟枵腹終日，至今還在吃窩窩頭、鹹菜，薄口腹以奉軍需。自有民族以來，剿匪軍事未嘗有這麼風靡全國的現象！這正表現出全國四萬萬人共有一雙巨眼，共有一顆壯烈宏大的心，心和眼聯而爲一，指着一個共同大敵。

論民氣，論意志，我們可以支持十個綏遠戰爭而有得到最終勝利的把握！論國家所受的侮辱和危險，我們更不能不積極推動綏遠戰事，使之擴大為收復失地主權的民族解放戰爭！

擴大綏遠戰爭，在目前似乎有超乎一切的、堅急的必要。這意思可以分幾層說。第一，某方自田中上奏後，抱有征服世界的雄心，而以我們為它的軍事經濟準備庫，其目的在夷滅中國。然茲事體大，即征服中國一事，也不容易咄嗟立辦；雖奪來一部分土地，不得工夫經營開發，也仍然如獲石田。加以它的猖野行為不但激起睡獅猛醒，並使國內怨嗟，國外側目，財窮民困，進退兩難。為日本計，此時最好莫如休兵息武，努力經營開發所得土地和富源，使它的十年煤油計劃、種棉計劃、移民計劃、採鐵計劃、華北殖民地化計劃步步實現。這短期的準備於敵人不但有上列種種經濟、軍事乃至政治上的積極意義，它確可以暫時的安定誘導資本家來華發展，將國內不逞之徒的目光轉而向外，緩和國內矛盾。第二，還有一個極大的作用，便是改造東北人民的心理，使"偽滿"不但在政治上成已成事實，連心理上都不得不是。我因為很注意這一點，所以留心向新從東北來的朋友們打聽，據說東北十五歲以下的兒童絕口不提中國，不知中國國旗是什麼；十歲以下的兒童根本不知有中國這東西。二十以上的青年有志者都逃亡在外，無志者多半自以是"滿洲國"人為榮。他們在那兒也有"滿洲國歌"，也有忠君愛國、食毛踐土的一套教育改造人民。我們知道人不過是環境的產物，長期的環境薰陶，可以使猛獅失去攫拿的能力和意志。同時，人們都有相當的自我自尊。他日日受着獨立的滿洲國民觀念的食育，會不自覺的將自己與滿洲國同一，以為滿洲國的滅亡是他的恥辱。這種心理特別中於十幾歲以上的青年。所以若這局面延長至五年乃至十年，那班不知有中國國旗和中國的孩子們，本來都應是我們民族的驕子的，都會變成我們最積極的敵人！而事實上以世界現勢，尤其是德、義、日的聯盟推去，以我國這種英美式的延宕政策看去，這局面許可以延長得更久，而我們的孩子變為我們仇敵的也要更多！這是一種非常嚴重而可悲的前途。不但此也，"滿洲國"初成之初，國際觀聽原非常震駭，非常反對，若我國當時一鼓而起，大張撻伐，即使不能立加掃平，國際上知道我們是爲失土而戰，東省人民知國家是爲愛護他們而致死，雖然失土已如瘡瘍，但因有這種親愛、固結、贊許的感情和思想在週圍温煦，瘡口不難平復，不留痕跡。然時日一久，國際間或因事實不得已，或因野心家想利用以逞，又或因時間的醞培，把事實的萌芽養成了一棵樹，因局面的愈久而愈加壯大，將來即使傾全力能將其剷除，也要留下深刻的瘡痕。這瘡痕若會因風濕寒熱作癢作痛，乃至復發，將來的東北也就是如此，弄成如法德之間的薩爾、勞連乃至來因地帶一樣，或竟至弄成如但澤之類的永恒問題。謀國者爲國家的發展和堅固，對於這種將來的問題不加打算，勢必貽害子孫，禍害無窮，使我完整無缺的中華兄弟姊妹、父老子女憑空裂爲兩姓，判爲仇敵，貽任何野心家以操縱羈勒我們的把柄，何堪痛惜?!第三，正爲我們承認這種罪過之存在，且聽其向前發展，致使本來並無民族問題的中華現在也顯得裂痕百見，敵人乘此以爲挑撥離間和利用，往日的察北問題、德王問題，近日的綏東北問題，小之如去年的侮辱回民，大之如蒙人自治，無在不是敵人造孽的機會，無往不是敵人作惡的罪徵。這是使民族心理不能團結，反滋分離者一。五年之中，失去土地一，二八五，〇六九，〇〇〇方公里，察北還在外。失去人民近一萬萬。恥辱協定重重覆覆，敵人的飛機、坦克車、大砲在國門之内橫衝直闖，人人側目，近郊都邑變爲敵人駐屯守衛的禁地，無故拘捕虐辱人民，使一部分人困於恐×心理，以爲中國缺少"堅甲利兵"萬不能輕率與×開釁；一部分人或困於飢寒，或因爲缺少具體的民族行動以刺激起他的國家情緒而致流爲漢奸或準漢奸。至一般急進熱腸的人，則因爲愛國感情和行動意志無整個積極的行爲使之得到有效表現，對於上述"穩健派"乃至漢奸易存程度不齊的懷疑、憤恨或厭惡，使他們的熱血精力在各種或强或弱的行爲上遭受極可惜的犧牲。這類犧牲若果真有全國一致的對外行動是很可沒有的。第四，我們已經說過，綏遠事件決不會停止在目前的外表上，遲早敵人定要把它推進到橫斷西北，俯瞰陝甘，將整個西北和華北置於它的大包圍之下為止。以目前現狀來說，敵人或許因為某些顧慮，不願在綏遠放手大幹，怕激起引滿待發的民族戰爭，可是相當時期一到，它那進佔綏甯，以平綏路為主幹將鐵路展入甯夏，直達青海的的大計劃終必要圖實現。若我們現在不擴大此次抗戰，積極以整個計劃來整個行動，若見敵人一鬆，就趕急也撒手，則我們此次戰爭的所得終將變為白費，兵士將領所流的汗血，後方人民所受的苦辛，不都枉然了嗎？

因此，照以上情形看來，綏遠戰爭的擴大，以情以勢，都是絕不可避免的。我們不能給敵人有許多機會和時日來準備，我們不能假敵人以時日經營他所刧奪自我的土地和利源，即以我們自己的財富來鑄成凌辱和蹂躪我們的工具！在東北，我們已經錯誤的、可恥的送給了它這種機會了！一誤萬萬不可再誤！有人也許說它有時準備，我們也有，因此延宕是於雙方有利的。假定這話是對，假定我們真能澈底用這種時力來準備，而不浪耗於其他自殘國本的事情上，可是我們的地位仍然處於不利方面。以飛機、槍砲、海空等軍來說，我們的準備絕不能如敵人的迅速有效；以性質說，敵人的準備是進攻的，我們却止於防禦；敵人是在我們領土內作殖民地的開發，我們則多半限之於簡單表面軍事上的準備，其餘時力大部分用於無益有害的傷殘紛爭；況且，還有要緊的一點是：我們愈延宕對外戰爭，國內愈滋紛擾；敵人愈延宕戰爭，以時力經營既得利益，則國內問題愈減少而愈安靜，兩者利害顯然。實際上，我們技術的準備雖有不如敵人處，而地理、情勢、民氣的準備則比敵人充足萬倍。若大戰爆發，經濟政治絕交，私貨公貨不來，社會經濟的解體作用，反而更易緩和，而人民為勢為情所逼，也不能不出於節儉耐苦，不能不改用國貨，這種副作用在精神和物質兩方都不能說沒有很大的意義。而且，若我們現在真能出察北，收復熱河，直搗黃龍，則我們猶可以救回無數中華民族的子孫，銷滅將來國際上的一個癥結，使這次綏遠軍事的發展和勝利得到全國一致行動的積極實際支柱，以失地的收復、民族的解放和發展，為這勝利的永久具體的保障。到那時候，綏遠勝利纔是真正的勝利。綏遠戰爭纔能真正動手揭開民族發展史上最重要的一幕！

楊剛 著
周光明　全棋梓　整理

楊剛集（下）

荊楚文庫編纂出版委員會
華中科技大學出版社

通訊卷

綏行日簡*

一

　　一年來沒有旅行了，幾年來沒有到過一點新鮮的地方，這次去綏遠實在是令人痛快的事，尤其是現在所去的地方站在無人管理的國防邊上，你不知那一時那一刻它便要被人奪去，改作他人進攻我們的根據地，我們能夠在這時去它那兒一遊，想來真是又痛快又痛心。就我旅行的經驗來說：沒有一次我的心是塞得這麼飽滿，沒有一次使我受到這莫大的衝擊和亢奮，在夜色蒼茫裏，崇鬱的山嶺，交叉的田疇，大的樹，小的草，那一件那一點沒有我民族的血液，我國家的靈魂在裏面？是誰人如此忍心將國家民族的心與血這麼閒散隨意的拋給敵人，如揚散糠秕一樣！

　　前人經營這平綏路是費了一番苦心，明知是處在朝不保夕的局面裏，却還要把這鐵路修得這麼整齊，車輛製備得這麼清潔舒適而便宜，以我的（也是許多人的）經驗來說：平綏路車輛的乾淨、舒服、便宜，應爲全國第一，三等車有寬大的臥鋪，車票却不過十一二元，車行又很平穩，對於旅客總算是爲他們想的那麼週到，用意無非鼓勵人們多到這國家的邊界上來多看幾眼，也對它生點愛惜之情。

　　那天晚上寫到這兒，就覺得一陣惡心忍受不住，大概因爲伏案寫字的緣故，從那時停筆起直至今天又纔拿起它來。

　　幾位同伴都活潑熱心，見地都頗清楚，總算是時代的產兒，有一位同學因爲曾親去豐台調查過九・一八紀念日所發生的事件，特爲我們講

---

* 原載《大衆知識》1936 年 11 月 5、20 日。

了一講。

火車在黑暗中爬進西直門車站時，他的談話開了頭。據說他是和一個外國人去的，到那兒時，豐台已全無中國兵了。九・一八那天，中國兵士出操回營，在唯一的窄小街道上碰見了也要回營的一隊日兵，習慣上，這兩軍相遇，也都没事的過去了，所以中國兵士全然没作準備。突然，日兵站住了，一個軍官撒下馬朝我們的隊伍衝過來，用意原是要衝散我們，我們的兵士一時怒不可遏，就一刺刀刺到馬腿上去，馬亂跳起來，日軍官就摔在地上了。立時中國軍士全拔下刺刀，托起槍，就要殺過去，可是連長不許，他拿出手槍來指着兵士，說："誰放槍，我打死誰！"一句話没完，日兵已經衝來，將連長擄去，逼他令軍士繳械，連長不許。至晚，城中來了一個參謀，和日軍交涉，我軍遂退至趙家莊，日軍纔把連長放回來。軍隊退至趙莊之後，連夜趕作工事，準備迎戰，可是工事剛作好，又得了命令，叫他們放棄趙家莊！退集蘆溝橋。

在軍隊没退之先，據說已經有北平去的中國兵在豐台左近與日兵戰了三小時，並没失敗，而長官畏敵如虎，祇要退保無事就好。現在豐台週圍已經全無中國軍，遠遠望去，祇有斗大的紅日太陽旗在空中招展，代替了中國軍警是日本憲兵在搜查行人，鎮守車站。每日從早至晚，都有日兵在操場或在街市巷戰演習，演習時全無正經，都嘻嘻哈哈，跑來跑去。他們的用意全不在正經演習，祇是要示威給中國人看就是。街上中國居民的房屋由他們任意攀登，任意取來作假想攻擊的目標，居民往往駭得抱頭鼠竄，不知何事發生，日兵看見就哈哈大笑，盡量取樂。不抵抗政策是至今還不肯放棄的！

聽說東北義勇軍的行動愈來愈整齊了，現在幾乎所有的義勇軍都是有了訓練和政治了解的人民革命軍，普通義勇軍上陣去固然打日滿人，退下來就搶劫人民，為百姓所痛恨。現在都經過淘汰和訓練，與朝鮮人民軍及人民合作，日本人完全無法消滅他們，便設法將小村、遠村歸併在都市的大村落裏去，免得革命軍有所憑藉。他們將小村裏的房屋統通燒掉，免得被利用。這麼一來，人民軍反到好了，東北房屋多是土築成的，火祇能燒掉房頂，人民軍走來將屋頂重新蓋上，搬入居住倒很便宜。村民都已移走，既不必防備漢奸，自己倒免得要穴居野處了，他們因此更加把勢力集中起來。"滿"軍來攻時，向例祇是朝天放槍，一聞槍響人民軍便知是"朋友槍"來了，便退下來讓"滿"兵走入防綫，送下子彈便再走回來拾取。後來日人知道有這種情形，便交代"滿"兵以後打去若干子彈，便要繳回若干槍壳，這樣一來，"滿"兵以後就永遠不開槍，因爲開槍時子彈射出去了，彈壳也必飛走，無法將它一個個撿回來的，因此整個人民軍的問題全得日本軍隊自己對付。自九・一八以來，日本兵派去滿洲的，據陸軍省發表已死八萬之多，但這絕不是真的數目，真的數目是祇有多没有少的。

這些消息聽來令人又悲憤又興奮，我們這個民族是在怎樣苦難的狀況中爭出路！我們的人民是受着怎樣的煎熬！而同是中華民族的統治者們却硬不顧惜，沒有絲毫的血心，祇是私人的便宜安富尊榮。這樣的局面，我們將一天一天的容留它延長下去嗎？

第二天九點的時候，我們到了集寧車站，那就是平地泉。離北平時，原聽說這地方是軍事重心，危險區域，想像中這兒一定有不少的熱鬧和興奮，至少日軍是不會没有的。火車嗡嗡的爬進站時，我們都立在窗上。冷風將太陽光冲凉了，稀薄如水，注在人身上反而冰稜稜的。脚下像有一條冰的蛇在往上爬，在用冷得和刀鋒樣的舌頭刺你的腿。風頭如一把冬天的水龍對你直射，連口鼻眼睛全被它打得不能呼吸，一口涼風竄進你的心裏，你即便吞了一條死魚也不會那麼難受。平地泉車站像是被冷風佔據了，祇有"集寧縣車站"的木架和三兩個人裹着棉襖棉褲，囚着肩膀，在那兒慢慢拖來拖去，車站自個兒獨站在廣漠的郊野，上面是青天，下面是黃地，天不言，地不語，人不說話，剩下的祇有空氣還在唏噓哼呼，像是爲了這寂寞的氛圍，心裏煩躁不安。遠處躺着不正的三座山，影子裏也是那麼安定、懶管閒事的樣子，誰知這些有意沉默的山頭肚裏藏着些什麼呢？

我們不肯相信這安閒的神情，就走上站去打聽打聽，我的對象是站外走來的一個老頭，朱祥麟却找到了一個穿制服的人。老頭子搖着他那顆裝不下事的腦袋，說我的問話來的無稽，提到陶林時，他纔若有所悟的點了點頭，隨即又否認了。據說離陶林還有二三十里纔有××兵，打是絕沒有的。穿制服的人倒說了些比較在行的話，平地泉有兩師人，並且那三座裝得沒事人似的一大堆的山頭，也正藏了三肚子丘壑呢？

在平地泉看見一個賣醬雞的，一個賣包子的，包子倒是熱氣騰騰，給我們壯了不少的熱膽，朱濤普君買了許多來吃，可以擋擋寒。這點地方真冷得古怪，豐鎮警察已經穿大老羊皮袍，兩隻脚還要癩蝦蟆似的直跳，就在中午時，也不辭將大厚棉襖裹在腰裏，雖然上身祇穿一件單褂。塞外的草木已經有點轉黃，但是青綠鮮紅的仍然很多，草木似乎比人還要經事一點。卓資山以西的山頭，遠望如籠着粉色的輕紗，又像女人擦了臙脂那樣艷艷的，火車不使我近前去看，我是一直的懷着個謎，以爲陰山山脈懷有紅雲呢。等到再朝西去，穿過了幾處山徑，我纔大大的領略這紅雲的色相。遍山崖上全是細矮的紅枝紅葉，黃枝黃葉，裏面夾着細條的綠草，有蒼的，有翠的，也有嫩青、深紫和淺黃，密密穿插，織成一片彩幛，垂在車窗外面，偉麗精緻，全不缺乏。自然景物，能安排得深入人們的心情，絕不是人們所能揣測的。

塞外樹木幾乎全是白楊，不知是否土地氣候適宜的原故，要不然天公爲何會這樣好事，特地要叫這啞巴草木來陪伴他的悲風嗚咽？或者也許是造林人有意要附和風雅罷！綏遠新舊城之間，那條長長的馬路，就差不多全是白楊夾護着，老子騎青牛出函谷關，不知也曾到此地來了沒有，聽見這白楊的哀泣，他怕也要嫌造化多事，做作無聊罷！

到綏遠的那天，恰好神照顧，沒有呼風喚雨。天的樣子真美，人也凑熱鬧，有幾頂透明的玻璃花轎把掛紅帶花的新郎孩子和珠翠滿臉的大新娘送到我們眼綫裏來，叫我們看了個飽。花轎前面是吹鼓手打鑼鼓的，一個個倒很精神。不過並不像北平那些送嫁人包上些破尿布似的紅綫綉呢袍，就像土地廟裏走出來迷了路的土公土婆一般。花轎後面還有大隊的騾車，有男有女，帶着大的胸花跟着，這又和北平不同，就是我們那邊也不這樣，不知他們是迎親還是送親的呢？

吃飯是在一家羊肉館裏，我們以爲此地出蘑菇，要了兩盤，結果糊糊塗塗的被他算去四元。這古豐軒想是本地人開的飯館，生油味重極了，可是鷄子兒却了不得大，跟鴨蛋差不多，有的還要大些。在院子裏，我們發現一個大地窖，裏面掛着有幾隻宰了的鷄，一見了它，不免想起了顧大嫂的人肉作坊，汗毛就直樹了起來。後來聽伙計說，那就是他們的冷藏室呢。缺少水，不會藏冰的地方，祇能使用地窖的方法，顧大嫂之流的人物，想來也是從這兒學去的罷。回來時，王日蔚君買了兩大子野葡萄，金黃的小珠兒圍綴在灰色細枝上，倒很出色，看見小孩子們吃的津津有味，我也摘了一顆放進嘴裏，可是立刻就吧的吐了出來，猶覺一口酸味無法洗刷，敢情這金玉其外的東西，是除了一點酸澀的汁液，什麼都沒有了的。

綏遠有新舊兩城，新城大約都是政治軍事文化機關所在處，舊城則買賣特別多，吃食店、綢緞店、藥店都集在一條最繁華的，有些歐化的北門內街上。在那兒也有三層樓的西式建築，也有新式的浴堂、電燈、電話、無綫電，看來像是很熱鬧，很近代化，可是留心一看，就知道這種近代化全無意義。我看見一個大夫的廣告，借重了北平醫生的大名還不算，還要連那北平大夫的官銜都寫在頭裏，這樣那條廣告就成了某某中央機關某長某人之代理人，某某某某醫生。又有一次聽人講那兒的小學生畢業，家裏也有人報喜，就如中了秀才似的，報條上寫着捷報"總司令某主席某廳長某所辦某學校捷報貴府某少爺畢業"等等。中學以上的畢業生當然就是紳士。在這種抄襲來的近代文化裏面，所有的實在還根深蒂固是這種封建官僚的刀官發財心理。這種心理原是中國各處都有的，却不像此地表現得這種堂皇顯露，恬不爲怪，而且這種心理至今還濡染着一部分青年。據一位當地人說，當有時考問大學生、中學生的求學志願時，他們就答說求學就是爲了回來好作紳士。這種現象是很可悲的。國事如此，綏遠處在這國防前綫，正在死生存亡的關頭，青年們應該是國家的一份實力，對於這種局勢應該抱有積極的態度，作有意義的表示，也顯得民族精神的作用，可是實際上這邊的青年們方面却仍是寂然無聞！這種現象若是作紳士的心理所致，則教育者與外埠的覺悟青年應當趕緊承認自己的錯誤與失敗，應當趕急起來救濟，救亡工作若不能普遍的散佈於首當其衝的國防邊界，普及於窮鄉僻壤的智識份子和非智識份子，若祇是幾個大都市的文化界、學生界來弄，是很沒基礎，很難收效的。必須整個青年整個人民都起來，尤其不可放棄了處在最前綫的落後份子！

人人都知道綏遠布、綏遠呢，人人也都想要看它一看，我們也就是這人人中的一份子，承建設廳毛織廠李工程師很熱心的招待我們，把廠裏各部分都走了個遍，又仔細的講給我們聽，我們纔能有個比較清楚的印象，廠中的工人男女小孩一共有一百多人，每天工作十一小時，工資由七元半到三四元不等，比起外埠大廠家來自然不算大，可是在綏遠毛織中就算唯一使用近代生產方法的製造廠。織造的東西主要的是牀毯、車毯、軍呢、普通毛呢，至於我們常說的綏遠布還是其他手工業作坊織的。工人生活推測當然不會滿意，尤其是分毛的女工、小孩成天被毛屑喂着，包圍着，嘴眼鼻耳無處不蓋滿了又髒又臭的毛絨，臉上全沒人色，和豆紙相似。一個個精神萎靡，躬腰縮背，像枉死域中的幽靈。這種作羊毛的女工，以我想來，祇有比紗廠工人更苦，更容易受病的。可是他們困於生活，無法躲避這種病險，人生到了這一步田地，實在不能算是人，祇能說是一種比較靈便的兩脚畜牲！它比機器更苦，因為機器受苦而無知覺；他比牛馬更苦，因為牛馬比他更結實，能抵抗。人受苦到極點的時候，真是會失掉人性，連抱怨訴苦都不會時，人真變成了一頭靈魂上的牛馬，祇會啞着嘴，呆着眼，將牛馬來看承自己的。一個國家能把自己的人民造成這種實質的牛馬，這種國家，這個社會還能說有存在的理由，真是宇宙間永不會再見的奇聞！

二

綏遠在外表上，頗見得出一點樸素。在火車上沿路來時，就祇見有七零八落的黃土小屋，被灰塵蒙蔽着，伏在荒野山腳，老實本分的可憐，還以為是鄉村氣象。及至洋車走到歸化（舊城）城大道上時，兩旁仍然是一些灰黃苦臉的舊土屋，房子多半没有橫梁，用黃土和曬磚作成的居多，偶有用木頭之處，無非作門窗之用，而門和窗又是很少的。像這類的房宅，無論或大或小差不多都有個很大很大的院落，院中黃土滿眼，高低不平，牛馬騾車全可以停歇在那兒，牲口也就在那兒用草料，拉尿拉屎。稍講究點的人家，大門裏面還有一塊黃土照墻，次些的都是從馬路上就可以望見内室。房子照例都是很矮的。鄉村人家，土籬不過二三尺，土屋纔可一人高，有的還不到，居人走進屋去時，男人們準得低下腦袋，先把頭鑽進去了，纔不致碰壁。

新城的各種機關，也都極其簡單樸質。一個晉綏長官公署不過一所很小的四合房，屬於政府機關的綏遠日報社，除了有一個鋪滿了石灰鳥糞的大院落之外，就是幾間未經髹漆的白木辦公室，也許這房子還是新的建築吧，但就這房子的姿態看來，無論如何油漆它，它也是不會有怎樣漂亮面孔的。至於省政府雖是一省的觀瞻所繫，也還説不上像北平公安局那麼張皇。一切方面，都見得出一種樸質不華的態度。當然我們知道，綏遠整個從長官到人民的質樸表現，都有着決定的經濟原因在背面，人民居處的草率簡陋，不是我們所能滿意的。

祇有舊城的北門内街，顯得五光十色一點，房子也不是那麼淺露，在這裏算是有了一點文化的意味，但同時也帶來了病態的、表面的華麗。據説綏遠的商店没有一家不是在愁眉苦臉中過日子。有許多鋪子，賣的錢不用説賺，連開銷都不能支付，年終結賬，没有賠大本的就算買賣好。市面蕭條到了極點。我們留心看去，簡直少見有人走進一家店鋪去。祇有一家電料行，倒是門口天天日夜擠滿了人，那裏有粗野的無綫電在弄沙嗓子，刮得人耳膜生疼。市面蕭條的原因有好幾個，交通不便，情勢不穩定，使人不敢也不能放膽做生意，都是理由；最要緊的還是因為沒有生產事業，消費者的力量也很有限，很薄弱。綏遠除了官辦的一家小小毛織廠外，並無其他工業，市面祇靠些消費貿易來維持，消費者的機關職員多往平津一帶直接買東西用，本地作小買賣的往往衣食之外，不須，也不能置辦什麼消費品。至於主要的消費者農民，則年年荒歉，今年又遭旱災，高粱祇長得二三尺高，眼見得收穫微末得很，完糧還來不及，那有餘錢買東西？即使年歲好，如民二十年時，穀子每擔祇賣八毛錢，每人每年要三擔穀食，再加一二元的衣服費，四元錢可過一年，可是穀賤傷農，往往穀子賣不出，就連八毛錢也不能到手。近年來每年災害，穀子賣到六七元一擔，平空每年每人生活費增加了十六七元，而又收不到穀子去賣，又那有錢去作消費之用呢？

市面蕭條，省府的稅收減少，自不得不從別方面設法。綏遠當新疆與內地交通的衝要，每年由那兒有幾次駱駝隊轉運羊腸過境，這筆羊腸稅，也就是一項收入。此外就是鴉片畝捐、煙燈稅、花捐等等。據說上等煙館，每月納稅在二十元左右，最下的也要八九元，所以煙館很多，老少壯年都常常一榻橫陳。我們曾親見有穿中山裝西大氅的青年，也躺在煙榻旁邊，不知是醒是醉，景象很可慘。

聽說綏省每年的收入，都直解太原，以後，再由太原發下省府的經費。既然如此，當局者似應該為國家萬年之計設想，把這種黑籍捐稅完全取消，好在綏遠上下官民都十分樸質耐苦，不怕犧牲，當局者何妨寧可核減一點他們的經費，將這毒稅取消，屬行禁絕毒物？似這種一邊唱禁，一邊要派煙畝捐，其結果，是非到民族消亡不止的！

西北人民生活之苦，大家耳中想來已不生疏。土地荒蕪，缺少水源，又加旱蝗雹子，綏遠一帶幾乎每年必災。十頃之家，往往收不夠食。有幾頃地的人民也都是披一塊、掛一塊的衣不遮體，終年手足胼胝的在地裏勞動，所吃的不過是油麵、土豆、小白菜、老鹽冲水而已，這還是土財主的人家，赤貧的人家每日祇能熬極稀的糜米粥喝，沒有鹽也沒菜

（糜米是比小米、玉米更壞的一種糧食，形狀很像小米，但是價錢並不便宜，也要三十子左右一斤，綏遠一毛錢合四十枚，糜米也就幾乎一毛錢一斤了！）北平人的窩窩頭，此地人都想不到嘴。所以人民多半是精神不振，面有菜色。很精壯胖大的結實農民倒是少見。

以上所說還算好的，是年歲比較不太壞的結果。若當大旱如西北五省大旱災的那年，綏遠的的確確是人吃人，餓倒在街頭，氣未斷，腿已經被人咬去了一大塊。還有就是賣。三十歲以下的一歲一元，以上的遞減，到五六十歲時，三四元錢也可以賣給人了。這種老女人多是口裏孤老人來買去，預備自己死了，有人陪屍哭靈，還有買女死屍的，那是準備自己死了有人合骨同葬。這種合葬同穴的觀念，在人民中間有如此魔力，是改造社會的人們值得注意的事。許多人不愛旅行，安土重遷，沒有冒險性，都是這一點迷念在作怪。其實人已死了，知覺已沒有了，不但合骨歸葬與否你不知道，就是人家將你的骨頭如何處置了，你又何從得知？生既然是爲人而生，自己終不能得到享受，何必在死後反以枯骨害人？

綏遠耕地不多，土質好，可是因爲水利不足，耕種方法未改良，未墾的地，固然毫無出產，已墾的地也是產得很少很少。地價極賤。有的到三四毛錢一畝，有的一二塊；近城附郭地方，因爲交通便利，水源足，種植青菜和雜糧，出產很多，那種地也貴至一百元左右一畝，或六七十元。不過一般說來，種地面積，還是太少，農村稀疏，往往大片平原杳無人煙。樹木在城區之內種植得非常好，又整齊又多，尤其是城外幾條大道，肥綠夾護，蜿蜒不斷，望去像一條壯碩夭矯的青龍。可是一出到郊外，也就寥落極了。綏遠左近地畝草地少，農地多，所種的大都是油麥，據說這東西的養分非常好，其次是高粱。種地的牲口還是牛佔多數，其餘多是馬或驢。我們到時，農人正要翻土下麥種。常見田土上一個辛苦的農人揚着臉兒，架着一對牲口在那兒遲疑的，慢吞吞的犁地，像有一團黑雲照住了他的眼光，看不清前面的道路似的。

現在，該講到綏遠的形勢局面了。我們還沒來的時候聽到了關於此地種種的傳說，總以為這裏必然是很不可終日的。我因此擴大自己的幻想，甚至以為鐵路有被截斷不能回去的危險。誰知道我們把擔心的眼光望着此地，綏遠人却將上海、南京的情形掛在心上，對於本地，反倒處之泰然，沒事人兒似的。事實上，為害綏東的現在還祇有王英、李守信們一般漢奸。他們的匪軍現在離陶林幾十里的地方，曾經有過要來綏遠吃月餅的大言。現在當然祇好把這月餅放棄了。日本因漢口、上海等事件，精神不在這方面，並沒有調兵過來，祇在策動這些漢奸活動，最近又無事生非，平空佔領包頭一片地，要建築飛機庫，被縣政府派兵制止了，逮捕了許多工人，現在這件事還未解決。我們去那兒看了一趟，老遠老遠就看見平沙廣漠上，聳起一座純鋼筋的雄偉建築，像一個聳身蓄勢，待要猛撲上去的餓獅，旁邊不遠伏着一片卑微的黃土房子，像要鑽入地裏的田鼠兒似的。這種情景正象徵了幾年來我政府與敵人的關係！在我們的土地，我們的原野上，居然能容許這餓瘋了的獸物來盤踞，趕得我們的人民無處可以安身，這種恥辱即使我們將來能把它完全洗盡，可是它的纖維已經深刻在我們的肌肉血管裏面，已經織入我們的靈魂裏了，這是我民族永生永世的傷痕！本來敵對我們原無硬幹的實力和決心，凡所舉動，不過借事生端，虛聲恫嚇，企圖以積威劫中國，垂手而滅亡我們。我們若一有退讓，敵人便立進一步。弄成秦與六國的局面，使我們"日削月剝以至於亡"。我若窺破它的計謀，便宜以全國的軍力堅守陣地，以全國的民力組織後方，應用各種可能的外交手腕，不惜對其他國家作實利上的犧牲，以爆發他們和敵人之間的積久矛盾。同時努力與國內各種××實力合作，進行對方壁壘中的宣傳工作，以策內應。這樣，戰事上的勝利是完全在我們這邊的。因為我們是以全國在拼命，敵人却僅靠幾個軍閥橫蠻搶劫；我們是以犧牲為光榮，敵人是以送命為上當的。自古以來的強弱之勢，未有如我們和日本這麼對峙得鮮明的了！

在綏遠這方面，準備工作，已經作了不少。陶林內外沿大青山全建築了堅固的工事，平地泉也有了準備，高射砲也到了不少，尤其要緊的是綏遠的士氣如虎，人心安堵，大家非不知有戰禍在前面，却都安心的等待着，好像等着過大年的樣子。全中國的兒郎們，齊把你們的眼光轉到這兒來，我們是要以全國的力量，死守綏遠的！

　　日本人在這兒也並不疎忽，他們不但遣派了許多浪人來，並且有經常駐在這兒的特務機關，羽山公館儼然想在這兒作太上皇的樣子。無論什麼事它都要伸出一顆頭來探望探望，管一管。若不是綏遠當局堅毅穩定，綏遠在這批先生的搗亂之下，不早變成察哈爾了麼？國內實力派們，應該注意這一點纔對，我們萬不可使守邊重將感到物力與精神的薄弱。智識份子們，應該多多與邊城守將發生關係。由各方面給他實助，給他力量，使他感覺在他的背後立着的，乃是中華整個民族，全民族四萬萬五千萬鐵掌，都朝這方面伸着！

　　最後，要說幾句不是時候的話了，雖然不是時候，可是一旦鬆口氣時，這些事也都是很要學的。

　　綏遠省面積不算小，有十七縣和一個特別區，可是人民却祇有二百多萬，這二百多萬人民主要的還都集中在綏遠城、包頭這些大城市週圍，兩處城市連村落的人口，聽說就佔去了幾乎五分之一。其餘散處村縣的數目真是微乎其微。同時又因爲水利不好，工具不行，大好土地往往變爲無用，爲敵人所覬覦。包頭事件之發生，也因爲是荒地，便於佔據的原故，以這樣地曠人稀、荒榛滿野的地方，實在沒有建立省治的理由。昔美國開發西部的時候，並不曾一來就在那片空地上建立個有名無實的省份，來位置職員官吏，人家是老老實實當它一個開發區域白去投資，決不是當它個文化經濟區來設治徵稅的。我們今日的西北所處情形，祇有比當日美國的西部更糟，我們却當它一個省分去處理，太不合適。我以爲綏遠應該撤銷省治，**老老實實改爲墾殖特別區**，專就屯墾、畜牧、造林、開闢水源四件事，大規模用國家和私人的力量來舉辦。一面在這兒舉辦大規模的毛織廠、製革廠以及羊腸等等貿易。在這種開發期內，絕對免除一切捐稅，將這兒變成一個生產的，而不是消費的所在。以現在的情形看來，綏遠有許多曠地，有大片肥美的土壤，可是畜牧墾殖似乎都還要留給他人來代庖，連一個小小的毛織廠，每年還得由新疆進口大批的羊毛，纔能開得成工，這是多麼沒道理的事！我們若是能保守這塊土地，好好經營起來，西北真是遍地黃金，以後人家不用跑到美國西部去拾那寶貝東西了。

十月五日晚於包頭

三

　　一行人在綏遠住了兩天，每天大家分頭東奔西跑，走馬看花，除了收點極新鮮又模糊的印像外，最多也不過祇能多貯藏一些根據印象自己造來的謠言故事，準備帶回去駭呼一下好奇心很大而又不能自己去看一看的人們。既是如此，所以同學姚曾依邀我們去看青塚，我們都踴躍奔命，好像那一代美人的白骨正站在青塚上對我們招着手兒似的；要不然總也有她的靈魂兒由大黑河的水紋裏鑽出來朝我們點頭吧，我們真是一股子那份見神見鬼的熱心。恰巧我們的車是省政府派出去勘察公路橋工的，走過一道橋，它就得停一停，有人下來視察，視察了幾道橋，我們也就得視察幾次自己的忍耐，防它也不結實。橋工視察完了，回來登上那峨峨高聳的土峰時，我不覺嘆了口氣。細聽聽，千載琵琶的哀音似乎還能由週圍白楊葉裏聽得出來。這人的傷心、怨恨、苦悶和抑鬱，幾千年之下的白楊還能那麼清晰哀怨的吟呻出來，難道美人昔日的怨恨就是我們今日的煎熬，難道昭君就是我民族的怨魂麼！？

　　站在青塚上面，大黑河像一條焦裂的傷痕，橫陳在平原中心，敞露在曠遠的天宇下面，沒有樹林爲它搖來一些清涼的嫩風，沒有山泉用泉流淋洗它枯裂的傷口，沒有掩護，沒有遮閉，它赤裸裸暴露在地平上面，像一個失掉了靈魂的女人赤身露體躺在來人眼前；像一個拋失了勇氣的戰士，甘心繳下武裝，躺下待人宰割！這條不知羞恥的河流，它那吞噬過昭君一胸怨憤，浮載過民族怨魂的水源那兒去了？！它爲什麼那樣苦臉縐腮，老婆兒似的增加國家的傷痛？它怎樣忍得心看守那片寫闊孤苦，焦渴禿黃的平原，捨不得帶給它一叢綠林，一片青絨，儘嚥着一泉水，不肯令它流灌到大地的血管裏去？這無心肝缺感覺的河流！她不是條淘氣費心的浪子黃河，便是黃河也有心在河套繞個圈兒，幹點人事；她也不是條不知人間痛苦的長江，便是長江她却終年到底（除了最近幾年）浮載過國家的生命，民族的命運，可是那飲了美人血的大黑河却那麼坦然的玩味着荒漠、寂滅，與整片大地的淒涼枯焦，以爲那是她的一筆得意文章，這不是極其可慘，極其無恥的怪事麼？！

　　昭君塚聽說有兩個，在包頭的，據説是衣冠塚，要此地的纔真有千年人物在裏面，草色常青，所以叫做青塚。其實塚色仍然是黃的，那青塚的話兒不過表現在杜工部的一片詩境而已。塚身特別高大，以它來藏護那點爲民族而死的精神體魄，倒是誰也不妨點頭的一件事，至於講到她的真假是非，除了歷史家之外，要這麼考究的人必是要拿腦筋去和一堆土拼命，以爲它冒了牌，造了假，這樣人不正是沙士比亞筆下一位最好的角色麼？

　　昭君塚上下來，我們帶便走到一家農戶去參觀。那是有了一頃多地的人家。聽了這話，你總得在心裏爲它準備一個大莊宅吧，磚牆瓦房，相當的廳堂院落，長工男女吧，不，要那樣想，你得往南邊走，這兒可不能招待你。在這兒轉過土籠門去，你若以爲自己的鞋有些高貴，你就得留心照顧地下的馬牛糞，人家可不管替你收拾，人家用手抓撿屎糞，就和我們用手舞筆桿，抓饅頭一樣。在這夾屎夾糞的院子週圍，也有牲口房，也有人房，作法材料都差不多，就差牲口的沒有牆門，人屋裏還多了一片萬能博士的漫地大坑。還算跟祖宗住在一起的人享福，那裏還多了一隻神櫃子。他們正要吃飯哩，鍋裏悶了一鍋土豆，馬糞團兒似的；坑上一大盌開水抄過帶黃的青菜。一盌羊羹似的爛醃菜，一個盌底托着一點老鹽，這是百畝之家的食物！孟夫子的什麼"百畝之田可以幾十者衣帛，幾十者食肉"的話，在綏遠不知要打幾多折扣。綏遠今年的年歲又不好，高粱、土豆全是瘦小不堪，收得又少，農家人真沒日子過，他們的小孩子有的上面穿棉襖，底下沒有褲子，有的上面打赤膊，底下穿棉褲，猴着腰，仰着臉望我們，更小一些的便將赤腿縮在他姐姐的衣服裏面。收成不好還不是唯一的麻煩呢，他們所最怕的還是要費（捐稅），要草，要車馬的，他們不知道來要這些東西的是什麼人，什麼機關，總之來要就得給，等到這邊剛給完，那邊獨立隊（土匪的稱呼）又來了。問他獨立隊是誰呀？他不知道。再問，你們是那國的人哪？他說："噢，莊稼人呵。"他們就知道自己是莊稼人，管他大清、民國、東洋、西洋呢！這般農民落後的程度真是我們所難想象的。有人說河北農民還比他們強，問起來，知道說自己是大清國的人民，這樣的了解也許更能投一般漢奸的意，容易被他們利用，但比那渾渾噩噩、洪荒未鑿的綏遠村民多少要清楚一些，容易受教一些。

由昭君墓回來，我們不久就收拾去包頭，爲這件事我們還着實躊躇了一番，不知段繩武先生會在那兒，我們將怎樣去找他呢？我們來以前，是有信告訴了他的，可是他很忙，五原和河北村都有他的工作。若他已去五原，我們怎樣和他接頭？未必又搶到五原去麼？因爲我們去的目的原是要參觀他的鄉村，不見着他，看什麼呢？所以一到包頭，我們便到處打電話找他，結果發現他已經親自在車站上接了我們有三天了！這是多對人不起，多笑話！段先生的形體像一個極大的橄欖，可是待人坦摯親切，温恭有禮，決不像個殺人如麻的兇煞軍人。他說起話來，於親切有味之中，常常有一針見血的見解，可是人家對他有所批評討論時，他也極謙厚的接收。他愛說話，可是你不能講他是徒尚空談的說嘴家，不管他作的是什麼，他見到了就動手，這一點我實在自愧不如。據他自己講，除了十六歲以前在私塾念過幾年書之外，便沒有再入學校。十六歲起，他受了外蒙獨立的刺激，志在救國，棄家投軍。從那以後，他過了近二十年的軍隊生活，轉戰湘、鄂、贛、閩、江、浙間，足跡幾乎蓋滿全中國，由行伍弟兄，升到師長的地位。這樣戎馬倥傯的生活，這樣的缺少機會與書本智識發生關係，他却能保留住一顆敏感的心，時時追問自己生活工作的意義，把一雙匆忙的眼睛轉到這荒涼没落的河套來，作無人過問的移民事業，這個人活得真是值得，真像個樣子。我把他拿來比自己，就覺頭痛，離了書本，離了紙和筆就覺不能作人，這種病不知怎樣種上身的，心裏不是不覺得這樣無味，就捨不得把它治好絕根，一天離了書案子，就好像腦袋都脹得不知方向了似的，弄到好像自己的存在就是幾張稿子一支筆，倘若要把這些丢了，就如是一種了不起的犧牲，這是幹嗎？

包頭夙稱西北一個較大的都市，我還小的時候，已是常聽見它的名字和馮煥章先生連在一起，就覺得很有意思。在這時，聽人說包頭比綏遠外表更近都市，它有着北平瑞蚨祥式的大商店，有幾條熱鬧大街，車站也特別宏壯。這印像太華貴了，實物一接近它時，就顯得很原始，很簡陋。西北建築材料主要的黃土，越往西去這情形越真，綏遠城牆還是磚作，到包頭已是土壘而成，矮小得如一道圍牆，常人很容易爬上去。城內有一條鬧市和綏遠的大同小異，在那兒作買賣的似乎以旅館爲最多，山西色彩非常濃厚，大部分人口據說都由山西而來的，有不少商店、旅店都喜歡帶上個"晉"字在它的字號裏，像什麼"晉農源""晉陽樓""晉西旅社""晉……"直是觸目皆是。山西人本來會作買賣，他們的殖民力、冒險性看來也似不小，有人說綏遠就是山西的殖民地，這話看來不大錯，可惜這種有生殖經營力的山西人却沒個强力的政府站在他們後面，現在敵人處心積慮圖綏遠簡直想把它變爲他們的殖民地，山西人無拳無勇，萬一綏遠有事，山西人就有步南洋華僑後塵的可能。皮之不存，毛將焉附呢！

講到近代化方面，綏遠似乎是力做摩登，包頭則是勤守舊風，這情形可以綏遠飯店和包頭飯店兩旅社作典型的代表。前者完全模做平津飯店式的西洋建築，其中設置了跳舞廳，現用來作演電影之用。包頭飯店却是"庭院深深深幾許"的道地中國房子，往地面上發展，不往天空裏去，形式素朴，沒什麼彩漆油畫。房子的構築也很簡單，房頂都是沒有橫梁的，用草與泥作主要材料。在我們見多了飯店洋樓的人看來，這樣一個素朴的所在，覺得很有意思，比那費力不討好來學人家西式東西的，要體面舒適得多。

包頭有一點不如綏遠，缺少林木，損了它多少美觀。綏遠的樹木原不能算很多，可是那夾道雲陣足可以傲視全國的大都市，包頭却幾乎是個禿頭，看去苦得很。包頭也有不少財主，除了經營業務之外，何不分點錢來植林？錢雖不能馬上收回，可是十年之後，他的利益也可幾倍，光爲私人打算，這件事也不是不可幹的。綏遠的樹長的那麼又茂盛又高大，令人疑爲幾十年以上的東西，問起來則民國十三四年左右馮煥章先生所種，也不過十來年的工夫，當日的嫩枝細芽已經築成一道廣厚的綠城了！

那日晚上，由於段先生的好意，我們由徽濕的晉西旅社挪去了包頭飯店。在我們對面恰巧有天津《益世報》西北旅行團住着，他們是由陰山背后過來的，打算再動身往寧夏去新疆，繞甘青川陝而回，住在這兒等新疆的護照。團長閻祖吾先生聽見我們來了，很高興的走過來談話，述他在山後所見蒙古人的情形，活龍活現，好不有趣。據他說蒙古男女都精騎術，女人高大健壯和男人無異，在他們中間沒有要飯的乞丐，也沒土匪，大部分還是遊牧生活，養馬牛最多。家居平常有客人來了，便獻上奶餅、奶皮、餎糖，客人吃完了，抹抹嘴，不說話，也不給錢。蒙古語中根本就沒有"謝"這個字。客人吃完，通常是拿腿就走的，倘若他不走，坐下，掏出根紙煙來燃上，送給主人，主人必很高興的接來，抽一口，又恭恭敬敬的送還給客人去，有時他把煙接下來就奉上自己的鼻煙壺以作回敬。他們没有貨幣，見有客人帶來可用可喜的東西，比如說毛巾手絹罷，他見了愛不釋手，便會走進去抱一隻小羊羔來和你交換，你自然不好意思受哪，你拒絕，他也不強執，你白送他幾條手巾，他也祇笑笑的收下；若是有人在這兒使用在飯館裏衝鋒會賬的態度，以爲可以名利兼收，他真叫碰了黴氣了。

閻先生是黃埔出身，他又主張騎馬是往西北去的必要技能之一（其餘兩項是打槍和照像），所以他也有一般軍人的嗜好——愛馬。他浸浸的跟我們誇獎他一匹好馬，毛片怎樣，性格怎樣，跑的本事怎樣，可惜我是門外漢，許多地方聽不懂，懂了也記不住。以我的耳朵作見證，我祇聽見他講那馬有一次正在奮鬣電馳的飛奔，恰當路心有個老女人站在那兒，它便由那老女人頭上騰躍而過，把馬主人駭得幾乎心裂，可是轉回一看，那女人卻還好端端在那兒，扭着頭愕然的在看那狂馳的馬呢！

因爲他講馬講得那麼熱鬧，我又從來不曾開過葷，就說好第二天去騎馬試試。朱祥麟君的本事，倒借此大顯露一下，我則不過嘗嘗而已。初騎上去時那慄慄若將隕於深淵的滋味，怕是誰都想得到的，而最不對勁的還是你坐在馬背上卻受着馬的支配，它要走就走，要站就站，它要上天，你得跟上天，下地，你得跟下地。坐在上面，不亞如迎神賽會中，擡着滿街跑的一位關菩薩！還沒有那菩薩那麼坦然，那麼安逸，心裏直怕得罪它，又怕怎麼一歪，從鞍子滑下來，纔真是笑話呢。

包頭也有敵人的特務機關，就住在包頭飯店中，叫做××公館，這公館手下大約還有不少受支使的浪人散居在飯店其他房間裏。這些先生們雖說是在這兒辦着要公，也有閑時在這兒陪妓女叉麻雀，抽大煙，有的都抽上了癮，捨不得走。旅館裏常常聞得煙味四流，都是一般大煙同志散布出來的。聽說這些特務先生們都是特派來助我們"防共"的。所以他們用大煙把臉塗黑了，把精神叫大煙薰得飄飄渺渺，以備可以作神出鬼沒的工作，倒也是深謀遠慮的表現！

在包頭的日子呆得真匆忙，頭天晚上到，次日早上便要趕去河北新村，以致什麼地方都不能去看。及至下午到了新村，摸黑的看了看，次日五點鐘又奔回城裏來坐汽車去五原。在走馬看花之中，包頭的那場走實在比跑還快，不用說看見花朵，連顏色都來不及瞧到。

去新村道上的騾車，也是第一次的經驗，說起來，好像比五原路上的汽車還要舒服得多。騾蹄得得敲合着那咕哆咕哆的車輪聲，像原野的土壤在和我們哆囉閑天，一顆頭搖擺碰撞，毫無着落，像一個失了家不知世故的小孩，到處碰釘磕壁。可覺得這麼碰出來的幾個小包，倒是自己的新鮮收穫，摸一摸，軟軟的隆起在手指底下，似乎比那平平無奇、硬硬幫幫的舊頭角要豐滿有滋味，以爲似這麼星羅棋布起來，不妨認爲是自己發了點小財。當然，騾跑的愈快，撿這類小棋子的機會也愈多，並且那爬高落低，忽而上窮碧落，忽而下落黃泉的經驗，也使你不妨把臨邛道士壯遊中所見的世面拿來詠味一回。若是你不想令自己委曲，你可以將車后廂用被子墊得高高的，委屈別人一點，自己躺下來，這時你不妨想像自己落入了一個搖籃裏，不過你千萬不要搶位子似的，得着地盤，立即躺下，捨不得花點從容，來把后廂墊得厚厚的。若是不聽話，祗顧心慌不管許多，那麼你總得多備下幾個天靈蓋，免得人家說出門人自己不會照看自己。

路上經過了日人所遺留未完成的飛機庫，又高又大，全身鋼筋畢露，蹲踞在那兒，旁邊還堆着許多木箱，裏面不知是些什麼材料。有兩個中國巡警在那兒看守，據說縣政府曾把建築工人全數逮捕起來，派來的軍警都氣不憤，和日人混打一陣，把他們全打跑了。那事以後，他們便施出恐嚇的故技，儼然聲勢喧嚇的和省政府提條件，並撤走了特務機關長和大部僑民，擺出個要打架的樁子，誰知結果却也無聲無臭。截至我們離開綏遠，這事還沒結束呢。

此地的黃河，看來要比河南所見的起勁一點。山東的我未曾留心，但平漢路是走得很熟的。一過那大橋，我就感覺黃河是一片水沙漠，在那裏你見不到河身，見不到河岸，沙中冒水，水裏浮沙，一望平坦，有時便在那平原中心躺着綫一般一條小溪，那就是黃河的真身，中間偶有一兩支小划，像擱在沙灘上的舊魚，已經連挣扎的意思都沒有了似的。拿這樣的河流來和長江擺在一起，除了是因爲它害人的本事出色以外，真說不上別的理由。可是你若要將那樣的印像擱在包頭的黃河上，就大不對了。黃河在包頭，頗像個當家人的排場，寬寬蕩蕩的流下來，情形很是浩瀚，它載起了沙洲，也浮動着寬大的平頭船，岸旁有許多人在叫喚，青色的天空聳起樹林似的檣桅，深玄的地上有赭赤的脊腰在躍動。這時上游正到了一排牛皮筏子，停在岸邊卸貨，兩個人精光了脊梁擡進一隻擠得肥胖像猪肉店掌櫃的牛皮包衝着我走來，那牛皮包四隻腿扎煞在半空，像要抓人的夜叉，把我的馬駭了一大跳，一把不住，這畜生一雙前腿跪在泥裏去了。我就順勢下馬，跑上那牛皮筏上去看看。說也奇怪，你把牛皮包四腿落地，遠遠看去，定會當它一口了不得大的口外大豬，倘若豬與牛能長到這樣肥實，它們還能有生命沒有呢？聽說北方人餵填鴨，關着它不許活動，每日在意的將高粱作食條填進它肚裏去，它吃不下，便捉起它的頸子往下勒，務使它飽到發暈，肥到骨鎔，纔有特製的燜爐去伏侍它爬上人類的杯盤去。這樣一想，我真能同情那些討厭肥胖的人，從前把他們減食少餐看成無聊趨時的心理也消了許多。原來無條件的肥胖表現着生命的死亡，據說蘇格臘底一天衹肯吃一頓飯，這老頭兒事事比人看得早一步，不過他也未免太作的出來了。

　　整套牛皮打牛頭那兒褪了下來，就是一個代腿的口袋。口袋裏塞滿了羊毛或駝毛，將口縫起，翻轉來令它四脚朝天，然後一排一排把許多牛皮包擺好，扎緊，就成功了一架牛皮筏，和我們的木筏差不多樣子，可比木筏更上算，因爲木筏雖能自己漂浮轉運，不使人累贅，它却不能運載其他貨物。牛皮筏既運載了別的東西，同時它自己也就被當作貨物出賣了在包頭，雖有一部分仍然又運貨帶回青海去。

　　黃河的平頭船也是包頭頗出色的交通工具之一種。切去一個胖西瓜的兩端，將它直剖開來，你便得了兩隻小形的黃河船，它裏面沒有什麼艙板，船皮像薄木片，斧鑿的痕跡全然裸露，没有刨修，没加任何漆染，連根桅桿也全是幾股歪歪扭扭的木頭接成的。船身又大，走起來慢得要死，活像一隻快生鴨蛋的鴨母，不怪黃河岸上的縴夫那麼辛苦的去拖它，像拉着一個世界在他們背後似的，生在落後地方的人民真苦。

　　車馬空東，忽的驚起一群野鴿，飛過眼前，聽見後面劈把兩聲，知是閻先生在試他的能耐。問起來，據說打得了幾根鴿毛，我們都笑了。

　　下午兩點鐘光景，我們纔到了新村吸水場。這吸水場離新村還有二三里路，全是新村自己作的。由黃河開一條渠到吸水場口，口上套有十架左右的木製水車，由一個電力發動機運轉，電力一通，十架水車一齊嘩嘩鳴動，滔滔白水噴沫吐星，如幾位出色的希臘青年演說家在群衆面前競賽演講，珠玉齊瀉，星月同飛，再加上那或响或脆的音調，洶湧滂沛的聲勢，令人站在那兒就想不起走開的念頭。水場後面有個小小蓄水池，通進一條大渠流貫到田裏去。我們在那兒站了幾分鐘，渠中已經嘩啷嘩啷的流起水來，比綏遠城外所見幾條河裏的水井合起來還要多。據段先生說，這一架電機能使動六十架水車，而管理它的卻祇要一個人！那鄉下兩三個人並力蹬一架水車，累下來的汗流，比車上來的河水還要洶湧，和這個比較起來，多少筋力，多少焦急，多少時間歲月是浪費了的！而且這過度的浪費完全沒有代價，沒有意義。人民天天是這樣浪費，月月年年是這樣浪費，並且不但年月，一代代，一世世，都是這麼為了一點可以極不費力的事情，拼上幾條、幾十條、幾百條生命，換來的不過一些糜子米、粗糠、榆樹皮和幾件千層衲的破布襯褸而已。別國人民是在生活，我們的人民老是在磨命，生命在我們觀念中，似乎是久已沒有地位的賤品了！可以毫無代價的拿去浪費的東西，要人家不把它看的賤，那有可能？

以西北這樣沒開發的地面，土質又好（雖有鹹質也很容易去掉），若有那樣政府，能夠運用國家農場政策，利用自然發動力和機器去經營，發動和訓練農民來自己管理，不經過官僚地主階級的壟斷與腐化，又沒有在東南改變土地制度時那些人事上的麻煩困難。西北的將來真用得上一句舊話是天府之國；尤其是河套一帶，這種經營開發的事業是須臾不可緩的要計，國家要保有綏遠，經營西北，非及早以全力開發河套不為功。現在敵人圖綏遠愈來愈急，目的就是要攘奪平綏路，貫河套，入寧夏，除了軍事上的目的之外，河套的開發也是算在他的計劃裏面的。

據段先生說，起先以為西北土地不宜種稻，後來開了黃河渠，小作試驗，成績竟非常好，從那次以後，他們連年種植，收穫幾乎全可以自給，惟今年因春水來的晚，稻子不能下種，纔種別的，可是收成都非常之好。可見那兒土地生產力之厚大，若是有政府來經營，最少河套可以變成一個極重要的農業區域，不下於皖、贛，而它的畜牧、毛織事業又不是長江流域可以企望的。這樣的膏腴，這樣的肥厚，這樣廣闊光明的前途於今都落在敵人貪饞兇利的眼光底下，它的毒爪已經伸出，像獵人的鋼叉一般，陰險的、狡惡的直指過來，要一把插進我們的肥土去，像刺入我們的肉裏一樣,把它撕走,這種疼痛,這種割裂,我們能忍受麼?!若不能,便讓敵人和我們在西北同死!看誰拼得過誰!

在吸水場留連了好一會,大家上車的上車,騎馬的騎馬,便向新村進發。在田間穿行了好一會,又爬過一道小堤埂,我們車中段先生五歲的小公子便得意的喊起來:

"咿,這不是咱們村兒嗎?"

"嗯,嗯,是呀。"趕騾子的一面應着他,一面將長的鞭梢一揚,口裏起勁的"嗯"了幾聲,那兩匹騾便一個勁兒的撒開腿,追下前面那幾匹馬去,塵土像一掛白紗幔子張了開來。轉過幔兒,河北新村的村門已坦然張臂立在我們面前。

從河北新村到五原拾記[*]

遼闊的原野，蒼茫的黃雲，伏地的群鴉都爲這唐突而粗心的騾蹄聲與車輪骨都聲驚醒了，一盤繚繞在靜寞中的土黃腰身慢慢兒在我們面前躬身爬起來，打了個大大的呵欠，接着，詫怪和對於意外飛來的新生命的喜悦就把這張着的大嘴支住了。我們趕着騾子，染上了一種有傳染性的笑，舒坦不過的讓那溫靜謙厚，矮身如老太婆的土黃身子擁住了我們，環抱了我們。從車裏從馬上下來的人們個個不知所措的讓暢快舒適佔領了自己，而對那位謙恭的、口齒圓到清亮的女主人——段太太——的招待，用笨到極點的點頭微笑去答覆。在迎面一排十間的黃土房中，有一個靠左的門被女主人指着叫我們進去。在段先生的屋子裏，我們坐了下來。

這間村到底的小屋子祇有一個電話機、兩把沙發椅和兩個書架，顯得出他主人是曾有都市生活經驗的大好佬，除此之外，幾乎全部都已經被鄉村氣佔到了飽和的地位。這位主人從都市生活中撤身出來，把鄉村工作拿上手了之後，他就着手爲自己製造村俗的環境，村俗的語言，乃至村俗的打扮，使他自己在人民之中，無一不因這點村俗而把自己的心與意志介紹給他們。因此他頗爲他的村民所喜。

據說段先生是從軍隊上下來就有意作移民工作的。他第一次的試驗從他的故鄉作起，自己出錢將所識親戚朋友中生活較困難的户口移往包頭。這次移去的共有三十户。被移之初，大家都非常高興，以爲有了這有錢有勢的人兒在後面，領他們遠征，前途即使不是封妻蔭子，這衣食無憂不勞費心是定了的。及至到了所在地之後，一望荒野滿目，黃沙迷

---

* 原載《大衆知識》1937 年 1 月 20 日、2 月 5 日。

地，已是心顫嘴跳。再到農具發了下來，大犁要把在手裏，不使犁，不動鋤，居然就似乎沒飯吃的樣子，這班當幕僚，作跟班，依父兄吃飯，靠本家過日子的先生們幾時曾經見過的？大家怨了起來，怨之不已就拿腿走路，走不了的就來生病，結果三十戶一戶也沒剩下，舉事人祇好承認自己糊塗，不懂人民心理，造成了一個開場白的失敗。

第二次他又動手了。那是一九三三黃河大水災那年。他帶上了錢走到河北長垣災區去，下心要挑一百戶不怕荒茫，不怯大犁的人們和他上那沒人理會的西北去。報名的戶口有好幾千，他按自己對於體力精神所定的標準結結實實挑了一百戶，有三百多人，又回到上次演了那個破產的序曲的地方來。他們在田野地裏和烏鴉一塊兒工作，一塊兒休息，夏天裏星辰和月亮是他們精緻的帳篷；秋的夜原則有篷帳如群島浮遊於光之海上；冬夜裏，大地的土壤已經爬上了圍牆，將人們暖護在它的懷裏了。

風說古時有個民族是靠上帝的瑪琊養大的，我們的移民則完全是靠着大地，他們是大地的孩子。沒有那往天上爬的森林，不，連一根樹也沒有；沒有大工廠裏的洋灰磚瓦，沒有石灰，沒有漆，這些全不要緊，大地愛着他們，將自己一身粘性極重的黃土奢靡的堆陳在他們目下。這土團團水，在陽光下睡一覺，就活結實了。正像那蓮花蓮葉作成的王子。這土磚壘的房子，風和雪都進不去，漂亮些的又將黃泥含草屑抹在磚外，平滑如米餅。

於是洋犁來了，牛兒茫然的在這草莽的小小人間試步了，大草叉伸出了三個精明的大指頭，小石滾淘氣的在禾桿上滾連滾，於是穀粒子擁坐在倉廒裏，草堆堂皇的將龐肥的身子在太陽面前巍巍站立起來。孩子們在草窩裏起始用笑聲打架，他們抱頭鑽進草屑堆裏去，讓屁股高翹在外面受人捶打，以爲那不是自己的。

河北村在大地上伸伸懶腰，活了起來。

我們在屋裏坐了一回，主人就引出去拜訪他的工作。這一排朝南的屋子有五間是主人夫婦小孩住着，其餘的是紡織場、工藝出產品堆積房、畫師工作室，等等，還有最惹人注意的是一所武訓小學。段先生最佩服武訓的意志和業績，以爲用一個煤油大王來開辦一百所大學不足爲奇，用一個花子武訓來建立起一所義學已是神跡，何況他所創辦的還不祇一所呢？因此他特地將河北新村小學名爲"武訓"，又請人將這位奇丐的生平寫爲鼓詞，印發民衆，鼓勵他們對於工作的意志。在我們看來，武訓一生之最精采的地方，在於他不甘俯首於主人的羈勒壓迫之下，立志脫身出來，作一番事業，改善現狀，至於義學事業倒不必人人去拿它當作生命。在現狀下，一百個義學創起來，禁不住敵人兩點鐘的殘毀。果能國家振奮，衆體一心，一致破敵，然後以政府的力量，施行強迫義務教育，那時的功效當百倍於私人困苦的行爲。大敵當前，國家的生命都發生問題時，與其舉辦義學，不如先練民軍，施以軍事的、政治的教育，使之進可以戰，退可以守，即使土地已被敵人佔據，還可以在敵人後方留下搗亂的義勇軍。

　　紡織場中頗有些女孩子在那兒工作，紡織機都是木製的老式樣，並且祇能織出一尺寬的粗布，紡的工作，主要在於毛織。村民自己紡成的毛綫很多，織成毛衣，跟市上的相去不遠，可是賤至一倍。那裏也織地毯、牀氈，都很好看，可因成本太貴，轉運不便，在村中售不出去，織毯工作就停了。這種工作都是爲村民婦女預備的，使她們在空閑時有這類工作可以得點閑錢。同時那織成的布，往往就發給他們自己作衣穿。村中過去也有飼乳牛的工作，牛奶送往包頭，也爲轉運不便，冬日天氣太冷時，奶瓶經常凍裂，便停了送奶，以後有奶便拿來貼補村中失奶的小孩。除了這一排工作房之外，這場院裏還有公共碾房和磨房供村民碾磨自己的米麵。

　　最初他們剛移過來時是大鍋吃飯，後來覺着麻煩太大，舊生活的惰性使村民不適於公共生活。自分田授地之後，村民便各人在家自起爐灶，管事人固然清閑，村中也更覺太平。

　　河北村的建築是衆星拱月的組織。居中小圍場中是上述的工作場和村長的家。出圍場，左右三面環繞着十所黃土小房，每房三間，住着兩對夫婦,這些夫婦們大半都年青,壯實,沒有老的壓在頭上,沒有小的拖住腳跟,即有,也祇在供給他們安慰和玩弄的小歲數上,說不上愁煩和嘆息。他們每家領五十畝地,春水上得早,村頭的機器水車嘩啦一歡叫,就是他們這年的好兆頭,不毛的西北也要飄出江南的稻穗子米。如若春水晚些,他們儘管吃不上大米,然而金黃的小粿粒,肥矮的棗色臉膛的小麥子,也會滾進他們的粮囤裏去。一間小屋子裏除了一張大炕,大口袋、小包袱、磚囤子裏面就全被粮粒擠滿了。門前的草場上,被豐盈充塞到滿溢,以致草屑遍地,鷄群們咯咯的笑着,在草堆中揚着脖子巡來巡去,偶而低頭啄了一下,又拳起一隻爪來打等等。在地面的豐厚以外,還有地底的滿足,有些人將大的囤洞挖在地下,將一年兩年不用的糧食埋在那裏面,獨立隊來了搶不去,潮溼黴腐來了爛不掉,出不來芽。等到開春拿來作種子,或適當時運往市上去,全是一宗出息。

不過,這滿足當然不屬於一些人力不足的年老人。有些屋子裏簡直是糟亂的一大團,土炕上堆得如四等船中的貨艙,那上面假如有人蹲着,你不會覺得他與一堆爛包袱有何分別。炕是糟亂,人也糟亂,或是一對紅眼眶,或已瞎閉,或耳聾,或手足已硬難於動轉,這些多為老女人。她們的屋子裏能發現出一兩小口袋的糧食是很幸福的。不夠吃時,村長那兒得供給她們。

這些家户們除了五十畝地之外,在屋後還有一兩畝地的菜畦,猪與鷄群也在屋後安身。家中除壯丁之外,若還有十歲以上有工作能力的男孩,他又可以領得十畝地,到他成年結婚時,他該有五十畝地另成自己的家了。這裏地價買來既賤,最多不過兩塊錢一畝,有至幾毛錢的,工作也容易,所以凡領地的成人們大半可以在一定期間將地價還清,立起自己的產業來。

環繞在這幾十所小房之外的是一道黃土村牆,都是村民自己所建築,村牆四角有四個碉堡,每堡住一對夫婦,一來守望,一來住家。夜晚村門閉上,合村便團聚在一種共同的安穩裏面,直至次日早上五點鐘時,村鐘一震,大家起來在武訓小學的禮堂中聚他們的朝會。

在村中走過一週之後，回到段先生屋裏吃飯。蕉黃的糜米餅子出場時，段先生就縐眉，以爲我們這些未見過世面的人，那能嚥得下它？誰知那餅子却極力放出香氣和甜味來拉攏我們，啃起來固覺其磨嘴，吞下去却速如滑車，轉眼之間，兩盤都盡。大家有的人因爲要賣弄自己能吃苦，有的人要加豐自己的生活經驗，有的想表白自己是下層人的朋友，有的因爲大餓特餓，不管他是用意志或欲望在吃東西，糜米餅子在那半小時間，總算佔了人間最高的地位。

　　飯後，閻先生和燕京三位同學都乘原來車馬回包頭去了。燕大同學要趕往平地泉、陶林去看察防禦工事，他們出來的目的就在那兒，所以不能同我們往五原去。閻先生接了天津《益世報》的來電要他回去。臨行時再三囑我回北平把事情商妥後，去信天津約他們同程往西北，經寧夏入新疆折回甘肅、青海，入西藏，進川陝回天津，那是我們這天早上說好了的。這主意曾使我幾天興奮的打算，怎樣準備，怎樣上路，路上怎樣處置自己，獨立隊來了怎樣防護，我企望着將我這不甚健實的身體，用西北的罡風吹得堅硬如鉄石。可是結果失敗了，我的企圖在人事上碰了壁，閻先生的壯遊也爲宗教的愚蒙偏執拗斷了。他那在半山中連人帶馬被山洪冲刷下來，出生入死的經驗，應該是一個未經完成的怪夢。

　　西行多日沒洗澡，在包頭飯店已經商量好了來河北村開一次油的。雖知這邊取水燒水都極艱難，仍然厚着臉皮要了一盆水，滅掉燈，在段太太屋裏洗，摸黑倒不要緊，惟有那時時担心怕有人進來的經驗頗覺難受，事實上侃嬃跑進來了兩三次。到她洗時，我已經頭衝炕外睡下了，別人也都睡了覺，所以她應該是很太平的，壞的是屋子裏有盞燈，牆上的她恰如在演電影，我們都笑了。

　　一覺未熟，一串鐘聲如撥開雲霧似的掉在我耳上來，睜開眼，黑暗矗立在面前，一絲淡黃光綫由裏屋游過來，漸漸展放，漸漸擴大，布簾一起，一個細挑身材穿藍布棉袍的女人，掌着黃焰美孚燈立在背景漆黑的門洞裏。粉白的臉染上柔和的美。

　　"起來了，段太太？"侃嬃這樣招呼她。

"起來了，燈擱在這兒吧？睡得好嗎？"

睡得真好極了，就祇起得太早一點，我心裏想這樣說，努力想趁他們收拾零碎聚朝會時還睡一回，找了頭疼眼脹諸種理由鼓勵自己安心睡回去，結果弄到全個屋子一個人都沒有了，都去聚朝會了時，纔奔起來擦個臉衝出去。天上還有星呢，月兒也還戀戀的掛在天角，鬧起這份嘈雜不怕驚壞了她？

朝會中是村民每早的聚集，到會的會員全是男人，這會，叫做良心審查會，平時不知合他們講些什麼，這天早上因為我們還得用大車趕十五里路去包頭，乘七點鐘汽車去五原，所以四點鐘就起來，五點聚會。段先生在講話，完了，王日蔚先生講。段先生還要我們兩人也各講一番，我看那些犁頭兄弟們個個打呵欠，頭腦發漲的樣子，猜測過長的文縐縐的教訓於他們不宜，並且時間也不夠，便極力推辭了。

在朦朦暗光中，我們上了車。騾子聽着鞭哨，便浮動四蹄跑去，車子顛頓不堪，兩個人屈腿縮脚用多餘的大衣角當蓋被互相壓着取暖。從星黑時顛起，至天大亮了時纔入城。段先生送我們。他坐在一個大廠車上，一定凍得夠了。

八點鐘，我們坐上了去五原的汽車的頭等艙。

本來在沒坐上汽車之先，我們也聽見段先生講了許多關於這種近代文明的故事。他將危險與疲累的感覺準備在我們心裏。他說在四百里的長路上我們要如豬群般被縛在那載重汽車的木欄上，沿途顛簸時，纔不至掉下來。又說在車上人得從貨的脅窩下討地方或站或坐，並且在半途中，若逢汽車夫不高興了，感覺疲倦，他老人家便不得不沿路站住，夫草地上躺躺，抽 半隻煙，喝幾杯茶，甚至於撩幾句閑天。不管客人有何天大要緊的事務，不管這近代交通如何迫切的需要準備時刻，他們的詩人逸趣總得有滿足的機會。由於這些習慣養成的詩人氣派，汽車雖定在早七時開，實際若八點多能走已算太好；定下午四點鐘到五原，實際上晚上七八點鐘能爬進那城去客人就不能不自嘆幸福。爲了種種原因，車子在冰冷寒凍的荒郊過夜並非奇事，客人們沒有理由抱怨，即便他們得凍死在西北尖寒的夜風中也不見得能惹起什麼騷動來。

我們能坐在有頭等艙的篷車上就足見自己的祿命大到非自己所敢望的地步。這種頭等座每一篷車祇能有三四個，它們橫在汽車夫的背後與兩排客座的前面，不必與貨物爭地位，也不必與各種磕碰吵嚷咒罵擠在一起。爲這樣一個地位，每人得多花一元錢，自然那件並不載在規條上，也非汽車夫一人的紅利，儘管這數目小，來路又不堂皇，却仍然有那麼些堂皇光明的人物去光明的徵收這筆欵子。爲了它，公然正大的架也曾打過，嘴也曾吵過，顯得它並不是沒有來頭的事業。

我們三人帶上段先生爲我們準備的乾糧——饅頭、香腸——從八點半鐘開始了這中古與近代文明合璧的旅行。這一趟我們幾疑是爲我們特備的專車，頭等座後是一壁障天的行李，看不見一個人，前面也祇有一個跟車夫，從車上跳下去視察車輪，打氣，爬入車底去作各種修理工作。我應該請西行的朋友們不要爲這類修理所驚懼，以爲自己運氣不佳，適逢了一輛壞車。往西坐長途汽車，打登上任何車的一霎刻起，他就得抱着前途茫茫的感覺，不必期望效率與順利，更不必數算時間。這條道近於是先天秉賦了行駛破車的運命，車子到了這條路上也露出了無常與坎坷的艱厄。真的，走這條路的人難以避免一種痛感與苦悶，不是爲了疲倦，不是爲了整天蜷閉在車箱裏的悶氣，更不是爲了事務上的焦急，那是一種疫症性的苦惱和焦鬱，從車子聲嘶力竭的喘息與筋衰骨碎，掙爬不動的窘苦傳度到人身上去的。那不祇是一縷神經的傾向，心的同情，那是本人一種肉體上的疲澀，筋骨的感傷和心臟的痙攣，怎樣能使一隻脆薄弱小的機器去經歷那洪荒的、未曾開闢的艱難，令她忽而攀援崎嶇的高峰，忽而陷入綿軟的沙窟，剛避開左面的壕塹，已跌入右邊的坑谷裏?! 並且那柔依人，沒有抵抗力的地面真是一場災患。它使汽車在道路上遇着困難，另謀出路時，逢到驚人的、不會抵抗的阻力，它吞蝕那些可憐的莽悍，可是疲敝的車輪，抽去它們最後一絲的力量，使它們在引擎的狂擊下發出空洞枯竭的吼叫聲，如倒在地下將死的老牛喊着絕望而悲苦的嗚喚。無生物爲極端的重累與困阨所壓迫，也無法再維持它那種死的沉默和無知，有生物對於這個世界將如何繼續忍受下去呢？

出包頭，入曠野，綿綿四百里幾乎是全無人煙。有那陂坡交替之處，為青草掩覆，草光上散挑起一掛金沙色的朝陽，時而為駱駝們古銅色的軟肥腳掌所牽動。

駱駝峰影臥地，忽而尖削如筆鋒，忽而圓渾像饅頭，有時橫推而下，與駝身合，如一段頗覺平滑的山路，掠過它的峰頭，能見到另一高嶺。朝陽在駝背上吹起一領細絨，薄有閃熠如一圈光暈。在那四望無極的野原下，為融合金色的陽光與褐色的大地而顫戰，而柔和，而欣悅。羊群如白雲般飄墮在這天地融悅的世界裏，一團團，一朵朵散綴在綠草上，浮在金色的光之細波間，歇在褐色的土壤上，似漫不經心偶然從宇宙的手指縫裏撒下來的白雪。到了塞外，纔知道駱駝的尊貴與羊群的優美。口裏人驅使駝羊如芻狗，用污泥煤窰塗損它們的純潔莊靜，使畜牲一名詞如一頂大磨盤壓在他們頭上，令它們在迫害與重壓之下，伏首於自己的卑微無力之前不敢言聲，令人們將純美而有意義的生命視為下賤，視為無生命的死因，這大概是眼前這世界之所以存在的主要功德。

大約由於過去的渠工，包頭五原之間沿路有無數橋樑。橋身說不上什麼工程，一條較長的橋上都難見石與鐵而僅僅是砍下的樹身扎成一片木排。汽車走過，得收慢腳步還時聞吱喳聲。西北木工大都很原始。彎彎曲曲的電綫桿上往往帶着樹皮，有的竟青枝綠葉打扮起來，似一個初返俗的尼姑，下身盡力修飾，無奈蓋不住頭上的光禿與瘡痂。這種原始的粗陋木工在黃河平頭船上和火車輪上都看得出。西北大車輪子就是幾塊木板釘成，什麼輪圈車轂都完全沒有的。

"二十八棵紅柳樹"，柳樹有紅的嗎？紅成什麼樣子？若是那一大球的綠雲似的高柳，會變為通紅明艷一樹大火把樣直燭天空，詩人們對於柳會怎樣想？他們對於生命的觀念將又會增加幾多彩色，文字的藻荇將要添上多少令人歡欣的種類？然而我是無知的。愚昧和淺陋使我在五原道上又學來一宗新智識。我想不到紅柳樹會那麼矮小，那麼細軟，那麼叢生如棘，然而成群成片的生長着，蔓延着，使黃河岸边一望如紅霞掠地而飛，牽連成錦。是那色相吸動了我纔去打聽的。從汽車夫嘴裏吐出檉樹兩字，我是有些不相信。二十八棵紅柳樹是由安老爺解爲檉樹的，但這裏的檉許是本地人不通大雅的某種俗名，不必恰是燕北閒人的紅柳樹。經盤問許久之後，結果纔無法避免制止自己愚陋的偏見，遂令野人口中的檉與文人筆下的紅柳樹合一。

這種紅柳葉子小而紅嫩，枝條細軟，並無主幹，嚴格說來，它不能算是樹，祇是荆條一類。聽說柳條剝出來可編織筐籃。似此遍野叢生，也該有人來利用它爲西北人民開一個小小的出路纔是。

車子沿大陰山南跑去，山脚下粗沙細石遍地都是，略帶紫紅色。山上則有時陰暗葱鬱，樹陣葉雲，隱隱可見。有時紫岩禿露，山靄氤氤像岩頭在冒熱氣。山石間因其窪入的勢子也立着幾所五顏六色的廟宇，有的山洞處祇禿立着一位佛。山脚下，紫色而帶有青絲的山霧中，如趺坐在淡青紗帳裏的往往是一對白色招提塔。原始人的情調與動作，在這兒似乎全然想象出來。右邊是隔斷人間連天塞地的崇山絶嶺，左邊是浩浩茫茫不能飛渡的黄河，頭上是無言語，無表情，漠然青冷的蒼天，一群長不及丈，寬僅盈尺，無爪無牙無頭角的小小生物絶無後援的落在那這無遮攔掩覆，爲冰雪猛獸所豪佔了的地面上。他們將怎樣去生活，怎樣去求得勇氣與力量，他們和茫茫的宇宙將如何去發生一點維繫，使他們的生命和那青的天，紫的山，一切籠閉在沉默與無情之中的萬物滋長一絲死生性命的感情？這是不可理解的，且可說是茫昧的動作，然而這也是人類最偉大的志願之一的開端。人類要與宇宙同一，企圖着親昵它，制動它如制動他自己一樣。

公廟是這段路的中心點，車在這兒停下來去道旁留人店打尖，啃着饅頭和肉，想起《七俠五義》《小五義》中的生活頗覺有趣。那些作者恐没到過口外，他筆下的店有相當的繁華和排場。那都是鄂豫之間，但依作者寫來，也竟有切幾斤肉烙幾斤餅的事，恐屬幻想。至於這口外西北土炕幾間，黄泥水一壺，臭羊肉一碗，已經極旅行奢華之能事。那綿亘滿屋的西北大炕足眠百幾十人。睡在頂裏面的人若半夜起急，真不知如何通過那緊密排擠的人壕！

我們坐在路上正吃饅頭，忽聽叮叮噹噹，來路上有兩騎馬花紅柳綠的得得走近，一個穿紫紅大袍黃坎肩的男人先跳下馬來，抱下鞍頭一個穿桃紅大花袍的孩子，然後走至另一騎邊接過那正睡沒醒的嬰兒，隨着一個紫赤臉膛的矯健的女子揚起她鑲有半尺寬黑邊，縫有花欄杆的綠色大袍跳下馬來，在她胸前扎了累累贅贅的好幾層、好幾色、莫名其妙的衣服，在這些上面又一邊一個垂着兩條黑辮子爲紅色、綠的、晶的、珠的，或真或假的各種珠寶所綴繫着。她的頭上前前後後被那些閃亮的東西，圍成一個珠寶的壁壘和碉堡，似乎是用來抵拒四圍的異種眼光的。他們身材結實，體格健壯似乎無所用其避忌他人。但實際上他們一下馬，便男牽女抱的驅着小孩子走進屋去，那男人偶而出來，逢着有過路的蒙人臉上纔露出笑容說起話來。弱小民族的寂寞心情由笑裏面似乎看得出。尤其是小孩子，飄着那古道的大袍大袖，無所求於人間的倚在父母身旁，用呆而冷的眼光看着眼前的異類，那情景最令人難過。

在公廟左近有蒙官，房子建築有相當新式，與招提大廟的故樣不同，唯門口有白塔一對，存有古風。曠野中有兩座斷塊紫磚疊成的塔形，大的約四尺來高，小的更低，兩壘之間有一條小磚橋相連。塔形如北海白塔，但尖頂極矮，遠看頗像墳墓。塔頭掛了一條朱紅綢。據說這東西名叫"腦包"，也是蒙人祭神的所在，所謂腦包大約就是祭壇之意。

不到西北來的人想不到草地的真像。古人說："天蒼蒼，野茫茫，風吹草低見牛羊"，那景象不到口外是看不見的。祇是現在牧畜事業已不如往古之盛，牛羊馬群固然有時也散滿野原上，大體說來不如昔日之多。倒是曲背躬腰如老翁的褐色電桿時時由淺金色的草絨上探出頭來，帶有窺望的意思，令人想把"風吹草低見牛羊"改爲"電柱探頭草中央"纔好。

聽說牧羊的多爲漢人，牧馬的多是蒙種。蒙人每日清晨放馬牛在草中，便自離開，不加看守。到黃昏來收牲口時，數得畜牲短了一個，立便騎馬順蹄跡追下，無論多遠都能追回，偷牲口的賊人照例不打不罵，而被用鹽醃眼,將人處置到不死不活爲止。

　　沿路中碰見許多由五原開來的汽車,其載重之多真不是言語可能形容,迎面望去真是一所自行寶塔,塔尖就是幾個有本事箕踞在那兒的鄉人,當車子在無常坑陷的道路上竄進時,他們熟練的順着車子的脾氣歪歪倒倒着,終不致於被摜了下來。有時車子兩旁上下之處都綁着行李,被塵土的浪末淹沒了車弦,顛躓的逆濤而進,如陸地上負載過重的小火輪。車至半途,常常蹶坐下來,不走了。跟車的下去灌水,汽車夫去打氣,扳輪盤,抽引擎,全不中用。於是車夫祇有揚起黑汗污泥的臉來,將手一揮說:「下來罷!大家都下來推幾步。」一陣半帶嘲諷的中世紀狂野的喊聲跟着往往就能把這時代尖鋒的近代文明之利器使動得活轉來,而重新開始它那粗野的原始式的征程。

　　這樣的公路與汽車交通載在報告書上時,豈不也是重大的建設,列於國民經濟建設的首座上?實際上,一般的所謂公路都是兩端填上黃土,醮水壓平;中間就聽其一片田野,一塊草原交給汽車自己去開闢。若逢土質硬,石頭多,車輪雖受罪,車子總算幸福。碰着土軟沙多如北方地面,汽車就如患了半身不遂,心臟麻痺一般,時時有躺下請人推扶的可能。連無生物在中國都有生這無來由無告的病,有知的東西怎樣忍受?

　　汽車公司本定車票五元一人,因客少減爲三元,而每賣一元,要繳管理局路稅二角,免票又多,營業如何能發達?所以公司根本不能買好車,買來道路不好,也是頃刻破壞。

　　原希望四點鐘能到五原的,結果終捱到七點多纔到。但比沿途遇到的那些在半道過夜的車子,已是天福了。

上海寫給香港[*]

——孤島通訊

香港老哥：我們還未曾請教你過。我想你一定不會嫌我唐突吧。實在的，我們倆原有一點親。新近我家裏又有不少人走去打擾你，並承你大量寬洪的容納招待，不讓他們的手空也不令他們的筆閒着。這很合乎我的意思，他們都應該更忙一些，更令他們的腦裏沉重一些，我謝謝你。

我們還是有一點親，恐怕你還沒想到這一點，我却老早知道了。我是半殖民地，你是殖民地，你在一個主人的脚下睡覺，我在幾個半主人的手下撐持。我苦得很，我也精神得利害。過去是不用説它了。現在那個變成了明伙的日本半主人，整天夢想將我變成它獨自的一個奴隸，我却利用我的半殖民地地位和它拼命鬥爭。

首先，你知道我比先瘦削了許多了。東北角上我的界限是外白渡橋，北面是蘇州河，東首是黃浦江，海格路橫在我西面，南邊是法租界的民國路。換句話説，我祇有了法租界和公共租界。各面的越界築路區都是日本流氓軍隊的大歡樂場，他們高興就驅進一輛軍用車把人架走，女的尤其吃香，西首憶定盤路一個著名女校，被架走了兩個下學歸家的學生。各處我的世界，都有他們的哨兵站崗，中國人天天在這些禽獸的手下脚下過來過去，不是吃耳光就是吃皮靴尖，總被做得半死。原故大都因爲鞠躬時腰不夠彎，形式不夠日本式。至於人被光身子捆綁在電桿上，或是被一槍子，一刺刀了結的事，報紙上很少有一天空過。你不要爲我氣，老哥，這於我好。

---

[*] 原載《大公報》（香港）1938年9月6日。

在我這小小地區裏現在還有三十個大學，二千多中學，小學無數，報紙十幾家，它們都跟我一條心。特別是報紙雜誌的情形好。從前若是有些鷄爭鵝鬥，從前若是有那批專門找自家人搗亂的角色們，現在好了。有些搗亂鬼索性變了漢奸，有些躲走了，有些變得好了起來。據說現在這邊切實做事，無論是文化界或別種工作上的人們並不多，寧可說很少，他們却實在做了事，都忙得利害。寫文章分析局勢都很客觀切實，不誇大也不悲觀，幾家重要報紙如《大美晚報》《譯報》《導報》《華美》等的論調都起着領導輿論的作用。《文匯報》近來很好，銷數到四萬多，算上海最大報之一。新起的報紙如《大英夜報》有文藝副刊《七月》，說是王統照先生編，還有一些直接連載的專文繙譯如斯諾夫人的《西北女戰士素描》，很有趣味。其次最近出的《循環報》其特點是有畫刊，說是趙家璧負責。這新起之秀據說很受某大報的壓迫，初出時連發行人都挨了打了。這一層我雖痛心，但並不礙於我的局面。大體上，謝謝在眼前橫刀豎目的×人，我們全家三四百萬人的眼光還祇是實實的時時釘在前面，一絲一厘也未放鬆，自己人裏頭還是親熱的成份重些。

七月七號那天，上海人個個像過新年一樣，他們雖下了旗悼祝死者，可是精神上他們為了生者竟十分感到抗戰發揮的這一天是國家民族的最大喜慶。我看見那天小菜場上買素菜的人佔了十分之九九，魚肉攤簡直沒人去問。也沒有像以前有市政府的命令和警察的曉諭，人人把報紙當了指南針，報紙說吃素，大家就一個心眼的吃素，我倒真覺希罕。老兄，你那裏怎樣呢？那一天上海街上添了許多人似乎都穿得齊整出來慶壽的。有些孩子們由這條街跑過那條路專門看那又青又白又紅的旗子滿天飛。這種滲合了極深極重的悲哀的偉大快樂和喜慶使我掉了眼淚，我覺得我這上海的淚濃得像血，醇得又像酒，我為我自己也為中國的新生而流了！

七·七是爆發了無數炸彈的，八·一三我不想重抄故事，但是國旗却格外的多。幾乎每家小店，每層房子的樓窗，每個人家，甚至弄堂後頭都有鮮艷的旗子，像滿空炸灼紅色太陽光一般輝耀。許多人在深夜裏，老遠的趕到法大馬路東端的國旗店裏去買旗，國旗店門前的街道擠得連交通都幾乎斷絕了。有些店鋪故意把旗子掛在電燈上，入夜來，國旗被電光映出，格外的鮮亮華美。雖然孤軍升旗遭了壓迫，我的市民可壯越的給了個一致的答覆。

八·一三那天，上海幾乎成了一個死城。軍事戒嚴把上海的輸血管硬化了。法租界和公共租界變成了兩個切斷了的區域。全個法租界祇有三四條路往北通行，外灘、大世界、海格路，公共租界向南也祇有外灘、江西路、靜安寺。各處經過來往的男女都被細細檢查，行大是等於斷了路，馬路上除了軍警踝躞之外，就落下了空蕩蕩的長街和格外唏噭得響的小樹，我和我一家三四百萬人沉默在悲憤的紀念中。

日本小丑却乘此想活動一下子。工部局前幾天已經接到了報告，日本要派二百個漢奸攜帶炸彈、手槍進租界來大施一番恐怖，首先進攻各報舘。工部局也早已在兩天之前全部警探出動抓到了他們的綫索，和起出了槍枝，弄得日本無計，便來撒無頼。八·一三那天日本特務機關的汽車滿街跑迴風散傳單，用中國人的口氣罵工部局是日本的同謀，企圖挑撥離間；一面飛機又散傳單咒罵抗日領袖等，蠱惑我和我一大家人。日本小丑最可笑的醜技要算自己竄進租界來撕旗了。他們遇見他們的好友意大利防軍時就很得意，幹得很痛快，可是遇到美國防軍時就冤得很。三個日本人帶了槍駕了車去勞勃生路撕旗，恰撞着了美國防軍上前去阻止，日本人拔出了槍來對着美軍的咽喉，不料美軍不愛他的咽喉，却也拔出槍來對着他們，逼着他們下車去。兩個人知點機，自己就下車去了，其餘一個如潑婦撒頼一樣，橫在車裏無論如何不下來。好極了，美軍很會優待他，兩個擡兩隻胳膊，一個拖了一條腿，就把他拋在地上，帶進美軍營裏去了。

日本報紙爲了這件事傷心得很，至今還未咕嚕抱怨得夠呢。

好了，老哥，我也囉唆得有個分量了。你看怎麽樣？我是不敢睡覺的，也沒有容我睡的環境。我和我母親中國是一個命運，不到解放就不會有安逸。刺激、勞苦、困乏、興奮、憤激天天換着花樣鞭策我，我看我似乎比你有福氣一點，對嗎？

不過，有了由我家裏去麻煩你的那些又忙又沉重的人和心，祇怕你也要活得鮮明結壯一些了。我們究竟是親戚，你得多活起來幫我的忙……

戰時英國勞工問題[*]

目前英國的勞工問題本質上，有着國民生活再組織的意義；同時，物質生活的再組織，必然要引起精神生活上相應的變化。因此，談到這一點，又免不了要涉及於國民精神再建立的問題。這些都是一連串地貫下來的。

在中國的現狀下面，根據中國已成的觀念看來，把勞工問題與國民生活說成一個東西，似乎是有些不大相宜。好在我們現在講的是英國，這句話却也有理由可以講。第一，英國主要的生產國民都是工人，連農民也是農業工人；其次，英國是充分高度工業化的國家，她的全部國民生活，都與工業製造的各部門齒縫銜接，戰時整個勞工的問題，提示着全部國民生活的變動是毫無疑問的。而且，不要忘記了英國是處在一個空前立體的戰爭下面。如果說第一次大戰中戰爭是在水平面上進行，由外綫慢慢向裏面延伸，牽動了社會內部的脈絡，如果說那時的戰爭祇有軍艦、軍械、戰壕、兵士等等消費的大嘴張開着，吞噬英國的物資與人民，則一九三九年開始以來的大戰，就有了更宏大的振動力。除了水平綫上的戰鬪，現在毀滅是從天而降直達到地心的底層，它不僅牽動社會的脈絡，而且直接的破壞它，摧毀它，使社會內部的連環錯亂失節。飛機轟炸在市場的核心攪起了旋風，人民遷徙了，工廠搬移了，職業機關、學校、教堂都遷，住宅區一部分毀滅了，甚至碼頭船塢，漁場車站也生了翅膀，或者流浪，或者寄居，形成一種人工的機械的社會沸騰。一切國民生活的騷亂就是勞工問題叢生的外表。加以一般戰爭所引起的物價、工資、工力、貨幣等等問題還是照樣的，也許更厲害的要發生，從而增

---

[*] 原載《大公報》（香港）1941 年 4 月 10—13 日。

加這種波動的嚴重性。生活既已無主，精神如何能夠執一？在平時英國曾經沿着帝國惰性的穩定，以維持固有的社會生活為基點來組織了她的國民及其生活。到今天，當她的社會齒輪已經被錘得瀕於片片的時候，難道那個維持社會的舊條架還能再支持下去麼？即使不為了將來作想，也得把一切重新搭好，為了應付眼前這個戰爭。這就是勞工問題目前所以重要的原故了。

在這裏，篇幅使人無法能夠把全部問題作仔細的研究。因此，底下分了三個要點，把重要情形說一說，掛一漏萬勢所難免吧。

一、工黨與工會

代表英國工人的政黨，雖然有三個，最重要的現在還是工黨。共產黨和獨立工黨究竟還站在比較更在野的地位，實力和影響目前都還不容易引起重大的波瀾。工黨的歷史要長一些，由於過去費邊社的關係與它相關的工會曾經獲得了較大多數的工人會員，到現在，在它所影響之下的工人們，也還是佔着比較的多數。在麥唐納初出組閣的時候，工黨聲勢頗隆，但是由於他們執政以後，政策的不澈底，幾經與保守勢力的妥協，失了工人的擁護，及至麥唐納組織"國民內閣"全部離開了工人立場以後，工黨內部分裂，不但已得的政治地位保守不住，同時在工人大群裏的影響也差不多都失去了。從此以後，工黨有了一段困難的經過，至終在努力於恢復工人信仰與獲取政治地位的掙扎上顛頓拮撅，苦不堪言。這次戰爭的爆發，遂立刻被它振住，當了一個重生自己的最好機會。

工黨在這次戰爭中的目標有兩點，第一是推進戰爭，第二是獲取政權。

工黨對於這次戰爭的看法，完全是站在帝國的立場來確定的。誰都知道希特勒的勝利會直接造成大英帝國地位的低落，因此，老實的英國人講到這次戰爭時，都把民生兩字暫時由嘴裏挪開，而公開承認戰爭的目標就為了維持大英帝國世界王者的首座。但是，假如這些不列顛的誠實人能够更現實一點時，他一定會知道這場戰爭所包含的是一個國家生死存亡的問題，這裏有關係的不但是一個帝國，而且是那個相傳已經一千年多了的英吉利王國。一個二三等國家，打了澈頭敗仗祗要接受了"和平"，也還不過是第二三等的奴隸而已，而世界最大帝國若不能打到勝仗，那影響的震幅是不可以數計的。物質上的削弱必然引起精神上的激變，民族自尊心將有一個程度不齊的低落，這會造成大部分寄生階層的移民，而另一部分則衰靡腐爛，同時廣大的不死的民心在極深重的苦難中擡起頭來，會從根本上去尋求解決。這樣，地面的爭執就會變成了歷史的開幕。工黨從帝國的立場上看去，是不能容許有如此鉅變發生的。因此，戰爭必需貫澈，戰爭必需勝利，爲了帝國的存在，爲了世界第一的王位。

其次，我們已經説過了，工黨遭了過去的慘敗，正要用萬分力量恢復以及發展它的政治地位，再一次取得政權。在過去一年半的戰爭中，工黨和工會爲了許多政府條文與措施，尤其是爲了政府對工會的蔑視作過許多爭執和談判。他們對工人説是爲了保障工人本身的福利，對政府説是爲了戰爭。自然，如果工人的福利能够得到真正的保障，工黨的政治地位必然會加高，政權也不可免的要落到他們身上。不過，實際上，離目標還是難免有一些距離，這情形底下具體情形是可以看得出來的。

政府對於工會和工黨的態度，戰前是不必説了。就在戰爭爆發了以後，政府頒布了許多緊急法令，其中大部分是和整個國民生活有關係的，也就是和工人有關係的，這些都不曾與工會有接頭。甚至於直接關於工人失業就業以及其他關係工人本身問題的法令都不和工黨與工會商量，遇有工人問題發生，政府常常直接找工人談判，或者表面與工會敷衍，而另外找有關係工人的臨時組織會商。工黨議員的意見經常是不予重視的。因此在張伯倫首相任内的工黨與工會，其主要的爭執就是要求政府對他們地位的承認。他們罵政府專制獨斷，要求遇有工人及工業問題發生時，直接與工會會談，不找旁枝；要求在政府特設的各種委員會裏，工會和雇主一樣，得以派遣代表參加；要求政府重視工會與工黨的意見。

這些，政府有時聽從，有時另行設法解決。

直至一九四零年四月，挪威的軍事失敗了，前內閣的舉動招致了國民極大的不滿和憤怒，五月七日工黨於是提出了不信任案，八日在下院以二八一對二〇〇票通過，十日張伯倫內閣辭職，就在當天，邱吉爾拜命組閣，也就在當天，邱吉爾向工黨接洽，邀請參加閣政。雖然工黨大會就在五月十三日要舉行，工黨執委會也不能等，就於十號當日決定參加，結果阿特里與格林伍德進了戰時內閣，倍文與莫里遜作了勞工部長及供給部長。至此，從"國民內閣"以來失了勢的工黨，遂又建立了一小部分政治權力。

二、戰爭中的各種問題

戰爭中所發的各種問題，大都與工人有關係，擇其中最重要的幾點，敘述如下：為了篇幅，論斷祇有不提了。

1. 勞工供給問題

（1）失業。英國在戰前已經有了相當嚴重的失業現象，失業工人至一千一百萬左右。戰爭爆發，論理工人應該特別忙碌起來，而事實上卻不然。由於轟炸及戰時各種工業機構的調整，許多人反而因此失了業。大轟炸使業務與人事都尋求安全，於是工廠、銀行、船塢、公司、政府、學校以及一切公私營業所紛紛遷移，或者縮小範圍，或者被炸掉了。炸掉自不用說，遷移和縮小範圍的，也藉此紛紛解雇，吐出了大批工人。由於私人建築業、奢侈品業及輕工業的縮小致停止，工人也流到了街上。燃料緊縮（煤油與煤的控制）以及交通工具調動軍用，使汽車運輸業受了影響，而航運地點的遷徙，商船或被徵發，或者縮短了航綫，縮小了活動範圍，也就容不下許多工人。這種種原因造成了龐大的失業現象。

（2）缺工。一面失業工人增多了，另一面許多生產機關找不到適用的工人。由於預備軍的動員，國民服務以及義勇投效等等法案的施行，許多青年及中老年工人離去了他們的職務，工作場所遷移使許多精工失業，因而造成了缺工現象，特別是精工的缺乏成了嚴重問題。缺乏工人的部門主要的是飛機業、軍火業、軍事材料業、造船業、煤礦業與農業等等，這些所缺的大半都是精工，或者因為工資太低，使工人發生了極大的流動現象（如煤礦及農業）因而缺工。最重要的還是精工的缺乏。

（3）工能縮減。精工缺乏的進一步便是工能的縮減。需要工人有高度技術與科學智識的生產機關，不得不雇用智識與技術水準較低的工人。半熟練工人代替了熟練工人，生手又代替了半熟練的，而半粗工與粗工且被勉強雇用來代替精工。因此一般生產水準不免低落，生產速度從而也減低了。這種現象在上次大戰的戰時戰後曾經造成了極其重大的生產與社會問題，這次又發生了，而且發生得更加嚴重。

（4）婦女兒童。許多工廠趁了戰爭之便，將男工解雇而雇用婦女與兒童。工資比男工減低，工時增高，而且工作條件也故加鬆弛，使婦女兒童在更大的困難中間勞作。戰爭爆發時，婦女受雇的非常多，一般工業、農業、汽車運輸業裏面甚至軍事工業中都有婦女參加。表面上看來是婦女職業的發展，實際上她們奪取了她們的丈夫父子兄弟們的飯碗，那飯碗並不如她們丈夫的充實，却付出了更多的代價。

2. 生活問題

生活問題所包括的範圍很是廣泛，此地却祇能提到兩點：

（1）燈火管制。在連續集中的轟炸之下，夜間工作的工人們祇能有微弱暗淡的光綫供他們作緊張的工作。許多工作場所為了省事，白日來了也不撤除障蔽，於是白日也變成了黑夜。在這裏不僅光綫不夠，連空氣也不能流通。這種類似地獄的工作環境造成工人們的神經過分緊張，有的精神變態，有的瘋狂。特別是鐵路、碼頭、船塢、電車、汽車上的工作人員以及由於黑暗所造成的危險，更是遍地都存在着。

（2）工資與物價。戰爭之初，政府本已規定了物價提高的最大限度，祇以能夠與增加的稅收、成本、工人保險費等等相抵為準則，這樣，戰時的負擔就輕輕由廠主及商人肩上挪開了。可是廠主們却不以此為滿足。因此提高物價的最高限度常常是被超過了的。工人的生活指數在一九三九年九月是一五五，至去年七月爲一八七，增加了三分之一強。這比較我們國內翻筋斗式的跳漲當然要算好了，然而即在我們這樣社會組織未經堅定，物資供應十分缺乏的國家，戰爭最初十個月中，上海的物價增高也還不到百分之五十的程度。

物價提高了，工資自然應該上漲。但是這種漲風却不是平行的。大部分的工資律（特別如商業處所管的營業，如汽車鐵路運輸等）都由政府法令規定了最低基準，許多的實際工資是由各種工資委員會決定。這種決定方法固然可以保障工人，祇是到了變動猛驟的時候却失掉了它的彈性反而限制了工人的要求。必需法令更改，或委員會來出面，工資纔能有改變，而法令有時却無法切實知道具體的情況。因此物價儘管自由的漲，工資却祇有殭硬的時候。而且，政府根本就反對提高工資。在下院曾有人提到水漲船高，工資永不能跟上物價的意見，因而要求對於工資所不能支付的生活費應由政府來補足，當時財長西門爵士提出反對意見，以爲工資不必增加得很快，因爲它與物價是交互循環的，工資高了會造成物價上漲。工資顛挪在物價背後的現象，至今仍是困難問題。

此外，許多雇主又藉口工人有強迫傭金，拒絕增加工人的工資。

除了上述問題之外，工會本身已遭遇了許多困難，使它自己常常有自顧不暇之勢。但自新閣產生了以後，情形却比較的要好了。

三、戰時法案與條例

自一九三九年五月軍事訓練法案通過以後，接着七月有保衛法案，八月有緊急權力法案，九月戰爭爆發，一號那天通過了十八個法案，九月初兩週間一共有了四十幾個法案。屬於法案之下的條例更是多。由前年九月至去年五月共頒布了一千一百多條例，單是緊急權力法案就有八十幾條。大部都是和工人問題與工人生活有關係的。現在將重要的法案說一說。

1. 緊急權力法案（八月廿四英王批准）

選舉法案的目標在於保障公安與社會秩序，動員一切物資準備戰爭。法案規定政府得佔有或管理任何財產、事業，惟土地除外；政府警員得進入任何民居執行逮捕與搜查，政府得以緊急處置修改或停止執行任何國會已成法案，政府得以容許其他負責政府機關或人物發布命令及條例以執行這一法案，即使這些命令條例與國會已成法案衝突，也是在所必行。

這一個法案以及其他類似的命令使工人大不高興。並且法案中對於如何徵發工業機關並無實際具體規定，亦無權力機關執行。

2. 國民軍役法案（八月廿四英王批准）

法案規定青年男子十四歲至十九歲一律須受國民軍役訓練。它曾經遭受了工黨的反對，以為已經有義勇服務法案可以動員足年人民滿足國防與民間互助的需要，不宜倣效軍國主義使學齡少年都去從軍。國會對此採取了滑頭辦法。在法案二讀通過時，規定政府仍然照樣執行該法案，但工會可以看情形為工人設計，不受它的惡劣影響。

法案規定遇有個人請求暫緩軍訓時，可遞請求書與勞工部長，由部長交與他所指定的軍訓委員會決定。委員會主席由部長指派，另外二人則由陪審法庭的陪審工人參加。

良心反戰者的問題由地方裁判所解決。裁判所主席及另外四人由勞工部長指定，四人中有一人由工會推薦。工會總理事會已經派出了十五人出席英蘇各裁判所。良心請求人可以由所屬工會派人代表出庭。

法案規定凡工人受國民軍役法案、軍事訓練法案以及後備及補助軍役法案的影響而離去了職業的，事後雇主須恢復他們的職業，九月四日國民服務法案又規定不得因而將他們解雇，或事先解雇以避免恢復他們。違者罰五十鎊。

3. 傷害及補償法案（九月三日通過）

法案規定在轟炸及戰爭行為中受傷，在社會保安與救護工作中受傷的人員及其家屬都可以領受賠償及撫恤。與此有關的是撫恤法案，九月三日通過的。它規定戰時死亡撫恤事件由撫恤部辦理。關於海軍、商船和漁民受傷或死亡人員，領港及燈塔受傷死亡人員，一律由撫恤部長核定情形，制定撫恤金等級，以海軍人員在職時等級爲根據。

4. 失業保險與失業救濟法案（九月五日通過）

法案規定勞工部長可以改訂或停止執行已成的保險法案、救濟案中的任何條文，藉此適合戰爭的需要。部長可以擴大救濟失業的範圍，使雖無失業確況的人們能夠受到救濟。這類人多因爲機關遷移離了業，或由於敵人的行爲，使他與賴以生活的機關或人失了聯絡，而不能免於飢寒。

法案規定關於失業救濟的請求，裁判所可以決定是否應當予以滿足。（這一點後來取消了。）救濟金的額項略有增加。家主夫婦每週二先令，其他成年人一先令，十六歲以下的兒童六毛。

關於失業保險，在邱吉爾內閣時代稍有改正。工人每週的保險金額再有增加。保險的範圍由體力工人擴展到了年薪四百鎊的非體力工人，這類增加爲數具有五十萬人。此外，在每連續六天之中有兩天失業的工人亦得保險。保險費男女每週各增加三先令，農業工人男三先令，女二先令，二十歲以下少女及青年男子二先令。

5. 地方政府職員法案（九月五日英王批准）

法案爲使地方政府及該管負責機關對於已經從事軍役及民間保衛工作的職員，仍然能夠支付薪金，而不動搖地方政府的財政，規定地方財力不夠時，得由中央財政部補助。其後在邱吉爾時代又成立了退職金法案，五月二十九通過，規定將這法案適用於其他機關職員。並規定一切工人因爲參加戰爭和民間保衛而自行退職，須照樣領取退職金，雇主若不許可，政府可以干涉。

6. 僱用統制法案（九月五日提出）

上文我們提到了缺工與工薪減低的問題，尤其是精工與某種特別工人的缺乏，遂使工業界發生了招誘工人的現象。僱主用廣告及高工資的方式誘引工人轉業，一面造成了工人的流動，製造界的不安；另一面使某些必須工業缺少工人，特別是高級智識工人與精工。法案的設立就針對着這一點，禁止僱主用廣告及高工資招誘工人脫離與己適當的工作。工人的僱用要受政府統制。這一法案特別是應用於某幾種工業如工程業、建築業、軍械業、農業、煤礦業等。

此案後來加了一點補充，關於允許工人受僱與再受僱的問題由勞工部長所委派的委員會（由勞資雙方代表組織而成）處理。部長若不許工人受僱或再受僱，必需給他一個代替的職業，否則工人可以向陪審法庭請求。法庭如果接受了工人的請求，工人就可以受僱或再受僱了，並且他在請求期間的損失還有賠償。

7. 農業法案（一九四零年四月三日通過）

英國農業工人的工資最低，而工資最不一律，因此農業工人的流動性非常之大。在這戰爭以食糧為天日的時代，這種現象當然是非常嚴重的。於是法案現定由全國農業工人工會與運輸業工會提出修正農業工人工資訂定法，過去這種工資是由四十七個農業工資委員會訂定的，工資有幾十百種的不同。戰時一切物價一律增高，農產品的價格是全國一律，而工資仍然各郡各縣極盡不同之能事。因此將工資訂定法規定像這樣：農業工資處可以改正各縣工資委員會所定的工資律，其後可成為由農業工資委員會替成年的較長期的工人制定全國最低工資，各地委員會可據此定立適宜於本地的工資額，否則農業工資處可以干涉。一九四零年六月全國農業工資額制定發表了。

為了解決勞工供給問題，邱吉爾內閣設立了一個勞工供給處以倍文為處長，其他有二個工會重要職員在內。這機關規定凡屬於建築業、工程業的工人必須由職業交換所介紹，經工會與僱主磋商了，纔許就業。煤礦工人、農業、林業、園藝等工人，祇許從事本行職業。這機關又進行登記高級的工程業工人，有化學的學理與實驗智識的工人，以及凡未參加政府工作的、二十一歲以上有特殊壯力的工人，以備補充精工的缺乏。

為了預備精工，供給處又開辦訓練班。目標是四十六處，每年要訓練十萬人，現在已經有了十九處。蘇格蘭的訓練班附設在工業專科學校以內，計劃每年訓練五萬人。此外各工場也奉勸自行開辦訓練班。

　　國際勞工支部的設立，也是爲了解決勞工問題的。藉此政府可以僱用國內外僑及國際工人。

結　　語

　　但看上面的簡略叙述，已知政府和工黨對於勞工問題乃至國民生活的處理，全部是物質方面的，單純以戰爭爲目標。對於工人的真正福利如工資、物價、工時等等，還是未曾解決。工人現在每週要作六十小時以上的工作，還要鼓勵他們儘量增加，而對於利潤主義的增強似難有裁減的辦法。他們組織一切國民的勞力、時間、精良的技術，社會的穩定以求貫澈戰爭，而對於國民精神的建立，似乎是忽略了。

一九四一年四月四日

戰地通信之一：萬木無聲之贛東前綫*

轎子從安福下來，脫離了綠色的海濤起伏的原野，上了大路。那裏是大路呵！一堆堆橫斷路腰的土石，一窪窪盤據路心的黃水，小風吹過，起着碎波，正像一個完整的池塘；幾尺長的小河橫路飄流，從左邊田裏，流進右邊田裏。一片片帶土的新草和小樹枝遮蓋了路面，使人無從認識。轎子在水面上移動，在田溝上爬，在池塘邊沿搖搖晃晃。當它們滯掛在土堆上的時候，人就不得不從轎子裏面鑽出來，在水泥裏走過去。與其望着轎夫瘦瘦的背脊在土堆上顫顫搖擺，仿佛立刻要折斷的樣子，是不如自己拖泥還更好的。

這是中國的道路，修築起來又被粉碎，粉碎了又再被修築起來，爲了要得到那最平安、最寬大、適合於永久的福祉的道路。正爲此，這條道路和其他的千百條一樣，是在被破壞的熬煉之中。

殘破的道路上，散流着殘破的行人，都是由東向西的，十一二歲的孩子，少年和中年女人，拄拐杖的小腳老太太，編筐擔着的和抱着的小孩子，單輪車上綱着的孩子，挑行李的，背包的，穿草鞋的、布鞋的、橡膠鞋的、打赤腳的。男男女女把褲腳捲上大腿，把旗衫扎在腰間，在樹叢、水塘和泥埂中間疲敝地走着。看見我們的轎子由西往東，詫異的望着我們。

"到吉安去麼？"在茶棚裏坐下來，東西南北的人們都不分親疏了。

"是呀。"

"去不得呀，吉安人都走完了呀。"

---

* 原載《大公報》（桂林）1942 年 8 月 6 日。

"日本兵到了那裏呢？"

"那裏曉得！説是樟樹、新淦都丟了，路都破完了。再遲走也走不了了呀。"

"你們是到那裏去呢？"

"到安福去看看囉。"

"衡陽有個親戚，去看看囉。"

但是也有人説，吉安的商家都沒有走，許多貨物也還留在吉安。當地長官正在勸他們走呢。

同鄉 E 君對我笑了，這感性較濃、頎長的澳洲人。他説："假如我們闖進日本兵手裏！"我也笑，於是我們把準備丟的東西，準備逃走的方向商量了一會。我們逼着轎夫快些走。

九日下午一時到了。吉安仿佛一個睡眠的城市，招待所走了，銀行走了，學校走了，報館走了，無綫電走了。滿街閉門闔戶，任憑我們晃晃蕩蕩的拖來拖去找不到歇脚的地方，最後落在一家小客棧裏。

吉安是真的睡眠過去了麼？我們不信。

在一切都未曾處置以前，我們搶到一張號外：九日晨我軍克復樟樹，新淦附近無敵蹤。

於是接連三天，半張報紙，油印新聞，機關消息，壁報，朋友們口頭，從四面八方灌給我們以前方勝利的消息：樟樹恢復，崇仁、宜黃、南城克復，我軍進駐三江口敵人的後路，敵人集中臨川，有撤退模樣。謠傳甚至説上饒也被我軍克復了。

眼看着吉安活了起來。第一天在街上走，祇有街角有幾個人，有些極小的鋪子半掩着門，賣斗笠和竹編小籃之類；路上偶而碰見一個牧師，見到一個可以談論的人，談話第一句就是吉安是在打擺子，隨着就問路徑，問道路破壞的情形，問家眷人物走了沒有。第二天，報紙出來了，市民漸漸擠在壁報板面前，街上有孩子抱着報張飛跑，嚷着好消息號外。第三天以降，最繁華、也曾經是最死寂的永叔路上，從下午三四點鐘起，已經有擠滿人的樣子，大商店也有大半扇門打開了。在門口張望時，已不致於被板着面孔的人們趕走，冷冷的說一句：沒有貨！近一二天來，吉安幾乎全都呈現了它自己，茶館裏坐滿了人，商店的櫥窗裏滿是貨，比桂林分外富於都市氣味，也似乎比桂林的存貨更多。一家闊大糖果店全副玻璃磚門面，兩面光是罐頭水果有幾十種，咖啡、啤酒、可可，樣樣俱全。在此前後對照之下，唯有無言！唯願抗戰的勝利將不祇帶來坐在茶館裏成半天嗑瓜子的人，和晶瑩耀眼的糖果服裝商店。我們的勞苦兄弟們應當有適當的娛樂，而不是在破茶館裏，一隻腿蹬在凳上混掉一天半天。

並且，在目前說，吉安也還是次於戰場的前方哩。

記者的知識離任何軍事很遠，很遠，但是，身在戰場的邊沿上，免不了對於前綫一動一靜的注意，對於寸寸土地的關心。承當地軍政長官的指示，同業朋友們，特別是中央社戰地特派員胡雨霖君處處幫忙，對於撫、贛兩河中間這些地帶上，以三江口爲敵人後路而分途發展的戰局，稍得眉目，因以轉告國人。

五月中，納粹的春季攻勢黴敗了，印度大陸蛇象奔走，一時難以下脚。敵人乃抽空發動了浙東戰爭，用意主要在於掃除我沿海可能的飛機根據地。其餘如截斷我物資來源，也是附帶的目的。浙東及浙贛路東段戰況發展於敵人有利，敵乘機想打通浙贛路，都被阻於上饒附近。那時敵人有兩條路可走：一，追蹤××戰區主要部隊及重要物資入××；二，由南昌出動，打浙贛西段，期於東西會師。敵人嘗試了第一條，選擇了第二條路，雖然它得了部分成功，但至今鐵路並未全通，上饒東西仍有爭奪戰，敵人在這條路上所用兵力約共兩師團有餘。此外有東北僞軍及敵人在淪陷區強徵民衆所編的僞軍，數目也不少，但它用於贛東幾縣的兵力不過一萬左右。

進入贛東的敵軍都由南昌上來，據軍事當局的看法，最初是爲了鞏固鐵路綫上的佔領地，同時打通臨川、東鄉、南城一綫，阻止×戰區的我軍向鐵路方面增援，這當然不是說敵人根本沒有侵入吉安的企圖。事實上，敵人的每一個動作，往往都可能有幾種發展，大目標之中含有小目標，小目標之外藏有大目標，目標的取捨分合，全看它所遇的阻力大小，與自身實力大小的對比來決定。它在贛東的動作，也可以這樣去理解。它在崇仁、宜黃間的動作目的在搜擊我×軍的主力，崇仁、樟樹間的動作在搜擊我××軍，宜黃、南城間目的在××軍。但它所到之處，我軍主力都避開了，它到處撲空，十分苦惱。據前綫所得消息，在這方面敵人遭遇到兩重困難：第一是敵人南來的部隊有一半都染足疾，腫痛不能作戰。第二就是無法找到我們的主力，這自然是明顯的證據。但是另一方面敵軍一路由崇仁走樂安、永豐，一路犯樟樹、新淦威脅峽江，又明白有包圍吉安的態勢。無奈他師老力疲，人數不夠，我道路破壞十分澈底，致使敵人不但不能運用動力化部隊，連騎兵都難於大量運用，以樟樹方面，敵人祇能用幾百騎兵衝進來，又無步兵佔領，因此東西南北，四向奔突，變成了流寇性質。經我大軍一壓，不得不"急流湧退"。最近在樟樹俘虜身上搜得文件，聲明因右翼感到壓力，不能不退，敵人精疲力竭的苦況可以想見了。

從上述情形看來，敵人在我軍強大壓力下，右翼已斷，於兩三天之內被迫放棄崇仁、宜黃和南城是完全可以理解的，現在敵人集結臨川，構築工事，似在久守。我軍進駐三江口，與敵隔撫河對持，由北面扼住敵人後路，同時在南城、宜黃間有我軍新經補充的生力軍到達。

眼前的前方是沉寂無聲。

頓河兩岸，莫斯科中原正在緊張，敵人似乎在期待着，我軍似乎也是有所期待。颯颯秋風，爲時不久。

萬木屏息，暴雨如何？

七、廿二寄

戰地通信之二：將軍樹下　大覺庵中*
——記羅卓英將軍談話

小雨。江水急流成漩渦，奔逐下去，嘩嘩有聲，三乘車子沿江走着，有些顛頓，却不苦惱。我在揣想着所要到的是怎樣一個地方，所要見的那些上高會戰中勝利的人物是怎樣的樣子。我幾乎看見他長得很高，有敏感的眼睛，神態是合乎三十多歲的年齡，這些想象不是沒有來由的；羅將軍上高會戰的兩首詩，至今還有幾句在我胸頭排盪。像"錦水銀沙落照紅"這樣的句子，是不很容易忘記的。當地又有人告訴我們，他祇有三十七八歲。

車子走出街道，經過斜坡，繞過池塘，到了一片叢林面前。大樹環繞着一帶白粉牆，在無聲的小雨裏面靜靜的站立着，粉牆下面兩個衛士，對荷着槍，也是靜靜的站立着。

昔日謝絕了人間的佛堂，今日有歷史在那裏選擇自己的方向。爲了叩問這個方向，我們在這裏見到了羅將軍。

完全和想象中的人物相反：羅將軍有顯示重量的身軀，濃長的眉毛下覆着威嚴深藏的眼睛，動作語氣完全富於強烈的進取性和行動性。這是一位能和歷史發生不小關係的人物，年紀有四十七八歲。

我們的關心，很自然的首先集中於緬甸戰爭和印度局面那一邊。究竟英軍在緬甸有多少力量？他們的戰鬥力又是如何呢？

據將軍談：英軍在緬共有兩師一旅，緊鄰我軍右方的是印軍第十七師，裝備好，戰鬥力強，印度兵的犧牲精神及戰鬥意志都非常高，緊接

---

* 原載《大公報》（桂林）1942年8月10日。

印度軍右方的是英緬軍第一師，戰鬥精神和力量都比較印度軍為弱。

關於我軍入緬以後兩軍的合作問題，外面業有許多傳聞，比如說我軍在緬所得的地圖都不合用，我軍部隊入緬所被指定的防區，使我們各團部隊往往不能聯絡策應，這些情形當然深滋國人疑慮。但是，羅將軍以為兩軍的合作與聯絡上發生的問題，大抵都屬於技術方面，緬甸地大而軍隊少，關於地理方面，情形不能十分明瞭，因此有時消息聯絡不能完全如時如願，不能視為故意。總之，兩軍協力作戰，重要點在於能夠互相信仰；自從我軍不顧一切，赴援仁安羌英軍以後，雙方的互信已經強大增加。對於我軍的紀律嚴整，士兵的吃苦耐戰精神，不惜犧牲的德性，英軍自統帥部以至士兵都能確切相信。（赴援仁安羌一戰，我軍救出英軍七千人，新聞記者三四人，其中有常在中國的傑克貝爾頓君，汽車二百多輛，此外當退出緬甸時，英軍汽車常常陷入泥淖，我軍數百人到泥中去拖擡被陷的汽車，也給英軍以強烈的印象。——據羅總部王主任談。）羅將軍又說，此次在印度與英統帥部會談，彼此都能開誠布公，彼此都承認真誠互信是合作上必不可少的重要條件。互信的建立將使中、英、美、印四國在印度發揮極其強大的同盟國力量，這一點目前正在開始。

羅將軍這次到印度，就住在英印軍總司令魏菲爾的家裏，對於魏菲爾能耐勞吃苦有很好的印象，我們可以想像魏菲爾對他的感覺也會是好的。兩雄的互信增加，是一個很有利的合作基礎。

緬戰結束得快，我們可以推想許多原因。兵質、武器、戰略、戰術，或者都有些關係吧？羅將軍却簡截的說："是時間問題。"因為英軍祇有兩師半，人力原已不夠，不足以防守偌大的地方，而我軍集中雲南邊境，遲延兩個月，方始能開進去，一切預備工作都不能順利布置，已經遭了敵人強大的壓迫，其勢自不能長時阻遏敵人。然而我軍終於進了緬甸，終於相對的減削敵人進展的速度，使敵人預定計劃的實現比英人所預期的要遲緩了許多。因此，我們爭取了時間，使印度邊境的國防得以比較鞏固，使敵人無法長驅直入，這在緬甸軍事上來說，還是一種成功。

關於印度國防問題，他說詳細情形不很明瞭，但就外面看去，很是不錯。對於印度軍隊的戰鬥精神和力量，讚不絕口。不過，正像一位敏感的政治家，他以爲印度國防是軍事問題，同時更是政治問題。印度和印度洋，是同盟國聯絡綫的樞紐，能守則同盟國連成一氣，隔開軸心；不能守，則軸心相連，據以打擊，並且隔離了同盟國。所以，最後印度爲兩方所必爭，因此印度問題必需極快解決。羅將軍以爲對於國防問題，印人不妨先顧事實，作可能讓步。而對於印度自治問題，英人也不妨看得較爲遠大一些，雙方儘可邀約一個彼此互信的第三國家出來擔保。

我們繼續談到國內的戰事。他特別的提到了空軍的重要性，有外籍記者在場，使他知道中國的緊急需要是最好最適當的待遇。羅將軍說要反攻敵人，必須陸空聯合作戰，纔能確保摧毀敵人。目前美軍飛機在各處英勇戰鬥，確乎與敵人很大打擊，但因數量還是太少，還不能有機的配合地上部隊作戰，反攻計劃就要受到相當阻礙。講到反攻，他以爲要摧毀敵人海上力量和運輸能力，同時打擊敵人本部。因此我沿海空軍根據地必須先加恢復，但是這要空軍完全能夠配合陸軍，在行動的時候纔能有效。於是他繼而提到美軍在華總指揮官史蒂威爾，認爲他是中國的真實友人，他不但絕對主張立即用大量空軍援華，亦主張遣派美國陸軍來華協同作戰。

前方軍人對於空軍的迫切需要，感覺是一致的，武器是站在第一位。

最後，羅將軍說："在精神方面，中國從去年以來就採取了反攻的態度，遣派遠征軍到緬甸去，就是這一種態度的積極表現。有了這種態度，物質準備的完成自然會來到的。無論任何國家，在戰鬥中都應該採取這種反攻的態度。"

七月十八日贛東前綫某地

戰地通信之三：大戰荷湖圩[*]

姚顯微教授和中正大學服務團團員吳昌達先生因爲荷湖圩大戰而殉國，但是荷湖圩却因爲這次大戰而成了贛東戰役的一個終結點，它阻止了敵人向西向南的發展，發揮了我軍在山地戰中高度的機能。這次戰鬥是有相當的決定意義的。現在，時間上雖然它已經成爲過去，但當目前敵人又正在向臨川左右增兵的時候，提起荷湖圩的大戰，也許不完全是明日黃花吧。

但惜記者對於軍事方面一無所知，祇能就指揮長官以及參加的士兵在當時陣地上的說明，加以轉述，紙上情形，未免減色，記者領罪無辭。

大戰最緊張的時間，從七月六日拂曉四點鐘起直至七月七日拂曉前三點鐘止，二十四個鐘頭，我軍在大雨滂沱之下，與敵人不斷苦戰。七月七日這一天敵人又是整天增援來攻，直到下午七時左右纔向北退去。自此以後，三江口、臨川以南無敵蹤，第一次贛東戰役結束。參加戰鬥的×××軍×××師所屬×個團。×××軍××師擔任掩護。

六月二十八日，敵人再下宜黃、崇仁，集結崇、宜、南城所有的兵力約七八千，沿北至南，分四路向西，主力由崇仁向西南再達西北。目標一面企圖包圍×××軍，另一面企圖通過荷湖圩及荷湖西北的店下街，分擾樟樹和新淦，所用都是快速部隊，騎兵、輕重機關槍、迫擊砲等等。敵人進展得相當快。七月五日，駐在荷湖東北桐木橋的軍部，已經知道敵人將通過荷湖，完成包圍態勢。

七月五日傍晚××師接到了掩護軍部行動的命令，×××師接到了即赴荷湖迎擊敵人的命令，××師師長部署他的部隊於六日拂曉以前到

---

[*] 原載《大公報》（桂林）1942年8月24日。

達，自己帶了一個搜索連約七八十人，當夜前進。

黎明，大堆雲塊停在頂上，綠色的早稻被水蒸氣籠罩着，成暗碧色，沉滯的凝在田裏，沒有風。隊裏緊張的行走在小河左岸，由北向南。小河的左岸是稻田和東來的鄉路，右岸是幾個山頭，山下荷湖圩的街市沉寂的睡眠着。

忽然，東來的鄉路上，有一串黑影，搖搖不斷的晃動。

敵人！每個戰士的心警戒着。槍聲過去，沒有還擊。但是，立刻偵察兵來報告：是敵人，不過是輜重部隊。

先搶山頭！於是一班人下水，先據了對岸兩個高地。這時敵人要過橋了，橋上山頭一陣機槍下來，敵人紛紛落了水。等到他們從橋南涉水也據上一個高地時，我軍全連都渡過了河，又連續的佔領了幾個高地。

戰爭就這樣完成了嗎？我軍祇有七八十人，敵人輜重隊以外，戰鬥部隊且在增加。我軍預約到達的部隊還未見蹤影。戰鬥繼續了三個小時，指揮連長負了重傷，第一個山頭上一班人一個也不剩了。轉移陣地成了必要。他們放棄了河岸的高地，轉到高地後面的高地，再放棄了這個高地，轉到田野兩邊的一對高地，始終保持着在敵人的外面，用極少的人力，儘大的火力，控制着由市街和田野中轉來的大量敵人。敵人的馬屍和人屍覆蓋了田野。等到我們的戰士一個一個，一班一班的倒下去，到最後的一班祇剩四個人時，他們轉到了這一帶田野兩邊的第二對高地，每個高地上用兩個人一尊機關槍守着，師長和副師長自己當了班長。

這時候，正午十二時，他們的後續部隊一個特務營已經到了，這時候，不知他們多寡的敵人，分路抄直徑去奪取了西南面和東南面的兩個大山：金華山和牛頭嶺，向他們形成了大半個包圍。

午後，陰雲密集，田野發了黑，震雷和槍聲轟成一片，大雨跟着像山洪一樣衝倒下來了。山草倒下來，田禾倒下來，水汪汪的漫流。祇有人還是冒雨在戰鬥着。指定到達的三個團陸續都到了火綫上，他們且戰且前，順着田野轉南，來到了金華山和牛頭嶺的腳下，四邊高地上的火綫扭結着，一條火繩橫貫在雨綫中間。天也參加了戰鬥了。

下雨不辨黃昏，祇見天色沉沉向黑。敵人的槍砲轉稀，入於沉寂，他們已經佔據了最有利的地勢，不再擔心了，於是我軍也不肯消耗彈藥。

夜裏，天地漆黑，四圍祇有兩脚雜沓，分外喧嘩。師指揮部在叢草中會議：

東面續有敵人的隊伍西來，北面，敵人正在追擊南下，這是各團到達遲緩的原因，西北店下街敵軍有三四千人，西南東南兩座大山在敵人手裏。在這樣一個包圍形勢中有××師全師的將領和戰士，有軍部的首腦部。這情形如若不能夠在這短短的一夜裏加以解決，天一亮，飛機一來，全師全軍難免覆沒。因為敵人若解決了荷湖圩，在東面久戰疲勞的××師就有腹背受壓的危險。那時進到了樟樹和新淦近郊的敵人可以放膽前進，情形該是如何不可想像！

師長梁得奎，一位高大的雲南漢子，長方臉，闊嘴，他把他包了三道白銀的雲南大竹煙筒向樹根上倚靠住，站起來，用他特有的慷慨蒼涼的聲調說道：

"今天晚上，或死，或生，就在今天晚上了。今天晚上，我們一定要佔領那兩個大山頭，你們大家看怎麼樣呢？"

"聽師長命令！"全體指揮官齊聲回答。

"好！今夜十二點，×××團衝金華山，×××團、×××團的一部分隨我奪牛頭山，一齊用刺刀，衝鋒。"

夜襲是我們軍隊的特長，也是我們的士兵所最喜歡的。在夜裏，敵人不能躲在飛機和砲火的後面，陰謀殺人。在漆黑的夜裏祇有人與人的戰鬥，而我們的士兵久已忘却了自己的存在，祇要能面對敵人。

深夜，十二點鐘，雨還是淋漓不止。雨聲喧鬧掩蔽了我軍的行動，我軍人人輕裝急走，跑過八個高地，衝到山腰，一齊上好刺刀，衝鋒。這時敵人方纔發覺，慌亂中抓起機關槍步槍一陣亂放，機關槍步槍驟雨一樣射下來，我軍前面的戰士撲倒了，後面的踏上他們身體衝上去，一層又一層，沒有後退，沒有轉向，指揮官也用刺刀衝擊，高叫："消滅敵人！"十分疲敝的敵人完全驚慌，以為中國的生力軍到了，他們一層一層的散逃,我軍一步一步的奪上。七號清晨以前三點鐘,我軍完全佔領了金華山,稍後,我軍完全佔領了牛頭嶺,控制了荷湖圩,控制了附近地區所有的敵人!

這二十四個鐘頭的惡戰,據說消滅了敵人騾馬八九十匹,敵軍七八百,我軍死傷據說也有三四百。但是不論具體死傷是怎樣,我軍已經用血肉換取了最有利的地形。次日敵人增援猛攻金華山和它左右的陣地三次之多,都沒有能夠突破。

八日以後,疲勞過度,人數不足的敵軍開始退却了。當記者和朋友B二十四日走過荷湖圩戰場時,明明站在金華山陣地上俯看着遠近的原野,小風吹着,綠禾在陽光下緩緩漾開絲樣的波紋,仿佛有音樂在那裏流動,仿佛有小聲音訴說着:"中華人民,我們還是和你們在一起。"

七月十三日宜黃黃田村

戰地通信之四：姚顯微之死[*]
——人生自古誰無死，留取丹心照汗青

贛江嘩嘩的流下來。荒野，古廟，兩具小小的棺木停在廟門口，灰色的破方桌上一對白蠟好像兩條紙捲，彎彎吐出半截黑芯，火焰幾乎看不見。在這張祭桌前面，疏疏的站着一小群祭奠的人們。蒼蒼的江流，茫茫的野外，把這一小群人對比得完全不存在了。

但是，這裏却有着應該存在的死者。

朋友 B 和我一到吉安，就聽見了中正大學戰地服務團若干團員和團長姚顯微教授殉難的消息。他們的死成了許多人的儆戒，許多人的教訓，特別是在目前，當幾乎所有學校多多少少停止了走向戰地的熱心的時候，姚顯微先生和他的學生們去戰地殉身的行爲，更顯得好像是可以批評的了。

但是，也正因爲是在這樣時候，記者對於這殉難者特別難以忘懷，並且，相信大多數的讀者對於他和他的同伴們也是不會忘懷的。

姚顯微先生，名字叫名達，是中正大學經濟系教授，曾在美國哥倫比亞大學讀經濟學。據認識他的人說來，這人是所謂不知世故，書呆子一流的人物。不過呆子却有呆子的心胸。

六月中旬贛東形勢趨緊，敵人進展飛快，頗有過贛江深入的企圖。前後方的消息有時隔絕，後方已經下令疏散了。那時學校正要放假，姚教授不管這些，集合了三十九個同學，決定成立戰地服務團，利用暑假去前方一面推動軍民合作，一面救護傷兵。不是沒有人告誡他們，也不

---

[*] 原載《大公報》（桂林）1942 年 8 月 25、26 日。

是沒有人勸阻他們,叫他們認明情勢。不過,暑假一到,他們四十個人還是上戰地去了。

七月初,姚教授所帶的十一個同學到了豐城所屬的戰場,恰恰也是七月初,敵人集結了崇仁、宜黃、南城所有兵力,幾路向西,豐城縣屬的幾個村鎮,特別是荷湖圩,成了敵人大軍通過的要道。中大服務團跟着某軍軍部就在這裏和敵人遭遇了。

起先,在桐木橋軍部的時候,因為形勢不很好,軍長勸他們走,師長勸他們走,部隊勸他們走。但是他們是頑強的,民眾中間他們是不能去了,部隊中間也是不能去了,不過,戰爭正在白熱化,為了一二個山頭,雙方不惜幾次上下,受傷者的數目,很快的增加,可是擔架人卻尋找不到,老百姓一個都看不見了。那麼,他們應該走嗎?他們難道也應該走到一個人都看不見嗎?不,不能走。

事實完全不合於他們的想像。遭遇戰的混亂,緊張,突兀,變化,也是他們所完全揣測不到的。學校和書本都未曾告訴他們這些。他們空有熱情,對於戰爭,仿佛是被迫着應該站立在旁觀者的地位上,雖然他們的心是要求為了抗戰而生活。

軍隊下來了,散兵下來了,敵人下來了,荷湖圩的山頭震動着,田野震動着,荷湖圩的叢草叢林到處呼嘯。我軍每一個指揮部為了戰局,為了軍隊的主力,把每一個兵士每一個指揮官變成了強烈的砲壘,單純而集中的向着敵人。這樣的形勢,遂使不能戰鬥的服務團孤立了起來,他們從戰鬥的隊伍脫離,走到了不知名的山中。

怎樣辦呢?有的人主張回到新淦,有的主張還是回去找尋隊伍。但是,他們不認識山嶺,同樣,山嶺也不認識他們,不會帶他們走出去。風起了,雨來了,大雨灌着他們,他們有的躺倒在草上,有的在朦晦的雨中竄走,想從雨絲裏望出一條路徑,正在這時候,兩個同學忽然在草上打起痙攣的寒戰來,瘧疾綁住了他們。

十一個人,中間兩個女同學,被封鎖在山中有兩個鐘頭。兩個鐘頭之後,他們發現了一點救星,一個熟識的人出現在山路上,這人憑着他的職務和應有的知識,能夠指明他們應去的方向——西面,向石口,那是離新淦不遠二十里的村落,傍着贛江,過了江,他們就可以再談第二步的計劃了。

走吧,扶着病人,冒着大雨,走吧。不認識路,且靠沿途問着去。雖然人民都逃亡了,難道連逃亡的人民也會碰不見一個麼?

不,那邊山道上轉來了一個人,他牽着兩條牛慢慢的走着。

"老表,老表!"姚教授高聲的叫。

"老表,老表!"同學們也高聲的叫,並且打着手勢迎上前去。他們問着去石口的路徑,並且要牽牛人帶他們走。牽牛人慷慨地應許,但是他要求讓他把兩條牛先送給人家,因為牛原是借來的。

"那麼,你不要失信,你一定要回來的。"姚教授很信任的叮囑他。

"十五分鐘!一定不能夠失信。"那個人的談吐很漂亮。

十五分鐘以後,那人回來了。他帶他們去了石口,到了他的家裏,但是,他說現在渡口已經沒有了船。天晚下來,日本人要來,船更難找了,姚教授答應他四百元一條船,要他去找。

七點,八點,九點。他們燒了飯吃了,躺下來了,找船的人還沒回來。他們疑慮着,解釋着,寬慰着,犯瘧疾的人已經在發着高熱。誰那麼忍心丟了他們就走呢?管他,休息一下再說罷。兩個同學睡在門口,算是守衛。

睡在門口的人,糊塗中突然覺得膈臂猛烈抖了一抖,睜開眼,膈臂在一隻帶着紅臂章的人的手中被抓住了。

"敵人!"那同學高聲叫,同時抓起板凳來打。別的同學也都跳起來,拿起椅子和板凳圍攻,那做偵查的敵人轉頭就跑了。

敵人跑了,他們為什麼原因不跑呢?或者,為了怕外面藏有敵人,或者為了責任與感情的顧慮。無論是為了什麼,總之他們對於戰時情況和應付態度完全茫然;他們知道有戰爭,却完全不曾認識戰爭是怎樣一回事,這一切是很了然的。他們把大門關緊了,把兩個女同學關在一間後房裏。大家面對面坐在黑越越的屋子裏,彼此聽着彼此的心跳,姚教授在同学们中间走来走去的安慰他們，甚至連後門都不曾關上。

十分鐘后，十九個敵人來了。他們用槍托撞門，大聲喊着：

"開門！殺頭！開門！殺頭！"

姚教授着兩個同學緊緊把門抵住，自己站在門口答話：

"開門是可以的。但是我有兩個條件，答應了纔可以開門。"

他的條件也許我們會以爲可笑吧，他要求保障同學的生命和女同學的清白。他並沒有想到自己。

敵人沒有聲音，子彈却從後門縫裏射進來，接着後面擁進了大批敵人。於是姚教授用他唯一的短刀，刺中一個敵人，他自己也立刻受了一槍。同學吳昌達向前抱住開槍的敵人，也受了一槍，奪門跑出去了幾個同學，他們屏息地躲在草叢裏，遠遠的祇聽見姚教授嘶聲高叫：

"中華民國萬歲！"

兩個禮拜以後，一小群人在新淦野外臨江的一座小廟裏，祭奠姚教授和吳昌達先生。五個同學（兩個女同學）失蹤，四個生還。

這些寂寞的受難者究竟是不是遭遇了漢奸，不是我們所要深究的。但是前方漢奸何以多到能夠爲害不小，怎樣纔能消滅漢奸，確已成了當前一個嚴重的問題。其次姚教授和他的同學們是不是值得在這個時期犧牲，也不是三句話可以答覆。目前前方對於民衆工作人員的需要，對於後方鼓勵的需要，恐怕除了成年累月處在困苦戰鬥的將士們，什麼人都難以想像。第三，姚教授他們的犧牲誠然有許多地方由於缺乏戰爭的常識。然而，中國目前的教育是怎樣應該把熱情的青年用適於戰時的知識充實起來，使他們在學校時能夠學習，在戰爭中無論那一種場合能夠運用，這問題的嚴重性，該又得到一次的證明了吧。

死者是寂寞的；他們在戰場上流離轉徙，終於不得其用而被害。悵望着一葦可航的贛江，竟不能渡過民族熱烈的靈魂。我們對着這些照耀青史的丹心，無寧是負咎更爲適當吧。

七月二十六夜樂城白陂

戰地通信之五、六、七：
請看敵人的"新秩序"*
——崇仁—宜黃—南城

一

願有那神聖的嘴唇
來吻遍這焦疼的土地；
願有那音樂的口舌
替這神聖地受難的村莊
發出聲音，在這裏
屍骸濃臭，白骨抛在路旁，
到處都是瓦礫，荒場，
十里稻田，望不見一個人形，
蟬鳴震天價響；
啊！那年，那月，我們的土地，人民
纔能從苦難中間解放？

　　荷湖圩一街的焦土斷磚，朋友Ｂ把它們都拍上了他的鏡頭，那時候，他一定以爲不會有比那更荒涼的景象了，我也是那樣想的。不知事實上那裏僅僅是一個微弱的起點。從荷湖圩往東，白陂、崇仁、澧陂橋、宜黃、七都、毛牌、黃田、南城以及途中的一些大村小落，山腳田上的孤獨房子，幾乎無一家不是一堆瓦礫和兩扇空牆。

---

*　原載《大公報》（桂林）1942年8月30日、9月3日、9月5日。

七月二十六日我們離開荷湖圩，黃昏到了白陂，居民已經回來了不少，三三兩兩坐在瓦礫中談話，看見幾匹馬昂然走進街來，都紛紛走散，把大門關起來，街上登時空了。×××軍護送我們來的連長，一位十分謙卑盡心的四川人，喜歡連續不斷的說着抱歉的話。他走到人家去敲門，一面敲，一面說着許多解釋的話，敲了許久門纔稍稍開了一條縫，一個黃臉的女人滿面病容，伸出頭有神無氣看了一下，就把門打開了。"家裏沒有男人呵，"說着就嘆了一口氣，"都是病的呀，都是病人哪。"

她的話一點也不錯。她本人在生着病，她的媳婦在發瘧疾，她的大孫兒鬧肚子，小孫兒也是面黃發腫，她的一個長工有一個極大的肚子和尖瘦的小臉，每個人一開口就要帶着哼聲，長長的拖在言語後面。

起先，我不明白這一家犯了什麼毛病。過後在街心坐下來，祇見前前後後圍攏來的人，男、女、老、小，連吃奶的小孩子，沒有一個不是病態，祇剩得一對眼睛呆呆的望着人。說起話來，兩句一休息，三句一長嘆，滿街嗡嗡都是嘆息和呻吟。原來鄉村本來就有瘧與痢經常統治着，這次敵人到來，他們都不曾逃，祇暫時躱在山中。連日大雨，山洪大發，山中人大半截都在水中，糧食沒有，祇有用山水解渴，山實充飢。逃回來全鎮的人都病倒了。這情形自然也不是白陂所獨有的。

白陂鎮上燒了的房子不算多。

次日上午到崇仁。走近城區，我幾乎疑惑是到了破爛傢具拍賣場，橫街全是破門板、牀板、窗檻、桌椅、板凳、破神櫃等等，每一所房子除牆壁以外，就祇有破板斷柱，裏面亂堆着一些風車、箕籮、破櫃子之類，大半是空虛無人。

崇仁河岸一座天主堂，據說裏面門窗戶壁都搗光了。中國神父一位遭敵人痛打，負傷逃走，教徒全數被打被劫，裏面避難的人都被趕出來，老年婦女和很小的嬰孩都被趕下河去，河中漂流屍首一百餘具。中年少年婦女都被强姦致死。自此以後，敵人大肆屠殺，光是天主堂對面一座小茶園裏就有屍骸八十餘具，城郊死者上千人。除了燒殺姦淫之外還要搶。搶米，搶猪、牛、鹽、糖，還搶人。壯年男子被敵人搜出拖去做挑夫，十一二歲至十五六歲的孩子們也被拖去，隨軍做勤務，並且送去後方南昌一帶訓練做漢奸，據說崇、宜、南一帶搶去孩子近千。後方政治工作不夠加緊，民衆既無組織，又無訓練，當然不知道如何保全自己和孩子，軍隊在戰爭中勢難顧及救護孩子的問題。致使剛剛發育的鄉村兒童落入敵人掌中供其魚肉和利用。今後對於戰區搶救兒童的工作還是要政府多加注意。根據以往沿長江一帶搶救兒童的經驗，切實組織專門負責的青年工作人員，隨時在戰事發生的區域疏散及搶救我們的兒童。這工作，即使敵人不搶我們的孩子，也是必須舉行的。據記者目睹崇、宜一帶孩子們留下來的無一個不病，無一個不是癡呆茫然。許多難童失去了父母，流離病餓，都在死亡綫上，你問他：

"媽媽呢？"

"媽媽被日本人銃死了呵。"

"爸爸呢？"

"不知道呵。從撫州爸爸帶出來，後來不知道呢。"

"你是怎麼樣來的呢？"

"不知道呵。"

"你是什麼病呀？"

"肚子痛，肚子發燒。"

他的眼睛鼻子都腫得看不見了，說一句哼一句。這是一個十一歲左右的孩子，像這樣的病孩子，大大小小沿路都是。掌握民族今天的生命的人們，請爲民族明日的生命多多打算一下吧！

病，在崇仁也是廣泛的流行。腐屍兩週不能掩埋，腐爛的食物，淹死了無數人停屍河中的河水都是病源，加以敵人沿路搶猪，搶牛，衹割食一小塊，就把餘屍丟下井中，井水都中毒。逃難人在熱天行路或躲在山中，什麼水都喝，以致病人滿城。全城每家平均至少有三個病人。病情多半是痢疾、瘧疾、霍亂。縣長對此情形完全沒有辦法。醫藥、衛生工作人員完全沒有，醫院都已燒光逃盡，病災廣泛的蔓延着。宜黃、南城也有同樣情形，中央衛生署防疫大隊原有派在各省負防疫工作的人員，江西不知屬於那一隊,對於戰區的病災之蔓延,主管機關似乎需要隨時注意,隨時派人馳往戰場恢復地點,立即進行除病工作纔好。

八月二日南城警備司令部

二

　　七月廿八日下午三時我們別了崇仁。自昨日起,據說已經進了三伏。天青如鋼,太陽白花花,灼得人滿眼發黑,皮膚焦痛。馬在破碎的路上慢慢走着,我們不敢打它快跑,因爲地面上敵人的便衣隊散兵游匪很多,沿路都有軍隊護送。他們極盡忠實,我們緊走,他們也緊走,我們慢走,他們也慢走。如果我們放馬跑去,他們勢必要和馬賽跑了,因此雖然馬跑起來,馬上人覺得涼快舒服,我們也還是情願讓他一頓一頓的慢慢走去,否則烈火一般的陽光,將要把跑步的士兵完全烤壞了。

　　再也不要提到敵人經過了的鄉村、原野和山林。敵人已經在這裏帶來了它的新秩序:疫癘、屍臭、毀滅和荒涼。馬在山裏面走,在田野中間,在樹林裏,也在山窪子的小屋前面行走着。但是,無論是在山裏、田邊、樹林中,草中和空房子裏,祇要一留心就看見或是一堆白骨,或是一堆爛屍,或是瓦片磚石掩蓋的屍體,或是捲在一堆爛衣服裏面的破手斷脚。有的是人的,有些是馬的,往往在頭骨肋骨的旁邊躺着一大灘臭屎一樣的東西,那原來是名叫肚腸的。沿路走來並不需特別注意,因爲屍臭自會鑽進你的鼻子。夏日所特有的草香、花香、稻香、山林裏特有的樹香,完全被屍臭掩蓋住了。人在這種情況下走着,不覺暈眩是不可能的。

　　不但是在野外,就是城市的房子裏也免不了這種屍臭。一次我們停歇在一個有人的房屋裏,屋主人新回還沒有幾天,坐在他的堂中整日屍臭,使人不敢呼吸,我祇好時時將萬金油塗在鼻孔裏面藉以支持。敵人在這屋裏殺害了幾個人,弃屍屋裏,還是主人來纔清除出去的。

戰事已經過去了三個禮拜，屍臭和屍骸還是這樣普遍，這一面說明我們的掩埋工作進行得並不理想，同時敵人的殘酷也更顯明。死屍中大半都是我們的人民，一部分是我們的士兵，別的都是敵人的大馬。敵軍的死屍和重傷者都被他們自己燒掉了，而我們的難民大抵都是在敵人未來以前，受了漢奸的宣傳，認爲不用逃跑，祇消軍事臨頭到山裏躲一夜就得。不過事實却過於殘酷的教訓他們。敵軍到來不僅把留下的人民姦淫屠殺，並且到山中去搜殺，至於扶老攜幼逃難的人民往往在中途遇着敵軍，把一切所有都被他們搶去，並且任意被刺被打靶。據敵人退走時在崇宜南綫上恢復防務的軍人説，當時沿路都層堆層積排滿着各種形狀的死屍。我們的士兵因病因傷沿路停下來的，都被敵人刺死了。而敵人的大馬因爲大路破壞，不慣走田野間的小路，又常常遭我軍痛打，死的也極多。

　　這些爲國死難的人民和士兵，這些無辜而死的馬群，將是日本法西斯遭受最後的毀滅的審判時雄辯的見證！

　　誰說我們的原野不美麗呢？經常我們總是在清晨四點多就動身，常常在田野中間走，早稻是赭黃色，小風過去，漾着橘黃的碎波。晚稻黃碧，秧苗尖尖的在風裏輕輕招手。田裏清水三四寸深，山影倒插在裏面，成排的緩緩的流。白雲下面，白鴿打着旋兒飛上飛下，各種不知名的鳥此起彼落叫着銀子一樣的聲音是城市裏面聽不見的。少時太陽從山窪裏像一股白霧湧出來，散落在熟黃了的早稻上面，赭紅色的稻梗和綠色的稻葉上面。金碧閃爍，像瑪瑙鋪在陽光里。有時候，從山谷深處的樹上冒出一兩股青煙，在這幾十里不見人影的地方看見青煙，心裏面溫暖親熱的感覺是無法形容的，像看見了親人的久久注視着，眼中不自禁的漲滿了淚水。

　　然而，青煙是極少極少的，自然供與了一切美麗，可是這樣寧靜的美麗是何等的寂寞呵。這裏沒有人，早稻等候收割，晚稻等候除草，乾了的稻田等候車水，白鴿在野林裏飛，等候它的主人回來。但是，田野空着,山谷裏空着,破房子裏空着。

$$
登石巒以遠望兮,\\
路渺渺之默默。\\
入景響之無應兮,\\
聞省想之不可得。
$$

——《悲回風》

行走在祖國的最豐腴、最美麗的原野上,就好像落進了死亡的荒原。一天,兩天,我們行走在荒涼中間,沒有水喝,沒有食物。鷄蛋菜蔬,這些都是最普遍地長在鄉村裏的東西,可是我們找不到,我們口裏生煙,肚腸打結,許多士兵從田裏舀水喝,那些充滿了屍毒的水使他們三個兩個的病倒下來。我們祇有把自己的藥品分散給他們,忍着饑渴,向前趕路,整整一個禮拜的期間,我們或者一天吃一頓或者一天不吃的行走着。我們帶了些糖,用糖充開水,或者在有辦法的地方多買些生梨帶着。

夜裏,我們宿在一所被燒後祇剩了五間房子的村莊裏面。那是一所空房,四望無人。月光瀉地,樹影不動。一條瘦狗鼻尖貼地,一路嗅着走來。到我們的跟前,在脚上嗅嗅,身邊嗅嗅,擡起頭來望了我們一眼,又垂下頭兒,自己沿路嗅着,走開去了。

敵人把荒涼和死亡散佈在我們的原野上,但是,現在敵人已經走了三個星期了,我們的人民爲什麽還不能回來呢?爲什麽他們看見了我們要遠遠的逃竄?爲什麽我們的軍隊還是叫他們恐怖呢?想想看,幾千人在自己的土地上行軍,要打擊敵人,但是,沒有人民,沒有茶水,沒有食物,成天成夜的飢餓着,並且時常要怕漢奸的襲擊,這成了怎樣一個景象!

晚間淒涼,早上恬靜,午晝炎熱,我們半飢半渴的走着。許多晚稻田裏長了草,有的紅,有的藍,有的黃,還有成片的青苔,把稻田鋪得像死水池。有些草開着小白花,在秧苗中伸出來綠長的白鬚,有些稻田像禿子的頭髮，草已經把它蝕乾了。偶然看見了一個農人站在田裏，我們像在荒野中看見了一朵花一樣，老是定睛看着他，士兵們都叫起來："有老百姓了！有老百姓了！"

但是老百姓自己是怎樣說的呢？

他是受害者之一。敵人來，他躲在山裏面，他的豬、雞、牛都被敵人殺害了。他的被褥、帳子被敵人拿去墊在水田和破路上面，以免損壞馬蹄。他的衣服都被敵人撕成了一條條，他的蜂被敵人趕散，幾十斤蜂蜜偷去了。他聽說老百姓不幫軍隊，就氣忿忿的否認。他講着一段故事做他的證明：

"那時候我們躲在那個山裏，那樹林子後面的。我們軍隊來了。他們歇在河邊上燒飯，那時候，我們也有老百姓在河邊上囉，在洗衣服。老百姓就問：

'老表，宜黃還有我們軍隊麼？'

'那裏，我們的軍隊都退完了。那裏都是鬼子呵。'

'那樣麼？——老表，我看見宜黃那條路上有兵來了呀。'

'哦，真的！'

那個老表就爬上山去一望呀，果不其然，好些日本兵來了嘛。他們就趕快上山囉，後面那個大高山。吧哪吧哪，一陣槍，打得好利害呀！呃，鬼子就打跑了哟。這不是老百姓幫軍隊嗎？"

他沉默了一會，又慨嘆的說："這些鬼子又不知為什麼，把豬殺一刀就丟在井裏，——這是怎麼得了呵。"

"不管什麼，鬼子來了就用槍打他。"

聽了這句話，他像忽然被刺了一刀的跳起來，拍着腿說：

"槍！那裏有呀？你留不得槍呀。查出來有槍，當官的說你是土匪，要殺頭！我們又不認得那樣是鬼子，那樣是我們的軍隊，他們都是一樣的嘛。"

這簡短的幾句話完全是人民由衷的哀鳴，他們無法認清敵人，同時他們也不能自衛。他們陷於完全無助的恐怖之中，祇有讓他們的家被焚燒，讓他們的秧苗荒蕪，讓他們黃金粒一般的稻子萎殘在田裏。

到幾時人民能够和軍隊並肩站在一起，保衛自己的家鄉呢？

八月六日光澤天主堂

三

在宜黃停了半天。聽說這裏原是一個比較大的城市，城內有兩家旅館，還有一家不壞的酒店，並且據說還有一個江西各處都有的陶陶招待所，人口據說也有三萬左右。但在記者眼中的宜黃，却是完全兩樣。馬在破磚斷瓦的空街上穿行了一刻多鐘，纔找到一家有人的房屋，裏面都是病人。在街上轉了一圈，總共大約不曾見到一百人，不，一百人說得還太多，男女老幼恐不曾見到二十個。糖、鷄蛋、猪肉完全買不到。士兵們祇有一點辣椒吃飯。

宜黃損失甚慘。敵人六月八日早上到崇仁，下午三點鐘就進了宜黃。那時宜黃還在過太平日子，居然絲毫沒有搬動。一家紙廠，一家織布廠還在工作。女工還在攏紗走綫的時候，敵人已經站在她們面前。縣長縋城逃走，敵人開始了毀壞。全城是原封的交與敵人搶劫、姦淫、焚燒了。單是存的積穀和徵購的軍穀，被敵人焚燒了幾十萬擔，聽說臨川縣屬龍骨渡被敵人焚燒的穀也有八十萬擔。

從宜黃到南城，由×××軍軍部派人護送。道路是完全破壞了，就是鄉間由石子漫成的鄉路也都完全稀爛。兩邊稻田的水灌進來，全都變成了大大小小的水塘和泥窪，馬腿常常陷落一尺多深，騎馬的反要下來，幫助馬拔出它的脚。沿路常常有破門板、牀板、窗櫺、板凳腿甚至於棉絮疊成四疊，墊在水塘和鵝卵石中間，使人馬好走過。這些顯然都是敵人幹的。大馬的屍骨也常發現。

沿路村莊茅舍都是爐餘的焦痕。毛台一村祇留下了半爿房子在一片破磚碎瓦中間，幾條焦黑的柱子剩了半截，還癡癡站在那兒，像是有所等待。

宜黃、南城之間有一大段是崇山峻嶺，茂長的樹林，綿密陰森，沒有成形的路徑，頗有些像原始森林。山水奔流，四面響應，流成許多不知來由和去路的小河。河水湍急，大約一尺多深，河牀全是可數的卵石，我們徒步涉水四次，方纔到了可行的山路上。經過了不少的屍臭地帶，在八月一日上午到了南城。

如果我們在前面幾段說到了敵人焚燒之慘，足以使讀者驚心，那麼南城的火葬將不是任何有感覺的人所能忍受的。無論任何城市就算是被毀了，走進去你總能夠望見由房屋的起伏所透成的綫條，你望得見一些陰影，一些輪廓，一些炊煙，再走近一些，你看得見一些空殘的街道，一些破爛的堆積。唯有南城被敵人焚燒得乾乾淨淨，一望平陽。儘少的一兩所房屋如天主堂，如陶陶招待所，掛在那平陽的邊沿，好像守墓的墳丁，寂寞可憐。

走進市內，不，是走進了瓦礫場，不辨街道，祇是一味的踏着焦木碎瓦走去，天主堂的醫院沒有了，德國醫院沒有了。縣政府和專員公署沒有了，銀行街祇有幾片斷牆，還留了些半截的銀行名字。最熱鬧的市街中心，人民搭了些草棚在那裏賣些茄子、香煙、花生之類。專員公署和警備司令部在那裏收拾些斷木舊磚，在廢墟中蓋幾棟臨時房屋以招徠回城的人民。因爲有些人民回來了一看，房屋完全變成了灰，也再無第二處有房間可以租賃，於是又都走掉。據說至今回城的不及兩千人。記者親見天主堂裏一家家難民擠在一間小小的房子裏面，男女老幼無一個不是病容滿面，一句一哼聲。他們都是逃難回來的。但是他們又要走了，因爲南城已經沒有了家。

敵人六月十一日來到南城，也沒遇到很大的抵抗。聽說南城陷落之前三天，縣長已經走了。敵人進來，除了搶去物資不算外，搜羅婦女七八百，關在東門之外的一家倉庫裏面，專供姦淫，此外就是放手殺人，城內被屠的人民有一兩千；到敵人退卻，我政府機關入城進駐的時候（七月十日）還掩埋了屍體五百餘具。

愛爾蘭籍天主教堂原是中立國的機關，敵人衝進去了。據當時眼見的中國人講，神父向敵人聲明愛爾蘭是中立國。敵人把眼一瞪說："什麼中立國！日本不管，日本衹有德國和意大利是朋友，其餘一概是仇敵。"說着就把神父和師姑完全集中在一個地方，不許走動，並且用槍向神父威脅。隨後就縱兵劫掠，把教堂裏的公私物品一律翻出，用的拿去，不用的搗毀破壞。所有極小的東西如枱布、女人的衣服、瓷器等等，都蕩然無存。

對於他們自稱為朋友的德國醫院和醫生，他們也並不講究朋友。德國醫院的卍字旗被他們撕碎拋在地上，德國醫生某告訴他們自己是德國人，敵人應聲就給了他正反兩個嘴巴，並且質問："你既然是德國人，為什麼不去打蘇聯？"德國醫院被燒一空，比愛爾蘭天主堂更慘。

這情形與我們對待德籍人民的態度正好是強烈的對照。政府對德宣戰時，全國的德籍人民都受拘留，在南城的德籍教士和醫生（女的在外）也進了集中營。但是集中營就是他們自己的教堂，他們照樣可以做禮拜，看病，集合教友，到教友家裏去。他們的飲食一切依然照樣由他們自己辦理，自己主持，他們所受唯一的限制是不能夠到其他地方去。南城戰事到來，為了他們的安全起見，已經全部送去了另外一個地方，那個地方也是他們的教堂中心，他們的教友還可以隨時去看望他們。這情形比較他們的朋友所施之於他們的待遇，不知會令他們有怎樣的感想呢！

敵人到處破壞各銀行、各機關、教堂、醫院的保險箱，盜竊所有的外幣和金銀器物。但對於我國的法幣，敵人久已蓄意破壞，而且敵人現在的行動，變成了流寇，以剽劫為主，難於運輸衆多的東西，所以對於法幣也如對待積穀一般，拿到就撕毀。

敵人滯留南城二十天之久，等到一切都破壞得差不多了，前方軍事失利必須逃走時，就在七月七日起開始火焚南城。他們有計劃的在每棟房子裏堆好破門板壁之類，然後灌好火油用長長的火把引火。碰着房屋與房屋之間是高的磚牆如不能過去時，就用火燎舉起火到第二家去燃放。每條街道，每條小巷，每所較大的房屋都有敵軍若干專管放火，這樣有計劃的大燒了三天，南城全城就變成了焦土。

敵人的"新秩序"在崇仁、宜黃、南城這一路上已經十分殘酷的暴露了它自己，這個"秩序"的確實名字，就是獸性的瘋狂的毀滅。敵人所要建立的就是這種普遍的毀滅。但是，它是要完全失望的。僅僅在南城這樣一個小地方，僅僅在這贛江撫河中間的一片原野上，它的毀滅究竟還是無法澈底。究竟在廢墟中間，我們又有新的房屋建立起來，我們的小鳥還是在用銀子一樣的聲音歌頌着，那怕在爛屍的旁邊，我們山野上的紫色小花還是成球開放。在敵人蓄意的毀滅前，我們將如初生的鳳凰，展開它輝皇的新鮮的翅膀。

我們不怕敵人的"新秩序"，但是却要防備我們自己的舊秩序，不許它阻擋我們的土地和人民從苦難中間澈底解放。

八月六日光澤天主堂

戰地通信之八：漂泊東南天地間[*]
——浙贛學生在建陽

帶着南城的惡夢，記者於八月四日到了黎川。黎川未經敵人蹂躪，但街市也帶着淒涼面目，逃民没回的還是不少。這情形到了光澤就比較好一些。有一家齊整的陶陶招待所，在那兒可以得到午餐。

從光澤到建陽，有了公路局的班車，一百多公里的路程祗要一天。這一條路是閩贛兩省的邊界。武夷山脈沿路綿延，翠木森森列陣迎送着車子，山上的急泉冲瀉下來，山脚就彎彎流出深青的小河，河面很寬，河深却不過兩三尺，時時有橫斷江面的灘石冒出水面。灘石上段，水面鏡平，發出乳白色的柔光，像靜夜的月色。灘口白浪跳擲成球，水奔騰冲激，打着漩渦，相互呼嘯着趕去下流。河上没有橋梁，下汽車過去時，人下車來，由渡船運過，汽車則另有平底大船裝載，用篙撑過去。這是建溪的上流名叫富屯溪，而建溪也就是閩江的上流之一，繞着建陽。

八月七日中午，汽車在閩北重鎮的建陽街道上經過，太陽像鎔鐵瀉在地上，門窗緊閉，樹影不動，馬路空蕩蕩被陽光燃燒着。向本地人打聽，説是人都走警報去了。在馬路上轉了兩趟，找不到東西吃。

建陽據説原是一個小縣，四鄉居民和閩北各縣一樣，種米、種玉蜀黍、種花生之類，米糧够吃。現在却處在兩條公路的交义點上，北通浙江江山，南下長汀，直去贛州，西起江西光澤，東達福州，地位很是重要。自從浙贛路戰事發生，軍事上也成了要點。記者到的時候，正值敵人在仙霞嶺北面作攻擊行動，同時在浙西南松陽、龍泉間活動，建陽每

---

[*] 原載《大公報》（桂林）1942 年 9 月 7 日。

日都有警報。假如不遭有力的阻擊，敵人很可能會師建陽。但自從我有力部隊一舉收復了仙霞嶺外的保安街和峽口以後，敵人雖宣傳九月間會師建陽，大抵已沒有多少人爲之擔心了。

這樣一個重要的地方，大半個白天見不到人，辦不了事，若沒有家或一定住宿地點，就吃不到東西。少數人民站在樹蔭下面或房屋門口，半死的一樣呆呆望着。警報往往三四個鐘頭都不解除。不但緊急警報時如此，就是沒有空襲，亦找不到人，甚至連汽車站長都跑到十幾里外去了，不到下午不回來。

下午三點鐘以後，好像忽然從土裏冒出來的一樣，滿街滿巷都是擁擠不動的人群和車輛。大汽車、小汽車，穿軍服的、穿制服的、穿旗衫的、穿旅行衣褲的年青女孩子和穿學生裝或者便服的男孩子們塞滿了街巷，坐滿了每一家蓮子店。如果有一個人以上的人數，走進一家蓮子店去，你不必企圖有一張空閑的桌容你團團坐下，總要這張桌上掛一個，那張桌上掛一個。當你挑着那有名的建蓮到口裏去時，你面前桌上或者躺着一個嬰兒，他辛苦憔悴的母親就在那桌上給孩子換尿布，並且把蓮子湯和藕粉灌進不到一個月的嬰兒的嘴裏去，嬰兒的小小舌尖慢慢捲着，吸着，就像在吃奶一樣。這些受難的母親和嬰兒都是從浙贛逃來的。有的在這裏逗留着，觀望着，還想回淪陷區去。有的連日連夜，又要趕路，這些漂泊人到什麼地方呢？他們說："沒有一定，沿路看找到找不到親戚哩。"

河邊石上，許多穿旗衫的女人們，把旗衫捲上大腿，蹲在石上，慢慢搗洗衣服。她們說自己是某軍的、某師的，或者某團某營的，情形不像工作人員，原來都是軍官的眷屬隨軍下來的。軍隊因爲她們不能快走，她們也因爲軍隊不曾早退，大軍下來，擁擠塞塗，轉運工具不能如意辦到，她們也嘗盡了漂泊的滋味。

漂泊者的苦痛，應該讓那些青年學生們來開口，纔知道我們這一代年青的生命是在怎樣受着煎熬。記者在這兒寫字的時候，正是幾百學生擠在專員公署門外，打手印，填姓名，對證件，領每天兩塊錢生活費的時刻。他們必須每天去領這一點錢。雖然建陽的軍米也要七八十元或者百多元一擔，茄子、豆芽都要一塊錢一斤，每餐客飯起碼是五元，他們却不敢嫌兩塊錢少，不去領它。因爲這就是他們所賴以活命的一切。

自從五月十五日浙東軍興，浙贛兩省的中學生以及由上海撤退下來，停留在浙江的大學生、先修班和中學生們，漂泊於東南天地間的至少有十萬人，有些報紙甚至説有二十多萬，他們無法留在故鄉。敵人見學校就燒，見學生模樣的就瘋狂屠殺，臨川龍骨渡一所女中學不知敵人要來，以致留校八十八個女學生全數被拉去送往南昌。因此各縣撤退的民眾首先或者唯一的都是學生。他們撤退時大半身無分文，上海來的比較好一點，但也不是有特別多的錢夠用。有些學校比較負責任的，還帶着學生走，沿路不管他們的食住，不過，至少管替他們運行李，雇挑夫；不負責任的學校到了時候，校長一跑，學生好像孤兒一樣流落下來，有的結幾個伴，半乞丐式的，走向他們眼巴巴地望着的祖國。像這樣地經過建陽的學生有一千多人，眼前留在建陽的還有五百多。

所有的學生逃出來都是千里步行。把冬衣被褥書籍完全丟光，祇帶着幾件夏衣，有的甚至連夏衣都丟光了，祇剩身上一身衣服。夜晚洗了，早晨穿上，比較好的如麗水英士大學先修班的學生們有學校管他們到雲和，雲和以東，學校祇發給他們每人七十元。從雲和到建陽有六百多里。他們其勢祇好也抛棄行李，祇顧一身。路上没辦法，祇有去縣政府請求救濟費，每人每天一元五角，但是離開了縣區，在鄉鎮之間却没有這筆救濟費可領。沿路各鄉鎮公所對於他們不聞不問，晚間没地方睡覺，祇有露宿。許多學生生病，大都是痢疾、瘧疾，甚至傷寒，前十天中，已經死了六七個學生。

半乞丐式的到了建陽之後，還要繼續的在建陽半乞丐式的磨着日子。建陽的救濟費是兩塊錢一天，吃一頓早餐都不夠。没有結伴，不能燒飯的學生，往往一頓大餅就把錢吃光了；結了幾個伴，又能夠自己作飯的學生便領一張公米條，每七毛錢買一斤米，有的學生一天就夠了，再買些冬瓜，或者蘿蔔乾，或者茄子燒一碗湯，這就是一天的糧食。冬瓜等一塊錢一斤,講到油鹽那是幾乎等於沒有的。問到肉,他們慘然的笑笑,搖搖頭,眼看着地下説:"從逃難以來,就不知肉是什麼味道了!"

沿路來他們就有不少人病了,到了建陽,病得更多。建陽原是蒼蠅成雨,傳染各種病症,並且又是閩北有名的瘧疾區,來的人十九犯瘧,他們往往瘧痢兼來,有的隨之轉傷寒,以致不救。醫藥方面,他們絕無辦法。建陽醫院有等於無,他們也沒有錢看病,即使看了病,也無錢買藥,奎寧丸此地三元一粒,還難得買處。其他更不必説了。

除了眼前這些毫無辦法的困難以外,他們最擔心而最感痛苦的就是繼續求學的問題。許多是初、高中畢業生,下年要升學,許多是學校已經散了,要轉學。有些已經考好了大學,却沒有旅費,也接不到任何通知,不能前去。對於這一方面,教育部至今沒有確切的規定,建陽的五百多學生,其中大部分留此已經一個多月,每日祇是燒飯,洗衣,打手印,領救濟費,乞丐般的挨過每一個可憐而無聲的日子,把青春的美麗和高貴消耗得一乾二净。當局對於別方面的罪惡雖異常寬大,獨於對此發給學生兩塊錢的事却十分嚴明。學生沒有證件,或自己原有一點錢,還要來領兩塊錢,喝一碗蓮子湯,或自己不能去領而托人代領的分子都一律加以限制。試問學生逃難,那來證件?一碗蓮子湯一元五角,領去兩元,至多不過浪費了一碗又三分之一的蓮湯,有什麼理由加以防範?至於爲防學生冒領,遂不許代領,爲了區區兩元錢,把學生防得這樣密,傷盡他們的自尊心,似乎也不是政府撫育青年的本意吧。

關於浙贛漂泊的學生,整個問題:升學、生活、醫藥等等,如何解決,至今還看不見什麼眉目。學生們在這樣溽暑疫癘的天氣,無論是長途步行,無論等候救濟,都是飄蓬游梗,苦不堪言。見人問及,常常痛哭流涕。轉眼秋涼,"寒衣處處催刀尺",這些失了家、失了學的孩子們,有誰爲他們預備寒衣?

建陽警備司令趙復漢先生對於建陽流離學生曾經發起捐款救濟,聽説已經捐得了兩萬多元,準備使青年無法上學的來開辦青年食堂、青年宿舍,專門用廉價飯食和居處供給青年。聽説事情已在舉辦中,並要爲無法求學的青年舉行小本貸款。記者除衷心禱祝這項事業成功以外，並向教育當局及各地教育界名流爲十萬青年請命。教育當局應該把解決浙贛流亡學生求學問題看成下年秋季始業中的一項重要事件，能够舉辦臨時中學，須即刻着手進行。在進行期間，爲解決目前青年們水深火熱的痛苦，應當速令同等學校在開學時容納同等程度的學生，免費借讀。各地教育界名流對於這些流亡學生，也應大開他們金子的城門，使這些眼巴巴地望着祖國走來的年青人，不致於有漂泊異鄉的感覺，國家雖在困苦的時候，那至於管不了自己少年的兒女？

八月十四日建陽潭南旅社

戰地通信之九：浙贛戰役中的敵情[*]

記者每到一個軍事指揮機關，必然要問一個同樣的問題：敵人打了這樣久，它的力量比從前怎樣了呢？戰鬥力？裝備？士氣？給養？……

"呵，不行了，不如從前得多呢。"××軍參謀長笑着回答。

"現在的敵人不行。"××軍軍長搖着頭沉沉的說。

"敵人怕死，呃，怕死得很。"×戰區政治部主任說了幾次。

不過，長官們也並沒有輕視敵人。他們常常用讚嘆的口氣舉出了敵人的長處，是我們一時難以超越的地方。

那麼，在兩個多月的浙贛戰役中，我們的敵人究竟怎樣表現了它自己？這一頭受傷的野畜生，它的利爪獠牙在那裏？它流血不止的地方在那裏？首先，在——

（一）戰術上

他學習了它的戰鬥經驗嗎？

是的，據說，在這方面，他表現了很大的敏捷性。

"你不要看輕了，敵人一個中隊都可以派到幾十里外去擔負獨立攻擊的任務呢。"一位長官慨嘆的說，說完又沈沈的看我一眼，似乎研究我能不能夠理解。

他並不候我問就繼續說下去了："敵人的通訊網實在是好。每一營一連都有無綫電，隨時收音，隨時發消息。他們的地圖又好又多，五十萬分之一的，十萬分之一的，每連都有。有地圖做指導，有無綫電通消息，還有，他們的軍隊運動得快，爲什麼一中隊不敢獨力擔任遠程出擊的任務呢？"說完，他就咕嚕着他的大竹水煙袋，並且從煙斗上咕出那一粒煙

---

[*] 原載《大公報》（桂林）1942年9月19、22、23、24日。

灰和一斗煙水，仿佛吐出牢騷似的。

中隊獨力擔負遠程出擊的任務是否這次戰役中關於敵人的新發現，記者無法確實說明。據×戰區長官部有人講，這是敵人由緬甸之戰中搬運過來的。爲了在道路破碎的地面上，發揮高度的運動性，敵人在這一次常常採取以中隊爲獨立作戰單位的辦法，每中隊最多不過百人，通常七八十，配有輕重機關槍、無綫電、作戰區域的詳盡地圖。作戰時猛力集中一點突破，立即由無綫電通知大隊和其他中隊，由四面八方向這一個攻擊點突進到完成佔領爲止。在與我軍接觸時，由於無綫電的便利，常常在不到半個鐘頭以內就有飛機到來轟炸，這又增加他們的便利。據麗水逃難教士講，敵人初批到麗水的祇有百餘人，也許就是這種戰術使用的佐證。對於這種化整爲零復又即時化零爲整的辦法，我軍對它非常注意。

其次，敵人這次用兵，在戰役的初期採取穩扎穩打的辦法。從四月八日起，就由上海向杭甬增兵，將原駐天津、太原、石家莊、臨汾、濟南、邢台、信陽各處的部隊集中，連原在×戰區的部隊一起，總共師團番號被發現的有十三個，獨立旅團被發現的有五個，總數號稱十五萬，一說十萬人。但是，事實上，所有從各處徵調的隊伍或有旅團番號，或有師團聯隊的番號，而實來的人數有的不過一聯隊的三分之一。比如二七師團共有步兵三個聯隊，騎兵一聯隊，一個山砲團和工兵兩大隊。實際上由天津調來作戰的祇有二七聯隊（山砲團）的三分之一，僅僅一個大隊的人數，因此據深知內容的人士講，敵人此次實際兵力，不過四五萬人。就這樣一點力量還要騷動他的全部佔領區，纔能辦到。這證明敵人在中國的兵力缺乏到了什麼地步。因此不得不虛張聲勢，以番號之多來欺人耳目。同時敵人要以儘少的兵力完成儘大的任務，所以兵力的部署也一般的比較審慎。據戰區長官部的研究，敵人這次把力量分爲第一綫兵團和第二綫兵團兩種。第一綫兵團於五月十五日發動，沿路在重要佔領區附近控制不動。在五月二十四日到達金華、蘭谿的目的地以後，第一綫兵團就控制在那裏。而第二綫兵團已於五月二十一日由杭州出發，沿富春江南下，與從諸暨來的兵力和沿公路來的部隊三面會攻衢州。這種分全力作兩綫兵團的辦法是否第一次應用，我們很難知道，不過據長官部方面講，似乎還是第一次。記者不懂軍事，也不明當時具體的情形，不知敵人的所謂第一綫兵團、第二綫兵團的內容和它們的任務是否劃分得像它們的名字那樣明確，或者敵人於到達金、蘭的途中，發現自己的兵力還是不足以撼動前面那個矗立的堡壘——衢州，因此又從杭州增兵，直走衢州北面，配合完成包圍。不過，無論如何，敵人在金蘭衢會戰過程中，步步爲營的情形，是比較地可以明瞭的。把這情形和它在贛東及浙贛路西段剽掠流竄的狀態比較，相差甚遠。據此我們大略可以判斷，敵人之放棄浙贛路西段及其以南的佔領地區是必然的。這半段路和它以南的掩護地區已經不守，則衢州成了錐形突出，自然也非退不可。而金、蘭一帶却未必盡然。因爲它們是上海物資進來的孔道。至少在蘭谿未經收復以前，金華及其以北地區的收復恐怕還要個時間。不過，這也還要看敵人在國外國內其他戰場的需要以及我軍對它所加壓力的大小而定。也許它的緊急需要，或我軍得大有效的壓力，迫使它不能不儘量縮短在中國的戰綫，則收復金、蘭，也許就在最短期間，這些都不是在眼前這種材料缺乏的狀態下面可以斷言的。

不過，無論上述戰略戰術是否這次戰役中的新發現，它們確實在這兩個月的戰爭中，發生了不少的作用，而他們的——

（二）地圖

乃是主要的助手之一。

在戰區長官部的一間堂屋裏，我看見了對面牆上，一張十萬分之一的地圖，寫明是上海、南京附近區域形勢圖。全部圖上都印着紅藍綠各色的綫道和標記，祇有西南的佔五分之一的地方是空白的地圖，旁邊印着"尚待偵察"這些很明顯的字樣。面對着這張圖，你祇覺森林、河流、土壤、沙邱都突出紙上，向你瞪眼望着，好像在說：

"你多麼不愛惜我們呵！把我們這樣赤裸裸的交給敵人。"

負責長官見我注視這張圖，就走過去指着它說：

"這也是上個月從敵人奪來的。"

這是怎樣的一張圖呢？除一般地圖所有的都邑、城鄉、河流、鐵路、公路等以外，另有道路、河川、濕地、森林、住民地、給水、停泊地、上陸點，各地所有舟艇數目等等。關於道路部分，有自動車道、野砲道、輜重道、馱馬道（小路）、濕潤道、橋梁、道路傾斜度，還有雨季、解冰期，以及工事時期路不能通過時的迂迴道。各種道路都用各種綫條畫明，再在圖例中加以解釋。關於河川部分，載明了汽船可航、民船可航的水流以外，還有河川狀況，將河寬、水寬、深度、流速、河牀土質（或沙或泥）用表寫明。比如河寬五百呎，水寬三百呎，深度五呎，流速一點五呎每分鐘，河底是沙，表就是這樣的：

$$\frac{500(300)}{5(1.5)沙}$$

此外就是渡河點、徒涉處、渡船處、該處船數、每船所能載的人數也用表寫明。假定每船能載十人，共有兩條船，列表就是 $10-2$。

關於濕地部分有乾燥地、乾燥期乾燥地、常時濕地、草根地帶、谷地、雨期氾濫區，這些都有圖案標明，圖例中再加解說。

關於住民地，所有戶數、人口和宿營的地點都有標明。

關於給水，水質、水深、井深也都有表載明白了。比如水質好，井深五丈，水深二丈，表列如左：

$$\frac{良}{5(2)}$$

關於飛機場有既設地點，有候補地點。

關於上陸點有可能區域、不可能區域及泛水區域（就是不泛水時仍有可能的區域）都用不同綫條、不同顏色載明。還有展望良好地點、好目標物、近代化要塞、舊式要塞、陣地（碉堡）等等的標記。

關於長江流域可以停泊的地點，這類地點的水深、潮流、風的方向、錨泊時期在那一季最好，那一種信風季節最好，都有表寫明。

崇明島是長江口上的要點，關於它的位置、水流、潮汐交感所引起島身的變化，大風起時水上怒濤的情形都有載明。

江流到了通州也許敵人就要頭痛了，在這裏他寫明了"水路變化甚大，夜航困難"；到了通州和江陰間，他又寫着"沙洲漸漸固定，泥土堆積旺盛"。還有，他苦痛地訴說着："葦草叢生。"

這樣一份筋骨畢露的立體地圖，據說是抗戰開始就有了的，敵人把間諜網和——

（三）漢奸

運用到了什麼地步，可想而知了。

前綫官兵見了後方去的人都爭着訴苦："漢奸太多了！漢奸太多了！"

關於漢奸一般的都認爲是兩種：一種是所謂爲生活壓迫着不得不向敵人討取生路的，另一種是有意的漢奸，他們錢太多，生活太舒服，唯恐抗戰對於他們有絲毫損害，故早自爲計和日人勾結。他們往往跨官商，坐擁巨資，盤踞在比較重要的都市裏面，交游敵僞，散播情報，瓦解人心。他們纔真正是敵人的便衣隊。不過，此外還有那些可憐的鄉民，他們根本不認識誰是敵人，誰是兄弟，見軍隊就逃，逃不脫時，就祇有盡力招待奉承。據一個俘虜自供，中國老百姓一般的好，到了他們家裏很親切的馬上用食物招待，很肯幫忙。對敵人幫忙，對我們當然是漢奸了，可是那些做好人的可憐蟲那裏夢想得到他們已經做下了對不起祖宗先人的事？

這最後一種的漢奸在我們癡呆的鄉村裏面，恐怕是普遍的。他們給敵人帶路，供給敵人飲食住宿的地點，糊裏糊塗的透露我軍移動的情形。當大批敵人到來之前，他們都不跑的。如果戰鬥起來，他們也祇帶些乾糧躲在山裏面去，等到敵人搜出他來，除了被打被殺以外，還不得不重覆他懵懂的罪惡。他們常常被敵人驅在軍前當作難民軍向我軍據點混進，敵人也剝去他們的衣裳裝作難民跟進來，這情形在豐城、樟樹都有發現。

其次，就是那些小漢奸，所謂的爲生活賣靈魂的人們。這一批人的數目也不小，他們經常的任務是當便衣隊。他們有的有槍，平時或者散布謠言，恐嚇人民，擾亂地方，或者當土匪；戰時他們就是敵人潛在我方的先頭部隊，在贛東一帶發現了不少這樣的傢伙，他們有許多是在南昌受過了特殊訓練的。

由於上述這些有意無意的破壞分子之存在，前方官兵幾乎難於信任任何一個老百姓。一二個兵士如不帶槍，甚至不敢到老百姓家裏去。駐扎在村莊裏的軍隊，一般的不大和老百姓來往，老百姓也躲避他們，許多老百姓在夜裏都不敢在家睡覺。

至於另外的那一種高級漢奸，情形更令人髮指。講述着他們的指揮官一面說，一面憤怒的問：

"這種人爲什麼不殺？爲什麼不殺？"記者望着他那憤怒得滿面冒筋，繼而又不得不肅然一笑的臉色，不自覺的垂下了頭。

據由金、蘭逃出來的教士講，在敵人還未發動浙東攻勢前兩三天，還有三個敵軍軍官改裝到金華有所活動。雖然記者十分不相信他所講的那些活動詳情，但也禁不止心裏發抖，腦中發熱。而某大車站的站長故意把拖了三輛車軍需品的列車時刻延遲三個鐘頭，以致車一開到某地就遭了集中轟炸，而且專炸那三輛車，以致那一次全部軍火蕩然無存。事後聽說此人已經是赫然的維持會長了。至於某城的電燈公司總經理怎樣和敵人來往，怎樣擾亂市面，幫助敵人進來，怎樣他也變了維持會長；某重要在職人員故意貽誤他的責任，以致妨礙了軍事，事後逃去敵人那邊等等，更不必提。

我們必須把肅清漢奸當作目前軍事上、政治上最嚴重的課程之一，否則後患是不堪設想的。不要以爲漢奸不足顧慮，以爲無論他怎樣多，祇要我們拿到飛機大砲，打了勝仗，漢奸自然就一掃而光了。無論事實上上述情形不必盡然，即使如此，則我們也要爲抗戰中以及抗戰後的建國作想。今日的無知漢奸就是國家生產的人民，今日的小漢奸，也許將來就是國家中下層機關的執行人物，今日的高級漢奸如不及早掃除，也許將來就是經濟、政治、社會上的首腦人物，前途惡雲重重，如何可以輕輕搖着頭兒走過去?

我們把敵人這些優點提出來,絲毫不願意讀者失望和感傷;反之,我們希望讀者能夠傲然一笑,説:"技祇此耳!"

確實,對於敵人,我們絲毫沒有畏懼的理由。敵人是一條拼命的獸物,我們相信它還有幾顆牙齒。不過看:在同一的牙齦裏面,那滴着的不是鮮紅的血珠?無論敵人在我們的土壤上能站立多少時間,最終他必然要被我們殘酷的掃出海去,就在他可憐的——

(四) 武器

方面,也給我們一個小小的根據。

"敵人的武器並不可怕!"前綫官兵一個聲音的大聲嚷着。首先,就講飛機吧。太平洋是一張無底的大嘴,半年多來,它吞噬了敵人多少的航空母艦,吞下了敵人多少飛機,喝下了多少敵軍飛行員的血水,我們能夠想像嗎?兩個月以前,敵人已經有六條最大的航空母艦被擊沉了。站在中途島邊的那些新大陸的少年人想曾舉起香檳,望着漂盪的敵機一群群在空中哀鳴盤旋,如昏夜的烏鴉,結果一個個的被打下海裏去。六條航空母艦的損失説明日本有它最好的海軍飛機近四百架永遠的不能再回去了,而最近梭羅門群島的海水又在流出日本航空母艦的哭聲。像這樣,日本能有幾架飛機到我們的戰場上來呢?掩護進攻的時候,五架、六架;對付山中人民和游擊隊時,一架兩架最多了,通常並不見敵機活動的。

破碎的道路把敵人的坦克鐵甲戰車和重砲繳了械。爲求運動快速,敵人常常輕裝深入,所能攜帶的武器,也不過和我們所有的照樣:追擊砲、輕重機關槍、手溜彈、擲彈筒、來復槍等等而已,有時候最利害的也不過是山砲。可是,就這些輕武器來説,軍事長官們以爲他的不如我們的。第一他是攻擊部隊,輜重隊常常在隊伍後面遭受我軍的截擊,難以爲繼。第二肉搏戰時最有效的手段——手溜彈不如我們的多而且快,我們的有木柄,擲時快而準確。第三,敵人的槍隻不夠。比如他的第二十二師團，人數有一萬八千，馬有六千一百零一匹，而所有步騎槍隻祇有六千零十八枝，輕機槍二百一十六挺，重機槍六十五挺。就算他有一個砲兵聯隊、有些工兵，這樣的槍隻數目，無論如何還是不夠的。而他們新由獨立二十旅和一個聯隊組成的七十師團有一萬二千人，却祇有三千八百多條槍。似此情形就在聯隊單位裏也是普遍的。大體上槍隻數目約當人數的三分之一，而且有許多舊爛槍隻，彈巢都長了銹，分明是上十年前的東西，擺在我們的勝利品中，象徵着黴爛的日本帝國主義者的死亡。

正爲此，所以他不能不掩着心肝向——

（五）毒氣

求救了。

經過戰區的時候，沿路看見了不少敵軍遺棄的防毒面具。那時節，以爲敵人祇是帶着這些東西，用的時期大概不會多的。因爲羅斯福總統曾經宣佈過，假如日本對華使用毒氣，美國將視爲與對美是同一意義，美軍要以同樣辦法對待日本。爲了它自己難以爲繼的軍隊，它應該不敢隨意用毒氣吧。然而一位班長告訴我，情形並不盡然。

這位少年班長屬於快樂、靈活、愛說愛笑的典型，軀幹方面表示着強烈的機動性。我走到他桌邊去時，他正用勺兒挑着藕粉，抱怨着藕粉未冲熟。伙計忙得很，不理他，他望着藕粉發楞。

他看見我在他的桌旁坐下，像是肌肉閃了一閃，但是馬上我們就談起來了。他用一班人兩挺輕機槍守住馬洋山（衢州附近），他親自搖了兩天兩夜的機關槍。子彈網遮斷山口，敵人始終衝不上來。於是毒氣就出現了：催淚毒氣和噴嚏毒氣。

"我們不怕他！"他嘻嘻的笑着，得意得很，"我們没有防毒面具囉，不過我們有毛巾，個個兵都帶了毛巾囉。我們就，就用小便把毛巾打濕了，蓋在眼睛上面，鼻子上面呢。我們也是用小便和了泥搭在這裏，你看，搭在這裏。——嗯，幾分鐘就過去了，那，我們有法子對付他的。"

在這次戰役中，敵人用毒氣的次數據長官部調查是六次，不過實際上決不祇此，比如這位班長的經驗就沒有列在調查表中。所用毒氣多爲下列三種：催淚性、噴嚏性及皮膚刺激性的，不過敵人攻保安街——仙霞嶺南的一道關隘時，却用過催淚毒氣和芥子氣混合起來的一種毒氣。催淚性使眼睛刺痛流淚，是最輕的。噴嚏性的使呼吸氣管刺辣、噴嚏、嘔吐、肚痛、面部發腫，重的兩手痙攣，耳根疼痛，可以致死。皮膚刺激性的使皮屑刺癢發疼，有類芥子氣，但沒有那麼利害。發射時多半是用迫擊砲、山砲射出，有時用飛機投擲，有時將毒氣罐接上長管，安上引綫，點着引綫後逃開；也有時用布包好毒氣管，使布蝕爛，引發毒氣。後二種方法多半是在退却的時候用，藉以阻擋我軍追擊。根據俘虜的供辭，敵軍每一分隊都帶有十發毒氣罐，臨時在作戰或退却的需要之下，由作戰單位的軍官發命令施毒。我軍中毒致死的在第四十師一二零團裏面有兩個，因中毒而喪失戰鬥能力以致全部犧牲的有七九師二三七團某排，全排一人不剩。這自然僅僅是據記者所知道的來講，事實上是不祇這一點的。

敵人無能，故此要乞靈於毒氣。而我們的回答却是："我們不怕他！那，我們有法子對付的。"可是，敵人對於他那綿長而廣大的戰綫上的——

（六）給養

有法子對付沒有呢？

參加過三次長沙會戰的長官們大約都知道敵人的文件中有一句普遍流行的的話："彈盡糧絕，本軍祇有暫時退回。"在這一次贛東剽掠中間，給養問題也使敵人大大的苦惱。雖然以剽掠爲主，但是中國鄉村的貧苦實在不足以滿足敵人的口腹。現成的米並不多，多是存穀，敵人不耐煩去磨，而且米多粗糠，不像日本米那樣精白。鄉村裏連菜蔬都難得，說來原也奇怪，却是事實。至於鄉下人常吃的酸菜、鹽菜，敵人都吃不下去。所以拼命的宰殺猪、鷄、牛之類的家畜，將它和糖煮麵粉充飢。事實上糖與麵粉也是很難找到的。所以，一般觀念，以爲敵人祇要到了我們的鄉村，他就不愁食物，這看法和實際顯然有些出入。

其次，敵人自己的供給如何呢？

過去常常讀到關於俘獲敵人的罐頭、大衣的故事，想到那驕傲滋味，時常眼紅，加以在荒涼無人的戰區走了幾個禮拜，連雞蛋都尋不到一個，嘴裏肚裏，都覺有嘗些有滋味的東西的必要，念起那敵人的罐頭、沙丁魚、牛肉，不怕讀者笑話，實在有些嘴饞。但是：

"窮了！沒有哪。"長官們這樣地回答，說着就笑起來。

"你以爲現在的敵人還是以前的敵人哪？早就不行了，窮了。罐頭、大衣、羊毛衣、絨衣，你要是前兩三年來，會看見一大堆、一大堆的，現在，不行了。打死了他們也不過一身補釘加補釘的破軍服。罐頭是望也望不到一個。"

那麼他們平時吃什麼呢？這要着俘虜來回答。他說他們吃的是小鹹魚、飯、糖。倘若不打仗，還可以希望家裏寄點罐頭和衣服來。打仗根本就談不到了。

敵人最怕的是戰時我軍截擊它的輜重。他們主要的給養還是要由他們後方向前方輸送，許多地方還要靠國內送來。他們並不敢把希望全部寄之於戰場上的剽掠。他們隨身都帶了所謂五日攜帶劑，現在改爲七日劑，是一種把米麵施以高度電壓製成的小餅，用開水泡出可得三四碗米糧。此外還有點牛肉乾、湯乾，不到最危急的時候軍官下令，是不用的。這完全是準備輜重不到時的食物。但是我軍若截擊了他的輜重隊，他就非退不可。比如荷湖圩戰鬥中，我軍因截擊了他的全部輜重隊致使他給養不繼，也是促使敵人不敢渡贛江的原因之一。這情形在三次長沙會戰中尤爲顯明。當時敵人的文件中不但說明了他們彈盡糧絕，必須退兵，並且要求指揮機關將輜重隊也一律改爲戰鬥隊伍的編制，免得不能保護自己，遺誤前方。這種情形說明敵人不僅是自己窮了，同時我軍也不斷的製造他的窮，他的飢餓，他的死亡。爲了加速敵人的崩潰，我們更廣泛運用機動隊伍、游擊部隊時時襲擊敵人的運輸，在目前似乎會有更大的作用。

給養不繼，又重之以——

（七）疾病

敵人這次的苦況，也就可想而知了。

在某軍指揮部時，有一位副官處主任笑笑的說："現在的敵人真可憐，我常常看見他們腫了腿子，腦袋上還纏着白布。"

"連腦袋也生毛病麼？"我問。

"呃，還拄着拐杖呢。真有些像麻衣孝子。"

我們都大笑起來。

六月十六日我軍截獲敵人的鴿信，是大賀三十四師團師團長給駐漢口四十一軍軍團長阿南的報告，其中說到行軍戰鬥的困難，頗為哀鳴嗷嗷，特別提到"行軍困難，患足疾者百分之四十至六十，幾達半數"。大抵江西地濕，香港腳廣泛流行，自從道路破爛，所有大小路徑都變了田間的水塘，行軍的敵人等於在水裏走路，幾乎個個都染腳氣，而且一定潰爛。到達浙南的敵軍，關於腳氣情形也是幾乎全部都犯，而患瘧疾的也和他們在江西的朋友們一樣甚為普遍。在長官部所見的俘虜，三分之二患着瘧疾，精神頹敗，面色如紙，個個人都有一對腫腿，走起路來，歪歪咧咧。患胃病的也非常之多，據說是因為我們的水太鹹所致。當然飲食不適當也是胃病發生的主要原因。敵人之所以常常要把軍隊調來調去，改變他們士兵的生活環境和條件，大約也是一個理由。

長期的絕望的國外戰爭，愈來愈惡的戰鬥條件，時常的飢餓，經常的疾病，足以毀滅任何一個常勝的鐵軍。亞歷山大因而敗亡，拿破崙因而破滅，何況日本既無亞歷山大和拿破崙那種蓋世的英才以為統帥，他的人民又是感傷成性，經不起強烈打擊，那麼，他們士氣之敗，戰鬥力之比較薄弱，不易持久又何足怪？現在我們來看一看他們的——

（八）俘虜

就知道這些名為敵軍的侵略國家的人民，是怎樣被他們的軍閥和財阀當作獻祭的羔羊在黃金壇前焚燒。

面前是一個二十三歲的少年人，還沒有結婚，寬寬的臉，窄窄的眼睛祇蓋着一層單眼皮，不大肯擡起來看人。祇在走進來時，輕輕望了我一下，就疲倦的坐在凳上了。

當事長官們先訊問他，他是有問必答。回答的和訊問的有些不符時，他就偏頭來想着，用手慢慢摸着前額，或者低下頭去，兩隻手互相搓着。好像腦子裏道路不通，好像有許多泥沙堆在他的腦蓋裏面。他苦痛地做着若干姿態，但是面色始終平和，老實而善良。當他想到了什麼時，他臉上忽然輕快的一笑，笑得幾乎是天真的，立刻抓起一枝鉛筆在紙上寫起來。有時候，訊問者把他的回答理解錯了，他還熱心的拿過紙來替他改正。他是商人家庭的兒子，中學畢業就走進了軍事生活。

軍事訊問還沒有完，因爲時間關係，我們就提先問他一些問題。

"在軍隊裏邊苦嗎?"

"苦呵。下級軍官和士兵苦得很。"

"爲什麼呢?"

"紀律太嚴，言語行動都受限制。而且常常捱打，差不多每天晚上捱打。"

"爲什麼要捱打呢?"

"是一種訓練，初進營的新兵就是軍官和老兵的聽差。倒茶，倒水，背包，甚至於倒尿桶，作不好，就打耳光，揮拳頭，用槍把敲。常常幾個人打一個人，無事也打。軍官打老兵，老兵打新兵，每晚打。"

"吃東西怎樣呢?"

"米和軍官是一樣的，但是菜不好，祇有一點鹹魚或者小菜，都是從日本用冰箱運來的，所以有時吃不飽。"

"既然是這樣苦，爲什麼你要來當兵呢? 你不是被徵來的。"

他無可奈何的笑笑，把手慢慢搓着，說:

"在國內的時候，電影、戲劇、書報都說軍隊裏非常舒服，吃得特別好。我們在國內什麼都受了統制，有錢也買不到夠穿夠吃的東西，物價貴了三四倍，都以爲進了軍隊可以生活得舒服些呢。那裏曉得是這樣的！"

"那麼現在放你回去，你還當兵不當兵呢？"

他像要哭的樣子，慘然笑了一笑。那笑得叫人感覺自己問得太殘酷。他搖了搖頭説：

"不願意回國去了！祇想在中國做點小生意過日子。"

我大吃一驚，"爲什麼不要回國去呢？不想家嗎？不是還有媽媽嗎？"我懷疑這老實人在撒謊了。但是他眼中亮亮的眼淚却在那裏哀訴，叫我相信他每一個字的真實，不必他這樣的解釋：

"做了俘虜，回去他們會輕視我們，羞辱我們，我們不是人了。"

我覺得我實在不該再問他了，但是我願意聽一個良善的被虐待的靈魂訴盡他心中的委屈。於是又問：

"假如你能够回去，你真不回去嗎？回去了真不當兵嗎？"

"人誰不想回到自己的故鄉？人誰不想跟親人在一起？假如能回去，那有真不回去的道理？不過，不願意當兵了，太苦了！"

"你覺得日本會勝利嗎？"

他搖頭。拿過一張紙來寫着："日本小，中國大。日本永遠不能征服中國。"他祇望戰爭能够早些結束，戰爭對於他已經太够了。

他覺得中國軍隊的生活活潑，不像他們的死呆。中國兵士和人民都對他們好。他被捕時受了傷，脚上又是脚氣，不能走，押送的兵士馬上找擔架來擡他。

大體地説，這一個俘虜可以代表目前一般日本兵士的心理和精神狀態。以前在戰鬥中敵兵非戰到死不可，如不能死，寧可跳河。現在這種現象很少。情形一不大好就跑，跑不掉就受俘。以前問訊時常常橫眉豎目不開口，開口時反要向我們反宣傳一頓，現在是問什麼説什麼，説得比問得還多。極喜歡寫中國字。企圖偷跑的事情也極少極少了。假如我們瓦解敵軍的工作能够更好、更週密的發展，兩個軍隊變成一個軍隊向着日本法西斯，並不是不可能的。

我們不否認敵人在我們抗戰五年之後，還是不肯承認自己的衰弱；並且，事實上，它確實還沒有走到衰弱的地步，猛獸雖傷，爪牙猶在。但是從上述種種方面看來，敵人確實是在走向虛竭，它的爪牙確已脫落了不少。今後日益擴大，和加深加猛的世界戰局，其勢不能不將在華的敵人力量愈益吸收過去，漸漸使他完全放棄武力征服中國的迷夢，而專由政治、經濟方面來束緊我們的咽喉。在我們一方面，爲了準備反攻，整頓軍隊，加強戰鬥力，訓練強有力的新軍成了迫切的急務，而同時爲了對抗敵人在政治、經濟上的封鎖和進攻，澈底作內部的改革與整理也是刻不容緩的事。須知如果沒有囤積者和貪污，我們不怕任何封鎖；沒有漢奸，我們不怕任何政治上的進攻；沒有坐食的士劣、游閑的商人和紈绔，我們不怕生產不足、國民經濟枯竭。一個戰鬥的國家，必須有力量掃除一切妨礙戰鬥的罪藪，纔能保障勝利。僅敵人的缺點並不是足以使我們放心的地方。

八月十六日南平

福　州　行*

> 延州秦北戶，關防猶可恃，
> 焉得一萬人，疾驅塞蘆子？
>
> ——《塞蘆子》

一、到福州去

　　由南平到福州去的船，凌晨五點鐘開行，我們在四點鐘趕上船去，船已經擠得像醃菜罈了。幸好，早買了對座位號數的票，不致於要罰站。

　　一間小艙兩面一共六個座位，我們對面座位上是兩個鄉下女人，和一對小狗仔一樣的男女孩子，厮併着爬在窗口上東看西看。少時，一個穿西裝的人帶了兩個穿制服掛襟章的人跨進來，直奔那兩個女人，要她們的票子，把票子翻來翻去看了一回，三個人用福州話嘰咕了一陣，那西裝角色就揮手攆那兩個女人出去，也不等她們回答，（事實上那兩位正在傻得可憐的一上一下望着他，也不會說話。）就踢着女人們的東西，同時那三個人之中一個高高個子的先生，用幾個指頭把窗前那對狗仔提下地來，反手就把他們塞出門外去了。三個人相視而笑，穿制服的又連連向穿西裝的道着謝。

　　這時候那四個啞吧人正拖着他們的啞吧行李蹶坐在過道的地上，不時把眼角伸過來，偷偷看艙裏。

　　閩江上游江面完全是水漩子，一個套一個，互相撞擊，弄得水面稀爛，有的地方像油，有的地方像被藻荇牽鎖着，水面還鼓着小泡泡，水

---

* 原載《大公報》（桂林）1942年10月16、19日。

流各自繞着不成紋理的圈子。江中不斷的有一堆堆禿石窮巖傲慢的踞在那兒，有的被太陽烤得發白了。江左江右窮追着人的山嶺壓得人氣都轉不過來，電船虎搭虎搭向前逃命似的跑。可是，朝前一看，山已經趕過去，橫斷了去路。回頭來，則後路也被它塞斷了，儼然被包圍在一個小小的湖裏面。仿佛倘若一定要衝出去，則連船連人都要掉到地球底下去似的。

船到洪山口，離福州衹有十來里路，聽說船要停泊很久，便上岸去找人力車。正在東張西望，忽然聽見哎喲呀、哎喲呀的人聲音從腳下應答着過來，低頭一看，地下用力地爬來三個女人，每人肩上一條粗的縴纜。她們一隻手在地上爬，另一隻手拖着縴纜，像拖一座大山似的把一條大木船緩緩拖動着。這裏面一個是白髮老婦，一個是十七八歲的女孩子，另外一個中年婦人，恰恰像三代人。她們默默的看了我一眼，我也默默看了她們一眼，我有一種想搥打自己的感覺。那條山一樣的大船活活象徵幾個久已沉澱了的世紀掛在她們肩上，要她們拖着走，而我，纔是乘風涼的一個呢。

二、福州剪影

下午四點，船進了福州港口，右邊綠蔭叢裏散綴着白色的、紅色的西式樓房，沿山上昇。左邊却是烏壓壓的一片，煙霧瀰漫，這是可以用"市中心"，或者"人煙稠密"這類字眼去形容的。中間是一個島，兩道橋把福州連成了一個完整的都市。

雖然曾經被敵人佔領了將近一年的地方，雖然在五月間、七月間都曾有敵人來騷擾過，福州還是安靜。所有的大小商店都整天開着門，晚間到十點鐘還有市面，銀樓金舖特別多，南台大街，差不多隔幾丈遠就有一家。門面不大，玻璃櫃台陳設着許多玉器、寶石古玩之類，銀器比金器多。

最著名的福州漆器，情形却相當蕭條。漆器店不算多，據説福州漆器的原料，如漆如絲，多從外省如安徽、浙江來，染料從德國來，打仗後，原料難到，因此漆器出產也不如從前了。

來往福州的人口還是很多，旅館經常都是滿的，這使福州的飲食店非常發達。賣咖啡、糖果、酒類的店左顧右盼，各得其所。到福州來的人大抵都不是屬於生產方面的人，許多都屬於所謂摩登和漂亮一類的人物，利用福州的畸形治安來此舒服舒服。一位旅館負責人告訴我，這類漂亮人來了時，福州似乎還有跳舞的地方。自從公沽局取消了以後，米價祇賣一百七十元左右，肉賣到七八元一斤。生活比起別處來似乎不是難以負荷的重擔（這自然是對於這一類無事有錢人的說法），所以新來的客人，到了這兒很自然就有了繁榮之感。

當然，這種繁榮是空虛的。也許甚至是一種錯覺。福州處在敵人封鎖綫內，海外貿易來源已經斷絕，同時在我國軍事當局的安排下，福州應該變成一個軍事重鎮，對於物資和人民以疏散為原則，內地的貨物也不能向福州流。福州不但不是一個政治中心，並且也不是商業中心了。這情形使得在福州經營貿易和航業的外國人都把他們的機關和人撤退。太古久已走了，怡和也祇剩了一個負責人在那裏收拾餘業，商量拍賣私人的東西好走路。本國的殷實大商離開了福州的也不少。影響所及，是許多工人失業，貧民失了都市所能投給他們的餘渣，生活完全沒有來源，流入盜匪的很多。除了游手好閒的人以外，一般的購買力都減低。和店員談起來都說買賣不好，有的甚至指着櫥窗說："存貨就祇這一點了，賣完了我們還不知要怎樣過日子。"

三、福州軍事地位

當它是一個軍事據點來說，福州在攻守兩面都很重要。敵人如果在東南一帶再有大企圖，它必然要在福州登陸，南下北上，可以依它當時的需要來作配合行動。守住福州就威脅着它的側翼，至低限度使它不敢放手深入福建。浙贛戰役中，敵人就在福州試探過一下，究竟因為人力不足，不能大逞。其後它一次企圖由廣豐南下，一次由江山襲仙霞嶺，都是小有不利就馬上收兵。其中的原因自然很多，但是，福州未動，也足以說明敵人當時的意向。守福州並不是一件困難事。這話也許有人要以爲奇怪。福州是一個海港，我們沒有海軍如何說容易守呢？不過，在相對的條件之下，福州是不難守的。福州雖是一個平原海港，環繞它的後方都是鷲峰山的群嶺，敵人僅僅登陸，不能佔領福州，它必需運用強大的陸軍，特別是砲兵來奪取那些離福州僅四十里的山的鎖鏈，纔能够說福州在它掌握。如果以有力的足够的部隊守住這些山隘，敵人就不能在福州立足。倘若說敵人要利用它的海軍沿江而上，抄我軍的側背，則閩江的水流是否那麼溫馴的歡迎闖入者，正不可知。水淺、流急、灘多，航路時時變化，這些必都在敵人計慮之中。就算它不顧這一套，則閩江兩岸的登陸地點又是敵人頭痛的地方。它必須由崇山峻嶺中間陡峭的小路向上爬，那些小路都是祇能容一個人的山徑。不熟地形，來到了這裏，很容易全軍覆沒。而我們祇要運用地形在這些山嶺中安下有力的部隊，敵人就進退兩難，唯有一死。何況長門、馬尾正像一對鐵的巨人站立在閩江門前，祇要讓他們發生作用，敵人如何能闖進福州？這是守的方面。

說到攻，在我這不知軍事的人看來，似覺比守要難，主要是我們沒有海軍。而以目前的形勢來說，我們又不能把福州當做空軍根據地。不過，無論如何，福州與泉州、漳州互相依靠，完全是控制海上的形勢。如果能將這一帶沿海島嶼收回，首先就削弱了敵人海運的保障與持續力。在反攻的局面下面，收復廈門鼓浪嶼，進而擾亂甚至切斷敵人的航路，也要以福州爲策動地區，這完全是就海上來說；若講到陸路，則到反攻時期爲止的具體情況，當然能够決定福州的攻勢地位。現在很難揣測。

四、海　盜

南海風波之惡，是每個有些傍海旅行的經驗的人們所深知。大陸在台灣海峽轉了個灣，水流風向都起變化，無事的時候海面都是白浪三尺，自然足以使行者相戒。不過，除此以外，海面的群島也是旅客的災星，盤據在裏面的海盜是完全不認人的。抗戰以來，這些海盜又變本加厲了。

五月下旬，敵人發動了浙東攻勢以後，就遣派了兩條船和二百陸戰隊到福州海外，策動南竿塘、北竿塘一帶的海盜進攻閩江口的川石島。那時候，我守軍祇有一連江防隊，很快敵人就佔領了川石島，並進佔壺江島一小部。七月中，秋收期近，海盜缺乏糧食，又來攻擊浪畸──閩江口最大的一個島，企圖劫掠糧食和木材。這一次我守軍某師把他好好打了一頓，狼狽竄回去了。現在聽說壺江已經無敵蹤，浪畸島的守備應該已經更大大的加強了吧。

所謂的海盜說起來也很可憐。他們的軍官大都是散兵、逃兵、原有的土匪──破產的貧農，以及失業的漁民，其中有少數的失意軍警和漢奸參加。所有嘍囉大都是無法生存的農民、漁民、小偷流氓之類。他們大都是煙酒嫖賭樣樣都來，嗎啡白面更是家常便飯，弄到完全無法在城市及鄉村活下去，纔糾伙集眾去海上佔一個小島，以打家劫船為生。敵人對此情形自然是早已明白了的，便將其收買爲己用，自此凡有海盜的海面和島嶼不花它絲毫力量都變成了敵人的囊中物。敵人將其改編爲偽"福建省和平救國軍"，一共有兩個集團軍，供給他們來復槍、輕重機關槍、汽艇輪船，甚至於砲也供給他們。這樣一來，敵人從本國到西南太平洋寫長的交通綫就有了無數的給水站，同時既有海盜和我們爲難，他就不必在這裏多費兵力和船隻。經常在這裏的祇有一條巡船，其餘船隻都是路過性質。來來去去，甚至於海上巡邏的任務都是由海盜擔負的。除了這兩點：當供應綫及騷擾我方以外，海盜的第三個任務便是替敵人推廣物資。敵人曾經在廈門成立了一個物資推廣部，送入他們的花布、捲煙、化妝品、鴉片、紅丸、奎寧丸等等來換取我們的米糧、五金、汽油、土產。交換種類是這樣：（一）以花布、化妝品、奎寧換取金、銀、鎢、錫等；（二）以捲煙、洋酒之類換我們的糧食和汽油；（三）以毒品換取我們各種土產原料。這些海盜都有他們岸上的坐莊。

海盜共分爲兩個"和平救國集團軍"，我們已經說過了。所謂的"第一集團軍總司令"叫張逸舟,此人原是仙遊縣的一個警備隊長,在海軍陸戰隊也呆過。因爲升官不遂,下海爲盜,後來供敵人驅遣。他的"集團軍"一共祇有三千四百餘人,有一個支隊,一個特務大隊,一個稽查大隊,另有九個大隊,共編爲三路軍,其實不過空頭名號而已。敵人給他輕重機關槍二十挺,砲五門,槍二千多支,還有三百多手槍,裝備不爲不好,可是他的手下嘍囉大部分都是吸毒走私之流,戰鬥力固然不行,根本也就不大容易聽號令,要解決他原不是很困難的。所謂的"第二集團軍"由海盜出身的林義和率領,共有二千一百多人,輕重機關槍二十一挺,砲四門,步槍一千多支。林某海盜出身,手下人多是無告漁民,習於海上,體格強健,禁止吸毒。現在北竿塘、南竿塘一帶,夏間奉敵人命令出來騷擾的就是他。

總起來說,抗戰第六年中的福州,在軍事上的重要性絲毫不曾減低,反而因敵人在浙江方面的進展增高了。要使它依照軍事當局的意志成爲一個真正據點,市內那種空虛的繁榮消耗須加以消滅,福州及泉、漳一帶的軍隊已有了相當多的數目,我們放心,但是他們還需要更多,以便趁此敵人有事之秋,對海盜採取各種可能的攻勢,將其清除,以削弱敵人的海上交通,這是準備反攻必要的步驟,不宜行之太晚。

從閩北到閩南[*]

福建濱海。在一般觀念中，它是常常與海聯繫在一起的。不知福建也多山，除山西以外，福建的山恐怕比十八省中任何一省都要多。除海岸一帶以外，全省是包圍在山嶺中間，就在海的那一方，離海衹不過幾十公里的地帶，已經是高陵低谷，群峰環峙了。

在北部，東北是仙霞嶺，西北是武夷山，兩座大山的嶺脈在北面聚成一個頂峰，分頭沿省的東西兩面向南，綿延未斷已經又接上了新的高峰，正西突起的是杉嶺，正東是鷲峰山和大姥山，西面嶺脈再往南走，接博平嶺，那是在西南方隔離江西的嶺脈；東面南下的高原遂在南部橫起了戴雲山，與博平嶺交接，完完整整把福建封閉在山的城牆裏面。

一般人常常在無意中，把福建人民分為閩北人、閩南人、閩西人，這不僅表示着地理，同時也表示着人情。大體上說，閩南人厭惡甚至輕視閩北人，閩西人不相信閩南人，也輕視閩北人。在他們的看法中，閩北人狡猾、怯懦、懶惰；閩南人勇敢、冒險、浮囂，同時也狡點；閩西人樸實、耐苦、忠厚。其實這種分法，完全不能夠概括福建省全省，更不能包含所有福建的人民。他們所稱的閩北人，主要指的是鷲峰山麓的福州以及臨近各縣的福建人，閩南人主要是戴雲山以南晉江（泉州）、龍溪（漳州）一帶的人民，而閩西主要是博平嶺外汀州八縣的人民。大抵福州久已是福建的官紳中心，過去長久的腐敗政治哺養發展着一班以爲官作紳爲職業，以包苴、行賄、欺騙、遊手好閒爲手段的寄生階層，他們之遭受人民的憎惡和唾棄是極其自然的事，這決不可以概括一般的福州及鄰近各縣的人民，更不能包括整個閩北；而他們所謂的閩南主要的

---

[*] 原載《大公報》（桂林）1942年11月3—5日。

是晉江、龍溪一帶，由於晉江（泉州）是自唐以來的出海口岸和商場，宋、元之間，差不多是中國對海洋唯一最重要的商埠，龍溪（漳州）也是當時重要商埠之一，因此養成了一種商業傳統，乃至殖民的傳統。他們勇敢冒險的天性由祖宗傳下來，這也不一定是所有戴雲山的人民所同有的；至於所謂的閩西人的特徵，則幾乎是一般農民所共有，雖然閩西人大部分都是中原移來的客家，吃苦耐勞更有傳統，然而閩西又何嘗沒有"乘堅策肥，履絲曳縞"的遊惰之輩？抗戰首重團結，五族都要親愛，何況在我們同族之中、一省之內，怎樣可以把歷史和社會所造成的隔閡認為天成來擴大加強呢？準此推論，一切我們經常所謂的省民性都是歷史的誤謬，由於社會的過失或者罪惡所造成，既令有之，也不該強調起來。

基於自己的這種看法，所以我把這次由江西光澤直貫福建到長汀——所謂的閩西，再折入贛南的一段旅程，題為"從閩北到閩南"。同時因為要在兩個月的期間走湖南、江西、福建、廣東四省而回桂林，其間由於道路破壞，在江西戰區，有許多無謂的耽擱，因此在福建各地最多祇能停留一天多，除了跑路看地方之外，所得也就無幾。這篇報告不過能使讀者稍得輪廓而已。

鄰接浙南和江西東南的閩北幾縣——邵武、建陽、崇安、浦城、水吉等縣，是福建的產米之區。據說這一帶的收成好時可以供給全省足食的米糧。這情形應該是確實的。浦城、崇安、永吉等地，記者沒到，不能多說，但就邵武、建陽、建甌這一條路上，從汽車裏面所望見的稻子、稻田來說，也就夠了。地方誠然是山嶺成帶，不過，在山環水窟，寸寸隙地都是稻禾，不像江西的那麼大而勻整，可是有些稻桿竟比江西所見的長了一倍以上。稻穗豐滿，想見農民耕作之勤。時常看見山坡上一層一層幼年的綠苗相偎相靠，顫顫搖搖，十分逗人憐愛。農民住在山谷或山後，時常要走幾里甚至十幾里山路來看顧這些小苗。但是，不管他們是怎樣殷勤看顧，不管稻子有怎樣多，怎樣好，事實上，福建人幾乎永遠要靠江西的米纔不致於鬧大饑荒。交通不便是一個原因，政治上、社會上的病根未除又是一個原因。當公沽局還存在的時候，官商囤米造成米糧缺乏，已經是不再新鮮的新聞了，其時所收所囤不僅一般市買市賣的糧食，利用錢與力的便利以收囤軍穀的也不是少數。軍穀定價原低，爲了軍食，人民在這裏實際上是盡着捐輸的義務，但居然米蠹等能以九元左右的價格將它買來，祇花少少運費送到福州，就賣至四五百元一擔。閩北一帶警備隊經常遣制服掛槍之流巡邏鄉道，遇有挑米的人即強迫挑進城去他所指定的地點，隨意發價，囤儲起來。甚至有的糧商行主，就是平價委員會的人物。他們在黑市場故意把米價提高來自己收買，於是別的米商也相率把米價提高。他們就依據這個自造的米價新水平來定出平價價格，無人能反對他們。每當他們認爲有增加自己財富之必要時，就來一番新的平價，因此價格越平越高。這些情形在公沽局被取消了以後，是好了好些，八月中，米價一般的是在一百七八十元之間了。不過，公沽局的本身雖已去掉，製造公沽局這類癰疽的社會病菌却似乎仍甚得意，因此，福建人民依然缺少米吃。

建　陽

　　建陽原是閩北一個不重要的縣份，人口以前不到一萬，地方上人民大部分種稻搓麻，正當商業很少。它主要的是各種發國難財的交通站，便利他們來往於浙閩之間。以此在短短兩條半街道上旅館兼飯店在十家以上，較大的飯店可以辦出漂亮筵席來的也有五六家之多。戰爭中，由浙江、江西撤退下來的軍、商、官、學都以建陽爲出口孔道，重要機關又駐在那裏，人口驟增至五萬餘，小城的容量幾乎瀕於爆裂。人在外面走，幾乎隨處可以踏着糞堆；特別是在較偏僻的街道，行來祇覺臭風陣陣，都是屎尿氣息。青菜買不到，魚買不到，猪肉買不到，飯店常常幾家合作預定一二隻猪來應市。住家若要吃肉，須得什麼機關下條子關照纔能以巨價賣到一點。二十幾塊吃一隻斤來重的鷄不足爲奇。建陽蓮塘多，有名的建蓮出在這裏。

建陽房屋的建築往往是半邊主義，房間偏在一旁，其他一邊一條空出來，有時候是廁所，有時候是過道、天井之類。房屋大都是破舊無光，從外面走進去，人幾乎變成了瞎子。人民情緒十分懶散，好像半死，和他談話，他躺在竹椅裏面連汗毛也不動一動，好久聽不見他的聲音，好容易他對着他自己的鼻子開口了，那言語簡單到令你不懂。你再問，他就煩了。人人都儘量少管閑事，生怕有人來兜搭他。這情形自然不能又歸之於建陽民性，地方衛生從來不講，多病疫，瘧疾往往是一些人的終身朋友，自足以消耗人的活氣。同時社會事業不振，人力不能發揮，人們絲毫不能發現他們自己的能力和作用，精神在肉體裏面漸就死去，這就是一般所謂的麻痺現象。消除麻痺，振發人心，原不困難，但在種種複雜的原因之下，這毛病却已成了痼疾，前途確甚可怕。如何使人民發現他們自己，如何使他們向着最好的方向活躍起來，是當前政治家所應該虛心深思的。

因爲久已成了交通站，建陽尚有一截半截較好的馬路，一條賣舊貨（洋貨）的小街居然是洋泥路，不過它的橋樑却不敢恭維。建溪大橋架在南門外，是公共汽車和一切載重車輛所必經，長至二三十丈，而橋柱都已腐敗，撐住橋板的木樁許多都斷了。橋面上大洞小洞，整個脚可以掉下去，走起來，橋板活活動動，望着河水在脚下洶湧呼喚，令人心驚膽戰。汽車過處，橋身吱唔嘰噓的跳動起來，真不是快活的經驗。因爲這條橋不好，所以軍隊在北門外臨時發動人夫，搭一條橋過軍隊，一個月就完成了，不能不說是奇跡之一。

國立暨南大學在河對岸童游鄉郊外覓好了地址，準備開辦，門前姿態县是大方幽静。校長何炳松先生當時在建陽籌備暨大，同時安排建立東南聯大。現在聽說東南聯大也已經在建陽開學了。

南　　平

夜色瀰漫，黑霧垂垂，人在失時誤點的破汽車裏顛得昏昏昧昧，像半死了一樣。忽然間，朋友 B，一位極端警覺的人，用肘子把我撞了一下，説：

"看！"

黑暗中光輝點點，像雪亮的寶石從無邊無際的黑絨上面閃着愉快的光芒，我立刻高興的唱起來：

"……三佛蘭西斯哥，大開你金子的城門……"

是的，自從離開了吉安以後，我們就不能在晚間望到城市的光輝了。常常要像耗子鑽洞，摸摸索索走進無色無聲的都邑村鎮，電燈更是絶對不見，而南平，它却從幾里路外就打着無數明燈來接我們，叫我們如何不感覺到是回到人間？

南平也是抗戰中間興起的城市之一。依山建築，許多房屋都在半山中間。在目前綰轂閩北、閩南、閩西的交通。水路有電船通福州，帆船通建甌，陸路公共汽車通建陽，南至永安——福建的戰時首都。旅館多，小飯館多，此地有省營的鐵工廠和兩所紡織廠。可惜都因爲時間太少，加以 B 君犯了惡性瘧疾，不能抛之不理，没去參觀。

南平電燈很亮，利用水力發電，供給全市。有冰淇淋、咖啡、牛奶，飲食一切都比建陽方便，但是欺生也比建陽利害，一盤炒鷄蛋開價十二元之多，還是旅店附設的餐堂。

南平有三四條大街，小規模的洋貨店很不少。藥房有好幾家，藥品相當的多。在那裏還吃到了土產的葡萄，祇有桂林產的那種釀葡萄酒的草莓那樣大，皮厚，但很甜。

也像建陽一樣，由戰區逃來的學生、軍官、官商非常之多。建陽是每日川流不息的許多軍用汽車進城來，車上總是擠擠滿滿，有許多都是女眷和行李箱籠，其餘則是軍官。南平軍用車，所見没有建陽的多，但公路車南來北往也老是擠得不通行，和我們同車的全都是浙江過來的軍官和家眷，情形也很是狼狽。

在南平的漂泊學生據説有二千人。中央當時曾允撥款二十萬元救濟全部學生，但是，到八月止，省賑濟會還祇收到了一部分，勢難處處顧到。學生請求救濟時，常有到處碰壁之感。有的說款項不經手，有的說學生是教育部的事，應該教育廳管，有的又說沒有一個錢無法負責。甚至連每天發兩塊錢的事，負責方面都感頭痛，聲稱要貼本借錢來應付。有些和當地教會學校有關係的學生還可以在南平找到地方住，別的人真是天曉得！因此有不少意志不堅強的學生們回到淪陷區去了，堅苦等候的自然還是不少。記者離南平時，就遇見一個學生同車去長汀廈大，他的同伴有九個人，祇有他一人能坐到車，其餘的人都要步行。九個人的東西，他帶着，祇有兩隻黑皮箱！

永　安

據說當福建省準備遷都之際，前主席陳儀親自出巡各縣，發現永安祇是一個四等縣，人口不過二三千，道路祇有最小的一二條。地方經濟完全說不上，居民都是積麻作農事，貧苦閉塞，與人不相往來的。陳先生選擇這塊地方作戰時省城，刻薄之流傳說是爲了"永安"兩個字。說起來，永安深處腹心，不易受敵人騷擾和攻擊，也有其選爲省政治中心的理由。

變成了政治中心的永安，人口增加到了三萬，大部分都是外省來的人，街道擴充了，展寬了，馬路修築起來有五六條之多。大部分商業都在這些新修起來的馬路上，較大的商店有三四家賣着布疋綢緞和日用洋貨，其餘多是臨時築成的小門面，賣戰區來的舊貨等。這些商店大部分都是外來人開設的。據聞本地人和外來人中間很少關係，感情似乎不甚融洽。永安也是水電廠發電。電燈在我到的那天出事，不甚光明。

永安幾乎從原始狀態建立起來的。故新建的房屋很多，不少近代建築式的房子和上海弄堂式的房屋。在社會服務處且有很好的女澡堂，這享用立刻被我抓住，大大的暢快了一番。中央銀行的信託大廈果然在永安表現着中央的堂皇。

永安要算是福建的文化中心。有三張報：《大成日報》銷路最多，據说有五六千，报纸销闽南、闽西。《中央日报》次之。《闽报》已停，即将改出《民国日报》。改进社是最大的文化机关，除了杂志《现代文艺》以外，还出了"改进文艺"丛书。现在据说还要编印小学课本，因为福建全省的课本都极缺少。以永安现有的印机纸张、印刷术来讲，它应该出到最漂亮的战时课本，可是不知道有多少有福的儿童能够享受。永安所存纸张油墨、薄型纸都不少，据说薄型纸光《中央日报》所存的够一二年之用。如果交通能够改善，有能力的人能在那里埋头经营，对那块地瘠民贫的地方，对于福建全省人民的文化水准都将有不可数计的好处。因为到现在为止，福建人民的文化程度差了江西很远，据闻在校儿童不及全数二十分之一。中学尤少。

在永安，也有吃不到蔬菜和肉的情形。乡民常不肯挑东西到街上来卖，住家人特别痛苦。中央社驻永分社在桥尾郊外就自开菜园种菜，养鸡。所有猪肉都被饭店和某些地方包去，市场上就没有肉市。

朋口和长汀

因为永安南开车直达龙岩，所以我们不能不在朋口镇唯一的一条街上停下来。那条街全部是小旅店和饭店构成的，汽车站在那里。地方污秽，公共茅廁列成一长条连门都没有的就摆在街旁一条巷里。晚上去若不带火，必有掉下大茅坑去的希望。

可是在街尽头的田边散步时，远远望见得一座雪白的纪念碑立在小河中的一座绿岛上，四面树木围绕，河水细细的流，汩汩有声，那是抗战阵亡将士的纪念塔。假如除了这一座雪色的石碑以外，我们还有些更鲜明、更活跃的生活与行动来在我们每个人的手上、脸上、眼睛里面纪念他们，那是多好。——不过，抗战还在继续呢，前方尽有多少活生生的纪念品。

原说在朋口祇待一会，有盐车可以载我们即日赶到长汀。但是站长向他们交涉的结果是不行。这类车子每到一个大站，无论早晚，必要经過最少一夜以便舒服一番，帶些可賺錢的東西作買賣。我們自不必說，連他們的上司也是無話可講的。

車子原說六點鐘來，總算好，九點鐘開過來了。我們總算上了路。車子爬着兩座大山，俯着群峰在脚下浮游，像大魚掉尾，像波浪奔騰，多好的地方呵！

過松毛嶺，山上的球松比較多，因此得名，這是距離長汀約五十公里的一座，山脈如帶，屏蔽長汀。

沿路遇見了三次警報，汽車完全不知道散開，也不叫人下車，總是幾輛車停在一起，這種玩忽，不知究竟是由於無知，還是膽大。

長汀是一個美麗的城市。清潔的面貌使人眼目突然開朗。它有遠川在週圍，有河流繞在門前，田野相當平坦廣大，應該是產米之區，但它產米的程度，似乎不及番薯來得多。遍地都是番薯網在田地上，黑綠色的一片一片，把來曬成番薯乾，成紅黃色，味甜像蜜，起初以爲放了糖，當地人都說"什麼也沒放進去"。我想此物應該可以製糖，而番薯乾若加工作□漂亮一些，也應該可以出口。此地竹笋也是非常多，但是還沒有聽說製成罐頭出口的。長汀另外一種產品，便是我們目前所最需要的紙。竹山極多，松林極多，都是製紙的最好原料，竹紙、貢成紙、類似乎宣紙的紙、最好的土報紙，這裏也有。一條街上就有上十家紙店，前幾個月紙價二十元左右一領，後來因外省去收，紙價漲到了三十餘元了。長汀的洋貨店及所謂舊貨店極少，極少。風氣淳樸，本地女人都高高大大，帶着四邊垂下布條的草笠，繫着圍裙，拿着扁擔在街上踏踏的走，甚是豪健。腦後髮髻用一個六七寸長的假髻蓋住，長長的拖在背後，還簪着銀簪，扎一條紅根放在髻子中心。在外來者看來，她們是勤儉的樣子，然而在本地住久了的人還說她們懶，我想不是指的這些女人吧。

廈門大學依然設立，現在學生有八百多，在廈門時祇有二三百。初來時借用祠堂，現在已經自己蓋了房子，一座座樓房，有中有西，散踞在山石、林木、竹樹之間。學生生活十分簡樸，幾乎沒看見一個穿西裝的人。教授自然也不會更豪華，穿西裝的雖有，大都是自己原來的舊物。

長汀就沒有看見一家舊西服店,情形與永安、南平大不相同。在長汀時,正值廈大考試剛了,在商量開學。但是最大的困難是不得教授,而原有的教授又跑掉了幾個,原因是教授的津貼太少了,不能養活家人。長汀的米價祇一百二十元上下,比別處賤,因此津貼少,可是日用品像牙膏、胰子之類却賣到了十一二元一個,其餘類推。米雖然有吃,日用品却一樣也少不了,減低津貼自然生活困難了。加以長汀算是完全包在內地,無論時局、文化、學術、藝術任何方面,對於他們都是關門閉戶,一片朦朧。受不了的人就用各種名義和方式走掉,新人却不容易請到。但是廈大却有一件許多戰時大學難得的優點,它的圖書、雜誌、儀器、標本全部保存住了。雖然沒有或很少新的進來,古典的中西文籍,可是非常完備,可惜的是過去交通不曾發達,戰時更加拮據,僅僅靠着內戰時期用軍工趕成的一條破爛公路,冒着撞嶺落谷的危險與外界維持一點交通。許多有志的學人和實業家都因此瞻望不前。抗戰時期的建國事業是非有超人的魄力和心胸是不可的。

　　總起來說:福建人民強毅耐勞。雖在疾病、閉塞、苛政、土匪種種壓迫之下,他們並沒有完全屈服。福建匪多如毛,農民(尤其是閩北山間農民)大部分身兼土匪,這就是他們不肯屈服的明證。福建土地雖不肥,但是它的海味、水果(特別是福州晉江等沿海一帶)、瓷器(據劉主席講福建瓷器業經改良發展,不會比景德鎮的差,現在的出產已經細白勻淨,可稱上瓷了)、麻、紙、番薯、竹木,都是上等的。水力尤其豐富,若是有計劃的安設幾個大發電廠(長汀龍門瀑布的水力,據說可以供給汀州八縣發電之用),福建的事業是不可限量的,福建省劉主席曾經有過許多建設計劃,記者衷心祈禱,人力與物力的合作能夠使它們逐步實現。

贛南一重天*

一、先說這個人

早秋的太陽清清亮亮。人在河邊上走着,水在腳下唱歌,人在談笑。

"專員恐怕已經來了,說的是七點半。現在七點半了呢。"我這樣説給陪我們去河干坐船的陳先生聽,她是專員公署某科長的夫人,同時也是正氣中學的一位高級負責人,她有着勤勞的、多思慮的臉色和幹練的氣度。

"是的。不過專員説是在北門碰頭,現在改到了這邊,去通知的人還没有回來哩。"

走着走着,遠遠的嗚——嗚——嗚——

這討厭的警報,每日來麻煩人,你不該在這時候來呀。

"下船去吧,也不必等候專員了,他會自己去長江嶺的。"陳先生説。於是一會兒我們在河中流的小船上。有人用手搭起涼篷遮在眼上向河岸上望……

"喂,那不是專員麽,那河邊上柳樹下面一堆人中間穿藍衣服的。"

大家都盡力地望,果然幾個人中間有一位穿藍衣服的人。於是有人商量船夫擺回去,有人要招呼他們在卜流無人處上船。結果陳先生決定我們還是直放長江嶺。

岸上看見了一所新的廠房建築,據説這是要開紙廠的。

不到一個鐘頭我們就走進了長江嶺上,兒童新村的辦公廳。在門道

---

* 原載《東南行》單行本,文苑出版社1943年版,第102—110頁。

上，陳先生就用傘指着那裏一個穿着藍顏色中山裝的人，説：

"看，他倒先就到了。"

面前這個人暖和的笑着站起來，説：

"蔣經國。"

人不高，面色紅黑，溫和的眼睛，熱情的舉止，從上到下給人一種結實快利的感覺。這是一位熱情洋溢，必作必爲的人，被人傳説得神秘，被人想像得神秘，被人愛得神秘，也恨得神秘。但是他站在你面前，談吐、笑、打哈哈、分派事情，甚至於很小很小的事情，没有絲毫神秘之處，好像一個很熟的朋友。

人們傳説他是包龍圖，穿着破爛的衣服到處私訪。傳説有一次，幾位處長或軍長之類在旅館打麻將，有位處長攛頭唤茶，望着那個茶房，忽然思疑起來，説："這個人好像那兒見過的。"他覺得茶房就是蔣經國，但是茶房已經出去了。轉身他回來，穿着蔣經國經常穿的藍布中山裝，奉上茶，拿出一張"蔣經國"的名片，請幾位處長明天某時到專員公署談話。結果説是幾個人都坐了牢，罰了款。

傳説一到下午，他就不見了，除非約好時間，你決没有法子找到他，無論是家裏，是辦公廳，是他的事業地方。傳説他一刻也不閒空，一有閒，他又要想新花樣，做新事情。

他愛他的朋友，愛和他共事業的人。對於有些朋友，他幾乎是用生命來愛的，當他們之中有人死去時，他哭到發量，失去知覺。我們在那裏時，所見他的同工者對他的尊敬却似乎鄰於懼怕，不能那麽爽朗、坦摯，也許是外賓在場，他們理應如此。

他的注意力普遍而精細。在長江嶺走着的時候，我們望見了一所米黄色的西式房子，那是預備做學生宿舍的。人家説專員要這種米黄色，他説米黄色很美，快活。他指着那房子的一方塊空廊，説：

"這塊地方怎麽可以做洗臉房？糟塌了。把它做他們一個休息起居室吧。這些柱子不要漆黑的，漆朱紅。看我們這塊地方没有一點紅顏色，很多都是灰的，瓦也都是灰的，要點紅顏色。"

他說，現在要一步一步的作，掃除惡勢力，訓練好的青年人材，掃除文盲，訓練人民，使他有智有力，然後讓他們出來自己幹。

二、長　江　嶺

並不是很高的山嶺，祇是一段長岡，有十里之遙，前臨河，後臨河。過去是疏落的小松、小草、碎石亂沙的地域，現在有了幾十棟西式的建築，一律本地造的西式瓦磚房。房子在建築中，計劃内有天才兒童學校，有游泳池，有兒童鄉公所、兒童醫院、合作社、托兒所、農場。已經完成了的建築有正氣中學、小學及其所有附帶的然而必預的建築物。用意完全在於收納戰區搶救出來的孩子們，本地貧苦人家的孩子也可以進來。現在已經有兒童一千人，散在城内的保育院和托兒所等等地方，將於明年一月一日開辦的時候送進來。它的營造費到現在為止，已經八十萬元，將來每年經費大約是一百萬元，款項一部分出之於自治富力捐，一部分出之於沒收祠堂廟宇的產業。

那麼和尚呢？

蔣先生笑，說："和尚我們祇給他們飯吃就算了。"

在長江嶺負責的人都是蔣先生信賴的幹部，其中陳先生也是一位，並且有許多計劃還是陳先生自己定的。看他們身體面色就知道這些誠實人是在怎樣一個單純的信念之下，看見什麼，就做什麼。他們的樣子是疲倦的，而且營養不足，勞苦和生活壓着他們，但是他們不肯不幹。我們有多少這樣辛苦樸實的靈魂在小角落裏一手一足的勞作，埋葬在工作裏面，消耗了體力和智力不得補允，可是沒有人去注意他們、關心他們。我們又有多少同樣辛苦樸實的靈魂，連這樣消耗自己的的角落都找不到呢。

三、贛州一重天

汽車開進贛州城，在城門口停下來了。

"登記，登記。"人們嚷着。於是所有的旅客都下車去旁邊高出街道七八尺的房子裏登記，姓名、年齡、職業、住處、來由、同來的人，登記了就發給一張小條子，在街上可以對付警察。來城住家或住親友地方的人，似乎是可以不用登記。

贛州街道寬闊、乾净，初由福建公路上的混亂爬出來，似乎在此發現了一片清明的天地，洋車也是從福州以來第一次看見的。很繁華的房子建築得甚爲漂亮的街道有三四條，儼然一個都市模樣。去年一月十五，敵人集中轟炸贛州，把最精華的部分毁掉了，損失七千多萬，至今那一帶還是瓦礫成堆。有些臨時木屋搭起來，在那兒做小買賣。不過，這一塊地方並不足以損壞贛州，使人得到殘破的印象。蔣先生已經決定一二月內開工把這塊地方重新建設起來，他的計劃是一面要防備再度轟炸時的成片燃燒，一面要謀街道的美麗，每三棟房屋中間將來一個小花圃。這種做法在中國自然是第一次。而注意到城市美麗的行政長官，似乎也祇看見了蔣先生一個人，至於別處，則能够做到清潔整齊已經是很了不起了。

即如贛州城内就有三個公園：中山公園、中正公園、兒童公園。北城裏面還有一片空地將建築一座青年公園。中山公園裏有小規模的圖書館，閱讀室倒有相當大，有博物院，有禮堂。市内另外有一所大禮堂，可容幾千人。兒童公園就在中山公園裏面。所有的公園都不收票，人都可以進去。自然園中並不能看見很多的苦力人等，無閑暇的勞動使他們不能走公園，即便稍有暇時，他們大約情願去坐坐茶館吧。

有人說贛州是一個嬰兒的莫斯科，不知道這是否確實、的當。很明顯，蔣先生和莫斯科是没有什麽特殊交情的，除了國際上所必要的以外。即便這句話是好意，是一個正常的嬰兒，要想在重重的瘟疫和虐待中間長出來，它是何等的冒險，何等的不容易呵。

　　糧食公店至今還是贛州最大的成績，店由政府辦，米、鹽、油由政府收來，按規定的價格發賣，一年到頭沒有變化，比如今年的米價，規定是六十塊錢，要到明年纔能改訂價格。起初這樣作時，糧商幾於完全消極抵抗，停止行市，以至二年前有個時期，贛州米價高到二三百元一百斤，但是糧食公店的公米積穀來之無窮，儘量供應市面，結果，商人屈服了，現在公店米是六十元，一般商店米在八十元以內，贛州因此很少米潮。

　　在公店裏買米，起初是發給每人一張米條，規定每人可買一星期的米。現在沒有這樣做，因爲人民不一定都到公店來買米。

　　掃除文盲目前正在贛州進行。政府組織教書隊，大多是課餘青年學生及年青工作人員，在每天晚間七點去街頭教書，每一個人教二三十人不等，時間是兩個鐘頭。所有的人一律強迫上課，從識字做起。蔣先生希望在兩年之内可以把贛南文盲消滅。

　　自治富力捐，用意是要富人出錢。蔣先生説："我們規定每年收入在三千以下的人不出這筆錢，三千以上的必出，而且逐級增加。你看，要不然那能有錢做事？我沒來以前，贛州的捐款每年衹有六十萬，現在，到了五百六十萬元。"

　　贛南佃農據蔣先生説，已經由政府規定一律交租百分之三十，而江西別地的尚在一半乃至三分之一之間。農民，特別是中農、小農因爲所交穀類太多，拋棄田地不種的現象也多。蔣先生規定的是拋棄土地者三年之内不回，就沒收他的土地。贛南人民有許多都是半農半作礦工，以貼補收入。

　　人存政舉，人亡政息。三千年前的嘆息，至今還在中國的土地上飄蕩。離贛州僅百餘里的鄰縣的大庾，米價就賣到了一百八十元一百斤。而當地的富力捐竟派到了挖礦的工人身上！瞻望着膿血遍體的中國，那能來那麽多的好人！

辛苦了，台灣兄弟們！*

能够剛强是多麽好啊，
人剛强而能受苦是多麽好！

——《約翰·克利斯朵夫》

一、望　祖　國

當我們在海這邊自由地生活的時候，我們的兄弟姊妹們正在對海做敵人的奴隸。台灣海峽日夜湧騰着的不是海水，正是中華兒女爭自由的血潮。

台灣，是我們發現的，是我們住在那裏。她是我們親手開墾，親手種植，親手養育成功的一片肥壤。但是，她是被敵人統治着。

人口，有五百萬多一些。除了二十萬生番，其中有四百五十萬是閩南人民，五十萬廣東客家，大部分去自大埔和梅縣一帶，五萬弟兄們至今不肯取敵人統治下的台灣户籍，這五百萬人朝朝夜夜用沉痛的聲音互相探問：

"到幾時我們纔能够回唐山去呵？"

幾時能够呢？有那些去唐山走了一趟，祭了祖的人。那是他們的親人，帶回來了祖國的消息，鞭砲爲他們燃放，酒筵爲他們擺開，那去過了祖國光榮的人呵，告訴吧，告訴這些在鎖鏈中的弟兄們：祖國的太陽是何等光亮，祖國的草有多麽青，祖國的弟兄們手脚有多麽輕鬆靈便，因爲那是没有帶着鐐銬的手脚呢！

---

* 原載《東南行》單行本，文苑出版社 1943 年版，第 111—122 頁。

對於祖國的這些熱狂，常常使台灣人民用各種方法騙取護照渡海回來，但是護照是極難弄到手的，所以他們就常常偷回，許多青年們和船上的伙夫、茶房商量，偷載回國。一被日本人查出便在暗中處死，×戰區一位處長的小弟纔十二歲，就是這樣被屠殺了的一個，他是裝在煤篢裏面被擡進艙底的，被藏在煤堆裏面。可是，查出來了，他們安安靜靜地把他帶上岸，放在一間牢裏，晚上，一個人走進來，還給了他一盌白開水，孩子還當是好心人呢，接過盌來一飲而盡，接着，他就吐血死了。他死了，他的靈魂一定飛回祖國！

二、被敵人吮吸着

　　我們的兄弟們需要祖國，敵人却需要奴隸。三井、三菱的老闆們要從土地裏撈取利潤，軍閥需要軍糧，他們的漂亮人們需要甜食，他們的將軍們需要軍火，這些都要從我們的兄弟們身上去榨取。台灣的土地現在是一片一片地從台民手中奪去，集中在三井、三菱們的賬簿裏面。方式很簡單，祇要假借一種很小的名義，比如說不能交稅，土地就被沒收了。台民自己開墾了土地，反要繳着高額的地租從三井之類手裏租地來耕種，種植所得又被他們用稅的方式奪去。抗戰以前，他們年收九百萬擔米，五分之二去日本，現在他們年收一千五百萬擔米，超過半數去日本，雖然台灣土地每年能收兩次米，一次番薯，農民却祇有吃番薯的運命。種植甘蔗的人也不會更好，甘蔗因早已被製糖廠沒收了，台民每年，據台督府昭和十六年（一九四一）統計，蔗糖二千零九十萬擔，台人所消費的祇有那個零數，其餘都運往日本。除此以外，我們的弟兄們還要替敵人支付屠殺我們的戰時公債，據台督府本年二月政府報告表，台民所攤公債爲二億八千萬日元。換句話，每人每年被迫支付五十六日元幫助敵人蹂躪祖國，自抗戰第三年起到去年止，台民被強迫儲蓄五億八千萬日元。

　　抗戰以前，自第一次大戰以來，敵人在台灣銳意發展輕工業，如糖與紡織等。抗戰以來，軍事工業，特別是槍砲及飛機製造，成了台灣工業中心，在台南（高雄）、台東（花蓮）推行軍火工業計劃以便就近運用南太平洋的資源，工人人數很快地增加，昭和十四年（一九三九）人數二十萬，到去年已增至三十萬人，强迫的勞役還不在其內。比如敵人在台西北新角崗山新建築一個極大的飛機場，比原有台北機場大了許多倍，機場方面都安設隧道交通，四週山洞，完全藏滿了汽油、火藥、炸彈等等，這機場就完全是强迫台民建築的。台民無論男女老少，每人必須自備伙食，毫無報酬地服役一百天。現在敵人正在夢寐瘋狂地想利用南太平洋已得資源，它在台灣的經營當更積極了，而我們的弟兄之被榨取，被吮吸，也一定更殘酷了！

三、在敵人的鎖鏈中

　　純經濟的榨取，任何一個宗主國都是不夠用的。在日本這種帶着濃厚封建性的、脆弱的帝國主義國家更加不行。政治壓力成了必要，首先，它用許多小團體組織來鎖鏈人民，什麼保甲連坐法、防諜團、防衛團、秘密保甲互助隊都是利用台民、沒出息的份子來以台治台，其中防諜團最爲殘酷。所防的對象，大都爲船隻往來中的中國人士以及五萬沒取台籍的人民，防諜團與秘密保甲互助隊合作在台民中互相陷害，遇有中國青年去台灣的即行秘密逮捕，陸續積到若干人就用"白開水"把他們毒死。某次集合這類被捕的五百人之多，於夜間帶到一個廣場上訓話，訓話間每人給予"白開水"一盌，五百人喝了水之後，便即吐血倒地，在陰暗中死去，在陰暗中被埋葬了。

　　除了"以台制台"以外，敵人更有積極的組織如"報國勤勞少年團""青年團""女子青年團""壯年團""大中小學生報國奉仕隊""皇軍壯年隊"，以及其他幾十種名稱的組織，每個人起碼要參加七八種組織，甚至於上十種。每日驅使作各種勞苦奔波的事務，弄得他們忙到要死，精疲力竭，什麼事都不想再幹爲止。這樣，它企圖把人民完全變成機器，不会想起他们的祖国,更不会想到他们的自由——然而,它的企图能变成事实吗?

敌人并不蠢。为了答覆这个问题,它提出了"皇民化"。奖励,甚至是强迫人民着日装,学日文,讲日语,并且要改用日本姓名。能讲日语,改用了日本姓名的,就由"台民"升为"国民"。乘船坐车都有优先权利,买粮食和日用品也有优待,子弟可以进学校;不改的除一些方面受着剥夺外,子弟都不许进学校,那就是说这一家世世代代都是垫在人们脚底下。据本年三月台督府的统计公布,已改日本姓名的有十七万余人。

"归化"还不足保障,必须使人民保留着原始的茫昧和愚蠢,奖励迷信是统治者的古法之一,敌人自不甘落后而不采用。于是常常大建水陆道场,宣传运命,宣传天照大帝的恩威,奖励人民供奉天照大帝,做和尚尼姑,甚至于常常要人民破中指滴血,用全家性命、财产发誓不敢作乱。

台民五百万居住平原,是粮食的主要生产者。并且因为生活历史及环境关系,比较番人聪明,而番人居住深山是最好的游击作战区,番人又蛮悍善战。台、番合作对于敌人是重大的威胁,于是一切外来统治者最妙的方法——挑拨离间民族,造成内阋,也被敌人学去。台民中,原有福建及广东人两种,福建人历史久,经营多,比较有些经济地位和势力,而广东客家人则大多数是穷困的苦力,两者之间原来有些矛盾。敌人就借此大事挑拨,使闽人看不起客人,客人怨恨闽人。至于汉番之间,花样更多,敌人在生番中威逼利诱成立一些法西斯性质的组织,加以优待,专鼓励他们和台民挑衅。番民有所谓"高砂族互助会""报国青年团""壮年团"之类,敌人鼓励他们到台民的奉仕作业(即服务社)、日语讲习会去挑战,他们在台民背后褒扬番民,声言台民夺了番民的土地,番民应该报仇。但是到了公众场所,演讲竞赛中却故意褒汉贬番,刺激番民,本年一月间,在台北公会堂举行的台番日语演讲大会中,敌人就故意夸奖台民,激怒番民,弄得番民老羞成怒,攻击台民,双方大打一场,结果死伤了几十人。就在这些死者流血的尸体上面,统治者高高坐着惡毒地獰笑了。

歷史說過了不止一次，搶來的贓物決不是欺騙、陰謀和壓力所能保守得住的，所有的贓品都必須滴下自己的血，變成自己的形象，纔能變成自己的東西。敵人在高麗的統治失敗了，在東四省、在台灣的統治都是失敗了的，然而它也從自己的失敗中間聽到了歷史的聲音：移民！移民！

它在東四省移民，在高麗移民，在香港移民，在台灣也是移民。把那些原來從土地裏面生長出來的人民連根拔去，剝出，永不許他們做土地的兒子，而有計劃地把它自己的人民移植過來，栽進那些生疏的土地裏面。它要把土地按它自己的形象去改造。它把高麗人民移到東四省和華北，把日本人民移去高麗，也移去東四省，把在香港生息了一百年以上的我們的人民趕到國內來，把日本人移去香港。在台灣，它把創造今日的台灣的我們的兄弟充發到南洋一帶去當苦工，把日人移到台灣。每一個移居台灣的日人都由他們的政府資遣，發給巨額的生活補助金、事業補助金和獎金。到了以後，強迫台民把自己的房屋和土地騰讓出來，給他們居住，並且強迫台民無報酬地替他們建築房屋，供給用具。據昭和十六年（一九四一）《台灣農業年報》，台南州、高雄州、台東廳、花蓮廳四處的日本移民已達四萬八千餘人。

但是，可憐它祇有那麼些個人民，可憐它又來得太遲了。我們的弟兄們難道會永遠是孤兒麼？

十年戰爭，不知日本的少年人有多少被埋葬在中國的戰場裏。兵源缺乏，不能不用不堪信任的殖民地人民來做替死鬼，過去曾強迫台人當"志願兵"，摻雜在日軍中參加戰爭。去年六月間，敵人始發表了所謂"台灣特別志願兵制度"，於本年二月實施。規定台灣兵役，首先要人民切破中指出血，填寫志願書，然後送往志願兵訓練班，六個月畢業。每年兩期，畢業後立即入營，所有十七歲以上的台灣青年無一個能夠幸免。根據本年二月十五日日新所發表，台灣志願兵總數已達二萬餘人，其中台民一萬九千，番民九百，看護班二千人，到今年年底就有台灣軍隊被派去各戰場送死。

這種所謂志願的強迫軍隊，其志願的情形是可痛又可恨地卑劣。爲了避免突然實行徵兵，台灣反抗，故美其名爲"志願"。又怕志願而人民不願，於是先對一班有產者施行欺騙，叫他們領頭簽，填志願書。答應他，首先簽志願書將給與獎章，稱爲模範人民。凡模範人民不僅不要他真去當兵，更允許他可以任意選擇他志願的職業，這在台民是非常難得的事。於是有錢人中的某老者就最初的受騙了，他簽了志願書叫他的兒子去當兵，等到人數已足，要開班時，他的獎章並未得到，而敵人來拉他的兒子了。他根據理由去爭，結果他全家以擾亂兵役的罪狀被下了牢，罰款五千日元（在台民要罰款五千元是等於傾家蕩產的），作愛國獻金了事，兒子還是要去當兵。

血債是要用血還的，我們的兄弟們並不怕流血。

四、在剛強的戰鬥中

敵人在跨進台灣以前，未曾先打聽一下，閩南、粵東的兒女可是馴良之輩！

這些人沒有什麼勞苦困乏不能忍受，也沒有什麼災難壓迫能夠打低他們的頭。他們是土地的兒女，同時也是海的子孫，堅實、剛強、勇敢，愛好自由，他們有着自鄭成功以來，最好的爭自由的傳統。

我們知道台灣早已有了一個獨立革命黨，已經確定的黨員，不計散在國外策動台灣革命的份子，共有一千多人，他們以各種巧妙的方法滲入各種社會行動、社會生活中間，施行怠工破壞種種的工作。他們組織了台灣的游擊隊在台中那些森暗神秘的山嶺地帶，他們打下了根據地，人數有好幾千。他們組織着人民暗中的協助，軍火來源永遠不虞缺乏。

反抗的情緒和鬥爭，一般的在人民中間生長，常常因爲交租交稅、強迫搬運一類的事，自發的產生暴動。去年三月間，台政府強迫台民於例稅之外，另交一定數量的米。台民無米可交，遂被敵人抓去，毒打倒弔，施用種種酷刑。結果暴動像野水一樣到處暴發，農民用自己的耕具、木棍、長矛，平日所能得到的任何武器連磚瓦在內，到處攻擊敵人機關，燒毀房屋和穀倉。參加民變的有二三十萬人，以屏東郡及潮州郡最爲猛烈。暴動自然是被壓下去了，被捕一共有二三千人，打死的不計其數。

這並不能把人民鎖壓下去。在去年十一月間，太平洋戰爭前夜，台東某大軍需工廠的工人，連日籍工人在內，又策劃全島大暴動，參預計劃的範圍，波及於屏東和岡山的重要飛機工廠，主要人物都是中國工人，也有許多智識份子和醫生參加，不幸這個計劃被發覺了，一場無聲無臭的大檢舉，被捕的近四千人。

所有被捕的人，除陸續被暗殺毒死以外的，至今尚有八千人在監獄裏面，經常受到酷刑拷打，將兩手釘在牆上用濕的皮鞭抽打，將人堆在紅鐵上面，赤脚站立，並用鐵絲穿着許多人的耳朵，送去活埋。

殘酷的鬥爭不止由台民和日本工人聯合進行，台民和生番也常聯合在一起，對抗共同仇敵。在一九三〇、一九三一、一九三六、一九三八以及今年，台民和生番之間聯合起來曾經有過了幾次大暴動，弄得敵人手忙脚亂。去年三月，敵人要開台東、高雄間的軍用公路，強迫居住岡山一帶的番民，移到平原上來，番人反抗，和敵人軍警混戰一場，傷了十餘人，敵人顧慮着生番大暴動，祇得承認失敗了。

反抗是被壓迫着，反抗也是在暴發着，我們的弟兄是辛苦，但是，他們也能剛強戰鬥。

旅行的災難*

> 長了，太長了，啊，大地。
> 你在快樂和豐盈的往日曾經是勻滑和太平的道路；
> 但是，現在，啊，現在，它已經跌進了無盡的憂傷，
> ——前進，和最悲苦的命運扭打，絕不肯放！
> 啊，請你想一想，告訴他們成群的兒女究竟怎麼樣；
> （除了我，有誰曾經想過成群的兒女究竟怎樣的呢？）
>
> ——惠特曼

讓我們經驗着災難的旅行時，想着我們民族所走的苦痛的道路。

在這一段路程中，除了飛機和北方的大板車以外，其餘的交通工具，包括自己的兩條腿，大約都用過了。在江西，所經大部分是鄉村地帶兼戰區，交通工具主要的是人腿和馬腿。福建以下的歸途中，長途汽車佔多數。在騎馬和步行的期間，主要的困難是"食"和"住"。自長途汽車從黎川開行以後，"行"變成了特出的災難，一個多月中不曾生病的我，每次由汽車上走下來時，總要躺下一天半天，以便腦子裏的那些東西恢復它們原來的位置。

因為黎川、光澤的長途汽車尚未還原開駛，黎川縣長以極大的好意安排我們乘坐某軍車。車子說七點鐘開，站上派了兩次人去催我們上車，說時間到了，我們於是氣急敗壞的奔到車站去。至則車子一輛，空無一人，司機和押車的都不見。問起來，說上街買東西去了。我們站在太陽裏面等了半點多鐘，纔見遠遠從街口上，三個人輕搖輕擺，施施而來。

---

* 原載《東南行》單行本，文苑出版社 1943 年版，第 123—131 頁。

我們喜之不盡的迎上去，以爲開車總有希望了。不料押車的某副官告訴我們還要等，說這部車子壞了，要換一部，叫我們坐在茶棚裏面去。此時我們無可如何，祇可眼勾勾的釘住外面看別的車子來。來是來了，不過，可不是車，是幾個人挑的七八袋麵粉，有一位制服先生指揮挑夫將麵粉搬上車去，碼好。我們以爲現在叫子總要響了，就走出茶棚去，誰知那汽車夫還沒來，而制服先生則又吆喝挑夫們把麵粉搬下來。這件事情也照辦了。麵粉挑來了又挑走了。可是車子還沒有來的消息，再坐了約兩三個鐘頭，茶棚老闆都吃飯了，引擎纔虎嗒虎嗒起來，還是原來那輛車。押車人——一位很年青的副官，告訴我們不要担心，他說他的車子是在趕自己的軍隊，不會耽擱，當天可以到建陽的。

　　下午一點，車子進了光澤，押車宣佈車子今天不走了，叫我們準備下車。車來到了他自己的停車站上，我正想叫挑夫，而那隻車子却連樣子也不做一做，就一直開過去。開了約三四里路遠，來到一塊四無居民，也少見人來往的地方停下來。我們詫訝之際，瞥見押車人在和汽車夫講什麼，似乎有關連到我們的情形發生。我想起了一切司機的隆重身份，於是立刻走去邀他們吃飯。情形並不見好。車夫走開了，押車人留下，就提起了錢的問題，要我們照客車票價付錢。很好。近無鄰居，遠無炊煙，一個啞吧外國人、一個女的、一個生病的僕人、一堆行李。這筆方便買賣，誰不作呢？不過，誰也知道，綑着捱打的事情，自非萬無辦法，是不會忍受的。我們原本決定了給錢，可是如果車子不到站去，我們是一文也不拿出來。我們提到了中央軍校蔣校長的訓話，叫那自稱是蔣委員長的學生的副官聽聽，結果他垂下了頭兒照着我們的話做了，我們祇給了他們所要求的三分之一。

　　搭便車的情形是如此，搭公路車也不會更方便。依賴各地軍政長官的照顧，我們等車的時候總算少。據旅客們說，在一般的情形之下，任何人如要坐車，登記了以後起碼得候兩個禮拜，原因並非完全由於旅客多，許多以漂亮身份做商人的男女冒險家們，常常得到各種特別門徑，帶着大箱小籠的貨物來坐客車，貨物既可以偷稅，又可以免了檢查，普通旅客自被擠掉了。這是一；有特殊關係、特殊原因的人常常要隨到隨走，其中有正當原因的也有，比如行期有限制的新聞界從業人，照規矩是優先通行的。以我的經驗說，為了車子我們每天要在車站上跑三四趟，但是在沒有省主席和警備司令部的手諭前，我們也無法走動。不過，隨便拿一張"因公赴某地"的條子，而又沿途頗有辦法的人也很多。這是二；在登記上時常有旅館或者變相旅館的人，去車站以五十元之數，總收一批登記證及車票，以之高價賣與急行旅客，找不到這些黑路的人就不能動腳，常常有人發現登記號數在後的人反而先走了。這是三。這批批發登記證及車票的人，永遠不會賠本，因為他東西銷不掉還可以退回，可以拿回那五十元。有此種種情形，旅客自然就苦痛起來。有的竟至要等候一二個月之久，弄不到車，路費不是花在這路上面，而是花在停留上面。

我所遭遇到的車子，也許是全中國目前所有的車子，沒有一輛不是老爺車，有的甚至於車內的座位都完全不見了，祇剩一個空殼。我們在某地曾經聽到很負責任的人講，該處車子車票是對號就坐的，因此甚為安心，次日依時上車，殊不知滿車已經被人與行李擠得像鹽倉，根本不見座位的蹤跡，即使是找到安放一個小腳指頭的地方都沒有。

像這類的擁擠是永無例外的現象，人數既超過原定數目一二倍，行李箱籠又塞在中間，此外，人的腳上、腿上、手上、肩上都是大包小裹。天熱，人多，東西多，汗臭、油臭、舊破東西臭、嘔吐物臭、小孩屎尿臭，半天工夫，把每個乘車人都收拾得生病，是很平常的。加以公路都是大小邱壑，車子沿路大蹦小跳，使人的脊髓筋從下往上的顫顫疼痛。車子每一跳，腦子裏就像爆炸了一個悶雷，疼的滿眼金星亂跳。

這樣的道路，這樣的重載（不僅車箱裏面擠得水都流不動，車頂上也是壓滿了行李），沒有一個車能夠忍受不出毛病的。何況目前使用車子的人，無論是站長、管理員、司機、機械師，沒有一個人對於車輛有任何感情。他們把喇吧丟在馬達裏面，把螺絲釘丟在馬達裏面，螺絲釘永遠不加檢視、擦抹。銹了、鬆了、脫落了，聽其自便。找不到了，也聽機器自便。爲了自己方便，缺少汽油時，他們就用粗黑油燒，把機器燒壞了。每次車輛經過長長的跋涉，一到地方就被拋棄。擦土、打掃、檢視機器，即時修補的事幾乎絕對沒有，一直要到次日早上，車子再度被擠滿，而引擎胡胡的支吾着不能喘氣時，纔有人來弄它一陣。往往是出去不到二小里就拋了錨，一天拋錨常在兩三次，一拋錨就把旅客趕出來吃吃喝喝的推着車子移動。有時車子拋錨在土匪出沒的孔道，旅客全部被劫。翻車和劫車的事我們還未遇見，但是所過之處，人言鑿鑿，或説兩天以前，或説四天三天以前，在南平道上某山地拋錨時，車中某指揮官，一聽說那個地名，立即顏色大變，也不等車修好，跨大步就走了。三天以前那裏搶過了一次車。

　　所有公路上的橋樑，都是木板搭成的。工夫既簡陋，木質又不好，極容易壞，壞了也似乎並無人管，最多臨時加上一條或半塊新木板，把破洞蓋住就算修理了。每次汽車過橋，看得見橋板跳躍，覺得自己的性命也晃蕩起來。

　　有些地方的公路，據説是私人公司修築的，這些公路就變成了私路，公家不能在那條路上開載客貨車輛。於是道路就變成了一小段，一小段，某段祇有某家的車，走完得再換車。明明一天可達的路程，在最便利的情形之下也要三四天纔能到達。公路私有，這是經濟統制中萬萬不宜容許的現象。然而有誰的力量能夠不許它存在呢？

　　從××至××，我有一段奇異的經驗，我報告這段經驗，完全出之於我國民的良心，和自身確切的經驗。如果有人以爲把這種附屬在重要國防經濟機關裏面的黴爛腐臭的毒菌向國人揭發，使國民的輿論能夠稍稍發生一點制裁的作用，也認爲是不正當的行爲，這種人是對不起他自己的子孫的。

　　離開××的頭一天，×××的首長，一位非常負責、幹練的科學技術專家，親自守到夜晚十點鐘，爲我打通電話到××，交代×××××運輸處在他們每日必須出動的運輸車上，替我留一個位置，並且等候我的車子趕到再開出去，那不過是一個多鐘頭的等候。

早上八點半，我們的車子到了南雄，本來要立刻到運輸處去坐車，但是×××駐雄胡副站長叫我進屋去等一會。這時候，屋子裏疲倦地焦急地坐着一個人——×××車站分所的毛所長。他知道是我來了，臉上豁然開朗起來。他從五點鐘就在這裏等運輸處的車了。昨天的電話他知道，運輸處叫他五點鐘來坐車，他以為是我來晚了，所以車子還不過來。我們就幸福的坐下，以為車子馬上就過來的。但是，結果到了九點，九點半，還無蹤影。於是我和胡站長去運輸處，在那灰塵滿目的辦公地方打了幾個圈子，沒有找到負責人，有的說他生病，有的說他躲警報去了。關於車子不能開來的原因，是沒有了機油。胡站長即刻答應他，借給他們機油，問他們可否開車？他們說可以。胡站長叮囑他們來拿，他們也答應了。我們就滿意的走回來。

十點，十點半，十一點半，車子還不見影子。我很不願意麻煩胡站長，但是這種情形是我所不能忍受，也不能理解的。我祇有再逼他，要和他再去運輸處，他又打了兩個電話問他們拿了油沒有，沒有，說可以給他們送去，回答說昨天根本沒有派好車輛，也沒有車夫，現在要找車夫去，找到了，馬上開過來。好了，我們知道了一點理由，稍稍可以把時間情形計算一下。

但是，十二點過了，一點過了，一點半也過了，我一定要同胡站長去找那邊負責人。胡站長勸我坐着，他自己又在大太陽下面出門去了。過了半個鐘頭，他和×××駐雄朱正站長走進來，他們一進門就搖頭。

他們兩個人去運輸處車站負責人的家裏，找到了他。那個人很爽快，告訴他們，今天他已經下了決心不開車，就是他們把機油送去，他也不開。不過，如果真的給他機油，他明天要專為他們開十部車子！

我想，沒有一個讀者能夠理解這件小事，同樣，我想也沒有一個讀者能夠理解這種辦事態度和方法，這樣糜爛的辦事現象如何能夠擔當得起這樣重大的國防運輸的責任！

我聽見說該處常有幾天不開車的事情，我聽見說該處的車子比別處的車都更破壞，沒有一輛是好的。我聽說該處的車輛開行時，自己的各站之間都不知道。有車沒車，什麼時候到達，本站裏沒一個人曉得。我看見整個大空廳裏堆滿了辛苦的產品，不能運輸出去。如果敵機一來，掃□都完了！

我聽說這個機關的流行名稱是"運務之癌"。

這是罪行！這是致命的□菌。其所以致此的原因，我因爲急於趕路，終於在當天下午，得×××的熱心幫助去了曲江，未能詳細調查。我相信這決不是一人一事的安排不當，所以造成。此種頹風、怠惰、玩忽，我不說有意的運輸怠工，是敵人射在我們內心裏的一支火箭！

整個戰時的旅行，使我深深地感覺到，我們像一架失枝脫節的巨大機器。念着前方將士碎體流血的艱難，看着後方如此的失枝脫節，黴腐陰沉，一陣陣強烈的火焰焚燒着我的內心。成爲民族的生命的人們，請你們用有力的巨掌，拋出雷霆！

中農在江西的厄運[*]

江西是產米之區，在這次敵人進擾浙贛以前，祇有贛北沿南潯路一帶受了損害，除此之外，全省大抵完整平靜。農村情形大抵都保持着戰前面目，不過農村的經濟卻已經起了不少變化。

自從江西的國內戰爭結束後，原有的土地關係並未完全恢復。土地清丈的工作僅僅部份地舉行，有些地方由於壯年男子死亡很多，所以荒山荒地非常之多。現在耕種的土地不及戰前的五分之三，有些縣份如安福尚不及一半，超過三百畝以上的大地主佔很少數，自耕的中農較多。

近年以來，賦稅增加，物價上漲，農貸不夠普遍，肥料難得，以致年年豐收，農民還是吃不飽。農民流亡的數目日有增加，造成了農村中分化的現象。

一、租　稅

租稅方面。也有些地區，地租是相當減少，比如贛縣，按照縣政府的規定是百分之三十，但在其他縣份，雖然中央規定了是對半，事實上仍然要地主三分之二，佃農三分之一，佃農不佔有土地，故不納稅穀，然而他們也吃不飽。江西目前一般土地的生產量是平均每畝二擔，租地十畝僅二十擔穀，交去十二三擔穀，僅餘七擔，早晚稻一共也祇十四擔。一家就算祇有三口，每人每年需穀八擔，共二十四擔，不敷十擔。然而農家一家祇佔三口的，總佔極少數，通常五口，多的十餘口，即便租地多，也不夠吃。每年總有些季節他們要以粥或者番薯充飢，家中有壯年

---

[*] 原載《東南行》單行本，文苑出版社 1943 年版，第 133—137 頁。

男子的則出門作工，或擡轎、挑擔，或當礦工，用以補足食用。

稅的情形較更複雜。田賦改徵實物以後，每元折合二斗，連附加共是四斗。若僅僅此數，業主當然不能受苦了。但除此以外，農民所要交的穀還有很多。舉例而言，徵購穀即軍穀、抗戰將士家屬優待穀等等，此中除徵購穀以外，大抵都是稅捐性質。徵購穀則由政府備價收買，每擔定價是二十一元有餘，以糧食庫券三分之一、法幣三分之二，由保長負責向農民收購。今年以來，糧食庫券的成分又提高至少要佔二分之一，則實際價格祇得十元有餘一擔。如果農民能得到這個數目還算很好，事實上，有些縣份，自縣長以下直到鄉保長都刻扣徵購穀銀，農民不得分文。因此名爲法幣一元實徵二斗，實際上，相當於法幣一元，農民要繳穀十二斗之多，大多數業主無法維持。他們繳去自己的穀，需由城市負糧充飢，所付價格以江西而論，一擔穀要五六十元。這種情形若是一穀地施之於大地主，則中小農民或可以得到部分豁免，稍蘇喘息。但是江西的大地主多半兼營商業，而中國一般的大地主都是軍政界的人物，在江西也不能例外，他們有錢有勢，縣政府莫可如何。上司催徵緊急，糧額是經濟的主要課程，祇有轉嫁於中小農民，因此中小農民棄田逃亡的很多，在贛南有些縣府規定佈告，若農民棄田三年不回，就加以沒收。贛北、贛西對此尚無辦法。

二、工資、高利貸、物價

江西農村工資，一般地還是相當低。長工以年計，每年三百元上下。短工每天一二元，東家管食住，僱得起長工的並不多。

銀行農貸至今尚未普遍。一般農民仍然要向高利貸者借錢，他們要借的很多：穀、種、錢都要，穀與種籽大抵在下種及青黃不接的時候借，到收穫的時候還穀。一擔穀要還一擔半。錢主要是借來買耕具、肥料，耕種時借，收穫時還，利息起碼三分，多至加一。

江西因爲米價較賤，所以物價也比較便宜，但對於農民還是很高很高。布類原是江西出產，轉運到各地。但在農村中，粗布每尺也要三元，較好一些的藍布、青布作一套褂褲要一百元之多。江西不出鹽，每斤十元至十五元，油每斤要四五元，極粗毛巾要四元一條，衣服可以幾年不作，但鹽油卻是每天要吃的。至於種田工具方面，價格也是一股的上漲。肥料除人、畜糞以外，根本得不到別的，人糞每擔要八元至十元，也有十幾元的。

三、勞　　役

抗戰以來，農民的勞役大大地增加了。除了應征兵役吸去了許多貧農以外，江西在鄉的中小農民每年經常受縣政府的徵調築路、破路、修橋、築國防工事、挑送行李、擡轎。在赴役期間，無論是農忙與否都不得閃避，不僅沒有工資，而且要自帶伙食。赴役期間通常上十天，多至一個月。要在緊要的農事季節，就大大的影响生產。

總起來說，由於租稅重多，物價上漲，勞役頻繁，高利貸剝削，使中小農民在田地上站立不住，棄田棄地的一天天多，中小農民破產成了很普遍的現象。他們的出路是變成苦力，挑擔，擡轎，設法到城裏機關當小公務員或聽差，或在街道擺攤子。而富農、地主則囤積操縱致成巨富。

走過貴州高原[*]

　　西南公路像一條大河白花花的直奔貴州。它衝破了貴州的偏僻、窄狹和荒涼，把它變成了大後方交通的中樞，連貫東西南北。去雲南，過廣西，入湖南，進四川以連接西北，都非走過貴州不可。這一塊被山嶺的鎖鏈盤踞着的高原，昔日他省人民對它，恐怕不過是地圖上的那麼一小塊不等邊多角形的顏色吧。但是，現在這一條陸地上的大河，為它帶來了四面八方的人民、貨物、語言、思想，從而也帶來了熱鬧的都市和城鎮。在這裏，東南西北的外來者都不容易有化外之感。因為僅僅那些街頭的鄉關土語，那些時而出現的土產洋貨，也就足以使人的感情靈活起來了。假如再想到它是在屏蔽戰時首都，轉運抗戰後方的血液和前方的戰鬥力量時，望着那重重疊疊、連鎖不斷的山嶺，人祇有懷着無限的恩情，無限的願望，祝福它，愛護它，發展它，因為它是我們的，它為了我們。

　　車子在烏江斷崖上疾馳，在婁山關峽道裏攀登，在青杠哨和花秋坪之間連雲接天的山巒上面盤旋，群山時而落在腳下，時而上昇雲中，時而逼得人吐不出氣來，時而一齊低頭膜拜。過了遵義，山峽流水漸漸匯成寬不過一二丈的小河，在谷底暗暗的流。水深恐不過一尺，流勢湍急，石堆到處浮沉，很難行船，這就是有名的烏江，貴州的第一條大河。（但與項王自刎的烏江却不是一個。）百尺高橋架在兩崖山巖之間，通過車輛。這也許就是貴州的第一座大橋。一路無船，直到松坎，在流入四川的松坎河上纔發現了幾條小船，船底成銳角，好在石隙中間穿走，構造也極為簡陋。

---

[*] 原載《大公報》（桂林）1943 年 4 月 26 日。

貴州決不是醜陋的地方。在山和山之間，一片一片，一樹一樹，黃的是菜花，綠的是麥子和稻苗，紅的是桃花、榆葉梅，白的是李花、杏花和梨花。一段錦繡、一段錦繡的看過去，反覺那一望無際的青色原野是過於單純的浪費了。望着菜花的小拳頭高高舉起，一晃一晃的像跟甚麼人講狠的樣子，覺得在我們的土地上，沒有一點小東西不值得拿性命去衛護。

抗戰所加之於民族的負擔，在貴州人民的身上不是沒有痕跡，尤其是在衣與住的方面。但是，抗戰以前他們臉上的煙容，精神上的萎靡，却已經消滅了。清晨五六點鐘，他們已經到了房子外面。當車子九十點鐘過花秋坪時，不等年齡的人們已經推着手車在運鹽和其他的東西上山，而且互相幫助着推拉車子。工作是十分勞苦，但是他們能夠勝任，且有勇氣去擔當它。每逢村鎮中午趕集，總是人山人海，不要說車子不易通過，就是單人穿行都覺困難。誰再說貴州人不到中午不起牀，不抽完大煙不出門呢？那些都已經是歷史了。貴州吳主席的方針是以開發人民爲先，開發土地次之。他的第一步最艱難的工作：開發人，已經有了事實在我們眼前。

貴州缺水，加以年來需要木炭的情形日漸增加，以致燒山和砍伐林木的事情常常發生，因此樹林還不算多。有些山地還未見開闢。近年省府指定以惠水（定番）爲模範縣，在山間鑿渠引水入塘，灌漑全縣，此事正在進行中間，惠水已經有了"貴州穀倉"之稱。將來這個辦法會推行到全省去。據吳主席談，貴州可耕地是五千二百萬畝，已耕的三千萬畝，造林地一萬二千萬畝，已造的約有三千萬畝。貴州地下的礦產是煤鐵遍省，但除了黔西一帶，煤鐵資料都不算好，難以煉鋼，而且埋藏量很薄。在抗戰中間，貴州主要的生產還是在地面上。田產主要的還是米穀，其次是玉米、菜籽、花生等。每年穀收一百二十餘萬石。今後如果水利工程能夠推廣，農作方法能夠改良，造林按照省府的計劃着手進行，即使在大規模工礦事業尚不能建立的時候，至少貴州的一千餘萬人民安居樂業是不成問題的。假如更注意到貴州在國家經濟上的地位，則工業家、地質學家與礦業家們似乎不應忽視了這一個省分。

記者到達貴陽時已經是斷了黃昏。萬家燈火照出了寬蕩的馬路和闊大市面的輪廓。清潔，齊整，似是貴陽的特色。十字路口的大鐘指示全市人民一個時間觀念，十分醒目。不用說，這城市是熱鬧的。闊大的門面，學習着近代裝置的玻璃窗樹，電影院、洋貨、拍賣行、舊貨商店也都不少。馬路上常常人滿，但多是匆忙步行，好像有什麼使命在身的樣子，閑遊閑蕩、光顧商店的却不多。在貴陽物價比較穩定，經年的上漲程度不及桂林兩個月中的速率，限價種類不多，但有限價必執行。米、鹽、油、布都停止在限價的水平上面，自私的商人除了取巧藏貨之外，別無黑市可尋。

貴州婦女工作委員會由吳夫人陳適雲女士主持。吳夫人身材不甚高大，但是精明果斷，敏捷知機，她以家人父子的態度待遇員工，以處理家庭經濟的精細預算來安排她少量的經費，在她主持下面的婦女工作委員會、托兒所，以及戰時兒童保育院分院因此能夠井井有條。在工作委員會下面有一個工廠，收容徵屬及其他的貧苦婦女，有的做教員，有的做工人和學徒。現在在廠工人有八十餘人，工作是紡棉、織布、刺繡和縫紉，有紡棉機器三十二架，織布機六十餘架，縫紉、刺繡機器十架。一個托兒所收養工人的和貧苦無告的兒童有百餘人。全部免費供給衣食鞋襪，食物營養主要是自磨豆腐漿和鷄蛋，另有一部寄養的兒童每月祇收十元寄養費而已。因此要求寄養的很多，托兒所總是人滿。此外在該會還有一些文化事業，自出婦女經常刊物，同時辦了一個義務教育班教失學兒童識字，作消滅文盲的初步工作。貴州的保育會共有三個保育院分設在貴陽、遵義和桐梓。前後收養戰時孤兒一千多人，其中一部分已經介紹到外面去工作及學藝，現在院中的尚有六百多人，除了育養和讀書之外，還領他們作一些耕植的工作。

總起來說，短短幾天中的印象亦不能告訴讀者貴州是一個已經完全發展了的地方。它的礦產、農業、林業以及跟隨菜籽和花生等等而來的製油工業都待從頭全力經營。它的人力還待更好的訓練，人民的生活還待改善，特別是苗民的教育與生活狀況，漢苗相處的關係有可能會更好一些。貴州人口一千萬有餘，苗民佔三分之一。惠水一帶苗民生活、語言大致與漢人接近，其他地方則漢苗之間，感情與生活還有距離，這距離能夠縮得更短就要更妥當，省府已經注意到了。近年正在辦苗民子弟學校訓練苗人中的工作幹部，這工作一定會有更大的開展。

雖然如此，我們却不要忘記了貴州是在抗戰以後纔蘇醒了的地方。它的人民已經從煙毒和萎惰中間逃了出來，用興奮的態度，謹嚴的、樸實的生活，全省一致地擔任着抗戰中貴州應有的困難和任務。這是七·七以後貴州的一個質的進步。

重慶——國際的霧城*

大凉山脈蜿蜒東來，爬到了這麼一個地方，左看是水，右看，也是水；前面是揚子江浩蕩的大流。它一急，吐了一下舌，重慶就產生了。

通常，旅人到達重慶，總在薄暮時分。在這裏，你所望見的不是一片光輝平鋪在眼前，好像其他大城市給予我們的那樣。這裏是一頂一頂璀璨的皇冕，浮動在輕柔恍惚的霧流裏面。沒有輪廓，沒有綫條，祗有一粒粒金子的光芒。海棠溪是一頂，渡過了霧一樣的長江，重慶市是一頂，再向嘉陵江對岸望去，晶瑩耀眼的江北工廠區又是一頂。光輝呵，我們的都城！

不要以爲重慶永遠是霧，永遠是惝恍迷離。今天，在昨夜大雨之後，我們面前是雕刻的重慶。天藍得發亮，幾乎可以照出重慶的鏡影。嘉陵江上每一條細浪都帶着眼睛一樣淡淡的黑影。人和鳥談着話，樹葉輕輕招手，山上垂下冕旒一樣的綠藤和樹條。人們：黃皮膚的、白皮膚的、黑皮膚的，穿軍裝的、穿長掛的、穿西裝的，旗袍的、短裙的、馬褲的，藍色、灰色或黑色破爛衣衫的，在馬路的河流裏面匯集交流。街道大聲的呼吸着，所有的房屋睜着驚奇的眼睛看這城市，看這些人們。有些面孔光亮像太陽，有些沉黑像雨，有些面孔上停着一個重量的什麼東西，有些像是自己走回霧裏面去了，祗剩了鼻子、眼睛擺在那裏，沒有主顧的樣子。而車輛們又不管這些，祗顧猛烈的喘氣，發狂的跑來跑去。牆壁則挺着腰，把報紙擺在胸脯上招攬行人，好像在說："看呀，我也活着，我也是重慶的一個。愛我吧，愛我的重慶吧。"

是的，要愛她，重慶——我們戰時的都城，我們戰爭的心臟，不要

---

* 原載《大公報》（桂林）1943 年 5 月 8 日。

輕蔑了她，不要侮辱了她，不要無知的在她頭上堆積罪惡。讓我們在她的重擔、苦痛和希望面前低頭，虔誠獻上我們自己。

　　因爲這一顆心臟是聯繫着全世界的每一個角落，它通到這個人類戰爭的最近和最遠的彼岸。大陸和海洋上面所發生的，幾乎是一個人的說話，一件殘暴，一聲砲響都與她和她所代表的人們連在一起。同樣的，她的一切被全世界善良的人們關心着，打聽着，思慮着。國際間的人們流來流去，國外的期刊、書籍乘着飛機或汽車到來，同時有一個小小的美國教士團體受國際宣傳處委托，負責繙譯我國的小說、戲劇、詩歌到國外去印行。美國的運輸機連日連月長程不斷的飛行，把軍火、汽油以及其他材料等等運輸進來，而種種國際消息，無論是關於戰爭，關於外交，關於政治和經濟的，都藏身在人們的公文皮包或者口袋裏面，往來街頭，暗暗嗅着重慶的氣息來推中國上前或者落後。重慶，她是國際的霧城。許多人爲了她懷着莫名的熱情，夢一樣的從海外竄進來，覺得將在這裏發現無限的和永生的力量，正如霧，常常好像是無限和永生。隨後這許多人又落進了重慶的霧裏。祇看見了灰散、滯啬、枯索、迷茫。於是中國的抗戰變成了謎，重慶也變成了謎。

　　大家都知道，這裏除了幾個大使館以外，英、美、蘇聯大使館都各有一個新聞處，各新聞處都分本國文和中國文兩部。英、蘇兩國的都自己出版中文印刷品和公報，美國的則偏重於供給國外材料的部分。三新聞處除蘇聯的未曾看到之外，以英國的做得比較廣泛，有一個相當豐富的圖書室，有較多的刊物。三百年的商業頭腦，五大洲的殖民經驗使英國人善於虛己深入，遠謀實踐。美國新聞處正在急起直追，較大規模的圖書館正在計劃中間。他們的熱情和敏感與智識份子聲氣相通，也是不可忽視的。蘇聯的書籍到得很多，《新華日報》門市部琳瑯滿目，可惜我是趕麵杖吹火，一竅不通。四萬萬五千萬人民的心身所需，四萬萬五千萬人民的情感趨向，不是兩件輕鬆的東西。它們既使我們的朋友看得重要來委身相就，該更是如何的值得我們自己去臥薪嘗膽、日夜不安的尋求滿足它們的方法和材料。

外賓招待所隸屬於國際宣傳處。住客多半是外籍新聞記者，人數平均雖常八九人，實際上能夠比較廣泛的接近中國的要是這一批人中間那些樂於旅行、樂於結識中國朋友的幾個。他們有的是美國《時代週刊》的，有的是《讀者文摘》的，有的屬於《紐約時報》，有的屬於《曼徹斯特衛報》、路透社、國際通訊社、合衆社等等，有的由澳洲來。經常住在重慶，對於他們常常是苦差。因此無論中國的那一個角落一發生較大的新聞如水旱災、戰事，或者假如有的話，較大的社會治安問題，他們就一隻提包、一隻打字機上了路。在這樣的時候，他們像水銀一樣鑽入中國社會、經濟、政治的每一個角落，以發現新大陸的驚奇的眼光追尋這五千年古國、然而也背負着一個嶄新的戰爭的民族。他們看到它的好處，也極其敏感的看到它的積病。最主要的是我們要幫助我們的朋友，使他們多有些勝利的、堅持的戰功可看，多有些好事可使他們興奮，昇起熱情。檢查網眼稍爲大一些，人情來往稍稍能超過國家的界限一些。這樣，我敢相信這些人一個個都不但是我們的好友，而且會變成我們的兄弟，因爲在滄桑變幻的戰爭中間，能夠遠遠來到我們這裏一個語言不通、風土無憑的地方的人們，起碼對於我們的命運有着好奇的關懷，或者，甚至對於人類的可能性有些想望。

在重慶，大而自卡港會議，從白海到黑海的戰爭，西南太平洋上的惡流，蘇聯對波絕交，對華運輸，小而至於豬肉、菜油的價格等等，都在國際人士的嘴上流來流去，流出我們的國門。不要以爲時代血腥，戰爭偉大，人們就忘記了小的事情。

重慶不祇是生活在長江和嘉陵江的懷抱裏，她的一眉一眼都活在國際政治的鏡頭下面。我們已經向着人類命運的海洋投下了我們的身心。倘若我們使自己的一個弟兄餓死，國際上對我們投來的決不會僅僅是憤怒的眼光；倘若我們對於一件罪惡麻木，國際上，我們決不會停止於苦惱的失望。不僅僅是打一個勝仗的問題呵，是我們的子孫的光榮、智慧和安寧在天平上面。

那麼，讓我們能夠說："我已經做到了我們一份了，把你的一份拿來吧。"

讓重慶有真正的金子的光芒，國際上光輝的城！

五月二日

雲集華府　霧擁陪都[*]
——冷淡就是死亡，我們必須關心

五月九日，英美法聯軍同時佔領突尼斯及比塞大。北非過去了，歐洲正站在前臺的門邊。日子正是納粹向法蘭西民主國發動雷霆攻勢的三週年。自從有了三年以前的這一個日子以後，全歐洲的人民便沒有了光。整個歐洲從頭到脚掛上了鎖鏈。整個歐洲是野獸的蹄跡和魚肉的血腥。除了那些埋葬在地底的戰鬥者以外，歐洲是沒有人了。現在，在這曦陽初展的時候，讓我們爲那即將面臨獻祭的歐洲祝福，爲所有在天空、大陸和海洋上面流血、流汗、流淚的人們祝福。夠了！夠了！我們光輝的日子快來了。

重慶人的歡喜是不必講的，五月十日午間，《掃蕩報》的號外已經在城鄉的大道上飛舞着。坐車跑路的人都停下來爭前購買，人們相互的報告着，探聽着。探聽情況的確實性，探聽崩角前途還有多少困難，尤其關心的是探聽北非以後的登場者究竟是誰。是的，我們都歡喜，因爲所有的人們都是在同一的命運裏面。但是我們却也沒有十分開心，我們心下暗暗留着一些問題：歐洲將怎樣出現呢？幾時纔輪到我們？

這些問題在兩天以後提上了世界的議事日程。五月十一日，邱吉爾首相偕同海陸空參謀將領及運輸人員飛到了華盛頓，同行者有印緬方面的重要將領，同時在華盛頓的有我國重要政治領袖。東西兩面的重要人物雲集華府。這是好的。

自從日本宣佈了謀害美國空軍人員的事件，自從史迪威、陳納德兩

---

[*] 原載《大公報》（桂林）1943 年 5 月 19 日。

將軍飛到華府，受到了重視，我們就懸想着重大的決定將要產生：卡港戰略會受到重新考慮吧，緬甸該快來了吧，多量的飛機和軍火該送到我們手上了吧？印度的軍械配備堆積成山，何以印華的天空比蜀道還要艱難？重慶的心裏有一團霧。

誠然，希特勒必須先倒，以折斷軸心最強的一條臂膀。卡港以後，我們沒有爭過。既是這樣，歐洲就得趕快下手。大批艦隊川流不息的走過直布羅陀，伊斯坦堡動盪不止，裝甲部隊隆隆的滾向中東。看來西歐的第二戰場，蘇聯在所必爭的。到目前還無可供推測的消息。而波羅的海、黑海對岸以及巴爾幹半島則頗有風雲呼嘯之勢。究竟關於這一戰場的開闢，政治上、技術上是不是還有什麼難關，難關將須要多少時間去打破，會不會因為這一些時間上的蹉跎又影響到我們呢？戰爭在第七年將開始的今天，許多情況都掉了頭。時間將使敵人坐大，對於我們，打鐵必須趁熱，難道我們還得這樣不生不死的拖下去嗎？我們心裏又有一團霧。

華府會議鼓舞了我們。連日人們又在打聽着。雖然根據一些可以公開的消息，我們揣測得到大致將談些什麼。主要的將集中在歐洲戰場的開闢。羅斯福、邱吉爾、史達林的聚會以及聚會的地點和時間，太平洋和遠東的問題等等。但是，我們既不能知道議事日程和經過，心裏依然不免雲霧重重。

比如說，打擊日本究竟應該是在大陸上，還是應該在海洋上面。這一點從我們所能看到的報紙，從我們自己的立場去看，好像是早已不成問題了的。擊潰日本必須從消滅它的大陸根據着手，將它送回它的三個島上去。然而國際戰略家是不是這樣決定了呢？日本是海軍國家，在這個意義上它主要的敵人是美國，換句話，美國是最受威脅的。先擊潰它的海軍，消滅它的海上根據地，然後以重大空軍及陸軍配合，震碎三島，這不是很容易很自然的一條道路嗎？較之從大陸上面尺地寸土、既難且遠的去扭轉，該要便利得多了。但是我們却不會僅僅這樣想。我們也有我們的威脅，那是日本的陸軍，它的政治勢力和經濟盤據。中國不能僅僅是一個戰略據點，我們有萬年子孫的安榮在我們的肩頭。擊潰大陸日本，擊潰它的陸軍和海軍纔是我們所必要的。世界的平安並不是建築在均勢上面，全地人民如果沒有餘裕、能力和權利來安排自己平安的生活與自由，如果人與人間不能被喚起及被培養一種廣大的人類的心腸，來尊重和愛惜別人就如同對待自己一樣，人類所流的血最終必然會淹沒人類自己。在戰爭中間的打算不應該是爲了準備另外一個更大的戰爭。問題從雙方存在，我們不能安心。

其次，印度將領到了華府，麥克阿瑟却仍然在澳洲。這似乎表明了緬甸或者將受到更多的注意。但是儘管揣測之流紛紛以爲今年以內緬甸將要出現，而第二次緬甸戰役的教訓却早已在報紙和雜誌上泛濫了。海陸空的聯合打擊是必要的。那麼新幾內亞和梭羅門不開放，地中海艦隊不曾鬆手，緬甸是不是就能動手呢？因此，我們就會想到印度將領之去，或者不一定就是行動的先聲，而是準備的準備，但這一種想法也止於是或者而已。

第三，假如緬甸一時不能開闢，那麼在中國的空軍將增加到甚麼程度，它的活動將採取什麼方向，擴大到什麼地步？無論是爲了運輸或者其他的政治上、技術上的問題，第十四航空隊必須增加，陳納德將軍必須有足夠調遣的機器和人材。敵人在華的根據地，軍事的、政治的、經濟的，比如南京、上海、天津等等地方，必須大量集中的加以經常轟炸，當然，我們都有父母、兄弟、子女們淪落在敵人的手下，我們也許還有財產在那裏，但是中國人和歐洲被奴役的人民一樣，愛我們祖宗的傳統，愛我們的土地和自由。摧毀敵人的完全統治，即使要我們的親人流血，難道我們會説這是罪惡嗎？這件事情即使是在緬局重開的局面之下，也是不能再緩的一着。然而我們的真實願望，華盛頓是不是曉得呢？

眼望別人，心念自己。我們不能知道在白宮的議事臺上中國問題的幾個方面將受到怎樣的檢視和安排。我們是在一個空前變亂的時局中間，自己所不能夠看到或理解的優點與缺點繁多到迷亂了我們的眼光。這些有的是龐大到遮蔽了我們的天空，有的是細小到傷害了我們的脚心。或者我們以爲順水推舟可以拖得下去，但是它們無大無小，都將在聯合國家考慮戰時與戰後許多問題的辦公桌上，一件一件的擺出來，受到顯微鏡下的察看、判斷和安排。從這樣說，我們的命運好像是操在別人的手上，而我們自己的週圍則祇有雲霧洶湧。

難道真的是這樣嗎？難道能够容許它這樣嗎？不能够。當世界的幕一層一層揭開的時候，我們不能不時時的關心，關心國際間一切波動，關心我們自己的一切起伏陰影。每一個人爲了追求民族的生命，在這樣機微的關頭，一絲一毫也冷淡不得。冷淡就是死亡。

華府雲散的時候，太陽會出來，準備令重慶的霧消褪，迎接陽光。

重工業與工業重[*]
——在中國興業公司的一個早晨

一、煙囪下面

民族的方向就是一張報紙的方向。五月十八日清晨，本報同人十二人向××煙囪下面走去了，目的是官商合辦的興業公司——鋼鐵火磚機器製煉廠。我沿江坡走去，剛好頭兩天有時斷時續的細雨，爛泥水漬糊滿了每個人的腳，有的人掉下去，有的人前仰後合的在泥裏搖擺。遠征軍頗爲辛苦了一番，纔走到了最後目的地。

首先看煉鋼廠。依山臨水的廠址不會缺少空氣和陽光。鋼廠真是敞。沒有墻壁，沒有門户，上面是人字形的廠頂，完全以機器爲單位分爲三個部分。第一，煤氣間；第二，鎔鋼間；第三，出鋼間。走過出鋼間，還没有聞到煤氣的氣味、感到鎔鋼的火熱時，就看見一條紅得透明的火蛇在灰色的水門汀地面上飛跑，然後工人們拖住它，捶它的頭和尾，拉扯它的身子，把它拖直，然後，勝利地把它推到一排青色的鋼條旁邊，馴伏的枕在那裏。工人的臉上透露的祇是沉重和嚴肅。

煤氣爐用於煉焦，供給鎔鋼鐵所需的熱力。煤氣經過管子通到一個叫做變向開關的機器裏面。那機器一部分通煤氣，一部分通空氣到馬丁鎔鋼爐的下層，再進入火磚夾層中間，溶合燃燒面發熱。三個馬丁爐的下層共是四間，左右各有空氣室與煤氣室各一個。第一個半點鐘，空氣

---

[*] 原載《大公報》（重慶）1943 年 5 月 22、23 日。

與煤氣進左二室，下半點鐘轉入右二室，因此叫做變向開關。無論鎔鋼與否，馬丁爐經常儲有火力，使它不致於冷却。鎔鋼的時候，先入廢鐵砂，三個小時以後，再加其他化學原料錳、鉀、鋅、硫、炭成分不等，再過三小時方始成鋼，由管子流入大鐵桶。然後將鋼注入水泥模型，用起重機運開，鋼桶移去，將鐵渣傾倒在土坑裏。有一隻小小的鐵筒正在鋼桶移去以後的空處小煤爐上煮着，裏面是白水綠菜湯翻滾。那是幾個工人的美食。

模型裏的鋼柱再到出鋼間層層加熱，變軟，然後壓成長長的紅色鋼條，這就是我們先頭所看見的火蛇了。火蛇冷却以後，就是我們平常所見的鋼條。可惜我們去得稍晚，沒有看見鎔鋼出爐。從藍色的玻璃上望去，爐內完全是一個火山地帶，峰巒崢嶸，帶紫紅色。好像峰嶺的後面有無邊的火焰在燃燒。

此地每日出鋼××噸，爲所能銷售的五分之二弱。鋼價每噸六萬元，比戰前增加約六百倍以上。除了國家機關以外，僱主很少。露天土地上堆積存鋼在四千萬元以上，這些都是可以用來造鐵軌甚至於機車的，目前黔桂路正在趕修，川黔路聽說也在動工之中。交通工具的需要有增無已。國產鋼應該不致於困睡在風雨之中，聽銹質腐蝕。

往西去是鎔鐵廠，遠遠就望見雜色的鐵礦，黑色的煤焦與灰色的石灰石堆成幾個小阜，甚爲鮮明。熔鐵爐高聳如塔，沿塔週二丈遠近，煤氣像針條直奔我們的鼻孔，立刻就感覺眩暈，慌忙要逃下來。看那些總在爐子近旁的工人們個個面色帶青，情態沉鬱，默默而敏鋭地望着我們。不知是已經失掉了感覺，還是感覺的太多。煉鐵的時候，是兩成煤焦，一成石灰石，兩成鐵礦，由升降機運至爐頂倒下爐去，加煤氣和空氣的熱力就能得到一成純鐵。現在該廠每天出鐵××噸。

沿着長行的木製水槽，工人們的小鐵筒疏疏落落的擺着，有的在小煤爐上面燒，有的像是在等火。除了轟轟一片的機器聲音從上下左右包圍着我們以外，聽不見人的聲音。

耐火磚是煉鋼鐵的必需品。自從來路斷絕，國人發現敘永附近的坩質土——本地人稱爲花石的——可以燒耐火磚，造馬丁爐和煉鋼爐，就加以採用。此地所燒的火磚正是這一種。我們去時，工人正在那裏翻石加水，同時機器也在軋壓石塊，塵土飛揚。從那裏走出來的人，沒有一個不變成青灰色的。我們在那裏僅不過四五分鐘，出來一摸，臉上有些掛手。

煉磚是石頭先經搥碎，過燒，去其水質，減少了收縮性，然後纔做成磚去入窰。到現在爲止，火磚的供給似乎尙未發生問題。

附屬於磚廠的另一部分是磁器。我們的主人驕傲地帶我們走到一間辦公室的門裏，將手一伸說了一句什麼。我望見一個同事，睜眼望去，脖子一縮，倒抽一口氣，這使我大大發了好奇心，本來不想進辦公室的，現在却擠上前去。好呀，你看吧，一色雪亮的精瓷，受着窗戶下面的光，把一間房子都照明了。幾乎完全是近代中上層家庭餐桌和茶桌上的用品，瓷細，滑釉，色亮。間有上了彩色的，也都大方得體。除了食具、茶具，這兒還有一些玩具佛像和希臘雕像，在製胚室裏面，一位大眼睛的敏感的藝工凝神正坐，面對一尊大理石的浴女雕像，模塑一個黏土的浴女，女子好像是一隻脚站在水裏，一隻脚歇在石上，浴巾從腿上掛下來，她彎着腰，鬆鬆的拿着垂下來的浴巾，好像是要擦腿。她端正的頭低下來，細眉軟眼，寧靜柔和，像大理石一樣，她的貞潔靈魂不帶一點塵渣，她的神情和水一樣是透明的。這該是古希臘的靈魂吧。

目前該廠還沒出貨，我們是希望着，雖然也想到顧主怕不會多的。

機器廠裏有幾架修理機器的機器在活動着，製造着釉頭、轉轂，有的工人們正在輪機上面鑽洞眼，有一些機器在磨滑、修光、刻槽。製造整個機器的機器，我們似乎還沒有看見。不過，即使現在沒有，將來也總是會有的。總經理傅汝霖氏曾經表示過製造車頭的雄心。

五百二十匹馬力的轉電機從電力公司把動力帶到這個廠裏來。電力鎔鋼爐在這種情形之下活動着。爐門開時，電力所過，全個通紅的爐心立刻爆發出白森森的火光。從這裏，每天可以出產×噸較精的工具鋼。雖然抵不過護艦用的鋼板、飛機大砲上所需的強力精緻的鋼種，但彈簧、車頭、鐵軌等等却可以自己供給了，但因電力公司五日一停電，十八那天正是要停電的日子，煉鋼爐需要停止工作到晚上，而鎔鐵則由自己所備的一百三十匹馬力的發電機來供給電力。

全廠所用的工人近兩千名，都是少壯的年齡。其中有些老者則年紀已經在六十歲上下，他大半都是特地從大冶、江浙、山西、河北等處重資聘請來的熟練工人。廠中備了訓練工人的機關，可惜不曾看到。

我們沒有充分的時間去參觀關於工人生活的設備，很是可惜。就表面上所得，工廠在戰爭期間受着重壓，那麼工人的工作條件自然不容易達到理想的地步。一般工人的表情表現着過度的緊張，神經上的重壓可以看得很明顯。我們幾乎沒有發現一個帶着笑容的工人。無論是在工作中或在休息中的人們，沒有談話的模樣。除了機器和我們這一群參觀者領受主人指示時的聲音，全個工廠是難堪的沉默。這自然是一個時代的特徵，工廠當局恐怕難以為力，而政府當局却不妨注意到的。以工業為重的國家常常能夠注意到扶植他們的工業，特別是重工業，使它少受一切困難，多得一些發展，從而工人的工作與生活條件能夠經常改善，使他們能夠用輕鬆的心境擔任緊張的工作，這樣，工作情緒、神經健康與工作的重要性不相配合的現象，就要減少得多了。此外，假如目前能夠多多注意到為某一些工人預備口鼻罩甚至於眼罩，當可以為國家保存一部分人力。

二、經理室中

中國興業公司的前身是華西興業公司，二十七年由官商合資六千萬元接收過來。發展至今，官方資本已至一萬萬元了。連全部地基（四百畝）工廠建築、機器和原料等合起來以現價估算，說是幾十萬萬元，祇有少不會有多的。雖然是官商合辦，比較上有許多方便的地方，但國家的困難，它依然不能够不承當一份。

總經理傅汝霖先生，一位身材高大的東北人，他的言語表現着魄力、眼光和東北人所慣有的爽快。他的比較概括而扼要的說明，常常由總工程師吳任元老博士詳細的加以發展和申說，吳老博士已經是七十靠邊了，鬢髮如銀却是精神飽滿，對於民族的命運和自己心愛的專業依然是十分關心，熱情和精細並没有隨他的歲月而離開他。誰說中國人是容易死亡的呢？我們的老者往往比少者精神更壯，更能堅持。

此外，鋼鐵部經理唐先生和技術主任張先生對於事業的關切，也從他們向參觀者殷勤指示、反覆解釋中看得極其明顯。他們在這樣做時好像是在托付我們把一個大的意志傳達於社會上去。

談到公司所遭遇的困難時，幾位事業界領袖未曾開口就先說：

"社會同情是重要的，重要的，假如沒有社會的同情和支持，我們也許就不能有今天。"

傅先生說困難是非常的多，搜集原料，取得輔助材料，交通運輸，招收工人，資金週轉，購買推銷，在在都要打破許多的難關。在一個"工業化"三字多少還是停止在嘴上和紙上的國家裏面，草創事業的人們需要有非洲探險的勇氣和決心。因為許多工業的條件，都必須自己創造出來，而具體情況的變化常常是日新月異。

關於原料方面，國內生產原料大都未曾經過很好的調查。戰前因便就利，多少原料都來自國外，現在這個便利不存在了，人們要鐵礦，要焦煤，要坩質土以及其他千百種化學上或工業上的必需品，就必須自己先去尋找謀求，選擇試驗，然後纔有東西上手。現在我們不知道他們是不是已經完全跨過了這一道難關，不過，幾座聳起的巨大煙囱正在日夜冒煙，就是很好的說明。

輔助材料也得自己供給，磚得自己燒，機器得自己做，化學方面一些代用品得自己預備，甚至一枚釘子也得靠自己。永遠不是祇要有錢在半個鐘點以內就能辦到的事。固然歐美的大企業經營常常都有它們無數的輔助工廠或公司，但它們那個是有壟斷作用的，不像我們是實逼處此，以致不能省時省力的先發展一件事業。這樣我們可以瞭然於火磚廠、機器廠等等的存在。

交通運輸恐怕是許多人最感切膚的困難，運輸工業原料尤感棘手。祇有幾條比較大的水陸交通綫，船隻和車輛常常是被許多種的人與物爭奪着。特別是軍書旁午、羽檄飛馳的時候，一般運輸不能不遭受積壓。有時從買貨到貨來，中間可以有一二年的時間。我們的道路不是以里計算的，它應該是碼作單位。

後方工業在戰爭中間起，熟練技工當然不會頃刻到手，在前面我們已經提到了在各省招收精工的事。熟手不夠，需要增加，造成許多廠家的頭痛。

資金呆滯，這使工業家非常叫苦。在興業公司情形還算要好，請求資金週轉祇消八十四天就可以拿到了。有些廠家需時至一百一十天，近四個月。以現在物價跳動情況，四個月以後得來的錢，早就不是四個月以前的購買力了。

同樣的，購買必須的物料與推銷已成的產品，也受貨幣購買力波動的影響。假如能夠使物價停止在半年的標準上，廠家的精神和物質都要省了許多。

雖然有了許多數不清的困難，不過，廠是建立起來了，產品是流到了市面，事業還是在發展着。我們是殘缺的，殘缺地向着前方。我們沒有理由失望，朝後轉向。

總起來說，重工業象徵着民族的方向，那麼，工業重就應該是民族所走的道路。國家雖在萬難之中，所重所輕應該從具體的方面有所選擇。記者不是工業中人，也談不上工業知識，但就工業家告訴我們的歸納起來，約得數點原則，以供參考：

第一，戰時應有戰後的準備。近來中外人士頗注意到中國重工業化的可能性的問題。說者認為在中國，重工業化的基本原料：煤、鐵、火油，除了東三省外，或有而不多，或多而不好。難以供給一個廣大而普遍的重工業基礎。但是，這種說法的現實根據是否能夠限制將來中國的土地全部解放以後的可能性和潛力呢？要答覆這個問題，自然不完全是今天的事。不過，從現在起，就來組織和進行廣泛而深入的調查和研究，以政府的力量把它當做一件必要的任務去發動和支持，以有志之士的決心和毅力去忍耐艱苦，實地工作，踏遍我們的山嶺和荒原，焉知就不會有大量的寶藏被發現？假如戰後的興建將是另一場緊迫的戰爭，那麼戰時的調查和準備決不是一件可以馬糊混過的事情。應急和將就永遠不會是建國的大道。

第二，戰時政策必須決定輕重，不能祇顧緩急。工業為重，則除了戰爭以外應該用大部分力量來扶助工業。我們很知道當局在這一方面早已煞費苦心。但是由於某種困難，使工業家不易得到資金，使工業品不能得到市場，一般的緊縮威脅着工業的雄心，似乎是在緩急上看得很明，而在輕重上面却失去原來的本意了。消耗性的支出需要普遍縮小，但建設性的重要基礎却必要從多方面加以鞏固和發展。興業公司主要的還是官營，有許多便利，尚有無數的威脅，則其他私人企業家，該怎樣去發展呢？

第三，必須建立自足自給的決心。戰爭切斷了國外的來路，也帶我們到了一個新的境界，不靠歐美，我們也可以建設。這當然不是說，戰後我們將用不着友邦任何人力、物力的幫助，不，恰恰會相反。但即使如此，也依然不妨害我們下決心，儘可能的一切取諸自己，除了是我們萬不能供給的必要的東西以外，我們都要用自己的。再也不能像戰前一樣，祇顧檢選輕便，拿錢去買外來的品物，坐使國產的東西停滯銷路，擁塞生產的道路。

第四，保護和發展人力。戰時人民生活雖然是不能免於低落，但是它的重要性却並不因爲低落了而減少，老實說，我們至今可以□做的還衹有土地和人民的量，其他一切方面雖然也有，却不如此鮮明。重工業是爲了將來的民族全體，而現在的人民纔是推動這個重工業巨輪的主體人物。一般人民的生活必須改良，以提高他們的工作情緒和生產能力，特別是現在的工人們，在生活條件和工作條件上，必須儘量的改良。他們的教育和娛樂，無論如何，要設法加以滿足。健康而比較没有憂慮的生活纔是力量和興趣的來源。

在重工業的道路上行走，讓我們留心脚下，也不要忘了望望天邊。

這些人是我們的朋友*
——記重慶的外籍記者群

第一次熱浪捲過重慶來時,花園裏草地上,夕陽光中常常會聚起一簇一簇的人影。花園會的季節來了,中國人、外國人、東方人、西方人,男男女女每個人擎起一隻盛滿了紅酒、綠酒、黃酒的玻璃杯子,笑瞇瞇的在綠草茵上穿來穿去。好像是重慶的自然把美麗渲染了他們,好像是他們要給重慶一點歡喜。外國記者協會在七月十六日舉行的花園會也是這樣一個。

別以為他們那地方是一所大廈。不。迎面一道灰色竹籬,竹籬上面露出一排綠樹,濃蔭茂密。竹籬縫裏,短樹枝間,閃灼灼看見一些小花,一排黃色小木樓,一片小小的草場,草場傍着小小的土坡沿寬寬的白石台階,走進籬門,看出另外兩邊各有一排黑色的小房屋,這些竹搭木製的小巧房子他們住得慣嗎?我想是,在戰爭的中國,不能夠習慣於竹籬、習慣於素油或者黑漆小樓的人,大約是不會到中國來的。小房子裏,他們也有一些簡單的近代設備像浴盆之類。在我們這裏,他們應該算是生活得比較舒服,他們似乎很能滿足。

這一個花園會,是外國記者協會成立後的第一次招待會,招待中國官廳、外交使節和新聞界,小小的地方來了一百多人,那情形可想而知。記者沒去,不能詳細報告。想見擎着杯子穿來穿去,或者一簇一簇談龍說虎的境況,也必有一番歡愉。

外國記者協會在五月中成立,主席是愛金生,美國《紐約時報》的

---

* 原載《大公報》(桂林)1943年7月23日。

駐華記者。他有四位同業幫助他：那是美國《時代》週刊的記者白修德、路透社的記者趙敏恒、塔斯社的記者葉夏明和美聯社的記者慕沙。

他們是怎樣到中國來的呢？他們自己說來很簡單，在自己國內他們讀到了在蛻變和新生中的中國，長期的抗戰，英勇的鬥爭，不屈的意志，在廣大的遷徙和流亡中依然發現的民族精神，這一切使他們嚮往和愛好中國。即使不能往更深裏說他們想在我們中間發現人類精神中間的什麼新東西，至少，我們相信他們大都是青年人，他們愛好方興的事物和人們。最低限度他們對於我們，在還沒有來中國以前，就抱了極大的善意的興趣。被這樣的興趣支持着，他們有的在中國四五年，有的二三年。其中有許多人常常是一手提箱，一手打字機，在中國的道路、城市或者鄉村之間來來往往。盛暑把他們的皮膚蓋滿紅斑，蚊子、蚤蟲圍攻他們，腸胃病時時侵襲他們，霜雪也許凍坏他們的手。在鄉村裏，他們常常睡在露天裏和稻草上。這些或許都有些能夠滿足年青人的冒險和進取的欲望，不過沒有耐苦和同情也是不可能的。在全球戰爭中間可以冒險和進取的地方和事情太多了。

在工作上有一些分別。戰地記者多在外面，駐渝記者則多半是長期守在記者招待所。一般的說，他們常常希望能夠多走地方。在軍情緊張、或者消息衝突的時候，他們一到地方，風塵不掃，就立刻奔到主管機關去打聽消息。以後，打字機立刻響起來，立刻到電報局去。這件事辦妥了以後，纔談洗臉、吃飯、休息。對事對物的敏感性非常之強烈銳利，見事必問，有問必記，全無馬虎苟且的地方。他們經常希望能夠有更多勝利的戰鬥可以去看，可以作報告。每當任何戰場上消息一多，他們就關心，就請求政府讓他們到前綫去。雖然政府為了不願意使他們去經歷戰地上不可測的危險，常常勸阻他們。他們却回答："我們不是為了避免危險和困苦到中國來的。我們是戰地記者，和兵士一樣，生活應該是在前方。"

老在重慶的時候，有的人就會覺得有些無聊了。消息由中央社發給他們，除了每天發幾次電報之外就祇有訪談當地要人，問問事，參加一些應酬來往，找找自己人談些世界大事，珍聞掌故，或者開開頑笑。自外國記者協會成立以來，政府除了關於軍事的記者招待會以外，又有了一個政治的記者會，由張道藩部長、吳國楨代部長和張平群參事回答問題。每星期三下午三點鐘舉行，通常所用的時間不多，但問題是沒有限制的。這樣一來他們打電報的機會又多了一些。

一般的説，重慶人是相互來往得比較少。兩條江，幾座小山和土阜，隆起的、滿天灰土的街道，幾十級、幾百級的石階，城鄉距離遙遠，人踏人的公共汽車，愛理不理、不肯走遠路的少少幾輛洋車，等上一兩個鐘頭的馬車，使人們把出門訪友這件事認爲是例外。重慶好像主要是政治的城市、物價的城市，除了話劇和電影以外，其他可以連繫人們的東西都退到政治和物價裏面去了。這樣地外國記者們感應着重慶的壓力，和中國方面的來往主要是圍繞在必要新聞的四週。語言依然是一個障礙。自然，中央社發英文稿，招待會上有翻譯，中國人多少能講一些英文的不算少，他們在職業方面無須乎必要中文，何況中文實在太費時間去學習。因此他們中間能夠順利地講一些國語的人並不多。一般的人情習慣上，不能不與我們有些距離，對我們不大能夠理解之處在所不免。這是我們應該盡責任的地方。大體的説，他們是盡力接近我們的，他們常常是坦白直率。但是，碰了釘子，人不能不回頭。他們大部分都是青年人，對於新聞的強烈敏感使他們十分關心自己的消息在版面上的位置。有些例外的人則更留心來觀察、分析，以求更深更廣的瞭解。

他們最大的煩惱是不容易找出真實情況。我們沒有科學的訓練，凡事以近似爲滿足。所以國內狀況複雜，消息混淆，常常相互矛盾。留心地求瞭解的人們就不得不把一個消息向幾方面去考察，而結果有時會更壞，他們頭痛。其次，由於職業心和基本的同情，他們願意中國多有一些可資興奮的戰鬥或者其他事件。去年林世良槍斃，想見他們一定非常高興的爭打電報，至今還有人提及。環境缺少活躍，是新聞記者的沙漠。

整個記者招待所一共有二十餘人。但因爲流動不定，經常大約有十幾個人，主要的都是美國記者。其中還有三位我們自己的人：活動的王公達先生在合衆社,精幹的趙敏恒先生在路透社,沉着的馮國楨先生在國際新聞社。

假如我們要拜訪愛特金先生,就到黃樓下面右手的一間小屋那兒敲敲門,雖然我們看見他背對着門口正在檯子上工作,他還是立刻站起來,邀人進去。中等身材的中年人,屬於學者的典型。穩重的笑,不急不徐的談話,講到他所看見的事物常常是很細密、週詳、誠懇。他原是《紐約時報》的時評記者,到中國來還不到一年,但是已經到過了雲南,到過了鄂西,參加了美空軍對海南島的襲擊。他還想再到別的地方多明白中國人的生活。在重慶他的視野也依然很大,時常參加中國方面的集會,看話劇等等。他對於我們的同情與興趣同樣大。

愛潑斯坦這一位熟識的朋友大約是不需要多介紹的了。一種農民化的自由性格,寬大的心胸,沉默的忍耐,高興起來談之不休,時常插進別人的談話去,別人要打斷他,可是不行,和我們好像是有一些相同的地方。他是美國勞工新聞社的記者,兼發《時代》週刊的重慶當地新聞。

白修德先生,年青的活動人物,是美國《時代》週刊的記者,中等身材,表現了生命上極大的進取性。他好強,敏銳,迅速,説一口漂亮的中國話,時常到中國各地去看,報告過河南災情,引起國際廣大的同情。他觀察的角度是以小見大,從社會到政治都留心,範圍相當廣泛。綜合的判斷力似乎是他可以自傲的。處理人事,靈活機動。有時候他由鬧市歸來,也許有些無傷大雅的感傷。白先生説他寫詩呢。

侯安納先生到過桂林、廣東、湖南、昆明和西北。他原是《讀者文摘》的記者,現在已經受聘於銷路極廣、報酬最豐的《星期六晚報》。他和白修德先生一樣工作,不是報紙新聞,而是雜誌。他的興趣在於分析事件,找尋背景和關係,比較現象,求出可能最後的答案。對於政治問題的關心似乎佔據着他。他對事業的態度好像是處在決定的嚴格的地位上,他現在正在完成他關於中國的一本書。他也是一位身材不大、雄心不小的人物,美國成功者的典型。

合衆社的馬丁先生應該也是桂林人士所熟習的一位吧,他還是新回來的。福爾曼先生是倫敦《泰晤士報》的記者，也看過河南災情。他的電報引起了《泰晤士報》和倫敦的反應，這些以及還有其他許多位由於篇幅不能提到的，讓我們記住，他們來到這裏就證明他們是我們的朋友，是他們的經常工作，縮短了在困難的情況下我們和聯合國家的距離。

七月十九日

暴風雨的日子*
——關於義大利政變

七月火辣辣的過去了。月尾前夜，黃昏將盡，天上忽然有些閃動，遠處隱隱雷聲。天時的變動繼長繼速，繼長繼猛。九點多鐘一聲霹靂，豪雨狂注，綿延不斷有三四個鐘頭，焦灼煩躁的暑氣爲之一解。今日下午兩點多鐘，正是人們又在滿身揮汗，走來走去尋不到安身所在的時候，陰雲又合，電光四射，再來了一場暴風雨。山上黃泥濁流倒撞下來，填溝塞路，不知有幾多靠山的小家有被濁流冲倒的恐怖。陳衡哲先生的家就在李子壩半山腰上，以前幾度的雨似乎久已將泥流衝到了她的後窗，這一次大約也和許多人一樣擔了不少心事。

照氣象的報告，七月氣候雖然已經高到了一百零四度（有些人説一百零八度），最高的頂點還是在八月裏，那是一百一十一度有餘。回想七月下旬那些飛煙流火的日子，那些使人全日全夜流汗、市外大路上幾乎斷絕行人的日子，這消息令人恐怖。好在據説是本月雷陣和風雨相並而來的時候很多。在炎熱焚燒、一切變成喑啞的時候，暴風雨的消息人們總是歡迎的吧。

同樣，正是這個時候，重慶人歡迎歐洲的第一陣暴風雨。

七月二十五日，墨索里尼滾蛋了！繼之者陸軍元宿巴多格里奧。重慶人奔走相告，人人快活，知道一些國際事情的人們都不但相互打聽更多消息，並且自動的講出他的看法、他的推測，不管對也罷，不對也罷。就是平日不大喜歡發表意見的人們，也都口若懸河起來，其中不乏有人

---

* 原載《大公報》（桂林）1943 年 8 月 15 日。

認爲這個徽頭兇手在過去對於義大利有些勞續,但是無例外的所有的聲音都是鼓舞。樂觀者認爲這是法西斯思想和制度澈底毁滅的象徵,穩重的最低限度也承認是戰爭提早勝利結束的先兆。幾天以來,這一件事情還沒有從重慶人的興趣離開。大講小談之中,它還是一個主要的資料。可見人們並不是真的對於戰爭失了關懷,人們並沒有被戰爭的傷害□□。

墨索里尼倒下去,雖然不能够說是法西斯的終結,就是從義大利講也還是言之太早。不過,這一定是一個終結的開始。同樣,這一個戰爭首犯逃走,也不能就斷定是義大利戰爭的結束。不過,義國人民所想望的和平將要來的更快一些。照到今天爲止的情勢來看,他不一定就帶走了軸心的一個集團,但是,一定削弱了軸心總和的力量,使軸心之間內部的懷疑更爲增加起來,而使巴多格里奧還有可能站在希特勒那一邊,義大利也將祇是一個維琪的地位,而柏林和東京之間的疑意,它們之間舉動的不能協調,却有更明顯的可能。東條和希特勒將更不能不祇替自己打算了。

墨索里尼倒下去,在納粹和日本法西斯應該是一個警告;對兩國的人民,應該是精神上難堪的打擊。他們將不能不懷疑鐵打的軸心集團祇是一堆沙;軸心征服全世界的雄圖祇是一場春夢;無敵的軸心威力祇是一堆污泥。希特勒和東條將怎樣向人民編故事呢?至於這件事對於聯合國家的人民無疑是增加了千百倍的信心和喜慰。戰爭將在兩年之內結束的話,正在一張二嘴上傳過去。戰爭的目標:澈底掃滅法西斯,給予人民四大自由,仿佛是遥遥在望了。

在勝利的前面應該更加覺醒。墨索里尼被趕走;米蘭和義大利全國大城市人民與軍隊罷工示威,要求和平、自由,懲罰罪犯;法西斯黨徒到處受人民的攻擊,法西斯黨被解散。這一串都是劃時代的大事。但是相反的方面,巴多格里奧曾經宣佈戰爭繼續到勝利爲止,德義公約仍屬有效,不許成立新政黨,禁止人民示威遊行,被法西斯廢止了的民主權利沒有恢復。因此德軍滔滔不絕的開過伯倫納山隘,且在米蘭砲轟義國的示威群衆。從而繼艾森豪威爾招降廣播之後,盟軍總部於七月三十一日又發出了對義攻勢的警告。同時"自由米蘭"電台先後於七月二十八日和七月三十一日向人民發出了強硬的號召。第一次他們說："和平，自由，及時地懲辦賣國賊。巴多格里奧政府採取了這些步驟沒有呢？……如果有了，那麼請它用行動來證明……請它馬上結束戰爭，請它廢除特別法令，裁判並消滅法西斯主義。人民在沒有得到關於這些事情的絕對保證之前，將加強並擴大自己的鬥爭……"第二次他們又說："戰爭為什麼要繼續下去呢？為了壓迫法國和巴爾幹諸民族替德國服務麼？——戰爭為什麼要繼續下去呢？為了救助墨索里尼及其法西斯主義的一部分，而以德國的幫兇來肅清道路，使貪污賣國高官厚爵的人們取得權力吧？全國人民將像一個人地站起來，手執刀槍，反對這種企圖，將逼國王退位，巴多格里奧滾蛋。……皇帝及其政府必須以確實的行動來證明他們的法西斯過去已經死亡。最好的保證是立即和同盟國講和，廢棄鋼鐵協定。在這之前，人民將仍舊留在大街上和廣場上，停止工作，不惜任何代價為和平而戰鬥！"

從這一個表面上非常混亂的形勢看來，很顯然的，在義大利目前，戰爭是搖擺在軸心國和民主國之間，民主和自由是搖擺在法西斯主義和義國人民之間。七月三十日唐寧街一點半鐘的緊急內閣會議以來，一連串的報告都指向着法西斯勢力和民主勢力雙方同時採取的攻勢態度。戰爭不祇是站在羅馬的門口，且將在它的街道上遨遊。有人說墨索里尼逃走，可能是希特勒要爭取義大利的中立（自然這是他隨時可以扯破的）。不管這是不是事實，照現在的形勢看，這個中立無論從那一面去看，都不會有可能。

第一，巴多格里奧，這個法西斯徒黨，曾經親手屠殺了阿比西尼亞，他原是墨索里尼的幫兇。他上臺很可能是得到了希、墨兩魔的同意。倘若他是這樣，並且就此撕破面皮和希特勒公然站在一起，那麼門口的戰爭自然向內移，門內的戰爭也一定要更擴大。像一個人一樣站起來了的人民與一部分軍隊，將要和德國軍隊與政府的憲兵作戰。義大利可有兩個政權產生。

第二，巴多格里奧聰明一點，向盟軍投降。但是戀戀於他的法西斯老馬房，假藉穩定秩序的名義，依然繼續他壓迫人民的政策，因此他不能得到義國全民全軍的擁護把德國軍隊包圍或者趕走（當然，這個機會他早已故意放過去了，即使他現在改變政策，也必須人民和軍隊大流血），國內和國境依然是戰爭。這對於盟軍到達羅馬以後的安排將發生更多困難。

第三，人民趕走巴多格里奧或者他自覺毫無辦法而跑下臺去（這也等於被趕走），新政府從人民中間產生。義國的民主抗戰就要在一個單純民族的形式之下進行，雖然，我們的盟軍也就是他們的盟軍。在這裏還有一個附帶的可能使義國戰爭不能如此單純。巴多格里奧之輩的幫兇，法西斯為了挽救他們自己，可能使比較接近盟邦的格拉齊安尼（北非的敗將）之流上台，人民的民主鬥爭將要多費一些力氣。

除此之外，假如再有其他的可能，前途大致不出這幾種。總之，戰爭不可免的將臨到義大利。

決不能因此就說義大利人民號召和平是錯了。和平的意義不在反對戰爭本身，而在於拒絕進行強迫的、剝削的、侵略的戰爭。為了保衛人民自己的生命、家庭、財產和自由，羅馬、米蘭、佛羅倫斯曾經有過光榮的傳統。

因此，在目前的情形下面，盟國必須緊迫着它的警告，向軸心火速的、強力的從各方面進攻。不容巴多格里奧再來騙局，不讓希特勒喘氣，不讓軸心軍隊再翻過伯倫納山頭！

暴風雨的日子來到了，它應該一浪緊追一浪。

八月一日

從婦女工作談到三國會議[*]
——華德女議員訪問記

遠處是一灣長江，江水在陽光底下泛出金子顏色。面前是綠色草坪。大雨之後，天氣入秋，自然是平和的，人也平和。隔着草坪時時傳來笑語，英國大使館有一對先生和小姐正在結婚。我們的貴賓華德女士，英國女議員，抽出了她觀禮的時間來和記者談話。

她並不覺得記者訪問得太多，樂於接見。首先她說："是的，我們是全國動員，以全力來貫澈戰爭。"接着講到英國勞動力在戰爭總目標下組織起來的情形。因爲她是勞工部婦女問題諮詢委員會的一位委員，她的注意力很自然的集中在婦女方面。她沒有告訴婦女工作人員的數目，但說全國婦女自十九歲至四十八歲的都已登記，和男子做着同樣的工作。在工程工業和兵工廠，甚至於在船塢里面都有她們。她們幫助製造槍砲、砲彈以及艦隻等等。各按自己的特殊訓練和體力從事適宜工作。記者問及煤業之情形，華德女士說："煤礦工作太重，不是久經礦底訓練的人很難擔負。婦女中沒有煤業工人。"跟着她以敏銳的觀察態度問記者："中國煤礦有女工人嗎？"據記者所知道的也是沒有。

據說英國現在感覺到勞動力缺乏，特別是機器工業方面。機品工人須要訓練，許多婦女正在經歷這種過程。

婦女出去工作，孩子誰照顧呢？華德女士說："沒有親戚朋友可托的婦女們，政府爲她們預備了托兒所。這種托兒所由中央政府命令設立，而由地方政府派人經營管理。經費來自國家，但父母們每週也繳納少數

---

* 原載《大公報》（重慶）1943年8月31日。

的兒童費用。"

在工業方面的婦女工人取得工資，是按工作率來計算，無論男女，同樣多的工作，就得同樣的報酬。在大部分的工業機關例如工程工業都是這樣做法。在目前，工人所得工資與物價能夠配合，因爲英國政府控制物價甚爲嚴格。國內短少的物品，例如麥子，常從國外輸入，容易漲價，但政府運用補助金支持售賣時的價格，因此麥價就穩定下來。英國物價上升並不太快。

知道華德女士從事積極政治生活，已經有二十年，所以記者就把問題的範圍放寬了。對於我們最關心的問題當然是日本。記者就問英國對於日本的仇恨感到了什麼地步。華德女士立刻開門見山的説："呵，英國政府和人民都明白自己對於中國的諾言的分量，對德戰爭與對日戰爭原是分不開的。"記者再問英國人民之恨日本比之於他們之恨納粹究竟有無高低？她説："自然的，在我們，本能的是最恨德國，正如同在這裏本能的是最恨日本一樣；不過我們的政府和人民都已經下了決心，要打得日本完蛋！"

關於第二戰場，華德女士説："已經是有了第二戰場了，例如北非就是。"戰爭發展下去，她認爲英國人民是"焦急的要把戰爭帶到德國的土地上去"。

"焦急的要把戰爭帶到德國的土地上去！"她用力的説。

記者是應該告辭了。但是還有一個目前大家都覺得懸心的問題不能不問一問。在《戰爭與勞工階級雜誌》上，蘇聯提出了英美蘇三國會議的問題，華德女士覺得怎樣？此是否暗示了不同意見的存在呢？女議員説："沒有衝突。"隨後她笑一笑："有些人喜歡打聽衝突之類的事。"□覺得三國會議實現。講到史達林之所以不曾參加羅邱會議，她指出了這樣的原因："美國和英國習於在各自的領土以外開會，而史達林則因爲統全國軍政於一身，總是在他的國内，不能出門。她説一個國家領袖，他一面管着計劃，一面又管着執行這些計劃，他自然是不能和羅斯福、邱吉爾一樣可以隨時離開他的國家，羅、邱兩人是祇管計劃，而執行之責任是有別人替他們担當的。"

　　新娘子在禮堂上等着華德女士送她們出門，記者實在不能再耽擱這位女議員的時間了。祇好致謝，祇好興辭。

明 暗 交 流*
——記美國人海中的星沫

一、起　點

在芝加哥車站候車室裏，我被一條第一版大新聞抓住了。標題是"孩子興奮因爲爸爸回來了"。標題上面立着一幅八吋照片，軍人 A 眉稍掛着重愁。

怎樣一回事呢？是的，美國人好刺激。除了工作以外，他時時要找新鮮情感，使他的神經鬆動，血管活躍，永遠避免接觸生命的那一面——死亡。不錯。那麼，以我這中國人看來，軍人 A 不是主席，也是將軍，不是將軍，定曾當過什麼銀行大公司的總裁之類。否則他的千金小姐的小小的哀樂不會發出聲音。

軍人 A 現在出場了，他得煊赫一點。講講他的出身。曾經當過商店跑街，大約跑得不很上勁，改行當厨子，也不曾被名人要角雇去當私廚，做精緻點心。打起仗來，他被徵去當壯丁，上前綫，在太平洋什麼地方起碼混了兩年，現在做到了一名軍曹。

他的小姐，或者不如說他的阿毛，在他入伍的時候大約五六歲，跟着祖母過日子。不久就生病了。越病越叫爸爸，眼看快要活不成，紅十字會和軍隊商量決定叫她爸爸回來。想來我到芝加哥的那一天，軍人 A 看到了他快死的孩子。

---

* 原載《大公報》（重慶）1945 年 2 月 17、18 日。

類此的事據說不算很多,但這並不是唯一的。有的是由紅十字會主動,有的是前方司令部安排。遠在歐洲的艾森豪威爾曾經給予少數兵士特假,遣派回國探望他們的親戚朋友,報告前方軍隊的生活、戰爭情形。事情做了不祇一次。用意自在於表示對於小人物的關切,一面鼓勵士氣,一面使後方多關切前方人的苦況,關心戰爭。

　　這些事使我深思。假如上述微末的悲喜劇在這些人中間能夠成為新鮮力量的來源,假如他們遠在海洋四方的統帥們知道滿足小人物的願望是一件要緊的事情,則我們可學之處正多,而他們應留心的也不算少。因為就人類現在的階段來說,小人物的願望很小,不過是好吃好穿,親戚朋友不當奴才而已。大人物如果能在這些方面稍稍給他們一些滿足,其餘當不妨為大人物的意志和力量所揮逞。從而人情的滿足不過是權力政治戰略上的一環。一切小人物也者依然是各種方式下的芻狗。

　　不過,無論如何,以人民之心為心,滿足和發展他們的願望,總是一個起點。這個起點是否能很快的確定、光大、伸展成為輝煌無阻的大道,一面要看人民的自覺與堅持力量所形成的進步運動怎樣發展,一面要看保守派如何迂迴運用,使他自己成為有效力的阻力。這不但是一國的問題。正確的說,第二次世界大戰正面對着這個偉大的演變。

二、分　　歧

　　耶誕節頭一天,我在一對朋友家裏。朋友 A 坐在我對面讀着維布倫(Veblen)的有閑階級的理論。維布倫是美國十九世紀末二十世紀初的有名經濟學家,他分析有閑階級,有許多地方令我想起布哈林。他認為上層人運用下層人,運用女人,以造成他們的閑暇,使之有特殊性、尊貴性,從這裏產生他們的文化上的傾向和嗜好,尚古典,好儀節,而古典儀節又造成他們的名望地位和尊榮,且變成這些的標誌。我們讀着,說着,相互的取笑自己,實質上是覺得我們已經有了一些人民的種子,覺得在這個世界裏有些新的東西正在產生,不必濫用死人的冠冕來壓住近代。

　　過後，我們商量出去走走。路過朋友B的親戚家裏望望，明天我們將在她那裏過耶誕節。一到，主人就留下我們來要釘耶誕樹。

　　主人剛搬來，有一座新收拾的房子。仿佛穹頂式的客廳裏，四壁有層龕的書架，龕座和裏面的玩玉陳設、織綉、珍奇、石膏像、東方古董、中世紀的彩色玻璃窗、黃銅燭架、畫臺。從畫臺上望下來的人，令人想起中世紀的貴婦人們。整個房子裏似乎流動着四五百年前的冷風，它噓噓的釘在人耳朵裏，講之不休："看我的高貴、豐富和美麗！"

　　高房子應該有一棵高高的耶誕樹。朋友B是個男的，就從什麽地方扛了一棵小松樹來，把它裝在一隻綠色的小鐵盆裏，用許多磚塊把它穩住，再把盆上的關鍵鎖上。但主人認爲樹沒有放直，於是她從頭來過，轉了好幾個方向，比來比去，總算把樹釘好了，然後掛上許多彩燈。做這些事情的時候，她一直是閉着嘴，臉上好像能刷下霜來的樣子。朋友A想着話和主人問問答答，似乎做着一件工作。

　　第二天我們又去了。當我的朋友們在忙着做什麽或者陪客人的時候，屋子裏進來了一個大胖子，柱頭鼻子，小眼睛，厚嘴唇。他就在壁爐旁邊唯一的長躺椅上躺下來，兩個女孩子坐在他膝邊閒聊，他神聖的躺着，有時候笑一下，有時候做一陣子鬼臉。在席上他懶惰的把他的幾盆子食物一了，就又回到他的躺椅上去。他對於這中世紀的週圍如何感覺，我不知道。但假如我有幸到他的府上去拜望，我或者會看見一二幅古油畫甚至於東方京戲、東方山水的拓本也不一定。因此如果他欣賞他的週圍也決不稀奇。他出身很闊，父親留下了許多財産給他，有人給他管理土地，他出來做官，懂得許多官場怪事，因此他很滿足，一切應該就是如此。假如他有缺憾的話，就是這世界太不安分，那些工人們和"激烈派"老是要吵吵鬧鬧，弄得他有些把握不定他的將來。但是這他也儘可不管，除非事情是和他自己的錢與地位有關，否則他不妨在假藝術氣裏面躲着舒服一陣子。

　　當然，在這小型的中世紀堡壘裏面，所有的談話都是無頭無尾，支持不上五分鐘。所有的微笑都似乎帶着疑問，所有人的神經都似乎拉得太緊。或者不如說，我是把我那對朋友們的感覺推廣到其餘人們身上去了。因為就他們兩個人拘束和努力的表現看來，顯然他們的腦子還在維布倫那裏，或者是去到了一個變動的價值、變動的時代和人裏面。他們不想逃避那些，更不願在古堡裏面停留一分鐘。而有着許多脂肪的紳士和高貴的太太們却認為傳統的堡壘是人生意義與安樂之所在，必需逐條逐點守之無失。

這小小遭遇在美國社會裏面究竟典型到什麽程度，我不能講。假如把它看成象徵，則新觀念與舊觀念之爭，保守派和進步派之爭，廣大中產階級的自滿和逃避現實的傾向，自由主義的渙散與徬徨，工人們層出不窮的不滿、爭鬥，以及進步知識分子和工人力量的匯流，在美國幾乎到處都可以碰到。

三、新　　軍

哈佛以古穆恬靜出名。兩百年前的赤褐建築爬滿了百年以上的灰色的古藤。大樹參天，松鼠滿地。銀雪在脚下陣陣有聲。夕陽下來時仿佛紫雲從脚尖上昇。在這裏你想做什麼？或者祇想做夢。

但是事實的邏輯永遠強於想象的邏輯。你不能拒絕親見親聞的事物。古典的環境常常有大群穿軍裝制服的人們來來去去。而且時常有許多女的，她們頭戴寶藍軍帽，寶藍制服大衣掛着海軍訓練班的證章，成隊在學校裏走着。

這一點也不稀奇。從洛杉磯到芝加哥，到紐約，到波士頓，到劍橋，到華盛頓，一路都是青年男女戰鬥與工作的行列。馬路上，火車上，車站上，飯店裏，無處不是穿制服的人。他們有的在軍隊裏，有的在紅十字會，有的在訓練班，有的在政府、軍隊或者民間組織的機關裏面工作。男子方面現在不提。在飯店裏可以隨便碰見女人就談起來。她戰前也許是在家庭裏管小孩，也許她一點也不懂機器怎樣工作。但是現在她會告訴你，她在一家飛機工廠裏面，擔當製造一部分飛機機器，或者她是在坦克車工廠裏。過去她也許是一個畫家，她的社會地位很好，在家欣賞一些優美藝術，出外寫寫美麗寧靜的景物。但是現在她在重要機關裏擔當男人的責任，她的成績爲人人讚美。也許在過去她祇是一位漂亮小姐，愛看電影，愛跳舞，愛打扮，愛找男朋友，但是現在她會說她在海軍或陸軍訓練班，或專門技術研究所研究怎樣破壞敵人的秘密武器，怎樣在軍艦上或基地裏破壞敵人。可能她從前是一位教授太太，有錢有地位，家庭裏有一切的方便，她的時間過得良心不安。現在她雖然還是太太，但是她却努力的讀着書報，討論問題，探討社會和世界的方向，她參加工人們的集會，她自己組織小團體研究地方上的和全國的問題。她跑腿，辦事，捐錢，□過得非常有味起來。

年輕的女學生們一般的說還是好電影、跳舞、舒服、享受。在哈佛的女學生們很用功，在有些別的學校裏聽說是不很在功課上花心思。但是一般說，她們都喜歡看雜書，知識和興趣相當廣，見了人問之不休。有時候她們的問題很難回答，有時問得相當深，使人感興趣。她們大致都能談一些政治、社會問題。杜威如何，羅斯福如何，國務院的新任命如何，某些社會事業如何等等。她們大致都有一些對自己的野心，不甘於婚後祇在家裏看孩子，管丈夫。據說戰前情形亦不完全如此，戰爭中大大發展了這種傾向。

在這裏，我有意留下了男子方面的活動。他們的廣大動員，主要是去當兵。並且過去既然幾乎完全是男人在作公衆活動，而現在的動員除了給他們一個空洞的戰爭目標以外，主要是在技術方面訓練他們，則現在這種更大規模的政治軍事活動究竟影響他們的精神意識到了何種程度，還不能講。反之，女人方面，戰爭却爲她們打開了社會、經濟、知識、思想更深的門戶。一般的說，她們起始在看見自己，看見外界。

首先，過去以爲祇有男人纔能辦的重大或精微責任，或者一般社會工作，現在有許多都落在女人肩上。她們發現自己原來一點也不比男人差，有些地方毋寧更強。這引起了她們更大的自信、自尊與更大的慾望。

第二，在公衆事業上負責任，打開了她們的眼界，看到了社會，看到了世界，種種問題在她們眼前高聳起來，她們要求了解和解答，並且尋求怎樣解決它們。因此她們醉心書報，尋找人談話。

第三，在事業上，在知識上，她們進入了廣大的人羣，她們能吸收，能給予。男女之間的分歧漸漸打破。在知識與思想的交流中引起競爭和深入。

第四，因爲一般地說，女人入社會還是新軍，充滿了朝氣和一般的熱情，故此地位和權力等等個人野心還沒成長，理想和解決問題的真誠成了她們的德性和力量。女子凡有社會和政治興趣的大部分都是進步者。

這一支新軍，將來究竟在美國乃至世界政治和社會的方向上能發生多大作用，現在不能確定。但是，無論如何，她們已經起來了，要她們再睡下去已經不可能。而戰後的美國似乎還是要她們回廚房以解決復員問題的趨勢。他們的要求將使她們至少其中最進步的一部分，更積極一些。她們在將來的方向上將成爲有力的新軍。

四、激　　盪

在這一股民族生活的洪流中，總方向與世界各處大致一樣是進步者與保守者的鬥爭，不過激流是環繞着幾個問題：戰後國際和平組織、外交政策、戰後景氣問題、獨占問題或卡特爾問題、黑人問題等等。關於國際和平與外交政策，這篇文章暫時不談。

具有美國特徵的是，他們沒有所謂一般的經濟政策問題。英國在爭執國有與私有、計劃經濟與自由經濟，法國在向着國有與計劃經濟政策走，中國在高唱三民主義，蘇聯是改變經濟政策的前導者。但是美國對於這方面除了私人談話以外，寂然無聞，原因是他們得天獨厚，美洲最豐富的處女地任憑少數的自由人自由開發，無論什麼問題都有解決的餘地，沒有向經濟制度與政策挑戰的機會。從而一般人習於把個別問題獨立起來。其次，中產階級照例珍惜現狀，安於穩定，怕大改革。美國中產階級（不少工人較之其他國家工人也是更屬於中產階級）習於久安，尤其如此。從表面看，他們對於他們的整個經濟政策與制度甚感滿意。必須記住，自美洲合衆國成立以來，這裏是個人主義冒險家的樂園。所有的可能都在這裏產生。到現在，樂園的山林不再那麼開放了，人手可及的果實也不是那麼多，但是人的心裏還沒引起多少深刻的變化。

戰後景氣問題，是一九二九——三二年大危機與第一次世界大戰所給的教訓。人們對它的回答是兩個字：市場，市場。這一面説明英國對美國的恐怖，一面説明美國戰後職業問題的嚴重需要。單單在歐洲美國軍隊所到之處，都有民事機關的人隨到或甚至先到。城市一被佔領，巷戰還在進行，民政工作人員已經在調查地方，分配食物，修復市區，恢復水電交通。食物和日用品藉軍運轉送進來。商業人員向四面活動，久已訂好的合同準備交貨，新合同立刻訂立。英人到處看着眼紅。在有些地方，特別如希臘，英美共同進行這些事，甚至於美方運貨去，英方管支配。但無論如何，解放地域的男女小孩吃的是美國牛肉、麵粉或罐頭，穿的是美國毛綫衣，玩的是美國玩具。機器與鋼鐵更不用講。戰後世界復興，是美國戰後景氣的一大出路。

這刺激國內的人工要求，同時復員也必需有無限的職業機會。羅斯福大選以前的芝加哥演説，提出了聳動全國的六千萬職業主張。參議員華格納繼之而提出了戰後職業方案。在新聞記者的討論會上，研究如何創造金錢以開闢職業的洪流。許多民間機關正在紛紛討論如何使總統的主張和參議員的提議實現。由於田納西河流改造的成功，在朝在野的人們在研究如何將那種經驗運用到六條大江如勞倫斯河、密蘇里河、密西西比河等身上去，這當然要開闢無數新職業，以解決國內市場問題。但解決國內市場在目前却不如解決國外的那麼容易。職業問題不僅是讓在職的工人吃飽而已，理想主義者還要求把他和他全家的生活適度提高，使他有疾病和社會保險，使他可以旅行。使他能夠消費製造家和種植家所生產的即使是非生存所必需的東西。而製造家和種植家們鑒於稅率的愈來愈高，瞻望前途世界市場上日趨猛烈的競爭，自然還是要把算盤往受雇的人們身上打。這條出路存在，但其中有無限迂迴。

照現在推測，美國在第二次大戰以後的福氣可能不如第一次以後的長。但是烈性的繁榮將繼續一些時候。

卡特爾制度或獨佔制度在美國普遍受攻擊。第一，國際壟斷家蔑視國民福利，拋棄國家立場，乃至於出賣國防利益的事實，在兩次大戰中已是人盡皆知。第二，小規模製造家和中產階級恨惡壟斷家。第三，壟斷與獨佔違反美國人好自由、好獨立的傳統心理。第四，進步派（自由主義者與工人）要把美國拉出經濟帝國主義的陷坑。所以"壟斷家"名頭之黑，幾乎跟得上"納粹"那名詞。然而事實上，大事業家依然行所無事，在政治上、經濟上、社會上乃至輿論上，控制力愈來愈大。百分之八十五的期刊傾向他們，在大選時反對羅斯福。但人民對於這種控制力的回答卻是拋棄文字上的輿論，而直接以行動講出了他們的輿論——選舉羅斯福第四次連任總統。壟斷家正在這裏一面擠進政府掌握要職，一面替納粹資本家保護和發展他們的財產。他們厭惡真正的戰後職業計劃，設法使華格納提案受不到討論。戰爭使他們發財，戰爭又使人不敢得罪他們。然而民間卻正在小房子裏集會，把他們的大小行為拿出來討論，研究如何從立法機關，從政府方面，來限制他們，趕出他們。這是艱難的爭鬥，它的路途很遠。

五、鬥　　爭

現在是一間寬大的古廳，寬大的壁爐裏橫架兩三條尺半長的樹幹，火焰飄幽如金色雲片，對壁爐的長沙發後面有幾排各種椅子，一直展到屋子的那一頭。所有的椅上全有人，連窗臺上，連書架旁邊。他們有的是哈佛教授和太太，有的是學生，有的是新聞記者，有的是馬塞州技術學院的教授，有的是工人，有的是村鎮上的教員或職員或農人。還有一位紐約趕來參加的全國公民政治行動委員會的代表。這是麻州公民政治行動委員會的代表大會。

從開始到結束，會場手續極簡單，極隨便。絲毫沒有甚麼儀式，主席就走到壁爐前面，面對大家報告委員會的組織和工作。他們完全是爲了選舉羅斯福而產生的，時間不過剛三個月。他們的工作是在麻州及齡選民中廣泛活動，勸他們登記選舉。從談話，從文字，從無綫電上向選民說明選舉的重要，說明羅斯福與杜威不同，說明他們所代表的背景等等。在大選以前，他們日以繼夜的工作跑路。現在他們每個人臉上都有滿足而繼續興奮的喜容，仿佛他們觸到甚麼新東西。他們把代表們聚在一起，今晚問大家：麻州公民政委是否結束抑或繼續下去。

　　在紐約代表報告全國政委決定繼續下去（後），每個地方組織的代表話如泉湧。大家都覺得事情正在開始，必須繼續。不用投票再決定了。會場一切報告和討論進行都非常順利，但到了一個時候却出了小小波折。

　　一個工業組織大會政治行動委員會的工人代表起來發言。他興奮之至，在他感覺中，公民政委和工人政委幾乎就是一個。他希望將來雙方的工作綱領能够相同，緊密的共同工作。

　　這把幾位自由主義者駭壞了。有人就說：「我們不是工人，在我的地方就沒有工人。若是和工人一起，我們不知道我們是作什麼。」有的坦白的說：「我們不要別人來駕在頭上。」有的還說：「自由主義者有時懶惰不大工作，會工作、能工作的人總是抓權。事情很難辦。」但繼之而起的是許多伸出來的手要求發言。有人報告他所代表的團體，聲明人民要與工會合作，有人自己說話，認爲 CIO、PAC 大會中表示了立場和力量，不該懷疑他們。有一位技術學院的教授說：「我們一向過得高貴舒服。現在好容易和工人一起做了點事，良心上比較好過。將來許多事沒開頭，工人有力量，有團結，我們若不和他們合作，將來就和幾個死去了的自由主義團體一樣，也必死去。」跟着一位新聞記者說：「現在國會正有重要提案被人置之不理，六千萬職業家們若不爭必成空話，大家必需抛去細節，團結幹事。」這一來，自由主義者鴉雀無聲，大會通過了與工會密切合作，且選舉了那位工會代表做委員。

　　關於工人政治行動委員會和公民政治行動委員會，另有專文報告。

這裏寫出一段經過，提示美國人民鬥爭的一點星沫。事實上一九二九年大危機和第二次大戰，在此地一般人心理上已經引起了廣泛的波動。年輕人雖在前方，並且沒有英國兵士那麼有組織的讀書報雜誌，自由討論。但據前方來人講，他們都頗習於深思，對於國內情形關心甚深，雖厭惡工人，而對於發國難財者則恨之尤甚。婦女方面精神正在昂揚，大部分都關心社會問題、國際問題，傾向進步。公民政委中最積極的活動者婦女極多。最能提示美國平民一般態度的是一個汽車夫的談話。到波士頓那天，我雇了一輛車運我和我的東西到劍橋。車行不久，他就遞過一份PM給我說："看不看？"我當然利用機會。我說："你在工會裏嗎？""不，AFL汽車工會都是紅狐公司的人包辦了，CIO在這裏沒有雇用汽車（Taxi）工人工會，所以我沒加入。"接着他就談起PAC來了："孩子們好得很。他們找每個工人談，勸他們選羅斯福做總統。""你呢？""我不在CIO，但是我可以參加NCPAC（全國公民政治行動委員會），所以我也有許多事做。"我想了一下，我說："這PAC究竟有什麼意義？它能夠做什麼？""呃，你不知道，它老是叫每個人應該做點什麼。那些孩子們，他們整天找人談，做點什麼。別淨抱怨，淨罵。""告訴我，工人都喜歡羅斯福嗎？"他把聲音拖長了說："當然——也有人不喜歡。但是杜威上台與我們有什麼好處？""工人喜歡華萊士嗎？""呵，自然喜歡。許多人都喜歡他，他太好了。""那麼你說下次華萊士會當選不？"他恍惚的說："我不知道。"

讀者也許以爲這是特殊的情形。但如果你願意問，而且碰見愛談的人，你幾乎會發現每個平民的言語多少都是如此。而上述兩個政治行動委員會正是在經過他們地方與全國機關的活動，把平民的願望集中起來，行動起來，要求滿足。他們是在作起點上的鬥爭，同時在目前也祇能視爲鬥爭的起點。

一月一日寄自美國

争自由的浪潮[*]
——美國國務院提名案

去年十二月四日，新國務院提名案發表，在國務卿斯退丁紐斯以下重要官員全部一新。他們是：

Joseph Grew 格魯——副國務卿

James Dunn 鄧恩——國外事務助理國務卿

Milleam Clayton 克萊敦——對外經濟助理國務卿

Nelsou Rockfellow 羅基菲萊——拉丁美洲事務助理國務卿

Joliues Holmes 荷姆斯——行政管理助理國務卿

Archibald Maceleesh 麥克利希——社會事務及文化關係助理國務卿

民間對這張名單大爲不解。有些報紙雜誌整天吵，説這個是壟斷專家，那個是佛朗哥的盟友，第三個又有綏靖政策嫌疑，第四個或者是左派甚至共產黨，第五、第六，反正都有些莫名其妙。而外國人對於這種不解，更覺如墜五里霧中。

事情現在已經定局，新國務院業已上臺。把參院裏這一段浪潮寫出來，或許使我們知道一家有一家的難事，但美國人之能夠爲這些大官公開争吵，却值得我們思索。

十二月六日，新提名案到了參院外交委員會。辯論之下，兩個人首先成了問題，第一，對外經濟助理國務卿克萊敦被自由份子反對。第二，社會文化助理國務卿麥克利希爲保守派所厭惡。原提名案暫緩承認，交

---

[*] 原載《大公報》（重慶）1945 年 5 月 27 日。文末有原編者按："此文收到於兩個月前，因近來稿件擁擠，遲至今日始發表，然其內容仍值得注意也。"

外交委員會聽取六個新人物說明自己的立場，以後再決定態度。

外交委員會主席康納利爲了難，他決定將辯論不公開，免得民間情緒影響提名案的結果。可是，輿論大叫起來，三四個大工會、農會的代表吵到了參議院，有些參議員也叫得口沫噴出，非公開不可。

除了委員會之外，參加旁聽者五百餘人，新聞記者自然是佔多數。六位新官跟着斯退丁紐斯魚貫進場，排坐在參議員們面前。他們得先報告自己的立場，然後每一位參議員自由的一個一個考問。還沒上任，說不上犯法，就先受審。我的懷鄉病大大發作起來。做官，在中國豈不是和做上帝一樣麼！

第一個報告和辯答的是荷姆斯。大約因爲他即要到歐洲去結束他在艾森豪威爾將軍幕中所處理的戰區民政事務（那是他的原差）的原故。人們懷疑他曾經詆毀羅斯福政府是工人政府；疑他和法國的對德合作派（達爾朗、吉羅德）有關係；疑他反對歐洲民間抗德勢力；說他曾經主張向義大利人民宣傳聯軍不是對法西斯主義作戰，唯有德國纔是敵人；又說他向來討厭俄國，批評極厲害。

似乎參院自由派的外交委員們都要保留辭鋒集中在另外一個他們認爲最可惡的人身上，荷姆斯所受考問的問題不算多。參議員麥雷問他對俄態度怎樣，他說："我向來不管俄國的事。"後來又慢慢的說："我一向對俄國抱着友好態度。"他不承認他在北非與支持達爾朝及吉羅德有何責任。他不過是執行艾森豪威爾將軍的命令而已。他決不會鼓勵美國對戴高樂將軍抱惡感。——他的難關過去了。

接着是鄧恩上來了。鄧恩似乎並沒有荷姆斯那麼多的嫌疑案，他祇有一件事，但那件事不幸却被自由主義派認爲嚴重。人們認爲他在歐洲司司長任內大有幫助佛朗哥形成美國不干涉政策的嫌疑。據說他一向支持佛朗哥。參議員谷飛甚至幾次尋找文件想證明他曾經把西班牙內戰時駐西美大使對西班牙形勢的報告壓下來，不讓總統讀到。不過谷飛並沒有找到他的文件。此外，由於他和瓊斯——去年和華萊士吵架，致華萊士被撤去重要職務的那位——是好朋友，所以人們對他更加另眼看待。支持佛朗哥之所以被重視的一個原因，是納粹運用西班牙對聯軍作戰；其次，自由主義者之恨佛朗哥是可以了解的。

他一上來就抱怨人們誤解他的觀點，抵死否認支持佛朗哥。參議員麥雷問他："你對佛朗哥的態度怎樣？"他回答："內戰時期，政府執行機關主張不運軍火去西班牙的任何一方面。""那麼你當時提出什麼意見呢？""完全和元首的是一樣的。"他也過去了。

麥克利希據說是六個人中唯一的自由主義者。他是美國，無寧說世界上，目前最重要的作家之一。他的詩、論文、歷史著作，全爲美國人所愛惜，所尊重。他的長詩 *America is Promise* 我曾經譯出來，在上海發表過。但是在參議院裏，除了幾位自由主義者對他很好之外，大致說，他完全不吃香。人們懷疑他是共產黨，說他批評政府的政策。參議員克拉克向着他劈頭一句："你極端批評我們對西班牙的政策，對不對？"他說："我覺得西班牙內戰表現着法西斯主義對民主主義的進攻。""你意思說在法西斯與共產黨的戰爭中間，你站在共產黨方面？"麥克利希說："我認爲那次戰爭是法西斯向合法的西班牙民主政府進攻。"他說他曾經和共產黨爭鬥十五年之久，又告訴克拉克，美國現在正和一個共產主義國家是聯盟，共同進行世界戰爭。克拉克又提出他的個人生平來質問，麥克利希一一答覆。

他下了場。

副國務卿格魯已經六十四歲。由於他回國以後所發表關於日本的意見，甚爲美國人所尊重，議員們都覺得不應該太麻煩這位外交界的老人家。但是有些報紙怪他曾經反對禁止對日輸出廢鐵、煤油，說他主張維持天皇。所以乘參議員谷飛提出的問題，他講了一番他的理由。

他說他確曾反對禁止對日輸出廢鐵、煤油。因爲"我們沒有準備。禁止輸出就是國際威脅。我認爲假如我們禁運，那就得準備對日關係愈來愈壞，結果就是戰爭，而我們的人民不願意戰爭。"關於天皇，他說："我從來不曾主張他應該被維持，或者應該被消滅。問題應該留到我們到了東京以後再談。我覺得並非天皇的存在造成日本的侵略。（日本失敗時）天皇恐怕是日本唯一能够表現安定勢力的力量。"老人對於他自己是忠誠的。雖然我們不知道他的政策會引起何種影響。

煤油大王美孚行的主人羅基菲萊雖然也被人懷疑，由於大美銀行和美孚行在拉丁美洲的關係，但是他在參議院裏沒有仇人，他衹是報告了一下他自己就完了。

最後是克萊敦唱大軸子。他被稱爲是精明、強幹、有頭腦、有思想和教育訓練的一位文雅人物。美國最大棉商公司 Anderson，Clayton Co. 的股票他佔了百分之四十以上。他的業務是國際的。歐洲、拉丁美洲、亞洲全有他的支行。開戰以來，他參加政府在國務院管歐洲經濟司，現在他是對外經濟助理國務卿。

在自由主義者看來，他的嫌疑案很多。他們認爲他是國際壟斷專家，一九四〇年以前一直與德義商人合作；一九四一年九月他的公司經由秘魯把棉花運去上海交給日本；說他是瓊斯的朋友，與瓊斯合作妨礙重要軍需生產；說他在南方壓低棉業工人的工資，壟斷市場，造成貧窮；說他有意支持歐洲對德合作派——大工業家。總之，他被看成了美國壟斷勢力的化身。

他的仇人很多，不但自由主義者，南方的"棉業"參議員們不管自己要不要自由主義，都反對他。連老孤立派惠勒都大叫不行。他那一天可真是滿滿的。如果我們要把議員所提的問題和他困難的答覆都寫下來，讀者恐怕要把汗都替他流乾了。這裏衹寫下幾條比較重要的。

首先，參議員陳德勒（他不是外交委員會的委員，但被容許發問）問："對於歐洲淪陷區與德國合作的工商業家，你主張什麽政策？"他說："參議員陳德勒，這就是難解的大問題之一，我簡直覺得沒有誰能够答覆這個問題。"陳德勒逼着他，說政策必須有選擇，或者寬放，或者處罰。他就說："對的，對的，這是一個又微妙、又困難的問題，我們得仔細研究。"參議員再追問，如果提議把納粹的有力工業家當戰爭罪犯看待，他覺得怎樣？他說："不曉得。"關於他對壟斷的態度，他說他反對。關於珍珠港以前他的公司對日本，一九四〇年六月以前對義大利做的生意，關於公司在拉丁美洲的行爲，他說他不負責任。參議員拉浮拉特，有名的自由主義者，找好了大宗文件給他看，一一追究他和公司的關係，他的財產（約四千萬美元），公司在過去兩年間的國外商業行爲，他有沒有責任。疲憊使他不能有效的保衛自己。那一天雖過去了，但是事情沒有結束，參議員們說下一天要繼續問他。

詢辯繼續了幾乎一個星期。十二月十九號，聖誕節休假就在第二天。如果詢辯不結束事情要拖到新國會（七十九屆）裏去。在這期間，打仗的參議員們又可以找新材料來出新問題，而且眼前已經是議論紛紛，傾向不但是要推翻克萊敦和麥克利希，且要把全副名單駁回總統。

於是總統出場了。晚上電話從白宮來，請參議員不要□□□□，總統說外交政策□□□□不在他們手上。

新國務院於是成立。

我們所要注意的，不衹是國務院的變化而已，值得深思反省的是這次爭鬥中美國人做事的精密專誠，大膽無畏，政治上的不容情。

科學使他們如此！民主使他們如此！

一月十日於美國劍橋

處置日本問題

美國輿論最近熱烈討論
耐人尋味的是沒有人嚴正的提出像加諸德國那樣的無條件投降

最近美國關於日本問題的討論相當熱烈，耐人尋味的是沒有人嚴正的提出像加諸德國那樣的無條件投降。

《巴爾的摩太陽報》

七月十二日在社評中，評論美代理國務卿格魯所再三申述的日本須無條件投降，和開羅會議宣言之作爲條款的基礎，該報說："我們方面預備討價還價的明證，必定使日人解釋爲美國的脆弱和厭戰，適足鼓勵他們更堅靭的打下去。妥協的和平將貽患於未來，過若干年月後，日人會藉口它造出的一種論調說，他們並沒有被打敗，祇不過是中途停止了戰鬥。所以可以接受的對日和平之基礎應該仍然是無條件投降。"

《紐約論壇報》

七月十五日的社評拿對日轟炸比擬 "新宣傳政策"，社評稱："敵方宣傳近來儘量利用美國鬆弛無條件投降原則的嘗試，但是日本人民却正領受着打破這種幻覺的最有力的雄辯。"

《紐約時報》

七月十一日的社評，話講的最響亮："昨天代理國務卿格魯所稱，'對日本除令其無條件投降外，無其他可談' 一語，一方面應解釋作通告日人不要妄想妥協和平以自誤，一方面應看作對美國人民和各盟國的警告，叫他們別再發表足以鼓勵是項妄想的見解。" 該報又以現階段對日戰事和去秋對德戰事作一對比稱："從五月八日以來我們蒐集的情報看，我

---

* 原載《大公報》（重慶）1945 年 7 月 19 日。

等美人還應該存什麼疑問？假定那時我們和納粹講了和，他們不久便會又扼住文明世界的咽喉，因爲他們已準備好再發動一次侵略戰了。對日本人祇有一句話，就是無條件投降。"專欄作家對這個無條件投降問題仍然興趣盎然。

著名專欄作家　**李普曼**

七月十二日在《紐約論壇報》撰文，高調中國國共的團結乃實現開羅會議宣言的基礎。辯論到無條件投降的條款，他說："現尚未決，且爲華盛頓和盟國首都間所激烈爭辯的問題是：需要還是不需要消除日本的社會秩序，尤其皇室和宗教的勢力。我們有實際的理由可以相信，日本人解釋無條件投降必認爲就是那字面上的意思罷了。我們應該寧選擇必要的最低限度的條件，不必堅持顯然不必要的最高條件。"

歐佛（Barnet Nover）

七月十二日在《華盛頓郵報》撰文，語氣沒有這麼肯定，他說："我們需要在杜魯門總統所作聲明，即無條件投降並非消滅或奴役日人之外，更加以詳盡的補充說明。我們需要確定日本戰敗以後怎樣處理它的公式。"

蘇立文（Mark Sullivan 專欄作家聯合會會員）

七月十三日在《紐約前鋒論壇報》發表專文，謂羅斯福偶然採用的方式，係從南北戰爭時格蘭將軍向李將軍所提出的要求。根據他的解釋，合併就是消滅敵人，使它"不容有任何的單獨存在"。他說："對付日本的軍閥，既然與歷史上的無條件投降意義有別，那麼，若果我們把無條件投降的意義弄清楚，或者可以減少很多美國人命的犧牲。杜魯門總統因此或者可以促令日本知其不可避免的失敗，而早日投降。"

林德萊（Ernest Lindley）

七月十五日在《華盛頓郵報》提議不特把無條件取消，而且還提議把"投降"代以日本慣用類似"站在我們一邊"的名辭。並指出政府各部應"加緊研究"對日的條件。他又建議美國應當對他所提出的問題作爲"決定的條件"。他所提出的問題如下：當日本大規模受軍事佔領的時候，將如何處置日皇？日本侵略中國東北以前的海外投資，將如何處置？何種工業得由日本管有？是否准許日人重建其商輪？賠償的要求如何？何人將被認爲戰俘？"

《民族雜誌》

却反對着這種潮流，該雜誌在七月十四日刊登四篇論文，批評國務院的政策。其中有一篇是由台比遜（Tabishon）寫的，他說："在未來的數月間，日本的和平條件將成爲美國人民最關懷的事件。但他們的注意，顯然並未獲得官方和平程序的保障，故應即行干預，俾能保障和平的獲得與軍事的勝利同樣的徹底。我們該確定條件最根本的準則，使日人能參加選擇負責他們自己的政府。在這方面國務院的畫策人士放出煙幕：他們所反對者是軍閥，其他日本國事，他們以爲太特殊，生怕干涉。所謂特殊之點，包有日皇、職業官僚、鉅商和獨佔企業家，同時還包括地主、議會，以及自一九四〇年後集結在極權主義政黨旗幟下的政客。美國民衆對政府的日本政策感到迷惑不解。他們埋怨盟邦打仗不夠勁，希望美人作較小的犠牲。在這種情緒上建立着一個普通美國人對寬厚和平的自我□□。

十六日　紐約

美報一語喝破

解決日本必須徹底[*]

查買瑞亞斯之廣播引起疑慮

美日兩方的心理戰——或稱空中的和平談判,現在已演變得極有趣了。被《紐約時報》七月二十三日社評稱爲"舉棋不定一片混亂"的美國太平洋政策,藉七月二十一日美海軍上校查買瑞亞斯以政府發言人地位所作廣播,向日本傳達了新的徵象。他説美國的政策是基於《大西洋憲章》和《開羅宣言》,向日人保證,"至今美國尚有一派有勢力的人不願見日本毀滅"。他又假定的説,"負責執行保障和平方案的將是美國"。他警告日本在蘇聯參戰前有所裁決。他詰問日人道:"難道日本的領袖們真的短視到不能預見設不即刻行動日後或須面對的複雜局面嗎?"

《大西洋憲章》的要點,讀者或尚記得:第一,禁止領土的擴張或其他權益的攫取;第二,允許各國人民自選其政府;第三,戰勝或戰敗國同樣的享受貿易及原料的權利;第四,解除侵略國的武裝;第五,免除恐懼之自由,免除匱乏之自由及海上自由。在這些條件下,日本將會比一九一八年的德國處境更優越,那時德國沒有享到貿易和原料以及海上的自由。

對於查買瑞亞斯的廣播,日本同盟社七月二十二日予以答覆稱:"日本人是有理性的民族,可用正論説服;但他們也是個堅定的民族,不受恫嚇的。美軍的作戰方法適足鞭勵日本人戰鬥的熱情,使其達到空前的不可測量的高潮。日人愈加相信,惡敵一日不懺悔自新,什麼理想、正義觀念,公正精神,永久和平的可能性,人類文明的進步,都不能發

---

[*] 原載《大公報》(重慶) 1945 年 7 月 25 日。

揚。"七月二十一日日本廣播評論員大□曾宣傳預料杜魯門總統受美國人民的壓力所迫，將修正對日本無條件投降之要求，並"重新考慮羅斯福干涉遠東的政策"。

使人不解的是中國人在這足可影響其子孫多代的雙邊談和聲中，一語不發。

《紐約時報》社評稱，查買瑞亞斯的廣播為"最重要的"和談之發展，社評裏說："這篇廣播牽涉到我方上層政策事宜，因是連帶產生一個問題：它是否在表達已定的美國政策？若然，那個政策是怎樣，什麼時候，並且是由誰決定的。查買瑞亞斯伸手遞給日本《大西洋憲章》的實惠，可是這些實惠卻顯然的是不准德國享有的。在《大西洋憲章》規定下，日本將可有權選擇自己的政府形式，這在現況下其意義是在天皇領導下保全神權政治制度，和這制度所代表的一切。這種對日人的引誘是屬於基本原則性的，最低限度也得請杜魯門總統與協同對日作戰的盟邦通盤商洽後再作聲明。據蔣委員長所說，澄本清源，我們該剷除深種在日人傳統思想、政治信仰和經濟制度裏的侵略種子。這意思當然是說，徹底改變日本的政治經濟體制。"

《紐約先鋒論壇報》二十三日社評稱："在日本培養出來的希望，將支持他們的無益的戰鬥，戰爭取勝的方法不在殺人，而在滅絕希望。不可避免的，日本的希望是我們應當努力對付的目標；敵人的希望是不能用放鬆條款或請他開談判所能毀滅的。"該報二十日社評說："民主國家致命的趨勢是在尋找最快捷、最廉價的辦法以求了局，並不想想因此以後會出更多數目生命的代價。在一九一九年我們率先退出歐洲，表現出這種趨勢，今日我們正償付着可怕的代價。我們在亞洲再來這一套，真難令人置信。在亞洲一如在德國，解決方案須求徹底，假如我們不願慘痛的歷史重演。徹底的解決方案，非藉徹底剷除或改造那造成黷武逞兇罪惡的社會制度不能實現。"

二十三日　紐約

從波斯灣到丹吉爾[*]

"從多瑙河到波斯灣這一條地理弧綫堵住了俄國追求地中海和波斯灣的暖水的傳統慾望，而土耳其是這條弧綫的基石。"《紐約時報》的歐洲記者 CL Sultzberger 在八月四日這樣寫着。

到今天爲止，這還是一個事實。但是，歐戰的勝利結束將要把這個事實改變來產生國際的新形勢。這個形式就是如何在利害相悖的地方求取國際合作與國際和平。

從波斯灣到丹吉爾一串的問題是這種新形勢的浪潮。九月一日起（編者按，現改九月十一日），五國外交部長會施展他們神禹治水的工夫，使之匯入國際合作的海洋。現在我們從波斯灣上望過去吧。

一、伊朗在波斯灣上

第一次大戰以前沒有伊朗這個國家。當時的波斯沿里海的東北角屬於帝俄，從伊斯孚汗以南沿波斯灣印度洋，大半個波斯屬於英國。大部分的油田集中南部，在英國手裏。大戰以後，伊朗產生。蘇聯退出去了，英國的影響與經濟實權依然存在。蘇聯的高加索在英國勢力的包圍圈內，伊朗北部的油田蘇聯也不能染指。到一九四一年爲止，這情形沒有大變動。

一九四二年一月二十九日英國、伊朗、蘇聯三國協定，爲了防止納粹突破土耳其，日本竄過印度入伊朗，決定英蘇兩國在伊朗駐兵，到納粹及其伙伴被消滅了半年以後爲止。但是現在日本還沒擊破，爲什麼伊

---

[*] 原載《大公報》（重慶）1945 年 9 月 11 日。

朗政府焦頭爛額的要求英蘇兩國撤兵了呢？而現在表面的要求也好像就是撤兵的問題。內容方面則當然要回到歷史上去。伊朗的汗 Shap 一向和英國交情好，伊朗的英國油商幾乎等於伊朗政府的開關。這造成了伊朗政治單純親英的形勢。但自蘇聯軍隊進來了以後，蘇聯的政治影響當然在伊朗的民間激起波瀾。於是伊朗的風浪無法平靜。民間團體和報紙對伊朗外交政策的批評風起雲湧，對國內維持現狀的政策也大不滿意。激進政黨 Tudeh Party 在伊朗的力量大爲增加。"物必先腐也，而後蟲生之。"但伊朗政府卻不明白中國理性主義。爲了減削國內杌隉不安的形勢，祇有要求兩國退兵。曾經一度宣傳說英國照會蘇聯退兵，但據昨天的巴黎消息，英國認爲太平洋戰爭未止，不能把軍隊撤退。美軍已經大部分撤出來了。美國很放心它在伊朗的油田。蘇聯關於撤兵與英國同調。除此之外，蘇聯希望取得伊朗北部的油田。《真理報》於七月九日批評伊朗政府。有人雖暗示蘇聯想要取得波斯灣出海權，蘇聯政府至今並未表示。但蘇聯之要求這波斯灣上的大國做它的好朋友則毫無問題。因爲里海東西兩岸的蘇聯即伊朗的北部；印度洋上的運輸從波斯灣到里海有一條長六八五哩的直綫鐵路；再如果從埃及、巴勒斯坦、伊拉克、伊朗、阿富汗這一長串的英國勢力範圍看來，蘇聯的打算毋寧在想像中。

二、土耳其是基石

蘇聯退出地中海，保衛黑海平安。土耳其正管住了地中海的後門。

本年三月二十日莫洛托夫照會土外長沙加（Hasan Saga）停止將於本年十一月告終的二十年蘇土條約，修改一九三八年關於達達尼爾海峽的《蒙特羅協定》（Mortreux Agreement），同時提出三項要求，希望兩國先成立同意，然後進行談判兩國新條約。據說蘇聯之所以要先成立兩國同意的原則，是模做土耳其在《蒙特羅協定》成立以前的做法。那三項要求根據巴黎《紐約時報》記者八月四日電報是：

（一）在國際討論《蒙特羅協定》以前，蘇土兩國同意允許蘇聯在海峽區域成立防禦根據地。據說蘇聯認爲根據地在平時可由土耳其管理，但戰事發生時，蘇聯應有控制權。

（二）這一點原則同意之後，即召開國際會議成立新的海峽協定以代替《蒙特羅協定》。在這種國際會談上，土耳其應支持蘇聯的立場。

（三）蘇土兩國則有特別會議討論將土國現有的卡爾斯和阿達罕（Kars and Arcohsn）兩塊轉手亞美尼亞蘇維埃共和國。

關於這過程的片段消息在七月初纔在美國發表。據說當時土外長立刻聲明一切問題要在國際會議上解決，兩國不能先談。土外長沙加在舊金山會議之後即去倫敦，在波茨坦三強會議時，沙加一直守在倫敦候消息。但據上述同一報告，則蘇土兩國已經有了一些會談。土國對於三個要求一律拒絕。

這兩個問題都有歷史背景。

（一）達達尼爾海峽對蘇聯有兩重意義，無論是向外發展與對內防守，蘇聯總要想到它。十九世紀末直至二十世紀初，帝俄與英國爲了這一帶地方用過許多心機，從軍事與外交上爭衡。但自克里米亞戰爭俄國失敗，繼之以一九〇五年日俄戰爭的結果，再繼之以十月革命，幼年的蘇聯遂承認一九二三年的《洛桑協定》以及一九三六年的《蒙特羅協定》，暫時放棄了達達尼爾的願望。根據《蒙城協定》，土耳其有權管理及控制海峽區域二十年。第二次歐戰發生時，土耳其維持中立，而這個中立極爲表面，征服了巴爾幹的納粹時時有艦隻通過黑海與愛琴海之間的四十英里海峽區域。一九四三年蘇聯報紙開始攻擊土耳其的中立於德國有利。同年邱吉爾訪土耳其，却無法使土耳其開放海峽。一九四四年英土關於海峽的談判也失敗了。到去年六月納粹失敗已在眉睫的時候，艾登在下院公開批評土耳其，指出十二隻德國武裝船隻通過海峽，這纔使土耳其當時外長門尼肖哥魯下台，代以沙加。

從這段過程看，蘇聯的要求是很自然的。它視那段海峽正如美國之視巴拿馬運河。

（二）土耳其的東北角與在黑海邊上的亞美尼亞爲鄰，上述卡爾斯與阿達罕兩地的人口向來主要是亞美尼亞人。一八七八年俄土戰爭後的柏林會議決定把這兩省劃歸俄國，同時劃過去的是黑海海港巴統，因爲巴統人口主要是喬治亞人。在布列斯特，立托夫斯克會議時，列寧決定對土讓步，把這三個地方讓與土耳其。但是三個地方都不服，硬不接受土國統治。一九一八年三月土國用兵征服了它們。從那時起到一九二一年，三個地方大混亂，亞美尼亞喬治亞自己獨立。一九二一年蘇聯又和土訂約收回了巴統，但卡爾斯與阿達罕仍歸土國。從那時起，兩地的亞美尼亞人口有幾十萬被屠殺，其餘逃到蘇聯和美國去，因此至今那兩處的亞美尼亞僅餘八萬左右。而亞美尼亞對此念念不忘情。

對於這兩個問題，美國態度我們不明白。據說美國認爲海峽問題可在國際會議討論，邊界問題則不想理會。一般意見常把蘇聯的理由提出來做論點。以土耳其的態度看，這將是五國外長會議的棘手問題。

三、馬其頓在愛琴海上

七月八日南斯拉夫的狄托元帥公開攻擊希臘向南斯拉夫的馬其頓開槍。同時聲明有上千上萬在希臘馬其頓的斯拉夫居民被迫害、殘殺、驅逐，難民逃往南斯拉夫的有好幾千和上萬的人。狄托聲明對於希臘沒有還擊，這聲明發表以後，希臘政府馬上發表聲明說沒有這回事，說斯拉夫人在希臘馬其頓受攻擊是土匪幹的。在這時期，《紐約時報》記者布魯爾（Sau Pope Brewer）却從南斯拉夫寫來了"難民訪問記"，認爲從他所訪問的一百十二人看來，情形是一種"真實的恐怖與壓迫"。受迫害者有的是汽車零件商、小店員、木匠、女孩子們。他們通通把全身的傷痕及死難親屬的名字告訴該記者，異口同聲都報告希臘軍隊和民團怎樣開槍，怎樣闖進房子抓人，怎樣用刑，怎樣搶東西，怎樣把人趕到野外，使他們不得不翻山越嶺，穿小路逃到南斯拉夫。受害逃亡的據說在一萬人以上。該記者說這是一種"有系統的恐怖"，是按照一個"普遍的計劃"，他認爲假如希臘政府沒有實際去幹，"他決沒有阻止情形發展"。他認爲"地方軍官必是進攻者之一"。

小事也有根源，也將在國際問題中佔重要地位，尤其因爲它發生在多事而暴力的巴爾幹半島上。在情形無適當解決之前，論客們的想像不免又要扯到英蘇兩國身上去。從一般國際問題的型範看來，英蘇兩大國家恐怕也免不了要在這裏有些話談。

馬其頓在南斯拉夫、保加利亞與希臘交界地帶。它有一條發達河（Vaydor River）接連多瑙河與愛琴海上的薩羅尼加。一九二一年前歸屬土耳其，之後它被希臘、塞爾維亞、保加利亞與門的內格羅瓜分，大部分屬於前兩國。人口有塞爾維亞人、希臘人、保加利亞人、土耳其人、阿爾巴尼亞人和猶太人。這都不算問題。一九四一年保加利亞借德國力量佔領了南斯拉夫的和希臘的馬其頓各一部分。保加利亞投降，佔領地歸還時，狄托把南斯拉夫馬其頓變成馬其頓自治共和國，參加南斯拉夫聯邦。這情形使希臘恐怖。第一，從去年十二月歐戰以後，希臘完全變成了特權家的世界，與南斯拉夫的新制度根本不相容。第二，馬其頓人民性剛勁，好自由，依山對海，他們是勇敢冒險的民族。馬其頓共和國的產生對於他們是新鮮的刺激。第三，該地人口斯拉夫人佔多數。第四，南斯拉夫出海的慾望不能和馬其頓的薩羅尼加不發生關係。第五，希臘尤恐巴爾幹的斯拉夫國家，這樣一來，把它從後面包圍了。它在馬其頓的恐怖政策，在於掃除馬其頓問題的人口根據。

蘇聯自德黑蘭會議以來，對希臘沒有講過一個字。現在還是不贊一辭。觀測者當然想到南斯拉夫如有了薩羅尼加，則蘇聯在地中海的形勢會更有利。英國方面七月十四日外交部發言人聲明，英國還是六年來的老政策，擁護希臘土地的完整。

四、國際問題是大家的

敘利亞法軍開砲的事件發生不久，蘇聯就要求參加敘利亞談判。丹吉爾國際共管這個問題，蘇聯也表示了它的興趣。這種態度深得美國的同情，因爲遠在美洲的美國也參加了這些歐非問題。敘利亞和蘇聯雖無過去溯源，阿吉利亞則在一九○六年已經聽到俄國的聲音。彼時十一國阿吉利亞協定就有俄國在內。英國管直布羅陀已經幾百年。丹吉爾的國際地位安排得好，對於英國本身也是保障。這種趨勢曾使美國人想到了蘇伊士與巴拿馬運河將來的安排。由於中國之參加五國外長關於歐洲的會議，法國也已提出了對於亞洲說話的資格。國際問題從兩面關係漸漸走向多面關係的認識。因此從波斯灣到丹吉爾的一串問題，雖然大部分好像是英蘇間的利害，實際上還是國際合作與國際協調開展的路綫。尤其是工黨勝利，拉斯基宣佈英國向社會主義前進的時期，過去那種冷戰的國際分贓的想法與看法，難免將不合於戰後的國際新形勢。

八月五日寄自紐約

怎樣處置日本？美國輿論分三派[*]

一派反對保留天皇制 一派贊成保留 一派認爲天皇制是壞的
但藉此獲得和平却是好的 現在大家注視國會的態度

據無綫電傳來消息，麥克阿瑟將軍進入東京了。日本首相東久邇在議會裏用"天皇的仁慈"一語就輕輕的把投降的事情解釋過去了。美國人民對日本的情緒與態度，正處在"迷糊的邊緣"上，沒有太多的恨，可是也並不憐愛。對於將來棘手的日本問題，他們在理智上的態度仍然有種種的疑懼，或明或暗的存有錯覺。復員的種種問題雖然帶來了警告，可是將來怎樣處置日本，日本正向那一個方向走，却一直是人們談論着的問題。本報記者同幾十位美國人討論過，這些人包括着報紙儲藏室的看管人、街頭行人、飯館的侍者、商店經理、官吏以及新聞記者。有一個大約四十歲的女人說，她希望日本起初拒絕了接受盟國提出的投降條件。一個企業的代理人說，最近兩個星期來的發展，使他保留對於高高在上的政治領導的信心。問一個看管報紙儲藏室的女人對於日本投降有什麼態度，她縮了縮頭，很勉強的說："是啊，戰爭結束了很好。但是你知道日本真狡猾得可怕。他們仍然覺得他們是了不起的。他們將要捲土重來。"就是贊成保留日本天皇制的一位名記者，也不敢預言與日本維持和平的事。每個人都覺得那是很微妙的問題。這不但在普遍的鬆懈上可以看出來，並且成百萬的人民給國會寫信，請求讓他們在戰場上的孩子們回來。美國人對於日本的錯覺可能是暫時的，但是他們可能躊躇而阻止最後的安定的實現。同時《紐約郵報》《紐約時報》和《先鋒論壇報》

---

[*] 原載《大公報》（重慶）1945 年 9 月 12 日。

都登載日本對待俘虜的殘忍故事。《紐約時報》刊載了國會關於日本不顧美國的抗議，而施行殘暴手段的報告書全文。我們可以看出來，國務院發表這件報告書的目的，乃是要提醒人們的記憶。各報所發表從日本拍來的通信，都說明日本人民的所作所為，都好像是他們並沒有被征服。日本人民都並不覺得美國人現在已是他們的主人。今天《紐約郵報》發表了一篇柔佛的通信，裏頭提到日本在新加坡的司令官板垣告訴柔佛的蘇丹說，他大約在二十年後仍將重返新加坡。聯邦交通委員會今天收聽同盟社的廣播，報告重光葵在招待記者會上談話稱："盟國將經過日本政府提出一些必要的要求。"這意思就是說盟國僅能在日本善意的同意之下纔能與日本辦交涉。著名的廣播評論家斯徒威抱怨說："在日本，我們在政治上從一開頭就失去了主動。"在這一般的混亂迷惑的中間，美國輿論關於處置日本一事的態度可以分為三派：第一派，反對保留皇帝、軍人壟斷的專制政體，因為它是侵略的。他們希望用美國堅決的控制政策鼓勵日本的社會與經濟的革命。這一派由《紐約時報》《午報》《紐約郵報》及《國家》《新共和》等報紙刊物為代表。第二派，贊成保留天皇制，藉以防止騷亂，以及防止這一派人士以為是社會主義的極權主義的發生。他們說，我們一點也沒有消滅他人制度的職責，應當把一切都交給那位英雄和天才的麥克阿瑟。這一派由赫斯特系報紙為代表。第三派，認保留惹起戰爭的天皇制度是很壞的，但藉此能獲得和平却是好的。無論怎麼說，事情已經做了。我們祇希望在日本的統治政策對於此後的種種問題要留心。這是一般人們的意見。現在的目光轉移到國會的政策上了，但是還得等待，纔能見分曉。國務卿貝爾納斯在國務院裏組織了一個委員會，會員有以支持佛朗哥著名的副國務卿鄧恩、陸軍副部長麥克羅和海軍副部長凱斯。據推測，這個委員會要根據貝爾納斯前已宣佈的綱要，制定在精神上和軍事上解除日本武裝的具體政策。

八日　紐約

美英財政經濟商談[*]

傳英欲借三十至四十億美元
恢復輸出貿易以英鎊償債務
美尋求市場亦亟謀經濟合作

　　英財政專家凱恩斯及英駐美大使哈里法克斯今天會見美國國務院代表麥克萊登及克勞萊，為美英財政經濟談判預作洽商。《租借法案》的取消，使英國在食糧和衣服上遇到了急迫的問題。據一九四五年八月二十二日美國《租借法案》執行人克勞萊氏發表的報告，在戰爭期間，英國幾乎得到了租借物資的四分之三，即四百一十億美元中的二百九十億美元。英國所訂購賴以生存的租借物資，無論現在堆積在英格蘭或在運輸途中，英國人已經再不能無條件的利用。至於瞻望前途，問題就更可怕了。英國的貿易平衡狀態在一九三八年時就打破了。那時候它的進口是三十四億三千二百萬美元，出口是一十八億八千三百萬美元。全年出超一十五億四千九百萬美元。它彌補入超的辦法是運用它國外投資的收入八億美元，海運收入四億美元，旅客保險佣金一億四千萬美元。這樣，所餘的差額尚有二億零九百萬美元。在作戰時期，為了供給戰費的消耗，它把大部分的國外投資都失掉了。在《租借法案》實行以前，它單單在美國就拿了投資中的五億多美元，根據"現錢現貨"的辦法付賬了。一九四四年，它出售了四十二億六千萬美元的國外投資，失去了一九三八年時輸出貿易額的百分之五十五。它現有的海運祇剩下了一九三八年的一半。除掉目前迫切的生存問題外，它必須恢復一九三八年輸出貿易額

---

[*] 原載《大公報》（重慶）1945年9月14日。

的百分之五十五，另外還要再增加輸出貿易額百分之五十，藉以應付復員、重建等需要。此外，它還有一百五十億美元的英鎊債務，這些債款權屬於英鎊集團的國家，大半是印度、中東各國，也有阿根廷的。此外，工黨政府答應以賠償的方式使某些事業歸爲國有。英國深切的期待着國際經濟的合作，然而美國也有它自己的許多問題。全世界都到這裏來要錢。據報告，僅英、中、蘇三國向美國請求的總額就有六十億美元，美國可能拿出這些錢來，但是必須經過國會的通過，這却是一件不容易的事情。它必須協助各國，但是它也有一個指導的政策，那就是在這經濟制度衝突的世界裏，它所用的錢，不致反使它自己的地位趨於脆弱，現在可用的錢有進出口銀行的二十八億美元，向這個銀行借款，須付百分之二‧三八的利息。美國不高興渥太華對大英帝國各自治領地間減抽百分之五關稅的協定。因爲這將使美國的貨物很難在大英帝國的範圍裏競爭。使用英鎊的區域與美元聯合的制度又是一個問題。因爲這一點，英國就控制了那些以英鎊爲金融中心購買美國貨物的國家。因爲美元的流通，這些國家獲得的美金在戰時爲英鎊換走，於是美金就集中在倫敦，英國人便把這些美金分配給大英帝國範圍內的各國，用以購買美國的貨物。結果所屆，第一，英鎊國家不能與美國有獨立的貿易。第二，在《布里敦協定》實行的時候，美金透過貨幣基金可能在倫敦流通，而且可以用以加強英鎊的競爭力量。最後，假如英國宣佈的國家化的政策實行了，那很可能擴展，使美國變成了這個"自由企業"之島上的"聖牛"。

  談判的真確條件現在尚未發表。據傳說，英國希望獲得三十到四十億美元的援助。它要建立它的工業，恢復它的輸出貿易，然後以英鎊償還債務。在英國，現在沒有人談起《渥太華協定》、英鎊區和美元流通的問題。英國不喜歡以物易物的制度或有利息的借款，因爲它不能償還。美國人談的是由進出口銀行臨時貸款，使英國可以購買那些在英國堆積着或正在運輸途中的租借物資。他們建議英國按比例減少和付還英鎊債務，使英鎊國家有美金與美國貿易。這意思就是打破英鎊集團而與美元聯合，這樣印度和中東各國就變成了美國貨物的市場。它還希望改變

《渥太華協定》。他們建議以低利辦理長期貸款，在一年或幾年後開始償還。美國人也談到給英國船隻的事。美國有五千四百萬噸的商船隊，它不需要這麼多，它是否願意以之交換加勒比海的島嶼，或者把船隻也包括在借款之內，現在尚未決定。赫斯特系報紙提出了極端的建議，要英國以其橡皮、錫、石油等實物還債。英國則希望以這些東西建立工業，並恢復其輸出貿易。雙方的妥協也可能產生許多問題。英國也有它的武器，它可以請求英國人民把腰帶束緊點，使大英帝國的各自治領更束緊一點，開始經濟戰爭。美國迫切地需要為它的資本（《大西洋月刊》說有一百億美元）和它的貨物（百分之五十的機器需要輸出）尋求市場。美國需要其他國家的合作。這裏人們一般的意見和觀察都同情英國的立場。這可以說明了一種國際經濟合作的體系，"給和與"的方法是必不可少的；但是最要緊的，凡是在經濟上能維持自己達到最優良境地的國家，它所獲得的國際協助也一定最多。

十一日　紐約

批評麥帥對日政策
美國輿論引起激辯[*]

一部不滿現狀主張加緊管制 亦有贊譽麥帥行動謹慎聰明

在麥克阿瑟將軍對於過去兩星期對日政策的執行情形有所解釋之後，接着這裏的報紙輿論對於他的地位就開始了爭辯。《前鋒論壇報》在昨天的社評裏又呼籲實行"革命"的改革說："美國由於要經由日本天皇纘執行政令，所以大大加強了天皇的地位，這鼓勵並支持了那控制天皇的寡頭政治。"《紐約郵報》昨天說，麥克阿瑟態度的改變，乃是各方面評論的直接結果。該報主張還需要更多的批評。批評麥克阿瑟的範圍極其廣泛，在報紙方面有《舊金山紀事報》《前鋒論壇報》《聖路易士快郵報》《基督教科學箴言報》《紐約時報》《紐約郵報》《路易士威爾郵信報》《芝加哥太陽報》《午報》《的斯孟尼斯紀錄論壇報》。重要的專欄作家有鮑爾汶、伊利奧特、斯杜威、柴爾斯、備伯爾遜。雜誌從最左側的《國家》到《生活》，大多數都是要求徹底的統治日本，實行普遍的逮捕，東久邇以及其他日本內閣的閣員均包括在內。他們要求根除"某些引起這次戰爭的傳統習俗、作風、手段、習慣以及機關"（鮑爾汶語）。他們以爲麥克阿瑟的政策有錯誤。爲麥克阿瑟辯護的人說他的政策是對的，但是他的謹慎行動是聰明的。他們指出在日本的美國軍隊與那裏的日本軍隊比起來數量太少。假如"鐵掌"政策執行的太快的話，那些秘密社團、憲兵以及青年狂徒們就可能成爲游擊隊的隊員了。持這種論點的乃是赫斯特系報紙，如《紐約每日新聞》和《紐約美洲雜誌》。霍華德萊的報紙

---

[*] 原載《大公報》（重慶）1945年9月20日。

《紐約世界電訊報》說，如果以爲麥克阿瑟的政策尚屬溫和，這種批評是不公平的。該報警告不要中了日本的狡計。專欄作家傑姆斯今天爲麥克阿瑟辯護，他把大部的批評稱作"粉紅色"。《紐約時報》的特派員今天從東京發來的電訊說麥克阿瑟的行動是謹慎的，他承認黑龍會仍然在陸軍、海軍和大本營裏活動。根據國會高級官員對我說的，麥克阿瑟接受國務院的一般指導原則，而他却有廣泛的餘地去執行一切。李普曼批評這些指導原則爲"不够"。一位聲譽頗高的觀察家對本報記者說，是"愚蠢"，而李普曼批評是"可怕的錯誤"的朝鮮事件（指暫時保留朝鮮日官員事）甚至惹起了更廣泛的批評。記者聽說華盛頓方面非常驚訝，以致不得不對日本實行更強硬一點的政策。華盛頓期待在初期佔領完成之後，由美、英、蘇、中四大強國組織委員會管理日本全國，委員會如何組成，它將如何執行政策，這些問題都尚未提出考慮。關於將來的對日政策，輿論好像很樂觀，說是不久會有更多的改變。現在嚴重的問題是必得通過日本當局纔能工作的一種傾向。日本軍隊的解除武器，軍事工廠的復員，以及日本式教育的消除，都留給日皇政府去作。

關於維持舊的日本政府制度和建立民主制度的衝突問題，將是美國評論界長期的爭辯。在這時候，前駐華美國大使館代辦艾其森正準備去東京，作麥克阿瑟的政治顧問。六月裏逮捕六人中之一的謝偉思不但無罪，且大受國務卿貝爾納斯的讚揚，前副國務卿對此曾深引以爲憾。謝氏現在也被派與艾其森同往。這些遠東專家們的任命，在官場中被認爲是好的象徵。中國對管制日本問題的緘默，以及傳說要利用傀儡組織一事，已經引起了口頭上和文字上的抨擊，《紐約午報》以"爲什麼我們合作者都在離去了"爲題著文。不論中國內部情勢如何，它有義務也有權力對於管制敵人發言。

十六日　紐約

訪問賽珍珠夫婦
談中國近代文學*

先從華爾席（Richarb. J. Walsh）先生說起。

不知他的年紀，這位先生：從他的筋肉勃起的臉，竄動的灰色眼睛，從他說話之快而斬截想來，應該是四十來歲。但是，有不少美國人你以為他三十歲，他可是五十歲了的。所以，我寧可冤枉華先生一些，估他五十來歲。

因為本來見過，這回一開頭就講起怎樣介紹中國著作到美國來的事，關於中國的書美國出了幾十本，尤其是戰爭時期的中國。大部分是分析中國的政治，報告中國一般近狀。由於國內政治軍事生活有了兩個中心，故寫書人對中國見解之不同，使美國人越看越昏，不知中國人究竟在幹些什麼，或者，比如說究竟中國人民是怎樣的一些人。他們怎樣生活，怎樣工作，怎樣想，怎樣和為了些什麼而快樂，而憂想。

對中國人的興趣在美國正生長中

這種進一步對中國人民的興趣在美國正在生長。所以當我提到中央研究院出版嚴中平先生所著《中國棉業之發展》的時候，華爾席先生在椅子上動來動去的說："這恐怕不行。我們要知道中國人民的生活，要認識中國人，小說這是最適當的。學術性過重的東西，美國一般人弄不清楚，反而頭暈。就這個雜誌（《亞細亞》）你是知道的，我們要多介紹中

---

* 原載《大公晚報》1945 年 9 月 27 日。

國生活。還有，我這個書店（Joha Dah Book Co.）也出了不少關於中國的書。華爾席太太（賽珍珠）新近又辦了一個亞細亞出版社（As. in Press）。我們打算注意出版中國小說，最好是好的長篇。"提到短篇小說的時候，他把下嘴唇往上一蓋，搖搖頭，說："除非有真好短篇小說在美國雜誌上發表，短篇集很難，片斷的東西對美國太生疏了。"

華爾席先生與中國古董

談着談着他就站起來說："我陪你去看華爾席太太去。"他走到一個櫃子旁邊雙手捧下一包東西來。戰戰兢兢的一半放在桌上，一半還捧在手裏，很高興的說："你看，好不好？"那是一隻淡碧玉樽。扁香爐形，兩邊有兩隻環子，上面有蓋，全部細雕葉片，底下一個雕花仿紫檀的座子。華先生粗粗的手指頭在座子下面棉花裏發神經的摸着摸着，棉花裏躺着幾片黑紫的座芽，雕工太細，座子碎了幾塊。華先生連連惋惜着又把棉花捧上來，圍在樽子週圍，然後雙手把它擎在懷裏，不好意思的笑着，說："就是怕把它又撞壞了。她還沒有看見呢。現在我們去吧。"

從十五層樓下到第八層，賽珍珠所辦的東西協會（The East and West Association）就在那裏。進門時，我看見在一間大客廳的角上有一位全身玄黑衣裳，頭戴黑色帶邊草帽，帽子週圍一圈紅花的中年女人坐在那裏和什麼人講話。她筆直的鼻子、薄薄的嘴唇、秀長的臉使我明白她是誰。華先生却沒帶我進去。他捧着那玉樽順着長甬道跑進幾個屋子里張張，又走回來說幾句話。再過一會，那穿玄黑衣裳的賽珍珠就出去了。整個房子似乎都很忙，結果我們祇好在甬道裏一張桌子旁邊談話。華先生興興頭頭的把他的玉樽向夫人顯示了一番，就上樓去了。

已經說過，賽珍珠辦了亞細亞出版處和東西協會。她的目的已經超過了文學本身，進而求東西人民的了解。從文學興趣到一般的文化興趣，從文化興趣進而到政治意見。這似乎是她的過程。但是，我揣測她並沒有把文學放在一邊，非但沒放開，並且現在她正在寫關於中國的劇本。

中國近代作品不曾注意生活

談了些關於介紹中國作品的話以後，我想起戰時美國文藝。據她說，戰爭中美國沒有值得注意的文學作品產生，祇有些報告作品。在她看，報告不能成爲文學，也不能算是文學。對於中國近代文學她怎樣看法呢，讀者可別發脾氣，她說："中國近代文學不行，模倣性太重。他們不注重生活。"

模倣性究竟是不是絕對能避免的呢？以近代文學來說，中國還在孩提時代。

"當然開始時，年青人都不免模倣，比如悲多芬。但那種模倣是年青人的同情感重。他不是要模倣，而是內部活動受了刺激。中國作家們太注重技巧，不講生活，不講思想，而注重西洋文學的技巧，技巧好了是空的，生活、思想豐富了，技巧就來了。"

不知讀者同意不？我則有一壞習慣，愛聽人罵我，所以我說："從作品和人的接觸，你覺得中國作家們在過去二三十年中是不是全付心腸的生活在生活中間，全付心腸的思想問題？"

她釘着眼睛看住我，鄭重的搖了一下頭，說："沒有，沒有全付心腸，半真半假的態度不會有好作品。中國人民極愛生活，對生活極感興趣。但是中國作家總是要做知識分子，講西洋技巧，不肯做各種用體力和老百姓在一起的事情。中國不跳出西洋文學的坑，很難有好的新文學出世。"

文學寫作三個要點

"那麽你覺得那些在延安的左翼作家們怎樣呢？"

"在這一方面他們應該是更好。別以爲我是共產黨，我不是共產黨。我不知道他們是否也控制思想，專講宣傳。一宣傳，就沒有文學了。"

她好像很起勁，自己又說："寫文學有三個要點。第一，活在生活中間，對生活直接的真實的興趣。第二，體力，要有能夠擔負十分認真的寫作的體力。第三，纔是才能，寫作的才能。"

　　這三樣，她說了又鄭重的慢慢的重複一遍。

　　我去本不是爲了訪問。但是，在別人的眼中看自己，我覺得那眼光有值得注意之處。

八月二日　紐約

白宮的記者招待會[*]

近二百名記者擠滿了東廂房
杜魯門總統給記者的印象是坦白、直爽、誠實，沒有繞圈子的話

杜魯門總統今天對本報記者說，他一向對中國就很感興趣。白宮秘書羅斯在總統的記者招待會於十點十五分完畢之後，即刻介紹中央社的代表盧祺新和本報記者與總統相見，並說這是第一個中國的女記者參加白宮的記者招待會。總統穿的很清新，微笑着與記者握手說，這是很新奇的事。招待會歷時十五分鐘，記者們詢問了十到十二個關於國內及國際的問題。從倫敦傳出的蘇聯要建立四盟國管制日本委員會的提議，記者們一再詢問，這表示一般人對於這件事的關切。全部問答可以看中央社的電報。

在記者招待會上，總統給記者的印象是坦白、直爽、誠實，沒有繞圈子的話，也不使記者們有什麼要費猜想的答覆。本報記者在九點半登上了白宮的新聞大樓，白宮東廂早已擠滿了近二百名的新聞記者。我遇見了幾位相識的人，彼此招呼了一下。人們告訴我，要站在前邊，否則會被後來的擋住了。十點擠進了屋子裏。當我側身向前擠的時候，我看不見總統在什麼地方，祇看到一排一排的記者們的脊背。我擠到靠近旁門的一角，那裏有兩個人讓我到前邊去了。總統那時正坐在一個長桌子的後邊，與前排的記者們很愉快的閒談着。總統帶着金邊眼鏡，穿着乳褐色的西裝，打着有綠色和黃色圖樣的紅色的領帶。屋子很快的就擠滿了。總統高興的站起來說沒有可宣告的，祇等回答問題。有一個地方就

---

[*] 原載《大公報》（重慶）1945 年 9 月 28 日。

發出聲音說："提問題吧！"第一個問題是關於蘇聯要建立同盟國管制日本委員會的提議。紙張和鉛筆像賽跑似的記錄總統的談話。屋子擁擠得竟有人在我的耳朵後邊呼吸。一個在我後邊的人提議他要在我的肩膀上記錄。總統的答覆簡短直接，沒有長篇大論。十多分鐘之後，我還等待着更多的問題提出，一個人忽大聲的說："謝謝你，總統。"總統點了點頭，面露微笑。招待會就完畢了。

廿六日　華府

美勞資糾紛仍嚴重[*]

罷工潮威脅全國影響復員
工人要求增加工資補償戰時損失
工業界不肯低頭謂資本仍須累積

    被觀察家描述為美國型內戰的工人管理的糾紛，現在正繼續其嚴重性。美國工業團體協會的國際石油工人聯合會號召了三萬戰略石油生產工人在八州罷工，三分之一以上的煉油廠關閉了，石油供應減少了一半。工業團體協會的汽車工人聯合會已經向全國勞工管理局請願，有一百三十五個通用汽車工廠裏的三十五萬工人決定在十月二十四日罷工；二十個克雷斯勒廠裏的十二萬工人，則決定在十月二十五日罷工；福特廠的二十萬工人在今天請願，將於十一月一日罷工。已經有五千汽車工人離開了工廠。激烈的鋼鐵與電氣業的罷工繼續着。這些工人聯合會要求工作每週四十小時而得到五十二小時的工資，以彌補在戰時和假期開工的應得的工資。這就是說，必須增加百分之三十的鐘點以保持工人們戰時工資的水準。美國勞工同盟的木業聯合會已經號召六萬工人為要求增加工資而罷工，美國工業團體協會的木業聯合會可能參加。約翰・路易士可以號召四萬煙煤礦工人為了要求建立工頭聯合會而罷工。全國電話工人下週將要罷工。所有參加罷工的三十八萬工人都已停止了工作。據估計，全國共有兩千起罷工，而主要的罷工則有二十三次。當前的局勢有下列幾種特徵：（一）多數的罷工是激烈的爆發，聯合會的官員們無法阻止。（二）油業、汽車業和木材業的主要罷工威脅着全國，長期的爭執妨礙了復工協商而使之失敗。（三）聯合會現正努力草擬一個解決方案，逐

---

[*] 原載《大公報》（重慶）1945年10月6日。

次與罷工的各廠個別解決，以獲得第一個願意接受的條件。工業界方面拒絕個別解決的方案。據悉，三大汽車工廠，即通用、克雷斯勒和福特三廠已密切的聯繫，協商關於應付聯合會的問題。（四）雙方都希望獲得解決，因爲工廠方面爲了利潤而急欲復工，工人方面願意維持戰時的經濟收入，但對延遲復工一事不負責任。因此勞工處理的各種協商正在鋼鐵廠和克雷斯勒等各工廠裏進行着。（五）政府方面至今仍依仗勞工處理協議進行調解，如果局勢更壞些，政府將要接管各廠以應復工之需。（六）中產階級都責備聯合會延遲了商品生產的復工，並在復員期中，忘了損折稅收。當記者在華盛頓小住的時候，曾經和聯合會人士、政府官員、工業界人士及新聞記者等接談，想看出這個過渡時期的情緒和思想來。一般的情緒都在不穩定與安全之間動盪着，大家希望立即開始繁榮，無論如何要減少失敗的痛苦。在混亂的局面中，由於缺乏強有力的領導人物澄清未來的動向，遂致特別進步的勞工與一般保守的勞工之間的裂痕日益加深。然而這並不是說這裏的團體都是走向極端和走向下坡路的意思。要了解我所敘述的意思，必須分別描繪勞工和工廠雙方的情緒和意見。先說勞工方面，他們對於未來感到片刻不息的焦慮，因爲戰時各種合同取消了。工作時間由四十八小時減到四十小時，加工和假期的工作鐘點也取消了，且對失業工人並沒有適當的救濟辦法。大規模的失業已經像巨龍的影子一樣的升起來了。同時他們是痛苦而憤怒的，因爲他們堅稱工廠方面曾經得到了巨大的戰時利潤。鋼鐵工業除納賦稅以外，利潤就有二億美元之多；汽車工業方面，福特公司不算在內，也獲利潤二億九千九百萬美元。阿金達會議已經削低了租稅，結果所屆，將增加現有利潤。再則，議會決定准許工業界減少現在國庫中上億的過分利得稅，但是總統的失業救濟計劃，規定每週供給失業者二十五元以至二十六週之久，這在議會中猶懸而未決，前途黯淡。工人們早在戰時已經暗自憤怒了，那時利潤飛漲，而工資卻被勞工管理局工資鐵律訂得很低。上個星期，成千的工人從紐約州、瑪里蘭州、賓夕凡尼亞和其他各州向華府國會大廈進發，去會見他們的議員，且爲失業救濟計劃而示威。他們復感苦惱，因爲據説工廠方面已經準備了數百萬美元用來分裂工人聯合會，他們控告工廠開革聯合會裏的活躍份子，減低工人數目用以減少聯合會的會員，並且僱用生手。汽車工人聯合會的會員由於飛機工廠的關閉，就由一百二十萬減低到七十萬人。他們又因勞工之間的分裂而致挫敗。四個大工人團體——美國工業團體協會、美國勞工聯盟、鐵路兄弟協會和約翰·路易士領導下的礦工聯合會很少一起合作，常常激烈爭論。工業團體協會和勞工聯盟以內的各部門也是如此。但是，這些工人是自信的、進取的，且意識到自身的力量。戰時生產的成功，使每個人充滿了自尊感，覺得自己已經完成了分內的事，因此，也有權要求相當的權益。在政府計劃下，戰時生產驚人的成功，使若干觀念轉變了。人們覺得以適當的指導來計劃，則美國能爲人類的福利多造奇跡，僅靠私人企業是不能勝任了。政府計劃和人民作圓滿的合作，這正像一道朦朧的彩虹昇起於地平綫上。國家意識和階級意識的一種奇異的混合物正在此間沸騰着。但是依舊不能指出明晰的型式和清楚的方向。發掘這種情緒和意識，就成了解釋政府計劃經濟和消費的宏觀經濟思想學派，以凱因斯爵士及韓森爲其代表。現正在上院懸而未決的充分就業案就是這個思想系統的説明。大致可以這樣説，商業團體完全愉快的勝利了。在戰時爲了獲得大商業的支援並消減國內的戰綫，故羅斯福總統曾把大商業都置於政府戰時生產的管制之下，並對商業界讓步，強化了大商業的經濟管制。經濟力量越集中，就越使商業致富。這樣，提高了巨大的再造世界的野心和權力意識。因爲他們覺得縱然各國都參加了戰爭，而實際乃是美國的戰時生產贏得了勝利。現在，和平把貧瘠而毀敗的世界公諸繁榮的美國，作爲它的市場。將來的富有與權力的遠景，止如朝日般昇了起來。戰時對於物資與商務的戰時合同及戰時管制都迅速的取消了。無論如何，這種光輝的太陽是需要蔚藍的天空的。首先，商業界對於政治的控制尚未確知，新政的夢魘還沒有消逝。這是杜魯門總統需要鬥爭的一個問題。勞工聯合會正和壓制勞工的團體從事鬥爭，尤其是工業團體協會和群衆活動委員會、政治活動委員會之間，鬥爭很烈。他們憂慮將來會受到工人的壓力，感到敗於工人壓力之下的痛苦。根據他們的經濟思想，認為工人積極的要求職業，要求增加工資，即是妨礙了商業並最終妨礙了人類的需要。商業有它自己的法則，就是利潤的刺激需要鼓勵，資本需要累積以作繼續發展生產之用，業務的擴大纔能帶來職業的昌盛。業務第一，人材其次。增加職業和工資，即是抑止利潤的刺激，浪費累積資本所需要的錢。此間造船業聲稱：增高工資破壞了美國造船公司和其他國家競爭的可能性。記者覺得這是一場介乎有良心的人的法律和刻板的商業法律之間的經濟內戰。事態將要如何發展，這就很難說了。由於上述的原因，談判雖在進行，而雙方的情感、觀念、思想和系統畢竟是距離得太遠了。對於復工，可能有一個協議。目前工人要增加工資百分之三十，廠方祇準備增加百分之十到十五。妥協點可能為百分之二十五。鋼鐵業方面協商所得的解決辦法，可供其他工業作為最後方案。因為在美國最有力的工業是鋼鐵業，它的解決方案是常常可以為其他工業的解決方法奠基的。不論任何情形，如果勞資糾紛使復工延遲，政府決定接管工廠，執行生產。如果復工無限期被延遲的話，就會影響民主黨一九四六年國會中的部分選舉，也會影響一九四八年的總統選舉及議會選舉。據這裏聰明的官員們極端的意見，以為共和黨如果可能再度當政，甚或僅祇在今後十年內翻不起身來，這都是不祥的禍害。在這些意見之上，大部分聰明的美國人都決心引導他們的國家為國內外的人類造福。熱摯的工作和思考，使他們的國家足以領袖群倫而無愧。

二日　紐約

美國的經濟復員*
—— 美國的全民就業與中國的繁榮强大和平不可分離

這問題去年在國內就聽見吵過。從八月十五日以來，電文中間國人大約也有所接觸。在遠方人看來，情形不外兵士出營，工廠改業，民用品代替軍用品，工人改業等等而已。但是對於有了第一次大戰後復員經驗，經過了一次世界經濟大恐慌，看到了過去二十餘年間世界經濟制度的變化，實現了戰時經濟效能的美國有識者，這問題是一個大考驗、大鬥爭。這時期是一個大機會、大將來的開始。這裏面包括了經濟學、政治學的爭執。就個人接觸來講，甚至於包含了人生哲學。我親見人們除了六七小時以上加油的辦公室生活以外，吃飯時談着它，聊天時也談着它。他們的這類談話與我們的閑聊不同。這種談話是交換消息，討論具體問題，商量做法。總之，談話也是工作。

爭執的雙方不是政府黨與在野黨，像英國大選以前那樣，而是大工業家與工會。前者主要以全國製造家協會和全國總商會爲代表，後者最明確的代表是有着五百萬會員的工業組織大會（Industrial Organization Congress），簡稱CIO。總商會爲這問題出了幾十種小册子和其他刊物，製造家協會所出則更多。工業組織大會除了出宣傳品之外，所屬各大工會又各提出了本業的復員方案。它的全國政治行動委員會（CIPOAC）正在爲復員所襲的大城市裏組織群衆大會做後盾。國會裏有眼光的參議員們提出了全民就業法案。這集中了爭執的具體目標，但並不表現國會意見的一致。眼前雖有十七個參議員站在這方面，據知道內情的人講，

---

* 原載《大公報》（重慶）1945年10月30、31日。

同意者的數目已至飽和。輿論方面,《紐約時報》與《前鋒論壇報》替製造家擔心困難;《下午報》、《紐約郵報》與《工人報》替工會叫喊。芸芸衆生或在解雇中,或在職業中,或在工資變化中。有的天天奔走於官立職業介紹所、州立失業補助處和工會,有的則彷徨於未定的全國失業救濟法案與解雇資助金問題之前,帶着一半信心與一半疲勞去作兩星期的休假。到現在為止,一般人大致相信戰後總有一時期繁榮,政府對失業救濟總會有辦法。眾人心理上的壓力不算沉重。

現在把雙方的持論態度與辦法寫下來。

一、從經濟學出發

英國政府首席經濟顧問凱恩斯有一種理論來説明恐慌及其對策。他認爲在成熟了的經濟生活裏,儲蓄的累積增加,投資的可能性減少。投資與儲蓄之間的鴻溝造成了購買力的低落,物價下跌。他認爲過多的儲蓄是由於財富與收入增加(而且集中),而投資低落是由於新的投資不能收回新的利潤。換句話説,財富越漲越多,但大都集中在少數人手上,死在銀行裏。而大多數的消費者都沒有那筆財富來吸收投資者所生產的商品,使他們得到新利潤。在資本主義或自由經濟制度下面,恐慌與失業不可避免。因此他主張政府應該參加國民經濟生活,成爲溝通儲蓄與投資的發動力。政府應用種種方法如稅收、內債等等來吸收財富,大量興辦政府事業,如公共建築、公共福利事業,不管它有生產價值沒有。他甚至於提出埃及的金字塔、方表,中世紀的大寺院、大陵墓,認爲流通財富應該如此做法。一則以解決失業,二則以暢通投資。其結果是政府的膨脹經濟,政府永遠負大債,但祇要是內債,並不要緊。問題是政府應該負恐慌與失業等等問題的責任。美國哈佛大學經濟學教授漢森(Alfred Hansen)也是這樣的主張。事實上,羅斯福總統新政的理論基礎也在這裏,華萊士於商務部長提名時,在國會的"六千萬職業"演講也從這裏出發。現在 CIO 在復員問題中所持的基本立場與此相去不遠。

但是另外一位哈佛大學的經濟學教授項先生（Albert Hahn）則大反對凱恩斯。據項先生說，凱恩斯的理論他在一九二〇年已經主張過，現在放棄了。究竟項先生現在的主張如何，我不知道。但佩服他的總商會經濟學家席密特（Emeyson Schmidt）則有一套話。他認為自由經濟，即資本主義經濟，社會本來是不會穩定的（Unstable）。在最好的時期祇有二百萬人整年失業，但此外亦必有八九百萬人不能整年有職業。整年就業的總祇有全勞動力的百分之七十五至百分之八十。如以美國勞動力為六千五百萬人計，則美國整年失業及半失業的將有一千二百萬至一千五百萬人。他認為這種失業第一是由於他們有自由，且於他們有利。失業的經濟原因他認為是生產費與物價的失調，而生產成本中之百分之七十到八十是工資，所以工資減低方是調整成本與物價的要道。他認為經濟的繁榮是由於企業家有投資的刺激力（Incentive），即有把握賺錢。成本與物價調整得好，能賺錢，則大家投資，經濟繁榮。政府的任務是經常調整其失調的地方，為企業家創造適當的政治與經濟氣候，使之有投資的刺激力，則繁榮自然生長，不必政府自己參加到經濟範圍來幹。他認為政府對職業無責任，企業家對於職業也無責任。在他所謂的自由經濟裏面，企業家和工人通通是從自己的利益出發：要賺錢，要利潤，而職業不過是副產品。重要的祇在於調整其失調，使商貨與業務流通，這些人與人中間的媒介物存在，則職業自然會來。政府的參加或甚至控制，將壓殺投資的刺激力。政府的膨脹經濟將大行加稅，不但使預算不平衡，危害國民經濟，有造成通貨膨脹的危險，並且妨害私人資本累積與活動，破壞自由經濟制度。

二、復員的種種

復員在社會經濟上所發生的種種眼前問題都可以歸之於一件大事，即政府這龐大的戰時雇主之消滅，因此發生了工廠轉業、失業、退伍軍人、生產力增高、工資與工時、物價、物料、剩餘財產、稅收等等問題。

而對待這些問題，究竟政府應站在何種地位。這些問題都必需相當時間繳能比較達到平穩，脫離復員時期所不能不有的混亂、脫節與復員中的恐慌。這時期究竟有多久，誰也說不定。勞工部長席維倫巴哈先生對記者說是八個月至十八個月，第一次大戰後的復員時期有兩年。

現在把每個問題說明一下，就知道眼前的問題又如何與將來的問題相聯。

（一）工廠轉業

從工業家現在的表示，這問題不算嚴重。據製造家協會調查，關於它所屬一千七百家以上的公司廠家，百分之六十一幾全無轉業（從戰時工業到平時工業）問題，祇有百分之十一需要三十天左右繳能開始平時工業。百分之二十八需一月以上。如食品、衣着及印刷就祇須繼續幹下去，毫無麻煩。運輸汽車業所需或不過把產品改改油漆而已。一般汽車工業所需復員時間三個月至半年，重金屬工業或要一年繳能完成復員。

（二）失業與退伍軍人

據戰時動員復員局局長斯奈得在兩週前發表，在他停止戰時合同之前，已有一百一十萬人失業。三個月內失業者將爲五百萬，到年底將有八百萬人。但是，CIO 的計算則到九月初將有五百萬人失業，九月中將有八百萬，年底一千萬人。退伍軍人據政府發表到明年七月爲止，將爲五百六十萬，平均每月退伍者五十六萬人。這數目當然不會穩定。平時工業已經開始，吸收力必極強大，可以減少失業者的數目。樂觀者認爲到一九四六年初，失業者會一直減少下去。悲觀者則認爲從本年十月中起，工業會大大活躍，飛快的跑完一九四六年的上半年。從那時起，步子會漸漸慢下來，到一九四六年底失業者會仍在一千萬至一千二百萬左右，蓋戰時人民所凝集的慾望將逐漸滿足，經常存在的失業者會減少社會的消費人，而戰時生產力的發展（這一層下節談）則不能多納容工人。

失業問題的嚴重性在兩方面。第一，消費力。我在戰爭中到美國，對於這裏人民消費力之大，老實說是十分驚異。我以前學校宿舍裏的女工就有一輛汽車,是戰前買或戰後買的可難説。我問她爲什麽不開車而要跑路,她不説花不起汽油錢,而説油票(Ration Points)不夠用。波士頓的幾家大百貨公司我總共去過兩次,但每次都是被擠在人群裏滾來滾去,無法找路走。問問別人都有同感。許多人説不願進城買東西,怕擠。戰時賺錢容易,誰都想花得痛快一些,尤其是平常受驚的工人們。人越買貨越出。但失業一來,誰還肯、誰還能這樣買呢?講到儲蓄,據CIO主持復員政策的負責人説,戰時全部儲蓄共有一千四百億元,但其中最大部分屬於每週收入在一百元以上的人。工人每週收入平均不會超過五十元,戰時物價高,每月二百元收入養家,在美國也僅夠,即使儲蓄也必極少。戰時公債的買主絕不是他們。我親見許多人到銀行買公債不過是戰時印花,公債則買不起。即使在他的工資中扣去公債,也祇能是很少的數目。故失業中購買力之觀望,自爲不免。

其次是退伍者與失業者的矛盾。一千二百萬軍人前前後後總要退伍,其中百分之二十依法可回到原來的職業,百分之八十將要找事做。假如我們知道第一次大戰後美國退伍軍人對工人的態度,現在的情形並無絕大變化。眼前保守者如美國第一派,正在組織中的國家主義派 Nationalist Party(以衆議員雷諾 Rep Robert Reynolds 爲首)以及進步派如 CIO 美國勞工黨 American Labor Party(以 Sianey Hillman 爲首),都在捧退伍軍人。進步派如若能使退伍軍人明白自己與工人原屬連氣,問題就要好得多,否則勞動市場內部的衝突當然是製造家的利器。同樣的是黑人問題。失業者中黑人總是打先鋒。五月初我到舊金山,那裏船塢休業,七萬黑人已經走路。但假如勞資糾紛發生,工人罷工,則黑人又被廠方雇用破壞罷工。七月初紐約派報業罷工三星期,赫斯特系報紙即自雇大批黑人在街上和電車中兜售報紙。於是黑白人中的感情被煽揚起來。在將來這情形依然是美國政府與工會的憂慮。

(三)生產力增高

戰時機器的改良,效率的增加,比戰前突飛猛進。有人説戰前需三個人完成的工作，現在祇需一個人。根據《戰後市場》（公共事務出版處根據國內國外商務局所發表的官方數字而出版的一種業務指南），如果戰後生產數量不超過一九四〇年，則戰後將有一九四〇年的九百萬失業工人，這裏加上一九四〇與一九四六年之間所新添的二百五十萬勞動軍，再加上六年來爲戰時效率增加所摒除的八百萬人，總失業人數在一九四六年將爲一千九百五十萬人。據這本書說，生產力自一九四〇年以來的增加爲百分之五十。參議員米德（進步派）的委員會在其關於復員的報告書裏，估計美國現在必須比一九二九年多有一千一百萬個職業。從一九四〇至一九四五年已經增加了五百萬個職業，那是由於戰爭的原故。現在是戰後，又加以龐大增加的生產力，美國還得找六百萬個新職業，纔能消受這生產力的成果，使之不造禍。戰後生產必超過一九四〇年，問題在於如何令被生產力所排除了的人買得起它。

（四）工資與工時

戰時一般工資提高還是簡單事。當時因爲鼓起工作熱情曾設立了許多加錢的辦法。第一，工時延長而在額定的八小時以外的工作時間一點鐘通通按一點半鐘算錢，假期工作亦復如此。第二，除工資以外加津貼。第三，分日夜班，夜班工資較多。第四，工作分等級，高的錢多。第五，計件付費的工資多。此外還有許多方法在額定工資以外加錢。戰後工時要恢復每週四十小時制度，不許多幹。一點半鐘制度取消。津貼夜班取消。許多小名目加錢的辦法都取消。這已經減少了工人的收入。而戰後工資高的職業正在減少。到美國職業介紹所去登記的失業工人全失望，那裏也有些職業等人，但工資則比戰時低了許多，工錢低則工人消不起出產品。這倒不祇是人道主義問題作怪。

（五）物價

戰時一般物價上漲，原料也是一樣。工錢還可馬馬虎虎，暫時壓一下，物料則很難通融。因此物價若順其自然趨勢，必然提高。尤其是重要的零件，難得的原料。一件東西漲，一切都得相應而漲，城市出品漲，農場出品亦必漲。工業家的利潤慾固然滿足，但必須顧及社會的消費力，特別是在復員的不景氣中，物價與工資的不調，就是將來大恐慌的結核菌。故物價如何使其慢慢復原，是大問題。

(六) 物料

戰時一切重要物料都在政府統制之下來分配。戰後這些物料究竟該統制呢還是解放？如統制，則製造家不答應。如不，則物料一到市場會被有錢有勢者搶光。如鋼到市場則大鋼鐵製造家、汽車大王不妨全部收買，而紡織業就難免向隅，製日用品如洗碗機、冰箱、烤麵包機器、製熨斗的先生們也遭殃。尤其是裝配過程中的重要零件老不能到手，則裝配廠無法出貨。此類零件現在很缺乏，若放到市場，則大銀行、大製造商會把它們囤積起來，小商人與市面祇有仰其鼻息或坐以待斃。小工業家、獨立工業家、新工業，在這種情形之下，就難以生存。其次，是有力者把原料拿到手，為了最高利潤，將寧願花少數原料與人工，製造奢侈品，賣高價，而不肯多花原料人工，製造大量廉價的平民用品。製造家可以少製些美麗華貴的窗簾，賺的錢不會比大批平民窗簾所賺的少。為了省料或為了避免商品充塞市場而落價，他寧幹這個。而平民照樣得花大價錢去買自己所需要的東西。

(七) 剩餘財產

這是政府在戰時所買的東西，主要屬於海陸軍部。這裏面從船隻工廠到寫字檯、電話機、罐頭食品、蚊帳等等，應有盡有，總值是一千億元。第一次大戰時，這一筆財產曾幫助復員恐慌的時期拖長，因為政府把這批東西推到市場上去，助成物價低落。現在，第一，政府不要把它隨便拋進市場（無論國內外）妨害私人企業家將來的財源。第二，又不能讓任何有大力者來廉價收買操縱市場。第三，當然是準備賠本，但究竟賠到什麼地步。有人估計說政府祇能希望收回值價的十分之一或百分之七，即一百億元或七十億元。

（八）税收

戰時的稅率自比平時高了許多。除了所得稅，有的幾高至百分之四十以外，大部分日用品都有消費稅。等級不同，從簡單文具的百分之二到奢侈品稅的百分之六十五。此外還有戰時過分利得稅，稅率有百分之三十強。減稅聲浪自從歐戰完結時起，已經就鬧得很兇。現在自然事在必行。減稅法令還沒頒布。要求聲浪最高的是取消戰時過分利得稅。但取消戰時過分利得稅而不減個人所得稅，則民間必吵。有人在衆院提出取消戰時過分利得稅時將個人所得稅一般的減低百分之二十。問題自然還有。個人所得不同，戰後工人收入將減少，一般的減低百分之二十，或有爭執。消費稅取消也有人談。

三、如何復員

這種種問題的解決方法在這裏成了重大的爭論。勞資雙方利益不同，理論不同。工會方面意見最統一，最有政治方向的是 CIO。他們主張復員時期政府更應該繼續對整個戰後經濟組織加以有計劃的發展，和戰時一樣，這樣則上述許多問題都可迎刃而解。換句話說，它希望有一個計劃經濟。但這種計劃經濟有一個前提，政府必須有絕對的強制力量來組織和分配生產與消費。它必然是社會主義或者是納粹的國家資本主義纔行。美國的大資本家第一受不了政府的統制和控制，第二，他們對於直接民選、能爲平民意見所影響的政府，尤其是羅斯福的新政流風尚未消滅的政府，不敢相信，故堅決主張戰爭一結束，立刻停止戰時的一切控制。政府方面對統制與否，復員計劃如何，在八月中我到華盛頓去時，還無政策。戰時所立各控制機關，大致以主持人的傾向和意見決定自己的政策。戰時生產局素來控制一切物料的生產和分配。主持人是一位大企業家，多數戰時生產局負責人也從那方面來，故戰時生產局在戰事結束三天內已經把鋼、鋁全部放行。大鋼業家早已把存鋼的地窖都預備了，说是最好的精鋼在那裏無論存多久，不會上銹腐蝕。其後繼續放行的物料有二百一十種如橡皮、銅、錫、銻，比較稀少。紡織所需的羊毛、紗等等也屬於稀少之列，說要繼續控制其分配。但現在關於橡皮車胎、羊毛、紗也已放出來。戰時生產局的人告訴我，他們很快就要關門大吉。關於人力，是八月十四號就放手了的。現在一切勞動力都到了自由市場上。對於這些自由而不自在的在野工人，杜魯門總統提出了每週最高二十五元、爲期二十六個月的辦法，CIO 提出了遣散費或退職金的辦法以及將來就業時全年工資保障的辦法。但這些都要候國會討論成立了法案纔能付現。關於物價，物價控制局長是一位和新政派有關係的人，戰時他常常爲限價和大企業家打得頭破血流，被美國人稱爲苦主。現在他還是堅持着要對於戰後物價加以限制。

關於工資與工時，眼前的法令是把限制工資的小鋼公式取消了。但又規定凡工資增加若影響物價，政府還是要管。美國勞工聯盟主張最低工資每點鐘六毛五，一般工會要增加百分之三十，因爲一切戰時津貼等等都沒有了。同時他們提出了訂全年工資的要求。製造家則正在大批解雇工會會員，寧出高價雇非工會人，希望破壞工會。

關於剩餘財產，辦法至今尚未決定。製造家與工會都不願意政府把它傾倒進市場去。

照上述情形看，復員的現狀是完全或者百分之九十九滿足了製造家的慾望。政府完全撒手，即還沒撒手的小小地方也是極短時間之內的問題。空氣從高樓上吹下來，十分爽朗輕快。對於有人估計一九四六年下季即將慢慢發生、五年之內可以成形的新恐慌，他們的重大對策是政府隨時設法調整經濟生活，例如取消工人與消費者的"特權"，執行反托拉斯的法律，採取反對壟斷專利的行動等等。而工會方面正在集中力量向國會争《全民就業法案》。

四、《全民就業法案》

《全民就業法案》原於本年一月二十二日由參議員麥雷、華格納、湯瑪斯和俄馬航列四個人提出來。當時提出的原意，或是為了想配合華萊士在國會爭商務部長與"六千萬職業"的行動。華萊士失敗，國會反對全民就業的感情正高，此事遂擱置不談。七月間日本和平攻勢出來，復員問題馬上要發生，戰後經濟的前途無保障，於是國會進步參議員乘英國工黨勝利之時，把它又提出來了。法案得總統和重要閣員如柏恩斯、華萊士等的擁護，好幾個獨立工業家與零售商（恐慌發生時零售商最先倒黴）都贊成它。

法案的全文並不長，僅十一張紙，而每張祇有二十五行大字。其重要點在於：

第一，決定人人有就職的權利，全民就業是政府的責任；

第二，總統應於每季國會開會時向國會提出全國生產與職業預算。詳細估計下年勞動力的數量。估計聯邦政府、州政府、地方政府、私人企業以及消費者的投資與支出的總量，這個總量乃為全民就業所必需。此外再估計以上各機關、各分野所能做到的投資與支出總量。若此數不能達到全民就業所必需的總量，則預算裏應提出總方案，以鼓勵私人企業家做到全民就業。預算中總統應向國會提出他認為必要的意見，以成立與總方案有關的法案。總方案可以包括與銀行、通貨、壟斷、競爭、工資、工作條件、國外貿易與投資、農業、稅制、社會保險、利源開發等等方面有關的政府政策和行動。在總方案施行之後，全民就業若依然不能實現，則總統應提出一個聯邦政府投資與支出的總方案，使全民就業實現。——政府因此成為全國經濟生活的最後計劃者和保障者。

法案現在正在國會參院銀行貨幣委員會聽取各方意見，當然反對者不少。它的本身就處處把私人企業家放在前面，因此扯不上社會主義及共產主義的罪名。但它的最大難關是最後一步：聯邦政府投資與支出的總方案，這就是我在第二段所說的政治膨脹經濟政策——要錢。誰肯加稅，誰肯出這筆負擔？其次，許多新法案必須設立，而每個新法案的成立常要很久時間，更不用說被打消。有人說恐怕恐慌來了的時候，參議員還在討論法案。《全民就業法案》的實際作用不能估計得太圓滿。

但是很明顯，眼前美國的平民工人以及一般有識者卻大家眼巴巴的望着它。戰時樂觀感情的洪流現在依然澎湃，工人的自信心極端高揚，而失業浪潮與一九三十年代的噩夢匯合，憤激而擔心的情緒與第一種洪流互相衝擊，全民就業是洪流的總方向。從政治方面講，它有一種教育的意義。就上面所說法案的兩重要點根本是社會主義的種子。正如參議員塔虎脫反對全民就業時所說：全民就業的觀念是從《蘇聯憲法》第一百一十八節產生。而"自由經濟"（壟斷的基本原料工業加有限度競爭的消費工業）則是有計劃的維持稀少（Scarcity）。對照之下，人民可以逐漸明白而且自覺他們的社會應走的方向。

眼前雖有困難，其困難處我以為有些地方比中國的還要難，但是美國人民幹的決心、才能和魄力，保證他們更遠大的將來。

戰後中國的□步與美國幾乎有息息相關的情勢。美國的平民運動及其全民就業的成功，與中國的強大、繁榮、和平不可分離。而我們對於他們的注意與關心何其太少！

八月二十九日寄自紐約

力的歧途[*]

兩個多月以來，對於原子力和原子炸彈這種事，我總不大想談。生命力的神詭，宇宙的威嚴，把我震暈了。當我在地下車站等慢車的時候，快車直奔像猛烈的風雲。它瘋狂的動力似乎一種不可見的妖魔，充塞宇宙。反看四圍螞蟻一樣的小人們，鑽來鑽去。那對照的強烈，使我不能理解人——這一種小動物何以就在這堅強、威猛而無所謂是非、愛惡、善惡的力的宇宙存在。然而，這無所謂是非、愛惡、善惡的宇宙的存在，却有待於人來發現，人來證明，人來給它以性質、德性和意義。假如人的形象，是隨着上帝，那麼這力的宇宙，或者宇宙的力是隨着人：人是什麼，它就是什麼。

人類，這小小的、可怕的靈魂啊！你的生死完全在你自己手裏。

這因為我想到了現在的力的歧途。

原子炸彈出現之後的兩天之內，這裏的報紙整天整幅講着它。連我這倒黴鬼，也寫信到陸軍部去請求訪問某大科學家，談一些與軍事無關的原子力的問題。當然，回話事關秘密，對不住。凡軍部所容許的消息，都在報紙上了。然而，兩天之後，連報紙上都忽然不見原子問題了。自然，人還是在談它，好像被狐狸精纏住了的人整天談狐狸精一樣。再後來，報紙又出來了，說原子炸彈會是美國的秘密。於是有些人就叫着說："這是秘密不得，應該把它變成國際的東西，換句話說，要變成人類的東西。"

現在，這官司可說是形成了。十月初，國會裏有了一個法案上議程。叫着 Johnson—May Bill，是參議員約翰孫和衆議員梅提出來關於控制原

---

[*] 原載《大公報》（重慶）1945年11月8日。

子力、原子炸彈的法案。在沒有討論議案之先，國會照例找有關的人來聽詢意見。這回到場的是四位政府代表。國會聽了兩個多鐘頭，他們全證明法案對，於是就把聽詢會關了門，意思是要表決。人們自然大吵，美國人能吵，且有吵的機會，這是我最贊成他們的地方。這或者很能和某些人讚賞中國人會忍耐者有對照之趣。不過，不管他。美國人大吵，要國會再開聽詢會，聽科學家們的意見。同時加里福尼亞兩百個科學家，大都是和研究原子炸彈有關係的，發表意見，認爲原子炸彈不能秘密，要秘密則引起各國的疑忌，威脅了世界和平。

吵來吵去，國會果然把門開了，到場的都是科學家。其中發言最多的是希拉德（Dr. Leo S. Jilord），支加哥大學主持原子學及原子炸彈研究的；安得孫（Dr. H. L. Anderson），新墨西哥原子炸彈及製造的負責人之一；尤雷（Dr. Harold Urey），哥侖比亞大學原子炸彈研究負責人；俄彭海麥（Dr. J. Robert Openbeimer），新墨西哥出產原子炸彈的研究計劃負責人。聽詢會是在參議院舉行。

俄彭海麥回答一位參議員說：“關於這秘密的討論，完全是學院式的問題。你不能把世界的自然變成秘密，你不能把原子變成秘密，那是每個國家都有的。”他說對於在新墨西哥所製造的原子炸彈絕無有效的防禦。除非你把每個炸彈都老早就射下來。但是，照我們所知道的，原子炸彈不大，可以用任何方法把它放出去。可以用比聲音跑得快的 V2 火箭去射，可以把它放在擲彈筒裏拋，可以把它放在什麼旅館裏、垃圾箱裏。假如一百個原子炸彈中間有九個幹起來，紐約就垮臺了。俄彭海麥先生又認爲在東部海岸人口與工商業集中的城市裏，四百萬人在一夜之間被炸光，並不稀奇。他說：“原子炸彈實際上削弱了我們的地位，因爲我們特別怕這種攻擊法子。”

尤雷先生更厲害。他說美國控制原子炸彈會“創造一種潛在的科學獨裁者，並且等於照會全世界，我們在開始軍備賽跑。”而安得孫先生說：“假如我們想活着，唯一的辦法是根據互信來組織一種國際和平機構。”希拉德先生拉破了面孔說：有些人在這兒談話簡直好像唯一的決定是"在俄國沒有把我們炸光之前，造原子炸彈來把俄國炸光"。他說有實際的防禦方法祇有把人口重新分配，把工廠通通辦到地底下去。但是海軍部的潑奈爾上將（Admiral Purnell）却說：對日本用的炸彈沒有炸到地底下的工廠，是"因爲沒有計劃到那一步，但是，那是可以計劃的"。他承認英俄都已經知道造原子炸彈的原理，不過他們還不能做。但是有些人講德國某著名的原子炸彈研究家已經被運到蘇聯去了。而英國最近有一位科學家說，假如美國一定要守秘密，唯一辦法就是英國自己來蓋原子炸彈工廠。

聽了一天，聽詢會又完結了。據議員們說，是總統希望他給國會關於原子炸彈國有化的建議早點有下文。科學家當然不滿意，說還有許多科學家要講話。現在國會已經由參議院指定了十一個議員研究這個法案。

這引起許多話的法案究竟是怎麼個由來，講些什麼呢？據說完全是軍部的意思。軍部原已制定關於原子炸彈研究的檢查條例：

"關於下列問題不能有討論和揣測：

"a. 除總統公布之外的國際協定。

"b. 原則的戰後運用。

"c. 醫學的揣測。

"d. 關於各種方法、計畫以及它們相關作用和效率的相關重要性。"

這個條例弄的科學家們非常害怕，同時又非常生氣。事實上據說有些人就不遵守這條例，因爲事實上難辦，報紙雖不能登，嘴反正不能上鎖。後來軍部又制定了這個 Johnson—May Bill，請約翰孫和梅兩先生把它提出來，要越早通過越好。

法案要原子力國有化。由總統指定（得參院贊成）九個人組織委員會，任期九年，委員會自舉行政長官。它全權控制原子力。它有權決定任何財產、土地、專利權、機器、工業機關，祇要它們和生產與運用原子力有關係，無論是過去、現在或將來，都屬於該委員會。它可以立刻把這些接收，以後再論付價。除它容許，不能研究原子力。它的條律等於國法。違者以次罰到十萬元，坐到十年牢。這九位大佬祇有總統爲了國家利益，或因爲他們的無能、怠忽和非法行爲把他們撤職。但是那委員會自舉的行政長官，却祇有委員會自己纔能取消他。有人說這九個人會是"一元官"，就是有錢有力的工業家領袖，雖在政府幹事，而不要政府薪水，每月薪水祇一元大洋的人。

除了守秘密有戰爭危險之外，美國人更議論紛紛，認爲委員會權力之大，是美國人民與國會所從來沒曾給與任何機關的。《紐約前鋒論壇報》題之爲"原子的獨裁"。又有人對於九個"一元官"不放心，生怕是壟斷大王們上台。

人情近兩週來極其不安定。今天晚上，在我動手寫這篇文章之前，一個朋友打電話來，差不多是用哭着的聲音說：

"我愁死了。究竟我們在往什麽地方走呢？他們是在找毀滅。"後來又說："我們還是會爭的，我們會好好的幹。"

外國人的我不能知道美國政府與民間把原子力在手上顚來顚去，找保險箱或找天堂安排的苦衷。宇宙的精靈降到了人間，它在尋找人的形象，然而它已經到了岔路口上了。

算是美國人爭天堂的例子，在新罕布什爾有四五十位重要法律家、科學家，去找政府長官們開會。他們於十月十六日發表了一個宣言，要求爲了適應新來的原子世紀，請各國放棄其一部分的國家主權，組織世界聯邦政府。要求他們承認新聯合國家組織的短見與不足，從頭再來。國人當然知道這個計劃目前是要受批評的。不過，假如十三個獨立州能成爲美洲合衆國，十六個不同的民族與國家能成爲蘇維埃聯邦，誰能說世界聯邦是絕無根據的空想？

當我在這些命運的起落之前徘徊的時候，憂愁常常像山一樣傾倒下來。我在糜爛中爭生命的祖國和她的人民，面對這殘忍的力的衝擊，必須高高的舉起人的尊嚴、人的形象，使一切力量從屬於人民和人類廣大的福利與和平。我們無所謂最終的憂傷。歷史，全世界一部歷史是愛與意志的證明。到了今天，更多的人民發現了自己暗藏的力量，正如科學家發現了原子暗藏的力量一樣，毀滅不可能，除非自己要死。人要生存，全世界的一切就要跟着而且幫助我們生存。人要發展，全世界的一切就要發展而且幫助我們發展。從有人的那一天起，宇宙纔有了靈魂，因此，人的愛，人的意志就是萬物的生命，萬物的將來。

　　讀者，記住，你是歧路上的指標！

十月二十五日　紐約

荷印問題與英美*

傳英拒絕美國干預
荷蘭希望民族運動分裂
美報不滿英荷殖民作風

英國大舉武力壓制印度尼西亞獨立運動，幾將印度尼西亞的第二大港泗水完全佔領。當印度尼西亞人籲請蘇聯作同情印度尼西亞獨立運動的干預之際，美聯社報道了英國拒絕美國干預的消息。英國宣稱：印度尼西亞的局勢祇有由當地政府來解決。美國方面罕見對於印度尼西亞局勢所作的評論。但是進步的而經常對國內問題持保守態度的共和黨報紙《紐約前鋒論壇報》，昨天刊載印度尼西亞的消息，卻冠以"在大砲轟擊聲中，英軍在泗水掃蕩前進"的標題，刊載了激戰的全部細節，如像低空投彈五百磅，華僑區受嚴重損失等。左派《自由午報》在封面一頁上刊載了"英軍在進攻爪哇中蔓延死亡和毀滅"的標題。另外還有很多側面消息：澳洲碼頭工人拒絕搬運載往印度尼西亞的荷蘭裝備；在墨爾鉢灣，當一艘軍艦載了六百荷蘭人就要啟碇之際，英國水手們相率離去，碼頭上的示威群眾高呼："荷蘭兵回到荷蘭去！""不要干涉爪哇！"澳洲海員同盟禁止他們的會員在裝載軍隊開往印度尼西亞的船艦上工作。此間一般人的口頭評論，把英國在爪哇的武力干預和美軍在中國的活動相提並論，《論壇報》今天的社評稱："在中國和日本，美國制下法律而很少顧及其他國家的希望；在爪哇，當民族主義者籲請美蘇干預之際，英國依舊進行小規模的戰爭。"美國人擔心亞洲人對於帝國主義的痛恨又會復燃。目前荷蘭對爪哇有兩個熱切的希望：第一是英國對爪哇的軍事征

---

* 原載《大公報》(重慶) 1945 年 11 月 15 日。

服；其次是印度尼西亞人內部的分裂。他們希望在革命政府中，中庸的和過激的民族主義者之間發生矛盾，他們藉此可以重獲殖民的統治權。據《紐約前鋒論壇報》印度尼西亞特派員斯悌訊：同情荷蘭的印度尼西亞人，現在既無權力又沒有得到完全獨立的政策。爲了證實這一點，有一位負責美國對外經濟局東南亞區事務的美國官吏曾對我說："在戰時，和軍隊合作的印度尼西亞人達五十萬人。如斯悌所說，所有的印度尼西亞人都團結一致要求獨立，但是政府官員和領袖們却極力避免和盟軍之間的衝突。這時英印軍的繼續深入爪哇就是一個很熱烈的機會，使排外的空氣高燃起來。印度尼西亞人最大的恐懼，就是怕荷蘭人的後援會在很多重要的區域隨英軍而來。"他說："我所交談過的印度尼西亞領袖們都強調，他們願意隸屬於盟國托治條款而不是荷蘭的托治。"據他說，並不是所有在爪哇的荷蘭人都同意荷蘭政府的態度。據斯悌的報道：煩惱萬分的荷印副總督穆克最近就要回國，想得到一個修正的政策。他說："白人的利益在爪哇受到嚴重的損害。"在世界的另一角的巴力斯坦，也反映了聯合國家的焦慮和夢寐。一千位猶太夫子昨天在全美各地集會於新華盛頓示威請願，要求杜魯門阿特里會談有益於十萬猶太難民重回巴力斯坦；希望這種遷移能在十二個月內完成。緬因州的共和黨議員伯萊斯特昨天籲請人民考慮巴力斯坦的局勢。他攻擊英國的殖民政策，他說："華盛頓很明瞭具體代表英國殖民機構的愚昧。"伯萊斯特攻擊美軍在總統命令之下以六百萬美元在伊平薩德建立空軍基地。談到中東的戰鬥之聲，他比之爲十萬桶埋在阿剌伯泥土內的石油，他說："一個獨立的猶太巴力斯坦，一定會對美國友善的。我們不僅需要巴力斯坦是猶太人的故鄉，更需要它是對美國有益的地方。"他斷言猶太巴力斯坦將會支持美國在中東的外交政策。伯萊斯特對於前任德國巴伐利亞區盟軍統帥巴頓將軍將在艾森豪元帥回國之後繼任歐洲美軍統帥一事表示遺憾。

十三日 紐約

美國工潮的激盪*

自美政府佔領罷工之油廠後，通用汽車公司發生之第二次全國性罷工，使美國民衆陷入恐怖與憂慮。各報於罷工之第三日，猶以大字標題，發表此項消息。除 PM、《每日工人》《芝加哥太陽報》《舊金山紀事報》《費城研究報》外，各報均抨擊汽車工會。《紐約前鋒論壇報》則責問雙方。罷工對於復員之惡劣影響，殆難避免，因爲工會副主席已經宣佈，罷工事件今冬或不能了。勞工管理會議頗受影響，美國政府亦感棘手，議會已要求對勞工採取斷然之措置。美國勞工部方面，於二十二日晚預料，汽車工潮可望於一月十五日結束。此爲最樂觀之消息，但一般人士以爲，此項預測並無根據。汽車工潮對於其他工業之影響，尚不可知。工業組織大會主席茂萊，於三個月前宣稱：工業組織大會可以發動整個工業之罷工，以援助汽車工會，要求增加工資百分之三十之罷工，福特克里斯勒工廠工人已決定罷工，福特亦提出反要求三十條。其中一條，要求工會償付罷工時期之損失。福特之行動，顯係採取資方聯合立場。而勞工部長舒威靈巴赫企圖使福特脫離資方集團之策略，業已粉碎。克里斯勒已拒絕工會之要求。工業組織大會所屬電力工會，要求奇異工廠及威斯丁豪斯工廠，於十一月十二日罷工，影響工人二十七萬名。工業組織大會所屬鋼鐵工會，要求全美鋼鐵工廠，於十一月二十八日罷工，影響工人十萬名。以上各端，均爲整個工業罷工之惡兆。然縝密之分析，顯示工業組織大會之工潮，或不致擴大，理由如下：（一）輿論抨擊工人之紛擾，《紐約時報》等保守性報紙，以爲工潮對於生產、消費者及復員，均有不良影響。（二）工業組織大會集中攻擊最大之工業，藉以確定

---

* 原載《大公報》（上海）1945 年 11 月 26 日。

增加工資之方式。(三)美國汽車工會於通用汽車廠工人罷工之際，命令福特及克里斯勒工人，加緊生產。(四)美國勞工聯合會與礦工聯合會，企圖破壞工業組織大會，使整個工業之罷工，不能實現。(五)工業組織大會缺乏支持五百萬罷工人之資金。

自從九月以來，美國一般勞工的情況，益趨惡化，其特點如下：

(一)十月份有罷工六百六十六起，九月份僅三百零七起。

(二)雙方均採取更堅持之態度，對於談判之信心，業已減低，雙方均以為解決之希望減少，而依賴力量之表現。

(三)資方企圖運用議會，高壓勞工。渠等因杜魯門總統未表同情乃企圖以立法程序，對付工會，恢復彼等在羅斯福時代以前之地位，並視為生存之競爭；深慮工會勝利，則勞方在政治上與經濟上均佔優勢；私人企業，不免於沒落矣。

(四)勞方亦視此為生存之競爭，運動議會，發動罷工，因立法程序將阻礙工會活動及進步運動也。資方減少生產，壓低工資，使工人以戰時儲蓄，應付戰時增高之物價；則工人將不復信任工會，而接受任何工資；且工會工資減少，亦無力活動矣。

(五)勞方分裂，日益顯著。勞工聯合會與礦工聯合會，支持勞工管理會議，對抗工業組織大會。因工業組織大會重視公眾之利益，頗為勞工聯合會之職員與工人所擁護；進步份子均支持工業組織大會，而抨擊勞工聯合會與礦工聯合會。勞工管理會議忽視工業組織大會關於工資與物價之建議。勞工聯合會以為工資應由工會與資方決定，工資增加，則物價亦應增加。工業組織大會以為工資增加，應由會議決定，不應增高物價，造成通貨膨脹，並根據政府之統計數字，申言工資之增加，可使資方獲得鉅大之利潤。會議考慮的有下列四項問題：(1)設立集體契約機構；(2)設立調查資方利潤、生產費、工資、工人收入之機關；(3)設立契約談判之仲裁機構；(4)設立處理不合法罷工之機構。四項問題，均無結果。資方建議向議會提出聯合報告，為勞方所拒絕；因此，勞資兩方，將分別提出報告。會議將於下週結束。

工資與物價問題之嚴重，爲以前所未有；勞方要求增加工資，資方要求增高物價。（福特要求增高物價百分之六十。）物價管理局努力壓低物價，杜魯門總統希望增加工資而不增高物價；商務部及戰時動員與復員局公布統計數字，證明資方可以增加工資百分之廿四，而不增加物價。然資方於物價管理局允許漲價前，減少生產；地產公司於房租未加時，不造房屋；工業家於過分利潤稅廢止前，不願售貨。總而言之，資方堅持：倘不漲價，則不增工資；資方預料商務將擴展於西歐與遠東，倘金元集團與金鎊集團取消，則資方之活動範圍愈廣，更難受物價之統制，物價管理局頗感資方之壓力，而勞方需要工資之增加，藉以獲致勞工之安全，工會之穩定，並增加政治之勢力；雙方均急於鞏固地位，爭取未來之權力。目前雙方均在作姿態之表現，政府無法應付；議會與政府亦不協調。杜魯門總統發表廣播演說，責難衆議院委員會延遲通過其提案，致引起議會之反感；杜魯門雖致辭解釋，議會仍表不滿，以爲總統荏弱而寡斷。總統要求於十二個月內，勿將中央職業管理處移交各州；而議會表决，於四個月內，移交各州；各州倘不各自通過僱傭法案，則失業者即喪失求職之所矣。衆議院軍事委員會亦通過不利於勞方之議案：（1）資方無須擔負包括不罷工保證之契約所規定之義務，工會顯然不利；（2）防止工會籌措政治活動經費。通用汽車公司工潮發生后，議會不顧總統之要求，即將上述議案，在衆議院提出。工業大會又呼籲兩點：（1）廢除規定罷工之一九四三年史密斯・康諾萊案；（2）修改一九三六年華格納勞工權利案，使資方可向勞方要求償付罷工時期之損失。議會將發生激烈之鬥爭，勞方將直接施用壓力。一般人士，以爲總統政務繁重，對此殆難運用壓力，加以阻止；適美蘇關係好轉後，總統或可顧及勞工問題。美國之不安定狀態，是否僅係戰後之暫時現象，抑係一九二〇年戰後經濟衰落之重演，目前尚難斷言。

廿三日　紐約

紐約選舉[*]

一、"太蠻烈"和爬樓梯

忝居中華民國公民三十四年，"選舉"兩字看得很多，但是還沒有選舉過任何大小官員一次，並且也沒有看見過什麼人選什麼人。所以這回紐約市政府選舉，在我是破天荒的遭逢。雖然是外國人不能走進選舉櫃子裏去，聽聽無綫電裏的吵嚷，看看報紙上的熱烈，在人中打聽些選舉觀感，莫不有鄉巴佬進城之感，新鮮而奇異，好像又有點美國人總愛多事，鬧新花樣的意思。

當然，大道理也並非不承認。因爲美國人鬧得許多新花樣，中國都學得很快，而選舉這新頑意，我們竟學不上手，其中理由，不能不叫傻子也關心。所以結論大概是大家心裏明白，不必細講。

競選幾週中，"太蠻烈"（Tammany）這個字到處出現，到處挨罵，頗像市場上的臭魚。而競選的結果，"太蠻烈"的候選人士獲得全勝，連他的整個班子都帶上去了。這是什麼原因呢？要說明，不能不講整個選舉的形勢。

這次市長選舉共有三個候選人和他們各人的班子，有的是財政局長，有的是市衆議院院長。

民主黨與美國勞工黨（紐約州的）候選人歐維葉（William Odwye）。

共和黨、自由黨與市混合黨（City Fusion Party）候選人戈斯丁法官

---

[*] 原載《大公報》（天津）1946年1月2、3日。

(Tudge Jonah Goldstein)，他是民主黨員。

無政派（No Deal）的莫利斯（Nowbold Morris）。他是現市長拉加第亞提出來的無黨無派候選人。

紐約市是民主黨大本營。他們的總機關叫做 Tammany Hall。在本市除昆斯區（Queens）共和黨佔多數以外，其餘都是民主黨的勢力。"太蠻烈"在傑佛遜總統手上創立。當時爲了反對保皇黨和大地主，傑佛遜總統發起組織這個黨，採取非常進步的民主的立場。保皇黨勢力消滅，民主黨代表東部大農業家和財閥的勢力漸就腐化。十九世紀中葉，新興共和黨以林肯爲首領，成了進步力量。羅斯福上任以來，民主黨又有了新方向。雖然其中保守與進步力分歧很顯，但北方民主黨大致還有點進步傳統。紐約的"太蠻烈"在政治大方向上，知道它的生命所繫，不能不擁護羅斯福的一套。但是它機關人員腐化，與紐約龐大的下層幫匪勢力結合，向來控制紐約的選舉，所以爲人民所痛恨。十二年前，拉加第亞以清明政治和進步政綱被共和黨與紐約的市混合黨擁出來，以全力打倒了"太蠻烈"的候選人，自此拉加第亞連選三次。假如他返回要競選，據說他還是會連任。但是他不參加競選，遂給了"太蠻烈"好機會捲土重來。

共和黨之推一個屬於"太蠻烈"治下的民主黨員做候選人，用意自在於分散"太蠻烈"的選民，以求被選。

拉加第亞知道共和黨混合黨的候選人必抵不過民主黨和以全國公民政治委員會（Hcpac）做後盾的勞工黨候選人，故提出一個政治生活上較無污點的共和黨人以爭取共和黨員、獨立選民和民主黨員厭惡"太蠻烈"者的票。

美國勞工黨以希爾曼（Sidvay Hillwan）爲首領。希爾曼是一個左派社會民主主義者，同時是全國公民政治委員會的會長。勞工黨擁護歐維葉，公民政委當然也是一樣。它們冒大不韙與"太蠻烈"共推候選人，原因主要是爲了一九四六和一九四八的選舉。民主黨勞工黨政府在紐約市成功，則杜威州長把握紐約州的機會動搖，而一九四四年大選時紐約州共和黨勝利的形勢難於實現。其次，以新興公民政委的中堅力量，他們希望能影響歐維葉的方向（歐維葉本不是"太蠻烈"直接系統下面的人）。因此公民政委極費氣力，而"爬樓梯"就成了主要工作。

七月中選民登記時，有一次我在路上碰見幾個漂亮精明的女孩子，她們手上拿着幾張傳單，走過來就遞給我說："請你登記，選歐維葉。"知道我不是美國人之後，她們就賠笑道歉，隨後又回答我說："我們是全國公民政委會，我們勸人投美國勞工黨的票，選歐維葉。"後來我回家，那時住的是一所公寓大樓。樓下大廳正在辦登記。又有人來請我登記，投勞工黨的票，選歐維葉。九月中初選時我就看見很多人家大門上貼一張紙，紙上說："千萬去參加初選，投勞工黨票，選歐維葉。"大選以前，我碰到幾個人。他們說忙死了，正在忙爬樓梯。天天要跑到許多人家去，爬許多樓梯，勸他們投票，選歐維葉。在另一方面，我祇聽見一個人說要選莫利斯，而關於莫利斯和戈斯丁的招貼，却一張也沒看見。所以據各報選舉前兩天的估計，歐維葉必獲全勝，結果果然，連票數都幾乎全對。

全國公民政委目前最中心的工作就是在各市政府選舉中，選擇自己所擁護的民主黨對象，到處推動，求取勝利以爲明年國會部分選舉及一九四八大選的準備。他們的策略是即傳單小冊，而主要的是爬樓梯。

"太蠻烈"靠爬樓梯而勝利了。歐維葉在"太蠻烈"與爬樓梯之間，將必然有所選擇，以求一九四九的連選。

二、無綫電的寂寞

紐約市人口七百五十萬，而參加選舉的祇有一百九十五萬二千餘人。歐維葉得票一百二十萬左右，戈斯丁三十萬零二千餘，莫利斯三十九萬九千餘。雖然歐維葉大獲全勝，紐約却有五百萬以上的人沒表示意見。歐維葉的民主黨票八十四萬以上，勞工黨票二十六萬以上。這些絕不是兩黨所僅有的票數。一九四一年，勞工黨投拉加第亞票在四十萬左右，民主黨投歐維葉的過一百萬。一九四一年共和黨票近七十萬,而一九四五年戈斯丁和莫利斯兩人纔得七十萬票,其中還要除去自由黨、混合黨以及獨立選民的票數,共和黨員投票至多不過六十萬人左右,這是從一九三三年以來,選民出頭最少的一年。

在競選的最後一週中,我曾留心街談巷議以及人家裏的情形。談選舉問題的人少極了。在街上我若不問,永不聽見人談選舉。問起來,他就說:"沒有什麽,都差不多。我還沒打定主意呢。"有人簡直就說:"我根本不去登記,我不選。"問他爲什麽不選,他說:"看不出什麽分別。怎樣選法?"有人說:"三個人都是好人。"有人說:"'太蠻烈'太糟,別的人也不見得怎麼好。"這裏家家都有一架無綫電。留心一下,誰也不聽選舉播講。大家都是從無綫電裏聽聽新聞或音樂,或故事,或打諢、笑話。他們談美蘇關係,談中國內戰,談華盛頓,談勞資問題,談宴會、往來、置買東西的所見所聞,比較談本市選舉的興趣大得多,致使我的發問頗帶新聞記者的乾枯滋味,把人們的嗓子都要噤住的樣子。因爲他們怕我要他們演講。我想我是紐約城中最熱心於選舉者之一。雖然我絕不能每天黃昏晚上坐在無綫電旁邊,但逢選舉員出頭講話的時候在報上宣佈,我就盡力守在無綫電旁邊。

無綫電確實熱鬧。競選機關都把重要無綫電臺的黃昏晚上時間收買。每個候選人和他的班子裏每一位,他的經理人,他的宣傳員全輪流值日,叫選民選什麽人。大家都講自己上臺會有怎樣的主張,政府會怎樣好。同時大家都宣佈對方的醜事和弱點,似乎那人若上臺,紐約就要變成地獄。演辭是負的(罵人)方面多,而正的方面比較少。大致説,歐維葉方面把紐約市和全國政治經濟以及國際政策連在一起,表明他是原則上的進步主義者。他要清明政府,攻擊種族與宗教歧視,主張失業保險和嚴懲帮匪,要國際合作,紐約要多開學校等等。攻擊戈斯丁過去政治生活,説他和帮匪有關係。戈斯丁主張由聯邦和州政府和市政府合作進行二十億元房屋建築計劃,多設學校多請教員,設市退伍軍人局等等。他也攻擊歐維葉作市檢察官時縱容帮匪,通融勾結。他罵歐維葉是共產黨、勞工黨的下走。他説莫利斯之被提爲候選人，完全是拉加第亞陰謀破壞共和黨選舉，使"太蠻烈"上台。莫利斯也說要清明政府，但是他集中力量駡"太蠻烈"，説"太蠻烈"不倒，紐約不會有清明政府。每天從六點到十一點，最後一週中無綫電轉來轉去幾乎全是吵嚷、宣傳和駡人。最後一天是州長杜威和市長拉加第亞對壘，各爲戈斯丁及莫利斯説話，每人講了半點鐘之久。無綫電是非常熱鬧，而街頭却非常冷清。市民們過得十分安靜，好像他們都在説："反正是那一套。"雖然戈斯丁有州長撑腰，莫利斯有市長抵肩，歐維葉有華萊士、羅斯福夫人和杜魯門總統，群衆的淡漠是驚人的。戰爭的疲倦還沒歇過來。震盪全國的勞資問題佔據了人心。美蘇的惡劣關係籠罩暗雲，候選人與候選黨派沒有嶄新面目，所以公民政委雖能在一九四四年攪動全國從一九四一年的二千七百萬登記選民跳步增加到一九四四年的四千七百萬登記選民，而在本年的紐約市選舉中，連美國勞工黨票都祇能動員二十六萬張。

三、失敗的連索？

共和黨失敗了。在紐約市，甚至全州都是大事。這回紐約共和黨的分裂很顯明。在布魯克林、曼哈吞（紐約本區）、布朗格斯三大區中，共和黨員大都投莫利斯的票。他們是進步共和黨員，擁護已死的威爾基路綫，反對杜威。共和黨的慘敗表現共和黨政治歧途的露骨狀態。至少在紐約是如此。選舉結果明瞭之後，紐約共和黨中有了公開對黨的機關反叛的形勢。上述三區的共和黨正在進行推翻本區內的共和黨領導者而代以新人。這件事當然很不容易實現，但是對於杜威却是大威脅。即在昆斯區也有不少進步的共和黨員，曾選莫利斯，他們與此可以合流，即令共和黨內部革命不會成功。民主黨在紐約市的勝利也足以影響杜威明年州長連選的希望。有名的共和黨州——紐約，在其大本營的北部諸市選舉中，有七個市被民主黨的勝利佔去了。從紐約全州算來，這不算強大，但從民主黨在共和黨勢力中的勝利看來，却有意義。是否這一串勝利就能算是杜威在紐約州政治影響的終結,有待將來證明。上星期,杜威正巡視各縣市,訪問地方共和黨機關談話,團結他的黨。他明年的希望如何,要看民主黨推出怎樣一位州長候選人。有人說民主黨要推參議員米德(Mead),有人說是最高法官賈克孫(Robert Jackson),有的說是海軍部長福萊斯特爾。這三個人都有很大的號召力。米德是參議院中少數進步派之一,最得勞工黨、工業組織大會、工組全國政治委員會、全國公民政治委員會的擁護。賈克孫在司法界、教育界中地位很高,深得中產階級的信仰。福萊斯特爾華爾街出身,自己是國家第一銀行的大老闆,金融工業界他的名字是一片旗幟。這三個人無論那一位都夠杜威幹的。假如杜威失敗,則一九四八年大選,紐約州的共和黨票就有大危險。

從全國範圍來講,本年各市選舉,一般的說是民主黨與左派勢力的增長。紐約州的我們已經知道了。在巴發羅(Bufflo),民主黨市長候選人勝利了,但勞工黨票數增長百分之五十,共和黨僅以極小多數得勝。在底特律(Detroit),工業組織大會的市長候選人是汽車總工會副會長,被全市報紙反對,叫他是共產黨,他失敗了。但他的票數比對手祇少了五萬張左右。在畢茨堡,工會所擁護的民主黨市長候選人勝利了。在紐約,共產黨提的眾議員被選上。在克利夫蘭和波士頓,共產黨都提了市政府候選人員。他們所得的票數都比自己上屆所得的多,但他們沒被選上。這是幾個例子。他們說明美國左派一般地說,還沒有獨立競選的能力。而他們與民主黨聯合往往勝利。左派在民間影響一般地是在增加。

據蓋洛普民意調查所的報告,假如現在大選,百分之五十三的人民要選民主黨。不過到一九四八年,民情如何很難推知。復員的困難,勞資的各走極端,美蘇關係不能改善,中國內戰的延長,杜魯門總統對國會的沒辦法,在在都影響國民對總統以及民主黨的觀感。總統關於勞資糾紛的演說攻擊國會,甚得進步派和工會的擁護。工會和進步人士還是要擁護民主黨的。因此引起保守方面對總統開始攻擊,國會已經在和他搗亂。這情形或者對於工會更好,也不一定。

共和黨現正準備提名明尼蘇達州州長、舊金山會議美國代表史塔生

(Harold Stassen)做一九四八年總統候選人,他祇有三十八歲,精明強幹,懂時勢,有手腕。共和黨人望歸他,在一般人心目中,因他在舊金山會議時的表現頗算開明,故聲譽不壞。共和黨已經開始長篇大論在報紙上捧他了。

那麼,共和黨是否會遭遇失敗的連索呢?

卅四年十月三日　紐約

美國鋼鐵業工潮[*]

　　美國工業組織大會鋼鐵工人聯合會原來決定在十四日午前一時罷工，因爲杜魯門總統在十二日晚間要求暫緩罷工，已經答應延遲一星期。美國鋼鐵公司與勞方領袖已經同意在十六日午後繼續開會。杜魯門的文告叙述雙方要求後，説明鋼鐵工人聯合會與工業組織大會主席茂萊已經同意把罷工日期延遲一星期，在這個星期內，將繼續集體談判。成立協定大概没有問題了。

　　去年十一月，美國鋼鐵公司拒絶談判每日增加工資兩金元的要求，工業組織大會鋼鐵工人七十萬人就決定罷工。資方要求在談判前必須將鋼價每噸增加七金元。物價管理局因爲鋼價是各種物價的基礎，突然漲價會引起通貨膨脹，所以拒絶資方的要求。勞方於新年宣佈十四日開始罷工，政府當局爲避免工潮起見，准許增加鋼價四金元，希望資方談判。勞方在四天的談判中，將每天工資增加兩金元的要求，減爲一金元六角。資方堅持祇能增加一金元兩角。杜魯門總統采取緊急行動，在昨天邀請勞資雙方到白宮去談判，也失敗了，因爲雙方都拒絶妥協。勞方延遲罷工，表示讓步，必能獲得美國民衆的同情，以道義的壓力加於資方。

　　美國民衆畏懼鋼鐵工潮，具有下列各項原因：（一）鋼鐵工人罷工可以表示工業組織大會的決心。因爲其他重工業工會幾乎全部屬工業組織大會，也要響應鋼鐵工人而罷工。現在汽車工人聯合會會員已經罷工。工業組織大會電力工人聯合會預定十五日罷工，屠宰業打包工人聯合會預定十六日罷工，也許因爲鋼鐵工人不罷工而放弃罷工計畫。否則各業陸續罷工，長期堅持，將不免發生暴動與混亂的局面。（二）美國民衆都

---

[*] 原載《大公報》（上海）1946 年 1 月 16 日。

預料一九四六年是生産最繁榮的年份，尤其重視春季。但是没有鋼鐵，許多工業製造家就不能生産了。房屋不能建築了（美國現在感到絶大的房荒）。火車的機車和車廂（也是十分缺少）不能製造了。每一樣東西幾乎都要受到影響，因爲美國人的生活是離不了鋼鐵的。鋼鐵罷工將要強迫許多工廠關門大吉，就是復員的工作，也將受到妨礙。這樣一九二〇到一九二二年戰後的經濟蕭條，又將複演了。（三）美國的國際貿易也將受到影響，尤其因爲英國最近已經獲得了美國大宗的債款，她的地位很可以得到競爭的機會。（四）嚴重的經濟蕭條將要影響到美國在國際間的威勢和在世界政治上的討價還價的力量。（五）這一切將要使得民主黨在本年十一月議會選舉中和一九四八年大選時獲勝的機會，趨於暗淡。……共和黨的重新上臺，將不但爲美國本身的殃禍。

美政府和工業組織大會因爲考慮到了上述一切的因素，所以很想避免一次全國性的鋼鐵大罷工。因此茂萊氏儘量減低了他的要求，而政府也決心要防止罷工。但是勞方現在卻指摘資方，說他們有意要逼迫勞工，采取最後的手段，因爲資方倚仗着有議會幫他們說話。工業組織大會如果宣佈罷工，那麼議會在受到刺激以後，必將通過反對勞工的法案，這樣美國的工會又將返回到前胡佛總統時代的地位了。

美國汽車工人工會和美國鋼鐵公司在十六日可以成立增加工資的協定，增加的數目是在百分之十七至十八之間。因爲鋼鐵工人工資的增加，時常領導着其他工業，所以工業組織大會其他工人們的增資將有了一種標準。聯合電汽工人和聯合打包工人預定的罷工事件或許將可避免。就連汽車工人工會對通用汽車工廠的罷工也有了一個解決的機會。因此風暴的嚴冬，也許能夠轉變成生氣蓬勃的春天，使得美國的復興工作可以圓滑進行。可是美國的和平與繁榮，也許是好景不常的。這理由十分明顯，因爲工資的增加是根據着物價的增加。除掉鋼鐵漲價以外，鮮肉業現在也要求在增加工資之前，先增加肉價。通用汽車和奇異電汽公司也有同樣的要求。美國整個的生活費用是將要增加了。螺旋形的通貨膨脹正在慢慢地望上長，這不能不叫一般公衆感到頭痛。

我存美古書將運回[*]

大部已攝影片供研究
紐約將陳列中國古代雕刻

美國國會圖書館東方部主任韓梅爾博士對《紐約前鋒論壇報》的記者説：珍珠港事件發生前一個月内，運到美國國會圖書館的中國古書，計有三千部；在北平國立圖書館整理就緒後，駛往中國的船舶有空位時，將運回中國。韓氏前任燕京大學教授，他説：這些古書，在一九四一年十一月，裝了一百箱，運到美國保存，已經五十一個月了，前任駐美大使胡適曾將各書攝製影片，供全世界的學者研究。美國人以爲這種態度表示中國正在改變以前文化孤立之狀態。攝製影片在一九四二年開始，到一九四五年十一月爲止，已攝成影片一千零四十五捲，包括古書二千五百五十八部，總計二百五十餘萬頁。以後全世界的學者都可以讀到第十世紀的中國古書。這些古書中，包括北平故宫與北海公園圖書館的書、宋版書、明代檔案。國會圖書館所藏明代小説、短篇故事及戲劇等四百篇，也攝成影片。美國譯員將開始翻譯《明史稿》三百零九篇，作研究明史的資料。紐約市立圖書館在本月内將陳列中國古代的雕刻品。

十日　紐約

---

[*] 原載《大公報》（上海）1946 年 2 月 13 日。

年初談美國總統^{*}

　　去年八月中旬以後，七大海洋歸於和平。全世界大大小小的人物們全喘了一口大氣。可是，假如我是美國的大總統，或者假如我是杜魯門先生，我這口氣喘得可是並不舒服。驚濤駭浪依然在四週圍咆哮，其顛播、打擊、危疑、困難，正不下於戰爭中的那些日子。九月裏，杜先生頗想到處去遊山玩水一番，花十來天工夫以資休息。殊不知抗議一直從白宮吵到報紙上，人們指出國家在外交和復員上的重大困難，叫他記住自己是國家的總統。杜魯門先生考慮之下，祇好把休息的念頭抛棄了。他嘆息着說："我本來就不想當總統哩！"想想史達林先生那種福氣，戰爭一了，就躲到黑海邊去舒服了三個月，全世界的要人們是不免要短氣的。

　　美國人目前面對兩個大問題：第一，如何組織世界和平，免除毀滅人類的原子戰爭；第二，如何順利復員，發展並保障將來的繁榮。這兩個問題中全包涵了兩種極端對立的力量。杜魯門先生的任務是如何把這極端對立的力量捶打、鎔和，使之匯入一個前進的方向。在這裏有時候必須有所取捨，纔好施壓力。這由他選擇。

　　世界和平問題的實質就是美蘇協調問題。這問題由於國務卿貝爾納斯在莫斯科獨斷獨行弄成了一個協定，總算鬆了一口小氣。貝爾納斯回來挨了新舊孤立派及赫斯特霍華德系報紙不少罵。據說，杜總統因爲他擅自把治日問題交遠東委員會，傷了麥克阿瑟，也大發雷霆。白宮參謀團主張趕他走路。但因輿情擁護，事情沒辦。那協定總可以對付一小段時間。在倫敦安全理事會沒發生大風波之前，世界和平與總統的問題，

---

* 原載《大公報》（重慶）1946年2月13日。

暫時不談。

　　國內問題的實質就是勞資合作問題。從去年九月十四日到十月三十日爲止，總統對於勞資兩大對峙力量以及主要的代表資方利益之國會究竟取捨何在，捶打如何，無人能說。他的咨文向國會提了好幾個於工人有利的法案，但是他告訴別人說，"我祇能提我的意見，事情做不做，權在國會，我不願強迫人。"因此工人以及自由主義輿論對他大大不滿，責他祇說話不做事，甚至說他是存心跟大資本家走討好國會。於是十月三十日總統廣播提出了於工人有利的物價持平、工資增加的主張，同時小小的把國會罵了幾句。這個廣播大大改善了工人和自由主義者對他的態度，增加了大資本家與國會對他的惡感。他的取捨態度似乎明朗了。工人方面，最低限度認爲總統雖不是羅斯福，一心一意的站在工人方面與大資本家爲難，但他究竟是個好人，想做些於大衆有利的事，祇是力量不夠。這意見行之不久，不幸又被總統一項關於罷工的處置給破壞了。那是總統在十二月中提出的組織事實調查局調查勞資爭議時雙方經濟實況以決定工資。在調查期三十天內不許罷工。當時總統并號召國會趕快制定關於勞資問題的法案。三十天不許罷工和要求國會制定法案兩件事，大大的中傷了工會。原因：第一，罷工是工人唯一鬥爭的武器，不許罷工，就等於解除了工人的武裝；第二，國會向來反對工會，且當時吵嚷要制裁工人的聲浪正高，總統的號召無異火上加油。於是工人認定總統杜魯門先生出身中西部，腦筋根本就是保守的。其所以有時替工人說話，完全是心目中有一九四六、一九四八兩次選舉，想騙選舉票的原故。從那以後，工人對於總統的觀點一直沒大改變，一月三日總統全國廣播主要的是攻擊國會，對工人態度很好，然而工人方面的冷淡是可驚的。

　　因此，到現在爲止，在兩大對峙力之間，客觀上總統造成一種無所去取的印象，雙方都不肯說總統是友人，而毋寧都情願說他可能是自己的敵手。人民的傾心擁護是任何政府威信的來源。人民的冷淡或甚至懷疑，使政府從國家政策的發動者和執行者降而爲敵對雙方之間討價還價的中間人。這一次鋼鐵工人罷工與鋼鐵加價的關係就是明證。

總統在去年十月三十日廣播中，已經說了工資可加但物價不能漲。因為根據戰時動員復員局研究的數字，許多重工業部門獲利極豐，工資可加至百分之二十四，物價仍舊，而在這種狀態之下，資方依然能保持很高的利潤，繼續投資。十二月，他又主張設事實調查局，由局方在維持物價標準下建議提高工資的成數。這個政策的目標是防止物價濫漲，維持一般社會的購買力。保持這個政策當然是非常不容易，因為大資本家都賺了太多，且國會又通過法案，保障他們於戰後兩年內若是贏利不豐，就發還他們已經交入國庫的戰時過分利得稅。他們即使關廠兩年也不在乎。但總統若能發展英雄的常人的本色，得到人民全力的擁護，國會和大資本家就不能硬當破壞復員的惡名來處處和他作對。同時在必要時，也可以得到工人的合作讓步，因為人民相信他，他的威力是大的。據說羅斯福總統在任時就是這樣做法。杜魯門總統不這樣做，所以他的佔兩邊都不生效力，誰也不在乎他。結果遂不得不在七十萬鋼鐵工人罷工要求的威脅之下，放棄自己的政策，找全美鋼鐵公司負責人允許每噸鋼加價四元之多來買得資方增加工資。這顯然的不是一個政策，而祗是救火的辦法。但先例一開，其他工業家有所藉口。物價與工資競走不免要成為一般現象。復員與短期繁榮或不成問題，但社會的不穩定則將持續下去。工人在加薪之後或將稍安些時，而以重大力量進行政治鬥爭。本年的競選運動會特別熱鬧。

　　民主黨敏感的先生們為此甚為發愁。起先他們希望杜魯門先生就是羅斯福先生，後來希望他是林肯。現在很多人都講總統應該有一個出色的白宮參謀部。他們認為勞資糾紛弄得不好不能怪總統，祗是他的朋友戰時動員復員局長史奈德（John snyder）不好。史奈德是聖路易市國家第一銀行行長，和總統是老朋友，二人氣味相投，背景相似，品格相類。人們說每一次白宮方面對資方的讓步，對工人扳面孔，都是史奈德先生的主意。民主黨全國委員會主席，現任郵政總長漢尼根（Robert Hannegan）深知民主黨非依工人及自由主義者不能當選。故據說對於史奈德先生大不滿意，想把他弄掉。同時物價管理局長鮑爾斯（Chester

Bowls）對於史奈德也是不滿甚多。鮑爾斯可以說是美國社會的頭等功臣。他原來開廣告公司，也是大商人之一。但自就物價管理局長之後，對一切物價控制均用全力。而這一次史奈德先生爲加價四元，不顧鮑爾斯的反對，逕自跑到總統那裏把話說妥了。

除史奈德之外，白宮參謀團受人攻擊的還有不少。推測攻擊者的意見，似乎總統是有心拉工人和自由主義者，但他身邊的人都不是羅斯福當時的智囊團。他們以爲白宮現有好些班人，大都眼界狹小，智慧運用不靈，把握不準，計算不週，故使總統的步驟顯出散亂，失去了人心。從暫時講，這或許是對的。從長期講，則美國正處在一個非常的過渡時代，這一點勞資雙方都很敏感。工資、工時問題在過去不過是工人希望飽食暖衣而已，到了現在，多一份工資少一點工時，就是工會多一份政治活動力，多一份威信。也就是"平民世紀"的口號多增加了一點呼聲。大資本家知道"平民世紀"四個字就是社會主義社會的的先遣名詞，他們之必用死力以拒，是必然的。反過來說，工人方面却必用死力以爭。在這種形勢下面，即使羅斯福總統在世，情形也不見得會完全兩樣。杜魯門總統雖有智囊團，恐也不能把過渡時代立刻變爲正常時代。

一月十六日寄

美內長辭職內幕*

最近十天內，美國政府發生了政爭兩起，使我想到一九四四年十二月華萊士與瓊斯的齟齬。（當時華萊士被任爲商務部長。）第一件政爭是前任內政部長伊克斯與鮑萊（杜魯門總統向議會所提的海軍次長）的齟齬，第二件政爭是物價統制長官鮑爾斯與復興長官斯那德的齟齬。第一件政爭已經解決了，但是第二件還沒有解決。上述的政爭，雖然環境不同，而都是進步份子與企業份子的衝突。華萊士、伊克斯與鮑爾斯是進步份子；瓊斯、鮑萊與斯那德是企業份子。

伊克斯辭職的謠言，傳出已經幾個月了。伊克斯於十四日宣佈辭職，《前鋒論壇報》討論此事的社評的標題是"伊克斯震動了大地"。他辭職時要求留任原職，至三月三十一日爲止，因爲他要看見英美煤油條約的完成，但是杜魯門總統的答覆，却要他十五日去職。伊克斯就招待記者，宣佈辭職，並且抨擊總統。

伊克斯於上週在參院反對鮑萊充任海次，他說：以前鮑萊曾企圖勸中央政府放棄管理加利福尼亞海岸的煤油礦的要求，並且向他提議，說油商願意拿出三十萬美元，作爲一九四四年民主黨競選的經費。加利福尼亞油商希望由州政府管理沿海的油礦，不受中央政府的管制；因爲他們可以向州政府永租沿海土地，而油礦受中央政府管制以後，就是海軍的財產了。鮑萊以加利福尼亞油商之姿態，保有租地，他又是民主黨的會計。伊克斯和一般的輿論，反對鮑萊充任海次，是因爲怕海長福爾斯特爾謠傳於三月辭職一舉實現後，鮑萊就將一躍而升任海長，有權可以處理沿海的油礦。杜魯門總統相信鮑萊的才幹優越，曾派他到德國和日

---

*　原載《大公報》（上海）1946 年 2 月 18 日。

本去處理賠款的問題。杜魯門堅持任命鮑萊為海次，公然批評伊克斯的誤會，於是伊克斯就不能安於所位了。

伊克斯的辭職，一般人看做是對於杜魯門總統的打擊。輿論以為杜魯門需要有才能的部長與顧問。杜魯門信任黨員，削弱行政的機構，很受一般的批評。伊克斯任內長已經十三年，多才多藝，而且具有奮鬥的精神，能夠和特殊利益的壓力對抗，維持進步政策。伊克斯的辭職，不僅影響到了總統的威望，並且影響到政府的實力。《紐約時報》說：伊克斯的辭職，是民眾的損失。政府需要增強實力，現在因為伊克斯的辭職而削弱了。進步的共和黨報紙《前鋒論壇報》說：伊克斯的辭職，對於杜魯門總統的行政能力與負責精神，是重大的打擊。自由派《MP 報》社評說：油商的勢力是內政部的大害，大公司的政治勢力深入美國兩大黨，伊克斯也不得不略與週旋（內政部戰時煤油管理處頗受鮑萊的影響，伊克斯也支持任煤油管理處長的油商台維斯）。進步運動對於煤與煤油等項技術問題，應該多多注意。伊克斯曾任戰時煤油管理處長，假使當時他不與煤油公司合作，羅斯福總統必然感受輿論的壓力，使伊克斯不管煤油。

伊克斯是進步的象徵，一旦去職，將影響到民主黨。兼任該黨全國委員會主席的郵政部長漢納根，頗想於大選時，運用進步派的支持。伊克斯申言不願為政黨作偽證云云，已經被共和黨利用了。共和黨的未來總統候選人史達森，以進步的國際政策與對勞工的和好態度為競選條件。假使他果然在一九四八年被共和黨舉為總統候選人，民主黨或將不免分裂：民主黨中的進步派或將加入共和黨。以前羅斯福採取進步路綫，吸引了共和黨少壯派華萊斯與伊克斯。但是這種傾向，可能受其他因素的影響：（一）共和黨領袖並無遠見，並且受大企業利益的控制，史達森還沒有獲得共和黨大多數的擁護；（二）民主黨機構的領袖漢納根在幕後爭取進步派的支持。杜魯門總統於上月對勞工採取的行動，頗獲得自由派工人的好感，民主黨政府可能採用進步的政策。

美物價政策檢討^{*}

政府勞方俱向資方讓步
可能引起進一步的膨脹

杜魯門總統十四晚發表關於工資和物價政策的聲明，使得七十五萬鋼鐵工人的罷工，在今天結束，十八日就可以復工了。這件事已獲得公衆廣大的信任。結束這次罷工最有力的因素，就是鋼鐵的價格每噸立時增加了美元五元，而工資也同時增加。杜氏允許一切工業家立時增價和增加工資的形式，或許可以使得美國在短期內維持內政上的和平，而不致發生大工潮。杜氏所宣佈的工資與物價的政策，內容包括五點，其中有三點最值得注意：（一）在允許增加工資以後，立時允許製造家把物價增加到最高的限度，以保障營業的利潤，代替以前須等候六個月的規定；（二）物價管制專員已調任經濟穩定局專員，負責替新政策擬具規條；（三）美國中央交通委員會主席保羅・鮑特爾現已繼任物價管制專員，以代鮑爾斯氏。

這次宣佈的物價工資的新政策，和杜魯門以前所宣佈的，恰正相反。一九四五年十二月杜氏宣佈的政策，曾規定在增加工資後，必須經過六個月，方能增加物價。那時工業家可以向物價管制局呈請增價。現在物價却可以立刻跟着工資的增加而加價。關於這一點，勞工和政府都已經向工業家讓了步。它的結果，從好的方面說，就像杜氏在十四晚的聲明裏所說的"生產是我們的救星"，它可以增加生產的速度；從壞的方面說，或許會引起進一步的膨脹，有若干的參議員和公衆已經憂慮到了這

---

* 原載《大公報》（上海）1946年2月18日。

點。美國勞工聯盟，對於政府嚴格地規定增資的程式，從百分之十六到十八，已經提出抗議。工業組織大會現仍保持靜默，但已有不贊成的表示。勞方的觀點，以為膨脹的勢力很容易滲入，但工資和戰時"小鋼鐵程式"一樣，是將被凍結住的。

　　膨脹究竟要到甚麼程度為止，這不能不看新任經濟穩定專員鮑爾斯和新任物價管制專員鮑特爾應付的手段如何。鮑爾斯曾經和斑東（美國務院情報幫辦）合伙，辦了一個很有勢力的廣告公司。在羅斯福總統任內，他經由他的廣告機關，來支持羅斯福總統的新政。後來他充任物價管制專員。自從日本投降以後，鮑爾斯用強烈的態度，和膨脹鬥爭，因此他在公眾的眼中，成為了一位英雄和前進主義的象徵。據他的觀點，在他和膨脹鬥爭當中，後與專員史奈德和杜魯門總統都是他的障礙物。史氏是聖路易市第一國民銀行的董事長，又是杜魯門總統密蘇里的同鄉摯友。史氏相信，為了促進生產，必須增高物價，鮑史二氏間曾經不斷的發生爭執。在過去十天當中，他們的爭執愈形白熱化。鮑爾斯主張鋼鐵每噸祇能增價美元二元五角，他認為增加到每噸四元是最高的限度。史奈德却主張每噸應該增加六元。鮑氏於是宣佈，必須罷免史氏，不叫他再管制物價和工資的增加，否則他本人就要辭職。現在鮑氏擔任了經濟穩定專員的職務，根據總統的命令，他對於管制物價的權力是已經增強了。在表面上，他已經佔了史奈德的上風，但在增加鋼鐵價格一點上，史氏並未完全失敗。倘使鮑爾斯繼續擔任穩定經濟的職務，膨脹的進展一定可以很慢。鮑特爾和鮑爾斯是態度一致的。他們兩人很有合作的可能。

　　　　　　　　　　　　　　　　　　　　　十五日　紐約

大西洋的浪潮[*]

——記世界最大工會的選舉

回紐約已經一整天了，大西洋城邊海上和陸地的浪潮還時時在耳邊鼓盪，那洶湧的海像白衣的人們，手牽着手向沙灘上呼嘯着飛跑而來，白色的蕊珠穿成一條長繩，老遠就拋到了我的脚邊。美麗是一種恐怖，我慌忙倒退，可是它們却哈哈笑着撿着繩子跑回海裏去了。

在紐約多住了一些時候的人來到大西洋城一望無際的海邊，完全像剛從監牢裏走到牢門以外的感覺。這裏空氣是大片大片的在你身邊流動。這裏，風從四面八方把你飄浮起來，你的眼光可以像從日光裏來的箭，任意向任何一個方向射去，完全不受阻礙。到處都是光輝和透明。你好像自己是光，自己是動力，自己又是空中飛着的羽毛，你覺得假如你要向海裏走下去，也是非常自然的事。因爲那飛跑着和你開玩笑的海的人們，不是剛剛和你隔絕了不久的老朋友？他們現在從淺水灣，從孟買，從加爾各答，來看望你，你難道不願意到他們家裏去坐一坐？

大西洋城的海把我迷醉，大西洋城的人使我興奮。大會堂（Convention Hall）從幾千人在一個選舉上的喜怒哀樂影響了世界最大工會——全國汽車總工會——在今後一年內或者甚至於幾年內美國工業組織大會（Congress of Industrial Organizations）（以後簡稱工大）的命運，從而也影響了美國進步運動的開展。

我和一個朋友在一週之前就和大西洋城的大使旅館打電話，訂房間。

---

[*] 原載《大公報》（上海）1946 年 4 月 22 日。

因為汽車工會的代表們就住在那個旅館裏面。房錢十元一天，我們兩人分擔。那人是關於美國種族平等運動的專家，名字叫做愛得蒙尼亞（Edmonia Grant），是一個大胖子，油黑頭髮、棕綠眼睛的中年婦人。我叫她混名阿摩尼亞。她的目的是去展覽她作的種族平等的成績。我當然是去找新聞。她在開會頭一天就去了，我是第二天，三月廿四日，星期天。

從紐約三點鐘動身，在費城換車，五點四十分應該到大西洋城。到了費城，聽着一個路警糊裏糊塗的指示，我邁上了一掛車，走了五分鐘，查票的來了。我泰然的把我的車票給了他，照例又去望着窗外。忽聽他問：

"你到那裏去？"

"大西洋城。"我怪他多問。

"到了特倫敦，下車去，趕費城車，再去大西洋城。"他説得非常乾净平穩，他的光臉，表情和那言語一樣，把票子原封還了我。

"啊！"我倒黴的叫起來。

"你搞錯了。你上了紐約車。回特倫敦去。"

特倫敦是新澤西的首府，離費拉德菲亞一站。冤哉！我因此弄到十點半鐘纔到大西洋城，被阿摩尼亞大笑話了一頓。

第二天早上，兩個人跑到會場去，會已經開了。阿摩尼亞和我商量，我去搞記者證，坐記者席，她混充我的翻譯，也可以擠進去，聽起來真切清楚一些，我們的小小陰謀當然很快就辦通了。會場裏樓上（旁聽）、樓下（代表和記者）擠滿了人。主席臺上坐着湯麥斯，汽總會長；路德，兩個副會長之一，和其他許多職員。戰爭是在湯麥斯和路德之間，兩個人爭會長。主席的是愛的斯（George Addes），汽總的會計長。臺後幕上高高掛着羅斯福總統的照片，底下一個金地綴了許多細燈的 V 字。左右低半頭是杜魯門總統（左）和麥雷（Philip Murray），工業團體大會會長（右）。再下面 V 字左右是湯麥斯和愛的斯，兩旁是兩個副會長。在這些中間，美國國旗和汽總會旗。這就完成了大會的理想、背景和頭腦。臺下橫列一長條桌子是一百多記者的座位，直列無數長條桌子是代表們分坐兩邊。沿牆掛了許多五顏六色的大布條，有的說他擁護湯麥斯和愛的斯，有的說要路德做會長。代表席上許多白紙硬牌，有的是巴掌形，有的是方塊塊。大部分都說要路德當會長。代表們衣襟上除了掛着代表名號以外，還掛着一個白瓷鐵小圓別針，有的講路德作會長，有的要湯麥斯、愛的斯。因此一望而知，誰是湯麥斯派，誰是路德派。

會議正在討論一個反種族歧視的議案時，忽然騷動，鼓掌吹嘯之聲大作，原來說是工大的會長麥雷先生到了。此公若擁護誰，對於代表們是有影響的。於是機靈的路德先生，挑起他的翹翹的小鼻子，趕快從後臺溜出去，一把抓住麥雷先生笑着紅紅的臉，挽住麥雷先生的臂膀，搖搖擺擺，在震雷一樣的會場歡迎聲中，走上臺去。原是有點猪嘴式的大胖子湯麥斯先生坐在臺上，看了不知有何感覺。

現在是麥雷演講了。這六十一歲的人過早的有一頭白髮，濃黑的眉毛，圓臉，厚嘴唇，身材不高，樣子像東南歐或意大利種。他雖是天主教，但也是進步的工大運動創立者之一。他出身鋼鐵工人，原在美國勞工聯盟，簡稱勞聯。一九三五年和有名的約翰‧路易士陰謀，把他們所左右之下的鋼鐵、煤礦以及其他工人提出勞聯，成立了工大。在工大之下，他們改變了勞聯的組織方法，把某一種工業所有的工人，無論是工程師或小工，都組織在一個工會裏。發展了汽車工會、海員工會、電氣、鋼鐵、煤油、交通以及自由職業者等大工會，掌握了美國大工業的死命。現在會員五百萬人。一九三六年，麥雷與西爾曼（Sidney Hillman）（現在工大政治運動委員會會長）合作，把反對羅斯福、陰謀當共和黨總統的路易士趕出去，麥雷當了會長。

麥雷先生站在播音機面前，首先闢謠，把路德派散佈的關於他和鋼鐵工會（他兼鋼鐵總工會會長，會員七十五萬人）不幫助通用汽車工會罷工的謠言大罵了一頓。然後講工大反對國際侵略主義，捧世界勞工聯合會。繼而他罵美國的反動勢力，特別聲明，工大在國會及總統選舉運動中，將採取獨立的立場，決不擁護民主黨，而凡是進步的人物無論他是共和黨和民主黨都要投他們的票。（這種工大立場是準備組織第三黨的初步。）他又說工大今年將大舉向南方保守派進攻。他們將選二百個最精練的組織幹部到南方去組織工人。講來講去，大捧了湯麥斯一頓。在一個鐘頭之間，會場裏鼓掌，捶桌子，丟紙屑，大喧鬧的擁護他，人簡直像在湯鍋裏。

麥雷走了之後，會議繼續討論成立反歧視委員會的問題，吵吵嚷嚷，許多人發言，還有許多人抱怨沒機會講話。接着又討論把每月會費由一元加到二元或一元五的問題，一直鬧到下午五點鐘，還沒完結。這時忽然一個女聲音叫起來。

這女的是個路德派。她說：

"主席，我動議今天晚上八點來一個特別會議，專討論湯麥斯和路德兩人的問題，要他兩人出場辯論。"

我身邊恰巧有個出版界的熟人，我說："這怎麼回事？"

"他們要搗亂。"

"特別會能不能開？"我問。

"不能夠。湯麥斯人老實，忠厚，路德嘴非常靈，湯麥斯辯他不過。他們知道，所以捉短。"這人好像也是湯麥斯派。

可是動議已經成立了，主席宣佈進行討論。先是那女人講了一通理由，接着一個男人站起來說他反對。可是他剛說完這幾個字，會場就大鬧起來。許多人讓："滾下去！"用棍子捶桌子，打板凳，跳到桌子上去，舉起擁護路德的招牌亂揮亂舞，全會場像飛起大片大片的白黑蝴蝶。同時大喊大叫，聲音拖成一片。接着就開始了繞場遊行。一隊隊人舉着路德牌子，行軍式的跳着脚，而且唱歌，這樣鬧了有十五分鐘之久，主席纔來宣佈秩序，用錘子捶着講臺。聲音下去了。主席說："不要怕別人講話，你怕別人影響聽衆，其實機會是均等的。動議案總得討論。"但是主席的話對湯麥斯派雖有作用，三個湯麥斯派的講話人都被吵下去了，動議案却始終沒得通過，已經是六點散會了。

白天是對頭吵，晚上是各自安排。八點半鐘，路德在他的旅館裏召集部下和群衆共罵湯麥斯，並說白天動議原有多數而不通過，罵了愛的斯一頓。同時麥雷也被捎帶了一下，說那老頭子偏心。湯麥斯却在大會堂一間小廳裏也召集了一個會，共罵路德，報告了路德許多威脅代表們選舉他的事情。同時提醒會衆準備路德派明天再搗亂。

到現在爲止，一般的看，兩個人旗鼓相當，湯麥斯派稍佔多數。

第二天，星期二，風浪相當平穩。雙方似乎把動口的工夫放在動手上。記者臺上（代表臺當然也如此）左一陣右一陣常常飛來一些傳單，除對罵外，還有"路德小史"一份。路德在那幾張紙上，完美如玉。這一天，海也相當沉悶，細霧像雨，時來時去。似乎爲明天的浪潮報告消息。

明天星期三，是選舉的日子。會場裏煙霧瀰漫，不知爲什麼，人忽然更多起來。記者臺兩頭全擺滿了椅位，許多熱心代表擠在這裏，聽選舉結果。每個人膝頭上擺一本選舉册子，好記票數。

主席愛的斯宣佈會長選舉，代表吵起來，要聽兩方面的人講講，究竟誰好誰壞。這意見通過了。殊不料說話中間，星期一的場面又出現。路德派不許湯麥斯派說話，而湯麥斯派也還敬。接着路派又來遊行，湯派也照樣泡製。在這種示威表演的手段中，路派顯然處處取攻勢，湯派究竟是因爲戰略上沒準備，還是故意表示穩定和文明，不得而知，總是站在守勢方面。在湯派遊行當中忽然後面大鬧起來，有人叫"揍！"，有人喊"打！"維持秩序的人們趕緊奔過去。在煙霧瀰漫，聲音像暴怒的海潮中，祇見後面扭成一團團，一股股，像一群野獸糾結成了一個發狂的巨獸。在前面的人們全站上桌子去看。我也爬上去站着，從別人的肩縫中看些一鱗半爪。於此我大抱怨自己是個矮子，而對於美國人這類滅絕理性的瘋狂深感驚訝。阿摩尼亞縐着她的黑眉，撅着嘴說："這就是法西斯，法西斯就建築在這上面。"我是個外國人，根本和這事無關，但我對於人類瘋狂性之成爲法西斯根據地之一，却也不能不承認。我對一個熟識的記者說：

"這完全是暴徒精神（Mob Spirit）。"

"這裏是一個戰爭呵。"他絲毫不動表情的說。

打了一頓。選舉總要進行，主持選舉票的人站在播音臺前喊起每個區域的號數，代表們一一到播音臺前去，高呼被選人的名字和票數，到一點鐘停止了，去吃飯。這時候議論紛紛，掛着路德牌子的人都說"路德已經有了半數了，湯麥斯下午何必還競選呢"。於是掛着湯麥斯牌子的人都垂頭喪氣，憂憂愁愁的走開。許多人到了下午都不去開會了。他們說"何必去投票呢，簡直是替路德裝場面，自己丟臉"。

在這種情形之下，選舉在下午四點鐘結束了。總票數八千四百，路德比湯麥斯多了一百二十票，當選為全國汽車總工會會長。

這裏是一個戰爭，是不錯的。

路德和湯麥斯競選，與羅斯福和杜威競選時所激起的風浪大致相似，動手動口，無所不用。結果却兩樣，一個連任，一個是新人上臺。這兩個人當然不僅僅是代表他們個人和他們本身的從者而已。

工大本身是一個複雜的組織。其中有工人，有智識份子，有小學畢業者而以老工人運動家自豪的人，也有帶博士頭銜的人物。有社會民主黨，其恨蘇聯、恨共產黨比恨資本家更兇。有共產黨，認為社會民主黨是資本家的門下士。有基督教徒恨天主教，有天主教徒認為自己是受壓迫者。有黑人恨白人，有白人認為與黑人同一工會是奇恥大辱。在這種矛盾之中，工大的總目標是全民就業，消滅經濟危機。政府控制經濟，摧毀壟斷勢力。消滅種族與宗教歧視，使人人機會均等。為了這些目標，他們一致的要加強工大在政治運動上的力量，把美國工人從經濟爭鬥的連鎖提高到政治爭鬥的階段。而團結種種矛盾向大目標前進的就靠中間份子如麥雷、西爾曼、湯麥斯等。

到現在為止，工大所屬幾個重要產業部門的工會，有幾個如電氣、海員、交通都在共產黨的左右之下。鋼鐵在麥雷手裏，站在中間。社會民主黨方面到現在為止，不能說有任何大工會在其有力的影響之下（除西爾曼手下的混合衣服業總工會。那工會之所以重要，因為它有一家自己開辦的銀行），汽車工會因此變成了左右兩派的大戰場。左派擁護中間份子的領袖們一方面團結和鞏固纔十歲的工大，一方面讓自己能在工大裏發展。右派因爲自己勢力較弱，志在猛力奪取兩個工會，以成自己的領導，因此反對中間份子。路德是右派，是社會民主黨。湯麥斯是老工會運動家，中間派。成爲汽車工會中左派領袖的是會計長愛的斯。事實上愛的斯和路德並未對立，然而左右兩派之爭，暗地裏都是看愛的斯和路德兩人的風向。這一次湯麥斯會長雖丟了，路德的勝利卻並不穩定。他的多數票極少，而且是來自他靈活的煙幕與堅強的示威行動。同時愛的斯卻由全場一致舉手，未經投票而連任會計長。湯麥斯又競選副會長成功，打敗了一個路德的從者。路德在將來一年中和明年的選舉上，要想鞏固社會民主黨在汽總的控制，毫無疑義是困難的。何況他年青，野心過雄，手段太花妙，引起工大首領集團的疑懼。他攻擊麥雷過早，與工聯（AFL）的關係太顯，而對有力的左派太猛進。

　　像大西洋的浪潮早夜洶湧，大西洋城汽總全國代表大會所掀動的浪潮將由今年而衝到明年……

三月卅日於紐約

美國對蘇聯將採雙重政策[*]

政治上堅定　經濟上友好

美國國務卿貝爾納斯與參議員范登堡，於二十三日啟程赴巴黎。可靠方面預料：在巴黎四國外長會議中，美國對蘇聯將採取雙管齊下的政策。在政治方面，將繼續維持於上月開始的堅定政策。在經濟方面，假使情勢不過分惡劣，則美國將推行和好政策，使蘇聯參加世界貿易。

美方決定政策的當局，應付困難，十分明顯。蘇聯在中東等處的政治勢力，必須加以遏制；但是，在另一方面，必須令蘇聯參加國際合作機構。地中海與中東已經變為要衝。第二次世界大戰已經改變戰略形勢，地中海與中東不僅是英國的生命綫，並且是非正式的美國基地了。《前鋒論壇報》於本月十八日，刊載軍事評論員伊利奧特的論文，他說：＂我們關切地中海。自北美方面看起來，地中海是通到蘇聯的心臟的海道。它可以使得美國的海空軍力，阻止歐洲或亞洲的勢力侵入非洲。地中海是歐、亞、非三洲會合的地點。我們不能聽任政治的變更威脅到美國進出地中海的自由。＂在伊朗方面，美國人士感覺蘇聯的策略已獲勝利。因為聯合國機構雖然在言辭方面擊敗蘇聯，蘇聯已經在伊朗獲得煤油讓與權及政治勢力。伊朗的政治改革，將激動中東各國；因為這些國家，政治腐敗，制度落伍。蘇聯要求托管非洲的義國殖民地，將引起中東的不安。英美兩國在四國外長會議中的立場，是抵禦蘇聯的超過妥協範圍的要求。

在這種情勢下，發生了第二個問題。假使蘇聯採取堅決的立場，蘇聯與英美間的裂痕，將愈益深刻。國際關係進一步的惡化，將增加美國

---

[*]　原載《大公報》（上海）1946年4月26日。

國內對於政府的批評,而且將予好戰者以鼓勵。再則蘇聯的不合作,將損害自由的世界貿易。美國已經採取第二個政策去防止這些後果。上週蘇聯在聯合國機構內的挫敗,已經無可避免的時候,美國國務卿貝爾納斯發表了兩個文告:第一個邀請蘇聯談判十萬萬美元的借款,第二個宣佈美國將承認(保加利亞與羅馬尼亞的)事實上的政府。這些文告的和好姿態,是很明顯的;同時,這些文告後面,也有美國在東南歐的商業利益。假使蘇聯對於英美在四國外長會議中的堅決態度,並不感覺過分的煩擾,貝爾納斯將覓致一個貿易協定:英美在多瑙河方面讓步,蘇聯在地中海方面讓步。

　　美國外交政策在國內政治上的反映,是很有趣的。我們回想貝爾納斯自莫斯科返美時,議會由參議員范登堡領導,抨擊他對蘇妥協。范登堡自倫敦返美時,又批評貝爾納斯過分妥協。在二月間,范登堡要求對蘇聯採取不妥協政策以後,貝爾納斯宣佈已經實行堅定的政策。民主黨的政府沒有宣佈確定的對蘇政策,因此,共和黨起而領導。假使此種趨勢繼續演進,在十一月的選舉中,必將發生影響。

二十四日　紐約

油　災[*]

鬧了一個多月之久的蘇伊問題，現在算下去了。在這期間，每天翻開報紙，必有成打的罵蘇聯文章出現，同時也必有若干萬字請美國如何要擡高聯合國聲勢擁護弱小國家的利益以對抗强權。不過，用另外一種眼光、一種口氣說話的也有。這類報紙雜誌說蘇伊問題並不是大小强弱中間的問題，簡簡單單的它倒是大與大之間在鬧油禍。因此，當安全理事會四月四日決定放下蘇伊問題時，有些報死命闢謠，說安全理事會並沒丟臉，國務卿貝爾納斯並不是找梯子下臺，而正正經經的是大家都打了勝仗，弱小國家阿彌陀佛，總算找到了聯合國這個大大的泰山之靠。同時又有些報紙一定要拆穿這套漂亮加冠。甚至於在前天，參議員裴柏（Claude Pepper），Florida 的民主黨，在參議院揮着膈膊罵美國不該和英國搭幫幹蘇聯。他說："要不然，我們爲什麽不叫英國從印度尼西亞，從埃及，從伊拉克⋯⋯退兵？"看來美國輿論這一支鐘擺，在蘇聯問題下去之後，又要朝另個方向動了。

一、油　景

記者對於聯合國這回的功罪沒什麽話講。但鬧了幾十年的油災，在原子力的害禍還沒成形時，倒還是大問題。十九世紀末二十世紀初，英國海軍就起始用油而不用煤，美國繼之而起。現在，空軍燃料完全是油。目前固然是爲油打了一陣口仗，將來，爲了它還有許多事會發生。尤其是世界政治重力在左右兩派的平衡之間發生了新波動時，油災不免又要

---

[*] 原載《大公報》（上海）1946 年 5 月 9 日。

泛濫。

目前世界油量及產量最多的有四個地方。第一是美國，油存量有二百萬萬桶，每年產量十六萬萬桶以上。第二就是伊朗、伊拉克，存量九十萬萬桶，每年產量一萬三千萬桶（主要是英伊煤油公司、伊拉克煤油公司兩英國機關的產品）。若合中東的埃及、阿拉伯在一起，中東存油量足近一百六十萬萬桶，產量一萬五千萬桶以上。其三是蘇聯，存量五十七萬萬桶，產量二萬七千萬桶。其四，委内瑞拉，存量五十六萬（萬）桶，產量二萬五千萬桶（主要是美國洛克菲洛及美孚公司的）。

伊朗油脈來自蘇聯里海邊上的巴庫，經過北方五省，連亞塞爾拜然在内，南下到伊拉克，波斯灣口再分支東到伊朗西南部，西到阿拉伯的沙特阿拉伯，即美國辛克萊公司去年拿到了全部讓予權的地方。

美國和蘇聯有油，人民富裕。伊朗有油反而撞禍，完全是政治上的原因。據美國人米斯包（A. C. Millspaugh，伊朗政府財政指導專家）一九二二到一九二七，又一九四三到一九四五的報告，說伊朗的政局全部是混亂的，她的政府是貪污腐化專政制，既無效能，又不能代表人民。她的中央政府祇是名義上的國家代表，實際上完全不能控制全國。名義上雖有一個國會，百分之九十的議員都來自大地主和財富階級。那國會前不久下了臺，但在下臺之前，有十餘年後經過重選過。伊朗人民大多數是窮苦農民，少吃無穿，污穢破爛，成為東方廣大人民的典型。因此伊朗的財政收入，主要靠賣家賣（即讓予油權）來支持，英伊煤油公司每年支英金四百萬鎊給伊朗政府，那是伊朗政府及特權家私人收入的一半。米斯包曾經建議把伊朗變成國際（英美蘇）公管，免得伊朗人民的痛苦和政府的腐爛，引起蘇聯打主意，或使伊朗左派的勢力強大。

二、油　　爭

英國無油，故它第一個發現波斯的寶貝。波斯的油和山西的煤一樣，多至流露地面，可以隨地點着的。據說這就是古代波斯拜火教發生的原因。十九世紀末，英國冒險家們浪遊中東，就和他們在印度和中國一樣，到處找財源。一個叫做達爾西（William Kvox Dorcy）的傢伙，居然抓到了波斯沙皇的讓予權，除北方五省外，伊朗全部油權都到了他手上。一九〇八年他成立了英波煤油公司，一九一四年這公司股票大部分被英政府收買，後來改稱英伊煤油公司。事實上英波的力量遠超出它對北方五省的控制，而達到了里海邊上的巴庫。但是，一九一九年蘇聯成立，英波被趕出了巴庫。同時英國從伊朗北部進兵蘇聯，實行干涉政策。蘇聯為此，在一九二一年和伊朗訂約，假如有外國兵利用伊朗北部威脅蘇聯，蘇聯可以派兵入伊朗。干涉政策失敗了，英伊也就放棄了巴庫的舊夢。同時伊朗的朝代也換了一個。

新沙皇上臺，發現英伊給他的錢還是不夠花，於是向英國打主意，他請了許多美國人去，特別是用一百元美金一天，叫一個姓克拉（Clapp，阿克萊荷馬—油業家）的在一九三二年替他起草一個新讓予辦法，把英伊對伊朗全部油業的控制限制於伊朗西南部及波斯灣上。同時提高了英伊向伊政府的捐納到每年四百萬金鎊，不許用紙鎊。英伊祇好答應了。於是美國的油脚就伸進了伊朗。美孚、德士古、辛克萊先後都到了中東，但伊朗和伊拉克的油利美國人所得始終不多。原因是伊朗沙皇從英國拿多了錢，也不很在乎美國人，依然聽英伊擺佈去了。

大戰發生，這位沙皇因為和納粹交朋友，於一九四一年被趕，他的兒子繼位。美國油業家垂涎伊朗的油極久，想乘此交替時代，在伊朗佔穩脚，故一面大喊美國油快用完了，一面聳動這新沙皇談判讓予，以便從美國又多拿一份錢。新沙皇在一九四三年召集英美兩方來談判整個畫分伊朗油利的事。這個會於一九四四年在伊朗舉行。同時美國內政部長伊克斯又發動在倫敦舉行英美煤油談判。可是這雙管齊下的辦法都沒收到效果。

第一個會正在進行的時候，蘇聯忽然出了頭。蘇聯代表團由外交人民委員會副委員長卡夫特拉支（Kofterodz）帶領到德黑蘭，要求在伊朗北部辦一個蘇伊合資公司，資本各半，開發北方油業。伊朗拒絕了。鑒於英伊獨佔伊朗油業,每年產量一千萬噸。(英伊大多數股票在英政府手上,政府有絕對控制權力。)而對蘇聯的百分之五十的讓予權,伊政府都要拒絕,於是蘇聯認為伊政府故意排蘇。在這種情形之下,伊政府就把英美伊談判也解散了。

第二個會倒沒有蘇聯撞禍,可是也沒產生結果。美國代表團由國務卿赫爾率領,連伊克斯一起去倫敦,主要商量英美在中東油業範圍的畫分,連出產分配全在內。這事雙方同意,簽了條約。可是一拿到國會外交委員會去,便被該委員會主席康納利壓下來。他聲明這條約會使國際勢力侵入國內市場,妨害美國自由經濟。實際上則因為德格薩斯州的辛克萊公司,正在進行獨佔沙特阿拉伯油田的私談。而伊克斯的好朋友却是加利福尼亞州的美孚(Standard Oil)公司,身為兩個德格薩斯州國會代表之一的康納利,為了選票起見,似乎有考慮的必要。

一九四五年,伊克斯又提起杜魯門總統再召集英美煤油會議,伊克斯領團再去倫敦,十月裏回來又帶來了一個協定,依然是擱在參議院裏,但同時辛克萊在沙特阿拉伯的獨佔却成了功。

在這種國際油爭的局面底下,戰後的蘇聯顯然不能繼續戰前的政策。第一,一九四一年戰爭的爆發,使他們確定了祇要戰爭的因素存在,蘇聯難免於被捲入戰爭。第二,戰後戰略地點的奪據,原子彈外交的出現,以及戰爭原料的攘奪,使他們決定以鞏固國防為前提,而要求伊朗的油。現在他們已經拿到了。美國官方對於這件事是不能講不贊成的。反之,正在一致地承認這是蘇聯應有的權利。

總看伊朗油災的現在與未來,我們祇有為困於腐爛剝削政治下的伊朗人民着急。政治領導是集體生活的脊梁。脊梁生病,沒有人能夠直立而生長。整個中東的脊髓在潰爛中,伊朗的命運要看它人民新生的決心。

四月六日

震撼全美的煤礦工潮
路易士與資方停戰十五天[*]

　　美國的煤礦礦主對聯合礦工工會主席路易士作反對的宣傳五日後，在十日的晚間，他們宣佈已經和路氏成立了一個以十五日爲期的休戰協定。倘使煤工工潮因此而獲得妥協，那麼路易士又將獲得一次的勝利了。

　　在杜魯門總統暗示的對路氏採取"嚴厲的行動"和議會喧嚷着要通過反對工運法案的當中，路氏對於政府的態度，却是十分鎮定。他曾經秘密的和擁有多處煤礦的美國鋼鐵公司進行秘密談判，想按照下列的辦法，獲得直接的解決：（一）由煤礦礦主發表宣言，同意設立一個健康福利基金的原則，並且附有一個諒解，這基金須由路易士氏共同保管；（二）礦主同意採納中央煤礦管理局所頒布的煤工安全法令，由礦主保障礦工的安全；（三）路易士替礦工要求每小時二角的工資的增加。在這十五天的休職期間，礦工們明日起就將要復工，而由路氏和礦主繼續進行談話。但是談判的根據或許將有改變。杜魯門總統曾經請求勞資雙方在下星期三（五月十五日）就新合約的內容提出報告，所以這暫時的休戰，是否能獲致最後的和平，還不能没有疑問。

　　四十天的煤工大罷工，把全美簡直鬧得烏煙瘴氣：鐵路的運輸麻痺了，鋼鐵的生產減少了一半，福特和克里斯勒汽車製造廠被逼得關上了大門，一切的生產部門都開了慢車，一切的公用事業全發生故障。大多數的報紙用半版長的大標題來攻擊路易士，用全版的地位紀述煤工罷工所造成的灾害。同時勞工界却贊助煤工的罷工，藉以表示勞動界的團結

---

[*] 原載《大公報》（上海）1946年5月12日。

一致。美國勞工同盟主席格林公開的贊助路易士，工業組織大會的機關報《工組新聞》又爲礦工對健康福利基金的要求，從事鼓吹。紐約的《午後報》和《工組之聲》都在替礦工說話，共黨機關報《每日工人》也在共鳴着。可是縱然如此，一般的輿論還是強烈的反對路易士。

不過路氏的策略地位，即是顛撲不破的。第一，政府沒有方法去有效的阻止他，杜魯門總統在五月十五日并不能下令接收煤礦，因爲這樣接收的戰時法令即將失效。縱然這一個法令的效力展期，礦工倘使得不到路易士的同意，他們仍然可以拒絕復工。第二，美國的資本界對勞工領袖路易士并沒有惡感，因爲他相信"自由企業"。他對於外交政策又相信孤立，倘使資方對他壓迫太甚，那麼工業組織大會的勢力，就有滲入礦工工會的可能。第三，路易士雖然不強調勞動界需要團結，他在今年一月勞工管理大會中，甚而至於會和資方站立在一面，來對抗工業組織大會，可是勞動界還是要爭取礦工的。礦工既然爲了健康福利基金而不恤罷工，那麼他們對此的重視，更不難測知。以上這一些因素，路易士都看得明明白白。所以路易士的建議休戰，當然不是畏怯輿論的壓力。他超然的建議休會，可以表明他的行動，不可捉摸。

在美國工運的地平綫上，還有若干起的罷工工潮在盪漾着。全國海員工會爲了支持西部碼頭工會，將於六月十五日起罷工，人數共計有二十一萬。鐵路聯誼會定五月十八日起罷工，人數共計有五十萬。聯合汽車工會和福利公司新近又發生爭端，據說下月可能罷工。衆院對於物價管理局的修正案，倘使參院不加以更改，那麼美國今夏必將有大工潮軒然而起。

十一日 紐約

美國物價控制在動盪中[*]

一

冬季罷工浪潮過去了之後，目前物價控制局延長法案的鬥爭，應該是美國內政上最大的一件事。它的基本方向與工業團體大會的罷工浪潮是一樣的：即限制壟斷資本對於經濟生活的控制力量，鞏固和發展平民的組織力量，保障平民的購買力，防止大恐慌。它的發動者也是工人。換句話說，依然是美國矛盾的社會力量之間的一種經濟內戰。這種社會力量之間的內戰與現在蔓延全球或隱或顯的內戰有一點不同。美國中產階級相當強大，工人大部分生活在全世界中產階級的水平。他們想趁着美國社會的分裂還沒到其他國家所有的那種尖銳程度時，用均富的方法來始終保持和擴大中產階級的地位，到必要時即有變化，也不用流血。而其他國家的中產者則沒有這種力量，也難得有這種企圖。

記者前幾個月認爲，今後美國進步與保守力量中間的爭鬥將直接集中於國會，羅斯福時代工人倚賴行政當局做爭鬥主力的心理將成過去，而代之以獨立的策動，獨立的發揮。這情形現在已經證明了。在過去一個月中，自從四月十七日衆院通過物價控制延長法案，加以許多限制以後，總統沒有出面來反對過。在最近他對於物價控制問題且發生過小小搖動，雖然事後加以糾正，而印象已成。這情形如發生在去年秋冬之間，必遭民間大攻擊。然而現在素來站在進步力量方面的報紙對之不甚注意。層出不窮的示威大會全以國會爲對象。

---

[*] 原載《大公報》（上海）1946 年 6 月 17 日。

這一次爭鬥，比冬季罷工浪潮不同之處，在於它的廣泛和強烈。在罷工中間，因爲美國工人組織的分歧，一般社會對於工人的不同情，全部產業界對於工人力量一般的不安，結果工業團體大會幾乎是獨力支持自己，僅有少數美國勞工聯盟的個別工會幫忙。他們完全是靠自己嚴密的組織、鞏固的團結以及工人對廠方的激憤而得到了勝利，使工會不致於像第一次大戰之後那樣被摧殘，反而信用增高，團體鞏固。這一次因爲物價的起落，關係所有消費者，所以參加者的廣泛難以想像，國會中議員們收到要求延長物價控制的信日以千計。有人在三星期中收到十幾萬封信。連素來代表全美製造家協會主張取消限價的《紐約時報》，連它最保守的、以反對羅斯福出名的內政記者克拉克（Arthur Krock），都不能不承認參院所受民間壓力太大，恐不能不考慮改變衆院對物價控制延長法案的修正案。各地女人到華盛頓示威的運動繼續不止，在示威隊伍裏常有搖籃隊出現，是女人推着孩子車參加。新成立的消費者協會正在號召全國各州舉行更大的示威。在紐約的是五月十二日舉行於可容十幾萬人的運動廣場，這一次中小製造家和一些個別零售商全和物價控制局站在一起，甚至美國總商會也應聲說話。

二

每一種爭鬥都有兩方面的理由。擁護物價局者牢記着第一次大戰之後的結果。那時候戰爭一結束，政府取消了對於生產與物價的戰時管理。由於平民日用品缺乏，大家爭買，物價飛騰，造成了急性通貨膨脹。之後不久購買力即達飽和，大量生產品停滯市場，物價氷洩下去，造成了一九二二年的戰後大恐慌。他們認爲這一次萬萬不能重覆上次的錯誤。解決方案是一面提高工資，增強購買力。另一方面嚴格控制物價，等到市面的缺乏慢慢達到均衡，市場的出入能夠自己穩定物價時，再把物價控制取消。如此國民的經濟生活不致遭受急性通貨膨脹與急性通貨緊縮交替的衝擊，中產階級的地位和力量可以保存，生產可以順利進行。

反對者認爲這是絞殺生產，鼓勵黑市。他們認爲利潤是生產的刺激，限制物價就限制了利潤，結果使戰爭中人人富裕的積蓄不願投入生產裏去。生產事業緊縮，市面蕭條，從而生活的需要不得不向黑市去取得滿足，於是黑市大大繁榮，商業失去軌道，因而經濟生產無法穩定。

　　站在美國國民立場上來說，反對者的論調有些漏洞，得替他們補足。第一，假如美國現在的經濟退回到十九世紀中葉，反對者的說法是滿有理由的。可惜現在是二十世紀中葉，美國經濟已經不是自由競爭的時代了。在這時候如果政府的物價控制取消，壟斷資本的物價控制就要上場。它們中間的市場與物價協定將把所有的中小獨立工業家趕走，而把他們的資本完全吸收到壟斷事業裏面去。舉一個例，這是一個小製造家親自告訴我的。他是一個女裝製造家，雇用工人一百多名。他所用的材料有的尚在限價中，有的已經取消了。在被取消了限價的材料中，有一項縫口絲邊，限價時七毛錢一碼，取消後陡漲一元四一碼。他祇好不用那種絲邊，他的產品就不好看，且不結實，人家不願買。這一元四一碼絲邊的價格是壟斷市場一方面大收買，另方面它祇有大資本家纔能用得起。假如所有限價都取消，則我那位小工業家朋友非破產不可，因此他也主張限價，同時也在想把他的小事業出賣，免得事到臨頭來不及。因此取消限價就是限制國內一般工業家而擴大壟斷事業。第二，龐大的壟斷事業生產力和有限的國民購買力究竟是無法對消的。戰爭四年中，美國生產力比戰前擴大了三倍。以前三人能成的一件事，現在一個人就能辦到。在這種情形之下，消費者的購買力總是相對地減少，恐慌必然到來。擁護限價者的希望是用限價使之來得慢而且來的形勢較和緩，可以準備，可以抵禦。然而反對者對於這一點不開口，他的肚子裏的算盤卻有國際暴風在撥弄。過去四年向他們證明了戰爭是美國恐慌最好的藥方。第三，美國的黑市和中國的不同。我們由於生產缺乏，產業界無力，所以黑市猖獗不能控制。此地祇要華爾街肯做，所有黑市市場的咽喉都要斷絕。黑市的存在，在這裏不過是一種手段而已。

三

限價鬥爭具體的發展到現在還没告段落。它的經過簡單這樣説。

物價控制局原是戰時產品，照法律應該在戰爭結束之後就取消。它的法定生命是到今年六月卅日爲止。過此如要延長，就得國會通過延長它的期限。國會在全美製造家協會、全美地產家協會、全美零售商協會等等的壓力之下，自去年九月以來，就主張它立刻解散。其後就醖釀把它如期結束。但前物價控制局長鮑爾斯幾次出席國會詢問會堅決反對，用辭職要挾總統。他的立場使他變成了美國人民的政治明星，總統不得不支持他，國會也不敢得罪他。加以一些左翼和自由報紙直接攻擊國會受壟斷者的指使，若決定如期取消物價局，眼看美國人民要造反，所以四月十七日延長物價局議案在衆院通過時，就改頭換面來了一套。第一，物價局延長九個月到明年三月爲止，看形勢再定。事實上明年三月是新國會剛上場時，照國會行事慣例，新國會上場勢力分野不定，向來少辦事，而物價局過了三月就要垮臺。第二，提高製造品零售躉批物價，以保障利潤。第三，從七月一日停止關於肉類的政府補助金，使肉價自由上漲。第四，十二月三十日起停止一切糧食食品補助金至百分之八十。第五，請由工業界組織的工業顧問委員會，決定某一物價的控制是否應當取消。在他們決定之後，十日外實行取消某一物價的控制。這幾項修正案若兩院都通過，物價局即使存在，也就有名無實了。

這套修正案出來之後，参院保守派以塔虎脱爲首加以響應，接着如第一節第三段所述的民間空前反抗就出現了。除民間直接的表示以外，左翼和自由派報紙包括《華盛頓郵報》在内，全用極强烈的字眼攻擊壟斷製造家和大商業壟斷家，把参院中議員名字在報頭登出來，發動人民寫信給他們；把衆議員提贊成修正案者的名字也登出，叫大家不要選舉他們。連在内政政策上和《紐約時報》呼應一氣的《紐約論壇報》也説衆院過火。時論家、無綫電評論家，除了素來一貫保守的人們以外，一致批評。物價局局長波特爾（Paul Poater）和經濟穩定局局長鮑爾斯（Chester Bowles）自然更來大聲疾呼，號召人民反對。送到國會的簽名抗議書有一封上面載了五十萬個名字，其他的總以一萬名字起碼。再加以種種示威遊行，打電報等等，弄得國會頭腦昏昏，不知如何是好。因為壓力不祇是來自一方面，反對者方面所取的手段雖不同，而壓力却是更大、更直接。

已經說過，反對者方面是以全美製造家協會為首的幾個大壟斷集團。它們包括全美製造家協會、棉業製造家協會、地產家協會、零售商協會、全國羊毛業製造者協會等等。他們對公衆的做法是登整幅廣告，認為物價控制就是造成黑市，限制生產，掠奪人民。其次是用所有全國性大報紙，特別是《紐約時報》和《紐約論壇報》作宣傳。再其次則包定無綫電網，雇人廣播，這些其實還都不是主要的。真正得力的地方還是從政府方面直接下手，春間鋼廠大罷工時，鋼鐵家在華盛頓包圍總統，結果破壞了總統第一次的工資法，而產生了物價隨工資增長的第二個工資法。這個工資法與第一個是絕對相反的。他們對政府的手段有如下幾種。

第一，政府不加價，工業家就停止生產。比如棉業製造家協會重要人物雅各卜斯（William Vacobs）經常有大批手下常住華盛頓，在國會與行政機關之間活動。三月間他宣佈若政府不保障棉織業加價，製造家就不生產。物價局不得已，把一部分棉業產品價格提高幾近百分之二十。

第二，以選舉運動費要挾和引誘國會議員幫忙。比如在這次衆院通過限價延長法案時，紐澤西的衆議員哈特雷（Pred Hartley）在本區的選舉上不甚有把握，全國乾糧零售業協會就向他擔保，說他一定被重選。其後哈特雷忽然不大積極起來，因為他接了二千五百封選民來信，要他擁護限價。於是這個協會就告訴他，協會中的朋友們要捐他一萬元以資競選。所以哈特雷就特別賣勁。

第三，他們以游船、球賽、宴會等等有形無形的組織與政府中主張行政兩支的高級人混合在一起，朝夕獻計，以致政府與他們幾不可分。

這種種手段所生的結果是這樣：國會中時時有調查物價局與物價市

場的詢問會出來。反對取消限價的人難得出庭，即得出場，也不許他盡其所有的講話。國會議員往往請製造家替他們起草法案，拿去國會討論。政府時常調某一製造業方面的要人在政府中與其本業有關的業務上兼差。如此，製造家近水樓台，對於政府的影響幾乎起決定作用。祇在民間整個大吵起來時，這作用纔能被打消，正因爲這最後一點，我們不能不景仰美國的民主作風。

在以上所說兩種對頭勢力的壓迫之下，參議院爲了難。因此這個延長物價局壽命的法案就被壓下來，能壓多久很難說。六月三十日物價局的法定壽命要終止。假如法案老壓下去，物價局將隨六月而終結。看形勢這件事辦不到，參院必須有些行動。這行動可能把衆院的修正案改得稍稍適合民間口味一點。如此，通貨膨脹不致於在明年秋間就把民間積蓄花光。這不祇是美國人的福氣。

五月十二日寄

記美國一小城*

一

五月是這裏的黃黴天。從底特律（Detroit）到奧瑪（Alma）的公共汽車上，擠滿了穿雨衣的人。我已經站隊半小時了，所以即使車已滿了，還是要上去。結果祇得把兩手掛在行李架上，藉以減輕脚上的重量。望着那些靠在高高的軟椅背上的人們，好不羨煞。非但因爲他們舒服，還因爲從窗外來的雨景，祇有他們能够欣賞。而我的頭被行李架夾住了，祇看得見馬路上的泥湯水灘。間或有幾對俏俏的紅高跟鞋，擺花似的走過去，反使我覺得逃不掉都市的僵硬性而感到厭惡。有時未免屈着腿，弔頸似的向窗外看看遠處，底城江上，煙樹濛濛，倒有一點唐人感覺。打油四句寫出來，或者使讀者稍稍發笑：

江雨霏霏江草齊，
行人靠椅睡依依。
難堪最是座間客，
立不安來坐無棲。

好在祇有兩個鐘頭。車到蘭心（Lansing），密歇根的首府，就停止了。換了一個到聖約翰城的車。再走一個多鐘頭，車又不走了，再換一個到奧瑪的車。在這兩個車上，坐得好舒服，且碰到一個通用汽車公司

---

* 原載《大公報》（上海）1946 年 6 月 19、20 日。

的老工人,一路聊天。這人駝背短腰,一臉大皺紋,穿得髒死了。照想,他當然是個窮光蛋,可是,別奇怪,他是到奧瑪去接他的新汽車的,是一架新式的雪佛蘭。他定了貨現在去領,價錢一千一百五十元。問他通用汽車公司大罷工時,他罷了沒有。他說:"罷了,罷掉了一百一十三天。"我說:"你不是加了工錢嗎?"他說:"呃,一毛八分半,抵不過一百十三天哪。""那你爲什麽要罷?""他們叫罷,就祇好罷。"這是個脚跡向來沒出過工廠區週圍的人,除了到奧瑪趕趕小場。從他我知道奧瑪是一個小小的中心,它把都市與農村啣接,專流它們彼此的產品。它是都市與農村間的樞紐之一,它是無數的美國小城之一。在那裏,你聽到紐約所不能想像的農人的呼吸;在那裏,你同時也感覺到都市工業的脈搏。一個祇有大都市和農村的國家,經濟生活的循環體系必有大毛病。看美國的小城就是美國的脈管。在走過並且看過密歇根州的幾個小城之後,我有一個感覺,儘管美國經濟生活的心臟(都市工業)已經發生了毛病,它週遊全國的毛細血管依然是非常靈通,非到那心臟突然靜止時,它們不會有什麽顯著硬化表現。然而紐約的銀行大關門時,連奧瑪的人們也要站麵包綫。這一層,奧瑪的人們是不管的。在紐約,天天聽見人談着大恐慌什麽時候來,若問一個奧瑪的人,恐慌會不會來,他說不知道。經驗叫他不敢說沒有,事實不許他說會來。小城人快活而自滿,單純而安靜。

二

下午三點鐘,車進奧瑪市區。照例是矮小的鋪面,最高的一家紅牆旅舘,也不過是三層樓,最大的五分錢雜貨店以及傢俱店等也不過兩開間門面。飲食店少得古怪,可見小城人不愛上舘子。大街後面就是層層的樹蔭和小片的綠草場。可是有一件事,街道兩旁黑亮亮一條一條全是汽車,問起來,說因爲今天是禮拜六,鄉下人都進城來辦貨,買機器,買肥料,買日用品以及看電影等等,而鄉下人的汽車全是黑色的。

我因爲便於私人接近，所到之處盡可能不住旅館。這一次主人是柯蘭客先生（Robert W. Clack）和太太。熟習民國前十九年掌故的人們大約還記得柯先生是吳佩孚先生的好朋友，前清末年任北洋大學的數學教授。由於他和吳先生的交情，很知道當時內戰時代的一些掌故。他不贊成吳先生武力統一的辦法，非常惋惜他不懂得近代思想。在一九二四年回美國之後，就在奧瑪小城住家，同時在奧瑪大學主教數學。想不到的是十五年的中國生活培養了他對於中國文學的嗜好，自己翻譯了許多自《詩經》以來的舊詩，特別愛好李白。他豪放的風度，闊大的胸襟，使我理解這種愛好的來源。柯先生現在六十歲左右了，還是高爾夫球場上的上手。奧瑪社會圍着轉的有三大中心：奧瑪大學、教會、李昂烈德煉油廠。柯先生和前兩個都有密切關係，因爲他同時是長老會的牧師。星期天的神壇上面有他，社會團體演講會上有他，大學的講座上有他，體育會的競賽場上有他。他不在市議會和市政府裏面，原因祇在於小城政治生活所能產生的興味，不能超過一家百貨公司的職員所能有者以外。總之，他是奧瑪的一個人物。假如他的夫人愛好活動，她可以是奧瑪市圖書館的董事，或紅十字會會長，或婦女團體領袖，或教會負責人員，出席許許多多的小會，做一些迎新送舊，捐款開會，組織指導，爭吵、辯論而不失文明的事，成爲美國一般社會上的標準女人。但是柯太太很安心的把那一切都放棄了。和她坐在一起，可以使人忘記世界。

和她相反而相投的是另一位近六十歲的女人。這人灰髮蒼白的瘦臉有幾條乾摺紋。眼睛是兩隻大黑洞，週圍還加上一道黑圈。看着人時，令人感覺有什麼妖精暗暗爬在那兒偵查你。而且她穿一身深青衣服，若非有一條五色毛綫的大圍巾披在她肩上，你會有一條冰向你走來的感覺。事實上，那圍巾上紅黃綠紫的色調也冲不淡一種冷氣。她兩手緊緊抖住圍巾，一點一點的走到大沙發前面，藏什麼似的那麼把左脚向右腿後一拖，歪坐下來。我站在她面前，祇"哈囉"了一聲就僵住了。尼可絲小姐也決不趕着異邦人親熱，像美國老太太們習於把中國人當她可憐的小兒小女似的。你如不向她開口，她不和你説話；你若問吧，她就像在演講臺上或者辦公臺前那麼回答。她好像永遠在出生入死的大戰場上，慣於認爲人人都是主宰自己生死的戰士。

希望讀者不要以爲我濫謅小說。小城的這一些女人物我以爲相當能够代表美國社會所能産生的一種性格，而且這種性格幾乎是潛伏在許多美國式的生活的勇士們靈魂裏，在大都市裏尤其隨處看到，儘管表現不同。尼可絲小姐現在從生活戰場上退休了。當我們熟悉了以後，她也能够讓悲哀來撫摸傷痕。

影響她一生的就是上面所說她那條左腿。父親做保險公司生意，她是長女。四歲的時候一個不小心，一條大木頭掉在她的左腿上面，倘若是一個中國孩子，她的歷史或者就完了。但是即使美國的醫藥，也不能把她的腿還給她。十九歲，人人開花的年齡，她拖起了一條木腿。同時也把她自己的心腸捶硬了。她決定不嫁人，決定做自己的事業，把自己建築在那條單獨的右腿上。起先，她到一家汽車掮客公司那裏去，替他們攬通用汽車公司的雇主。跑各種門户，見各種人兒兜銷汽車。後來福特公司的廉價汽車出來，她轉而做福特的掮客。賺了不少錢，就和掮客公司的老闆合資，自己辦了一個汽車機器零件的售賣廠。她自己說當時她每天工作十六七個鐘頭，深夜要等到絶無雇主了時，纔敢回家睡覺，早上八點鐘就出去了。就這樣，她有了錢，她的名字到了社會的嘴裏她變成了女紳士，做了公益事業的一份子，懂得奧瑪的商情和地位，成了奧瑪小城的一個聯絡站。當我們坐在聖路易一家小飯店吃飯時，我批評紐約生活的緊張而無情。她黯然的小聲説："小城是好一些。但是進了生意的人，還是感到那種壓迫的呵。你知道我不像別人有靠背，我得爲活下去着想，我不能沒有錢。"

我不想用我許多的聯想與感觸來煩讀者。但我願意當我們一般的把美國人當做紈褲大少看待時，想到他們和我們一樣也是在哀傷和痛苦裏面打滾的人。在中國的尼可絲小姐們或者死掉，或者形式上不過是一個老媽子，運氣好，積錢放賬，也能得到晚年的温飽，那時候，她也有小小的滿足。在美國她就成了尼可絲小姐了。然而尼可絲小姐與中國老媽子依然可能有相互真實的同情。

另外一位使我感覺興趣的人物，或者不如說他的工作使我感覺有味的是米倫先生。初見了尼可絲小姐之後就轉而看見米倫先生，心緒準會好起來。這位先生白髮紅顏，正合了古書上的成話。小眼睛，小鼻子，開口常笑。或者他十幾年的差使弄成他這樣子。他是格拉西縣 (Gratial County) 的 County agent。這希奇名目什麼也沒說明，但是候他講完了他的本分之後，你就知道那名目的意思是農事指導員或類此的名字。這個職分由聯邦政府給薪水，縣裏出辦公費，與州農事機關合作，專門解決農民一些經常碰到的問題。格西縣共有十六個農村 (Township，許多分散的農莊並不聚集而成一村 "village"，改稱之為 "township")，這十六個中包括許多小城，奧瑪是其中之一。米先生以其處在中心地點就在這裏住家。他的工作是完全關於農村。比如關於蟲害，若出了一種新的殺蟲藥，他們就召集幾個農民來試驗解釋這種藥品的作用。關於草災，農民最恨一種開白花的草，它頑強而蔓延極快，農事指導員告訴他們用一種藥叫做 24D 的灑上去。他們又教農民在藻藪 (Marsh) 地方種一種叫做 Reed canary grass 的草。它把濕軟地變硬了，那片藪地就可以做牧場。他們又教農民種大豆。格拉西縣已經有不少的人種大豆，奧瑪且有一個人能做豆腐，做假肉、假雞，像我們和尚廟裏筵席上的東西。他曾經做了豆腐油，形式和牛油一樣。政府要他按人造牛油例交稅，他拒絕不交，所以賣了一陣子祇好歇業。中國倘有人對豆腐黃油業感興趣，不妨把此公請去做技師，料想買賣不會壞。據說密西根州土質乾而潤，很宜種大豆。看來靠大豆做出口的中國，將來不免又有此路荊棘之感了。正和絲在尼隆 (Nylon) 面臨的竞爭一樣。話說回來，米倫先生還做些保存土壤的工作，教農民如何發展紫花菜 (Alfalfa)，研究一切糧食的變種接種，教他們如何改良農民機器，什麼機器於種植收穫好而快。總之，是凡與農事有關的問題，他們都做。農民有問題可以向他們提出來，他們若不能解決，就交到密西根州農業大學去解決。他們時常向農民做試驗，召集農民開會來討論他們的問題。

紅潤潤、笑咪咪的米倫先生對於他的工作非常滿意，四週農民也都知道他，認識他。他在格拉西任上已經是十年了。他好像還預備在那裏再住十年。他懂得當地農民愁旱怕蟲，怕積水，知道他們春季要下什麽種子，秋季應有多少收穫。他知道什麽是農民的敵人，幫他們掃除。看見天下雨，他就歡喜。

我知道中國弄了些盆景似的實驗縣或實驗鄉，但於廣大農村中的農事利益，不知究竟有人理會没有？

三

小城的對外交通主要的是靠公共汽車。奧瑪在底特律西北，到那裏祇有四個半鐘頭的汽車路。它的東北三個鐘點之遥是沙金澇（Saginow），全國最大的鎔鐵廠（尼可絲小姐説是全世界最大的）在那裏，那屬於通用汽車公司。在到沙金澇的半路上，車可以停在米得蘭（Midlend），那裏有美國化學業四大巨頭之一的道氏化學工廠（Dow Chemical Plant），這個廠是美國最大的化學廠，它創造了米得蘭，米得蘭所有的人口和生意都靠着道氏工廠存在生長。當我看望這些城市的時候，曾想提出米得蘭來寫我的小城通信。但是它過份的特殊性——它是道氏的兒女，道氏的外圍，甚至連它不少的建築都是道氏一位學近代的建築的少爺設計蓋成，造成美國超近代建築的標本——到底使我還是選擇了較有一般性的奧瑪。奧瑪往西南一點鐘左右的路就到農業性較重的小城伊薩加（Lthaea）、格拉西的首府和另一個小城布列根里吉（Breckenrige）。在這些小城裏有農民買賣牲口的拍賣場，出賣糧食的高倉，奧瑪的肉廠逢到場期到這些小城來買牲口，麵包罐頭商到這裏來買糧食菓品。農民又拿這錢到奧瑪或其他小城去買機器、肥料、日用品。説來不信，紐約或底城是没有農事機器出賣的。奧瑪四鄉的農人，百分之九十也許百分之九十九没到過底城，别説紐約了。

這就是奧瑪的一般性。它是都市工業與農村生産的橋樑，它本身不會特別繁榮或特別衰敗；所以社會空氣顯著穩定，平和而安靜。現在美國正有戰後經濟繁榮，農村和都市的供給與要求頗能維持均衡。奧瑪居兩大之間，情緒是快活、樂觀而滿足。

奧瑪市區祇有橫直兩條街，各長不過一二哩。在這十字路上有幾家雜貨店兼賣農具店，一個報攤，兩個戲院等等，但是這裏却有一個附近大城所沒有的小學，一家煉油廠，兩家拖車製造廠，一家糖廠，一家肉廠。一家福特公司開的什麼廠，以及一家發動機轉輪製造廠。儼然一小工業城市。它們的出品大部分供應鄰近城市及鄉村。煉油廠的油則據說是銷到全密西根州。美國小城市常有一點自己的工業（南方除外），連聖路易那樣祇有三千人口的地方都有一家化學工廠，出產有名的 DDT。而奧瑪則有八千居民。他們之中有的在本地工廠作工，有的在米得蘭聖路易的工廠裏，有的到蘭心做工人。有的進商業方面。據說統共工人人口不到一千，大部是商業方面，即工農中間的一層。最小部分教書。奧瑪市政府由五人構成的市議會和市議會推選的市長組成。但這幾位先生每年的薪水不過三百元左右，並且各有自己的事業。所以他們又花六千五百元一年雇一個人當市經理（City Manager），替他們辦事。他們每週開二次會，交事給經理去辦。這人若辦得不好，或貪贓枉法，他本人當然看毛病輕重受處罰，連市議會、市長六個人也要負連帶責任。他們認爲這種辦法的效率既好，又免得妨礙本城事業家自己的私事。這市經理不一定要本城人。他手下還雇用幾個人管衛生事業、兒童福利等。

本市的公衆生活與社會福利等等事業，大半由私人團體來主持，他們所圍繞着的三個中心：第一奧瑪大學，第二教會，第三煉油廠。

奧瑪大學是奧瑪人才發源地，同時也是本市人所仰望的文化中心。它有學生三百人，都有教授二四十人。這些教授們有自己的兄弟會、體育會，他們的太太們有她們的姊妹會，四季以節，時令慶祝，他們就是領袖份子之一。出來演講的是他們，辦流民救濟的是他們（這裏每年有五六百從得克薩斯州來的貧農在糖蘿蔔上市時替糖廠做工），辦流民兒女教育的是他們，音樂會、演講會、跳舞會等都以大學的講堂做中心。奧瑪的兒女經過教會的訓練之後到這個大學裏來陶養。其次是教會。奧瑪共有至少上十家教堂，屬於各種教會。其中以長老會的勢力比較大。教堂是一般人每週聚集的所在。其宗教的意義，在我看不如其社會的意義。教會對於兒童是很關心的。他們每週有主日學，把十歲以下的孩子們聚在一起，教《聖經》和生活之道。平常日子則有女教士常常去和孩子們及其家庭聯絡。對於男女童子軍，教會尤其是積極參加，領導他們的野餐行軍，訓練青年孩子們的思想和行爲。假如說奧瑪大學是社會上層活動的中心，則教會是一般社會活動的中心。小城住的人，大半每週作禮拜，到教堂裏去碰碰親戚朋友，同時聽聽牧師講天下大事和《聖經》，對於他們也是智識的來源。

　　李昂烈德煉油廠是本市最大的工廠。尼可絲小姐和那兒的經理熟，所以一個電話我們就去了。油廠當然有油管、油井、煉油爐、試驗室等等。化學工程師給我們講了兩三個鐘頭，我頭也聽暈了，所以不如把那些事情留給知道的人自己去知道吧。而使我注意的却是小城的油廠如何使它自己與小城社會生活打成一片。油廠近代化的辦公樓有一個禮堂。它有一套電影機和機師人員。這是結合的起點。社會活動除了到奧瑪大學去以外，便是到油廠的禮堂裏來。油廠自己常常舉行音樂會、電影會，招待社會上的名人們。他們的電影機和機師常常出借到外面去，因此社會對於油廠極抱好感。李昂烈德油廠雖不知究竟屬於那一家油王的系統底下，奧瑪人却叫它是"我們的油廠"。同時油廠總理、經理的太太們又是社會活動分子領袖之一。因此油廠又拉得社會人士投資。經理先生說："若是在大城市，我們用不着這樣做。但是小城市裏我們就要這樣做，聲氣可以相通，而最後在紅利上我們也不吃虧。"很顯然的，油廠是社會一部份人的財源，也是奧瑪許多人的光榮。

　　這三個中心相輔相成的把小城團結在它的週圍。這裏無所謂進步派與保守派，那些大都市裏的玩意，除柯蘭客先生以外。這裏的人們安然自得，抱有典型的父傳子、子傳孫的人生思想、人生態度。他們愛他們的奧瑪，愛他們的密西根州。毫無疑問，密西根州是天下最好的地方，奧瑪是密西根最好的。

五月廿五寄

鹽的果實——米得蘭[*]

密西根州是大湖之間的兩個半島,下半島特別大,向北伸入胡倫湖與愛里湖之間。一百年前它的大部分都沒開發,南北戰爭之後,開始了西部大移動。在一八七〇年以後,下密西根中北部的森林就被人看中了。

若以奧瑪做下密西根的中心,米得蘭就在它的東北。經過那裏有一條河通沙金澇的湖港。米得蘭那時是大森林區。人們在那裏把木頭卸下來,順河流到沙金澇,再從沙金澇出口,運到東方海岸市鎮裏去。當我從道氏的大林園走過時,松柏蓋天,枝枒密密,糾結得黑團團地,好像森林堅持着昔日的盛況。

森林被移去了后,人們發現了一些小池,水面油紋閃爍,有時發紅,有時發青,照例是烏黑,像爛水池,水苦澀腥臭,比海水更難嚐。習慣上的用處一點也沒有,反而累贅。若在別個洲上,這些池子也許會被認爲是神的懲罰。但美洲接插在科學文化的中途,很快池子邊的 Bromine 就被人找到了,並且辦了一點小小的製造廠。這沒有什麼,米得蘭主要的還是大木場。

二十世紀初有一個叫道亨利(Henry Dow)的化學師在東部不很得意。跑到米得蘭來,一心一意要用這些鹽池。一九〇五年起始弄 Bromine。後來又找出了氯(Chlorine)。他找了兩個伴,日夜工作化驗。他沒有人幫忙,但是也沒有法令稅則、交際、人事等等的繁擾。他像魯濱遜一樣,像許多美國早期的冒險家。他的事業慢慢的生長,沒有錢付薪水,就亂送股票,慢的他又做出了芥子氣。

他的財運起於一九一四年的大戰。在那時期以前,美國化學用品主

---

[*] 原載《大公報》(上海)1946年6月22、23日。

要是靠德國。打仗中德國貨來得極少，或甚至絕跡，國內的需要和戰場上的需要（他出的幾樣全是戰爭必需品）使道先生發了大財。他的事業旺上去了。仗打完了，他就在國會下工夫。找了有本事的律師在國會裏替他爭保護關稅，後來索性把這律師捧上去做了參議員。保護關稅成立了之後，美國一般的工業，特別是化學，纔突飛猛進。道先生的事業變成了全國性大工業，第二次大戰又幫他（不，幫他兒子）忙，現在是全國第四大的化學工業。米得蘭廠是全國最大的化學廠，連最大的化學工業家都滂（Du Pond）所有的都没那麽大。直到今天，道氏化學廠還是取之不盡、用之不竭的在那些鹽池身上下工夫。除了安裝水管到五千呎的地層底下去取鹽漿以外，他在原料上不化本錢。現在，他從那裏得到的化學原料有幾十種，最有利的恐怕會推將來在飛機工業上佔極大用處的錳（Magnesium）。在這些鹽池身上聳起了鋼管鐵架，把城市的一半圍上了層層鐵網，在另一半的野地上鋪滿了花園和一座一座小小的星粒似的樓房。在這裏所有就業的大學畢業生和研究院畢業生比全國任何一個小城更多，把有名的大學城劍橋和安阿伯（AN Orbor，密西根大學所在地）除外。這裏的生產率是全國最高的，因爲日子舒服，前面光輝，人人都愛養孩子。在這裏無論三教九流、官商工農都挂在道氏的大網上。五個市參議員起碼有四個是道氏的職員，最後一個也和道氏有關係。

我又要小小抱怨了。這一天爲了去米得蘭，早上五點鐘就閉着眼睛爬起來，趕長途汽車，在車子上碰見盡是奧瑪提着小飯盒子去道氏上工的工人。起先，我還望着大綠田，認認那一塊是大麥，那一塊是甜蘿卜，那一塊田有多少畝，那一個房子是牛房、工具房等等，藉此温習幾天在米倫先生那裏上的課，後來祇好就睡着了。把柯蘭客太太教給我認米得蘭的幾個記者，忘記得乾乾净净。後來不知誰推了我一把，我慌慌張張趕下車去，四週一看，想起來橋也没有，車也跑了，人也跑了，一個人站在空蕩蕩的馬路旁邊，肚子裏餓得發麻，柯蘭客先生的大少爺説來接我的，他在那裏呢？

在路角上打了幾個轉轉，看見有一輛汽車來了。車裏面有一個少年人。我釘着眼望着。那車子果然開過來站住了。小柯先生的長形的臉，筆直的鼻子，稍稍濶的嘴，我在相片上看見過的。所以不等招呼就走過去，那當然是小柯先生。一路走，一路柯先生說："聞見氣味沒有？這個化學城。"我覺得應該客氣一點，說："不算太壞呀。"他笑笑，說："再過去些你就知道了。"這大約是每個到米得蘭來的新人的見面禮。

我們先去工廠的 Cafeteria 吃早飯。小柯先生是在保定生的，還很記得保定、北平、北戴河的一些東西。十歲回國以後就進學校，後來專學化學。現在在道氏工廠的化學工程研究室負責任。他已經給米得蘭添了三個新人。

米得蘭是從鹽生長出來的。因此在以前工廠佔了小城的大部分，小城市區的唯一的街就像尾巴似的拖在工廠後面。現在工廠大，小城跟着大，但那條尾巴却被工廠幾乎圍住了，於是在城的東北郊外另畫了市區。新的市區是圍着一片圓草場建成。戲院、商店們繞着草場，都是雪亮的近代式的建築，看來很起眼。在新市區的邊沿上，有一條國有公路南下直到佛羅里達州。另有一條州有公路通貫全州。在新市區的四圍，一方面是白星星的小房子，一方面却保留着榛莽初闢的痕跡。小柯先生說那些地皮都是道氏買來，斬樹除草，把土填平了之後，他們就蓋房子賣給職員和工人住。現在還是不夠。戰爭中間，聯邦政府在這兒蓋過幾套兵營似的房子給訓練期間的兵士住，道氏又把那些接過來安插他的人口。小城現在有一萬二千人。除了道氏的職工以外，就是他們的家眷。

米得蘭的特殊性還不僅此。如果你不看它的舊市區，不看工廠，你會以爲這是個一等的近代文化城。米得蘭人會首先把你帶到那雪白的海船式的鄉紳總會（Country Club）裏去。裏面矮矮的窗檻上擺滿了小花草。大跳舞廳完全是間接燈光，舞池中心是各色的麻玻璃。晚上熱鬧時，那中心流動着各種顏色的光輝，舞池週圍鋪着深紫色的地毯，但牆上及像具確是深綠松黃及大紅等等。強烈的互相剋制的顏色，多種的花草，使人一走進去，有一種非常不安、非常豐富、極於想有所活動的感覺。這是壓力的精神，動的表現，是近代藝術的特色。這個建築在我所見到的一些近代建築中，簡直是超近代的。建築師似乎以爲還不夠，在二層樓樓梯口的對面，墻上有一幅圖畫。我祇看見一些紅黃綠黑白的粗細橫直綫和點點，小柯先生說："看見了沒有？""什麽？""那個人"我不敢答腔，咿咿唔唔的走到那畫前去。他開始指點那是頭，那是膈膊，那是高爾夫球。原來那是一個人在打高爾夫球。我大不以爲然的說："一個人就是這樣子的麽？"他大笑，說："別人不指點我，我也找不到他的手和脚。"近代畫表現一種觀念，一種心境，很與中國唐畫相似。據說當十九世紀末這種畫在德國興起來時，原是受了中國畫影響的，很顯然這都是對於現實的厭惡，不同的在我看來是近代畫表現厭惡和反抗，中國畫表現厭惡和逃避。

近代式的禮拜堂我還是第一次看見，那間直像一個大花房。建築矮，兩邊從屋頂下來全是玻璃。中間屋頂竪起一個矮煙囪似的東西，上面橫着很粗一條木頭，算是十字架。在強烈的廣大的自然包圍中，不知信徒們怎樣能夠虔心禮拜。也許這表現建築師對神一種非常大胆的看法。除這之外，還有近代建築的醫院、露天音樂場、游泳池、許多近代的居室等。它們的建築師通通是道二先生一個人。這人叫 Alder Dow，是老道的第二個兒子。研究過近代建築的人或者知道他。他的老師是那位設計了東京帝國大飯店的美國近代建築工程師。道二先生自己設計自己的房子，古怪得不能寫。他的工作室在他花園裏的水池裏面，不知用意何在。

米得蘭比別處不同者，還在於小姐太太們之活躍。別處小城的婦女活動都限於上面的幾個太太們所做的一些公益活動。米得蘭所吸收的大學生多，智識水準一般的類似。年青的太太小姐們沒事做，總是參加或組織小團體，經常開會。據說有不少太太們參加的小團體有十五個之多，每個小團體定一年的節目如弄小音樂會、演講會、跳舞會。有些小團體還規定会員每一年或兩年研究一個題目，向會衆做報告。研究的題目大半在於擴充會員一般的常識。有些題目是這樣：胡倫湖或蘇比里湖，墨西哥，象牙或玉，近代建築或音樂等等。都市或政治中心所關的那些問題亦未波及。

現在我想再回到道氏去。那方圓十幾哩地的大地方，當然我不能走遍，僅僅看了兩三個廠，已經是花了整整半天工夫，並且在工廠自辦的公共汽車上顛顛播播了七八次之多。有些在廠裏做了二三十年的人，也不知道某個廠究竟在什麼地方。道氏現在的出品有幾百種，但都是工業原料。他們自己不出任何日用製成品。中國現在所用胰的子原料，道氏供給了許多。美國現在盛行的膠皮製成品（Plastics Products），原料是從道氏來，這因為米得蘭也出產煤油的原故。美国军事工業家現在念念不忘的錳，道氏是首先大量出產。

錳或者不是新發現的鹽質，但是它的重要性現在纔大大被賞識。錳比较鋁為輕，且更耐久。這次大戰中，美国始用錳造飛機，據說比鋁的成本要輕。道氏從五千呎地層下的鹽漿裏找到了錳，把它放在比一所家庭樓房還大的鍋爐裏去提煉。以後出來的是一種銀灰色的礦質，再用機器壓成各種形狀，像鋼條鋼塊似的發買。據說現在買主還並不太多。道氏的化學實驗室裏還在研究錳的各種正作用和混合作用。不久產鋁的國家要吃虧。

在膠皮方面，道氏有三個大廠製造膠皮。這些廠沒有窗戶，遠看像一所大墳。原因是膠皮要極端的乾凈，空氣裏不許帶一點灰塵，廠裏有流動空氣、洗滌空氣的設備，使膠質完全潔凈。光綫完全用水銀管電光，在別個廠裏工作的人反而羨慕此地工人。據說現在他們在研究用尼隆（Nylon）做成衣服材料。Plastic 透明的雨衣已經完全通行了。膠皮和錳是美國現在的新興工業，道氏正在這兩方面下最大的工夫。

雖然龐大的機器代替了許多人力，道氏所用的工人還有七千，支月薪者在外。論時計薪的工人都屬於魯易斯的煤礦工會下面。魯易斯要擴大本工會的力量，於是異想天開，設了一個煤礦工會第五十區（District 50UMW）。他說這個區域組織所有在 Coal Tar 工業下的工人。鹽池不知和 Coal Tar 有什麼關係，但第五十區來了。以此為例，無論什麼工人它都去組織，常常和工業團體大會搶地盤。化學工業方面至今還是魯易斯的勢力範圍，工大不敢惹他。在道氏方面，魯易斯比工大少麻煩，他向來不動搖工人對廠方基本的信心，對於工大所愛講的全民就業，愛做的政治活動，一概反對。所以，既然工會非組織不可，無寧讓魯易斯的第五十區來。第五十區在道氏的地方組織和廠方關係弄得很好。自它從一九四〇來了以後，工人的工資增加了百分之三十左右。廠方若要減少工人，該走的以年資爲標準，新人先走。工人若被徵兵，出去了幾年，那幾年依舊算他在廠的年資，回來做原來的事。道氏在這些方面很是開明。據說這家廠裏回來沒有鬧過罷工。

　　社會平静的繁榮，使米得蘭人不問外事。他們一心一意圍繞那父親似的道氏工廠。

五月三十日寄自美國底特律

美國農村生活又一角*
——在明尼梭達

　　直到現在爲止,在這豐美的國度裏,我還是經歷着而且期待着新發現。對於長住東部都市的人,這應該不是奇跡。從紐約到中西部,類如從上海到四川。而從底城或明城(Minneapolis)到奧瑪或柳河,就如由重慶到四川鄉村一樣。我一步一步走回大地,和一些被稱爲美國農民的大地的兒女們談家常,我覺得溫暖而滿足。

　　在明尼梭達州,我走了四五個農村,住了四夜,見到了幾十個農民和他們的父母妻子。我和他們生活在一起,睡在一起,陪他們上街,開會,和他們聊天。

　　明州的農村生活與密歇根顯然不同,原因與其説是由於農民個人經濟情形的差別,還不如説是由於物質文明沒有全部普遍。從農村生活看,把南方除外,美國的物質文明除東西兩海岸沿綫和近東諸州如米希根、俄海河、伊林諾等以外,還有極大開發的餘地,特別是北西部我所到的明尼梭達、北達叩塔、南達叩塔,以及芒旦那愛、奧瓦、懷阿明等州。這些地方大都是地曠人稀,全州裏沒有什麼重要特出的工業都市之可言。它們被稱爲農業州。很顯然,人口少,工業少,如北達叩塔全州工人祇有九萬餘人。主要的人口是農民,住址星散,因此都市必有的公共事業如水電、煤氣、交通,都沒有人辦,因爲無利可圖。

　　在明尼梭達州,關於電,因爲羅斯福時代講究新政,政府設了一個農村電氣局,用賠本主義到農村裏去安置電氣設備。農民在一年以前起

---

*　原載《大公報》(上海)1946年7月8日。

始用電。隨着電氣工業家也到農村來搶生意。到現在，農村電業局已經變成了國會的厭物之一。關於水，所有農民全是自己打井，同時接雨水用，有些地方的井鹹澀不堪。我幸有了家鄉水的經驗，不以為大苦。在一二年以前，農民靠風或人力從井取水，現在有了電就用電力。家庭裏則還是靠提水進來用。因為沒有現成的水管可以通水，而從自己的井裏安水管通到房子裏，材料既不易得，又太花錢。我們可以想像在這些地方找不到抽水馬桶和近代澡盆。他們在房外挖坑，蓋一小小木屋，和中國鄉村的毛厠一樣。這裏農民如何洗澡我不好意思研究。因為他們對於沒有澡盆的事很害羞。但據我在北西部行走一禮拜以上的經驗，我沒見任何人做洗澡的模樣，我自己也沒洗過澡。煤氣完全沒有，農人都燒木柴，買得起電爐的人就用電燒飯。交通完全靠農人自己的汽車，那汽車又跑路，又下田，都是破爛不堪。沒有汽車的人祇能搭別人的汽車。農人大部分都有債務，幾千或上萬不等。因為買房子，買機器、肥料、牲口、牲口糧食，通通是大筆支出。過去都是用田做抵押品，向銀行借款，利高而還期短。羅斯福時代設立一個農村借貸局，利小而還的期限長。一個太太告訴我她的房子在三四年前買的，價一千三百元，還清的期限是七年，若是銀行的錢，她兩年就得還清，否則她的抵押品——八條牛，就要沒收了。她現在還想買一個耕種機（Tractor），要一千五百元，要用她的田向農村借貸局去抵借。她非常發愁這筆新債，但是她非買機器不可，她的兩匹馬永不能賽過別人的機器。關於債，農民有的發愁，有的聽天由命。他們認為恐慌要來，來了時整個信用機構垮臺，他們完了，別人也完了，不用愁。祇有在吃的方面，他們不大在乎。現在城市裏到處肉荒，主婦儘對客人訴苦，買不到肉而雞又太貴。鄉村裏似乎不難有肉，農人自己宰牛宰豬，藏起來。雞蛋有的是。牛油、牛奶或者自己有，或者牛奶換牛油，價比城市賤一半。當然他們絕大部分的產品都到市場上去。因為明尼梭達（威斯康辛也是）主要農業是牛奶（除西南一角），所以客人若愛牛奶，不妨拼命喝。

明尼梭達人口大部分是從中歐和北歐來的，其中德國種最多，斯干的那維亞人次之。此外還有少數芬蘭人。他們飲食依然保存歐洲習慣，早上五點起來，吃咖啡、牛油麵包，以後去擠牛奶，擠完了回來，九點多鐘再吃早飯：點心、咖啡。十二點是正餐。四點鐘又是咖啡、點心，六點晚飯。七點擠牛奶，九點多回來，再吃一頓上牀。有一個農人，樣子很像叔本華哲學讀的太多了的人，對我笑着說："現在你知道美國農人爲什麼窮了，吃的太多。"我說："中國老百姓一天三頓飯，每頓三大碗呢。"在衣服方面，似乎看不出特別與別處美國人不同的痕跡，照例都是棉布工作服。女人們出門時有一二件人造絲的服裝，沒有首飾。男人們有一套或者兩套西裝，這是猜想，因爲我從來沒有看見他們出門時穿過西裝，最好也不過是換一條褲子，穿一件襯衫，不打領帶。

　　從表面上看，農村生活是穩定的。但是談的多一些，你就感覺到他們情緒上的波動很大。他們所愁的：第一，生活不穩定，沒有保障；第二，工作太勞，收入無憑；第三，生活太苦。這三個問題在我們想像中，應該不存在於美國。但事實使我不能不承認。第一個問題，主要因爲美國的農村完全是附屬於都市的市場，而這個市場他們所無權過問的。都市裏的肉類工業家、罐頭工業家、糧食工業家以及和他們相關的銀行，換句話說，華爾街，是這個市場的主人。在六月十二號以前，政府利用物價局對於這個市場稍爲有點控制力。六月十二號參院通過的物價控制法案幾乎把這一點點控制力完全取消。今後不管總統否決那法案也罷，批准也罷，華爾街終歸會拿回它全部主權。市場表面上將依照供求定律來尋找自己的價格，實際上是由大工業家和銀行依照自己的利潤法則來操縱。農產品本身那些能起價，那些會落價，起落在什麼時候，是個疑難。農產品與工業品的價格如何配合，是否配合，又是一個。物價控制被阻住了以後，物價市場必有一番波動。農產品價格的波動如何？什麼時候應買，什麼時候應收，也是問題。華爾街的指揮部不會用廣播機把它的安排告訴人，遠在村落的農民祇有看風信，自己摸索。他本年養許多牛，把他的地大部分變了牧場。也許牛奶罐頭工業家、肉業家要把市場扣緊，使這些的價格更高。但是到明年或者糧食短少，而糧食比牛奶、肉類更有利，農人就得翻種他的牧場，少買牛。變化之間的時機他不知道，他賠了本也不知什麼原因。此外市場的投機，故意壓價起價，更是在他想像以外的事。我問了許多農民，他們本年能有多少收入。他們總是皺眉搖頭的說："不曉得價格怎樣，算不出。"接着就訴苦，說農民沒有安全感，因爲物價靠不住。第二個問題主要由於天時地利。明尼梭達的土質一般的說，不算好，特別是我所到的中北部一帶，大部分是砂磧和土壤相間，還有許多沒經開墾的藻藪地帶。此外天時也常不可靠，不是水積就是乾旱。一般的說，我覺得美國的灌溉制度也許比中國更科學化，更精明，但似乎並不普遍。這種天時毛病在米希根和其他我所到的各州也是存在。第三個問題又是普遍的農民所有。米希根的P先生和明尼梭達的B先生同樣每天十七八個鐘頭的工作，而擔心受怕，沒有多少把握。他們每每羨慕工人們在城裏額定的八點鐘工作。有一個農人說："我要是在城裏找得到事，我再也不回鄉下來。在這裏和奴才一樣工作還不敢放心。"一個女人說，她是在米希根農村生長的，她恨那樣的苦生活。她發誓要站在公路上等第一個從城裏來的人來，嫁給他，到城裏去。

農村和市場的關係，市場與政治的關係，當然會使農民注意他們的國會和他們的代表。但是一般的講，真注意的人是很少的。明尼梭達却有一個小小的例外。這雖然是一個共和黨州，共和黨却內部自己分裂。史塔波派以進步主義作號召，他的國際政策遭受老頑固派反對，他的國內政策受工人反對。老頑固派以孤立派參議員席卜斯得（Shipstead）爲首領，無論國際國內政策都遭工人和自由主義者反對。兩派爭鬥的結果，使共和黨對於明州全部的控制減削。明尼梭達就產生了一個農工黨（Farmer Labour Party）。一九四二年，由於羅斯福的主意，明州積弱的民主黨與農工党聯合。在游疑動盪之中，這兩個党依然保持着聯合的關係。在柳河，偶逢機遇，我去參加了一個聯合黨的小組會。

這小組是柳河村的核心組織，到的人一共是男女十二個。他們笨重的動作，艱難的政論，使我充分感到他們農民的本質。他們一開始就是工作報告。之後，討論對政府有些什麼要求。讀者可以想像他們對於物價問題，是如何痛苦的掙扎着，既想物質控制取消，好漲價，又怕取消了以後，一切無憑，恐慌到來。最後還是決定了擁護控制。再後，就討論如何在今年秋選時打倒他們的孤立派國會代表。

這些農村特別使我懷念我們的村莊，我遙遠地祝福我們的農民。

六月九日寄

红河的黑土

早上五點多鐘，火車應該到站了。我把一切準備好，站在過道裏的窗口旁。天初醒嫩嫩的發青，有些雲，像隔夜抹在嘴邊的乳汁。下面是整幅的綠色氈子，沒有邊沿，沒有空隙，小風偶而揭起它來，輕輕抖一會，又靜靜鋪在那裏。遠處有些小樹，像幾朵繡的粗花，深灰色，把天和地縫在一起。此外，三五里之內，偶見兩三個赤色的房子，站在綠氈上，清晨的黯意還未褪盡，它們紅得發黑。

非常感覺的畫面，可是非常的寧靜、單純，絕乎是完全的天真。

這是北達叩塔的紅河流域。

好像是照例，小站上我老是唯一下車的人，正在有點心緒不寧，不期朝那兒走的時候，忽然聽見説：

"你是楊小姐嗎？"

原來我面前站着一個人，哈着腰，帽子拿在手裏。他笑着的臉，忽然使我有看到了一朵朱紅繡球花的感覺。他球形的紅鼻子，天藍水晶球似的小眼睛，像老玉米毛發黃似的幾根白頭髮，撂在禿頂上。我似乎走進了一個擁擠的劇場，劇本正在上演。我想起在亨克村的那個似乎讀叔本華太多了的農人，覺得造物那老頭兒一定是個魔法師。

"你覺得你長了吧？"何雅士先生一面轉着輪盤一面笑。我望望四週，説："很像曠野哩。這都是你的麼？"

"我自己有一千八百畝，又租種了別人五十畝，你看我又是地主，又是佃農。"

"那你是大財主呵。"

---

* 原載《大公報》（上海）1946 年 7 月 9 日。

"咳，你看那個人，那片田上架機器的那個人，他爸爸有四格半地，……"他低頭默了一下，忽然說："快三千畝，有人比這還多，在芝旦那有一個人今年上半年就賣了五十萬斛麥子，還没賣完。他有兩萬畝地。有些人用到二十多個工人幫他做田呢。北西部的田莊都是很大的。我們是美國的麥倉，特別是我們的紅河流域。我聽說這裏的黑土和俄國、烏克蘭的黑土是一樣的。我們向來不用肥料，向來没有旱災，向來不短收成。祇這兩年有點積水。"接着把他的黑土翻來覆去的讚美，好像虔誠的尼姑把禱告說不完一樣。我心想這老頭子有些愛吹牛皮。黑土對於我不過是一個象徵名詞，我不相信天下真有黑顏色的土。

何太太正站在電爐旁邊像是在做什麼，她對我輕輕一笑，算是招呼。她是個中年的婦人。臉色近蒼白，棕色頭髮，棕色眼睛，不很開口，沉默而安靜的做着早飯，完全不像過去我所見的農婦們，和她自己的丈夫也是一個對照，看起來很像中國中等家庭裏的媳婦。他們的家也是一所小小的房屋，共有四五間房，不過收拾得比明州所見的那些農家乾净一些。他們比那些人豪華的所在，是有一個冰箱，一個電爐。除此之外，老頭子爲了田上的事，雇了三個年青的農人，管吃管住，每月工錢一百五十元左右。在美國，一般工資薪水水準上，這是很少的，但在農村工人的水準，却算上層。

何先生的父親來自挪威。起先聽見人人說美國是黃金遍地，想來發一筆財，再回國去。來了以後，在明尼梭達向政府領了一塊一百二十畝土地，用牛耕種，每天從天光做到天黑，日子雖過得去，可是没錢回國，自己活到一百一十歲纔死去了。何先生不甘明尼梭達的苦日子，自己跑到芝旦那，在那裏又領了一份地作得很好，隨後不知怎樣，鑽進了州下議院，接着又在上議院當議員。小小的政治生活叫他看厭了政治上的怪態，聽說紅河的黑土好，把田賣了，又搬到北達那塔。問他怎樣能有這麽多田，他擺動着他那紅繡球式的頭，笑着說："我不知道。"接着他說明這兒的土雖極好，可是價都非常賤，至今不過五十元一畝，原因是北西部的大農業州都開發不久，他原來的地主們都不在此地，而從別州遥領，地少耕種。那些遙領地主本不在乎從這些土地上弄錢，農人很容易把他弄到了手，他當然借了債，至今還有七千元沒還清。去年又定了一架三千元的大收穫機，似乎把他的債務又增加了一些。可是他非常哲學唯心的不在乎。他說人人都有債，他並不是唯一負債的人。他雖已五十八，還有氣力，能夠做事，祇要市場不出毛病，他不愁什麼。整天他不是在他的地裏，就是在他的倉房，要不就是在修機器，或者送麥子到村上的買糧站。他的太太看來很少下田，燒飯看家、提水、縫衣服是她的事。却像何先生若是把他的五十畝肥田搬到中國去，在適當情形之下，他該是怎樣輝煌的一位人物喲！

在紅河兩天，大約有一天半在何先生的破汽車上面，在田野裏走着。這時候，若要再說沒有黑土地就不可能了。許多地方當然全是碧絨似的麥苗。但有些地方，你看見的却是織了一行一行的細朵綠花的黑色氈子，那是玉米剛出苗。純淨的黑色土和油光的碧苗相間，應該使每一位愛漂亮的小姐羨慕大地。新雨之後，土像流着油，沉沉的產量表示土裏的成份豐富。抓起一把，可以把它捏成各種形象，捻在手指上，它是粉細的。農人每年從這土裏有一期完美收穫（美國土地極少收穫兩次。有些地方如芝旦那、米希根則收一年廢一年，以保存土質），但是他們在土上不花一文錢。在這裏，我深深感到中國地土的勞苦，勞苦使它憔悴而瘦削。同時，我們的人也因此瘦了。

使美國農業旺盛的秘密是機器。我故意把它留到現在來寫，因為紅河流域是它最能够用武的地方。在小塊的田裏，機器不能快，也不容易轉動。過去所見的田莊，即使有二三百畝地面，農人還是不願買大收穫機，他們用較小拖引機、撒種機、耙土機、收玉米機，他們用割草機來收穫。換言之，他們用各種機器在田裏慢慢的走，收穫完了，還要各別再用機器來打糧去殼，再搬進倉裏去。在這裏，農人土地多，因此地塊較大，重機器在這裏是全部運用。不過據農人自己稱，就這樣地塊還是太小。倘若幾千畝地連成一片，都是他自己的，那麼做起地來會更好，更快。

現在不是收穫的季節，何先生的大收穫機停在場上像一座小山一樣。右邊是割糧刀，它單單割下穗子，把莖留在田裏。割好的穗捲到一個筒裏面，在那裏把糧粒打出來，再由一小筒流進一個車左邊的大鐵缸。收穫時這機器被一大拖引機拉着，它左邊另有一架卡車，跟着接載從鐵缸裏流出來的糧食。這機器在二百畝地面上，工作慢時每天可收穫六十畝。現在困難工作的是翻土機。每台機器有四個犁，一一翻土大約五呎寬，六吋深。土翻好了之後再用耙土機把地耙平。這些機器的本身都是不會動的鋼質工具，最重要的還是拖引機。美國的拖引機全是用汽油，和汽車一樣。

美國人做田，十分運用紫花菜（Alfalfa）和苜蓿菜（Clover）。這兩種東西對於農人之重要，不亞於糧食。主要的原因是它們能夠培養土力。同時它們本身的維他命極豐富。紫花菜的維他命 A 極豐富，有百分之二十一的蛋白質，它的根能夠入土三吋深吸取養料。農人下種時，將紫花菜或者苜蓿菜種籽與糧種同時下去，讓它在土裏製造氮氧化合物（Nitrogen Compounds）培養糧種，在糧種沒出苗時，紫花菜苗已經長起來。農人就把這一段割下，賣給牲畜業家去做畜糧或磨成粉來賣，它的根繼續生長。等到麥收時或一齊收割，或者把它留到第二年收籽。據說這兩種東西要先割一次，第二次長出來的纔是最好的，這樣收起來的籽或菜，不是賣給其他農人，就是賣給紫花菜製造家。在紅河有一個紫花菜製造廠。廠家把菜收來，用機器碾碎，加以二千度高熱將它烤乾，磨成一種碧色的粉。據說因為它的成份高，現在不但是牲畜的糧食，連小孩們的食糧裏也有它。奧列崗州農人們把紫花菜粉和麵粉做麵包。我嘗了一下那綠粉，稍稍鹹澀，並不很難吃。紫化菜製造廠在美國還不通行。北達叩塔祇有這一家。南達叩塔和明尼梭塔一個也沒有。其餘牛奶州和玉米州聽說也沒通行。

一般地說，北達叩塔也是共和黨州，它的農人對於政治上似乎比其他諸州的農人更覺關心。這不是因為工會的能力。在南北達叩塔兩州沒有一個工業組織大會的工會，美洲工人聯盟的工會也很少。但是有一個農人的組織叫做農人聯合會（Farmers Union），却是從這兩州發源，以南達叩塔（共和黨州）爲中心，却以北面一州的力量爲最強大，在全國農聯中站第一位，全州七萬農人，九萬雇農。除雇農無組織外，大部份農人都在農聯中。因此農聯在農人組織中的地位頗如工大在工人組織裏一樣。它也是以羅斯福的新政相號召，它是新政的思想潮流所養大的。在一九四四年，以它的影響打倒了在國會參院中根深蒂固的孤立派奈先生（Cerald Nye，共和黨），而推出了民主黨的競選人。去年這人死掉了，今年要補選一位。同時另外那位參議員也已六年滿任。所以北達叩塔全部國會議員今年要重選，農聯正在與勢力微弱的民主黨合作，爲今年秋間忙。主要目標是要破壞想捲土重來的奈氏。

在美國的農村中走着時，我無時無地不想到我們中國的農村和那裏的農民。我覺得美國北部農民所過的日子並不是天堂。他們太勞苦，生活情緒不穩定（就是南北達叩塔的大農人都擔心着恐慌），沒有充分的娛樂和休息，物質享受可以說很少很少。沒有多少農人能使他的子女全進大學，有些甚至不能讓女兒進中學。但是有一點很顯然的，他沒有"爲誰辛苦爲誰甜"的感覺。無論他如何窮，他是他自己的主人。他若愛管事，他對於華盛頓的國家領袖們還能夠成爲一份有效的支持力或者阻礙力。他寫一封信到國會或者白宮去，準能收到一封回信，那回信還不能完全是祇說不行的官樣文章，那些領袖們祇能對他們講實情，說真話，否則他可以根據信上的話搗點不舒服的小亂。我讀了幾封這類的回信，實在不能不佩服美國人所能享受的人的尊嚴。在物質方面，美國北部的窮農人的生活也還是比中國農民好。當然兩國的歷史不能比較，所以種種社會現象的不同之處，也不能比較。不過從這些不同之處，所以更明白中國農村愈趨殘破和動亂的原因。若能夠慢慢的減少乃至於消滅這類的殘破和動亂的根源，我們當然將和美國作大大的比較和競賽。

六月十五日寄

煩惱的美國人的煩惱*

一

　　有時候，我常常想像我是一個美國人。我當然把我自己算做是一個有點小聰明的美國中產者。吃、住、穿，不太發愁，也没有人時常釘在我的脚跟上。隨便罵幾句難聽的話，甚至於像説："杜魯門發臭"（這是獨立公民委員會的一位先生在演講臺上説的）之類，我也不至於被認爲是共產黨而有性命之憂。我會不會快活呢？我不會。原因並不僅僅因爲下意識裏，我知道我是中國人，我的心是中國的泥土養出來的；而實在的是因爲美國人有很多的苦痛、憂鬱、煩惱、懷疑、摸索、混亂、内疚、無力。在個人表面的歡樂與鎮定之下，在酒和音樂的冲洗之下，在極度效率的迫逼之下，多少美國人要每週兩次去拜訪心理分析專家，爲時三年之久，纔能漸漸恢復他們做人的才力。在我們這小團體，雅都的十八個小説家、詩人、畫家、雕刻家和音樂家之中，就有四位是心理醫生救出來的。其餘的人没有問過。據説紐約有百分之九十的人有精神病。

　　讀者不要以爲這是美國人小心眼，專爲個人打算的結果，個人和集體的矛盾，人和商業文明的矛盾是存在的。這是悲哀，不是可恥可笑的事。但除了個人的痛苦之外，懸在優秀的美國子女心上的大困難，却並非個人而已。我引一位詩人幾行詩大家讀讀：

　　給來美的難民
　　"……………………

---

* 原載《觀察》1946 年 9 月 1 日。

若是你對我們的搖擺和憂傷
看不在眼，請你說，你在那古老的
死亡之城，暗地裏摸到了一些什麼。
告訴我們那射向自由的里程碑
那塊碑，那趕着路去建立信仰的碑記。"

這位名叫 John Brinin 的纔三十歲多一點的人，在大學裏教書。論年齡，論生活，他不該如此，然而感覺不容他靜止，正如它不讓許多其他的人們靜止一樣。雖然是身在雅都叢林裏的人們，談起話來却常常是物價、原子彈、國會、外交政策。一種苦悶的內疚，時時切斷了他們的談話，低下頭來，自己啃自己的煩惱。比如有一次，一個英國人偶然提起說英國的《經濟學者》也反對美國的對華政策，一個美國小說家"呵"了一聲，說："誰都反對，全世界的人都反對。"接着他恨恨的高聲說："啊，我簡直被壓死了。"以後他再也不說一句話。據說這人還是個托洛斯基派哩。

二

在美國人的許多煩惱中，中國問題目前是占了很重要的成份，我常常覺得馬歇爾將軍和華盛頓着急中國問題恐怕比許多中國首腦人們更厲害。當然問題的底子並不完全是中國本身。在美國關心中國者的心目中，我們是舊的毀了，新的沒到，無論政治上和文化上幾乎還是一紙空白。任何西方力量祇要能在中國站得住，它的政治、經濟、文化體系就能夠在中國傳種。從我們看，說它是侵略也好，說它是想交朋友也好。但若說美國人處心積慮，把中國問題當做是一個殖民地佔領與征服的事件在考慮，我想國人知道是不對的。問題的底子是蘇聯。美蘇之間，不僅僅是武力和政治的對抗，不僅僅是誰當老大的問題，而是兩種文化體系、兩種生活態度的爭衡。我沒到過蘇聯，不知道蘇聯人民怎樣。在美國這方面，反蘇的言論，每天至少可以讀到四五篇。但是主要對蘇的攻擊都集中在蘇聯沒有個人自由這一點上。這一點大概是除了美國共產黨員以外，美國人百分之九十九都一致的。自二月以來，新發明的"蘇聯是侵略的帝國主義"這口號，雖然報紙上鬧得很響，民間却甚爲漠然。換句話說，美國人並沒有感覺到蘇聯的整個體系在發生動盪，似乎蘇聯人沒有個人自由，也能夠安心過日子。反之，美國本身則自一九二九年以來，大恐慌、新政、全民就業的口號、大罷工浪潮、物價管理局問題、通貨膨脹、戰後恐慌的黑影，一連串的在美國的天空寫着大大的問號。像上面引的那幾句詩，那可怕的懷疑是值得每個敏感的美國人驚心的。美國人所賴以生活發展的體系和態度是最好的麼？是能夠永存的麼？怎樣能夠證明它們是的呢？要想在中國這一塊空白上找新大陸，證明自己對之已經發生了懷疑的一種存在，證明自己永在的價值，從而對蘇聯無所擔心與恐怖。這恐怕也是除了共產黨員以外個個美國人或多或少的願望。政治家、軍事家、資本大王固不必說，即在思想家、學者、評論家、文學家、甚至於藝術家，假如他心目中有中國問題，他就多多少少，不免作如是觀。簡單說，這裏有兩個問題：第一，如何使中國的軍事、政治、經濟、文化、生活，不受蘇聯可能的影響。第二，如何使美國的影響在中國確定，建立它在中國有效的價值。美國在華的兩面政策就是這兩大問題的表現。這個兩面政策和兩大問題所要求的內容並不完全一致，是很顯然的。因爲政策是執政機關所定，而問題則是一般民間的希望。政府在權力治民與民間，或者國家的希望之間，其煩惱不知何是呢。

但是專從權力政治着眼的中國方面，若把美國的心病——蘇聯問題——看得太簡單化，把美國人的政治才能看得太低，那就錯到不知那兒去了。

國內當局把內政問題和蘇聯問題同一起來，水銀瀉地，無孔不入。在政治上既不光輝，在心理上尤覺顛頇。美國人最怕人揭他的心病。這是個年青而會害羞的民族。一位從中國回來的先生告訴我："他們天天宴會，把我們的軍官甚至於小兵都請去。一見面就駡蘇聯，講蘇聯怎樣該死，怎樣想霸佔全世界，非打它不可。弄得我們全不好意思，也不敢相信。好像我們整天想打蘇聯的樣子。"美國人尤怕人說他們在對外政策上被誰牽了鼻子。一位華盛頓高級官吏說："中國當局，正在大吹牛，說他暗中策動到美國和日本打了仗。我不知道他是否在策動我們跟蘇聯打。他們想我們失敗，許多人都想我們失敗。"據美國某通訊社的密電，中國當局儘量的告訴他們，共產黨是蘇聯的第五縱隊，而蘇聯的目標是征服全中國，進而征服全世界，像日本一樣。甚至於中國並不願意印度獨立，情願它在英國下面，免得致蘇聯勢力侵入。該電報還說中國打算在聯合國提出思想侵略的問題來攻擊蘇聯等等。像這一類的做法，我不知報導是否真實。但根本上討厭打仗的美國人，却因之而引起一種恐懼：中國當局這樣恨蘇聯，而存心要美國替他們打仗，則中國的東北究竟該由誰管好？由中國政府，則挑釁事件必層出不窮，結果是美國人流血；由中國共產黨，則滿洲又會在蘇聯影響之下。問題似乎已經不是中國在美蘇之間，而是美國在中蘇之間，這對於目前美國人的心理，尤其是不能忍受的煩惱。

無論美國對蘇聯如何懷疑、厭惡、警備、限制，美國對蘇的戰爭心理並未形成，這是一。就世界戰略的形勢來看，還相當遠，這是二。第三，全世界饑荒動盪，光有美國一家穀食，不能打仗。原子彈不能用於炸完所有不滿現狀的人民。戰爭的危機雖然存在，但究竟也不是一個情願的策動能夠使它在儘短的時間之內爆發。現在美國人都擔心中國是西班牙，但我們却痛惜我們的人民和國家。一百年來，我們沒有一年免去了戰爭的屠殺。究竟把中國人全殺光、全餓死，於誰又有好處？

問題最要緊的的地方還不在此。美國的兩大問題在中國不能得到有效的答案。這是美國人最煩惱的地方。他們認為中國會愈打愈亂，愈亂則中共的影響與力量會愈益擴大。這一點有些人認為就是蘇聯影響將增強，有些人則以為即使中共能具有獨立的政策和態度，不受蘇聯影響，而其結果則可能是雙方的恐怖政策、統制制度、和美國的傳統不相干。進而言之，美國對中國軍事的影響雖已建立了，而其他方面有效的價值，尚在夢夢之中。中國政治的腐爛、專制、毒打、暗殺，在美國人頭上所澆的冷水，比中國人所遭的似乎更難受。國內幾個月來對於中間派民主份子的明打暗揍，槍斃刀斬，不知究竟能在國內壓滅多少口舌，但是在美國却已經似乎佐證了沒有軍隊的在野黨，中國不容許產生，而中國的內戰不祇是國共問題。

三

在這樣心理的反刺之下，孫夫人一紙宣言觸動了怒氣，甚至於《紐約時報》社論也不否認孫夫人對美的指責。《華爾街報》《論壇報》《紐約郵報》《下午報》《波士頓地球報》《基督教科學箴言報》《支加哥太陽報》，甚至於《紐約日報》和《支加哥論壇報》等等，全擁護孫夫人的主張。《民族雜誌》《新共和》《新教徒》這些雜誌都在連續不斷的寫文章。聞一多的死是一聲不小的轟雷，引起了幾乎近百個大學教授的反抗。聽說支加哥大學將考慮特設獎金紀念這個人光輝的生存和洪鐘一樣的死亡。他們認為中間份子的被慘殺，是美國傳統和美國理想的喪鐘。而這些爆發會引起許多沉悶的美國人臉上現出驕傲的笑容。

當我一面寫的時候，我一面想：為什麼我們要這樣注重美國人對我們的要求、美國人的意向和希望？我們難道沒有自己的道路，一定不跟蘇聯，就跟美國，就跟希特勒？中國的道路不是美國的或者蘇聯的或者希特勒的道路。中國歷史會選它自己的路走。先進的美蘇全有我們可學的地方，煩惱的美國人的煩惱，或者能使我們興奮，使我們警惕。

八月十九日　雅都

寒夏深秋[*]
——論美國選舉

一

秋盡之餘，紐寒夏[①]滿山黃葉，煊麗像一片完整的織錦。然而季節不減其淒麗，天空的暮雲，正如地下的幕雲。共和黨州的紐寒夏，新有了許多小小的談話，其熱鬧與歡喜，正不下於滿地的紅葉和黃葉。當然，大家知道共和黨勝利了，所以，紐寒夏似乎也是勝利者。

這個在預料中的勝利，從它所代表的政治意義上來講，幾乎是席捲全國。保守主義以及最露骨的反動主張，在南方十五州，除新墨西哥與阿克萊荷瑪以外，以民主黨的黨員又完全佔穩了，甚至於喬治亞，那一度曾經有了一任進步派州長的地方，也被打低了頭。北部自西至東，從海到海，十六個州裏的民主黨代表被掃絕了跡。其餘十九個州，祇有洛得蘭（Rhode Island），完全是民主黨，洛得蘭是美國最小的一州，那兒的參議員好像是世襲的一樣，少少的幾個眾議員，大致旅進旅退，似乎人也不争。北邊的芒旦那（Montana），篳路藍縷，出世不久，尚保有開發時期自由農民的精神，所以他們的代表，進步主義的民主黨參議員麥雷以及一半的民主黨眾議院代表們，還能擠上台去。剩下來七州，都是零星的民主黨代表，在共和黨的大旗之下做掛單和尚。假如我們想到民主黨本身的代表們其所有的進步主義的成分是如何薄弱，就知道美國這

---

[*] 原載《大公報》（上海）1946 年 11 月 27 日。
[①] New Hampshire，今譯新罕布什爾。

一步向後轉是非常完全的。

在八十屆議會中，所保留下來的，或因亡年期未滿而繼續的進步主義參議員寥寥可數。麥雷（James E. Murray）、推洛爾（Glen H. Taylor）、湯麥斯（Elbert D. Thomas）、華格納（Robert F. Wagner）、裴柏（Claude Pepper）、吉爾哥（Harley M. Kilgore）等民主黨代表六七人。莫爾斯（Morse）與托貝（Tobey），共和黨代表兩人。如此而已。這八個人是參議院九十六個議員中的晨星。衆院全部選舉了，大部分極右派連任。

二

在美國政黨執政史中，這種起落並不是少見的，同時它也並不代表政治的分野，所有的分別還在於人而已。但這一次如果我們依然用這樣輕鬆的態度來看待，就不免將為歷史所欺騙，事實上這一次並不是民主黨的失敗，而是新政最後的死刑。我之所謂"最後"是一個階段上的最後。當美國進步主義者舐過創傷、捲土重來的時候，新政或將經過若干變化而重新發展，但那絕不是兩三年後的事情了。

在長期的消沉之後，民主黨以新政為精神，以進步智識份子、工人、民主黨黨部的混合體為血肉，以羅斯福為領袖和骨幹而掌握了十幾年的政權。這是美國政黨史上以主義和政策為號召的起點。然而它不過是一個起點而已，並未有發展下去，使民主黨的本身成為一個真的標幟，真的意義。原因，第一是這個混合體本身所包涵的矛盾性。民主黨傳統的黨部與共和黨在一般的政策上，在作風上，在其所代表的利益上，無大區別。進步智識分子與工業組織大會的工會大致是一致的，但與美洲工人聯盟却又大有衝突。這一個聯合陣綫與全世界到處的聯合陣綫一樣，在初步的成就達到之後，就起始分裂。第二，是羅斯福的雄才大略籠罩了全黨，並且超過了全黨。由於黨內衝突之大，羅斯福並不能在黨內完全用主義和政策來團結他的力量，建立起民主黨的意義和旗號。他最擅長的作風是直接訴之於人民，以及在黨內各有力集團之間運用迎拒、分合的手腕和策略。其結果，政策是羅斯福的政策，主義是羅斯福的主義，與民主黨不大相干。民間所知者爲羅斯福，而不知有民主黨。在擁護者，羅斯福是他們的父親，他們的希望。在反對者，羅斯福是他們的仇人，他們的禍害。而民主黨本身則躲在這大樹陰影下面，自相衝突，自相搗亂。羅斯福未死之前，情形已經是不可終日。既死之後，樹倒猢猻散，進步主義者及工人失了領袖，民主黨黨部丟了旗幟，各走各的路。由於這種客觀情形，雖然羅斯福所成就的是不能再好了，然而同時他也不能免於一個美國大政治家的悲劇。

三

許多國外評論家，尤其是英國報紙，皇皇然說這次選舉表現美國人民右傾了。有些保守派的美國政論家也認爲，這是人民向進步主義所下的判詞。這種看法很顯然是把整個美國人民當成一個成熟的政治集體來看。事實上，它祇能包括也許很小部分的人。民主黨雖有了短短的二十二年的新政生命，美國人民對它的取捨却並不能完全脫離傳統的、非政治人的態度。這一點當然與上述民主黨政治意義不明是有關係的。而杜魯門總統執政十八個月以來的種種措施使之更加模糊。記者夏季旅行中西部諸州，彼時議會初選正在熱鬧。然而進步主義者和工會負責人却也正在十分頭痛。在底特律，在支加哥，明尼阿波尼斯，這些所謂的進步主義中心，工人集中的所在，無法動員工人登記。工人認爲民主黨（羅斯福死後的）與共和黨同樣無意義，同樣無聊。（"無聊"這字眼並不是我亂栽的。一般的說，美國工人不用政治的字眼，如進步與反動之類，來表現他們的愛憎，他們用直覺的、人的感情來定他們的好惡。）民主黨弄了這麼多年，越來越糟。假如要選，還不如選共和黨來換換口味，看看新花樣。在上週選舉中這種情形非常顯明。紐約市是工人集中的地方，進步主義的大本營，較有政治訓練與一般黨派作風的兩個黨，美國勞工黨和美國共產黨的票數都大有增加，然而參議員米德，有名的進步主義者，在其與杜威競選州長的角鬥中，在紐約市却祇能得到極少的多數票。紐約州北部的選票一下來，輕輕的就把這可憐的多數票踢飛了。難道說進步的紐約市人民，一夜之間就突然決定向右轉了嗎？不。根本上大多數的美國人民就分不清誰左誰右。他們祇希望換一個上來會好一點。我們無寧說，基本上，美國人的這種要求還是進步的。客觀上，它的結果當然脫不了右傾以及其聯帶的危險，並且完全結束了新政。

同樣，我們必須承認這一次選舉是美國民意的表現。美國選舉有不少作弊的地方，例如花錢賣票，叫人頂替死人或搬走了的人的名字投票這類事，所在多有。但是把南方除外，絕大多數美國人走到選舉箱的面前去，是把他自己所要選的人名字寫在票上的。明白這一點，我們就能多多少少估計戰後美國人民心理的疲憊，慾望的強烈（沒有人知道肉料廠主的罷工趕走了多少民主黨的票數），以及其國家意識的高揚（范登堡領導的現行外交政策無疑的在許多美國人眼中增加了共和黨的威信），美國的進步主義運動還是在幼年時期。

四

共和黨勝利之後，美國進步主義者陣營中的震盪，從他們要求杜總統辭職可以看出來，這個要求充分表現了進步主義者的幼稚性。他們希望這樣一來，今後兩年的大亂子（特別是大恐慌）的責任都落在共和黨的頭上。同時借此把民主黨擠得向左轉，以避免組第三黨，及一九四八第三黨取勝的困難。而不知在全部共和黨政府之下，急轉直下法西斯化的危險，此說現在已經被他們本陣營的人打消了。

然而進步主義者究竟要怎樣作呢？對現在為止，他們似乎還在舐傷時期。進步主義者，以兩個公民政治委員會及獨立公民委員會為首領的集體會議即將舉行。大問題當在左化民主黨與建立第三黨這兩大課題之間。到現在為止，左化民主黨這個意見，以華萊士為首，或者能得到更多的支持而成爲他們今後的方針。據記者所知,今後他們在工人的政治教育上必然更加增強。而冬季大罷工以爭得一些更多的政治資本,或將成爲不可免的趨勢。

民主黨黯然無聲。他們的政論家正在報紙上寫文章,説這一下來的正好,可以把那些"華萊士—伊克斯—公民委員會之類的異黨分子"清掃出去,然而黨要人沒有説話,杜總統的政見説還要一兩天纔發表。

共和黨國會將做些什麽事呢?當然目前大家都怕國會和總統會打死架,鬧得一團糟。所以許多"愛美"政治家們都在天天寫文章要兩個機關合作,別打架。范登堡先生也趕緊宣佈兩黨會合作。我們可以想像范先生的外交政策是不會闖禍的。但是内政方面,勞工政策、内河改良政策、減稅政策、預算政策都是步步荆棘的難關。人們不知道杜總統將要否決多少法案。

五

全世界都在對着美國這深秋的暮雲揣測和發愁,我們呢?或者我們有些人會相反的充滿了希望吧。當然,在這邊,基本的政策不會改變,除非有難堪的壓力。兵不會撤,軍火物資如有現成在海外的,可能還是送到中國去。但是我們不要忘記八十屆國會裏有許多老孤立主義與新膨脹主義尚未十分相調的人們。這些人最關心的是錢。他們認爲他們有保護美國的財富不被外國人騙走的神聖責任。中國在政治上雖相當合他們的口味,而作爲債户來看,實在不够吃香。除海陸空軍物資的贈送與廉賣之外,中國在美的貸款據説已經叫進出口銀行鬧了虧空。這虧空少不了要到國會去報賬。假如我們再想從美國的口袋打算盤,又非得到國會裏去不可。這難關如何打破,頗是問題。其次,在許多孤立派報紙眼中,中國好像是一隻爛穿了底的破草鞋,没有要頭。倒是日本在麥克大帥一手經營之下纔有用處,麥大帥有一句名言:"中國不過是對蘇作戰的戰場,日本纔是真正的基地。"因此,將來祇要運軍火同兵到中國去,把中國放在美國的軍事管理之下,到處放放原子彈花砲就夠了。要日本纔是有出息的基地和盟軍,當新國會的議員們欣聆麥帥的謹見之餘,人手一張《紐約日報》或《美國新聞》之類,在議院抽煙室裏擺龍門陣時,中國將會覺得美國這把交椅晃盪得利害吧。

十一月十一日　紐寒夏

晦明初冬*

一

昨天下午過海去看一個朋友。一開門,此人領帶不整,敞着頸子,垂頭喪氣的站在我面前,樣子頗像一個舞臺上的落水英雄。懶懶的交換了寒暄,他就說:

"坐吧,坐吧,我給你一點酒,喝了酒就好談。"

讀者知道酒是一種什麼東西。非但愛酒的人要喝酒,愛談話的人也是少不了酒的。

喝着喝着,起初當然是亂七八糟,各道近事。忽然不知我一句什麼打動了他,他瞪眼望了我一下,説:

"我的難題就在這裏。到外國去呢?還是留在家裏打硬仗。"接着他就報告他怎樣有很多機會到國外去走,去觀察。但是,他説:

"現在世界上最大的問題是美國,硬仗得在美國打。你説我應該出去還是留在這裏呢?"

"應該留下來。"我説。

"唉。美國現在是陰陽怪氣。人們很像覺得小心謹慎比大着膽往前走更好。天知道怎樣好!你没來時,我在這兒躺着儘想儘想,應該怎樣做。"

頗有羅亭姿態。我心裏想,難道美國現在是在屠格涅夫的時代麽?有些人簡直是屠老頭創造出來的,有時候他們又像出自契可夫手下。當

---

* 原載《觀察》1947 年 1 月 18 日。

然，完全的十九世紀末式的俄國智識份子，此地很難產生。美國人的好動性，美國人對技術科學以外的問題之不求甚解，美國人之講效果，追速率，使他們寧願急得變瘋，也不肯優游於屠老頭手下。

然而怎樣說也不能不承認美國現在的陰陽怪氣，有類於晦明無時的初冬。

二

大選結束，新國會還未上臺。就內政上講，華盛頓前綫，除杜魯門總統打了個不小的勝仗以外，平靜無事。總算是破天荒，他把路易士——煤礦工會的大王，暫時幹下去了。

今年五月間，路易士曾經鬧了一陣。他當時提出要資方出一份工人福利的錢交與工會。為此罷了工，煤礦被政府拿過來管。杜總統把路易士請到白宮去用上賓之禮招待，答應了他的要求，訂了合同。但是煤礦老闆不答應。所以這批工廠還在政府手裏管着。

初冬來了，人人要煤。路易士又出來了。煤礦工人要加工資，重開談判。同時宣佈合同無效，工人停止進礦。站在工人方面講，路易士無可厚非。但路易士之為操縱工會的大冒險家是久已週知。煤礦工會有資金四五百萬元，但是在罷工時，連工人的伙食費都不管。他把這一大筆錢拿在手裏，做自己在工會及華盛頓的政治活動費，專與民主黨內進步份子和進步工會為難，也是人人都知道的事情。因此，此公鬧事時，無論進步的或反動的報紙都加以攻擊。進步輿論在要求方面，同情煤礦工人，但於路易士則加以攻擊。加以人人要煤的心理，造成了一般人反對煤礦罷工和恨路易士的感情。政府利用這種群眾心理，遂以路易士向政府罷工的罪名，勒令復工。路易士違令之後，遂被政府起訴，結果判決罰路易士個人一萬元，而罰他的工會三百五十萬元。目的在使工會破產，因此破壞路易士的威信，使煤礦工人停止擁護他。結果路易士命工人回礦，總統勝利了。

三

這件事對於路易士本身乃至於煤礦工會的影響倒小。路易士自己是典型的美國冒險家。所不同者，一般美國冒險家的資本是錢，而路易士的則是人——煤礦工人。他的作風是一方面把工會抓在手上，實行獨裁。凡有與他意見不同的工人，他就把他趕出工會，使那人失業，有時甚至流氓式的害死那人。另一方面常常爲工人提出增加工資、改善待遇等等要求，取到工人的歡心。工會的錢因工資的增加而增加，路老闆也就資本愈雄厚而想當總統。他贊成工資加，煤價也加。他最讚美美國的資本主義，認爲這是世界上最完善的制度。他反對社會主義，尤恨產業組織大會 CIO。

這一次失敗，對於他不過是冒險生涯上的一點小波折。根本上煤礦工人對他的信仰和崇拜沒有動搖。他的錢可以保住，他還可以再來。

但是，對於整個工會運動方面却是一個不小的打擊。這可以分幾層來說。

第一，路易士的屈服在公衆的眼中證明了政府的做法是對的，而罷工不論有理無理都是罪惡，是工會的專橫跋扈。美國工會分裂，工人的政治水準極低，不能瞭解罷工對於罷工者的意義也就是對於自己的意義。所以一個工會罷工，別的工會會員往往就變成了公衆而來罵罷工者。罷工在所謂公衆的眼中，向來就是不吃香的事。這一次路易士一無所得，就給壓倒了。在公衆的眼中，罷工似乎應該而且可能在法律的制裁之下。

第二，政府勒令工會復工這件事，已經是美國工會二十年來的歷史上所沒有的。此地在二十年代曾成立了一條法案，不許政府對工會領袖和集體用勒令的方法來科罪工人。這名叫 Norris-La Guardia Act。這一次杜總統使用勒令對待煤礦工會，正如他在夏季的國會提案要用軍役強迫鐵路工人復工一樣，曾激起了產業組織大會和美洲工人聯盟的反對。產業大會會長麥雷因此曾號召全國總罷工來抵抗，同時藉此謀全體工人團結。

不料路易士見此情形，生怕因此增高了產業大會的威信，就趕緊退了兵。這樣不但團結不成，反而造成了勒令的先例，使任何工會領袖或團體都有遭受勒令的可能。工會一被拖到這個局面，弄到打官司、過堂的地步，即使不受法律上的懲罰如坐牢、罰錢等，罷工也就無法進行了。總統這一次殺雞嚇猴的辦法成了功，工會頸上掛了一重新威脅。今後各工會對於冬季罷工的醞釀都現出了很小心進行的姿態。

第三，最重要的還在這件事對於新國會的鼓舞。以塔夫特爲首的許多新國會議員本來都想上臺之後，給工會一個打擊，但不大很放心就幹。自從路易士躺下去了之後，修改華格納保障工會法案，取消工會工廠制度的談風非常起勁。華格納法案在羅斯福手上成立。它的要點是罷工合法，工會工廠制度合法。這個工會工廠制度英名叫 Close Shop，即所有一工廠的工人都必須隸屬該廠的工會做會員。所有新工人須加入該工會。這是爲了保障工會的團結力和代表性，增加了工會對廠方說話的力量。同時却使廠方大大的不便。南方有三個州已經把這制度取消了。新國會一月上臺之後就起始來討論取消工會工廠制的合法性並不是不可能的。同時也必有其他新勞工法案產生以圖根本上削弱華格納法案所給予工會及工人的保障。

在這情形之下，工會方面原希望總統還有一點點羅斯福傳統，能夠出來否決國會的法案。但是總統勒令煤礦工會的做法使這希望幾乎成了零。加以前兩天總統在記者會上又說錯了話。他說總統的戰時法權之所以還沒取消，都是因爲罷工的原故，否則早就沒有了。似乎他的戰時法權都是爲了對付罷工。這句話把總統完全劃入了最保守的勢力方面，工會感覺自己毫無保障。

四

工會與進步派運動有先天的同一的要求，有組織上與教育上的合作。

因此對於工會的打擊，實質上就是對於美國進步運動的打擊。

　　進步派對於這種形勢和今後的趨勢，當然看得很明白。但是怎樣作呢？

　　就過去一個多月的情形看，誠如我那朋友所說，似乎以爲小心謹慎比大着膽往前走更好。有一個時候他們爲了想避免被指爲共產黨，考慮今後不談國際問題。對於新國會至今沒有提出他們的希望和要求。對於國會現在甚囂塵上的修改華格納法案之議，至今沒有回答。關於冬季罷工，鋼鐵雖已經提出了增加工資的要求，但是罷工的準備還在醞釀之中，遠非去年那種劍及履及的態度。這不是說他們已經把罷工的計劃取消了，而是說一切方面他們似乎在等待進攻，然後還擊。

　　華萊士的《新共和週刊》似乎將成爲運動的主要號筒，這個號筒是否將成爲行動的指示抑仍爲宣傳教育的機關，還待更多的證明。

　　從上訴一切看，美國進步運動似乎是在防守的時期，然而一個多月是極短的時間，或者那些躺在睡椅上儘想儘想的人們，需要這麼一步沉着。

　　"現在世界最大的問題是美國"，美國是在晦明的初冬。

十二月十五日　紐約

美國對華政策何去何從?[*]

以下種種,讀者不妨認爲是《查拉圖斯屈拉如此説》。因爲不管查拉圖怎樣説法,一個人做獅子或者做綿羊,總歸不是查拉圖先生所能決定的。

聖誕左右,記者因訪友之便,走了幾個地方。彼時紐約空氣相當緊張。杜魯門的新對華宣言剛出來不久,擁之者三心二意,抗之者大放厥詞,單純的認爲是反動文件,隱在漂亮的廢話裏面。倫敦《新聞紀事報》送了個兩欄長電回去,率直的説這是最僞善的文件,對於蔣主席是一個"儘管進行内戰"的信號。

記者對於這種官方文件,一向以中國人傳統的懷疑主義對待,且由於一種半 Chauvinist 的心理,不願對這種對華的洋文件過於認眞。因爲無論從理論上,從事實上,今天中國人的問題衹有中國人把它當做中國人自己的問題,而不把自己塞在兩個大强國中間,把自己當别人的槓桿看待,於中取利,纔能得到合理的解決。何況自己雖把自己當槓桿,而别人却把這條獻奉上來的槓桿當成朽木。

不過,讀者知道,一個記者的自由自便並不太多。國内所謂掌握民族命運的人們似乎樂於以美國政府的意志爲意志,中華民國的命運似乎是在美國政府的意志之下浮沉。因此,記者不能不打聽一下這個意志究竟是什麽。至於以下報告究竟告訴了我們一個單一的意志與否,我無從替大家作結論。

---

[*] 原載《大公報》(上海) 1947 年 1 月 27 日。

一、左右不討好

十二月十八日杜魯門對華宣言，無論從左從右的反映，都是一個釘子。右的方面，就耳目所及，如《時代雜誌》、霍華德系《華盛頓新聞》，甚至於《華盛頓星報》，都借此大罵遠東司司長文生氏。照他們講，文件是文生寫的。而文生之罪大惡極在其居然陪華萊士（在他們心目中誰和華萊士在一起，誰就是罪人）於一九四四年到中國去一件事上可以證明。因此文生就是"延安的走卒"，想借此文件打倒蔣介石，扶中國共產黨上臺。說得更壞的是文生好像是莫斯科的間諜，新國會應該大檢舉國務院的蘇聯窩。魯斯先生據說是爲這件事很活動。左的方面上邊已經提到了一點。雖然由於這邊正在鬧反美共運動，許多非共產黨的人都難得在報紙上說話，然而新聞記者的耳目所及，不能騙人。《下午報》一個編輯因爲在新聞中把宣言估價稍好，大爲煩惱，說怎麼會弄錯了呢。

聽深知內容的人講，紐約與中國方面的反映，使政府很奇怪。照他們想，左派進步分子乃至中國民主人士方面應該賞識這份文件的。而右派之罵乃屬當然。

這類深知內容的人說，年來國內國外把現行對華政策批評得體無完膚，政府有些站不住腳。加以參議員麥雷與新參議員佛蘭德斯（Ralph Flanders，威芒特有華爾街背景的共和黨員）領銜，批評政府政策的文件就要出來。共和黨奪取全部外交政策領導權的野心早已昭昭在人耳目。佛蘭德斯領頭來攻擊，甚爲可怕。因此不得不急急忙忙在參議員們的文件出來之前的二十四小時，趕緊總統出一個文告，一面自己辯護，一面遮掩參議員文件在人們心目中的地位。

文件當然是繼續原有政策。其爲自己辯護處有兩個法門，在暗示美方態度處有三點。

辯護方面 內容專家們說：第一，政府認爲年來各方面的批評都是把政府對華的觀點與政府對華的政策混淆了。一九四五（年）十二月十五那個文件，講到中國要民主的、代表性的中國政府，要中國取消一党專政，國共合作等等，不過是美國政府對華的觀點，並不是政策。美國政策是在於遵守開羅會議決定把滿洲、臺灣交回中國，以及在中國民主政府未實現之前，不經濟援助等等。既非美國之政策者，其事實上未能作到之處，不能怪美國。一九四六（年）十二月十八的文件之特意把觀點與政策相提並論，就在這裏。第二法門就是關於遣俘、撤兵、物質運華等等的種種解釋，讀者已經知道了。

暗示方面 他們說此次文件一般內容之着重十二月十五文件的觀點與對莫斯科宣言的擁護，本身就有以美國態度暗示給中國政府的意思。除此之外，文件中有三點暗示為人們所忽略。第一，述及東北變動爆發，是暗示責備中國政府發動東北內戰。第二，對於此次中國國大開會等等一字不提，是一個消極的警告。第三，對於經濟援助之含含糊糊，與其說是為將來的援助開方便之門，不如說是把錢袋抓得更緊的意思。關於所謂農業援助，這些人認為都是空話。事實上，即使中國政府按赫金生報告的方案，求美國幫忙，所能成就者也甚少。

上述解說，雖來自所謂內容家們，但他們又不代表政府。話對不對，我們無從斷定。然而文件之圓到巧妙，不能不算是表現了美國政府在此上不能上，下不能下，左右都是不動時的苦心。結果鬧了個左右碰釘。至於《時代雜誌》、霍華德系報紙等亂抓賊，群誅文生，簡直是無的放矢。白宮自有寫手一群，白宮的腦袋更不是文生。倒是中間的 *York-Philadelphia Gazette Daily* 一位作者在十二月二十二華盛頓電中講得透骨："行政機關方面的對華政策是失敗了。甚至於官方都不能不轉彎承認"。

二、將軍的煩惱

美國政府何以要做得如此辛苦，像個小媳婦一樣呢？

大家都知道美國對華作風，自赫爾辭職以後有兩度大變。第一變是馬歇爾第一次去中國，第二變是馬歇爾第二次去中國，時間在一九四六年四月間。第二次變化的原因何在呢？這又不能不請所謂內容家們來談了。

無論是從中國、從日本來的或本地的內容家們都說，自二月初，美國軍政家方面都為一種說法所震動，那說法閃閃爍爍，令人摸不着具體東西，總之意思是蘇聯在準備以美國為假想敵作戰，情形繪聲繪影，似乎蘇聯馬上就要打。在日本方面，甚至說蘇聯要用潛水艇爬過太平洋，佔領美國的所有基地。

大家知道，那時期正是范登堡先生第一次發表他的對蘇強硬政策的時候，正是美國風傳李梅海軍上將在白宮對總統發脾氣要積極對蘇的時候。接着不久，國務院發表了一道無來由、甚至於《紐約時報》都大惑不解的消息，說蘇聯進軍德黑蘭。後來此地有些報連續幾天質問國務院消息何來，始終未得答覆。在這樣一種時會之下，蘇聯要作戰，要征服世界這些幻影究竟是誰在導演，我們不得而知。然而美國的對華作風改變了。

從那時候起，美國的對華政策實質上已經不是對華政策，而是對蘇政策的中國的一面。在考慮其對華關係時，重要點是中國在其對蘇作戰中的意義，而中美兩國如何能成友好盟邦的意義，至少是放在第二位上。這使我想起一九四五年十二月中旬《華盛頓郵報》一篇憤慨的社論，說中國不爭氣，美國今後不應該再有什麼對華政策，祗該考慮一個在國際政治上的對華關係。更使我想起去年秋間華盛頓議論紛紜，考慮究竟是把中國當基地好，還是依麥克阿瑟意見把它祗當戰場好。麥帥認為中國腐爛貪污，毫無工商業，不可以當基地。

好歹不必說，中華民族的憤慨也不必講。單從這個所謂的對華政策來看，中國的本身既不重要，杜魯門先生落得偷閑。國務卿貝爾納斯對蘇太忙，也是不管的。根本他們不清楚中國的內戰到了什麼地步，政協、整軍，三人，五人，這一套，他們即使不是完全不知道，也必十分模糊。馬歇爾是對華政策的製造者與執行者，照推論，應是一個事實。

然而將軍的政策正是將軍的煩惱。分析到底，不管我們怎樣是戰勝國，就去年大半年的情形講，假定馬將軍在中國有雙重任務：第一，對蘇；第二，中國民主。這些與麥克阿瑟將軍在日本的任務是一樣的。所不同的是：（一）中國經濟時常在崩潰的邊緣，日本經濟基本上未受打擊；（二）中國究竟是盟邦，日本則是征服國；（三）中國的反對黨與一般要求民主者的力量強大，日本的則僅在萌芽；（四）在中國，馬將軍所謂的"頑固派"，正是他所不能避免的工作對象；在日本，這情形麥將軍可以自由安排。所以麥將軍游刃有餘地在那裏把日本民主的任務從屬在對蘇任務之下，而馬則不容易辦到這件事。這當然不是說易地而處馬即麥，麥即馬。據說馬將軍個人無論在國家問題上或者個人問題上都無特殊的政治上的野心。然而情形不同，將軍的煩惱是有理由的。

假定他有雙重任務，這兩個任務如何調和？撇開許許多多包涵在這個大問題之内的小問題不説，單從原則上講，這兩個任務不相容。第一，中國若有民主，則千千萬人民的休養蘇息，千千萬事業的待興，勢必使整個人民反對把對蘇問題當他們的要務去辦。反過來説，假如中國繼續不民主，則工商業無從發展，貪污腐爛無所制裁，亦不足以使中國能對蘇。然而即使麥克阿瑟不要中國做基地，日本那基地也弄不了幾天。中國之不能成爲基地，是美國難以補償的損失，也許是致命損失。假如你我當此重任，面對這樣一個大麻煩，豈不煩死？

當然上述全是假定，也許這假定是不對的。不妨把它拋去，來一個完全相反的假定。即馬氏祇有一個任務就是要中國民主，政治上軌道，做美國的好朋友。將軍的煩惱依然存在。在這裏，當然中國共產黨的問題老在底了裏，不用去提。

假如我是在馬將軍的地位上，我想我最好的方案就是要造出一個好的中國政府，以便把中共擠到美國大多數人民心目中的美國共產黨的地位上去。但是這裏我有兩個大困難。第一，中共太強，不容易擠下去，或者祇好把它打弱一點再講。第二，使中國政府不好的份子也是太強，但我爲了要使中共弱一些，又不好得罪他們。在這種壓得緊的情形之下，讀者想，我該怎麼辦？

馬將軍的方案大概完全不是我這樣的。但他總有他的煩惱。據內容家們講，去年四月間馬氏回中國之後就有許多人向他灌說共產黨太強了，太驕橫了，得壓一壓。同時，他又回道："頑固派"利害，也得想個辦法。許多小的借款等不必説，八月間轟轟然的八萬萬元剩餘物資交易就出來了。那交易據説有一箭雙雕的心理作用。第一，這樣多的物資，使共產黨想想他們要長期打仗的艱難。第二，告訴政府説這交易雖做了，眼前可不交貨，要中國政府在某些方面能夠使美國滿意了纔交。據説這批貨到現在還没有起始運到中國去，要本月底纔運第一批。最近，我們不知道杜魯門的所謂兩面駡的宣言中，有没有馬將軍苦心孤詣的主張在内。在一張憲法正在南京的鍋裏炒着時，杜總統故意不提這件事，或者是有來由的吧？

聖誕是西方的大節，人人回家。在聖誕後第三天，《紐約時報》的中國記者從司徒大使的"家"——北平打來一個電報，傳達某中立自由主義者的意見，説憲法大功，今已完成，因爲蔣主席以天縱的英明，"忽然"（《時報》語）民主了。

今後將軍的煩惱是不是没有了呢？

三、財主的計算

馬將軍的煩惱假如不能消散，則代表財主的共和黨就免不了要疑心一番。

共和黨參議員范登堡先生在去年十二月中旬發表了一個相當簡單的談話，説聯合外交政策並不包含遠東、巴勒斯坦和拉丁美洲在内。在想像中共和黨還要在這些方面有所作爲。這對於中國爭民主的人們或者是很煩心的一件事。然而范先生爲什麽在這時期説這句話？

內容家們的意思把這話從兩方面看。第一，參議員佛蘭德斯是共和黨員且能代表一部分財閥。他或許把中國問題和范登堡談過。范登堡談話與佛蘭德斯文件出來，先後差不了幾天。第二，共和黨國會上臺，一時在許多方面采審慎辦法。因爲他們所要辦的一些事如取消物價管制、取消總統權力、壓迫勞工之類，總統早就替他們辦了。好像是總統橫了心，不管工人進步分子怎樣罵，一定要事事搶個先，抓住領導，使共和黨無所下手。共和黨以爲總統既搶着要得罪人，自己就不妨緩一點下辣手，以便一九四八年選舉時更有保障。其次美國工會中與進步分子中的分裂愈來愈表面化，這些人正在拼命自己打自己。假如共和黨幹得凶，不免促成他們團結，不如坐山觀虎鬥，而自己的行爲上比較緩一點（並非不做利害事）。這樣一來，共和黨環顧之下，祇有外交政策方面，還有機會讓民主黨出醜，所以范登堡談話就出來了。

不管這些是否真確，記者姑妄述之。問題是范登堡假如不打算放空砲，他的對中國的辦法會是怎樣呢？

內容家講，現在無從揣測，但是有些情形則應該留在腦子裏作爲考慮的根據。共和黨對一般落後國家的要求有一個大矛盾，一方面他們要保持那些國家中他們的同志有權力，另一方面，他們要把守住美國人的錢口袋。這矛盾在中國極難解決。美國人現在叫中國是無底洞。這邊實業界內部分裂，一部分保守，一部分進步。即在保守中人也對於此地對華政策及其所鼓勵的內戰搖頭。而中國通貨膨脹，走私橫行，工商業破產，在他們尤覺寒心。特別是戰後危機將到，早則今冬，遲則明春。想以國外市場緩衝危機的工商界對於中國廣大市場的破壞覺得難辦。記者今天和一位老闆談，倒不暇自傷了。

我們不能說因此范登堡先生就會弄一套對華政策出來，即弄，也不能說他就會斷然向撤銷對中國政府的經濟支持走。此人自一九四四年以來，在外交政策上大起大落的作風，與塔虎脫在內政上同有共和黨的諸葛亮之稱。他替財主們打算盤，但從遠大處着手。

四、中國的吼聲

　　當記者這幾天正在盤算這些内容妙論的時候，中國學生忽然從北平發出了吼聲。這聲音幾乎播到了全中國，同時也傳到了海外。

　　美國人對於五四以後的一串學生運動，向來是極端重視的。他們認爲中國的學生運動常常是中國政治走投無路時的號角。它對當前有影響，對後來有波動，以至於形成大的變化。這幾天他們正在三三兩兩，東打聽，西打聽，看這一次會不會像五·四、三·一八、十二·九，乃至於前年昆明學生的那些遊行演講一樣。而這一次對於他們有切身利害，他們對於美國地位在中國之可能變成戰前的英國，頗覺傷心。

　　平心而論，美國與中國的關係不是不能在良好的基礎上建立起來。中國若能堅決站在人民利益的立場上，保持自尊、自主的剛正態度，美國無意也無需使中國成爲它的附庸。但中國既以除共爲第一，而以人民利益爲第二，且指望美國爲泰山來進行這第一套工作，則現在所謂的美軍治外法權，所謂的互惠平等商約，以及其他種種，當然趁虛而入。

　　現在美國在對這份中國的吼聲徘徊憂慮，他們在紛紛議論之中傾聽。

一月四日寄於紐約

下坡與上坡*
——本年美國工商農業展望

這一年上下坡之間的美國經濟，爲全世界所關切。尤其是在經濟上像美國之拖船的英國，早已心驚膽戰在作準備，好像是海上大風浪就要來了。

美國經濟是這樣可怕的麼？

一、下　坡

糧食落價對於許多人是好消息。前兩個月，我們花一元二買一斤肉，現在六毛錢或甚至更少就可以買到。六毛錢比之於戰時限價下的四毛二，還是貴了許多，但人人心理上很舒服。農業家也不覺發愁，不過經濟學家和政府却非常着急。

一九四六年是農業上大賺錢的日子。當時歐亞兩洲大多數人的口糧都待美國的農人供給。政府高價向民間收買糧食。同時物價雖在控制之下，糧食方面仍有黑市，尤以肉業、奶業爲最盛行。加以一般人戰後享受心理，促成了國內高度的消耗量。這幾個因素的結果，使去年農業方面的現款收入達二百三十億美元。比之戰爭最後一年，一九四五年，多了二十三億。比之戰前幾年每年平均的七八十億或一九三二年恐慌中的四十億美元，多的更不用提了。

消耗雖多，並未減少國內糧食的囤積。去年秋後，每家農人的糧食

---

* 原載《大公報》（香港）1947 年 2 月 22 日。

還是滿坑滿谷。冬初肉商間接罷市勝利之後，所有關在農場裏的、聽其瘦削的牲口，都放出來施肥。牛奶已經多到連貓狗都吃厭了的地步。

今秋的收穫，據政府估計，祇有比去年更多。原因第一是農人去年賺了錢，狃於利潤，必更投資。他們將大買機器，大僱農工。這兩者都是今年易得的項目。如此，據聯邦政府農業部估計，本年單是麥子方面的收穫會是十萬萬斗，比去年要多七千五百萬斗。

但是今年的銷路至少不會超過去年。首先，救濟善後總署就要結束，對外救濟的預算將有一大部分由陸軍部支配。其次，戰後世界糧食恐慌在已將過去，即有糧荒的國家也祇有在政治、經濟上和美國步調一致，纔能以貸款或購買方式，替此地銷糧。

收穫增加，銷路減少，將使今年年初的糧食落價走下坡路。農業部估計，農業各部門的落價不可避免。最捱打的是麥子、玉米、棉花、花生、雞蛋，其次是豆子、煙草、米、牲口、奶業、雞、猪等。想到一九二九年大恐慌開始之初，農產品市場在一九二六年已露破綻，情形是不可樂觀。尤其是當農產品價格向下時，城市工業品却還要大硬一會。農人這一筆出進，不容易安排。

政府現在苦心打算怎樣衝出這第一道五關，有兩個方法，國會中農業各州來的議員咬緊政府要出一筆支持農民的經費，即物價若掉到一定標準以下時，政府津貼農民。這筆費用，單在麥子方面就要五億元，總數不下數十億。行政方面發愁這筆費用所引起的加稅的後果，想採用新政時期的辦法，叫農人減少種植和飼畜，以限制生產來維持利潤綫。這辦法一方面限制了農業家的利潤，另一方面緩不濟急，因爲今年的種籽已經下去了。要學華萊士在一九三三年的辦法，叫人把種下的種籽翻土，會大傷人心，這個政府經不起。

今年秋季將是農業界的一個大泥灘，但政府預算已經劃了十四億元作農業家的墊腳板，可能一九四七年將不會有大震盪。

二、上　　坡

　　產業界認爲他們今年的指南針是減低生產成本。它的對象當然是壓平工資，而其目標則是推廣銷路。因爲從一般看去，銷路前途窄而且短，不能不設法以低廉貨品去吸收雇主口袋裏的每一文錢。

　　因此，產業界認爲今年最大的問題是調整工資與物價。

　　工資問題，在這兒向來沒有完全解決得雙方滿意過。事實上也無此可能。去年冬季罷工浪潮的結果，工人一般地爭到了每點鐘一毛八分半的增加量。工人始終不滿意，資方至今還在抱怨，認爲去年的工資爬上了天。今年共和黨上臺，反勞工法鬧得厲害。工人鑒於共和黨整個的反動傾向，似在考慮取採守勢。鋼鐵與汽車工業先後都在作增加工資的談判，情形尚屬平穩。官方與資方對於罷工的恐懼已經減低了不少。但在工資談判中間，工人却別出奇兵，提出來所謂 portal to portal pay 的問題。這新鮮名詞的意思是，工時從到廠時間算起，至出廠時止，全得付工資。這樣，廠方對於每個工人每天得多付二三小時不等的工資，而且還要算舊賬，補付過去這份損失。此地廠方規矩，工人到了廠，從記名處到換衣處，再到工作場所拿起工作的這一段時間，是不付錢的。同樣出廠前的那一段也不算。因此名義上八小時工作時間，實際上從工人出自己家門去上工，至晚回到家裏，往往費時十二小時。這支奇兵出來，廠方大嘩。工人的根據是最高法院曾經判決某一煤礦工人在這糾爭上勝訴。照美國規矩，最高法院的判詞有關於同類案件的法律性。因此許多工會都到法院去告狀。法官可以上下其手，這個 Portal to Portal Pay 或"到廠計時制"，是否能具一般性，大有疑問。然而工資追物價的痼疾，不會因共和黨的辣手而消滅，非常顯然。

　　當然，物價方面，年底年初都會波動向下，廠方對於要加的工資與要減的物價間之矛盾，十分煩惱。年底女人衣服與皮貨價格大落。到現在爲止，皮貨繼續落價，有的減到一半以上，一般的減到百分之四十左右。珠寶、絲綢、毛織品、女衣，女人用的貴價東西，屬奢侈品類的，全在滯銷之中。食品工業與紡織工業，同告困難。這些生產綫上較弱的一圈在破壞中。

然而就生產堡壘的重工業來說，一九四七年無寧可能形成一種很大規模的繁榮。究竟這繁榮是否和一九二九年冬末以前的那種繁榮同一性質，讀者自己可以作判斷。

如果一九四六年是此地農業繁榮年，則一九四七年將為重工業繁榮年。這裏有兩個比較重要的暫時因素，可以造成這種繁榮。第一，一九四六年的大罷工浪潮以及接踵而來此起彼落的罷工，其中包括鐵路工資風潮、煤礦罷工、海員罷工這些大事。這個罷工年造成了工廠直接間接的停工，訂貨單減少，交易減少，損失工作日一億一千萬天，結果農人得不到種植收穫機，家庭婦女得不到洗衣機和冰箱，一般人拿不到汽車。工廠在改修和裝備間得不到機器。這一批銷場雖非凍結，却很緊縮。第二，一九四六年國外都是嗷嗷待哺之流，能銷受得起機器的，除蘇聯外，所餘無幾。出口貨值百億元，而重工業產品出口連十分之一都佔不到。因此，以鋼鐵為例，生產力僅僅用到戰前的百分之五十六。

一九四七年不用說要承受這一筆遺產。這一年假如勞資雙方保持和平，沒有或少有罷工，則國內全部工業都要恢復起來，同時世界各處，以歐洲為主，大致恢復秩序與生產，則此地重工業可以大撈一筆錢。首先鋼鐵市場的胃口特大，其次是汽車、橡皮、冰箱、農業機器、建築工業、鉛、鋼、電機引擎等。工商界方面的表示，莫不對這一面樂觀。重工業今年看來要走上坡路。單是國內的需要，就使它們生產勃勃。

然而即使是華爾街的人也說，重工業需要難得填滿，填滿了之後又不易捏空。儘管把卡車造得輕巧易破，人家買了一輛，也可以管四五年。這些需要祇要一年就辦到了，明年再找什麼空子去呢？

三、瞻　　望

　　從近處說，一九四七年究竟會有恐慌沒有呢？看了上面的情形，或者我們可以說沒有恐慌。然而許多事實說明，一般的物價陣綫不能維持其挺硬，下降的程度在百分之五到百分之二十之間。假如一般物價下降到百分之二十，則工廠（尤其是新興的工廠）停工、失業等現象就要發生。這是一九四七年所能發生的最惡劣的現象，現在還不能斷定。

　　從遠處說，這一切是否將變成真正的大恐慌，或者一九四八年的大麻煩祇會是短期間一個龐大經濟機構的波動之一。這問題美國的經濟專家也還不敢逕作答案。就一九二九——一九三二的經驗說，首先是農產品物價綫破裂。其次日用衣着，其次一般工業品及零件，其次重工業如鋼鐵、建築，再其次地產。到地產物價綫不能維持時，銀行也不能維持了。今年初步的徵象甚非好兆。但是政府方面的經濟官吏却不如此悲觀，財政部、商業部、聯邦準備銀行、復員局的人們，都說他們現在的情形太健康了，不會發生二九——三二式的大恐慌。可能想像到他們的理由。第一，今年不致有可怕的罷工浪潮發生。（這是假定共和黨不急急通過取消工會工廠制，否則極難避免。）百工復興，人民就業，一般的購買力還能維持。以去年論，去年就業人口有五千八百萬，失業者祇二百萬人。今年應該不會減少太多。還有許多人的戰時積蓄沒有用盡。第二，現在龐大軍事工業還在進行。這種浪費生產不會到市場上去搗亂。第三，世界戰後復興，他們的眼睛萬不得已時會朝外看。

　　假定這些先生對，一九四八年不會像上次那樣搖動美國經濟的根基，這不能保障明年的毛病不是大病的累積。此地現在生產力已經比戰前增加了三倍，換句話，戰前三個人纔能辦的事，現在一個人就行了。即使大老闆們拼命收買新發明與改進生產方法的專利權，把它們鎖在鐵櫃子裏不用，也不能絕對禁止生產力的增加。在生產力增加而消費者相對減少的比例下，沒有人相信在一九四八年後美國經濟就會穩定的繁榮。社會性的生產在私人利潤欲的掌中没有穩定的可能。所以總商會的經濟專家愛默生博士説，不穩定與恐慌是天然的、應有的經濟調整力。

不管恐慌是大是小，它出來之後，就要在全世界撞禍，是一定的。中國若還不想辦法，少不了又是閉門家中坐，禍從天上來。

舉英國爲例。他們正在愁美貨傾銷，奪他們的市場。其次，美國經濟全無計劃，誰碰釘子，誰就到市場上去亂撞，從而使國際市場的價格顛倒波動，整個妨害英國有計劃的國際貿易。此外，美國如有在英的商行工業，母國事業的波動影響他們，從而也牽動英國的工商業。因此英國在去年年底已經制就了一套計劃，以謀對付。

中國説不上從國際貿易上着眼，單從自己範圍內着想，在目前情形之下，國內工商業已經被美國貨打得東倒西歪，將來的傾銷如何支持？在《中美通商友好條約》之下，似乎是因爲內戰打得太起勁，人民被整得太窮太苦，美商對那邊不太起勁。不過假如他們在美國國內市場上轉不到念頭時，那條約大約該好好運用一下。那時候廉價的原料，廉價的機器，廉價的人工，恐怕是在政府控制之下的每一寸寧静土，都要有一座美國工廠吧。

在講美國的時候，我們倒真是在"秦人不暇自哀"。

一月三十一日寄自司達吞島

動盪的國際現狀與美國最近的外交傾向*
——從美國希土借款說起

一、生死存亡關頭

好像春天照例是興風作浪的時期。每年二三月間總要出一些駭人的花樣，使人瞪着這金元帝國發呆，不知它究竟在打什麼主意。

希土借款現在還不是一個事實。成功時很可能不是借款，而是單純的送錢。事件的直接對象是歐洲東南角上一塊小地方，它的性質和影響及其所引起觀點上與利益上的矛盾，却有世界範圍的全面性與全體性。"一粒米中見宇宙"，想不到詩人勃萊克一句話有這樣豐滿的真實性。

英國照會美國，她自顧不暇，不能管希臘的賬了。而希臘政府却有件大事要在三月底開始辦：大規模在希北馬其頓一帶"剿匪"。這些匪是在戰爭中曾經大受邱吉爾的少爺讚美爲抗德最力的民族自由陣綫。這支軍隊自反納粹戰爭結束以來，就被英軍、希臘保皇黨、希臘傀儡政府（在德佔領軍之下的）留下的保安團連續不斷的圍剿。至今還有四五千人。其中據說有百分之二十弱是希臘共產黨員，其餘則是一般的貧苦農民與民族主義者。對付這幾千人，希臘政府沒有辦法。雖然是它掌握着更多的土地、財源、人口，雖然是它有大國經濟與軍力的支持和援助，但因爲他們的政治與軍事天才是專門向着貪污和暴政的方向發揮，所以也不能怪他們無能。希臘政府之緊接着英國照會就向美國求救，我們中國人深深理解。

---

* 原載《觀察》1947 年 4 月 5 日。

這些文件在美國立刻引起大騷動。首先是總統與國務卿招待國會首領，秘密會談。其次是全國輿論總動員，天天高叫國家民族的危機，美國生死存亡的關頭已經到了。再其次是兩院外交政策委員會開會，聽取國務院的報告。最後總統向國會提出了有些議員稱之爲"擴大的門羅主義"的諮文。現在議案擺動於國會中，許多議員不敢打主意。看來錢雖然免不了要送出去，三月底這個期限不免要使哭哭啼啼的希臘政府失望了。

這一連串事情出來得如此晴天霹靂。身在這繁華世界，車水馬龍，腦子却儼然就像在砲火連天的戰場上，時時刻刻有地球就要崩陷的感覺。試想，小小的希臘政府不能剿滅它自己幾千變亂的平民，這就變成了美國的生死存亡關頭，則全世界所有不安現狀、不肯坐以待斃的平民都成了美國生存的威脅，而必得以軍事上與經濟上的立體行動來加以鎮壓，則美國的形勢何其危急？

二、問題種種

美國形勢危急，並不是我的幻想，它也是美國人的感覺。因爲以這不大不小的事件作中心，放射了許多難以解決的問題。現在列舉如下：

第一，從美國現行世界政策來看：美國現行世界政策是到處維持現狀（Maintennance of Status quo）。但第二次世界大戰已經把這個現狀打破，現狀變成了舊狀，照實質講，維持現狀就是恢復舊狀，排除新狀。舊的政治、社會、經濟力量予以支持，新的加以排除。照亨利・魯斯在一九四〇年的説法，十九世紀是英國世紀，二十世紀是美國世紀，美國是英國的繼承者，因此，美國的世界政策是英國世界政策的發展者。

但是，經營世界不是一件小買賣。而戰後的世界各處新起的力量又太多，各處的舊力量都在風雨飄搖之中。要同時全盤顧到，雖以美國的國富也有所不足。就全盤看，宜分輕重大小、中心與外圍來下手。否則到處向無底洞丟錢，難以爲繼。今天希臘要二萬萬五千萬，明天朝鮮要一萬萬，後天中國要五萬萬，再後天菲律賓，再後天或者荷蘭、比利時。而在美國政略家的眼光中，這些都不是重要地方。德國是歐洲的中心，把德國扶穩了，則歐洲可以無事。日本是遠東的中心，把日本扶穩了，遠東可以無事。土耳其是中東的中心，把土耳其弄強了，中東可以無事。現在的作法，除在土耳其（在那裏因爲除了給一萬萬五千萬元之外，還要派軍事人員，所以土國並不十分高興）外，究竟是不是與整個政策的利益相反，把美國的腳陷在邊沿的泥湯中間，反而把中心點忽略鬆懈了呢？這種意見，首先以李普曼代表表現出來。

第二，從國際關係上看：美國雖自認爲是英國的繼承者，英國却不肯躺下去，她祇承認自己現在是美國的副手（Junior partner），不承認自己已經壽終正寢。現在英國要美國管希臘，美國却順手摸魚，把土耳其也服侍了。由此推算，美國是否要到處去接收英國未遺的遺產，而把自己到現在爲止最可靠的盟友失掉？假如不去接收，則英國自己又管不了，結果弄得到處的不懲之民起來搗亂，大大妨礙美國勢力的穩定，美國又怎麼辦？再說，英國是老奸巨猾。她自己把局面弄得不可收拾，就往美國身上一推。其用意莫非想美國擔子越挑越多，弄得焦頭爛額，她可以從中取利？這些難題，特別是最後一個，在孤立派報紙上及一部分議員嘴上都可以得到。

蘇聯這個角度當然討論得最多。因爲這次做法的出發點就是以蘇聯爲假想敵。在這裏一連串的問題是政府現在把門羅主義的邊界伸到蘇聯的國境上去，爲了限制共產主義發展。假如共產主義照樣發展時怎麼辦？是不是把軍隊開進蘇聯去限制？政府是不是要打仗？（有些共和黨議員說總統咨文是對蘇非正式宣戰。）打仗誰肯打？假如不是要打仗，而是爲了保障國際和平與美國傳統的自由主義，則用兵用錢支持一個極端潰爛專制的政權是恰恰相反的做法。現成有美國發起、美國支持、美國能操縱的聯合國，爲什麼不把希臘問題提到聯合國，用錢用兵都經過聯合國去辦？這些問題是從孤立派到進步派都問的。

第三，從美國人民的立場來看：戰爭一結束，美國人就吵着要減稅。

共和黨獲選的綱領之一就是減稅。本年總統預算案還在國會裏懸着。現在無頭無腦，一下要四萬萬元。接着朝鮮、匈牙利的就要來。減稅的希望搖搖欲滅。在美國人民心裏，他爲誰辛苦爲誰忙？根據一個"人造的神秘（Synthetic Mystery）"（某共和黨衆議員語，指此次所謂的美國危機）要議員開支票。若把這筆進場票價交出去了，以後來的那幾十萬萬怎麼對付？孤立派把這問題重複了又重複，甚至《華爾街日報》也這樣表示。其次，假如由此引起戰爭，誰能夠動員人民參戰？美國人是和德國人一樣的麼？再其次，假如戰爭到來，這一次比上次不同。由於現在對戰爭意見之分裂，意志之不齊，則戰時管制必更加嚴峻，各種自由之被剝奪是想像得到的。美國人民能受得住麼？

三、國會紛紛紜紜

　　這一堆問題有的關係美國的世界政略，有的關係她今後在國際間的地位，有的關係戰爭與和平，有的則直接連到美國的民間經濟與美國傳統。它們的分量不小，它們也說明了美國內部四分五裂的意見。

　　從國會來說，共和黨員這一次的分裂，在我所見到的經驗中是空前的，到現在還不能斷定是擁護總統派還是反對派占多數。大致可以說，中西部來的舊孤立派以塔夫特爲首，或多或少都至少表示懷疑甚至反對。以范登堡爲首的所謂國際主義派以及一些在內政問題上比較開明的共和黨員都擁護總統提案。

　　這是有原因的。參議員塔夫特出身俄亥俄州（Ohio），世傳是大地產商人和大公用事業家，他的祖父以地產起家，他的叔父是地皮與公用事業大王之一。有着四十萬萬元資本的支加哥財團是他的經濟後臺。一般的說，這類事業沒有積極的直接的世界擴張的性質。他的朋友如參議員惠勒（Wherry）來自Nebraska州，現任上院小商業委員會主席，衆議員嚴金斯（Jenkins）來自俄亥俄州，衆院預算委員會主席克努臣（Knutzen）（來自）明尼梭達州，行政費用委員會主席賀夫曼（來自）米希金州，首都委員會主席德克森（Dirkson）（來自）伊立諾州，都是中西部的健將。克努臣先生幾乎控制全明尼梭達州各村鎭的報紙，他本人是農業家出身的。惠勒先生也是地產家之一。他們一方面代表自己所屬事業的觀點和利益，同時反映中西部閉塞的人民的看法。此外，他們所管的委員會大都與財權有關，不比那些管軍事及政策的議員們没有直接責任。他們看准的攻擊對象是愛花錢的政府與愛鬧事的工人。至於在國際上亂花錢，不管其用意是否爲了擴充美國勢力、打倒共產主義，他們都認爲是替別人肩木梢，麻煩自己。

范登堡先生也是出身中西部，可是他的關係有一點不同。范登堡是政客出身，本人的經濟事業相當微末。他和有着六十五萬萬元資產的煤油王洛克菲羅家，關係很深。他的朋友參議員米利金（Eugene D. Milikin 來自 Colorado 州），參院財政委員會主席，就是煤油商。此外在范先生背後的還有有着三百萬萬元資產、華爾街統帥的摩爾根。摩爾根家經營鋼鐵（美國鋼鐵公司）、銅、煤鐵、煤油、一切電機製造以及無數的鐵路銀行等等。化學工業大王杜邦（Du Pont）和軍火商梅倫（Mellon）（前者有資產二十五萬萬元，後者有三十萬萬元），也都在他的背後。他在議院裏的朋友們除米利金外，不是外交政策委員會的主席就是軍事委員會的主席。

究竟是范先生及其一群的世界政策看法吸引了鋼鐵、煤油、軍火與化學等工業的主人，還是這些人的觀點和利益喚起了范先生們對於美國的利益的打算，我說不清。總之，這班人的看法已經超過了本人所屬地域的界限，甚至於也超過他們所屬國家的界限，把自己看成世界的經營者與警衛者。他們站在總統政策的前面。就范先生和米利金先生個人來講，他們是去年十一月剛選上的，任期還有六年之久不至動搖，也許這是他們不須顧慮到本州人民的小原因之一。

至於幾個在內政上進步的共和黨員之擁護總統咨文，大致上因爲"國際主義"這名辭在美國新鮮，與公認爲反動的"孤立主義"有對照的意義，從而它也得到了一個邏輯的、進步的意義，而爲人所接收。我想在這個意義上來接收總統提案的新政派人物或不在少數。

民主黨方面參議員裴伯（Claude Pepper，佛羅里達州）向來反對這類近乎挑戰性質的政策，出頭說話。到過中國的參議員愛倫德（Allen J. Ellender，路西安納州）以反動出名的，也表示反對。此外反對總統的還有三四個參議員及一部分南方衆議員們。這些南方健將之反對與中西部共和黨員有大致相同的原因。

不能說現在國會裏的分野會形成對於這一個議案兩條清晰的陣綫，因而就推斷總統提案會被通過與否。就是范先生也不見得堅持照總統原案通過。同樣，就是參議員惠勒也可能把他現在斷然的反對改變一下。在這裏，民間與進步主義者方面的作爲也會成爲一個因素。

四、民間的聲音

從希土事件的性質來說，它不是美國政策的新變化，它衹是一貫政策的公開化、合法化。美國不經過聯合國，在經濟、軍事、警政各方面支持到處的統治力量，正如考吞薄（H. V. Kaltonborn），國家廣播公司極端反動、主戰的廣播評論家所指出的，是很久以來的事實。但是在美國人民心目中，這可是一件從來沒有的事。它之公開化與合法化，就等於要求全體美國人民對它意識地擁護，意識地負責任。它要求美國人民確定的撇開聯合國走上經濟的、輔以軍事的帝國主義道路。

這是可怕的責任。希特勒的一連串軍事行動，都是從德國退出國聯後做的。進步分子與自由主義者很能瞭解。因此，參議員裴伯第一個就喊這件事不能作，要作得經過聯合國。接着《紐約下午報》（全國極少數持反對論報紙之一）提出意見，說這件事要全國人民決定，國會無權主張。前紐約市長拉瓜底亞在《下午報》發表全版長文。他問：

"……當此聯合國正在嬰提時期，我們是不是就要蔑視《聯合國憲章》，對之不聞不問，而自己拿起責任來，建立一個警管其他國家的政策？……"

他又問：

"就算動機是最好的，但是，假如這一次的干涉或對於希土政府的特別援助惹出了糾紛，我們有什麼保障能得到其他國家最低限度道義上的支持？"

在政治上早已主張反共的羅斯福夫人在《紐約世界電訊報》上說，干涉希臘政策的決定是根據一種假設，這種假設尚待情報證實。希臘政府既說自己有百分之八十五人民的支持，爲什麼還要靠外國軍事的援助？她也認爲問題應該交給聯合國。

紐約在自由主義者中間最受歡迎的廣播評論家華爾西（J. Roymond Walsh，前哈佛大學教授）在廣播評論總統政策時，提到希特勒作比例。事實上提到希特勒的不止他一個人，連孤立派議員也作過。

隱然成了左翼自由主義者中心的華萊士當然更不含糊。在《總統咨文》出來了之後的第二天，從國家廣播公司廣播說：

"杜魯門總統已經請進來了一個恐怖的世紀。"

"我們之間誰敢說在這場爭鬥中，美國的金錢能夠比共產主義的壽命更長久……杜魯門政策將把共產主義傳播到歐亞兩洲。你不能夠用虛無來和實有作戰。（You cannot fight something with nothing.）"

"一旦美國的主張是反對變革，我們就完了。美國會變成全世界最受憎恨的國家。"

華萊士反對對土耳其借款，因爲土國在戰時等於納粹的幫兇，而現在她的政府與民主正相反。他主張援助希臘人民，但祇是經濟的援助，且不能經過目前希臘的腐爛政府。當然，他要一切的援助經過聯合國。

假如在這個大事件上，祇有這麼幾個單獨的聲音在輿論擁護總統的狂潮中沉浮，那麼許多人的事情都好辦些。照現在的發展，事實似乎不止於此。拉瓜底亞的文章還要寫下去。華萊士已經決定爲這件事出去一個月，到全國去演講。工會方面至今尚未出頭。主要的原因是反蘇的高潮掀得這樣厲害，而同時反勞工法案正在國會懸懸欲下，工人不敢說話，以免給人親蘇的口實，招致禍害。但是假如一般要求尊重聯合國的聲浪高起來時，工會非絕無發言的可能。但工會不發宣言，並不表示民間的沉默。國會正在傾聽他們的聲音。在《總統咨文》之後三四天內，總統接到了兩百餘通反對的電報。衆院收了七百餘通電報和信，反對幫助希臘的反動政權，但應幫助希臘人民。參議院所收的郵件反對與擁護者的比例是3：1到10：1。

進步自由份子與民間的聲音雖然強大，但即使是在比中國自由的美國，也不足以停止已經進行的政策。不過它所能發生的冲淡與限制作用在目前依然存在。對於希臘政府來說，拿別人的錢總是難事。

五、美蘇與英美

從國際關係上講，許多人當然認爲美蘇關係要緊張。不錯，哥倫比亞公司的廣播評論員從莫斯科會議廣播說，《總統咨文》拆莫斯科會議的臺，弄得大家精神不好，誰也無心談問題。他說達勒斯（John Forster Dulles，共和黨外交政策專家，范登堡的軍師，美國某基督教團體的主席）是非常高興，但馬歇爾國務卿却非常着急，看來他或者有空手回來的危險，美國人免不了要怪民主黨外交失敗。說不定民主黨這下子又上了共和黨的當。

但是，懂得蘇聯作風的人，可以猜她不會在這些事上紅臉。因爲從國際政治上看，美國這次舉動與蘇聯並無近害。不如說，它對於美國的害處比對蘇聯多。第一，美國這扇財門一開，無法關住。其結果，美國將要向全世界送錢，向全世界派兵，到處栽脚，到處拔不出，到處是亂子，到處不能解決。第二，美國的軍力、財力到國外去，必引起駐在國民族主義的反抗情緒，如華萊士所說，到處受人憎恨。某日有一位討厭蘇聯到極點的教授對我說："我猜蘇聯聽見我們要向外派兵，必定高興得要死，這樣她好亂唱我們是帝國主義了。"第三，美國這項撇開聯合國單獨對外干涉，如拉瓜底亞所說，必影響她在國際上道義的領袖地位。第四，這次舉動在英法所引起的疑忌，特別是英國，將不是舒服事情。在蘇聯來說，她有幾個非靠美國不能存在的敵性政府在她週圍，不是一件太值得憂慮的事。她本身除了國內，沒有負累。她不妨穩坐着自己建設自己。蘇聯不紅臉，美蘇關係就難以緊張。

美蘇之間，政治上雖是鬧得烏煙瘴氣，經濟上還是有來往。即在大壟斷企業中也還是有不少人應和蘇聯作買賣。去年一年美蘇關係可以說緊張之至。蘇聯借不到美國一文錢，但美蘇貿易額是一萬萬二千萬元左右的來回。美國有一樣最需要的，而祇有蘇聯能大量供給的東西——鎂。蘇聯所要的是機器。今年兩國貿易額應該比去年更有增加。華爾街某大經濟雜誌的國外編輯對我說："假如今年能給蘇聯借款，我們的國外貿易能夠大漲。"

不敢說美蘇本年的關係究竟會怎樣。中歐問題是一個難關，日本問題也可能是一個。但是，希望希土問題能造成一串緊張或戰爭的人，恐將大大的失望。

其次是英美關係。除了保守黨及英國政府直接負責人對美國的舉動表示贊成外，英國一般的感覺是很顯然的擔心。工黨報紙《每日先鋒報》首先就批評美國這次的來意不可測，對於所謂祇有美國的威力纔能保障世界福利這前提加以譏諷。《曼哲斯特導報》認爲《杜魯門咨文》將分裂世界。倫敦《泰晤士報》反對美國撇開聯合國。《新政治家》擔心美國要接收英國的殖民帝國，主張英國宣佈停止造長程轟炸機與原子彈，在美蘇之間取得"政治的、經濟的獨立地位"。

從莫斯科來的消息刊在反蘇反共最烈的霍德華系報紙。紐約《世界電訊報》上，說英國代表團在那裏發愁。他們認爲英國照會分明未提土耳其，不知爲什麼美國要邁進土耳其去，且要軍事控制。英土世交，土國暫時還不是賠錢買賣，其地位，縮握東南歐、地中海與中東的鎖鑰。英國可以把賠錢不討好的前哨希臘給美國，但土耳其是重要的基地和後方，她實無意把她送給別人。這個記者說，彌漫在英法代表團中的氣氛是恐懼。這種恐懼以法國代表團爲尤大。

可以說英美之間的關係十分的複雜而微妙。轉型期的英國要從龐大的帝國主義國家變為較小的社會主義的共同體。一方面她的帝國主義成份與希望依然存在，她不肯放棄她在全世界的產業。另一方面，她的經濟控制力已經受了致命傷，國內新的社會力量已經擡頭，決定地要她走社會主義的道路。靠她本身的能力，她同時不能作到這兩件事。全世界祇有美國能够幫她的忙。第一，在全世界支持她的帝國；第二，借錢給她。在這裏，英美之間的矛盾本質上是雙重的。在第一點上，美國支持她的帝國就說明美國的勢力進入大英帝國的戰略與戰略原料的勢力圈，這是一重矛盾。在第二點上，美國幫助英國國內經濟，就是美國勢力進入英國經濟，大大影響英國人民所選擇的生活道路，因為美國當然不能幫誰去辦社會主義。這是第二重矛盾。去年英國希望祇要美國做一件事，即借錢而不要美國實力支持她的帝國。她希望自己拿這筆錢把兩件事都辦了。但結果是兩敗俱傷。為了保持帝國，國外駐軍一百五十萬人，國內軍火工業所用工人數目，也近乎此。結果國內勞力缺乏，尤其是煤工缺乏。出口業方面工人也缺少。上個月風雪一刮，危機不可收拾。而國外照樣還是要兵要錢。

　　到現在，似乎英國要一反她去年的做法。她要美國替她保衛勢力範圍，但是不要美國經濟援助。這個改變至今不能斷定是否是最後的和決定的，因為英國不會在第一套矛盾下乖乖的屈服。但改變總是一個改變。它是去年一年，英國總工會、工黨大會、工黨一部議員以反自由進步興論所逼出來的。如果我們回顧英國去年的爭執，就知道最初總工會乃至工黨大會批評貝文外交政策時，大部還是從道義的、空泛的前提出發。到了最近幾個月，外交政策和國內經濟聯在一起。他們認為由於貝文的外交政策和保存帝國政策致使辛苦從美國求來的錢被浪費在國外，人力財力費在無聊的軍事上，使社會主義的經濟基礎不能建立，不能穩定。同時他們要求政府不再向美國借錢，因為三十七萬萬大借款的條件太苛。舉一個例，其中之一的大意是英國不能用貨物去抵消她在金鎊集團中所欠的鎊債。用意很簡單：英國不能用借美國錢所造的貨物去抵消她所欠的十幾萬萬鎊債，因為這樣就抵塞了英貨的銷路。結果英國祇能用她難得的美元去還債。本年正月間英國糊裏糊塗和阿根廷定商約,其中有一條違反了上述規定,美國就和英板臉,英國道歉答應以後不那麼辦纔完事。眼前三十七萬萬債款已經用掉許多,早則明年,遲則後年要用光。英國人民異口同聲不再借美國錢,免得經濟上做美國的奴才。政府接受了這種普遍的要求。美國送煤也不要,要借錢寧可去找國際基金。

假定英國是在探取與去年相反的做法,經濟上對美離心,世界政治上、帝國問題上對美向心,則土耳其問題上她算是又挨了一捶。在莫斯科會議上,也許在將來的一些會議上,她還是要和美國擠在一起,但英蘇五十年盟約的醞釀,英法經濟同盟的簽定,以及美國難於避免的經濟恐慌,究竟容許英國在美國背後掛多少時候,很成問題。《新政治家》要求英國政治的、經濟的獨立以保障世界和平,絕不單是一二英國人在想的事。

六、五萬萬借款

中國內戰已經正式成立。按照杜魯門總統宣佈資助希土的原則,邏輯上中國政府應該能順利地得到支持。但是從國會到民間對於希土借款一串的爭執着,說不定反會影響中國那筆久懸的借款。大家明白在美國人尖利的嘴上,批評希臘政府時,他們不會忘記把中國政府也講出來。假定美國政府得花極大的氣力纔能把錢弄到希土兩國去,到那件事辦完了以後還有多少大勁來替中國辦事,頗可懷疑。何況在李普曼先生的大戰略中,中國的影子都望不見。不過,政治界常常出應有的奇跡。以為政府將拿不到這筆借款的人們,無寧少說預言。

站在中國人的立場上講,無論要打內戰與否,最後是不要把借款老掛在嘴上。因為這邊的財主們已經是夠看不起中國人的了。

三月十七日　司達吞島

雲冥冥兮欲雨*
——美國對華政策現階段

一、五萬萬何在？

在目前來說美國對華政策，實質變成了非常簡單的一回事，就是如何支持南京國民政府的政策。換句話說，就是借款問題。表面上這是非常可笑的。因爲兩個國家之間的正常關係包涵許多複雜的內容，不能這麼單純。但是客觀條件的變化，致使彼此的需要集中。關於中國，如果說美國政府認爲美國目前最大的需要與利益就在於中國政策能維持，大概與事實不會相去太遠。前四天，國務部就公然表示了對中國形勢着急。這些時以來，中國戰場上的報告，在華盛頓的壓力，似乎比任何美方或華方愛好中國政府者的壓力還要大。情形好像是政府軍愈打敗仗就愈有利。事實上是否如此，當然不得而知。但是，美國目前的對華政策是借款政策，實質上還是一樣。倒過來說，中國的對美政策也許可以算做是要款政策。

五萬萬這說法在目前頗有象徵作用。實際上數目字的變化頗多。有的說法是把五萬萬暫時按下去，另外由進出口銀行或私人商家用幾千萬、幾千萬元小筆數目向中國放賬，指定用途。有的說要把五萬萬之中先提出三萬萬元來給中國。還有的說到了一筆大政治借款，數目從十億說到了十五億，這是中國方面暗示的，最近又有四十萬萬之說。這些大款子現在談的人不十分踴躍。主要是因爲在國會剛剛纔吵到了手一筆希土借

---

* 原載《大公報》（上海）1947年6月22日。

款，跟着上去的是朝鮮借款。那數目雖然也是四五萬萬元，國務部却不敢一口氣說出來，祇說先要三千萬元，其餘的要等到全球二百十萬萬元政治借款的三年計劃提出來時再說。在這種情形之下，中國的十五億要求很難上臺，何況在那二百十億元的大計劃中，中國的要求之下，有不少的"假如""或者"參雜其間？

最近的說法似乎集中在五萬萬元的延期。延期大致是可能的，問題在於延到什麼時候，究竟給不給？如果是無限延期，恐等於無限的不給。如果是有限的延期，又怕限制了自己手脚。不管無限有限，九月或者會形成一個階段。

五萬萬元究竟在那裏，誰也不能說。眼前中國政府還有兩筆應得的款子在這邊未動。第一是進出口銀行一筆舊賬，數目約六千萬元。第二是聯總應該花在中國的錢，還有將近一億六千萬未拿過去。這兩筆錢總不至於拿不到手。

從中國政府目前所提的數字來說，五萬萬元與之相差甚遠。假如以希臘爲例，那距離更是可怕。按照美國的三年計劃，希臘所得總數是最少七萬萬元。這樣他們認爲可以保險把希臘問題徹底解決，即希臘共產黨問題完全解決，希臘政治、經濟恢復穩定，最要緊的，希臘又親美。希臘比中國土地小到不知多少，人口祇有七百萬。換句話說，美國預備每年在希臘每個人身上花一百元把它買過來。希臘和中國情形一樣，在軍事上還要少麻煩一點。以希臘作比例，美國若也要每年在每個中國人身上花一百元把事情徹底解決，至少得在三年之内給中國四百五十億美元，每年應該給中國一百五十億。可是在那個大計劃中，中國所得總數也還祇聽到了三億到五億這個數目。

美國政府對希臘政府如此厚，而對中國政府如此薄，這是什麼道理呢？

二、中國在戰略圈外

或者是怕它自己破產吧。這當然也是要緊的原因。不過這是他們的事，我們不管。我們的問題是，中國政府對於美國既如上文的那麼要緊，為什麼它不花錢？

原因很多，但是在目前最顯然的恐怕還是中國打不進美國世界政略與戰略的算盤。

為什麼打不進去呢？講到這裏，我想起了一段很有意思的談話。這是一個中國人和一個美國人在交換意見，或者不如說聊天。就算它是一段舞臺的臺詞吧。中國人用"中"字代表，另外那個用"美"字：

美：噯，您看中國情形怎樣？

中：（眉毛一揚，滿不在乎的神氣）沒有什麼，很好哇。

美：（有點局促）不過，不過，我說的是經濟方面、經濟情形。（大膽地）經濟會不會崩潰？還有，軍事上能拖多久？（大家知道美國人是爽直的）

中：（也爽直地單刀直入）那就要看你們囉。

美：（一楞）怎麼看我們？

中：（理直氣壯地）我們的軍事進展非常順利，打下了延安，這證明祗有我們能夠消滅共產黨。可是，當然我們要錢，你們得給我們錢。

美：（低聲地）為什麼我們得給你們錢？

中：（更壯）從世界戰略上講，你們不幫我們，你們就受不了。(You can not afford not to help us.)

美：（向旁邊另一美人翻了一下白眼，倒回沙發背上去，重復着那中國人的話，聲音中可聽出空洞）我們不幫你們，我們就受不了。

這段談話裏的意思，讀者愛怎麼猜就怎麼猜。

從中國人看，中國是一個世界；從美國人看，中國祗是世界的一角，雖然一角是重要的而且不是一小塊。純粹就是中國政府的利益來看，我不很瞭解中國政府爲什麼那樣歡迎而且擁護杜魯門主義。

杜魯門主義是全球計劃，目的是要全世界又聽美國的話，又愛美國。這裏有兩個要點必需做到：第一，政略與戰略的中心須受優先考慮；第二，得想法要點人心。因此，美國在歐洲以法德爲中心，在遠東以日本、朝鮮爲中心。站在美國目前的宏大志願的立場上，要把錢先向法德與日本朝鮮送，都是無可厚非的。因爲那些地方確實是有價值的要點，並且在那些地方，也有收買民心的希望，尤其是日本。最近聽説參政會有一位先生發美國的脾氣，説法國親共，還要幫他；我們反共，偏不幫我們。我很佩服這位先生的邏輯的熱情，不過熱情敵不過事實。

在《觀察》雜誌一篇文章中，我曾經提到了杜魯門主義的問題種種之一是在大戰略中權衡輕重。現在讓我們把這套大戰略或財略的内容看一看。

這個財略的總數是二百十億元。三年之内，即從現在起到一九四九年，德國應得十七億。法國或能得十億，看情形（包括剛剛已經過去的兩億）。義大利十億四百萬元。日本八億五千萬，朝鮮四億五千萬（若美蘇談判失敗，則是北緯三十八度以南的朝鮮）。其餘則分配於中南美，以及全球各處有好朋友的地方。在這裏，英國還是大主顧，即使英國不要，也得設法栽給它。剩下來的數目之中，中國可得三億至五億，看情形了。

這計劃至今還沒向國會提出來。提出來時是否原來的樣子，也有問題。不過中國人打了八年仗，抗拒日本，拖住了它的泥腿，纔使同盟國在太平洋戰争中減少了許多麻煩而勝利。結果日本要從美國拿八億五千萬元（過去拿的除外）去復興，而中國政府的三億至五億尚在未知之數。礎潤知雨，我們不必多説。

在這個問題上，没有道德邏輯可講。

每一個統帥部徵兵要挑身强力壯的小伙子，他們不能把自己的隊伍用老弱殘兵來填塞。美國眼中不是没有看到中國在天賦物質上是重要的政略與戰略地帶，不是没有看到中國的處女地的市場。然而物質的意義來自於活動力與組織力。假如一個政府是這種活動力與組織力的心臟機關，則美國覺得中國的心臟已經生了病，中國是一個水腫的大個子。

我們是不是水腫，我們當然明白。不過，在美國看，歷史在中國已經是停止而潰爛了。所有的地大物博等等都在潰爛，看看真是可惜，難過。

三、人心不可測

從世界範圍看，在遠東，日本是被選擇出來代替了中國。就中國本身看是如何呢？開始我們已經說過，關於中國，美國政府極需要中國政府能維持，那麼爲什麼在過去幾個月中，美國對中國那樣拘謹，至今還是在聚訟紛紜？

第一，有一個小小的理由，不管是由於美國對於中國內部戰爭的歷史內容不瞭解，抑或是由於美方所搜的各種報告不夠，美國一向認爲國軍可以收拾共軍，起碼不至於打難堪的敗仗。最低限度，兩敗俱傷。那時候，或者美國可以又去做公正人。

第二，美國對於中國政府內部的種種傾向，實無確定把握。

第三，這不算是不麻煩的理由。杜魯門世界三年計劃雖然是國外因素占主要地位，國內因素也不小。大家知道美國恐慌要到，事實上在某些工業方面已經開始萎縮，如出版業、新聞業、玩具業、衣着業、工程業都在裁人。本年頭三個月的失業人數已增加了五十萬，一說七十萬。三年計劃的內容是收貨，其次是放款。計劃實施的方法是經由美國、世界銀行、世界基金以及私人銀行拿出去。照原來的計劃，第一年內（本年）若付出七十億，則希望今年出口貨是一百三十二億元。第二年，出口貨百四十億。第三年略與第一年平等。這辦法對於美國頗有一箭雙雕之意。一方面，政府巨大的財政支出，雖然對於國民負擔加重，而通貨膨脹使物價不致低落（食品方面現象已如此，否則食品市場，早已崩潰），工廠避免關門，失業不致太多。另方面，貨物出去了，免得留在家裏搗亂。

这办法是否能延缓及冲淡将来的恐慌，我们没工夫讲。不过这办法在中国碰到大壁垒。（一）中国购买力几等于零。（二）大批货物到中国去，又要使中国工业与农业遭受不能再受的致命伤，而惹起中国人的怨恨和反抗。

第四，最重要的一点。中国近百年来反帝国主义的传统，已经被美国相当认识。英国与日本过去在中国所遭受的厌恶、愤恨与反抗，他们记得。大战结束之后，美国以中国多年好友之资格，一变而为英国第二，对于美国是严重事态的发展。他们知道当中国人反对英国时，中国政府非不在英国身边。结果英国在华的地位现在那里？

眼光专在权力政治方面的人们，往往不看历史的内容。十九世纪的历史与二十世纪的历史不同处，不仅仅在作权力斗争的工具起了变化，最主要的，还在于"人民"这个集体已经擡了头，在事实上成了确定的力量。

十九世纪的世界经营者有军舰，有大炮，就可以开疆拓土，使自己商船遍海洋，旗帜满天下，让全世界听令。二十世纪的世界谋略家都没有那么方便。试看近十年来各国外交部注重宣传政策、宣传任务的倾向，就会明白。他们不妨把不赞成自己者都叫做共产党，但是拦不住全世界饥寒困苦的人民都叫他们是混蛋。

美国不是一个愚蠢的国家。因此，在去年冬季中国学生反对美军和美对华政策的浪潮过去之后，徘徊于东亚大陆上的美国的灵魂流露了说不尽的烦恼，踟蹰与寂寞。

现在，中国政府又在发出 SOS 的信号。美国如果又跳进那潮头里去救中国政府，是否又出大麻烦？

四、游击战

上节分析，完全根据美政府对政府局面或多或少还有点信心。如果说在任何情况之下，美国政府都把中国政府置之不理，也许是白日做梦。

在第一節中，讀者可以猜到上述一點。傳說了很久來要錢的陳光甫先生似乎還未到，和馬歇爾有交情的皮宗弼先生就要來就任大使館參贊。以馬將軍的情緒而論，皮先生的工作應該不難。但問題是馬將軍，甚至與馬將軍完全同意的杜總統，都不管錢。范登堡先生那邊，眼前又正有點小彆扭，一時難出場。

馬將軍現在好像是要在對華借款問題上採取游擊戰的方式：一方面慫恿私人銀行家去對中國放款，好躲過國會；另方面在進出口銀行的小筆數目上打算盤，對中國有些救急之用。而最保險但或許是最慢的辦法，就是再找日本賠款。把日本東西拆到中國去，讓政府能賣錢。或者乾脆不要那些麥將軍祇許拆的破舊東西，而叫日本把台灣銀行或其他銀行的基金給中國。這樣既不致惹中國人注意，又不引起中國人反對。可惜，這事又在麥將軍手裏。

出奇兵，暗渡陳倉，游擊戰，都不是順手的辦法。比如說，要私人銀行放款，銀行說中國的礦山、原料、鄉村都被共產黨拿去了。中國有什麼能給我們辦？內戰不停，放的錢怎樣能生利？幾時能還？幫中國政府是應該的，頂好你們去管，別打我們的主意。在這裏，馬將軍得下大工夫。要日本有用的東西或錢，麥將軍說，怎麼行？這妨害日本復興？而且世界政略上不許可。小筆款子不知能有什麼用處。

但是，美國政府要出錢的心，已經是像濃雲欲雨一樣了。

五月二十六日　司達吞島

從杜魯門主義到馬歇爾方案[*]

一、悄寂的夭亡與曖昧的降生

杜魯門主義夭亡了。它的短命，有幾個迷信武力主義者所不能看見的原因：

第一，美國人民反對。當杜魯門主義正在大宣傳時期，一個美國人新從中西部與西岸旅行演講回來，他對我說："真想不到人民對杜魯門主義這樣不滿。家家戶戶都問，這是幹什麼？為什麼這種事不找聯合國？"國會所收的民間函件，使國會覺得行政機關顯然是胡鬧，連范登堡先生都認為自己上了當。華萊士的全國演講喚醒了幾十萬美國人民尤其是青年學生方面，對政府政策的不滿意。在西岸且引起了民主黨內部的分裂。

第二，歐洲反對。除英國政府直接的擁護之外，歐洲對於杜魯門主義祇有懷疑和恐怖。照李普曼的話是近日連英國都不贊成的。在法國，法總理拉馬第頁在重新考慮法國經濟政策時，提醒國人要防止外國借款影響國內政治的趨勢。在義大利，連反蘇主將之一的羅馬教皇刊物都批評杜魯門主義。據一個記者說，這是因為義國人民反對該主義太利害了的原故。

第三，從而引起了在朝在野各種謀略家也批評該主義。比如反蘇最烈的論客——阿沙卜兄弟 Joseph and Stephen Alsops，以及隱然在美國世界政策後方的李普曼。這兩個人當杜魯門主義初起時，都是相當讚美它的。為了杜魯門主義，國會和行政機關幾乎翻了臉。

---

[*] 原載《觀察》1947 年 7 月 26 日。

在這一串發展日趨表面化時，馬歇爾先生輕輕巧巧的宣佈，再也不向國會要錢了。如要，得在全盤計劃弄好了之後。

回想三個多月以前，杜魯門主義轟轟烈烈的降生，不到三個月，它就悄悄輕輕的死去。若沒有馬先生的宣佈，人們不會摸到它消逝的痕跡。事件的生命繫於人心的歸宿，這是何等驚心的警告！

和杜魯門主義落地時的氣氛相反，馬歇爾方案似乎是糊裏糊塗就在世外桃源的哈佛出現了。那一天，《紐約時報》和《論壇報》都沒給它第一條消息的地位。事後，據明白內容的人們說，馬先生所講的那一套，一大半是即興的。他的講稿也沒和總統商量過。至於那方案的內容究竟如何，連馬先生自己也不清楚。稿辭一發表，英國大起勁，接着法國跟上來。馬先生纔把稿子拿去細細和總統斟酌一番，得了同意。從歐洲回來的美國銀行家說，歐洲把馬先生的話想得太大、太確實了。一般論客尤爲紛紜。

震動歐洲的馬歇爾方案是否這麼個來歷不明的孩子，我們不能肯定。兩個月以前，華盛頓就知道馬先生已經在國務院內設立了一個政策委員會，以蘇聯通肯朗先生（Georges Kennon）負責。這位先生歷在東歐、中歐幾個國家的美使館任過職務。他所作的關於蘇聯的報告，據說與馬歇爾關於中國的報告同價。兩年以前他回國之後就奉派全國演講，並爲國務院作全國情勢報告。現在他奉派組織一個對外政策委員會，共十二個人。什麼事也不做，專門研究世界和國內情況以定外交戰略。這機關和一切私人專家接觸，聽取他們的報告。被接觸者新聞記者也佔一大部份。眼前這機關的任務便是製定一個歐洲政策。有這樣一個政策機關在後面的馬歇爾方案，會真是來歷不明和曖昧？倒不甚可以想像。這一層或者可以說明，爲什麼它現在所得的支持，至少是在西歐和美國，大大與杜魯門主義的虎頭蛇尾者兩樣。

許多人都要問究竟它和它的前生有什麼不同。

單單從文件的本身來看，我們可以想到馬氏方案受支持的原因：

第一，它把杜魯門主義中軍事冒險的可能性消滅了。它說的是經濟復興。這一點減少了歐洲人的恐懼,提高了他們的希望。

第二,它着眼在於歐洲的全盤計劃,且由中心下手。不像杜魯門主義那種在蘇聯邊境上捉鷄,一隻一隻捉的勞苦辦法。這一點,是美國人聽得進去的。

第三,它要歐洲人自己領頭,自己計劃。不像杜魯門主義那樣要替歐洲人"剿匪"。這使歐洲放心。

第四,它沒爲正面拋棄聯合國。美國人的良心可以過得去。

有這幾點,因此華萊士先生說馬歇爾方案是從杜魯門主義戰略上的退却。這個退却產生了歐洲各國七月十二號的馬歇爾方案會議。

二、國內釜底抽薪

馬歇爾方案是否杜魯門主義全部戰略的退却,退却的戰略目標是不是會有變化,非一時所能答覆。首先,杜魯門主義從其所包括的範圍來說,具有強烈的對外性;從其實施的手段來說,它有非常片面的個別性。而馬歇爾方案假如能夠通過來實施,它照顧國內和國外,它是整體的世界政策。

就美國國內講,一般地大家知道資本主義週期性的恐慌,不能避免。假如全世界都向社會主義走,則資本主義所能膨脹的範圍愈來愈緊縮,自由利潤的來源愈來愈枯涸,恐慌爆發時會真的不可收拾。美國資本主義理論家素來以他們的恐慌自豪,認爲那是自由社會的表現。但是骨子裏他們不能夠管好這種恐慌,所以必須用種種方法把它延緩或縮小。

具體地說,美國的戰後蕭條已經開始,紡織、工程、衣着、出版、玩具、建築都在大量裁人。戰後新起的小工廠和企業關門的在十萬家以上。一般市民拒絕購買的傾向很利害。當然,這一切都不足以說明大恐慌即將到來。設立政府對外貸款,國外購買,資本家限制生產(以鋼鐵爲例,年初鋼鐵生產不及生產力所能生產者一半,最近連一半也不到了),以及去年大罷工所造成的、未能滿足的民間需要,都足以說明這次的恐慌不會大。但是問題不在今明兩年之間，而在這次小恐慌之後。照美國人自己看，目前的現象大有似乎一九二六年大繁榮的時期。徵象是利潤太高（本年總利潤一百二十億元，一說一百六十億），有資本凝滯的趨勢。通貨繼續膨脹，物價上漲不停，現在一元美金約戰前四五毛。民間購買力愈來愈弱。存貨累積，生產力較戰前多了三倍。這些徵象都是一九二九大恐慌爆發以前的徵兆，現在又重現了。而現在又是比一九二六年不同的一個時代。

以局外人的想法，美國現在有無限荒地尚未發展，無限人力尚未充分利用，無限河工電利尚未開闢。她的富有不應該是她的煩惱。羅斯福的公共工程事業與田納西流域改造，都是證明。但是美國的事業家們不那麼想，他們的眼睛向外看。早在前年冬天，《哈蒲斯》雜誌上就有人主張美國必須每年輸出百億元資本纔可保國內平安。去年一年輸出者一百二十億元。本年輸出數字，根據哈佛大學某經濟學教授是要到兩百億。去年美國的輸入是五十億元，比輸出少了七十億。本年輸入總數將比輸出少一百二十億元。以這樣可怕的輸出量僅僅保持了今年小規模的蕭條。假如沒有這種輸出，則不但利潤無着，恐怕蕭條也不可得。在這次戰前，美國全部生產有百分之九十六銷在國內，輸出不及十分之一。大戰結束以後就變成了這樣個局面：根據油王洛克菲羅的刊物《世界報告》，美國現在每年須輸出總生產及資本六分之一以上，纔能保持繁榮。

這些數字都來自華爾街或與華爾街有關係的刊物上。我們不知道他們究竟是故意誇大其辭，為他們的世界政策辯護，抑或是實際的情形。但公開的數字不能假造，我們無寧相信美國必須擴張，因以不止冲沒眼前的危機，且望推開將來的大恐慌。十九世紀的美國的資本主義靠了中西部、北部與西海岸的開發，到了二十世紀中葉它不能不眼瞅着全世界。

然而，全世界都是嗷嗷待哺的嘴巴，却沒有錢，尤其是美元缺乏。這使得美國不能和他們有正常的貿易關係，此其一。向美國借了錢的國家，如英國，眼巴巴的要買美國糧食、燃料等等，捨不得用在其他國家，這使得他們各國和美國造成了單邊關係，美元不能穿走在他們之間，把他們串在一起。這就削減了美元與美貨的吸引力，此其二。以目前輸出輸入量的對比來看，美貨到那裏，那裏就要加深貧窮與騷亂，結果又替共產黨與社會主義加增氣焰，根本危害美國的聖牛——資本主義。此其三。

以歐洲經濟復興的方法來替國內問題釜底抽薪，這是馬歇爾方案週到完滿，多於杜魯門主義的地方。

三、歐洲嗷嗷待哺

戰後世界所加於美國的重大矛盾之一，是美國獨特的、非凡的富有與全世界破產的貧窮。極富而與極貧者之間的交換關係有着相異的出發點。富者出錢，所望者利潤。貧者出力，所望者生存工具。利潤的需求使貧者出力的報酬，相對的減少。這裏就發生了兩個可能性。第一，貧者逐漸失其為交換者的作用。第二，貧者之間進行以勞力作基礎的交換。兩種可能都引致富者的錢失其效能，從而富者失其意義，且面對許多潛在的危險。

在這種情形之下，美國的世界謀略家在過去兩三個月中發現了不少難題。

記住前面所提美國輸出與輸入貿易額的巨大差別，就知道難題之一是什麼。簡單地以歐洲而論，在未來兩年之間，有歐洲國家積聚與借貸來的美元都要光了。僅僅糧食與燃料，就足以吞盡他們所有的美元。從斯干的那維亞到義大利是一片緊縮進口的呼聲。甚至於加拿大在本年對美貿易中，也要賠五億美元的本。因此她也要緊縮對美貿易。

其次，是在這種情形之下，歐洲發現了一個新傾向，即不靠外來資助，而謀自力更生。這傾向的實際現象，就是歐洲各國間以貨易貨的商約，藉以逃避所謂美元問題。

在上一篇通信中，分析英國政策，我們曾覺得英國經濟上在採取對美離心的方向。過去幾個月中，英國似乎是領導了歐洲這個新傾向。英俄商約談判，大家都知道大體已經就緒。英國以機器、橡皮交換俄國的木材和棉花。這商約目前是否受影響而停頓是另一個問題，但英國要從商業貿易上來謀取對美的主動地位，却很明白。順這條綫，英波商約成立。英保、英南、英匈商業代表團也都在接觸。

比較顯著的歐洲自力更生傾向，是在中歐、東南歐之間。這些國家照一個美國人的話，彼此之間有相同的社會與經濟機構，相似的政治態度，所以經濟合作比較容易。從捷克斯洛伐克到保加利亞，包括奧大利在內，有了一個交互商約的大綱，主要的是以貨易貨，同時共同開發彼此之間共有的河道交通。在這裏，我們不能很詳細的說到那些商約與合作的內容。但它們已經是確定的事實，且已有良好的結果。至少是那些國家已經走上了復興的道路。

此外，還有一個難題。在每日千百萬字批評和反對蘇聯與中東歐的文章中，這裏不能夠對於那些資本主義統治所不及的地方閉着眼睛。據《論壇報》七月七日一篇文章，蘇聯的工業生產或者已經恢復了一九四〇戰前水準，不久將達到規定的一九五〇年的目標。一九四七年該國所生產的重要機器和原料，如煤，或已超過了戰前。這裏甚至於說蘇聯本年可能有剩餘糧食供給歐洲。關於中東歐，這裏報告它們在過去兩年中工業化的成績是特出的。甚至於關於蘇佔領區的東部德國，在經濟改革與民生改善方面都有贊許的報告。

這一些難題對於美國有雙重威脅。第一，美國貿易受威脅，這會直接影響美國恐慌問題。第二，資本主義的名聲，在已經對之不滿的歐洲會更受害。

要對付這些困難，美國祇有一方面在歐洲號召打破貿易壁壘的自由貿易（這是日內瓦會議中的礁石），一面大量向歐洲連續貸款使他們能夠經由美元而經濟復興。另外一方面拼命在國內推動取消關稅限制，容歐洲貨進口。

這就是馬歇爾方案的經濟外合。

四、一條紅綫

馬歇爾方案發表之後，《世界報告》就很快活的說，這方案是資本主義在歐洲復興。她的姊妹刊物《美國新聞》隨之提出了美國要歐洲做四件事，以便美國放款：

（一）歐洲各國到一起，計劃如何用自己的原料；

（二）分派原料以應重要的需求；

（三）生產自己所需的糧食和日用品；

（四）成立統一關稅制。最低限度減低貿易障礙，使貨物流通。

這是建立歐洲經濟共同體的要求。假如這些能夠成功，沒有人懷疑邱吉爾先生所主張的歐洲合衆國可能實現。

這個理想的經濟共同體的中心是什麼呢？《紐約時報》的華盛頓通信說，官方並不諱言西部德國尤其是魯爾區域將是重要的。

在這裏，我們看到了一條紅綫，那就是邱吉爾先生、達勒士（John Foster Dulles）先生、共和黨的外交政策製造者所主張的一套。這一套不先不後都在三月間莫斯科會議前後發表出來。那條紅綫是成立歐洲合衆國（邱吉爾），建立西歐經濟集團，以魯爾為中心，復興西方基督教文明（達勒士）。這一條紅綫在馬歇爾方案裏現出來的是成立歐洲經濟共同體，以魯爾為中心，復興資本主義。

大家知道馬歇爾先生在其六月五號哈佛的演詞中，曾經暗示了某種國家、某種政府和黨派不能得到美國的幫助。但是，幾天之後，記者提起蘇聯來問他，他依然表示歡迎。由此可知，馬歇爾方案在開始的時候，沒有東歐國家在念中。假如這計劃能夠成功，則東歐國家在場也無所恐懼。因為錢要美國拿出來。

蘇聯是從巴黎會議蹦出去了。在他最後的報告裏，莫洛托夫表現了他們對於政治服從經濟的頑强認識。他不肯參加一個資本主義的歐洲經濟共同體。這或是大家早就能想到的。

英法怎樣呢？似乎人們邏輯的想法，她們也應該對於馬歇爾方案加以拒絕。

美國人的看法認爲，這一次美蘇在歐洲分裂了，歐洲也分裂。所有歐洲國家都被迫在美蘇兩方挑選主人。問題若如此簡單，則竟不妨把英法從地圖上劃掉就完了。

轉型期的英法，同處在時代最深的苦悶中。兩個都有社會主義的新夢，兩個都有帝國主義時代的舊累，兩個都是在本國以及國外左右兩大壓力的擠榨中間。所不同者是英國所受左方的壓力較輕於法國，而英國的希望也和法國有些不同。

擠在左右勢力之間的英國政府，一心一意希望恢復她的世界貿易。貿易恢復，則英國的威信高，政府的力量強。她希望經過貿易來一面保持昔日的帝國地位，一面實施社會主義。這兩者是否相容，我們不管。總之，她眼前已經吃了兩者難相容的大虧。馬歇爾方案對於她開了門。在這方案裏的三點，對於她本身沒有過不去的地方。

第一，在歐洲復興資本主義，英國管不着。她本國的壟斷資產階級照樣存在，照樣有力量。其次，在莫斯科會議失敗之後，英美在討論他們的德佔領區經濟政治合併時，英國早已放棄了魯爾鋼鐵煤礦國有的計劃，與美合作。

第二，以魯爾爲中心，復興西歐，英國應該是能贊同的。魯爾能變成全歐的心臟，英國至少也在全歐有一份力量。魯爾原是英國佔領區，那裏大部分資本控在英國手下。祇要戰前的德國不恢復，魯爾的力量就是英國的力量。

第三，歐洲若成爲經濟共同體，則英國貿易可以大大發展。過去她之所仰給於美國者，如糧食，可以在歐洲取得，同時她的機器可以向歐洲輸出。在這裏，英積極參加的意義等於她向中歐、東歐國家訂商約一樣，是謀取本國經濟對美之獨立，從而她或者希望有一天，她的貨能與美國貨競爭，英鎊能在美元前一度擡起頭來。她起碼有一點把握。她的貿易在政治手裏能夠通盤打籌，操縱自如。她能夠叫人民吃苦。這些美國都辦不到。與其説英國這次是在選擇主人，不如説她是在以退爲進。

法國情形不同一點。歷史上，德法在歐洲互爭雄長。沒有德國的歐洲，法國要成爲歐洲的領袖。她不能放棄這樣的機會。其次假如歐洲原料物資能夠互通有無，則法國今日所缺少的煤、糧可有來源，從而減輕了左翼與工人階級方面所來的壓力。

在經濟共同體的問題上，法國的利益不在於統一關稅與減輕貿易壁壘上面。法國不是完全靠貿易支持的國家，她沒有英國那樣多的輸出。反之，她的一般工業比較落後，她要保護自己。因此在比杜的方案以及他答覆莫洛托夫的文告中，他一字不提到關稅等等，而十分着重於成立中央常務委員會來統籌原料，決定用途以及協和（Coordinate）各國經濟等等。

西德與魯爾問題，對於法國應該是一個最大的難關。大家知道法國要求魯爾共管。她曾經要求過萊茵省歸法國。煤與鋼鐵之所在，人爭趨之。得到了這些，她的歐洲領袖地位纔有保障。其次賠償問題當也是一個焦點。對於法國，馬歇爾方案以西德——魯爾——爲歐洲經濟統一中心的辦法，是不容易通過的。即使比杜願意，左翼的壓力將使他的地位危險。我們不知道這些外交家的妥協方案如何。假如英國十分要重回歐洲，她可能在魯爾問題上作小讓步。

關於歐洲資本主義，照想法國應該和英國一例。法國的聯合政府與英國的工黨政府之不相遠者，正在於他們都認爲社會主義是遥遠的將來，慢慢磨着，總有那一天。在眼前，拉馬弟頁的新經濟政策已經向右翼反對政府控制者讓步了。

五、大　難　關

馬歇爾方案會成功嗎？

這問題不是七月十二日歐洲的會議所能答覆。那個會必開。即使中東歐可能參加的國家鬧到中途退出，它完成的可能還是多。會期祇兩天，且僅限於推選委員會的人物。樣子是非辦成不可。

麻煩會出在那些小的委員會中間。其次，假如方案被製出來了，回去時在每一個國會裏可能要吵架，引起一些內部糾紛。但這些都還不是要害的難關。

　　大家想得到最主要的難關是美國國會。這國會除了不愛出錢之外，更不愛用錢在中歐、東歐國家裏面。法國曾經拿到了二億五千萬，義大利也拿到了一萬萬以上，但都是沒經過國會的。否則像法國那種講國有企業的國家，就很難有錢到手。假如國會根本不通過馬歇爾方案，這就完了。假如它通過而加上幾十條苛刻條件，這方案實際成功——穩定歐洲右翼力量壓伏左翼，使美貨暢銷——的希望也極渺茫。此外，現在的國會又是共和黨。假如他通過這方案，令其成功，他們就是替民主黨政府造記錄。明年選舉時，他們將找不到新鮮的、重大的理由把民主黨政府罵下臺。何況美國大資產階級基本上對於這問題不甚對頭。東方海岸的大亨們為他說話甚力，而以支加哥為中心的中西部財團已經開始了罵街。這問題少不了引起這些人內部一場混亂。

　　行政機關和東方財團現正開始大規模的宣傳。集中的國雖足復興歐洲，把蘇聯和共產主義擠出歐洲去。（此地一般論調不承認蘇聯是歐洲國家。）正如上次對英貸款，一切的理由都說不動國會給錢，祇有抵制蘇聯這句話，纔開了他們的口袋。這一次是否有這麼靈驗很難說。

　　假如要說句廣泛的話，那麼即便馬歇爾方案能闖出一切的難關，年年貸大款給歐洲，讓它真的來推銷美貨，建立自己的資本主義經濟，美國的政治家與經濟家們也不會安寧。他們得想許多辦法，對付下面的可能情形：長期對外貸款所加之於人民的負擔和不滿，將不是壟斷家們龐大利潤所能抵消。這兩者相成適足造成恐慌。英國國際貿易競爭力加強，會增加美國無數的頭痛。歐洲（如法國和義大利）人民對於資本主義社會生活之厭棄，已經不是三年五載的新事了。他們也不再是可以隨意對付的人民。

一九四七年抗戰紀念日　司達吞島

魏德邁錦囊*

這幾天又出了幾件事。想來整天盤算着自己的命運的中國人一定是要知道的。

第一件，七月七日中國抗戰十週年紀念。除國府主席出了一個文告之外，另外又有了一個相反方面的文告登在美國報紙上。

第二件，魏德邁將軍的所謂經濟調查團去了中國。

第三件，這裏在談所謂中國馬歇爾計劃。

這一張小清單大家都知道了，都很關心。同樣華盛頓也很關心。他們問——

一、他們能打陣地戰麼？

我不知道現政府治下的人們有沒有看到那張反政府的文告，也不知道國內對之如何看法。在華盛頓，那文件引起了不少的驚奇和震動。美國人說這不是一個孤立的、叛亂的團體所會有的做法。研究它的，不僅僅一班中國通而已，還有國務部、軍部以及對十一國遠東委員會。

他們對於該文件一般的對於中國人民、中國政團可能的影響十分關心。甚至於在打聽那些方面可能參加那個聯合政府，那政府什麼時候會成立，以及它的首都會在什麼地方。不過，這都不是要緊的。最要緊的當然是中國共黨怎麼會現在就提出了陣地戰？他們有什麼把握？他們一向是一打一跑的遊擊戰，他們向來祇講破對方的陣地戰。現在，在他們提出組織新政府的關頭，忽然說要打陣地戰，他們必有相當把握。從陣

---

* 原載《大公報》（上海）1947年8月2日。

地戰的需要說，首先有三個極端重要的條件：第一，幾乎無限的軍力；第二，幾乎無限的強大火力；第三，廣大而不斷的給養來源。因爲陣地戰的消耗不但不是遊擊戰所能比，同時即使與遊擊戰配合的運動戰也不能比擬。此外，華盛頓認爲中共的將領與兵士都不是習於陣地戰略的能手。他們既提出陣地戰，那麼他們的軍力、火力、給養以及戰略瞭解的情況究竟如何？

反之，國軍方面這幾點上的情況又如何？

這不是一個旁觀者的關心。因此──

二、魏德邁去看情況

魏德邁將軍，照《新共和雜誌》一句話，是"喜歡蔣介石將軍而恨共產黨"。他曾經幫國民政府訓練軍隊，做了許多事情。留在中國的軍事顧問團和軍事訓練團，有許多原是他的部下。現在那個軍事顧問團有人常在內戰前綫觀戰。他們對於兩方面戰略、將領指揮、戰術運用，都相當看得清楚。（例如《紐約時報》北平記者以及《紐約先鋒論壇報》記者從前綫來的電報，根據這些美國軍人的意見，時時批評政府戰略，供獻意見。《紐約時報》的北平記者且時時根據這些意見批評杜聿明將軍不如孫立人將軍。今天《時報》很高興的在第二版顯著的登出了孫將軍就重要職務的新聞。雖然孫將軍是美國佛吉尼亞軍校畢業生，所以成爲美國讚美的來源，但美方的觀察之精，於此可見。）因此魏將軍此去，在調查情況方面不會困難。

其次，根據《紐約時報》南京電訊，說南京美軍方面的人預測，中國政府打算重行大規模訓練軍隊。要根據美方在第二次大戰中的經驗，再弄一批現代化美式裝備的新軍。該記者說有兩個原因會這樣做：第一，因爲第一批美式裝備的政府軍隊沒有好結果，得亟圖補救；第二，魏德邁之去是一個證明。（前不久有一個見到馬歇爾的人說馬氏向他提到馮玉祥，說馮氏練兵很行，意思想馮回去幫政府練兵。）關於這件訓練工作將由孫立人將軍負責，由美顧問團幫忙。那記者特別聲明說，美方不會直接參加訓練兵士（意謂祇訓練軍官），以示不干涉中國內戰。

此外，在這邊，中國內戰之會於政府不利是一宗不可想像的事。過去美國種種幫助，特別是在軍事方面所留的東西、所練的人，應該起碼使政府處於不敗地位。因此，美國人想，這一定是政府方面的戰略不對。上面提到《紐約時報》與《先鋒論壇報》記者們的批評常常着重這方面。美國人認爲政治雖然和戰爭有關係，但是到了戰場上，却是軍事的法則決定一切。這邊甚至於流行一種意見，好像政府方面的軍官全是戰略上的色盲。好容易今天《紐約時報》關於孫立人將軍纔說了一堆好話，認爲他"深懂美國戰爭理論和技術"，但孫將軍究竟可靠不可靠，他的戰爭理論和技術是否能影響他的上司們，美國却不放心。這應該是魏德邁將軍要去看看的又一原因。

華盛頓一個極端主張援助政府的人在《明星晚報》上說：魏將軍此去"大有可能武裝幫助南京政府，不是用美國兵，而是以美國大砲、飛機和軍火的形式"。這話無頭無腦，他也沒說明怎樣把這些東西得到，送去。但是在另一方面，美國在日本又有剩餘軍火，現在好像又到了該出脫的時候。此外，日本賠款的問題。事實上，我們所能得到的日本賠款已經不在少數，主要是日本的舊兵工廠。這些據說不是好的，但於內戰却很合用。已經決定了由日本負責拆卸包裝，運到碼頭。然後由我們自己把它用船運回去，重行裝備起來。問題是中國政府沒船，船不夠運，運去了又沒錢裝起來。而且最近日本又向麥克阿瑟求情說，若要日本全部負責包裝送到碼頭，日本就要破產。

魏德邁是不是能解決這些問題呢？不但這些，還有整個中國的經濟。講來講去，總是——

三、錢錢，"馬歇爾計劃"

錢現在也變得和魏德邁將軍有關係。魏氏帶了一批貨幣金融專家一起去中國。主要的問題是要去替中國改革幣制，發行新幣扣在美金上面。這邊談到了，想要爲這件事借黃金給中國政府。

其次，當然就是大借款問題。這邊已傳說孔祥熙要以外交部顧問的資格來這裏擔當這件要事。

馬歇爾計劃正在歐洲轟轟烈烈。這邊中國方面已經暗示了要一個關於中國的馬歇爾方案。無奈馬歇爾方案的本身空無一物，無所根據來要錢。它完全要看歐洲自身草擬的計劃而定。前不久中國方面在華盛頓鬧了一通要一百億美元的揚子江計劃，結果美國人一下就推掉了。所以現在得自己再起草一份計劃來合乎馬歇爾方案的要求。魏德邁或者孔祥熙是不是會在這方面也下一番力，要看將來。

在這水深火熱的經濟難關之前，政府總算得到了美國一筆援助。那就是要到日本去運兵工廠的船，美國答應了借款給政府買三百條美船去運。此外，將來的裝□費，好像也得美國掏腰包。所以美國人愁眉苦臉的説，你們中國人的事自己也管一管嘛。

知道內情的人講，除了美國借錢買美國船運日本兵工廠這件事幾個月之內可以起始辦以外，其他辦法如改革幣制、借黃金、對華馬歇爾方案，以及美國代裝兵工廠，這些事，都不是論月可以成功的。急如燃眉的歐洲馬歇爾方案，不到明年春天難見分曉。假如沒有什麼奇兵之計，中國這些事説不定要拖到明年秋天。

七月十八日寄自紐約

美國與德國

以魯爾為中心，復興西歐的方案，看來是確定的了。圍繞着這個方案，無數困難問題正在展開。方案本身是否能實現，實現之後，又是否能夠按它所有的目標行得通，都是方案當局所不能肯定答覆的問題。在這樣情形之下，為什麼當局要如此主張，而且主張得這樣堅定（至少在目前是如此）？莫非大政治都是試探與錯誤的過程麼？抑或這是一種確定的看法與做法成熟的結果，復興魯爾工業是一個結論而不是一個起點？

一

檢查一下過去，或者對這問題能有些說明。

歐洲戰爭結束之時，大家都知道有了一個三強《波茲丹協定》。同時美國政府有一個治德方案，叫做 T 字第一〇六七—八號，內容大致與《波茲丹協定》相同，主要是德國非軍事化、非工業化（農業化）、非納粹化和再教育。這方案是在《波茲丹協定》以前，說不定還是羅斯福總統在世時製的，當時財長摩根索（新政派）的重要意見——德國農業化包括在內。

有方案必有執行者，執行者必有一套執行的政策。當時的執行者名義上是第三軍軍長巴登將軍。巴登將軍對於政治、經濟與德國，絲毫不感興趣，而實際負責的是下面這幾位：

一、莫菲大使（Robert D. Murphy），是國務部有名的歐洲專家之一。本人是天主教徒。英美聯軍在卡沙卜蘭卡登陸之後，把法國的吉羅

---

* 原載《觀察》1947 年 8 月 30 日。

得將軍偷運到北非，欲圖使此公繼達蘭之後，與英國支持的戴高樂抗衡的就是他，想利用維希舊勢力對抗戴高樂及法國內地軍的也是他。義大利投降之後，他領大使銜作駐義美軍政治顧問。德國被擊敗後，他又領大使銜作聯軍統治理事會的美國政治代表。

二、綴拍準將（William H. Draper）是在美佔領區管經濟政策的。此人雖然是準將，但最大的經驗是在金融與經濟方面。在沒去德國之前，他有過悠久的銀行歷史和強大的東方財團背景。他曾在直屬摩根財團的銀行家信托公司（Bankers' Trust Co.）做過副會計長，後來又在紐約最大銀團之一、與洛克菲勒及摩根財團極有關係的底朗李德公司（Dillon Read Co.）做投資部主任兼副總理。這個公司，在第一次世界大戰結束之後，大量對德投資，助成了德國的鋼鐵復興。這次大戰前，它的總理是現在的國防部長福列斯特。綴拍先生在這公司的地位，不多不少，正次於福列斯特。他是東方財團中的中心人物之一。他是一個共和黨員，且屬於最保守的美國退伍軍人會（American Legion）。他是聯軍統治理事會經濟部的美國代表。

在這兩個首腦人物下面，還有許多工業家和銀行家。例如其中有兩個，一個原是美國共和鋼鐵公司（美國三大鋼鐵巨頭之一）的總理，名叫懷塞爾（Rufus J. Wysor）。另一個原是通用汽車公司所屬奧伯爾汽車公司的頭腦，叫做賀格蘭（Peter S. Hoagland）。賀格蘭先生管理德國生產方面。這些人大都是一輩子在投資事業、工業生產事業方面。按照他們的人生哲學與事業經驗，其對於德國問題的看法之傾向於以開闢資本和商品的市場，擴大自己經濟作為的權力和範圍，可以想像。

可以想到，無論是《波茲丹協定》或者代表新政時代的 T 字一〇六七—八號治德方案，都不能與上面幾位先生的興趣和做法相調和。吃那行飯就想那一行事。投資家、鋼鐵工業家和權術外交家眼中的德國，當然應該另有一個局面。

從歐洲勝利之後到一九四六年春間止，紐約報紙的德國通訊幾乎是清一色的批評在德佔領區非工業化與非納粹化工作。許多認為已經失敗。

有的將原因歸咎於執行人員幼稚，被德方愚弄；有的歸咎於指導方案不精確；有的說方案是對，祇怪沒有行動；有的怪美國政策動搖不定。報紙把巴登將軍吵走了。但是莫菲先生、綴拍準將和他的工業朋友還在那裏。

這幾位先生的困難不少。除新聞記者之外，還有財政部和商務部（當時華萊士是部長）派來的人，還有對外經濟管理處（當時主要在新政派手上）派來的人。此外，還有在聯軍統治理事會各部的他國代表，其中當然有蘇聯人。上面是《波茲丹協定》和治德方案蓋在頭上。非軍事化他們是贊成的。非納粹化和再教育，他們認為無關緊要，那是德國人自己的事。但是非工業化則非常頭痛。我們可以想像，一方面是綴拍先生焦憂新政派在德國經濟上得勢，在國內國外會於自己不利，另方面是莫菲先生煩惱蘇聯勢力侵入德國，而德國的舊基礎不足以抵抗。

好在他們兩個是政治與經濟政策方面負責的人物。他們排除萬難，穩打穩紮。在敵人的土地上恢復經濟與秩序，本不是容易事。混亂現象很容易持續。要緊是使新政派無所施其能，然後對指導方案發難。摩根索派去財政部專家一百四十人全被放在調查與顧問的地位上。對外經濟管理處的人祇有旁觀的餘地。關於農業方面的人叫他們坐在房子裏做估計。結果，後來這些人祇好先後跑回華盛頓告上狀。這些上狀都沒有用處。他們祇好寫文章。

而德國方面，因為究竟是工業化還是農業化這問題不能定局，戰敗國的生產停頓與糧食缺乏就更成了不可免的現象。

一九四五年十月，綴拍準將等就發表了一個報告。報告說《波茲丹協定》行不通，德國需要有出口貿易來養活她的人口。當時甚至傳出來說德國必需每年產鋼一千萬噸，纔能恢復她的和平經濟。（現在英美認為德國每年鋼產應提高到一千萬噸，以開始復興西歐。）這消息引起當時總統的遊德代表保雷（Edwin Pauley，美國西岸煤油家，到過中國的。）大罵。保雷於十月十日在國務部一個會議上說：

"現在有些人主張德國須年產一千萬噸鋼纔能維持和平經濟，真是無賴。德國祇消費三百五十萬噸鋼。

"是不是有些暗中人物在用壓力,想要恢復德國的壟斷制度,不管這種恢復對於世界和平是多少危險,不管原子彈,不顧百分之九十美國人民的意志呢?"

《紐約下午報》十月十二日社論指出這些"暗中人物"就是綴拍準將和他的朋友們。當然,這是我們所不能斷定的。而且,保雷先生現在也不會講這些話了。因為現在好像一切毛病都出在蘇聯方面。

那時候,保雷先生不曾把綴拍罵倒。不久,到一九四六年二月,綴拍準將提出了一個《綴拍方案》,包括三大要點:

一、德國非軍事化,解除武裝。

二、儘可能使德國有極多數量的工業設備,以資給外國作賠償費。(這個理由比較德國要和平經濟更說得過去。)

三、因為德國東部農業區被蘇聯佔領,西部德國農業不足自給,建議索性減少德國農業人口,比一九三九年德國農業人口最低時少一百萬。(當時農業專家計劃增加農業人口百分之三十。照《綴拍方案》到一九四九年,西德應祇有農業人口七百七十六萬,照美國農業專家計劃,應增至九百一十五萬。)

一個記者指出這方案中關於農業人口的數字,說方案在說明一般德國人口量時,選擇比四強公認為合理者較高的數字。而在說明德國耕地面積時,則選擇最低的數字,因以說明德國土地不能養活德國人民。

在這個方案未出來時,儘管指導方案要使德國非工業化,但是農業機器、工具與肥料就無計劃向德國進口。到方案發表之後,華盛頓宣佈對德國肥料禁運。反之,美國要天天運糧食到德國去。而德國在三月裏就爆發了饑餓騷亂。美國糧食能出口當然是好的,但美國人民卻要向政府納稅,纔能使政府有錢去買糧食。這樣,人為的事實就形成了天造的必然。德國是天生的工業國家,非有工業,非有出口,德國經濟永久不能恢復,永遠騷亂。既要工業就不能不發展她的重工業。

我們無意說摩根索先生的德國農業化一定是理想的解決德國方案,

照常情想，要把一個極端重工業化了的國家變成農業化，或者是非常困難的事情。困難之一，就在於美國的銀團與德國的工業有密切的關係。其實，這也不僅僅美德之間而已。

這是一方面。

二

另一方面，在德國工業應當復興的前提之下，德國納粹的情形如何？重工業本身無害於人，而且有利。使它變成空前的恐怖和災難者，是因爲它在法西斯納粹手上。

前面說過，在德統治的美方首腦人員如莫菲、綴拍等，認爲非納粹化並無緊要。這當然不大合乎情理。因爲美國是以篤信民主出名的，怎麼會對於絕對反民主的、爲害全人類的納粹思想和人物不加關心？不過，事實如此。底下引兩段《時報》的報告：

"從巴伐利亞到不利門……工商業還是在那批幫希特勒建築戰爭機構的老幫子手上。……在二十家重工業公司中，有三十四個董事，都是納粹黨員……"（《紐約時報》一九四五年九月二十一日）

"克雷將軍下令捉了八百個德國人。這是首次大規模肅清納粹思想的舉動。"（《紐約時報》一九四六年三月三十一日）

這個首次大規模舉動，是在德國被擊敗十個月之後。而在這以前兩個月，那就是納粹沒有開始被大規模肅清之前，美佔領區就進行了選舉。那個選舉，不但是德國反納粹份子不贊成，英國、蘇聯不贊成，就是美軍情報部都反對。結果最反動的基督教（天主教）社會組合得了絕對大多數。（關於這個黨以下再談。）

可以說這是非納粹化第一個階段。

接著，在這大規模舉動之後不久，克雷將軍就下令把非納粹化工作交給德國人自己去辦。交過去了之後，美軍政府管理非納粹化工作的特別部對於德方這一工作，祇能"觀察、報告、建議"，而不能直接命令德人去積極推行。根據今年春間從德國回來,原在駐德美軍政府管無綫電工作的何蘭(Field Horine)說,軍政府特別部的人幾次要求擴大他們的權限,當局不許。這裏再引幾句《時報》:

"在美佔領區,納粹依然抓着權力。他們威脅,並且迫害少數相信民主的人。"(《紐約時報》一九四六年四月廿二日)

這還是在克雷將軍命令下來以前的事。誰能想像這些有權力的納粹,在他們非納粹化工作拿過手之後,會迫害他們自己?

最後,在一九四六年聖誕節日,駐德美軍大赦了八十萬被捕的納粹黨人,無論這些人是否都是納粹。總之大概是小規模、大規模被捕的納粹大部分自由了。以後,美軍政府就說非納粹化工作進行迅速,成績非常好。

非納粹化的澈底工作是再教育,光抓人是不夠的。在教育方面的情形如何?上面提到的何蘭,在德兩年,因為對非納粹化工作不滿意,以辭職為抗議,於今年春間回來。在《下午報》和《支加哥太陽報》上發表了一連五天的報告。關於教育方面的,他說在歐洲勝利之後的一年間,軍政府沒有教育青年的方案,其後纔組織了一個機關,以教打棍球來改變德國青年。他說這一套中百分之九十希特勒時代也有的。此外也有些美國人領導的討論會。但是討論結果,有時候竟不是德國人被美國人影響了,反是美國人受了德國人的教育。他說美國人的再教育方案都交給德政府的教育宗教部去執行。而那個德政府機關是由最軍國主義、最反動的份子把持着。在高等教育中,他說"情形最壞"。大多數大學都是"貴族性盲目愛國主義和軍國主義的堡壘"。最大多數學生與更多的教授都擁護希特勒。有幾個實在說不過去的教授後來被弄掉了,但是"多遲慢呵!"最後他說:

"許多證據指明,負責德方官吏,得了軍政府的許可,盡其所能保存有納粹與軍國主義關係的教授們。同時用一些難以想像的方法阻礙那些少數反納粹的份子。"(《紐約下午報》一九四七年四月廿三日)

恰恰比這早一年,《時報》也有個報告:

"底摩爾博士（Dr. De Moll）是巴伐利亞政府官吏，他管理三個大學的用人政策。（這三個中一個是明興大學，被《時報》標題稱爲納粹中心的——剛。）他公然表示任何德人與"敵人"——美國人——同意的，不能參加教授。明興大學還是德國狹義愛國主義、軍國主義、種族主義的中心。二千三百學生中祇有極少數民主主義者。他們和納粹的地下組織有聯絡。"（《紐約時報》一九四六年四月廿三日）

在這種情形下面，可以想像納粹或納粹同情者雖然是在紙面的限制之下，實際上天地甚爲廣闊。他們沒有理由不進行做下面三件事情。

第一，恢復並發展他們的工業。

第二，恢復並發展他們的政治實力。

第三，進行地下組織，破壞聯軍統治。

這三件事情如果能做到，他們就有許多算盤好打。現在，我們看看他們這三方面的情形如何。

第一，工業方面。法本化學卡推爾（I. G. Farben）是德國、也是世界最大的壟斷化學工業。因爲美國興論與國會少數而有權力的幾個人的壓力，是被解散了。但是祇有幾個上層領袖被捕，不久將受審，它的一個有力量的律師，却變成了美軍區赫西省（Great Hesse）的內閣總理。在法本已經宣佈被解散之後，它的股票價格本來已經從一三五降到六八。但兩三月後，價格反而高昇到一四一·五。

德國次大的壟斷化學工業是薛林公司（A. G. Schring）。這也是納粹的。董事長勃雷克邁耶（Hans Breckemeyer）是納粹黨人。他曾被軍政府傳訊。他撒了一通謊，綴拍準將明知他撒謊，但是把他救出去，還要做他的董事長。他計劃以在奧國他的分廠做中心，做了一個發展方案。他要把他的一些大廠分成無數緊密聯繫的小廠。等聯軍走後，再把這些集中，成爲重工業中心。爲此，他計劃要與美國的杜邦化學大王發生極好關係。他建議將薛林的三分之一股票給杜邦，還給他的專利權、經驗和新發明。希望藉此得到美金，同時得到杜邦與法本合作時的種種便利，他要求能與杜邦"分割市場"。（杜邦與法本的關係，任何一本美國講壟斷經濟的書上都有。）

在鋼鐵方面，有一個胡根堡（Alfred Hugenberg）。他是希特勒第一個內閣中的閣員，同時是希特勒在工業界的宣傳家和籌款家。他現在是德國聯合鋼鐵公司（United Steel Works）的董事長。這公司是德國最大鋼鐵壟斷事業，在全世界僅次於美國的美國鋼鐵公司，所以胡根堡先生應算是魯爾區重要大王之一。

德國聯合鋼鐵公司的力量還不祇此。有一個丁克巴赫（Heinrich Dinbeldach），是出名的納粹，聯合鋼鐵公司的董事。德國敗了，此公並未被捕，而且在英軍佔領區屬於這公司的一家鋼鐵廠作總理。

這公司的另一名角是薄思根（Ernst Poensgen）。希特勒時代，他就在公司裏負宣傳管理之責，同時在煤業方面，他曾經被希特勒親自獎以納粹大亨的最高獎章。一九二九年，他組織了國際鋼鐵卡推爾。德國雖敗，他的好運不退。現在他是聯合鋼鐵公司的總理。

這就夠了，不必再舉了。

第二，政治方面。除上面那法本公司的律師做了赫西省總理以外，克雷將軍所稱為非納粹化工作做得滿意的玉吞堡省（Wuttemberg Baden），却有一位一九三三年在國會投希特勒和納粹主義票的人做總理。由於這位總理的保薦和堅持，他內閣中的經濟部長是一個納粹，司法部長是一個狂飆軍的重要領袖，省法庭庭長是一個專反猶太人的納粹。

但是最重要的場合還是巴伐利亞省。巴伐利亞本是德國最保守的省份之一，人民幾乎全部是天主教徒。封建時代的大地主制度在天主教力量之下極力保存下來。這省份不是重要工業區域。

早在第一次大戰之後，這省份裏有一個巴伐利亞人民黨，黨員完全是天主教徒。該黨主張政治的天主教主義、狹義的愛國主義與軍國主義。在一九二〇年反對與韋瑪憲法所奠定的德意志共和國合作。照一個美國人的說法，這是富於中世紀色彩的黨派。它是巴伐利亞最大、最有力的黨。當希特勒勢力上昇時，這個黨要與納粹合併，被拒絕了。其後一九三三年，該黨在國會中的黨員投票贊成希特勒做獨裁者。該黨解散後，重要黨員先後變了納粹或納粹同情者。

第二次歐戰結束，巴伐利亞人民黨搖身一變，就成了基督教社會組合，依然是巴省最大的黨。謝謝戰後選舉之早，新黨派一般地沒有力量，它贏得了最大多數的選票。

這個黨的上層人物全是人民黨過去的活動份子。現在這個黨在名義上和社會主義黨在巴伐利亞組織聯合政府，但是可憐的社會主義黨都是無主的孤兒。實際上政綱與行政機關人物幾乎全是基督教社會組合的。現在巴伐利亞的總理是納粹時代的法官，他手上不知染了多少猶太人與德國民主份子的血。他手下的教育宗教部長是希特勒的一個軍官兼秘密偵探。他手下的非納粹化部長原是人民黨的建立者。後來希特勒時代變成了納粹的美國遊說家和宣傳家，參加希特勒的諜報網。從非納粹化工作交給德人之後，直到現在，此公管着非納粹化的工作。關於巴伐利亞更詳細的情形，讀者可參考美國《民族雜誌》本年八月號一篇文章。

第三，陰謀方面。如果我們把一九四六年報上所登載的關於納粹陰謀都寫出來，勢可成一本書。這裏衹把一個文件的部份摘幾點以見一斑：

一九四七年一月，研究歐洲問題國際委員會發表了一個長一萬言的報告，由赫里歐·樊希達（英國的勳爵，最反納粹但也最恨共產黨）和丹麥外交部長莫勒爾簽名。

這文件指出：第一，前納粹領袖與外國漢奸暗中指導着一個納粹組織網，用沉默的恐怖手段使納粹主義在德國人民中間依然活躍。

第二，他們組織了納粹怠工團，有計劃的破壞農業生產。如勸農民及威脅他們不送糧食到城市裏去。在威斯特菲尼亞，農民送穀者減少百分之五十。在工業方面也進行怠工。

第三，德國納粹在國外藏了幾十億美元作暗中活動費用。其中南美佔十億。

第四，衝鋒隊、狂飆隊員公然穿着他們原來的制服在街上行兇。反猶已經不是秘密。

這文件斷定非納粹化已經變成了一個笑劇。

到今天，納粹勢力在西部德國已經是開始恢復強大，而且，祇要在不得罪駐軍的原則下，他們的基礎相當鞏固。在有些地方，他們甚至可以反對軍政府的法令，不受制裁。實際上，美軍是不是對於他們已經失掉了控制力，我們不知。何蘭先生在他上述的報告中，却沉痛的說：

"軍政府對於它區域內的活動，已經失掉了堅強的控制；德國人越來越在幹他們自己的把戲，其目的常常剛剛好與聯軍所宣佈的目標相反，這就是現實。"

以魯爾為中心，復興西歐。除了魯爾重工業的任務，由滿足德國和平經濟變為滿足賠償，再度而變為復興西歐之外，這個重工業要緊的邏輯是很明白的。經過了兩三年，纔能在今天把它正正經經的提出來，或者不但是因為國內國外環境已經成熟，且因為在前敵國內也有了欲罷不能的情勢吧。假如是，則我們祈禱它真的能造福於歐洲人民。否則風雲多變，納粹主義不是一個感恩知報的信條。

這篇文章不是論斷和批評。它祇是一個記錄。

一九四七年八月十四日　司達吞島

走索上的馬歇爾方案（上）：
論巴黎十六國會議*

美國記者所稱的"馬歇爾的孤兒會議"，或者"歐洲窮人公司會議"已經進行了十二個星期。在最近四五星期，幾乎所有會議全在美國直接指導下進行。本定九月廿二日可以向美國報賬，上週又因美國不滿還要再議。看來得拖到十月去了。這使得一個急於想看到結果以便寫文章的記者好不耐煩。而"馬歇爾的孤兒們"之大不高興，尤屬人情。孤兒們雖不樂，却還沒有發大脾氣，更說不上拿出了叛逆態度。但是敏感的美國駐歐記者却已□然不安。把這種不安集中而為社論表現者，是九月十五日的《紐約下午報》：

"……方案（馬歇爾）現在遭受兩點批評。第一，它會支配參加方案各國的國內經濟。第二，它的中心是恢復強大的西部德國。……在歐洲人眼裏，美國是拿麵包強迫他們接受而且建設歐洲大陸上他們最恨惡、最害怕的國家。"

站在美國現在一般宣傳觀點來看，歐洲這種態度簡直是不知好歹，而美國是好心討不到好報。根據十二週以來會議的經過事實看，我們却不能不得到一個結論，即歐美雙方祇有一點能相合。這相合的一點是歐洲急於要錢，美國急於出錢。其他方面都是一言難盡。現在分別談談。

---

*　原載《大公報》（上海）1947年9月27、28日。

一、究竟什麼事要緊？

仔細注意十六國會議的經過，就會發現美國在這個世界裏所遭遇的矛盾，實際上比那個被擴大到走樣了的所謂美蘇矛盾，範圍要廣得多，內容好像也比較更直接，更尖銳。美蘇矛盾雖然是講得非常利害，而且這裏的確是有人想打仗，但是美蘇今年的進出口貿易反比去年有增加的趨勢。去年一年兩國總貿易是一億美元，今年到現在為止，已經近一億元。但是與美國接近，被美國人認為自己勢力圈的西歐，却在到處停止美貨進口。

十六國會議中有一點很明白，即美國認為很要緊的事，歐洲對之是敷衍面子；歐洲看得很要緊的事，美國說，"你祇想靠別人是不行的"。

美國一心一意要歐洲變成一個經濟共同體。在這共同體中，以美元為標準，各國把貨幣穩定下來，使之能相互在進出口賬上對消對付美金款項。美元穿走各國之間，使美國所主張的多邊貿易成為可能。這是一。第二，與此相關的是取消關稅壁壘，實行自由貿易。第三，就是歐洲關稅統一。每一個熟習由中世紀封建割據過渡到近代資本主義國家這一段歷史的人，都知道這是歐洲幾個重要國家個別獲致經濟的與政治的統一的過程。現在美國要把這過程施之於歐洲。她的夢想是把它施之於全世界。在這裏，當然美國的關稅壁壘是另一回事，不可並提。有人或者要用道德邏輯與政治邏輯來責備美國，認為她想以美國來統一全世界，使這個世紀變成美國世紀。但是站在美國經濟領袖們的立場上看，不如此又如何使美元變成世界貨幣，使美貨通行，使美國日益上長的經濟力得到自由發揮的餘地？而且，美國說：這又何必怕？不是大家都有自由，都可以競爭麼？力氣愈大的人，愈有資格講競爭。所以當西歐十六國（事實上連小亞細亞的土耳其也算了西歐貧兒之一）在那裏不顧一切，先打要錢算盤的時候，美國從頭至尾就提醒她們：多邊貿易，關稅統一，是美國對歐大量援助的"重要條件"（美記者語）。在這裏，我們從八月十八日的《紐約時報》引幾段：

"它（關稅統一）的根據是美國推行多邊貿易的長期政策，此外，就是美國長期利益的冷靜劃算。"

"戰後從那些社會主義政府計劃所得經驗，使美國觀察家不相信那些新政府，較之於戰前舊政府，對於經濟國家主義減少了愛好，證據是相反的。"

"在美國看，要在一個廣大而分歧的區域（歐洲）把經濟統一，有一個久經試驗的方法，就是讓效能最高的生產家們擴展，強迫那些效能低的角色們訂合同或者改變他們的活動。"

"在美國看，走向經濟統一的歐洲，彼此之間沒有貿易壁壘的歐洲，對於美國投資，是比現在的歐洲要好得多。"

上引第二段中的經濟國家主義對美之不利，當然很明白。美國目的是要代之以上引第三段的內容。其中那個久經試驗了的方法就是壟斷制度成長的精華。從美國司法部反壟斷的許多文件可以證明。把它再說透一點。由國家單位講，是工業落後國家應該被工業進步國家"強迫訂合同"，接受附屬於後者的活動或者"改變"自己的工業方向；由企業範圍講，則長袖善舞的壟斷家應該"強迫"小工業家、獨立工業家如何如何。

上面說過要這樣得先使各國貨幣穩定，使之對美元有相互交換能力。否則各國貨幣各自在貨幣市場上價格不定，誰也不願相互信賴，則多邊貿易就不能行，從而關稅統一無從談起。但是以歐洲貨幣目前的情況，若要使之穩定，得做兩件事：（一）降低有些歐洲貨幣價格，特別是法、義的，英鎊也在其中；（二）美國得出一筆穩定幣價的錢。第一點若實行，難免歐洲物價更飛漲。第二點，美國不會先出這筆錢。

上述種種，美國認為歐洲自助的無上法門。聰明的讀者自會懷疑歐洲的看法是否同意。不管歐洲關稅統一、貿易自由種種技術上的困難，不管歐洲在這裏的政治算盤如何打法，歐洲事實上是管不到長期打算，尤其不能管美國的長期計劃。

歐洲認為要緊的事很簡單：要糧食。這是一般戰後國家與人民的要求。這問題對於我們現在所說的歐洲，即西歐以及土耳其和希臘的政府們，政治上尤為迫切。因為這些國家內的反對黨大都另外有一套弄糧食的方法在那裏，躍躍欲試，而他們的人民特別是法、義與希臘的，對政府的耐心甚有限度。

歐洲糧食問題是歷史的，同時也是戰後的問題。十九世紀殖民地政策的結果之一，是使宗主國一般地採取注重工業，忽視農業的態度和政策。英國是最顯明的例子。英國是世界最老的工業國家，得利於工業者也最多。到現在，世界工業貿易競爭者多，戰後情況變化，却不得不轉來在國內提倡農業，歷史的報復是這樣難堪的無情。其次，在戰前的歐洲——中東歐與西歐，尤其是德國，經濟上有類似乎殖民地與宗主國的關係。農產品和原料由東而西，製成品則由西而東。現在的中東歐在發狂的戰後自力更生運動中，不能不廣泛的、一般的以滿足自己人民的糧食需要為原則，沒有多少能出口。加以西歐本身生產不能恢復，也沒有多少製成品能與中東歐交換。戰後的西歐，尤其是大陸上，政治與經濟季候時常在美元的呼吸之下動盪不安。資本主義既不能恢復，社會主義尤不容前進。並行不悖，好像也是不可能。這使得資本家不敢放心幹，無產者也不願放手犧牲。農民在兩者之間無所適從，祇有囤糧牟利，先救自己。投機取巧者更是乘機鬧事。整個西歐從德國經法國到義大利，都是在糧食不足與物價飛漲的深淵中。德國糧食固主要靠美運，法、義兩國政府的壽命也掛在美國貸款所運來的美國糧食上面。

在上述情形之下，無怪十六國會議所開的馬歇爾方案帳單會出了糧食賬的奇跡，最初帳單二百九十餘億美元，中有百分之八十五是糧食及肥料與農業工具等等。而對於美國再三叮嚀的穩定金融、多邊貿易與關稅統一等等，却是糊裏糊塗，寄希望於將來。害得美國副國務部長克雷吞不得不吩咐他們把九月廿二日應結束的十六國會議延緩三星期，把會議報告重行起草，以"符合美國的條件"（美記者語）。新報告的要點除要把穩定金融、多邊貿易說得更具體、更確切之外，還要十六國都咬牙切齒負責任（Firmly Commit）去做。而對於歐洲的糧食賬，美國却逼着他們減之又減。克雷吞未嘗不知那裏的食糧問題是大事。但是每個做買賣的人都不願儘借錢給別人吃飯，而把發展自己買賣的事情倒放在第二位。

除此之外，為了使西歐諸國結得更緊，美國要她們成立兩個組織：一個五人委員會集體到華盛頓來要錢。另外一個委員會應時常集會，檢討十六國各自的經濟金融計劃是否辦到。假如未有，委員會得施以調查。並且美國出錢是要以歐洲為集體對象。這都是歐洲認為支配自己國內經濟的，特別是北歐三國。這兩大歐洲的不滿就愈傳愈多。

你急我不急。十六國會議所表現歐美雙方的情形如此。

二、誰應當是方案中心？

提出這個問題就使我們想起一件事實：馬歇爾方案雖然是在巴黎十六國會議裏泡製，但是一般所公認為方案的中心即復興西德魯爾區工業的問題，却似乎與這會不相干。這件事是與十六國會議平行地在華盛頓和倫敦安排。依常理想，這是不可能的。因為照官方意見，提高魯爾工業乃是復興西歐諸國經濟的手段，十六國經濟生活之恢復、發展與平衡纔是目的。手段和目的如何能彼此不發生關係？事實上，當華盛頓與倫敦決定了魯爾工業水平後，連巴黎會議應得的報告我們都沒發現。這不過是邏輯上的例行公事也加免却。

巴黎會議對於德國事實上是無能為力。到現在為止，出頭最凶的還衹法國。除法國外，英國為了佔領區費用的燃眉之急以及別的原因，是站在美國方面。這方面下文再談。剩下來的諸國，除荷蘭利於德國工業復興，可以增加荷蘭在交通轉運方面的利得，除瑞士與土耳其等這一類未曾對德交戰的國家之外，其他各國對德工業復興莫不懷有極大恐懼，有的怕德國生產品進口，傷害自己的工業（義大利是一例）。有的怕德國將來會繼續戰前的保護關稅。有的尤怕美國把德國建設為戰略重鎮以對蘇，將來把自己又捲入戰禍，變成最前綫。

一般最明白的恐怖還是怕德國重工業在復興的納粹手下復興。根據《紐約時報》八月十日巴黎專電，歐洲很廣泛的相信美國的動機是第一建設德國。十六國會議也很明白。他們不反對建設德國，但是不能以德爲歐洲中心，尤其不能占第一的優先地位。對於德國重工業之在華盛頓與倫敦安排，而不在十六國通盤商量中，更是不滿。他們要使德國配合西歐的"韻律"（美國記者語），"堅決反對犧牲其他歐洲國家以發展德國經濟……會議堅持必須把西德的生產與提高歐洲一般生活程度繫在一起。"（八月廿七日《紐約下午報》）。美國在主張提高德國人的生活程度，十六國却要德國人民緊縮生活。他們認爲把德國問題提到別處去安排是使德國對西歐獨立，脫節，馴至於再度危害西歐。

　　在美國看，德國問題之在華盛頓與倫敦，十六國會議之在巴黎，並不妨害其爲完整的一套馬歇爾方案。但在"孤兒們"看，事情不大像樣。他們怕美國錢會經過德國纔能流到他們那裏，怕馬歇爾的心祇在德國。因此他們想要馬歇爾方案的錢按着國別分別付與。

三、資本主義還是社會主義？

　　在目前這個時期，這問題在歐洲其實並不存在。歐洲國家都沒有決定的排斥資本主義，完全實施社會主義。以英國爲例。工黨政府的社會主義化方案充其量準備在其完成的時期，使百分之二十的工業公營，而其餘百分之八十將仍屬私人所有。即以中東歐那些號稱"蘇聯跟班"的國家，也没完全實施社會主義。在那裏無寧還是資本主義所佔經濟生活比較多。非完全資本主義不可或非完全社會主義不可，是一個沒有客觀實際的前提。

　　然而在美國有些方面，這問題之嚴重似乎已經到了令他們發瘋的程度。似乎社會主義必壞，資本主義必好。社會主義必須根絶，資本主義必須培植。在中東歐，公營與私營並行之成功，他們一律以一張鐵幕蓋上，稱之爲"蘇聯跟班"。在西歐，美國花了許多錢培植這個，扶持那個，情形反愈弄愈糟。結果，美國有資本主義狂者把西歐所有毛病都歸罪於社會主義。英國首當其衝，英國的社會主義方案挨罵最多。

十六國會議中，美國再三再四叫歐洲注重"自助"。這兩個字除了第一段中所包括的多邊貿易、關稅統一等等之外，還有些這樣的意義：

（一）吃苦——工資要低，工時要高，以減低成本。

（二）生產刺激力——使廠方有信心投資，使他能賺錢。

（三）效能——讓有能力、有效能的生產者能佔強制地位。

美國認為歐洲情形之壞，是由於她不走這條古典的資本主義道路，胡鬧社會主義。《華爾街日報》九月十一日社論說：

"明顯的事實具在。歐洲不是沒有實行恢復的本錢，而是因為它不肯用這筆本錢。其所以不肯用者，是因為它的那些政府心在別處（社會主義），不在建設。"

該報在另一處指出，這筆本錢是歐洲資本家藏有許多美元，可以拿出來生利。但因怕他們的政府們用社會主義辦法拿去胡鬧，不肯拿出來。事實當然是這樣。但假如全都按照美國主張去做呢？有錢者或肯出錢，有力者是否肯出力？

十六國在會議上不辯，但是暗流却是另外一回事。八月十日《紐約時報》一個記者從巴黎通信，綜合歐洲對這問題的看法，說歐洲"怕美國干涉被美援助的國家的內政，強迫它們接受於美有利的資本主義模型"。

美國自己的行為造成了歐洲這種廣泛的恐懼。美國停止了英國使魯爾工業國有計劃，停止了一般德佔領區工業國有的商談，恢復了舊納粹對魯爾工業的管制。根據英國《新政治家週刊》，英國放棄鋼鐵國營也由於美國的壓力。在法國，賴馬迪受美國壓力，從行政機關肅清了共產黨，同時對於工業生產的國家管制也放了手。在義大利，根據反蘇評論家阿沙卜報告，事情尤見顯然。去年冬天，亨利・魯斯先生把義國現在總理，當時義國天主教黨領袖底加斯卜里請到美國來旅行演講。講來講去，不知怎麼就收了美國一億元借款（進出口銀行），回去取消了聯合政府。阿沙卜説：“現在可以絕對權威地講，底加斯卜里之有勇氣改組政府，是因爲代表我們政府的官吏給了他積極支援的保證。”底加斯卜里上臺之後，就把國營工業等放在腦後，專候美國送錢去實行支持他。但是美國錢去了之後，結果是鼓勵了通貨膨脹，黑市猖狂，以致另外一個美記者，《紐約時報》權威的列斯吞跑去一看，大大嘆氣，指出那裏的富者愈富，貧者愈貧，人民依然是無衣無食，原來美國錢都下了私人的口袋去了。義大利的國庫雖然缺乏美金，私人的家庫裏，美金却多了起來。《華爾街日報》轉來又要歐洲政府們停止社會主義，以便這些家庫裏的錢能夠賺錢來建設歐洲。

　　暗流的恐懼，在十六國會議裏當然不會明白表現，正如對於第一節與第二節那兩個問題，十六國也不敢把美國立場公然拒絕一樣，十六國現在幾乎是千依百順，祇要把錢弄到手。我們早已説過，馬歇爾方案的關口不在巴黎會議。但是這方案之達成目的却大大有繫於十六國每個國家的政府及其人民與美國謀略家們的心眼相對，這不是一件容易事情。

九月十五日　司達吞島

走索上的馬歇爾方案（中）：
美英法德衝激圈*

十六國會議開始以來的兩個多月中，美國對歐政策的取予之間，似有這樣一個趨勢：

（一）無保留幫助德國；

（二）法國討厭 Nuisance；

（三）英國最麻煩。

假如用一些謀略上的術語來說明這個情勢，那就是德國似乎對美祗有百利而無一害，因此要鞏固德國；法國對美無近利而亦不足以為害，所以延宕法國；英國對美有害而亦不足以保障近利，因此應該好好對付英國。在這裏，利害的分際還是以經濟要求，即投資以發展美世界貿易為主，政治次之。

底下試就具體事實來看看這個局面。

一、德國為什麼要緊？

從美國看問題，一切脫離不了貿易。有些人以為美國的市場主要是在國內，因此對世界範圍看事，常常把這個要點忽略。貿易的範圍，除了製成品輸出之外，還有資本輸出，換句話說就是投資。

就製成品輸出來講，它確實也是大問題。雖然美國本年到五月底為止的最高輸出貿易數字是平均每月十六億美元餘，共佔美國總生產量還

---

* 原載《大公報》（上海）1947 年 10 月 14—16 日。

不及十分之一，但是作為使物價能上昇、不至低落的一個因素來看，它是非常要緊。軍火生產，政府爲維持物價的囤積（特別是糧食），資本家緊縮生產（特別是鋼），這些都能够支持物價，使可怕的恐慌不至於來得快。但是國外對美停止進口一經初步施行之後，六月美出口較五月減百分之十三，七月減百分之十七以上。馬上股票交易所就出問題。八月一整月股票下降，低落到自去年秋間股票下降以後沒有的深度，這一方面表現美國消費陣綫之不鞏固（並不是消費量已到飽和程度），另一方面，更確切的是美國生產家對於國內恐慌的恐怖。換句話說，他們認爲國內投資已經不是能取得利潤的買賣。生產輸出減少，雖一時不致造成恐慌，然而物價綫却難免在一個短時期後，向下動搖。

對外投資就成了美國金融界一個要緊的方案。第一，利潤率能比國內大。第二，可以逃避現在各國的貿易壁壘。第三，可以逃美國的高稅。第四，各國本國競爭力小，美國資本可以佔有高度活動地位。第五，當然是希望能躲開國內的恐慌。這不是今天突有的奇跡。第一次大戰後也是這樣，那時候最受惠的也是德國。

第二次大戰後美國對外投資總額是八十一億美元，比戰前一九三八總額多了百分之十四。去年一年它所得的純利是五億二千萬美元，資本利率爲百分之六。這筆純利比較一九三八年所得純利多了百分之十八，雖然資本額祇多了百分之十四。若把戰後陷在中東歐及遠東不能生利的資本從這個總投資額提開，單就能生利的資本額講，則利率更大。

在八十一億美元中，對德投資占總數八分之一以上，其餘則分配於全世界特別是拉丁美洲和加拿大。在投資項目中，煤油最多，至今煤油投資數目晦莫如深，它的利率也是最大的。除沙地阿拉伯、委內瑞拉，整個煤油產全在美國手裏外，全世界油產，除蘇聯的以外，美國都有一份。中東歐與荷印的油現在雖不能賺錢，所有權還是屬於美國人。其次是製造業。一部分的製造業將屬於消費工業方面，主要發展的方向是拉丁美洲、英國和加拿大。

我們不知道美國打算國外投資的總額是多少。事實上，美國不講計劃，祇看什麼地方那一行能賺錢。因此，可能沒有一個總額在腦中。依照一位教授在《哈泊斯雜誌》上估計說應有百億美元。假如各種如意算盤能打通，總投資將可能超過百億。

但是算盤不如意者常常很多。在英國投資現在還無保障，不知那個講社會主義的國家能給商人多少自由。在拉丁美洲，戰前美國資本誠然頗能在那裏占控制地位，重要工業生產即全部在美手上。大戰中間，拉丁美洲因利乘便，很發展了一些自己的工業。戰後且又以戰勝國盟友自居，要在經濟方面脫離美控制。阿根廷自不必說，墨西哥就實行限制外資在墨力量，國外投資不許佔有墨國工廠資本額百分之四十九。美國向巴西提出訂結商約，要求美商在巴西能與巴西商人享受同等待遇——"互惠平等"。巴西却把它擱了快一年。前些時杜魯門總統在巴西國會演講，要求締結那商約。巴西總統的回答是美國應借款給巴西自己建設。

環顧世界，除倒黴的中國能對美締結"互惠平等"商約之外，祇有在戰敗國中（除巴爾幹），美國的資本可以充分自由。一個月以前，有一位從日本麥克阿瑟總部卸職回來的美國學者對我說，日本貿易開放，當然表示美國投資者有了新出路。美國金融力量將使日本處在殖民地地位上面。（這是那人說話的大意。）比起德、日來，日本當然不算一回事，雖然對於我們不是小問題。

當馬歇爾方案出來，說要以魯爾為中心復興西歐時，我就常常考慮兩個問題。第一，西歐所缺者糧食、燃料，魯爾燃料是要保存以產德國的鋼，而魯爾又不出糧，德國自己極缺糧，何以復興西歐必須魯爾？第二，即以工業生產而論，德國不是原料充足的國家，主要原料全是外來。專講鐵，魯爾的生命寄在法國的鐵、瑞典的鐵、比利時的鐵、盧森堡的鐵。假如問題是在產鋼以供歐洲，則法國的鎔鋼爐祇有一半開工，比利時有二十個大鎔鋼爐不開火。應該幫她們把那些鋼爐都開起來，就有年產二千萬噸的鋼以供歐洲之用，比英美現在決定的德國鋼產一千零七十萬噸要多一倍。假如問題是以有濟無，以德國的工業品換足德國的糧食，如華爾街一些人所說，則西歐各國自己都是糧食不足的國家，而德國的糧食全靠美國進口。德國工業龐大的興旺和出口，反而堵塞了西歐諸國的市場。從這些情形，勢必產生一個揣測的結論：以魯爾爲中心復興西歐者，德國以工業品供西歐，西歐以農業品供德國之意。因爲中東歐的糧食不能用了。克雷吞先生在巴黎會議上指責各國要糧食的數字太多，說他們不注重自力更生，特別提出法國，指責她放棄了百分之三十耕地，不種麥子。他也許是因爲怕美國國會對歐洲帳單發煩。另一方面這對於我們那武斷的結論，却頗能相合。

上面那結論可能完全是不對的，我們得另找答案。美國在德佔領區的費用太多，不能生利，是一個小問題。政略上、戰略上的原因當然重要，然並非眼前的現實。戰爭往往是果，而不是因。最迫切的還是投資，還是投資所應能收回的利潤。如上面所舉美國國外投資，去年一年百分之六的利潤額，我雖不知是多是少，做買賣的人總該知道。想到美國生產家現在所遭遇的資本過剩（戰爭中積累利潤五二〇億，本年總利潤一百六十億元，而國內出產緊縮），想到中東歐所發展的自力更生傾向，想到遠東世界的不安使投資無望，再想到到處的各種商務壁壘，加以德國現成的，設遭遇十分破壞的工業建設，則華爾街之關心德國，注重德國無寧當然。何況美國金融和德國工業早已有緊密的關係？

關於美國資本和德國工業關係的情形，政府現在是絕口不露。即使向有關機關打聽也祇說不知道。但是一九四三年，當七十九屆國會在朝，反壟斷制度最力的吉爾哥參議員（Sen. Kilgare）當軍事小組委員會主席時，却發表了兩大厚册關於此事的報告，其中指出有一七一家美國公司和德國工業有關係。在擁有四億二千萬美元資本的二七八家德國公司中，佔控制性的資本完全在紐約華爾街手上。華爾街對德直接投資在十億元以上，間接的尤不祇此。除通用汽車公司、通用電氣公司（即奇異公司）、紐哲西美孚油公司、福特公司這些大巨頭之外，紐約電報電話公司幾乎擁有德國二十家公司的全部資本。這二十家德國公司曾是德國佔第三位的電氣卡推爾。當德國最大的化學壟斷事業法本公司（I. G. Farben）受審之際，他們供出美國公司與之有關係者有九十家。這些不是良好的基礎，使美國過剩的資本自由發揮？

許多人現在愛講思想戰爭、政治戰爭，似乎把問題說得愈玄妙就愈有道理。即使就常常挨美國人罵的華爾街講，祇要它的商品，它的資本在全世界到處都能夠享受"互惠•平等•自由"，不受利潤以外的任何限制，不受資本本身力量以外的限制，我敢相信就是他們也不會要戰爭，更不要說什麼"思想戰爭"這樣高尚的名詞。否則像德國克虜伯這樣的納粹們絶不能重據魯爾，在華爾街之下與美合作。

那麼，全世界爲什麼不讓問題就這樣解決呢？

二、法國的悲劇

七月十二日巴黎十六國會議揭幕，中東歐拒絕參加。那幾天中，幾乎美國全部報紙都斷定歐洲已經分裂，英法已經決定的跟了美國。情形好像是今後美國在西歐的政策，不會再發生波折。於是在七月十五日，柏林美國軍政府就把那個有些報稱之爲"劃歷史"的新控制方案發表出來，取消了一九四五年四月羅斯福手上制定的那個 Jcs 一〇六七—八號指導方案。Jcs 一〇六七—八號方案採用了新政派摩根索許多意見，主要內容是德國應農業化，特別不許她有可以變成軍事工業的重工業。而本年七月十五日所發表的方案是以前駐德軍政府經濟專員綴柏準將（William H. Draper，此人現任陸軍次長）爲靈魂製成的。綴柏準將本人戰前是紐約最大銀團之一的底朗李德公司（Dillon Raed Co.）的副總理。他的公司在大戰後對德大量投資，在那裏吃了大甜頭。綴柏先生自對德戰爭一結束就到德國去了。在一九四五年十月，他提出了一個通稱的《綴柏報告》，對當時指導方案發難。一九四六年二月他又發表《綴柏方案》，那時他就主張德國須年產一千萬噸鋼。他的主張，在當時雖被總統的遊德代表保雷先生（Edwin Pouley）在國務部大罵了一頓，實際却進行得很順利。在一九四七年初據說已經就被製成了新方案。七月巴黎會議進行之際發表出來。發表之先，據說不但是法國不知道有這回事，連英國也不知道那方案會在當時出現。

這方案使法國震動，輿論方面從極左到極右一致強烈反對。這裏簡單引幾張報（都是從美報上引的）：

最右翼的《法國時代報》（L'Epoque）說："德國將來報仇的對象必是法國，因為俄國已經在她週圍地帶建立了一圈長城以防備德國。"該報因此不相信建立德國是為了抵制蘇聯。

右翼天主教 La Croix 不贊成把魯爾問題從一般的德國和平問題分開。它說："這意思是否說今後的魯爾變成單純的英美問題？"

《社會黨人民報》說："美國不能夠祇為了她自己的利益強迫我們接收她的已定計劃。"

《共產黨人道報》的意見更不用提了。

在法國管政府的人為了錢。雖然賴馬迪為了二億五千萬元借款，把法國共產黨四個閣員撤職，雖然為了要從美國拿更多的錢（馬歇爾方案以及最近所要的緊急救濟二億五千萬元），不能不放鬆政府對工業的控制，但足以使一個政府上臺下臺的主力還是本國內的力量（除了殖民地和完全受外來控制的國家如希臘），外力祇能起附作用。賴馬迪政府在美國的利益和法國的利益，也就是自己的利益之間，不能不選擇後者。這是一。

其次，選擇後者卻又不能硬得罪美國。因為賴馬迪政府既不能夠在國內執行一個經濟轉變時期的應時改革，就非要靠美國錢來支持不可。賴馬迪政府所用以抵抗美國的方法，是利用美政府恐共心理，天天向美國說：假如你把德國放在法國前面，共產黨就會更得人心。保存一個利害的敵黨，原來也有這種外交妙用，未免可憐，然而比起有些地方來，總算是好。

美法之間於是起了一串小來往。而馬歇爾外交手腕在這次的發揮是令人佩服的。法國對美國魯爾新方案表示反對，要求法國有發言權，馬歇爾立刻答應，而且禁止柏林美軍政府再談新方案。軍方不知國務部什麼用意，以為又遭逢了新政派，表示不服。新陸軍部長洛亞爾（Kenneth

C. Royall，北加羅林那的銀行家兼大律師）特別到柏林去"宣慰"，同時支持柏林的克雷將軍。一時報紙大傳軍方與國務部衝突。但是軍方很快就想明白了，一聲不響。

接著華盛頓和倫敦先後開了會議，九月初柏林也開了會。事後看，祇有華盛頓這個英美會議是重要的，其餘好像都是敷衍面子。我們試看法國的要求以及她現在所處的局面。

第一，法國說，法國應參加關於魯爾工業水準提高的決定，英美不能獨斷。但是美國說，英美佔領區已經合併，法國佔領區却沒有。魯爾不在法佔領區，法國無權講話。法國放棄了這要求。英美華盛頓會議作了決定。

第二，法國說，德工業水準不能提得太高，鋼產不能是一千或一千二百萬噸。美國說歐洲要復興，德國若不多產鋼，則歐洲不能復興。法國就說德鋼產量可以同意。華府會議也決定了。

第三，法國要德國煤儘先輸法，使洛林的全部鎔鋼爐能開工，則法國年產一千二百萬噸鋼，至少能與德產相等。美國說，把煤運到羅倫去煉焦，德國用什麼煤？再者，煉焦所出的附產品，法國沒有那麼多的工廠來利用。煉焦所出附產品許多都是軍事、化學工業中的要物。法國之沒有這麼多廠區運用它們，大約也是事實。在德國就能用了。法國懷着必爭之心，到倫敦去。會議結束，報紙說結果圓滿，有些記者甚至於說法國"快活"。誰知兩天之後，法國就自己說不快活，因爲問題的焦點——煤的分配並未解決，而移到柏林會議裏面去。

柏林會議把這事當做技術問題，由英法美佔領區軍政府的幾個小蘿蔔頭去談。會議極不重要，時間也短。《紐約時報》的柏林通信說：

"這是早就明白了的。因爲英美已經打定主意了。無論法國講什麼理由，無論專家們（柏林會議中的人）怎樣決定，她們未和法國商量而決定的計劃不會有多少改變。"（九月九日《紐約時報》）。

上面已經說了無論專家們怎麼決定都沒關係，這記者好像調笑似的結尾又說：

"照想會議的結果，可能象徵地增加到羅倫去的煤量。這或者足以使賴馬迪政府宣傳外交勝利，從而叫法國共產黨彆扭。但是基本上它不會解決問題。"（同上）

法國政府的用意很苦，處在英美壓力之下，既不能正面不許魯爾鋼產增加，就想用釜底抽薪之計，把魯爾的柴火搶到自己灶裏，以為如此則無論德國產鋼的紙面規定如何大，實際出鋼者將是羅倫而不是魯爾，而馬歇爾方案的中心就可以不聲不響從魯爾搬到阿爾薩斯、洛林來。但阿爾薩斯、洛林既不是美國投資中心，而法國從抗戰出來的工人又不好惹，馬歇爾如何能上那個大當？結果法國祇是跑到倫敦去在魯爾方案上劃了諾，答應讓德國工業恢復到一九三六年希特勒大興軍事時的水準。

其後柏林的新指導方案也就放心的出來了。

現在回溯過去的種種，令人不能不有一種感覺。法國政府自從與左翼分裂之後，在國際形勢上似乎是孤單了。先從國際關係上看。因為要美國錢，不敢在國際方面多打局面，這自然也使法國無力。國內方面，賴馬迪所代表的社會黨其實並不能使美國完全信賴。美國在夏季拼命把賴馬迪政府拉過來，原因有兩個。第一，法國當時的聯合政府主要代表法國左翼和中間力量，這是一個強大集團。它在美蘇之間時常想以調人自居，不肯斷然歸向美方。這對於美國以資本主義力量穩定西歐的主意大有妨害。第二，在當時以戴高樂為首的右翼力量還在萌芽，無從發生作用。法政府一分裂，變成了完全偏右的中間派。情勢上不能向左，又不甘完全向右，其勢不能不使人民力量又發生分解化合的作用，不滿現狀者向左走，維持舊狀者向右走。不少美國記者估計法共在十月地方選舉中力量會增加，也有不少人對戴高樂的法國人民運動之參加選舉寄很大希望。現在戴高樂批評美對德政策，批評政府軟弱，聲勢逼人。賴馬迪政府的國內形勢顯然孤弱，從而美國對於法政府之關心，遠不如其對於義大利底加斯卜里之關切。這是因為義國的極右翼太不行。在義大利，美國甚至於把屬於南尼的左翼社會黨的倫巴陀（Lombardo）請來談話，要他回去領導左翼社會黨的獨立運動。對法國却沒有這樣做。反之，美國刊物,如《新共和》,却在傳戴高樂用於建立自己勢力的錢,有美國的來源。

就德國問題上這一段美法之間的折衝來看,美國的外交手腕除了七月十五日那一手似稍一相情願、近乎魯莽之外,其餘都是非常精到的。第一,馬歇爾答應法國參加關於魯爾的談判是爲了一方面爭取時間,以便取得英國的完全合作,在德國造成既成事實。另方面使賴馬迪政府有外交上的宣傳資料,藉以抵制左翼的攻擊,維持法國人心。第二,繼華府會議之後而倫敦會議,既成事實已得,又實踐了諾言。第三,把問題的中心——魯爾煤之分配——當做技術問題,法國無從強辯。因爲她既已答應德國鋼產須提高的原則,則煤之分配當然應從屬於這個原則。

我們無意訕笑法國外交之不靈。一切有力外交的背後都需要一個強固的、有全國站在背後的政府,因此它不仰賴外力的支持,而同時能在國際上多有朋友。賴馬迪政府失掉了這些牌,它僅剩的一張就是法左翼強大,右翼力量不足,美國不能使它太難堪,以致倒臺。假如戴高樂力量強大之後,賴馬迪的地位將如何呢?

到現在爲止,法國這次外交算是敗得非常乾脆,錢沒拿到,魯爾的鋼業,(不是羅倫的)一定復興。法國的悲劇已經形成。亡羊補牢,法國還有兩條路可走。第一,重行打開自己的調人局面,在國際上再找友軍。第二,左翼團結——社會黨與共產黨重行拉攏。在第一點上,法國在政策上不得已,好像是離開了東歐,口頭上這幾個月以來,却從未忘記那邊。甚至當倫敦會議已經簽訂了德國復興計劃之後,法國還說關於德工業必須有蘇聯的聲音。魯爾失敗,法國已進行找波蘭的煤,即在十六國會議的初期報告中,也曾着重東西歐合作之必要,且暗示美國須借錢東歐,使全歐能彼此相顧。這當然也是法國心腸的表現。聯合國大會,美蘇口角,法國實際態度甚爲模棱,都是徵兆。在第二點上,法共已經停止了對賴馬迪政府的攻擊,法社會黨在戴高樂威脅之下,已覺形勢孤單。十月選舉快到,自必也會大找友軍。

第一條路雖比第二條的可能性大一點。法政府是否能放心走,却很成問題。馬歇爾方案的帳單已經在美國手上。而現在美國又在講需給法緊急救濟。金鍊子是這樣可愛，可又是這樣緊。法國要在東歐找朋友的心是真切的，但是她得步步小心。

這一切都不說明馬歇爾方案將能完成其政治目的——以魯爾為中心，控制西歐從而穩定右翼，壓伏左翼。反之，魯爾這一著在法國人民心理中毒之深，中國人自能想像。就經濟目的——復興西歐資本主義說，假定以美國龐大的資本，西歐變成歐洲生產與進出口的中心，則法國經濟首先受害，馬歇爾方案少數的錢，恐連供法國買糧食都不夠。

三、硬對頭的英國

從種種方面看，英國比法國對美的重量大的多。第一，工黨政府相當鞏固，相當有力量。第二，英國已有了一個世界貿易網，她正在想把它修好，加以充分利用。第三，英國以社會主義相號召，戰後開了幾次歐洲社會黨大會，隱然想成為歐洲社會黨的盟主。在美國有不少社會民主黨人把工黨政府看成他們的指南。這些牌張都是法國所沒有的。

在眼前，英美之間的關係是環繞着底下四件事情：

（一）魯爾；

（二）英國危機；

（三）貿易壁壘；

（四）社會主義的前途。

而在這四件事中，都有馬氏方案的妙用存在。

實際上，魯爾對英的問題有一半可屬於第二項。因為英國在魯爾區的費用五億元，加重英國的負擔和危機，另一半可屬於第四項。因為英國想藉魯爾之國有，以圖得到歐洲社會黨人的擁護。魯爾本身對於英國真正重要的問題乃是對它的管理權。

關於魯爾之國有，向來就沒有成為事實。英政府雖然發了一道命令，實際上在莫斯科會議以後，英美兩佔領區決定政治、經濟完全合併時，英國駐德軍政府就已經答應在魯爾不實行國有。八月間倫敦的屈服，無非給英軍政府的諾言再下一道保障。

關於佔領區費用，英國早已間接直接向美國不知表示了多少次要美多負擔。英國之答應兩區合併，就企圖交換到減少英費用這一項利益。終於不成功。馬氏方案使魯爾工業重要的問題突出起來。七月十五日治德新方案發表。這時候，魯爾歸誰管這嚴重問題迫切要求解決，是於美軍政府發難。美國新聞記者天天從柏林報告，指出是因爲英國管理不善，所以魯爾工業不能恢復，德國經濟不能復興。英國政府對此不響，却儘表示要在英美華盛頓會議時，討論減少英佔領費。那時的馬歇爾先生認爲時機没到，祇肯討論魯爾煤的問題。當時我甚不明白所謂時機是什麼。後來事實大白，纔知道馬先生所等候的是英國讓出魯爾管理權。英國危機愈來愈嚴重，凡可以減輕的負擔，莫不求減。在美國默契可以討論分擔費用之下，英國交出了在魯爾獨佔的管理權。自那以後，魯爾的英美共同管理機關以美國人爲主席。一個美國記者説事實上管理的全部決定權將屬於美國，因爲所有關於魯爾的興廢都要美國出錢。在美國人下面直接執行政策者，是德國工業大亨。

這事解決後，九月九日美國纔宣佈要和英國討論分擔英費用的問題。分擔將自明年開始，同時也不會全部分過來。

英國雖喪失了魯爾控制權，總不算毫無所獲。她之對魯爾放鬆，表明她的重大問題別有所在。

英國危機從經濟上説，表面是金元危機，底子該是生產危機。從政治上説，是社會主義政策與帝國主義政策不能並存的危機。我們現在不講政治方面。

這個危機在英國方面固然是非常可怕，其於美國也是一半利，一半害。利者，美國更便於安排承繼英國在十九世紀的地位。害者，英國生產愈不足，貿易愈入超，則其保護英鎊者愈緊，維持帝國經濟圈者也愈緊，美元更無法通過英國散入英國久仰的世界貿易網裏去。這意味着美貨銷路被阻滯。假如聽此下去，不給英國錢，則英國會一面向帝國圈及東歐走，一面運用其國家控制的國際貿易與可能的國家控制生產及其已有的貿易網。英美在全世界貿易綫上會打得頭破血流。假如幫她錢而要求繼續過去大債中幾個條件，其中之一如英鎊做美元的橋梁，即所謂英鎊的 Convertibility，於美當然有利，但英國的經濟必然仍在討債借債中打滾，難以恢復。結果英國仍會向帝國圈及東歐走，產生一種於美有害的、類似中東歐的自力更生。假定美國做大好人，祇借錢而不要條件，則美國雖能希望以好心換好報，使英國自動取消關稅壁壘、帝國優先權、歧視政策、雙邊貿易等等，但希望不一定是事實。最低限度在英國自顧具世界貿易地位沒穩定時不容易。事實上，如此做，美國就等於把戰後世界復興的大買賣機會送給英國，而自己所得乃是以後艱難的競爭。

從整個世界經濟關係上看，美國所遭遇的大敵，不是任何一國或任何一主義，而是美國龐大的、週全的富有。因為這使世界對美經濟關係變為單程路。兩年前有一個美國律師問我："你們需要美國，但你們能拿什麼和我們交換？"過後，他感慨的說："是的，我們太富有了。我們設法同別國做生意。別國太吃虧，誰願意□我們？他們的什麼我們都用不着。"美國的富有，加以美國的關稅限制，已經與他們所視為神明的利潤發生了難以解決的矛盾。因為從世界範圍看，美國之所謂利潤，因其單程向美，往往影響別處人民的生存力。別人自然拼命用種種限制來保障其生存力，這種保障從而倒轉來堵滯美國的貿易，使其利潤額受妨害。

對英大借款的失敗，英美借款談判的處置以及從而發生的一串金元恐慌，美出口貿易低降，股票下落都是上文的注脚。借款談判的結果，美國以凍結英債四億元為條件，容許英方恢復對鎖英鎊兑換力，最使英人傷心，對於英方舊有的對美之不滿，開放了一道大閘。但對美說，不如此又如何？假如英國所以隨便對鎖英鎊兑換，藉她在全世界所欠的鎊債，逼世界各國從英入口，則馬歇爾方案將給英國的錢，豈不要害美國自己？

關於英美間這種入骨三分的矛盾，美國的反應是很混亂的。左翼及中間份子，有時甚至如保守的《論壇報》，都主張美國放鬆手。英國固然強烈批評美國，美國的左翼批評財長史奈德尤力。右翼如《支加哥講壇報》之類則破口罵英國把別人的錢拿去浪費，弄社會主義，主張不幫忙。介乎兩者之間的一般意見包括《時報》《論壇報》，則認爲英國的毛病是講社會主義所致。情形與其說是批評英國，不如說借英國以教育美國人。在辦法上，認爲不幫還是不行，美國一面得表示自己寬大，另外也要抵制蘇聯。政策製造者與執行者方面顯然是選擇於美有利而無害的路，尤其是馬歇爾方案的帳單中，英國賬幾佔了三分之一，美國不能含糊。

上面所說，已經觸及了貿易壁壘問題。擴大來說，對於美國，英國是世界貿易壁壘的象徵，從而是美國世界問題暗藏的癥結。

英國在貿易方面已樹或將樹的壁壘有兩類：第一類是一般經濟力較弱者對較強者使用以保護自己的方法。這有四項：（一）保護關稅，（二）歧視政策（貨物可得自於帝國圈者不照顧美國），（三）帝國貿易優先權，（四）保護英鎊（封鎖英鎊對美元兌換力）。

第二類是國有經濟一般採用的對外貿易辦法，如政府控制貿易，控制匯兌，通盤計劃大宗收購等等，這一類沒有成爲壁壘之必要，但如對象是無計劃的私有經濟，後者顯然將處於不利地位。

我們完全理解美國金融生產界爲什麼處心積慮要把這些界綫打破。

回顧本文第一篇中所提到馬氏方案的一部分重要內容和英國這些界條恰好針鋒相對。方案這部分內容主要的是貨幣穩定、貨幣互兌、多邊貿易、關稅統一。關於這幾點美方堅持極力，他們陳義甚高。假如世界各國經濟發揮力實質上是完全平等的，則英國當非常同意美方的看法。世界經濟之相互結合，相互取長補短，非但歐洲需要，即全世界都需要。

在眼前情形之下，先不講歐洲傳統上經濟發展的不平衡以及各國依然保存的民族心理，也不講美國經濟力之龐大等等。從關稅統一說起，要各國關稅一致，則各國物價、工資等等，至少得有一個相當普遍的標準，達成一致。以各國貨幣之多而雜，而事實上不能把它們完全取消，與發一個統一的歐洲幣，則爲眼前的便利計，祇有把一個國際信用最高的貨幣做標準，將各種歐幣統一而穩定。如此則歐洲一磅肉的價格雖可能英鎊與佛郎的數目不同，而其實價則一般地是在一定數目的美金上面。

同樣，工資也應該是如此。然後關稅統一纔有可能。

既是如此，各國貨幣必須回到一個實價來求穩定。但目前歐洲各國貨幣很少不是在鬧空頭。佛郎在黑市價格比官價高一倍以上，英鎊也很軟。七月中英國起始□英鎊轉兌時，紐約市場的鎊價就一直下去。美記者說英鎊實不值四元余美金。穩定貨幣就是把歐洲貨幣壓低，然後再求一美金標準數目。

讀者可以想到英國會受什麽打擊。第一，這使歐洲經濟生活與美元關係太密切，美元在美國的波動就是歐洲的波動。現在美通貨膨脹已經在歐洲經濟上間接表現了。第二，英鎊從此會降而甚至於與希臘幣一例，大英帝國在國際聲譽上將變成小英島國。第三，最重要的，貿易上所謂的帝國優先權、保護關稅、大宗購買等將隨英鎊之不受保護與必然的多邊貿易而化爲烏有。因爲不可能假定歐洲一致的關稅將對美實施壁壘政策。同時又不能假定帝國圈以及英鎊圈中諸國家會僅僅爲了道義關係堅持和英國做買賣。

十六國馬氏方案報告發表後，美國那種廣泛地代表共和黨意見的輿論都有不滿表示，認爲歐洲要錢太多，又不自救。中間甚至如《華盛頓郵報》都認爲歐洲相互合作處太少。它怪歐洲報告不是一個"相互倚賴的宣言"（Declaration of Interdependence）。但是九月底英國却更進一步，聲明她目前不能參加歐洲貨幣互兌的辦法。（實際上，十六國中祇有六國已答應參加。）

美方對英國這點大膽表示可能再施壓力，指爲英國不肯互助自救，指出英國之不合作將如何影響國會對馬氏方案的態度。英國退步的餘地可是很少。

假如馬歇爾方案如此成功，則我們可以相信司徒森的話：

"並且，我相信祇要加一把手，英國就會從社會主義化掉轉頭來，歸於有條理的資本主義……"（九月十七日《紐約下午報》）

九月廿五日寄自紐約

走索上的馬歇爾方案（下）：
心猶豫而狐疑兮——美國[＊]

一

在沒有說明美國國內對於援歐問題的一些複雜而錯綜的態度時，記者想稍稍離開具體的現實，從文化思想背景，來理解美國這種苦心孤詣要在歐洲推倒一切壁壘，實行美國式經濟社會制度的較深原因。當然，因為有了蘇聯，所以許多問題很容易的就被解釋成了政略或者戰略。事實上，在一定範圍以內，那也不完全是假話。不過，假設這世界沒有蘇聯這個國家，美國是否答應大把錢給歐洲，讓她去實行國有企業，工人管理，以及相關的工資工時政策和物價政策呢？假如美國不是擁有超於全世界總和的生產力和財富，使她不怕任何完全平等自由的競爭，她會不會主張歐洲經濟共同體呢？英國在十九世紀就是維持歐洲大陸分裂的專家。完全從美蘇關係來理解美國政策，勢必說美國之對歐完全是權變的，無原則的純然欺騙，以求取得歐洲作自己對蘇的犧牲。我們承認從美國報刊上來自歐洲的報告都說明歐洲人是這樣相信，從而對美發生許多惡感。《紐約時報》九月廿一日一篇巴黎通信講得甚為顯著。

記者個人認為政略上的考慮，究竟還是表層的。而美國的援歐政策却不能目之為無原則或者完全手段性。就馬氏方案的陳義——歐洲自助、互助，加以美國援手，復興自己——說，也不能單純看成是口蜜腹劍的甜言蜜語。在這裏，美國有其利人利己的道理存在，不能說她為利己者

＊ 原載《大公報》（上海）1947 年 10 月 22、23 日。

即真，爲利人者必假。因爲歐洲經濟不能恢復，即使世界上沒有蘇聯，對美也是一害。至於這道理能否爲歐洲人所接收，以及它能否造成利人利己的事實，又是另一範圍。

在美國，由於資本主義之得天獨厚，又因其完全脫離了封建制度的桎梏，所以資本主義得到了充分的、飛速的發展。這種發展復因其過去的閉關政策（門羅主義）和現尙保存的保護關稅而有了鐵壁銅牆的保障。以此國富增高，一般人民生活水準（南方佃農除外）在全世界居第一位。物質的優越形成了精神的優越。美國的經濟制度成了世界上最美善的制度。這個觀點起碼在有力者中是不容置疑的信條。

這不是說美國沒有社會主義的根，或社會主義的思想沒有在美國起過作用。歷史的答覆正相反。美國之產生是十八世紀啓蒙運動與烏托邦社會主義思潮的旁支發展（正支是法國大革命）。沒有十八世紀的社會主義思潮，不能說明傑佛遜在起草獨立宣言時，爲什麽把"幸福的追求"而不是"財產的追求"和"生命""自由"列在一起，稱之爲人類"不可分離的、內在的"三大權利。沒有十九世紀上半葉汎歐洲的社會運動，也不能完全說明林肯解放黑奴運動的衝激力。美國早期工人運動史更有一些篇幅能說明社會主義思想的活動。但是這一條美國文化的綫索始終是在潛流作用地位上。對於資本主義的主流有時曾發生非常良好的影響，但從未成爲主流。

美國資本主義順利的發展，在文化思想上，鞏固了兩個主幹：第一，個人主義。第二，實用主義。本文目的不是談美國文化思潮，而是希望從美國正面的思想態度，說明美國對外政策的一面，所以對於這兩種東西祇能簡單講講。

個人主義從封建的宗法主義與天主教的全權主義叛變出來之後，在美國得到從來沒有的自由天地。十八、十九世紀間，美國人口少，土地廣大、富厚而未經開闢。原始的處女地是最自由的天地，人無需乎外來管理控制，多管反多事。一個人祇要身子壯，能受苦，每天一家人在一大塊地上拼十幾小時的命，就不愁不建立一份家私。他不遭逢貪官污吏，不遇土匪，没有高地租，没有高税和關卡，也没有可怕的國內國外競爭者。照哈佛哲學教授裴利（Ralph Perry）講，那時的美國是個人的樂園。個人的重要性發展到非常高，而事業的成功成爲某一個人之所以爲人的表現。反之，事業的失敗證明該人之不夠格，就變成了"白廢料"（white trash）。這種個人主義一方面有高度的獨立性，因爲它把事業之成敗，人生之意義，褫除其一切相關的社會條件，通通歸個人負責，也祇對個人負責。另方面，它又有深刻的排他性，因爲它不認爲個人是集體中休戚相關的一份子而是單獨的自備的存在。勃雷克的"一粒粟中見宇宙"既與此無緣，華滋渥斯的"人與自然一體"也説不上。中國的親親仁民、仁民愛物那一套邏輯的聯繫也是空話。尤其因爲在現實關係中，事業的成就與個人的價值有如彼之深的關係，則在沒有競爭時尚可，一有競爭其排他性更顯著。個人之如此高度的突出和重要，是在極小的政府控制管理之下成功的。（在新政期以前這種控制全不存在。）對於他們，政府的管理和控制不發生通盤融會、全體發展的意義。它祇是無理干涉、限制、搗亂。結果使個人的創造力冷淡，發展力削弱，從而個人事業不成功，遂使社會隨之而貧窮紊亂。

實用主義（Pragmatism）在十九世紀上半葉產生時，曾經發生很進步的意義，它之發生於新英格蘭尤爲顯著。新英格蘭原是清教主義（Puritanism）的地區。生活上嚴格的道德主義有着替天行道的性質。這與當時美國新興的商業上的需要很難相合，而成了社會行爲與人的表現的桎梏。社會心理對清教主義教條以及清教徒嚴格的教條主義積漸不滿。把這種不滿表現得最深、最透、最優美、最龐博的是梅爾菲（Herman Melville），美國文學史上最偉大、最光輝的作家。而把當時積極的應有的人生哲學和態度——實用主義——最有條理地正面提出來的是詹姆斯（William James）。那是美國文學與思想開花最盛的時代。

實用主義替美國生活力開放了大閘。從此以後，生活行爲的一切都要放在發展生活力，解決現實問題的實驗室裏來加以考驗。目的是取得成功，取得效果。而在實用中能發生效果的生活態度與方式，在心理上就變成了理想的、幾乎是絕對的。一個人的價值與他的實用價值結得很緊。一件事也與它的實用效果結得很緊。而且這效果要快。窮年累月不計時效的事,美國人是很少做的。實用主義的另一產品是注重細微(delailed facts),輕視綜合(generalization),從而它喜歡個別的、具體的策劃,而不喜歡攏通的、全盤的假設。它要求以個別的、多數的成功匯成旺盛,而不情願先懸一個總的旺盛作目標,然後使個別活動朝那裏配合。這個主義,照其現在的表現,似乎是非常懂得物有物性,必須使物盡其性然後能自然達其用,所以它極反對由人來濫定大計劃,結果使物就人,必多浪費,而浪費就不是達用。

近三十年來世界許多大變化,特別是一九二九大恐慌已經使美國個人的作用減少,使實用主義的作用降低(大恐慌之過渡全靠羅斯福高瞻遠矚的新政),使人們起始對資本主義懷疑。但就一般人民講,嚴格的懷疑離普遍尚遠。在有力者中更說不上。

所以,從上面看,我們想得到在其向外拋錢(應作投資解釋)的時候,美國政策週圍的人即使有萬分好心,也不可能朝自己所不能相信的事業如國有企業,政府控制個人企業,增加工資、減少工時的工人政策,限制利潤的物價政策等等出錢。因為那些都太過於違背他們自己經驗中的事實,太渺茫,太冒險。即使對歐洲自己來說也是利不可必而害甚多。因此,所謂社會主義也者,未免表現歐洲人之華而不實,祇想借別人的錢來取快一時,而不肯下決心自己幹。同時其所主張的國有經濟活動又有發展其國家主義的嫌疑,而不肯互助。美國要出錢,就不能不糾正這些毛病,使之能自助互助。這是美國利己利人的大道理。

二

從這個觀點,對於美國現在種種猶疑、焦急煩亂,圍繞着馬氏方案與緊急援歐問題所發生的國家半神經病,記者不能不抱有悲劇的感覺。

眼前好像美國又在發高熱,和三月間杜魯門方案出世時一樣,雖然內容比較不同。那時候，大家都被突如其來的"生死存亡關頭"駭倒了。除少數進步人們和民間難以表現的聲音以外，其餘差不多都站在政府立場方面。現在不同：第一，長期的馬氏方案與短期的緊急救濟混在一起，使許多人有如此下去，何日是了的感覺。第二，歐洲的糧食問題與國內的糧價問題糾纏住了，使行政機關難於措手，使反對派藉機攻擊。第三，目標不明，範圍太廣，錢太多。杜魯門主義從頭至尾釘住了反蘇一個目標，錢與範圍也較有限制。這一次，第一目標是復興歐洲，第二目標是救災，第三目標是反共。有時強調這一點，有時那一點，有時混在一起。雖然三目標全有聯繫，但這聯繫却不一定在許多立場不同、興趣不同而全得出錢的社會成分之中發生集中的作用。人們的關切大致是集中在他們自己的目標上面，因此形成混亂。範圍和錢的太大、太多從而推波助瀾。

出錢這一個前提，經過行政機關和東方財團幾個月來不斷的宣傳動員，再由於大家（左翼除外），都想停止歐洲社會主義的冒險，所以除了一部分共和黨員外，現在的傾向比較一致。但在方法和數量上就非常駁雜。

就馬歇爾方案講，代表中西部財團的塔孚特，雖然承認不可讓歐洲走社會主義，但他的最大興趣是不可浪費錢。所以他主張借錢以救濟爲主，不要拉扯太深，問題是要歐洲自立，不可連年靠人。他的實意等於取消馬氏方案。這並非塔孚特先生比東方財團人更小氣，而是東部對歐投資者比中西部多。

以孤立派出名而在國會甚有權力的共和黨參議員福格遜，中西部密其根州代表，比塔先生更爽快。他主張經過私人借款來援歐，藉以直接"刺激私有經營"。他不理馬氏方案。

衆院多數黨領袖，馬塞朱塞芝州的馬丁先生，痛責歐洲亂花錢而不努力。他也認爲錢應由私人企業投資，且由企業界領袖管理監督。

赴歐調查的衆院議員十八個人回來後，對於馬氏方案的意見是很重要的。這裏面共有共和黨十人（五個中西部）。這十個人過去對於國際救濟、國內借款等等的投票記錄，一般的傾向都是反對。祇有二三人態度稍鬆和一些。八個民主黨員中（五個是南方人），祇有三個在上述問題上與行政機關全能合作。關於他們沿路旅行中所發表的意見，祇有一個人認為對歐洲確要大出錢，這位共和黨員（Christion A. Herter 調查委員會主席）的過去記錄恰好是比較緩和者。同時他這份記錄也表明，他主張無論什麼借款或援助都得有條件。

除這十八個人以外，還有百來個議員們在歐洲作夏季旅行，調查研究。照現在所有的報告看，他們或多或少，都主張美國應出錢，但對於歐洲之不自己努力甚為疾首。眾院財務支配委員會主席推伯（John Taber）調查之後的意見，簡直似乎認歐洲有裝窮訛賴之意。這些人對於巴黎報告之建設性，必大感懷疑。因報告中要錢太多，假設太多。如假設美國物價會低落，假設歐洲對美出口會增加，假設東西歐將能合作等。眾院向來是管錢機關（比上院力大），這百餘人的意見非同小可。

以上大都是所謂"孤立派"的看法。但是非孤立派者至今也不曾為這方案痛快說話。我們想到范登堡先生應該全心擁護，但此公至今不開口。關於特別會議，他還推到總統頭上去。祇有眾院外委會主席伊吞間接而有間接的說這事得快辦，不能講黨派政治（選舉）。

甚至於東方財團對此都是三心二意。一方面他們宣傳甚烈，另方面抱怨歐洲社會主義，責他們不自己努力。一方面認為錢非出不可，另方面和孤立派一樣不放心。《華爾街日報》九月十一日社論主張以貨給歐洲而不給錢，就是貨也得完全由美國人支配。該報一時甚至認為應把馬氏方案取消，免得被歐洲社會主義騙錢。

紐約大美銀行（摩根財團）主席艾爾德里（Winthrop W. Aldrich）主張由企業界來成立一個委員會，管理和執行關於緊急救濟與馬氏方案的分配、購買等等事宜。他也認為方案須令私人投資，並且鼓動美國公司自己投資。

他的主張立刻為史隆（Alfred P. Sloane）——通用汽車公司主席所響應。通用汽車公司是世界性的壟斷事業，和摩根也有關係。

國會與企業界如此,行政機關如何?這裏引《紐約下午報》:

"……杜魯門總統的內閣對於美國援(歐)的程度和性質絕不一致,……財長史奈德對之抱悲觀,他正在宣傳他的意見……農長安德生對方案也是陰陽怪氣。商長哈里曼雖認爲事情非辦不可,他也和參眾議員們一樣,認爲西歐並沒有充分努力,使生產歸於正常。"(《紐約下午報》一九四七年九月廿四日)

此外,前駐英大使肯尼地主張以一年爲期,先用五十億元試一試。

把這些意見(祇是一部分)總結起來,除了應出錢這一點以外,可以發現一串問題:第一,歐洲弄社會主義,不可靠。第二,歐洲不努力,不可靠。第三,錢由政府出,政府受,堵了投資路,不可靠。第四,由政府的管理支配,尤不可靠。中西部人的意見較膽小,東部較膽大(哈里曼來自華爾街),然態度一般的抱着悲觀。這是美國個人主義與實用主義的表現。這也說明爲什麼克雷吞與肯南在歐洲特別注重報告中要歐洲自助互助。然而紙面的保障,空洞的假設,與實用主義者無緣。我們不能怪實用主義。然而主觀的願望與客觀的現實如此背馳,局外人未免對之作空泛的悲憫之感。

以上還是一般的觀感上的反應。直接負責任的行政機關方面,包括國務部人士對於馬氏方案之具體表現的巴黎報告又是如何看法?這種問題分兩方面。

(一)對國會提出時,目標如何着重?上面我們提到了方案在宣傳時期之目標不明。一類主要是經濟的,一類是政治的。現在到了向國會要求行動的時期,目標應集中化。究竟是注重經濟,即認定方案目標爲復興歐洲的基礎呢,還是索性把它認定是政治投資,目的是阻止社會主義和反共?兩者都有毛病。若着重經濟,則顯然錢量太少,而假設太多,其不能復興歐洲者甚明。國會也不是愚人。若着重政治如對英借款時所辦,則英國的已經失敗,在對英借款後,英、蘇經濟上反有接近趨勢,而英國有工業趨勢也沒完全停止。國會必更反對。此外,若注重這方面,是幫助蘇聯的宣傳政策,而更加深國內國外人民的反感,尤其是歐洲的。

（二）對方案報告本身的不滿。這種指摘簡單是三方面。第一，要錢太多。老是糧食之類，官方認為報告誇大需要者是三十五億元。第二，歐洲不肯用自己的原料而要美國出。即以製肥料的磷礆而論，就要三億餘元。第三，有要美國出錢使歐洲爭奪美市場的嫌疑。如英國要進口粗鋼以出口精鋼，用意莫非想由此奪回她在南美的精鋼市場？除此而外，還有一棘手問題，即報告中關於歐洲工業的協和分配原料，協和生產計劃時常自相矛盾，且無中心協和機關將其調整。但假如美國要他們改正，則又會產生政府控制等等問題，而為美國所不願。這些不過是問題中之一部分。等到全部報告及其工作方案研究過後，麻煩必將更多。

獨樹一幟的是以華萊士為首的左翼。他們的取捨非常分明，歸結起來是三點：必須充分而有長遠計劃的出錢；出錢以純粹恢復歐洲經濟為目的，不能干涉別人內政，不能有於中取利的條件；目標既在歐洲復興，就不能先儘德國，扶持德國重工業。

華萊士的影響增長極快。他的基本力量——美國進步公民會的會員愈來愈多，據說有些從來不登記選舉的主婦們都去做了會員。雖然如此，若以為進步力量眼前就能實質上影響馬歇爾方案的本質和內容，未免過於樂觀。在眼前，具體問題是：在它現在的基礎和內容之上，馬歇爾方案如何能保障其利於美國投資與銷貨，從而有效的建設歐洲經濟。此外，錢量還是不能過於龐大。

我們不知道這些問題將來如何解決。看樣子，名義上保存這方案，實際上把它撕成片片，加重私人投資的成分，再加以若干條件限制，然後拿出來，這可能不是沒有。將來緊急救濟的結果，與列強世界政策或能的變化，都會對之發生別種影響，眼前無法斷定。

三

近兩週來，緊急救濟難關掀起了一大串問題。其始是如何弄錢，其後是如何弄糧食，最後是如何使糧食和錢都能儘快到歐洲去。

這問題本身在目前主要是政略上的重量。地點主要在法國、義國和奧大利三處。關鍵在於義、法即將到來的地方選舉，義國明春四月大選以及奧國可能的政變。當政爭還是在政治方法的範圍以內時，問題對美國比較少麻煩些。向有政爭國家出錢，有幫助解決民生的名，而無助長戰爭與破壞之實。因此，對法、義、奧的要點，就是拿錢去使當政者能夠供給人民衣食，從而選舉時的那一張票能被胃腸所決定。

這筆錢數在過去揣測紛紜，從少數的二三億到最多的十億以上都說過。為了想繞過國會，想免去召開國會特別會議的大麻煩，這邊想了種種辦法。最初想由國際銀行擔任，銀行拒絕了。接着想用英國凍債四億元去充數，看來不夠，且英興論正在對美不佳時期，這辦法祗好放棄。接着想動用各國私人所藏美元，其中有的是美債券，有的是在美企業投資，有的藏在美國保險箱，連美政府也不知有多少，也無法查。有的則隱藏在別國的存款之內，也是查不出來的，如瑞士存有八億元之多，其中就有許多屬於法國私人。此外還有不少在美的歐洲私人存款。西歐各國私人所擁有的美金包括投資與游資，總額至今無確數，估計不會少於五十億（英國有二十六七億元）。根據希臘外交部長曾達理斯的名言，這無足怪。希外長說："金錢無祖國。"錢的本身就是祖國。但美國有些人認為這些西歐人既要他們的祖國（非金錢）復興，就該把錢拿出來。這事也難得下文。因為這些外資若全部清算撤走，特別是在企業方面的，將使紐約的股票交易所受討厭的波動。其次，銀行方面按照職業信條，也不能把別人的存款收益公布。

萬一錢不濟急，則其他方法如何？這類方法的範圍又太窄。祗有在義大利，為了使底加斯卜里政府能通過信任投票，歸還了幾條義船。關於義大利或有此類事可辦。法國則不容易。

弄來弄去，錢大約還是得美國自己出。官方公布緊急救濟總數五億八千五百萬元，是最低的救濟法義數目。若連奧國在內，數應為八億元。此數雖定，法、義猶覺不足。特別是賑過手時，除錢之外，需有大批糧食。因為情形等不得，錢不是糧。

這引起了兩個非常棘手的問題。第一，錢數如此多，若種種羅掘辦法都不成時，勢非召開特別會議不可。第二，若舉行特別會議，則將引起國內糧價責任問題，同時左翼及工人方面將借此要求特別會議中討論物價管制，兩者對於當政黨都不利。

大選在望，當政黨既不能得罪實力派，又不能得罪工人與影響正在增長的美國進步公民會。實力派以及反對黨正在把通貨膨脹的責任歸於政府收買以及對外救濟，而左翼及工人方面則以爲物價管制之取消應負責任。特別會議中雖可以用政略理由弄到錢，但通貨膨脹的責任將必被反對黨大大發揮。假如物價管制問題再上來，則實力派又必加火。種種對民主黨不利的理由都可出現。

農長安得生警告歐洲，美國將減少糧食出口。其着眼在選舉上無可疑問。事實上，糧食是否真的會減出，我們不知。然而這一着所引出的下文，可能於行政機關有利。

糧食問題被農長這樣突出的提出來，展開了糧價高漲的討論。一方面它是民生問題，另方面它是國際政略關鍵，二者都緊急。反對派儘管責行政機關收買浪費，他們不能不承認歐洲要糧食。這使行政機關可以撇開難辦的收買問題，而直接向公衆揭開糧價的其他原因。其中之一是糧食市場的投機熱，其二，是所謂民間浪費糧食，特別如富農用麥子餵牲口家禽。現在一般的宣傳和行動方向都集中在這兩點上面。公衆的注意也到了這裏。行政機關這一金蟬脫殼計一方面希望能滿足其向國外運糧的目標，另方面把責任弄到共和黨一部分後臺的中西部糧商等身上去。在這期間，政府對特別會議問題不取斷然態度。我們的揣度是到了最後關頭時，可能以十萬火急的方式將其召開。那時候反動派的話頭已經是馬後砲了。至於行政機關現在所提倡的節約運動是否將引致物價管制，則在我們題外。

緊急救濟問題在眼前雖似成當然，對於它的影響，則美國和歐洲都發生了揣測和疑懼。在歐洲方面，鑒於美國對巴黎馬氏方案報告的反響不佳，深怕緊急救濟之成功，即馬氏方案之死亡。美國方面，則以爲假如特別會議舉行，也討論方案報告，將有可能使方案繼緊急救濟後程，也變成零碎的救濟性質。

結（語）

就馬歇爾方案週圍事件分析，可以看出這個東西的走索工夫非常大，也非常精到。但是那條繩子之動盪工夫也是非凡的。恐怕誰也不敢說走索者必能勝利完成。假如完整的依照巴黎報告的方案會在國會通過，則歐洲經濟至一九五一年恢復，依然是誰也不敢肯定答覆的問題。一般的看法是錢（二百二十億）根本不夠。其次，歐洲（東西兩部）可能更分裂，使西歐經濟難找出路。其三，西歐的逃資非待西歐完全恢復，且不受外來資本控制時，很難回去。

政治目標之達到，視經濟方面而定。先從列強世界政策方面說，美蘇都似在更強化對立形勢。美國方面輿論頗有反對政府的現行"錮蘇"政策（Containment of USSR），李普曼是一個例子，《時報》記者及讀者投書都有批評。八九月間，此地很有改弦更張，美蘇直接談判的主張。如華爾街權威雜誌之一的《美國新聞》編輯勞倫斯及《時報》主要政治記者列斯吞（James Reston）都是例子。現在看，似乎這政策已經走得太遠，國際國內都不容易回頭。歐洲經濟政治之不安，將不會短。

許多人或者以為這情形會很快引致戰爭。記者卻依然估計和平。把全球戰爭中各戰略區域的戰爭條件看看：人心、物力是兩大要素。如有人願意細作分析，把美國物力除外，必發現除了希特勒之類的狂人以外，難有誰一意孤行，發動一個易起難收的全球持久戰。光就我們所談着的美國來說，我想美國實用主義的智慧與不顧客觀條件的冒險家們無緣。

一九四七年十月七日　司達吞島

共和黨援華運動[*]

一

自從亨利·魯斯發表了蒲立特對華放款三年計劃以來，久經醞釀的共和黨就中國保姆職的傳聞越來越表面化了。在這一個半月之間，關於中國問題，熱鬧處全在共和黨要人方面。參院領袖范登堡已經發吼了兩次。衆院中國牧師裘德跟馬歇爾先生吵紅了臉。參院威權塔夫特與衆院領袖馬丁都變成了中國的保衛者。明年總統候選人之一的杜威州長，尤不能不聽魯斯先生的話，出來爲中國的獨立和自由擔憂，而大責行政當局不長眼睛，不講良心，把中國送給蘇聯。除這些外，天天在無綫電上嚷着應處置蘇聯和共產黨的共和黨要角們也頗對中國問題費力氣。今天早上衆院外委會爲中國提出了六千萬元之數，暗示明年一月正式會議時，中國還有希望再得一點。魯斯先生既然能夠組織和支持義大利的底加斯卜里政府，他對於中國問題的權力，在美國當然不是一件小事。爲蒲立特一篇文章，他登了六百家報紙的整版廣告。在《時報》和《論壇報》上的整版廣告，據說每家三千元一天。一篇文章廣告費總起來不下幾十萬美元。除此之外，他在共和黨領袖們中間的活動費、宣傳費也不知要花多少。幸而有魯斯先生，降生於自己國土上的中國人，假如從此能見到獨立、自由和民主，真不知怎樣纔能報償這位財主所投的這一筆大資本呢。

魯斯先生這一次的作風與過去稍有不同。過去他對於中國問題是處

---

[*] 原載《觀察》1947 年 12 月 13 日。

在輿論界的地位上。他相信在美國有錢就有輿論，有輿論就有政策。所以重點似乎是放在寫文章方面，其次纔是政策製造者方面的活動。大體的說，有錢就有輿論，這個信仰在美國是有根據的。所以魯斯先生是有堅實信仰的人。毛病出在錢和輿論並不是以同樣速度向同一方向進展的東西。輿論雖有極可能跟錢走，有時它太慢了，常常緩不濟急。所以這一次魯斯先生翻然改圖。一面先後請蒲立特和裘德兩先生到中國去，以作製定政策的地方根據，一面在共和黨首要中間，提出以中國問題作爲明年黨爭的中心問題之一。這樣，他這次是以共和黨政策製造者及推動者的模樣在活動。在輿論方面好像他至少是不十分在意了。爲了《生活畫報》的聳動性，他不惜違反自己的政策，在最近一期《生活》上，把中國政府在天津附近決運河堤，水淹三百方英哩農莊以阻止共軍的圖片發表出來。還要登出政府用軍隊阻止鄉民搶修。不管他的按語怎樣，他難道不知道美國一般人現在的對華看法麼？即使承認他的心全然不在中國政府身上，但從他們共和黨政策着眼，也覺得邏輯上莫明其妙。

二

杜威省長以默契的總統候選人資格就中國問題發表了兩次談話。十一月廿四日在哥侖比亞大學的中國問題演辭，應看成是共和黨對民主黨所投的一通戰書。在那篇演辭中，他巧妙的把中國說成好像是美國的親骨肉一樣，"亞洲和西歐"是美國的"兩條長了爛疔的腿，不能祇醫治一條，而把另一條丟着不管"。他說"美國已經把中國從一個壓迫者（日本）救出來，不能把她再交給另一個"。他說美國是爲了"保衛中國的自由""保衛中國的獨立"纔和日本打仗。他說雖然中國的形勢甚爲緊張，但祇要美國幫忙，"中國人民偉大的忠忱（他沒有說是對誰的，大約是對美國）還可以動員起來"。可是民主黨的糊塗中國政策，竟把這個要靠人保衛的中國慢慢的弄到"蘇聯和他的友軍"手上去了。

這位美國政客應付國內一些問題也許相當拿手，但是對於中國問題保姆一樣的姿態，好像這篇東西衹有美國人纔會讀到，中國人是不會看見的一樣。中國在歷史上曾經受過外來者征服，近百年來也曾在東西洋人面前低過頭。這使得一些肥頭大腦、不懂自己國外人情的洋人把中國看成地理名詞，看成是受慣了別人"保衛"，永遠是在異民族之間被救來救去、交來交去的一塊區域。中國人民對於祖國深厚的、如赤子對母親一樣的愛與尊崇，非但這類人不能想像，即有些中國通也不十分明白。中國人民餓死凍死，心在祖國。華僑們在國外保持沉默的自尊心，胼手胝足、受盡痛苦要寄錢回祖國去，衹希望祖國堅強壯大，不肯衹圖自己在外國的發展。這種民族感情，一方面是傳統的家族主義所產生，另方面它却是中國人民不滅的德性。專講個人主義的西方人很難理解。在杜威先生心目中，希臘既然受得了美國的"保衛"，受過了"美國保衛"的中國人當然更不用說。有這樣心理的人若掌握美國政策，將來無論中國有怎樣的政府上臺，都會覺得這方面事情難辦的。

　　從美國情形看這問題又比較複雜一些。在這裏，外交和內政聯在一起，黨爭和國是聯在一起，而兩黨立場混淆不明。假如我們大膽的說，從現在起，到明年秋選爲止，把美國內政、外交政策發動的出發點多多少少歸之於黨爭，大致不會十分錯。到現在爲止，美國黨爭雖甚利害，然在所爭執的焦點何在，却是一般的糊塗。兩年以前，人們能夠大致感到一九四六年國會選舉共和黨會勝利。現在却沒有這樣感覺。其中原因甚多，但最大的原因是兩黨都搶同一政綱、政策，並且在極小的差別之下（如在華萊士及美國進步公民會壓力之下，民主黨不得不有時對工人問題上作姿態，而共和黨不理），兩黨差不多都搶同樣階層的選民。非但世界政策如此，即內政問題如工人政策、房屋政策、反壟斷政策、物價政策等等，莫不可以作一例看。大政上不能分別界限，兩黨深知。同時社會分野中又沒有一個確定的力量起來，逼使黨派在政策上不能不採相異的道路。因此美國的政爭就自然流於繁瑣的鈎心鬥角，找小麻煩，爭成功，擠失敗。回復到新政以前的狀態。

　　在現在情況下，共和黨的形勢不算有把握。去年秋選他們用反物價控制把民主黨打下去，同時他們儘量利用了他們領導的所謂兩黨世界政策。開年以來，民主黨在這兩方面都比他們跑得更起勁。現在，"兩黨世界政策"的名稱久已爲杜魯門主義和馬歇爾方案代替了。共和黨雖可以爭說這些東西都是他們領頭，特別是范登堡和達勒士的主張，無奈執行這些東西的總是杜魯門和馬歇爾，成績大有被別人搶去的危險。這還不算。另一宗麻煩是通貨膨脹問題。這東西本是誰都可以利用的。共和黨可以把通貨膨脹的失敗責任推到民主黨身上，說是因爲行政機關在國外亂花錢的原故。而民主黨也可以往對方身上推，說是因爲他們取消物價控制。無情的民主黨先發制人，在特別會議上，用援歐的大帽子一壓，說爲了制止通貨膨脹要行物價工資管制與配給制度。事實上要使馬歇爾方案的成功能有幾分之幾的把握，最低限度，在它的成功失敗判明之前，要使國內危機不致爆發，就非實行信用、物價、工資等管制與配給制度不可。但民主黨現在提出，却是明知共和黨不會通過物價管制。即使他們通過，那東西不夠完備，也不容易生效。民主黨因此叫共和黨一交跌進了茅坑，出來也臭，不出來也臭。不通過，貨物必繼續膨脹，也許僅能因信用稍受管制而慢一點。通過，有可能黑市與通貨膨脹並行。兩者都是明年算賬時的麻煩。假如他們索性將其通過，而明年把罪歸到提出來的民主黨，則他們背後的大老闆們又不許可。煤油業、鋼鐵業、總商會、全美製造家協會……這些華爾街的王公都已經表示反對。

正當共和黨焦頭爛額之際，中國問題的形成真是如獲至寶。共和黨之運用中國問題，一如民主黨之運用物價管制問題。他們提出來的中國計劃，每年二億五千萬，給三四年，實際上和馬歇爾所提的頭十五個月三億元相差無幾。他們的看法是：反正你是要給錢的。我正當名分的提出來，若中國問題改善，是我之功；不善，祇怪你拖得太久了，太不可救藥了。他們知道錢量太少，不能改善，明年好狠狠打一拳。這一下可算民主黨難以扭脫。

中國的命運被捲在別人的黨爭裏，是非常可悲而且可怕的事。假如我們不能夠擺脫對於這些英雄好漢的倚賴，那麼我們將來還要變成美國黨爭的足球，在美國向來陰陽不定的政治季候下浮沉。

當然，這不是說中國問題在這裏單純的是國內黨派問題。在國際關係上，在范登堡或者達勒士或者魯斯的眼光中，從現在起，倫敦會議失敗，與西德訂合約是歐洲政策應走的第一步。給中國少量的錢，但必須先說年年給，使那邊局面能拖幾年，是亞洲政策應走的第一步。因爲中國局面必須能拖到一個時期。第二步是不是全球大打呢？我們不知道。但即使是范登堡，眼前也不敢說要這樣來準備戰爭，同時他的西德合約計劃又在搖擺不定，得經過較長時期籌備，包括輿論方面，纔能實現。

三

民主黨對於中國問題的苦衷，一言難盡。他們對於中國政府之關切，起碼不會比共和黨少。在世界關係中把歐洲和日本放在中國前面，也不是民主黨獨佔的觀念。兩党在這些方面沒有根本不同。所不同者，民主黨以十幾年在朝黨的經驗，中間經過一場全球反法西斯戰爭，對於中國政治社會民情的複雜性，比共和黨多理解一點，作風上因此要避免打前鋒的姿態。試看近來關於馬歇爾方案非正式的討論中，共和黨主張寫下"不許受惠國家繼續社會主義"的條文，民主黨行政機關則期期以爲不可，因爲會更加刺激歐洲反美情緒，且招本國一部人反對。事實自身的邏輯，原不用條文來保障。在兩個性質與政綱大致與相同的政黨之間，不同處祇是經驗和有責與無責的問題。

從今年一月馬歇爾發表了關於中國問題的宣言以後，民主黨對於中國就採取了"遊擊戰"的政策，換句話說，是沒有正面的政策。從那時候起，麥克阿瑟"以日本作基地，中國作戰場"的理論，也就在醞釀半年之後，真的佔了優勢。中國既有戰場價值，就不能完全撤退，完全不理中國。另一方面，中國既無遠東主要根據地的資格，也就無須爭全力支持中國政府。祇要常常有一點半點東西去維持其還能是一個戰場就夠了。

這情形持續到今年七月，看是越來越不行。中國局面在中國固嚴重，在華府的嚴重性至少也不下於在中國。在此地段，假如南京不守，中國這個戰場就要垮臺。即使彼時不是中國共產黨專政，任何另一上臺的政府其向美之心不可必。即使這個政府不站在蘇聯一邊，即使它講保境安民，站在中間，如六月以前自命為東西橋樑的法國政府，美國也就失去了滿洲，失去了西伯利亞的後門；失去了成都、西安、蘭州、迪化，失去了趨貝加爾湖的孔道（這是根據八月卅一日《紐約世界電訊報》）。因為中國政府若堅持中立，美國除了硬派軍隊佔領中國之外，無法弄蘇聯的後方（日本當然不夠用）。這一着太麻煩了。得打完中國，纔能打到蘇聯去。

是這樣一種考慮使魏德邁去中國。他的主要任務是考察中國戰場一般的以及各別區域的軍事形勢和對比力量。那時候的問題是：繼續過去的"遊擊戰"呢？還是大幫特幫，起碼使政府能守得住現有的區域？

從現在回看魏德邁回來後的種種跡象，我們可以說民主黨的對華政策祇有一點地方還在遊疑，以援歐餘力來大幫中國政府的決策，倒是也不下於共和黨。這點遊疑是究竟是否堅持一切美國援助都要美國監督，甚至於財政、經濟、工商業、軍事政策全由美國參預支配，像美國待希臘一樣。華盛頓有這樣一個流行的說法，說魏德邁此行對中國意見太壞，認為他所看見的比他所想像的壞六十倍。他認為今後的一切做法，政、經、軍、財等方面，都非由美國直接參預，直接監督不可。要在中國設一美國總代理管這些事，而此人祇對華盛頓負責。並且說他認為美國在中國的交涉對象，不必一定是某某個人，祇要是能夠產生效率，能與美國合作的人就可以支持上臺。但國務院對於這種軍人見解頗不同意，認為大幫是必要，但美國露面監督則不可，因為中國與希臘不同。關於交涉對象之說，美國認為不現實。共和黨方面如魯斯，如裴德，如在《生活雜誌》發表文章的蒲立特，則認為美國事實上需要去監督。中國人祇講面子，祇要面子上過得去，則監督也無妨。而關於交涉對象則以為萬無考慮改變之餘地。

民主黨行政機關對於中國的考慮和關切不能拿到表面上來。一方面是因為緊急援歐與馬歇爾方案牽制住了，另方面是馬歇爾依然考慮美國輿論這個東西，最要緊的是以為馬歇爾先生這樣軍事、外交上幾乎是全能的統帥，對中國想不出有效的方法。中國不是西歐，經濟、政治都無西歐那種比較可靠的根基。中國又不是希臘，在希臘花了三億元，改組了她一個政府，情形反愈來愈壞。三月間還是不到一萬人的遊擊隊，現在變成了近三萬人。因此，無論是馬歇爾方案的規模，抑或是杜魯門主義的規模，拿到中國去都會差勁。共和黨與魏德邁的主張都是杜魯門主義的規模。甚至於杜魯門總統遠在一個月以前，也曾請馬歇爾重新發一個對華政策的聲明。馬歇爾則以為還是不聲不響，暗暗送東西的好，當然是要比以前送得多。

在黨爭方面，共和黨雖以為抓住了民主黨的大蔽，衡量各種論點時，民主黨却也站得相當穩。左說它有理：它一貫地贊成有民主的、強大而獨立的中國。右也說它也有理：它從頭就支持中國政府，在那裏花了幾十億元。而且，在杜威沒提出他的辦法來以前，馬歇爾已經說了要給中國每月兩千萬元。到明年這問題之鬧大鬧小，一要看馬歇爾方案當時在歐洲進展的情形與歐洲政治分野上的變化。假如法國和義大利情況變化，馬歇爾方案的政治目標注定失敗，則中國問題跟着也會鬧大。再要看明年中國的情況。無論大鬧小鬧，這問題總不過是波瀾而已，因為美國關心中國問題的人實在是太少太少了。比起中國人對美國的興趣來，可說千分之一都不到。關心中國的人大都是到過中國的傳教士，這些人政治上、輿論上能發生作用者很少。其次則是中國通，其中包括教授、新聞記者和退職的外交官吏。也就是這些人形成現在美國對華輿論的中心。這些人和共和黨的看法很合不來。

四

就中國本身問題說，記者一向以為自己既要打，就不要靠別人。因爲別人總是一個不可知數。靠別人打內仗，情形就有些像把中國幾萬萬人的生命推在一個自己管不着的、動搖的泰山上冒險。至於中國因此所受的侮辱和輕視倒是用不着提了。

美國之不可靠不在於她想在蔣主席或者李濟深之間有所選擇，當然更不在於國共之間有所選擇。這些都有很明白的答案。真實的原因是美國目前在中國的行動出發於一個政治的、消極的觀點，這個觀點沒有積極的、經濟的利益作後盾。拆穿了說，這行動的出發點是除害──蘇聯和中共，而不是興利──投資利潤與商品市場。試看馬歇爾方案的種種做法，決定的要點還是興利爲主，除害次之。眼前東西兩德佔領區的商約，西德與東歐的商約，乃至於西歐十六國將來在馬歇爾方案下與東歐通商的趨勢，都在政治上強烈的東西分裂主張下矛盾地進行，就是證據。當然，這一方面是因爲利害之間還有餘隙，可供雙方週旋；另方面也因爲政治的害和經濟的利不是絕對針鋒相對的東西。這也就是封建國家可與資本主義國家並存，資本主義國家與社會主義國家能夠並存的基本原因。即使歐洲法義情況變化，這情形也很難突然改變。明白的說，即使義大利明年選舉共產黨上臺，即使法國今冬發生內戰，第三次大戰也不是必然爆發。

假如這個分析合乎事實，就知道一個政治的、消極的觀點如何不足以使美國爲中國拼命。中國現在是美國的負擔，無利可圖。美國在中國的行動，經濟上既然是負數，政治上的贏數又不可必。在這樣情形之下，再加以她在全世界各方面的開銷，美國在中國方面之搖擺動盪，迂迴遲慢，恐怕非在第三次大戰發生時不能改變。不過，這一實不可以隨便亂壓，因爲又是個不可知數。即使在短期間爆發，假如蘇聯不先派兵長驅南京，則美國還是要先顧歐洲與中東，而不能即搞西伯利亞。但蘇聯爲什麼放了歐洲，先弄南京呢？從這樣看，即使大戰爆發，中國所得之於美國者，也不會比抗戰期間所得，或者現在所得，超過太多。主要重點依然不會超過於加強空軍，與訓練中國軍隊以外。因爲到那個時候，美國的陸軍是不會十分夠用的，而海軍在中國無太大用處。經濟上除軍費以外，美國能支持者會更少。

　　從種種方面看，共和黨援華運動對於中國的意義是很小的。除了中國案子在議會辯論中，更便利於民主黨議員抨擊，而有傷中國政府以外，它既不表示美國政策上今後將對於中國大熱心，也不足以根本改變美國民間對華的冷淡，輿論方面能爲這些人所動的尤少。雖然美國駐華新聞記者在此地一般的反共的空氣之下，在中國挨了中國政府幾次罵之後，絕不再説中共好，也不再亂罵中國政府；雖然此地輿論家決不表示有所愛於中共，但是有一個觀點經過了多少年的迴蕩，現在是確定了，即亞洲是在空前絕後的民族社會革命浪潮中，這浪潮誰也不能阻止。這些輿論家希望中國政府能够是這種浪潮的領導者，但共産黨是否願意呢？

十一月二十六日　司達吞島

美國第三黨[*]

——和平、進步、繁榮

眼前是新舊交替的時間。沒有誰能夠說一分鐘之後的明年，對於本年所留下來的一些問題，會有什麼交代。從現象看，時報廣場，光彩和人影同樣的擠塞了大街。一九四七年的球落和一九四八年的球昇，招引得四面八方人來人往，和跑馬賽會一樣熱鬧。夜總會和大旅館的舞廳裏，今年的舞步連接着明年，好像狂歡是永恒的。

可是哥侖布廣場，那個自由露天演講的永久演壇，今晚（一月一日）却有了一個簇新的聲音：

"……我們已經厭了。我們要有一個新的聲音。人民要有選擇！人民要有選擇的機會。"

這位無名講員，在鑽來鑽去的無名者中間叫着。驟聽見，你以為是空間自己在狂叫。它所要的機會是一個第三黨，是第三黨的華萊士，來年獨立派總統候選人。

第三黨的產生，不管它眼前的數量與力量如何，當然是美國近代政治上的一件大事。它所代表的要求和趨向將不會以它眼前的構成力量和眼前的形式為限度。換言之，即使這個黨也會像過去的其他第三黨一樣，在一個較短的期間之後就結束，它所提出來的口號：和平、自由、職業，也必然會在另外一個形式之下，把更廣泛的力量結合起來。歷史的道路使之如此，美國現實政治的趨勢便是如此。

---

[*] 原載《大公報》（上海）1948 年 1 月 13—15 日。

一、溯　　源

從它的產生過程來說，現在的第三黨是羅斯福聯合陣綫時代的一個分支。大家知道，美國壟斷經濟制度在國內所遭逢的危機和它在國外所遭逢的是同一性質。即龐大資本、龐大生產力的壓力與龐大利潤的追求相結合，一方面使其他國家的經濟力量不能不在這種壟斷經濟所能容許的夾縫或邊沿中討生活，另方面又把本國的中小資產階級、薪水階級和工人也困在這種夾縫中間。壟斷經濟面對着國內國外這兩種力量，雖然時常也有加以各種運用之可能，但是它所能容許的邊沿或夾縫究竟有限。一九二九年把這個夾縫擠滅了，從而發生了美國經濟空前的大爆炸。在爆炸之中覺醒來的美國人不但是工人，同時也是美國的中小資本家、薪水階級、一部份農民和知識份子。這些是新政時代的骨幹，也是它種種政策的背景。

這個不謀而合的、以領袖為中心和靈魂的聯合陣綫在戰後之解體，是完全可以理解的。領袖倒下去了。對方——壟斷勢力——因戰爭而更加強大，更加善於運用壓力。新政派好像一支無主的聯軍，張皇四散。經過一個短期的混亂之後，分裂成了兩派。大部份上層領袖，像羅斯福夫人、包爾斯（Chester Bowles，前物價局長）、魏亞特（Wilson Wyat，前房屋管理局局長）、韓德遜（Leon Henderson，也是前房屋局長）等，以原有的聯合民主行動會（United Democratic Action）為基礎，成立了一個美國人民主行動會（Americans For Democratic Action）。而另外在一九四四主要負責推動羅斯福選舉的兩個團體——全國公民行動委員會和獨立公民委員會合併，成立了美國進步公民會。

這兩個團體彼此的前身不同，政策上也是兩種。聯合民主行動會，根據一位鋼鐵總工會的負責人對我說，似乎是有屬於美洲工人聯盟的女衣業工會會長杜賓斯基（Daird Dubinsky）的支持。這位杜先生據說是和從蘇聯跑出來的社會革命黨有淵源，所以先天的恨蘇聯，恨共產黨。

在羅斯福時代，聯合民主行動會就很不贊成羅斯福的容共聯蘇政策，它和當時工業團體大會所屬政治行動委員會和全國公民政治行動委員會尤其彆扭。在戰爭結束之前的一二年中，這個團體勢薄力孤，幾乎到了難以存在的地步。戰後以它為基礎而產生的美國人民主行動會，政治上繼承前身的立場，反共更鮮明一些。因此它擁護政府的外交政策，而批評它的對內政策。（雖然一些高級領袖如羅斯福夫人和包爾斯等之加入這個團體，並不是為了反共或者反蘇。）他們認為民主黨和杜魯門總統並不是不可救藥，並不是和共和黨同樣代表壟斷勢力的集團。因此他們希望以建設性的建議和批評來爭得民主黨向左走，而不贊成用政治行動來逼他們。由於這個團體前身的民眾工作沒有發展，同時由於它現在所採取的活動方針，這團體就眼前看，民眾組織基礎是很小的。

美國進步公民會的兩個前身都是新政聯合陣綫時代的產物。全國公民政治行動委員會主要是除工人外，中下級市民的團體。獨立公民委員會則是文化界人士的團體。它們一向不反共，更說不上反蘇。事實上，這兩個團體應該是有共產黨員參加在內的。它們組織的原因主要是為了爭取羅斯福第四次連選，不許共和黨上臺。現在看，它們當時也許就有一個目的，要把民主黨原來的社會基礎和控制力量用新的聯合陣綫基礎代替，使民主黨變成一個代表中產階級的黨。

這個目的事實上沒有證明，但是它們在中下層人民中間的努力爬樓梯，按門鈴，發動了幾千萬厭惡黨派政治的人民出來登記投票，使羅斯福四次連任成了功，這一個短短的傳統被美國進步公民會承受下來。近二年來，美國進步公民會所受壓力不小，但是它的政策立場沒有改變。在國際政策和國內政策上始終拿羅斯福的立場來批評現政府。他們認為民主黨行政機關的構成和民主黨黨部的控制力都是壟斷資本的背景。民主黨與共和黨的對內對外政策沒有基本不同。因此，他們認為爭取民主黨向左走已經不可能，美國人民必須有一個全國性的進步的第三黨。到現在為止，因為他們對於蘇聯和共產黨比較緩和的態度，他們幾乎是完全失掉了一些上層領袖（包括工會首領、一部份自由主義者和進步派）

的支持。但是他們的下層基礎——個別工人、家庭主婦、自由職業者、小職員、學生,以及一部分中小資本家——却是從一九四三年全國公民政治委員會創始時期打下來的。兩年來的通貨膨脹和戰爭恐怖又幫助了他們發展。最近兩週來第三黨的宣佈是恰好的證明。

現在美國進步公民會已經宣佈組織第三黨。華萊士已經宣佈他自己是第三黨明年總統候選人。他的競選政綱七大要點,將是美國人民做選擇的標準。

二、傳　　統

第三黨的出現,一方面是繼續美國黨派政治的傳統,另方面有它自己獨特的意義與傳統不同的地方。

除近百年來起落無定的一些第三黨組織以外,在美國建國史上有兩個爲了反對既成黨派而組織、而成功的全國性政黨。一個是十八世紀末傑佛遜領導成立的民主共和黨,後簡稱民主黨。傑佛遜本人是大地主貴族階級出身,但是他的民主黨却代表自由農民和獨立中小商人,反對哈密爾頓的聯邦黨。聯邦黨是代表銀行家、大地主和大商人的。等到了十九世紀中葉,以林肯爲第一任總統的共和黨又出現,代表中西部開發期的農民和中西部新起工商業力量來反對代表南方大地主和東部海岸財權的民主黨。這兩個新黨之起,爭點都是國內問題。自從共和黨成立以後,近百年來,美國人民並沒有伏伏帖帖的承認這兩大黨足以滿足他們各社會階級的希望和利益。特別是本世紀開始以來,壟斷集中的過程飛躍發展,兩個大黨轉來轉去的在有力者手下活動,使人民中第三黨的運動自一九一二老羅斯福的進步黨成立以來,此起彼落,成爲一個長久不能滿足的願望。百年中沒有第三黨出現,有許多原因,但因爲第三黨不能出現,所以在這百年中就出了許多個人抗議者和改革家。這些人有的是新聞記者,有的是□跡於兩黨或倏起倏滅的第三黨之間因而得選的國會議員,有的是學者教育家。這些人的思想常常是社會主義和資本主義改良派的混合品,有的甚至於有一些馬克思主義在背後,如經濟學家費布倫(Thorstein Veblen)。這些人對於既成經濟制度,從它所造成的社會心理、文化積弊到它實際上所造成的人民悲苦生活,大膽的攻擊,無情的揭發。不管他們有社會主義或者馬克思主義的看法與否,這些人可以說是一群自由主義的騎士。他們個人所發生的實際作用有多有少,但是即使把他們全部集合起來,也不是一個第三黨的作用。

因此,現在第三黨的產生,是傳統的美國人民對於既成政黨之反抗的表現。它所代表的社會力量,主要的將是中產階級、一部份農民和一部份工人。它是以中產階級為主的新聯合陣綫。照眼前的情形看,它不會是代表工人的政黨,像英國勞工黨初起時那樣,同時它又非完全是美國中小資本家的力量。它裏面的成分複雜,這也是傳統的表現之一,因為美國究竟是新國家,她的社會階層之間到現在為止,還沒有十分明白的分水綫,這也說明它不一定會因為成分複雜的原故就很快分裂。

它和傳統不同之處在於它是新政以後的產物,同時也在於它是二十世紀中葉世界人民運動形勢之下產生的。關於前一點,新政雖去,但是它留下了一些有歷史性的產品在美國公共生活中。與此文有關的是政府調節計畫的經濟應用以代替壟斷控制的經濟。其次是工人在政治上的地位提高了。新政這兩種遺產是前所沒有的東西,第三黨不會放棄。雖然它將來如何運用還不敢說。關於後一點,第三黨由於美國的世界地位和世界本身的形勢,使它必須超過過去新黨組成的傳統,以世界問題和國內問題並重來組織美國人民。我們可以推測,假如第三黨不願重複過去一些第三黨派的失敗,必然會像英國的勞工黨一樣在黨員中作比較認真的政治教育,使它的下層基礎不會繼續過去的傳統在黨派間游來游去。

三、現　　勢

華萊士先生是開明遠見而勇氣超群的領袖。他這次的行動雖然在報紙上和無綫電上受着可怕的訕笑和侮辱,但是實際上他的威望是增加了。

人們可以說是被他的勇氣、信心和一往無前的戰鬥態度所震懾住了。甚至於反對他的人都說他是近世偉大人物之一。同時第三黨的基礎，美國進步公民會，有自一九四三年以來下層工作的經驗、熱心和毅力，眼前他們有頗大的下層人民的支持。在最進步的加里福尼亞州有四五十萬人簽名支持華萊士倒不是奇事。值得注意的是中西部對第三黨和華萊士堅定和相當強大的支持。以俄亥俄州和伊里諾州說，該兩州都是保守勢力的中心。但是伊里諾州已經有了一個進步黨，它是反對民主黨與共和黨的伊里諾州第三黨，是以美國進步公民會的支部爲中心於一九四七夏天成立的。它且已於十一月支加哥市選舉中擊敗了兩大黨。俄亥俄州於其支持美國進步公民會時，聲言在該州組織第三黨不成問題，該州光進步公民會的會員有五千人。這當然是非常強大的核心。推而遠之，到北西部如明尼梭達州、北達科塔州、蒙旦那州、威斯康辛州，第三黨和華萊士也必然得到很大的支持。第一，因爲這幾個州開發較後，人口主要是開發性質的農民。他們對於銀行資本在農村的剝削作用極端憤恨。近五十年來倏起倏滅的第三黨都是從這幾個州裏產生。第二，在這幾個州裏，特別是北達科塔和蒙旦那兩州，美國農民的進步組織——農民組合（Farmers Union）基礎鞏固而廣大，是那兩州最大最有力的人民團體，它一向擁護華萊士。北西部農民之支持第三黨與華萊士，可以想像。就一般說，眼前已經有十八個州的代表承認他們可以在該州成立第三黨。進步公民會宣言他們在四十六個州裏有把握。就個人表現說，代表南方智識份子和自由主義者的裴利（Jennings Perry）聲明他贊成第三黨和華萊士。《紐約下午報》發表十三封讀者來信，其中七個贊成，兩個未定，四個反對。過去主張第三黨的無綫電廣播員金頓（Frank Kingdon），現在又反對。但在他表示反對之後，他所收到的信件完全是質問他和責罵他的。從進步主義者唯一的報紙《紐約下午報》的表示也可以看出消息。該報近兩三天社論天天講第三黨。但即在兩三天中言論多所變換，從開始的硬反對，硬說是共產黨策動，變爲隱約的贊許。並且進一步認爲其他自由主義者之沒有行動是不對的。

華萊士這一次的舉動在一九四八年中佔了一個政略上非常重要的地位。他一方面可以打擊共和黨，另方面可以打擊民主黨。就共和黨方面說，它本身是分裂，這分裂在下層分爲國內中心派（一般所謂的孤立派）與國外開拓派。前者包括中西部地產家、公共工程業、新興工業如道氏化學業、輕工業如機械工具製造（紐海芬和馬塞朱塞茲州這方面工業最多），以及大多數北部的農民。前三者的眼光是國內發展的市場。後二者一方面眼睛在國內，另方面對銀行壟斷資本一律以債主看待，對之有先天的厭惡。國外開拓派包括銀行壟斷資本，重工業如鋼鐵、煤油、化學、軍事工業等。兩種利害不同，故造成上層也不能統一。上層領袖力量中的分歧尤爲可觀。杜威、塔孚特、司徒森、麥克阿瑟、艾森豪威爾各有支持者。現在甚至提到了衆院議長馬丁。在他們內部紛爭弄不明白之際，華萊士的和平政策與聯合國政策對於北西部和中西部的農民與小製造家的影響，將使共和黨在整個中西部（包括北西部）受相當大的擾亂。

　　就民主黨方面說，新政以後的民主黨吸收了許多中間層的人口，如自由職業者、智識份子、中小資本家和工人在它的下層。民主黨竟在加里福尼亞和紐約州選票的保障完全在傾向左翼的這些人手上。華萊士眼前在加里福尼亞的力量使民主黨已經岌岌可危。在紐約州華萊士若能得到廿五萬至卅萬選票，民主黨在這一州就要垮臺。總而言之，華萊士一出，使民主黨除了在南方之外沒有保障。

　　這並不是說華萊士今年將會勝利。這是決無可能的。它的政略作用在於擾亂兩大黨的控制，驚醒選民使他們在對候選人做選擇之外，還能對於政綱、政策作選擇，從而在不同的政綱、政策之下作社會力的新分化。

　　但是這一切都不說明華萊士會一帆風順。眼前的風波已够可觀。

　　當進步公民會全國執行委員會決定組織第三黨，以華萊士爲總統候選人時，執行委員會之一無綫電廣播家金頓就跳出去了。當華萊士宣佈競選的時候，紐約州進步公民會主席，無綫電廣播家之二的華爾綏（Raymond Walsh）又跑掉了。無綫電廣播是政治上最敏感的職業之一，說話稍有不反共嫌疑就有丟飯碗之憂。在金頓的情形上，他又想自己去競選民主黨參議員，贊成了第三黨，他就不能夠得民主黨黨部的擁護。因此這兩個人，雖然再三再四在群眾大會上拍脚打手，高喊必須組織第三黨，擁護華萊士，等到事情擺在眼前時，就不得罵罵咧咧的走開，讓保守派報紙如《論壇報》譏笑，說美國自由主義者沒有原則，美國自由主義已經死去。這兩個自由主義者雖然是出了"漏子"，於己不利，但是他們兩人所佔的那兩個無綫電時間却不但不能爲第三黨和華萊士所用，反而將變成罵他們最多的時間。在這個無綫電和報刊幾乎代替了美國人的頭腦的地方，這情形於華萊士當然不利。

除此之外，常常被人罵爲準共產黨和幾乎有被非美行動委員會調查的危險的《紐約下午報》也反對第三黨和華萊士的競選。《民族週刊》也反對。這些自由主義者的理由都以爲第三黨出場將分裂民主黨的選票，使共和黨上臺。

已經說過的美國人民主行動會當然是反對的。工會方面絕大部份的首領們代表工會表示反對。

美國自由主義者大分裂。癥結的原因當然不是他們沒有組織第三黨的要求，這要求不管文字上的表示如何，幾乎是他們一致的，也不是怕分裂選票，使共和黨上臺。因爲《紐約下午報》已經承認這次行動可能逼得民主黨與共和黨多作些進步政策的表現，以求抵抗，如此則明年上臺的政府不一定會更反動。真正的原因在表面上是蘇聯和共產黨的問題，在更深處是美國自由主義者深刻的危機。

假如美國民族的心理生活穩定而正常，假如戰後世界社會力量的變動，不是這樣的廣泛而劇烈，假如蘇聯不是蘇聯，而是帝俄。這三個假如之中祇要一個是事實，美國現在這樣汎濫的反蘇反共熱就不會發生。事實上這種大反特反的高熱所達到的程度令人可驚。情形是對蘇對共，若僅保持不容也不反的態度，則那人的名譽就要發生問題，從而他的地位和他的職業就失了保障。在這個人主義與實用主義盛行的國家，一個人失掉了職業，絕無親戚朋友可加以支持。這是一。其次他不能以機變權術保存他的職業，則他的無價值與其以無能而失掉職業同樣為人所鄙棄，而有當"白廢料"的危險。一個人或者情願死，但是他不願意當廢料，無論是那一種顏色的。

第三黨與華萊士在這個問題上，可以說是採取了挑戰的態度。原因當然不是報刊所稱的他們跟共產黨或者蘇聯跑。因為到現在為止，他們所得到的民間支持比美國共產黨力所能及的範圍要廣大得多。華萊士宣佈之後的第二天，《紐約下午報》立刻感覺到第三黨力不可侮，反對的言論就比較緩和。

就第三黨與華萊士對內對外的主張看，記者覺得他們有兩個未經宣佈的前提。第一，他們把美國認為是世界政治的主動力。第二，他們不把全世界左翼要求變革的力量——共產黨領導的或同情共產黨的——劃在舊式權力政治的範疇以內，即叫他們是蘇聯的第五縱隊。反之，他們承認那些基本上是內部人民要求不能解決的表現。其次，他們已經宣佈了的一個前提是內政與外交的政策不可分割。在這樣前提下面，他們特別是華萊士，認為以美國的財力、物力，投之於解決世界人民要求，而不干涉他們所要選擇的政治經濟生活途徑，則世界上要求變革的力量不致於極度向左，美國保守的力量也不能極度向右。實際的推移可能使變革者和保守者在某處匯合，使世界和平得到保障。要達到這個目的，就必須把壟斷經濟對於政府和政策的影響和某程度的控制取消，而代之以其他階層人民的影響。華萊士這個主張當然不是像有些人所謂的主張對蘇和平是為蘇聯張目。因為他的主張的中心比對蘇和平更多一點。那是積極的滿足世界人民的政治經濟要求。假如美國能這樣做，其結果是為蘇聯張目還是為美國張目呢？

華萊士反對美國政府的外交政策，反對它的備戰政策，就被美國進步公民會影響所及以外的自由主義者和一切其他有力者不問他對蘇聯所採取的實際態度如何，斥為蘇聯和共產黨的工具，希望加以封鎖，加以孤立，使之殭斃。這是華萊士最大的困難。他們在事實上能否成功是很大的疑問，而在這類舉動上，美國自由主義者却表現出了一個很深的危機。

　　簡單的說，危機有兩方面。第一，傳統的自由主義者是精神上的孤立主義者。在他們的過去經驗中，政治上的爭衡主要是內政方面。因為在這次大戰以前，英國世紀的餘威猶在，美國的國外政策隨着她不被十分重視的國外貿易而居於較次於內政政策的地位。傳統的自由主義者眼睛是向內看的。大戰把世界情勢改變，把美國突然送到世界的中心，儼然美國世紀到了。到現在，非但國務部的職員比戰前龐大增加，而且陸海軍部與國務部合組了對外政策委員會（SWINK）。緊急對外救濟在國務部管理之下，將來的歐洲發展管理處（Europe Developement Administration）（馬歇爾方案執行機關）也有可能聽命於國務部。在立法機關中，對外政策不祇是在參議院手上了，連向來不過問的眾議院也爭着要在國外政策上有決定權。歷史跑得這樣快，使向來把精神放在內政上的自由主義者們有些人來不及把眼睛睜開，看看自己政策的變化，已經是花花綠綠，紙訊所看到的盡是蘇聯到處侵略，到處獨裁。就不能不採取了甚至於反第三黨的《紐約下午報》所指摘的"他們（內政的自由主義者）情願冒險準備心腸，為了毀滅世界的戰爭"（一九四八年一月一日）。

　　第二，傳統的自由主義者也是十分的個人主義者，他們在政治上所發生的作用主要是靠個人言論而不是靠集體行動。集體對於個人是束縛，而個人，除了進政府做官之外，不能做什麼行動。在現在的美國，自由主義的騎士們的作用越來越小，個人言論常常祇是良心上的安慰。但是習於以言論發生作用的自由主義者，如美國人民主行動會，似乎對此還是十分信賴。以此，有些人就稱它為不行動派，而稱美國進步公民會為行動派。不行動派現在的不行動將使他們自己在政治趨勢更向右時遭受更大的困難。因為在政治爭衡發展的時候，和人民脫離了關聯的一群中間人總是會吃虧的。他們的希望或者將在工業團體大會的右翼領袖汽車總工會會長魯特爾（Walter Reuther）身上。這問題現在不談。

　　記者無意說這兩個危機所造成的自由主義者大分裂將葬送美國的自

由主義。美國幾時存在着目前的中產階級（包括中小資本家和一部較富裕的工人如工程師），它的自由主義就會存在。但是傳統上眼向內看的，以及騎士式的自由主義者却會減少。他們有的將要向行動派的方向走，有的大概要"準備心腸爲了毀滅世界的戰爭"。

湯麥斯培因說過的："這是熬鍊人靈魂的時代。"

四、前　　途

第三黨有沒有前途呢？

光從報刊、無綫電上的表現看，我們的答覆應該是否定。

光從進步公民會現在的或潛在的基礎看，答覆可能是肯定。

兩者相消，我們或者應該說是五十對五十。

但是這問題不能這樣的以數學公式來解決。一個政治運動之能否成功，主要應看它的綱領是否響應人民的要求和希望，應看在它發展過程中，它的政敵能否滿足人民的要求，從而取消這個運動的衝激力。再，應看它在廣大運動中持久的熱力、精勤和組織的才幹。這三點應該是一個政治運動發展與成功的先決條件。

講第一個條件，首先應該看十二月廿九晚上華萊士宣佈獨立競選時所發表的和平、進步、繁榮綱領。關於內政，他說：

"……爲了言論、集會、結社的自由，我們要戰鬥。爲了結束種族歧視……，爲了低廉物價，……爲了自由的工會職業，爲了要人人能安居的房屋，我們要戰鬥……。"

關於戰爭與和平，他說：

"……戰爭的準備替大壟斷業創造了破紀錄的利潤，而人民所得乃是虛偽的繁榮。……壟斷利潤高於一九三九年者三倍，而每個家庭却在糧食店裏支付我們的戰爭政策。……豪富的壟斷家甚至不惜犧牲他們的子孫和金錢，以圖控制世界，……組織新黨和這些戰爭創造者戰鬥的時間已經到了。國民軍事訓練是走向法西斯道路的第一個決定的步驟。我們將對它和一切支持它的議員們全面決戰。"

關於復興歐洲,他説:

"在馬歇爾方案沒出世之前,我久已主張它那些人道主義的方面。……(現在)我反對現行的杜魯門主義和馬歇爾方案,因爲它們把歐洲分裂成兩個戰爭壁壘。那些在政治上被我們用糧食負過來的人,不久將把我們丟掉。他們會用暫時的感謝這種下流錢來補償我們,可是我們那毀滅他們的自由的政策,會使他們轉向將我們憎恨。"

關於美蘇,他説:

"……我號召蘇聯和美國擯棄由雙方的憎恨販子所製造的成見,把我們之間的異議客觀的考察。世界所需要的是一個聯合國裁兵會議,永使人類不但解除原子彈的威脅,並連一切大量毀滅的武器,也不能再威脅我們。"

接著在第二天,他發表了關於歐洲復興的具體綱領。七點中有三點注重以聯合國代替單方面做領導建設機關。他主張各國經濟、政治上的主權不受侵犯,反對建設款項用於軍火,主張魯爾國際共管,使德國經濟與歐洲協調,建設歐洲。

記者不惜詳細地把華萊士的主張寫出來。一方面因爲這是近二年來美國政治史上最光輝、最驕傲的一頁,另方面因爲這個綱領和它所代表的運動是直接繼承十八世紀末傑佛遜主義和當時的民主黨運動的傳統。傑佛遜進行反哈密爾敦運動時,深深理解而且領導新興美國人民的要求。故威爾遜總統論斷傑佛遜所領導的那個運動時,説:

"…這個革命(反哈密爾敦和聯邦黨運動)是深遠而永恒的。當然大商人、財主、信託家、有才有學而佔社會地位的先生們是聯邦黨。他們把傑佛遜看成是'無神論者和政治上的癲狂之徒';他們生怕他們小心建立起來的制度,有民主會闖進去。"

"傑佛遜的思想正相反。他説'我相信人民的智力永遠是最好的軍隊。'"

"舊時的統治階級要想管理一個新生的年青國家是不可能的。僅僅是生命的生長與變革就已經打破了習慣與制度的一切限制。"（威爾遜著《美國人民史》第三卷第三章）

傑佛遜領導自由主義小商人和農民所組織的民主黨，爭鬥了十二年，最後以他於一八〇〇年被選舉爲總統而勝利。他當時反對大商人、大地主控制，和華萊士的反壟斷控制性質相同。他的領導小商人和農民，與華萊士相同。他當時對世界問題（法國革命）的看法與華萊士對現世到處的變革要求的看法，性質上也是相同的。而華萊士綱領之反映人民要求，也正和傑佛遜當時是一例。因爲我們知道美國人民不要戰爭，他們要加強聯合國，他們並不要控制別國的主權，他們不要物價高漲，他們要享有他們的憲法上自由的條文和實際。過去一年，全世界在驚濤駭浪中，美國人民也不曾單獨享受免於恐怖的自由。美國人民決不像一些人所謂的反動。在關於一九四六選舉的一篇文章中，我們就說過美國人之所以把共和黨送上臺，基本的原因是他們對現狀不滿，要求改善。但共和黨上臺之後，物價更高，負擔更重，戰爭空氣更濃，國際付款更多。儘管報刊、無綫電會把一切理由灌進他們耳朵裏，華萊士和第三黨的言語，他們是不能不聽的。

第二個條件現在很難說。在今年一年之內，共和、民主兩黨聯合政府的種種舉動我們不能預言。政府所遭逢的問題中有三個是最棘手的。第一，通貨膨脹或者經濟恐慌。第二，馬歇爾方案的成功與否。第三，杜魯門主義的成功與否。現在祇能就已有的趨勢分別說說。

第一，在選舉年這個緊要關頭，國內經濟問題佔最重要的地位。去年特別會議開幕，總統就提出了制止通貨膨脹的建議。他所提方法中最要緊的兩項是（一）授權給他以控制一部份物價和工資，（二）緊縮銀行信用與消費信用。結果不但控制權他沒有拿到手，反而幫助大企業從一部份反壟斷法之下取得了更多自由活動權利。緊縮信用的事現在也已擱起來。這兩項事到明年自然還要引起爭端。但是物價控制爲廠家所決不許，除非工資真的凍結。凍結工資又是工會所決不許，除非一般物價像戰時一樣受控制。除此以外，物價上漲的源流導於糧價上漲，而糧價上漲導於政府為了緊防恐慌所規定的糧食津貼，即無論糧食生產如何超於需要，政府總加以收買；但市場供給不足，政府却不許賣出去，來抑平物價，使農業家吃虧。好在現在西歐缺糧，糧在政府方面不成問題，但在國民消費方面糧價不下來，一般物價也不會下。非但不會下，照馬歇爾方案的支付趨勢，以及今冬麥場情形，本年糧食和物價還要上漲。

這裏可能有一個意外現象，即歐洲今年糧食如果多產，怎麼辦？這就接觸到國內經濟問題的另一面：恐慌。今年發生恐慌的可能很大。消費信用累積太高（百一十億元），證明人民沒有儲蓄。物價高漲，工薪階級的實際收入追不上去。全國人口百分之七十平均年入二五五〇元，每週約四十九元餘，但是這數目買不到一九三九年每週二十九元餘的用品。這百分之七十的人口，在現狀下收入不足以活下去。許多人要兼差。再讓他背許多債，一個週轉不靈，就可以在信用網上扯窟窿。就失業問題說，現在官方數字是失業者二百五十萬人，就業人數現在是五千八百萬人。但全部職業成員總數是六千五百萬人。就業者與應就業者之間的差數是七百萬人。其中完全靠政府津貼在校的退伍學生近三百萬人，所以實際失業者應是四百萬人。從銀行信用方面說，這一筆信用的確數雖不知，但它的危險程度已經使政府不敢真的採取緊縮政策，銀行也拒絕將其採用，惟恐信用一緊縮就要爆發恐慌。除此之外，存貨的堆積（罐頭食品已經過剩到市場不能容），資本家畏懼恐慌，緊縮生產的心理都是恐慌將近的因與果。如若歐洲今年糧產果然大增，那邊的糧價影響支加哥市場，阿根廷糧食又往外傾，而最近的雨雪又使國內麥收大旺，則今年恐慌很難避免。

政府處在難局之下，現在正想以馬歇爾方案的作用，鼓勵和壓迫資本家擴大生產，希望一方面藉以吸收在物價方面搗亂的游資，一方面使更多人口就業增加消費力量。鋼鐵方面已經表示合作，這固然是飲鴆止渴，久亦中毒。可是總比恐慌在今年發生好。因爲今年發生，則民主黨的選舉就完了，同時馬歇爾方案在發軔之初也受不了這個打擊。在這樣的前提之下，可知政府雖然講制止通貨膨脹，實際上它不能那樣做。因爲若控制物價，誰肯冒險擴大生產？若緊縮通貨，誰能擴大生產？前門是虎，後門是狼。民主黨的意思最好是讓通貨膨脹混過這一年。過此以後，若自己就選，再發生恐慌，總有三四年好對付它。共和黨的意思最好近年來個小恐慌，把民主黨弄下臺，但恐慌決不可大，使自己任內接收這筆壞遺產。在彼此都對通貨膨脹問題迴避之下，今年美國人在物價上要比去年受更大的罪。恐慌，即使是小的也罷，能避免與否很難說。

假如華萊士今年的遊行演講能逼得政府今年對這問題做點事，第三黨的威信將增加。假如政府不能做，則華萊士更有攻擊當政派的立足點。他更有聽衆。

第二，馬歇爾方案在國內經濟問題威脅之下所得的錢數必不多，而且今年就定一筆四年總數之類的事很難做到。這個東西要想在今年幾個月之內（方案最早在四月或甚至五月通過，六月方能給錢），把歐洲弄得像個樣子是不可能的。而且它在初期必然要使歐洲有一些可怕的混亂。在美國人民眼中，這件事在十一月前很難討好。在這件事上政府當然還有宣傳的餘地，可是人民的失望却容易另找出路。

第三，杜魯門主義的情形和第二點類似。所不同者，這裏是軍事行動，在人民中更不吃香。關於希臘和中國，政府當然不肯撒手，而且今年的行動比一九四七年會更加積極，出錢出力，不會含糊。但是，在人民中不吃香的事，祇有以最後的成效來使它變成吃香。否則在這算帳年頭，不滿意的人會更加不滿意而使反對派在他們的眼中擴大起來。我們看不出希臘和中國的問題本年內含有什麼使華盛頓能夠交帳的眉目。

在這些問題上，民主黨方面不是不想設法減少人民的失望，以取消華萊士第三黨運動的衝激力。新年伊始，總統立刻發話，推崇聯合國要與蘇聯有瞭解，並又要提出制止通貨膨脹。第三黨的作用能使總統常常說這些話總是好的。假如民主黨能夠被逼向左走,華萊士可能重回民主黨,第三黨或者就變成歷史。但假如形格勢禁,積重難返,人民無從表現的壓力一定會尋找一個表現的門路。華萊士十年不懈的十字軍的熱忱和毅力與第三黨四五年來的下層組織結合在一起,雖然一九四八完全無望,但要說前途的話,這恐怕就是美國可愛的前途。

一九四八年一月一日寄自紐約

美國糧價下坡[*]

——乍暖還寒時候，最難將息

一

好像是漁陽鼙鼓從遠處隆隆而來，十天內物價市場的波浪使紐約人見了面咬緊嘴巴，不敢講話。《紐約時報》到第四天纔兢兢業業的寫了一篇社論，《論壇報》到第六天纔開口。如我等鄉巴佬從來沒有見過報紙上天天用頭條新聞登交易所的消息，真感覺像小孩子進了黑松林。而支加哥糧食交易所的一張照片使人看了，又好像入了生番吃人世界。現在要來講這黑松林的故事，也不過是人云亦云，趁趁熱鬧而已。

這一次糧食交易所出事雖在二月四日，實際上本年一開年股票市場就不振。當時個別的原因可以說由於政府試行減少支援公債，希望緊縮通貨。結果公債市價低落，把股票也牽動了。一個多月以來，股票不是呆滯，就是下落，結果價格太高的糧食，尤其是期貨，適逢歐洲年豐的消息傳來，遂支援不住，倒勢極其兇猛。人心慌亂之餘，股票在一天之內，損失了十億元。同時其他食品與種種工業開始動搖。這種大炸彈的趨勢到了這一步，好像忽然被強力停止了。本星期三即股票大瀉的第二天，就有大錢收買，結果股票回復。到現在，這一次風波表面接近尾聲。

美國一般人對這番波浪的反應頗有意思。人人都在問：這是不是"它"？我的房東太太的丈夫是一個有錢人，但她自己却是靠房租過日子的。平常每天出街，駝着背從街上抱一小紙袋食品回來，總要大大咒罵

---

[*] 原載《大公報》（上海）1948 年 2 月 27 日。

一頓價格，並且老是關照我買東西應該到價錢便宜的店裏去。前兩天，我沒看見她上街，却時常跑到我這裏來借麵包。原來她認爲糧食價格低了，恐慌到了，她要索性等價錢到了底纔去買東西。對於我，她又是小心的叮囑，說現在什麽也不要買，等一切都到了底之後，再去大買一頓。消費者的幻想與事實相去甚遠，但是消費者希望有這麽一個恐慌却是事實。他們在銀行裏沒有存款，不怕恐慌會拖倒銀行。另外一方面，生產家和銀行却是在報紙上互相道賀，說想不到"它"來得這樣快，正好。按照他們的看法，美國經濟現在的三大矛盾現象：（一）需要極大而生產緊縮，（二）物價高漲而股票不振，（三）就業者增加而國內市場緊縮，都是因爲沒有適時的恐慌來穩定物價之故。如果現在的波浪就是這個東西，那麽把這短時間的罪受受，把存貨抛出去吸收了膨脹的通貨，於是貨幣量與商品量在情緒與需要的市場上得到平衡，物價纔可以穩定。祇有在物價穩定之後，生產家和銀行家纔敢放心投資，大量生產。那時候就有了萬年不廢的繁榮。

從這方面看，這個"它"對於許多人有很大的誘惑性。因爲人人心裏都有一個鬼，無法去掉。祇有找鬼來打鬼。

但是，無論什麽鬼，總歸是不好惹的。就一般消費者說，如果恐慌把物價都搥下去，自然是好。銀行也不關他們的事，可以不在乎。但是工廠老闆却不會答應。銀行關門把老闆拖倒，或老闆撐不開門，把銀行弄垮，那麽最倒楣的還是那些工人、店員。那時候無論物價多賤，他也吃不上嘴。就老闆方面說，如果人人的心理都像我那房東太太，死等物價下地，或者比她更糟，非但不買，還要把自己的定貨吐出，要定的回絕，則股票一天下去十億元之類的事可以延長，人心崩潰，前途不堪設想。

從這方面看，這個"它"又是人人害怕的東西。眼前正是這樣一個想鬼怕鬼的心病時候，最難將息。

二

那麼這是不是"它"？假如是，究竟是大鬼，還是小鬼？

這問題我也自問了無數次。僅就眼前的現象來講，波動種類和劇烈程度還沒過分的超出糧食以外。股票雖然慘了一下，但立刻堵住了。其他受害者祇有一些食品和少數輕工業如紙張、胰子、紡織品之類。波動範圍主要的是在交易所，一般消費市場除了一些壟斷性的食品零售商搶先落了少數價目之外，紋絲未動。到現在交易所波動表面已見減少，加之於人民身上的直接負擔依然是過高的物價，所以有些人又怕"它"不是"它"，哭笑不得。有人索性認爲這不是"它"，而是民主黨在玩把戲。始則以減少支持公債，繼之以宣佈停止購糧。希望使萬無可免的恐慌提早晃蕩一下，免致秋後爆發正在大選之前。

但問題是美國經濟既有這樣高度的連鎖性，誰敢在大選年頭玩火？早在一月間，壟斷性的零售商人協會已經通告會員，勸他們停止或少定新貨，儘量出賣存貨。這一次糧食交易所出事，牽連其他工業，零售商之停止定貨，甚至寧願損失定錢，取消定貨的已經不少。在這樣情形之下，工廠裁人是必然的。兩三個月以來，表面上因爲缺少油，實際上由於恐慌感，中西部工廠裁人早已開始。現在，或者不久的將來，失業人數，無論如何，會超過我們所知的四百萬人。加以目前物價波動對於消費市場無大改善，過高的物價將碰到更緊縮的市場。除此而外，眼前交易所的波浪主要是五六月間的糧食期貨。等到了那時候，全世界的糧食上市，是否能夠維持現在交易所中期貨的價格，很成問題。假如那時候糧食再來一番跳動，或者不等到那時候，輕工業如紡織，重工業如建築（前者一向脆弱，後者因房價太高，一般人難買），接着現在的糧食交易所來出花樣。則秋後的麻煩，民主黨怎樣也擺脫不掉。要說行政機關眼前是在玩火，得假定馬歇爾方案有救火之功。

馬歇爾方案對於經濟恐慌是有一番魔術使之延緩。但是就本身的困難講，它却遭了兩重阻力。第一，世界本年糧產會好，而美國今年却要向外拋糧，"深怕全世界餓鬼太少"（美記者語）。第二，該方案規定給歐洲的是錢而不是貨。定貨單要從歐洲來。這得候歐洲開會討論，計劃，定先擬後，然後貨單到了，纔能開工。總得不少時間纔能在美國市場發生反映。就今年講，該方案在美國工商界心理上能有不少支持力量，但是對於由農業所引起的風雨，却沒有多少掩護能力。

與其把災禍嫁在民主黨身上，不如說美國經濟的總機構難以合龍，因此不可免的爆發堅持要出現。事實上，這一次糧食和股票方面出事，並不是突然的、單獨的事件。假如我們記憶還新，一九四六年春末已經出現了僅次於目前的糧價大落，同年秋間股票急降。一九四七年初一般輕工業價格傾瀉。同年秋間自歐洲金元恐慌，美貨出口低落後，股票降而復起，起而復落，一直拖到本年一月的呆滯和現在的波動，從未恢復一九四七年春夏之間美國對歐洲尤其是法、義積極借款時的高度。在這不到兩年的期間中，美國經濟一方面是空前的利潤，空前的繁榮；另一方面，這繁榮上面却密雲不雨的黯淡天氣，且時時有隱雷，要下而不能下。假如真的下來，那個傾盆之勢挾着山洪，不知伊於胡底。眼前這一着，記者的看法是隱雷已變成鳴雷，但沒到霹靂。我們不能說"它"是人人希望的小鬼，因爲"它"包涵了一些比小鬼壞的東西，也不敢推論其爲大鬼的開端，因爲馬歇爾方案還未開始，不知將來情況如何。

三

許多美國人認爲"它"就是小鬼，一方面因爲一相情願，另外也有一些原因。第一，躉賣商人存貨太多，遭零售商停止定貨，勢必設法傾銷，使市場價格可以受到影響。第二，在農業方面，政府法令在一定限度上支持農產品價格。所以無論如何，農產品價格不能壞到底。即使糧價弄到不能支持，政府還保障給農民貸款，使他讓田地休息，而依然可以生活。這樣，農業出事不致牽動工業品市場。如此，則物價可降，而大害不成。

　　但是，在這裏最主要的問題是消費市場的物價究竟下不下來，換句話說即通貨能否停止膨脹。要靠商品傾銷來停止通貨膨脹，本身既太危險，而且商品本身還沒有這麼大的壓力，因爲有了政府的外銷計劃墊底，同時購買力雖愈加減少，還沒到山窮水盡的地步。要實行停止通貨膨脹，還是要靠政府，即一面控制物價工資，一面緊縮通貨。這兩件事都是辦不到的。在第二點中，政府祇有一件事可做，在四月中發新公債來吸收游資。但公債不還是要回到貨幣市場上去嗎？這一着效果如何，我不知道。此外政府什麼也不能做。除此之外，政府的外援計劃越來越多，軍火合同越來越多，這些都能助長通貨的壓力，使物價，特別是工業品，無法低落，反能上昇。

　　其次，生產緊縮現在還是未能解決的難題。工商界方面鑒於過去恐慌太慘，又狃於緊縮生產的高利，一年多以來總是抓緊生產的口袋。一年多以來，通貨膨脹與緊縮生產好像是雙生弟兄一樣，向來不分離。這一次的爆發既能使零售商停止定貨，對於生產家當然也是一大警告。政府拼命鼓勵增加生產，特別是鋼鐵方面，鋼鐵表示合作。但實際上國內現在還是連洋釘都不夠用。火油不夠，說是因爲買不到鋼管。汽車造不足數，至今很多人還是在等汽車，也說是因爲鋼鐵不夠。究竟是鋼鐵方面單獨使壞，還是其他人都限制自己的生產，想一想就明白的。連鞋子和衣服生產都一直在限制中。重工業方面其實是在打歐洲的主意，想在那邊買廠開廠，以省出口之勞。

　　其三，是失業者可能增多。關於這一點，上面已經提到過。糧價假如再低落，農村人口是可能流出來的。尤其是中西部有些暴發戶的投機家，他們完全是看準了戰後糧食的需要，到農村去投機種地。糧價下去，他們必隨着較窮苦的農民向城市走。農民增加城市的失業隊伍，他們即走向可以投機獲利的市場。

　　由這次爆發而成的蕭條（小鬼），包括了這樣三個可能的成份在裏面。政府和銀行方面都已經看出來了。所以銀行雖不許政府緊縮信用和通貨，自己却由大頭腦出發到全國去宣傳管制信用，貸款祇容於發展生產而不予投機家以便利。這方法的效果祇有待將來證明。假如此事能通，三個成份都可以相對的減少。對於霹靂之到來，將又有延緩的功效。

　　這是陰陽怪氣的時候，什麼也說不準。假如法國的法郎政策失敗，甚至英國被牽而使英鎊貶值，說不定在今年就有震動世界的炸雷出現。

二月十四日　紐約

總統的災難*

一

差不多兩年以前，杜魯門總統曾經走過一段黴運。那正是外長會議第一次在莫斯科舉行以後。會議的結果首先觸怒了白宮最高顧問李海海軍上將，次之得罪了范登堡、達勒士等諸大領袖。報紙從《華爾街日報》到所謂理智性的《紐約時報》都聲討美國的軟弱外交，認為柏恩斯在莫斯科做了瘟生，總統簡直是個小人物。那時候的總統，情形相當悲慘。報紙上時常把他老人家拿來開玩笑。他們說總統躲在白宮裏對親信抱怨，自己原來沒有要當總統，也不喜歡總統這個差使，並且說他私下發誓，下一屆硬是不幹了。

兩年之後的今天。雖然我們沒聽見總統真的不肯幹，而且直到他去加里賓海散心之前，大家還在報告總統野心勃勃，可是華盛頓的風聲卻越來越緊。民主黨的黨老闆們以為今年恐不能叫杜魯門連任，打算拖艾森豪威爾上臺。並且也不和遠在海上的杜先生商量，就替他宣佈說，以他對黨的忠忱，叫他不幹，他當然就是不幹。這些專門罵別人殘忍的美國老爺們做起事來，也真夠鐵面無情的了。據我們所知道的，兩年以前，總統確實煩惱，確實不要再幹。然而兩年中間是誰要他幹下一次的？誰替他訂下左邊說好話、右邊做好事的計策，弄得他一帆風順，興致勃勃，非幹不可的呢？現在，到了左右夾攻、大選在即的時候，就來這一手。無怪總統要去海上賞風月，無怪誰也不寫社論逼他回來。

---

* 原載《觀察》1948 年 3 月 20 日。

不過，看够了私利政治的花樣，使人無心去管他們的政治道德。事實上，這些老爺們之看待選舉這件大事與對待棒球競賽無異，説不上有什麽政治原則和政治道德可以遵循。今天這個角色能叫座，就把他大捧特捧，明天他讓人家喝了倒彩，就趕緊另找明星。對於那個倒了彩或有倒彩之危的角色，實無加以客氣之必要。這個比喻亦非説杜魯門先生已經倒了彩。今天的總統還是像拳技場上挨了對手一揍的那個拳師。他是爬在地上了，嘴裏説着："我從來没有要宣佈競選哪。"可是，技場上那個照顧打架的人却還是在對他揮手舞脚，要鼓起他來再顯顯本事。用意是在從現在起到七月民主黨大會推選總統候選人時爲止的這段時間内，看看總統的時價如何。

二

事實的經過，大家或許相當明白。總統的敗運從去年年末轉入今年年初，禍根自然是華萊士的第三黨。從那時候起，接二連三遭遇了不順心的事。

第一，在紐約國會第二十四選區（紐約市布朗區之一）下院補選議員競賽中，第三黨旗開得勝。它的候選人所得選票超於其他三個党候選人所得票數的總和。第二十四區本是民主黨最有把握的老巢，從來没經任何政黨搶去過。這一次競選，本已感覺到第三黨聲勢洶洶，特爲動員自己的幹部四出找自己的老牌選民去投票。誰知選民到了票櫃裏，把第三党候選人的名字寫在票上就走了。結果登在報上，黨魁大爲喪氣，就罵手下人不拉選民。可是手下人説："我們把他們都拉出來了，但是他們選舉反對我們啊。"

這件事在旁觀者看來或者没什麽了不起，但是在美國人方面却是大震動。對他們還有三個意義：（一）紐約州在總統大選上占着最重要的策略地位。因爲實際產生總統的選舉院（此地總統是雙重選舉產生，一面是人民普選，普選後由各州選舉院再投票決定下屆總統）在紐約州共四十七個，其次最多的加里福尼亞也祇有二十幾個。全國選舉院總數五百幾十人。因此，紐約選舉院的多數很要緊。紐約州，尤其是北部，向來是共和黨的力量，民主黨的勢力主要在於紐約市，特別是紐約市左翼工人。第二十四區競選的結果暗示紐約市的工人，甚至非左翼工會的工人厭了民主黨和杜魯門。趨勢說明在十一月初大選時，對於紐約選舉院中的多數民主黨極少希望。（二）華萊士的影響主要是在工業性的各州。工業重點的紐約一舉一動常爲全國的風標。華萊士這次的勝利，對於第三黨主觀上是莫大的鼓勵。對於其他工業州的人民，客觀上是一個風向。（三）假如可以把第二十四區選舉結果當做風標看，當權黨是把人民意向與政府政策中間的距離看得太小了。究竟這三點的現實性如何，我們不需斷定。問題是他們有了這種看法以後，民主黨黨魁們私下計較以爲現在唯一的辦法是要華萊士洗手歸隊，說祇要你回來，別的事全好商量。此計現在行不通，華萊士不幹。

　　第二，反華萊士的右翼自由主義者，美國人民主行動會的態度沒有把握。這個團體在去年春間組織起來，與美國進步公民會（現在第三黨的核心）對抗，批評政府內政而擁護其外交政策。到去年冬初起，連外交政策也批評一下（如對杜魯門主義）。年梢，第三黨聲望加重，民主行動會相形見絀。上月，該會舉行全國代表大會，一方面痛責第三党和華萊士，另方面却不敢支持民主黨和杜魯門。主要的原因是下層代表反對這樣做。尤其是學校裏的學生代表們以爲要如此，他們就無法在學生群衆裏做宣傳工作，無法反對第三黨在學校的力量。工會首領方面也有同樣意見。他們說，這樣的總統叫我們怎樣要工人去擁護他？"你不能夠拿糊塗蟲和有實力者作戰。（You can not fight some body with nobody.）"

　　就民主行動會說，它本身眼前還不是一個力量。它的威信在於他有一些上層人物如羅斯福夫人等，但是下層工夫則還在開始時期。它之號稱爲不行動派，對於講行動、惡坐談的美國人脾胃不合。這些是它的弱點。它也有它的强處。自進步公民會宣佈第三党運動，華萊士宣佈競選後，工業團體大會內部的分裂跟着政府取締共產黨人的步驟而表面化。

左翼工會站在華萊士一邊，右翼則反華萊士。政治上他們大致是想支持民主黨和杜魯門，但又不敢顯然做出來。因此變成了無所屬而與民主行動會慢慢到了一起。工業團體大會的右翼現在包括鋼鐵總工會、煤油總工會、汽車總工會、海員總會的一部份。這些重工業工會當然增加民主行動會的聲勢，使他們的壓力加強。但是正因如此，民主行動會的內部反而漸漸生長了不調和。因爲下層傾左，上層傾右。即在上述右翼工會之中也是如此，工頭傾右而工人傾左，所以工頭到了民主行動會中也不能完全和行動會的上層人物一條心腸。

　　從上面看，民主行動會的態度在民主黨方面自然一定沒有把握，即就行動會本身來說，也還在恍惚不定的時期。他們的遠景不明，近狀也不確定。尤其關於後一點，是他們與第三黨方面截然兩樣的地方。關於遠景，由於成份複雜（包括會員和同情者），其中有人頗信資產階級改良主義，如前物價局長鮑爾斯。有人據說是社會民主黨，如《下午報》總編輯列雷（Max Lerner）。有人傳稱爲托洛斯基派，如汽車總工會會長魯特（Walfer Reuther）。到現在爲止，我們沒見行動會就遠景方面發表什麼意見和政策。關於近勢，除了極端反對華萊士以外，找不到他們積極的做法。原因與其說是因爲對杜魯門失望，還不如說是由於第三黨在短時期內的成就使他們感到了前途的憂懼。我們早已說過，組織第三黨的要求在許多自由主義者和一部分工業大會的右翼領袖中也是人同此心，心同此理。而資望能夠做一個第三黨領袖的眼前可祇有華萊士。問題是，這個第三黨及其領袖華萊士將與左翼合作，還是成爲右翼的陣營。華萊士反對備戰的國際政策，反對意在恢復歐洲資本主義的馬歇爾方案，正好和右翼的主張相反。結果第三黨的優先權到了左翼方面。第三黨運動宣佈了之後，不但未遭凍結殭斃，而且進步極快，已經拿出了紐約第二十四區競選勝利的成績。瞻望前途，即使今年該黨選不出總統，而在未來四年中，萬一恐慌爆發，則一九五二大有可能使第三黨變成第一黨。假如華萊士及第三黨在那時以前不能被右翼弄過來，則那個前途是右翼所不願的。因此他們的問題是如何弄垮第三黨，然後他們好來再搞一個。

在這裏，行動會策略上出了幾個問題：（一）拼全力把民主黨爭到自己這方面來，還是（二）不管民主黨本身，祇求其換一個有聳動性的人代替杜魯門競選，還是（三）容讓杜魯門，但壓迫他左轉。利用第三黨的威脅，他們可以向民主黨討價錢。對於華萊士，則冷藏失效，轉入進攻。紐約州的工人政治行動委員會已經下了這道命令。但是對於上述三個問題他們似乎還是不能決定。第一、個根本辦不到。第二個右翼主張甚力，且主張推艾森豪威爾。第三個民主行動會長將認爲還是可以做。結果大會決議案出來，除了罵第三黨是鮮明火烈之外，對於民主黨和杜魯門是否擁護，祇是不響，總要候七日民主黨的總統候選人出來了再說。關於國際政策和平問題依然不能簡單明瞭的講話，結果是從莫斯科到華盛頓通罵了一陣。

行動會這種恍惚的態度，好處在於使民主黨受到消極的壓力。在北部諸州已經遭受第三黨猛烈攻勢的民主黨，無論如何禁不起行動會再來拆臺。

第三，爲了應付華萊士的攻勢，總統在過去兩個月中拼命向左看，要找出幾件事來做做。可是國際政策不肯變，勞工政策不敢動（塔虎特勞動法案），控制物價不宜說。環顧之下，祇有針對南方的民權法案既是北方人所愛聽，又可以大收黑人的心腸，通一下就把它提出來了。在總統及其策士的心理上，南方民主黨人出不起多大花樣。而連羅斯福都不敢換的民權法案，杜魯門能提出來，北方選民還能不認爲總統是大自由主義者，把選票送給他？

這件聰明事沒有產生預期的好效果。工大的右翼和民主行動會一部份人至今還是在暗中進行倒杜。工大會長麥雷（也是鋼鐵總工會長）正在要和艾森豪威爾談話，探他對競選的口氣。一般工人天天給麥雷電報反對擁杜，第三黨方面更是置之不理。原因是在美國當前的重大問題之中，關於黑人的民權法案恰恰是最無時間性、最片面、最無實際性的問題。該法案即使成立，南方黑人也不會馬上得到好處，正如北方黑人實際上地位和南方的距離不遠。

可是它帶來的災禍却促進了總統的低潮。南方民主黨的反抗大家都知道了。他們始而向總統抗議，繼而要求撤回提案。最後拿出了大法寶，安排破壞杜魯門被選的一切可能。

南方也有深謀遠慮的人物。因為智力是遍在的，祇有不同的利益造成它的分歧。我們早已說過，華萊士這次舉動是美國政治上一件大事，它有非常大的政略意義。目標是要用代表階層利益的黨派對立來代替代表人事關係的黨派對立。這意義的初步表現，就是上述諸種情勢的結論。民主黨及其週圍的一些工會和自由主義者好像是一潭水。第三黨這塊大石一投下去，所有的沉澱和蟲豸全衝上來了，全要找新的伙伴，新的棲身之所。民主行動會及工會的表現是如此，西部民主黨的醞釀也是如此。而南方民主黨領袖顯然的叛變尤其是深遠的說明。這樣的形勢，或者使讀者會覺得總統望左說好話的政策糊塗可笑。但即使我當這個總統，拖到如此地步，我也不知除此之外能幹什麼。形格勢禁，積重難返，杜魯門是偉大時代一個不相稱的悲劇。這個政權的軟弱性質表徵美國式的民主政治接近了它內涵的重要的危機：以不同階層利益為基礎的政權爭奪將代替以人望為號召的政權爭奪。美國政治上、心理上，表面的大同時代將要過去。第三黨運動之所以有上述那個目標，應該視為這危機之初度表面化。

南方領袖對於第三党當然不是如此看法。這是由於閉塞，不是由於愚蠢。反之他們已隱約感到這一點。第三党運動對於他們的深遠影響，他們很懂得。第一，他們不能忽視未來四五年中，大恐慌有爆發的可能，華萊士在一九五二的機會是一個實際問題。第二，民主行動會，包括工會的表現，使他們感到北方民主黨人離心力強大。第三，假如華萊士的政治分化策略成功，保守力集中共和黨，進步力集中第三黨，民主黨變成僅僅以南方地方利益為中心的小集團，則他們的政治地位和特殊利益就會一去而不復返。

南方領袖們的大法寶是在這樣一種考慮之下形成的。它的內容是由州國會定一法律，決定該州選舉院的代表在總統決選時可以不投本党總統候選人的票。如此則南方民主黨可以隨意與共和黨或民主黨總機關討價還價，然後決定使那邊上臺。南方十一州共有一二七名選舉院的代表。全部選舉院代表總數是五百三十餘名。假如十一州都行此辦法，杜魯門總統即使能拿到多數的普選票，也難聯任。再推到一九五二，假如第三黨總統候選人勝利，則同樣辦法可用以不許那人當總統，其勢將造成共和黨與南方民主黨聯合選舉的總統上臺。如此特殊利益纔有保障。這法律佛吉尼亞已經通過。美國人認爲其他十州也會仿行。

這一手相當辣。但從大方向講，依然不出第三黨政治目標的範圍。保守勢力在選擇自己的同盟軍，以抵抗將來的惡運。從我們局外人看來，南方的反攻在將來的天秤上不過是挣扎而已。因爲即使是共和黨也不敢站在"白人至上"的旗幟底下，而且他們的利益早已超過了那範圍。

可是在眼前，這一手却是民主黨競選的當頭棒。

三

總統回來了。民主黨總機關不再說叫他走他就得走的話。民主行動會和工會還是在商量抓艾森豪威爾出臺。南方在反叛。這正是民主黨首腦部在大費腦筋的時期。

假如說對於杜先生他們還有絲毫希望，那就在於擊敗南方。因爲他們知道南方的旗子已經是一塊爛布，拿着它也舞不起幾多人。但北方的旗子——和平、進步、繁榮——却是鮮紅有力的在風勢裏面。總得扯起一張和它差不多的旗子擋在它前面，然後再和南方講講交情，總不至於十一州全叛過去。北方旗子下那堆人是不講交情的。所以他們正在對總統做種種手勢，勸他再向南衝。衝得好，總統解放了南方的黑人。不好，也不過如此，反正是糟。這是正面。

其次，另打主意。一些無綫電廣播員在報告民意測驗的數目字。艾森豪威爾第一，華萊士的第二。杜魯門老是人民心中第五、六名的總統。還有人説亨利·魯斯所編的《幸福雜誌》也爲此舉了一次測驗。結果華萊士得票一千二百餘爲第一，連艾森豪威爾都衹有幾百張票。該編輯用種種方法替華萊士打折扣，得票實九百，還是第一。所以該雜誌認爲這測驗不對，把它丟了。這一切都使民主黨機關在做手勢之餘，還要進行拉伕。他們可能拉者，第一艾森豪威爾，第二前物價局長鮑爾斯，第三最高法院法官陶格拉斯。第一位是工大方面所屬望，但民主行動會中有人却怕軍人頭腦掌了國家大政，不是被大有力者牽鼻子，就是自己闖禍。第二位是民主行動會所屬望，工大方面也感情很好。但他是新出場的人物（鮑爾斯在戰後物價管理局時，爲物價控制出過大力。他完全以此聞名），聲望方面顯然不如艾森豪威爾，那是風靡全國的明星。第三位是老政客，但是對於後生小伙子們並無太大吸引力。對於這些人的考慮、衡量和試探正在進行。這是底面。

或者，在全世界範圍內，美國此時在某一方面能夠宣佈得到了完全、徹底的勝利，比如說把中國共產黨消滅了之類，杜總統的聲望能夠上去一些吧。否則，從現在到七月，真是漫漫長夜。

一九四八年三月八日　紐約

美國援華政策新動向*
——從世界政策看對華問題

所謂新動向，其實是舊動向，正和杜魯門主義出世時情形相同。那時候是用援助希土法案把美國對地中海南端已經進行的政策合法化。現在是想把在中國已經進行的世界政策的一部分，使之與世界政策更有機的扣攏，並且使這種關係合法化。杜魯門主義出世時，行政機關用了雷霆萬鈞的手段，把立法機關弄得幾乎生了氣。現在關於中國這一做法，雖然馬歇爾還有點不滿意，以爲暗暗做好，可以少負責任，但總統和立法機關是一條心。在美國世界政策已經有了新發展，公開的宣佈在全球範圍準備軍事反共的時候，這個做法不過是邏輯的發展而已。

一、美國世界政策新發展

在這裏的世界政策上，起碼是看法上，眼前顯然有一個比較劃時期性質的發展。假如我們把杜魯門主義開始至今一年間美國的世界政策，認爲是經濟的，輔以軍事的做法，則今後的趨勢是軍事爲主，經濟爲輔。這並不是說大戰爭一定就會很快的爆發。第三黨反戰運動還在發展。代表一部工業界勢力的保守派刊物《美國新聞》新近說，最近史達林曾建議杜魯門美蘇直接談判，杜氏拒絕，該刊甚爲惋惜。報紙主張和平談判的還是有，如紐約最風行的晚報之一《紐約郵報》就是。而且蘇聯最近又在裁軍，以示沒有戰意。即使義大利選舉結果出來於美不利而惹起干

---

* 原載《大公報》（上海）1948年4月1、2日。

涉，大戰也不會爆發。由頭並不容易找。雖然如此，這種世界政策的趨勢會着重在軍事方面，大約不用懷疑。事實根據如下：

一、兩個多月以來，國會議員們就在討論，要把對希土政策着重軍事的原則推行到西歐去。據傳義大利已經在輸入美國軍火。

二、外交政策協會主席兼外事月刊總編輯阿姆斯特朗（Hamilton Armstrong）二月四號在《論壇報》發表文章，主張把汎美軍事聯盟的做法擴展到歐洲。前總統胡佛即予響應。

三、眾院正在進行討論一個外援總案，把中國、希、土與西歐外援歸併在一起，而將總案劃成兩部：（一）軍事的，（二）經濟的。

四、過去是社會主義者而現在在美國世界政策背後的李普曼花了過去兩三天工夫，宣佈現在是軍事階段的開始。他認為：

"……形勢需要美國立刻動員——恢復徵兵制度、戰時工業管制、租借法案，宣佈國家緊急狀態。"（三月十六日《紐約論壇報》）

五、國會宣佈提前討論國民軍訓。

六、以美國為軍火庫的西歐同盟，根據美記者的看法，軍事將佔最重要的地位：

"…………要從軍事觀點看，這條約（西歐同盟）總有真實的意義，雖然關於這一點不會有公開的條文。實際工作將由各國參謀部、各國國防部去秘密的做。"（三月十二日《紐約時報》）

七、國防部長與陸海空軍首腦人員於上週在佛羅理達州海港西鑰（Key West）舉行秘密會議。

八、昨天總統突然叫國會召集眾參院聯席會議，總統在那裏宣佈"共產主義威脅民主的存在"，要求國會全力支持西歐軍事聯盟，恢復徵兵制度，實行國民軍訓，儘速通過歐援（大約是租借法案之意）。

這一種運動在捷克事變發生以前一個多月已經在醞釀中。與其說它是因為捷克事變而成熟，不如說是由於義大利選舉的迫近。它可以說是由總統的霹靂大叫來奠定了。所奠定的就是馬歇爾方案與杜魯門主義合流而成為世界範圍的杜魯門主義。在過去一年中，馬氏方案與杜氏主義各有地界,各有分際,而以前者爲美國政策的主要工作。今後馬歇爾方案的經濟性質將要歸於輔助地位,而它所内涵的杜魯門主義性質却會明朗化、一般化、完整化,雖然在不同的地區,着重點還是會有程度上的不同。比如在英、比等國,除了真大打起來的,以及準備國際戰争以外,在他們内部就用不着着重軍事。

二、政策變相的内在原因

上述發展又是風火雷霆的姿態。正像去年這時鬧杜魯門主義時候的"生死存亡關頭"。好像一個瘋瘠病人天天得打興奮針,美國人民在這三個年頭,每年春天必挨打一大針,讓他們總也不能夠忘記戰争。每年有每年的理由,非如此做不可。今年的理由尤多。第一,歐洲人民愈來愈對美國失掉了信仰,尤其是義大利和法國左翼的力量增長很快,美國人也不能不承認。反蘇、反共、反第三黨的《紐約下午報》社論指出美國在戰後幫義大利最多,而美國現在却真是怕義國的自由選舉會把共產黨弄上臺。分析失敗的原因,它說:

"主要是我們已經失掉了歐洲工人的信仰,結果甚至在有自由選舉的國家,我們都害怕選舉的結果。對於那些相信自己的民主,且相信它對别國人也好的美國人們,這真是一件悲哀的事。"三月十七日《下午報》。

美國影響低落,在西德尤其顯明。兩個多月以來,美記者從德國來的報告時常看重德國人甚至在西德政府中的官吏公然不聽美駐軍命令,人民看不起美國,人民(甚至在美軍部工作的德人)從美駐軍區搬到柏林蘇駐軍區去住。同時他們也提到德國共產黨在工人中的力量增長。美國以爲自己威信之低落是因爲自己做得不夠兇,表現得不夠有決心。因此必須兇兇的表現,使歐洲,尤其是靠美國吃飯的義大利、西德、法國,一面怕美國鬧事,一面又覺得靠美國還是靠得住,就不敢朝共產黨走。起碼在義大利,已經又拿到幾十條船,而且源源不斷的在吃美國麵包,現在又看見美國這樣有膽有力的利害相,在四月十八號時,他們就不會敢替義國共產黨和社會黨人投票。

第二，在國內，華萊士第三黨人愈來愈變成威脅。《幸福雜誌》秘密作的輿論調查，說現在若舉行選舉，華萊士可得票一千五百萬人。在總選票數正常的時期，華氏這票數佔了總數三分之一以上。在特高時期（約七千萬）佔四分之一弱。但總票數特高時期通常是進步主義者特別門鈴、爬樓梯的結果。用這種方法得到新選民的集團決不是老大的兩大黨。所以華萊士這個禍害，真不可以小看。

華萊士之爲害，不僅是對於民主黨今年的選舉而已。他威脅着整個在華爾街基礎上的國際和內政政策。問題是，非但今年不許他上臺，並且要使他和他的第三黨永無上臺機會。報紙上已經傳說不久他要進牢，他的第三黨就要打垮。但假如說蘇聯是在侵略得一塌糊塗，美國不能不自衛，而華萊士等却偏要對蘇和平，反對戰爭，豈不是總有一個時期，他變成罪有應得？同時國家既然是在這樣被侵略的戰爭危機關頭，誰又敢另外選一個人做總統呢？

第三，經濟情形不可樂觀。自二月風潮以後，又出了幾次毛病，還是糧食期貨與股票市場，股票今天又跳下去了。在這種現象下面，消費市場的價格依然故我，但生產緊縮和裁人却已實現。僅以紐約市而論，情形是這樣：

生產緊縮方面（一九四七水平）
1. 汽車供應裝備緊縮百分之三十——百分之七十
2. 小型建築裝備緊縮百分之二十——百分之三十
3. 染料廠緊縮百分之二十五
4. 鐵路裝備緊縮（除車頭及運貨車）百分之二十
5. 製鋼廠緊縮百分之二十五
6. 小型電力廠裝備緊縮百分之二十
7. 機械工具廠緊縮百分之三十五

所有這類生產緊縮現象，並不是需要已經滿足，而是由於二月風潮所造成的停止定貨。材料根據三月十四日《紐約時報》。該報也說是停止定貨是直接原因，並且說明真正毛病恐出在五六月、六七月。

裁人方面現在還沒有確實的數字。一般的裁人方式是把日夜三班改成一班，而且把每週五天改爲四天。有些工廠把整份工作停止，把應用於該份工作的千數工人完全解雇。這是戰後大批裁人的第一次。

物價不下，生產緊縮，大批裁人，已經是夠麻煩了。而在雇的工人還要增加工資。煤礦和肉業方面罷工工人近五十萬。其他方面說不定還要接踵而來，加資之後，物價不免又要高。即使本年不會有利害的恐慌，然而一方面小恐慌在發展，另方面通貨還是膨脹的矛盾局面已經開始。這種局面若不是政府及金融界在準備將平時工業轉入戰時工業基礎，就是大恐慌的步子越來越近。兩方面都和上述風火雷霆狀態有關係。第一方面不必說，第二方面是用得着戰爭危機加緊軍事工業使恐慌不來。

三、中國要與歐洲合龍

現在要講到美國的對華政策。去年一年可以說美國政策最是陰陽怪氣的時期。這不單是講中國，更不是說她給中國政府的東西少，而是就她整個世界政策的說法。在戰後兩年半中，美國世界政策在一九四六是對蘇強硬，四七進而爲禁錮蘇聯（Containment of USSR），今年再進而爲全球反共。不是一件容易事。這是國內爭鬥的一個過程。第一，它得完全掃除羅斯福三強合作的政策要點，第二，得掃除那政策引起人民對三強合作國際和平的信仰。四六年羅斯福政策餘風猶在，共和黨發起的新花樣續在試行中。四七年這新花樣已經長成，但人民的腦子卻未變過來。去年三月杜魯門主義產生時，總統起始大叫反共，就挨了國內許多抨擊。那一場抨擊，使得政府的世界政策如馬歇爾方案起始時，再也不敢用反共名義出現，後來也是在復興西歐與反共的兩個東西間跳來跳去。從而對中國問題也總是躲在幕後，以致美國人批評政府沒有對華政策。實際上對華政策是有的，它歸於杜魯門主義的範疇。但杜魯門主義本身不吃香，而中國問題又比希土問題更棘手，同時又無法把它和馬歇爾方案扯在一起。所以衹好暗塞而不明嚷,對華政策好像是私生子一樣。

到了現在,反蘇反共嚷是嚷出去了。由於輿論界以及上層有力者的意志一般的統一,批評不會多。中國問題恰好也到了非鬧開來不可的時候。

是這樣,總統纔揭穿來說,他從來也不要中共參加中國的政府,他反對全世界的共產黨。同時國會要提出軍事援華案,並且要把對華貸款歸併到歐洲貸款一案辦理。這件事情,馬歇爾雖然還是有些嘀咕,想着不好吵鬧。但大勢所趨,他的方案已經要和杜的主義合龍,全世界都入了一個型範,全世界都是軍事上、經濟上打共產黨的問題。這裏面無所謂誰家政府好,誰家政府壞。大前提是誰肯打共產黨誰就是美國的勇將,不能對誰就明來,誰就暗去。美國把世界問題弄得這樣分明,對於中國人的某一種性格真是活遭殃。但是今後的對華政策都可以大部分脫掉甲殼而在公開的法律之下行動。也許僅僅一小部分的監督之類的事還用得着掩護。

不過,這種情形衹說明今後的對華政策在美國的全世界反共政策中將取得更多的合法性、公開性,使之不僅在事實上,同時在立法上,在文告上,成為全面反共反蘇政策的一環。它將使美國今後對華的軍事干涉,可以更放手的進行。除此之外,並不改變中國在美國世界戰略裏的次要地位,也不說明今後中國從美國得到的錢和東西會比過去兩年半的多得出奇。如果我們把戰後至去秋以前美國給中國的東西或錢,以及上月馬歇爾在國會所公布的一些秘密交易加起來,就知道在今後兩年半中要得到同樣多的美金、美貨不是容易事。

戰後至去年十一月美國給南京的支援如下:

印緬租借物資	七億八千萬元
進出口銀行	八千四百萬元
聯總(美國部分)	四億九千萬元
其他	一億零六百萬元
太平洋剩餘物資	八億元(實價二十億元)

運兵去華北及東北	三億元
戰艦	二百七十一隻
軍火	一億三千萬發

自去年十一月至今國會貸款及馬歇爾所宣佈的秘密贈送如下：

國會貸款	一千八百萬元
飛機八大隊共一〇七一架	一億二千一百萬元
飛機零件	一億七千八百萬元
關島及塞班軍火（二月給）	二萬噸
登陸艇	五十艘
又戰鬥機	一百五十架
總共算實價是	四十三億七千餘萬元
又船艦	三百二十一隻
飛機	一百五十架
軍火	二萬噸又一億三千萬發

在過去兩年半中，美國東塞西塞，所給的東西和錢總不下五十億元。佔美國所給全世界（在初期包括中東歐各國聯總數目）總數的五分之一弱。比英國所得超過十三億元。這數目幾乎相當於參院今年要給歐洲十六國的總數。比之衆院爲歐洲十六國所安排的四十億元多出近十億。在過去兩年半中，中國每年平均所得是二十億元。我們不願說美國寒酸，但今後歐洲多事，再想她每年給中國政府二十億元時，恐怕除非美國人管着中國的政府。

衆院當然還是要吵的，吵着在五億七千萬元之外再給一筆軍事數目。其用意還是使對華政策與全面反共政策公開而合龍的扣攏，造成反共政策一元化。如此，則時勢雖移，有必要時，將來美國可以在中國宣佈一個反蘇反共戰爭。

四、人心問題

　　這祇是問題的一方面，是使對華政策與世界政策達成一體的地方。但是中國有她的特殊情形，使之與世界問題，即歐洲問題，不能連在一起。老實說，美國現在對華所最發愁的問題是，美國可以把一切力量援助中國政府，但是不能給中國政府以士氣和民心。中國學生和智識分子大大反對政府的內戰政策，甚至前仆後繼以示威遊行來反抗。美國人近幾年來，也很懂得中國士大夫階級的傳統勢力使他們在社會上，在政治上，比美國"士大夫"厲害。美國政府是不靠"士大夫"擁護的。中國傳統力量的政府沒有這個士大夫階級擡着就好像螃蟹失掉了那些腿一樣。雖有兩個很厲害的鉗子，總歸不行。過去兩年來，美國老是叫中國政府擴大政權基礎，容納自由主義者，用意無非想要他們來幫南京收人心，收士大夫階級。時至今日，馬歇爾所嘀咕的也就在此。並不是美國因爲愛民主愛得傷心，所以要中國這樣做。問題是在歐洲送幾萬噸糧食去或者可以贏到一個選舉的結果，在中國，無論多少糧食，不能叫人愛打仗。

　　最近美國似乎發現了新光明，使馬先生停止嘀咕的事被《紐約論壇報》發現。三月二十二日的《論壇報》頭條社論"關於中國的一個方案"，一開始就抱怨說："爲了反對中國的共產主義，什麼事都做到了，就是沒有替中國人民做點什麼事。"接着說：

　　"……共產黨的宣傳裏面，一貫的允許人民改良生活狀況，如衛生、教育和地方民生，假如現在關於援華的建議，能夠有大宗款項，幫助政府區的人民實際改良他們的生活，像共產黨那邊的一樣，那麼，這些美援不管它是經濟的，或軍事、經濟並行的，都會有更大更多的誘惑性。"

　　在這裏，這篇社論就提出了晏陽初先生和他的平民教育計劃。社論說平民教育計劃的副作用是：

　　"……讓那些極端批評政府的智識分子能夠有件偉大事業去幹一幹，過去的事實證明，他們會大批的來參加。因此中國就可以使她人口中最優秀的分子，如大學裏以及其他文化界的那些自由主義分子得到有價值的職業。這些人現在什麼也不幹，就是坐在那裏罵那些統治中國的貪污無能之流。"

社論講得很具體，它說：

"錢也要的不多。……估計是一億八千萬元做三年用。三年期間可以訓練出三千萬年青人。……美國對反對中國共產主義感興趣的人，何不在國會提出一個中國平民教育以及經濟社會改造的法案來。法案很可以提出組織一個中美委員會來控制這個計劃，委員會叫一個中國人做委員長。……"

社論沒講誰要錢，就此結束。

《論壇報》的社論衹是一個引子。但於美國政府方面對這問題之感興趣，恐怕是大家早已知道的事。前幾天，杜魯門總統就提到他所見了的一個中國自由主義者，並勸政府中人都要接近這樣的自由主義者。馬歇爾新近又提到中國要改良民生，衆院最近正有人在想提出《論壇報》所建議的提案。所以《論壇報》真不是在那裏異想天開，空中樓閣。

晏陽初先生一生志在平民教育工作。他到美國來爲了平教籌款，是完全被人理解的。他的英文文才是以一九四五年《生活雜誌》上一篇文章而出名。他的口才也是聞者傾倒。他在這裏的交遊極爲廣闊。據說Chartes Wilson, Generat Electrics 的負責人是他的好友之一。他進白宮，見馬歇爾，見衆院外委員會主席伊登，提出他的計劃。站在陽初先生平教的立場，他是衹要有一點機會，有一點可能就要幹。

對於美國，這倒是一條打開難關的新路。這個新方向很可以與第一個配合。就中國政府的內戰政策說，是相當基本的。問題是，一條路在考慮之初常常有很大的吸引力，實行起來，就免不了很大的麻煩。《論壇報》已經發愁，怕錢不夠，又怕在政府中會有人加以阻礙，而主張中國政府應撤換任何阻礙這個計劃的官吏。此次是在流動的、而且擴大的內戰中，這條道路很難得到安全發展的實際。非但在軍事變化時如此，就是在政治上，鄉教也不是沒曾有過困難。

美國政府的自誇力很強。他們相信一方面助長他國內戰，一方面還能花少數的錢把那國家裏的人心收過來。不過，反過來說，中國老百姓幾千年來就已經被人忘在腦後了，現在居然挣到了一個值得被人搶來搶去的地位，中國人民的光輝日子大概是不遠了。

一九四八年三月十七日　紐約

音樂與人[*]

有一天，我到布魯克林去訪友。在那裏碰到好幾個中外熟人，聽到了一場很有意味的談話，現在把它記在下面。

談話是從主人所租的小樓開始的。那所小樓統共兩三間房子，每間房都用紅花紙、綠花紙裱起來，再加以不成器的油畫若干張掛在那裏。還有些五顏六色的傢具繞在週圍。走進去令人不敢睜眼睛。主人以爲自己反正不打算在這雜豔的美國久居，所以對付着住下來。但是碰到朋友們到來，低頭發楞時，他就要重三兼四把自己的地方嘲笑一番，以資解釋。這時他正在笑笑的說：

"就是這樣，亂亂的。好像你自己滿頭都插着亮分分的鳥毛一樣，整整的是一個美國中產階級的人物，時常叫我想起最近蘇聯所批評的近代音樂（Modern Music）……"

這話還沒說完，那位做客人的丈夫就忽然像心事觸動了一樣把主人打斷了。他紳士式的表現懷疑，沉聲沉氣的說：

"批評音樂家的這回事，我看是錯誤的，政治上的錯誤。"

就這末一句話引起了一場大辯，弄了一個晚上。幾個人吵來吵去。現在爲方便計，把談話的四個人叫做 A、B、C、D。A 是把 B 的話接過去了。

A："你這話什麼意思？怎麼叫政治錯誤？"

B：（斯斯文文又有些拿不定）"我的意思是，他們正在說蘇聯沒有政治自由，沒有文化自由。這個舉動正中他們的下懷，對於智識份子有很大的影響。"

---

[*] 原載《美國札記》單行本，世界知識社 1951 年版，第 117—125 頁。

C：“我覺得這事不能夠那樣看。文化政策是爲了糾正一種文化傾向，提高文化界和人民的認識，使一般文化能夠進步。它不是外交政策，尤其不是國際政策上的策略問題。除非你說蘇聯根本就不應該批評音樂家，不應該糾正音樂界方面的一種傾向。至於這次舉動的國際影響等等，實在與這個問題無關的。我之所以拆穿這一點有個原因。美國人是實用主義的子孫。實用主義有好有壞。壞之極端在於它基本上無宗旨，無原則，無是非。能做到成功的事，能做成功的方法，是最好的、最理想的。所以他們追求技術，追求策略。久而久之，策略代替了事物的本身，久而久之，根本不講求認識和分別事物，策略就是事物。我可以從大到小舉出無數例子。說一個最明白的第三黨運動。這運動原意是用進步的政治認識、政治目標來團結人民，打破舊政黨的官僚式控制，建立新的階級性的政黨。但實際上因爲策略萬能主義的緣故，現在就專門祇看見了拉票，而不講求政治教育和認識。事實上是策略主義早已使得許多主持人和智識份子搞不清一些政治問題的內容和意義，自己說不上認識清楚，更不能叫別人認識，所以拉票就天經地義變成了最高原則。對真正問題不求甚解，專講拉票，在目前的美國也是最行得通的方法。這個運動的前途包涵了一些危險的可能性，投降、出賣不會是意外的發展。現在已見端倪。這是應當注意的。”

A：“我也是這個意思。爲了反動派胡說八道，就自己小心翼翼把自己該做的事都不敢做，那還講什麼革命，講什麼改造？十八、十九世紀資產階級革命中種種投降、出賣，大部分原因是由於此。蘇聯之所以變成他們的眼中釘，不是由於她忽視了策略，而是因爲她堅持原則和宗旨，堅持站在進步和人民的利益方面。比如音樂，蘇聯爲什麼要怕反動派攻擊，就聽任一種壞傾向繼續發展下去，使人民的音樂不能與樂隊音樂合流呢？”

B：（咕噥咕噥地）“我就是覺得這批評不對嘛。怎麼能把夏斯塔可維支、普洛可非也夫這樣的人用政治教條來管住？”

D：（忽然痛心地）“而且要他們承認錯誤！普洛可非也夫承認錯誤！

這樣全世界聞名的人！真是侮辱！"

Ａ："Ｂ太太你很懂音樂嗎？你常聽普洛可非也夫嗎？"

Ｄ："常聽！無綫電上天天有。我的女兒簡直是被普洛可非也夫迷死了，那樣好的音樂！現在他們要他賠罪，還講什麼音調、音曲不對，真是侮辱！侮辱！"（我想起有一天一個朋友說的話，就知她的智識來源。那個朋友說自從蘇聯批評普洛可非也夫等的消息出來後，美國無綫電忽然關心蘇聯音樂起來，把從來不肯收送的夏斯塔可維支、普洛可非也夫天天二十四個鐘頭收送。我那朋友曾說笑話，以為蘇聯應該把《共產黨宣言》批評一頓，以便美國無綫電每天二十四個鐘頭收送《共產黨宣言》。）

Ａ："這不是個人的問題。並不是一個人出了名就絕不會有錯誤，而且錯了也不許批評。這種商業社會的明星崇拜在蘇聯是沒有的。"

Ｄ：（還是怒氣不止）"那麼錯在那裏呢？一些不懂音樂的人來講什麼音調、音曲旋律，不是笑話？"

Ｂ："太太，你知道，就是美國新聞記者也說發動批評的日丹洛夫是音樂方面的老手，他精通音樂。"

Ａ："問題不在這裏，問題是蘇聯音樂家還是把音樂當成少數專家的私門，祇有他們纔能製樂，纔能瞭解欣賞。蘇聯要音樂大眾化起來。"

Ｃ："我覺得問題還不止此。這裏面包涵了一個深刻的人的問題。我並不懂音樂，也沒有時間常聽，除非是自己特別喜歡的幾個人。但是近代畫我看了一些，也聽了一點近代音樂。蘇聯對近代畫與樂的態度是一致的。而我和他們同意，從我的經驗，近代畫打破了習慣的 perspective、習慣的構圖，打破了前景和後景，打破了集中和分散的關係，打破了和諧。他們把許多矛盾的、不倫的形象在布面上鋪開，使每個形象象徵他自己一種觀念、一種感情、一種意象。這完全是一種象徵主義，用來表現他自己的衝突、矛盾、煩燥、失意、無望。一句話，表現他自己破碎的人。而我看了那些東西，祇覺得抑鬱、冷酷、紛亂、破碎，乃至於覺得是一種煩瑣無聊的自我陶醉，自我暴露，蘇聯畫向來拒絕這一種想法。

音樂方面我聽了一點斯特拉文斯基（Stravinsky）。我什麼也聽不到，祇覺得是一大堆你衝我撞的聲音構成一場混亂（Chaos）。完全沒有和諧。但音樂是比較繪畫更難瞭解，更難把握。因為你聽它的時候，它跟着不可停留的時間走掉。不比畫，老在那裏，可以老看，可以研究瞭解。所以近代音樂不知不覺能在蘇聯發生影響，以這種音樂所表現的人即蘇聯所不願產生或者沒有的。"

D："近代音樂家的音樂也是代表性的。它代表人並不光是音樂家自己。"

C："對呀。正是因為它是代表資產階級社會裏衝突、矛盾、失意、徘徊、破碎的人。蘇聯所要的是新的、統一的、完整而積極的人，蘇聯所要的是發展的和諧、和諧的生長的人。蘇聯當然不願有那種矛盾破碎的意念和感情，從資本主義社會輸入進去。難道因為紐約有百分之九十的人發瘋或者半瘋，蘇聯也就應該自由得把瘋病輸入嗎？蘇聯提倡古典音樂的法則，正因為古典音樂如莫札特、貝多芬，是上長意願和情操的表現。"

B："我不覺得有什麼特別的蘇聯人。人都是人，是普遍的，一樣的。"

C："我的看法正好相反。我不認識蘇聯人，即有見過面的，也說不上真認識。但我曉得中國人和美國人就大大不同。中國人是封建家族社會的產物，底子是散漫的、手工的農業經濟，所以中國人重人情，講迂回，好閒散，愛說愛想不愛做。美國人是資產階級個人主義社會的產品，底子裏雖是資本主義由競爭而壟斷的經濟。所以重個人，重事物，講直接，求緊張，愛做不愛想。中國人隨便一個朋友無事上門，聊半天。在美國，無論什麼人有事見面，得打半天電話，約好時間，到辦公室，飛風說十分鐘，最多半個鐘頭，趕緊拿腿走路，否則你沒得罪他，他也是開罪。被趕出來，你還得怪自己不像個人，佔人的時間。人家不請你，你永世不可到朋友家去吃一頓飯。每個人隔得像一隻小盒子似的。這還是小事。你們不是常常說中國人不愁安全（Security），而美國人人人為了愁不安全（In security）常常發瘋嗎？中國人的不安全太多了，愁之無用，這是一。其次，中國的親族主義使人大感到自己屬於一個較大集團，不是一個人孤鬼一樣在一個生死迴轉的競技場賽命。美國人不然。從小父母就叫他去擦皮鞋，賣報賺錢。誰能在許多競爭的孩子中得勝賺到多錢，就受尊重、愛護，從小他的價值就掛在他是否能獨自競爭賺錢上面。大了更是這樣，不管他用什麼卑鄙惡濁的手段，祇要他能夠抓住位置，賺到錢，他就是高等公民。那些手段也是高等的、應該的。假如他不會用這些手段，爬不上去，沒有錢，他就是社會的渣滓，人的渣滓。一九三二年以前，甚至於週期恐慌使他失業，他也要鄙視自己無能。到這個地步，絕無親戚朋友認爲自己有責任應幫助他。他們都相信應該讓"魔鬼抓住那跑得慢的人"，你們所謂的"Let the devil take the hind"。從這樣看中國人和美國人，除了大家都要吃，要喝，要睡，要結婚等等之外，我看不出什麼普遍一樣的地方來。"

D：（難過地）"是呀，我們都是這個寶貝的什麼自由企業（Free enterprise）弄出來的。"

A："這是對的。說到人不可以光拿些天然欲望來一概而論，說大家都是一樣。天然慾望是禽獸也有的。不能說我們和禽獸都有這些慾望，就認爲我們和禽獸是普遍一致的。人與人之不同在乎他們是在各種不同的經濟社會制度之下，其生活的宗旨、目標、方式、行爲都大大的不同，因此他們的思想感情、態度以及道德的法則，人與人間的關係都不同。除非一個中國人接受一些美國的生活宗旨和方式，中國人不會要美國人所要的東西，反過來，美國人若不接受中國生活裏的一些東西，也不會喜愛中國人之間的關係。"

B："關係有什麼講究呢？人當然各人有不同，關係總是一樣。"

C："當然關係不能夠一樣。非但方式不一樣，連性質都不同。拿親族關係說，中國的父子關係在過去是絕對第一重要，爲之應該犧牲一切。一個人爲父母殺了老婆是應該的。現在雖不到這個地步，但父母依然是他的責任。有錢而丟了父母，不管社會的意見、道德的信條，可以逼他發瘋。在美國，有幾個人爲父母操心？父母不過是他們的朋友之一。弟侄更不用說了。父母餓肚子，兒子賺大錢而不加以理會，在這裏，社會既不覺得是奇怪，道德信條也不會譴責他。在我們看，這簡直不是人；而在美國人看，我們把父母親戚綁在自己身上，弄得一子做官，九族升天，也是人所不能理解的事。有父母，有妻子，依然是天然的、獸性的關係。而如何處理對待這些關係，是人超於獸的範圍。恰恰也就是在不同的經濟社會生活裏，不同的處理對待這些關係的態度和表現使這些關係改變性質。父母爲無上的、控制一切的父母，與父母之爲一般的、朋友的父母絕無相同的地方。它表現了兩種類型的人。資產階級在其上長期發現了獨立的、尊貴的個人，但是它沒有發現人的關係。在他們，人與人的關係是貨幣在表現，是商品的聯繫。實際上他們所謂的獨立的、尊貴的個人，也是貨幣來表現的。一個人沒有錢，不要說什麽自由、平等，他簡直就不是人，他是 Trash。

　　科學的社會主義正是從分析檢討資產階級社會這種人的關係的經濟根據出來的。可以說蘇聯已經發現了這個重要東西：這個建築在經濟關係，包括生產、消費等等之上的人之所以表現其爲人的人間關係。它要掌握它，發展它，引導而致於全體人的和諧進步。因爲這樣，它不能够讓資產階級社會裏表現破碎、矛盾、孤獨、抑鬱、冷酷的音樂在那裏傳播，反使在人民中生長的熱情、統一、向上、和諧的情操和意願，使新的人、新的關係不能得到表現。我覺得這是自然的。"

　　A："這是對的。但是你說蘇聯回到古典主義不對。蘇聯提倡古典音樂，提倡旋律與和聲，一方面因爲古典音樂是資產階級的精神力量還未破產，不但未破產，有些地方還有很大生氣的時候出來的東西。這種音樂是完整、向上、進步要求的表現。另外一方面，也因爲古典音樂離民間音樂不久，它帶着人民的生氣，爲人民所瞭解。但是被蘇聯一部份音樂家所接受的近代音樂却完全是一個破碎而失掉了自信的社會出來的龐雜形式，像我這房子一樣，和蘇聯人民無緣。音樂家們接收了這些東西，祇有使自己的音樂空虛、貧乏、孤立，變成一種沒有生命的儀式，一種空洞的形式。所以在強調古典之外,還要他們回到人民,聽人民的聲音,製造廣大人民共同向上的音樂。我上面所說大眾化,應該是這樣看的。"

C:"你這話對。"

另外那兩個人以後就沒說什麼了。也不知他們想些什麼。這場談話之後,不久,我發現連美國資產階級樂評家如《紐約時報》的唐尼斯(Olin Dounes)都讚美蘇聯共產黨中央委員會的這個舉動。聯共批評大部份西方音樂缺少思想內容,沒有信仰,風格頹廢,唐尼斯說他要為這個批評三呼萬歲。他自己罵這種西方音樂是"道德的、藝術的頹廢"。

罵儘管罵,他們還是拼命要挽救這個兩條腿已經入了土的、產生這種頹廢的文明。甚至於不惜用原子彈去炸掉一切,希望藉此挽救成功。可憐的資產階級社會的音樂家們,在這裏除發瘋之外,那裏能找到信仰,找到思想,找到滂溥的生命力?!

一九四八年五・九紀念在紐約

和霧盪漾[*]
——記美國政海中的一波

一

四月十八日的大難，風平浪靜過去了。雖然義國共產黨的選舉實力增加了幾近三分之一，被選議員從一九四六年的一○三個加至一百三十八人，但因右翼太聯合，美國所花的錢和大氣力總算不曾白費。在權力論者的眼光中，蘇聯已經是走投無路。希望和平的人們早就在猜想華盛頓或者會將計就計考慮變面孔的方法。

五月四日和五月九日的兩個文件，引起了大家無數揣測和幻想，三四天來報紙和口頭形成了一種盪漾的輕微和霧。誰也不敢把它當做真的空氣，但誰也不願認為它沒有增長而凝結的可能。

五月四日美國那份主動發生的文件，全文十分之九好像是一通戰書，最後的十分之一却又開了和談之門。歸結起來，可以用三五句話說明其意："你做了這麼多壞事，所以我不能不挺身自衛。我的政策有全民擁護，經濟恐慌也礙不了我，我是要和好的，如你也要和，你該自己想想怎樣做人。"不管這幾句話怎麼兇，也不管它是否像《時報》記者所講的沒有用場（因為蘇聯會怎麼做人，其實不是美國教得會的），誰也不能不說這是美國想緩和局面的表示。

蘇聯的答覆亢得很，兩句話："你的政策不好，不與我相干，全是你自己。要講和，最好就來開始說。"而且蘇方知道這樣的答覆不會產生效

---

[*] 原載《大公報》（香港）1948年5月26日。

果，她一面答覆，一面把文件公布，訴之於全世界要和平的人們。美國於此受到了雙重壓力。假如華盛頓的眼光能比現在所有的更寬闊、更深刻一些，它就不會公然聲明自己無意要和。事實的表現使美國人認爲自己在外交上又失敗了一着。至少，李普曼的意思是如此。其餘的人不用說了。

二

三四月間，當此地聲勢洶洶、大打興奮針的時候，有些人希望無窮，認爲第三次大戰今年就要打起來。當時我們就覺得在這個時期估計戰爭還是太早。到現在，雖然輕細的和霧在盪漾，要說戰爭就絕無可能，又是不然。而美國之所以需要緩和局面却有不能不如此的原因，並非備戰政策在改變。

美國需要局面緩和，大原因有三個。第一，戰略形勢沒有把握。戰略包圍，特別是遠東方面，既不能建立起來，中心前綫西歐，又沒有保障，唯一有點把握的是毀滅蘇聯後方的空軍。這也就是最近國防部長與空軍部長關於軍費的分配引起大爭執的焦點。空軍方面似乎把前兩點置之不顧，以求空軍的速戰速決，故空軍軍力及軍費應不顧一切的特別增加，佔首要地位。國防部却有西歐爭奪戰在心目中，不肯犧牲陸海軍。眼前西歐爭奪戰論者並未得勝，但西歐爭奪戰事實上却已在進行。在那裏，除軍事聯盟稍有眉目外，陰謀上，政治上，經濟上，都完全沒有把握。陰謀方面，組織平時戰略情報局，以收買西歐工會、輿論、其他民間團體，組織暗殺團，以擾亂社會政治秩序（主要對象是東歐）等等，至今還沒有完全確定的方案，雖然零零碎碎已做了一些。沒有這個，戰爭發生時，美國將遭逢歐洲內部的抵抗而無可靠的內援。政治上，雖然西歐政權都在美國心腹的手中，但其中大部分，特別是要緊的法、義都是靠不住的。經濟上，歐援方案纔開始，它已經擔負了兩重責任。一方面非復興歐洲經濟使之有吃有穿不可；另方面，又要建立歐洲的軍事機構，這都是戰爭所必要的。在這麻煩事情裏，又有橫來搗亂的英國。一方面，英國想利用歐援方案的錢來鞏固她的帝國圈，鞏固英鎊，使美國為人作嫁；另方面，英國還在領頭和蘇聯做生意，於中取利。誰能保證戰爭爆發，歐洲沒有什麼中立者出現？除非空軍能速戰速決，否則西歐爭奪戰不達到一個相當有保障的局面，就不能使空氣過於緊張。

第二，如上所說歐洲經濟方面有兩重任務。這兩個任務：復興經濟與建立戰爭機構，要同時進行，對於美國是很大的負擔。以眼前情形論，自總統三月十七日宣佈全球反共之後，工業動員已經開始，政府定單和工業配合軍事的組織已經進行，兩萬家大工廠已經分配給各軍事機關，專供所需，遂立刻使股票大漲，物價又上去。看來人人所希望的小蕭條，也可能變成更可怕的通貨膨脹。除非戰爭即將爆發，從而物價、工資管制等等成為可能，否則不能不緩和一下空氣，使美國經濟能夠慢慢的擔負起歐洲的重任。

第三，內部齊心依然是一個未解決的問題。即在上層方面，有些人以為應緩戰，有些人以為應即戰。有些人從長遠處着想，怕準備不週，戰爭打得無休無歇；有些從近處看，以為早打早好，夜長夢多。前者如《華爾街日報》和《美國新聞》，後者如亨利・魯斯《巴朗雜誌》（Barron's）、飛機商人和一部分軍人。其次，還是下層方面一般人民反對。自從兩月前此地傳說史達林表示要與杜魯門談判之後，斷斷續續，起起落落，老有人拿這事來逼迫當局。當局曾經過李普曼和達勒斯幾次發表意見，認為與蘇不能言和，但百姓總是不聽。可以說：華萊士之所以力量增長，完全靠"和平"兩字。他也懂得，他現在已經跳過了分析問題、解釋問題這一步，把問題束之高閣，而專講和平。對於第三黨組織人民的長遠目標，如提高人民認識，展開一個新政黨的政治社會基礎，在風風雨雨之中自己站定腳跟，這種做法，自然是很大的損失而且很危險。但是近利比遠見常常是更有吸力的東西。和平運動是第三黨最有力、最有效的武器。政府即使能打垮第三黨，除非它能夠即時將全國弄上戰場，則不能讓人民以為和平是華萊士所獨有，即如塔夫特先生現在都不能講反對備戰政策，主張和蘇聯談判。

種種考慮，種種壓力，使美國政府不能不想把局面緩和一下。這倒也是人情之至，能發能收纔算豪傑。所以自義國選舉判明之後，這邊大報、小報，政客、論客，紛紛在說蘇聯軟下去了，猜她要做和平攻勢。使人有風雨將要收場的感覺。

三

現在華盛頓前天矢口咬定說自己不要談和，但是過了一晚上，發現自己上了當。原來說不要談和，是爲了穩定自己在全世界，特別是西歐的戰友——西歐諸政府及其支持者，却忘記了戰友之外，還有要和平的人民。所以第二天就在《紐約時報》上載了一段分析，指出蘇聯之令人失望處，然後說：

"他們（政府）確實想或者眼前雖不開會，但要找一條中間道路。免得對於莫斯科的私談提議沒有答覆。

"至少美國可以提出成立一個專家技術委員會，探探一些方法，使雙方政府能夠進行試試看解決他們之間的糾紛。

"這個委員會至少能夠發現是否有這麼一個機能找到恰當的基礎，從那裏起首進行正式談判。"

我們懂得專家技術委員會是個什麼意思。那是大事化小、小事化無的地方。政府苦心焦思想出此計，確是蘇聯公布文件這個舉動來得太突兀，以致華盛頓有些張皇所致。文件公布之後，首先英法當局的反映不好，英國怪美國私自和蘇聯接頭，法國當局表示惶惑。從備戰政策、團結戰友作想，首腦部華盛頓對蘇提出和談的示意，顯然會使西歐戰友動搖紛亂，二年反共陣綫之功有毁於一旦的危險。而國內戰氣鬆懈，尤爲不利。所以英政府的立刻反應是穩定自己的陣營。匆促之間沒有想到蘇聯之公布文件已在人民，特別是美國及西歐人民中，發生極大的衝激力。華萊士抓緊時機在麥迪遜廣場大大號召了一下。《美國新聞》的編輯人說華盛頓表示自己不要和平，會使華萊士的擁護者陡增幾百萬。一般的說，這文件公布之後，美國大大小小、潛伏和公開的和平要求，一齊開了口。不但是左右翼進步主義者乘此說話，即如《論壇報》一向站在反共備戰政策後面的，在社論上也主張對蘇談判。李普曼雖然曾經宣佈過戰時階段已經到來，但因他覺得華盛頓說話的莽撞而危險，使蘇聯得了宣傳勝利，也責備政府，而主對蘇談判。《華盛頓郵報》也是如此，《美國新聞》也是如此，甚至於老牌反動的《支加哥論壇報》也問不談如何下臺。外交失敗、宣傳失敗的感覺，瀰漫在一般人心目中，從而誰都問為什麼不能夠和蘇聯談一下。政府逼得無法轉圜了，纔想出這個技術委員會的辦法，藉《時報》記者列斯呑的嘴說出來。有了它，起碼表示美國並非不要談和，但同時它又是微末不足道的東西，不足以使戰友灰心四散。

這種輕微的盪漾，可能很快化為烏有。專家技術委員會是否產生，也要看美國和平運動增長的速度以及西歐的情況。目前援歐方案執行的政策是反對東西歐通商，反對西歐工業國有（五月十四日經濟合作處處長霍夫曼的發言可以證明），同時限制西歐生產製成鋼的能力。這個辦法將使美國碰更多釘子。

就眼前的情形看，一點也不會影響美國的備戰政策。祇要看自五月四日以來，此地關於軍備討論之熱烈，關於徵兵之進行，關於國務部進行考慮設立達勒斯所主張的平時戰署情報處（上文已提到），關於租借法案之準備，工業動員之實施——一個有史以來最龐大的機構正在向復活的路上轆轆轉動，要它忽然停止、拆散，談何容易。

對於中國方面，記者看不出這和霧，甚至和談，會有多少影響。正如第三次大戰即使發生，對於中國也不會有決定作用一樣。所以還是不談。

五月十四日寄

從美國共和黨大會說起*
——杜威和華倫上臺

一、馬戲大演出

舉世矚目的"財主黨"（英記者語）大會結結實實大鬧了三天就完了。三天工夫辦出了一份天體宇宙一般的政綱，搞出了兩個據說是將來要擔負全人類命運的要人。而在這三天之內，還表演了許多馬戲，做了許多官職與投票的買賣，記者不能不萬分佩服美國這一類老爺們快幹、硬幹、苦幹的精神，爲我們這些可憐蟲人類感到萬分幸福。

照美國人看，這大會可是並不起勁的，甚至於《紐約時報》著名的政論家馬可密克女士（Anne O. McCormick）都認爲代表們坐在會場無情無緒，好像是在"看風景"。"歡呼明明是有人搞出來的。"競爭提名的人們早就雇好了樂隊，一旦該人名字被提出，那樂隊就起來大吹大擂，同時手下人起來繞場遊行，大喊大叫，這就是大會的熱情。

那些非手下人的代表們怎樣呢？他老先生打不定主意，不知投誰的票於自己更好，所以就出去探探風向，打聽消息。他趕到司徒森的旅館裏去，一進門，他就血氣沸騰起來。原來整個大廳裏都是樂隊和跳舞：蘇格蘭跳舞、踏步舞、近代舞、古代舞，女人們也來要他跳。喝酒、喝茶、喝咖啡，全不要錢（摩根大王早就替他付了）。他大玩了一頓，心裏覺得司徒森實在好，應該選他。漸漸的他夠了。上樓去到杜威占了的那

---

* 原載《大公報》（天津）1948年7月12、15日。此文先發表於《大公報》（香港）1948年7月8日，但天津版是全本，《美國札記》依據的即是天津版。

一層，踏上樓梯他就被包圍了，而且都是年青漂亮的女士們。在大廳裏穿着游泳衣的女人在表演，一位小姐還贈他一瓶香水。露着大腿的美人在唱情歌。各式各樣的女人服裝比賽，在臺子上扭來扭去。各式各樣的香水、化裝品，各式各樣的交情。你想，人到了這樣地方，還能不愛上杜先生嗎？所以這些代表走出旅館門時，他實在以爲他那個票是杜威的。不料，一到馬路上，他又昏了。迎面來了塔虎脫的少男跳舞隊，一個個健壯活潑，乾净利落，在街上表演。大汽車包扎得花花綠綠，頂着塔虎脫的旗子，花花綠綠的男男女女於車上又唱又跳。過一會，司徒森的花紅大隊也來了，杜威的美女大隊也來了。大街上真的天花亂墜，淋漓盡致。杜威、塔虎脫、司徒森，個個都好，都可愛。怎麼辦呢？

所以，聰明人就不能不打算做買賣了。然而買賣也不是個個人都有資格做的。要大佬們一手能賣出數十張票的人纔有資格。比如說賓西尼亞州上議員馬丁先生一下能賣出賓州代表三四十人的票，使杜威第二天聲勢大振。比如印第安下議員哈萊克一下能賣出該州十三個代表的票，就拆了塔虎脫的臺。比如伊林諾州支加哥財團的大王、《支加哥論壇報》老闆麥考密克上校（此人前幾個月巡視了中國和遠東）不下命令，伊林諾州的州長格林雖想背異塔虎脫拿該州投奔杜威，也不可能。除了這些大佬之外，特別爲了共和黨大會而御駕親臨費城的財王們，如大美銀行總經理阿得里治（Aldrich）等，他們是出錢使這個大會能够成功的人，真正的買賣綫索應該是在他們手上。據說聯邦稅局長的職務被杜威先生答應了三個人。假如共和黨登臺，二百萬左右的聯邦政府官吏都有換人的可能。大小頭領無論直接或間接參加這種買賣，都可以藉此培植一些新勢力。

這種做法，絲毫也不是不正當。按照美國各記者們的口氣，都屬於"有效率的、實際的"政治手段。大約也是民主政治應有的表現。儘管有人不小心在那裏胡說：

"……雖然代表們來此，說是爲了顯示民主制度之實施。其中很少人相信下週的大事件（推選總統候選人）會由理想的民主方法來決定。"

(《紐約時報》六月二十日)

二、誰做決定？

關於這問題，這裏有一個相當曖昧的答覆：

"……選舉人中和性的影響並不能決定這次的候選人。這是由幾個人的無常好惡，或者甚至是由兩個候選人自己來安排的。"

說這話的人究竟是過於天真，還是過於懂事，我們不需弄清楚。但選舉人雖不能決定，候選人同樣也不能安排。根據《新共和》六月二十一號一篇簡單的報告，安排者自另有人。

從一九四〇年開始，司徒森先生就以他在明尼梭達州州長任內的一項傑作取得了拉芒先生（摩根家族老闆之一）的垂青。拉芒（Thomas Lamont）以摩根公司宣傳員起家，前幾個月死的時候是摩根公司總理。他生平傑作之一，是在第一次大戰之前把年青氣盛的社會主義者李普曼收服了。從那以後，摩根公司就好像是有了一位在野的宣傳員，而且極有效力。拉芒之賞識司徒森，照眼前看，或者是瞎了眼睛，在當時卻極有理由。三十年代，在明州出現了一個農民勞工黨，以反華爾街的農民和工人爲骨幹，聲勢甚大。曾經自己於一九三六年選出一任州長（此人現幫華萊士），而摩根公司却是控制明州麵粉工業、電機工業和一部份鐵路的力量。拉芒先生之對農民勞工黨疾首痛心，可以想像。一九四〇年司徒森當選爲州長，首先就制定了一項勞工法案，把工人階級打得擡不起頭，從那以後，農民勞工黨至今還沒恢復元氣。也就是從那時起，司徒森讓摩根公司知道他想當總統。近年多以來，他東跑西跑，演講宴會，主持當事者之一的要人，就是摩根公司的政治行動指導員。另外兩個人也是該公司所屬麵粉廠的先後董事。除了摩根之外，他當然還有別的財團在支持他。但是摩根却佔了決定的地位。

"趙孟之所貴，趙孟能賤之。"摩根要司徒森的時候，司徒森的名字滿天飛。但自四月以來，司徒森忽然不大見面了。原來摩根看來，這年青人還是不如老手可靠。

從那時候起，摩根公司就轉到杜威方面去了。摩根的轉向駭倒了紐約的一部份想支持塔虎脫的銀行家們。（有些主要業務不屬於海外擴張的銀行家認爲塔虎脫比較保險。）因爲已經有了洛克斐勒家族和梅倫家族支持的杜威再加以摩根，其當候選人自然毫無疑問，他們也都轉到杜威方面來了。洛克斐勒方面大美銀行總理阿得里治親自出馬跑到費城去盯着局面，有人說若杜威當選總統，阿得里治就要當財政部長。這當然是一種可能。另一可能是，這個財政部長或者會屬於塔布洛先生（Harold E. Tablot），此公是杜威的財務專員，本人現在是克萊士勒汽車廠的董事，同時是新興的、飛黃騰達的飛機工業重要投資者。克萊士勒是和洛克斐勒有關係的，它現在幾乎控制了法國和義大利的汽車工業和市場。在美國有名的控制和影響一切的八大財團中，我們所知道已經有最大的兩家：摩根和洛克斐勒，再加八家之一的梅倫，所以杜威能夠打破共和黨的史例，以一九四四年的失敗者重新被推爲總統候選人。

塔虎脫自己是克利夫蘭財團要人之一。錢的方面用不着別人管賬，照美國人的看法，三個政客中最有原則、最正派也就是他。除他自己的財團之外，他還有支加哥財團，尤其是《支加哥論壇報》老闆麥考密克上校的支持。麥上校最討厭東海岸財團，他不但是中西部一個很大的金融力量，同時是直接的政治勢力。伊州共和黨整個在他手裏。他有一張年代久遠、根深蒂固的大報。但是他弄不過摩根和洛克斐勒。

爲了上述種種情形，所以星期一（共和黨大會頭一天）那個賣報的老頭子就告訴我：

"候選人是杜威的。"但是這老頭子和他一家都是反對杜威到底的人物。

三、今後的趨勢

財力決定政治，當然是一個不可避免的結論。但是在這個問題上，我們所要說明的却不僅僅是這樣一件事情。論錢，杜威所得支援當然比塔虎脫多，但即以錢本身講，塔虎脫自己就有充分的錢足以買一個總統當而有餘。當前的真正問題是，美國壟斷資本所走的一個趨勢。而本週共和黨候選人之推舉，正是在說明這樣一個趨勢。

這一次共和黨大會中的對立是杜威、范登堡、華倫、司徒森在一邊，塔虎脫、馬塞米塞芝州下議員及下院議長馬丁、印第安那下議員及下院共和黨領袖哈萊克在一邊。前者除華倫主要代表西海岸金融勢力，嚴格的說，不能算是強大國際投資力量之外，都是國外擴張派。後者無例外的都是國內經營派，即通稱所謂孤立派。（這是一個非常不適當的名稱。）一般的說，這是美國壟斷資本的兩支。他們之間並無嚴格的利害衝突，祇有利益分野的不同。所以在國家政策傾向上，雙方並無根本不能相容的地方，但矛盾却時常有。這種矛盾在一八九八年左右當美國征服菲律賓時已經有了表現。其時國內開拓可能性極大，但由於對外貿易的突飛猛進，對外投資已經開始。這兩個客觀的事實，引起國內對外交政策極大的、也許是美國第一次的外交政策大爭論。簡單的說，眼光看着中西部及遠西部豐饒發展的人們，罵那些主張向外發展者爲帝國主義者；而向外發展說者則已經把自己當做英國的繼承者來估量，認爲天把神聖任務派給了美國。（參看 Brooks Adams：*American Economic Supremacy*）

由於歷史階段的不同，十九世紀末的那個大爭論在今天並沒有重現，而且雙方的矛盾似乎還是在縮小中。壟斷控制使本國逐漸失去其爲投資的樂園的資格。向外發展，一方面能使資本找到出路，另方面可以減輕國內投資界所受的壓力。這是一。新的社會主義國家之建立以及全世界人民運動之廣泛，使壟斷資本不能不團結對外。這是二。即如洛克菲羅和梅倫十年以前乃至羅斯福時代，都曾經花錢支持所謂孤立派者的大小選舉。在今天，塔虎脫想不到奧得里治一文。反之，爲全國製造家協會最保守一翼，如太陽煤油公司（主要經營國內及南美煤油者）主人裴佑（Joseph Pew）所支持的哈雷克，却非但不幫塔虎脫的忙，反而儘早就率領自己的一群歸於杜威。賓州參議員馬丁也是如此。大會開幕前後，人人預言杜威與塔虎脫將有一場死戰,以致兩敗俱傷,范登堡上臺。這種情形完全沒有實現。國內派陣營紐約銀行家一跑,賓州上議員馬丁和哈雷克一走,形勢不能支持。就此順水推舟,大家走了一個團圓會。

最奇怪的是在副總統的問題上,國內派竟連姿態都不做一做,就甘心情願的一致同意擁護華倫出場。這完全不是到場的一千多代表都是誠心誠意的國外擴張派。相反,根據《紐約時報》的馬可密克女士,這些人沒有幾個懂得或者模糊的感覺到他們應該擁護國外擴張派。根據《論壇報》的李普曼及阿瑟卜的説法,塔虎脱及馬塞米塞芝州衆議員兼衆院議長馬丁有許多許多友人。假如候選人是由這些人自己作主來決定,塔虎脱近於他們的理想。然而事實的結果正如我們上面所引的幾句話:候選人是由幾個人在決定。這幾個人包括國外派與國內派雙方領袖及在背後的人物(他們多在費城守現局面)。照美國人説,是孤立派被國際派打倒了。照我們看,是國內經營派與國外擴張派向政治合流的方面走。

這不是説關於對外開銷等等,美國政府內和壟斷界內部再不會發生爭執了。還是會有的。

杜威和華倫這一個搭當,是壟斷資本所最需要、最理想的配合。從人的方面講,杜威精明強幹,以善於投機取巧、觀風望色、手練心辣出名,他所代表的是世界上最野心、最強大、最獨佔的壟斷金融勢力。他手下有杜勒斯之流的人才,他上面有胡佛提攜。他這一次之得為候選人完全是以他對國際問題的立場取勝。並非因為他在內政,比如勞工問題上的進步,而是因為他明白內政問題在今天實際上已經漸漸在從屬於世界政策,變成美國世界政策的一環。用不着在那方面説話以致兩面不討好。這是戰前德、日政治的一個特徵,美國在朝那裏走。

華倫對國際問題和杜威無大區別。內政上他是所謂共和黨的進步派,比如在西部肯花州庫開運河之類。他所在的加里福尼亞州是美國工人運動最強、美國進步思想非常發達的地方。因此華倫的應付手段比較一般共和黨官僚高妙。此外,他代表西部新興壟斷力量如凱塞之類。西部壟斷力量時常受着東部的壓迫,所以時常發表反對壟斷控制的言論,標榜進步的、開明的資本主義。華倫先生也就是如此。以他爲副總統對於國內、國外都將有一種宣傳性、掩護性的作用。雖然西部和東部間，財權上的衝突不會減少，可會更多。但是對外和對人民方面，華倫與杜威之配合有積極作用。

四、戰爭與和平

這兩個會擔負世界人類命運的要人既已出場，我們這些所謂世界人類也者，少不得要想一想自己將來的命運。

就一般問題講，這個搭當上臺並不說明美國急戰派已經得勝，或共和黨當政就是戰爭的信號。杜威與急戰派接近。他的謀臣策士如杜勒斯、魯斯等，都是自覺的戰爭組織者。（一九四五年魯斯在中國時就對他的手下人謂非乘蘇聯元氣未蘇時把她打掉不可。）摩根公司對戰爭之感興趣，是大家都知道的。第一次大戰時美國參戰就是老摩根搞出來的，有美國國會檔案可查。但是壟斷資本內部並不是人人都愛馬上打仗，即如代表一部分華爾街資本的《華爾街日報》就不是這種看法。壟斷資本內部對於急戰政策之意見分歧，世界戰略形勢之無把握，人民不要打仗，這些都可以牽制住急戰者的手。全球戰爭不是一件容易事。

就中國方面說，却有理由相信杜威上臺之後對中國出兵。

這裏有一種相當流行的看法。（主要是流行在三五美國人的討論之間，報章上還没正面說出）。以爲今後美國在歐洲會稍稍穩住，在遠東（中國、日本）會更積極。在歐洲，情形已經到了再僵没有的局面。再衝一衝就祇有打，而打是不可能。在那邊最好是穩下來，拼命搞馬歇爾方案，搞西德，把歐洲自己的人們紮穩，自己的力量和形勢加強。在遠東，特別是中國情形就不同，光是錢和軍火没有用場。即如政治改革等等，中國人自己又不會做。一切都非美國動手不可。杜威當候選後第一篇演講稿就是中國和遠東。

究竟杜威會怎樣做法？人們不知道。明年新的借款可以想像，但要動員美國軍隊到中國去，照目前情形看，是荒唐的想法。但是到了明年，情況可能會有變化，有組織的第三党反戰、反出兵的宣傳行動，或者不會像選舉年那樣多。而且明年日本方面當可以抽調軍隊，不致震動美國人民。在軍事的必要下面，麥克阿瑟指揮中國局勢不是不可能的。蒲立特現在已經在那裏聯絡。

第一步的可能是加派大批軍人到中國去，實地參加野戰軍旅隊或甚至團隊的指揮。加派政治經濟人員實行所謂的監視借款用途，而實際是幫忙支配中國政治經濟生活。第二步當是在中國大港口、大都市明派駐軍，採取守勢。假如這兩步實行之後，守勢還是支持不住；又假如守住了之後，而政治經濟方面顯然無辦法，守勢破壞時，這就恐怕到了從日本調兵的時候。

以上是這裏一種看法。另一種看法，說是要看中國局勢發展如何，這邊纔能決定。假如中國在今年內局勢急轉直下，到了解體的地步，杜威或者就要考慮放棄中國。假如是慢慢的在發展，情形還有可爲，就要如上述的做下去。照我們看，這兩個看法實在是一個東西。

這些看法都是假定杜威當總統。不過，如果民主黨狗急跳牆，弄出艾森豪威爾來競選，則杜威之得選與否就不可知，從而對中國的這些看法就得另找根據。那已經不是我們所要談的問題。

六月二十六日寄

關於威爾遜總統輪的一個報告[*]
——請看我們所受的遭遇！

引　　語

　　下面的報告是威爾遜輪三等艙中十幾位旅客共同調查，共同執筆寫出來的。凡是這篇文章裏的每一件事實就是千真萬確，絕無誇張，也沒有巧飾。這十幾位執筆者，有的是六十歲的長者，有的是學成歸國的青年。他們每一位在抗戰期間都曾爲國家、爲民族忍受過千辛萬苦，毫無怨言。他們大都是醫學界知名之士，如齊魯大學皮膚科教授尤家駿先生，尤其是醫學耆宿，舉國知名。其餘如楊濟先生是天津中央醫院 X 光主任，王正儀先生是前路易西安那大學熱帶病學教授，李容先生是中央衛生實驗院技師，張文山先生是南京中央醫院眼科主任，余長河先生是中央黨部農工部專門委員室主任，梁永章先生是上海總工會秘書長，薛葆鼎先生是中央工業試驗所化學工程師，趙松喬先生是浙江大學地理系教授。

　　他們從自己的經驗，從同渡兩百餘三等艙客（幾全是華僑）經常對威爾遜輪當局所流露的反感，分類收集材料，鄭重寫在這一篇報告裏。他們因此希望威爾遜輪或者美國總統公司見到這行報告時，能够將歧視中國人的態度加以改善。然而在中美聯盟抗戰勝利之後，中國人之受着友邦航業界的歧視却是一件千真萬確的事情，中國人應該知道，也應該加以注意。下面是報告。（楊剛記）

---

[*]　原載《大公報》（香港）1948 年 9 月 6 日。

一、我們在怎樣的地方

威爾遜輪是美國總統公司戰後新造的兩條大輪之一。今天春末方始下水,現在是該輪下水後第三次航行。這條船是美國商船隊旗輪亞美利加號以下數一數二的船隻,號稱為華麗輪船（Luxury Liner）之一。船上有跳舞廳、游泳池、酒廳、煙室、大餐所、小餐所、大休息室、散步場、圖書室、寫字室。最貴的房間,有裏外兩室以及一切浴室衣櫥設備。

這條船一切分為兩等:頭等艙和三等艙。頭等艙又分四等,價目:由舊金山到上海者,自六百元到一千五百元不等。三等艙價目也有相差極微的兩種分別。最高者是連稅三百七十五元。凡屬頭等艙者,一律享受頭等待遇,上述種種地方他們都可以去。頭等艙一切活動遊藝可以參加。服侍他們的侍役二百餘人,平均幾近每一人有一侍役,因為頭等艙客共二百三十八人。屬於他們的一切,三等人都不能染指或插足。

三等艙（不如名之為中國艙）共有旅客二百三十人,比頭等人祇少八個。全部侍役是十九人,其中廚子及幫廚等共五個,飯廳侍役五個。分配到打掃臥艙者祇有一個人,每週來打掃一次房間,還嫌太累。

雖然三等艙的人數和頭等艙相差無幾,但三等艙所占的地區面積却不及頭等艙所占者二十分之一。全船頭段及中段,除船頭一部份外都是頭等,那些是最安穩、最通陽光與空氣的地方。而三等艙則局在船尾機器上面,臥艙完全無窗,幾已在水平面下,稍稍有風,就動盪搖擺,許多人因之暈眩不能起來。我們不妨把該輪對於頭、三等艙具體的分配寫出來,使讀者可以一目了然。

全部太陽甲板（船最高層）……頭等

全部小艇甲板（掛小艇層）有網球場、乘涼設備等……頭等

全部散步甲板（第三層）內有游泳池、跳舞廳、陸戰隊廊、酒廳、煙室、圖書室、寫字室、大休息室、兒童遊戲室……頭等

上層甲板的六分之五（第四層）……頭等臥室,共六分之一……三

等散步處

A甲板的一半（第五層）有美容室、理髮室、鮮花店、圖書館……頭等臥室，另一半的四分之一……三等休息室

B甲板的一半（第六層）頭等大小飯廳，另一半的六分之一……三等飯廳

C甲板三分之一（第七層）……三等臥室，共三分之二大約爲貨船及水手間。船圖沒說明。

全船祇有船尾這麼三層是屬於我們的，可以說這點地方幾乎是沒有設備。散步處是露天場所，祇有三條四尺長的板凳，和一張蓋不盡三分之一的帆布棚。有時不高興，還要把那張棚取消。夏天近熱帶的太陽把那裏烤成火場一樣。我們的休息室總共不到四百平方英呎。旅客二百三十人，平均每人僅得一平方英呎有餘。脚大點的人，連兩隻脚都收不進去，這裏有桌椅各七八張。我們的臥室完全像小蜂房，每房自十七八人至四人不等。就是四人的房間也是經常祇有一個人能夠轉動，其餘人非老實躺在牀上或出房去，以候此人做完他的動作纔能回房。

除了天氣偶爾陰涼，三等人照例不敢在房間和休息室裏。因爲雖然頭等全是冷氣，三等却一絲一滴也沒有。人們都祇好跑上散步處的帆布底下。整天站着自然不行，就自己搬動飯廳的椅子上去坐。船役還要來干涉，說是破壞秩序。

頭等艙裏有洗晾衣服的地方，三等艙可以洗衣却無處晾衣。所有的臥房裏和走廊上，弔弔掛掛，盡是衣物。而船長於巡行之際，反大大責備三等艙人不講整潔。

以上是我們生活所在的地區。

二、我們怎麼樣生活

好像是特別優待我們，三等艙是中國飯。事實上當然是因爲胡亂泡製的中國飯比西餐更省錢。

我們每日三頓。因為人多，飯廳太小，祇好分兩次。頭次是早八點到五點，二次是早九點到六點。誰若不到，誰就自行挨餓，決不含糊。從九點到六點僅僅幾個鐘頭，要吃三頓，客人吃不消，而在其餘十五個鐘頭中絕無再吃機會，也是萬分受不了。頭等艙每日夜六頓，頭等客人都抱怨太多。至於三等真不知是太多或是太少。

我們的飯每四個人是一湯兩菜，有時三菜。菜腐臭，飯生。經我們四十餘人聯名抗議方好了一些，然而腐敗了的材料還是出現。向船方提出來，他怪我們是北方人，不懂吃廣東菜，可是同船百多位華僑和我們的意見是一致的。

飯廳既小，又正在大廚房外面，沒有冷氣，室內溫度經常在九十四度左右，再加以少鹽無醬而且發臭的菜飯，許多人都倒了胃口。然而不吃又餓，因為健康的人總是要飲食的，飢飽之間人人都不知怎麼辦。無數在飯廳發昏退席的人有的是。

以上是吃。

房間狹小擁擠，雖然有空氣洞，因為沒有對流，所以進來的風熱而且猛，睡在上層的人着凉傷風，睡在下層的人依然像躺在鍋爐上面。房間裏的人祇可抱了毯子出去，為此又是擾亂了秩序。

三等艙沒有讀寫之類的設備。僅在休息室設了三張連手臂都擺不開的臺子，幾本美女求仙之類的小說。此外沒有一本書，一支筆，一張紙，一個煙盤。到處擁擠，到處是人聲。沒有人的地方就是太陽。有的人想寫點什麼，祇好爬上牀去屈着腿做這件事。要讀書也祇好躺在牀上，或者蹲在什麼角落。我們幾個人中有曾參加國際會議，有人曾考察過醫學狀況。我們準備在船上作報告，然而事實上不可能。

講到娛樂，我們實在慚愧。船方為我們預備的是每週約電影二次。此外有一五人音樂隊每週來三等休息室對付三次。每來則大鼓大鑼一番，從來沒有一次正當的音樂會。某次佈告中明明說了有鋼琴演奏，到時依然是大鼓大鑼把人趕走。

我們本來商量中國人中自己來安排一個節目以資娛樂。究竟因為沒有適當地方，不能實現。

二百多人擠在這樣又熱又小的地方爲時三星期之久，無所事事，也無處走動，這不是人情所能忍受的。我們不能怪我們的華僑兄弟們要開牌九麻將，因爲不如此人們是會發瘋的。

然而賭似乎恰恰爲船方當局所贊成。一聲要賭，非但是麻將與牌九全能供給，且特別爲供給桌子以作賭臺。於是樓上樓下到處乒乒乓乓，與人聲鬧成一片。休息室最大的臺子特爲賭客保留下來。我們有幾個人乘賭客吃頭次午飯時想藉那張桌子打橋牌消遣，茶房居然來禁止我們，說那張桌子屬於賭客。賭客們輸贏之大，令人可驚。每次出入至少是美金百元左右。下注二三十元不在意下。有人一場輸去美金三百餘元。在這條船上到現在爲止，幸無人因輸光血汗錢而自殺。然而過去的太平洋上曾經是有過這樣的華僑冤魂的。我們不了解船方爲什麼一面詬罵中國人沒有秩序，不講安靜，而對於喧嘩成天的麻將和牌九，却這樣熱心的想以玉成。

我們必須提到衛生與健康方面，以見這些主張健康和衛生第一的人仙，對於他們所輕侮的民族是如何有意蔑視他們的健康。

所有二百多人在一間狹小而等於無窗的飯廳裏，大廚房雙門大開，陣陣火氣衝進飯廳裏。沒有冷氣且不必說，連大風扇都沒有一架，祇有裏壁共掛小風扇四五枚，飯廳裏又悶又蒸，熱汗如雨。我們要求將冷氣從頭等通過來，否則加設幾個風扇，這都是輕而易舉的事。同時我們要求將午餐改爲冷食，或者來點凉稀飯。因爲有許多旅客爲飯廳熱昏離席，大部分人都食不下嚥。可是那個船長 O. A. Pierson 硬着頸項不肯答應。他說我們如果不高興，儘可以離船。試問在這汪洋萬頃的太平洋上，我們離船到那裏去？難道是要我們跳海麼？至於飯食的生臭對於健康影響如何，讀者更是深知。

熱天裏洗澡是一件大事。三等客二百三十人，共有淋浴十二間，盆浴二間。幾乎每二十人共一間。這還不要緊，偏偏該船還以爲太多，將淋浴鎖閉八間，開放四間，其中有一間已經壞掉。淋浴由底下倒噴出髒水，連同許多莫名其妙的髒東西。實際上衹得淋浴三間，盆浴二間。我們幾每五十人共一浴室。在盆浴間裏絕無設備，連洗澡盆的去污粉和刷子都沒有，更無消毒藥品，以致大部份人都不敢用盆浴而擠到三間淋浴室。有人搶不到地方衹得天天在洗臉房擦一下了事。以清潔健康爲號召的他們，却在這樣大熱天，逼使我們不得洗澡，其用意何在，使人費解。

　　厠所是公共衛生要地。應當如何保持其清潔及流通運用？用完厠所而隨便丟擲一些小紙張進去，以致堵塞流通，也是人所習見。就是美國的公共厠所也寫得明明白白，提醒用者不要亂丟東西。而此船關於這方面的提示是一無所有，以致四間男女厠所常常混水流溢，室內成湖，有的厠所終日尿臭橫溢，使人不敢進去。似乎也沒人理會，甚至把厠所門大開，使便溺處堂皇陳露，好像是開茅房展覽一樣，使人不敢睜眼。這些都還不算。最妙的是在他們不高興時，索性把兩間男厠所鎖閉起來，命侍役告訴男客到女厠所去。我們忍無可忍，大聲抗議，方纔把男厠所開放。

　　醫藥設備簡直是荒唐萬分，醫生和病房都在頭等部份，而三等所有通頭等的過道都掛了"三等免進"的華字牌子。三等人因病，衹得犯法跑進頭等艙去。去了就遭侍役盤問。因爲是看醫生，衹好放行。

　　那個醫生受雇船上，應該對旅客執行職務，不取分文。可是三等人去訪問他的，非但被索取診費，還要藥費，甚至驗關防疫針，他也要錢。有人向他抗議，他就自行減價。我們中既有人是醫生，就勸他不要如此，因爲大家都明白他是怎麼回事。於是他趕緊聲明我們醫生及其家屬不收費用。

　　船近馬尼拉，旅客都必須打霍亂預防針。到日本時纔打傷寒預防針。一個旅客去打針，這個醫生竟替他打了傷寒預防針，填了證件，這旅客不能在馬尼拉登陸還不要緊，可霍亂打成傷寒，這玩笑是可以隨便開的麼？

　　由於種種原因，許多人有病不敢去那看醫生，他們寧可拖到埠頭再想辦法。

華僑胼手胝足，在美勞苦一生。有的老了，有的身體虛弱了，到了船上又遭受這樣苛刻的待遇，有病不敢去找醫生。在美上船之初就有一個人死去，此人還可以說船上不能負責。另外一個人在船上已經兩個多星期，他要到香港。他本來有病，有人認爲是關節炎，有人以爲是梅毒性毛病。在病上最初他還像是健康的人，常爬上散步處去和我們之間有的人談話，詼諧而富興趣，要説國語。自船過檀香山，接近菲律賓海，進入熱帶地區，此人遂日漸頹唐，行止艱難，搖搖欲倒。他不敢去看醫生。我們正在爲他擔心，忽於船停馬尼拉之際，暈倒在地，當晚身亡。他已經是完了他歸程的二十分之十九，現在離他的故鄉祇有三十六小時的航程。可是他已經支持不住，倒下去了。他固然是已經得了不治之症，可是他不死在美國，不死在中國，而恰恰死在這威爾遜總統輪三等艙裏。熱帶區的天氣殺死了他，威爾遜總統輪對三等客人的款待，也實在對不起他。

　　他們常説我們不講清潔，不懂健康。事實上不許我們講清潔、懂健康的正是他們。關於清潔，上面已經講過了，關於健康還要講一點。上船之初，我們因爲三等狹小，成天不能轉動，故極力設法自己運動。恰好健身房就在三等散步處對面，而且經常無人，所以有人於早上、下午到那裏去運動一下以活動筋骨。那健身房本來名是三等艙的。然而我們之間去犯法者也實在很少，幾天過去了，相安無事。我們正在欣賞船方這種優異的賢明，忽然一天早上起來，發現健身房外掛着華字牌子。三等又是免進？試問那個爲頭等而設的健身房，頭等不用，三等不許用，它是作什麽的？何以三等連健身的資格都沒有呢？

　　這是我們在船上三週以來的生活。

三、我們是什麽人

　　八月不是用頭腦的天氣，然而事實和八月的太陽一樣鮮明。所有方面的一切，令我們不能不感覺自己是在受着一種異樣的待遇。我們時常反問自己：假如三等艙裏有白種人，待遇會不會是這樣的呢？不幸得很，三等艙裏，沒有一個白皮膚的人，來說明我們所受的一切款待，祇是由於出不起六百元以上的美金。反之，雖然六百元與一千五百元相差九百元之多，而出六百元者與花一千五百元者却同為頭等客人，享受同樣的生活。至於三百七十五元雖距六百元僅二百餘元之隔，然而這區區二百餘元却是霄壤所判。在這裏，頭等與三等不是錢的區別，不是量的區別。它們是貴賤的界綫，質的劃分。

讀者如不相信，請聽一個三等客人自己說，這人是從紐約動身。他找一家旅行社訂船票（當然是三等）。閑談之中，他問旅行社三等艙裏的設備。旅行社當然大大吹噓了一番，優點之一是三等艙，居然一律是中國飯食。這旅客喜出望外之餘，反而替三等艙中莫須有的西洋人擔心起來，怕他們不能常吃中國飯。旅行社的人，於是安慰他說："三等艙沒有白人的。他們一律要買頭等票。"

為什麼西洋人不能買三等票呢？難道天底下有一個不愛省錢的人嗎？可惜三等艙都是亞洲人，幾幾乎全是中國人。任何西方文明的代表，不能為了省幾文而使自己受非人的待遇。所以他們雖看錢極重，也不得不忍痛拿出頭等票錢。我們中間有人曾經在洛杉磯到舊金山車上和這樣的人同車同座。但是到了船上之後，二十天來竟連他們的影子都沒望見過一次。正如一個知道這事的美國人講的："這真是令人不能理解的做法。"

為此，我們的一切與頭等完全分別，完全隔絕。我們上船下船，不能用頭等的弔橋。即使上去了，而且通三等的一切門户完全大開，依然被趕下碼頭，另走三等。我們不能進健身房，不許到游泳池邊，雖然這些地方正在我們眼前，而我們並無另外健身房、游泳的設備。我們不能看頭等的電影。就是頭等人在游泳池邊作選美競賽，我們也不能張望。可是頭等人却可以搬了長椅子橫在前排，看三等的電影。船上每日公布的各種遊藝活動都是頭等的，以"為頭等"字樣標出。有屬於三等的活動，則用括弧標出"三等"，這就是隔幾天纔有一次的電影。甚至於船上要旅客辦的公事，都是三等歸三等，由一個中國人在樓梯下面一小洞洞和我們辦理。

甚至於關於船客領取證明信在菲島登陸遊覽，也要加以中西之別。本來在馬尼拉登陸，即使是一小時，也需要菲方的入境證，大部份乘客都不曾領取這個文件。所以船至馬尼拉時，他們都得從船上辦事處拿一封證明信，以便向菲方交換入境證。這不過是船上給予客人的一種方便，照想應該中西人士一視同仁。可是不然，美籍的公民乘客祇要張嘴就拿到了證明信，而持有中國護照的中國公民則要交美金一千元的保證金方纔給他一份證明信件。

地小，人多，天熱，設備不週，地方不能不髒，情形不能不嘈雜，而船長每隔一兩天帶一大串人來巡視，祇說中國人髒。他可是從來不在任何一個中國人面前站住問一問情形。不，他不但不站住問話，而且昂頭虎視。我們有人曾盯着看他五分鐘之久，他的眼光沒有蒞在一個中國人的臉上。情形簡直是像一個皇帝。關於我們的抗議和提議（這些都不是直接給他的，因為我們無法見他談），他的答覆是：如果我們不高興，就可離船。

在他眼中，我們究竟是什麼呢？這裏祇有引一位五十多歲底老華僑的幾句痛心話來答覆：

"船上對待我們像畜生一樣。普通的華僑教育低，不懂得該怎樣反抗，祇好忍氣吞聲。你們讀書人，該多負責任。把這些歧視情形好生寫點文章到國內和美國華文重要報紙上發表，也給同胞們知道，將來爭口氣，自己辦一個船公司，照顧照顧同胞們。不可再受別人的欺侮！"

結（語）

我們不知道抗戰以前太平洋航綫上美輪待遇中國人情形如何，也不知當時是否特設三等艙專為國人，但是據當時有此綫旅行經驗者說，當時船公司甚多，除美國總統公司的前身金元公司之外，還有義國公司、日本公司、加拿大公司三個正式航行此綫的機關。此外還有挪威船、法國船有時來去。當時的三等艙，特別是義輪與日輪上的，設備極全，招待週到。義輪各船長，並且每週有船長宴兩次，頭二三等一齊參加。船長另外每週到三等走兩次，與三等客人談話，訪問他們對於船上一切的意見。船上乘客也無所謂黑白之分，錢少者歸三等，多者歸頭等。加拿大船上，頭二三等一齊在大飯廳共食。這些都是事實。

即在抗戰以後，美國航行大西洋綫上的船隻沒有這種希奇古怪的做法。美商船隊旗輪亞美利加號裏面都有頭二三等，以錢爲分，不以人爲分。其中，二三等的待遇大致是除房間地位與人數多寡有不同外，並無什麼歧異之處。所有旅客均可隨時要食物送到牀上去享用。有些美國人竟任意向船上要水菓，他們所要水菓夠他們下船後還可以成包帶上火車去吃。

在太平洋航綫上，自抗戰結束，日、義公司消滅，加拿大太平洋公司也因元氣大傷，一時不能恢復，整個太平洋成了美國獨霸的世界。船少而旅客多，每次航行總是擁擠非常。因此該美國總統公司可以不顧一切，特設三等艙以收容華人，給他們以非人的待遇。將白種人高高在上的與他們隔絶，使之有自慚形穢之感，而以爲白種人是上等人物。

照目前情形來說，這個公司的做法難得基本改善。然而以太平洋航綫擁擠的狀況看，正是我國航業千載一時的良機。國家雖然是在戰亂期間，工商業界有力有錢能作經營者，當不算少。聽説民生公司在抗戰結束時曾有志擴大營業，如是能集腋成裘買一二條船在太平洋上試航，對於同胞對於利源都是莫大的供獻。（威爾遜輪三等船這一次航行，自舊金山到上海所繳船費在六萬美金以上。）而且航綫上的競爭雖然不能從根掃除所謂"白人至上"的觀念與作風，起碼爲了搶生意的原因，他們不能不稍稍減低他們驕橫的態度。

爲此，在作這份報告時，我們以鄭重的心情希望將來。[①]

一九四八年八月卅一日在威爾遜總統船三等艙

---

① 文末原有十五人的簽名，現從略。

在馬尼拉港*

一個人出門很久了，回家來總不免要報告一些所見所聞，大家熱鬧熱鬧。先說馬尼拉，是由近而遠之意。

馬尼拉落日

船近馬尼拉的那幾天，天氣熱得不像話，罪算受夠了，但是有名的馬尼拉落日（Manila Sunset）也是看夠了。馬尼拉落日是熱帶海上落日的一種景象。下午六點鐘以後，奇形怪狀的夏雲，都聚在西方。下部如樓臺亭閣，上部如桂林與貴陽的山嶺錯落交叉。山峰間猛獸奇鬼，森然驚人。太陽看不見了。雲彩是藍藍而鑲有閃亮的金邊，點點殷紅、淺紅、深青、澄黃的小雲朵浮現於深藍的樓臺亭閣間。轉瞬之間，山巒樓閣漸漸澄黃而粉紅而金紅。近海天帶化爲透明，像一條粉玻璃浮在雲與海之間。所有顏色從粉玻璃中間透出，消失了它們刺眼的炫爛和鮮明，呈現出溶和與清明。這一條天帶就是馬尼拉落日的特色。那時候的整個天，正合了小説上所謂的霞光萬道，瑞氣千條。而整個海一波一波，幅幅都是紫艷的奇錦，使人忘記了它是海。忽然有人叫："哎呀，太陽！"原來在透明帶與海之間出現了一個乾乾净净、像新擦過了的金盤，没有向外放射的光刺，也不如地上落日那麽大。這金盤規規矩矩嵌在乳明的天空和紫艷的大海中間，令人對它有了一種説不出的崇敬和愛惜。好像還没有把它認清，它已經是不見了。海的外面於是又展開了一個遥遠的、金紅的世界。那裏看久了，會使人真的相信孫猴子出世的地方，或者《聖

---

* 原載《大公報》（香港）1948 年 9 月 9 日。

經》裏所談的天國。我因此想起中國皇帝們求仙，照例要帶童男童女出海，出日之前與落日之後的海，或者就是這些典故的來源。

到了碼頭

八月二十九早上六點鐘，船停馬尼拉海灣，菲島海關上來檢查護照和入境證。所有沒得入境證的人，即使想出船到碼頭上去站一站，都不行。到了開船的時候，海關人又上來，檢查是否登陸的人都已上船，怕有人混在岸上沒下來。記者幸已搞到了入境證，就與同艙客人王正儀先生夫婦、張文山先生夫婦、頭等艙的朱章賡次長夫婦一同登陸。朱次長原是聯合國國際衛生局負責人。在職一年，幫助將國際衛生局建立起來。這次奉召回國就任衛生部次長。朱先生認爲中國衛生事業和其他方面一樣，基本重點仍在改進農村衛生，這次回國，政策上準備循這個方向去做。朱先生假如能夠成功，當然是中國農民之福。

一行七八人，分兩路出船。從三等艙出船的人，好像是自己忽然變成了小偷。在上弔橋的時候，被菲方守橋人週身摸索，有的連口袋也要翻開看看。女人雖不遭摸索，而手皮袋則必須打開，聽憑檢查，幸好還沒人被他們隨手搶去什麼。我們在碼頭上會齊之後，就向岸上出發。碼頭秩序之亂，無以復加。因爲碼頭就是倉庫，地方本就不大，貨已堆滿，人在貨箱之間行走，已覺吃力。不幸還是在運貨期間，大卡車、小卡車、小汽車在碼頭裏來去不停。有時車子還橫在路上。裏外一共祇有兩條路，被它們堵得乾乾淨淨。人在卡車之間耗子般爬來爬去，時時有生命危險。擔驚受怕，好容易纔走出那個已經被炸得殘缺不全的碼頭。

想不到馬尼拉還有城墻，那是在離碼頭不遠的地方。四方矮小，城頭城墻通通是綠草沒脛，裏頭幾乎沒有一個居民。這是十九世紀初西班牙人佔菲島時的建築。當時的馬尼拉中心就在這城墻裏面。一八九八年美西戰爭結束西班牙對菲島的統治時，原來抵抗西班牙的馬尼拉人就在這城墻裏抵抗接收馬尼拉的美軍。這小城墻裏當時也曾堆屍如山過的。

馬尼拉人的抵抗結束，這小城的政治經濟生命也結束了。現在的馬尼拉中心是在一大片荒涼之區的後面。菲島政府雖已決定搬家，但現在還是在馬尼拉。據說三個月之後就要走了。

菲律賓大學

我們首先去拜訪菲律賓大學。這是國立大學，有學生五六千人。學校已經被炸得祇剩一張空殼，學生就在這空殼裏面上課。有的課室是以席棚搭起來的。有的就在走廊上坐一長條上課。學生們的精神非常之好，似乎是滿不在乎，一個個夾着書本，三五成群。看見我們這些外來者非常歡迎，有問必答，談之不休。有的老遠看見我們，就擠着招手，要我們去談話。他們已經實行國民軍訓。自大學第二年級起，軍訓一年，每週三小時練操和聽軍官講道理。他們所學習的文字共有三種：菲文、英文、西班牙文。事實上，西班牙文完全是隨便的，然而它却是一般家庭常用的語言。五十年的美國統治還沒有把這個文字的用處在菲島消滅。菲律賓大學已經在別處建立了新校址。學生們不知道現在的空殼將來會作甚麼用處，也許學生們走時，它就要被毁掉了。

到現在為止，我還沒看到像馬尼拉那樣令人感覺混亂的國都和大都市。初入境者照例要找交通系統和街道名稱，可是我們找不到。這裏沒有電車，說是戰後拆掉了。全市用公共汽車通行。事實上，除了看樣子像公共汽車的車子而外，還有數十種不同的公共車輛，有的像大吉卜車，有的像小貨車，有的像卡車，有的像敞蓬郵政車，此外還有馬車。所有的車輛，包括正式公共汽車在內，都有拉客的人站在車門口。車停，就出來拉人去坐他的車。有些車輛討價還價，弄得人莫名其妙。除了這些公共車輛之外，自然還有私人小汽車及的士等。於是滿街都是車子，煙霧成天。所有的街道都找不到路名（記者祇找到一條街的名字），也沒有交通燈。甚至於四通八達的廣場，為所有車輛匯集之區的地方，都沒一盞紅綠燈，行人都是在車輛面前奪路而逃。祇有一條最繁盛的大馬路的十字街口，纔發現了一盞交通燈。在這樣的區域裏，雖然那天天氣很涼，我們每個人還都是汗流夾背，因爲神經太緊張了，簡直是在打爛仗一樣。

馬尼拉市面的外形如此，內容則和美國差不多。櫥窗和架子上的東西幾乎可說都是美國貨。土產方面，除了菲島女人的大紗籠袖子以外，完全沒有看到。太平洋西岸國家以手工業著名，不知菲島的手工業是什麼。也許就是那種漿硬的大紗籠袖子。

菲島的華僑

華僑在菲島的，據本地一家華字報館所知，共散在四個大城市。馬尼拉最多，約有七萬人，佔馬城人口百分之七以上。其他三大城市各有五千至八千人不等。統算起來，不過十餘萬人。但是在馬尼拉零售商業中，華人所佔成分有的說是百分之九十，有的說是百分之四十。華人區域外表略像廣州的一些小街道。在這七萬華人的區域中，華字報共有五家之多。《公理報》是國民黨在菲的機關報，銷數約四五千。《大中華日報》也是國民黨報，銷數一二千。《民聲報》是洪門會報紙，記載言論看出來與《公理報》及《大中華》不大調和，銷數二三千份。另外有一家《華僑商報》，據說是純粹商業性的報紙，新聞方面較《民聲》平和，專欄記載則近乎《民聲》，銷路五千左右。此外還有一家商業性報紙，則幾乎不大被人提及。在馬尼拉還買到香港《大公報》（航空報）。一般的說，菲島華字報紙的翻譯、編排都相當接近國內報紙的作風。新從美國來的人，讀之頗覺過癮。各報之間似乎也還相安無事。

華僑在菲島所辦學校所處情形一般的困難。這種困難幾乎是凡有華僑的地方所共有，問題是無論在什麼地方的華僑，窮也罷，富也罷，心在祖國。那種純真的愛國愛鄉的感情，較之華僑所屬的一些高等華人，濃烈了不知有多少。他們有的在國外住了幾代，身家性命都在所在國家。但是他們依然不肯隨着其他國家的人民與當地同化，其表現之一就是在文字方面。菲島僑校一律以中文爲主，甚至一切課程編製都依照教育部章程規定，課本都是教育部專定出版的中國出品。因此菲島政府不許他們立案，學生畢業了不能在菲島升學，而能夠遣送子女來國內升學的究竟不多。加以華僑學校極少能在國內教育部立案，使子女直接回國升學。這是他們最大的困難。其次當然是經費與師資問題。華僑的補救方法，是讓兒子進兩重學校。有的學生白天進華僑學校，夜裏進補習學校，補習英文。希望畢業之後，能找一碗飯吃，或來國內升學；有的則白天進菲島學校，夜裏進華僑學校，目的是將來在菲島升學。

華僑所受待遇

華僑在菲島所受的排擠與在東南亞各地大致相同。記者在馬尼拉海港中的兩三天中，恰恰就碰到一件事情。菲島政府正命令華僑將自己所經營的商業出讓給菲人，地產也隨之轉移。其所根據的法律，我們不知，華僑也不能反對。華僑因此有懇求菲方允許將自己的資產轉讓於自己的菲人親屬，因為限期甚嚴，如果轉移給自己的親屬，則手續賬目一時不能辦清之處，還可以慢慢結束，少吃些虧。菲方對於這種情形却也不能諒解。

菲島是新建的國家，起於廢墟之中，至今還在和廢墟挣扎。主要問題似乎還是在經濟生產力方面無法自給。她的主要出產品——糖，在戰爭時損失太大，到現在没有恢復。煙草也曾是一大宗。吕宋煙向來是她的馳名東西，可是土耳其煙草現正在國際市場上的聲譽遠超過菲島所有。美國煙草普遍佔了美國市場。加以菲島農民軍的活動，神出鬼没，三年以來還是政府最頭痛的一件事。可以説照眼前看，菲島在經濟上無法自足。就是將來能否自足，也還要看它的政府如何做。三年以來，政府支出，主要是靠美國對於菲島戰時財產損失的賠償，美國為菲島所爭到的一部分日本賠償以及美國對菲貸款。最近菲島之不得不忍痛下令將鐵砂輸送日本，以完成美國的復興日本計劃，其苦衷我們是能夠瞭解的。

九月七日

我們到了珍珠港*

　　船近檀香山的那幾天，人人都有些興奮，三等艙裏的人（都是中國人）有的到過檀島，大多數沒有去過。但無論到過與否，都未見過珍珠港，這曾經震動了世界的地方，所以我碰到的每一個人，連我自己，都説別處不去無所謂，珍珠港非到不可。好像是到了那裏連自己都有了名似的。

　　檀香山的碼頭整整齊齊，是一所上下兩層的水泥建築。裏面寬大而空盪，上層還有客人的休息室，略同紐約碼頭，比舊金山的好。下層兩旁有一些貨物，絕不像馬尼剌的那麼擁擠、騷亂、可怕。我們一行四人：友邦人壽保險公司的劉更新經理、中央工業試驗所的薛葆鼎先生、張文山的夫人和我自己，一齊出去。張夫人小小個子，據説身體不好，但做起事來，一點不令人覺得她軟弱。她曾經到過檀島，但也沒去過珍珠港，她説她可以帶路，我們求之不得。

　　一出碼頭，就令人感到了"檀香山"這幾個字的象徵意味。我們未看見檀香樹，可是馬路上走來走去的女人，無論棕、白，每人頸下都掛着又密又濃的大花串，紅黃紫白相間。有的掛了好幾串，長到胸下。迎面頭上也插着大朵的鮮花，花瓣招招搖搖，十分好看。一個人好像是行走在花叢裏面，又好像花叢在行走。除了貿易中心的一小塊區域外，所有的街道都是棕林和椰林，大而長的葉子在天空舖開，好像是檀島披散着陰碧的頭髮。在這個地帶，無怪人的皮膚要成棕紫，白色的、牛奶色的皮膚，會使檀島濃烈的野氣被窒息。我們不知道"檀香山"這名辭的來源，照想，熱帶植物的濃野會使人感到一種神秘，慣於象徵的中國人

＊ 原載《大公報》（香港）1948 年 9 月 13 日。

無以名之，就用了這帶點神秘性的"檀香"兩字也許可能，這當然是禁不起考據家的眼睛的話。

由於這種濃烈，這種野氣，檀島的時裝店和材料店，也是火氣撲人。有名的檀香山裇子穿在身上，會使你感覺像忽然跳進了紅綠酒缸裏，它的花樣就好像小孩子打翻了各種顏料缸，滿地匯流。那種稚氣的圖案，猛烈的色彩，使人帶着莫名其妙的敬畏，懷念原始時代。張夫人要買一件最檀香山化的檀香山裇子，其餘的人也要買。那些買了的人回國後，我想是祇好把它掛在爐臺上，陪伴火焰，若穿出來，人家會以爲這人得了神經病。

在路上晃來晃去，目的是要到珍珠港而不知怎樣走法，就依照張夫人的安排先去看古跡。這個古跡是一尊銅像，看照片是一個土人，金碧輝皇，帶刀帶劍，這是一個幫助美國治服了檀島的番王。現在的檀島都要變成美國的一州了，番王當然不存在，所以這位先生被鑄了銅像，立在檀島法院的門前草坪裏，成了名勝。瞻拜之下，纔知道這人也是高鼻子，深眼睛，和本地人不大同。也許是雕塑師把像片搞錯了。

除這之外，另外還有一個廟，這也是古跡。裏邊有許多檀島過去人類生活的模型。檀島把這類古跡都用極刺眼的彩色印出來，招引人去遊覽。可是我們所要去的珍珠港却人人搖頭，說是不能去的。

後來經過幾次打聽，我們找到了一家專管遊覽的本地旅行社。那僅僅是一所兩間門面的小店。一進店，案上和桌子上全擺着一朵一朵直徑約五寸的單瓣大花，顏色姣紅。旅行社立刻給我們每人一朵帶上，說帶上了之後，我們就成了檀香山人了。原來這種花叫做 Hy biscus，祇開一天，早上開，日落就完了。它是檀島的島花。照這樣說，這花應該是很普遍的，實際上我們看見的却很少。

既已被封爲檀香山人，我們就以這資格，打聽珍珠港如何去法。旅行社的人却給我們澆了一頭冷水。他說那地方祇是在星期六纔開放給人遊覽。平時那邊有工作，常人不能進去。那天恰好是星期三，即使我們是十年難到檀島一次的過客，也不能通融。爲了調解我們的失望，旅行社就對我們大大宣傳了當地的波羅公司，說到了那裏，可以免費把波羅汁灌飽。恰恰張夫人最愛吃波羅，於是大家聊勝於無的走出來，登上公共汽車向波羅公司而去。

老遠就望見了天空一支斗大的波羅豎在那裏。我們趕快跳下車，從工廠後面轉到前街。走過工廠後面時，看見滿場都是堆得山高的罐頭箱。有幾架小型起重機，架在車上，伸出長頸，來回來去的把那些罐頭唧起來，放在卡車上。怪不得美國人叫起重機是"鷺絲"，那情形是很像的，又快又靈便。想起我們自己把百多磅重的大箱子放在一個人的肩頭上，還要那人抖抖索索的爬上四五層樓，真是作孽。近代有一種簡單轉移重物的方法，是用一塊木板底下裝四個輪子，將東西放在木板上推移，可以省不少人力。

話說回檀香山。原來我們所到的地區已經是檀島的工業地帶。那裏有三個極大的水菓罐頭廠，每家都雇用職工四五千人。這種廠在美國也算大的。另外還有一家煤氣廠。波羅廠專製波羅。我們走進去時，客廳裏正是等着許多人，穿着波羅制服（黃色衣服上釘了波羅葉子狀的綠色口袋）的小姐們叫我們填上名字，然後等着。偶然口渴，在客廳三個小水龍頭面前接了一杯水。一看黃混混的，不敢喝，因爲早已忘記了免費灌波羅汁的事情了。可是旁邊張夫人已經是紅光滿面的在大灌特灌，纔記起來，於是一口氣喝了兩杯。事後大家自己報賬，看各人揩油多少。張夫人共喝了六杯之多，我喝了她那麼一半。薛先生好像和我差不多，還又吃了幾塊免費波羅，那東西也是擺在廳裏隨意吃。劉先生運氣不好，未趕上。可惜這東西究竟不是飯，吃了它還是要另外找飯館。

很快一位穿波羅制服的美國小姐就來帶我們去參觀。在寬大的廠房裏用白粉畫出了一條寬約二尺的路，是參觀人走的，其餘都是大小運貨車走的地方。廠裏主要的出品是罐頭裝或油紙筐裝的波羅汁與波羅。但是它們的罐頭和標記等等都是自製，甚至於有些他們自己設計的機器都是自己做的。所以工廠部門並不簡單。全部製造過程包括將波羅大小分類的工作都是機器。祇有兩件事是完全用手做。第一是當波羅已經通過機器，去掉了皮和心之後，那時的波羅須經過檢查，修剪外皮未去净的地方。做這部份工作的女孩子就在另一廠房裏,等波羅由機道跑來時,把它抓住,修剪之後就放到另一槽裏,讓它流到另外一個部份去切片。第二件是整頓裝波羅的紙盒,這些紙盒裝的波羅是預備人家冰凍波羅的需要,工人要把已裝好的紙盒方向弄順,把它的幾片蓋弄合,然後到機器來封口時,纔能順着蓋片的次序把它封嚴。

廠裏女工居多。而且幾乎全部女工都是本地土人、中國人和日本人。還有就是這三種人的混血兒。她們每天八小時做着一個極其簡單的動作,但是要做得非常快,因爲是和機器比賽速度。久而久之,一個人變成了那機器的從屬部分。所以美國有許多工人在一個部門做久了成了熟練工人,一旦失業,比一個不熟練的人還難於另找職業。他得從那份新機器再學起。

美國現在是罐頭過剩的時候,這家廠裏據說祇有三分之一開了工,情形看得出來,在裝箱間裏祇有少少幾架機器開動着。

從波羅公司出來,看看天氣還早,沒有到珍珠港,實在不開心。所以我們商量之下,決定搞一部車子向珍珠港進發,就在外面溜溜,回去船上,就說我們到了珍珠港,若問進去了沒有,就之乎者也,瞎扯一通。

在車上坐了老半天,漸漸的老遠看見了兩座矮小的白房子,像車亭一樣。有一邊的白欄上,精精緻緻"珍珠港"幾個小黑字嵌在那裏。兩個小白房子中間馬路上分成兩條車綫,一邊站着一個帶著鋼盔的大兵。我們的公共汽車在左首小白屋旁邊停下來,一個拿着槍的兵走上來了,我們硬着頭皮站起來,跟他下了車。自己既不是職員,又沒有通行證,但還是鼓着勇氣說我們是十年難得來檀島的旅客,珍珠港如何出名,如此如彼。我們準備候他講出禮拜六那句話來,就自己走路,誰知那個洋兵對於我們的闖關,一點也不覺意外,好像事情是很普通的,祇簡單的說:你們填名字,拿通行證。我們喜出望外,惟恐他由於我們所帶的照相機、望遠鏡發生刁難,趕緊自己把那些雙手奉上,請他保管。他收了照相機,把那望遠鏡拿起來望了望,說沒關係,拿去。本來那支望遠鏡是老太婆們坐包箱看戲用的。

我們正想邁步走,那個兵又叫我們站住,他說:你們最好是等公共汽車來把你們帶進去，地方太大，你們是走不了的，而且有一定的時限，你們得出去。我們就依他的話，坐在那白亭子裏等了半個鐘頭。最後，車子來了，我們好像在完成一個天大的志願一樣，跳上了車。

怪不得珍珠港是美國西門的鎖鑰，在汽車裏面也跑了十五分鐘，纔跑完海港的一邊。可以說海港對岸那些建築，遠望如小樹林，我們完全沒有看見。另外還有一條汽車路，有吉普和軍車在那裏來往，通到另一港區，也是我們所沒到過的。我們僅僅看到幾十條港汊，有的裏面各停着兩條小砲艦，這樣的砲艦有二十餘隻。有的停着巡洋艦。從這些港汊轉灣，港頭裏又停着三隻很大的巡洋艦，不知是在修理，還是改裝。整個灣上的起重機像樹林一樣，數也數不清。此外那裏有醫院，有供應所、材料廠，有機械廠、修艦廠，有兵房。但是從頭至尾沒見到一條大戰艦。整個珍珠港沒有看見一絲一毫被炸的痕跡。我們所見到的無疑是非常重要的區域，同時也應該是日本飛機照顧過的。但是戰艦停在什麼地方呢？照想，在當前，戰爭總算還沒打開，珍珠港不應該一條也沒有。

看地圖，珍珠港是在南邊的海灣上。實際上它却是在群山裏面，除了從市區來的那條路外，海港外面全是山，掩護極密。港汊繁複，海水又深。那些有軍事學智識的人，自然會一見就覺得這個港是一顆珍珠了。把這個港和檀香山小小的市中心區比較起來，無怪人們要說檀香山是爲了珍珠港而建立起來。關於這一點，從檀島之被選擇而爲夏威夷的中心也可說明。

夏威夷群島是五個島組成的，其中以夏威夷島爲最大，檀香山在五個之中屬於小者之列。夏威夷島是波羅林及其他水果林所在地，人口僅次於檀島。全部夏威夷群島人口約五十萬，其中以土人與日本人最多，前者約二十餘萬，後者十餘萬。中國人與白種人數差不多，各十萬人左右。但是這五十萬人中，有三十萬集中檀島。工商業完全是在檀島。除了港灣便於海上交通之外，珍珠港的地位和它所有的人員的生活娛樂消費，應該也是使檀島被選擇的原因。

九月十二日

在美國的僑民*
——天堂裏弱小民族問題的一面

一、在美國的僑民

　　紐約市南端是該市發祥之地，過去是工商貿易的中心。二十世紀開始的時候，金融資本大大發展，有錢者都向北移，市中心也向北移。有力的消費階層都跟着走了，剩下來的南端就成了兩個社會尖端的對比。一方面，有名的華爾街依然在那裏保持着七八十年來的威風，爪牙伸到全世界；另一方面，也是有名的紐約貧民窟也在那裏，它的代表是包梨街（Bowary Street）。說起來不相信，這是一條寬大的通衢。上面有天橋車，下面有電車和公共汽車。可是在這條馬路上碰到乞丐，半瘋的酒鬼，坐在地下剝牙齒、抓皮膚的人，躺在人行道上蜷着身子像刺蝟一樣睡覺的人，不是奇事。雪白的銀行下面，照樣有身上披着破布衣服的人，在它的臺階上打盹。

　　紐約的中國城，就在這條馬路的邊沿。那僅僅是半條叫做 Mott Street 的街和二三條通它的小衖子。在這一小塊區域裏擁擠的中國人不下三萬餘。有五家華字報館，二三十家中國小菜鋪，一二十家中國飲食店和較大飯店。此外還有一些南貨店（賣廣東藥材、茶葉、臘味、南貨等）、古董店，中國的銀行與小洋貨店也有。這麼多東西，這麼多的人，擠在這麼小的一塊地方，可以想像在那裏住的人怎樣享福！空氣和陽光不消說得，一般的講，紐約本來沒有多少人能夠充分享受這些東西。房

＊　原載《大公報》（香港）1948 年 9 月 20、21 日。

子是幾十年前的舊物，它們還没有倒塌，倒是奇跡。記者曾經到這些房子裏去看過。裏面通常是一家人一間房，房子堆得一塌糊塗，鍋灶和人都在一起。富有各種氣味和昆蟲。情形大致和香港下層住宅差不多。

除了中國城以外，紐約另外還有大批華僑散居大紐約的五大區。這五大區是長島、司達屯島、布魯克林、布朗市和曼哈屯（即紐約本市）。所有這三萬餘人，幾乎十分之九都是在洗衣業與飯館業方面，其餘則爲附屬於這兩行以爲生活的人物。

紐約僑民情況可以當做全美國僑民情況的標本。一般説法，美國華僑是十萬人。事實上没有人做過調查和統計，數目很可能比十萬多。僑民主要都集中在五大城市：紐約、波士頓、支加哥、舊金山和洛杉磯。費城和明尼坡里斯也有一部份。五大城市每處都有一個中國城。洛杉磯且有兩個，一個由僑民故意花了本錢建築了幾個仿宫殿式的門面賣真假古董。這個中國城因此就成了洛杉磯的名勝之一，地方乾净且不擁擠。僑民在美國的地位，也以在洛杉磯者比較好，有一位僑民太太曾於一九四五年被選爲洛市母親會的主席。這事讓洛市僑民大歡喜了一陣。同時洛市進步青年運動相當起勁，它對於團結弱小民族之青年很注意，不知不覺中鼓起了僑民興趣，增加了他們的信心、精神和地位。

舊金山及其附近區域是僑民大本營，人口約四萬。沿着格蘭特街中段左右七八條街的區域都是中國城。古董店非常之多。僑民中比較殷實的也多在舊金山。支加哥和波士頓的中國城相形見絀，地方比紐約尤小，比紐約的還髒。兩處加起來也不過兩萬人光景。在支加哥有一個中國人的萬人塚，那是十九世紀下半期建築聯合太平洋鐵路時賣完了勞力的犧牲者。

在南方，還有一部份零散的僑民。除洗衣，開飯館、雜貨店以外，他們有的作種植事業，生產水果、蔬菜之類。

二、他們的問題

到現在爲止，僑民在美國是一個"化外"集團。此外就是非美化。

但非美活動委員會不必擔心，原為他們也並不是中國化。僑民的種種問題都和這"化外"兩字有關係。

幾乎所有的美國僑民，都是由廣東四邑開平、恩平這幾個縣份去的。他們大都是破了產的農民、小商人、無業者，親戚朋友互相牽引，到美國去找飯吃。在十九世紀上半期，他們的祖上去時都是當礦工，修鐵路，在這些工程上做一份苦力工作，不能參加在開發期甚為走運的農民階層。他們傳統的農業知識因此變成無用，說不上進步。在工商業方面，他們一無資本，二無近代科學知識和技術，三無人才，四無當地語言文化背景，不但是無法開廠，做大生意，就是做一個和機器有關的產業部門工人都很困難。這種與當地社會生產完全脫離關係的傳統從祖上傳遞下來，再加以美國超人一等的種族歧視和經濟排斥，就使整個僑民變成了游離在美國社會關係以外的一種集團，除幫閑之外，對於當地社會用處少，意義也少。而僑民方面深深感覺到自己不屬於當地社會，對於當地的一切就不免消極與沉默。

另一方面，這一群人又不能得到祖國社會文化的哺養。到了美國之後，他們既不屬於中國的農民和小商人，也不受到中國中下層人民在大變動期所受的直接打擊和影響。過去幾十年來在近代化過程中的中國和他們相距甚遠。近年來中國人民在國內的活動更是他們所顧不到的。他們死死老老抱着舊時的半封建傳統。許多人還是喜歡讀文言和半文言的東西或禮拜六式的小説。喜歡講孔夫子。彼此之間發生了大糾紛，情願由堂行裏邊的老師父領起來械鬥一番，誰打贏了誰就有理。小糾紛就由幾個在中華商會的頭腦加以調解，不肯上法庭。守本分的人洗衣服或當茶房，積了幾文，寧可用手巾包起來扎在褲腰裏或放在枕頭邊，不肯存在銀行裏去。結果往往是被白賊或黑賊帶手槍進來，把錢拿走，把人也打死。

不守本分的人把賭博當他們的出路。事實上除了洗衣和開飯店之外，賭博是僑民的事業之一，而且是生財之道。波士頓和支加哥的賭場是出名的，顧客華洋均有。輸贏都在傾家盪產之間，少數人由此致富，但也有些人上弔。總之是僑民中想出人頭地的先生們除賭之外，好像是別無辦法，而賭確實也曾報酬一些人。有了錢，權力地位都高了，手下嘍囉和小徒弟們自然出現。僅有的資本被吸收到賭博方面去了，僑民在美國其他的正當職業更難發展。

由於僑民既不屬於美國，又不屬於現代的中國，就產生了底下幾個問題。

第一，生活在美國目前繁榮期間，僑民幫閑式的洗衣、開飯館還可支持。但危機已露，尤其是在洗衣業方面。華僑的洗衣業現在原是附庸於美國大洗衣公司之下，替他們作熨疊的工夫。有些大公司已開始自己辦這件事。其次，通貨膨脤，家家都要省錢，過去把大件東西送洗衣店者，現在都在公共洗衣機上或專設洗衣機的小店裏去自己洗熨。華僑洗衣店因為生意不夠自己擠紮而關門的已經發生。飯店業也開始感到顧客減少而關門。萬一恐慌爆發，幾萬華僑的生活就要瀕於絕境。

第二，因為消極抵制美國的生活方式，僑民對美國學校不感興趣，而自己又不如南洋華僑能夠集資鄭重的辦自己的學校。先生簡直請不到，沒錢從國內請。偌大的紐約，僅有一家半開不開的華僑小學。可以說僑民不能受教育的至少是在十之七八。少數人進了美國的中學，在社會上還是找不到職業，而去當茶房。更少更少的回國讀大學或回國服務，往往需要很長的時間纔能超出國內一般對僑民的偏見而與國人同化。近幾年來，美國講究大溶爐政策（即中國大國族政策的同義語），社會上對於華僑教育比較注意。有些青年進了美國大學，懂得了跳舞、唱歌、游水、打球、滑冰等等，同時也學會了英文和戀愛藝術。這就引起了很嚴重的出路問題。

第三，學會了跳舞以至戀愛這一套，一個美國青年的條件總算夠了。但是種族歧視橫在前面，就業困難橫在前面。失業沒有解決之前，沒有一個人在職業的獵場能自己有把握能賽過白種人。講到回國，許多人對於中國現在的混亂和戰爭不明白是怎麼回事。覺得中國永遠是打仗、貧窮和破產，因而不敢把自己的出路寄在祖國。還有，在抗戰期間，美國不少青年僑民回來獻身。他們在國內所受的待遇完全是殘忍。政府對於他們既沒有一個政策，社會上把他們當傻瓜金山佬看待，弄得他們流落無告，從而減低了把出路放在中國的熱情。

第四，一般的説，華僑的感情和希望是在祖國。嚴格的講，在美僑民這一個集體，感情傾向是矛盾而且模糊。由於家族習慣，由於美國出路少，他們想到唐山（中國），惓戀他們的家鄉。但是對於中國的希望却不敢存得太高，因爲經過了幾次失望。他們説祇要中國好了，他們就好。實際上，他們向中國捐錢捐了幾十年。到現在，中國官去了美國，還是向他們要錢，而事情一無所成。記者親遇一些年青僑民，不承認自己是中國人。但問到美國對於他們如何，他們也説不出口，祇好支吾着説："無論如何，她是我的國家，無論如何……"

除了少數人正在對中國的大變化發生興趣，從而是在考慮自己的選擇以外，可怕的自卑感，可怕的彷徨與自暴自棄，在這十幾萬人中間流行着。

要改變這個悲劇，靠中國，也靠美國。

三、美國有弱小民族政策麼？

每個國家都是一個以上的民族或種族混合構成的。甚至於里比利亞，除了美國一船裝去的黑種人以外，也有別種人民。美國是各民族混合構成的一個最特出、最鮮明的例子。那裏有盎格魯撒克遜人、蘇格蘭人、法國人、德國人、斯干的那維亞人、義大利人、波蘭人、巴爾幹及阿美尼亞人、猶太人、中國人、日本人、黑人、紅人。這個次序是一般所謂美國人的高下等級。在二次大戰前，中國人是擺在日本人下面。打了八年仗，總算把僑民在美國的地位昇了這麼一級。不過這一級現在又慢慢的動搖起來了。

上面那個序列當然不是美國政府定的，嚴格的説，也不能代表它的政策。並且政府方面究竟有沒有一個系統的處理境內弱小民族政策，祇要從對待黑人與紅人的做法就可以答覆。

黑人在美國總數現在是一千三百餘萬,幾近全國人口十分之一,顯然是一個弱小民族或種族。這支人民在南方受法律的壓制,在北方受社會習慣和成見的排斥。在政治野心家間,他們常常是足球。在進步人士和保守勢力之間,他們是一個大的爭端。進步者起碼承認他們是一個少數民族(Minority)。保守者,以南方為代表,實質上不過當他們是本質上的奴才,奴才的子孫,即下等人類。美政府從來沒有一個正面的東西承認這支人民的少數民族地位,系統的制定對待他們的政策。憲法上祇有一二空洞的條文,承認他們作為人和作為公民的基本權利,那就是有名的十四條、十五條修正案裏所包括的。憲法裏沒有關於少數民族的條文。

對待紅人更是莫名其妙。最初祇是像黃帝逐蚩尤一樣,以屠殺政策把紅人趕到森林裏去。之後,就置之不理。至今美國人不知道紅人是否美國的公民或者他們有無做公民的資格。可是第二次大戰中,美軍中卻有紅人作戰。

從這裏看,儘管美國到處真有不同種人碰頭,可是沒有明確的少數民族政策。二十年前,是由社會經濟的自然力量同化各種人民,不能同化者就受自然淘汰,如中國人與紅人是一例。二十年來,特別是在大戰中間,強調大溶爐政策,即中國的大國族政策,要把各種人民,無論他們過去的社會文化習慣如何,都同化於美國白種人民。即使有了這樣一個政策,也不能說明美國政府有什麼具體的、廣泛的、帶強制性的方案,使少數民族一定和英語人民同化。

有人也許以為這就是民主自由的證明。殊不知,強制性的不自由和淘汰性的不自由,不過是在不同場合裏壓滅異己的不同方式。誠然,在美國憲法裏,沒有特別歧視黑人的條文,在一般法律裏,也已經把《對華移民律》取消,而代之以每年一百五十個華人的入籍權利。但是在這個資本主義無政府式的"自由競爭"裏,沒有錢,沒有英語,沒有資本主義社會的工商業常識和技能,甚至於沒有那個社會的生活習慣和做人方式，這人就不能成爲社會經濟上的人，也就等於這個人沒有生存和發展的"天賦人權"。掌握財權者無形中就是政治社會的控制者，他們實際上是生殺予奪操之在我的人物。因此，佔十分之一的美國人民（黑人）在國會裏一個額定的代表議席都沒有。而僅僅占一萬四千分之一的中國籍人民，則幸而因爲有這樣一個有文化的祖國，在觀感上比黑人稍高一等，實際上卻比黑人還不如。

美國對待境內在籍的中國人就好像身上的瘡疥一樣。既無一個照管少數民族利益的政策，以鼓勵他們發揚和改進自己的生活與文化，同時除了一句大溶爐口號之外，又沒有系統的、具體的做法，以幫助新來者參加它的大國族生活。不管在近百年中，華僑對於美國的開發和發展，犧牲了多少血汗和生命，美國對於他們一概是置之不理。過去一年中，幾千從軍華僑從中國帶了幾千軍婦到美國去。這些新娘現在都成了天國裏的可憐蟲，哭哭啼啼，欲歸不得。因爲人地生疏，語言不通，無處找工作，也無能做什麼，而丈夫又太忙，整天都在外面求衣求食，不能幫忙她們解決任何問題。甚至於生了病無法找醫生，無法配藥，老是上當受騙。這不過是最近而最顯然的例子。

對於未入境而想入境的中國人，美國則好像一律把他們當嫌疑罪犯看待。原因第一是生怕勤苦耐勞的中國人會搶職業，使他們的心病失業問題更加嚴重。其次是疑神疑鬼，覺得外來人都不可靠或者是過激派或者是有"犯罪狂"。在有些中國人的心目中，好像外國人是上等人。但是在美國，除了一些進步、明理、懂事的美國人之外，"外國人"是一個不大吃香的名詞，其意義在有些場合上等於是共產黨，在另外的場合上，也是搗亂鬼，似乎壞事都是外國人幹的。入境的中國人，尤其是貧苦人民，動不動被移民局扣留，送到舊金山外一小島上去，有時就被忘記了，一直擺在那裏做囚犯。已經入了境的人，有時合法，有時不合法（這種合法往往是經過移民局一些貪污受賄的官員纔做得成功）。就是合法的，也得在一定期間之內經過兩三道手續，纔能成爲美國公民，取得居留權利。有時候這兩三道手續，辦了半截，就無故置之不理。等到出事，這種人就被抓，不管你在美已經有了什麼身家產業，也是遞解出境，或送到紐約外與舊金山外的小島上去。不合法的更不用說。

由於美國沒有法定的少數民族政策，由於她的移民政策之不合理，致使僑民對於所在國家不能發生積極興趣，而增加了他們對於祖國的眷戀，對於舊有習俗的固執。這些又反轉使美國方面輕視他們，厭惡他們，說他們倚賴心重，不能也不肯與白種美國人同化。在美國旅行時我常碰見人發這種議論。我的回答是：

如果美國有合理的少數民族政策，對於那些不能一下就與白種人同化的民族，幫助他們運用和改進自有的生活方式與文化，同時幫助他們，使之能夠接收新的生活智識和樣式，使他們感覺到自己是美國社會裏有機的成分，那麼中國人不是不能自強、不能進展的民族。我想，這個政策不是眼前的美國政府所能辦到的。

四、中國的僑民政策

到現在為止，我可以說中國還沒有一個僑民政策。政府方面對於僑民是既不管又不不管的態度。政府既把僑民當中國人，而對於僑民智識的推進、事業的獎勵和扶助、利益的保障，就不應一概置之不理。比如本年春間，一個僑民無故在費城被人打傷了，還被抓進牢，以致在牢裏死去。中國方面不但沒有要求賠償抵罪，連面子上的抗議也未做。這也罷了，就算他們是美國人，與中國無干。

可是另外一方面，僑匯捐款卻拼命在那些三不管的窮苦僑民身上打算盤。開口閉口，華僑是革命之母。好像華僑當過了那麼一陣"母親"，就應該永世哺奶一樣。華僑通過國家銀行匯款，既要吃官價黑市之間的虧，還時常遭銀行裏把匯票延宕發出。結果祇好由私家想辦法轉遞，查出來了，就倒黴。大人先生到了美國，瞭解華僑這個"母親"有甚麼意義的，還理會他們一下，華僑就得大大請客。有許多先生們是不但不理會他們，還要把他們罵一頓，認為華僑丟中國人的臉。僑民最傷心的是在抗戰期間，他們向國內捐錢幾次。而錢一交出，就一切都渺無消息，既無賬，也不知是作了甚麼用處。這些錢都是肥了要人們的私囊。

平常，僑民們並無甚麼權利。等到選舉要票時，就記起了僑民。按照美國的法律，一個公民若在他國政府選舉上投票，就要喪失他的美國公民資格，而這份公民資格是僑民在美居留工作的唯一保障。可是辦理選舉的人對於這一點不加理會。國大和立委選舉的時候在美國大吹大擂，還把美國劃成幾個選舉區，用領事館作總選舉處，號召僑民選舉。嚴格的說，政府做這件事，應該和美國政府把法律問題弄清楚，否則就祇能在非美籍華僑和學生等當中舉行。但事實上不然，以致遭受美國報紙的批評。幸虧華盛頓"大人不見小氣"，馬馬虎虎，但是檀香山和東南亞幾個地方就出了問題。政治上的不負責任態度，祇有使華僑在美國的地位愈加畸形。

假如說政府對僑民有政策，這個政策完全是站在政府隨時應急的利益上，而不站在僑民長期的以及經常的教育、培養和發展上。就短期的華僑問題說，中國在海外的僑民既然有雙重國籍，就應該受到中國政府的保護和培植。最起碼消極方面，對於美國移民局方面對待華僑的方法和態度應該加以調查，有個主張。對於僑民的福利，最顯然的如現在在美受罪的幾千軍婦（她們至今還並不是美國的公民，雖然丈夫都是的），應該替她們做一點事。華僑在美之所以無地位，主要是因為他們在美國的工商業裏無法插足。而政府不在積極方面花點力量，花點資本，幫助他們在住在地區發展，改善他們的地位，也是原因。殊不知，華僑在美地位的改善和中國的利益是息息相關。當然這個中國的利益不是少數人的利益。

九月十九日

杜魯門的衛隊*

這批精明強悍的警衛人員，給杜魯門總統佈了道安全網

　　杜魯門總統訪問加拿大之前，白宮的"總統衛隊"便分外忙碌起來。十八個鐘頭之內，從美國華盛頓到加拿大的渥太華，沿着總統的特別專車的鐵路綫上，每一站，每一"轉轍"，每一個"出入口"，都有武裝的秘密鏢客在暗中警戒着。

　　不分在平時抑戰時，白宮裏總有二十五個體魄強壯的、槍法準確、脚手靈活的秘密保鏢，他們二十五人專門負責保護總統及其家屬的安全。

　　杜魯門總統每次要出發去參加任何集會之前，都是由這般衛隊先行佈置一切，即令是總統就餐時，他們也嚴密警戒着的，正如俗語所謂"不離左右"。

　　這個"保鏢隊"在白宮中設有一個小小的辦事處，現任該處主任是馬龍尼，指揮着三組的秘密保鏢，從事種種護衛的工作。

　　這個保鏢組織與全國所有各個憲警機關均有密切聯絡，以期明悉各種"必須要知"的情况。

　　杜魯門舉行閱兵時所乘之汽車，裝有避彈玻璃。出發途中，車之兩邊均有裝甲汽車挾護着，其中都是秘密保鏢，一個個都非常精警的注意前後左右人物動態，準備隨時應付萬一。

　　每天，在杜魯門進餐之前，所有餐廳中的客人、侍者、廚子、招待員以至奏樂的音樂師等，應事先開列一名單送給保鏢們看過，認為"OK"纔行。所有每天的菜肴，亦須列單呈示。同時，那間廚房除了保

---

* 原載《萬里新聞》1948 年 9 月 26 日。

鏢所承諾出入之人物以外，不論任何人，均不許入內。

　　前次杜魯門到達加拿大，其秘密保鏢隊與加拿大憲警當局協作防護，對上述各節，尤爲格外愼密處理。所有總統要到之處，事先部署兩方警衛人員檢視一番，而後總統纔到來。總統所至，每個路口、樓梯、門戶、電梯、天花板、地板，均先由這幾方面警探檢視過。

　　有着這麼的安全網，杜魯門總統到處自然"談笑自若"了。

蓓 蒂*
——美國社會問題的縮影

回來之後,在種種莫名的興奮中,把自己在遠方過了近四年的生活幾乎忘記了。而且,因爲對過去四年的工作生了一種疲倦和煩悶,對於那個世界政治渦漩裏一些虛僞的所謂大政治,也時常有意加以忘却。

但是人不容易忘記那些使自己受過感動的事和人。我懷念他們。我記得那些人在一個不合理的社會裏面的合理與不合理的挣扎。在日常生活裏我碰得見他們。他們對於任何人都不是威脅或負擔,祇有對於自己是苦惱。

某年春天,在南方旅行。偶然寫信給一個住在紐約的朋友,一個美國女孩子。閒談之餘,説起旅行結束後回來時的第一個大問題,到那裏去住。因爲知道紐約是連旅館都不容易找到一家的。我不過是隨意寫寫自己的麻煩而已。

過了幾天,回信很快來了。朋友熱烈的要我到她那裏去住。雖然我和她還無深交,却也明白美國人民之熱誠好友的可愛處,就答應了回紐約時和她兩人擠在一個房間裏。

這女孩子的臉圓得忠厚可愛,頭髮已經從淡金色變成栗色了,梳上去很能配她的圓臉。她是明州人,可是生活與工作大半在東部海岸移來移去。有時在工廠,有時在辦公室。在美國工廠和辦公室的分别,不像我們中國這麽嚴格。我們是在一件小小打字工作上認識的。她爲我打過一二篇學校論文,我們就算朋友。現在爲方便計,就叫她美國最通行的

---

* 原載《大公報》(香港) 1948 年 9 月 27 日。

名字"蓓蒂"吧。

房間是在紐約南端，通稱爲"下城"的部份，像古廟一樣黑暗。我們還有一個像山坡一樣的小洋台、廚房和洗手間。這些原來都是一套寓房（Apartment）裏的一部分。二房東把那寓房隔成兩起，好分租給不能出大租的房客。即使這樣，我們兩人還是要各出近四十元。我們各據一小得僅可容身的牀，並排睡在一起。

第二天早晨，朦朧之中聽見了無綫電的聲音，很小，在房間裏。那時雖到了美國不久，也曉得他們愛聽無綫電的習慣。念書寫文章都要無綫電在耳旁。這使我對於無綫電感到厭惡甚至於恐怖。我起始想，是否搬出去以逃避這永不停止的聲音。不如和她談談。

"蓓蒂。"我大聲叫。

"唔!"一個從睡夢裏受驚的聲音就在隔壁牀上答應我。唉，原來她還在睡覺哩。房子黑玄玄的。

我有點不好意思。我說："奇怪，你在睡，是誰開了無綫電?"

"我開的。我天天晚上開着過夜。"我問："你不怕吵嗎?"

"啊，"蓓蒂有神無氣的說，"早晨醒來有個聲音好一點。要不然我怕。"

"怕什麼?!"

"你不喜歡你就把它關了吧。夜裏沒有一點聲音睡不着。早晨一醒沒有一點聲音，叫人心裏發抖。"她說這話的時候，牆外亂哄哄盡是聲音。可是那些聲音對她不存在。

"我們今天去游水吧。"蓓蒂一面起牀，一面又說。我告訴她我不會游，而且我有事。蓓蒂不響，去弄東西吃。一杯咖啡，用牛奶泡了一盤乾麥粉。過一會她說："你有事自然去做事。如果我有事我也做事了。但是，現在，海邊上多好，有太陽又有人。"

我隱然覺得這個女孩子有點毛病。她對於寂寞這樣恐怖，簡直是好像一接近寂寞，她的生命會危險一樣。什麼道理呢? 我沒問。

這樣過了幾天。她每天早上出去到晚上纔回來。一回來，就拿出她心愛的威士忌來同我喝，刺刺不休的要和我談話。她游了水，游水多好，一下水把什麼都忘記了。她看了幾家招工的廣告，都去問過了，但是沒有找到一件事做。她每天祇吃兩頓牛乳泡乾麥粉，每天在伙食上祇要花兩三毛錢就夠了。她半餓半飽，可是不能不這樣做。她祇有一套黑呢短褂和裙子，冬夏都是它出門。她好久沒有買帽子。你想，一個美國女人老戴一頂舊帽子出門，怎麼能見人？而且她還希望有男朋友來看她。她不能不喝酒。她失業已經快五個月了，不喝酒日子怎麼過得去？至於她的親戚呢，她說："我不願意找他們。就是我現在受罪，我還要告訴他們我很好，很快活，很有辦法。"在她生命的三十年中，她已經丟了好幾個男人。都是到剛剛有希望結婚的時候就跑掉了。可是她對於其中一個叫做"極美"的，還是抱了很大希望，那人有錢，而且沒結婚。她心心念念盼那人到了紐約就來找她。她的日子實在過不下去，手裏祇剩下了二十元光景。她唯一的希望是上次被解雇時，她應該有五百元解雇金，現在應該快來了。但是，五百元不是很快就完了？她也不肯把這間每月要八十元房租的古廟房子退掉。一個人若落到住二三十元的小房子的地步，連客人都不能招待，就沒有男朋友會肯跟你好。而且，你知道，她是個受過高等教育的人。不但大學畢業，且有一個碩士學位，未必就可以把自己當白廢料看待，去住貧民窟裏的小房間？

　　讀者也許覺得蓓蒂不三不四的理由祇說明了她是一個無知的女人。蓓蒂却不這樣想。事實上她也不是完全無知，她懂得她所屬的社會不合理。看見報紙上所宣揚的"自由經濟"的功德，"美國的豐饒"，她就諷刺百出。常常問我美國恐慌會不會來。還時常發表一些從別處聽來的關於美國民主的意見，她意思說美國民主的理想已經登峰造極，可惜祇怪老百姓不關心，不擁護它，因此就被老闆們控制了。她對於她的國家最衷心的崇拜的一點是自由。意思說無論如何，她還能夠譏諷她所要的譏諷的。可是她的譏諷祇能在房間裏和我講講，而別人所謂"自由經濟"的功德都可以在全世界的天空和地下大聲喊叫。僅僅從言論方面來說，我也不知她的自由在那裏，至於吃飯的不自由就更不必說。

蓓蒂到底找到了一個職業，在一家化妝品工廠裏當了一名裝配工人。她每星期可以拿回來十六元幾毛的工錢。工作時間是從早上八點到下午五點。工廠離我們住的地方祇隔二三十條街，算是很近。可是她每天總得七點以前就起來，纔來得及在家吃一點東西。晚上早時五點半回家做飯吃，遲時到七點。原因是老闆有時要她多做一點，她不願意，因爲多做了並不多拿錢。戰時的加工制已經取消了。但是不願意也還是做。她每日從早到晚爲這份工作所花的時間是十小時到十二小時。總共每週以五十至六十小時換十六元幾毛。她快活多了，夜裏也不開無綫電睡覺了。威士忌喝得少了一點。把十六元幾毛分做七天吃飯，還買了一頂時新帽子，花了三元多。她帶着這頂帽子在鏡子面前把脖子扭了半天。連我也把先前替她擔的心事減消了。她的問題是很簡單。她沒有兒女，離工廠又近。還有那些住在長島、布朗市、司達屯島的工人們，每天進城做工，光路上來回就要近兩個鐘頭，回家還要燒飯帶孩子，怎麼辦？蓓蒂告訴我，她的同事們十個有九個是不吃安眠藥不能睡覺的人。我不知她是否用這話來證明她自己吃安眠藥是人生的常態。

好景不長。蓓蒂慢慢又抱怨起來了。有一次，她到廠報到，晚了兩分鐘。她一進去，那個管報到的女人就惡狠狠的拿表送到她眼睛底下叫她看，並且叫她明天到廠的時候先看她自己的表。如果是過了八點○五分，就自己打倒車回家。再過了幾天，蓓蒂因爲一件事情請了一天假。事實是她覺得那個工廠太糟了，常常要她多做工，工頭時時暗中窺查工人，像查小偷一樣，動不動就板臉罵人。蓓蒂私下在接洽另外一個工廠的事情，祇好請假去進行。她請了一天假（請假扣工錢的），沒辦成功這件事。隔了一天，她又打電話去請假。工頭就叫她去算賬，不用再來了。而她那個新接頭的地方又沒有成功。那一天，蓓蒂走出走進，失魂落魄，弄得我也一天沒有做好事情。

不過，蓓蒂也有快活的時候。一天，她夜裏回來，我交給她一封電報，她打開一看就叫起來：

"哎呀，這是極美的。他從芝加哥來了，他叫我給他打電話。他没有打電話來嗎？有沒有人給我打電話？他的電話是——他現在一定在那個旅館，我要去打電話。"

電話是在地窖裏房東太太的寓房裏。已經是夜裏十二點多鐘了。蓓蒂怕房東太太不高興，就特意出街去打電話。過了好一會，她回來了。撅着嘴，可是眼睛却在笑，弄得那張本來帶點稚氣的圓臉很好玩。她說：

"豈有此理？他叫我明天下午六點鐘去看他。誰知他什麼意思？可是他非常好哇。他一來就打電話給我。他說他打了電話來，不知怎麼回事。大約你出去了。我想叫他明天帶我去游水。他說他忙。"接着她就不停的和我講起極美來。總之是這人如何漂亮，如何有錢，是律師，如何能幹，他們如何好。但是，他總不求婚。蓓蒂也不知是什麼道理。她的高傲的神色，令人覺得那男人對她的傾心帶點遊戲性質，她也知道，可是從心底不肯承認。她把那人打電報、打電話的事重新又誇張了一番。其實，後來據她自己說，她那一晚沒睡覺。

第二天夜裏兩點鐘，我剛洗完身換了睡衣，要睡覺，蓓蒂空通空通的回來了，還在講話，一個男人的聲音在和她應答着。一會兒，她就叫我，說極美來了，要我出去談談。我不理她。她就帶着那頂時新帽子走到洗身間來，說："出去吧，我要你見見他。"我氣得腦門冒火，就大聲說：

"這麼晚，我已經換了衣服要睡覺了！"她不理，甚至動手來捉我出去，好像有點發瘋的樣子。後來還是那男人識相，自己在外面道歉，說太晚了，就走了。

我向蓓蒂發脾氣，數說她，我說我們中國人沒有這樣的風氣，穿了睡衣招待陌生男人，蓓蒂臉也紅了，承認自己不對。後來又自言自語的說："吃了晚飯，他們一大堆人談話。我無聊，祇好跑在他牀上睡了一覺。你看，請一個女孩子去，却讓她疲倦得自己睡覺！"末尾這兩句話重複了好幾遍，還作着眼睛不甘心的望着我。後來又和我研究她為什麼要結婚，不結婚就好像永遠是在生命的懸崖上。最後又安慰自己說："唉，我也不知道結婚了究竟怎樣。這個人有錢，我當然不愁活着了。可是他是很保守的,他假如要我,不過是要我替招待他的闊朋友。那時候我又怎麼辦呢?"

那個極美第二天就走了。蓓蒂也沒有再看見他,可是一連幾天還是談他。美國女孩子談男人就和中國人談做得好吃的菜一樣,她天天希望那人打電報或寫信。一直到完全失望而且找到了第四件新工作的時候爲止。

兩個月之間失業了三次之後,蓓蒂又進了一家化妝品工廠。她的工錢,總是在每週十幾元之間。這回她對工廠比較滿意,說那個管事是一個紳士模樣明理的人,對工人的態度也比較好。但是一個月以後,她又失業了。這回失業她始終不知究竟怪她的同輩工人,還是怪工廠,還是怪自己。

事情是這樣的。這工廠比以前的不同,這裏有一個相當厲害的工會。蓓蒂說這工會是在共產黨手裏,但她也不清楚,祇是老闆和工頭都這樣說。總之不久這裏就有了工潮。一個管工人欺負了一個女工,罵了不算,還動了手。所以工會鬧起來了,要廠方賠罪,並且開除那個管工的人。蓓蒂起初是站在工人一邊,並且因爲她受過教育,會說話,就代表工人去和大管事談道理。蓓蒂見了這位大管事發現這人溫文爾雅,入情入理,很懂得工人不可以隨便欺負,並且把工人對廠方的合作大捧了一番。接着這人就告訴她這個工會是共產黨把持搗亂,數了一大遍過去這些把持者無理取鬧、妨礙生產之處。蓓蒂本來對共產黨懷了一種複雜的心境,底子裏覺得它可怕。她不完全相信大管事,也不完全不相信。但是她覺得大管事是一個君子人,很懂道理,不會做叫工人下不來臺的事。她很同情他。跟着她的教育也被大管事看中了,她被大管事在她工餘叫去辦公室打字。但她還是個工人,還是在工廠裏開會,她沒有出賣什麼,也沒有做成什麼事。可是工人就對她萬分懷疑起來,背地裏喊喊喳喳儼然好像她是工賊,弄得她自己也覺得她替老闆打字就是工賊。

在我搬離那房子的最後幾天,蓓蒂簡直是有些神經失常,不知道她是把那飯碗保住,還是丟掉好。她直覺的以爲她要不跟老闆做事,老闆或者就說她跟共產黨跑了,那是很危險的。做下去呢,在工人裏面下不來臺。因為美國工人中有種中國所謂的江湖義氣,不管誰是誰非,除非你是受了收買,你就不能在老闆和工人的爭執之間,表示對老闆有同情。

蓓蒂再三求我不搬走。一面陪着她,免得生命寂寞可怕,一面分擔那八十元的房租。她哭,她說我走了她忍受不住她的生活。可是那間古廟房子,加以蓓蒂的種種問題,弄得我實在不能工作,也快瘋了。這個女人生活裏所反映的幾乎是美國的整個社會問題——從精神到物質。我對於她可以說全無用處。

我搬走之前的那個夜裏,有一種秋蟲一樣的聲音把我驚醒。睜開眼一看,天還沒亮。黑暗裏傷慘的唔唔唧唧的聲音與極輕的脚在地下拖着的唏噓聲相和,令人寒毛豎起來,好像黑暗裏有冤魂在索命一樣。我咬住牙根,死命的看。從黑暗裏漸漸現出一個灰白人影:肩背彎成球形,頭緊縮着,兩手抱在胸前,抱得緊緊的,在黑暗中來回不斷漫漫的走。一種又像低聲哭、又像駡、又像訴苦的聲音,連續不斷從那灰白影子發出來。那是蓓蒂。

一九四八年九月二十五日

在錢的自由下面[*]
——美國的思想控制

某次在華盛頓和一個新聞記者吃飯。閑談之中,那人對我訴了很多苦惱——新聞記者例有的苦惱。比如寫了文章難得發表,發表出來不是自己的東西,發表了文章於事無補之類。我心裏覺得好笑。他說這些話好像別人沒有這種經驗,這是他的獨得之寶的樣子。我就說:"沒什麼,和我們也差不多。"

這句話意外的觸傷了他。他沉吟了一下,說:

"總會有些不同。我們總算沒有獨裁。"

"憲法上的民主我們也有的。"我說。

"我們自由些。"

我對那人笑了一下。我說:"照我的看法,那是錢的自由。"那人也悶悶的笑了一下。

這段談話到現在有一年了。想起美國那份錢的不自由,腦子裏還是有天羅地網的感覺。在這份無大不包、無孔不入的絕對的自由下面,除了那些和錢有極大緣分的人以外,其他的人好像是在籠子裏生活的兔子,這種籠子也包括美國人所最反對的思想控制。

思想控制並不完全是由政府來執行的。政府所做的,如非美活動委員會和忠貞考驗處所做的事,雖然引起了許多美國人的恐怖和憤怒,實際上它不過是這種思想控制最尖端、最消極的一部份。而且因爲是由政府執行,反而更容易惹人注目而受到攻擊,即使這種攻擊於事無補。美

---

[*] 原載《大公報》(香港) 1948 年 10 月 2、3 日。

國真正的思想控制在社會裏。經過一些社會機關如教會或學校以及社會事業，如出版業、廣播業等等，金錢產生了美國的社會觀感和輿論。人的意見想與這些反對，就會發現自己是"國民公敵"。再進一步，就要到非美活動委員會去了。雖然政治手段已經插進來，但這種從社會到個人的控制還是美國現在所流行的方式。

一、從社會開始

教會在這裏佔了很重要的地位，這是我們中國人很難想像的。美國的教會並不都是保守勢力。有些教會如新英格蘭的一種會（Unitarians），如東海岸的美以美會、聖公會等一部分領袖，在國內種族歧視與對外備戰政策上時常有批評的立場。但是一般的講，教會是保守力量的支柱。在最高層方面，共和黨杜威的外交政策專家杜勒斯是基督教各教會聯合會的最高指揮之一，亨利·魯斯也是一般教會崇拜的領袖。這些領袖以神和耶穌的名義製造政策，在下者，除了少數上述進步教會外，一律是義務宣傳員。

凡有美國人的地方必有教堂。甚至於三不管的中國城，無論它僅僅是一條半條街，教會也要在那裏去弄起教堂來，招人去做禮拜。在紐漢夏一小鎮上，汽車跑過兩段街，我看見那兩段街中有四個教堂之多。教堂不僅僅是拜神的地方，尤其是在比較小的村鎮裏面，教堂同時是社會活動和社會意見交換的中心。美國人不隨意訪友聊天。上教堂做禮拜就是他們碰頭閒談的機會，牧師是他們的導師，在村鎮裏，時常就是他們中間唯一的知識份子。牧師講的，無論是關於神與人，都成為他們最接近的指導。而他們從無綫電上聽來的，也祇有牧師替他們說明。

除了在職業上拜上帝以外，牧師也是一個人，他服從人的生活規律。他屬於村鎮裏的上層人物，因為他的教堂要捐錢。我經過伊利諾州一小鎮，鎮上有一家小煤油公司，當地的教堂無一個不極力和這公司要好。明明有好幾個教堂在那裏，可是教會所辦的社會活動，如婦女同樂會、兒童福利會之類，偏偏要到那煤油公司去借地方開會，請公司裏的人來致詞演講。背地裏當地人却說那公司是犯法的。因爲它本來是某家煤油王的兒孫公司之一，爲了逃避反壟斷法，假說它是獨立公司。

除了教會主持人從他的環境所接收的社會信念之外，教會上層有時還指令下級牧師在講道時講什麼問題。這種問題往往是政治性的，特別是天主教方面如此。在廣大的村鎮裏，對於共產黨固然是一致咒罵，對於社會主義也一致認爲是洪水猛獸。人人拼命的講求致富之道，人人都以爲貧窮是因爲懶惰和愚笨。對於國際關係的一般見解，以爲別國人都好吃懶做，不肯努力，祇想倚賴美國。可是，自從馬歇爾方案大宣傳了之後，他們認爲美國爲了避免被拉下水，也應該救救別人，像基督徒那樣，不要像一個猶太人。但是，老救下去怎麼辦呢？所以有人就問我，究竟中國還要他們做些什麼纔能弄好？難道他們做的還不夠嗎？

這些星羅棋佈的小教堂，就是保守勢力遍佈於美國的小神經細胞。一方面教堂自己孤陋寡聞，逃不出習慣的地方保守力量。另方面從上面以及從四面八方來的國家大事、百年大計等等，也與這些保守要求相配合。在它週圍小村鎮裏的人民，就不容易再有別的想法和看法。

在美國教會裏做得最露骨的是天主教。這個教派內部的思想自由本來是極有限度的，在對外方面則簡直是干涉其他人的思想。天主教在美國控制了好些電影院。電影如被它認爲批評天主教或有傷風化，妨礙正當思想，就要遭受抵制。辦法是要影院拒絕（放）映那張片子，否則命令全國天主教徒抵制那個影院。就爲這，紐約人不能看到卓別靈最近的一張片子。而美國的製片家也不敢碰天主教。《民族雜誌》在本年春間連續發表了幾篇批評天主教的文章。該雜誌於是被紐瓦克——紐澤西省鄰紐約的一個工業城市禁止了。《民族雜誌》爲此抗議了很久。到我走時還沒聽說開禁。禁書、禁報，在波士頓尤其是非常容易的事。

對於思想控制，新聞事業是非常大的一宗。美國知識份子時常抱怨在美國許多較小的城市裏祇有一張報，以爲控制的證明。其實一張、兩張並無關係。全美報紙包括大小城市總共幾千張，但是進步性的數不上十張。在一般人嘴上的不過是《支加哥太陽時報》《紐約郵報》《紐約星報》《聖路易郵遞報》《約克郵彙報》《基督科學箴言報》，連《華盛頓郵報》都算在內，祇有七張。這些報紙嚴格的說不能算進步，它們沒有一家支持華萊士的進步黨，有些還非常反對。全國報紙的消息來源，除了財雄力大的《紐約時報》《紐約先驅論壇報》《支加哥論壇報》等以外，主要都是兩家新聞社供給。它們的有名專欄作者，除了《紐約時報》的以外，都是所謂辛的克作家（Syndicate Columnists），每人每篇文章同時出現在全國各報，有的出現至二百餘家之多。這種辛的克作者為數不超過六七人。每人每日或隔一日寫一千多字，替隨時發生的新聞下一個保險增加自己地位、名譽的注脚。總算起來，全國人民所得關於國內國外的消息，主要是兩家新聞社給他們的；所得看法，主要是除《紐約時報》專欄作者以外，六七個人給他們的。而這六七個人是被《紐約星報》都認為太左的人物。雜誌方面情形更可憐。不管全國有多少雜誌，進步刊物祇有批評進步黨的《新共和》與《民族》。它們的流布區域主要是東海岸幾個城市。兩個雜誌都是靠了近百年的老牌子支持着，時時有破產的危險。

　　美國新聞界喜歡講他們處理新聞，自由公平。最能配得上這個說法的當然是《紐約時報》。這張報是一種全國性的資料來源。上中下、左中右幾種人之中，祇要是為了任何原因需留資料的都要它。這是它的特色，也是它所以佔全國報紙第一位的原因。因此它的新聞報告豐富，各方文件發表全文不大受政策的影響。然而這並不證明它處理新聞公平自由。記者和編者的態度照例還是左右了材料的。舉一個例子，去年年終，華萊士宣佈第三黨運動，自己是總統競選人。而《紐約時報》把這消息頭條登出時，標題第一句是講第三黨分裂，誰退出，以後纔是華萊士的宣佈。消息裏面先把分裂扯了一大通，後來纔是華萊士講什麼。講的東西已經埋在報紙裏面去了。在地道車裏面的人誰高興翻裏面看它？鬧了半天，所謂分裂，不過是一個無綫電廣播員退出去而已。這張尊重自己的資料性的大報尚且如此，其他報的自由公平也就可想而知。這還是新聞。

至於評論專欄方面之偏頗宣傳，倒也看出美國之無所謂中間派。進步黨至今還没一張報紙，自己無錢，也無人肯投資。

無綫電對於思想的控制至少是和出版物相等。無論是在紐約，或出門碰見老百姓講什麽時事問題，總是"無綫電說"。家家户户都有無綫電，美國人又愛聽這東西，無論做什麽事，無綫電總是開着的。所以家家户户說什麽，都是"無綫電說"。

無綫電播音台有好幾百個。控制着它們的是四家：國家廣播公司、哥侖比亞公司、相互廣播、美國廣播。廣播新聞每點鐘一次，祇是廣播標題，不講內容。一般人多不耐煩在報紙上讀新聞，祇願聽聽廣播的標題。如關於罷工，念出來就是某某工會又罷工，某某方面生產運輸如此如彼受了影響。不看報的人聽來覺得工人不知爲什麽老是搗亂，妨害社會，妨害生產。此外就是關於時事的廣播員評論。我在紐約三四年，最初進步的廣播員共有五六人。後來慢慢有的給趕走了，有的怕了，不敢說話了。祇剩下了一個人。這人滑來滑去，總算還有一個聲音在紐約的天空。其餘全是保守乃至反動的。有的人公然號召打仗，有的人大嚷大叫，像在播音臺上打架一樣。

廣播時間當然是受着控制的。華萊士宣佈競選要播音，最初國家公司、哥侖比亞和美國廣播全把他拒絕了。最後是在支加哥相互公司。相互公司（是）《支加哥論壇報》老闆馬克可密克上校的。他讓華萊士去廣播，可是在夜裏十一點到十二點之間的一個時間，人家都要睡覺了；否則就在舞場和戲院。而且廣播時相互公司不替他向全國轉播。華萊士却花了好幾千元，纔買到那麽十五分鐘。

無綫電還有一種做法。時常拿一個成爲爭端的問題叫兩方面的人去講話，用意好像是很公平。比如關於中國問題，叫兩個反對援華、兩個贊成援華的去對講。結果一邊講中國，一邊講蘇聯。兩邊文不對題，瞎扯一陣。那反對援華的自然不敢說蘇聯不是帝國主義，没有征服世界的野心，也不能說中國的共產黨跟蘇聯毫無關聯，同時更不敢說自己的國家有什麽壞主意。聽起來很不容易自圓其說。而且時間限制極大，幾分鐘之內，要那提防自己的話會出岔子的人辯論，當然很難。還有一個方法，就是把一個很不容易正面說話的問題，叫那反面人先說。正反來回各兩趟之後，讓正面的人出來辯論。比如《芒特法案》上來，叫反對者先說，正面的作答。等最後一趟正面答完時，反面的雖有話也不能講了。

除了經由上述這些方面來對整個社會控制思想以外，當然還有許多方面可以做到這件事情。電影和教育都是很顯然的道路。戲劇的功效比較少一點，因為劇場雖有主人，但演出一場戲却不如電影一樣要那麼多資本，要有那全份機器的工廠纔能製成一部片子。而且戲劇祇能在一個戲臺上上演，不如影片可以同時在許多地方演出。而且經歷很久，仍可上演。所以戲劇藝術方面的進步劇本和進步演員雖不比好萊塢的少，在過去兩三年中劇本其實更多，而非美活動委員會却還沒有照顧他們。

二、到個人頭上

思想控制我以為是所有控制中最無能的東西，因為思想出之於生活。假如一般人生活得安定、滿足，才力有地方用，前途有保障，常人腦中不會生出變革的要求。思想家也沒有這種要求做根據，來想出變革的道理和做法。但假如一般人生活不能滿足，不得安定，無論想什麼法子，無論如何勤勞，總是入不敷出，總是前途茫茫，而且無論用什麼理由也說不明為什麼自己應該入不敷出，前途茫茫，而另外一些人却金錢多於糞土，享受埒於王侯。那時候，變革的要求引起思想和行動，正是和土地一定要生草一樣，有誰能不許土地生草呢？

因此，美國那種對社會的思想指導和控制雖然精巧漂亮，也和那些更粗魯、更蠻野的做法一樣，管不了多久，而且不能管週到。所謂不正當的思想照樣產生，控制的力量也就更進一步控制。從對大而無當的社會作一般性的指導，進而為對個人的恐怖。這就是以非美活動委員會為首的美國保守勢力所做的一些傷天害理的事情。

嚴格的說，非美會等的活動還是一種個人恐怖政策。它們所中傷的首先是那人的名譽，跟着就是職業，職業弄之不掉，就來各種羅織，坐牢罰款，驅逐出境等等。這一套，都是一個起碼的美國人心理上、生活上不容易承受的東西。除此之外，還有拋雞蛋西紅柿、暗殺等等更直接的恐怖。

在美國，名譽是非常要緊的東西，而名譽的意義也並不一定在論理學上。它應該進經濟學的範疇。因爲實際上它是一個人在工商業社會裏各種社會事業上的信譽（Reputation），就和銀行的信用（Credit）一樣。這種信譽就是一個人參加這種工商業社會的契約憑據。這人得在進社會的時候，一步一步以才幹效能，忠於職務，把這份信譽建立起來。他從一個機關轉到另一個，從下級昇到上級，所到之處，他得報告他在什麼地方做過，由新機關到舊機關去對證，並找出關於他一切方面的參考資料，認爲滿意，他纔可以一步步往上爬。如果毀了這種信譽，他很難找到一個適當的或者比較有長期性的職業，甚至於根本找不到職業。不比在中國這樣一個富於封建味道的社會裏，祇要有有辦法的親戚朋友、同鄉同學，不愁找不到一個抓錢的地方。即使找不到也還可以回鄉去吃老米飯，運氣好的還做土豪劣紳。美國人沒有這種好福氣。沒有職業很快就是挨餓。大家挨餓也不要緊，偏偏眼前並不是大家都挨餓的局面。那挨餓者就很特殊的變成了無信譽、無資格活着的人。

非美活動委員會的着眼就在於此。毀了你，讓你在社會上站不住，活不成。這做法很巧。按照憲法，一個人有權利擁有他的異端思想，不能拉他上法庭。即使拉上法庭也不能治罪。可是把一個人弄到國會裏去公審，當他是共產黨或准共產黨。第二天全國報紙、無綫電上宣佈出來，人人都覺得這人起碼總有毛病。那些要雇用職工的金融工商業界保守的機關當局，對於這類人要戒嚴。尤其是近幾年反共高潮中，各式各樣的宣傳，各式各樣的說法，把共產黨一方面弄得像三頭六臂的巨人那樣可怕，一方面又像烏龜王八一樣下流混賬。在人們腦子裏，這三個字簡直是妖魔一般。一個人被掛上了這三個字，很需要一點勇氣和辦法活着，何況他還有一家人要養活。好萊塢十個人因此丢了飯碗是人所共知。名聲不如好萊塢人之能上報紙者正有的是。

其次是職業方面來的恐怖。這是和非美活動委員會與忠貞考驗處無關的。到現在，雖然進步黨已經成立，是一個合法政黨，雖然華萊士再三再四洗刷他和共產黨的關係，但是不相干。許多華萊士的信徒和工作者是秘密的。假如公開，就要丟了職業。而丟了職業，連進步黨要捐的錢也減少了一部分來源。這些勇敢的美國男女，是冒着丟掉每天口糧的危險在用錢用力支持進步黨的和平繁榮政策。即使如此，公開的或被發現了的進步黨支持者還是丟了職業。據華萊士自己講，有三個大學教授為了這個黨把教授位置丟了。伊林諾州進步主義者原提出了某大學教授做他們的參議員候選人，那教授始而答應，既而辭掉，因為學校要把他解雇。某次我去波士頓，在一個朋友家裏過夜。她高興得很，大講她在第三黨裏面做的事情。我問她有無職業問題。她說："天幸我爸爸遺給我一家小鋪子，我又祇有一個人。我沒有職業丟掉。因為這樣，所以別人要躲在後面，我可以出頭。"

第三黨並不是職業受威脅的唯一因素（共產黨之與一般職業的絕對矛盾用不着提）。原子彈也是一個。兩年以前，關於原子彈應否保持秘密以及原子能應否歸國家管制兩個問題，在國會開審查會時，很多科學家反對保持秘密，主張原子能應歸國家管制，不入壟斷家的手。這些科學家有的就不能在原來的學校和機關容身。結果現在支加哥大學成了這些科學家們的避難所。因為支加哥大學的赫琴士校長是一位保留着早期自由主義的教育家。他反對壟斷家的控制，態度很是開明。

職業方面的威脅不能完全禁制人，因為究竟還有像支加哥大學這樣的學校。有些工會和支持第三黨的機關還可以容納少數的避難者。這裏就有另外一種方法來對付他們。這是羅織。發現某人思想不對，或是替進步黨極賣力，或搞罷工，就找出別的罪狀來把他抓起或罰錢。方法之一是查那人的所得稅。美國所得稅很高。年入七百元以上，即每月收入五六十元以上的，全要納稅。美國人高高下下，無一不想法逃所得稅，每年逃稅據說在兩億美元以上。查出來的要坐牢而且罰款。這個罪幾乎是每個人都可以有，要抓也容易抓住。其次是發現某人是外國人，把他遞解出境。有些人到美國住了二三十年，國籍本來已經拿到。但是拿到之後，過一定時期還要經過第二道手續，拿到第二張證明紙，纔算良民。人們一般的忽略這第二道手續，不查也就過去了。但是到了收拾某人時，就忽然查出那人是一個無故居留的外國人，把他抓起來。這人居留已久，少不得要分辨一番，爭取權利。他可能出錢保釋，以後待審。有人經此一嚇，不能不怕。因爲幾十年中身家財產都在美國，被遞解回國之後，又成光蛋，誰也不願意。紐約交通工會會長原籍是義大利，正在交通工人醞釀加薪，且要支持進步黨時，官方忽然說他是個外僑，有共產黨嫌疑，要遞解他。駭得他趕緊和進步黨鬧翻了，加薪也沒有下文。

抓人罰款，是一件非常傷腦筋的事。人被抓固然是於職業有妨礙，而抓去之後保釋或者罰款所要的錢就很不容易籌。保釋候審，常常是五千元起碼，有的一二千元不定。有團體幫忙的，團體代他們出錢。沒有的自己設法籌借。一個團體保釋幾個人，就沒有錢去作什麼別的活動。個人方面更是大損失，容易傾家盪產。罰款無定。路易士和他的煤礦工會就曾被罰幾十萬元。原說要把他工會的四百萬老本罰光。可以說爲了政治或工會問題挨罰錢、挨保釋的人與團體，都不是大有錢的好佬。用這種方法把他們的錢擠出來，就是希望能減少，或者像美國人說的"癱化"（Cripple）他們的活動。抓人保釋的事因此常常發生。

最含有危險性的是今年以來常常出現的暴徒行動，如對華萊士扔雞蛋，叫罵侮辱，以及行刺紐約共產黨湯普遜之類的事。華萊士春天曾在南方演講，當時地方反動勢力沒有準備。進步黨轟動了全喬治亞。在一個露天廣場裏，第三黨總統候選人招惹了幾萬自動集合來聽講的人。一位南方記者震驚的說，過去民主黨在牧場裏烤牛肉請人來吃，都沒有這麼多的人來到會。可見這一次華氏所受的下流待遇是南方反動力量組織起來的。華萊士在印第安那受過這麼一次，暴徒既未受到阻礙，也沒受懲戒。現在的又是如此。可知紐約要求市長徹查行刺湯普遜的人也是白費。今年大半年中，這一類暴徒在大街上攻打進步人士、暗殺工會領袖的事,已經重複了幾次,都不是什麼自發自收的行為。

美國這種帶法西斯性質的組織數目很多,分散各地,運用各種名稱,而且是有組織的。專門收拾黑人的三K黨就是其中之一。去年還破獲一個,叫做"哥侖比亞人"。根據卡爾遜的《幕下》,團體有幾十種。戰爭中間,它們有的潛伏,有的改頭換面活動。戰爭結束之後,他們重新活躍。在華盛頓的一個"美國愛國團體聯合會"所屬的團體不下八九十個。該聯合會深恨一切新政派、天下一家派(當然也恨共產黨),常常研究如何對付他們。顯然的法西斯組織如國家經濟理事會,公然在它的文件和小册子上號召黨徒隨身攜帶武器,到街上去對付敵人。它的敵人是一切新政派、一切猶太復國派、一切支持聯合國者、共產黨、一切自願參加第二次世界大戰的美國人。它的首領一向支持西班牙與佛朗哥。這個團體的支持者有道威斯,支加哥都市國家銀行信托公司董事長,國家廣播公司及電影大王之一的ROA的董事;拉斯可夫(John T. Raskqv),杜邦公司副經理,通用汽車公司(杜邦系)的董事、紐約銀行家信托公司(摩根系)的董事。祇舉這麼兩個人(他們都是國家經濟理事會的董事),就知道這個法西斯組織的背景。自從第三党成立、華萊士競選以來所發生的種種暴徒行動,和這種法西斯團體的關係,應該可以想像。將來的發展是很值得注意的。美國政府對於這類團體、這類暴徒行動,愈來愈袖手旁觀。意思是在民主國家裏,人民自由不可侵犯。祇有在進步主義者批評指摘之後,纔發表一頓毫無用處的演講。

在戰前曾經支持希特勒的世界道德重整會早已重新開始活動。它的有力份子之一是門德議員,現在非美活動委員會的一個首腦。門德先生手制了有名的《門德法案》,名義上是要搞共產黨,實際對象是一切進步團體尤其是進步黨。法案有一條認為,凡是有政治性的團體或個人,他們的觀點,跡近於抄襲另一個對美仇視的國家的觀點,他們的做法顯出他們是在暗中推行那一國家的外交政策,由司法部長決定後,政府都可以對他們採取行動,或是令他們長期坐牢,或是科以大宗罰款。這個法案因為人民風起雲湧的反對,幾千人、幾千人坐了火車到華盛頓去示威,还没有通过。现在杜威先生宣佈要另訂法律，以濟憲法之窮。下屆國會上臺時，這件事大約就要辦了。假如辦通，美國的控制就要從個人恐怖進一步發展。經過威脅個人以鎮壓社會的方法，就要變成比較次要的一面了。

上面這一切，都不是說美國的反動和保守勢力已經是不受阻礙地在那裏橫行，美國是一片黑暗。反之，進步力量是隨時隨地在和他們對抗。每一次的攻擊都沒有輕輕放過。"忠貞考驗"受過了無數指摘，非美會的活動最受抨擊，要求撤銷該委員會的口號已經提出來了快一年。好萊塢事件、反法西斯西班牙難民救濟委員會事件，和最近的間諜案事件，沒有一件順利行通或完全達成目的。這些都是防禦方面。

富於進攻性的、有組織的進步力量是華萊士所領導的第三黨。從一月起到現在，九個月間，這一個運動已經把美國人民潛在的力量、潛在的變革要求十分表現出來了。單單從紐約一地群眾大會的表現也可以看明。一九四六年九月，紐約麥迪遜廣場集會，華萊士演講，還遭人嗤嗤，捐錢不過三萬餘元。四七年同月，熱烈的呼叫代替了嗤嗤，捐錢五萬餘元。今年五月同一廣場大會捐了五萬多元。到九月僅僅四個月之隔，在洋基露天運動場，聽眾七萬多人，捐錢十三萬餘元。以此類推，在其他地方必然也是這樣的趨勢，雖然錢數、人數可能沒有這樣多。

這說明美國的進步力量和控制力量已經走進了一場有歷史性的大爭鬥裏。決戰還沒有到，就是十一月的大選也不能認為是決戰的場合。這個爭鬥相當長遠，幾進幾出，全不知道。假如戰爭爆發，進步力量會受到嚴重的挫折。但是，從歷史的經歷看，控制力量無論如何，總是徒勞。

十月二日

美國工人運動的低潮[*]

一九三六年是美國工人運動史上的一件大事。那一年工業團體大會從美洲工人聯盟分裂出來，開始一種新的工人運動。過去美洲工人聯盟的組織基礎是各種技術工人的各別行會。各行會聯合而成美聯。所有非技術工人都沒有工會。其次，美聯既以技術的行會為基礎，它的意義全都是在經濟方面，以保障上層工人的職業和經濟來源。工會自己既不做任何獨立的政治活動，對於已經發生或正在發生的政治事件，不管它們與自己有關無關，規矩對之不聞不問，除了與工人自身直接有關的工時、工資問題以外，假如政治上有所表示，是非常意外的，而工時、工資等問題在羅斯福總統就任以前，也與政府無關。

工業團體大會之所謂新的意義，就在它把美國工人運動的這兩個弱點改善了。第一，在它成立之後，美國起始有了包括所有技術與非技術工人的產業工會，僅限於工人上層的行會組織起始受了很大的打擊，而向下層工人開放，這使工人的陣營驟然強大了起來。第二，自工大產生，就開始了自己的政治活動，幫助參議員華格納提出了有名的勞工權利法案，其中最明顯的工人權利是罷工合法，不受限制。在四十年代開始幾年中，工人組織了自己的工大政治行動委員會，並且幫助組織了全國公民政治委員會。它儼然變成了羅斯福時代一個小小的政治核心和方向。民主黨在一九四四年連任政府，主要是靠了他們。

從歷史上的價值來說，工大的產生是美國工人運動的一個蛻變。所以一方面它雖然分裂了工人的組織，另方面它的成就却仍然是三十年代美國各種成色的自由主義者和進步派的鼓勵和號召。

---

* 原載《大公報》（香港）1948 年 10 月 8 日。

曾幾何時，這種鼓舞現在已經不存在了。分裂者更加分裂。擴大的工會基礎仍然祇剩下了它的經濟意義。過去大吹大擂來發動的政治活動，現在幾等於零，主要以工會首長對政府首長的捧和罵來表現。美國工人運動眼前正遭逢嚴重的低潮。它表現在如下幾個方面的弱點。

一、分裂的組織

分裂而有原則，有新的東西要出現，則分裂往往能繼之以更大的團結。但無原則的分裂祇有產生更多的分裂。歷史上的美國工人組織向來是分裂爲主，團結爲輔。即在沒有工大的時候，美聯也不過是名義上的總體。有了工大之後，除了一個短期間（新政時代）外，工大的內部也和美聯一樣，各自爲政，甚且更糟。除美聯和工大之外，還有獨立的鐵路工人兄弟會，那也是幾個鐵路技術工人的行會聯合起來的，彼此之間，時相爭執。獨立的電報電話工人聯合會也是如此。祇有路易士的煤礦工會，他自己在那裏面是專制皇帝，團結還無問題。統共有組織的工人是一千三百萬，而互相對抗的聯合工會有四五個，每個聯合會、每個工會內部又有各種對抗和爭執。所有這些大小工會的分裂互鬥，除了一九三六年組成工大這件事以外，大都是無原則的個人主義和地盤問題出毛病。

美聯和工大成爲死對頭，決非因彼此對政治、經濟或甚至工會本身的問題有大不同的看法和做法。真正的原因是彼此都想向對方擴張自己的領域，或在對方所屬工會的工廠裏建立自己的工會或逕自跟對方工會拉交情，使它脫離而歸於自己。有時候一方罷工，一方加以破壞，頂去罷工者的工作。在新政時代，工大專心一致的向群衆性的組織和政治工作方面發展，曾到處與美聯訂立合約，不許做這一類的事。近兩年來，除了極少的例子以外，工大與美聯之間相互進攻是太多了。非但這兩大相互進攻，即在兩大各自內部所屬的工會之間，也是要進攻的。路易士的煤礦工會本來獨霸一方，不怕別人搗亂，也用不着害人。可是他異想天開，在煤工裏設一個第五十區區工會。這個 District 50 是做全面遊擊的，它襲擊所有一切工會的領域。

在政治問題上，美國工會之間，乃至於工領與工人之間，極難得到一致的見解。在美國，還説不上工人有强大的工人的政黨。除了兩大黨和新起的進步黨以外，美國原另有四個黨：美國共産黨、美國勞工黨、社會黨和農工黨。但是這些黨眼前無法算是代表一千三百萬有組織的工人的黨派。依常例，工人和工會總是在大政黨中作選擇。美洲聯盟聲明擁護杜魯門，可是美聯的一份子——國際運輸司機總工會，却由它的會長寶彬領着去擁護那出産了反勞工法案的共和黨。工大過去幾年中與杜魯門勢不兩立，現在它的會長宣佈擁護杜魯門，而它所屬幾個工會如電氣、交通工會都反對杜魯門。像這種的情形，當然不可能希望工人會團結起來，對於反勞工法案這一類的事採取行動。儘管美洲聯盟的會長格林和工大的會長麥雷都聲嘶力竭的叫工人去反對這個法案，事實上，法案一通過時，這兩位大亨就争着搶先去接受它的條文，簽字蓋印，惟恐對方做在自己前面。

内部分裂最顯著的是在工大裏面，這就是政府及有力者這幾年大喊反共所收到的成績。十二年的新政，十二年新的工人運動，以及從它所産生的工大，是美國保守派最切骨、最可怕的敵人。不削弱工大，新政可以捲土重來，所以從政府裏面把新政派趕走不過是治標，而收拾和削弱工大纔是治本。用反蘇反共的政策，用間諜和危害國家這類罪名來打擊新政派和工會，很容易就把有野心的領袖拉過來，把軟弱的鎮壓下去，把强硬的孤立起來。工大的政治行動委員會變成了一塊空招牌。工大內部組織上自相殘害的事層出不窮，政治上幾乎是完全分裂（除了名義上）。代表二百餘萬會員的右翼跟着麥雷受了收買，擁護杜魯門；代表近二百萬會員的左翼實際上支持華萊士。但是，即在那支持杜魯門的工大右翼中，有許多看不起杜魯門，他們和他們的上級之間也並不是調和的。

工會運動中一般的分裂與自相争鬥，是美國工人運動的癱瘓症。幾時能够治好，完全不是局外人所能預測。

二、腐朽的領導

一九四五年冬季爭加工資的大罷工浪潮發生時，有一個朋友冷酷的說：

"你看吧，什麼是爲工人！是怕收不到會費，自己要失業。"

他意思說工人如加了工錢，就可以交會費，工會首領們也就可以拿薪水。他說得極其刻薄。但是嚴格的講，美國工會裏腐朽的成分確實不少。

到現在爲止，美國工會裏的各級負責人還有許多不是工人選舉而是由上級指派。如路易士的煤礦工會幾乎每一層的負責人都是路易士個人的親信，有非親信的或想打他主意的人出現在工會中，他用各種方法把那人去掉，甚至暗殺。屬於工大的鋼鐵總工會有許多職員也是一經首領（鋼鐵總工會會長兼工大會長麥雷）派定，便終身被選。美洲聯盟所屬各總工會尤其是如此。一個人一旦做了會長，永不聞他會被別人代替。他所指派的人，除非他要調動那些人，也永遠做那件奉派的事。甚至父親做了一輩子某總工會會長，還可以告老而叫兒子去嗣位。一般美國大工會的會長如路易士、格林、赫琴遜（木匠工會）、麥雷，都是六十幾歲。格林和赫琴遜已經七十幾歲，還是在做"皇帝"。

這些做首領的人，我們驟見之下會以爲他們是資本家老闆，不會想到他們是工人。他們每年的薪水是四五萬元，開支應酬費還在外。他們照樣擁有房地股票，做投機與投資生意。冬天到邁亞米避寒，夏天到海邊去避暑。除了在報紙上，他們是工人代表，屬於工人階級以外，他們所有的生活都是上層享用階級的。我想，他們之中很少有人知道他所代表的工人們是怎樣在生活。

他們所最關心的就是工人加薪。也幸虧他們有這種關心，工人的生活纔能隨時改善一些。當然加薪並不很容易，時常要罷工纔能得到。工會首領與廠方合作來收拾工人的事，也是時常有的。某年我到明尼波尼斯，因爲找不到旅館，萍水相逢，在一個工人家裏過了兩夜，就聽見說美洲聯盟所屬一家工會把兩個會員不經調查，在工會裏加以審訊後開除了。原因是廠家告訴工會那兩人是共產黨。在審訊時，幾乎全體到會人都說他們不是共產黨，也提不出他們是黨員的證據。但是無用，那兩個人還是被開除了職務，且被開除了工會會籍。這樣一來，那兩人就祇好設法改行吃飯。那是很困難的。

這樣的領導關係類似中國的包工制，僅僅沒有包工制那樣封建式的惡劣。但是這種工會老闆制度之養成地盤觀念和勢力範圍觀念，以至於形成和加深工人運動中的分裂暗鬥，却是很可以理解的。尤其是近兩年來，政治發展的路塞了。工會看不見另外的前途，更加利用彼此的弱點互相傾軋。

三、微薄的教育

美國施行國家強迫教育，文盲很少。因此這裏所說的教育不是識字與否的問題，而是一個人對於所屬國家、社會的認識，以及自己對它們所有的責任等等。

一般的說，美國人對於這類問題相當模糊。無綫電、報紙告訴他們是什麽就是什麽。工人所知道的並不比專門看家帶孩子的人所知者爲多。號稱做工人運動的工會，注意到教育會員是少之又少。我所知道的祇是電氣工會、西岸碼頭工會、女衣工會和汽車工會比較着重教育。海員工會原來也非常注意教育工作，特別聘了一位研究經濟問題的大學教授去負責計劃推動。但是一兩年之後，那人祇好把他的全部教育計劃都帶走了。原因是那個工會的會長（羅斯福在世時期的一個出名左派）覺得他的工會已經太左了，不可以對工人講社會主義國有航運這一套。其實當那人負責海員工會教育計劃的時候，戰爭還未結束，他的教育不過是要海員努力打倒法西斯。

教育之被忽視與領導之陳腐有密切關係。領導方面的人從工人出身者倒是很多，但是對於工人運動本身的理解很少，無論是費邊社的，或者是馬克思主義的理解，在美國都祇屬於極少的一些人。有些工人領袖爲了增加自己的身價，到大學裏面去上幾堂課的也有，但是那些對於他作爲一個工人運動的領袖却沒有幾大幫助。歐洲近百年來關於工人運動在理論上和經驗上所累積的成果，美國還祇是零散地接觸到它的邊緣。她的工人運動，當做系統的經驗與理論的發展來看，還是在混亂摸索時期。

從上面看，好像美國的工人運動是一團烏漆。這不是說美國工人就不可能再爲了加薪舉行罷工，或者他們每週的工錢袋再沒有增加的可能。這一個起碼要求總還是要繼續的。而工人達到要求目的可能却是在減少中。新政時代爲華格納法案所保障的權利，如罷工、如組織工會的保障等等，現在都已在塔孚特法案之下漸漸壓碎。用警察、軍隊和毒氣對付工人的事已漸漸恢復，而下層工人和警察的野戰也發生了。在新的工人運動高潮未來之前，新政以前的混戰局面將要維持一些時。

十月五日

京滬即景[*]

二十六年離開南京，二十八年離開上海。算來我不見這兩個地方已經十年左右。對於它們時常有一種企圖加以神聖化的想念。它們一個是政治中心，一個是經濟中心。換句話，是現政府的心臟地帶。然而，什麼道理呢？愈走近心臟，愈覺寒冷，在那裏，你不能感到民族機能的轉動，血脈的通暢。你好像是站在一個時表中間，那隻時表已經失去它的指針。各種人的活動似乎都是在背道而馳，又像都是在互相衝撞。不爲了損害對方，也不一定是爲了自己。風和浪好像不僅僅是從四面八方吹來，而且是從内心在往上昇，慷慨幽沉，互爲波瀾。從史書上談到中外興替的遺跡，以爲已經足夠震動人心的了。然而僅僅十幾天中所見的京滬比什麼書上所描寫的大動盪都更加使人從心裏發抖。面對着歷史的無情，祇有敬畏，祇有努力。

到上海的第一天，晚上七點多鐘從法租界到虹口，東經跑馬廳和南京路。不知是自己記憶太舊，還是外面真的不同，竟不認得那一帶地方。沿途黑幽幽，祇有幾盞燈，霓虹燈偶爾一見。關了門的商店連照倒的廣告燈彩通取消了，情形好像已經過了午夜。我記得的南京路不是這樣的，尤其是晚上八點左右，記得戰前有一次在大新公司旁邊被閃來閃去的電光人影擠得幾乎連鞋都丟掉了。大世界尤其驚人，晚上九點鐘過那裏時，祇望見一個黑濛濛的廣牆。偶而發現了"榮記大世界"五個黃色電燈字，釘在對面一個冷落的、帶灰色的門牆上，纔曉得這是過去那個上海的《紐約時報》方場，是從前用霓虹和電燈裝滿半壁牆，將廣場照得通明的地方。霞飛路上的情形比南京路稍好一點，但是日落之後，它也祇有少

---

[*] 原載《大公報》（香港）1948年11月5日。

少幾個鐘頭的光輝。九點以後它也殭了。這些著名熱鬧的地區，過去曾經引起許多人譏諷上海虛僞的繁榮，現在索興連虛僞也不要了。一方面商店失掉了招徠人的興緻，另方面沒幾個人有餘錢和餘興玩弄繁榮。交通使上海變成了幾乎是難通的蜀道。除了爲着吃飯做事，拿性命和電車、三輪車去拼去擠，總不是人人肯做的。

人人怨上海的交通，它把上海弄得意外的大。似乎上海的電車永遠沒有增加過。在原有的幾條綫上，行駛着幾輛連車牌都站不正的舊車輛。特別是舊公共租界上的電車，每輛都是人上堆人。站在那裏面感覺自己的每一肢體都被壓縮了。公共汽車每一輛都是黑實實的，有人等這類車輛至兩個鐘頭之久。三輪車代替了人力車，把街道剩下的一點路填滿了。還時常飛跑飛衝，在單程道上雙程來回。而且要價極高，幾乎沒有還價。但是上海人異常慶幸有這種車子，否則滬西和虹口中間將有類乎一個地球那樣的距離。電車公司和公共汽車不肯增購車輛，多闢路綫。有的公共汽車甚至關門。有人說是因爲軍人上車不付錢，使交通難辦。有人說因爲捨不得錢，不願添購車輛。"市場向下，人心看低"，僅僅交通一項，看出投資者把這個遠東最大都市——中國經濟中心，看成了一潭死水。

我到上海時，正值上海搶購的狂風在過去。報紙不再用搶購消息來陰謀"增加發行"，但是報紙少說話，人的嘴却好像是專門爲了"搶購"這類消息而生的。男女老少，粗人細人，一張口各有一串搶購故事。搶棺材，搶錫箔，鬼的錢比人的錢還要可愛。有人隔夜帶了被子睡在街上，天矇亮，就揹着行李去擠商店。小菜場有人爲了搶肉，被屠夫刀下把手指砍掉了。這還是我初到上海時的事。再過兩天，就想犧牲一條胳臂，也換不到一點肉，甚至小菜也買不到。主人招待客人，未吃之先照例要講買菜的痛苦。不知者將說上海的主人們不够禮貌。知道情形時就曉得他們即使僅僅給你一碗白飯，也得化全付精力。有些上海人因爲食物難買，索興吃客飯。小飯店因此倒黴，常常擠破門。有一次，我自己足足等了兩個鐘頭，纔吃到一碗沒有心子的餛飩，馬馬虎虎也不想再等就走了。小飯店、小攤現在都進化到八小時工作制，到了六點鐘以後天黑了就準備收場。也可以説上海的社會在返老還童，回到了原始時的日入而息。上海人想念黑市，黑市果然殷勤。像幽靈一樣，忽然這兒那兒都談到了它。在四五天之内，米就從二十元而三十元一擔，又變成了五十元，又變成六十元、七十元。而黑市以外站隊的行列漸漸由米隊發展到了照像隊。因爲人人得有一張身份證纔可以買"白市"的東西，害得照像館趕緊宣佈照像要三個禮拜纔能取，以減少它自己的顧客。

有一天，我從南京路到五馬路走了一個大圈，發現貨物充實的舖子祇有舊鐵器舖、籃框舖、書店這一類地方。凡與吃和穿有關聯的舖子，大都空空蕩蕩。有二三家呢絨店掛着幾件粗呢材料，那些裏面都擠滿了人。南京路上國貨公司，虛掩着，裏面亮晶晶，盡是空玻璃櫃子和空的鋁架，彼此互相輝映。其他公司與商店大都如此。大公司如先施、永安，有的櫥窗上遮一幅大布，有的櫥窗裏稀稀落落擺點花草及褪色的貨品。拿着身份證的人們還是在南京路的空與半空的玻璃櫃子間擠來擠去，東張西望。他們的眼前幾乎是一片虛無，他們的眼光裏好像也是虛無。

儘管上海的市面是這種景象，上海的政治恐怖却並没有減少。報紙上不大惹人注意的地方，時常登出一些失蹤、被捕、跳樓的消息。四個書店由半開門狀態被逼而全部關了，繼《時與文》之後，有的雜誌被搜查，有的聽説上了黑名單。寫詩的人忽然不見了，過了幾天證實是進了牢。有人被捕了，逃走又被捕。公共地方貼着不許談論有關「國防」和軍事的條子。上海又傳説已經有了兩個黑名單，前者列了一百七十六人的名字，大部分是文化人。頭二三名連名字都叫出了，而頂頭名者則據説已經派人去和當局説明自己並無陰謀。這樣一來，上海人又有些風聲鶴唳，不知誰會遭殃。即使名單之説僅僅是神經戰和宣傳戰的一部份，其目的祇在於使人神經緊張，無所措手足。但雜誌、書店關門，使寫文章的人無從開口動筆，却令生活下去的問題因此更將不容易解決。這是上海的一面。

在南京，我僅僅住了兩天，情形看來比上海更慘。一個朋友在訴説了他搶購的痛苦之後，説："你去看看太平商場和中央商場吧，那裏都是像洪水衝過了的一樣。"洪水不但是衝過了那兩個商場，也衝過南京僅有的幾條大街。在上海買不到東西還看得見空玻璃櫃，在南京，大家索興把店子上了板，好像全市大出喪。加以南京的人口比上海少，南京又極大，没有人和車輛的擁擠來助成一種喧囂場面，一面是馬路上疏落的行人，另一面是關門閉户上了大板的店家，城外是正在建築的守城工事。那荒凉景況使我想起二十六年冬南京撤退、日本軍隊還未來時的情形。但是那時候人的希望和熱情却是在上漲中。二十六年大撤退以後的荒凉，祇有增加人們抗戰衛國的決心。那時候，所有留在南京的人們似乎都把自己當做敵人後方的地下工作者看待。但是三十七年由於經濟改革製成的荒凉，却把人們個個淹得垂頭喪氣，好像真的是世界末日到了一樣。

市面當然不是南京好像半死的唯一原因，懸在南京人頭上的另外一個大問題是軍事。在上者似乎是已經支持不住自己的失望。隴海、平漢間共軍的調動和部署，使當局感到蚌埠危險。因爲估計共軍可能繞徐州撲蚌埠，這樣就要使徐州變成兗州失守以後的場面。遷都的謠言因此傳了出來。在接見外國記者時，當局坦然的説祇有美國還能對中國的局面做點事，甚至於承認自己的軍隊不肯打仗。既然軍隊已經不肯打了，美國又有什麽用處呢？當局十分抱怨美國所許一億二千五百萬元的軍火供給不能早到，美國又抱怨中國的訂貨單送去太慢了。一張貨單花了三四個月纔製出來。美國急得跳，中國也急得跳。

中下層官吏好像是已經在打自己的算盤，各人盡量把自己從所屬的政府拉開。有的人到處設法拉舊朋友、舊同學，打聽共軍對待公務員的態度，訪問自己的安危。掌管監獄和法庭的人們，努力設法逃避他們的責任。以特種任務爲天職的人們，現在有的在考慮丟下自己的錦銹前程去當教書匠，有的則發愁而萬分悲觀，以爲人生真是毫無意思，不知那一天自己將會扭斷自己的脖子。在一個老同學家裏，一頓飯的時間都被他用來研究他自己的命運。他端着飯碗，低着頭，有聲無氣的數説他怎樣想離開他曾擔任過的職業。

在上海，有一個蔣經國還可以强迫商人把舖門打開，呈現他們那些空得發亮的玻璃櫃子。在南京，連這件事也沒人管，聽憑舖子去關門，以表示自己與這件害人害己的罪狀無關。反之，罵限價，罵幣制改革，罵搜刮金鈔的人是無分官民。他們認爲，假如沒有王雲五、徐柏園來想出這件新鮮辦法，政府的江山一定是更穩。剛好他們忘記了在五月間政府的負責人已經聲明手裏有一億美元，可以收回法幣、改革幣制而有餘。王雲五等決不是直接出這個主意的人，然而這些人已歸罪於王雲五與另外一些人。今日已因爲瀋陽陷落、東北垮臺而建議某某人走路是一樣的心理——免得把自己也拖在裏面。那種危疑震撼，恰恰和面對下關的挹江門外的防禦工事，成了可憐的對照。在離南京有七個鐘頭火車路的上海，聽說還有兩個機關急急於製造黑名單，在心臟而又心臟的南京則許多人祇在急急於洗刷自己的血手。恐怕現在是在倒流，有什麼銅骨水泥能夠把發抖的心變成長城？

在美國的"自由"[*]

近兩年來,美國壟斷資本所做的征服世界、把二十世紀變成"美國世紀"的大夢,正在到處碰釘子。不少美國人自己承認他們的國家已經在全世界人民眼中變成一個實行壟斷控制、扼殺人民自由的惡魔。窮途末路的美國帝國主義者,深知自己敗仗已開始,爲了團結他們在全世界的黨羽,欺騙不明真相的人們,他們天天用"自由"兩個字作號召,説他們是爲了保衛自由,纔到處支持腐爛、暴虐如蔣介石之流的反動政權。但是事實上歷史早已把這個資本主義的最後堡壘轉變成了被人民爭取自由的對象。這個國家爲了保衛壟斷、奴役和掠奪,早已和人民的自由做了敵人。美國帝國主義者現在説自己是自由的保衛者,正如蔣介石説他自己是革命者一樣。蔣介石正在被革命,而且已經快被革掉了。同時,美國壟斷資本這個瞎了眼睛的怪物,也一定是會把他自己撞碎在人民自由的巖石上的。

這些本來是有革命覺悟的人民所已經熟悉的道理,熟悉到和老生常談一樣了。可是,正由於美國是資本主義的最後堡壘,憑着掠奪得來的財富,它還可以麻醉欺騙一部分人,尤其是在我們中國。五十年來,在文化思想上,很多的知識分子是仰望着英美尤其是美國的。他們總以爲美國即使有什麽旁的不好,例如没有經濟民主,但至少是有政治民主、政治自由、個性發展的自由等等。在中國,把美國資產階級的這種欺騙信以爲真的人,把政治民主看做可以與經濟民主相分離的人,至今還不是很少數。

美國真的有民主,有自由嗎?在這問題上,美國有一部分壟斷資本

---

[*] 原載《新華週報》1949年2月6日。

家們是比許多自由主義的歌頌者老實些。他們曾經乾脆主張在他們的政治言論中取消"民主"兩個字。在大戰中，他們認為民主是共產黨所用的字眼。他們的軍事人員就曾經主張在殖民地宣傳品中，不要採用他們自己在獨立戰爭時代所發表的《獨立宣言》，認為那個文件"太革命"了。他們中間也曾有人認為他們人民所享受的自由太多了，以致使人民沒有紀律。正是因為美國的自由是這樣一種自由，所以在美國除了在自己的房子裏以外，祇有極少的人敢公然主張美國應該走向社會主義。我在美國四年之久，在報刊中發現幾乎祇有美國共產黨是這樣主張的。此外，一般刊物裏，祇看過一篇文章曾經公開提出走向社會主義這個問題。"社會主義"這個名詞在美國幾乎是公認的違禁品，而"利潤"兩個字，却像孔夫子嘴裏的仁義道德一樣，是國家的信條。

　　黑人問題是最足以表明美國政治自由的虛偽性的題目之一。黑人在美國是一個數至一千三四百萬人口的民族。美國的憲法上從來沒有承認這民族的地位。對於黑人作為一個民族的自由和福利，從來沒有一字一句提出來加以保障。憲法上祇承認了黑人的公民地位。對於黑人，美國白人中除了真正進步的份子之外，普通所謂比較善良的人民，也祇是主張把他們溶解或"同化"在白人中，以便他們能在一般法律的條文上也有和白人同等的權利。除了真正的進步份子之外，幾乎沒有人承認黑人應該有民族自決權——作為民族應該管理他們自己的生活，發展他們自己的文化。這種情形，當然就使白人對黑人廣泛的歧視欺壓成為可能，當然就使得南方種種剝奪黑人權利的法律成為可能。白人可以對黑人採用私刑，任意屠殺。而任何黑人假如侵犯了白人一根毫毛，就有挨打坐牢送命之憂。

　　有些美國人說：黑人政治不自由，誠然是美國政治的污點，但是這究竟不足以概括美國政治的全部。在美國人中間，究竟是有着普遍的政治自由。真的，有些美國人民是有很大的政治自由，這些人就是美國的大資本家及其代言人。大戰中間，在美國有一群美國人替希特勒當間諜，作宣傳，當時政府把他們抓了起來，但始終也沒辦。等到戰爭結束，有些人就大叫起來了，説那些間諜無罪該釋。一九四七年，這些罪犯就在政治自由的名義下面出了監牢，做了自由人。又如美國政府的法律反對暴行和反對宣傳暴行，但是去年報載有一個法西斯團體的領袖受了杜邦等軍火大王的支撐，出版小册子和宣傳文件，號召市民武裝起來，反對新政主義者和共產黨。這位先生受了法律的制裁沒有呢？沒有。因爲他有政治自由。前年美國弄出一個反勞工法案，這東西不許工會對政治團體或黨派出錢以推動政治活動，但是壟斷大王們以個人名義幾十萬、幾百萬的拿出來支持他們的政黨日常活動與競選活動，却是天經地義的政治自由。這不過是隨手拾來的幾件事。關於美國大資本家們怎樣控制本國人民以至外國人民的政治自由的種種事實，在這篇短文裏是很難説完的。

有了這種人的政治自由，就沒有別種人的政治自由，這是一定的。美國大資本家享受了這樣大的政治自由，美國的勞動人民甚至一部分中小資產階級的政治自由，就不能不受剥奪和限制了。比如華萊士，這也算是一個"個人"，而且是一個屬於資產階級的"個人"，應該有他"個人"的"政治自由"吧。可是華萊士的書不容於圖書館，甚至於講華萊士的書也被視爲禁書。華萊士找不到廣播時間，即便找到，也在半夜，在人們跳舞或睡覺的時候。許多進步的電影作家、導演和演員，不許依自己的信念和觀感來從事影業工作，否則要被抓去受審。舉世聞名的進步小説作家法斯特，因爲從事救濟西班牙共和國難民的工作而被抓到國會受審，後來還要坐牢。無綫電廣播員亦因爲廣播內容太進步而丢了飯碗。普通的作家若在文章裏不駡蘇聯，就少有地方發表寫作。美國共產黨和進步黨的黨員們，經常需要把他們的黨籍和行動秘密起來，纔能在社會上站得住。去年秋間，無緣無故把美共十二個領袖抓起來。後來雖然取保釋放，但案子并未完結，現在又舉行"審判"了。甚而至於政府官吏，時常有可能被密探跟着，被他們訪問、威脅，無故地被奪去職務，也不把理由通知他們。

隨着政治的壓迫就是經濟的壓迫。這些真正爲人民自由而鬥爭的人們，一經政府收拾了之後，在社會上就成了無告之民。他丟了職業，也難再找到職業。他不但失掉了工作行動的自由，就是連吃麵包的自由也發生危險了。

美國統治者所據以自豪的所謂美國政治民主的特色，是他們兩黨分立的代議制度和普選制度。實際上，資產階級的代議制度是建立在資產階級的控制上面的。首先，在那個把金錢構成人與人之間一切活動、一切關係的橋樑的社會裏，沒有錢，連親族關係都可以化爲烏有，沒有錢，當然不可能，至少是不容易產生這樣一種廣大的集體行爲——選舉。選舉活動的組織和宣傳要靠資產階級的錢，這幾乎使選舉的勝利結果不可能歸於廣大人民的真正代表人。其次，大家都知道美國兩個大黨都是代表資產階級的政黨。工人階級的政黨——共產黨，因爲受了立法的限制，至今還不能成爲一個完全公開合法的政黨。甚至於進步黨，雖然基本上是一個資產階級的政黨，也因爲這種限制，而不能在全國範圍內成立。黑人有一千三四百萬，却沒有代表自己權益的政黨。因此，這種代議制度的實質，就恰恰符合了中國的老話，是強奸民意、掛羊頭賣狗肉的制度。它的作用，是爲了資產階級的利益，爲了謀得本階級內部的妥協，爲了欺騙一般老百姓的。

在大選中，選民非但要會寫自己的名字（在美國南部許多人不識字，有的個別省份文盲率竟達百分之七十），有時還要考憲法知識和外國語言，在南方各州還要出人頭稅。這就把及齡選民中的一部分選舉權剝奪，被排斥的當然是黑人。其次，總統名義上是普選，實際上是被各州地方勢力所控制了的選舉院（共五百三十一人）選出來的。有時總統即使得到普選的多數票，還不一定能當總統。其三，成立新黨必須在一州有若干人簽名請求登記，否則就不能在該州競選。若某一州的進步力量較強，新黨登記請求人的數目就規定得特別高。即使請求人數很多，登記是否能夠成功，其權又操在代表該州地方勢力的州議會和司法機關。這樣一來，就使新黨的成立難乎其難。這些做法就是統治階級用來保障自己控制的打算。在這樣一個選舉制度下面，美國人民選舉的自由就被剝奪得所剩無幾了。

政治是經濟的集中表現，（究）竟是一個顛撲不破的真理。壟斷資本所支配的美國，既然沒有經濟的民主，就不能有政治的民主。在美國，現在看不到真正的人民的政治自由，也看不到人民的個性發展的自由，而祇是看到它的反面。在美國，我們看見資本主義社會正在力圖使人們的生活中的一切都向着標準化、商標化走。人們的物質生活是在廣告公司的指揮之下，他們的精神生活是無綫電、電影、報刊所規律化了的。美國人民的個性之不得解放，生活意義之茫然，是他們今天最大的苦痛之一。泛濫的精神分裂病狀，使美國的精神分析醫生像治傷風咳嗽的醫生一樣多，幾乎成了美國的國病。生神經病的自由，也可說是美國自由的特色。

當然，以上這一切決不是說美國人民是一個奴性民族。世界上沒有一種人民不愛好自由，美國人民是從反抗奴役而革命而建國的，美國人民是有爭自由的傳統的。雖然在許多根本的問題上，美國資產階級還在運用它龐大的、層層的政治機構，力圖欺騙和麻醉人民，製造他們在政治上的愚昧，但是在人民所直接接觸的具體問題上，比如在物價、工資、勞工政策、戰爭與和平等等問題上，美國資產階級却無法隱瞞他們與美國廣大人民的根本分歧。因此，美國資產階級的欺騙和麻醉，不能不被人民的要求層層撕破，而世界人民運動的發展更會加速這個撕破的過程。美國帝國主義者在國內外喧嚷他們的所謂自由，事實上祇是用粉紅紙張來抵擋人民要求的火焰。

一九四九年一月在李家莊

就是這樣我們過了江*
——記陳毅將軍講渡江準備

這幾個月以來，我常常有一種自己非常渺小、不知所措的感覺。這種感覺初來時，也曾使我有些煩惱。時間很短，我就明白這是很自然的。驚天動地的大變革，驚天動地的大大小小英雄事件，而且是那麼多，多到使人能夠把被敵人打死而身體不肯倒下去的人視爲平常；近來，解放軍寧肯睡在人行道上，不肯走到人民房子裏去暫坐的事情，是早已被大家認爲自然現象了。然而正是這一類似小而其實是驚天動地的事件，點化出了偉大歷史的鬚眉。我感到自己渺小，我祇想努力的跟上這個震動世界的偉大時代。

五月廿三日，我和十來位先進先生們到了丹陽。丹陽是一個有近四萬人口的城市，第三野戰軍總部在那裏，野戰軍司令員陳毅將軍當時在那裏駐節。可以想到，我們每個人都希望看到陳毅將軍，人民想看到自己的領袖是如同想看見親人那樣的迫切專誠。我們是夜裏到的，一到，我們就約好第二天大家守在家裏，等候看到陳毅將軍的機會。果然，第二天上午就有人來告訴我們說："軍長下午四點鐘要招待大家。"這時我們纔知道雖然陳將軍已經是第三野戰軍的司令員，是許多軍長們的統帥，大家還是叫他"軍長"。因爲他是萬人愛戴的新四軍的軍長，大家捨不得把這個稱呼從他分離。

在一條狹隘街道上一所小而比較精緻的房子裏，陳軍長出來接待我們。他的樣子，衣服不消說得，人人都知道解放軍的領袖和他部下的指

---

* 原載《大公報》（上海）1949年6月5日。

戰員沒有大分別，完全是樸素、誠懇、謙和。陳軍長更有一種英邁之氣。賓主之間簡直沒有什麼客氣捧場的話，因為大家都不會說。陳軍長告訴了我們許多問題，同時也和我們講了一些叫人不能不從心裏驚嘆的前綫故事。橫渡長江，粉碎天塹，便是其中之一。它的準備，它的進行就是一種驚天動地的事件。

第三野戰軍所管的渡江前綫，是在安慶與蕪湖之間的江面。渡江是四月廿一日早晨零時舉行，廿四鐘頭之內，三野幾十萬大軍即已全部跨過長江，使反動派匪軍崩潰散逃。我們從報紙上看來，好像這是非常輕鬆的，却不曉得在渡江之前的困難要需用多少力量、多少準備纔把它們克服。然後，長江纔由匪類的堅固防綫，變成了解放軍的坦途。陳軍長和我們講的就是這種準備。

國民黨匪軍也曉得長江要緊，尤其是蕪湖、安慶之間是歷史上軍事渡江的地方。解放軍選擇的渡江地點是裕溪口，正是匪類防守最嚴的地方。他們在東西梁山上駐了重兵，安了砲位。江面上有一百五十隻美國給的艦艇遊弋上下，見到了人影船隻就開砲。同時，所有江面上可能有的船隻都被他們集中到南岸去，不許出來。幾百里江面森然無人，衹有茫茫白水。

準備渡江的解放軍大部分都是北方孩子，不習於水。他們聽說長江比海還要寬闊。鳥兒飛時，嘴裏要啣一根小枝。在江上飛一陣，累了，落下江面來，把小枝放在水上，然後站在枝上休息一下，啣起小枝再飛，飛了再歇，不知要這麼歇多少次，纔能達到彼岸。他們聽說在江南地上隨便伸手都摸到長蛇，蚊子有蟑螂那麼大。有的人上了船連站都站不住，看見水就要頭暈。上小船的跳板他們害怕，走上去，一看見水就不大敢邁步。在過淮河的時候，他們已經感到了困難。好在淮河是沒有敵人防守的，沒有擔心。但是過了淮河之後，南邊不如北邊的感覺就在他們心裏生長。南邊第一是多雨。行軍時一雨七天，戰士們在路上跌跌滾滾，弄得像泥球，完全不像北方乾乾燥燥好走路。南方田徑又窄，兩邊水田，不像北方到處路寬好走。尤其是砲兵在江南田埂上感到為難。有時候大砲得用幾十人擡着走。所以戰士們沒到江邊已經覺得大江和江南令人討厭。

除了戰士們怕水之外，解放軍還有其他的困難。供應就是其中之一。幾十萬大軍所要的糧食、柴禾、草料，其勢不能完全由淮北供應，而需要就地老百姓幫忙。

所有這些困難，解放軍完全看到了，國民黨反動派也看得到。反動派素來不肯動一個指頭來解決他們的困難，因此，他們以爲解放軍也會被長江難倒。對於人民的解放軍，問題却不是這樣。解放軍定要渡江，必然渡江。並且他們一定要在雨季以前把江渡過，否則雨季一到，春汛大發，他們就祇有把軍隊拖回淮北，到秋季再來。然而這是江北淮南的老百姓所極端反對的。因此，即使解放軍要把自己從久經陸戰和山地戰的軍隊變成水軍，他們也要完成這個任務。

他們所依靠的不是神力，不是外力。他們是中國人民的兒子，爲人民而戰。他們所依靠的是人民。

首先，他們的糧食柴草不成問題。皖南是新四軍屬地，老百姓對於回來了的新四軍看得比自己的親人還要切。他們自動的收糧割草供應自己的軍隊，祇要軍隊不再離開他們往北走。他們替軍隊出許多主意，幫忙他們戰勝水的恐怖，戰勝渡江的困難。在解放軍自己，雖然已經是百戰百勝的雄師，却決心從頭做小學生，日以繼夜的學習渡江。

巢湖練水軍，應該是解放戰史上重要的一頁。三月間，巢湖沿岸的老百姓天天看見成群成隊的解放軍圍在湖邊，專門上船下船，下船上船。走走跳板又下來，下來了又上去。把船擺出水去，沒幾遠又擺回來。不但是戰士們如此，連武器也是如此，天天把槍槍砲砲搬上各式各樣的木船，搬上又搬下，上帆下帆，搖船撐船。日日夜夜，解放軍如同瘋了一樣，專做這些老百姓看來毫無道理的事。就這樣，幾十萬北方人學會了跑跳板，在船上站得住。他們學會了在一百噸重的木船上放什麽樣的武器，在二百噸的船上又放那一種。

以後他們要學渡過湖面。使用了兩個師去做這件事。一個師在一點鐘內，掌着順風就渡過了湖。湖面比長江寬了好多倍，能在一點鐘內渡過，北方人因此就知過長江無非幾分鐘的事。但另外那個師却在巢湖裏搞了三天三夜，又遇逆風，連自己的隊伍都不能集合。解放軍就使用自己習慣的檢查辦法，來研究兩個師成績大異的原因。發現第一個師在渡淮之後就把掌握水當做大問題來探討。他們實行"找諸葛亮"。師長將軍們親自去拜訪地面上有經驗的水手，請了幾百人來吃飯請教，送這些人到連隊裏去講駕船、風向、水性的道理。隨後又請他們帶了隊伍天天到水上去練習。結果，他這一師人在一點鐘之內抓到順風就過了湖。另外一個也是練習了的，可是沒有第一個師做得完到仔細，它失敗了。而第一個師的經驗就成了全軍的模範。這時候，老百姓都自願替解放軍駕船渡江，可是解放軍因為老百姓不習於戰爭，決計自己依照人民的辦法練自己的水手。每個軍在一個月內練了二三千水手。於是飛渡長江的翅膀就完成了。

翅膀完成，還要找尋飛的路徑。我們說過，安慶、蕪湖間，祇有裕溪口是經常可渡的。而這個口子是由匪類軍砲和飛機軍艦守護，並且在江心沉了鐵船以堵住過江的路。巢湖和小河流裏練好了的水師不能擺在江上聽其毀掉，但又不能不準備在攻擊時期，以極短時間將水師衝入長江。有名的翻壩故事，就是幾萬船隻由湖港翻入長江的史跡。

由湖到江有許多小水流，有時水流不夠或流向不便，解放軍自己就動手挖小運河。這些水流和長江的水位高低不同。長江水高則進小河的水太急，船要被打回湖裏。長江水低則船衝出去太快又危險，因此必須築壩以控制水位使之平衡，這樣船隻繞能按計劃整隊出進。若遇兩股水高低太懸殊，解放軍水手就得把船背起來，從陸地翻過了壩送到長江去。有時候，他們還要"找諸葛亮"。軍長、師長親自去拜訪有經驗的水手及水工程師，請他們到軍隊裏來教導在江堤下面打洞，打開幾層洞，使船能從洞裏入江，而江堤上則過砲兵。所有這些挖運河，築壩，翻壩，打洞的事，都在夜裏做。由軍長、師長和指戰員大家動手拿鋤頭，掏泥土。有時候陳軍長自己也去做。到了四月十號，這套工作全部完成，渡江有了把握。晚上拿船放到長江去，在長江裏又每晚演習。等到下令渡江的時候，長江已經是和北方的公路一樣，戰士們對它絲毫也不生疏，不覺恐怖了。

可是敵人却還在夢裏。他們絕對不能想到這樣可怕的長江，有他們的海陸空軍大砲和飛機監視的長江，我軍怎樣能够靠近。解放軍到了長江，派了偵查員過江去，在他們的大砲下面練習爬懸巖，走峭壁，他們完全不知道。劉汝明、楊幹才這些膿包早已被長江水衝昏了他們的頭腦。四月廿一日大軍從江上排山倒海而來時，他們疑為神兵天降。同時江南遊擊隊又出來夾擊，匪類祇好摸頭就跑，還是跑不掉。楊幹才墊了他自己亂軍的馬蹄。

大膽精細，是這一次準備渡江的奇跡。我們每個人聽着都感到有點目瞪口呆，眼釘着陳軍長，唯恐他停止了不講下去。那時陳軍長目光炯炯，燃燒着為中國人民的智慧和勇敢而驕傲的光輝。

"這也是從老百姓學來的！"陳軍長在講救生設備，"我們祇有極少極少的救生圈，那裏够用呢？但是老百姓告訴我們用三角板和稻草圈。"三角板是三角形的木板，中間空了，套在脇下像一面枷。稻草圈是十二斤稻草扎成的，扎在上身週圍。人下了水浮起來可以游過水去。在船上的戰士們照例是不開砲的。因為每開一砲，船就往後退一截。祇能任敵人開砲，砲火密或者船翻了，就游過去。事實上敵人的機關槍極難打中小船，打中了，也祇是一個小洞洞。這也是練習過了的。解放軍故意把空船放到江心開槍去打，船祇是打轉轉，却不能沉。渡江船的數目損失甚少。打傷了的用帆布很快就修好了。

我們所聽到的實在是驚天動地的事實。經常我們總記得一些老話，什麼"江山易改，本性難移"，什麼"習慣是第二天性"，都是說人所習慣者永不能改。可是在這一次堅忍卓絕的渡江準備中，却把北方人變成了南方人，把陸軍變成了水軍，把敵人嚴重防守的浩蕩長江變成了平陽大道，這不是奇跡是什麼？然而陳軍長說這不是奇跡，他說：

"解放軍在毛主席的領導之下，養成了一種風氣，遇事跟老百姓學習,跟他們商量,實事求是的演習。一個地方學會了,就傳佈出來大家學。我們有事就拜訪"諸葛亮",請他們來教我們。我們又有軍中的民主討論,連隊裏反覆開會,提出許多問題來,補充老百姓的法子,使那法子一定是盡善盡美。就是這樣,我們過了江。"

學會高爾基[*]

十幾年前我還做學生的時候，學會了讀高爾基的小說，並且發現幾乎高爾基全部的作品都譯成了英文，被收進了"萬人叢書"的普及本裏。當時，由於自己幼稚，而且是剛剛從孔家店的正統裏爬出來，感覺這事有點奇怪。似乎高爾基的作品祇有革命者纔會願意讀，一般人應該不會要讀它，尤其是英美一般讀者的口味如何會使"萬人叢書"的出版商發動靈感，來排印高爾基的書呢？

這問題一直也沒有認真去答覆。有時想起，就以爲是調口味的習慣在作用，一般讀者之讀高爾基，不過是要換換口味。現在覺得這想法相當暴露我自己過去之窄狹淺薄。原因很簡單。我從一個專講在生活裏調換口味的階層出身，本階級限制了我，使我以這個階級的興趣和要求來做各階層人民要求的模型。

廣大讀者之喜愛高爾基，其中一定有些人是爲了調換口味的。但是這種持久而廣大的喜愛却有它更深的原因。簡單說，就因爲有血有肉的生死鬥爭，是極廣泛的人民，包括英美的在內，所共有的經驗，所共有的悲哀和喜樂，是他們力量的來源，生命意義之所在。在高爾基裏面，他們找到了先生，找到了朋友，更貼切的是在那裏找到了自己。

我們曾經多年來喊叫"高爾基偉大"，許願要學習高爾基。我想"學習"這兩個字容易說，"學會"兩個字可是非常困難。要學會高爾基，得在生活上，在思想感情上，在態度上有辦法。否則我們就無法取得人民的真切經驗，使人民生活的血肉在紙上紅是紅，白是白，實現出來。

雖然如此，但我們確已走到了一個任何形容詞都不足以說明其真正

---

[*] 原載《大公報》（上海）1949 年 6 月 18 日。

偉大處的時代。這個時代像一把無大不大的鐵錘，它擊斷了幾千年來橫在知識份子和一般人民之間的鐵壁銅牆。限制我們，使我們狹隘、近視、軟弱、蒼白的傳統和迫害，已經跟着反動派股匪向墳墓裏一步一步下去了。這個時代推出了前所未見的人民。他們再也不能躺在地上，讓反動派從他們身上踏過去。正相反，千千萬萬的人民正在站起來，和洶湧的八月怒潮一樣，而我們是和他們在一起。我們現在膽敢說："我是人民的兒子，我屬於人民。"

那麼，現在我們真心要學會高爾基，又有什麼難處呢？我們已經有了趙樹理。懂得趙樹理是怎樣從人民裏出來，到人民裏去，真心要學會高爾基就更不是難題了。因爲真正的問題還並不是學會高爾基，而是學會屬於人民——樂於擁抱我們的人民。

從"七・七"想起精神上的一致性*

從第一個"七・七"算起,現在是十二年了。這不是等閑的十二年。這些年頭在每一個中國人的心上都烙了一塊極大極深的紅印。説每一個中國人,應該不算是誇大,恐怕最多祇能除了住在後西藏的一部份人。這十二年雖然不算太短,在歷史上可也説不上長,可是在這短時間裏,就我們中國來説,一個有幾千年生命的特權王朝所控制的舊國家滅亡了。一個初生的、人民自己的新國家出世了。那個死去的舊東西離開我們的時候,真是像油盡燈乾,噓的一聲就祇剩了一條發臭的、遊魂一樣的黑煙。沒有一個人惋惜它,甚至沒有一個人在它身上浪費一聲嘆息。想起它來祇有嫌惡,祇有厭恨。人人現在祇是注目的看着這個勇敢的新生的國家,對它驚奇,對它嘆賞,把它愛護,好像它是曠古未見的珍貴奇跡。可以説,我們許多人現在還是在一種震動無言的情緒之中。大家祇能夠哇哇叫好,很少人能夠清楚恰當的講出內心感到的那個好之所以然。所以有人就祇有説:"感謝上帝!"

這種精神上的一致性,這種憎恨的一致,愛戀的一致,它本身在我也常常好像是一種奇跡。有時我竟懷疑我是不是在真實的世界裏活着,很怕自己是活在幻想裏面。可是我所接觸的工人們用他們簡單的行動指示我,我所接觸的孩子們用他們天真的歌聲提醒我,我所接觸的誠樸的家庭主婦們用她們的老實的日常的語言告訴我,許許多多的人都衆口一聲的説:這是真實的。人人看見一個鬼魅倒下去了。人人看見新中國的巨人站在自己面前。人人好像是圍着這個巨人在唱:

---

* 原載《大公報》(上海) 1949 年 7 月 7 日。

> 看哪，這是我們的兒子，
> 頭上帶着金星，
> 身上射出光芒，
> 萬丈！萬丈！
> 這是我們的兒子，
> 是我們養出來的，
> 我們要他發光，
> 發光！

在七・七抗戰以前，這種情形是不存在的。爲了過去的十二年，我們出了多少代價，受了多少苦，經歷了多少的擔心、希望和失望，有誰數得出來呢？抗戰開始時，在國民黨區域裏，許多人還想不到有一個新中國在誕生，許多人知道了一些，但不敢相信。絕大部分的人一致的要抗戰，但想不到抗戰以後的新中國不可能由國民黨那些反動土匪來締造，來完成。在那種表面一致、實際亂混中間，人們經歷了空前的災難。絕大部分的人民一方面遭受敵人的劫掠和屠殺，另方面又遭受蔣介石匪類的劫掠和屠殺。裏外都是死亡和困窮，走頭無路，求救無門。在國民黨統治所及的地方，幾乎每一個中國人民都有親戚朋友不是死在敵人的槍砲底下，就是死在國民黨的暴政和酷刑底下。幾乎每一個中國人民的僅有積蓄不是被日寇搶去，便是被國民黨匪類搶去了。到今天，在我們歡樂的眼淚裏夾雜了多少痛惜親人的淚絲，我們自己是知道的。抗戰八年把個個人都弄得窮無所歸，妻離了散了，而國民黨匪類却一個個越養越肥，衣食享用都要用飛機從美國運來，他們在八年中所掠奪的財富比戰前暴增了上十倍。然而我們人人所關心的抗戰，匪類却把它置之不理。它一時想向敵人投降，一時完全投在美帝懷抱，要槍要砲，準備不打敵人而去打在敵後抗戰的八路軍和新四軍。從抗戰的第一天開始，它就是望敵先逃，爲敵人領路。領到一九四四年，它把敵人領到了我們的大西南，連重慶都難保。全國人民除了在生命財産方面受它的深重掠奪之外，還要在精神上受它這樣可怕的侮辱，好像是我們永遠不能夠戰勝任何帝國主義，永遠祇有受他們的宰割。

可是，另一方面，在堅持抗戰的敵後根據地，同是中國的領袖，同是中國的人民。在那裏，物質的、武器的供給和便利，比國民黨差了萬倍。那裏沒有城市，沒有工廠，沒有肥沃的土地和原料，沒有任何戰時盟邦的支援，沒有大後方的保護，赤手空拳。祇有人民，祇有分散的嶢瘠的山區，而且是受着敵人和國民黨匪類的重重包圍。在這樣的條件下面，中國共產黨所領導的八路軍、新四軍以幾千人之衆開始，八年之中陷住了敵人一百五十萬大軍，使它欲進不得，欲退不能。他們從敵人手裏收復了廣大地區，使一億以上的人民重見了中國的太陽。他們團結人民，組織人民，教育人民。他們幫助人民，領導進行生產，發家致富。億萬人民因此不但得到了豐衣足食，並且學會對敵人作戰，保護家鄉。他們學會了建立自己的自信心，知道自己能夠戰勝帝國主義。他們學會了民主，知道怎樣管理生產，管理政治。他們學會了識字讀書，懂得怎樣使自己進步，使自己做國家的主人。在敵後根據地，共產黨推行了整風運動，改造了幾千年來根深蒂固的知識份子舊性格，使他們拋棄了昔日祇知書本不知生活的狹隘觀念，拋棄了他們自高自大、虛榮世故的習性，學會了誠懇、樸素、坦白、虛心。整風運動和切實工作使知識份子學會了真誠懇摯的愛戀人民，與人民化合。它們打破了所謂人性不變的神話，改變了人性。中國共產黨所領導的敵後解放區爲人類，爲中國，開創了一個嶄新的、前所未見的境界，使不可能的變爲可能，使一切困難都能夠被克服而取得勝利。中國人民的精神自此遂從傳統觀念的棺材裏和隔絕分裂的小鴿子籠裏解放出來，發現了無限廣泛、無限自由的新天空，可供它到處飛翔。

顯然的，敵後根據地和國民黨統治區是一個極端相反、極端強烈的對照，一邊是廣大、蓬勃、莊嚴自由的天地，一邊是無路可走的黑暗魔窟。暗室裏不能不透進陽光。在國民黨匪區的人民雖然是由於蒙蔽而經歷了一個時期，不能很快看見全國一致的共同歸宿，但是，八年的非人生活究竟讓他們知道了什麼叫做絕望，什麼叫做新生，使他們最後知道國民黨的路是滅亡，共產黨的路是生長。他們知道跟着國民黨，就永遠不能向帝國主義擡頭；和共產黨在一起，就能夠打倒帝國主義，使中國得到獨立、自由和民主。假如他們中間還有些人不能看到這一點，假如抗戰勝利時還有許多在敵佔區的人民對國民黨抱着很大的幻想，則勝利之後國民黨土匪的到處劫收，蔣介石匪首的撕破舊政協協定，發動戰爭，又給了他們一次幻滅。三年來的人民解放戰爭，更加證明了人民從無到有的威力無窮。美帝國主義所全力支持的匪類一敗塗地，最後結束了任何帝國主義對中國一百年來的統治。匪區人民一方面受了自身痛苦的深切教訓，另方面看到了解放區的光明世界和力量源泉，他們精神上最後的混亂與模糊，爲之一清。我們整個國民精神遂突破了一切歷史的、傳統的障礙雲霧，善惡是非，生死進退如同白日和黑夜一樣清明。到了這樣時候，如果還有人以爲人民的愛憎和人民的信仰不能一致，那個人反倒是神經不健全了。

　　從來不相信人民的人，是不會相信有這樣一種普遍的、精神一致的境界的。祇知牟利，祇相信有利害，不相信有是非的人，不能夠夢想到這一種境界。美帝國主義說國民黨統治區是"自由中國"，它一定會說我們的精神一致是極權主義的表現。我們對於自己的國家的愛戀，對於我們的領袖的真心尊崇，他們不能理解，他們也不夠資格來理解，因此他們就會說我們這裏人人的嘴巴都是警察的槍口做成的。現在它還不敢說，不久它一定要大唱起來。這一切我們都想得到，正如同他們看見蘇聯人民一致的愛重斯大林，他們就渾身發軟，好像聽見了警察的槍聲一樣。

　　帝國主義和一切反動派之不瞭解精神一致，是因爲在他們的生活現實裏容不下"集體"這個東西。他們每個人所追求的是錢，是利潤，是由錢而來的權利，而不是人民集體的幸福。他們的思想、語言、行動，首先是服務於他們的利潤和權利，對這些東西負責任。如果他們一旦想到人民集體的幸福，"則他們的利潤和權利就要受到大大的妨害，甚而至於使他們不可能照舊有的生活方式活下去"。本來所謂的人民集體的幸福,在蘇聯建國以前,從來就沒有成爲現實。在人類有史的幾千年中,多少大思想家、大科學家、大詩人們曾經反覆說明這個東西,希望它,歌唱它,多少大英雄、大志士爲此而生,爲此而死。然而在十月革命以前,人類的生活裏沒有這種現實。它祇是一個觀念、一種幻想而已。因此資產階級保守者和反動派就說所謂集體,所謂集體的幸福,是沒有的,不可能的。他們說天生了人就是自私,就是爲自己,不如各人拼命爲自己,反倒可以大家都弄得好,使國家富强。要一致,就一定是壓迫,一定是警察,一定是大家都變成無頭無腦的奴僕。殊不知他們所謂的一致,其實是按照他們自己的精神内容仿製出來的。各人拼命爲自己,其最終的要求是把別人壓倒,把別人可能得的利潤和權利,儘量集中到自己手裏來,像那些聞名世界的壟斷大王所做的。他們是要使天下定於自己這個"一"。他們事實上是在這樣做,却反來說那要使天下定於人民幸福這個"一"的人們叫做獨裁,叫做警察。帝國主義資産階級的精神内容植根於它的經濟制度裏面,是這樣的狹隘、粗淺、愚蒙,使人在詛咒它之餘,不能不覺得它實在可悲。

　　以人民集體幸福爲前提的精神一致,祇有在社會主義國家和無產階級所領導的、人民自己的國家裏纔能夠産生,纔能夠發榮和滋長。因爲無產階級的生活現實不是被利潤的追求所指揮、所決定的。無產階級的集體生活和集體要求引出了集體鬥爭、集體幸福的觀念,這是馬克思主義的客觀來源。從這裏所産生的精神一致,就能夠使人民以彼此的利害爲自己的利害,以彼此的愛憎爲自己的愛憎,相互爲彼此努力,爲彼此奮鬥。這不是說一致之中就没有不同了。這正是有目的的分道揚鑣,殊途同歸。一致與不同的結合,是辯證法的真理之一。

給上海人的一封信*
——毛主席和我們在一起

親愛的上海兄弟姐妹們：

我必須把這篇通訊直接寫給你們，纔能夠把這一次首都人民慶祝中央人民政府成立大會上的一切，盡可能真實的傳達給你們。說盡可能真實是容易的，要做到，可是很難。因爲十月一日這一天是太偉大，太豐富了。甚至在今天，二十四個小時之後，它的餘風還在。街上還是紅紅綠綠的跳舞隊、秧歌隊、遊行隊。二十四個小時之後，依然滿街都是紅旗，都是鑼鼓。從湖北來的老先生、老太太搖頭贊嘆，說昨天那一場大會是"從來沒有過！從來沒有過！"從上海來的老先生說："啊，總算活到這一天，見到了！"從華北來的人激動的發不出聲音，祇是連續的、低低的贊嘆："呵，好偉大呀！好偉大呀！"從華南來的人也說："這是有生以來沒有見過的呵！"上海的兄弟姐妹們，你們曉得陳毅市長。昨天，陳市長望着天安門前紅旗的大海，激動的說："看了這，總算是此生不虛了！"這是確實的。昨天天安門廣場的大會，完全具體的表現了一個初誕生的新國家的氣象和本質：偉大、莊嚴、團結、民主，尤其是領袖與人民的融合一致。它使人人相互親愛，使人人要求向上，要求自己學好。

廣場是南北從中華門到天安門、東西從太廟到中山公園的一個大十字。全場容量有的說是二十萬，有的說是三十萬人。新造的旗杆在廣場內正對天安門。人民英雄紀念碑的奠基地點在旗杆以南。在開會以前向籌委會登記要參加慶祝大會的人數太多，籌委會怕廣場不能容納，再三

---

* 原載《大公報》（上海）1949年10月6日。

限制下來的結果，光是從旗杆到中華門，即十字形垂直綫的下半截，那一部分所登記的人數已經是二十萬人。十字形的橫臂那一部分，除了一條馬路之外，御河內外以及馬路外邊全是隊伍，軍隊還不算在內。因爲軍隊是四個師，根本就不在廣場裏面。廣場外面兩邊街道上還有沒能入場的群衆隊伍。即便是經過了限制，廣場果然還是容不下這麼多人。群衆要求帶鑼鼓音樂隊也不能辦到。因爲如果是幾十萬人都在場上打起鑼鼓，扭起秧歌來，大會也就無法開了。事實上，到後來，群衆自己的呼喊已經大大的補足了鑼鼓的聲音。

　　隊伍從早上六七點鐘就到了廣場，按照預定的地點排列。農民隊伍是四五點鐘就從鄉下動身來到天安門，參加這個他們第一次能夠參加的大會。遠遠望去，整個廣場上紅旗翻卷像紅海奔騰。在紅旗下面，一片片的是穿了各種顏色衣服的隊伍。有的是深藍色，有的是淺藍色，有的是淺黃，有的是灰色，清清楚楚好像是精工規畫的花圃一樣，絲毫不相混雜。廣場前面，白玉橋兩邊搭起了兩座臺：一座指揮，一座是昨日早上剛剛到北京的蘇聯代表團。再前面就是天安門樓上毛主席和中央人民政府的各位領袖們。

　　紅旗飄捲，隊伍靜候，正在這時，城樓上面主席臺前忽然發出了洪鐘一樣的吼聲。山鳴谷應，四處都響起雄吼。中華人民共和國的創國者、中央人民政府主席毛澤東主席宣佈"中華人民共和國中央人民政府成立了！"於是廣場上的歡呼聲立刻翻江倒海的爆發，與城樓上互相呼應。這時候，按照預定程式，主席親自升起了中華人民共和國的五星紅旗！這是經過電流來辦到的。在城樓上有一個電鈕開關，按相反方向寫好了"昇降"二字。主席把電鈕發向"昇"字，我們的紅旗就順了旗杆自己向上飛昇。主席看着旗子，說："昇得好！"主席說出了我們千千萬萬翹首瞻仰旗子的人心裏的話。我們的旗子從此是端嚴而穩重的向上昇了。它昇得好！

　　接着禮砲驚天動地的震響起來。每一砲所發出的巨大震響，據說都是由五十四尊大砲同時發出來的。這五十四尊砲的數目據說是用以代表政協五十四個單位。五十四砲同時發出二十八響禮砲，那聲音真是山搖地動，象徵全國人民堅強而雄偉的團結力量。正在大砲鳴震的時候，忽然有一條狗驚恐的亡命飛奔，逃出廣場。看見了它，人民立刻想到了蔣介石在人民力量面前拼命逃竄的模樣，大家都這樣叫起來。這雖然是偶合，却也是極端現實的。

掌握着人民堅強而雄偉的力量，主席向人民、向全世界宣講了政府第一號公告，確定的指出中央人民政府是代表中國人民的唯一合法政府，它願意與任何遵守平等、互利及互相尊重領土主權等項原則的外國政府建立外交關係。這對於帝國主義國家，尤其是整天想封鎖中國、控制我們的美帝國主義，將是個難題，會使它頭痛又頭痛。

轉眼就是閱兵了。四個師的部隊全在廣場外面東邊等候。總司令下令閱兵時，四位野戰軍的將領分列左右，站在總司令旁邊。第一野戰軍是賀龍將軍，第二野戰軍是劉伯承將軍，第三野戰軍是陳毅將軍，第四野戰軍是羅榮桓將軍。閱兵令下，就由原來在廣場東端站在指揮車上的聶榮臻將軍導引，四個師以連為單位，列成方陣，由東而西，緩緩入場。一個接一個地從主席臺下向玉橋邊走過去。隊伍的服裝、顏色、隊形、行動完全整齊一致，每一個方陣都像一個人一樣行動。甚至於連馬隊裏所有馬的腿脚都是一出一進完全一致的。所有成排的坦克、大砲、汽車，都是比齊了一字形的前進，絕無任何參差，使一字顯得沒有絲毫歪曲。當閱兵進行的時候，整個人山人海、紅旗飄揚的廣場屏息無聲，祇有軍樂隊演奏人民解放軍進行曲，雄壯的樂聲與整齊的步伐聲配合，在大地上動蕩。止在這時，十四架飛機飛臨上空，廣場爆發了如雷的掌聲。飛機裏除了我們的空軍外，還有詩人馬凡陀。

當廣場上的人民隊伍分隊出發時，已經開始黃昏。星星點點，燈籠火把接二連三的燃了起來，很快，整個廣場在夜色中透明了，並且顫耀着紅的星星、黃的星星，紫紅的、大紅的、金黃的、橙黃的，愈向夜，廣場愈益像土地自身活了一樣，遍地燈籠火把顫悸跳盪，像人民無邊無際的歡樂和希望化身在我們面前跳躍。隊伍分東西兩個方向，向外出動。

藍色的拿着紫色燈籠的隊伍，黃色的拿着大紅燈籠的隊伍，灰色的拿着金紅火把的隊伍，淺藍的拿着深桃紅燈籠的隊伍，還有黑色的拿着黃色燈籠的隊伍，蜿蜿蜒蜒，交互環繞，像一幅巨大的活動的織錦，各按各的方向走出會場，絲毫也不發生混淆或者紊亂的狀態。隊伍行動時唱着歌，但更多的是喊口號而且時常是連續不斷的喊着：

"毛主席萬歲！"這使得廣場不但是以顏色和光輝活躍着，同時它還在連續不斷的發出巨吼！地面這時又從許多角落放起了無數五彩照明燈球，像整個開了燦爛的、光明的花朵。

毛主席一直是和人民在一起的。從下午三點到晚上十點，主席一直是站在城樓邊上釘着眼睛望着下面的群衆。他的臉上時而莊嚴，時而微笑，他的手幾乎永遠是高舉起來，向群衆有力而迅速的擺動，時時刻刻聽見他向着群衆高呼，也不一定是呼喊什麼，就是一種人民共同的呼聲。他的半個身子時常是伸出欄杆外面去，舉手招呼群衆。在這裏，完全看出主席是怎樣全心全意熱愛人民，他的這些動作，完全是由於他內心深處對人民強烈的、階級的愛情，使他自自然然就會這樣隨時不斷滿含着召喚的高呼，使他的手老是要舉起來招呼人民，使他像母親一樣的向人民把身子伸出欄杆外面去，要把他們看得更清楚一點。

廣場上川流不息的群衆，最初似乎沒有看到城牆上自己的領袖在招呼他們，因爲城樓上的燈光並不是很強的。他們一面呼着口號，一面走到面對城樓的時候，就要站住，更高的呼喊。當他們呼喊"毛主席萬歲！"的時候，主席就從播音器裏面高呼"同志們萬歲！"並且時時用無字的從丹田裏發出來的呼聲和群衆的呼喊相應和。很快，群衆就發現了他們的領袖還在他們中間，並且用高呼和他們說着最親切的語言，他們立刻就要求打破原來向東西分走的路綫，而要一直朝北過白玉橋向天安門城樓走來，然後再由白玉橋上轉出去。他們的要求成功了。於是一條條紅色的火龍似的群衆都向主席走來，他們擠在橋上，拼命從肺腑裏發出聲音呼喊："毛主席萬歲！"主席從樓上回答他們，樓上樓下一呼一應。群衆是歡呼跳躍，主席溫厚而慈祥的手，在空中搖動不停，累了，便另換一隻手，他的全身凝聚着力量，他的臉上發出莊嚴而慈祥的光輝。有人害怕主席會疲倦，但主席絲毫也不覺得，放了椅子在他背後，他也不肯坐下去。這時候，領袖和人民的完全融合一致是具體顯現出來，一種偉大的、嚴肅的、溫柔的幸福之感，貫穿着人們的全身。有人哭了。有人暗暗的贊嘆不已，說："怎麼知道中國還有這一天呢！"

這時候，原來已經出了廣場的許多人聽到這樣情形，又回來了。他們是很早就出了廣場參加了遊行的。他們的隊伍已經散了，但是又集合了走回廣場來。是隊伍，就自己在廣場上重新擺起方陣，奏起軍樂。是一般人民，就集合了走到橋上來大聲喊口號，大聲唱歌，盡情歡樂的跳躍舞蹈。大會指揮在播音臺上再三的勸告他們回家去休息，纔逐漸的散去。

親愛的上海兄弟姐妹們，我不能不把這個偉大的日子這樣繁瑣的報告你們。這是由於我無能的筆沒有法子把像昨天，乃至於毛主席領導建立國家的這十天以來的歷史時刻，恰如其分的向你們轉述。但是我確信有一點是真的，那就是：

我們幾千年來的希望，我們幾千年來的要求，要一個獨立、民主、和平、統一、富強五者具備的國家的要求——在過去常常使人稱爲是白日大夢，或者是唱高調。現在這個幾千年的大夢一定會實現了。昨天我親眼看見的慶祝大會，就是保障。

本報北京專信・十月二日

在美國南方[*]

某年春天，我和一位美國朋友到美國南方去旅行。我們的目的是穿過極南各省到加里福尼亞去。據説春季走這條路是最好的，這時南部還不是熱得不能忍受，可是熱帶蓊鬱繁茂的氣氛已經是滿鼻滿眼。等到夏天來了，南方太熱時我們會已經離開它而到金光明亮的加里福尼亞去了。

我的朋友原是北歐種，頭髮淺栗色，白皮膚上有些神經兮兮的小黃斑點，眼睛尖而小，也是栗色，閃動得很快，使人以爲她精明能幹，有時好像不夠穩重。雖然如此，她行動、説話却素常顯出滿有經驗，不容易驚動的樣子。她的名字叫俄加。我們約在一起旅行，是爲了幾個南方演講會的原因。俄加是屬於一種反對民族歧視的團體的人。所以在這些講演會裏她有一份。

我承認我對美國南方早已有了一種成見，因爲那個地方以歧視黑人出名。記得在赴美途中，船上一個茶房（讀者應原諒我不説出他的皮膚顏色吧。你想，在美國船上侍候中國籍客人的茶房，那有不是黑皮膚的呢？黃皮膚人除了極端特殊情形，是不可能在美國機關找到職務的。）對我説，他根本不覺得他是美國人。在紐約，那個把自由神像供在頭頂上的所謂自由城，我也曾多次聽到講起哈爾列姆，那是白人不肯走近的區域，好像是紐約市中的大麻瘋區一樣。究其實，那地方不過是被白人財主們強迫製造的黑人居住地帶而已。事實上，黑人問題好像是美國的代名詞，又好像是長在美國鼻子上的大膿包，遠遠在海上就能看見，而且也聞得見它的臭味。因此，對於南方這樣一個膿包區域，我算是有了充

---

[*] 原載《大公報》（香港）1949 年 12 月 13、15、16 日。

分準備，不打算到那裏去找神仙世界的。

即使是這樣吧，過了華盛頓，在火車上我已經就有一種進了生番世界的感覺。車廂還是很漂亮。白皮膚人們還是把脖子紐扣扣得整整齊齊的，下巴剃得和紅色柿子一樣，由穿白褂子的黑皮膚人們來侍奉着。飯廳裏還是閃閃亮亮的銀器和瓷器，盤子裏用文明方法做成的鷄子，黃鬆鬆的，旁邊還要配一棵碧綠的香菜。整個車廂裏到處都好像是照得見人那麼的乾淨漂亮，夠得上標準的西方文明了。可是就在這個文明世界裏，我得到一種不可告人的生番世界的感覺。我們的車廂裏原來有兩個黑色客人的，現在他們忽然不見了，也許是到站下車了吧。餐車裏是一個黑人也沒有。在餐車的一頭深深垂着厚呢絨幕，把那一小段地方緊緊遮蓋着，好像裏面藏了什麼不能見人的東西。偶爾簾幕起處一個光頭穿白褂子的黑茶房高高托着一大盤菜肴鑽了出來。就在這一刹那，我瞥見裏面黑魆魆的盡是黑面孔、黑頭顱，擠擠攢攢的在那裏蠕動，好像在草莽森林中所見的情形一樣。但是祇是極短的一刹那，馬上簾幕又封嚴了。整個餐廳依然雪亮，依然是雪亮的白色，人們在悠然聊天。

這種情形使我非常驚異。大概我是停止了吃喝，盯眼望着那古怪的簾幕，因此俄加把我撞了一下，用一種厭惡的聲口說：

"看什麼？那裏面是黑人在吃飯。他們就是這樣受歧視的！"她反着叉子叉了一塊鷄到嘴裏去，繼續很世故的提醒我：不要老瞪那呢絨簾子，否則裏面被歧視了的黑人發現了是會生氣的。

飯後，由於好奇心的驅使，我決心穿走整個火車，看看這種歧視的究竟。老實講，我雖生在一個多民族的中國，却還沒有看到過這種一民族命令另一民族整個做下等人類的事。這好像是野蠻時代的行爲，與眼前晶晶亮亮的所謂西方文明絕不相稱。我不和俄加講，就去開始我的探險旅行。我想看看黑人車，尤其是想找到那和我們曾經同過車廂的兩位黑人。其中那女的眼睛很大，很富表情，我以爲是美麗的。

火車過了華盛頓之後，南去的客人似乎少了些，車輛顯得很空。我一口氣走了七八輛車，人都不多，而且沒有一個黑色皮膚的人。我有些灰心，打算回頭時，纔忽然找到一個車廂是隔成了兩半的。一半較長，都是白人；另半較短，都是黑人。這黑色的半節車廂顯得又暗又髒，可能是因爲車身太舊，光綫太少，而且嘈雜擁擠的原故。很快，我發現從這半節車廂裏四面八方都是白瞪眼向我集中。而在這冷森森的白眼的包圍之中，我看到一對惡狠狠的大眼像兩片刀鋒直指着我。我感到恐怖，趕緊回頭就走，甚至那個曾經和我同了車的黑種女人也用那樣狠毒的眼光來看我。

回到自己的車廂裏，我不把我的經驗告訴俄加，儘自己望着窗外生氣。俄加神經兮兮的把我看了半天，好像不明白我是爲了什麽，也不言語。

愈向南走，這種不容易消化的經歷越多。因爲是和一個白種人在一起，我覺得自己好像永遠在對黑人打埋伏，有他的地方沒有我，有我的地方沒有他。甚至連街道都分了黑白。至於飯館、酒店、候車室、毛房、電車、汽車——白人司機不替黑人開車，不進黑人區域——所有一切人和人有關的東西都分成了黑白兩個世界，黑白一碰頭，就是白刀子進，紅刀子出。唯一的例外恐怕就是白人強姦黑女這種事情了。這個外面晶光雪亮的美國文明，肚子裏藏着一種恐龍時代的可怕的混戰。

起初我還時常向俄加提出這事來談論，但她總是做出不願意多說的樣子，回答簡單而乾脆：

"因爲它是這樣，所以要鬥争，要把它消除哪？"

她不願鼓勵我說，她害怕我在遇到黑人進步人士的場合，隨便發表意見刺傷了他們。那樣她的工作就會更難做一些。有一次，要到黑人區去赴一個演講會。僅僅半點鐘路程，但一個鐘頭以前，她就強迫我出發，說寧可我們去等候聽講的人，否則黑人會說她擺白人架子。

可是那個在紐俄連斯做父母官的市長却絕不肯承認這種事實。他用一種先知先覺的態度啓示我說：

"不要相信那些北方佬講的話。他們不在南方怎麼曉得我們的事情？他們也不懂黑人。黑人真心不願和白人混在一起。不是嗎？我們美國是自由的。各人都要自由地按自己的自由方式生活。黑人喜歡南方，喜歡跟他們自己同種人在一起。不是什麼人歧視他們，是他們自己要從我們分開。要曉得我們美國是最自由的國家呀！"

這個騙子冤枉了許多"北方佬"。他們的這一套，北方佬除了進步分子以外，是會說也會做的。所以我聽了並不覺得陌生，也不需對他作什麼答覆。黑人自己已經是整天在事實答覆他了。

我們到了德格薩斯州，這是全美最大的一州。它的人民據說是以強悍驕傲著名。同時這個州據說是南部最開明的。州立德格薩斯大學在它的首府奧斯丁，這大學曾經有過一個為了擁護羅斯福政策而丟了飯碗的校長。我們到時，那校長剛剛被董事會趕走。但他的學生們却捨不得他，因此，藉着我們到來的機會，學生們組織了一個晚會，一面歡送他，一面歡迎我們。

事先，我曾經聽到俄加和學生們商量，要請幾個黑人青年團體的代表來參加這個會。這是犯法的，若被警察發現了就要坐牢。俄加他們却想依賴這家大學的進步空氣和德格薩斯州據說是比較開明的聲譽，來做這樣一件破天荒的事情，向反動統治者的法律作一個突擊。

那天晚上情形真是很熱鬧。學生們還預備了軍樂隊、中美國旗，軍樂奏了兩國國歌，中國國歌是用《義勇軍進行曲》代替的。那校長演了講，許多人都講了話。唱了歌，做了戲。可是單單就是黑人的節目沒有，並且根本就沒有一個黑人代表到來。我不知道別人的感覺怎樣，自己是好像在五里霧中，沉沉悶悶一直坐到晚會終結。

會散了之後，俄加立刻拖着我衝破了包圍着要簽字的人群，鑽進了一個朋友車裏，催着開車，似乎要逃難，否則就是要奔赴什麼秘密使命的樣子。問她，她祇在我耳朵裏噓了一句，根本沒聽見講的是什麼。車老不開，主人似乎在車外面指揮什麼行動。逐漸的我們這輛小車裏擠上了四五個人，他們嘰嘰咕咕壓低了聲音在講着要到什麼地方去，同時也嘻嘻哈哈很興奮的催着車子快點走，怕去得太晚了。這時候，車主又來警戒他們不要嚷，怕讓壞人聽見。顯然的，我們不是回家去，而是在偷偷摸摸,準備做什麼冒險事情。

果然,我們在深夜到了一個不相識者的家裏。主人夫婦,一個是面孔黧黑,短而糾結的黑髮緊緊壓在頭皮上。他的太太沒有他那麼黑,細尖鼻子薄嘴唇,看來像是有西歐血液的半黑人。他們的大廳裏已經有了好幾個黑色男女客人在座了,加上新去的一堆白種人,恰恰是一個黑白混合的集會。警察有權利來執行拘捕。現在我纔知道先頭來時爲什麼要那樣警戒了。依紐俄連斯那個市長看來,這大概也是美國自由的明證吧。

這個會還是俄加和她的朋友們安排的。因爲德格薩斯大學當局不答應讓黑人參加學校晚會,所以他們借了這個地方來偷偷舉行一個黑白進步分子混合談話會。我們的主人叫做卡爾吞先生,他是一家黑人教堂裏的牧師。在當地是一個有相當名望的人,特別是在黑人中,大家都把他當做無所不知、無所不曉的人看待。黑人中的知識份子本來是很少的啊。他的太太説是田尼亞省一家有名黑人大學畢業的高材生,但是現在却沒有事做。其餘幾個黑種人也都是黑種社會裏相當有地位的,如醫生、教師等等。俄加小心而體貼的向他們每個人請教了一番。她幾乎每一句話都要把當地白人鄙薄一下,盡力使她的對手忘掉她那可憐的無色的皮膚,把她當自己人看待。然後他們纔肯講出心裏的話來。

俄加的方法成功了。那些黑人們——奧斯丁城黑籍社會的精華——一個個先後傾懷吐臆,把整個夜裏變成了訴苦會。起初大家還祗是報告見聞,後來就把自己的傷心事也講出來。有人説出怎樣在馬路上挨白人嘴巴,因爲他在説話之中,忘記了稱那白人是"Sir""先生"。有人講他在北方怎樣被大飯館趕出門外,因爲他是黑皮膚的人。有的則説出他因爲要在他的名字上面争得一個"先生"(Mister)的稱號,他寧願送二百元大洋給一個白種騙子,讓他喊自己一聲"××先生"。

"聽那個白猪叫我一聲先生,我的骨頭都要笑了。"那個醫生講完了自己的故事之後,又搖着頭絶望的説:"受侮辱真是可怕呀,那些白猪一定要我們記住自己是奴才!我們就這樣被他壓死了。有什麼希望呢?幾時纔過得完這種日子！"

"那個混蛋的紐俄連斯市長，他還說這樣做是因爲你們能夠自由選擇你們自己的生活方式呢。"我說。

我們的主人——那個牧師突然在椅子上跳了一下，切齒地，幾乎是叫起來的說："'自由選擇？'我們有什麼路可走，有什麼可選呀？我的老婆前幾天要去支加哥，就去不成。車站裏不肯在她的文件上寫出她是'卡爾吞太太'。他們說：黑奴叫什麼太太？他們就是這樣講的呀。我是牧師，我也拿了博士學位，至不濟，我的祖宗當了奴才，我可是自由的人，而且是有地位的人，我的老婆就連一個稱呼都不能有哇？！"

"算了，"一個做教員的年青女人說，"這有什麼理可講？就像今天大學開晚會，他們說要請我們去。又不是我們自己要去，而且我們根本就不要去呢。可是，到後來，他們究竟請了我們沒有？！"她說完一直冷笑。俄加坐立不安的聽着，想有所申辯而又覺得不適當的樣子。其實這幾個黑人全知道他們不能去學校開會的原因。幾個同來的白種學生抱歉的向那年青黑教員解釋。那個牧師也出來轉圜，說明那是大學現在的當局破壞的。

可是女教員好像越聽越有氣了。她的棕黑臉頰裏泛紅，她站起來大聲說："我沒有故意冤枉人。我曉得白種的進步人士是反對壓迫我們。可是，他們反對怎樣？不反對又怎樣？他們不都是暗暗跟着反動派在走嗎？我說，他們根本就看我們不起。所有的白人都是這樣，他們恨我們。我們憂苦氣悶，看不起自己，糟蹋自己。我們變成了美國的膿包，連累了他們。他們恨我們，他們嘴上對我們講好話，可是他們掩蓋着良心暗暗跟着反動派走。我恨他們！我恨所有的白人，我更恨這些進步人士！依我說！我們就不能從白人希望什麼。我們什麼希望都沒有！……"說到這裏，年青的女教員忽然像蒸汽爐冒氣，"撲"的一聲，大聲抽氣痛哭起來。

整個房間都被這種絕望的、悲憤的爆發衝激着。有人低頭拭眼淚，有人豎起眼睛直瞪着女教員，顯出又惶恐又氣惱的樣子。牧師和他的太太走到女教員跟前去，幾乎是擁抱着她似的拍她的肩膀，想要扶她去休息。俄加滿臉蒼白，尖而小的眼睛上，栗黃色睫毛在疾速的顫抖。在這趟路上，她所最擔心、最害怕的就是在黑人當中這種根深蒂固的對白人疑懼、仇視的態度。在這裏，已經不僅僅是白人歧視黑人，而是黑人也深刻的歧視白人。這種態度時常對反歧視工作發生很多不容易克服的阻礙，比反動派公開的阻撓還要麻煩。尤其是今天這種爆發是在黑白混合會上，在坐的白種年青學生們都是從來沒有受過這樣謾罵的。他們的反應會怎樣呢？俄加低着頭，把兩隻手掌相互用力摩擦。從她臉上那些神經質的小黃斑點浮起細細的汗珠。

整個屋子是窒息的緊張着。女教員的抽噎老不能停止。

"怎麼好呵！恐怕祇有革命纔是路哩！"不知道是誰這樣痛苦的呼起來。

俄加好像忽然從這句話得到了啟示。她站起來對着那女教員望了一望，用最大的努力支持着一種大方的、穩定的態度說：

"×小姐，非常的對不住你，使你這樣難受。你今天把這個問題提出來完全是好的，是應該這樣坦白的說出來。要不然，就正好中了反動派的詭計了。反動派正想法使我們——黑白兩族的受壓迫者——彼此仇視，彼此怨恨。他們故意把階級問題說成是種族問題，把受壓迫階級分裂開來。我們不團結，我們就不能夠在美國引起什麼重大改變——更不要講革命的話了。現在也好了，我們講出來，就是反動派讓我們吃的毒藥我們要把它吐出來。這樣，我們就好更緊、更密的團結爲我們的目標鬥爭。朋友們，在人壓迫人的制度下面，我們受壓迫者，黑人、白人，都是沒有出路的。現在是條條道路都被華爾街阻斷了，華爾街的統治者要我們的勞力，要我們的命。讓我們手牽着手站在一起，向他們反攻！"

"對啊，他們就巴不得我們彼此仇視怨恨。不過，說出來是好的。"好幾個聲音同時這樣說着，屋子裏一下就鬆暢了。大家交頭接耳談起話來。坐在俄加旁邊一個黑色太太把俄加一扯，用嘴附在她耳朵邊透露秘密的小聲說：

"假如我們老早大家一齊心,反動派也老早就垮臺了。我們現在還是要這樣做!讓我們認清界綫,誰是敵人,誰是朋友,不分膚色團結起來吧!"

附 錄

存目文章清單

序號	題名	署名	出處
1	現代資本主義與文學（文藝評論）	楊剛譯	文學新地，創刊號，1934年9月25日
2	希特勒如何改造德國（散文）	楊剛譯	國論，1936年第2期
3	戀愛與婚姻（散文）	楊剛	上海經，1938年10月10日
4	蘇聯外委會代表波丹金（散文）	貞白	雜誌，1940年第6卷第4期
5	徒手的悼念（詩歌）	楊剛	華商報，1941年4月15日
6	寄防空洞裏的囚徒（詩歌）	楊剛	華商報，1941年4月29日
7	祭魂（詩歌）	楊剛	文學集林，第5輯，1941年6月
8	最後的星（詩歌）	楊剛	華商報，1941年8月3日
9	遙寄蘇聯人民（詩歌）	楊剛	華商報，1941年8月15日
10	致許地山夫人（詩歌）	楊剛	華商報，1941年9月28日
11	鼓聲三章（詩歌）	惠特曼作 左洛伊譯	力報副刊，1942年第20—21期
12	寄懷廣平先生（散文）	左洛伊	野草，第4卷第3期，1942年6月15日

續表

序號	題名	署名	出處
13	懷羅蘭老人（散文）	李念群	新華日報，1942 年 12 月 4 日
14	歷史的朱筆（散文）	李念群	新華日報，1943 年 1 月 3 日
15	法西斯主義的"理想"（散文）	李念群	新華日報，1943 年 2 月 6 日
16	楓丹麥綠的奴隸們——《意大利的脉搏》讀後感（文藝評論）	李念群	新華日報，1943 年 2 月 8 日
17	工人的軍隊（詩歌）	威廉姆·陶克萊爾作　李念群譯	新華日報，1943 年 2 月 24 日
18	讀《人鼠之間》（文藝評論）	李念群	新華日報，1943 年 5 月 17 日
19	六月二十二，一九四一（詩歌）	李念群	新華日報，1943 年 6 月 22 日
20	紀念西班牙的戰士們（詩歌）	李念群	新華日報，1943 年 7 月 19 日
21	希特勒的罪行傳（詩歌）	E. 懷納爾特原作　李念群譯	新華日報，1943 年 7 月 24 日
22	莎士比亞，歌德，悲多芬——讀《歌德與悲多芬》（文藝評論）	李念群	新華日報，1943 年 7 月 26 日
23	牢監的墻腳動搖了——爲墨索里尼下臺作（詩歌）	李念群	新華日報，1943 年 8 月 1 日
24	血的邏輯（散文）	李念群	新華日報，1943 年 8 月 19 日
25	來，爲征人們乾一杯——譯彭斯詩賀"新副一週年"（詩歌）	李念群	新華日報，1943 年 9 月 20 日

續表

序號	題名	署名	出處
26	他們爲了傳統與光榮而戰——記法國民族解放委員會駐華代表談話（通訊）	楊剛	大公報，1943年9月22日
27	給跟人的人（詩歌）	李念群	新華日報，1943年12月18日
28	納粹的"良心"（詩歌）	李念群	新華日報，1943年12月26日
29	幽默呀幽默！（詩歌）	李念群	新華日報，1944年5月18日
30	人的道路——抒情詩與叙事詩（文藝評論）	李念群	中原，1944年第1卷第3期
31	是時候了！是時候了！（詩歌）	李念群	新華日報，1944年5月23日
32	法蘭西解放之歌（詩歌）	李念群	新華日報，1944年8月29日
33	祝一九四四年十月革命節（詩歌）	李念群	新華日報，1944年11月7日
34	停止敵人的進攻！（詩歌）	李念群	新華日報，1944年12月6日
35	從來沒有過——慶祝一九四五年蘇聯紅軍節（詩歌）	李念群	新華日報，1945年2月23日
36	上海的人面臨着可怕的冬天（散文）	李念群	新華日報，1945年11月13日
37	生命之歌（詩歌）	楊剛	書報精華，1948年
38	從美國經濟恐慌到巴黎外長會議（通訊）	楊剛	世界知識，1949年
39	論太平洋聯盟（通訊）	楊剛	世界知識，1949年
40	在將軍船上（通訊）	楊剛	中國青年，1949年

續表

序號	題名	署名	出處
41	《美國札記》前記（通訊）	楊剛	美國札記，1950年10月
42	悼史沫特萊（通訊）	楊剛	美國札記，1950年10月
43	《許地山選集》序（散文）	楊剛	人民日報，1950年8月6日
44	死在美國戰爭政策下的馬蒂遜（通訊）	楊剛	美國札記，1950年10月
45	讀《愛國詩人杜甫傳》（文藝評論）	楊剛	人民日報，1951年8月26日
46	小説《外交家》介紹（文藝評論）	楊剛	文藝報，1954年第5期
47	人民的正義的呼聲——印度電影《流浪者》觀後（文藝評論）	楊剛	人民日報，1955年11月2日
48	看見了朝鮮（散文）	楊剛	新觀察，1956年第8期
49	請讓我也説幾句氣憤的話吧（詩歌）	金銀花	人民日報，1956年6月9日
50	他以爲（散文）	楊剛	人民日報，1957年6月15日
51	蘇聯艦隊訪問拉塔基亞（詩歌）	金銀花	人民日報，1957年9月25日
52	論蘇軾——紀念蘇軾逝世八百五十年（遺稿，寫於1952年）（文藝評論）	楊剛	福建師範大學學報（哲學社會科學版），1982年第3期
53	評越劇《白蛇傳》（遺稿）（文藝評論）	楊剛	福建師範大學學報（哲學社會科學版），1982年第3期